VLADIMIR
NABOKOV
CONTOS REUNIDOS

TRADUÇÃO
JOSÉ RUBENS SIQUEIRA

Copyright © 1995, 2002, 2006, 2008 by Dmitri Nabokov
Todos os direitos reservados

Todos os direitos desta edição reservados à
Editora Objetiva Ltda.
Rua Cosme Velho, 103
Rio de Janeiro — RJ — Cep: 22241-090
Tel.: (21) 2199-7824 — Fax: (21) 2199-7825
www.objetiva.com.br

Título original
The Stories of Vladimir Nabokov

Capa
Retina_78

Imagem de capa
Nga Nguyen / Getty Images

Foto do autor
Time & Life Pictures / Getty Images

Revisão
Raquel Correa
Rita Godoy
Taís Monteiro

Editoração eletrônica
Abreu's System Ltda.

CIP-BRASIL. CATALOGAÇÃO-NA-FONTE
SINDICATO NACIONAL DOS EDITORES DE LIVROS, RJ
N113c
    Nabokov, Vladimir Vladimirovich
        Contos reunidos / Vladimir Nabokov; tradução José Rubens Siqueira. – Rio de Janeiro: Objetiva, 2013.

        Tradução de: *The stories of Vladimir Nabokov*
        827p.   ISBN 978-85-7962-182-6

        1. Conto americano. I. Siqueira, José Rubens, 1945-. II. Título.

12-5857.   CDD: 813
                                                          CDU: 821.111(73)-3

a Véra

Sumário

Prefácio	11
O duende da floresta	23
Fala-se russo	27
Sons	37
Bater de asas	50
Deuses	72
Questão de acaso	81
O porto marítimo	91
Vingança	99
Beneficência	107
Detalhes de um pôr do sol	113
O temporal	121
La veneziana	125
Bachmann	155
O dragão	165
Natal	172
Uma carta que nunca chegou à Rússia	179
A briga	183
A volta de Chorb	190
Um guia de Berlim	199
Uma história para crianças	205
Terror	219
Navalha	226
O passageiro	230
A campainha	236
Uma questão de honra	248

O conto de natal	276
O elfo da batata	282
O aureliano	306
Um sujeito galante	319
Um dia ruim	330
A visita ao museu	341
Um homem ocupado	352
Terra incógnita	365
O reencontro	374
Lábios nos lábios	383
Erva armoles	398
Música	407
Perfeição	414
O pináculo do almirantado	426
O Leonardo	438
Em memória de L. I. Shigaev	450
O círculo	458
Uma beleza russa	470
Dar a notícia	475
Fumaça entorpecente	482
Convocação	488
Uma página da vida	494
Primavera em Fialta	503
Nuvem, castelo, lago	525
Tiranos destruídos	534
Lik	560
Mademoiselle O	583
Vasiliy Shishkov	600
Ultima Thule	608
Solus Rex	636
Assistente de produção	664
"Que em Aleppo uma vez..."	681

Um poeta esquecido	692
Tempo e vazante	704
Item de conversação, 1945	712
Signos e símbolos	725
Primeiro amor	732
Cenas da vida de um duplo monstro	741
As irmãs Vane	750
Lance	765
Chuva de páscoa	778
A palavra	785
Natasha	789
Notas	801
Apêndice	824

Prefácio

Publicados individualmente em periódicos e em diversas coletâneas em volumes anteriores, cinquenta e dois contos de Vladimir Nabokov acabaram sendo lançados, durante sua vida, em quatro coletâneas definitivas em inglês: *A dúzia de Nabokov* e três outras "dúzias" de treze contos — *Uma beleza russa e outros contos, Tiranos destruídos e outros contos* e *Detalhes de um pôr do sol e outros contos*.

    Havia muito Nabokov expressara a intenção de lançar uma leva final, mas não tinha certeza de possuir contos que atendessem a seu padrão para completar uma quinta dúzia nabokoviana, ou numérica. Sua vida criativa foi muito plena, e truncada cedo demais, para que ele pudesse fazer uma escolha final. Ele anotara uma breve lista de contos que considerava dignos de publicação e a chamara de *bottom of the barrel*, "raspa do tacho". Estava se referindo, me explicou, não à sua qualidade, mas ao fato de que, entre o material disponível para consulta naquele momento, eram as únicas dignas de publicação. No entanto, depois que nosso arquivo foi organizado e minuciosamente conferido, Véra Nabokov e eu chegamos a um feliz total de treze contos, que, em nossa circunspecta avaliação, Nabokov consideraria todos adequados. Então, a lista "raspa do tacho" de Nabokov, reproduzida ao final deste prefácio, deve ser considerada parcial e preliminar; contém apenas oito dos treze contos da nova coletânea, e inclui também *O mago*, que não aparece nesta coletânea, mas foi publicado em inglês como um romance curto independente (Nova York, Putnam's, 1986; Nova York, Vintage International, 1991). Tampouco os títulos provisórios do autor correspondem em todos os casos àqueles escolhidos para o presente volume.

    Da lista intitulada "Contos escritos em inglês", também reproduzida ao final do prefácio, Nabokov omitiu "Primeiro amor" (publicado pela primeira vez na *New Yorker* como "Colette"), ou por um deslize ou porque o transformara num capítulo de *Fala, memória* (título original: *Evidência conclusiva*). Instruções anotadas no canto superior esquerdo, embora em russo, sugerem que essa lista era uma cópia final destinada à datilografia. As duas listas em fac-símile contêm algumas inexatidões. "As irmãs Vane", por exemplo, foi escrito em 1951.

Os quatro volumes "definitivos" mencionados antes foram minuciosamente selecionados e orquestrados por Nabokov usando diversos critérios: tema, período, atmosfera, uniformidade, variedade. É conveniente que cada um deles conserve sua identidade de "livro" para futuras publicações também. Os treze contos publicados na França e na Itália, respectivamente *La Vénitienne* e *La veneziana*, talvez tenham da mesma forma, conquistado o direito de aparecer num volume independente em inglês. Esses treze contos tiveram outras aparições individuais e coletivas na Europa, e as quatro dúzias anteriores foram lançadas no mundo inteiro, às vezes em constelações diferentes, como o recente *Rysskaya Dyuzhena* (*Dúzia russa*) em Israel. Não vou nem tocar nas publicações pós-Perestroika na Rússia, que, com poucas exceções, têm sido megapirateadas em todos os sentidos até agora, embora alguma melhora se anuncie no horizonte.

A atual coleção abrangente, mesmo não pretendendo eclipsar as organizações anteriores, é deliberadamente arranjada em ordem cronológica, ou na ordem mais próxima possível da cronologia. Por essa razão, a sequência utilizada em volumes anteriores foi ocasionalmente alterada e os contos incluídos, agora integrados nos locais apropriados. A data de escrita foi o critério de escolha. Quando esta não estava disponível ou não era confiável, a data da primeira publicação ou outras menções passaram a ser o guia. Onze dos treze contos aqui acrescentados nunca haviam sido traduzidos para o inglês. Cinco deles permaneciam inéditos até a recente publicação dos treze "novos" em diversas línguas europeias. Outras informações bibliográficas e certos detalhes interessantes aparecem no fim deste volume.

Uma vantagem evidente da nova organização é uma conveniente visão geral do desenvolvimento de Nabokov como autor de ficção. É interessante também que os vetores nem sempre sejam lineares, e um conto surpreendentemente maduro pode aparecer de repente em meio a contos mais simples, mais juvenis. Esclarecendo a evolução do processo criativo e fornecendo estimulantes insights dos temas e métodos a serem usados posteriormente, em particular nos romances, os contos de Vladimir Nabokov estão entre suas obras mais imediatamente acessíveis. Mesmo quando ligados de alguma forma a trabalhos maiores, eles se encerram em si mesmos. Mesmo quando lidos em mais de um nível, exigem poucos pré-requisitos literários. Oferecem ao leitor uma gratificação imediata, tenha ele ou não se aventurado a escritos maiores e mais complexos ou mergulhado na história pessoal de Nabokov.

A tradução dos treze "novos" é de minha exclusiva responsabilidade. A da maioria dos contos russos já traduzidos antes foi fruto de uma límpida colaboração entre pai e filho, mas o pai tinha licença autoral de alterar seus próprios textos em sua forma traduzida quando achasse necessário. É concebível que o tivesse feito, aqui e ali, também com os novos contos. Não é preciso dizer que, como tradutor individual, a única liberdade que tomei foi a correção de deslizes ou erros de datilografia evidentes, e dos estragos editoriais do passado. O pior deles era a omissão de uma página final inteira, maravilhosa, de "Assistente de produção", em todas as edições em inglês, aparentemente, subsequentes à primeira. Incidentalmente, na canção que passa duas vezes pelo conto, o Don Cossack que ergue sua noiva do Volga é Stenka Razin.

Confesso que, durante a longa gestação desta coletânea, me vali de consultas e comentários de tradutores atilados e editores de traduções recentes e concomitantes em outras línguas, e da inspeção em pente fino daqueles que estão publicando alguns contos individualmente em inglês. Por mais pedante e intensa que seja a conferência, algum erro ou vários passarão pela rede. Mesmo assim, futuros editores e tradutores devem saber que o presente volume reflete o que, na época de sua publicação, eram as versões mais apuradas dos textos em inglês e, principalmente em relação aos treze acréscimos novos, dos originais russos subjacentes (que eram às vezes muito difíceis de decifrar, continham possíveis ou prováveis deslizes do autor ou dos copistas, exigindo às vezes difíceis decisões, e apresentavam às vezes uma ou mais variantes).

Para ser justo, eu gostaria de expressar minha gratidão por traduções espontaneamente oferecidas de dois contos. Uma veio de

Charles Nicol, a outra de Gene Barabtarlo. Ambas foram bem-vindas e traziam *trouvailles*. Porém, a fim de manter um estilo adequadamente homogêneo, conservei, em linhas gerais, minhas locuções inglesas. Muito devo a Brian Boyd, Dieter Zimmer e Michael Juliar por sua inestimável pesquisa bibliográfica. Sou grato, acima de tudo, a Véra Nabokov por sua infinita sabedoria, seu julgamento superlativo e sua força de vontade que a levaram, com a visão deficiente e as mãos enfraquecidas, a esboçar uma tradução preliminar de várias passagens de "Deuses" em seus últimos dias de vida.

Seria preciso muito mais que um breve prefácio para traçar temas, métodos e imagens que vão se entretecendo e desenvolvendo nestes contos, ou os ecos da juventude de Nabokov na Rússia, seus anos de universidade na Inglaterra, o período emigrado na Alemanha e na França, e nos Estados Unidos, que estava inventando, como dizia, depois de ter inventado a Europa. Escolhendo ao acaso entre os treze novos contos da coletânea, "La veneziana", com sua virada surpreendente, reflete o amor de Nabokov pela pintura (à qual pretendia, quando menino, dedicar a vida) contra o pano de fundo que inclui o tênis, que ele jogou e descreveu com talento especial. Os outros doze vão da fábula ("O dragão") e da intriga política ("Fala-se russo") ao impressionismo poético e pessoal ("Sons" e "Deuses").

Nabokov fornece nas notas (que estão no final deste volume) certos insights referentes a seus contos previamente reunidos. Entre as muitas coisas que se podem acrescentar estão a impressionante duplicação de espaço-tempo (em "Terra incógnita" e "A visita ao museu") que prenuncia a atmosfera de *Ada*, *Fogo pálido* e, até certo ponto, *Coisas transparentes* e *Olhe os arlequins!*. A predileção de Nabokov por borboletas é o tema central de "O aureliano" e adeja por muitos outros contos. Mas o que é mais estranho, a música, pela qual nunca professou amor especial, figura com muito destaque em seus escritos ("Sons", "Bachmann", "Música", "Assistente de produção").

Particularmente tocante para mim é a sublimação, em "Lance" (como me contou meu pai), do que ele e minha mãe vivenciaram na época em que eu escalava montanhas. Mas talvez o tema mais profundo, mais importante, presente ou subjacente, seja o desprezo de Nabokov pela crueldade — a crueldade dos humanos, a crueldade do destino —, e nesse caso os exemplos são numerosos demais para citar.

DMITRI NABOKOV
São Petersburgo, Rússia, e Montreux, Suíça
junho de 1995

Uma nota de Georg Heepe, diretor editorial da Rowohlt Verlag, Hamburgo, situa a descoberta do conto "Chuva de páscoa", agora acrescentado a esta edição. Em parte, diz o seguinte:

> Quando estávamos preparando a primeira edição em alemão dos contos completos de Nabokov em 1987-1988, Dieter Zimmer, um estudioso de sua obra, pesquisou todas as bibliotecas disponíveis, prováveis e improváveis, em busca do número de abril de 1925 da revista de emigrados russos *Russkoe Ekho* que sabia conter "Chuva de páscoa". Ele chegou a ir até o que era na época Berlim Oriental com visto de um dia e pensou também na Deutsche Buecherei de Leipzig. Mas a chance parecia muito remota e os procedimentos burocráticos, proibitivos. E havia mais uma questão. Não existiam máquinas copiadoras.
>
> Tínhamos publicado os contos sem "Chuva de páscoa" quando ouvimos dizer que um pesquisador residente na Suécia havia encontrado o conto em Leipzig. A Cortina de Ferro havia caído e fomos conferir. Lá estava: uma série completa da *Russkoe Ekho*. E agora existiam máquinas de xerox.
>
> Dessa forma, "Chuva de páscoa" — descoberto por Svetlana Polsky, embora só viéssemos a conhecer seu nome anos depois; traduzido para o inglês em colaboração com Peter

Constantine para o número da primavera de 2002 da *Conjunctions* — passa a fazer parte deste volume.

DMITRI NABOKOV
Vevey, Suíça
maio de 2002

Um texto russo de "A palavra" veio às minhas mãos na primavera de 2005, uma história tão surpreendentemente sentimental que, antes de traduzi-la, tive de sanar algumas dúvidas quanto à sua autenticidade. Foi o segundo conto publicado por meu pai depois do assassinato do pai dele, em 1922; escrito em Berlim, apareceu no número de janeiro de 1923 de *Rul'*, periódico de emigrados russos de que seu pai era coeditor em Berlim. Assim como "Ultima Thule", dez anos depois, "A palavra" contém um segredo que tudo explica e que não é revelado. Assim como "O espírito da floresta" e um dos primeiros poemas, "Revolução", o conto "A palavra" projeta um mundo idílico e bondoso contra uma realidade bárbara, abominavelmente silhuetado por sua paginação em *Rul'*: apareceu ao lado de um fragmento inacabado de autoria de seu pai.

"A palavra" é também um dos únicos contos de Vladimir Nabokov em que aparecem anjos. Eles são, claro, uma encarnação pessoal, muito mais próxima do anjo da fábula, da fantasia e dos afrescos que do anjo padrão da religião ortodoxa russa. É verdade também que símbolos da fé religiosa apareceram com frequência cada vez menor na ficção de Nabokov depois da morte de seu pai (veja "Bater de asas" para um tipo diferente de anjo). O engenhoso arrebatamento de "A palavra" aflora nas últimas obras de meu pai, mas apenas de passagem, num mundo do além que Nabokov poderia apenas indicar. Ele explicou, porém, que seria incapaz de dizer tanto quanto disse se não soubesse mais do que disse.

DMITRI NABOKOV
Montreux, Suíça
janeiro de 2006

No verão de 2006, o acadêmico russo Andrey Babikov me convenceu de que "Natasha", um conto inédito escrito por volta de 1924, que Nabokov havia consignado aos arquivos da Biblioteca do Congresso em Washington, D.C., merecia sua liberdade. Minha tradução inicial do russo foi para o italiano; apareceu em *Io Donna*, um suplemento do *Corriere della Sera*, em 22 setembro de 2007; e, posteriormente, em uma edição volumosa de contos de Nabokov, *Una Bellezza Russa e Altri Racconti*, publicado pela Adelphi na primavera de 2008. Minha tradução para o inglês apareceu na edição de 9 de junho de 2008 da revista *The New Yorker* e agora passa a fazer parte desta edição.

DMITRI NABOKOV
junho de 2008

[Bottom of the Barrel]

The Wingstroke	(Udar Kryla, 1924)
Vengeance	(Mest', 1924)
	(Blagost', 1924)
The Seaport	(Port, 1924)
Gods	(Bogi, 1924)
The Fight	(Draka, 1924)
The Razor	(Britva, 1926)
Christmas Tale	(Rozhdestvenskiy rasskaz, 1928)
The Enchanter	(Volshebnik, 1939) [unpublished]

Stories written in English

1. The Assistant Producer, 1943
   in N's Dozen
   [missing last page]
   See A. Appel
2. That in Aleppo Once, 1943
3. A Forgotten Poet, 1944
4. Time and Ebb, 1945
5. Conversation Piece   1945
6. Signs and Symbols   1948
7. Lance   1952
8. Scenes from the Life of a Double Monster 1958
9. The Vane Sisters 1959

Contos reunidos

O duende da floresta

Pensativo, eu estava riscando o contorno da sombra trêmula do tinteiro circular. Numa sala distante, um relógio bateu as horas, enquanto eu, sonhador que sou, imaginei alguém batendo na porta, primeiro fraco, depois mais e mais forte. Ele bateu doze vezes e parou, à espera.

"Sim, estou aqui, entre..."

A maçaneta da porta rangeu timidamente, a chama da vela a escorrer oscilou, e ele saltou de lado saindo de um retângulo de sombra, curvado, cinzento, empoado com o pólen da noite fria, estrelada.

Conhecia seu rosto — ah, há tanto tempo o conhecia!

Seu olho direito ainda estava nas sombras, o esquerdo me espiava temeroso, comprido, verde-enfumaçado. A pupila brilhava como um ponto de ferrugem... O tufo cinza-musgo em sua têmpora, as sobrancelhas prata-pálidas quase imperceptíveis, a ruga cômica perto da boca sem bigode; como isso tudo provocava e vagamente afligia minha memória!

Levantei-me. Dei um passo à frente.

O casaquinho gasto parecia abotoado errado, do lado feminino. Na mão, segurava um boné, não, uma trouxa escura, mal amarrada, e não havia sinal de boné nenhum...

Sim, claro, eu o conhecia, talvez até tivesse gostado dele, só que simplesmente não conseguia localizar o onde e o quando de nossos contatos. E devíamos ter nos encontrado muitas vezes, senão eu não teria uma lembrança tão firme daqueles lábios arroxeados, das orelhas pontudas, daquele divertido pomo de adão...

Com um murmúrio de boas-vindas, apertei a mão leve, fria, e toquei o encosto de uma poltrona surrada. Ele se empoleirou nela como um corvo num toco de árvore e começou a falar depressa.

"É tão assustador na rua. Então resolvi entrar. Entrei para visitar você. Me reconhece? Você e eu, a gente brincava muito e se provocava dias e dias. Lá na nossa terra. Não me diga que esqueceu."

A voz dele literalmente me cegava. Eu estava confuso e tonto: lembrava da felicidade, da insubstituível, reverberante, infindável felicidade...

Não, não pode ser: estou sozinho... Isto é só algum delírio caprichoso. No entanto, havia realmente alguém sentado ao meu lado, ossudo e implausível, com botinas alemãs orelhudas, e sua voz tilintava, farfalhava, dourada, verde-lustrosa, familiar, enquanto as palavras eram tão simples, tão humanas...

"Então... você se lembra. É, eu sou um antigo Elfo da Floresta, um duende malandro. E aqui estou, forçado a me retirar como todo mundo."

Deu um suspiro profundo, e mais uma vez tive visões de ondas de nuvens, altas ondulações folhosas, lampejos brilhantes de casca de bétula como borrifos de espuma do mar contra um murmúrio doce, perpétuo... Ele se curvou para mim e me olhou delicadamente nos olhos. "Lembra a nossa floresta, pinheiro tão negro, bétula tão branca? Cortaram tudo. A tristeza foi insuportável... Vi minhas queridas bétulas estralejando e caindo, e o que eu podia fazer? Para o pântano me expulsaram, eu chorei e uivei, gemi grosso como um abetouro, depois fugi a toda velocidade para uma floresta de pinheiros vizinha.

"Lá sofri e não conseguia parar de chorar. Mal tinha me acostumado ali e pronto, não existia mais pinheiral, apenas cinzas azuladas. Tinha de andar mais. Me vi numa floresta — era uma floresta maravilhosa, densa, escura e fresca. Mas de alguma forma não era exatamente a mesma coisa. Antigamente, eu saracoteava de manhã à noite, assobiava furiosamente, batia palmas, assustava quem passava. Você se lembra: você se perdeu uma vez num canto escuro da minha floresta, você e um vestidinho branco, e eu ficava amarrando os caminhos, girando os troncos, tremeluzindo no meio da folhagem. Passei a noite inteira aprontando. Mas eu só estava brincando, era tudo bobagem, por mais que isso me diminuísse. Mas depois fiquei sério, porque minha nova morada não era alegre. Dia e noite coisas estranhas estalavam à minha volta. Primeiro, pensei que algum outro duende vivia por lá; chamei, depois escutei. Alguma coisa estalou, alguma coisa ressoou... Mas não, aqueles barulhos não eram do tipo que nós fazemos. Uma vez, quase de noite, saí para uma clareira e o que vejo? Gente à minha volta, algumas deitadas de costas, outras de bruços. Bom, pensei, vou acordar essas pessoas, botar para correr! E então me pus a trabalhar, sacudindo galhos, bombardeando com pinhas, farfalhando, piando... Batalhei uma hora inteira, não adiantou nada. Então olhei melhor e fui tomado pelo terror. Aqui um homem com a cabeça pendurada por um fino cordão escarlate, ali outro com um monte de grossos vermes em lugar da barriga... Não consegui suportar. Soltei um uivo, saltei no ar e fui embora correndo...

"Durante muito tempo vaguei por diversas florestas, mas não conseguia encontrar paz. Ou era calmaria, desolação, tédio mortal ou horrores em que é melhor nem pensar. Por fim, me decidi e me transformei num matuto, um vagabundo com uma trouxa, e fui embora para sempre: *Rus'*, adeus! Então um bom espírito, um Elfo das Águas, me deu uma mão. O coitado estava fugindo também. Intrigado, ficava dizendo: que tempos os nossos, uma verdadeira calamidade! E mesmo que antigamente ele tenha tido lá sua diversão, costumava atrair as pessoas para a água (hospitaleiro, ele era!), em recompensa, como ele as mimava e agradava no fundo dourado do rio, com que canções as enfeitiçava! Hoje em dia, ele diz, só vêm cadáveres boiando, boiando aos montes, multidões deles, e a água do rio é como sangue, grossa, quente, pegajosa, e ele não tem como respirar... Então me levou com ele.

"Foi dar em algum mar distante, e me deixou em terra numa costa enevoada: vá, meu irmão, tente encontrar uma folhagem amiga. Mas não encontrei nada e acabei aqui nesta cidade de pedra estranha, apavorante. E assim me tornei humano, completo, com colarinho engomado e botinas, e até aprendi a fala humana..."

Calou-se. Seus olhos brilhavam como folhas úmidas, os braços estavam cruzados, e à luz oscilante da vela que se apagava umas mechas prateadas penteadas para a esquerda brilhavam muito estranhamente.

"Sei que está aflito", a voz dele tremulou de novo, "mas sua aflição, comparada à minha, à minha tempestuosa, turbulenta aflição, não é mais que a respiração regular de alguém que está dormindo. E pense um pouco: ninguém da nossa Tribo restou lá na Rus'. Alguns de nós evanesceram como fiapos de neblina, outros se espalharam pelo mundo. Nossos rios nativos estão melancólicos, não há mãos brincalhonas para agitar o luar refletido. Silentes estão os jacintos órfãos que ainda existem, por acaso, não cortados, os *gusli* azul-pálidos que um dia serviram a meu rival, o etéreo Elfo do Campo, para suas canções. O duende doméstico, peludo, amigo, abandonou, em lágrimas, a sua casa suja, humilhada, e os pomares murcharam, os pomares pateticamente luminosos, magicamente sombreados...

"Nós, Rus', é que éramos a sua inspiração, a sua inescrutável beleza, o seu arcaico encantamento! E nós fomos todos embora, embora, expulsos para o exílio por um enlouquecido inspetor.

"Meu amigo, eu logo morrerei, diga alguma coisa para mim, diga que me ama, um fantasma sem teto, venha sentar mais perto, me dê sua mão..."

A vela estralejou e se apagou. Dedos frios tocaram minha mão. A conhecida risada melancólica ressoou e silenciou.

Quando acendi a luz, não havia ninguém na poltrona... Ninguém!... Nada restara a não ser um intrigante e sutil aroma na sala, de bétula, de musgo úmido...

Fala-se russo

A tabacaria de Martin Martinich fica localizada num prédio de esquina. Não é de admirar que tabacarias tenham uma predileção por esquinas, porque o negócio de Martin está indo muito bem. A vitrine é de tamanho modesto, mas bem-arrumada. Espelhinhos dão vida ao mostruário. Embaixo, em meio aos vales dos montes de veludo azul, aninha-se uma variedade de caixas de cigarros com nomes expressos no brilhoso dialeto internacional que serve também para nomes de hotel; mais acima, fileiras de charutos riem em suas caixas delicadas.

Em sua época, Martin foi um proprietário de terras abastado. Em minhas lembranças infantis ele se destaca por um trator incrível, enquanto seu filho Petya e eu sucumbimos simultaneamente a Meyn Ried e à escarlatina, de forma que agora, depois de quinze anos chocantes de todo tipo de coisas, eu gostava de comprar na tabacaria daquela esquina viva onde Martin vendia seus produtos.

Desde o ano anterior, além disso, temos mais que reminiscências em comum. Martin tem um segredo e me fez fiador desse segredo. "Então, tudo normal?", pergunto num sussurro, e ele, olhando por cima do ombro, replica também baixinho: "É, graças a Deus, tudo tranquilo." O segredo é bastante excepcional. Lembro que estava de partida para Paris e fiquei com Martin até a noite da véspera. A alma de um homem pode ser comparada a uma loja de departamentos e seus olhos, a vitrines gêmeas. A julgar pelos olhos de Martin, estavam na moda cores cálidas, castanhas. A julgar por aqueles olhos, a mercadoria dentro de sua alma era de soberba qualidade. E que barba luxuriante, bem brilhosa com robusto grisalho russo. E seus ombros, a estatura, a atitude... Houve tempo em que se dizia que ele era capaz de cortar um lenço com uma espada: uma das proezas de Ricardo Coração de Leão. Agora, um colega emigrado diria com inveja: "Esse homem não se entregou!"

Sua esposa era uma velhota balofa, delicada, com uma verruga na narina esquerda. Desde o tempo das agruras revolucionárias, o rosto dela adquirira um tique patético: ela revirava os olhos depressa para o lado e para cima. Petya tinha o mesmo físico imponente do pai. Eu gostava de suas boas maneiras carrancudas e de seu humor inesperado. Tinha uma cara larga, flácida (da qual o pai costumava dizer: "Que carantonha: nem em três dias dá para circum-navegar aquilo") e cabelo castanho-avermelhado, permanentemente despenteado. Petya era dono de um cineminha numa parte pouco populosa da cidade, que lhe valia modestos rendimentos. E aí temos toda a família.

Eu passei aquele dia anterior à minha partida sentado junto ao balcão, observando Martin receber os clientes: primeiro ele se inclinava ligeiramente, com dois dedos apoiados no balcão, depois ia às prateleiras, apresentava uma caixa com um floreio e perguntava, abrindo-a com a unha do polegar: "*Einen Rauchen?*" Me lembro desse dia por uma razão especial: Petya entrou de repente da rua, descabelado e lívido de raiva. A sobrinha de Martin decidira voltar para sua mãe em Moscou, e Petya tinha sido enviado a encontrar os representantes diplomáticos. Enquanto um dos representantes estava lhe dando alguma informação, um outro, obviamente envolvido com a diretiva política do governo, sussurrou de modo apenas audível: "Essa ralé da Guarda Branca ainda continua na ativa."

"Eu queria fazer picadinho dele", disse Petya esmurrando a palma da mão, "mas infelizmente não podia deixar de pensar em minha tia em Moscou".

"Você já tem dois ou três pecadilhos na consciência", Martin murmurou, bem-humorado. Estava se referindo a um incidente muito divertido. Não muito tempo antes, no dia de seu onomástico, Petya visitara a livraria soviética, cuja presença mancha uma das ruas mais encantadoras de Berlim. Lá vendem não apenas livros, mas também bugigangas variadas, feitas à mão. Petya escolheu um martelo enfeitado com papoulas e gravado com uma inscrição típica de um martelo bolchevique. O vendedor perguntou se ele queria mais alguma coisa. Petya disse: "Quero, sim", apontando um pequeno busto de gesso do Senhor Ulyanov.* Pagou quinze marcos pelo bus-

---

* Nome verdadeiro de Lenin. (D.N.)

to e pelo martelo, e então, sem dizer uma palavra, bem ali no balcão, atacou aquele busto com aquele martelo, e com tamanha força que o Senhor Ulyanov se desintegrou.

Eu gostava dessa história, assim como gostava, por exemplo, das frases tolas e queridas da infância inesquecível, que aquecem o coração da gente. As palavras de Martin me fizeram olhar para Petya com uma risada. Mas Petya sacudiu os ombros, mal-humorado, e fechou a carranca. Martin remexeu na gaveta e estendeu para ele o cigarro mais caro da loja. Mas nem isso dispersou a melancolia de Petya.

Voltei a Berlim um ano e meio depois. Num domingo de manhã, senti uma urgência de encontrar com Martin. Nos dias de semana, podia-se entrar pela loja, uma vez que seu apartamento (três quartos e cozinha) ficava nos fundos. Mas é claro que num domingo de manhã a loja estava fechada e a vitrine, coberta com sua grade. Através dela olhei rapidamente as caixas vermelhas e douradas, os charutos escuros, a modesta plaquinha num canto: "Fala-se russo", notei que a placa havia de alguma forma ficado mais cinzenta, e dei a volta pelo pátio até a casa de Martin. Coisa estranha: o próprio Martin me pareceu ainda mais alegre, animado, mais radiante que anteriormente. E Petya estava absolutamente irreconhecível: o cabelo oleoso, embaraçado, estava penteado para trás, um amplo sorriso vagamente tímido não deixava seus lábios, ele mantinha uma espécie de silêncio satisfeito e uma curiosa, jovial preocupação, como se carregasse uma carga preciosa dentro dele que abrandava todos os seus movimentos. Apenas sua mãe estava mais pálida que nunca e o mesmo tique cruzava seu rosto como um ligeiro relâmpago de verão. Sentamos na saleta bem-arrumada e eu sabia que os outros dois quartos (o de Petya e o dos pais) eram igualmente arrumados e limpos, e me foi agradável pensar nisso. Tomei chá com limão, ouvi a fala melíflua de Martin e não consegui evitar a impressão de que alguma coisa nova tinha aparecido em seu apartamento, algum tipo de alegre, misteriosa palpitação, como acontece, por exemplo, numa casa em que há uma jovem grávida. Uma ou duas vezes, Martin olhou preocupado para o filho, e diante disso o outro prontamente se levantou e deixou a sala e, ao voltar, acenou discretamente com a cabeça para o pai, como se quisesse dizer que alguma coisa estava indo muito bem.

Havia também algo novo e para mim enigmático na conversa do velho. Estávamos falando de Paris e dos franceses, e, de repente, ele perguntou: "Diga, meu amigo, qual é a maior prisão de Paris?" Respondi que não sabia e comecei a contar sobre uma revista musical francesa em que havia mulheres pintadas de azul.

"Você acha isso grande coisa!", Martin interrompeu. "Dizem, por exemplo, que as mulheres raspam o reboco das paredes da prisão e usam para empoar o rosto, o pescoço, sei lá." Para confirmar suas palavras, trouxe do quarto um grosso volume de um criminologista alemão e encontrou o capítulo sobre a rotina da vida na prisão. Tentei mudar de assunto, mas por mais que eu mudasse de assunto, Martin o revirava com artísticas circunvoluções de forma que, de repente, nos víamos discutindo quanto a prisão perpétua era mais humana que a execução, ou os métodos engenhosos inventados por criminosos para escapar para a liberdade.

Fiquei intrigado. Petya, que adorava tudo o que era mecânico, estava cutucando com um canivete as molas de seu relógio e rindo consigo mesmo. A mãe, trabalhando em seu bordado, de vez em quando empurrava em minha direção a torrada ou a geleia. Martin, agarrado à barba revolta com os cinco dedos, me deu uma rápida olhada de lado com seus olhos fulvos e, de repente, alguma coisa cedeu dentro dele. Bateu a palma na mão na mesa e se virou para o filho. "Eu não aguento mais, Petya: vou contar tudo para ele senão estouro." Petya assentiu silenciosamente. A esposa de Martin estava se levantando para ir à cozinha. "Que tagarela você é", disse ela, sacudindo a cabeça indulgentemente. Martin pôs a mão em meu ombro e me deu tamanho safanão que se eu fosse uma macieira no pomar as maçãs teriam literalmente se desprendido de mim, e me olhou no rosto. "Estou avisando", disse ele. "Vou contar um segredo, mas um segredo que... nem sei. Veja bem: lábios selados! Entendeu?"

E inclinando-se para perto de mim, banhando-me com seu odor de tabaco e com seu próprio cheiro penetrante de velho, Martin me contou uma história realmente incrível.*

---

* Nesta narrativa, todos os traços e sinais característicos que possam apontar a real identidade de Martin foram, é claro, deliberadamente distorcidos. Menciono isso para que os curiosos não procurem em vão pela "tabacaria da esquina." (V.N.)

"Aconteceu logo depois que você foi embora", Martin começou. "Um cliente entrou. Evidentemente, não tinha notado a placa na vitrine, porque se dirigiu a mim em alemão. Deixe eu frisar bem isto: se tivesse notado a placa, não teria entrado numa modesta loja de emigrados. Reconheci imediatamente que ele era russo por sua pronúncia. Tinha cara de russo também. Eu, é claro, parti para falar russo, perguntei qual faixa de preço, qual tipo de produto. Ele me olhou com desagradável surpresa: 'O que faz o senhor pensar que eu sou russo?' Dei uma resposta absolutamente gentil, pelo que me lembro, e comecei a contar os cigarros. Nesse momento, Petya entrou. Quando viu meu cliente, disse com absoluta tranquilidade: 'Ora, que encontro agradável.' Então, o meu Petya vai até o homem e bate em seu rosto com o punho. O outro gelou. Como Petya me explicou depois, o que aconteceu não foi apenas um nocaute com a vítima caindo no chão, mas um tipo especial de nocaute: acontece que Petya deu um soco de ação retardada e o homem continuou de pé. Parecia que estava dormindo em pé. Então começou lentamente a cair para trás como uma torre. Petya deu a volta e pegou o homem pelas axilas. Era tudo muito inesperado. Petya disse: 'Me ajude aqui, pai.' Eu perguntei o que ele pensava que estava fazendo. Petya repetiu apenas: 'Me ajude aqui.' Conheço bem o meu Petya (não adianta dar essa risadinha, Petya), e sei que tem os pés no chão, pondera os seus atos e não põe ninguém fora de combate a troco de nada. Arrastamos o desmaiado da loja para o corredor e depois para o quarto de Petya. Bem nesse momento escutei a campainha: alguém tinha entrado na loja. Muito bom, claro, que não tivesse acontecido antes. Lá fui eu de volta para a loja, fiz minha venda, então, por sorte, minha mulher chegou à loja e imediatamente pedi que ficasse no balcão enquanto eu, sem dizer uma palavra, ia ventando para o quarto de Petya. O homem estava deitado de olhos fechados no chão, Petya sentado à sua mesa, examinando com ar pensativo certos objetos como uma grande charuteira de couro, meia dúzia de cartões-postais obscenos, uma carteira, um passaporte, um revólver antigo mas aparentemente eficiente. Ele me explicou imediatamente: tenho certeza de que você já entendeu que essas coisas tinham saído dos bolsos do homem e ele próprio não era outro senão aquele representante, você se lembra da história de Petya, que tinha feito aquela observação sobre a ralé Branca, isso, isso, exatamente o mesmo! E a julgar por certos documentos, era um membro da GPU* sem dúvida nenhuma. 'Muito bem', eu disse a Petya, 'então você deu um soco na cara de um sujeito. Se ele mereceu ou não é outra história, mas por favor me explique, o que você pretende fazer agora? Evidentemente, você esqueceu completamente de sua tia em Moscou.' 'É, esqueci', Petya disse. 'Temos de pensar em alguma coisa.'

"E pensamos. Primeiro, arrumamos uma corda forte e tapamos a boca dele com uma toalha. Enquanto a gente fazia isso, ele voltou a si e abriu um olho. Olhando mais de perto, vou lhe dizer, a cara dele não era só repulsiva, mas burra também: algum tipo de sarna na testa, bigode, nariz grosso. Deixamos o homem deitado no chão, Petya e eu nos acomodamos bem perto e começamos uma judiciosa investigação. Debatemos um bom tempo. Estávamos preocupados não tanto com a afronta em si, isso era uma bobagem, claro, mas sim com a profissão dele, por assim dizer, e com as coisas que ele tinha cometido na Rússia. O acusado teve permissão para dar a última palavra. Quando tiramos a toalha da boca dele, soltou uma espécie de gemido, engasgou, mas não disse nada além de 'Esperem só, esperem para ver...' Amarramos a toalha de novo e retomamos a sessão. Os votos ficaram divididos no começo. Petya queria pena de morte. Eu achava que ele merecia morrer, mas propus trocar a execução por prisão perpétua. Petya pensou um pouco e concordou. Acrescentei que, embora ele certamente tivesse cometido crimes, nós não tínhamos como ter certeza disso; que o simples emprego dele constituía um crime em si; que nosso dever se limitava a tornar o homem inofensivo, mais nada. Agora escute o resto.

"Temos um banheiro no fim do corredor. Um quartinho escuro, muito escuro, com uma banheira de ferro esmaltado. A água muitas vezes entra em greve. Há uma ou outra barata. O quartinho é tão escuro porque a janela é extremamente estreita e situada bem debaixo do teto e, além disso, bem na frente da janela, a menos de um metro, existe uma boa e sólida parede de tijolos. E foi aí, nesse esconderijo, que resolvemos manter o prisioneiro. Foi ideia de Petya,

---

* *Gossudarstwenoje Polititscheskoje Upravlenije*, em russo: Administração Política Nacional, o serviço secreto soviético até 1937. (N.T.)

foi, sim, Petya, a César o que é de César. Em primeiro lugar, claro, a cela tinha de ser preparada. Fomos arrastando o prisioneiro pelo corredor para ele estar perto enquanto a gente trabalhava. E foi aí que minha mulher, que tinha acabado de trancar a loja para a noite e estava a caminho da cozinha, nos viu. Ficou perplexa, indignada até, mas entendeu o nosso raciocínio. Dócil, a menina. Petya começou por desmontar uma mesa sólida que tínhamos na cozinha: arrancou as pernas e usou a prancha que sobrou para lacrar a janela do banheiro. Depois tirou as torneiras, removeu o cilindro do aquecedor de água e pôs um colchão no chão do banheiro. Claro que no dia seguinte acrescentamos várias melhorias: mudamos a chave, instalamos uma tranca, reforçamos a prancha da janela com metal. Tudo isso, claro, sem fazer muito barulho. Como você sabe, não temos vizinhos, mas mesmo assim convinha agirmos com cautela. O resultado ficou uma verdadeira cela de prisão, e lá pusemos o sujeito da GPU. Desamarramos a corda, desamarramos a toalha, alertamos que se ele começasse a gritar ia ser imobilizado de novo, e por muito tempo; então, satisfeitos porque ele tinha entendido para quem era o colchão colocado na banheira, trancamos a porta e ficamos de guarda a noite toda, em turnos.

"Esse momento marcou o começo de uma nova vida para nós. Eu não era mais simplesmente Martin Martinich, mas Martin Martinich, o carcereiro chefe. De início, o prisioneiro ficou tão tonto com o que havia acontecido que seu comportamento foi discreto. Logo, porém, retomou seu estado normal e, quando levamos o jantar, partiu para um furacão de grosserias. Não posso repetir as obscenidades desse homem; me limito a dizer que ele colocou minha falecida mãe nas mais curiosas situações. Eu estava decidido a inculcar seriamente nele a natureza de sua posição legal. Expliquei que permaneceria preso até o fim de seus dias; que se eu morresse primeiro, ele seria transferido a Petya, como um legado; que meu filho, por sua vez, transmitiria o seu cuidado a meu futuro neto e assim por diante, fazendo com que ele se transformasse numa espécie de tradição de família. Uma joia de família. Mencionei, de passagem, que, na eventualidade improvável de mudarmos para outro apartamento em Berlim, ele seria amarrado, colocado num baú especial, o que tornaria muito fácil a mudança para nós. Prossegui e expliquei que só num único caso ele poderia obter anistia. Especificamente, que ele seria libertado no dia em que explodisse a bolha bolchevique. Por fim, prometi que seria bem alimentado, bem melhor do que eu fui quando, em minha época, fui preso pela Cheka,* e que, como privilégio especial, ele receberia livros. E, de fato, até hoje não acredito que tenha reclamado da comida nem uma vez. Verdade, no começo, Petya propôs que ele fosse alimentado com ruivo seco, mas por mais que a gente procurasse não se encontrou esse peixe soviético em Berlim. Fomos obrigados a servir comida burguesa para ele. Exatamente às oito horas, toda manhã, Petya e eu entramos e colocamos ao lado da banheira uma tigela de sopa quente e um pedaço de pão preto. Ao mesmo tempo, retiramos o urinol, um utensílio engenhoso que compramos só para ele. Às três, ele recebe um copo de chá, às sete mais um pouco de sopa. O sistema nutricional segue o modelo em uso nas melhores prisões europeias.

"Os livros foram mais problemáticos. Fizemos um conselho familiar para saber com quais começar e nos detivemos em três títulos: *Príncipe Serebryaniy*, as *Fábulas* de Krylov e *A volta ao mundo em oitenta dias*. Ele anunciou que não ia ler aqueles 'panfletos da Guarda Branca', mas deixamos os livros e temos toda razão para acreditar que ele leu com prazer.

"O estado de espírito dele era variável. Ele se tornou calado. Evidentemente estava aprontando alguma coisa. Talvez esperasse que a polícia fosse começar a procurar por ele. Nós conferimos os jornais, mas não havia nem uma palavra sobre um agente da Cheka desaparecido. Muito provavelmente, os outros representantes deviam ter concluído que o homem simplesmente desertara e preferiram enterrar o assunto. A esse período pensativo pertence a sua tentativa de escapar, ou ao menos de se comunicar com o mundo exterior. Ele caminhava pela cela, provavelmente chegou até a janela, tentou soltar as pranchas, tentou esmurrar, mas fizemos uma ou outra ameaça e os socos pararam. E uma vez, quando Petya entrou sozinho, o homem pulou em cima dele. Petya o prendeu num abraço de urso cuidadoso e o pôs sentado na banheira. Depois desse acontecimento, ele passou por outra mudança, ficou muito bem-humorado, até fazia

---

* A polícia política soviética que antecedeu a GPU. (N.T.)

piadas de vez em quando, e finalmente tentou nos subornar. Ofereceu uma soma enorme, que propôs conseguir através de alguém. Quando isso também não adiantou, ele começou a chorar, depois voltou a xingar pior do que antes. No momento, ele está num estágio de tristonha submissão, o que, eu temo, não é bom sinal.

"Nós levamos o sujeito para uma caminhada no corredor todos os dias, e duas vezes por semana ele toma ar numa janela aberta; naturalmente tomamos todas as precauções necessárias para impedir que grite. Aos sábados, ele toma um banho. Nós temos de tomar banho na cozinha. Aos domingos, eu faço uma palestrazinha para ele e deixo que fume três cigarros. Na minha presença, claro. Sobre o que são essas palestras? Todo tipo de coisa. Sobre Puchkin, por exemplo, ou a Grécia Antiga. Só um assunto é omitido: política. Ele é totalmente privado de política. Simplesmente como se isso não existisse na face da terra. E sabe de uma coisa? Desde que mantenho um agente soviético prisioneiro, desde que me pus a servir a Pátria, eu simplesmente sou outro homem. Animado e feliz. E os negócios prosperaram, então também não é um grande problema sustentar o sujeito. Ele me custa vinte e poucos marcos por mês, contando a eletricidade: lá dentro é completamente escuro, então das oito da manhã às oito da noite deixamos uma lâmpada fraca acesa.

"Você me pergunta sobre a origem dele? Bom, como posso dizer... Ele tem vinte e quatro anos, é camponês, é pouco provável que tenha terminado até mesmo a escola da aldeia, é o que se chama de 'um comunista honesto', estudou apenas literatura política, o que pelo nosso livro significa fazer um desmiolado virar um cabeça-dura, só sei isso. Ah, se quiser, mostro o prisioneiro a você, mas, lembre-se, nem uma palavra!"

Martin foi para o corredor. Petya e eu seguimos atrás. O velho com seu confortável paletó de ficar em casa realmente parecia um diretor de prisão. Enquanto caminhava, tirou do bolso a chave e havia algo profissional no modo como a inseriu na fechadura. A fechadura girou duas vezes e Martin abriu a porta. Longe de ser um buraco mal iluminado, era um banheiro esplêndido, espaçoso, do tipo que se encontra em residências alemãs confortáveis. Luz elétrica forte, mas agradável aos olhos, acesa atrás de um quebra-luz alegre, decorado. Um espelho cintilante na parede da esquerda. Na mesinha de cabeceira ao lado da banheira havia livros, uma laranja descascada num prato lustroso e uma garrafa de cerveja intocada. Na banheira branca, sobre um colchão coberto com lençol limpo, com um travesseiro grande debaixo da cabeça, havia um sujeito bem alimentado, de olhos brilhantes, com uma barba por fazer há muito, roupão de banho (descartado por seu senhor) e chinelos macios e quentes.

"Bom, o que me diz?", Martin me perguntou.

Eu achei a cena cômica e não sabia o que responder. "Era ali que ficava a janela", Martin apontou com o dedo. Sem dúvida nenhuma, a janela tinha sido vedada com perfeição.

O prisioneiro bocejou e virou para a parede. Saímos. Martin alisou a tranca com um sorriso. "Nenhuma chance de ele escapar", disse e acrescentou, pensativo: "Mas eu tenho curiosidade de saber quantos anos vai passar aqui..."

Sons

Era preciso fechar a janela: a chuva estava batendo no peitoril e espirrando no soalho e nas poltronas. Com um som fresco, escorregadio, enormes espectros de prata corriam pelo jardim, através da folhagem, pela areia alaranjada. A calha tremia e engasgava. Você estava tocando Bach. A tampa laqueada do piano erguida, debaixo dela uma lira, e os martelinhos batiam nas cordas. A toalha de brocado, amassada em dobras ásperas, tinha escorregado um pouco da cauda, derrubando uma partitura aberta no chão. De quando em quando, em meio ao frenesi da fuga, seu anel batia na tecla enquanto, incessante, magnífica, a chuva de junho atacava as vidraças. E você, sem parar de tocar, a cabeça ligeiramente inclinada, exclamava, no ritmo da música: "A chuva, a chuva... Eu vou afogar a chuva..."
 Mas não conseguia.
 Abandonando os álbuns que estavam em cima da mesa como esquifes de veludo, eu observava você e ouvia a fuga, a chuva. Uma sensação de frescor cresceu dentro de mim como o perfume de cravos úmidos que escorria de tudo, das estantes, da cauda do piano, dos losangos alongados do lustre.
 Eu tinha uma sensação de enlevado equilíbrio ao perceber a relação musical entre os espectros prateados da chuva e seus ombros inclinados, que estremeciam quando você apertava os dedos no brilho ondulado. E quando me retirei para o fundo de mim mesmo o mundo inteiro parecia assim: homogêneo, congruente, sujeito às leis da harmonia. Eu próprio, você, os cravos, naquele instante tudo se tornou acordes verticais em pautas musicais. Eu me dei conta de que tudo no mundo era uma inter-relação de partículas idênticas compreendendo diversos tipos de consonância: as árvores, a água, você... Tudo era unificado, equivalente, divino. Você se levantou. A chuva ainda ceifava a luz do sol. As poças pareciam buracos na areia escura, aberturas para algum outro céu que deslizava sob o chão. Num

banco, brilhando como louça dinamarquesa, sua raquete esquecida; o cordame ficara marrom com a chuva e a moldura se retorcera em forma de oito.

Quando entramos na alameda, fiquei um pouco tonto com as manchas de sombra e o aroma de cogumelos apodrecidos.

Me lembro de você num ocasional retalho de sol. Tinha cotovelos afiados e olhos pálidos, cor de poeira. Quando falava, você cortava o ar com a borda angulosa de sua mão pequena e o cintilar de um bracelete no pulso fino. Seu cabelo dissolvia-se ao misturar-se ao ar ensolarado que tremulava em torno dele. Você fumava copiosamente, nervosamente. Exalava por ambas as narinas, batendo as cinzas, distraída. Seu casarão cinzento ficava a cinco verstas do nosso. O interior era reverberante, suntuoso e fresco. Uma fotografia dele havia aparecido numa brilhosa revista metropolitana. Quase toda manhã, eu saltava para o selim de couro de minha bicicleta e rodava pela trilha, através da floresta, depois pela estrada, atravessava a aldeia, depois seguia outra trilha, até você. Você contava com o fato de seu marido não vir em setembro. E não temíamos nada, você e eu — nem os murmúrios dos criados, nem as suspeitas da família. Cada um de nós, de maneiras diferentes, confiava na sorte.

Seu amor era um pouco abafado, como a sua voz. Podia-se dizer que você amava de soslaio, e nunca falava de amor. Era uma daquelas raras mulheres caladas, a cujo silêncio a pessoa logo se acostuma. Mas de vez em quando alguma coisa em você se expandia. Então seu gigantesco Bechstein reboava, ou então, olhando enevoadamente à frente, você me contava anedotas hilariantes que tinha ouvido de seu marido ou de seus camaradas de regimento. Me lembro de suas mãos: longas, pálidas mãos com veias azuladas.

Naquele dia feliz em que a chuva castigava e você tocava tão inesperadamente bem, veio a resolução de alguma coisa nebulosa que tinha surgido imperceptivelmente entre nós depois de nossas primeiras semanas de amor. Eu me dei conta de que você não tinha poder sobre mim, de que não era você apenas a minha amante, mas a terra inteira. Era como se minha alma tivesse estendido incontáveis sensores e eu vivesse dentro de tudo, percebendo simultaneamente as cataratas do Niágara ribombando muito além do oceano e as longas gotas douradas farfalhando e estralejando na alameda. Olhei a casca brilhante das bétulas e de repente senti que, em vez de braços, eu possuía ramos inclinados cobertos de pequenas folhas molhadas e, em vez de pernas, mil delgadas raízes, retorcendo-se para dentro da terra, embebendo-se nela. Eu queria assim me transfundir em toda a natureza, experimentar como era ser um velho cogumelo boleto com sua parte inferior esponjosa, ou uma libélula, ou a esfera solar. Estava tão feliz que de repente explodi em riso, beijei você na clavícula, na nuca. Eu até recitaria um poema, mas você detestava poesia.

    Você deu um sorriso tênue e disse: "É gostoso depois da chuva", e pensou por um minuto, acrescentando: "Sabe, acabei de me lembrar... fui convidada para tomar chá hoje com o... como ele chama mesmo?... Pal Palych. Ele é uma chatice. Mas, você sabe, tenho de ir."

    Pal Palych era um velho conhecido meu. Nós íamos pescar juntos e, de repente, numa voz rachada de tenor, ele irrompia a cantar *Os sinos da tarde*. Eu gostava muito dele. Uma gota ardente caiu de uma folha bem nos meus lábios. Me ofereci para acompanhar você.

    Você deu de ombros, estremeceu. "Vamos morrer de tédio lá. Que horror." Olhou o relógio de pulso e suspirou: "Hora de ir. Tenho de trocar de sapato."

    Em seu quarto úmido, o sol, penetrando pelas venezianas abaixadas, formava dois lances de degraus dourados no chão. Você disse alguma coisa com sua voz abafada. Lá fora, as árvores respiravam e pingavam com um farfalhar contente. E eu, sorrindo a esse ruído, de leve e sem avidez, abracei você.

Era assim. De um lado do rio ficava seu parque, seu prado, e do outro, a aldeia. A estrada estava profundamente esburacada em certos pontos. A lama era de um violeta luxuriante, e os sulcos continham água borbulhante, cor de café com leite. As sombras oblíquas das isbás de troncos negros estendiam-se com especial clareza.

Seguimos na sombra pela trilha bem batida, passamos por um armazém, passamos por uma hospedaria com uma placa esmeralda, passamos por pátios ensolarados que emanavam os aromas de estrume e de feno fresco.

A escola era nova, construída de pedra, com bordos plantados em volta. Na porta, as panturrilhas brancas de uma camponesa brilhavam enquanto ela torcia um trapo num balde.

Você perguntou: "Pal Palych está?" A mulher, sardenta, de tranças, apertou os olhos por causa do sol. "Ele está, ele está." O balde tiniu quando o empurrou com o calcanhar. "Entre, madame. Eles vão estar na oficina."

Seguimos por um corredor escuro, rangente, entramos numa sala de aula espaçosa.

Ao passar, vi um mapa azul e pensei: é assim a Rússia toda, sol e baixios... Num canto brilhava um pedaço de giz esmagado.

Mais adiante, na pequena oficina, havia um cheiro agradável de cola de carpinteiro e serragem de pinheiro. Sem paletó, balofo e suado, a perna esquerda estendida, Pal Palych estava aplainando com prazer uma prancha branca que gemia. A cabeça careca, suada, ia para a frente e para trás num raio de sol empoeirado. No chão, debaixo da bancada, as fitas de madeira enrolavam-se em cachos finos.

Eu disse em voz alta: "Pal Palych, você tem convidados!"

Ele sobressaltou-se, ficou vermelho imediatamente, depositou um beijo polido na mão que você levantou num gesto tão displicente, familiar, e por um momento enfiou os dedos úmidos em minha mão e deu um aperto. Seu rosto parecia ter sido modelado com um barro igual a manteiga, com um bigode flácido e rugas inesperadas.

"Desculpe... não estou vestido, viu", disse com um sorriso culpado. Agarrou um par de punhos de camisa que estavam, feito dois cilindros, lado a lado no peitoril da janela e vestiu-os depressa.

"No que está trabalhando?", você perguntou com um brilho do bracelete. Pal Palych estava batalhando com o paletó em movimentos circulares. "Nada, só passando o tempo", disse depressa, tropeçando ligeiramente nas consoantes labiais. "É uma pequena prateleira. Não terminei ainda. Ainda tenho de lixar e pintar. Mas dê uma olhada nisto... eu chamo de Mosca..." E, esfregando as mãos juntas, fez voar uma miniatura de helicóptero, que flutuou com um zumbido, bateu no teto e caiu.

A sombra de um sorriso polido passou por seu rosto. "Ah, que bobagem a minha", Pal Palych voltou a dizer. "Vocês são esperados lá em cima, meus amigos... Esta porta range. Desculpe. Permitam-me que eu mostre o caminho. Temo que esteja tudo desarrumado..."

"Acho que ele esqueceu que tinha me convidado", você disse em inglês quando começamos a subir a escada que rangia.

Eu estava olhando suas costas, a seda xadrez de sua blusa. De algum lugar lá embaixo, provavelmente o quintal, veio a voz forte de uma camponesa: "Gerosim! Ô, Gerosim!" E de repente ficou extremamente claro para mim que, durante séculos, o mundo vinha florindo, murchando, girando, mudando, exclusivamente para que agora, naquele instante, pudesse se combinar e fundir na corda vertical da voz que ressoara lá embaixo, no movimento sedoso de suas escápulas e no aroma das tábuas de pinho.

A sala de Pal Palych era ensolarada e um tanto apertada. Um tapete carmesim com um leão amarelo bordado no centro havia sido pregado na parede acima da cama. Em outra parede, um capítulo de *Anna Karenina* emoldurado, impresso de tal forma que o jogo entre tipos claros e escuros, junto com a inteligente colocação das linhas, formava o rosto de Tolstoi.

Esfregando as mãos, nosso anfitrião fez você sentar. Ao fazê-lo, derrubou da mesa um álbum com uma batida do paletó. Pegou-o de volta. Chá, iogurte e uns insípidos biscoitos apareceram. De uma gaveta, Pal Palych retirou uma lata florida de balas Landrin. Quando se curvou, uma dobra de pele arrepiada formou-se na parte de trás do colarinho. A pelugem de uma teia de aranha no peitoril da janela continha uma mamangava amarela, morta. "Onde fica Sarajevo?", você perguntou, de repente, sacudindo uma folha de jornal que pegara distraída de cima de uma cadeira. Pal Palych, ocupado a servir o chá, respondeu: "Na Sérvia."

E, com a mão trêmula, entregou cuidadosamente a você o copo fumegante em seu pires de prata.

"Aí está. Posso oferecer uns biscoitos?... E por que estão atirando bombas?", ele perguntou a mim, com um menear de ombros.

Eu estava examinando, pela centésima vez, um maciço peso de papel. O vidro continha um céu rosado e a Catedral de Santo Isaac pontilhada de grãos de areia dourados. Você riu e leu em voz alta: "Ontem, um comerciante da Segunda Guilda, chamado Yeroshin, foi preso no restaurante Quisisana. Soube-se que Yeroshin, sob o pretexto de..." Você riu de novo. Não, o resto é indecente.

Pal Palych ficou vermelho, corou até uma tonalidade quase marrom de vermelho e derrubou a colher. Folhas de bordo rebrilharam imediatamente debaixo da janela. Uma carroça passou, matraqueando. De algum lugar veio o grito terno, queixoso: "Sor-vete!..."

Ele começou a falar da escola, de embriaguês, das trutas que tinham desaparecido do rio. Eu passei a examiná-lo e tive a sensação de que realmente o via pela primeira vez, mesmo sendo, ele e eu, velhos conhecidos. Uma imagem dele de nosso primeiro encontro deve ter ficado gravada em minha mente e nunca mudou, como uma coisa aceita e transformada em habitual. Quando pensava circunstancialmente em Pal Palych, por alguma razão eu achava que ele tinha não apenas um bigode loiro-escuro, mas também uma barbinha combinando. Uma barba imaginária é característica de muitos rostos russos. Agora, depois de dar uma olhada especial nele, por assim dizer, com meu olho interno, vi que na verdade seu queixo era redondo, sem pelos,* e tinha uma ligeira covinha. Seu nariz era carnoso, e notei na pálpebra esquerda uma verruga que parecia uma espinha que eu adoraria cortar fora; mas cortar significaria matar. Aquele granulozinho o continha, total e exclusivamente. Quando me dei conta disso tudo e o examinei por inteiro, fiz o menor dos movimentos, como se empurrasse minha alma para começar a descer a ladeira e escorregar para dentro de Pal Palych, me acomodei dentro dele, e senti por dentro, por assim dizer, aquela projeção de sua pálpebra

---

* O leitor bilíngue de olhar afiado que conhece o original russo poderá notar a troca de *hairless*, "sem pelos", por "irresoluto". As duas palavras se parecem em russo e "irresoluto" foi quase com certeza resultado de um deslize do revisor. (D.N.)

enrugada, as abinhas engomadas do colarinho e a mosca a caminhar pela careca. Examinei o todo dele com olhos límpidos, móveis. O leão amarelo acima da cama parecia agora um velho conhecido, como se estivesse na minha parede desde a infância. O cartão-postal colorido, encerrado atrás de seu vidro convexo, tornou-se excepcional, gracioso, alegre. Não era você sentada à minha frente, na poltrona de vime baixa à qual minhas costas haviam se acostumado, mas a benfeitora da escola, a dama taciturna que eu mal conhecia. E imediatamente, com a mesma leveza de movimento, deslizei para dentro de você também, percebi a tira da liga acima do joelho e, um pouco mais acima, o toque da cambraia, e pensei, em seu lugar, que aquilo estava chato, fazia calor, dava vontade de fumar. E nesse instante você tirou da bolsa uma cigarreira dourada e encaixou um cigarro na piteira. E eu estava dentro de tudo: de você, do cigarro, da piteira, de Pal Palych riscando o fósforo desajeitadamente, do peso de papel de vidro, da mamangava morta no peitoril da janela.

Muitos anos se passaram e não sei onde ele está agora, o tímido, balofo Pal Palych. Às vezes, porém, quando ele é a última coisa em que penso, vejo-o num sonho, transposto para o cenário de minha existência atual. Ele entra numa sala com sua postura confusa, sorridente, panamá surrado na mão; curva-se ao andar; enxuga a careca e o pescoço vermelho com um lenço enorme. E quando sonho com ele, você invariavelmente atravessa meu sonho, parecendo preguiçosa e usando uma blusa de seda de cintura baixa.

Eu não estava loquaz naquele dia maravilhosamente feliz. Engoli os flocos escorregadios de coalhada e fiz um esforço para ouvir cada som. Quando Pal Palych ficou quieto, eu podia ouvir seu estômago resmungando — um guincho delicado, seguido de um tênue gorgolejar. Diante disso, ele disfarçava pigarreando e começando a falar depressa sobre alguma coisa. Tropeçava em busca da palavra certa, franzia a testa e tamborilava com os dedos na mesa. Você, reclinada na poltrona baixa, impassível e silenciosa. Virando a cabeça de lado e levantando o cotovelo em ângulo, você me espiou por baixo dos cílios ao ajustar os grampos. Você achou que eu estava sem jeito na frente de Pal Palych porque nós dois chegamos juntos, e ele podia ter desconfiado de nossa relação. E eu me diverti por você estar pensando nisso, e me diverti com a maneira tristonha, melancólica de Pal Palych corar quando você deliberadamente mencionou seu marido e o trabalho dele.

Na frente da escola, o ocre quente do sol havia se espalhado debaixo dos bordos. Quase na porta, Pal Palych fez uma reverência nos agradecendo pela visita, depois se curvou de novo na saída e um termômetro cintilou, branco, vítreo, na parede externa.
 Quando saímos da aldeia, atravessamos a ponte e estávamos subindo o caminho para sua casa, eu passei o braço por seu ombro e você me deu aquele sorriso de soslaio que me dizia que você estava feliz. De repente, eu sentia vontade de falar com você sobre as ruguinhas de Pal Palych, sobre o Santo Isaac cintilante, mas, assim que comecei, tive a sensação de que as palavras erradas estavam saindo, palavras bizarras, e, quando você disse, enternecida, "Decadente", eu mudei de assunto. Sabia do que você precisava: sentimentos simples, palavras simples. Seu silêncio era sem esforço e imóvel, como o silêncio das nuvens ou das plantas. Todo silêncio é o reconhecimento de um mistério. Havia em você muita coisa que parecia misteriosa.

Um operário com sua blusa bufante estava sonoramente afiando com firmeza a foice. Borboletas flutuavam acima das flores de escabiosa não cortadas. Em nossa direção, vinha pelo caminho uma moça nova com um lenço verde-pálido nos ombros e margaridas no cabelo escuro. Eu já havia cruzado com ela três ou quatro vezes e seu pescoço fino e bronzeado ficara em minha memória. Quando passou, ela lhe deu um toque atento de seus olhos quase oblíquos. Depois, saltando cuidadosamente a vala, desapareceu atrás dos amieiros. Um tremor prateado atravessou os arbustos de textura opaca. Você disse: "Aposto que ela estava dando um belo passeio no meu parque. Como eu detesto essa gente de férias..." Um fox terrier, uma velha cadela gorda, vinha trotando pelo caminho atrás de sua dona. Você adorava cachorros. O animalzinho rastejou até nós com a barriga, se retorcendo, as orelhas abaixadas. Rolou debaixo de sua mão estendida, mostrando a barriga cor-de-rosa, coberta com manchas cinzentas que pareciam um mapa. "Ora, querida", você disse com sua voz especial de agradar animais.

O fox terrier, depois de rolar um pouco, deu um guincho delicado e foi embora trotando, atravessou correndo a vala.

Quando já estávamos nos aproximando do portão baixo do parque, você resolveu que queria fumar, mas, depois de revirar a bolsa, zuniu de mansinho. "Que bobagem a minha. Deixei minha piteira na casa dele." Você tocou meu ombro. "Querido, corra lá para buscar. Senão não posso fumar." Eu ri ao beijar seus cílios inquietos e seu sorriso estreito.

Você gritou para mim: "Vá depressa!" Eu saí correndo, não porque houvesse qualquer grande pressa, mas porque tudo à minha volta estava correndo — a iridiscência dos arbustos, as sombras das nuvens na grama úmida, as flores arroxeadas correndo pela vida numa vala antes do relâmpago da foice.

Uns dez minutos depois, ofegante e acalorado, eu estava subindo os degraus da escola. Bati com o punho na porta marrom. Uma mola de colchão guinchou lá dentro. Girei a maçaneta, mas a porta estava trancada. "Quem está aí?", veio a voz acalorada de Pal Palych.

Gritei: "Vamos, me deixe entrar!" O colchão rangeu de novo e houve o palmilhar de pés descalços. "Por que você se tranca assim, Pal Palych?" Notei de imediato que seus olhos estavam vermelhos.

"Entre, entre... Bom ver você. Sabe, eu estava dormindo. Entre."

"Esquecemos uma piteira aqui", eu disse, tentando não olhar para ele.

Finalmente encontramos o tubo esmaltado de verde debaixo da poltrona. Eu o enfiei no bolso. Pal Palych estava trombeteando em seu lenço.

"Ela é uma pessoa maravilhosa", disse ele, inoportunamente, sentando-se pesadamente na cama. Suspirou e olhou de lado. "A mulher russa tem uma certa coisa, uma certa..." — Ficou todo enrugado e esfregou a testa. "Um certo" — ele emitiu um suave grunhido — "espírito de autossacrifício. Não há nada mais sublime no mundo. Esse espírito excepcionalmente sutil, excepcionalmente sublime de autossacrifício". Juntou as mãos atrás da cabeça e abriu um sorriso lírico. "Excepcionalmente..." Calou-se, depois perguntou, já num tom diferente, um tom que sempre me fazia rir: "E o que mais tem a me dizer, meu amigo?" Senti vontade de abraçá-lo, de dizer alguma coisa calorosa, alguma coisa de que ele precisasse. "Você devia dar um passeio, Pal Palych. Por que ficar trancado num quarto abafado?"

Ele fez um aceno desdenhoso. "Já vi tudo o que há para ver. Lá fora não se faz nada além d-de sentir calor..." Enxugou os olhos inchados e o bigode com um movimento descendente da mão. "Talvez hoje à noite eu vá pescar um pouco." A verruga que parecia uma espinha na pálpebra enrugada se retorceu.

Alguém devia perguntar a ele: "Caro Pal Palych, por que você está deitado bem agora com o rosto afundado no travesseiro? É só uma alergia ou alguma melancolia maior? Alguma vez já amou uma mulher? E por que chorar num dia como hoje, com esse sol lindo e as poças lá fora?..."

"Bom, tenho de correr, Pal Palych", eu disse, olhando os copos abandonados, o Tolstoi recriado tipograficamente e as botas com abas que pareciam orelhas debaixo da mesa.

Duas moscas pousaram no chão vermelho. Uma subiu em cima da outra. Zuniram e se separaram.

"Sem ressentimentos", Pal Palych disse com uma lenta exalação. Sacudiu a cabeça. "Vou sorrir e suportar... vá, não deixe que eu detenha você."

Eu estava correndo de novo pelo caminho, junto aos arbustos de amieiro. Senti que havia me banhado na tristeza de outro, que estava radiante com as lágrimas dele. A sensação era alegre, como desde então só raramente experimentei: diante de uma árvore copada, de uma luva furada, de um olho de cavalo. Era alegre porque havia um fluxo harmonioso. Era alegre como qualquer movimento ou emanação era alegre. Eu tinha sido fragmentado em um milhão de seres e objetos. Hoje sou um; amanhã me fragmentarei outra vez. E assim tudo no mundo se decanta e modula. Nesse dia, eu estava na crista de uma onda. Sabia que tudo à minha volta eram notas de uma mesma harmonia, conhecia secretamente a fonte e a resolução inevitável dos sons reunidos por um instante, e o novo acorde que seria engendrado por cada uma das notas a se dispersar. O ouvido musical de minha alma conhecia e compreendia tudo.

Você me encontrou na parte pavimentada do jardim, junto aos degraus da varanda, e suas primeiras palavras foram: "Meu marido telefonou da cidade enquanto eu estava fora. Ele vai chegar às dez horas. Deve ter acontecido alguma coisa. Talvez tenha sido transferido."

Uma lavandisca, como um vento cinza-azulado, correu depressa pela areia. Uma pausa, dois ou três passos, outra pausa, mais passos. A lavandisca, a piteira em minha mão, suas palavras, as manchas de sol em seu vestido... Não podia ter sido diferente.

"Sei em que você está pensando", você disse, franzindo as sobrancelhas. "Está pensando que alguém contou para ele e tal. Mas não faz diferença... Você sabe o que eu..."

Olhei bem para seu rosto. Olhei com toda a minha alma, diretamente. Colidi com você. Seus olhos estavam límpidos, como se uma película de papel de seda tivesse se despregado deles: daquele tipo que protege ilustrações em livros preciosos. E pela primeira vez sua voz estava límpida também. "Sabe o que eu decidi? Escute. Não posso viver sem você. É exatamente isso que vou dizer a ele. Ele vai me dar o divórcio imediatamente. E então, digamos no outono, nós podemos..."

Eu interrompi você com o meu silêncio. Uma mancha de sol deslizou de sua saia para a areia quando você se afastou ligeiramente.

O que eu podia dizer para você? Podia invocar liberdade, cativeiro, dizer que não amava você o suficiente? Não, aquilo tudo estava errado.

Passou-se um instante. Durante esse instante, muita coisa aconteceu no mundo: em algum lugar um gigantesco navio a vapor foi ao fundo, uma guerra foi declarada, um gênio nasceu. O instante passou.

"Aqui está sua piteira", eu disse. "Estava debaixo da poltrona. E sabe, quando entrei, Pal Palych devia estar..."

Você disse: "Ótimo. Agora pode se retirar." Virou-se e subiu correndo os degraus. Agarrou o fecho da porta de vidro e não conseguiu abri-la de imediato. Isso deve ter sido uma tortura para você.

Fiquei no jardim um momento em meio à doce umidade. Depois, com as mãos nos bolsos, caminhei pela areia mesclada em torno da casa. Na varanda da frente, encontrei minha bicicleta. Debruçado sobre os chifres baixos do guidão, rodei pela alameda do parque. Havia sapos aqui e ali. Inadvertidamente, passei em cima de um. *Pop* debaixo do pneu. No fim da alameda havia um banco. Encostei a bicicleta num tronco de árvore e me sentei na convidativa prancha branca. Pensei que, dentro das próximas duas horas, eu ia receber uma carta sua, que você ia me chamar e eu não ia responder. Sua casa deslizou para uma maravilhosa, melancólica distância com seu piano de cauda, seus volumes empoeirados de *The Art Review*, as silhuetas em suas molduras circulares. Era uma elícia perder você. Você se foi, desviando o corpo em ângulo na porta de vidro. Mas uma você diferente se foi de outro jeito, abrindo os olhos pálidos sob os meus beijos alegres.

Permaneci sentado até o anoitecer. Mosquitinhos, como se agitados por cordões invisíveis, subiam e desciam. De repente, em algum lugar próximo, percebi uma mancha brilhante: era seu vestido e você estava...
 As vibrações finais não tinham esmorecido? Portanto, fiquei inquieto de você estar ali outra vez, em algum lugar na lateral, além de meu campo de visão, de você estar andando, se aproximando. Com um esforço, virei o rosto. Não era você, mas aquela moça de cachecol esverdeado. Lembra-se, aquela com quem cruzamos? E aquele fox terrier dela com a barriga cômica?...
 Ela passou através das falhas da folhagem e atravessou a pontezinha que leva a um pequeno quiosque com vitrais nas janelas. A moça está entediada, está passeando em seu parque; devo provavelmente acabar por conhecê-la.

Levantei-me devagar, devagar rodei do parque imóvel para a estrada principal, direto para um enorme pôr do sol, e, no lado externo de uma curva, ultrapassei uma carruagem. Era o seu cocheiro, Semyon, indo a passo para a estação. Quando ele me viu, devagar tirou o chapéu, alisou as mechas brilhantes da nuca e o recolocou. Havia um cobertor xadrez dobrado em cima do assento. Um reflexo intrigante lampejou no olho do cavalo castrado. E quando, com pedais parados, desci a ladeira até o rio, vi da ponte o panamá e os ombros redondos de Pal Palych, que estava sentado embaixo, numa projeção da cabine de banho, com uma vara de pescar na mão.

Freei e parei com a mão no parapeito.

"Ei, ei, Pal Palych! Estão mordendo?" Ele levantou o rosto e me deu um aceno gentil, familiar.

Um morcego mergulhou sobre a superfície rosada de espelho. O reflexo da folhagem parecia renda negra. Pal Palych, de longe, estava gritando alguma coisa, me chamando com a mão. Um segundo Pal Palych tremulou nas ondas negras. Rindo alto, afastei-me do parapeito.

Passei pelas isbás rodando silenciosamente pelo caminho bem batido. Sons de mugidos flutuaram no ar sem brilho; alguns pinos voaram com estrépito. Depois, mais longe, na estrada, na vastidão do pôr do sol, em meio aos campos ligeiramente vaporosos, fez-se silêncio.

Bater de asas

1

Quando uma ponta curva do esqui cruza com a outra, você cai para a frente. A neve ardente entra pela manga e é muito difícil ficar em pé outra vez. Kern, que não esquiava havia muito tempo, logo estava suando. Sentindo-se ligeiramente tonto, ele arrancou o gorro de lã que lhe pinicava as orelhas e limpou os flocos úmidos dos cílios.

Tudo era alegria e céu azul na frente do hotel de seis andares. As árvores ficavam incorpóreas na luz. Incontáveis trilhas de esqui desciam como uma cabeleira sombreada pelas encostas de neve. E, a toda a volta, uma brancura gigantesca corria para o alto e cintilava, liberta, no céu.

Os esquis de Kern rangiam quando ele subiu a encosta. Notando seus ombros largos, perfil equino e brilho robusto nas bochechas, a moça inglesa que ele conhecera ontem, terceiro dia depois de sua chegada, o tomara por um compatriota. Isabel, Isabel Voadora, como era chamada por uma turma de morenos e educados rapazes do tipo argentino, que corriam atrás dela por toda parte: no salão de danças do hotel, na escada atapetada, nas encostas nevadas num jogo de poeira cintilante. O jeito dela era leve e impetuoso, a boca, tão vermelha que parecia que o Criador tinha recolhido algum tórrido carmim e atirado um punhado na parte inferior de seu rosto. O riso adejava em seus olhos pintalgados. Havia um pente espanhol ereto como uma asa na onda alta de seu cabelo negro, acetinado. Era assim que Kern a tinha visto ontem, quando o som ligeiramente cavo do gongo a convocou do Quarto 35 para o jantar. E o fato de que eram vizinhos, e de que o número do quarto dela era o de seus anos de vida, e de que ela estava sentada na frente dele à longa *table d'hôte*, alta, animada, com um vestido preto decotado, uma faixa de seda negra no pescoço nu: tudo isso pareceu tão significativo para

Kern que abriu uma brecha na surda melancolia que o oprimia já havia meio ano.

Foi Isabel quem falou primeiro, e isso não o surpreendeu. Naquele imenso hotel que rebrilhava, isolado, numa fenda entre as montanhas, a vida pulsava embriagadora e de coração leve depois dos anos mortos da guerra. Além disso, para ela, para Isabel, nada era proibido: nem o bater de cílios de soslaio, nem a melodia do riso em sua voz quando ela disse, passando o cinzeiro para Kern: "Acho que você e eu somos os únicos ingleses aqui." E acrescentou, inclinando para a mesa um ombro translúcido reprimido pela fita de uma alça preta: "Sem contar, claro, a meia dúzia de velhotinhas e aquele sujeito ali com o colarinho levantado."

Kern replicou: "Você está enganada. Eu não tenho pátria. É verdade que passei muitos anos em Londres. Além disso..."

Na manhã seguinte, depois de meio ano de indiferença, ele de repente sentiu o prazer de entrar no ensurdecedor cone de um chuveiro gelado. Às nove, depois de um desjejum substancial e sensato, ele crepitou com seus esquis pela areia avermelhada que espalharam no brilho nu do caminho diante da varanda do hotel. Quando terminou de subir a encosta nevada, com passos em espinha de peixe como convém a um esquiador, lá, entre bombachas xadrezes e rostos afogueados, estava Isabel.

Ela o cumprimentou à maneira inglesa, com apenas um floreio de sorriso. Seus esquis eram iridescentes com verde-oliva. A neve grudara nas complicadas correias que prendiam seus pés. Havia uma força não feminina em seus pés e pernas bem torneadas, nas botas sólidas e nas bandagens apertadas. Uma sombra arroxeada deslizou atrás dela pela superfície crestada quando, as mãos displicentemente enfiadas nos bolsos da jaqueta de couro e o esqui esquerdo ligeiramente avançado, ela desceu depressa a encosta, cada vez mais depressa, o cachecol esvoaçando, em meio a rajadas de pó de neve. Então, a toda velocidade, ela fez uma curva fechada com um joelho muito flexionado, endireitou-se de novo e seguiu ligeiro, passou pelos pinheiros, pelo rinque de patinação turquesa. Uma dupla de jovens de suéteres coloridos e um famoso esportista sueco de rosto cor de terracota e cabelo sem cor, penteado para trás, passaram depressa por trás dela.

Um pouco mais tarde, Kern cruzou com ela outra vez perto de uma trilha azulada ao longo da qual as pessoas desciam voando com um ligeiro estrépito, de bruços em seus trenós chatos como sapos lanosos. Com um brilho de esquis, Isabel desapareceu atrás da curva de um banco de neve, e quando Kern, envergonhado por seus movimentos desajeitados, alcançou-a num baixio suave entre ramos prateados de gelo, ela sacudiu os dedos no ar, bateu os esquis e partiu de novo. Kern ficou um longo tempo parado entre as sombras violeta e de repente sentiu um aroma do conhecido terror do silêncio. O rendilhado dos ramos no ar esmaltado tinha a frieza de um conto de fadas assustador. As árvores, as sombras intrincadas, seus próprios esquis, tudo parecia estranhamente de brinquedo. Ele se deu conta de que estava cansado, tinha bolhas no calcanhar, e, contornando uns galhos salientes, voltou. Patinadores deslizavam mecanicamente pela superfície turquesa. Na encosta nevada adiante, o sueco de terracota estava ajudando a se levantar um sujeito desengonçado, coberto de neve, com óculos de tartaruga, que se debatia na poeira cintilante como se fosse algum pássaro desajeitado. Como uma asa arrancada, um esqui que se soltara de seu pé deslizava encosta abaixo.

De volta a seu quarto, Kern trocou de roupa e, ao som cavo do gongo, ligou e pediu rosbife frio, umas uvas e uma garrafa de Chianti.

Sentia uma dor chata nos ombros e nas coxas.

Não tinha de ter ido atrás dela, pensou. Um homem gruda dois pedaços de pau nos pés e passa a saborear a lei da gravidade. Ridículo.

Por volta das quatro, ele desceu para o espaçoso salão de leitura, onde a boca da lareira exalava calor alaranjado e pessoas invisíveis estavam sentadas em profundas poltronas de couro, com as pernas estendidas debaixo dos jornais. Numa longa mesa de carvalho, havia uma pilha desarrumada de revistas cheias de anúncios de suprimentos de toalete, dançarinas e cartolas parlamentares. Kern pegou um exemplar amassado da *Tattler* de junho anterior e, durante um longo tempo, examinou o sorriso da mulher que tinha, durante sete anos, sido sua esposa. Lembrou-se de seu rosto morto, que tinha ficado tão frio e duro, e de algumas cartas que encontrara numa caixinha.

Empurrou a revista de lado, as unhas arranhando a página brilhosa.

Depois, mexendo com dificuldade os ombros e resfolegando em seu cachimbo curto, saiu para a enorme varanda fechada, onde uma banda congelada estava tocando e pessoas de cachecóis coloridos tomavam chá forte, prontas para correr de volta para o frio, para as encostas que brilhavam com um cintilar ronronante através das janelas amplas. Com olhos perscrutadores, examinou a varanda. O olhar curioso de alguém o pinicou como uma agulha tocando o nervo de um dente. Ele virou abruptamente para trás.

No salão de bilhar, em que havia entrado pelo lado quando a porta de carvalho cedeu à sua pressão, Monfiori, um sujeitinho pálido, de cabelo vermelho, que só respeitava a Bíblia e a carambola do bilhar, estava curvado sobre o pano esmeralda, deslizando o taco para a frente e para trás a mirar numa bola. Kern o conhecera recentemente e o homem prontamente o bombardeara com citações das Sagradas Escrituras. Ele disse que estava escrevendo um livro importante no qual demonstrava que, se se interpretasse o Livro de Jó de determinada maneira, então... Mas Kern parara de ouvir, porque de repente as orelhas de seu interlocutor lhe chamaram a atenção — orelhas pontudas, envoltas em poeira amarelo-canário, com uma pelugem avermelhada nas pontas.

As bolas bateram e se espalharam. Erguendo as sobrancelhas, Monfiori propôs um jogo. Ele tinha olhos melancólicos, ligeiramente bulbosos, caprinos.

Kern já havia aceitado e até esfregado o giz na ponta do taco, mas, de repente, sentindo uma onda de tédio mortal que fez doer a boca do estômago e tinirem os ouvidos, disse que estava com dor no cotovelo, deu uma olhada para o brilho açucarado das montanhas lá fora ao passar por uma janela e voltou ao salão de leitura.

Lá, com as pernas cruzadas e um sapato de couro balançando, examinou mais uma vez a fotografia cinza-pérola, os olhos de criança e os lábios sombreados da beldade londrina que tinha sido sua esposa. Na primeira noite depois de sua morte autoinduzida ele foi atrás de uma mulher que lhe sorriu numa esquina enevoada, vingando-se de Deus, do amor e do destino.

E agora vinha essa Isabel com aquele borrão vermelho na boca. Se fosse possível ao menos...

Cerrou os dentes e os músculos de seu forte maxilar ondularam. Toda a sua vida passada parecia uma trêmula fileira de telas multicores com as quais ele se escudava dos ventos cósmicos. Isabel era apenas o último fragmento colorido. Quantos desses trapos sedosos tinham já havido, e como ele tentara pendurá-los na negra brecha se abrindo! Viagens, livros em encadernações delicadas, e sete anos de êxtase amoroso. Eles ondulavam, esses fragmentos, com o vento de fora, soltavam-se, caíam, um a um. A brecha não podia ser escondida, o abismo respira e suga tudo para dentro. Isso ele entendeu quando o detetive de luvas de camurça...

Kern percebeu que estava oscilando para a frente e para trás, e que uma pálida moça de sobrancelhas rosadas estava olhando para ele por trás de uma revista. Pegou um *Times* da mesa e abriu as folhas gigantescas. Roupa de cama de papel estendida sobre o abismo. Pessoas inventam crimes, museus, jogos, só para escapar do desconhecido, do céu vertiginoso. E agora essa Isabel...

Jogou de lado o jornal, esfregou a testa com um punho enorme e sentiu de novo alguém o olhando com curiosidade. Então saiu da sala andando devagar, passando pelos pés leitores, pela mandíbula alaranjada da lareira. Perdeu o rumo nos corredores ressoantes, viu-se em algum salão, onde as pernas brancas de uma cadeira torneada se refletiam no assoalho, e na parede pendia uma grande pintura de William Tell acertando a maçã na cabeça do filho; examinou então demoradamente seu rosto pesado, barbeado, os laivos de sangue no branco dos olhos, a gravata-borboleta xadrez no espelho brilhante de um banheiro muito iluminado, onde a água gorgolejava musicalmente e um toco de cigarro dourado jogado por alguém flutuava nas profundezas da louça.

Além das janelas, as neves estavam se apagando, ficando azuis. Tons delicados iluminavam o céu. As folhas da porta giratória de entrada para o vestíbulo cheio de ruído brilhavam ao admitir nuvens de vapor e gente de cara vermelha, ofegante depois de seus jogos de neve. A escada respirava com passos, exclamações, risos. Então o hotel se aquietou: todo mundo estava se vestindo para jantar.

Kern, que tinha caído num vago torpor em sua poltrona no quarto em penumbra, foi despertado pelas vibrações do gongo. Contente com sua energia recém-encontrada, ele acendeu as luzes, encaixou as abotoaduras numa camisa limpa, engomada, extraiu a calça preta achatada debaixo da prensa rangente. Cinco minutos depois, consciente de um leve frescor, da firmeza dos cabelos na cabeça, e de cada detalhe de suas roupas bem-passadas, desceu para o salão de jantar.

Isabel não estava. A sopa foi servida, depois o peixe, mas ela não apareceu.

Kern examinou com repulsa os jovens bronzeados e sem graça, o rosto cor de tijolo de uma velha com uma pinta falsa dissimulando uma espinha, um homem com olhos de bode, e fixou seu olhar melancólico numa pequena pirâmide encaracolada de jacintos num vaso verde.

Ela apareceu somente quando, no salão onde estava pendurado William Tell, os instrumentos de uma banda de negros começaram a bater e gemer.

Tinha cheiro de ar fresco e perfume. Seu cabelo parecia úmido. Alguma coisa em seu rosto surpreendeu Kern.

Ela deu um sorriso brilhante e ajeitou a fita negra no ombro translúcido.

"Sabe, acabei de voltar. Mal tive tempo de trocar de roupa e devorar um sanduíche."

Kern perguntou: "Não me diga que estava esquiando esse tempo todo. Nossa, está completamente escuro lá fora."

Ela lhe deu um olhar intenso e Kern percebeu o que o havia surpreendido: seus olhos, que cintilavam como se estivessem polvilhados com neve.

Isabel começou a deslizar suavemente pelas vogais arrulhantes da fala inglesa: "Claro. Foi incrível. Desci as encostas no escuro, voei por cima das rampas. Direto para as estrelas."

"Podia ter morrido", disse Kern.

Ela repetiu, estreitando os olhos veludosos: "Direto para as estrelas", e acrescentou, com um cintilar da clavícula nua, "e agora quero dançar".

A banda de negros chocalhava e lamentava no salão. Lanternas japonesas flutuavam, coloridas. Na ponta dos pés, alternando passos rápidos com passos suspensos, a mão apertando a dela, Kern se aproximava de Isabel. Um passo e sua perna esguia se colava à dele; outro, e ela cedia, dócil. O fragrante frescor de seu cabelo fazia cócegas na têmpora dele, e Kern sentia, na palma da mão direita, as flexíveis ondulações de suas costas nuas. Prendendo a respiração, ele entrava em pausas na música, depois continuava deslizando de compasso em compasso... Em torno dele, flutuavam os rostos intensos de casais angulares com olhos perversamente ausentes. E a canção opaca das cordas era pontuada pelo bater de primitivos martelinhos.

A música acelerou, cresceu e terminou num estrépito. Todo mundo parou. Então veio o aplauso, pedindo mais da mesma coisa. Mas os músicos tinham decidido fazer uma pausa.

Tirando do punho um lenço, enxugando a testa, Kern foi atrás de Isabel, que, com um adejar do leque preto, estava se encaminhando para a porta. Sentaram-se lado a lado nuns degraus largos.

Sem olhar para ele, ela disse: "Desculpe... tive a sensação de ainda estar no meio da neve e das estrelas. Nem notei se você dança bem ou não."

Kern olhou para ela como se não ouvisse, e ela estava realmente imersa em seus radiosos pensamentos, pensamentos desconhecidos para ele.

Um degrau abaixo, estava sentado um rapaz com um paletó muito apertado e uma moça magrinha com uma marca de nascença na escápula. Quando a música começou de novo, o rapaz convidou Isabel para dançar um Boston. Kern teve de dançar com a magrinha. Ela exalava um ligeiro aroma de lavanda azeda. Serpentinas de papel colorido voejavam pelo salão, prendendo-se aos dançarinos. Um dos músicos pusera um bigode branco e por alguma razão Kern ficou envergonhado por ele. Quando a dança terminou, ele abandonou sua parceira e correu em busca de Isabel. Ela não estava em lugar nenhum — nem no bufê, nem na escada.

"É isso: hora de ir para a cama", foi a rígida ideia de Kern.

De volta a seu quarto, puxou de lado a cortina antes de se deitar e, sem pensar, olhou a noite. Reflexos das janelas pousavam na neve escura em frente ao hotel. A distância, os picos metálicos flutuavam numa funérea irradiação.

Ele teve a sensação de ter vislumbrado a morte. Fechou bem as cortinas para que nem um raio da noite pudesse penetrar no quarto. Mas, quando apagou a luz e deitou, notou um reflexo vindo da borda de uma prateleira de vidro. Levantou-se e remexeu um longo tempo em torno da janela, amaldiçoando as manchas de luar. O piso estava frio como mármore.

Quando Kern soltou o cordão do pijama e fechou os olhos, encostas escorregadias começaram a deslizar debaixo dele. Um pulsar oco começou em seu coração, como se tivesse ficado quieto o dia inteiro e agora se aproveitasse do silêncio. Começou a sentir medo ao ouvir essa pulsação. Lembrou-se de uma vez, num dia muito ventoso, passando diante de um açougue com sua mulher, ter visto uma carcaça em seu gancho batendo surdamente na parede. Era assim que sentia agora o coração. Sua esposa, nesse meio-tempo, tinha os olhos apertados contra o vento e segurava o chapéu ao dizer que aquele vento e o mar a estavam deixando louca, que tinham de ir embora, tinham de ir embora...

Kern rolou para o outro lado, com cuidado, para seu peito não explodir com o bater convexo.

"Não posso continuar assim", resmungou no travesseiro, encolhendo as pernas, desamparado. Ficou um tempo deitado de costas olhando o teto, a tênue luminosidade que havia se infiltrado, tão penetrante quanto suas costelas.

Quando fechou os olhos de novo, faíscas cintilantes começaram a flutuar diante dele, depois infinitas espirais transparentes a se desenrolar. Os olhos nevados de Isabel e a boca incendiada passaram num relâmpago, depois as faíscas e espirais de novo. Por um instante, seu coração se contraiu num nó lacerado. Depois inchou e bateu forte.

Não posso continuar assim, vou enlouquecer. Nenhum futuro, só uma parede negra. Não resta mais nada.

Teve a impressão de que as serpentinas de papel deslizavam por seu rosto, farfalhando e se rasgando em farrapos estreitos. E as lanternas japonesas flutuavam em ondulações coloridas no parquê do piso. Ele estava dançando, avançando.

Se eu conseguisse ao menos destravá-la, abri-la... E então...

E a morte lhe pareceu um sonho deslizando, uma queda macia. Sem pensamentos, sem palpitações, sem dores.

As costelas lunares no teto tinham se movido imperceptivelmente. Passos silenciosos soaram no corredor, um trinco clicou em algum lugar, um suave tilintar passou voando; depois, passos de novo, o sussurro e o murmúrio de passos.

Isso queria dizer que o baile havia acabado, pensou Kern. Virou o travesseiro macio.

Agora, por toda parte, havia um silêncio imenso, que esfriava gradualmente. Só o seu coração oscilava, tenso e pesado. Kern estendeu a mão para a mesa de cabeceira, encontrou a jarra, tomou um gole no bico. Um fio gelado escaldou seu pescoço e clavícula.

Começou a pensar em métodos de induzir o sono. Imaginou ondas batendo ritmadamente na praia. Depois gordos carneiros cinzentos saltando uma cerca. Um carneiro, dois, três...

Isabel está dormindo no quarto ao lado, pensou Kern. Isabel está dormindo, usando pijama amarelo, provavelmente. Amarelo combina com ela. Cor espanhola. Se eu arranhar a parede com a unha, ela me escuta. Maldita palpitação...

Ele adormeceu no momento exato em que começara a tentar resolver se valia a pena acender a luz e ler um pouco. Havia um romance francês na poltrona. A lâmina de marfim brilha, abrindo as páginas. Uma, duas...

Voltou a si no meio do quarto, despertado por uma sensação de horror insuportável. O horror o jogou para fora da cama. Tinha sonhado que a parede junto à qual ficava a cama começara lentamente a cair em cima dele — então se encolhera com uma exalação espasmódica.

Kern encontrou a cabeceira pelo tato e teria voltado a dormir imediatamente, não fosse por um barulho que ouviu do outro lado da parede. Não entendeu de imediato de onde vinha o barulho, e o ato de se esforçar para ouvir fez com que sua consciência, já pronta para deslizar a encosta do sono, abruptamente ficasse lúcida. O barulho ocorreu de novo: uma vibração, seguida da rica sonoridade das cordas de um violão.

Kern se lembrou: era Isabel que estava no quarto ao lado. Imediatamente, como se em resposta a essa ideia, veio o som de seu riso. Duas vezes, três, a guitarra pulsou e se dissolveu. Depois um estranho latido intermitente soou e cessou.

Sentando em sua cama, Kern ficou ouvindo, admirado. Imaginou uma cena bizarra: Isabel com um violão e um grande dinamarquês a fitando com olhos bem-aventurados. Colou o ouvido à parede gelada. O latido soou de novo, o violão vibrou com uma batida e um estranho farfalhar começou a ondular, como se um amplo vento estivesse soprando ali no quarto ao lado. O farfalhar prolongou-se num assobio baixo e mais uma vez a noite encheu-se de silêncio. Então uma veneziana bateu: Isabel fechara a janela.

Moça incansável, ele pensou: o cachorro, o violão, o vento gelado.

Agora estava tudo quieto. Depois de expelir todos os ruídos de seu quarto, Isabel provavelmente tinha ido para a cama e agora estava dormindo.

"Droga! Não estou entendendo nada. Não tenho nada. Droga, droga", Kern gemeu, enterrando a cabeça no travesseiro. Uma pesada fadiga comprimia-lhe as têmporas. Suas pernas doíam e pinicavam insuportavelmente. Ele gemeu no escuro durante longo tempo, revirando pesadamente de um lado para outro. Os raios no teto tinham desaparecido havia muito.

2

No dia seguinte, Isabel não apareceu até a hora do almoço.

Desde manhã, o céu estava branco de cegar e o sol parecia a lua. A neve começou a cair, devagar e verticalmente. Os flocos densos, como manchas ornamentais num véu branco, velavam a vista das montanhas, os pinheiros pesadamente carregados, o turquesa esmaecido do rinque. As partículas de neve gordas, macias, roçavam as vidraças, caindo, caindo sem fim. Se alguém ficasse olhando muito tempo, teria a impressão de que o hotel inteiro estava lentamente se elevando.

"Estava tão cansada ontem à noite", Isabel estava dizendo a seu vizinho, um rapaz de alta testa olivácea e olhos penetrantes, "tão cansada que resolvi ficar na cama".

"Você está belíssima hoje", murmurou o rapaz com exótica cortesia.

Ela inflou as narinas ironicamente.

Olhando-a por cima dos jacintos, Kern disse, friamente: "Não sabia, senhorita Isabel, que tinha um cachorro no seu quarto, além de um violão."

Os olhos veludosos se estreitaram ainda mais, contra uma brisa de constrangimento. Depois ela abriu um sorriso, todo carmim e marfim.

"O senhor exagerou no baile ontem, senhor Kern", ela replicou. O jovem oliváceo e o sujeito que reconhecia apenas a Bíblia e o bilhar deram risada, o primeiro com um sonoro ha-ha, o segundo muito suavemente, com as sobrancelhas levantadas.

Kern disse, franzindo a testa: "Gostaria de pedir que não tocasse à noite. Não tenho facilidade para dormir."

Isabel retalhou o rosto dele com um olhar rápido e radiante. "Melhor pedir aos seus sonhos, não a mim."

E começou a conversar com o vizinho sobre a competição de esqui do dia seguinte.

Havia alguns minutos que Kern sentia os lábios esticados num esgar espasmódico, incontrolável. Eles se retorciam, aflitivamente, nos cantos da boca, e de repente sentiu vontade de arrancar a toalha da mesa, de atirar o vaso de jacintos contra a parede.

Levantou-se, tentando esconder o tremor insuportável, e, sem ver ninguém, saiu da sala.

"O que está acontecendo comigo", perguntou à sua angústia. "O que está acontecendo aqui?"

Com um chute abriu a mala e começou a arrumá-la. Ficou tonto imediatamente. Parou e passou a andar pelo quarto outra vez. Raivosamente, encheu o cachimbo curto. Sentou-se na poltrona junto à janela, além da qual a neve caía com enjoativa regularidade.

Tinha vindo a esse hotel, a esse recanto invernal, estiloso, chamado Zermatt, para fundir a sensação de silêncio branco com o prazer de encontros alegres, variados, porque a solidão total era o que ele mais temia. Mas agora entendia que rostos humanos também lhe eram intoleráveis, que a neve fazia sua cabeça tinir e que lhe faltavam a inspirada vitalidade e a terna perseverança sem as quais a paixão é impotente. Enquanto para Isabel, provavelmente, a vida consistia numa esplêndida corrida de esqui, em riso impetuoso, em perfume e ar gelado.

Quem é ela? Uma diva de heliogravura que se libertou? Ou a filha fugida de algum lorde arrogante e bilioso? Ou apenas uma daquelas mulheres de Paris... E de onde vem seu dinheiro? Ideia ligeiramente vulgar...

Ela tem mesmo um cachorro, porém, e é inútil negar. Algum dinamarquês de pelo liso. Com focinho frio e orelhas quentes. E ainda está nevando, Kern pensou, casualmente. E em minha mala — uma mola pareceu se abrir com um tilintar em seu cérebro — tenho uma Parabellum.

Até o anoitecer ele ainda ficou vagando pelo hotel, ou fazendo ruídos secos e farfalhantes com os jornais na sala de leitura. Pela janela do saguão, viu Isabel, o sueco e vários rapazes com jaquetas sobre suéteres franjados em cima de um trenó curvo como um cisne. Os cavalos ruões faziam tilintar alegremente os arreios. A neve caía silenciosa e densa. Isabel, toda pintalgada com pequenas estrelas brancas, estava gritando e rindo entre os companheiros. E, quando o trenó partiu com um tranco e saiu em velocidade, ela caiu para trás, batendo no ar as mãos com meias-luvas de pele.

Kern se afastou da janela.

Vá em frente, aproveite o passeio... Não faz nenhuma diferença...

Então, durante o jantar, tentou não olhar para ela. Isabel estava repleta de uma alegria festiva e risonha e não prestou atenção nele. Às nove horas, a música de negros começou a bater e gemer outra vez. Kern, num estado de febril langor, estava parado no batente da porta, olhando os casais atracados e o leque curvo de Isabel.

Uma voz suave falou junto a seu ouvido: "Gostaria de ir até o bar?"

Ele se voltou e viu os olhos caprinos e melancólicos, as orelhas com sua penugem avermelhada.

Na penumbra carmesim do bar, as mesas de vidro refletiam os babados dos abajures.

Junto ao balcão de metal havia três homens sentados em bancos altos, os três usando polainas brancas, as pernas encolhidas, chupando com canudinhos drinques de cores vivas. Do outro lado do balcão, onde garrafas multicoloridas cintilavam nas prateleiras como uma coleção de besouros convexos, um homem corpulento, de bigode preto, com smoking cor de cereja, estava misturando coquetéis com excepcional habilidade. Kern e Monfiori escolheram uma mesa nas profundezas de veludo do bar. Um garçom abriu uma longa lista de bebidas, com atenção e reverência, como um antiquário que exibe um livro precioso.

"Vamos tomar um copo de cada em sequência", disse Monfiori, com sua voz melancólica, ligeiramente cava, "e, quando chegarmos ao fim da lista, começamos de novo, escolhendo só os que forem do nosso gosto. Talvez a gente pare em um e fique saboreando esse por um longo tempo. Depois, voltamos para o começo de novo".

Ele deu um olhar pensativo ao garçom. "Está claro?"

O repartido do cabelo do garçom fez uma curvatura.

"Isso é conhecido como o passeio de Baco", Monfiori disse a Kern com uma risada dolorida. "Algumas pessoas abordam sua vida diária desse mesmo jeito."

Kern reprimiu um bocejo trêmulo. "Sabe que isto acaba fazendo você vomitar."

Monfiori suspirou, deu um gole, estalou os lábios e marcou o primeiro item da lista com um X, usando uma lapiseira. Dois sulcos profundos descem das asas de seu nariz para os cantos da boca fina.

Depois do terceiro copo, Kern acendeu um cigarro em silêncio. Depois do sexto drinque — uma mistura doce demais de chocolate e champanhe —, sentiu necessidade de falar.

Exalou um megafone de fumaça. Estreitando os olhos, bateu a cinza do cigarro com uma unha amarelada.

"Me diga, Monfiori, o que acha dessa... como é o nome dela... Isabel?"

"Não vai conseguir nada com ela", Monfiori replicou. "Ela é da espécie escorregadia. Só o que procura são contatos passageiros."

"Mas ela toca violão de noite e brinca com o cachorro. Isso não é bom, é?", Kern perguntou, arregalando os olhos no copo.

Com outro suspiro, Monfiori disse: "Por que não desiste dela? Afinal de contas..."

"Isso me soa como inveja..." — Kern começou a dizer.

O outro o interrompeu baixinho: "Ela é uma mulher. E eu, como vê, tenho outros gostos." Pigarreou modestamente e fez outro X.

Os drinques cor de rubi foram substituídos por dourados. Kern teve a sensação de que seu sangue estava ficando doce. Sua cabeça, enevoada. As polainas brancas saíram do bar. O tambor e as vozes da música ao longe cessaram.

"Você diz que a pessoa deve ser seletiva...", sua voz estava grossa e mole, "quando eu cheguei a um ponto... Escute isto, por exemplo: eu tinha uma esposa. Ela se apaixonou por outro. Ele acabou sendo um ladrão. Roubava carros, gravatas, peles... E ela se envenenou. Com estricnina".

"E você acredita em Deus?", Monfiori perguntou com o ar de um homem que embarcava em seu divertimento favorito. "Existe um Deus, afinal."

Kern deu uma risada artificial.

"Deus bíblico... Vertebrado gasoso... Eu não sou crente."

"Isso é de Huxley", Monfiori observou, insinuante. "Não existe um Deus bíblico, mas... A questão é que Ele não está sozinho; existem inúmeros Deuses bíblicos... Uma legião. Meu favorito é... 'Ele espirra e faz-se a luz. Ele tem olhos como os cílios do amanhecer.' Entende o que isso quer dizer? Entende? E tem mais: '... as partes carnosas de seu corpo estão solidamente interligadas e não se mexem.' Então? Então? Você entende?"

"Espere um pouco", Kern gritou.

"Não, não... é preciso pensar nisto. 'Ele transforma o mar em um unguento borbulhante; deixa para trás uma trilha de brilho; o abismo é como uma mecha de cabelo grisalho!'"

"Espere, por favor", Kern interrompeu. "Quero contar para você que resolvi me matar..."

Monfiori lhe deu um olhar opaco, atento, cobrindo o copo com a palma da mão. Ficou em silêncio um momento.

"Exatamente como eu pensei", disse com inesperada suavidade. "Hoje, quando você estava olhando as pessoas dançarem e antes disso, quando você se levantou da mesa... Havia alguma coisa em seu rosto... Uma ruga entre as sobrancelhas.... Aquela especial... Eu entendi na mesma hora..." Calou-se, acariciando a borda da mesa.

"Escute o que estou dizendo", continuou, baixando as pálpebras pesadas, roxas, com cílios como verrugas. "Procurei por toda parte alguém como você: em hotéis caros, em trens, em estâncias marítimas, à noite nos cais das grandes cidades." Um risinho sonhador pairou em seus lábios.

"Me lembro, uma vez, em Florença...", ergueu um olhar de corça. "Escute, Kern... eu gostaria de estar presente quando você fizer isso... Posso?"

Kern, num amortecimento, sentiu um frio no peito debaixo da camisa engomada. *Estamos ambos bêbados*, as palavras passaram correndo por seu cérebro, *e ele é assustador*.

"Posso?", Monfiori repetiu, projetando os lábios. "Por favorzinho?" (toque de uma mão pequena, úmida, peluda).

Com um repelão e um movimento instável, Kern levantou da cadeira.

"Vá para o inferno! Me esqueça... eu estava brincando..."

O fixar atento dos olhos de ventosa de Monfiori não vacilou.

"Não aguento mais você! Não aguento mais nada", Kern cortou com um gesto líquido das mãos. O olhar de Monfiori se despregou com uma espécie de estalo.

"Escuridão! Títere!... Jogo de palavras!... Basta!..."

Bateu o quadril dolorosamente na ponta da mesa. O gordinho framboesa atrás do balcão oscilante empinou o peito branco da camisa e começou a flutuar, como num espelho curvo, entre suas garrafas. Kern atravessou as ondulações deslizantes do tapete e com o ombro empurrou uma porta de vidro que caía.

O hotel estava todo adormecido. Subiu a escada acarpetada com dificuldade, localizou o seu quarto. Uma chave se projetava da porta vizinha. Alguém tinha esquecido de se trancar por dentro. Flores serpenteavam pela penumbra do corredor. Uma vez dentro do quarto, ele passou um longo tempo tateando a parede em busca do interruptor. Depois despencou numa poltrona junto à janela.

Ocorreu-lhe que tinha de escrever certas cartas, cartas de despedida. Mas os drinques xaroposos o haviam enfraquecido. Seu ouvido estava tomado por um zunido cavo, denso, e gélidas ondas sopravam sua testa. Tinha de escrever uma carta, e havia mais alguma coisa a incomodá-lo. Como se tivesse saído de casa e esquecido a carteira. O negrume espelhado da janela refletia o colarinho como uma lista e a testa pálida. Havia derramado algumas gotas embriagadoras no peito da camisa. Tinha de escrever aquela carta... não, não era isso. De repente, teve um lampejo mental. A chave! A chave do lado de fora da porta vizinha...

Kern se levantou pesadamente e saiu para o corredor pouco iluminado. Na chave enorme havia uma bolacha brilhante pendurada com o número 35. Ele parou na frente daquela porta branca. Havia um ávido tremor em suas pernas.

Um vento gélido lambeu sua testa. A janela do quarto espaçoso e iluminado estava aberta. Na cama larga, de pijama amarelo aberto no pescoço, Isabel estava deitada de costas. A mão pálida pendia com um cigarro aceso entre os dedos. Devia ter sido tomada pelo sono sem aviso.

Kern se aproximou da cama. Bateu o joelho numa cadeira, sobre a qual um violão emitiu um tênue som. O cabelo azul de Isabel se espalhava em cachos cerrados sobre o travesseiro. Ele olhou os cílios escuros, a sombra delicada entre os seios. Tocou o cobertor. Os olhos dela se abriram imediatamente. Então, numa posição um tanto corcunda, Kern disse: "Preciso do seu amor. Amanhã vou me matar."

Ele nunca sonhara que uma mulher, mesmo pega de surpresa, pudesse assustar-se tanto. Primeiro, Isabel ficou absolutamente imóvel, depois deu um salto, olhando para a janela aberta, saiu imediatamente da cama e passou correndo por Kern com a cabeça abaixada, como se esperasse um golpe de cima.

A porta bateu. Algumas folhas de papel voaram da mesa.

Kern ficou parado no meio do quarto espaçoso e iluminado. Na mesa de cabeceira, brilhavam umas uvas roxas e douradas.

"Louca", disse em voz alta.

Laboriosamente mexeu os ombros. Depois, como um corcel, teve um prolongado tremor de frio. E, de repente, imobilizou-se.

De fora da janela, crescendo, voando, um som alegre de latidos se aproximava em avanços agitados. Num piscar de olhos o quadrado de noite negra da abertura da janela foi preenchido por fervilhante, sólida, impetuosa pelagem. Em um amplo e ruidoso salto essa pelagem áspera encobriu o céu da noite de uma janela à outra.

Um instante mais e ele cresceu tensamente, explodiu, oblíquo, e se desdobrou. Em meio à sibilante expansão de pele agitada relampejou uma cara branca. Kern agarrou o violão pelo braço e, com toda força, bateu no rosto branco que voava para cima dele. Como uma tempestade fofa, o osso da asa gigante o derrubou no chão. Ele foi tomado por um cheiro animal. Kern se levantou com uma guinada.

No centro do quarto jazia um anjo enorme.

Ocupava o quarto inteiro, o hotel inteiro, o mundo inteiro. A asa direita estava dobrada, apoiada em ângulo na penteadeira espelhada. A esquerda se debatia pesadamente, presa às pernas de uma cadeira virada. A cadeira batia no chão de um lado para outro. A pelagem marrom das asas fumegava, iridescente de geada. Ensurdecido pelo golpe, o anjo se levantou sobre as mãos como uma esfinge. Veias azuis incharam nas mãos brancas, e depressões de sombra apareceram nos ombros, perto das clavículas. Os olhos alongados, de aparência míope, de um verde pálido como o ar antes do amanhecer, olharam para Kern sem piscar, debaixo de sobrancelhas retas, juntas.

Sufocando com o odor pungente da pelagem molhada, Kern estava imóvel na apatia do medo absoluto, examinando as asas gigantes, fumegantes, e a cara branca.

Começou um surdo estrépito além da porta do corredor e Kern foi tomado por uma emoção diferente: vergonha de cortar o coração. Estava envergonhado a ponto de doer, de se horrorizar, que em algum momento alguém pudesse entrar e encontrá-lo com aquela criatura incrível.

O anjo respirou ruidosamente, mexeu-se. Mas os braços ficaram fracos e ele caiu sobre o peito. Uma asa estremeceu. Rilhando os dentes, tentando não olhar, Kern curvou-se sobre ele, pegou aquele monte de pele úmida e odorosa, os ombros frios, pegajosos. Notou com repulsivo horror que os pés do anjo eram pálidos e sem ossos e que ele não conseguia se levantar sobre eles. O anjo não resistiu. Kern puxou-o depressa para o guarda-roupa, abriu a porta espelhada, começou a empurrar e apertar as asas nas profundezas rangentes. Pegou-as pelos ossos, tentando dobrá-las, enfiá-las para dentro. Dobras de pele se desdobravam e batiam em seu peito. Por fim, fechou a porta com um movimento sólido. Nesse instante, ouviu-se um guincho lacerado, insuportável, o guincho de um animal esmagado por uma roda. Ele tinha batido a porta numa das asas, era isso. Uma pequena curva da asa aparecia pela fresta. Abrindo ligeiramente a porta, Kern empurrou a ponta recurvada com a mão. Girou a chave.

Ficou tudo muito quieto. Kern sentiu lágrimas quentes a rolar pelo rosto. Respirou fundo e correu para o corredor. Isabel estava caída junto à parede, uma massa curva de seda negra. Ele a pegou nos braços, carregou-a para seu quarto e a deitou na cama. Depois pegou da mala sua pesada Parabellum, bateu o pino no lugar, correu para fora prendendo a respiração e irrompeu no Quarto 35.

As duas metades do prato quebrado estavam caídas, muito brancas, no tapete. As uvas, espalhadas.

Kern se viu na porta espelhada do guarda-roupa: uma mecha de cabelo caindo sobre a sobrancelha, o peito da camisa engomada manchado de vermelho, o rebrilhar alongado do cano do revólver.

"Tenho de acabar com isso", exclamou sem expressão, e abriu a porta do guarda-roupa.

Não havia nada além de uma rajada de pele odorosa. Tufos marrons oleosos em redemoinho pelo quarto. O guarda-roupa estava vazio. No chão, uma caixa de chapéu branca, amassada.

Kern se aproximou da janela e olhou para fora. Nuvenzinhas felpudas deslizavam diante da lua e sopravam tênues arco-íris em torno dela. Ele fechou as venezianas, pôs a cadeira de volta em seu lugar, chutou alguns tufos marrons para baixo da cama. Depois saiu cautelosamente para o corredor. Estava tão quieto como antes. As pessoas dormiam profundamente em hotéis de montanha.

E quando voltou a seu quarto o que viu foi Isabel com os pés pendurados para fora da cama, tremendo, com a cabeça entre as mãos. Sentiu vergonha, como tinha sentido, não muito tempo antes, quando o anjo estava olhando para ele com seus estranhos olhos esverdeados.

"Me diga, onde ele está?", Isabel perguntou, sem fôlego.

Kern se virou, foi até a mesa, sentou-se, abriu o mata-borrão e replicou: "Não sei."

Isabel encolheu os pés para cima da cama.

"Posso ficar aqui com você por enquanto? Estou com tanto medo..."

Kern assentiu em silêncio. Dominando o tremor da mão, começou a escrever. Isabel se pôs a falar de novo, com uma voz agitada, inexpressiva, mas por alguma razão Kern achou que seu susto era do tipo feminino, terreno.

"Encontrei com ele ontem quando estava voando no escuro com meus esquis. Noite passada ele veio até mim."

Tentando não ouvir, Kern escreveu com caligrafia decidida: *Meu caro amigo, esta é minha última carta. Jamais esqueci como você me ajudou quando a desgraça se abateu sobre mim. Ele provavelmente vive num pico onde caça águias dos Alpes e se alimenta de sua carne...*

Controlando-se, riscou tudo e pegou outra folha. Isabel estava chorando, o rosto afundado no travesseiro.

"O que eu vou fazer agora? Ele vem se vingar de mim... Ah, meu Deus..."

Meu querido amigo, Kern escreveu depressa, *ela procurou carícias inesquecíveis e agora vai dar à luz uma ferazinha alada...* Ah, droga! Amassou o papel.

"Tente dormir um pouco", disse a Isabel, por cima do ombro, "e vá embora amanhã. Para um mosteiro".

Os ombros dela se sacudiram rapidamente. Depois, ela se aquietou.

Kern escreveu. Diante dele sorriam os olhos da única pessoa no mundo com quem podia falar livremente ou permanecer calado. Escreveu a essa pessoa que a vida estava acabada, que tinha começado a sentir ultimamente que, em lugar de futuro, um muro negro se erguia cada vez mais próximo, e que agora algo acontecera depois do que um homem não pode continuar vivendo. *Amanhã, ao meio-dia, eu morrerei,* Kern escreveu, *amanhã porque quero morrer com pleno comando de minhas faculdades, à luz sóbria do dia. E agora estou num estado de choque muito profundo.*

Quando terminou, sentou-se na poltrona junto à janela. Isabel estava dormindo, a respiração apenas audível. Uma fadiga opressiva atava-lhe os ombros. O sono baixou como uma névoa suave.

3

Foi despertado por uma batida na porta. Um azul gelado se despejava pela janela.

"Entre", ele disse, espreguiçando-se.

Silenciosamente, o garçom pôs uma bandeja com uma xícara de chá em cima da mesa e saiu com uma reverência.

Rindo para si mesmo, Kern pensou: "E cá estou eu num smoking amassado."

Então, instantaneamente, lembrou o que acontecera durante a noite. Estremeceu e olhou para a cama. Isabel tinha ido embora. Devia ter voltado a seu quarto com a chegada da manhã. E agora, sem dúvida, teria partido... Ele teve uma visão momentânea das asas marrons, enrugadas. Levantou-se depressa, abriu a porta do corredor.

"Escute", disse para as costas do garçom que se afastava. "Leve uma carta para mim."

Foi até a mesa e a procurou. O sujeito estava esperando na porta. Kern bateu nos bolsos e deu uma olhada debaixo da poltrona.

"Pode ir. Eu entrego ao porteiro mais tarde."

O cabelo repartido curvou-se e a porta se fechou suavemente.

Kern ficou aflito de ter perdido a carta. Aquela carta em particular. Tinha dito nela tão bem, tão clara e simplesmente tudo o que precisava ser dito. Agora não conseguia se lembrar das palavras. Só vinham à tona frases sem sentido. Sim, a carta tinha sido uma obra-prima.

Começou a escrever de novo, mas saiu fria e retórica. Selou a carta e escreveu caprichadamente o endereço.

Sentia uma estranha leveza no coração. Ia se matar ao meio-dia e, no fim das contas, um homem que resolveu se matar é um deus.

A neve açucarada brilhava fora da janela. Ele se sentiu atraído para lá, pela última vez.

As sombras das árvores geladas pousavam na neve como plumas azuis. Sinos de trenós tilintavam em algum lugar, densamente, alegremente. Havia muita gente na rua, moças com capas de pele se deslocando tímidas e desajeitadas com seus esquis, rapazes exalando nuvens de riso ao chamarem uns aos outros em voz alta, velhos vermelhos pelo esforço, e um velhote vigoroso de olhos azuis puxando um trenó coberto de veludo. Kern pensou, de passagem, por que não dar uma bofetada no velho, com as costas da mão, só pelo prazer da coisa, porque agora tudo era permitido. Caiu na risada. Não se sentia tão bem havia muito tempo.

Todo mundo estava se dirigindo à área onde havia começado a competição de salto de esqui. O local consistia em uma íngreme descida que na metade se tornava uma plataforma nevada e terminava abruptamente formando uma projeção em ângulo reto. Um esquiador desceu pela parte íngreme e voou da rampa para o ar azul. Voou de braços abertos, aterrissou ereto na continuação da encosta e seguiu deslizando. O sueco tinha acabado de quebrar seu próprio recorde recente e, lá embaixo, num redemoinho de poeira prateada, virou-se rapidamente com uma perna dobrada.

Dois outros, com suéteres pretos, passaram depressa, saltaram e agilmente tocaram a neve.

"Isabel é a próxima", disse uma voz suave no ombro de Kern. Kern pensou depressa: não me diga que ela ainda está aqui... Como pode ela... e olhou para quem tinha falado. Era Monfiori. De cartola afundada até as orelhas salientes e com um casaco preto curto com listras de veludo desbotado na gola, ele se destacava jocosamente da multidão encasacada. Devo contar para ele?, Kern pensou.

Rejeitou com repulsa as asas marrons de cheiro forte — não devia pensar nisso.

Isabel subiu a colina. Virou para dizer alguma coisa a seu acompanhante, alegre, alegre, como sempre. Essa alegria produziu em Kern uma sensação de medo. Percebeu o que parecia um lampejo passageiro de alguma coisa acima das neves, acima do hotel vitrificado, acima das pessoas que pareciam brinquedos — um tremor, uma fulguração...

"E como está você hoje?", Monfiori perguntou, esfregando as mãos sem vida.

Simultaneamente, vozes soaram em torno deles: "Isabel! Isabel voadora!"

Kern jogou a cabeça para trás. Ela descia a íngreme ladeira. Por um instante, ele viu seu rosto brilhante, os cílios cintilantes.

Com um som macio de assobio ela deslizou para fora do trampolim, voou, pairou imóvel, crucificada no ar. E então...

Ninguém, claro, podia esperar aquilo. Em pleno voo, Isabel se encolheu espasmodicamente, caiu como uma pedra e começou a rolar em meio aos jatos de neve das cambalhotas de seus esquis.

Imediatamente foi encoberta pelas costas das pessoas que corriam para ela. Kern se aproximou devagar, ombros caídos. Viu vividamente em sua cabeça, como se estivesse escrito em grandes letras: vingança, um bater de asas. O sueco e o sujeito magrela de óculos de osso curvaram-se sobre Isabel. Com gestos profissionais, o homem de óculos estava apalpando o corpo imóvel. Ele murmurou: "Não consigo entender: a caixa torácica está esmagada..."

Levantou a cabeça dela. Houve um relance de seu rosto morto, aparentemente desnudado.

Kern virou com um crepitar de calcanhares e marchou resolutamente para o hotel. Ao lado dele, trotava Monfiori, correndo na frente, espionando seus olhos.

"Vou subir para meu quarto agora", disse Kern, tentando engolir os soluços de sua risada, dominá-lo. "Lá em cima... se quiser me acompanhar..."

O riso chegou à sua garganta e transbordou. Kern subia a escada como um cego. Monfiori o apoiava, submisso e apressado.

Deuses

Eis o que vejo em seus olhos neste momento: noite chuvosa, rua estreita, postes de luz deslizando distância adentro. A água corre pelas calhas de telhados muito íngremes. Debaixo da boca de cobra de cada calha há um balde de anéis verdes. Fileiras de baldes delineiam as paredes negras de ambos os lados da chuva. Observo-os a se encherem de mercúrio frio. O mercúrio pluvial incha e transborda. As luzes nuas flutuam a distância, seus raios espetados na escuridão chuvosa. A água dos baldes está transbordando.

Assim ganho entrada a seus olhos nublados, para uma estreita alameda de brilho negro onde a chuva noturna gorgoleja e farfalha. Me dê um sorriso. Por que olha para mim tão duramente e sombria? É de manhã. A noite inteira as estrelas gritaram com vozes infantis e, na cobertura, alguém lacerou e acariciou um violino com um arco afiado. Olhe, o sol atravessou lentamente a parede como uma vela de barco ardente. Você emana uma névoa enfumaçada e envolvente. Estrelas poeirentas turbilhonando em seus olhos, milhões de mundos dourados. Você sorriu!

Saímos para a sacada. É primavera. Lá embaixo, no meio da rua, um rapaz loiro encaracolado trabalha muito depressa, desenhando um deus. O deus se estende de uma calçada a outra. O rapaz segura um pedaço de giz na mão, um pedacinho de giz branco, e está de cócoras, circulando, desenhando em traços amplos. Esse deus branco tem grandes botões brancos e pés voltados para fora. Crucificado no asfalto, olha para o céu com olhos redondos. Tem um arco branco como boca. Um charuto do tamanho de um tronco aparece em sua boca. Com traços helicoidais o rapaz faz espirais representando a fumaça. Braços na cintura, ele contempla seu trabalho. Acrescenta um botão mais... Uma janela estalou do lado oposto; uma voz feminina, enorme e feliz, soou, chamando-o. O rapaz chutou o giz no ar e entrou correndo. No asfalto arroxeado restou o deus branco geométrico, olhando para o céu.

Seus olhos escurecem de novo. Eu me dou conta, claro, do que você está lembrando. Num canto de nosso quarto, debaixo do ícone, há uma bola de borracha colorida. Às vezes, ela salta da mesa, macia, tristemente, e rola, delicada, pelo chão.

Ponha de volta no lugar debaixo do ícone, e depois por que não vamos dar um passeio?

Ar de primavera. Um pouco aveludado. Está vendo essas tílias ladeando a rua? Ramos negros cobertos com brotos verdes molhados. Todas as árvores do mundo estão viajando para algum lugar. Perpétua peregrinação. Lembra-se, quando estávamos vindo para cá, para esta cidade, das árvores passando pelas janelas do nosso vagão no trem? Antes ainda, na Crimeia, uma vez vi um cipreste curvado sobre uma amendoeira em flor. Era uma vez um cipreste que havia sido um grande, alto limpador de chaminé com uma escova num arame e uma escada embaixo do braço. De cabeça virada por paixão, coitado, por uma lavadeirinha, rosada como pétalas de amendoeira. Agora se encontraram, afinal, e juntos estão a caminho de algum lugar. O avental cor-de-rosa dela incha no vento; ele se curva para ela timidamente, como se ainda temesse sujá-la de fuligem. Fábula de primeira classe.

Todas as árvores são peregrinos. Elas têm o seu Messias, que procuram. O seu Messias é um régio cedro-do-líbano, ou talvez seja bem pequeno, algum arbustinho totalmente inconspícuo na tundra...

Hoje algumas tílias estão passando pela cidade. Há uma tentativa de detê-las. Levantaram cercas circulares em torno dos troncos. Mas elas se deslocam mesmo assim...

Os telhados queimam como espelhos oblíquos, cegos de sol. Uma mulher alada de pé no peitoril da janela, lavando os vidros. Ela se curva, projeta os lábios, afasta do rosto uma mecha de cabelo vermelho. O ar tem um vago cheiro de gasolina e tílias. Quem pode dizer, hoje, quais emanações saudavam delicadamente um convidado que entrava num átrio de Pompeia? Dentro de meio século, quem saberá os cheiros que dominavam nossas ruas e salas. Vão escavar algum herói militar de pedra, dos quais há centenas em toda cidade, e emitir um suspiro pelo Fídias de antanho. Tudo no mundo é bonito, mas o Homem só reconhece a beleza se a vê raramente ou de longe... Escute... hoje, nós somos deuses! Nossas sombras azuis são enormes. Nos movemos num mundo gigantesco, alegre. Um alto pilar no canto está firmemente envolto em telas úmidas, nas quais um pincel espalhou redemoinhos coloridos. A velha que vende jornais tem pelos crespos grisalhos no queixo, e olhos loucos, azul-claros. Jornais rebeldes se projetam caoticamente de sua bolsa. As letras grandes me fazem pensar em zebras voadoras.

Um ônibus para no ponto. No andar de cima, o condutor ba-bate com a palma da mão no parapeito de ferro. O condutor aplica à roda um giro poderoso. Um gemido ascendente, trabalhoso, um breve som de atrito. Os pneus largos deixaram marcas prateadas no asfalto. Hoje, neste dia ensolarado, qualquer coisa é possível. Olhe — um homem saltou de um telhado para um arame e está andando nele, rachando de rir, os braços abertos, lá acima da rua oscilante. Olhe — dois prédios acabaram de fazer uma harmoniosa brincadeira de pula-sela; o número três acabou entre o um e o dois; não assentou completamente de imediato — eu vi um espaço debaixo dele, uma estreita faixa de luz do sol. E uma mulher parou no meio de uma praça, jogou para trás a cabeça e começou a cantar; reuniu-se em torno dela uma multidão, depois se desfez: um vestido vazio jaz no asfalto e no alto do céu há uma transparente nuvenzinha.

Você está rindo. Quando você ri, sinto vontade de transformar o mundo inteiro para espelhar você. Mas seus olhos se extinguem instantaneamente. Você diz, apaixonadamente, chorosamente: "Gostaria de ir... lá? Gostaria? Lá está lindo hoje, tudo florido..."

Decerto está tudo florido, certamente iremos. Pois você e eu não somos deuses?... Sinto em meu sangue a rotação de universos inexplorados...

Escute — quero correr minha vida inteira, gritando a plenos pulmões. Que a vida toda seja um uivo desatado. Como a multidão saudando o gladiador.

Não pare para pensar, não interrompa o grito, exale, libere o arrebatamento da vida. Tudo está florido. Tudo está voando. Tudo está gritando, sufocando em seus gritos. Riso. Correndo. Cabelo solto. Isso é tudo o que importa na vida.

Estão levando camelos pela rua, do circo a caminho do zoológico. As gordas corcovas pendem e oscilam. As caras compridas, delicadas, um pouco voltadas para cima, sonhadoramente. Como pode existir a morte quando levam camelos por uma rua na primavera? Na esquina, um sopro inesperado de folhagem russa; um mendigo, uma monstruosidade divina, todo virado pelo avesso, pés saindo das axilas, oferece, com uma pata molhada, peluda, um buquê de lírios-do-vale esverdeados... Meu ombro colide com um transeunte... Colisão momentânea de dois gigantes. Alegremente, magnificamente, ele gira sobre mim a bengala laqueada. A ponta, no giro, quebra a vitrine atrás dele. Zigue-zagues percorrem o vidro brilhante. Não — é apenas o brilho do sol espelhado em meus olhos. Borboleta, borboleta! Negra com faixas escarlates... Um retalho de veludo... Paira sobre o asfalto, mergulha sobre um carro que passa depressa e sobre um alto edifício, dentro do azul úmido do céu de abril. Outra borboleta, idêntica, uma vez pousou na borda branca de uma arena; Lesbia, filha de senador, grácil, de olhos escuros, com uma fita dourada na testa, arrebatada pelas asas palpitantes, perdeu a fração de segundo, o redemoinho de poeira cegante no qual o pescoço taurino de um combatente estalou sob o joelho nu de outro.

Hoje minha alma está cheia de gladiadores, de sol, do ruído do mundo...

Descemos uma ampla escada para uma câmara subterrânea comprida e em penumbra. As pedras do piso ressoam, vibrantes, sob nossos passos. Representações de pecadores queimando adornam as paredes cinzentas. Trovão negro, a distância, incha-se em dobras de veludo. Explode à nossa volta toda. Corremos em frente, como se esperássemos um deus. Estamos retidos dentro de um brilho vítreo. Ganhamos impulso. Nos arremessamos para dentro de uma negra fenda e corremos com um rumor cavo mais para o fundo, pendurados em tiras de couro. As lâmpadas âmbar se extinguem com um *pop* por um instante, durante o qual finos glóbulos queimam com uma luz quente no escuro: os olhos salientes de demônios, ou talvez os charutos de nossos colegas passageiros.

A luz volta. Olhe, ali — o homem alto com um sobretudo preto parado na porta de vidro do vagão. Reconheço vagamente aquele rosto estreito, amarelado, a saliência óssea do nariz. Lábios finos comprimidos, vinco atento entre as sobrancelhas pesadas, ele escuta alguma coisa que um outro homem explica, pálido como uma máscara de gesso, com uma barba pequena, circular, esculpida. Tenho certeza de que estão falando em terça rima. E sua vizinha, aquela senhora de casaco amarelo-pálido, sentada, com os cílios baixos — poderia ser a Beatriz de Dante? Do abafado mundo subterrâneo emergimos de novo para o sol. O cemitério fica nos arredores distantes. Prédios ficaram mais esparsos. Vazios esverdeados. Me lembro como esta mesma capital parecia uma gravura antiga.

Caminhamos contra o vento ao longo de cercas imponentes. Num dia do mesmo tipo ensolarado e trêmulo de hoje voltaremos para o norte, para a Rússia. Haverá muito poucas flores, apenas as estrelas amarelas dos dentes-de-leão margeando as valas. Os postes de telégrafo cinza-pombo zunirão com nossa presença. Quando, além da curva, meu coração for esfaqueado pelos pinheiros, pela areia vermelha, pelo canto da casa, vou cambalear e cair de bruços.

Olhe! Acima dos grandes espaços verdes desertos, alto no céu, um avião avança com um som grave como uma harpa eólia. Suas asas de vidro estão cintilando. Bonito, não? Ah, escute: uma coisa que aconteceu em Paris, há uns cento e cinquenta anos. De manhã bem cedo — era outono e as árvores flutuavam numa macia massa alaranjada ao longo dos bulevares dentro do céu tenro —, uma manhã bem cedo, os comerciantes tinham se reunido no mercado; as barracas cheias de maçãs úmidas, brilhantes; havia um sopro de mel e de feno úmido. Um velho com penugem branca nas orelhas estava empilhando sem pressa gaiolas contendo diversos pássaros que se agitavam no ar fresco; depois, sonolento, ele se reclinou numa esteira, pois que a névoa da aurora ainda escurecia os ponteiros dourados do relógio da prefeitura. Mal havia adormecido quando alguém começou a cutucar seu ombro. O velho se levantou e viu diante dele um rapaz ofegante. Era murcho, magro, com a cabeça pequena e o narizinho pontudo. O colete, prateado com listras pretas, estava abotoado errado, a fita de seu rabo de cavalo havia desamarrado, uma das meias brancas estava caindo em dobras sobrepostas. "Preciso de um pássaro, qualquer pássaro — uma galinha serve", disse o jovem, depois de olhar as gaiolas superficialmente, apressado. Com cuidado o velho tirou uma pequena galinha branca, que se debateu, macia, entre suas mãos morenas. "Qual o problema? Ela está doente?", o jovem perguntou, como se falasse de uma vaca. "Doente? Uma ova!", protestou suavemente o velho.

O rapaz atirou para ele uma moeda de prata e saiu correndo entre as barracas, a galinha apertada ao peito. Então parou, virou abruptamente com um chicotear do rabo de cavalo e correu de volta ao velho vendedor.

"Preciso da gaiola também", disse.

Quando partiu, afinal, segurando a galinha com a gaiola na mão estendida e balançando o outro braço, como se estivesse carregando um balde, o velho bufou e voltou à sua esteira. O que aconteceu com ele depois e como foram seus negócios nesse dia não nos interessam em nada.

Quanto ao rapaz, ele era ninguém menos que o filho do famoso físico Charles. Charles olhou a galinha por cima dos óculos, deu um piparote na gaiola com a unha amarela e disse: "Ótimo, agora temos um passageiro também." Depois, com um brilho severo dos óculos, acrescentou: "Quanto a você e a mim, meu rapaz, nós vamos esperar. Só Deus sabe como é o ar lá em cima nas nuvens."

No mesmo dia, na hora marcada no Campo de Marte, diante de uma multidão perplexa, uma enorme cúpula muito leve, bordada com arabescos chineses, com uma gôndola dourada presa por cordas de seda, lentamente se enchia com hidrogênio. Charles e seu filho agitavam-se entre jatos de fumaça soprados pelo vento. A galinha espiava pela grade de arame da gaiola com o olho arregalado, a cabeça inclinada para um lado. À volta toda movimentavam-se cafetãs coloridos com lantejoulas, leves vestidos femininos, chapéus de palha; e quando a esfera arrancou para o alto, o velho físico acompanhou-a com o olhar, depois caiu em prantos no ombro do filho, e uma centena de mãos de todos os lados começou a acenar lenços e fitas. Nuvens frágeis flutuavam pelo céu macio e ensolarado. A terra recuou, trêmula, verde-clara, coberta por nuvens apressadas e pelas manchas fogosas das árvores. Lá embaixo uns cavaleiros de brinquedo passaram depressa — mas logo a esfera subiu além da vista. A galinha continuava olhando para baixo com um olhozinho.

O voo durou o dia inteiro. O dia se encerrou com um amplo, vívido crepúsculo. Quando a noite caiu, a esfera começou a descer lentamente. Era uma vez, numa aldeia na margem do Loire, um camponês delicado, de olhos espertos. Sai ele para o campo ao amanhecer. No meio do campo, vê uma maravilha: um monte imenso de seda multicor. Perto, caída, uma pequena gaiola. Uma galinha, toda branca, como se modelada em neve, enfia a cabeça pela tela, movendo intermitentemente o bico, como se procurasse pequenos insetos na relva. De início, o camponês se assustou, mas então se deu conta de que era apenas um presente da Virgem Maria, cujo cabelo flutuava no ar como teias de aranha do outono. A seda, sua mulher vendeu pedaço a pedaço na cidade próxima, a pequena gôndola dourada virou um berço para o recém-nascido todo enrolado e a galinha foi despachada para o quintal.

Escute ainda.

Passou-se algum tempo e então, um belo dia, quando ele colocava um montinho de grãos pelo portão do celeiro, o camponês ouviu um alegre cacarejo. Curvou-se. A galinha surgiu da poeira verde e cacarejou para o sol, gingando depressa e não sem certo orgulho. Enquanto, em meio à palha, quente e lisos, brilhavam quatro ovos de ouro. E não era de admirar. Por obra do vento, a galinha havia atravessado toda a vermelhidão do crepúsculo, e o sol, um galo fogoso com crista carmesim, tinha adejado em cima dela.

Não sei se o camponês entendeu. Durante um longo tempo, ficou imóvel, piscando e espreitando o brilho, segurando nas mãos os ovos ainda quentes, inteiros, dourados. Então, batendo os tamancos, correu pelo pátio com um uivo tal que seu empregado achou que ele devia ter cortado fora um dedo com o machado...

Claro que tudo isso aconteceu há muito, muito tempo, muito antes de o aviador Latham, tendo caído no Canal da Mancha, ficar sentado, saiba você, na cauda de libélula de seu *Antoinette*, que afundava, fumando um cigarro amarelo no vento e olhando lá no alto do céu, em seu aparelhinho de asas curtas, seu rival Blériot atravessar pela primeira vez de Calais para a costa açucarada da Inglaterra.

Mas não consigo suportar sua angústia. Por que seus olhos se encheram de escuro outra vez? Não, não diga nada. Eu sei de tudo. Você não deve chorar. Ele pode ouvir a minha história, sem dúvida nenhuma ele pode ouvir. Para ele é que é dirigida. As palavras não têm fronteiras. Tente entender! Você me olha de forma tão ameaçadora, tão sombria... Me lembro da noite depois do funeral. Você não conseguiu ficar em casa. Você e eu saímos na lama de neve brilhante. Nos perdemos. Acabamos em alguma rua estranha, estreita. Não consegui divisar o nome, mas o vi invertido, como num espelho, no vidro da luz da rua. As luzes flutuavam a distância. A água pingava dos telhados. Os baldes alinhados de ambos os lados da rua, ao longo das paredes negras, se enchendo de mercúrio frio. Se enchendo e transbordando. E, de repente, separando as mãos, desamparada, você falou:

"Mas ele era tão pequeno, e tão quentinho..."

Me desculpe se não sou capaz de chorar, de um simples choro humano, mas em vez disso continuo cantando e correndo para algum lugar, agarrado a qualquer asa que passe por mim, alta, descabelada, com uma onda bronzeada em minha testa. Desculpe. É assim que deve ser.

Caminhamos devagar ao longo das cercas. O cemitério já está perto. Ali está, uma ilhota de branco primaveril e verde em meio a uma terra vazia e empoeirada. Agora você continua sozinha. Eu espero aqui. Seus olhos deram um rápido sorriso envergonhado. Você me conhece bem... O portãozinho rangeu, e bateu, fechando. Me sento sozinho na grama esparsa. Um pouco adiante há uma horta com alguns repolhos roxos. Além, um terreno baldio, prédios de fábricas, mastodontes flutuantes de tijolos, boiando na névoa azul. Aos meus pés, uma lata amassada brilha enferrujada dentro de um funil de areia. À minha volta, silêncio e uma espécie de vazio de primavera. Não existe morte. O vento vem despencando sobre mim como uma boneca mole e faz cócegas em meu pescoço com sua pata felpuda. Não pode existir morte.

Meu coração também voara através do amanhecer. Você e eu precisamos ter um outro filho, dourado, uma criação de suas lágrimas e minhas fábulas. Hoje eu entendi a beleza dos fios que se cruzam, e o nebuloso mosaico de chaminés de fábricas, e esta lata amassada com sua tampa semisseparada, serrilhada, virada pelo avesso. A grama pálida corre, corre para algum lugar ao longo das ondas do terreno baldio. Levanto os braços. O sol desliza em minha pele. Minha pele está coberta de fagulhas multicoloridas.

E eu quero me levantar, abrir os braços para um vasto abraço, dirigir um amplo discurso luminoso às multidões invisíveis. Começaria assim:

"Ó deuses coloridos de arco-íris..."

Questão de acaso

Ele tinha um emprego de garçom no vagão-restaurante de um trem rápido alemão. Seu nome era Aleksey Lvovitch Luzhin. Deixara a Rússia cinco anos antes, em 1919, e desde então tinha ido de cidade em cidade, tentando um bom número de empregos e ocupações: havia trabalhado como camponês na Turquia, mensageiro em Viena, pintor de casas, vendedor e assim por diante. Agora, de ambos os lados do vagão-restaurante, os campos, os montes cobertos de urzes, os bosques de pinheiros passavam e passavam, e o *bouillon* fumegava e balançava nas tigelas grossas na bandeja que ele levava habilmente pelo estreito corredor entre as mesas das janelas. Ele atendia com segurança e soltura, recolhendo da travessa que levava fatias de carne ou presunto, que depositava nos pratos e no processo inclinava rapidamente a cabeça de cabelos curtos, com a testa tensa e sobrancelhas negras e fartas.

O trem chegaria a Berlim às cinco da tarde, e às sete partiria na direção oposta, para a fronteira francesa. Luzhin vivia numa espécie de gangorra de aço: só tinha tempo de pensar e relembrar à noite, no catre estreito que cheirava a peixe e meias sujas. Suas recordações mais frequentes eram de uma casa em São Petersburgo, de seu estúdio lá, com aqueles botões de couro nas curvas da mobília estofada, e de sua esposa Lena, de quem não tinha notícias havia cinco anos. Atualmente, sentia sua vida escoar-se. Muitas carreiras de cocaína haviam devastado sua mente; as feridinhas dentro das narinas estavam corroendo o septo.

Quando sorria, seus dentes grandes brilhavam com uma espécie de lustro limpo, e esse sorriso de marfim russo de alguma forma o tornava simpático aos outros dois garçons — Hugo, um berlinense atarracado, de cabelo loiro, que fazia a conferência, e o rápido ruivo Max, de nariz fino, que parecia uma raposa e cujo trabalho era levar café e cerveja aos compartimentos. Ultimamente, porém, Luzhin andava rindo menos.

Nas horas de lazer, quando as brilhantes ondas de cristal da droga batiam, penetrando seus pensamentos com luminosidade e transformando a menor coisa num milagre etéreo, ele anotava minuciosamente numa folha de papel os vários passos que tencionava dar para localizar sua esposa. Enquanto escrevia, com todas aquelas sensações ainda abençoadamente tensas, suas notas lhe pareciam extremamente importantes e corretas. De manhã, porém, quando a cabeça doía e a camisa estava úmida e pegajosa, ele olhava com entediada repulsa as linhas tortas e borradas. Recentemente, no entanto, uma outra ideia começara a ocupar seus pensamentos. Ele começou, com a mesma diligência, a elaborar um plano para sua própria morte; ia desenhar uma espécie de gráfico indicando o subir e descer de sua sensação de medo; e finalmente, para simplificar as coisas, imporia a si mesmo uma data definitiva — a noite entre primeiro e dois de agosto. Sentia um grande interesse não tanto pela morte em si, mas por todos os detalhes que a precediam, e se envolvia a tal ponto com esses detalhes que a morte em si acabava esquecida. Mas, assim que ficava sóbrio, os arranjos pitorescos deste ou daquele método caprichoso de autodestruição empalideciam, e uma única coisa continuava clara: sua vida não dera em nada e não havia por que continuar.

 O primeiro dia de agosto seguiu seu curso. Às seis e meia da tarde, no vasto bufê pouco iluminado da estação de Berlim, a velha princesa Maria Ukhtomski sentou-se a uma mesa nua, obesa, toda de preto, com o rosto abatido como o de um eunuco. Havia poucas pessoas na sala. Os contrapesos de latão das lâmpadas suspensas cintilavam debaixo do teto alto, enevoado. De vez em quando, uma cadeira era afastada com uma reverberação oca.

 A princesa Ukhtomski lançou um olhar severo ao ponteiro dourado do relógio na parede. O ponteiro avançou com um tranco. Um minuto depois, outro tranco. A velha se levantou, pegou seu reluzente *sac de voyage* preto e, apoiada à bengala masculina de castão grande, foi arrastando os pés na direção da saída.

 Um atendente esperava por ela no portão. O trem estava entrando na estação. Um depois do outro, os lúgubres vagões alemães, cor de ferro, passavam. A madeira de teca envernizada de um carro-dormitório trazia, debaixo da janela central, uma placa com a inscrição BERLIM-PARIS; esse vagão internacional, assim como o restaurante guarnecido de teca, numa janela da qual ela viu de relance os cotovelos salientes e a cabeça de um garçom de cabelo cor de cenoura, era o último remanescente da elegante severidade do Nord-Express pré-guerra.

O trem parou com um baque de para-choque e um longo e sibilante suspiro de freios.

O atendente instalou a princesa Ukhtomski no compartimento de segunda classe de um vagão Schnellzug — compartimento para fumantes, como ela solicitara. Num canto, junto à janela, um homem de terno bege com um rosto insolente e a tez olivácea já estava preparando um charuto.

A velha princesa sentou-se na frente dele. Conferiu, com um olhar lento e deliberado, se todas as suas coisas haviam sido colocadas na rede superior. Duas malas e um cesto. Tudo ali. E o lustroso *sac de voyage* em seu colo. Seus lábios fizeram um severo movimento de mastigar.

Um casal alemão entrou aos trambolhões no compartimento, respirando pesado.

Então, um minuto antes da partida do trem, entrou uma moça com uma grande boca pintada e um gorro preto apertado que cobria a testa. Ela arrumou seus pertences e saiu para o corredor. O homem de terno bege olhou para ela. A moça levantou a janela com gestos inexperientes e se debruçou para se despedir de alguém. A princesa captou o som de fala russa.

O trem partiu. A moça voltou ao compartimento. O sorriso que permanecia em seu rosto morreu e foi substituído por uma expressão fatigada. As paredes de tijolos dos fundos das casas passavam; uma delas exibia o anúncio pintado de um cigarro colossal, recheado, ao que parecia, de palha dourada. Os tetos, úmidos da tempestade, brilhavam sob os raios do sol baixo.

A velha princesa Ukhtomski não conseguiu mais se conter. Perguntou delicadamente em russo: "Importa-se se eu colocar minha bolsa aqui?"

A moça sobressaltou-se e respondeu: "De modo algum, por favor."

O homem bege e oliva do canto espiou por cima do jornal.

"Bem, estou a caminho de Paris", a princesa contou com um ligeiro suspiro. "Tenho um filho lá. Estou com medo de ficar na Alemanha, sabe?"

Tirou um amplo lenço de seu *sac de voyage* e limpou o nariz com firmeza, da esquerda para a direita, ida e volta.

"Medo mesmo. As pessoas dizem que vai haver uma revolução comunista em Berlim. Ouviu falar alguma coisa?"

A moça sacudiu a cabeça. Olhou com desconfiança para o homem que lia o jornal e para o casal alemão.

"Não sei de nada. Cheguei da Rússia, de Petersburgo, anteontem."

O rosto pálido e gordo da princesa Ukhtomski manifestou intensa curiosidade. As sobrancelhas diminutas subiram.

"Não diga!"

Com os olhos fixos na ponta de seu sapato cinzento, a moça falou depressa, em voz baixa: "É, uma pessoa de bom coração me ajudou a sair. Estou indo para Paris agora. Tenho parentes lá."

Ela começou a tirar as luvas. Uma aliança de ouro escorregou de seu dedo. Ela a pegou depressa.

"Estou sempre perdendo a aliança. Devo ter emagrecido, quem sabe."

Ficou em silêncio, piscando os cílios. Pela janela do corredor, além da porta de vidro do compartimento via-se a fileira uniforme de fios de telégrafo subindo.

A princesa Ukhtomski chegou mais perto de sua vizinha.

"Me diga uma coisa", perguntou num sussurro alto. "Os *sovietchiks* não estão se dando tão bem agora, não é?"

Um poste de telégrafo, negro contra o pôr do sol, passou voando, interrompendo a suave ascensão dos fios. Eles depois caíram como cai uma bandeira quando o vento para de soprar. Depois furtivamente começaram a subir de novo. O expresso estava viajando depressa por entre as paredes de ar de uma espaçosa noite com brilho de fogo. De algum ponto na cobertura dos compartimentos vinha um ligeiro crepitar, como se estivesse caindo chuva sobre os tetos de aço. Os vagões alemães sacudiam violentamente. O internacional, o interior acolchoado de tecido azul, corria mais macio e silencioso que os outros. Três garçons estavam preparando as mesas para o jantar. Um deles, de cabelo cortado curto e sobrancelhas hirsutas, pensava no frasquinho em seu bolso do peito. Ficava lambendo os lábios e fungando. O frasco continha um pó cristalino e tinha marca de nome Kramm. Ele estava distribuindo facas e garfos e inserindo garrafas nos aros das mesas, quando de repente não conseguiu mais aguentar. Deu um sorriso nervoso para Max Fuchs, que estava baixando as cortinas pesadas, e atravessou correndo a instável plataforma de conexão com o vagão seguinte. Trancou-se no toalete. Calculando cuidadosamente os solavancos do trem, despejou uma pequena quantidade do pó no polegar; avidamente o aplicou a uma narina, depois à outra; inalou; com um movimento rápido da língua lambeu o pó brilhante debaixo da unha, piscou duro algumas vezes por causa do amargo gomoso e saiu do toalete, inebriado, boiando, a cabeça se enchendo de delicioso ar gelado. Quando atravessou o diafragma a caminho de volta ao restaurante, pensou: que simples seria morrer agora mesmo! Sorriu. Melhor esperar até cair a noite. Seria uma pena abreviar o efeito do veneno encantador.

"Me dê as fichas de reserva, Hugo. Eu vou entregar."

"Não, deixe o Max fazer isso. O Max é mais rápido. Pegue, Max."

O garçom de cabelo ruivo pegou o talão de cupons com a mão sardenta. Deslizou como uma raposa entre as mesas e entrou no corredor azul do carro-dormitório. Cinco cordas de harpa subiam desesperadamente ao lado da janela. O céu estava escurecendo. No compartimento de segunda classe do carro alemão, uma velha de preto que parecia um eunuco ouvia, pronunciando *ochs* em voz baixa, o relato de uma vida esquálida e distante.

"E seu marido? Ele ficou lá?"

A moça arregalou os olhos e sacudiu a cabeça: "Não. Ele está no estrangeiro já faz um bom tempo. Aconteceu por acaso. No comecinho da Revolução, ele viajou para o sul, para Odessa. Ele era procurado. Eu devia ter ido encontrar com ele, mas não consegui sair a tempo."

"Terrível, terrível. E não teve notícias dele?"

"Nenhuma. Lembro que concluí que tinha morrido. Comecei a usar a aliança na corrente do meu crucifixo — tinha medo que me tirassem isso também. Depois, em Berlim, amigos me contaram que ele estava vivo. Alguém tinha estado com ele. Ontem mesmo pus um anúncio num jornal de imigrantes."

Ela apressou-se a tirar uma folha dobrada do *Rul'* de dentro da velha nécessaire de seda.

"Veja."

A princesa Ukhtomski pôs os óculos e leu: "Elena Nikolayevna Luzhin procura seu marido Aleksey Lvovitch Luzhin."

"Luzhin?", ela perguntou, tirando os óculos. "Seria o filho de Lev Sergeich? Ele tinha dois rapazes. Não me lembro dos nomes..."

Elena sorriu, radiante. "Ah, que ótimo. Que surpresa. Não me diga que a senhora conheceu o pai dele."

"Claro, claro", disse a princesa em tom complacente e gentil. "Lyovushka Luzhin, que era dos Uhlans. Nossas propriedades eram vizinhas. Ele costumava nos visitar."

"Ele morreu", interveio Elena.

"Claro, claro, ouvi dizer. Que descanse em paz. Ele vinha sempre com seu cachorro borzoi. Não me lembro bem dos filhos, porém. Estou no exterior desde 1917. O mais novo tinha cabelo claro, acho. E gaguejava."

Elena sorriu de novo.

"Não, não. Esse era o irmão mais velho dele."

"Ah, bem, eu confundo os dois, minha querida", disse a princesa, confortadora. "Minha memória não é boa. Eu não me lembraria nem de Lyovushka se você não tivesse falado dele. Mas agora me vem tudo. Eu ia sempre a cavalo tomar chá com ele e... ah, vou lhe contar uma coisa..." A princesa chegou um pouco mais perto e continuou, com uma voz clara, ligeiramente cantarolada, sem tristeza, porque sabia que coisas alegres só podem ser contadas de um jeito alegre, sem lamentar porque já passaram:

"Vou lhe contar", prosseguiu, "nós tínhamos um conjunto de pratos divertidos... com uma borda dourada e, bem no meio, uma mosca tão verossímil que quem não sabia tentava espantar".

A porta do compartimento se abriu. O garçom ruivo entregou as fichas de reserva para o jantar. Elena pegou uma. Assim como o homem sentado no canto, que já fazia algum tempo tentava atrair o olhar dela.

"Eu trouxe a minha comida", disse a princesa. "Presunto e um pão."

Max passou por todos os vagões e trotou de volta para o restaurante. Ao passar, deu uma cotovelada em seu colega russo, que estava parado no vestíbulo do vagão com um guardanapo debaixo do braço. Luzhin olhou para Max com olhos brilhantes, ansiosos. Sentiu um vácuo frio, como cócegas, substituindo seus ossos e órgãos, como se seu corpo todo estivesse a ponto de espirrar no instante seguinte, expelindo sua alma. Imaginou, pela centésima vez, como ia arranjar sua morte. Calculou cada pequeno detalhe, como se compusesse um problema de xadrez. Planejava descer à noite em certa estação, andar em torno do vagão imóvel e colocar a cabeça contra o escudo da extremidade do para-choque quando outro vagão se aproximasse para acoplar com o carro parado. Os para-choques iriam bater. Entre as extremidades que se encontrassem estaria sua cabeça inclinada. Ia explodir como uma bolha de sabão e se transformar em ar iridescente. Firmaria bem o pé no dormente e apertaria a cabeça com firmeza no metal frio do para-choque.

"Está me ouvindo? Hora de chamar para o jantar."

Agora era Hugo falando. Luzhin respondeu com um sorriso assustado e fez o que mandaram, abrindo por um instante as portas dos compartimentos, anunciando em voz alta e apressada: "Primeiro chamado para o jantar!"

Em um compartimento, seus olhos pousaram de relance no rosto amarelado de uma velha gorda que estava desembrulhando um sanduíche. Ficou surpreso por algo muito familiar naquele rosto. Ao passar depressa pelos vagões, foi pensando quem poderia ser ela. Era como se já a tivesse visto num sonho. A sensação de que seu corpo ia espirrar sua alma a qualquer momento ficou então mais concreta — a qualquer momento agora vou lembrar com quem aquela velha parecia. Mas quanto mais forçava a cabeça, mais irritantemente a lembrança fugia. Voltou morosamente para o vagão-restaurante, com as narinas dilatadas e um espasmo na garganta que o impedia de engolir.

"Ah, ela que vá para o inferno, que bobagem."

Os passageiros, caminhando instavelmente e segurando nas paredes, começaram a se deslocar pelos corredores na direção do restaurante. Reflexos já cintilavam nas janelas escurecidas, embora ainda houvesse um traço amarelo de crepúsculo visível nelas. Elena Luzhin observou alarmada que o homem de terno bege tinha esperado para se levantar quando ela levantasse. Ele tinha olhos maus, vidrados e protuberantes, que pareciam cheios de iodo escuro. Seguia pelo corredor de tal forma que parecia a ponto de pisar nela, e, quando um sacolejo a desequilibrava (os vagões estavam sacudindo violentamente), ele pigarreava, decidido. Por alguma razão, ela pensou de repente que ele devia ser um espião, um informante, e sabia que era bobagem pensar assim — não estava mais na Rússia, afinal —, mas não conseguia se livrar da ideia.

Ele disse alguma coisa quando passaram pelo corredor do dormitório. Ela apressou o passo. Atravessou as instáveis plataformas de conexão para o restaurante, que vinha depois do dormitório. E ali, de repente, no vestíbulo do restaurante, com uma espécie de áspera ternura, o homem agarrou seu braço. Ela abafou um grito e retirou o braço com tamanha violência que quase perdeu o equilíbrio.

O homem disse em alemão, com sotaque estrangeiro: "Minha preciosa!"

Elena virou de repente. Voltou atrás, atravessou a plataforma de conexão, seguiu pelo carro-dormitório, atravessou a outra plataforma. Estava insuportavelmente magoada. Preferia não jantar a ter de se sentar na frente daquele monstro grosseiro. "Sabe Deus por quem ele me tomou", ela refletiu, "e tudo só porque eu uso batom".

"O que houve, minha querida? Não vai jantar?"

A princesa Ukhtomski estava com um sanduíche de presunto na mão.

"Não, perdi a vontade. Com licença, vou dormir um pouco."

A velha ergueu as sobrancelhas finas, surpresa, e continuou mastigando.

Quanto a Elena, encostou a cabeça e fingiu dormir. Logo, cochilou de fato. Seu rosto pálido, cansado, se contraía às vezes. As asas das narinas brilhavam onde o pó havia saído. A princesa Ukhtomski acendeu um cigarro que tinha uma longa piteira de papelão.

Meia hora depois o homem voltou, sentou-se imperturbável em seu canto, e durante um momento palitou os dentes do fundo. Depois fechou os olhos, se mexeu um pouco e cobriu o rosto com uma aba do sobretudo, que estava pendurado no gancho ao lado da janela. Passou-se mais meia hora e o trem diminuiu a velocidade. Luzes de plataformas passaram como espectros pelas janelas embaçadas. O vagão parou com um prolongado suspiro de alívio. Ouviram-se sons: alguém tossindo no compartimento ao lado, passos correndo na plataforma da estação. O trem ficou um longo tempo parado, enquanto apitos noturnos distantes chamavam uns aos outros. Depois, deu um tranco e começou a rodar.

Elena acordou. A princesa estava cochilando, sua boca aberta uma caverna negra. O casal alemão tinha ido embora. O homem com o rosto coberto pelo casaco dormia também, as pernas abertas grotescamente.

Elena umedeceu os lábios ressecados e, cansada, esfregou a testa. De repente, sobressaltou-se: a aliança tinha sumido de seu dedo anular.

Por um instante, ficou olhando, imóvel, a mão nua. Então, com o coração disparado, começou a procurar apressada no assento, no chão. Olhou o joelho duro do homem.

"Ah, meu Deus, claro: devo ter derrubado a caminho do restaurante quando puxei o braço para ele me soltar..."

Ela saiu correndo do compartimento; braços abertos, oscilando para cá e para lá, contendo as lágrimas, atravessou um vagão, outro. Chegou ao fim do carro-dormitório e pela porta da extremidade não viu nada além de ar, vazio, céu noturno, o leito escuro da ferrovia desaparecendo na distância.

Achou que tinha se enganado e ido na direção errada. Com um soluço, voltou para trás.

A seu lado, junto à porta do toalete, havia uma velhinha parada usando avental cinzento e uma faixa no braço, que parecia uma enfermeira noturna. Estava segurando um balde pequeno com uma escova dentro.

"Desengataram o restaurante", disse a velhinha, e suspirou por alguma razão. "Depois de Colônia, vai ter outro."

No vagão-restaurante que ficara para trás debaixo da cúpula de uma estação e que continuaria só na manhã seguinte para a França, os garçons estavam limpando, dobrando as toalhas. Luzhin terminou e parou na porta aberta do vestíbulo do vagão. A estação estava escura e deserta. A certa distância, uma luz brilhava como uma estrela úmida através de uma nuvem cinza de fumaça. A torrente de trilhos cintilava ligeiramente. Ele não conseguia entender por que o rosto da velha com o sanduíche o tinha perturbado tão profundamente. Tudo o mais estava claro, só esse ponto cego restava.

 Max, de cabelo ruivo e nariz comprido, também saiu para o vestíbulo. Estava varrendo o chão. Notou um brilho de ouro num canto. Abaixou-se. Era uma aliança. Ele a escondeu no bolso do colete e deu uma rápida olhada em torno para ver se ninguém havia notado. As costas de Luzhin estavam imóveis na porta. Max pegou o anel cautelosamente; na penumbra distinguiu uma palavra e algumas figuras gravadas no lado de dentro. Deve ser chinês, pensou. Na verdade, a inscrição dizia: 1-VIII-1915. ALEKSEY. Ele guardou a aliança de novo no bolso.

 As costas de Luzhin se mexeram. Ele desceu do vagão devagar. Caminhou na diagonal até o próximo trilho, com um passo calmo, relaxado, como se estivesse passeando.

 Um trem chegava trovejando pela estação. Luzhin foi até a beira da plataforma e saltou. As cinzas crepitaram sob seus pés.

 Nesse instante, a locomotiva foi para cima dele num avanço feroz. Max, totalmente alheio ao que acontecera, olhava de longe enquanto as janelas iluminadas passavam numa faixa contínua.

O porto marítimo

A barbearia de teto baixo cheirava a rosas murchas. Mutucas zumbiam acaloradas, pesadas. O sol batia no piso em poças de mel derretido, lançando aos frascos de loção picadas de brilho, vazava através da longa cortina pendurada na entrada, uma cortina de contas de barro e pequenos pedaços de bambu alternados nos cordões pendurados lado a lado, que se desintegrava em um iridescente claque-claque cada vez que alguém entrava e a afastava com o ombro. Diante dele, no espelho turvo, Nikitin via seu próprio rosto bronzeado, as longas mechas esculpidas do cabelo brilhante, o cintilar da tesoura que batia acima de sua orelha, e seus olhos eram atentos e severos, como sempre acontece quando se olha em espelhos. Tinha chegado a esse antigo porto do sul da França no dia anterior, vindo de Constantinopla, onde a vida ficara insuportável para ele. Naquela manhã estivera no consulado russo e na agência de empregos, perambulara pela cidade que, descendo por estreitas alamedas, se espalhava na direção do mar, e agora, exausto, prostrado pelo calor, fizera uma parada para cortar o cabelo e refrescar a cabeça. O chão em torno da cadeira já estava pontilhado com pequenos camundongos brilhantes — seus cabelos cortados. O barbeiro encheu a palma da mão com espuma. Um frescor delicioso percorreu a coroa da cabeça quando os dedos do barbeiro esfregaram com firmeza a espuma densa. Depois um jato gelado fez seu coração dar um salto, e uma toalha quente entrou em ação sobre seu rosto e seu cabelo molhado.

Abrindo a chuva ondulante da cortina com o ombro, Nikitin saiu para a alameda íngreme. O lado direito estava na sombra; no esquerdo, um fio de água corria pela sarjeta numa tórrida irradiação; uma menina de cabelo preto, sem dentes, com sardas escuras, recolhia a água cintilante com seu balde sonoro; e o riacho, o sol, a sombra violeta, tudo fluía e deslizava para baixo, para o mar: mais um passo e, a distância, entre umas paredes, espreitava seu compacto brilho safira. Pedestres infrequentes passavam do lado sombreado. Nikitin topou com um negro que subia em farda colonial, o rosto parecendo uma galocha molhada. Na calçada, havia uma cadeira de vime da qual um gato saltou num pulo acolchoado. Uma voz provençal metálica começou a tagarelar em alguma janela. Uma veneziana verde bateu. Numa banca de vendedor, em meio a moluscos roxos que emitiam um aroma de algas, havia limões salpicados de ouro granulado.

Ao chegar ao mar, Nikitin parou para olhar, animado, o denso azul que, a distância, modulava-se em prata ofuscante, e o jogo de luz que delicadamente salpicava a lateral branca de um iate. Então, cambaleando de calor, foi em busca de um pequeno restaurante russo cujo endereço ele havia encontrado na parede do consulado.

O restaurante, assim como a barbearia, era quente e não muito limpo. Nos fundos, sobre um amplo balcão, antepastos e frutas expostos debaixo de ondas de musselina cinza protetora. Nikitin sentou-se e endireitou os ombros; a camisa estava grudada nas costas. Numa mesa próxima havia dois russos, evidentemente marinheiros de um barco francês, e, um pouco mais adiante, um sujeito solitário com óculos de aro dourado fazendo ruídos de sugar e estalar ao tomar o borche da colher. A proprietária, enxugando as mãos inchadas numa toalha, deu um olhar maternal ao recém-chegado. Dois filhotinhos de cachorros rolavam no piso numa confusão de patinhas. Nikitin assobiou, e uma velha cadela maltratada com muco verde nos cantos dos olhos doces veio e pôs o focinho em seu colo.

Um dos marinheiros se dirigiu a ele num tom sereno e sem pressa: "Mande ela embora. Vai ficar cheio de pulgas."

Nikitin afagou um pouco a cabeça da cachorra e levantou os olhos radiantes.

"Ah, não tenho medo disso... Constantinopla... Os barracões... Pode imaginar?"

"Chegou há pouco?", perguntou o marinheiro. Voz tranquila. Camiseta de malha. Todo arrumado e competente. Cabelo escuro bem cortado atrás. Testa limpa. Aparência geral decente e plácida."

"Ontem à noite", Nikitin replicou.

O borche e o forte vinho escuro o fizeram suar mais ainda. Estava contente de relaxar e ter uma conversa tranquila. O sol brilhante entrava pela abertura da porta junto com o tremulante rebrilhar do riachinho da viela; de seu canto debaixo do medidor de gás, os óculos do russo mais velho cintilavam.

"Procurando trabalho?", perguntou o outro marinheiro, que era de meia-idade, olhos azuis, com um pálido bigode de leão-marinho e cabelo também bem cortado, bem-arrumado, amaciado pelo sol e pelo vento salgado.

Nikitin disse com um sorriso: "Estou, sim... Hoje fui até a agência de empregos... Eles têm trabalho de assentamento de postes de telégrafo, de torcer corda — só não tenho certeza se..."

"Venha trabalhar conosco", disse o de cabelo preto. "Como foguista, ou alguma outra coisa. Sem frescura lá, pode crer... Ah, aí está você, Lyalya. Nossos profundos respeitos!"

Uma moça entrou, usando chapéu branco, com um rosto agradável, comum. Passou entre as mesas e sorriu, primeiro para os cachorrinhos, depois para os marinheiros. Nikitin tinha perguntado alguma coisa a eles, mas esqueceu a pergunta assim que viu a moça e o movimento de seus quadris, pelo qual se pode sempre reconhecer uma donzela russa. A proprietária deu um olhar terno à filha, como se dissesse "coitadinha, tão cansada", porque provavelmente havia passado toda a manhã num escritório, ou talvez trabalhasse numa loja. Havia algo tocantemente doméstico nela que fazia pensar em sabonete de violeta e numa estação secundária de verão numa floresta de bétulas. Não havia nenhuma França do lado de fora da porta, claro. Aqueles movimentos delicados... Ensolarada bobagem.

"Não, não é nada complicado", o marinheiro estava dizendo, "é assim que funciona: você tem um balde de ferro e um poço de carvão. Começa raspando. De leve primeiro, para o carvão ir escorregando sozinho para dentro do balde, depois raspa mais forte. Quando enche o balde, você põe num carro. Rola o carro para o foguista chefe. Uma batida da pá e, um!, abre a porta da fornalha, uma jogada da mesma pá e, dois!, lá se vai o carvão, sabe, espalhado para cair bem uniforme. Trabalho de precisão. Tem de ficar de olho no mostrador e, se a pressão baixa..."

Numa janela que dava para a rua apareceram a cabeça e os ombros de um homem usando chapéu de panamá e terno branco.

"Como vai, Lyalya querida?"

Ele apoiou os cotovelos no peitoril da janela.

"Claro que lá é *quente*, uma fornalha mesmo — para trabalhar não se usa mais que calça e uma camiseta de malha. A camiseta sai preta quando a gente termina. Como eu estava dizendo, sobre a pressão: forma um "pelego" dentro da fornalha, uma incrustação dura como pedra, que a gente quebra com um ferro grande assim. Trabalho duro. Mas depois, quando você sai no convés, o sol é fresco mesmo quando a gente está nos trópicos. Toma-se uma ducha, depois vai para o quarto, direto para a rede. É o céu na terra, pode crer..."

Nesse meio-tempo, na janela: "E ele insiste que me viu num carro, sabe?" (Lyalya numa voz aguda, excitada.)

Seu interlocutor, o cavalheiro de branco, continuava encostado ao peitoril do lado de fora e a janela quadrada emoldurava seus ombros redondos, o rosto macio, barbeado, semi-iluminado pelo sol — um russo que tinha tido sorte.

"E ele continuou, disse que eu estava de vestido lilás, quando eu nem tenho vestido lilás", gania Lyalya, "e ele insiste: *'zhay voo zasyur'*".

O marinheiro que estava falando com Nikitin se virou e perguntou: "Você não podia falar russo?"

O homem na janela disse: "Consegui arranjar essa música, Lyalya. Lembra?"

Houve uma aura momentânea que pareceu quase deliberada, como se alguém estivesse brincando de inventar aquela moça, aquela conversa, aquele pequeno restaurante russo num porto estrangeiro; uma aura de delicioso dia de trabalho na Rússia de província, e imediatamente, por alguma misteriosa, secreta associação de ideias, o mundo pareceu mais grandioso a Nikitin, ele ansiava por singrar os oceanos, entrar em baías legendárias, espionar por toda parte as almas dos outros.

"Perguntou para onde estamos indo? Indochina", disse espontaneamente o marinheiro.

Pensativo, Nikitin tirou um cigarro da caixa; havia uma águia dourada gravada na tampa de madeira.

"Deve ser maravilhoso."

"O que você acha? Claro que é."

"Bem, me conte mais. Alguma coisa sobre Xangai, ou Colombo."

"Xangai. Estive lá. Chuva quente, areia vermelha. Úmida como uma estufa. Já o Ceilão, por exemplo, não desci para visitar — era minha guarda, sabe?"

De ombros caídos, o homem de paletó branco estava dizendo alguma coisa para Lyalya através da janela aberta, com suavidade, insinuante. Ela ouvia, a cabeça inclinada, afagando com uma das mãos a orelha dobrada do cachorro. Com a língua rosa-fogo estendida, ofegando alegre e rapidamente, a cachorra olhava pela fresta ensolarada da porta, muito provavelmente debatendo consigo mesma se valia ou não a pena ir deitar mais um pouco no batente quente. E a cachorra parecia estar pensando em russo.

Nikitin perguntou: "Onde eu me inscrevo?"

O marinheiro piscou para o companheiro, como quem diz: "Viu, convenci o sujeito." E falou: "É muito simples. Amanhã de manhã bem cedo você vai ao Porto Velho, e no Píer Dois vai encontrar nosso *Jean-Bart*. Bata um papo com o primeiro imediato. Acho que ele contrata você."

Nikitin deu uma olhada firme e sincera à testa clara e inteligente do homem. "O que vocês eram antes, na Rússia?", perguntou.

O homem encolheu os ombros e deu um sorriso amarelo.

"O que ele era? Um bobo", o Bigode Caído respondeu em voz baixa.

Depois os dois se levantaram. O mais novo tirou a carteira que levava enfiada na frente da calça, atrás da fivela do cinto, à maneira dos marinheiros franceses. Alguma coisa arrancou uma risada aguda de Lyalya quando ela veio até eles e estendeu a mão (a palma provavelmente um pouco úmida). Os cachorrinhos estavam rolando pelo chão. O homem parado à janela virou-se, assobiando distraída e ternamente. Nikitin pagou e saiu tranquilamente para o sol.

Eram quase cinco da tarde. O azul do mar, entrevisto ao fim das vielas, feria os olhos. Os painéis circulares dos toaletes ao ar livre estavam incendiados.

Ele voltou a seu hotel esquálido e, colocando lentamente as mãos trançadas atrás da cabeça, caiu na cama num estado de abençoada embriaguez solar. Sonhou que era um oficial de novo, caminhando em uma encosta da Crimeia coberta de asclépias e arbustos de carvalho, arrancando as esponjinhas peludas dos cardos ao passar. Acordou porque tinha começado a rir no sono; acordou e a janela já tinha se tornado azul-crepúsculo.

Debruçou-se para o vazio fresco, meditando: mulheres errantes. Algumas russas. Que estrela grande.

Ajeitou o cabelo, com uma ponta do cobertor espanou a poeira das pontas redondas dos sapatos, conferiu a carteira — restavam apenas cinco francos — e saiu para vagar um pouco mais e aproveitar a preguiça solitária.

Agora havia mais gente do que à tarde. Pelas vielas que desciam para o mar, pessoas sentadas, tomando a fresca. Uma moça com lenço listrado... Tremular de pestanas... Comerciante barrigudo montado numa cadeira de palha, cotovelos apoiados no encosto virado, fumando, com uma ponta da camisa aparecendo na barriga por baixo do colete desabotoado. Crianças saltando agachadas enquanto soltavam barquinhos de papel, à luz de um poste, no riachinho negro que corria junto à calçada estreita. Havia cheiro de peixe e de vinho. Das tavernas dos marinheiros, que brilhavam com um fulgor amarelo, vinham o som trabalhoso de realejos, o bater de mãos nas mesas, exclamações metálicas. E, na parte alta da cidade, ao longo da avenida principal, as multidões noturnas passeavam e riam, os tornozelos finos das mulheres e os sapatos brancos dos oficiais navais brilhando debaixo de nuvens de acácias. Aqui e ali, como chamas coloridas de alguma exibição de fogos de artifício congelada, cafés cintilavam na penumbra arroxeada. Mesas redondas nas calçadas, sombras de plátanos sobre toldos listrados, iluminados por dentro. Nikitin parou, visualizando uma caneca de cerveja gelada e pesada. Dentro, além das mesas, um violino retorcia seus sons como se fossem mãos humanas, acompanhados pela ressonância mais cheia de uma harpa ondulante. Quanto mais banal a música, mais perto do coração.

Numa mesa externa, sentava-se uma prostituta de rua toda de verde, balançando o bico fino do sapato.

Vou tomar uma cerveja, Nikitin decidiu. Não, não vou... Mas por outro lado...

A mulher tinha olhos de boneca. Havia alguma coisa familiar naqueles olhos, naquelas pernas longas, torneadas. Pegando a bolsa, ela se levantou como se tivesse pressa de ir para algum lugar. Usava uma espécie de jaqueta longa de seda tricotada esmeralda que colava nos quadris. E passou a moça, piscando para a música.

Seria mesmo estranho, matutou Nikitin. Algo parecido com uma estrela cadente atravessou sua memória e, esquecendo a cerveja, foi atrás dela, que virou num beco escuro e reluzente. A luz de um poste alongava a sombra dela. A sombra se estendia pela parede e se dobrava. Ela caminhava devagar e Nikitin diminuiu o passo, temendo, por alguma razão, ultrapassá-la.

É, não há dúvida... Nossa, isto é fantástico...

A mulher parou na calçada. Uma lâmpada roxa brilhava sobre uma porta negra. Nikitin passou, circundou a mulher, parou. Com uma risada que parecia arrulhar, ela pronunciou uma palavra de ternura em francês.

Na luz pálida, Nikitin viu seu rosto bonito, cansado, e os dentes pequenos, lustrosos, úmidos.

"Escute", disse em russo, com simplicidade, de mansinho. "Nós nos conhecemos há muito tempo, então por que não falar nossa língua nativa?"

Ela ergueu as sobrancelhas. "Ínglis? Iu spik ínglis?"

Nikitin olhou intensamente para ela e repetiu um tanto desesperançado: "Ora, você sabe e eu sei."

"*T'es polonais, alors?*", a mulher perguntou, arrastando a última sílaba rolada como fazem no sul.

Nikitin desistiu com um sorriso sardônico, enfiou uma nota de cinco francos na mão dela, virou depressa e começou a atravessar a praça íngreme. Um instante depois, ouviu passos rápidos atrás de si, respiração e o farfalhar de um vestido. Olhou para trás. Não havia ninguém. A praça estava vazia e escura. O vento da noite soprava um jornal pelas pedras do calçamento.

Ele deu um suspiro, sorriu mais uma vez, afundou os punhos nos bolsos e, olhando as estrelas, que cintilavam e apagavam como se sopradas por um fole gigantesco, começou a descer para o mar. Sentou-se no cais antigo com as pernas balançando da beirada, acima do bater ritmado das ondas sob o luar, e assim ficou um longo tempo, a cabeça para trás, apoiado nas palmas das mãos estendidas.

Uma estrela cadente passou, súbita como um bater de coração que falha. Uma rajada de vento forte, limpo, soprou por seu cabelo, pálido na irradiação noturna.

Vingança

1

Ostend, o cais de pedra, a praia cinzenta, uma fileira distante de hotéis, tudo rodava lentamente ao retroceder para a névoa turquesa de um dia de outono.

O professor enrolou as pernas na manta xadrez, e a *chaise longue* rangeu quando ele se reclinou em seu conforto de lona. O deque limpo, vermelho-ocre, estava lotado, mas tranquilo. As caldeiras arfavam discretamente.

Uma moça inglesa de meias de lã tricotadas, indicando o professor com um alçar de sobrancelhas, dirigiu-se a seu irmão que estava parado perto: "Parece o Sheldon, não parece?"

Sheldon era um ator cômico, um gigante careca com um rosto redondo, mole. "Ele está gostando mesmo do mar", disse a moça *sotto voce*. E com isso, lamento dizer, ela desaparece de minha história.

O irmão dela, um estudante ruivo, deselegante, a caminho da universidade depois das férias de verão, tirou o cachimbo da boca e disse: "É o nosso professor de biologia. Grande sujeito. Tenho de dizer alô para ele." Aproximou-se do professor, que, levantando as pálpebras pesadas, reconheceu um de seus piores e mais diligentes alunos.

"Deverá ser uma esplêndida travessia", disse o estudante, apertando ligeiramente a mão grande e fria que lhe foi estendida.

"Espero que sim", disse o professor, alisando a face cinzenta com os dedos. "É, espero que sim", repetiu pesadamente. "Espero mesmo."

O estudante deu uma olhada rápida para as duas malas ao lado da cadeira de convés. Uma delas era uma digna veterana, coberta com os vestígios brancos de velhas etiquetas de viagem, como fezes de passarinho sobre um monumento. A outra, novinha, alaranjada, com travas brilhantes, por alguma razão chamou sua atenção.

"Deixe eu ajeitar essa mala antes que ela caia", ofereceu-se, só para alimentar a conversa.

O professor riu. Ele realmente parecia com aquele cômico de fronte grisalha ou então com um boxeador velho...

"A mala, você diz? Sabe o que tem dentro?", perguntou com um toque de irritação na voz. "Adivinha? Um objeto maravilhoso! Um tipo especial de cabide para casaco..."

"Invenção alemã, senhor?", sugeriu o estudante, lembrando que o biólogo tinha acabado de ir a Berlim para um congresso científico.

O professor deu uma risada gostosa, rangente, e um dente de ouro brilhou como uma chama. "Uma invenção divina, meu amigo, divina. Uma coisa de que todo mundo precisa. Ora, você viaja com o mesmo tipo de coisa. Há? Ou será que você é um pólipo?" O estudante sorriu. O velho era objeto de muitos rumores na universidade. Diziam que torturava sua esposa, uma mulher muito jovem. O estudante a tinha visto uma vez. Uma coisa magra, com olhos incríveis. "E como está sua esposa, professor?", perguntou o estudante ruivo.

O professor replicou: "Vou ser franco com você, caro amigo. Estou lutando comigo faz algum tempo, mas agora me sinto forçado a dizer a você... Meu caro amigo, eu gosto de viajar em silêncio. Creio que vai me desculpar."

Mas aqui o estudante, com um assobio envergonhado e compartilhando a sorte de sua irmã, desaparece para sempre destas páginas.

O professor de biologia, nesse meio-tempo, puxou o chapéu de feltro preto sobre as sobrancelhas hirsutas, para proteger os olhos contra o rebrilhar ofuscante do mar, e mergulhou numa aparência de sono. O sol que batia em seu rosto cinzento, barbeado, com o nariz grande e o queixo pesado, fazia parecer que ele tinha acabado de ser modelado de barro úmido. Cada vez que uma tênue nuvem de outono encobria o sol, o rosto de repente escurecia, secava e petrificava. Era tudo, claro, a alternância de luz e sombra mais que um reflexo de seus pensamentos. Se seus pensamentos de fato se refletissem no rosto, o professor dificilmente seria algo bom de se ver.

O problema era que ele havia recebido dias antes o relatório de um detetive particular que contratara em Londres, que revelava que sua mulher estava lhe sendo infiel. Uma carta interceptada, escrita em sua minúscula e conhecida caligrafia, começava assim: *Meu querido Jack, ainda estou repleta do nosso último beijo.* O nome do professor certamente não era Jack, essa era a questão. A descoberta não fizera com que sentisse surpresa nem dor, nem mesmo orgulho masculino ferido, mas apenas ódio, duro e frio como uma lâmina. Ele se deu conta com absoluta clareza de que ia matar sua esposa. Não havia dúvidas. Era preciso apenas divisar o método mais doloroso, mais engenhoso. Reclinado na cadeira de convés, ele revisou pela centésima vez os métodos de tortura descritos por viajantes e estudiosos da Idade Média. Nenhum deles, até agora, parecia adequadamente doloroso. A distância, no limiar da tênue luminosidade verde, as falésias branco-açúcar de Dover estavam se materializando, e ele ainda não tinha tomado uma decisão. O vapor silenciou e, oscilando suavemente, atracou. O professor acompanhou seu atendente até a prancha de desembarque. O oficial da alfândega, depois de matraquear os itens proibidos de importação, pediu que ele abrisse uma mala — a nova, alaranjada. O professor girou a chave leve na trava e abriu a tampa de couro. Alguma senhora russa atrás dele exclamou alto "Meu Deus!" e deu uma risada nervosa. Dois belgas parados de cada lado do professor inclinaram as cabeças e deram uma espécie de olhar para o alto. Um encolheu os ombros e o outro soltou um assobio baixo, enquanto o inglês se virava com indiferença. O oficial, pasmo, arregalou os olhos para o conteúdo da maleta. Todo mundo se sentiu muito confuso e incomodado. O biólogo deu seu nome fleugmaticamente, mencionando o museu da universidade. As expressões clarearam. Apenas algumas senhoras ficaram frustradas ao saber que nenhum crime havia sido cometido.

"Mas por que o senhor leva isso numa mala?", perguntou o oficial, com uma censura respeitosa, abaixando cautelosamente a tampa e fazendo um rabisco com giz no couro brilhante. "Eu estava com pressa", disse o professor com um piscar de olhos fatigado. "Não tinha tempo para fazer um engradado. De qualquer forma, é um objeto valioso, e não uma coisa que pudesse mandar no depósito de bagagem." E com passo rápido e curvado, o professor atravessou a plataforma da ferrovia passando por um policial que parecia um brinquedo gigantesco. Mas de repente se deteve, como se lembrasse algo, e murmurou com um sorriso radiante, delicado. "Pronto, achei. Um método muito inteligente." Com isso deu um suspiro de alívio e comprou duas bananas, um maço de cigarros, jornais que lembravam lençóis crepitantes e, poucos minutos depois, rodava depressa num compartimento confortável do Expresso Continental ao longo do mar cintilante, dos rochedos brancos, dos pastos esmeralda de Kent.

2

Eram, de fato, olhos maravilhosos, com pupilas que pareciam dois pingos de tinta sobre cetim cinza-pombo. O cabelo era cortado curto e de tonalidade dourado-pálido, uma luxuriante cobertura macia. Ela era pequena, ereta, de peitos lisos. Esperava o marido desde ontem e sabia com certeza que ele chegaria hoje. Usando um vestido cinza aberto no pescoço e chinelos de veludo, estava sentada num sofá turco azul-pavão na saleta, pensando que era uma pena seu marido não acreditar em fantasmas e abertamente desprezar o jovem médium, um escocês de cílios pálidos e delicados, que a visitava ocasionalmente. Afinal de contas, coisas estranhas haviam efetivamente acontecido com ela. Recentemente, durante o sono, tivera a visão de um rapaz morto com quem, antes de se casar, havia passeado ao entardecer, quando as flores de amoreira pareciam tão fantasmagoricamente brancas. Na manhã seguinte, ainda trêmula, ela escrevera uma carta a ele — uma carta ao seu sonho. Nessa carta, tinha mentido para o pobre Jack. Ela havia, de fato, quase se esquecido dele; amava seu marido difícil com um amor temeroso, mas fiel; no entanto, queria enviar algum calor a esse querido visitante espectral, para tranquilizá-lo com algumas palavras da terra. A carta desaparecera misteriosamente de seu bloco e na mesma noite ela sonhou com uma longa mesa, debaixo da qual Jack aparecia de repente, balançando a cabeça para ela, com gratidão. Agora, por alguma razão, sentia-se inquieta ao se lembrar desse sonho, quase como se tivesse enganado seu marido com um fantasma.

A saleta estava quente e festiva. No peitoril largo e baixo da janela, havia uma almofada de seda, de um amarelo-vivo com listas violetas.

O professor chegou justamente quando ela havia concluído que seu navio devia ter afundado. Olhando pela janela, ela viu a capota preta de um táxi, a mão estendida do motorista e os ombros volumosos de seu marido com a cabeça curva para pagar. Ela atravessou correndo as salas e desceu depressa a escada balançando os braços finos, nus.

Ele estava subindo na direção dela, curvado, com um casaco grande. Atrás, um criado carregava as malas.

Ela se apertou contra o cachecol de lã dele, levantando de brincadeira o calcanhar de uma perna esguia, vestida com meia cinzenta. Ele beijou sua têmpora quente. Com um sorriso bem-humorado, levantou os braços dela. "Estou coberto de poeira... Espere...", murmurou, segurando seus pulsos. Franzindo a testa, ela jogou para trás a cabeça e a clara conflagração de seu cabelo. O professor inclinou-se e beijou seus lábios com outro pequeno sorriso.

Durante o jantar, removendo o peitilho branco da camisa engomada e movendo energicamente os malares brilhosos, contou como tinha sido sua breve viagem. Mostrou-se reservadamente alegre. As curvas lapelas sedosas de seu paletó de jantar, o queixo de buldogue, a maciça cabeça careca com veias parecendo de aço nas têmporas, tudo despertava em sua mulher uma especial piedade: a piedade que ela sentia sempre porque, embora ele estudasse as minúcias da vida, recusava-se a entrar no mundo dela, onde a poesia de De la Mare fluía e espíritos infinitamente ternos se deslocavam.

"Bem, seus fantasmas apareceram enquanto eu estava fora?", ele perguntou, lendo seus pensamentos. Ela queria contar sobre o sonho, a carta, mas sentiu-se um pouco culpada.

"Sabe de uma coisa", ele continuou, polvilhando açúcar sobre um ruibarbo rosado, "você e seus amigos estão brincando com fogo. É possível existirem ocorrências realmente aterrorizadoras. Um doutor vienense me contou sobre umas incríveis metamorfoses outro dia. Uma mulher — uma espécie de vidente histérica — morreu, de ataque cardíaco, acho, e, quando o médico a despiu (isso tudo aconteceu numa cabana húngara, à luz de vela), ficou perplexo ao ver o seu corpo; estava inteiramente coberto por um tom avermelhado, macio e escorregadio ao toque, e, examinando melhor, ele se deu conta de que o cadáver gordo, rijo, consistia inteiramente em tiras estreitas e circulares de pele, como se fosse tudo bem amarrado com cordões invisíveis, algo como aquele anúncio de pneus franceses, daquele homem cujo corpo é todo de pneus.. Só que, no caso dela, esses pneus eram muito finos e de um pálido avermelhado. E, diante dos olhos do médico, o cadáver aos poucos começou a se desenrolar como um grande novelo de fio... O corpo dela era um verme fino, sem fim, que foi se desenrolando e se arrastando, deslizando pela fenda por baixo da porta enquanto, na cama, restava um esqueleto nu, branco e ainda úmido. No entanto, essa mulher tinha um marido, um marido que a beijava — beijava aquele verme".

O professor serviu-se de um copo de porto cor de mogno e começou a tragar o líquido intenso, sem afastar os olhos apertados do rosto de sua mulher. Os ombros finos e pálidos dela estremeceram. "Você mesmo não se dá conta da coisa terrível que acaba de me contar", disse ela, agitada. "Então o fantasma da mulher desapareceu num verme. É tudo aterrorizador..."

"Às vezes eu penso", disse o professor, dando um soco pesado e examinando seus dedos brutos, "que em última análise minha ciência é uma ilusão inútil, que nós é que inventamos as leis da física, que qualquer coisa — absolutamente qualquer coisa — pode acontecer. Os que se abandonam a esses pensamentos ficam loucos..."

Ele controlou um bocejo, batendo o punho fechado nos lábios. "O que deu em você, querido?", a mulher exclamou, baixo. "Nunca falou desse jeito antes... Achei que você sabia de tudo, que tinha tudo programado..."

Por um instante, as narinas do professor se dilataram espasmodicamente e um dente de ouro rebrilhou. Mas seu rosto logo retomou o estado frouxo. Ele se espreguiçou e se levantou da mesa. "Estou falando bobagem", disse calma e ternamente. "Estou cansado. Vou para a cama. Não acenda a luz quando deitar. Entre direto na cama comigo... comigo", repetiu significativamente, com ternura, como não falava havia muito tempo.

Essas palavras ressoaram suavemente dentro dela quando ficou sozinha na saleta.

Estava casada com ele havia cinco anos e, apesar da disposição caprichosa do marido, de seus frequentes ataques de ciúme injustificado, de seus silêncios, maus humores e incompreensão, ela se sentia feliz, porque o amava e tinha pena dele. Ela, toda esguia e branca, e ele, maciço, careca, com tufos de pelos cinzentos no meio do peito, formavam um casal monstruoso, impossível — e no entanto ela apreciava suas carícias ásperas e pouco frequentes.

Um crisântemo, em seu vaso no aparador, derrubou várias pétalas enroladas com um farfalhar seco. Ela teve um sobressalto e seu coração disparou de forma desagradável quando lembrou que o ar estava sempre cheio de fantasmas, que até mesmo seu marido cientista havia notado suas assustadoras aparições.

Ela se lembrou de como Jack havia saído de baixo da mesa e começara a sacudir a cabeça com impressionante ternura. Pareceu-lhe que todos os objetos da sala a estavam observando com expectativa. Sentiu-se resfriar por um vento de medo. Saiu depressa da saleta, contendo um grito absurdo. Prendeu a respiração e pensou, como eu sou boba, realmente... No banheiro, passou um longo tempo examinando as brilhantes pupilas dos olhos. Seu rosto pequeno, emoldurado por ouro macio, pareceu-lhe desconhecido.

Sentindo-se leve como uma menina, sem nada além de uma camisola de renda, tentando não roçar na mobília, ela entrou no escuro do quarto. Estendeu os braços para localizar a cabeceira da cama e se deitou na beirada. Sabia que não estava sozinha, que seu marido estava deitado a seu lado. Durante alguns instantes, ela ficou olhando para o alto, imóvel, sentindo o bater feroz, abafado de seu coração.

Quando seus olhos se acostumaram com o escuro, cortado pela listras de luar que se despejavam através da cortina de musselina, virou a cabeça para o marido. Ele estava deitado de costas para ela, enrolado no cobertor. Tudo o que ela via era a coroa calva de sua cabeça, que parecia excepcionalmente lisa e branca na poça de luar.

Ele não está dormindo, ela pensou, afetuosa. Se estivesse, roncaria um pouco.

Sorriu e, com todo seu corpo, deslizou na direção do marido, estendendo os braços sob a coberta para o abraço familiar. Seus dedos sentiram umas costelas lisas. Seu joelho tocou um osso liso.

Um crânio, as órbitas negras dos olhos rodando, rolou do travesseiro no ombro dela.

A luz elétrica inundou a sala. O professor, com seu grosseiro paletó de jantar, com o peito engomado, olhos e testa imensa brilhando, saiu de trás de um biombo e se aproximou da cama.

    O cobertor e os lençóis, embaralhados um no outro, escorregaram para o tapete. Sua esposa jazia morta, abraçada ao esqueleto de um corcunda, branco e montado apressadamente, que o professor tinha adquirido para o museu da universidade.

Beneficência

Eu tinha herdado o estúdio de um fotógrafo. Uma tela de tonalidade lilás ainda estava junto à parede, mostrando parte de uma balaustrada e uma urna esbranquiçada contra o fundo de um jardim indistinto. E foi numa poltrona de vime, como se no próprio limiar daquelas profundezas de guache, que me sentei, pensando em você, até de manhã. Ficou muito frio ao amanhecer. Cabeças de barro ainda rústicas aos poucos foram flutuando do escuro para a névoa empoeirada. Uma delas (parecida com você), embrulhada em um pano úmido. Atravessei essa câmara enevoada — alguma coisa crepitou e estalou sob meus pés — e, com a ponta de uma longa vara, enganchei e abri uma sucessão de cortinas pretas que pendiam como farrapos de flâmulas rasgadas diante da vidraça inclinada. Tendo introduzido a manhã — uma manhã fechada, triste —, comecei a rir e não fazia ideia do porquê; talvez fosse simplesmente porque tinha passado a noite inteira sentado na poltrona de vime, cercado por lixo e lascas de gesso de Paris, em meio à poeira de argila imobilizada, pensando em você.

Eis o tipo de sensação que eu experimentava sempre que seu nome era mencionado em minha presença: um vislumbre negro, um movimento perfumado, forte, era assim que você jogava os braços para trás ao ajeitar o véu. Havia muito eu a amava; por quê, não sei. Com seu jeito enganador e louco, vivendo como vivia em ociosa melancolia.

Recentemente eu havia encontrado uma caixa de fósforos vazia em sua mesa de cabeceira. Nela havia um montículo funeral de cinzas e uma ponta de cigarro dourada: áspera, masculina. Implorei que me explicasse. Você deu uma risada desagradável. Depois caiu em prantos e eu, esquecendo tudo, abracei seus joelhos e apertei meus cílios molhados na seda negra e cálida. Depois disso, não nos vimos por duas semanas.

A manhã de outono tremulava na brisa. Com cuidado encostei a vara num canto. Os telhados de Berlim, visíveis através da ampla janela, seus contornos variando de acordo com as iridescentes irregularidades internas do vidro; no meio deles, uma cúpula distante erguia-se como uma melancia de bronze. As nuvens corriam, esgarçavam-se, revelando fugazmente um atônito e delicado céu de outono.

No dia anterior, eu tinha falado com você pelo telefone. Eu é que havia cedido e telefonado. Concordamos em nos encontrar hoje no Portão de Brandenburgo. Sua voz, através do zumbido como de abelhas, estava remota e ansiosa. Ficava deslizando para longe e desaparecendo. Falei com você com os olhos fechados com força e senti vontade de chorar. Meu amor por você era o subir quente e pulsante das lágrimas. É exatamente assim que imagino o paraíso: silêncio e lágrimas, e a seda cálida de seus joelhos. Isso você não conseguiria compreender.

Depois do jantar, quando saí para encontrar você, minha cabeça começou a girar por causa do ar fresco e das torrentes de sol amarelo. Cada raio ecoava em minhas têmporas. Folhas grandes, farfalhantes, avermelhadas, bamboleavam correndo pela calçada.

Enquanto caminhava, refleti que você provavelmente não viria ao encontro. E que, se viesse, nós brigaríamos de novo de qualquer forma. Eu só sabia esculpir e amar. Isso não bastava a você.

Os portões maciços. Ônibus de quadris largos se apertando pelos portais e rodando pelo bulevar, que sumia na inquieta cintilação azul do dia ventoso. Esperei você debaixo de uma abóbada opressiva, entre colunas gélidas, perto da grade da janela da guarita. Pessoas por toda parte: funcionários berlinenses deixavam seus escritórios, mal barbeados, cada um com uma pasta debaixo do braço e, nos olhos, a náusea turva que se sente ao fumar um charuto ruim com o estômago vazio — seus rostos cansados, predatórios, seus colarinhos altos e engomados cruzavam sem parar; uma mulher passou com chapéu de palha vermelho e casaco cinza de astracã; depois um rapaz de calça de veludo abotoada abaixo dos joelhos; e outros mais.

Eu esperei, apoiado na bengala, na sombra fria das colunas do canto. Não acreditava que você viesse.

Junto a uma das colunas, perto da janela da guarita, havia uma banca com cartões-postais, mapas, leques de fotos coloridas e, ao lado, sentada num banquinho, uma velhinha morena de pernas curtas, rechonchuda, com um rosto redondo, sardento, e ela também estava esperando.

Me perguntei qual de nós dois ia esperar mais tempo, e quem viria primeiro: um cliente ou você. A postura da velha passava algo como: "Estou aqui por acaso... Sentei por um minuto... É, tem uma espécie de banca aqui perto, com excelentes, curiosas bugigangas... Mas não tenho nada a ver com isso..."

As pessoas passavam sem cessar entre as colunas, contornando o canto da guarita; algumas espiavam os cartões-postais. A velha tensionava todos os nervos e fixava os olhinhos brilhantes no transeunte, como se transmitisse um pensamento: compre, compre... Mas o outro, depois de uma rápida examinada nos cartões coloridos e nos cinzentos, seguia embora, e ela, com aparente indiferença, baixava os olhos e voltava ao livro vermelho que segurava no colo.

Eu não acreditava que você viria. Mas esperei como nunca esperei antes, fumando sem parar, espiando além do portão o começo do bulevar do outro lado da praça despojada; depois voltava de novo ao meu recesso, tentando não dar a aparência de que esperava, tentando imaginar que você estava andando, se aproximando quando eu não estava olhando, que se desse mais uma olhadinha àquela esquina veria seu casaco de pele de foca e a renda negra pendendo da aba do chapéu sobre seus olhos — e deliberadamente eu não olhava, gostando do autoengano.

Veio uma rajada de vento frio. A mulher se levantou e começou a enfiar os cartões com mais firmeza dentro de suas fendas. Usava uma espécie de paletó de veludo de lã amarelo franzido na cintura. A barra da saia marrom mais levantada na frente do que atrás, o que fazia parecer que ela estava projetando a barriga ao andar. Eu conseguia perceber meigas, bondosas dobras no chapeuzinho redondo e nas botinas de lona usadas. Estava ocupada arrumando sua bandeja de produtos. O livro, um guia de Berlim, ficara no banquinho, e o vento de outono, distraído, virava as páginas e agitava o mapa, que havia caído de dentro delas, como um lance de escada.

Estava esfriando. Meu cigarro queimava de lado e com amargor. Eu sentia ondas de uma friagem hostil no peito. Nenhum cliente aparecera.

Então a mulher das bugigangas voltou ao seu poleiro e, como o banquinho era alto demais para ela, teve de se retorcer um pouco, com as solas das botinas gastas subindo alternadamente da calçada. Joguei fora o cigarro e bati nele com a ponta da bengala, provocando um borrifo de fagulhas.

Uma hora se passara já, talvez mais. Como eu podia achar que você viria? O céu estava imperceptivelmente se transformando em uma nuvem de tempestade contínua, os transeuntes andando ainda mais depressa, curvados, segurando os chapéus, e uma senhora que estava atravessando a praça abriu o guarda-chuva ao passar. Seria um verdadeiro milagre se você chegasse agora.

A velha colocara meticulosamente um marcador em seu livro e parou como se perdida em pensamentos. Meu palpite era que ela estava conjurando um rico estrangeiro do hotel Adlon que compraria todos os seus produtos e pagaria a mais, e pediria mais, muitos cartões-postais e guias mais, de todos os tipos. E ela provavelmente também não estava muito aquecida em seu paletó de veludo. Você *tinha* prometido que viria. Lembrei-me do telefonema e da sombra passageira de sua voz. Nossa, como eu queria ver você. O vento mau começou a soprar outra vez. Levantei a gola.

De repente, a janela da guarita se abriu e um soldado verde chamou a velha. Ela desceu depressa do banquinho e, com a barriga empinada, foi depressa até a janela. Com um movimento tranquilo, o soldado entregou a ela uma caneca fumegante e fechou a vidraça. Seu ombro verde virou e sumiu nas profundezas escuras.

Equilibrando a caneca, a mulher voltou a seu lugar. Era café com leite, a julgar pela nata marrom que aparecia na borda.

Então ela começou a beber. Nunca tinha visto uma pessoa beber com tamanho prazer, absoluto, profundo, concentrado. Ela esqueceu da banca, dos cartões, do vento frio, do cliente americano, simplesmente bebia, sugava, desaparecia totalmente em seu café — exatamente como eu esquecia a minha vigília e via apenas o paletó de veludo, os olhos debruados de plenitude, as mãos curtas agarrando a caneca com as meias-luvas de lã. Ela bebeu durante longo tempo, bebeu em goles lentos, lambendo reverentemente a borda de nata, aquecendo as palmas das mãos no metal quente. E um calor escuro e doce despejou-se em minha alma. Minha alma também estava bebendo e se aquecendo, e a mulherzinha morena tinha gosto de café com leite.

Ela terminou. Por um momento, ficou parada, imóvel. Depois se levantou e foi até a janela devolver a caneca.

Mas parou no meio do caminho e seus lábios se abriram num pequeno sorriso. Ela correu de volta à banca, agarrou dois cartões-postais coloridos e, correndo de volta à grade de ferro da janela, bateu de mansinho no vidro com seu pequeno punho de lã. A grade se abriu, uma manga verde saiu, com um botão brilhante no punho, e ela enfiou a caneca e os cartões na janela escura com uma série de movimentos de cabeça. O soldado, examinando as fotografias, virou-se para o interior, fechando devagar a vidraça.

Nesse momento, eu me dei conta da ternura do mundo, da profunda beneficência de todos os que me cercavam, do laço de plenitude entre mim e toda a criação, e me dei conta de que a alegria que eu tinha procurado em você não estava escondida apenas dentro de você, mas respirava por toda a minha volta, nos sons da rua movimentada, na barra da saia comicamente erguida, no ruído metálico, mas mesmo assim terno, do vento, nas nuvens de outono inchadas de chuva. Eu me dei conta de que o mundo não representa absolutamente uma luta, ou uma sequência predatória de eventos fortuitos, mas tremulante plenitude, beneficente trepidação, uma bênção brindada a nós e não considerada.

E nesse instante você chegou afinal — ou melhor, não você, mas um casal alemão, ele de capa de chuva, pernas com meias compridas como garrafas verdes; ela, esguia e alta, num casaco de pantera. Eles se aproximaram da banca, o homem começou a escolher, e a minha velhinha do café, animada, inchou-se, olhou os olhos dele, depois os cartões, agitada, mexendo as sobrancelhas tensas como um velho cocheiro espicaçando seu cavalo com o corpo todo. Mas o alemão mal teve tempo de escolher alguma coisa quando, com um encolher de ombros, a esposa o puxou pela manga. Foi então que notei que ela se parecia com você. A semelhança não estava nos traços, nem na roupa, mas naquela careta enjoada, indelicada, naquele olhar apressado, indiferente. Os dois foram embora sem comprar nada e a velha apenas sorriu, recolocou os cartões-postais em suas fendas e mais uma vez ficou absorta em seu livro vermelho. Não fazia sentido esperar mais. Fui embora pelas ruas que escureciam, olhando os rostos dos transeuntes, captando sorrisos e surpreendentes pequenos movimentos — o balançar do rabo de cavalo de uma menina que batia bola numa parede, a celestial melancolia refletida no olho oval e arroxeado de um cavalo. Captei e guardei isso tudo. Os pingos de chuva oblíquos, gordos, ficaram mais frequentes, e me lembrei do fresco conforto de meu estúdio, de músculos, testas e mechas de cabelo que eu tinha modelado, e senti em meus dedos um sutil formigamento à ideia de começar a esculpir.

Escureceu. A chuva caía em rajadas. O vento me saudava, turbulento, a cada esquina. Então um bonde passou ruidosamente, as janelas acesas em âmbar, o interior cheio de silhuetas escuras. Saltei para bordo quando passou e comecei a secar as mãos molhadas de chuva.

As pessoas no vagão pareciam taciturnas e oscilavam sonolentas. As vidraças negras estavam salpicadas com uma multidão de diminutas gotas de chuva, como um céu noturno encoberto com um bordado de estrelas. Chacoalhávamos por uma rua ladeada por ruidosas castanheiras, e eu ficava imaginando que os ramos úmidos estavam chicoteando as janelas. E quando o bonde parou podiam-se ouvir, no alto, as castanhas colhidas pelo vento batendo contra o forro. Toc — e de novo, animadamente, suavemente: toc, toc. O bonde tocou a sineta e partiu, o brilho das luzes da rua estilhaçado no vidro molhado, e, com uma sensação de pungente felicidade, esperei a repetição daqueles sons mansos e altivos. Os freios bateram para uma parada. Mais uma vez uma castanha redonda, solitária, pingou e, depois de um momento, outra bateu e rolou pelo teto: toc, toc...

Detalhes de um pôr do sol

O último bonde estava desaparecendo no negrume espelhado da rua e, pelo fio acima dele, uma centelha de fogo de bengala, estalando e tremeluzindo, correu para longe como uma estrela azul. "Bem, melhor ir se arrastando, mesmo estando bem bêbado, Mark, bem bêbado mesmo..."

A fagulha se apagou. Os tetos rebrilhavam ao luar, ângulos prateados quebrados por oblíquas fendas negras.

Através dessa escuridão espelhada ele cambaleou para casa: Mark Standfuss, um vendedor, um semideus, o loiro Mark, um sujeito de sorte com um colarinho engomado. Na nuca, acima da linha desse colarinho, seu cabelo terminava numa mecha engraçada, infantil, que tinha escapado da tesoura do barbeiro. Essa pequena mecha é que tinha feito Klara se apaixonar por ele, e ela jurava que era amor de verdade, que ela havia esquecido inteiramente o belo estrangeiro arruinado que no ano anterior alugara um quarto de sua mãe, *Frau* Heise.

"E, no entanto, Mark, você está bêbado..."

Naquela noite houvera cerveja e música com amigos em honra de Mark e da ruiva e pálida Klara, e dentro de uma semana eles estariam casados; então haveria uma vida inteira de plenitude e paz, e de noites com ela, o fogo vermelho de seus cabelos se espalhando no travesseiro e, de manhã, mais uma vez seu riso tranquilo, o vestido verde, o frescor de seus braços nus.

No meio da praça havia uma barraca negra: os trilhos do bonde estavam sendo consertados. Ele lembrou que hoje tinha se enfiado debaixo de sua manga curta e beijado a tocante cicatriz de vacina de varíola. E agora estava indo para casa, trôpego de tanta felicidade e tanta bebida, balançando a bengala fina, e entre as casas escuras do outro lado da rua vazia um eco noturno fazia clop, clop no ritmo de seus passos; mas silenciou quando virou a esquina onde o mesmo homem de sempre, de avental e quepe, estava parado ao lado de sua grelha, vendendo salsichas, gritando com um suave e triste assobio de pássaro: "*Würstchen, würstchen...*"

Mark sentiu uma espécie de deliciosa pena das salsichas, da lua, da centelha azul que correra pelo fio, e, ao tensionar o corpo contra uma cerca amiga, foi dominado pelo riso e, curvando-se, exalou num buraquinho redondo das tábuas as palavras: "Klara, Klara, ah, minha querida!"

Do outro lado da cerca, num espaço entre os prédios, havia um terreno baldio retangular. Vários furgões de mudança jaziam ali como enormes esquifes. Estavam inchados com suas cargas. Deus sabe o que estava empilhado dentro deles. Baús de carvalho, provavelmente, e candelabros como aranhas de ferro, e o esqueleto pesado de uma cama de casal. A lua lançava um olhar duro aos furgões. À esquerda do terreno, grandes corações negros aplainados contra a parede nua dos fundos: as sombras, muitas vezes ampliadas, das folhas de uma tília próxima a um poste de luz na beira da calçada.

Mark ainda estava rindo quando subiu a escada escura até seu andar. Chegou ao último degrau, mas se enganou e levantou o pé outra vez, que baixou, desajeitado, com ruído. Quando estava tateando o escuro em busca da fechadura, a bengala de bambu escorregou de debaixo de seu braço e, com um pequeno tec tec baixinho, deslizou pela escada. Mark prendeu a respiração. Pensou que a bengala ia virar com os degraus e continuar a cair até lá embaixo. Mas o clique agudo de madeira cessou de repente. Deve ter parado. Ele sorriu aliviado e, segurando o corrimão (a cerveja cantando em sua cabeça vazia), começou a descer de novo. Quase caiu e se sentou pesadamente num degrau, procurando em torno com as mãos.

Lá em cima, uma porta se abriu no patamar. *Frau* Standfuss, com um lampião de querosene na mão, meio vestida, olhos piscando, a névoa de seu cabelo aparecendo debaixo da touca de dormir, saiu e perguntou: "É você, Mark?"

Uma réstia de luz amarela envolveu a balaustrada, os degraus e sua bengala, e Mark, ofegante e satisfeito, subiu de volta para seu patamar, sua sombra negra, corcunda, seguindo atrás dele pela parede.

Então, na sala em penumbra, dividida por um biombo vermelho, deu-se a seguinte conversação:

"Você bebeu demais, Mark."

"Não, não, mãe... estou tão feliz..."

"Você se sujou todo, Mark. Sua mão está preta..."

"... tão feliz... Ah, que gostoso... a água está boa, fria. Despeje um pouco em cima da minha cabeça... mais... Todo mundo me deu os parabéns e com toda a razão... Ponha mais um pouco."

"Mas dizem que ela estava apaixonada por um outro há tão pouco tempo — um aventureiro estrangeiro qualquer. Foi embora sem pagar os cinco marcos que devia a *Frau* Heise..."

"Ah, pare. A senhora não entende nada... Nós cantamos tanto hoje... Olhe, perdi um botão... Acho que vão duplicar o meu salário quando eu casar..."

"Vamos, vá para a cama. Está todo sujo, a calça nova também."

Nessa noite, Mark teve um sonho desagradável. Viu seu falecido pai. O pai veio até ele, com um estranho sorriso no rosto pálido, suado, pegou Mark por baixo dos braços e começou a fazer cócegas nele, silenciosamente, violentamente, sem parar.

Ele só se lembrou desse sonho quando chegou à loja onde trabalhava, e se lembrou porque um amigo seu, o brincalhão Adolf, cutucou-o nas costelas. Por um instante, alguma coisa se abriu em sua alma, imobilizou-se momentaneamente em surpresa e se fechou. Então tudo ficou fácil e límpido de novo, e as gravatas que oferecia a seus clientes sorriam alegremente, simpatizantes com sua felicidade. Ele sabia que veria Klara à noite — ia só dar uma corrida em casa para jantar, depois iria direto para a casa dela... Dias antes, quando estava contando a ela como iam viver com aconchego e ternura, ela de repente começara a chorar. Claro que Mark entendeu que eram lágrimas de alegria (como ela própria explicou); ela começou a girar na sala, a saia como uma verde vela de barco, e depois começou a ajeitar depressa o cabelo brilhante, cor de geleia de damasco, na frente do espelho. E seu rosto estava pálido e confuso, também de felicidade, claro. Era tudo tão natural, enfim...

"Uma listrada? Mas claro."

Deu um nó na gravata em sua mão e virou para cá e para lá, motivando o cliente. Abria com habilidade as caixas chatas de papelão...

Nesse meio-tempo, sua mãe recebeu uma visita: *Frau* Heise. Ela chegara sem aviso, e seu rosto estava manchado de lágrimas. Oscilante, quase como se temesse partir-se em pedaços, sentou-se num banquinho da minúscula e imaculada cozinha onde *Frau* Standfuss estava lavando os pratos. Um porco bidimensional de madeira pendia da parede, e uma caixa de fósforos meio aberta, com um palito queimado, jazia sobre o fogão.

"Vim trazer uma má notícia, *Frau* Standfuss."

A outra mulher imobilizou-se, apertando um prato ao peito.

"É a Klara. É. Ela perdeu a cabeça. Aquele meu inquilino voltou hoje — sabe, aquele de que eu contei para você. E Klara ficou louca. É, foi hoje de manhã... Ela não quer ver o seu filho nunca mais... A senhora deu o pano para um vestido novo; vai ser devolvido. E aqui está uma carta para Mark. Klara ficou louca. Eu não sei o que pensar..."

Enquanto isso, Mark terminara o trabalho e já estava a caminho de casa. Adolf, com seu cabelo cortado rente, acompanhou-o no trajeto. Os dois pararam, apertaram-se as mãos, e Mark empurrou com o ombro a porta que se abriu para o fresco vazio.

"Por que voltar para casa? Dane-se. Vamos comer em algum lugar, você e eu." Adolf parou apoiado à bengala como se ela fosse uma cauda. "Dane-se, Mark..."

Mark esfregou o rosto, irresoluto, depois riu. "Tudo bem. Só que é por minha conta."

Quando, meia hora depois, ele saiu do bar e se despediu do amigo, o rubor de um incendiado pôr do sol preenchia a vista do canal, e uma ponte riscada de chuva ao longe estava contornada por um traço fino de ouro, e por ela passavam minúsculas figuras negras.

Ele olhou o relógio e resolveu ir direto para a casa da noiva, sem parar na casa da mãe. Sua felicidade e a limpidez do ar da tarde faziam a cabeça rodar um pouco. Uma flecha de cobre brilhante bateu no sapato de verniz de um dândi que descia de um carro. As poças, que ainda não tinham secado, cercadas pela ferida de umidade escura (os olhos vivos do asfalto), refletiam a suave incandescência do entardecer. As casas estavam cinza como sempre; mas os telhados, os ornatos acima dos pisos superiores, os para-raios debruados de ouro, as cúpulas de pedra, as coluninhas — que ninguém nota durante o dia, pois gente diurna raramente olha para cima — estavam agora banhados em rico ocre, o calor arejado do pôr do sol, e por isso pareciam inesperadas e mágicas, aquelas saliências superiores, sacadas, cornijas, pilares, contrastando vivamente, por causa de seu brilho fulvo, com as pardas fachadas abaixo.

Ah, como estou feliz, Mark ficava divagando, como tudo em torno celebra minha felicidade.

Ao sentar no bonde, examinou com ternura, amorosamente, seus companheiros de viagem. Ele tinha um rosto tão jovem, Mark tinha, com espinhas vermelhas no queixo, alegres olhos luminosos, a mecha sem cortar na reentrância da nuca... Era de se pensar que o destino pudesse tê-lo poupado.

Dentro de poucos momentos vou ver Klara, ele pensou. Ela vai me encontrar na porta. Vai dizer que mal sobreviveu até o entardecer.

Deu um salto. Tinha passado a parada onde devia descer. A caminho da saída, tropeçou no pé de um gordo cavalheiro que estava lendo uma publicação médica. Mark quis tocar o chapéu, mas quase caiu: o bonde estava virando com um guincho. Agarrou a alça do alto e conseguiu manter o equilíbrio. O homem lentamente recolheu as pernas curtas com um grunhido cheio de muco e mau humor. Tinha um bigode cinzento que torcia para cima agressivamente. Mark deu-lhe um sorriso culpado e chegou à frente do vagão. Agarrou o peitoril com ambas as mãos, inclinou-se para a frente, calculou o pulo. Lá embaixo, o asfalto corria, liso e brilhante. Mark saltou. Sentiu o queimar da fricção nas solas, e as pernas começaram a correr sozinhas, os pés batendo com involuntária ressonância. Várias coisas estranhas aconteceram simultaneamente: da frente do vagão, que se afastava de Mark, o condutor emitiu um grito furioso; o asfalto brilhante subiu como o assento de um balanço; uma massa trovejante colheu Mark por trás. Ele sentiu como se um grosso raio o tivesse atravessado da cabeça até os pés, e depois nada. Estava parado sozinho no asfalto brilhante. Olhou em torno. Viu, ao longe, seu próprio vulto, as costas esguias de Mark Standfuss, que atravessava a rua na diagonal como se nada tivesse acontecido. Maravilhado, alcançou a si mesmo num movimento fácil e agora estava chegando à calçada, todo o seu corpo tomado por uma vibração que diminuía gradualmente.

Foi uma estupidez. Quase atropelado por um ônibus...

A rua era larga e cinzenta. As cores do pôr do sol tinham invadido metade do céu. Andares superiores e tetos estavam banhados numa luz gloriosa. Lá em cima, Mark conseguia discernir pórticos, frisos e afrescos translúcidos, treliças cobertas de rosas alaranjadas, estátuas aladas que erguiam para o céu liras douradas, insuportavelmente fulgurantes. Em luminosas ondulações, esses encantos arquitetônicos recuavam etereamente, festivamente, para a distância celestial, e Mark não conseguia entender como nunca havia notado antes essas galerias, esses templos suspensos no alto.

Bateu um joelho dolorosamente. Aquela cerca negra outra vez. Não podia deixar de rir ao reconhecer os furgões além dela. Estavam parados, como esquifes gigantes. O que poderiam esconder dentro? Tesouros? Esqueletos de gigantes? Ou montes empoeirados de suntuosa mobília?

Ah, tenho de dar uma olhada. Senão Klara vai perguntar e eu não vou saber.

Deu um empurrão rápido na porta de um dos furgões e entrou. Vazio. Vazio, a não ser por uma cadeira de palha no centro, comicamente desequilibrada sobre três pernas.

Mark encolheu os ombros e saiu pelo lado oposto. Uma vez mais, o quente entardecer irrompeu à vista. E agora, diante dele, estava o portão de ferro fundido familiar e, adiante, a janela de Klara, atravessada por um ramo verde. A própria Klara abriu o portão e ficou esperando, erguendo os cotovelos nus, arrumando o cabelo. Os tufos ruivos de suas axilas apareciam através das aberturas das mangas curtas iluminadas pelo sol.

Mark, rindo sem som, correu para abraçá-la. Apertou o rosto contra a seda verde, cálida, de seu vestido.

As mãos dela pousaram sobre sua cabeça.

"Fiquei tão sozinha o dia inteiro, Mark. Mas agora você está aqui."

Ela abriu a porta, e Mark imediatamente encontrou-se na sala de jantar, que lhe pareceu excepcionalmente espaçosa e clara.

"Quando as pessoas estão felizes como estamos agora", disse ela, "podem dispensar um corredor". Klara falou num sussurro apaixonado, e ele sentiu que suas palavras tinham um sentido especial, maravilhoso.

E na sala de jantar, em torno da toalha oval branca como neve, havia várias pessoas sentadas, nenhuma que Mark tivesse visto antes na casa de sua noiva. Entre elas estava Adolf, moreno, com sua cabeça quadrada; estava também o velho barrigudo de pernas curtas que lia a publicação médica no bonde e que ainda resmungava.

Mark cumprimentou o grupo com um aceno de cabeça tímido, sentou-se ao lado de Klara, e no mesmo instante sentiu, como havia sentido pouco antes, um golpe de dor atroz atravessar todo o seu corpo. Ele estremeceu e o vestido verde de Klara flutuou, diminuiu e virou a cúpula verde de uma lâmpada. Uma lâmpada que balançava num fio. Mark estava deitado debaixo dela, com uma dor inconcebível esmagando seu corpo, e nada podia distinguir além da lâmpada oscilando, e suas costelas apertando o coração, impossibilitando-o de respirar, e alguém estava dobrando sua perna, fazendo força para quebrá-la, dentro de um momento ia estalar. Libertou-se de alguma forma, a lâmpada brilhou verde outra vez, e Mark se viu sentado um pouco mais longe, ao lado de Klara, e assim que viu isso se sentiu roçando o joelho contra a saia de seda cálida. E Klara estava rindo, a cabeça jogada para trás.

Ele sentiu o impulso de falar sobre o que acabara de acontecer e, dirigindo-se a todos os presentes — Adolf, o brincalhão, o irritável gordo —, pronunciou com um esforço: "O estrangeiro está oferecendo as mencionadas preces no rio..."

Parecia que ele havia esclarecido tudo e que aparentemente todos haviam entendido... Klara, fazendo um biquinho, beliscou sua bochecha: "Meu pobre querido. Vai ficar tudo bem..."

Ele começou a se sentir cansado e sonolento. Pôs os braços em torno do pescoço de Klara, puxou-a para ele e se deitou. E então a dor o golpeou de novo e ficou tudo claro.

Mark estava deitado de costas, mutilado e enfaixado, e a lâmpada não balançava mais. O gordo familiar, com bigode, agora um médico de roupa branca, soltava preocupados grunhidos ao examinar as pupilas de Mark. E aquela dor!... Nossa, dentro de um minuto seu coração ia ser empalado por uma costela e explodiria... Nossa, a qualquer instante agora... Que bobagem. Por que Klara não está aqui?...

O médico franziu a testa e estalou a língua.

Mark não respirava mais, Mark tinha partido — para onde, para quais outros sonhos, ninguém sabe dizer.

O temporal

Na esquina de uma rua em quase tudo comum de Berlim Ocidental, debaixo de um dossel de tílias em plena floração, fui envolvido por uma voraz fragrância. Massas de neblina desciam no céu da noite e, quando o último vazio cheio de estrelas tinha sido absorvido, o vento, um fantasma cego, cobrindo o rosto com suas mangas, soprou baixo varrendo a rua deserta. Na escuridão sem lustro, por cima da porta de aço de uma barbearia, seu escudo suspenso — uma bacia de barbear dourada — começou a balançar como um pêndulo.

 Voltei para casa e encontrei o vento esperando por mim na sala: ele batia a janela no caixilho e aprontou um refluxo imediato quando fechei a porta ao passar. Debaixo de minha janela havia um pátio profundo onde, durante o dia, camisas crucificadas nos varais ao sol forte brilhavam através dos arbustos de lilases. Daquele pátio subiam vozes de vez em quando: o melancólico latido do trapeiro ou compradores de garrafas vazias; às vezes, o gemido de um violino aleijado; e, uma vez, uma loira obesa colocou-se no centro do pátio e irrompeu numa canção tão linda que as criadas se debruçaram de todas as janelas, inclinando os pescoços nus. Então, quando ela terminou, houve um momento de extraordinária imobilidade; só se ouviu minha zeladora, uma viúva relaxada, soluçando e assoando o nariz no corredor.

 Naquele pátio, agora, inchava uma melancolia, mas então o vento cego, que serpenteara desamparado por suas profundidades, uma vez mais começou a subir e de repente recuperou a visão, subiu e, nas aberturas âmbar da parede negra em frente, as silhuetas de braços e cabeças despenteadas começaram a surgir à medida que janelas de saída de incêndio eram fechadas e suas molduras, trancadas com ressonância e firmeza. As luzes se apagaram. No momento seguinte, uma avalanche de sons surdos, o som de trovão distante, entrou em movimento e começou a rolar pelo céu violeta-escuro.

E de novo tudo se aquietou como no momento em que a mendiga terminou sua canção, as mãos crispadas no seio amplo.

Nesse silêncio, adormeci, exausto pela felicidade de meu dia, uma felicidade que não consigo descrever por escrito, e meus sonhos foram cheios de você.

Acordei porque a noite começara a cair aos pedaços. Uma cintilação pálida, enlouquecida, voava pelo céu como um rápido reflexo de varetas metálicas colossais. Um estalo atrás do outro rasgava o céu. A chuva caía num fluxo espaçoso e sonoro.

Eu estava embriagado por aqueles tremores azulados, pela friagem penetrante, volátil. Subi ao parapeito da janela molhada e inalei o ar suspenso, que fazia meu coração tinir como vidro.

Sempre mais próxima, sempre mais grandiosa, a carruagem do profeta trovejava pelas nuvens. A luz da loucura, de visões penetrantes, iluminou o mundo noturno, a inclinação metálica dos telhados, os esquivos arbustos lilases. O deus Trovão, um gigante de cabelos brancos com uma barba furiosa soprada pelo vento por cima do ombro, vestido nas dobras esvoaçantes de um traje deslumbrante, parado, inclinado para trás, em sua carruagem fogosa, controlando com braços tensos seus tremendos corcéis negros como azeviche, as crinas um fogaréu violeta. Tinham escapado ao controle do condutor e o profeta agitado puxava as rédeas em vão. Seu rosto estava distorcido pela rajada e pelo esforço; o redemoinho, soprando para trás as dobras de sua roupa, desnudou um joelho poderoso; os corcéis sacudiam as crinas incendiadas e corriam ainda mais violentamente, corriam, corriam pelas nuvens. Então, com cascos trovejantes, arremessaram contra um telhado brilhante, o carro oscilou, Elias perdeu o equilíbrio e os corcéis, enlouquecidos pelo toque de metal mortal, subiram de novo para o céu. O profeta foi atirado fora. Uma roda saiu. De minha janela vi seu enorme aro de fogo rolar telhado abaixo, balançar na borda e saltar no escuro, enquanto os corcéis, arrastando a carruagem virada, estavam já correndo pelas nuvens mais altas; o trovejar morreu e a luminosidade tempestuosa desapareceu em um abismo lívido.

O deus Trovão, que tinha caído no telhado, levantou-se pesadamente. Suas sandálias começaram a escorregar; ele quebrou a janela de um sótão com o pé, gemeu e, com um gesto do braço, agarrou uma chaminé para se equilibrar. Virou devagar o rosto contraído enquanto procurava com os olhos alguma coisa, talvez a roda que tinha voado para fora do eixo dourado. Então olhou para o alto, os dedos segurando a barba despenteada, sacudiu a cabeça, irritado — provavelmente não era a primeira vez que aquilo acontecia —, e, mancando ligeiramente, começou uma descida cautelosa.

Com grande excitação afastei-me da janela, vesti depressa o roupão e desci correndo a escada íngreme direto para o pátio. O temporal tinha passado, mas um adejar de chuva permanecia no ar. Do leste uma palidez estranha vinha invadindo o céu.

O pátio, que de cima tinha parecido transbordar com densa escuridão, continha, de fato, nada mais que uma delicada névoa dissolvida. No canteiro central de relva escurecida pela umidade, um velho magro, de ombros caídos, com um roupão encharcado, resmungava alguma coisa e olhava em torno. Ao me ver, piscando furiosamente, disse: "É você, Eliseu?"

Curvei-me. O profeta estalou a língua, raspando ao mesmo tempo seu ponto de careca marrom.

"Perdi uma roda. Encontre para mim, por favor?"

A chuva havia então cessado. Enormes nuvens cor de chamas juntavam-se acima dos telhados. Os arbustos, a cerca, o canil brilhando, flutuavam no ar azulado, letárgico, à nossa volta. Tateamos por longo tempo em vários cantos. O velho ficava resmungando, erguendo a barra pesada do roupão, chapinhando nas poças com as sandálias de bico redondo, e uma gota brilhante pendia da ponta de seu nariz grande, ossudo. Ao afastar um ramo baixo de lilás, notei, numa pilha de lixo, entre vidro quebrado, uma roda de ferro estreita que devia ter pertencido a um carrinho de bebê. O velho exalou um quente alívio acima da minha orelha. Apressado, até um pouco brusco, ele me empurrou e agarrou o aro enferrujado. Com uma piscada alegre, disse: "Então foi para aí que rolou."

A seguir olhou fixamente para mim, as sobrancelhas brancas franziram-se, e, como se lembrasse alguma coisa, disse com uma voz impressionante: "Vire-se, Eliseu."

Obedeci, até fechei os olhos. Fiquei parado assim por um minuto e pouco, depois não consegui mais controlar minha curiosidade.

O pátio estava vazio, a não ser pelo cachorro velho, peludo, com o focinho grisalho na cabeça que tinha enfiado para fora do canil, olhando para cima, como uma pessoa, com amedrontados olhos cor de avelã. Eu também olhei para cima. Elias havia subido ao telhado, o aro de ferro rebrilhando às suas costas. Acima das chaminés, uma crespa nuvem de aurora pairava como uma montanha alaranjada e, além dela, uma segunda e uma terceira. O cachorro quieto e eu ficamos olhando juntos o profeta, que tinha chegado ao alto do telhado, calmamente, sem pressa de subir à nuvem e continuar subindo, pisando pesadamente nas massas de fogo macio...

O sol brilhou em cima dessa roda e imediatamente ela ficou imensa e dourada, e o próprio Elias parecia agora vestido de fogo, fundindo-se à nuvem paradisíaca na qual caminhava cada vez mais alto, até desaparecer numa gloriosa garganta no céu.

Só então o cachorro decrépito irrompeu num rouco latido matinal. Ondas correram pela superfície brilhante de uma poça de chuva. A brisa leve fazia oscilar os gerânios nos balcões. Duas ou três janelas acordaram. Com meus chinelos encharcados e roupão velho corri à rua para alcançar o primeiro bonde sonolento e, juntando as abas do roupão em torno de mim, rindo comigo mesmo ao correr, imaginei como, em poucos momentos, eu estaria em sua casa e começaria a contar para você sobre o acidente aéreo da noite e sobre o mal-humorado e velho profeta que caíra em meu pátio.

La veneziana

1

Em frente ao castelo avermelhado, em meio a olmos luxuriantes, havia uma quadra de grama vividamente verde. Bem cedo de manhã, o jardineiro havia cuidado dela com um rolo de pedra, extirpado algumas margaridas, retraçado as linhas do gramado com giz líquido e esticado uma flexível rede nova entre os postes. De uma aldeia próxima, o mordomo trouxera uma caixa de papelão na qual repousavam doze bolas, brancas como a neve, felpudas ao toque, ainda claras, ainda virgens, cada uma embrulhada como um fruto precioso em sua própria folha de papel transparente.

Era por volta das cinco da tarde. A luz do sol maduro preguiçava aqui e ali na grama e nos troncos das árvores, se infiltrava pelas folhas e banhava placidamente a quadra, que agora ganhava vida. Havia quatro jogadores: o próprio coronel (proprietário do castelo), a sra. McGore, o filho do anfitrião, Frank, e Simpson, um colega de faculdade dele.

Os movimentos de uma pessoa ao jogar, assim como sua caligrafia em momentos mais tranquilos, revelam bastante sobre ela. A julgar pelos golpes duros, rígidos do coronel, pela expressão tensa de seu rosto carnoso que parecia ter acabado de cuspir o maciço bigode cinzento que se projetava sobre seu lábio; pelo fato de, apesar do calor, ele não desabotoar o colarinho da camisa; e pela maneira como sacava, as pernas separadas pisando com firmeza como dois postes brancos, podia-se concluir, primeiro, que ele nunca tinha sido bom jogador, e, segundo, que ele era um homem sério, antiquado, teimoso, sujeito a explosões ocasionais de intensa raiva. De fato, tendo atirado a bola para dentro dos rododendros, ele exalava um polido palavrão através dos dentes, ou arregalava os olhos de peixe para sua raquete, como se não pudesse perdoá-la por erro tão humilhante.

Simpson, sorteado para ser seu parceiro, um rapaz louro e magro de olhos mansos, mas loucos, irrequietos e brilhantes por trás do *pince-nez* como mancas borboletas azul-claras, estava tentando jogar o melhor que podia, embora o coronel, claro, nunca expressasse sua irritação quando a perda de um ponto era culpa do outro. Mas por mais que Simpson tentasse, por mais que pulasse, nenhum de seus golpes era bem-sucedido. Ele sentia como se estivesse se desfazendo pelas costuras, como se fosse sua timidez que o impedisse de bater com precisão, e que, em vez de um instrumento de jogo, meticulosa e engenhosamente montado com ressonante categute âmbar esticado numa moldura soberbamente bem calculada, estivesse segurando um galho seco desajeitado no qual a bola rebatia com um estalo doloroso, acabando na rede ou nos arbustos, e conseguindo mesmo derrubar o chapéu de palha da cabeça redonda do sr. McGore, que estava parado junto à quadra e assistia sem nenhum interesse sua jovem esposa Maureen e o leve e ágil Frank derrotarem seus suados oponentes.

Se McGore, um velho conhecedor de arte, restaurador, remoldurador e reenquadrador de pinturas ainda mais velhas, que via o mundo como um estudo pobre borrado com tintas instáveis numa tela fina, fosse o tipo de espectador curioso e imparcial que às vezes é tão providencial atrair, ele poderia ter concluído que a alta e alegre Maureen, com seus cabelos escuros, vivia do mesmo jeito solto com que jogava, e que Frank levava também para a sua vida a habilidade de devolver até a bola mais difícil com graciosa facilidade. Mas assim como a caligrafia muitas vezes engana um vidente com sua superficial simplicidade, o jogo desse casal vestido de branco, na verdade, não revelava nada além de que Maureen jogava um tênis fraco, macio, desatento e feminino, enquanto Frank tentava não bater na bola forte demais, lembrando-se de que não estava num torneio universitário, mas no jardim de seu pai. Ele se movimentava sem dificuldade para a bola, e o golpe longo dava uma sensação de plenitude física: cada movimento tende a descrever um círculo completo e mesmo que, em seu ponto médio, se transforme no voo linear da bola, sua continuação invisível é mesmo assim percebida instantaneamente pela mão e sobe pelos músculos até o ombro, e é precisamente essa centelha interna prolongada que torna o golpe satisfatório. Com um sorriso fleumático no rosto barbeado, bronzeado, os dentes perfeitos à mostra, cintilando, Frank ficava na ponta dos pés e, sem esforço visível, girava o antebraço nu. Esse arco amplo continha uma espécie de força elétrica, e a bola rebatia com um som particularmente tenso e acurado nas cordas da raquete.

Ele havia chegado naquela manhã com seu amigo para passar as férias na casa do pai e encontrara o sr. e sra. McGore que ele já conhecia e que estavam hospedados no castelo havia mais de um mês; o coronel, inflamado por uma nobre paixão por pinturas, perdoava de bom grado a origem estrangeira de McGore, sua natureza antissocial e sua falta de humor em troca da assistência que esse famoso perito em arte lhe dava e pelas telas magníficas, inestimáveis que ele encontrava. Especialmente magnífica era a aquisição mais recente do coronel, o retrato de uma mulher pintado por Luciani, vendido a ele por McGore por uma soma suntuosa.

Hoje, McGore, por insistência da esposa que conhecia a meticulosidade do coronel, tinha vestido um terno de verão claro em vez do casaco comprido que usava geralmente, mas ainda não passava na aprovação de seu anfitrião: a camisa era engomada e tinha botões de pérola, o que era, claro, inadequado. Também não muito apropriadas eram as botinhas amarelo-avermelhadas e a ausência de barras viradas na calça, que o rei tornara instantaneamente modernas quando teve um dia de passar por poças ao atravessar a rua; nem o velho chapéu de palha com a aba de aspecto mastigado, atrás da qual espetavam-se as madeixas grisalhas de McGore, pareciam especialmente elegantes. Ele tinha um rosto um tanto simiesco, com boca protuberante, um grande espaço entre o nariz e o lábio, e todo um complexo sistema de rugas, de forma que se podia talvez ler o seu rosto como se fosse a palma da mão. Ao observar a bola voando para cá e para lá sobre a rede, seus olhinhos verdes iam depressa da direita para a esquerda, para a direita e paravam para piscar preguiçosamente quando o voo da bola era interrompido. Os três trajes muito brancos de flanela e uma saia curta, alegre, à luz brilhante do sol contrastavam lindamente com o verde de tonalidade maçã, mas, como já observamos, o sr. McGore considerava o Criador da vida apenas um imitador de segunda classe dos mestres que vinha estudando havia quarenta anos.

Enquanto isso, Frank e Maureen, depois de vencer cinco games consecutivos, estavam a ponto de vencer o sexto. Frank, que estava servindo, lançou a bola para o alto com a mão esquerda, inclinou-se muito para trás como se fosse cair, depois imediatamente arremeteu para a frente com um grande movimento em arco, a raquete brilhante desferindo um golpe oblíquo na bola, que atravessou a rede e voou como um raio passando por Simpson, que deu uma olhada de lado, desamparado.

"Acabou-se", disse o coronel.

Simpson ficou muito aliviado. Estava envergonhado demais pela inépcia de seus golpes para ser capaz de se entusiasmar com o jogo, e essa vergonha intensificava-se pela extraordinária atração que sentia por Maureen. Todos os jogadores fizeram uma reverência a cada um dos outros, conforme o costume, e Maureen deu um sorriso de lado ao ajustar a alça no ombro nu. O marido estava aplaudindo com um ar de indiferença.

"Temos de fazer uma partida individual", observou o coronel, dando um tapa nas costas do filho com grande prazer enquanto este, mostrando os dentes, vestia seu blazer esportivo branco com listas carmim e um emblema violeta de um lado.

"Chá!", disse Maureen. "Estou louca por um chá."

Todo mundo foi para a sombra de um olmo gigantesco, onde o mordomo e a criada de branco e preto haviam instalado uma mesa portátil. Havia chá escuro como cerveja de Munique, sanduíches que consistiam em fatias de pepino entre retângulos de pão sem casca, um bolo escuro manchado com passas negras e grandes morangos com creme. Havia também várias garrafas de cerâmica de ginger ale.

"No meu tempo", começou o coronel, acomodando-se com pesado alívio na lona de uma cadeira dobrável, "preferíamos esportes realmente, genuinamente ingleses: rúgbi, críquete, caça. Os jogos de hoje têm algo de estrangeiros, algo como pernas finas. Eu sou forte partidário da virilidade, de carne malpassada, de uma garrafa de vinho do porto à noite, o que não impede", concluiu o coronel, ajeitando o grande bigode com uma escovinha, "que eu aprecie robustas pinturas antigas que têm o brilho desse mesmo vinho pesado".

"A propósito, coronel, a *Veneziana* foi pendurada", disse McGore com sua voz tristonha, depositando o chapéu na grama ao lado de sua cadeira e esfregando o alto da cabeça, nu como um joelho, em torno do qual ainda se enrolavam grossos cachos de um grisalho sujo. "Escolhi o ponto mais bem iluminado da galeria. Penduraram uma lâmpada acima dela. Gostaria que desse uma olhada."

O coronel fixou os olhos brilhantes primeiro em seu filho, depois no envergonhado Simpson, e em Maureen, que estava rindo e fazendo careta por causa do chá quente.

"Meu caro Simpson", ele exclamou enfático, pulando em cima da presa escolhida, "você ainda não viu! Perdoe por separar você do seu sanduíche, meu amigo, mas me sinto na obrigação de mostrar minha nova pintura. Os *connoisseurs* estão ficando loucos com ela. Venha. Claro que não ouso convidar Frank".

Frank fez uma reverência simpática. "Tem razão, pai. Pinturas me perturbam."

"Voltamos já, sra. McGore", disse o coronel ao se levantar. "Cuidado, vai pisar na garrafa", disse a Simpson, que havia se levantado. "Prepare-se para uma ducha de beleza."

Os três foram para a casa atravessando o gramado suavemente ensolarado. Apertando os olhos, Frank os viu se afastar, baixou os olhos para o chapéu de McGore abandonado na grama ao lado da cadeira (exibindo a Deus, ao céu azul, ao sol, seu interior esbranquiçado com uma mancha gordurosa no centro, sobre a marca de uma chapelaria vienense) e então, virando-se para Maureen, disse algumas palavras que iriam, sem dúvida, surpreender o leitor pouco perceptivo. Maureen estava sentada numa poltrona baixa, coberta com trêmulos anéis de sol, apertando a rede dourada da raquete à testa, e seu rosto imediatamente ficou mais velho e mais severo quando Frank disse: "Então, Maureen. Está na hora de tomarmos uma decisão..."

2

McGore e o coronel, como dois guardas, conduziram Simpson a um salão fresco e espaçoso, onde pinturas rebrilhavam nas paredes e não havia móveis além de uma mesa oval de madeira negra e brilhante no centro, as quatro pernas refletidas no parquê de nogueira amarela reluzente como um espelho. Tendo conduzido seu prisioneiro a uma grande tela numa moldura dourada opaca, o coronel e McGore pararam, o primeiro com as mãos nos bolsos, o último tirando pensativamente uma matéria seca e cinzenta como pólen de dentro das narinas e a espalhando com um ligeiro esfregar de dedos.

A pintura era mesmo muito boa. Luciani havia retratado uma beleza veneziana em meio-perfil, parada diante de um fundo quente, negro. O tecido tingido de rosa revelava o pescoço proeminente de tom escuro, com dobras excepcionalmente suaves debaixo da orelha, e a pele de lince cinza com que o manto vermelho-cereja era debruado caía do ombro esquerdo. Com os dedos longos da mão direita abertos em pares, ela parecia estar a ponto de arrumar a pele que caía, mas se imobilizara no meio do movimento, os olhos castanhos, uniformemente escuros, olhando fixamente, languidamente para o espectador. A mão esquerda, com babados brancos de cambraia circundando o pulso, segurava uma cesta de frutos amarelos; a coroa estreita de um adorno de cabeça brilhava sobre o cabelo castanho-escuro. À esquerda, o negro era interrompido por uma grande abertura em ângulo reto para o ar do crepúsculo e o vazio azul-esverdeado de um entardecer nublado.

No entanto, não foram esses detalhes do estupendo jogo de sombras, nem o colorido quente e escuro de toda a pintura o que chamou a atenção de Simpson. Foi uma outra coisa. Inclinando a cabeça ligeiramente para um lado e corando instantaneamente, ele disse: "Nossa, como ela parece com..."

"Minha esposa", concluiu McGore com voz entediada, espalhando seu pólen seco.

"É incrivelmente bom", Simpson sussurrou, inclinando a cabeça para o outro lado, "incrível...".

"Sebastiano Luciani", disse o coronel, estreitando os olhos, complacente, "nasceu em Veneza no final do século XV e morreu em meados do XVI, em Roma. Aluno de Bellini e de Giorgione e rival de Michelangelo e Rafael. Como pode ver, ele sintetizava em sua obra a força do primeiro e a ternura do segundo. É verdade que não era muito chegado aos Santi, e isso não era apenas uma questão de vaidade profissional: diz a lenda que nosso artista era ligado a uma dama romana chamada Margherita, conhecida depois como 'la

Fornarina'. Quinze anos antes de morrer, ele tomou os votos monásticos ao receber de Clemente VII uma simples e rendosa encomenda. Desde então, passou a ser conhecido como *Fra* Sebastiano del Piombo. *Piombo* quer dizer 'chumbo', porque seus deveres constituíam em aplicar enormes selos de chumbo nas ferozes bulas papais. Um monge dissoluto, era chegado à bebida e compôs sonetos indiferentes. Mas que mestre...".

O coronel deu uma olhada rápida em Simpson, notando satisfeito a impressão que a pintura havia causado em seu hóspede sem fala.

Deve-se enfatizar, porém, que Simpson, desacostumado como era da contemplação de obras de arte, evidentemente não era capaz de apreciar completamente a mestria de Sebastiano del Piombo, e a coisa que o fascinou — à parte, claro, o efeito puramente fisiológico das cores esplêndidas sobre seus nervos ópticos — foi a semelhança que havia notado imediatamente, embora tivesse visto Maureen pela primeira vez. E o notável era que o rosto da Veneziana — a testa lisa, banhada, por assim dizer, pelo brilho recôndito de alguma lua olivácea, os olhos totalmente escuros, a expressão placidamente espectante dos lábios fechados suavemente — clarificava para ele a beleza real daquela outra Maureen que estava sempre rindo, apertando os olhos, mudando as pupilas numa luta constante contra o sol, cujas manchas brilhantes deslizavam por sua roupa branca enquanto ela espalhava as folhas secas com a raquete em busca de uma bola que havia rolado e se escondido.

Aproveitando a liberdade que um anfitrião inglês permite a seus hóspedes, Simpson não voltou à mesa de chá, mas atravessou o jardim, contornando os canteiros em forma de estrela, e logo se perdia no xadrez das sombras de uma avenida do jardim, com seu aroma de samambaias e folhas em decomposição. As árvores enormes eram tão antigas que seus galhos tinham de ser sustentados por apoios enferrujados, e elas se curvavam maciçamente como gigantes dilapidados sobre muletas de ferro.

"Nossa, que pintura assombrosa", Simpson sussurrou de novo. Caminhava sem pressa, balançando a raquete, curvado, as solas de borracha batendo ligeiramente. É preciso visualizá-lo com clareza: muito magro, cabelo avermelhado, usando calça branca amassada e um paletó cinza folgado com meio cinto; e também anotar com cuidado o *pince-nez* sem aro, leve, em seu nariz de botão com marcas de varíola, os olhos fracos, ligeiramente loucos, e as sardas na testa convexa, os malares e o pescoço vermelhos por causa do sol de verão.

Estava no segundo ano da universidade, vivia modestamente e comparecia diligentemente às aulas de teologia. Ele e Frank ficaram amigos não só porque o destino lhes reservara o mesmo apartamento (que consistia em dois quartos e uma saleta comum), mas, acima de tudo, como a maioria das pessoas de vontade fraca, tímidas, secretamente arrebatadas, ele se ligava involuntariamente a alguém em quem tudo era vívido e firme: dentes, músculos, a força física da alma, que é a força de vontade. De sua parte, Frank, o orgulho de sua universidade, que disputava corridas de remo e atravessava correndo um campo com uma melancia de couro debaixo do braço, que sabia acertar um soco na pontinha do queixo onde existe algum tipo de osso esquisito como existe no cotovelo, um soco que punha o adversário para dormir — esse excepcionalmente, universalmente, amado Frank via algo de muito lisonjeiro à sua vaidade nessa amizade com o fraco, desajeitado Simpson. Simpson, a propósito, sabia de uma coisa estranha que Frank escondia de seus outros camaradas, que o conheciam apenas como um bom atleta e um sujeito exuberante, sem prestar nenhuma atenção aos rumores de que Frank era um desenhista excepcionalmente bom, mas não mostrava seus desenhos a ninguém. Ele nunca falava sobre arte, estava sempre pronto a cantar, beber e farrear, porém de repente uma estranha melancolia baixava sobre ele e Frank não saía de seu quarto nem deixava ninguém entrar, e apenas seu colega de quarto, o humilde Simpson, via o que estava acontecendo com ele. O que Frank criava durante esses dois ou três dias de mal-humorado isolamento ele ou escondia ou destruía, e então, como se tivesse pagado um torturante tributo a seu vício, voltava ao seu caráter alegre e descomplicado. Apenas uma vez ele falou disso com Simpson.

"Sabe", disse, franzindo a testa límpida e batendo com força a cinza de seu cachimbo, "sinto que existe alguma coisa na arte, e na pintura em particular, que é efeminada, mórbida, indigna de um homem forte. Tento lutar contra esse demônio porque sei quanto pode arruinar as pessoas. Se eu ceder completamente, então, em vez de uma existência pacífica, ordenada, com sofrimento finito e prazeres finitos, com aquelas regras precisas sem as quais qualquer jogo perde a graça, eu me veria condenado ao caos constante, ao tumulto, Deus sabe a quê. Serei atormentado até o fim dos meus dias, me transformarei num daqueles miseráveis que encontrei em Chelsea, aqueles tolos vaidosos, de cabelo comprido e paletós de veludo: destruídos, fracos, apaixonados apenas por suas paletas pegajosas...".

Mas o demônio devia ser muito potente. No fim do semestre de inverno, sem dizer uma palavra a seu pai (magoando-o assim, profundamente), Frank foi de terceira classe para a Itália, voltando um mês depois diretamente para a universidade, bronzeado e alegre, como se tivesse se livrado de uma vez por todas da turva febre de criação.

Então, com o advento das férias de verão, ele convidara Simpson para ficar na casa de seu pai e Simpson aceitara numa explosão de agradecimento, pois estava pensando, horrorizado, na costumeira volta ao lar em sua pacífica cidade do norte, onde algum crime chocante acontecia todo mês, e em seu pai pastor, um homem delicado, inofensivo, mas totalmente maluco, que dedicava mais atenção à sua harpa e à sua metafísica de câmara do que à sua congregação.

A contemplação da beleza, seja ela um pôr do sol singularmente colorido, um rosto radioso ou uma obra de arte, nos faz olhar de novo inadvertidamente ao nosso passado pessoal e justapor a nós mesmos e a nosso ser interior com a beleza absolutamente inatingível que nos foi revelada. Por isso é que Simpson, diante de quem a moça veneziana morta havia muito se erguera em cambraia e veludo, agora relembrava, ao caminhar devagar pela terra arroxeada do caminho, em silêncio àquela hora noturna; ele relembrava sua amizade com Frank, a harpa de seu pai, sua própria juventude restrita e sem alegria. A quietude vibrante da floresta complementava-se aqui e ali pelo estalar de um ramo partido, tocado não se sabia por quem. Um esquilo vermelho desceu correndo pelo tronco de uma árvore, atravessou para um tronco vizinho com o rabo peludo ereto e subiu correndo outra vez. Num raio macio de sol, entre duas línguas de folhagem, mosquitos minúsculos giravam como poeira dourada, e uma mamangava, emaranhada na renda pesada de uma samambaia, já zunia com um tom mais reservado e noturno.

Simpson sentou-se num banco riscado com os vestígios brancos de cocôs de passarinhos e se curvou, apoiando os cotovelos nos joelhos. Sentia aproximar-se uma alucinação auditiva daquelas que o afligiam desde a infância. Quando num campo ou, como agora, numa floresta sossegada, já anoitecendo, ele involuntariamente começava a se perguntar se, através desse silêncio, ele poderia talvez ouvir o mundo todo, enorme, atravessando o espaço com um silvo melodioso, o rumor de cidades distantes, de ondas do mar batendo, de fios de telégrafo cantando acima de desertos. Gradualmente sua audição, guiada por seus pensamentos, começava a detectar esses sons de verdade. Conseguia ouvir o estrépito de um trem, mesmo que os trilhos estivessem a dezenas de quilômetros de distância; depois o clangor e o guincho de rodas e, à medida que sua audição recôndita se tornava mais e mais apurada, as vozes dos passageiros, suas tosses e seus risos, o farfalhar de jornais e, finalmente, mergulhando por completo em sua miragem acústica, distinguia claramente o bater de seus corações, e o rolar crescendo dessa batida, desse zumbido, desse clangor, ensurdecendo Simpson. Ele abriu os olhos com um tremor e se deu conta de que o bater era de seu próprio coração.

"Lugano, Como, Veneza...", murmurou, sentado no banco debaixo de uma silenciosa nogueira, e imediatamente ouviu o rumor de cidades ensolaradas, e depois, mais próximo, o tinir de sinos, o silvar de asas de pombos, uma risada aguda parecida com o riso de Maureen, e o incessante roçar de pés de transeuntes invisíveis. Queria deter aí sua audição, mas sua audição, como uma torrente, corria cada vez mais profunda. Mais um instante e, incapaz agora de deter esse mergulho extraordinário, ele ouvia não os seus passos, mas seus corações. Milhões de corações inchando e trovejando, e Simpson, recuperando plenamente os sentidos, se deu conta de que *todos* aqueles sons, *todos* aqueles corações, estavam concentrados no bater frenético de seu próprio coração.

Levantou a cabeça. Um vento leve, como o movimento de uma capa de seda, passou pela avenida. Os raios do sol eram de um amarelo suave.

Levantou-se com um fio de sorriso e, esquecendo no banco a raquete, dirigiu-se à casa. Estava na hora de se vestir para o jantar.

3

"Mas está quente com esta pele! Não, coronel, isto é gato apenas. É verdade que minha rival veneziana usava algo mais caro. Mas a cor é a mesma, não é? Em resumo, uma semelhança perfeita."

"Se eu tivesse coragem, envernizava você e mandava a tela de Luciani para o sótão", respondeu cortesmente o coronel, que, apesar da rigidez de seus princípios, não era avesso a provocar uma dama atraente como Maureen ao flerte de um duelo verbal.

"Eu racharia de rir", ela retrucou.

"Eu temo, senhora McGore, que nós sejamos um pano de fundo terrivelmente pobre para a senhora", disse Frank, com um amplo sorriso de menino. "Somos anacronismos rudes, complacentes. Agora, se seu marido vestisse uma armadura..."

"Bobagem", disse McGore. "A impressão de antiguidade pode ser evocada com a mesma facilidade que a impressão de cor apertando a pálpebra superior. Às vezes, eu me permito o luxo de imaginar o mundo de hoje, nossas máquinas, nossas modas, pelos olhos de nossos descendentes daqui a quatrocentos ou quinhentos anos. Garanto que me sinto tão antigo como um monge do Renascimento."

"Tome mais um pouco de vinho, meu caro Simpson", ofereceu o coronel.

Tímido, calado, Simpson estava sentado entre McGore e sua esposa, tinha usado o garfo grande antes da hora, com o segundo prato, quando deveria ter usado o pequeno, de forma que tinha apenas um garfo pequeno e uma faca grande para o prato de carne e agora, enquanto os manipulava, uma de suas mãos tinha uma espécie de frouxidão. Quando o prato principal foi servido pela segunda vez, ele repetiu por nervosismo, depois notou que era o único ainda comendo e que todos esperavam impacientemente que terminasse. Ficou tão aflito que empurrou o prato ainda cheio, quase derrubou o cálice e começou lentamente a ficar vermelho. Já havia ruborizado várias vezes durante o jantar, não porque tivesse feito de fato alguma coisa de que se envergonhar, mas porque pensara que sempre enrubescia sem razão, e então o sangue coloria suas faces, a testa, até o pescoço, e era tão impossível deter aquela vermelhidão cega, atormentadora, quanto deter o sol que saía de trás de uma nuvem. Na primeira dessas ocorrências, ele derrubara propositadamente o guardanapo, mas, ao levantar a cabeça, tinha um aspecto terrível: a qualquer momento seu colarinho engomado ia pegar fogo também. Uma outra vez tentou eliminar o ataque da onda quente e silenciosa dirigindo uma pergunta a Maureen — se ela gostava ou não de jogar tênis de grama —, mas Maureen, infelizmente, não o escutou, perguntou o que ele tinha dito e, diante disso, ao repetir sua tola frase, Simpson imediatamente corou até as lágrimas e Maureen, por caridade, virou o rosto e começou a falar de alguma outra coisa.

O fato de estar sentado ao lado dela, sentindo o calor de seu rosto, de seu ombro, do qual, como na pintura, a pele cinza escorregava, e de que ela parecia a ponto de levantá-la, mas se detivera com a pergunta de Simpson, estendendo e juntando em pares os dedos finos e longos, o encheu de tamanha languidez que havia em seus olhos uma faísca úmida do brilho cristalino dos cálices de vinho, e ele ficava imaginando a mesa circular como uma ilha iluminada, girando lentamente, flutuando em algum lugar, conduzindo delicadamente aqueles sentados em torno dela. Através das janelas francesas dava para ver, ao longe, as formas de garrafa da balaustrada do terraço, e o sopro do ar noturno e azul era sufocante. As narinas de Maureen inalavam esse ar; seus olhos macios, totalmente escuros, permaneciam sem sorrir enquanto deslizavam de face a face, mesmo quando um sorriso surgia de leve num canto dos lábios delicados, sem pintura. Seu rosto permanecia numa sombra um tanto escura, e apenas sua testa estava banhada na poeira de luz. Ela falava coisas tolas, engraçadas. Todo mundo ria, e o vinho dava ao coronel um calor agradável. McGore, que descascava uma maçã, segurava-a na palma da mão como um macaco, o rosto pequeno com seu halo de cabelo grisalho franzido no esforço, e a faca prateada presa com firmeza no punho escuro e peludo destacava espirais sem fim de casca vermelha e amarelada. O rosto de Frank não era visível para Simpson, uma vez que entre eles havia um buquê de dálias carnudas, chamejantes, num vaso faiscante.

Depois do jantar, que terminou com vinho do porto e café, o coronel, Maureen e Frank sentaram-se para jogar bridge, com um morto, uma vez que os outros dois não jogavam.

O velho restaurador saiu, com suas pernas arqueadas, para a varanda escura e Simpson foi atrás, sentindo o calor de Maureen afastar-se atrás de si.

McGore acomodou-se com um gemido numa poltrona de vime perto da balaustrada e ofereceu um charuto a Simpson. Simpson debruçou-se de lado no peitoril e o acendeu desajeitadamente, os olhos e inchando as bochechas.

"Acho que você gostou daquela garota veneziana libertina de Del Piombo", disse McGore, soprando uma nuvem de fumaça rosada no escuro.

"Muito", replicou Simpson e acrescentou: "Claro, eu não entendo nada de pintura..."

"Mesmo assim, gostou", McGore disse, balançando a cabeça. "Esplêndido. É o primeiro passo para entender. Eu, por exemplo, dediquei a minha vida inteira a isso."

"Ela parece absolutamente real", Simpson disse, pensativo. "A ponto de fazer a pessoa acreditar nas histórias misteriosas de pinturas que ganham vida. Li em algum lugar que um rei descia da tela e, assim que..."

McGore se desmanchou numa risada subjacente, irritada. "Isso é bobagem, claro. Mas um outro fenômeno ocorre de fato: o contrário, por assim dizer."

Simpson olhou para ele. No escuro da noite, sua camisa branca formava um volume como uma corcunda esbranquiçada, e a brasa de seu charuto, como uma pinha de rubi, iluminava por baixo seu rosto pequeno, enrugado. Ele havia tomado bastante vinho e parecia estar com vontade de conversar.

"O que acontece é o seguinte", McGore continuou sem pressa. "Em vez de convidar uma figura pintada a descer de sua moldura, imagine alguém conseguindo entrar no próprio quadro. Você ri, não é? E no entanto fiz isso muitas vezes. Tive a sorte de visitar todos os museus de arte da Europa, de Haia a Petersburgo, de Londres a Madri. Quando encontrava um quadro de que gostava particularmente, eu ficava parado na frente dele e concentrava toda minha força de vontade numa única ideia: entrar nele. Era uma sensação apavorante, claro. Eu me sentia como um apóstolo a ponto de descer de sua barca para a superfície da água. Mas que plenitude vinha em seguida! Digamos que eu estivesse diante de uma tela flamenga, com a Sagrada Família em primeiro plano, contra uma paisagem tranquila, límpida. Sabe, com uma estrada em zigue-zague como uma cobra branca e montes verdes. Então, afinal, eu mergulhava. Me libertava da vida real e entrava na pintura. Uma sensação miraculosa! O frescor, o ar plácido permeado com cera e incenso. Eu me tornava uma parte viva da pintura e tudo à minha volta ganhava vida. As silhuetas dos peregrinos na estrada começavam a caminhar. A Virgem Maria estava dizendo alguma coisa num rápido dialeto de Flandres. O vento fazia ondularem as flores convencionais. As nuvens deslizavam... Mas o deleite não durava muito. Eu tinha a sensação de que suavemente estava me imobilizando, aderindo à tela, me fundindo com uma película de óleo colorido. Então eu fechava os olhos com força, dava um puxão com toda a minha força e saltava para fora. Havia um suave *plop*, como faz o pé ao desgrudar da lama. Eu abria os olhos e me via caído no chão diante de uma pintura esplêndida, mas sem vida."

Simpson ouviu com atenção e embaraço. Quando McGore fez uma pausa, ele deu um sobressalto mal perceptível e olhou em torno. Estava tudo como antes. Lá embaixo, o jardim respirava o escuro, dava para ver a luz mortiça da sala de jantar através da porta de vidro e, ao longe, através de outra porta aberta, um canto iluminado da saleta onde três figuras jogavam cartas. Que coisas estranhas McGore estava dizendo!...

"Você entende, não?", ele continuou, sacudindo umas escamas de cinzas, "que mais um instante e a pintura teria me sugado para sempre. Eu desapareceria em suas profundezas e continuaria vivendo em sua paisagem, ou então, enfraquecido pelo terror, e me faltando forças fosse para voltar ao mundo real, fosse para penetrar na nova dimensão, eu coagularia numa figura pintada na tela, como o anacronismo de que Frank estava falando. No entanto, apesar do perigo, eu cedia à tentação uma vez atrás da outra... Ah, meu amigo, eu me apaixonei por madonas! Me lembro de minha primeira paixão, uma madona com um halo azul, feita pela delicadeza de Rafael... Atrás dela, a distância, dois homens parados junto a uma coluna, conversando calmamente. Escutei o que diziam: estavam discutindo a qualidade de algum punhal... Mas a madona mais encantadora de todas saiu do pincel de Bernardo Luini. Todas as suas criações contêm a calma e a delicadeza do lago às margens do qual ele nasceu, o lago Maggiore. O mais delicado dos mestres. Seu nome até gerou um novo adjetivo, *luinesco*. Sua melhor madona tem grandes olhos acariciantes e velados, e sua roupa possui tons de azul-claro, vermelho-rosado, alaranjado-enevoado. Uma névoa gasosa, tremulante, envolve sua testa, e a do bebê de cabelo avermelhado. Ele ergue uma maçã pálida para ela, ela olha para a fruta baixando os olhos suaves, amendoados... Olhos luinescos... Nossa, como eu os beijei..."

McGore silenciou e um sorriso sonhador tingiu seus lábios finos, iluminados pela brasa do charuto. Simpson prendeu a respiração e, como antes, sentiu que estava lentamente deslizando para dentro da noite.

"Às vezes ocorrem complicações", McGore continuou, depois de pigarrear. "Tive uma dor nos rins depois de um cálice de sidra forte que uma gorda bacante de Rubens me ofereceu uma vez e peguei uma friagem tão forte na pista de patinação enevoada e amarela de um dos holandeses que passei um mês tossindo, cheio de catarro. É o tipo de coisa que pode acontecer, sr. Simpson."

A poltrona de McGore rangeu quando ele se levantou e endireitou o colete. "Eu me animei demais", observou secamente. "Hora de dormir. Deus sabe quanto tempo vão ficar estalando aquelas cartas. Já vou. Boa noite."

Atravessou a sala de jantar e a saleta, com um aceno de cabeça aos jogadores ao passar, e desapareceu nas sombras adiante. Simpson ficou sozinho na balaustrada. Em seus ouvidos, a voz aguda de McGore ressoava. A magnífica noite estrelada chegava até a própria varanda e as enormes formas aveludadas das árvores negras estavam imóveis. Pelas janelas francesas, depois de uma faixa de escuridão, ele podia ver a lâmpada rosada da saleta, a mesa, os rostos dos jogadores avermelhados pela luz. Ele viu o coronel se levantar. Frank levantou-se em seguida. De longe, como se pelo telefone, veio a voz do coronel: "Sou velho, me retiro cedo. Boa noite, sra. McGore."

E a voz risonha de Maureen: "Eu também vou daqui a um minuto. Senão meu marido se zanga comigo..."

Simpson ouviu a porta fechar ao longe, à passagem do coronel. Então, aconteceu uma coisa extraordinária. De seu ponto de vista privilegiado no escuro, ele viu Maureen e Frank, agora sozinhos naquela poça de luz macia, deslizarem para os braços um do outro, viu Maureen inclinar para trás a cabeça, mais e mais debaixo do beijo violento e prolongado de Frank. Depois, pegando a pele caída e despenteando o cabelo de Frank, ela desapareceu a distância com uma batida surda da porta. Frank ajeitou o cabelo com um sorriso, enfiou as mãos nos bolsos e, assobiando baixinho, atravessou a sala de jantar a caminho da varanda. Simpson estava tão pasmo que ficou congelado, os dedos agarrados ao peitoril, e viu horrorizado através do vidro brilhante o peito engomado da camisa e o ombro escuro se aproximarem. Quando saiu para a varanda e viu a silhueta do amigo no escuro, Frank teve um ligeiro estremecimento e mordeu o lábio.

Desajeitado, Simpson arrastou-se para longe do peitoril. Suas pernas estavam tremendo. Fez um esforço heroico: "Noite maravilhosa. McGore e eu estávamos conversando aqui."

Frank disse calmamente: "Ele mente muito, esse McGore. Por outro lado, quando começa, vale a pena ouvir."

"É, foi muito curioso...", Simpson propôs, frouxamente.

"A Ursa Maior", disse Frank e bocejou com a boca fechada. Depois, com voz calma, acrescentou: "Claro que sei que você é um perfeito cavalheiro, Simpson."

4

Na manhã seguinte, uma garoa morna caiu tamborilando, rebrilhando, esticando-se em fios finos contra o fundo escuro das profundezas da floresta. Só três pessoas desceram para o café da manhã: primeiro o coronel e o ausente, pálido Simpson; depois Frank, disposto, banhado, barbeado até quase brilhar, com um sorriso inocente nos lábios muito finos.

O coronel estava nitidamente incomodado. Na noite anterior, durante o jogo de bridge, ele notara uma coisa. Ao se abaixar depressa para pegar uma carta que derrubara, vira o joelho de Frank colado ao de Maureen. Aquilo tinha de terminar imediatamente. Já havia algum tempo o coronel suspeitava de que algo não estava certo. Não era de admirar que Frank tivesse ido correndo para Roma, aonde os McGore sempre iam na primavera. Seu filho era livre para fazer o que quisesse, mas suportar algo assim ali, em casa, no castelo ancestral... não, era preciso tomar as medidas mais severas imediatamente.

O desprazer do coronel surtiu um efeito desastroso sobre Simpson. Ele teve a impressão de que sua presença era uma carga a seu anfitrião, e não sabia sobre qual assunto conversar. Só Frank estava placidamente bem-disposto como sempre, e, dentes cintilando, mastigou com gosto a torrada quente com geleia de laranja.

Quanto terminaram o café, o coronel acendeu o cachimbo e se levantou.

"Você não queria dar uma olhada no carro novo, Frank? Vamos até a garagem. Não dá mesmo para fazer nada com essa chuva."

Então, sentindo que o pobre Simpson havia ficado mentalmente suspenso no ar, o coronel acrescentou: "Tenho bons livros aqui, meu caro Simpson. Pegue tudo o que quiser."

Simpson sobressaltou-se e pegou um grosso volume vermelho da estante. Era o almanaque *Veterinary Herald* de 1895.

"Preciso ter uma conversinha com você", o coronel foi dizendo quando ele e Frank tinham vestido as capas estralejantes e saído para a névoa de chuva.

Frank deu uma olhada rápida para o pai.

"Como posso dizer", ponderou ele, dando baforadas no cachimbo. "Escute, Frank", disse, num impulso, e o cascalho crepitou mais suculento sob seus sapatos, "chamou minha atenção, não importa como, ou, para colocar mais simplesmente, eu notei... Droga, Frank, o que eu quero dizer é: que tipo de relação você tem com a esposa de McGore?".

Frank respondeu baixo e calmamente: "Prefiro não discutir isso com o senhor, pai", enquanto pensava raivosamente consigo mesmo: que patife, ele me entregou!

"Evidentemente não posso pedir...", começou o coronel, mas calou-se. No tênis, depois do primeiro golpe, ele ainda conseguia se controlar.

"Seria uma boa ideia consertar o piso desta ponte", Frank observou, batendo numa tábua apodrecida com o calcanhar.

"Para o inferno a ponte!", disse o coronel. Era o segundo erro e as veias em sua testa incharam num "v" irado.

O motorista, que ficara mexendo com uns baldes no portão da garagem, ergueu o quepe xadrez ao ver seu mestre. Era um homem baixo, atarracado, com um bigode amarelo aparado.

"'Bom dia, *sir*", disse amavelmente e abriu um dos portões com o ombro. Na penumbra com cheiro de gasolina e couro rebrilhava um enorme Rolls Royce preto, novo em folha.

"E agora vamos dar uma volta no parque", disse o coronel, com uma voz neutra depois que Frank terminou de examinar os cilindros e alavancas.

A primeira coisa que aconteceu no parque foi que uma grande gota de água fria caiu de um galho dentro do colarinho do coronel. E foi efetivamente essa gota que fez o cálice transbordar. Depois de um movimento de mastigação com os lábios, como se estivesse ensaiando as palavras, ele trovejou abruptamente: "Estou avisando, Frank, em minha casa eu não vou permitir nenhuma aventura ao estilo de romance francês. Além disso, McGore é meu amigo. Você entende isso ou não?"

Frank pegou a raquete que Simpson havia esquecido no banco no dia anterior. A umidade havia lhe dado a forma de um oito. Porcaria de raquete, Frank pensou, com repulsa. As palavras de seu pai batiam pesadas: "Isso eu não vou tolerar", estava dizendo. "Se não consegue se comportar com dignidade, então vá embora. Estou insatisfeito com você, Frank, muito insatisfeito. Tem uma coisa que não entendo. Você vai mal nos estudos na universidade. Na Itália, sabe Deus o que você aprontou. Me disseram que você pinta. Suponho que você não me ache digno de ver seus rabiscos. É, rabiscos. Posso imaginar... Um gênio mesmo! Porque você sem dúvida se considera um gênio ou, ainda melhor, um futurista. E agora, além disso, temos essas aventuras amorosas... Em resumo, a menos que..."

Nesse ponto, o coronel percebeu que Frank estava assobiando baixinho entre os dentes, indiferente. O coronel parou e arregalou os olhos.

Frank jogou a raquete retorcida nos arbustos como um bumerangue e disse: "Isso é tudo conversa fiada, pai. Li num livro sobre a guerra do Afeganistão o que vocês fizeram por lá e por que foram condecorados. Foi uma coisa absolutamente boba, desmiolada, suicida, mas foi uma proeza. Isso é que conta. Enquanto as suas indagações são conversa fiada. Bom dia."

E o coronel ficou parado sozinho no meio do gramado, imobilizado de perplexidade e raiva.

5

O traço marcante de tudo quanto existe é a monotonia. Partilhamos refeições em horários predeterminados porque os planetas, assim como trens, nunca atrasam, partem e chegam em horários predeterminados. A pessoa mediana não é capaz de imaginar a vida sem esse horário estritamente estabelecido. Mas uma mente brincalhona e sacrílega encontra muito com que se divertir imaginando como as pessoas existiriam se o dia durasse hoje dez horas, oitenta e cinco amanhã, e depois de amanhã apenas alguns minutos. Pode-se dizer a priori que, na Inglaterra, essa incerteza quanto à duração exata do dia de amanhã levaria em primeiro lugar a uma extraordinária proliferação de apostas e a vários outros arranjos de jogos. Alguém poderia perder toda a sua fortuna porque um dia durou algumas horas a mais do que se supunha na véspera. Os planetas seriam como cavalos de corrida, e quanta animação despertaria um Marte alazão ao atravessar a barreira final do céu! Astrônomos assumiriam as funções de *bookmakers*, o deus Apolo seria retratado com um boné de jóquei de fogo e o mundo enlouqueceria alegremente.

Infelizmente, porém, as coisas não são assim. A exatidão é sempre sombria, e nossos calendários, onde a existência do mundo é calculada com antecedência, são como o horário de algum exame inexorável. Claro que existe algo tranquilizador e despreocupado nesse regime criado por um cósmico Frederick Taylor. Porém, como de vez em quando é esplêndida, radiantemente interrompida a monotonia do mundo pelo livro de um gênio, por um cometa, um crime, ou simplesmente por uma única noite maldormida. Nossas leis, porém — nosso pulso, nossa digestão —, estão firmemente ligadas ao movimento harmonioso das estrelas, e qualquer tentativa de perturbar essa regularidade é punida, na pior das hipóteses, com decapitação e, na melhor, com uma dor de cabeça. Por outro lado, o mundo foi inquestionavelmente criado com boas intenções e não é culpa de ninguém que ele às vezes fique maçante, se a música das esferas lembra a alguns de nós as infindáveis repetições de um realejo.

Simpson era particularmente consciente dessa monotonia. Ele achava um tanto aterrorizador que hoje também o café da manhã fosse seguido do almoço, o chá do jantar, com inviolável regularidade. Ele queria gritar com a ideia de que as coisas continuariam assim durante toda sua vida, queria lutar como alguém que despertou dentro de seu caixão. A garoa ainda estava tremulando fora da janela, e ter de ficar dentro de casa fazia seus ouvidos tinirem como quando se tem febre. McGore passara o dia inteiro no estúdio que havia sido instalado para ele numa das torres do castelo. Estava ocupado restaurando o verniz de um quadro pequeno e escuro pintado sobre madeira. O estúdio cheirava a cola, terebintina e alho, que é usado para remover manchas gordurosas de pinturas. Na pequena bancada de carpinteiro junto à prensa cintilavam retortas contendo ácido hidroclorídrico e álcool; espalhados havia pedaços de flanela, esponjas esburacadas, raspadores variados. McGore estava usando um velho roupão, óculos, camisa sem colarinho engomado e um botão quase do tamanho de uma campainha de porta saliente abaixo do pomo de adão; tinha o pescoço fino, cinzento, coberto de excrescências senis, e um gorro preto cobria sua calva. Com um delicado esfregar rotatório dos dedos já familiar ao leitor, ele estava espalhando uma pitada de alcatrão em pó, esfregando-o cuidadosamente na pintura para que o verniz velho, amarelado, com a abrasão das partículas, se transformasse em pó seco.

Os outros ocupantes do castelo estavam sentados na saleta. O coronel desdobrara furiosamente um jornal gigantesco e, enquanto esfriava gradativamente, lia em voz alta um artigo enfaticamente conservador. Então Maureen e Frank envolveram-se num jogo de pingue-pongue. A bolinha de celuloide, com seu estalo melancólico, voava para lá e para cá da rede verde que dividia a longa mesa, e é claro que Frank jogava com maestria, mexendo apenas o pulso para girar a fina raquete de madeira para a esquerda e para a direita.

Simpson atravessou todas as salas, mordendo os lábios e ajustando o *pince-nez*. Acabou chegando à galeria. Pálido como a morte, fechou cuidadosamente ao passar a porta pesada, silenciosa, e foi na ponta dos pés até a *Veneziana* de *Fra* Bastiano del Piombo. Ela o cumprimentou com seu olhar opaco e familiar, e os dedos longos se detiveram a meio caminho da capa de pele, das dobras carmesins que escorregavam. Acariciado por uma réstia de escuro dourado, ele olhou as profundezas da janela que interrompia o negrume do fundo. Nuvens em tonalidades de areia estendiam-se sobre o azul-esverdeado; para elas subiam escuros rochedos fraturados, em meio aos quais serpenteava uma trilha de tons pálidos, enquanto mais abaixo havia indistintas cabanas de madeira e, numa delas, Simpson pensou ver um ponto de luz piscar por um instante. Enquanto espiava por essa janela etérea, sentiu que a dama veneziana estava sorrindo, mas seu olhar rápido não conseguiu captar esse sorriso; só o canto sombreado de seus lábios fechados de modo delicado subia ligeiramente. Nesse momento, alguma coisa dentro dele deliciosamente cedeu, e ele se entregou totalmente ao encanto cálido do quadro. É preciso ter em mente que ele era um homem de temperamento morbidamente arrebatado, que não fazia ideia das realidades da vida e que, para ele, a impressionabilidade tomava o lugar do intelecto. Um frio tremor, como uma rápida mão seca, roçou suas costas, e ele se deu conta imediatamente do que devia fazer. Porém, quando olhou em torno e viu o brilho do soalho, a mesa e o branco brilho cego das pinturas nos pontos em que a luz chuvosa que entrava pela janela as inundava, teve uma sensação de vergonha e medo. E, apesar de uma outra onda momentânea do encantamento anterior, ele já sabia que dificilmente conseguiria levar a cabo o que, um minuto atrás, poderia ter feito sem pensar.

Fixando os olhos no rosto da veneziana, ele recuou dela e repentinamente abriu os braços. Seu cóccix bateu dolorosamente em alguma coisa. Ele olhou em torno e viu a mesa negra atrás dele. Tentando não pensar em nada, subiu nela, ficou completamente ereto olhando a dama veneziana e, mais uma vez, com um movimento ascendente dos braços, preparou-se para voar para ela.

"Que jeito espantoso de admirar uma pintura. Você mesmo que inventou, foi?"

Era Frank. Ele estava parado, pernas separadas, na porta, olhando Simpson com gelado escárnio.

Com um brilho louco das lentes do *pince-nez* em sua direção, Simpson cambaleou para trás, como um lunático alarmado. Depois curvou-se, enrubesceu até sentir calor e desceu desajeitadamente para o chão.

O rosto de Frank estava franzido em aguda repulsa quando saiu silenciosamente da sala. Simpson correu atrás dele.

"Por favor, eu imploro, não conte para ninguém..." Sem se virar, nem parar, Frank deu de ombros ligeiramente.

6

Perto do anoitecer, a chuva parou inesperadamente. Alguém, lembrando-se, tinha fechado as torneiras. Um úmido sol alaranjado descia trêmulo em meio aos ramos, ampliava-se, refletia-se em todas as poças simultaneamente. O severo e miúdo McGore foi deslocado à força de sua torre. Cheirava a terebintina e tinha queimado a mão com um ferro quente. Relutante, ele vestiu seu paletó preto, ergueu a gola e saiu com os outros para um passeio. Só Simpson ficou em casa, com o pretexto de que precisava absolutamente responder uma carta trazida à noite pelo correio. Na verdade, não era preciso responder nada, uma vez que era do leiteiro da universidade exigindo o pagamento imediato de uma conta de dois xelins e nove pênis.

Durante um longo tempo, Simpson ficou sentado ao crepúsculo que avançava, reclinado ociosamente numa poltrona de couro. Então, com um tremor, se deu conta de que estava adormecendo e começou a pensar em como poderia ir embora do castelo o mais depressa possível. O jeito mais simples seria dizer que seu pai estava doente: como muitas pessoas tímidas, Simpson era capaz de mentir sem pestanejar. Porém era difícil conseguir ir embora. Algo sombrio e delicioso o retinha. Que atraentes eram as rochas escuras que se via no abismo da janela... Que alegria seria abraçar seu ombro, pegar de sua mão esquerda o cesto com frutas amarelas, passear calmamente com ela pelo caminho pálido na penumbra do entardecer veneziano...

Mais uma vez surpreendeu-se adormecendo. Levantou-se e lavou as mãos. No andar de baixo, soou o esférico, digno gongo do jantar.

Assim, de constelação em constelação, de refeição em refeição, segue o mundo, e também esta história. Mas sua monotonia será quebrada agora por um milagre incrível, uma aventura inaudita. Claro que nem McGore, que havia meticulosamente liberado de fitas vermelhas brilhantes a nudez facetada de uma maçã, nem o coronel, mais uma vez agradavelmente aquecido depois de quatro cálices de vinho do porto (sem falar dos dois de Borgonha branco), tinham como saber as aflições que a manhã traria. Depois do jantar deu-se o invariável jogo de bridge, durante o qual o coronel notou com prazer que Frank e Maureen não trocavam nem um olhar. McGore saiu para trabalhar; Simpson sentou-se num canto e abriu um álbum de gravuras, olhando de relance apenas duas vezes os jogadores, surpreendendo-se de passagem que Frank estivesse tão frio com ele, enquanto Maureen parecia ter se apagado de alguma forma, cedido seu lugar a outra... Como esses pensamentos eram insignificantes comparados à sublime expectativa, à enorme excitação que ele agora tentava superar examinando litografias indistintas.

Quando o grupo estava se desmanchando, e Maureen lhe fez um aceno de cabeça com um sorriso de boa noite, distraidamente, sem timidez, ele sorriu de volta.

7

Essa noite, em algum momento depois da uma hora, o velho vigia, que um dia trabalhara como cavalariço para o pai do coronel, estava, como sempre, dando uma breve caminhada pelas alamedas do parque. Ele sabia perfeitamente que seu trabalho era meramente formal, uma vez que o local era excepcionalmente tranquilo. Ele se deitava invariavelmente às oito, um despertador soava estridente à uma, e o vigia (um gigante de um sujeito com veneráveis suíças grisalhas, que, incidentalmente, os filhos do jardineiro gostavam de puxar) acordava, acendia o cachimbo e saía para a noite. Completado o circuito dos jardins escuros, tranquilos, ele voltava a seu quartinho, despia-se imediatamente e, usando apenas uma imperecível camiseta de baixo que combinava muito bem com as suíças, voltava para a cama e dormia até de manhã.

Essa noite, porém, o velho vigia notou algo que não estava do seu gosto. Notou do parque que uma janela do castelo estava fracamente iluminada. Ele sabia com absoluta precisão que era uma janela do salão onde estavam penduradas as pinturas preciosas. Como era um sujeito excepcionalmente covarde, resolveu fingir para si mesmo que não tinha notado a luz estranha. Mas sua consciência foi mais forte e ele decidiu calmamente que, embora fosse seu dever certificar-se de que não havia ladrões nos jardins, não tinha obrigação de perseguir ladrões dentro da casa. E, tendo concluído tal coisa, o velho voltou para seus cômodos com a consciência tranquila — ele morava numa casinha de tijolos junto à garagem — e imediatamente caiu num sono de morte, que seria imune até ao rugido do novo carro preto, se alguém o ligasse de brincadeira e abrisse deliberadamente o escapamento.

Assim o agradável e inócuo sujeito, como uma espécie de anjo da guarda, momentaneamente atravessa esta narrativa e rapidamente desaparece no domínio da névoa de onde foi convocado por um capricho da pena.

8

Mas algo realmente aconteceu no castelo.

Simpson acordou exatamente à meia-noite. Tinha acabado de adormecer e, como acontece às vezes, o próprio ato de adormecer foi o que o despertou. Apoiando-se num braço, ele olhou o escuro. Seu coração batia depressa porque sentia que Maureen tinha entrado em seu quarto. Agora mesmo, em seu sonho momentâneo, estivera falando com ela, ajudando-a a subir o caminho ceroso entre os rochedos negros com suas eventuais fissuras brilhantes da tinta a óleo. De vez em quando, uma doce brisa fazia a estreita fita de cabelo branca tremer ligeiramente, como uma folha de papel fino, contra o cabelo escuro.

Com uma exclamação abafada, Simpson procurou o interruptor. A luz veio num jorro. Não havia ninguém no quarto. Ele sentiu uma pontada aguda de decepção e mergulhou em pensamentos, sacudindo a cabeça como um bêbado. Depois, cambaleante, levantou-se da cama e começou a se vestir, estalando os lábios languidamente. Era orientado por uma vaga sensação de que devia se vestir com severidade e elegância. Então foi com uma espécie de sonolenta meticulosidade que abotoou o colete curto na barriga, prendeu o laço negro da gravata e durante um longo tempo apertou com dois dedos um pequeno verme inexistente na lapela de cetim do paletó. Lembrando vagamente que o caminho mais simples para a galeria era por fora, como uma brisa silenciosa saiu pela janela francesa para o jardim úmido e escuro. Parecendo banhados em mercúrio, os arbustos negros refulgiam à luz das estrelas. Em algum lugar uma coruja piava. Com passo leve e rápido, Simpson atravessou o gramado, em meio aos arbustos cinzentos, contornando a casa maciça. Durante um momento sentiu-se moderado pelo frescor da noite e pelas estrelas que brilhavam intensamente. Parou, curvou-se, e então despencou como uma roupa vazia na grama do estreito interstício entre o canteiro de flores e a parede do castelo. Uma onda de tontura o dominou e ele tentou espantá-la com um sacudir de ombros. Tinha de se apressar. Ela estava esperando. Pensou ouvir seu sussurro insistente...

  Não sabia como havia se levantado, entrado e acendido a luz, banhando a tela de Luciani num cálido fulgor. A moça veneziana lá estava de meio perfil para ele, viva e tridimensional. Os olhos escuros olhavam nos dele sem nenhum brilho, o tecido rosado da blusa realçava com um calor fora do comum a beleza azulada do pescoço e as dobras delicadas atrás da orelha. Um sorriso ligeiramente zombeteiro congelado no canto esquerdo dos lábios juntos em expectativa. Os dedos longos, abertos em pares, estendidos para o ombro, do qual a pele e o veludo estavam a ponto de escorregar.

  E Simpson, com um profundo sorriso, foi até ela e sem nenhum esforço entrou na pintura. Um frescor maravilhoso imediatamente fez sua cabeça rodar. Havia um aroma de murta e de cera, com um ligeiríssimo toque de limão. Ele estava parado em algum cômodo negro e nu, junto a uma janela que abria para o entardecer, e a seu lado, parada, uma verdadeira veneziana, Maureen — alta, bela, toda iluminada por dentro. Ele se deu conta de que o milagre tinha acontecido e avançou lentamente para ela. Com um sorriso de lado, la veneziana ajeitou delicadamente a pele e, baixando a mão na cesta, estendeu para ele um pequeno limão. Sem tirar os olhos de seus olhos agora divertidamente móveis, ele aceitou a fruta amarela de sua mão e, assim que sentiu seu firme, áspero frescor e o calor seco de seus dedos longos, uma incrível plenitude começou a ferver dentro dele e a borbulhar deliciosamente. Então, com um sobressalto, ele olhou a janela de trás. Lá, pelo caminho pálido entre as rochas, caminhavam silhuetas azuis com capuzes e pequenas lanternas. Simpson olhou em torno da sala onde estava, mas não tinha nenhuma consciência de um piso debaixo dos pés. A distância, em vez de uma quarta parede, um salão remoto, familiar, brilhava como água, com a ilha negra de uma mesa no centro. Foi então que um súbito terror fez com que apertasse o limão frio. O encanto dissolveu-se. Ele tentou olhar a moça à esquerda, mas não conseguiu virar o pescoço. Estava atolado como uma mosca no mel — deu um repelão e ficou grudado, sentindo o sangue, a carne, a roupa se transformarem em tinta, penetrando no verniz, secando na tela. Tinha se tornado parte da pintura, retratado numa pose ridícula ao lado da veneziana, e, diretamente à sua frente, ainda mais distinto que antes, estendia-se o salão, cheio de ar vivo, terrestre que doravante ele não respiraria.

9

Na manhã seguinte, McGore acordou mais cedo que o usual. Com os pés peludos descalços, as unhas como pérolas negras, tateou em busca dos chinelos e atravessou o corredor pisando leve até a porta do quarto de sua esposa. Não tinham relações conjugais havia mais de um ano, mas mesmo assim ele a visitava todas as manhãs e assistia com impotente excitação ela arrumando o cabelo, jogando a cabeça energicamente enquanto o pente chiava através da asa castanha das madeixas retesadas. Hoje, ao entrar no quarto assim tão cedo, encontrou a cama arrumada e uma folha de papel presa à cabeceira. McGore tirou do bolso do roupão um enorme estojo e, sem colocar os óculos, mas segurando-os simplesmente diante dos olhos, inclinou-se sobre o travesseiro e leu a caligrafia miúda e conhecida do bilhete pendurado. Quando terminou, recolocou os óculos meticulosamente em seu estojo, removeu e dobrou a folha, ficou parado, perdido em pensamentos, um instante, depois voltou resolutamente a seu quarto. No corredor, chocou-se com o valete, que olhou para ele alarmado.

"O quê, o coronel já levantou?", McGore perguntou.

O valete respondeu apressado: "Sim, senhor. O coronel está na galeria. E temo, meu senhor, que ele esteja muito bravo. Me mandou acordar o jovem cavalheiro."

Sem esperar para ouvir, enrolando o roupão cinza-rato em torno do corpo ao andar, McGore foi depressa à galeria. Também de roupão, debaixo do qual apareciam as dobras da parte de baixo do pijama, o coronel estava andando de um lado para outro no salão. O bigode espetado e a fisionomia arroxeada eram terríveis de se olhar. Vendo McGore, ele parou e, depois de mascar os lábios um pouco, rugiu: "Olhe só, dê uma boa olhada!"

McGore, que pouco se importava com a ira do coronel, mesmo assim olhou inadvertidamente para onde sua mão apontava e viu uma coisa verdadeiramente incrível. Na tela de Luciani, junto à moça veneziana, havia aparecido uma outra figura. Era um excelente retrato de Simpson, mesmo que executado apressadamente. Magro, o paletó preto fortemente realçado pelo fundo mais claro, os pés virados estranhamente para fora, ele estendia as mãos como em súplica, e seu rosto pálido estava distorcido por uma expressão desvairada, lamentável.

"Gostou?", o coronel perguntou, furioso. "Nada a dever ao próprio Bastiano, não é? Maldito moleque! É a vingança pelo meu conselho bem-intencionado. Espere só..."

O valete entrou, aflito.

"O sr. Frank não está no quarto, *sir*. E as coisas dele também não. O senhor Simpson também desapareceu, *sir*. Deve ter saído para dar um passeio, *sir*, ao ver que a manhã está tão bonita."

"A manhã que se dane!", trovejou o coronel. "Imediatamente, eu quero..."

"Se me permite informar", acrescentou timidamente o valete, "o motorista acaba de passar aqui e disse que o carro novo desapareceu da garagem".

"Coronel", McGore disse, baixo, "acho que posso explicar o que aconteceu".

Ele olhou para o valete, que saiu na ponta dos pés.

"Muito bem", McGore continuou em tom aborrecido, "sua suposição de que foi de fato seu filho quem pintou essa figura sem dúvida está correta. Mas, além disso, sei por um bilhete que foi deixado para mim que ele foi embora ao amanhecer com minha esposa".

O coronel era um cavalheiro e um inglês. Sentiu de imediato que manifestar a própria raiva diante de um homem cuja mulher tinha acabado de fugir não era adequado. Portanto, foi até a janela, engoliu metade de sua raiva e soprou a outra metade para fora, ajeitou o bigode e, recuperando a calma, dirigiu-se a McGore.

"Permita, meu caro amigo", disse, cortesmente, "que eu apresente minha mais sincera e profunda comiseração, em vez de me deter na raiva que sinto pelo culpado de sua calamidade. No entanto, mesmo entendendo o estado em que o senhor se encontra, eu preciso — sou mesmo obrigado, meu amigo — lhe pedir um favor imediato. Sua arte resgatará a minha honra. Estou esperando hoje de Londres o jovem lorde Northwick, proprietário, como sabe, de outro quadro do mesmo Del Piombo.

McGore assentiu com a cabeça: "Vou buscar os implementos necessários, coronel."

Em dois minutos estava de volta, ainda de roupão, trazendo uma caixa de madeira. Abriu-a imediatamente, tirou um frasco de amônia, um rolo de algodão, trapos, raspadores, e se pôs a trabalhar. Ao raspar e apagar a figura escura e o rosto branco de Simpson do verniz, não pensou nem por um minuto no que estava fazendo, e o *que* ele estava pensando não despertaria a curiosidade de um leitor que respeite a dor alheia. Em meia hora, o retrato de Simpson havia desaparecido inteiramente, e as tintas ligeiramente úmidas de que consistia estavam nos trapos de McGore.

"Notável", disse o coronel. "Notável. O pobre Simpson desapareceu sem deixar traço."

Às vezes, uma observação casual desperta ideias muito importantes. Foi o que aconteceu então com McGore, que, ao juntar seus instrumentos, de repente se imobilizou com um chocado estremecimento.

Que estranho, pensou, muito estranho. Será possível que... Olhou os trapos com a tinta grudada neles e, abruptamente, com um estranho franzir de testa, juntou todos e jogou pela janela junto à qual estava trabalhando. Depois passou a palma da mão na testa com um olhar assustado para o coronel — que, interpretando de outro modo essa agitação, tentava não olhar para ele — e, com uma pressa nada característica, saiu do salão diretamente para o jardim.

Ali, debaixo da janela, entre a parede e os rododendros, o jardineiro coçava a cabeça olhando um homem vestido de preto caído no gramado. McGore aproximou-se depressa.

Mexendo o braço, o homem virou o corpo. Então, com um sorriso nervoso, levantou-se.

"Simpson, pelo amor de Deus, o que aconteceu?", perguntou McGore, analisando sua fisionomia pálida.

Simpson deu outra risada.

"Eu sinto muito... Foi uma bobagem... Saí para dar um passeio ontem à noite e adormeci de repente aqui na grama. Ai, estou todo dolorido... Tive um sonho monstruoso... Que horas são?"

Ao ficar sozinho, o jardineiro sacudiu a cabeça numa censura, olhando o gramado amassado. Então abaixou-se e pegou um limão escuro com a marca de cinco dedos. Pôs o limão no bolso e foi buscar o rolo de pedra que tinha deixado na quadra de tênis.

10

Dessa forma, a fruta seca, enrugada, que o jardineiro encontrou por acaso, permanece como o único enigma de toda esta história. O motorista, mandado à estação, voltou com o carro preto e um recado de Frank enfiado no bolso de couro acima do banco.

O coronel leu em voz alta para McGore:

Caro pai, Frank escreveu, *realizei dois dos seus desejos. O senhor não queria nenhum romance em sua casa, então estou indo embora e levando comigo a mulher sem a qual não posso viver. O senhor queria também uma amostra de minha arte. Por isso fiz o retrato de meu ex-amigo, a quem, por sinal, o senhor pode dizer, em meu nome, que informantes só me fazem rir. Eu o pintei durante a noite, de memória, então, se a semelhança for imperfeita, foi por falta de tempo, pela pouca luz e minha pressa compreensível. Seu carro novo é ótimo. Vou deixá-lo aqui no estacionamento da estação.*

"Esplêndido", chiou o coronel. "Só estou muito curioso para saber com que dinheiro vai viver."

McGore, empalidecido como um feto conservado em álcool, pigarreou e disse: "Não há razão para esconder a verdade do senhor, coronel, Luciani nunca pintou a sua *Veneziana*. Ela não passa de uma magnífica imitação."

O coronel levantou-se devagar.

"Foi feito por seu filho", continuou McGore, e de repente os cantos de sua boca começaram a tremer e pender. "Em Roma. Eu comprei a tela e as tintas para ele. Ele me seduziu com seu talento. Metade da soma que me pagou, foi para ele. Ah, meu Deus..."

Os músculos do maxilar do coronel se contraíram enquanto olhava o lenço sujo com que McGore enxugava os olhos, e ele se deu conta de que o coitado não estava brincando.

Então se virou e olhou *la Veneziana*... Sua testa reluzia contra o fundo escuro, os dedos longos reluziam mais suavemente, a pele de lince escorregava fascinantemente de seu ombro, e havia um sorriso secretamente zombeteiro no canto dos lábios.

"Estou orgulhoso de meu filho", disse calmamente o coronel.

Bachmann

Não faz muito tempo, os jornais mencionaram fugazmente que o pianista e compositor Bachmann, um dia famoso, havia morrido, esquecido pelo mundo, no povoado suíço de Marival, no Lar Santa Angélica. Isso me trouxe à mente a história de uma mulher que o amou. Me foi contada pelo empresário Sack. Aqui está ela.

Mme. Perov conheceu Bachmann uns dez anos antes de sua morte. Naquela época, a pulsação dourada da música profunda e demente que ele tocava já estava sendo preservada em cera, além de ser ouvida ao vivo nas mais famosas salas de concerto do mundo. Bem, uma noite — uma dessas noites outonais de límpido azul em que se tem mais medo da idade que da morte — Mme. Perov recebeu um recado de uma amiga. Dizia: *Quero mostrar Bachmann para você. Ele estará em minha casa depois do concerto hoje. Não deixe de vir.*

Imagino com especial clareza como ela usou um vestido preto, decotado, gotejou perfume no pescoço e nos ombros, pegou seu leque e sua bengala de castão de turquesa, deu uma última olhada em si mesma nas profundezas de um alto espelho triplo e mergulhou num devaneio que durou o caminho todo até a casa da amiga. Ela sabia que era sem graça e magra demais e que sua pele era pálida a ponto de parecer doentia; no entanto, essa mulher apagada, com o rosto de uma madona que não tinha dado muito certo, era atraente graças justamente às coisas de que tinha vergonha: a palidez de sua compleição, e um manquejar mal perceptível, que a obrigava a usar uma bengala. Seu marido, um homem de negócios enérgico e astuto, estava viajando. Sack não o conhecia pessoalmente.

Quando Mme. Perov entrou na saleta acanhada, iluminada com luz violeta onde sua amiga, uma dama corpulenta e ruidosa, com um diadema de ametista, borboleteava pesadamente de convidado em convidado, chamou-lhe imediatamente a atenção um homem alto com o rosto bem barbeado e ligeiramente empoado que se apoiava com um cotovelo na tampa do piano e divertia com alguma história três senhoras reunidas em torno dele. As abas de sua casaca tinham um ar substancial, forro de seda particularmente grosso, e, quando falava, ele jogava para trás o cabelo escuro e brilhante, inflando ao mesmo tempo as asas do nariz, que era muito branco e tinha uma saliência bastante elegante. Havia em toda a sua figura algo benevolente, brilhante e desagradável.

"A acústica era terrível!", ele estava dizendo, com um torcer de ombro. "E todo mundo na plateia estava resfriado. Sabe como é, basta uma pessoa pigarrear e imediatamente várias outras aderem, e lá vamos nós." Ele sorriu, jogou o cabelo para trás. "Como cachorros à noite trocando latidos numa aldeia!"

Mme. Perov aproximou-se, apoiou de leve na bengala e disse a primeira coisa que lhe veio à cabeça:

"O senhor deve ficar cansado depois do seu concerto, sr. Bachmann."

Ele inclinou a cabeça, muito lisonjeado.

"Um pequeno engano, madame. O nome é Sack. Eu sou apenas o empresário do nosso *maestro*."

As três senhoras riram. Mme. Perov ficou sem jeito, mas riu também. Ela sabia da incrível performance de Bachmann apenas por ouvir dizer, nunca tinha visto uma foto dele. Naquele momento, a anfitriã avançou para cima dela, abraçou-a e, com um mero movimento dos olhos, como se revelasse um segredo, indicou a extremidade da sala, sussurrando: "Ali está ele, veja."

Só então ela viu Bachmann. Ele estava em pé, um pouco isolado dos outros convidados. As pernas curtas com calça preta larga, bem separadas. Estava lendo um jornal. Segurava a página amassada bem perto dos olhos e mexia os lábios como fazem pessoas semiletradas ao ler. Era baixo, calvo, com uma modesta mecha de cabelo atravessada no alto da cabeça. Usava um colarinho engomado, de pontas para baixo, que parecia grande demais para ele. Sem tirar os olhos do jornal, ele conferiu distraidamente a braguilha da calça com um dedo, e seus lábios começaram a se mexer com concentração ainda maior. Tinha um queixo pequeno e redondo, azulado e estranho, que parecia um ouriço-do-mar.

"Não se assuste", disse Sack, "ele é um bárbaro no sentido literal da palavra: assim que chega numa festa, imediatamente pega alguma coisa e começa a ler".

Bachmann sentiu de repente que todo mundo estava olhando para ele. Virou o rosto devagar e, erguendo as sobrancelhas hirsutas, deu um maravilhoso sorriso tímido que fez todo seu rosto encher-se de pequenas rugas.

A anfitriã correu para ele.

"*Maestro*", disse ela, "permita que lhe apresente mais uma admiradora sua, Mme. Perov".

Ele estendeu uma mão sem ossos, úmida. "Muito prazer, muito prazer mesmo."

E mergulhou de novo em seu jornal.

Mme. Perov afastou-se. Manchas rosadas apareceram em suas faces. O alegre abanar de seu leque preto, com brilhos de azeviche, fez tremularem os cachos loiros de suas frontes. Sack me contou depois que nessa primeira noite ela o impressionara como excepcionalmente "temperamental", como colocou, uma mulher excepcionalmente tensa, apesar dos lábios sem pintura e do penteado severo.

"Aqueles dois eram feitos um para o outro", ele me confidenciou com um suspiro. "Quanto a Bachmann, era um caso perdido, um homem completamente desprovido de cérebro. E além disso ele bebia, sabe. Na noite em que se conheceram eu tive de levá-lo embora quase voando. Ele tinha pedido conhaque, de repente, e não podia, não podia de jeito nenhum. Na verdade, imploramos a ele: 'Por cinco dias, não beba, só por cinco dias.' Ele tinha de tocar naqueles concertos, sabe. 'É um contrato, Bachmann, não esqueça.' Imagine, um poeta amigo numa revista de humor até fez uma brincadeira entre 'trôpego' e 'trânsfuga'! Estávamos literalmente arrasados. E, além disso, você sabe, ele era mal-humorado, caprichoso, rabugento. Um indivíduo absolutamente anormal. Mas como tocava..."

E, sacudindo a cabeleira que começava a ficar rala, Sack rolou os olhos em silêncio.

Quando Sack e eu olhamos os recortes de jornal pregados num álbum grosso como um esquife, eu me convenci de que foi precisamente nesse momento, na época dos primeiros encontros com Mme. Perov, que começou a verdadeira — mas, oh!, tão transitória! — fama internacional dessa pessoa incrível. Quando e onde se tornaram amantes ninguém sabe. Mas depois da *soirée* na casa da amiga, ela começou a frequentar todos os concertos de Bachmann, qualquer que fosse a cidade onde ocorressem. Sentava-se sempre na primeira fila, muito ereta, cabelo esticado, vestido preto sem gola. Alguém a apelidou de Madona Manca.

Bachmann entrava em cena depressa, como se escapando de um inimigo ou simplesmente de mãos aborrecidas. Ignorando a plateia, corria para o piano e, curvando-se sobre o banquinho redondo, começava ternamente a girar o disco de madeira do assento, procurando certo nível matematicamente preciso. O tempo todo ele arrulhava, baixinho e empenhado, dirigindo-se ao banquinho em três línguas. Ficava enrolando assim durante um bom tempo. O público inglês ficava tocado, o francês divertido, o alemão aborrecido. Quando encontrava o nível certo, Bachmann dava um tapinha amoroso no banco e se sentava procurando os pedais com as solas dos sapatos antigos. Depois tirava do bolso um grande lenço não muito limpo e, enquanto enxugava meticulosamente as mãos, examinava a primeira fila de poltronas com um olhar travesso, mas ao mesmo tempo tímido. Por fim, levava as mãos suavemente às teclas. De repente, porém, um musculozinho torturado se contraía debaixo de um olho; ele estalava a língua, descia do banquinho e começava de novo a rodar seu disco que gemia ternamente.

Sack achava que, ao chegar em casa depois de ouvir Bachmann pela primeira vez, Mme. Perov sentou-se à janela e ali ficou até o amanhecer, suspirando e sorrindo. Ele insiste que nunca antes Bachmann havia tocado com tamanha beleza, tamanho frenesi, e que, subsequentemente, a cada performance, seu desempenho foi ficando ainda mais belo, mais frenético. Com incomparável talento, Bachmann invocava e fundia as vozes de contraponto, fazia acordes dissonantes evocarem uma impressão de maravilhosas harmonias e, em sua Fuga Tripla, perseguia o tema, graciosamente, brincando com ele, apaixonado, como um gato com um rato: fingia que o deixava escapar e, de repente, num relâmpago de furtiva alegria, curvando-se sobre as teclas, o retomava com um mergulho triunfante. Então, quando terminava seu compromisso naquela cidade, ele desaparecia por vários dias e se entregava à bebedeira.

Os habitués das pequenas tavernas que queimavam, malignas, em meio ao fog de um subúrbio melancólico viam um homem atarracado com cabelos despenteados em torno de uma calva e olhos vermelhos como feridas, que sempre escolhia um canto remoto, mas que alegremente pagava uma bebida para qualquer um que fosse importuná-lo. Um velho afinadorzinho de piano, há muito em decadência, que bebeu com ele em diversas ocasiões, concluiu que ele era da mesma profissão, uma vez que Bachmann, quando bêbado, batucava os dedos na mesa e com uma voz rala, aguda, cantava um lá muito exato. Às vezes uma prostituta trabalhadeira de malares salientes o levava para a própria casa. Às vezes, ele arrancava o violino das mãos do violinista da taverna, pisava em cima e era espancado como castigo. Misturava-se a jogadores, marinheiros, atletas incapacitados por hérnias, assim como a uma liga de ladrões calados e gentis.

Durante noites sem fim, Sack e Mme. Perov procuravam por ele. É verdade que Sack procurava apenas quando era preciso deixá-lo em forma para um concerto. Às vezes o encontravam e às vezes, de olhos turvos, sujo, sem colarinho, ele aparecia na casa de Mme. Perov por vontade própria; a doce dama silenciosa o punha na cama e só depois de dois ou três dias telefonava para Sack e contava que Bachmann tinha sido encontrado.

Ele juntava uma espécie de timidez de outro mundo com a travessura de um moleque mimado. Raramente conversava com Mme. Perov. Quando ela ralhava com ele e tentava pegar suas mãos, ele se afastava e batia nos dedos dela com gritos agudos, como se o mero toque lhe causasse uma dor impaciente, e se enfiava debaixo do cobertor, chorava por um longo tempo. Sack vinha e dizia que estava na hora de partir para Londres ou Roma e levava Bachmann.

Sua estranha ligação durou três anos. Quando um Bachmann mais ou menos reanimado era oferecido à plateia, Mme. Perov estava invariavelmente sentada na primeira fila. Em viagens longas, eles ficavam em quartos contíguos. Mme. Perov esteve com seu marido diversas vezes durante esse período. Ele, é claro, como todo mundo, sabia de sua paixão fiel e arrebatada, mas não interferia e levava sua própria vida.

"Bachmann transformou a vida dela num tormento", Sack repetia sempre. "É incompreensível como ela conseguia sentir amor por ele. O mistério do coração feminino! Uma vez, quando estavam juntos na casa de alguém, vi com meus próprios olhos o Maestro de repente mostrar os dentes a ela, como um macaco, e sabe por quê? Porque ela queria ajeitar sua gravata. Mas naquela época havia genialidade em sua execução. A esse período pertencem sua *Sinfonia em Ré Menor* e várias fugas complexas. Ninguém viu quando ele as compôs. A mais interessante era a chamada *Fuga Dourada*. Já ouviu? O desenvolvimento temático é totalmente original. Mas eu estava contando sobre os caprichos dele e a loucura cada vez maior. Bem, foi assim. Três anos se passaram e então, uma noite, em Munique, quando ele estava tocando..."

E, conforme Sack chegava ao fim da história, apertava os olhos de um jeito mais triste e mais impressionante.

Parece que na noite de sua chegada a Munique, Bachmann escapou do hotel onde havia se hospedado como sempre com Mme. Perov. Faltavam três dias para o concerto e portanto Sack estava num estado de histérico alarme. Não conseguiam encontrar Bachmann. Era fim de outono, com muita chuva. Mme. Perov estava resfriada e ficou de cama. Sack, junto com dois detetives, continuou a procurar nos bares.

No dia do concerto, a polícia telefonou para dizer que Bachmann tinha sido localizado. Haviam-no recolhido da rua durante a noite e ele tinha dormido bastante na delegacia. Sem dizer uma palavra, Sack o levou de carro da delegacia para o teatro, entregou-o como um objeto aos seus assistentes e foi ao hotel buscar a casaca de Bachmann. Através da porta fechada, contou a Mme. Perov o que havia acontecido. E voltou para o teatro.

Bachmann, com o chapéu de feltro preto enfiado até as sobrancelhas, estava sentado em seu camarim, batucando tristemente na mesa com um dedo. As pessoas se agitavam e sussurravam à sua volta. Uma hora depois, a plateia estava começando a ocupar seus lugares na grande sala. O palco branco, intensamente iluminado, adornado com os tubos de órgão esculpidos em ambos os lados, o piano negro brilhante, com a tampa levantada e o humilde cogumelo do banquinho, tudo esperava em solene inatividade o homem de mãos úmidas, macias, que logo faria um furacão de som preencher o piano, o palco e a sala enorme onde, como vermes pálidos, ombros de mulheres e calvas de homens moviam-se e brilhavam.

 E agora Bachmann trota palco adentro. Sem prestar atenção ao trovão de boas-vindas que se ergueu como um cone compacto e desmoronou em palmas isoladas a morrer, ele começou a rodar o disco do banquinho, arrulhando avidamente, e, depois dos tapinhas, sentou-se ao piano. Enxugando as mãos, deu uma olhada à primeira fila com seu sorriso tímido. De repente, o sorriso desapareceu e Bachmann fez uma careta. O lenço caiu no chão. Seu olhar atento deslizou outra vez pelos rostos e tropeçou, por assim dizer, ao chegar ao lugar vazio no centro. Bachmann fechou com uma batida a tampa, levantou-se, foi até a beiradinha do palco e, rolando os olhos e levantando os braços dobrados como uma bailarina, executou dois ou três ridículos *pas*. O público imobilizou-se. Das poltronas do fundo, vieram gargalhadas. Bachmann parou, disse alguma coisa que ninguém conseguiu escutar e, em seguida, com um movimento rápido, circular, fez para a plateia o gesto obsceno de uma figa.

 "Foi tão de repente", continuou o relato de Sack, "que não consegui chegar a tempo de ajudar. Eu me choquei com ele quando, depois da figa, em vez da fuga, ele estava saindo do palco. Perguntei: 'Bachmann, onde vai?' Ele murmurou uma obscenidade e desapareceu na sala dos artistas".

 Então o próprio Sack entrou no palco, debaixo de uma tempestade de ira e risos. Levantou a mão, conseguiu obter silêncio e fez uma firme promessa de que o concerto iria acontecer. Ao entrar na sala dos artistas, encontrou Bachmann sentado ali como se nada tivesse acontecido, os lábios em movimento enquanto lia o programa impresso.

 Sack olhou as pessoas presentes e, levantando significativamente as sobrancelhas, correu para o telefone e chamou Mme. Perov. Durante longo tempo, ninguém atendeu; por fim alguma coisa estalou e ele ouviu sua voz fraca.

 "Venha para cá imediatamente", disse Sack, batendo na lista telefônica com a mão de lado. "Bachmann não toca sem a senhora. O escândalo está terrível! A plateia está começando a... O quê?...

Como assim?... É, é, estou dizendo que ele se recusa. Alô? Ah, droga!... caiu a ligação..."

Mme. Perov tinha piorado. O médico, que a visitou duas vezes nesse dia, olhara com desânimo o mercúrio que subira tão alto na escala vermelha de seu tubo de vidro. Ao desligar — o telefone ficava ao lado da cama —, ela provavelmente sorriu, contente. Trêmula e cambaleante, ela começou a se vestir. Uma dor insuportável apunhalava seu peito, mas a felicidade chamava por ela através da névoa e do zumbido da febre. Imagino por alguma razão que, ao calçar as meias, a seda ficava enroscando nas unhas de seus pés gelados. Ela arrumou o cabelo o melhor que pôde, enrolou-se no casaco de pele marrom e saiu, bengala na mão. Pediu ao porteiro para chamar um táxi. O pavimento negro rebrilhava. A maçaneta da porta do carro estava molhava e gélida. Durante todo o trajeto, aquele vago sorriso feliz deve ter permanecido em seus lábios, e o som do motor e o guincho dos pneus misturavam-se ao quente zumbido em suas têmporas. Quando chegou ao teatro, ela viu multidões abrindo zangados guarda-chuvas ao sair para a rua. Foi quase derrubada, mas conseguiu apertar-se pelo meio de todos. Na sala dos artistas, Sack andava de um lado para outro, a mão ora na face esquerda, ora na direita.

"Eu estava absolutamente enfurecido!", ele me disse. "Enquanto eu batalhava com o telefone, o Maestro escapou. Disse que ia ao banheiro e fugiu. Quando Mme. Perov chegou, pulei em cima dela: por que não estava sentada na plateia? Você entende, eu absolutamente não levei em conta o fato de que ela estava doente. Ela me perguntou: 'Então ele voltou para o hotel agora? Então nós nos cruzamos no caminho?' E eu, que estava num estado furioso, gritei: 'Dane-se o hotel: ele está em algum bar! Algum bar! Algum bar!' E desisti, saí depressa. Tinha de salvar o bilheteiro."

E Mme. Perov, trêmula e sorridente, saiu à procura de Bachmann. Ela sabia mais ou menos onde procurar por ele e foi para lá, para aquele escuro e terrível quarteirão que um motorista perplexo a levou. Quando chegou à rua onde, segundo Sack, Bachmann havia sido encontrado no dia anterior, ela dispensou o táxi e, apoiada em sua bengala, começou a caminhar pela calçada irregular, debaixo de uma torrente de oblíqua chuva negra. Entrou em todos os bares, um por um. Rajadas de música áspera a ensurdeciam e homens olhavam para ela com insolência. Ela espiava em torno da taverna enfumaçada, girando, variegada, e saía de novo para a noite implacável. Logo começou a lhe parecer que estava entrando continuamente em um mesmo bar e a agonia da fraqueza começou a baixar sobre seus ombros. Caminhava, mancando e emitindo gemidos quase inaudíveis, segurando com força o castão de turquesa da bengala na mão fria. Um policial que a observara por algum tempo aproximou-se com passo lento, profissional, e perguntou seu endereço, depois com firmeza e gentileza levou-a a uma carruagem-táxi a postos na noite. No escuro rangente e malcheiroso do táxi, ela perdeu a consciência e, quando voltou a si, a porta estava aberta e o cocheiro, com uma capa impermeável brilhante, dava-lhe pequenos cutucões no ombro com a ponta do chicote. Ao se encontrar no aquecido corredor do hotel, ela foi tomada por uma sensação de completa indiferença por tudo. Empurrou a porta de seu quarto e entrou. Bachmann estava sentado em sua cama, descalço e com camisa de dormir, um cobertor xadrez amontoado nos ombros. Os dedos tamborilando no tampo de mármore da mesa de cabeceira, enquanto usava a outra mão para marcar notas numa folha de partitura com um lápis indelével. Tão absorto estava que não notou a porta se abrir. Ela soltou um *ach* baixo como um gemido. Bachmann sobressaltou-se. O cobertor escorregou de seus ombros e caiu.

Acho que essa foi a única noite feliz da vida de Mme. Perov. Acho que esses dois, o músico perturbado e a mulher moribunda, nessa noite encontraram palavras com que os grandes poetas nunca sonharam. Quando o indignado Sack chegou ao hotel na manhã seguinte, Bachmann estava lá sentado com um sorriso estático e silencioso, contemplando Mme. Perov, deitada na diagonal da grande cama, inconsciente debaixo do cobertor xadrez. Ninguém pode saber o que Bachmann estava pensando enquanto olhava o rosto afogueado de sua amante e ouvia sua respiração espasmódica; ele provavelmente interpretou à sua própria maneira a agitação do corpo dela, o adejar e o fogo de uma doença fatal, da qual não tinha em mente a mínima ideia. Sack chamou o médico. De início, Bachmann olhou para eles com desconfiança, com um tímido sorriso; depois agarrou o ombro do médico, correu para trás, bateu na própria testa e começou a oscilar para a frente e para trás rangendo os dentes. Ela morreu nesse mesmo dia, sem recobrar a consciência. A expressão de felicidade não desapareceu de seu rosto. Na mesa de cabeceira, Sack encontrou uma folha de partitura amassada, mas ninguém foi capaz de decifrar os pontos violeta de música espalhados por ela.

"Levei Bachmann embora imediatamente", Sack continuou. "Temia o que pudesse acontecer quando chegasse o marido, você entende. O pobre Bachmann estava mais mole que uma boneca de trapos e ficava tapando os ouvidos com os dedos. Gritava, como se alguém o estivesse provocando: 'Parem esse som! Basta, basta de música!' Não sei o que provocou nele esse choque: aqui entre nós, ele nunca amou aquela mulher infeliz. De qualquer forma, ela foi o motivo de sua derrocada. Depois do enterro, Bachmann desapareceu sem deixar traço. Você ainda encontra o nome dele em anúncios de empresas de piano, mas, em termos gerais, ele foi esquecido. Só seis anos depois foi que o acaso nos aproximou outra vez. Por um momento apenas. Eu estava esperando o trem numa pequena estação na Suíça. Era um anoitecer glorioso, lembro bem. Eu não estava sozinho. É, uma mulher — mas isso faz parte de outro *libretto*. E então, imagine só, vejo uma pequena multidão reunida em torno de um homem baixo, com um casaco preto velho e chapéu preto. Ele punha uma moeda numa pianola, chorando descontroladamente. Punha a moeda, ouvia a melodia rala e chorava. Mas aí o rolo ou alguma coisa quebrou. A moeda emperrou. Ele começou a sacudir a máquina, chorando mais alto, desistiu e foi embora. Eu o reconheci imediatamente, mas você entende. Eu não estava sozinho, estava com uma dama, e havia pessoas em volta, meio perplexas. Teria sido estranho ir até ele e dizer *Wie geht's dir*, Bachmann?"

O dragão

Ele vivia recluso numa caverna profunda, escura, bem no coração de uma montanha rochosa, alimentando-se apenas de morcegos, ratos e fungos. De vez em quando, é verdade, caçadores de estalactites ou viajantes enxeridos vinham espiar a caverna, e isso era um quitute saboroso. Entre outras lembranças agradáveis, havia um bandoleiro que tentara escapar da justiça e dois cachorros que foram soltos uma vez para verificar se a passagem não atravessava toda a montanha. O campo em torno era desolado, neve porosa depositada aqui e ali sobre a rocha, e cachoeiras trovejavam com um rugido gelado. Ele saíra do ovo uns mil anos antes, e talvez por isso ter acontecido bem inesperadamente — o enorme ovo rachara ao ser atingido por um raio numa noite de tempestade — o dragão se revelara covarde e não muito inteligente. Além disso, ele foi profundamente afetado pela morte da mãe... Ela havia aterrorizado durante longo tempo as aldeias vizinhas, cuspira chamas e o rei ficara zangado, em torno de seu antro cavaleiros rondavam incessantemente, os quais ela reduzia a pó como se fossem nozes. Mas uma vez, quando ela havia engolido um gordo cozinheiro real e estava cochilando numa pedra aquecida pelo sol, o grande Ganon em pessoa veio galopando com armadura de ferro, montado num corcel negro coberto com rede de prata. A coitada adormecida empinou, as corcovas verdes e vermelhas brilhando como fogueiras, e o cavaleiro atacou-a cravando a rápida lança no seu peito liso e branco. Ela caiu e prontamente, da ferida vermelha, deslizou o cozinheiro corpulento com o enorme e fumegante coração dela debaixo do braço.

  O jovem dragão viu tudo isso de um esconderijo atrás da pedra e, desde então, não conseguia pensar em cavaleiros sem estremecer. Retirou-se para o fundo de uma caverna, de onde nunca saía. Assim se passaram dez séculos, equivalentes a vinte anos de dragão.

Então, de repente, ele se viu tomado por uma insuportável melancolia... Na verdade, a comida estragada da caverna estava provocando ferozes alarmes gástricos, nojentos estrondos e dor. Ele passou nove anos decidindo e, no décimo, resolveu. Lenta e cautelosamente, juntando e estendendo os anéis da cauda, rastejou para fora de sua caverna.

Sentiu imediatamente que era primavera. As rochas negras, lavadas por uma chuvarada recente, estavam brilhando; a luz do sol fervia nas transbordantes torrentes da montanha; o ar perfumado de caça silvestre. E o dragão, inflando amplamente as narinas flamejantes, começou a descer para o vale. A barriga sedosa, branca como um lírio-d'água, quase tocava o chão, manchas roxas se destacavam nos túrgidos flancos verdes, e as escamas fortes fundiam-se, nas costas, numa recortada conflagração, uma serra de duplas saliências vermelhas que iam diminuindo de tamanho na direção da cauda potente, que se movia, flexível. A cabeça era lisa e esverdeada, bolhas de fogoso muco penduradas do lábio inferior, macio e verrugoso, e as patas gigantes, cobertas de escamas, deixavam pegadas profundas, concavidades em forma de estrela.

A primeira coisa que ele viu ao descer para o vale foi um trem da estrada de ferro viajando pelas encostas rochosas. A primeira reação do dragão foi de deleite, uma vez que tomou o trem por um parente com quem poderia brincar. Além disso, pensou que debaixo daquela crosta brilhante, de aspecto duro, deveria haver com certeza alguma carne macia. Então correu a persegui-lo, os pés estalando com um ruído oco, úmido, mas quando ia abocanhar o último vagão, o trem entrou depressa num túnel. O dragão parou, enfiou a cabeça no buraco escuro dentro do qual sua presa sumira, mas não havia jeito de poder entrar ali. Soltou uns espirros tórridos lá para dentro, depois retirou a cabeça, sentou nas patas traseiras e começou a esperar: quem sabe ele não ia sair correndo de novo. Depois de esperar algum tempo, sacudiu a cabeça e seguiu em frente. Nesse momento, um trem efetivamente saiu depressa de dentro do antro escuro, emitiu um lampejo maroto de uma janela e desapareceu numa curva. Magoado, o dragão olhou por cima do ombro e, erguendo a cauda como uma pluma, retomou seu caminho.

Estava anoitecendo. A neblina pairava sobre os campos. A gigantesca fera, grande como uma montanha viva, foi vista por uns camponeses que voltavam para casa e ficaram petrificados de espanto. Um pequeno carro que rodava pela estrada teve os quatro pneus estourados de susto, rodopiou e acabou na fossa da margem. Mas o dragão prosseguiu sem notar nada; de longe, veio o cheiro quente de multidões concentradas de humanos e para lá é que ele foi. E, contra a expansão azul do céu noturno, erguiam-se diante dele negras chaminés de fábrica, guardiãs de uma grande cidade industrial.

Os personagens principais dessa cidade eram dois: o proprietário da Companhia de Tabaco Miracle e o da Companhia de Tabaco Grande Elmo. Entre os dois fervilhavam sutis e antigas hostilidades, sobre as quais se poderia escrever todo um poema épico. Eram rivais em tudo — no colorido dos anúncios, nas técnicas de distribuição, nos preços e nas relações de trabalho —, mas ninguém conseguia dizer qual estava na frente. Nessa noite memorável, o proprietário da Companhia Miracle ficou no escritório até tarde. Ao lado de sua mesa estava uma pilha de anúncios novos, recém-impressos, que os trabalhadores da cooperativa iam colar pela cidade ao amanhecer.

De repente, um sino rompeu o silêncio da noite e, poucos momentos depois, entrou um homem pálido, perturbado, com uma verruga que parecia uma bardana na face direita. O dono da fábrica o conhecia: era o proprietário de uma taverna-modelo que a Companhia Miracle havia instalado nos arrabaldes.

"Quase duas da manhã, meu amigo. A única justificativa que posso encontrar para sua visita é um acontecimento de importância inaudita."

"É exatamente esse o caso", disse o taverneiro com voz calma, embora sua verruga estivesse pinicando. Ele relatou o seguinte:

Estava despachando cinco trabalhadores completamente bêbados. Eles deviam ter visto alguma coisa altamente curiosa lá fora, porque todos começaram a rir: "Ah, ha, ha", trovejou uma das vozes, "eu devo ter tomado umas a mais para estar vendo, maior que a vida, a hidra da contrarrevo...".

Não teve tempo de terminar, porque houve uma onda de barulho portentoso, aterrorizador, e alguém gritou. O taverneiro saiu para dar uma olhada. Um monstro, rebrilhando no escuro como uma montanha molhada, estava engolindo alguma coisa grande, com a cabeça jogada para trás, o que fez seu pescoço esbranquiçado inchar em saliências alternadas; engoliu e lambeu os beiços, seu corpo inteiro estremeceu e ele deitou delicadamente no meio da rua.

"Acho que eu devo ter cochilado", concluiu o taverneiro, controlando a verruga irrequieta com um dedo.

O dono da fábrica se levantou. As robustas obturações de seus dentes cintilaram com o fogo dourado da inspiração. A chegada de um dragão vivo despertou nele nenhum outro sentimento além do desejo apaixonado que o orientava em todos os casos: o desejo de impor uma derrota à firma rival.

"Eureca", ele exclamou. "Escute, meu bom homem, há outras testemunhas?"

"Acho que não", replicou o outro. "Estava todo mundo dormindo e eu resolvi não acordar ninguém e vir direto falar com o senhor. Para evitar o pânico."

O dono da fábrica pôs o chapéu.

"Ótimo. Pegue isso... não, não a pilha toda, trinta ou quarenta folhas bastam, e traga essa lata e o pincel também. Pronto, agora me mostre o caminho."

Saíram para a noite escura e logo estavam na rua tranquila no fim da qual, segundo o taverneiro, repousava o monstro. Primeiro, à luz amarela de um poste solitário, viram um policial de cabeça para baixo no meio do pavimento. Soube-se depois que, ao fazer a ronda noturna, ele topara com o dragão e levara tamanho susto que virou de ponta-cabeça e ficou petrificado nessa posição. O dono da fábrica, um homem com o tamanho e a força de um gorila, virou-o para o lado certo e o pôs encostado ao poste de luz; depois aproximou-se do dragão. O dragão estava dormindo e não era de admirar. Os indivíduos que tinha devorado, por acaso, estavam totalmente impregnados de vinho e haviam estourado suculentamente entre suas mandíbulas. O álcool no estômago vazio tinha subido imediatamente e ele baixara as películas das pálpebras com um sorriso beatífico. Estava deitado em cima da barriga sobre as patas dobradas, e o brilho da luz da rua iluminava os arcos brilhantes das duplas protuberâncias vertebrais.

"Encoste a escada", disse o dono da fábrica. "Eu mesmo colo."

E, escolhendo pontos lisos no viscoso flanco verde do monstro, começou a esfregar sem pressa cola nas escamas da pele, pregando nela os amplos cartazes de anúncio. Quando terminou de pregar todas as folhas, deu ao valente taverneiro um significativo aperto de mão e, mascando seu charuto, voltou para casa.

Veio a manhã, uma magnífica manhã de primavera abrandada por uma névoa lilás. E de repente a rua se animou com um movimento alegre, excitado, portas e janelas batiam, pessoas se despejavam na rua, misturando-se àquelas que iam depressa para algum lugar, rindo. O que viam era um dragão que parecia de verdade, todo coberto com coloridos anúncios, passando indiferente pelo asfalto. Havia um cartaz grudado até na coroa de sua cabeça careca. FUME APENAS DA MARCA MIRACLE, diziam as letras azuis e carmesins dos anúncios. SÓ OS BOBOS NÃO FUMAM OS MEUS CIGARROS; TABACO MIRACLE FAZ O AR VIRAR MEL; MIRACLE, MIRACLE, MIRACLE!

Era realmente um milagre, ria a multidão, e como fizeram isso — é uma máquina ou tem gente dentro?

O dragão estava se sentindo péssimo depois do porre involuntário. O vinho barato agora deixava seu estômago embrulhado, o corpo inteiro fraco, e a ideia de café da manhã estava fora de cogitação. Além disso, estava agora dominado por uma aguda sensação de vergonha, o tormento da timidez de uma criatura que se vê em meio a uma multidão pela primeira vez. Falando francamente, ele queria muito voltar o mais depressa possível para sua caverna, mas isso teria sido ainda mais vergonhoso. Portanto, prosseguiu seu severo progresso pela cidade. Vários homens com placas nas costas o protegiam dos curiosos e dos moleques que queriam se enfiar debaixo de sua barriga branca, trepar em seu amplo pescoço ou tocar seu focinho. Tocavam música, as pessoas olhavam de boca aberta de todas as janelas, atrás do dragão os carros seguiam em fila única e num deles refestelava-se o dono da fábrica, o herói do dia.

O dragão andava sem olhar para ninguém, desanimado pela incompreensível alegria que despertava.

Enquanto isso, num escritório ensolarado, no tapete macio como grama, andava de um lado para outro com os punhos fechados o fabricante rival, dono da Companhia Grande Elmo. Numa janela aberta, observando o cortejo, estava sua namorada, uma diminuta dançarina da corda bamba.

"Isso é um ultraje", coaxava insistentemente o industrial, um homem careca, de meia-idade, com bolsas de pele frouxa e azulada debaixo dos olhos. "A polícia devia acabar com esse escândalo... Quando eles conseguiram remendar esse boneco estofado?"

"Ralph", gritou, de repente, a dançarina, batendo as mãos. "Acho que sei o que você deve fazer. Temos no circo um número que se chama A Justa e..."

Num sussurro tórrido, esbugalhando os olhos de boneca contornados por delineador, ela contou seu plano. O industrial abriu um sorriso. Um instante depois, já estava ao telefone, falando com o gerente do circo.

"Então", disse o industrial, ao desligar. "O boneco é feito de borracha inflável. Vamos ver o que sobra dele quando levar uma boa espetada."

Enquanto isso, o dragão atravessou a ponte, passou pela praça do mercado e pela catedral gótica, que trazia lembranças bem repugnantes, seguiu pela avenida principal e estava atravessando uma grande praça quando, abrindo alas na multidão, inesperadamente um cavaleiro veio para atacá-lo. O cavaleiro usava armadura de ferro, visor abaixado, uma pluma fúnebre no elmo, e montava um sólido cavalo negro com rede prateada. Cavalariços — mulheres vestidas como pajens — caminhavam ao lado dele, levando vistosos cartazes preparados às pressas que diziam "GRANDE ELMO", "FUME APENAS GRANDE ELMO", "GRANDE ELMO BATE QUALQUER UM". O circense fantasiado de cavaleiro esporeou o corcel e firmou a lança. Mas o corcel, por alguma razão, começou a recuar, espumando pela boca, depois de repente empinou e sentou pesadamente nos quartos traseiros. O cavaleiro rolou no asfalto, com tal estrépito que seria de pensar que alguém havia atirado todos os pratos pela janela. Mas o dragão não viu isso. Ao primeiro movimento do cavaleiro, ele se detivera abruptamente, depois girara depressa, derrubando com a cauda algumas velhas curiosas que estavam num balcão e, esmagando os espectadores que se espalhavam, se pusera a fugir. Num único salto estava fora da cidade, atravessou voando os campos, tropeçou encostas rochosas acima e mergulhou em sua caverna sem fundo. Então caiu de costas, as patas dobradas revelando a barriga sedosa, branca e trêmula às abóbadas escuras, deu um profundo suspiro, fechou os olhos perplexos e morreu.

Natal

1

Depois de voltar a pé da aldeia para seu solar pelas neves que escureciam, Sleptsov sentou-se num canto, numa poltrona coberta com plush que não se lembrava de ter usado antes. Era o tipo de coisa que acontece depois de alguma grande calamidade. Não um irmão, mas um conhecido fortuito, um vago vizinho do campo a quem nunca se prestou muita atenção, com quem em tempos normais trocou-se uma escassa palavra, é aquele que nos conforta com sabedoria e delicadeza e nos entrega o chapéu derrubado quando termina o funeral, e estamos tontos de dor, dentes batendo, olhos cegos de lágrimas. O mesmo se pode dizer de objetos inanimados. Qualquer sala, mesmo a mais aconchegante e a mais absurdamente pequena, na ala pouco usada de uma grande casa de campo, tem sempre um canto onde nunca se esteve. E foi num canto desses que Sleptsov sentou-se.

    A ala se comunicava através de uma galeria de madeira, agora tomada por nossos imensos montes de neve do norte da Rússia, à casa principal, usada apenas no verão. Não havia por que despertá-la, aquecê-la: o patrão tinha vindo de Petersburgo por uns dois dias apenas e se instalara no anexo, onde bastava apenas acender os aquecedores de cerâmica branca holandesa.

    O patrão sentou em seu canto, naquela poltrona de plush, como se estivesse numa sala de espera do médico. A sala flutuava em escuridão; o azul denso do começo da noite filtrava-se pelas plumas de cristal de gelo das vidraças. Ivan, o calado e imponente valete, que tinha raspado havia pouco o bigode e agora parecia com seu falecido pai, mordomo da família, trouxe o lampião de querosene, todo aparelhado e transbordando de luz. Ajeitou-o numa mesinha e silenciosamente o prendeu em sua cúpula de seda rosada. Por um instante, um espelho inclinado refletiu sua orelha iluminada e o cabelo grisalho e rente. Ele então saiu e a porta deu um rangido abafado.

Sleptsov levantou a mão do joelho e examinou-a devagar. Uma gota de cera de vela tinha aderido e endurecido numa fina dobra de pele entre dois dedos. Ele separou os dedos e uma pequena escama branca estalou.

2

Na manhã seguinte, depois de uma noite passada em meio a sonhos totalmente sem sentido, fragmentados, sem nenhuma relação com sua dor, quando Sleptsov saiu para a varanda fria, uma tábua do piso emitiu um alegre estalido de pistola debaixo de seu pé, e os reflexos dos vidros de muitas cores formavam losangos paradisíacos nos bancos caiados e sem almofada junto às janelas. As portas externas resistiram primeiro, depois se abriram com um delicioso crepitar, e o frio ofuscante atingiu seu rosto. A areia avermelhada, providencialmente polvilhada sobre a capa de gelo dos degraus da varanda, parecia canela, e grossos pingentes de gelo de tonalidade esverdeada pendiam dos beirais. A neve acumulada chegava até as janelas do anexo, agarrando com força as pequenas estruturas confortáveis de madeira em suas garras geladas. Os montículos cor de creme que eram canteiros de flores no verão se erguiam ligeiramente acima do nível da neve em frente à varanda, e mais adiante assomava a reverberação do parque, onde cada ramo negro estava contornado de prata e os pinheiros pareciam se apoiar em suas verdes patas debaixo da robusta carga luminosa.

Vestindo botas altas de feltro e um casaco curto forrado de pele com gola de astracã, Sleptsov seguiu lentamente por um caminho estreito, o único limpo de neve, penetrando na longínqua paisagem ofuscante. Sentia-se surpreso de ainda estar vivo, e capaz de perceber o brilho da neve e sentir os dentes da frente doerem com o frio. Notou até que um arbusto coberto de neve parecia uma fonte, e que um cachorro tinha deixado num monte de neve uma série de marcas cor de açafrão, que queimara sua crosta. Um pouco adiante, os suportes de uma ponte projetavam-se da neve, e ali Sleptsov parou. Amargamente, raivosamente, limpou a cobertura grossa e macia do parapeito. Lembrava-se vividamente da aparência da ponte no verão. Lá estava seu filho caminhando pelas pranchas escorregadias, pintalgadas de amentilhos, habilmente colhendo com sua rede uma borboleta que pousara no parapeito. Então o menino viu o pai. O riso para sempre perdido brinca em seu rosto, debaixo do chapéu de palha com abas caídas, escurecido pelo sol; as mãos brincam com a correntinha da bolsa de couro presa ao cinto, as pernas queridas, lisas, bronzeadas, com os shorts de sarja e as sandálias encharcadas assumem sua costumeira posição separadas, alegres. Há pouco, em Petersburgo, depois de, em seu delírio, falar da escola, da bicicleta, de uma grande mariposa oriental, ele morrera, e ontem Sleptsov levara seu caixão — que parecia conter o peso de uma vida inteira — para o campo, para o túmulo familiar perto da igreja da aldeia.

O dia estava quieto como só um dia luminoso e gelado pode ser. Sleptsov ergueu bem uma perna, pisou fora do caminho e, deixando atrás de si marcas azuis na neve, encaminhou-se por entre os troncos das incríveis árvores brancas até o ponto onde o parque descia na direção do rio. Lá embaixo, blocos de gelo cintilavam ao lado de um buraco recortado na vastidão branca e, na margem oposta, colunas muito retas de fumaça rosada subiam dos tetos nevados de cabanas de troncos. Sleptsov tirou seu gorro de astracã e encostou no tronco de uma árvore. Em algum lugar ao longe, camponeses estavam cortando lenha — cada golpe ressoava no céu — e além da clara névoa prateada das árvores, muito acima das isbás agachadas, o sol captava o brilho equânime da cruz da igreja.

3

Foi para lá que ele seguiu depois do almoço, num velho trenó com encosto reto. O escroto do corcel negro batia forte no ar gelado, as plumas brancas dos galhos baixos deslizavam acima e os sulcos à frente emitiam um refulgir azul-prateado. Quando chegou, ele ficou sentado durante uma hora e pouco junto ao túmulo, pousando uma pesada mão em luvas grossas no ferro do parapeito que queimava sua mão através da lã. Voltou para casa com uma ligeira sensação de decepção, como se lá, na sepultura, estivesse ainda mais afastado de seu filho do que ali, onde as incontáveis pegadas de suas sandálias rápidas estavam preservadas debaixo da neve.

À noite, dominado por uma crise de intensa tristeza, mandou destrancar a casa grande. Quando a porta se abriu com um gemido pesado e um sopro de frescor especial, não invernal, veio do sonoro vestíbulo gradeado de ferro, Sleptsov pegou da mão do vigia o lampião com refletor de lata e entrou na casa sozinho. Os pisos de parquê estalaram fantasmagoricamente sob seus pés. Sala após sala se encheram de luz amarela, e a mobília coberta parecia desconhecida; em vez do lustre tilintante, um saco sem som pendia do teto; e a sombra enorme de Sleptsov, esticando lentamente um braço, flutuou pela parede e pelos quadrados cinzentos de pinturas cobertas.

Entrou na sala que tinha sido o estúdio de seu filho no verão, depositou o lampião no peitoril da janela e, quebrando as unhas ao fazê-lo, abriu as venezianas de dobrar, embora estivesse escuro lá fora. No vidro azul apareceu a chama amarela do lampião ligeiramente enfumaçada, e seu rosto largo, barbudo, surgiu momentaneamente.

Sentou-se à mesa nua e severamente, debaixo de sobrancelhas contraídas, examinou o pálido papel de parede com guirlandas de rosas azuladas; um estreito gabinete-escrivaninha, com gavetas de cima a baixo; o sofá e as poltronas debaixo das cobertas; e, de repente, baixando a cabeça sobre a mesa, começou a tremer, apaixonadamente, silenciosamente, apertando primeiro os lábios, depois o rosto molhado, na madeira fria e empoeirada, agarrado aos cantos afastados.

Na mesa encontrou um caderno, pranchas de madeira, um sortimento de alfinetes pretos e uma caixa de biscoito inglês que continha um grande e exótico casulo que havia custado três rublos. Tinha textura de papel e parecia feito de uma folha marrom enrodilhada. Seu filho se lembrara dele durante a doença, lamentando por deixá-lo para trás, mas consolando-se com a ideia de que a crisálida lá dentro provavelmente estava morta. Ele encontrou também uma rede rasgada: um saco de tarlatana num aro dobrável (e a musselina ainda tinha cheiro de verão e grama quente de sol).

Então, baixando cada vez mais e soluçando com o corpo todo, ele começou a abrir uma a uma as gavetas com tampo de vidro do gabinete. À luz do lampião, as uniformes fileiras de espécimes brilharam como seda debaixo do vidro. Ali, naquela sala, naquela mesma mesa, seu filho tinha estendido as asas de suas capturas. Ele primeiro prendia com alfinete o inseto morto cuidadosamente na fenda de cortiça da prancha, entre as fitas de madeira ajustáveis, e com tiras de papel prendia as asas macias, ainda frescas. Elas agora tinham já secado havia muito e sido transferidas para o gabinete — aquelas espetaculares *Papilionidae* rabo de andorinha, aquelas licenídeas de brilho metálico e as várias *Issorias lathonias*, algumas montadas em posição supina para mostrar o ventre perolado. Seu filho costumava pronunciar seus nomes latinos com um gemido de triunfo ou com um sorriso de desdém. E as mariposas, as mariposas, a primeira *Laothoe amurensis* de cinco verões antes!

4

A noite tinha a cor azul da fumaça e estava enluarada; nuvens ralas se espalhavam pelo céu, mas sem tocar a lua gelada e delicada. As árvores, massas de gelo cinza, lançavam sombras escuras na neve que caía, cintilando aqui e ali com fagulhas metálicas. Na sala de poltronas estofadas de plush, bem aquecida, do anexo, Ivan colocou o pinheiro de sessenta centímetros em um vaso de cerâmica sobre a mesa, e estava prendendo uma vela na ponta cruciforme quando Sleptsov voltou da casa principal, gelado, de olhos vermelhos, com manchas de poeira cinza no rosto, trazendo uma caixa de madeira debaixo do braço. Ao ver a árvore de Natal em cima da mesa, perguntou distraído: "O que é isso?"

Pegando dele a caixa, Ivan respondeu em voz baixa, branda: "Amanhã é feriado."

"Não, tire isso daí", disse Sleptsov, franzindo a testa enquanto pensava, será Natal? Como eu posso ter esquecido?

Ivan insistiu, delicadamente: "É bonita e verde. Deixe ficar um pouco."

"Por favor, tire daí", Sleptsov repetiu, e então se curvou sobre a caixa que tinha trazido. Nela havia recolhido os pertences do filho: a rede de borboletas dobrável, a lata de biscoitos com o casulo em forma de pera, a prancha de madeira, os alfinetes em sua caixa laqueada, o caderno azul. Metade da primeira página havia sido arrancada e o fragmento restante continha parte de um exercício de ditado em francês. Em seguida, havia anotações diárias, nomes de borboletas capturadas e outras notas:

Atravessei o pântano até Borovichi...

Chovendo hoje. Joguei xadrez com meu pai, depois li o Fragata, *de Goncharov, uma chatice mortal.*

Dia quente, maravilhoso. Andei de bicicleta à noite. Um mosquitinho entrou no meu olho. Passei de propósito na frente da dacha dela duas vezes, mas ela não apareceu...

Sleptsov ergueu a cabeça, engoliu algo quente e imenso. Sobre quem seu filho escrevia?

Saí de bicicleta como sempre, continuou lendo. *Nossos olhares se encontraram. Minha querida, meu amor...*

"Isto é impensável", Sleptsov sussurrou. "Não vou saber nunca..."

Curvou-se de novo, decifrando avidamente a escrita infantil que se inclinava para cima e depois fazia uma curva para baixo na margem.

Vi um espécime jovem da Nymphalis antiopa *hoje. Isso quer dizer que o outono está chegando. Chuva à noite. Ela deve ter ido embora e nós nunca nos conhecemos. Adeus, minha querida. Estou terrivelmente triste...*

"Ele nunca me disse nada...", Sleptsov tentou lembrar, esfregando a testa com a palma da mão.

Na última página, havia um desenho à tinta: um elefante visto por trás: dois grossos pilares, os cantos de duas orelhas e um rabinho.

Sleptsov levantou-se. Sacudiu a cabeça, reprimindo mais uma onda de horríveis soluços.

"Eu-não-aguento-mais", murmurou entre gemidos, repetindo ainda mais devagar "Eu—não—aguento—mais..."

"Amanhã é Natal", veio o lembrete abrupto, "e eu vou morrer. Claro. É tão simples. Esta noite mesmo..."

Tirou o lenço e enxugou os olhos, a barba, as faces. Riscos escuros se formaram no lenço.

"... morte", Sleptsov disse, devagar, como se concluísse uma longa frase.

O relógio tiquetaqueava. Padrões de gelo se sobrepunham no vidro azul da janela. O caderno aberto brilhava radiante na mesa; ao lado dele, a luz atravessava a tela da rede de borboletas e rebrilhava num canto da lata aberta. Sleptsov fechou os olhos com força e teve a fugaz sensação de que a vida terrena jazia à sua frente, totalmente desnudada e compreensível, e horrenda em sua tristeza, humilhantemente sem sentido, estéril, desprovida de milagres...

Naquele instante, houve um estalo: um som agudo como o de um elástico de borracha que se estica demais e se rompe. Sleptsov abriu os olhos. O casulo dentro da caixa de biscoitos estava rasgado na ponta e uma criatura negra, enrugada, do tamanho de um camundongo, estava escalando a parede acima da mesa. Parou, agarrada à superfície com suas patas negras e peludas, e começou a palpitar de um jeito estranho. Tinha emergido da crisálida porque um homem tomado pela dor havia transferido a lata para o seu quarto aquecido, e o calor penetrara seu rijo envelope de folha e seda; tinha esperado tanto tempo por aquele momento, reunira sua força com tamanho empenho, e agora, tendo emergido, estava aos poucos e miraculosamente se expandindo. Gradualmente os tecidos enrugados, as bordas veludosas, se desdobraram; o leque de veias pregueadas ficou mais firme ao se encher de ar. Imperceptivelmente, transformou-se numa coisa alada, assim como um rosto que imperceptivelmente amadurece e se torna belo. E suas asas, ainda frágeis, ainda úmidas, continuavam crescendo e se desdobrando, e então atingiram o limite que Deus estabelecera para elas, e ali, na parede, em vez de um pequeno grumo de vida, em vez de um camundongo escuro, estava uma grande mariposa *Attacus*, igual àquelas que voam como pássaros em torno das luzes no entardecer indiano.

E então aquelas grossas asas negras, com uma brilhante mancha-olho em cada uma e um vigor arroxeado empoando as pontas em gancho, deu um profundo suspiro sob o impulso de uma terna, arrebatadora, quase humana felicidade.

Uma carta que nunca chegou à Rússia

Minha encantadora, querida, distante, suponho que você não deverá ter esquecido nada nos mais de oito anos de nossa separação, se consegue se lembrar até mesmo do vigia grisalho, de uniforme azul, que não nos incomodou nem um pouco quando nos encontramos, fugindo da escola, numa gelada manhã de Petersburgo, no museu Suvorov, tão empoeirado, tão pequeno, tão parecido com uma glorificada caixa de rapé. Com que ardor nos beijamos por trás de um granadeiro de cera! E depois, quando saímos daquela poeira antiga, como ficamos ofuscados pelo brilho prateado do parque Tavricheski e como foi estranho ouvir os alegres, ávidos, profundos gemidos dos soldados que atacavam sob comando, serpenteando pelo chão gelado, enfiando baionetas nos bonecos com barrigas de palha e capacetes alemães no meio de uma rua de Petersburgo.

Sim, eu sei que tinha jurado, em minha carta anterior a você, não mencionar o passado, principalmente as banalidades de nosso passado comum, uma vez que nós, autores no exílio, deveríamos possuir uma elevada pudicícia de expressão e, no entanto, aqui estou, desde as primeiras linhas, desprezando esse direito à sublime imperfeição e ensurdecendo com epítetos a recordação que você tocou com tamanha leveza e graça. Não é do passado, meu amor, que quero falar com você.

É noite. À noite a gente percebe com especial intensidade a imobilidade dos objetos: a lâmpada, a mobília, as fotografias emolduradas em nossa própria mesa. De quando em quando, a água gorgoleja em seus canos escondidos como se fossem soluços subindo pela garganta da casa. À noite, saio para um passeio. Reflexos das luzes dos postes escorrem pelo asfalto molhado de Berlim, cuja superfície parece uma película de graxa negra com poças aninhadas em suas rugas. Aqui e ali uma luz vermelho-granada refulge sobre uma caixa de alarme de incêndio. Há uma coluna de vidro, cheia de líquida luz amarela no ponto de bonde, e, por alguma razão, sinto uma feliz melancolia quando, tarde da noite, as rodas guinchando numa curva, um bonde passa, vazio. Através de suas janelas pode-se ver claramente as fileiras de assentos muito iluminados entre os quais caminha um solitário cobrador com uma pochete preta na cintura, oscilando um pouco e parecendo assim um pouco tenso, ao se deslocar na direção contrária à do avanço do vagão.

Quando ando a esmo por alguma rua silenciosa e escura, gosto de ouvir um homem voltando para casa. O próprio homem é invisível no escuro e nunca se sabe antes qual porta voltará à vida para receber uma chave com crepitante condescendência, abrindo-se, fazendo uma pausa, retida pelo contrapeso, e batendo; a chave crepita de novo dentro dela e, nas profundezas além da vidraça da porta, uma tênue luminosidade perdurará por um minuto maravilhoso.

Um carro passa rodando por colunas de luz molhada. É preto, com uma faixa amarela abaixo das janelas. Trombeteia rudemente no ouvido da noite, e sua sombra passa debaixo dos meus pés. A rua agora está totalmente deserta; a não ser por um velho cão dinamarquês cujas patas raspam a calçada quando, relutante, ele leva para passear uma moça desatenta, linda, sem chapéu, com guarda-chuva aberto. Quando ela passa debaixo da lâmpada avermelhada (à sua esquerda, acima do alarme de incêndio), um único segmento preto de seu guarda-chuva se avermelha, úmido.

E além da curva, acima da calçada — que inesperado! —, a fachada de um cinema tremula em brilhos. Lá dentro, na tela retangular, pálida como a lua, pode-se assistir mímicos treinados com mais ou menos habilidade: o rosto grande de uma moça com olhos cinzentos, cintilantes, e lábios negros riscados na vertical por fendas brilhantes aproxima-se da tela, vai crescendo enquanto olha para a sala escura e uma maravilhosa, longa, lágrima brilhante escorre por uma face. E de vez em quando (um momento celestial!) aparece a vida real, sem saber que está sendo filmada: uma multidão qualquer, águas brilhantes, uma árvore silenciosa, mas visivelmente farfalhante.

Mais longe, na esquina de uma praça, uma atarracada prostituta com casaco de pele negra caminha devagar de um lado para outro, parando de vez em quando na frente de uma vitrine duramente iluminada, onde uma mulher de cera com o rosto maquiado exibe para os passantes da noite seu vestido escorrido cor de esmeralda e a seda brilhante das meias cor de pêssego. Gosto de observar essa plácida prostituta de meia-idade quando é abordada por um homem bigodudo de meia-idade, que de manhã chegou de Papenburg a negócios (ele primeiro passa por ela e olha duas vezes para trás). Ela o conduz depressa a um quarto num prédio próximo que, durante o dia, não tem nada de diferente dos outros prédios, igualmente comuns. Um velho porteiro polido e impaciente mantém vigília da noite inteira no saguão sem iluminação. No alto de uma escada íngreme, uma velha igualmente impassível destranca com sábio desinteresse um quarto desocupado e recebe o pagamento.

E você sabe com que maravilhoso matraquear o trem muito iluminado, com todas as janelas se rindo, passa pelo pontilhão acima da rua! Ele provavelmente vai mais longe que os subúrbios, mas naquele instante a escuridão debaixo do negrume da ponte se enche com uma música metálica tão poderosa que não consigo imaginar as terras ensolaradas para as quais devo partir assim que conseguir aquelas centenas de marcos extras que tão suavemente, tão despreocupadamente, eu desejo.

Estou tão despreocupado que às vezes até me divirto olhando as pessoas dançarem no café local. Muitos exilados, colegas meus, denunciam indignados (e nessa indignação há uma pitada de prazer) as abominações modernas, inclusive as danças de hoje. Mas a moda é uma criação da mediocridade do homem, um certo nível da vida, a vulgaridade da igualdade, e denunciá-la significa admitir que a mediocridade pode criar alguma coisa (seja uma forma de governo ou um novo estilo de cabelo) que valha a pena questionar. E é claro que essas nossas danças ditas modernas não são de fato nada modernas: a onda vem desde os dias do diretório, pois naquela época como hoje as mulheres usavam os vestidos colados à pele, e os músicos eram negros. A moda respira através dos séculos: a crinolina abobadada de meados de 1800 era uma total inalação do alento da moda, seguida de uma exalação: saias estreitas, dança colada. Nossas danças, afinal, são muito naturais e bem inocentes, e, às vezes — nos salões de Londres —, perfeitamente graciosas em sua monotonia. Nós todos lembramos o que Puchkin escreveu sobre a valsa: "Monótona e louca." É tudo a mesma coisa. Quanto à deterioração da moral... Veja o que encontrei nas memórias de D'Agricourt: "Não conheço nada mais depravado do que o minueto, que eles acham adequado para se dançar em nossas cidades."

E no entanto eu gosto de olhar, nos *cafés dansants* daqui, "pares e mais pares saltitarem", para citar Puchkin outra vez. Olhos divertidamente maquiados cintilam com simples alegria humana. Pernas de calças pretas e pernas de meias transparentes se tocam. Pés viram para cá e para lá. E enquanto isso, do lado de fora, espera a minha fiel, minha solitária noite com suas úmidas reflexões, carros buzinando e rajadas de vento forte.

Numa noite desse tipo, no velho cemitério ortodoxo russo fora da cidade, uma velha de setenta anos cometeu suicídio no túmulo do marido recém-falecido. Por acaso fui até lá na manhã seguinte e o vigia, um veterano severamente mutilado na campanha Denikin, usando muletas que rangiam a cada movimento de seu corpo, me mostrou a cruz branca em que ela se enforcara, e os fiapos amarelos ainda presos onde a corda ("novinha", ele disse, baixo) tinha roçado. Mais misterioso e encantador, porém, eram as marcas em forma de meia-lua deixadas por seus calcanhares, minúsculas, como de uma criança, na base da cruz. "Ela marcou um pouco o chão, coitada, mas, fora isso, nenhuma desordem", observou calmamente o vigia, e, olhando aqueles fiapos amarelos e aquelas pequenas depressões, eu de repente me dei conta de que se pode distinguir um sorriso ingênuo mesmo na morte. É possível, minha cara, que a razão principal de eu escrever esta carta seja contar a você sobre esse fim fácil, delicado. Assim a noite de Berlim se encerra.

Escute: estou idealmente feliz. Minha felicidade é uma espécie de desafio. Quando ando a esmo pelas ruas e praças, e pelos caminhos junto ao canal, sentindo, distraído, os lábios da umidade através da solas gastas dos meus sapatos, conduzo com orgulho minha inefável felicidade. Os séculos rolarão, os colegiais bocejarão sobre a história das nossas sublevações; tudo passará, mas minha felicidade, querida, minha felicidade permanecerá, no úmido reflexo da luz de um poste, na curva cautelosa de degraus de pedra que descem para as águas negras do canal, nos sorrisos de um casal que dança, em tudo com que Deus tão generosamente cerca a solidão humana.

A briga

De manhã, se o sol estava convidativo, eu saía de Berlim para ir nadar. No fim da linha do bonde, num banco verde, ficam sentados os motorneiros, sujeitos fortes com enormes botas de bico redondo, descansando, saboreando seu tabaco, de quando em quando esfregando as mãos maciças com cheiro de metal e observando um homem de avental de couro molhado a regar as roseiras amarelas desabrochando ao longo dos trilhos próximos; a água esguichava num leque flexível da mangueira brilhante, voando ora ao sol, ora num arco uniforme sobre os arbustos palpitantes. Com a toalha enrolada firmemente embaixo do braço, eu passava por eles, seguindo depressa para a borda da floresta. Ali, os troncos esguios de pinheiros crescendo juntinhos, ásperos e marrons na parte de baixo, cor de carne mais acima, pintalgavam-se de fragmentos de sombras, e a grama fraca debaixo era cheia de retalhos de jornal e retalhos de sol que pareciam se suplementar. De repente, o céu rasgava alegremente as árvores e eu descia pelas ondas de areia prateada até o lago, onde vozes de banhistas ressoavam e sumiam, e vislumbravam-se cabeças escuras surgindo na superfície lisa e luminosa. Em toda a margem inclinada jaziam, de costas ou de bruços, corpos em todas as tonalidades possíveis de bronzeado; alguns ainda tinham uma faixa vermelha nas escápulas, outros brilhavam como cobre ou eram da cor de café forte com creme. Eu tirava a camisa e imediatamente o sol tomava conta de mim com sua cega ternura.

E toda manhã, pontualmente às nove horas, o mesmo homem aparecia ao meu lado. Era um alemão velho, com as pernas em arco, com calça e paletó de corte semimilitar, com uma grande cabeça calva que o sol alisara em um brilho vermelho. Ele trazia um guarda-chuva cor de corvo velho e uma trouxa bem amarrada, que imediatamente se dividia em um cobertor cinza, uma toalha de praia e uma pilha de jornais. Estendia cuidadosamente o cobertor na areia e, despindo-se até ficar com o calção de banho que usava providencialmente debaixo da calça, acomodava-se o mais confortavelmente possível no cobertor, ajustava o guarda-chuva sobre a cabeça, de forma que apenas seu rosto ficasse na sombra, e passava a trabalhar com os jornais. Eu o observava com o canto dos olhos, notando os pelos escuros, lanosos, que pareciam penteados, em suas pernas arqueadas, e a barriga saliente com o umbigo profundo voltado para o céu como um olho, e me divertia tentando adivinhar quem poderia ser esse piedoso adorador do sol.

Passávamos horas deitados na areia. Nuvens de verão deslizavam numa caravana flutuante — nuvens em forma de camelos, nuvens em forma de tendas. O sol tentava escorregar entre elas, mas elas passavam por cima dele com suas bordas ofuscantes; o ar ficava escuro, mas o sol amadurecia de novo, só que a margem oposta é que se iluminava primeiro, nós ficávamos na sombra uniforme, sem cor, enquanto lá a luz quente já havia se espalhado. As sombras dos pinheiros reviviam na areia; pequenas figuras nuas se abriam, modeladas pelo sol; e, de repente, como um enorme e alegre óculo, irradiavam-se para engolfar também o nosso lado. Então eu me levantava, e a areia cinzenta queimava suavemente as solas de meus pés enquanto corria para a água, que eu rasgava ruidosamente com o corpo. Que gostoso era depois secar ao sol quente e sentir seus lábios furtivos beberem as pérolas frescas que restavam no corpo!

Meu alemão fecha o guarda-chuva e, com as panturrilhas tortas tremendo cautelosas, desce por sua vez à água, onde primeiro molha a cabeça, como fazem banhistas mais velhos, depois começa a nadar com gestos impetuosos. Um vendedor de caramelos passa ao longo da margem, anunciando seus produtos. Dois outros, com calções de banho, passam depressa com um balde de pepinos, e meus vizinhos ao sol, sujeitos um tanto rústicos, com belos corpos, pegam os breves pregões dos vendedores em artística imitação. Uma criança nua, toda preta por causa da areia úmida grudada em seu corpo, passa gingando por mim, e seu biquinho balança de um jeito engraçado entre as perninhas gordas, desajeitadas. A mãe está sentada perto, uma mulher jovem, bonita, semidespida; está penteando o cabelo comprido e escuro, segurando os grampos entre os dentes. Mais adiante, na borda mesmo da floresta, jovens bronzeados jogam uma dura partida de *catch*, atirando a bola de futebol com uma das mãos num movimento que revive o gesto imortal do Discóbolo; e agora uma brisa põe os pinheiros a ferver com um farfalhar ático, e eu sonho que nosso mundo inteiro, igual àquela bola grande, firme, voou num arco assombroso de volta para as mãos de um deus pagão nu. Enquanto isso um avião, com uma exclamação eólica, paira acima dos pinheiros, e um dos atletas escuros interrompe o jogo para olhar o céu onde duas asas azuis correm para o sol com um arrebatado zumbido dedálico.

    Sinto vontade de dizer tudo isso a meu vizinho quando, respirando pesadamente e expondo os dentes irregulares, ele sai da água e se deita de novo na areia, e é apenas a minha carência de palavras alemãs que o impede de me entender. Ele não me entende, mas assim mesmo responde com um sorriso que envolve todo seu ser, o ponto brilhante e careca na cabeça, a noite negra do bigode, a alegre barriga carnosa com uma trilha peluda descendo pelo centro.

Sua profissão me foi revelada, um dia, por mero acaso. Uma vez, ao entardecer, quando o ronco dos carros fica abafado e os montes de laranjas das barracas de ambulantes adquirem um brilho sulino no ar azul, eu estava passeando por um bairro distante e entrei numa taverna para matar a sede do entardecer, tão familiar aos vagabundos urbanos. Meu alegre alemão estava atrás do balcão brilhante, fazendo cair um grosso jorro amarelo da torneira, ajeitando a espuma com uma pequena espátula de madeira e deixando que transbordasse generosamente pela borda. Um maciço e volumoso carroceiro com um monstruoso bigode cinzento estava encostado ao balcão, observando a torneira e ouvindo a cerveja que chiava como urina de cavalo. O anfitrião ergueu os olhos, sorriu um sorriso amigável, serviu uma cerveja para mim também e atirou minha moeda na gaveta com um tilintar. Ao lado dele, uma moça de vestido xadrez, cabelo loiro, cotovelos pontudos e rosados, estava lavando copos e os secando agilmente com um pano rangente. Nessa mesma noite, descobri que ela era sua filha, que seu nome era Emma e que o sobrenome dele era Krause. Sentei num canto e comecei a tomar sem pressa a cerveja leve, de cabeleira branca, com seu ligeiro saibo metálico. A taverna era do tipo comum: alguns cartazes anunciando bebidas, alguns chifres de veado e um teto baixo, escuro, com festões de bandeirolas de papel, restos de alguma festa. Atrás do balcão, garrafas brilhavam nas prateleiras e mais acima um antiquado relógio de cuco em forma de cabana tiquetaqueava. Uma estufa de ferro fundido arrastava sua chaminé anular pela parede, depois a dobrava para dentro do emaranhado de bandeiras acima. O branco sujo do papelão dos descansos de canecas de cerveja se sobressaía nas mesas grossas e nuas. Numa das mesas, um homem sonolento, com apetitosas dobras de gordura na nuca, e um sujeito carrancudo de dentes brancos — linotipista ou eletricista, a julgar pela aparência — estavam jogando dados. Estava tudo calmo e tranquilo. Sem pressa, o relógio quebrava secamente pequenas seções de tempo. Emma tilintava os copos e ficava olhando para o canto onde, num espelho estreito cortado pelo letreiro dourado de um anúncio, refletia-se o perfil duro do eletricista e sua mão segurando o copo cônico e preto dos dados.

Na manhã seguinte, passei de novo pelos motorneiros fortes, pelo leque de água que momentaneamente pairou num glorioso arco-íris e me vi de novo na praia ensolarada, onde Krause já estava reclinado. Ele pôs a cara suada para fora do guarda-chuva e começou a falar: sobre a água, sobre o calor. Eu me deitei, apertando os olhos para me proteger do sol, e quando os reabri estava tudo azul-claro à minha volta. De repente, do meio dos pinheiros da estrada pintalgada de sol à beira do lago, veio um pequeno furgão, seguido por um policial de bicicleta. Dentro do furgão, ganindo desesperadamente, um cachorrinho recém-capturado se debatia. Krause se levantou e gritou no pico da voz: "Cuidado! A carrocinha!" Imediatamente alguém pegou o grito, que foi passando de garganta em garganta, contornando o lago circular, ultrapassando a carrocinha, e os donos de cães, alertados, correram para seus animais, colocaram apressadamente as focinheiras e prenderam as guias. Krause ouviu com prazer as repetições ressoarem, recuando, e disse, com uma piscada bem-humorada: "Pronto. Esse é o último que ele pega."

Comecei a ir bastante à taverna dele. Gostei muito de Emma: seus cotovelos nus, o rosto de pássaro, os olhos ternos, sem graça. Mas o que eu mais gostava era o jeito como ela olhava seu amante, o eletricista, quando, indolente, ele se encostava ao bar. Eu o via de lado: uma ruga dura, malévola, do lado da boca, os olhos brilhantes, lupinos, os pelos azuis da face encovada, há muito sem barbear. Ela olhava para ele com tamanha apreensão e tamanho amor quando ele falava com ela atravessando-a com o olhar fixo, e balançava tão confiante, com os lábios pálidos semiabertos, que eu, em meu canto, tinha uma adorável sensação de alegria e bem-estar, como se Deus tivesse me confirmado a imortalidade da alma ou um gênio tivesse elogiado meus livros. Guardei também na lembrança a mão do eletricista, úmida de espuma de cerveja; o polegar daquela mão agarrada à caneca; a imensa unha negra com uma rachadura no meio.

A última vez que estive lá, a noite, pelo que me lembro, estava abafada e cheia de promessas de uma tempestade elétrica. Então o vento começou a soprar violentamente e as pessoas na praça correram para a escada do metrô; no escuro cinzento de fora, o vento atacava suas roupas como na pintura *A destruição de Pompeia*. O anfitrião sentia calor na pequena taverna penumbrosa; tinha desabotoado o colarinho e estava comendo melancolicamente seu jantar em companhia de dois balconistas. Estava ficando tarde e a chuva zunia contra as vidraças quando o eletricista chegou. Ele estava encharcado e com frio, e resmungou alguma coisa amuado quando viu que Emma não estava no bar. Krause ficou quieto, mastigando uma salsicha cinza-pedregulho.

Senti que alguma coisa extraordinária estava para acontecer. Tinha bebido bastante e minha alma — meu ávido ser interior de olhar agudo — desejava um espetáculo. Tudo começou com muita simplicidade. O eletricista foi até o balcão, casualmente serviu um copo de conhaque de uma garrafa bojuda, engoliu, enxugou a boca com o pulso, deu um tapa no boné e foi para a porta. Krause cruzou o garfo e a faca no prato e disse, em voz alta: "Espere! São vinte *pfennige*!

O eletricista, com a mão já na maçaneta, olhou para trás. "Achei que eu estava em minha casa aqui."

"Não pretende pagar?", Krause perguntou.

Emma apareceu de repente embaixo do relógio nos fundos do bar, olhou para o pai, depois para o amante, e se imobilizou.

Acima dela, o cuco espiou para fora de sua casinha e se escondeu outra vez.

"Me deixe em paz", o eletricista disse devagar e saiu.

Diante disso, com incrível agilidade, Krause correu atrás dele, abriu a porta de um golpe.

Tomei o resto de minha cerveja e corri para fora, sentindo uma rajada de vento úmido correr agradavelmente por meu rosto.

Os dois estavam parados frente a frente na calçada negra, lustrosa de chuva, ambos gritando. Eu não conseguia captar todas as palavras do crescendo dessa trovejante altercação, mas uma palavra era distinta e continuamente repetida: *vinte, vinte, vinte*. Várias pessoas já tinham parado para dar uma olhada na briga, eu próprio tomado por ela, pelo reflexo da luz do poste nos rostos distorcidos, pelo tendão contraído do pescoço nu de Krause; por alguma razão, aquilo me lembrou de um esplêndido corpo a corpo que tive uma vez numa espelunca de porto com um italiano muito moreno, durante o qual minha mão foi parar dentro da boca dele e eu tentara ferozmente apertar, rasgar, a pele úmida do interior de suas bochechas.

O eletricista e Krause gritavam cada vez mais alto. Passando por mim, Emma deslizou e parou, sem ousar aproximar-se, apenas gritando, desesperada: "Otto! Pai! Otto! Pai!" E a cada grito uma onda de risadas contidas, expectantes, percorria a pequena multidão.

Os dois homens passaram com vontade ao combate mano a mano, com um surdo bater de punhos. O eletricista batia em silêncio, enquanto Krause emitia um breve grunhido a cada golpe. As costas magras de Otto se curvaram; um pouco de sangue escuro começou a escorrer de uma narina. De repente, ele tentou segurar a mão pesada que batia em seu rosto, mas, não conseguindo, desequilibrou-se e caiu de cara na calçada. As pessoas correram para ele, encobrindo-o ao meu olhar.

Lembrei que tinha deixado o chapéu na mesa e voltei para a taverna. Lá dentro, tudo parecia estranhamente claro e quieto. Emma sentada numa mesa de canto com a cabeça apoiada no braço estendido. Fui até ela e alisei seu cabelo. Ela levantou o rosto molhado de lágrimas, depois baixou a cabeça outra vez. Beijei cautelosamente o repartido de seu cabelo cheirando a cozinha, peguei meu chapéu e saí.

Na rua, a multidão ainda estava reunida. Krause, respirando pesadamente, como fazia ao sair do lago, estava explicando alguma coisa a um policial.

Eu não sei nem quero saber quem estava errado e quem estava certo nesse caso. A história poderia ganhar um outro aspecto, e mostrar com compaixão como a felicidade de uma moça havia sido sacrificada por uma moeda de cobre, como Emma passara a noite inteira chorando, e como, depois de adormecer quase de manhã, ela viu de novo, em sonhos, o rosto frenético do pai a esmurrar seu amante. Ou talvez o que importe não seja a dor ou a alegria humanas, mas o jogo de sombra e luz num corpo vivo, a harmonia de ninharias reunidas nesse dia em especial, nesse momento em particular, de um jeito único e inimitável.

A volta de Chorb

Os Keller saíram da ópera bem tarde. Naquela pacífica cidade alemã, onde o próprio ar parecia um pouco sem brilho e onde uma série transversal de ondulações sombreava suavemente a catedral refletida havia bem mais de sete séculos, Wagner era um divertimento apresentado com gosto, a fim de saturar a pessoa com música. Depois da ópera, Keller levou sua esposa a um elegante clube noturno, famoso por seu vinho branco. Passava da uma da manhã quando seu carro, petulantemente iluminado por dentro, passou depressa pelas ruas sem vida para depositá-los no postigo de ferro de sua pequena mas digna moradia. Keller, um atarracado velho alemão, muito parecido com Oom Paul Kruger, foi o primeiro a pisar na calçada, do outro lado da qual as sombras em arco das folhas moviam-se na luminosidade cinzenta do poste de luz. Por um instante, seu peitilho engomado e os pingentes de canutilhos que enfeitavam o vestido de sua mulher captaram a luz quando ela liberou uma perna grossa e desceu do carro por sua vez. A criada foi ao encontro deles no vestíbulo e, ainda tomada pelo peso da notícia, contou num sussurro a breve visita de Chorb. O rosto redondo de *Frau* Keller, cujo eterno frescor parecia de alguma forma combinar com seus ancestrais comerciantes russos, estremeceu e ficou vermelho, agitado.

"Ele disse se ela estava doente?"

A criada sussurrou ainda mais depressa. Keller alisou a cabeleira grisalha com a mão espalmada, e uma carranca de velho pesou sobre seu rosto grande, um tanto simiesco, com o lábio superior comprido e rugas profundas.

"Eu simplesmente me recuso a esperar até amanhã", murmurou *Frau* Keller, sacudindo a cabeça, girando pesadamente no mesmo lugar ao tentar pegar a ponta do véu que cobria a peruca acaju. "Vamos imediatamente para lá. Ah, nossa, ah, nossa! Não é de admirar que não tenha vindo nenhuma carta há quase um mês."

Keller abriu a cartola com um soco e disse em seu russo preciso, ligeiramente gutural: "Esse homem é louco. Como ele ousa, se ela está doente, levá-la uma segunda vez àquele horrendo hotel?"

Mas eles estavam enganados, claro, em pensar que a filha deles estava doente. Chorb dissera isso à criada apenas porque era mais fácil. Na realidade, ele tinha voltado sozinho do exterior e só agora se dera conta de que, gostando ou não, ia ter de explicar como sua esposa havia morrido e por que ele não tinha escrito nada a respeito aos seus sogros. Era tudo muito difícil. Como ele explicaria que queria guardar sua dor toda só para si, sem manchá-la com nenhuma substância estranha e sem reparti-la com nenhuma outra alma? A morte dela lhe parecera a ocorrência mais estranha, quase inaudita; parecia-lhe que nada poderia ser mais puro que aquela morte, causada pelo impacto de uma corrente elétrica, a mesma corrente que, quando despejada em receptáculos de vidro, produz a mais pura e brilhante luz.

Desde aquele dia de primavera em que, na estrada branca a uns dez quilômetros de Nice, ela tocara, rindo, o fio vivo de um poste derrubado por uma tempestade, todo o mundo de Chorb deixara de soar como um mundo: ele partira imediatamente, e mesmo o corpo morto que carregara nos braços até a aldeia mais próxima lhe parecera algo alheio e inútil.

Em Nice, onde ela teve de ser enterrada, o desagradável clérigo tuberculoso o pressionara em vão por detalhes: Chorb reagira apenas com um lânguido sorriso. Ficara sentado o dia inteiro na praia de cascalho, recolhendo as pedrinhas coloridas e deixando que caíssem de uma mão para outra; e então, de repente, sem esperar o funeral, voltara para a Alemanha.

Passou em sentido contrário por todos os pontos que tinham visitado juntos durante a viagem de lua de mel. Na Suíça, onde passaram o inverno e onde as macieiras estavam agora em sua última floração, ele não reconheceu nada, a não ser os hotéis. Quanto à Floresta Negra, que tinham atravessado a pé no outono precedente, o frio da primavera não impedia a lembrança. E assim como havia tentado, na praia do sul, reencontrar aquele seixo redondo preto único, com a pequena faixa branca regular, que ela lhe mostrara em seu último passeio, ele agora fazia o possível para procurar todos os pontos da estrada que haviam retido as exclamações dela: o contorno especial de um rochedo, uma cabana cujo telhado era uma camada da escama cinza-prata, um pinheiro negro, uma ponte sobre uma torrente branca, e algo que alguém podia tender a ver como uma espécie de fatídica premonição: os raios de uma teia de aranha entre dois postos de telégrafo que tinham contas de orvalho. Ela o acompanhava: suas pequenas botas pisavam rápidas, e as mãos nunca paravam de se mover, mover — para pegar uma folha de um ramo ou acariciar uma parede rochosa ao passar —, mãos leves, risonhas, que não sabiam parar. Ele viu seu rosto pequeno com as densas sardas escuras e os olhos grandes, cuja tonalidade esverdeada e pálida era a dos cacos de vidro polidos pelas ondas do mar. Ele pensara que, se conseguisse juntar todas as pequenas coisas que tinham notado juntos, se recriasse assim o passado próximo, a imagem dela se tornaria imortal e a substituiria para sempre. A noite, porém, era insuportável. A noite imbuía com um súbito terror a sua presença irracional. Ele mal dormiu durante as três semanas de sua caminhada e agora descia, muito embriagado de fadiga, na estação ferroviária, que no outono passado havia sido o seu ponto de partida para a cidade tranquila onde ele a conhecera e desposara.

Era por volta de oito da noite. Além das casas, a torre da catedral se desenhava negra e nítida contra a faixa vermelho-dourada do pôr do sol. Na praça da estação enfileiravam-se os mesmos fiacres decrépitos. O idêntico vendedor de jornal emitia seu crepuscular grito vazio. O mesmo poodle preto com olhos apáticos estava no ato de levantar a pata traseira junto a uma coluna publicitária Morris, bem em cima das letras escarlates de um cartaz anunciando *Parsifal*.

A bagagem de Chorb consistia em uma mala e um grande baú castanho. O fiacre o conduziu pela cidade. O cocheiro ficava estalando indolentemente as rédeas, enquanto equilibrava o baú com a outra mão. Chorb lembrou que ela, cujo nome ele nunca dizia, gostava de andar de táxi.

Numa alameda na esquina da ópera municipal havia um velho hotel de três andares, de tipo duvidoso, com quartos que eram alugados por semana ou por hora. A tinta preta havia descascado em padrões geográficos; cortinas de renda rasgada nas janelas baças; a inconspícua porta de entrada nunca trancada. Um lacaio pálido, mas animado, conduziu Chorb por um corredor torto que fedia a umidade e repolho cozido até um quarto que Chorb reconheceu, pelo quadro de uma *baigneuse* rosada numa moldura dourada sobre a cama, como o mesmo em que ele e sua mulher tinham passado sua primeira noite juntos. Tudo a divertia então: o homem gordo em mangas de camisa que estava vomitando bem no corredor, e o fato de terem escolhido ao acaso um hotel tão vagabundo, e a presença de um lindo fio de cabelo loiro na pia; mas o que mais lhe fazia graça era a maneira como haviam escapado da casa dela. Imediatamente ao voltarem da igreja, ela havia subido a seu quarto para se trocar, enquanto no andar de baixo os convidados chegavam para o jantar. O pai dela, com uma casaca de pano grosso, um sorriso frouxo no rosto simiesco, dava tapas nas costas deste ou daquele homem e servia ele mesmo cálices de conhaque. A mãe dela, enquanto isso, conduzia as amigas mais chegadas, duas a duas, a inspecionar o quarto destinado ao jovem casal: com terna emoção, ela sussurrava, apontava o colossal edredom, as flores de laranjeira, os dois pares de chinelos novinhos — um grande e xadrez, o outro pequenino, vermelho, com pompons —, lado a lado sobre o tapete da cama, com uma inscrição por cima que dizia: JUNTOS ATÉ O TÚMULO. Então, todos passaram aos *hors-d'oeuvres*, e Chorb e a esposa, depois da mais breve consulta, fugiram pela porta dos fundos e só na manhã seguinte, meia hora antes de o trem expresso partir, reapareceram para pegar sua bagagem. *Frau* Keller tinha chorado a noite inteira; o marido, que sempre vira Chorb com suspeita (emigrado russo empobrecido e literato), agora amaldiçoava a escolha da filha, o preço das bebidas, a polícia local que não conseguia fazer nada. E várias vezes, depois que os Chorb foram embora, o velho foi espiar o hotel na alameda atrás da ópera, e desde então aquela casa negra, cega, passou a ser um objeto de repulsa e atração para ele, como a lembrança de um crime.

  Enquanto traziam o baú, Chorb ficou olhando a reprodução cor-de-rosa. Quando a porta se fechou, ele curvou-se sobre o baú e destrancou a tampa. Num canto do quarto, debaixo de uma faixa solta do papel de parede, um camundongo fez um ruído de raspar e saiu correndo como um brinquedo de rodinhas. Chorb girou, assustado. A lâmpada que pendia do teto por um fio balançou ligeiramente, e a sombra do fio deslizou pelo sofá verde e desapareceu na borda. Naquele sofá ele tinha dormido em sua noite de núpcias. Dali a escutava, na cama normal, respirando com o ritmo regular de uma criança. Nessa noite, ele a beijara uma vez, na curva do pescoço, e isso foi todo o amor que fizeram.

O camundongo estava ocupado outra vez. Existem pequenos ruídos que são mais assustadores do que disparos. Chorb largou o baú e andou pelo quarto algumas vezes. Uma mariposa bateu na lâmpada com um ping. Chorb abriu a porta com força e saiu.

Enquanto descia, se deu conta do quanto estava desgastado, e quando se viu na alameda o azul borrado da noite de maio o deixou tonto. Ao virar no bulevar, andou mais depressa. Uma praça. Um *Herzog* de pedra. As massas negras do Parque da Cidade. As nogueiras agora estavam floridas. *Naquela época,* tinha sido outono. Ele saíra para um longo passeio com ela na noite do casamento. Como era gostoso o cheiro terroso, úmido, com um toque violáceo, das folhas mortas espalhadas pela calçada! Naqueles encantadores dias encobertos, o céu era de um branco-pardo, e uma poça a refletir os galhos no meio do pavimento negro parecia uma foto insuficientemente revelada. As mansões de pedra cinzenta eram separadas pela folhagem suave e imóvel das árvores amareladas, e em frente à casa dos Keller as folhas de um álamo agonizante tinham adquirido a tonalidade de uvas transparentes. Viam-se também umas bétulas atrás das barras do portão; heras abafavam solidamente alguns de seus troncos, e Chorb fez questão de contar a ela que a hera não crescia nunca nas bétulas da Rússia, e ela observou que os tons acastanhados de suas folhas minúsculas a lembravam de suaves manchas de ferrugem num lençol passado a ferro. Carvalhos e nogueiras ladeavam as calçadas; as cascas negras aveludadas por um apodrecimento esverdeado. De quando em quando uma folha se soltava e voava transversalmente na rua, como um pedaço de papel de embrulho. Ela tentava pegá-la em voo com uma pá de criança encontrada perto de uma pilha de tijolos rosados, num ponto em que a rua estava em conserto. Um pouco adiante, o escapamento de um furgão de trabalhadores emitia fumaça cinza-azulada que subia inclinada e se dissolvia entre os galhos — e um operário em repouso, uma mão no quadril, contemplava a jovem dama, leve como uma folha morta, dançando com aquela pazinha na mão levantada. Ela escorregou, ela riu. Chorb, arqueando um pouco as costas, seguiu atrás dela — e lhe pareceu que a felicidade em si tinha aquele cheiro, o cheiro de folhas mortas.

No momento, ele mal reconhecia a rua, tomada como estava pela opulência noturna das castanheiras. A luz de um poste cintilava à frente; sobre o vidro, um ramo se debruçara e diversas folhas de sua extremidade, saturadas de luz, eram quase translúcidas. Ele chegou mais perto. A sombra do postigo, a trama toda distorcida, subiu da calçada para ele se emaranhando em seus pés. Além do portão, e além do caminho escuro de cascalho, erguia-se a fachada da casa familiar, escura, exceto pela luz de uma janela aberta. Dentro daquele abismo âmbar, uma criada estava no ato de estender, com um amplo movimento de braços, um lençol branco como neve sobre uma cama. Com voz alta e seca, Chorb chamou por ela. Com uma mão ele agarrava o postigo, e o toque orvalhado do ferro contra sua palma era a mais nítida das lembranças.

A criada já estava correndo para ele. Conforme diria a *Frau* Keller mais tarde, o que primeiro chamou sua atenção foi Chorb ficar parado silenciosamente na calçada, embora ela tivesse aberto imediatamente o portãozinho. "Ele estava sem chapéu", ela relatou, "e a luz da rua batia diretamente na testa dele, e a testa estava toda suada, o cabelo grudado de suor. Falei para ele que o patrão e a patroa estavam no teatro. Perguntei por que ele estava sozinho. Os olhos dele estavam brilhando, me pareceram apavorados, e parecia que ele não fazia a barba havia um bom tempo. Ele disse baixinho: 'Diga para eles que ela está doente.' Eu perguntei: 'Onde o senhor está hospedado?' Ele falou: 'No mesmo lugar de sempre.' E depois acrescentou: 'Isso não importa. Volto amanhã de manhã.' Eu sugeri que ele esperasse, mas ele não respondeu e foi embora".

Assim, Chorb viajou de volta à própria fonte de suas lembranças, um teste doloroso e ao mesmo tempo pleno que agora chegava ao fim. Tudo o que faltava era uma única noite a ser passada naquele primeiro quarto de seu casamento, e amanhã o teste estaria aprovado e a imagem dela, perfeita.

Mas enquanto se arrastava para o hotel, subindo o bulevar, no qual havia figuras nebulosas sentadas em todos os bancos da escuridão azul, Chorb de repente entendeu que, apesar da exaustão, ele não conseguiria dormir sozinho naquele quarto com sua lâmpada nua e fendas sussurrantes. Chegou à praça e seguiu penosamente a avenida principal da cidade — agora sabia o que precisava ser feito. Sua busca, porém, durou muito tempo: aquela era uma cidade sossegada e casta, e a viela secreta onde se podia comprar amor era desconhecida para Chorb. Só depois de uma hora de desamparada caminhada, que fez seus ouvidos zunirem e seus pés queimarem, foi que entrou naquela pequena alameda, na qual abordou de imediato a primeira moça que se dirigiu a ele.

"A noite", Chorb disse, mal separando os dentes.

A moça inclinou a cabeça, balançou a bolsa e replicou: "Vinte e cinco."

Ele assentiu com a cabeça. Só muito depois, ao olhar casualmente para ela, Chorb notou com indiferença que era até bonita, embora consideravelmente abatida, e que o cabelo curto era louro.

Ela já estivera naquele hotel muitas vezes antes, com outros clientes, e o lacaio pálido de nariz pontudo, que tropeçava enquanto subiam, deu-lhe uma piscada amiga. Enquanto Chorb e ela seguiam pelo corredor, ouviram, atrás de uma das portas, uma cama rangendo, ritmadamente, pesadamente, como se um tronco estivesse sendo serrado em dois. Poucas portas adiante, o mesmo rangido monótono vinha de outro quarto, e quando passaram adiante a moça olhou para trás, para Chorb, com uma expressão de fria brincadeira.

Em silêncio, ele a fez entrar em seu quarto e imediatamente, com uma profunda expectativa de dormir, começou a tirar o colarinho do botão. A garota chegou muito perto dele: "E que tal um presentinho?", sugeriu, sorrindo.

Sonhador, distraído, Chorb a examinou enquanto lentamente entendia o que ela queria.

Ao receber as notas, ela arrumou-as cuidadosamente na bolsa, deu um pequeno suspiro e novamente se esfregou contra ele.

"Quer que eu tire a roupa?", perguntou, sacudindo o cabelo.

"Quero, vá para a cama", Chorb murmurou. "Eu dou mais de manhã."

A moça começou a abrir depressa os botões da blusa, e olhava de lado para ele, ligeiramente surpresa com sua abstração e melancolia. Ele tirou a roupa depressa e sem cuidado, deitou-se na cama e virou para a parede.

"Esse sujeito gosta de esquisitice", conjeturou vagamente a moça. Com mãos lentas dobrou a combinação e a colocou em cima de uma cadeira. Chorb já estava dormindo profundamente.

A moça vagou pelo quarto. Notou que a tampa do baú ao lado da janela estava ligeiramente aberta; acocorando-se sobre os calcanhares, conseguiu espiar debaixo da tampa. Piscando, cautelosa, esticou o braço nu, apalpou um vestido de mulher, meias, pedaços de seda — tudo isso jogado ali de qualquer jeito e cheirando tão bem que a deixou triste.

Endireitou o corpo, bocejou, coçou a coxa e, do jeito que estava, nua, apenas de meias, afastou a cortina da janela. Atrás da cortina, o caixilho estava aberto e dava para ver, na profundeza aveludada, um canto da ópera, o ombro negro de um Orfeu de pedra delineado contra o azul da noite, e uma fileira de luzes ao longo da fachada esmaecida que descia para a escuridão. Lá embaixo, longe, diminutas silhuetas negras se juntavam ao emergir das portas reluzentes, em direção às camadas semicirculares da escadaria iluminada, para a qual deslizavam carros com faróis brilhantes e capotas lisas reluzentes. Só quando o movimento terminou e as luzes se apagaram, a moça fechou a cortina outra vez. Apagou a luz e se esticou na cama ao lado de Chorb. Pouco antes de adormecer, ela se viu pensando que uma ou duas vezes já estivera naquele quarto: lembrava-se do quadro cor-de-rosa da parede.

Seu sono durou não mais de uma hora: um uivo profundo e assustador a despertou. Era Chorb gritando. Ele havia acordado em algum momento pouco depois da meia-noite, virado de lado e visto a esposa deitada a seu lado. Deu um grito horrível, com força visceral. O espectro branco de uma mulher saltou da cama. Quando, tremendo, ela acendeu a luz, Chorb estava sentado entre as cobertas em desordem, as costas contra a parede, e através de seus dedos esticados via-se um olho queimando com uma chama de loucura. Então, lentamente, ele descobriu o rosto, lentamente reconheceu a moça. Com um murmúrio assustado, ela estava vestindo apressadamente a combinação.

E Chorb deu um suspiro de alívio porque compreendeu que a provação tinha chegado ao fim. Foi para o sofá verde e sentou-se, abraçando as canelas peludas, e com um sorriso sem sentido contemplou a prostituta. Aquele sorriso aumentou o terror dela; ela se virou, fechou um último colchete, amarrou as botinhas, ocupou-se com a colocação do chapéu.

Nesse momento, o som de vozes e passos veio do corredor.

Dava para ouvir a voz do lacaio repetindo, lamentoso: "Mas olhe aqui, tem uma dama com ele." E uma voz gutural e irada insistia: "Mas estou lhe dizendo que é minha filha."

Os passos pararam na porta. Seguiu-se uma batida.

A moça pegou a bolsa da mesa e resoluta escancarou a porta. Na frente dela estava um perplexo cavalheiro idoso com uma cartola sem graça, um botão de pérola brilhando na camisa engomada. Por cima do ombro dele espiava o rosto manchado de lágrimas de uma senhora gordinha com um véu no cabelo. Atrás deles o pobre e pálido lacaio se esticava na ponta dos pés, com grandes olhares e a chamando com gestos. A moça entendeu seus sinais e saiu depressa para o corredor, passou pelo velho, que virou a cabeça à sua passagem com o mesmo olhar perplexo e então passou pelo batente com sua acompanhante. A porta se fechou. A moça e o lacaio ficaram no corredor. Trocaram um olhar assustado e curvaram as cabeças para ouvir. Mas o quarto estava todo em silêncio. Parecia incrível que lá dentro estivessem três pessoas. Nem um único som saía dali.

"Eles não falam", sussurrou o lacaio, e pôs o dedo nos lábios.

Um guia de Berlim

De manhã, visitei o zoológico e agora estou entrando num pub com meu amigo e companheiro de copo. A placa azul-celeste traz uma inscrição em branco, LÖWENBRÄU, acompanhada pelo retrato de um leão piscando um olho e uma caneca de cerveja. Nós nos sentamos e começo a falar a meu amigo sobre encanamentos, bondes e outros assuntos importantes.

1. OS CANOS

Na frente da casa onde eu moro há um gigantesco cano preto ao longo da calçada. Menos de um metro adiante, do mesmo lado, há mais um, depois um terceiro e um quarto — as entranhas de ferro da rua, ainda ociosas, ainda não baixadas no chão, bem no fundo do asfalto. Durante os primeiros dias depois que foram descarregados de caminhões com um som oco, garotinhos corriam para lá e para cá em cima deles e engatinhavam dentro daqueles túneis redondos, mas uma semana depois ninguém mais brincava com eles e estava caindo neve pesada; agora, quando, com todo cuidado, experimento o brilho traiçoeiro da calçada com a minha grossa bengala de ponta de borracha, saio do apartamento para a luz cinzenta da manhã, e uma faixa de neve fresca se estende ao longo da parte superior de cada cano enquanto na curva interna da própria boca do tubo que fica perto da curva dos trilhos o reflexo de um bonde ainda iluminado sobe como um raio de calor vermelho-alaranjado. Hoje alguém escreveu "Otto" com o dedo na faixa de neve virgem, e pensei como esse nome, com seus dois *os* suaves ladeando as duas consoantes delicadas, combinava lindamente com a camada de neve silenciosa sobre aquele cano com seus dois orifícios e seu túnel tácito.

2. O BONDE

O bonde vai desaparecer dentro de vinte e poucos anos, assim como o bonde puxado a cavalo desapareceu. Sinto sempre que ele tem um ar de antiguidade, uma espécie de encanto antiquado. Tudo nele é um pouco desajeitado e instável, e se uma curva é feita um pouquinho depressa demais, a vara elétrica escapa do fio e o condutor, ou mesmo um dos passageiros, se debruça para fora da janela da frente, olha para cima e puxa a cordinha até a vara voltar ao lugar. Eu sempre penso que o cocheiro do bonde de antigamente devia às vezes derrubar o chicote, puxar as rédeas da junta de quatro cavalos, mandar o menino de farda comprida que ia sentado a seu lado buscar o chicote e buzinar com força enquanto, matraqueando pelas pedras da rua, o bonde atravessava uma cidade.

    O condutor que entrega os bilhetes tem mãos muito estranhas. Elas trabalham com a agilidade das mãos de um pianista, mas, em vez de moles, suadas e de unhas macias, as mãos do bilheteiro são tão ásperas que, quando se está pondo os trocados em sua palma e se toca por acaso aquela palma, que parece ter desenvolvido uma áspera película quitinosa, sente-se uma espécie de desconforto moral. São mãos excepcionalmente ágeis e eficientes, apesar de sua aspereza e da grossura dos dedos. Fico observando com curiosidade quando ele pinça o bilhete com sua larga unha negra e o perfura em dois lugares, procura na bolsa de couro, pesca moedas para fazer o troco, imediatamente fecha com um golpe a bolsa e toca a sineta ou, com um gesto do polegar, abre a janelinha especial da porta da frente para entregar bilhetes às pessoas da plataforma dianteira. E o tempo todo o vagão sacoleja, os passageiros em pé no corredor agarram as correias superiores e balançam para a frente e para trás — mas ele não derruba uma única moeda nem um único bilhete destacado do rolo. Nestes dias de inverno, a parte inferior da porta da frente é cortinada com um pano verde, as janelas ficam enevoadas de gelo, árvores de Natal à venda ocupam a beirada da calçada em cada ponto, os pés dos passageiros ficam amortecidos de frio e às vezes uma meia-luva cinzenta de tricô veste a mão do condutor. No fim da linha, o vagão da frente desengata, entra num desvio, gira em torno do que ficou e se aproxima por trás. Há algo que lembra uma fêmea submissa no jeito como o segundo vagão espera enquanto o primeiro bonde, macho, soltando um foguinho estrelejante, roda e acopla. E (deixando de lado a metáfora biológica) me lembra como, uns dezoito anos atrás, em Petersburgo, os cavalos costumavam ser desatrelados e conduzidos em torno do bonde azul barrigudo.

Os bondes puxados a cavalo desapareceram, e também os bondes elétricos vão desaparecer, e algum excêntrico escritor berlinense nos anos vinte do século XXI, querendo retratar o nosso tempo, irá a um museu de história tecnológica e localizará um bonde de cem anos, amarelo, tosco, com assentos curvos antiquados, e num museu de velhas fardas desencavará um uniforme preto de botões brilhantes de condutor. Depois irá para casa e compilará uma descrição das ruas de Berlim do tempo passado. Tudo, cada ninharia, será valiosa e significativa: a bolsa do condutor, o anúncio acima da janela, aquele movimento oscilante peculiar que nossos bisnetos imaginarão talvez — tudo será enobrecido e justificado por sua idade.

Acho que aí é que está o sentido da criação literária: retratar objetos ordinários como serão refletidos nos espelhos simpáticos dos tempos futuros; encontrar nos objetos em torno de nós a fragrante ternura que apenas a posteridade discernirá e apreciará nos tempos remotos quando cada coisinha de nossa vida cotidiana comum se tornará especial e festiva por seu próprio direito: a época em que um homem que vista o mais comum paletó de hoje estará pronto para uma elegante festa à fantasia.

3. TRABALHO

Aqui estão exemplos de vários tipos de trabalho que observo do bonde lotado, no qual sempre posso contar que uma mulher compassiva me ceda seu lugar à janela, enquanto tenta não olhar muito fixamente para mim.

Num cruzamento, a pavimentação foi quebrada perto do trilho; alternando-se, quatro operários estão martelando uma estaca de ferro com marretas; o primeiro bate, e o segundo já está baixando sua marreta com um giro preciso; a segunda marreta bate e está subindo para o alto quando a terceira e a quarta batem em ritmada sucessão. Escuto o clangor sem pressa, como quatro notas repetidas de um carrilhão de ferro.

Um jovem padeiro de chapéu branco passa depressa com seu triciclo; há algo angélico num rapaz polvilhado com farinha. Um furgão passa tilintando com caixas no teto contendo fileiras de garrafas vazias cor de esmeralda, coletadas em tavernas. Uma misteriosa árvore de lariço, longa, negra, viaja misteriosamente num carro. A árvore está deitada; as pontas tremulam delicadamente, enquanto as raízes cobertas de terra, embrulhadas em tecido de estopa resistente, formam uma enorme esfera bege, como uma bomba, em sua base. Um carteiro, que colocou a boca de um saco debaixo da caixa de correio cor de cobalto, amarra-o por baixo, e secretamente, invisivelmente, com um farfalhar apressado, a caixa se esvazia e o carteiro bate as mandíbulas quadradas do saco, agora cheio e pesado. Mas talvez mais bonitas que tudo sejam as carcaças amarelo-cromo, com manchas rosadas e arabescos, empilhadas num caminhão, e o homem com avental e capuz de couro com uma longa cobertura do pescoço que joga cada carcaça nas costas e, curvado, atravessa com ela a calçada para dentro do açougue vermelho.

4. ÉDEN

Toda cidade grande tem o seu próprio Éden na terra, feito pelo homem.

Se igrejas nos falam do Evangelho, zoológicos nos lembram do solene e terno início do Antigo Testamento. A única parte triste é que esse Éden artificial é todo atrás de grades, embora seja também verdade que, se não houvesse jaulas, o primeiro dingo teria me atacado. É Éden mesmo assim, na medida em que o homem é capaz de reproduzi-lo, e com boa razão é que o grande hotel em frente ao zoológico de Berlim tem o nome desse jardim.

No inverno, quando os animais tropicais são escondidos, eu recomendo a visita às casas de anfíbios, insetos e peixes. Fileiras de exposições por trás de vidros no corredor em penumbra lembram as escotilhas através das quais o capitão Nemo observava de seu submarino as criaturas marinhas ondulando entre as ruínas da Atlântida. Atrás do vidro, em recessos luminosos, peixes transparentes deslizam com nadadeiras relampejantes, flores marinhas respiram, e, num trecho de areia, jaz uma estrela de cinco pontas viva, carmesim. Aqui, então, foi que se originou o notório emblema — no fundo do mar, no escuro da Atlântida submersa, que muito tempo atrás sobreviveu a várias sublevações enquanto se debatia com utopias modernas e outras insanidades que nos aleijam hoje.

    Ah, não deixe de ver as tartarugas gigantes sendo alimentadas. Essas cúpulas córneas antigas, pesadas, foram trazidas das ilhas Galápagos. Com uma espécie de decrépita circunspecção, uma cabeça chata e enrugada e duas patas totalmente inúteis, emergem em câmara lenta de debaixo do domo de cem quilos. E com sua grossa língua esponjosa, sugerindo de alguma forma a de um idiota cacológico vomitando frouxamente seu discurso monstruoso, a tartaruga estica a cabeça sobre uma pilha de vegetais e desajeitadamente mastiga suas folhas.

    Mas a cúpula acima dela — ah, essa cúpula, aquele bronze opaco, raspado, arcaico, aquela esplêndida carga de tempo...

5. O PUB

"Isso é que é um guia ruim", diz, carrancudo, meu costumeiro companheiro de copo. "Quem está interessado em saber se você tomou um bonde e foi ao aquário de Berlim?"

    O pub em que ele e eu estamos sentados é dividido em duas partes, uma grande, a outra um tanto menor. Uma mesa de bilhar ocupa o centro da primeira; há umas poucas mesas pelos cantos; um balcão de frente para a entrada, e garrafas em prateleiras atrás do balcão. Na parede, entre as janelas, jornais e revistas presos em barras estão pendurados como bandeiras de papel. No fundo há um corredor largo, através do qual se vê uma salinha atulhada com um sofá verde debaixo de um espelho, do qual pende uma mesa oval com cobertura de oleado xadrez e que assume sua condição sólida diante do sofá. Essa sala faz parte do humilde apartamento do taverneiro. Ali, sua mulher, de aspecto apagado e seios grandes, está dando sopa a um menininho loiro.

"Não é de nenhum interesse", meu amigo afirma com um bocejo lamentoso. "O que interessam bondes e tartarugas? E de qualquer forma a coisa toda é simplesmente um tédio. Uma cidade estrangeira aborrecida, e com alto custo de vida..."

De onde estamos, perto do bar, pode-se ver muito nitidamente o sofá, o espelho e a mesa no fundo além do corredor. A mulher está tirando a mesa. Apoiada nos cotovelos, a criança examina atentamente uma revista ilustrada com sua barra inútil.

"O que você está olhando lá?", pergunta meu companheiro e se vira devagar, com um suspiro, e a cadeira range pesadamente debaixo dele.

Lá, sob o espelho, o menino ainda está sentado sozinho. Mas agora olha em nossa direção. De lá, ele pode ver o interior da taverna: a ilha verde da mesa de bilhar, a bola de marfim que ele é proibido de tocar, o brilho metálico do balcão, uma dupla de gordos caminhoneiros numa mesa e nós dois na outra. Há muito ele se acostumou com essa cena e não se afeta com sua proximidade. Porém uma coisa eu sei. O que quer que aconteça a ele na vida, sempre se lembrará do quadro que viu naquele dia de sua infância da salinha onde lhe davam a sopa. Ele se lembrará da mesa de bilhar e do visitante noturno sem paletó que costumava puxar para trás o cotovelo branco e pontudo e bater na bola com o taco, e a fumaça cinza-azulada de charuto, o barulho das vozes, minha manga direita vazia e meu rosto cheio de cicatrizes, e seu pai atrás do balcão, enchendo na torneira uma caneca para mim.

"Não entendo o que você vê lá", diz meu amigo, virando-se para mim.

O quê mesmo! Como posso demonstrar para ele que eu tive um lampejo de uma futura lembrança de alguém?

Uma história para crianças

1

Fantasia, a vibração, o enlevo da fantasia! Erwin conhecia bem essas coisas. Num bonde, ele se sentava sempre do lado direito, para ficar mais próximo da calçada. Duas vezes por dia, do bonde que tomava para ir e voltar do trabalho, Erwin olhava pela janela e recolhia seu harém. Feliz, feliz Erwin, morar numa cidade alemã tão conveniente, tão de conto de fadas!

Ele cobriu uma calçada de manhã, a caminho do trabalho, e a outra no fim da tarde, a caminho de casa. Primeiro uma, depois a outra, eram banhadas em voluptuosa luz solar, porque o sol também ia e voltava. Devemos ter em mente que Erwin era tão morbidamente tímido que apenas uma vez na vida, provocado por colegas malandros, ele havia abordado uma mulher, e ela dissera baixinho: "Você devia ter vergonha. Me deixe em paz." Desde então, ele passara a evitar conversas com jovens estranhas. Em compensação, separado da rua por uma vidraça, apertando contra as costelas uma pasta preta, usando calça de risca de giz puída e esticando uma perna debaixo do banco em frente (se desocupado), Erwin olhava com ousadia e liberdade as moças que passavam, e de repente mordia o lábio inferior: isso significava a captura de uma nova concubina; em seguida a punha de lado, por assim dizer, e seu olhar esperto, saltando como a agulha de uma bússola, já estava procurando a próxima. Essas beldades estavam distantes dele, e portanto a doçura da livre escolha não podia ser afetada por calada timidez. Se, porém, acontecia de uma moça sentar à sua frente, e uma certa pontada lhe dizer que era bonita, ele recolhia a perna de debaixo do banco com todos os sinais de uma aspereza bem pouco característica de sua pouca idade, e perdia a capacidade de avaliá-la: os ossos de sua testa — bem aqui, acima das sobrancelhas — doíam de timidez, como se um capacete de ferro estivesse apertando suas têmporas e impedindo-o de levantar os olhos; e que alívio era quando ela se levantava e ia para a saída. Então, fingindo casual abstração, ele olhava — o sem-vergonha Erwin realmente olhava — as costas dela que se afastavam, engolindo inteiras sua nuca adorável e as panturrilhas em meias de seda, e assim, afinal, ele a acrescentava a seu fabuloso harém! A perna se estendia outra vez, outra vez a calçada iluminada passaria pela janela, e outra vez seu fino nariz pálido com uma notável depressão na ponta se dirigiria à rua, Erwin acumularia suas escravas. E isso é fantasia, a vibração, o enlevo da fantasia!

2

Um sábado, numa frívola noite de maio, Erwin estava sentado a uma mesa de calçada. Observava a movimentada multidão da avenida, mordendo o lábio de quando em quando com um rápido incisivo. O céu inteiro estava tinto de rosa e as lâmpadas dos postes e os luminosos das lojas brilhavam com uma espécie de luz de outro mundo no escuro circundante. Os primeiros lilases eram oferecidos por uma moça anêmica, mas bem jovem. Muito apropriadamente, o fonógrafo do café estava cantando a ária das flores do *Fausto*.

Uma senhora de meia-idade num *tailleur* cor de carvão feito sob medida, pesada, mas não desgraciosa, passou balançando os quadris entre as mesas da calçada. Não havia nenhuma vazia. Por fim, pôs a mão calçada com luva preta brilhante no encosto da cadeira à frente de Erwin.

"Posso?", perguntaram seus olhos sem sorrir debaixo do véu curto do chapéu de veludo.

"Com toda certeza", Erwin respondeu, levantando-se ligeiramente e curvando o corpo. Não se assustava com mulheres de constituição tão sólida e mandíbulas um tanto masculinas, pesadamente empoadas.

Sobre a mesa baixou com um baque resoluto sua bolsa enorme. Ela pediu um café e uma fatia de torta de maçã. A voz profunda era um tanto rouca, mas agradável.

O vasto céu, iluminado por um rosa esmaecido, ficou mais escuro. Um bonde passou, guinchando, inundando o asfalto com as lágrimas radiantes de suas luzes. E beldades de saias curtas passaram. Erwin acompanhou-as com o olhar.

Quero essa, ele pensou, notando seu lábio inferior. E aquela ali também.

"Acho que se pode dar um jeito", disse sua companheira de mesa no mesmo tom roufenho com que se dirigira ao garçom.

Erwin quase caiu da cadeira. A dama olhou intensamente para ele, enquanto tirava uma luva para pegar seu café. Os olhos maquiados brilhavam frios e duros, como joias falsas e berrantes. Bolsas escuras pendiam debaixo deles e — coisa que raramente ocorre no caso de mulheres, mesmo as mais velhas — saíam pelos de suas narinas felinas. A luva removida revelara uma mão grande e enrugada com unhas longas, convexas, bonitas.

"Não se surpreenda", ela disse com um sorriso de lado. Abafou um bocejo e acrescentou: "Para falar a verdade, eu sou o Diabo."

O tímido e ingênuo Erwin tomou tal coisa por uma figura de linguagem, mas a dama, baixando a voz, continuou assim:

"Os que me imaginam com chifres e um rabo grosso estão muito enganados. Só uma vez apareci sob essa forma, para algum imbecil bizantino, e realmente não sei por que fez tanto sucesso. Eu nasço três ou quatro vezes a cada dois séculos. Nos anos 1870, uns cinquenta anos atrás, fui enterrado, com honras pitorescas e grande derramamento de sangue, num morro acima de um agrupamento de aldeias africanas das quais eu havia sido governante. Meu período lá foi um descanso depois de encarnações mais rigorosas. Agora sou uma mulher nascida na Alemanha cujo último marido — tive acho que três ao todo — era de origem francesa, um certo professor Monde. Em anos recentes, levei diversos jovens ao suicídio, levei um bem conhecido artista a copiar e multiplicar a imagem da abadia de Westminster da nota de libra, incitei um virtuoso homem de família... Mas não há de fato nada de que me gabar. Este vem sendo um avatar bastante banal e já estou cheia dele."

Ela devorou sua fatia de torta e Erwin, resmungando alguma coisa, procurou o chapéu, que tinha caído debaixo da mesa.

"Não, não vá ainda", disse *Frau* Monde, chamando simultaneamente o garçom. "Estou oferecendo uma coisa a você. Estou oferecendo um harém. E se ainda não acredita em meu poder... Está vendo aquele velho cavalheiro com óculos de tartaruga atravessando a rua? Vamos fazer que seja atingido por um bonde."

Erwin, piscando, olhou para a rua. Quando o velho chegou aos trilhos, tirou o lenço e estava a ponto de espirrar. No mesmo instante, um bonde relampejou, guinchou e passou. De ambos os lados da avenida, pessoas correram para os trilhos. O velho, perdidos os óculos e o lenço, estava sentado no asfalto. Alguém o ajudou a se levantar. Ele se pôs de pé, envergonhado sacudiu a cabeça, escovando as mangas do casaco com a palma das mãos e agitando uma perna para testar seu estado.

"Eu disse 'atingido por um bonde', não 'atropelado', que poderia ter dito também", observou *Frau* Monde, friamente, enquanto encaixava um grosso cigarro numa piteira de esmalte. "De qualquer forma, isso é um exemplo."

Ela soprou dois jatos de fumaça pelas narinas e de novo fixou Erwin com seus olhos duros e brilhantes.

"Gostei de você imediatamente. Essa timidez, essa ousadia de imaginação. Você me lembrou de um inocente, mas imensamente dotado, jovem monge que conheci na Toscana. Esta é minha penúltima noite. Ser mulher tem suas vantagens, mas ser uma mulher que está envelhecendo é um inferno, se me perdoa a expressão. Além disso, fiz uma tamanha maldade outro dia — você logo vai ler a respeito nos jornais — que melhor seria eu sair desta vida. Planejo nascer em algum outro lugar na segunda-feira que vem. Uma rameira siberiana que escolhi será mãe de um homem maravilhoso, monstruoso."

"Entendo", disse Erwin.

"Bem, meu caro rapaz", continuou *Frau* Monde, demolindo seu segundo pedaço de torta, "antes de ir pretendo gozar de alguma diversão inocente. Sugiro o seguinte. Amanhã, do meio-dia à meia-noite, você pode selecionar com seu método usual" (com humor pesado, *Frau* Monde sugou o lábio inferior com um chiado suculento) "todas as moças que quiser. Antes de minha partida, eu reunirei e colocarei todas a seu completo dispor. Você fica com elas até ter se divertido com todas. O que lhe parece, *amico*?".

Erwin baixou os olhos e disse baixinho: "Se isso tudo for verdade, será uma grande alegria."

"Então tudo bem", disse ela e lambeu os restos de chantili da colher. "Tudo bem. Uma condição, porém, tem de ser imposta. Não, não é o que você está pensando. Como eu disse, já preparei minha próxima encarnação. *Sua* alma eu não exijo. A condição é a seguinte: o total de suas escolhas entre o meio-dia e a meia-noite deve ser um número ímpar. Isso é essencial e definitivo. Senão, não posso fazer nada por você."

Erwin pigarreou e perguntou, quase num sussurro: "Mas... como eu vou saber? Digamos que eu tenha escolhido uma... e então?"

"Nada", disse *Frau* Monde. "Sua sensação, seu desejo são ordens em si mesmos. Porém, a fim de ter certeza de que nosso acordo se cumpra, eu darei um sinal a você, todas as vezes: um sorriso, não necessariamente dirigido a você, uma palavra ao acaso na multidão, um súbito relance de cor, coisas assim. Não se preocupe, você vai saber."

"E... e...", Erwin murmurou, mexendo os pés debaixo da mesa: "... e onde isso tudo vai, há, acontecer? Eu tenho só um quartinho pequeno".

"Não se preocupe com isso também", disse *Frau* Monde, e seu espartilho estalou quando ela se pôs de pé. "Agora está na hora de você voltar para casa. Não vai fazer mal descansar bem à noite. Vou lhe dar uma carona."

Num táxi aberto, com o vento escuro soprando entre céu estrelado e asfalto brilhante, o pobre Erwin sentia-se tremendamente animado. *Frau* Monde ia sentada ereta, as pernas cruzadas formando um ângulo agudo, e as luzes da cidade cintilavam como joias em seus olhos.

"Aí está sua casa", disse ela, tocando o ombro de Erwin. "*Au revoir.*"

3

Muitos são os sonhos que podem ser produzidos por uma caneca de cerveja escura fortalecida com conhaque. Assim refletiu Erwin ao acordar na manhã seguinte: ele devia estar bêbado, e a conversa com aquela mulher engraçada era tudo imaginação. Essa virada retórica sempre acontece em contos de fadas e, assim como nos contos de fadas, nosso jovem logo se deu conta de que estava enganado.

Saiu exatamente quando o relógio da igreja começara sua laboriosa tarefa de bater o meio-dia. Os sinos de domingo juntaram-se animadamente, e uma brisa clara agitou os lilases persas em torno do lavatório público no pequeno parque perto de sua casa. Pombos se instalavam num velho *Herzog* de pedra ou passeavam na caixa de areia onde crianças pequenas, com os cueiros de flanela voltados para o alto, cavavam com pazinhas de brinquedo e brincavam com trens de madeira. As folhas lustrosas das tílias moviam-se no vento; suas sombras em forma de ás de espadas tremulavam no caminho de cascalho e subiam em bancos aéreos pelas pernas de calças e saias dos passantes, correndo para cima e se espalhando por ombros e rostos, e mais uma vez o bando inteiro deslizava para o chão, onde, mal se mexendo, ficavam à espera do próximo transeunte. Nesse cenário variegado, Erwin notou uma moça com um vestido branco que se agachara para acariciar com dois dedos um cachorrinho peludo com protuberâncias na barriga. A inclinação da cabeça desnudava sua nuca, revelando o ondular das vértebras, a raiz loira, a suave depressão entre as escápulas, e o sol através das folhas encontrava fios fogosos em seu cabelo castanho. Ainda brincando com o cachorrinho, ela se levantou um pouco e bateu palmas acima dele. O bicho gordinho rolou no cascalho, correu alguns metros e deitou de lado. Erwin sentou-se num banco e deu uma tímida e ávida olhada em seu rosto.

Ele a viu com tamanha clareza, com tão penetrante e perfeita força de percepção, que, pareceu-lhe, nada de novo nos traços dela poderia ter-se revelado por anos de intimidade anterior. Os lábios mais para pálidos moviam-se como se repetissem cada pequeno movimento do macio cachorrinho; os cílios batiam com tanto brilho que pareciam raios emitidos por seus olhos cintilantes; mas o mais encantador, talvez, era a curva de sua face, agora ligeiramente de perfil; aquela linha inclinada nenhuma palavra, claro, poderia descrever. Ela começara a correr, mostrando lindas pernas, e o cachorrinho saltitava atrás dela como uma bola de lã. Numa súbita consciência de seu milagroso poder, Erwin prendeu a respiração e esperou o prometido sinal. Naquele momento, a moça virou a cabeça ao correr e lançou um sorriso à criatura gordinha que mal conseguia alcançá-la.

"Número um", Erwin disse a si mesmo com desusada complacência, e se levantou de seu banco.

Seguiu o caminho de cascalho com passos arrastados, com berrantes sapatos amarelo-avermelhados usados apenas aos domingos. Deixou o oásis do parque diminuto e atravessou o bulevar Amadeus. Seus olhos vagueavam? Ah, sim. Mas talvez porque a moça de branco tivesse de alguma forma deixado uma marca mais ensolarada do que qualquer impressão lembrada, algum ponto cego dançante que o impedia de encontrar outra namorada. Logo, porém, o borrão se dissolveu e, perto de uma coluna esmaltada com os horários do bonde, nosso amigo observou duas mocinhas — irmãs, ou mesmo gêmeas, a julgar pela notável semelhança entre elas — que estavam discutindo um trajeto de bonde com vozes vibrantes, ecoantes. Ambas eram pequenas e esguias, vestidas de seda negra, com olhos atrevidos e lábios pintados.

"Esse é exatamente o bonde que você quer", uma delas insistia.

"Ambas, por favor", Erwin solicitou depressa.

"É claro", disse a outra em resposta às palavras da irmã.

Erwin continuou pelo bulevar. Conhecia todas as ruas elegantes onde estavam as melhores possibilidades.

"Três", ele disse a si mesmo. "Número ímpar. Até agora, tudo bem. E se fosse meia-noite agora mesmo..."

Balançando a bolsa, ela vinha descendo a escada do Leilla, um dos melhores hotéis locais. Seu grande companheiro de queixo azul diminuiu o passo atrás dela para acender o charuto. A dama era adorável, sem chapéu, cabelo curto, com uma franja na testa que fazia com que parecesse um menino ator fazendo o papel de uma donzela. Quando ela passou, agora acompanhada de perto por nosso ridículo rival, Erwin notou simultaneamente a rosa artificial carmesim na lapela de seu casaco e o anúncio numa placa: um turco loiro de bigode e, em letras grandes, a palavra SIM!, e embaixo, em caracteres menores: EU SÓ FUMO A ROSA DO ORIENTE.

Isso somava quatro, divisível por dois, e Erwin ficou ansioso por retomar sem demora o ramerrão do número ímpar. Numa viela que saía do bulevar havia um restaurante barato que ele às vezes frequentava aos domingos quando se cansava da comida de sua senhoria. Dentre as garotas que ele observara num momento ou noutro, havia uma que trabalhava naquele lugar. Ele entrou e pediu seu prato favorito: chouriço e *sauerkraut*. Sua mesa ficava ao lado do telefone. Um homem de chapéu-coco chamou um número e começou a tagarelar mais animado que um cachorro que tivesse encontrado o rastro de uma lebre. O olhar de Erwin vagou na direção do balcão e lá estava a moça que ele tinha visto três ou quatro vezes antes. Era linda de um jeito relaxado, sardento, se é que a beleza pode ser relaxadamente ruiva. Quando ela ergueu os braços nus para guardar as canecas de cerveja lavadas, ele viu os tufos ruivos de suas axilas.

"Tudo bem, tudo bem", latiu o homem ao telefone.

Com um suspiro de alívio enriquecido por um arroto, Erwin saiu do restaurante. Sentia-se pesado, precisando de um cochilo. Para falar a verdade, os sapatos novos apertavam como pinças de caranguejo. O tempo havia mudado. O ar estava abafado. Grandes nuvens abobadadas cresciam e se juntavam no céu quente. As ruas estavam começando a ficar desertas. Dava para sentir as casas se encherem até a borda com os roncos da tarde de domingo. Erwin tomou um bonde.

O vagão começou a rodar. Erwin virou o rosto pálido, brilhante de suor, para a janela, mas nenhuma moça passou. Quando estava pagando a tarifa, ele notou, do outro lado do corredor, uma mulher sentada de costas para ele. Usava um chapéu preto de veludo e um vestido leve estampado com crisântemos entrelaçados contra um fundo arroxeado semitransparente, através do qual dava para ver as alças de sua combinação. Quando seu chapéu se moveu e, como um navio negro, começou a virar, ele primeiro desviou o rosto para o outro lado, como sempre, olhou com fingida abstração um jovem sentado à sua frente, as próprias unhas, um velhinho de bochechas vermelhas cochilando nos fundos do vagão e, tendo assim estabelecido um ponto de partida para justificar mais olhares em torno, Erwin pousou um olhar casual na dama que agora olhava em sua direção. Era *Frau* Monde. Seu rosto cheio, não mais jovem, estava manchado de vermelho por causa do calor, as sobrancelhas masculinas espetadas acima dos olhos prismáticos e penetrantes, um sorriso ligeiramente sardônico curvando os cantos de seus lábios comprimidos.

"Boa tarde", ela disse com sua voz roufenha e macia. "Venha sentar aqui. Agora podemos ter uma conversa. Como estão indo as coisas?"

"Só cinco", Erwin replicou, embaraçado.

"Excelente. Um número ímpar. Eu aconselharia você a parar aí. E à meia-noite — ah, sim, acho que não disse a você —, à meia-noite você deve ir à rua Hoffmann. Sabe onde é? Procure entre os números Doze e Catorze. O terreno baldio que existe ali terá sido substituído por uma mansão com jardim murado. As moças de sua escolha vão estar à sua espera sobre almofadas e tapetes. E encontro você no portão do jardim. Mas está entendido", ela acrescentou com um sorriso sutil, "não vou interferir. Vai se lembrar do endereço? Haverá um poste de luz novinho na frente do portão".

"Ah, uma coisa", disse Erwin, criando coragem. "Deixe que estejam vestidas primeiro. Quer dizer, que elas estejam exatamente como estavam quando eu escolhi cada uma. E que estejam muito alegres e amorosas."

"Ora, naturalmente", ela replicou, "vai ser tudo do jeito que você deseja, quer me diga ou não. Não fosse assim, não haveria sentido em começar a história toda, *n'est-ce pas?* Confesse, porém, meu caro rapaz: você estava a ponto de me convocar para o seu harém. Não, não tenha medo, estou brincando com você. Bom, este é o seu ponto. Muito sábio encerrar o dia. Cinco está ótimo. Nos vemos uns segundos depois da meia-noite, ha-ha".

4

Ao chegar a seu quarto, Erwin tirou os sapatos e se esticou na cama. Acordou ao anoitecer. Um tenor melífluo jorrava a plenos pulmões do fonógrafo do vizinho: *"Eu querro ser felizzz..."*

Erwin começou a recapitular: número um, a donzela de branco, é a menos charmosa do grupo. Posso ter me precipitado um pouco. Ah, bem, não faz mal. Depois as gêmeas junto à coluna envidraçada. Coisinhas jovens, alegres, maquiadas. Com elas com certeza vou me divertir. Depois a número quatro, Leilla, a Rosa, que parece um menino. Essa talvez seja a melhor. E finalmente a pequena do botequim. Nada má também. Mas só cinco. Não são muitas!

Ficou um pouco deitado de bruços, com as mãos atrás da cabeça, ouvindo o tenor, que continuava querendo ser feliz: cinco. Não, é absurdo. Pena não ser segunda-feira de manhã: aquelas três balconistas do outro dia... ah, existem tantas beldades mais esperando ser descobertas! E sempre posso escolher uma prostituta de rua no último momento.

Erwin pôs seu par de sapatos mais comum, escovou o cabelo e saiu depressa.

Às nove horas, tinha coletado mais duas. Uma delas ele notara num café onde comera um sanduíche e tomara dois tragos de gim holandês. Ela conversava muito animada com seu companheiro, um estrangeiro que coçava a barba, numa língua impenetrável — polonês ou russo —, e seus olhos cinzentos eram ligeiramente amendoados, o nariz aquilino, estreito, que ela franzia ao dar risada, e as pernas elegantes estavam expostas até o joelho. Enquanto Erwin observava seus gestos rápidos, o jeito despreocupado como batia a cinza do cigarro por toda a mesa, uma palavra alemã, como uma janela, se abriu em seu discurso eslavo, e essa palavra fortuita (*offenbar*) era o sinal "evidente". A outra moça, número sete da lista, apareceu na entrada em estilo chinês de um pequeno parque de diversões. Ela usava blusa escarlate com uma saia verde brilhante, e seu pescoço nu inchou-se quando ela riu, divertida, livrando-se de dois jovens rústicos bêbados que a agarravam pelos quadris e tentavam fazer com que os acompanhasse.

"Eu aceito, aceito!", ela gritou afinal e foi levada embora depressa.

Lanternas de papel multicoloridas animavam o ambiente. Uma coisa parecida com um trenó com passageiros que gritavam arremessou-se por um canal em serpentina, desaparecendo nas arcadas angulosas do cenário medieval, e mergulhou num novo abismo com novos uivos. Dentro de uma barraca, em quatro selins de bicicleta (não havia rodas, apenas as estruturas, pedais e guidões), havia quatro moças sentadas de blusa de malha e shorts: uma de vermelho, uma de azul, uma de verde, uma de amarelo, as pernas nuas trabalhando a toda velocidade. Acima delas, pendia um mostrador no qual moviam-se quatro ponteiros, vermelho, azul, verde, amarelo. No começo, o azul estava em primeiro, depois o verde passou à frente. Um homem com um apito ali postado recolhia moedas de uns simplórios que queriam fazer suas apostas. Erwin olhou aquelas pernas magníficas, nuas até a virilha e pedalando com força apaixonada.

Devem ser dançarinas incríveis, ele pensou; eu podia usar as quatro.

Os ponteiros obedientemente se igualaram e pararam.

"Empate!", gritou o homem com o apito. "Uma chegada sensacional!"

Erwin tomou um copo de limonada, consultou o relógio e foi para a saída.

Onze horas e onze mulheres. Isso basta, acho.

Estreitou os olhos ao imaginar os prazeres à sua espera. Ficou contente de ter se lembrado de vestir roupa de baixo limpa.

Como *Frau* Monde fora insinuante, refletiu Erwin com um sorriso. Claro que ela vai espionar, e por que não? Vai ser um tempero a mais.

Caminhou, de olhos baixos, sacudindo a cabeça deliciado, e só raramente levantava o olhar para conferir os nomes das ruas. A rua Hoffmann, ele sabia, ficava bem longe, mas ainda tinha uma hora, então não havia por que se apressar. Mais uma vez, como na noite anterior, o céu estava cravejado de estrelas e o asfalto brilhava como água lisa, absorvendo e reforçando as luzes mágicas da cidade. Ele passou por um grande cinema cuja luminosidade inundava a calçada, e na esquina seguinte uma breve onda de riso infantil fez com que levantasse os olhos.

Viu à sua frente um homem alto, idoso, com roupa de noite e uma menininha caminhando a seu lado — uma criança de catorze anos talvez, com um vestido de noite preto decotado. A cidade inteira conhecia o velho por seus retratos. Era um poeta famoso, um cisne senil, que vivia sozinho num subúrbio distante. Ele caminhava com uma espécie de elegância pesada; o cabelo, da cor de algodão sujo, cobria suas orelhas por baixo do chapéu de feltro. Uma conta no triângulo da camisa engomada captou o brilho de uma lâmpada e seu nariz comprido e ossudo projetava uma cunha de sombra em um lado da boca de lábios finos. No mesmo instante, trêmulo, o olhar de Erwin caiu no rosto da criança que andava com pose ao lado do velho poeta; havia algo estranho naquele rosto, estranho era o relance rápido de seus olhos brilhantes demais, e se ela não fosse apenas uma menina — neta do velho, sem dúvida — podia-se desconfiar que havia um toque de batom em seus lábios. Ela caminhava gingando os quadris muito, muito ligeiramente, as pernas moviam-se juntas, ela estava pedindo alguma coisa a seu companheiro, com uma voz ressoante, e embora Erwin não tivesse dado nenhum comando mental, sabia que seu rápido desejo secreto havia se cumprido.

"Ah, claro, claro", o velho respondeu lisonjeiro, curvando-se para a menina.

Eles passaram, Erwin captou um rastro de perfume. Olhou para trás, depois continuou.

"Ei, cuidado", murmurou de repente ao se dar conta de que completara doze, um número par. Tenho de achar mais uma: dentro de meia hora.

Incomodava-o um pouco sair procurando, mas ao mesmo tempo estava satisfeito de ter ainda mais uma chance.

Escolho uma no caminho, disse a si mesmo, aquietando um traço de pânico. Com certeza encontro uma!

"Talvez a mais linda de todas", observou em voz alta ao olhar a noite lustrosa.

E poucos minutos depois experimentou a deliciosa contração já conhecida: aquele frio no plexo solar. Uma mulher à sua frente caminhava com passos rápidos e leves. Ele a via por trás apenas e não conseguiria explicar por que desejava tão ardentemente ultrapassar precisamente *ela* para dar uma olhada em seu rosto. Seria possível, naturalmente, encontrar palavras fortuitas para descrever seu porte, o movimento de seus ombros, a silhueta do chapéu: mas para quê? Alguma coisa além de contornos visíveis, algum tipo de clima especial, uma excitação etérea, atraía Erwin sem cessar. Ele caminhou depressa e ainda não conseguia alcançá-la; os reflexos úmidos das luzes tremulavam diante dele; ela seguia em frente com regularidade, e sua sombra negra subia quando ela entrava na aura de uma luz da rua, deslizava pela parede, retorcia-se na borda e desaparecia.

"Nossa, preciso ver o rosto dela", Erwin murmurou. "E o tempo está voando."

Então, ele se esqueceu do tempo. Aquela estranha perseguição silenciosa na noite o embriagou. Ele conseguiu por fim alcançá-la e seguiu, muito adiante, mas não teve coragem de olhar para trás e meramente diminuiu o passo, diante do que ela o ultrapassou por sua vez e tão depressa que ele não teve tempo de erguer os olhos. Mais uma vez estava andando dez passos atrás dela, e ele entendeu então, sem ver o seu rosto, que ela era o seu prêmio maior. As ruas explodiam de luz colorida, se apagavam, brilhavam de novo; uma praça tinha de ser atravessada, um espaço de liso negrume, uma vez mais com o breve clique de seu sapato de salto alto a mulher subiu para a calçada, com Erwin atrás, desnorteado, desencarnado, tonto com as luzes enevoadas, a noite úmida, a perseguição.

O que o incitava? Não seu andar, não sua forma, mas algo mais, fascinante e irresistível, como se um tenso refulgir a envolvesse: mera fantasia, talvez, a vibração, o enlevo da fantasia, ou talvez fosse aquilo que muda a vida inteira de um homem com um golpe divino. Erwin não entendia nada — ele apenas corria atrás dela por asfalto e pedra, que também pareciam se desmaterializar na noite iridescente.

Depois, árvores, tílias primaveris, juntaram-se à perseguição: elas avançavam sussurrantes de ambos os lados, por cima, à volta dele; os pequenos corações negros de suas sombras entrelaçavam-se ao pé de cada poste de luz e seu delicado aroma pegajoso o estimulava.

Uma vez mais, Erwin chegou perto. Mais um passo e ele estaria à frente dela. Ela parou de repente num postigo de ferro e procurou as chaves na bolsa. O impulso de Erwin fez com que quase colidisse com ela. Ela virou o rosto para ele e, à luz da rua filtrada pelas folhas cor de esmeralda, ele reconheceu a moça que estava brincando com um cachorrinho peludo de manhã num caminho de cascalho, e imediatamente se lembrou, imediatamente compreendeu todo seu charme, seu terno calor, seu brilho sem preço.

Parou, olhando para ela com um sorriso amarelo.

"Você devia ter vergonha", ela disse, baixo. "Me deixe em paz."

O portãozinho se abriu e bateu. Erwin ficou parado debaixo das tílias caladas. Olhou em torno, sem saber para que lado ir. Poucos passos adiante, viu duas bolhas acesas: um carro parado junto à calçada. Foi até ele e tocou no ombro o motorista imóvel como um boneco.

"Me diga que rua é esta. Estou perdido."

"Rua Hoffmann", disse o boneco, secamente.

E então uma voz conhecida, rouca, macia, falou das profundezas do carro.

"Olá. Sou eu."

Erwin apoiou uma das mãos na porta do carro e respondeu, frouxamente.

"Estou morta de tédio", disse a voz. "Estou esperando aqui meu namorado. Ele está trazendo o veneno. Ele e eu vamos morrer ao amanhecer. Como vai você?"

"Número par", disse Erwin, deslizando o dedo pela porta empoeirada.

"É, eu sei", continuou calmamente *Frau* Monde. "A número treze acabou sendo a número um. Você estragou bem a coisa toda."

"Uma pena", disse Erwin.

"Uma pena", ela repetiu, e bocejou.

Erwin curvou-se, beijou sua grande luva negra recheada com cinco dedos estendidos, e com uma breve tosse virou para o escuro. Caminhou com passo pesado, suas pernas doíam, estava oprimido pela ideia de que amanhã era segunda-feira e seria difícil levantar da cama.

Terror

Eis o que me acontecia às vezes: depois de passar a primeira parte da noite em minha mesa — aquela parte em que a noite se arrasta pesadamente encosta acima —, eu emergia do transe de meu trabalho no momento exato em que a noite atingia o pico e oscilava naquela crista, pronta para rolar morro abaixo para a névoa do alvorecer; eu me levantava da cadeira, sentindo frio e absolutamente cansado, acendia a luz de meu quarto e me via de repente no espelho. Então era assim: durante o tempo em que eu passara mergulhado no trabalho, eu havia me desconhecido de mim, uma sensação próxima daquela que se pode experimentar ao encontrar um amigo chegado depois de anos de separação: por alguns momentos vazios, lúcidos, mas amortecidos, o vemos numa luz inteiramente diferente, mesmo que nos demos conta de que a geada dessa misteriosa anestesia vai acabar desaparecendo e a pessoa para a qual se olha reviverá, brilhará com calor, retomará seu antigo lugar, tornando-se outra vez tão familiar que nenhum esforço de vontade seria capaz de recaptar aquela passageira sensação de estranhamento. Precisamente assim eu me via considerando meu próprio reflexo no espelho e não o reconhecendo como meu. E, quanto mais empenhadamente examinava meu rosto — aqueles olhos estranhos que não piscavam, aquele brilho de pelos curtos no queixo, aquela sombra ao longo do nariz —, quanto mais insistentemente eu dizia a mim mesmo: "Esse sou eu, esse é Fulano de Tal", menos claro ficava *por que* aquele seria "eu", mais difícil eu achava fazer o rosto no espelho se fundir com aquele "eu" cuja identidade eu não conseguia captar. Quando eu falava de minhas estranhas sensações, as pessoas apenas observavam que o caminho que havia tomado levava ao manicômio. Na realidade, uma ou duas vezes, tarde da noite, olhei durante tanto tempo o meu reflexo que uma sensação aterrorizante tomou conta de mim e apaguei a luz depressa. No entanto, na manhã seguinte, ao me barbear, nunca me ocorria questionar a realidade de minha imagem.

Outra coisa: à noite, na cama, eu me lembrava abruptamente que eu era mortal. O que então acontecia dentro de minha mente era exatamente a mesma coisa que acontece em um imenso teatro, quando as luzes de repente se apagam e alguém dá um grito agudo nas asas velozes da escuridão, e outras vozes se juntam, resultando numa tempestade cega, com o negro trovão do pânico crescendo, até que de repente as luzes voltam e a representação da peça é tranquilamente retomada. Assim minha alma se sufocava por um momento quando, deitado de costas, olhos bem abertos, eu tentava com toda a minha força vencer o medo, racionalizar a morte, acertar as coisas com ela numa base cotidiana, sem apelar a nenhum credo ou filosofia. No fim, acabamos dizendo a nós mesmos que a morte ainda está longe, que haverá muito tempo para resolver tudo e no entanto se sabe que nunca se fará isso, e mais uma vez, no escuro, dos lugares mais baratos do teatro particular de cada um, onde quentes pensamentos vivos sobre as queridas ninharias terrenas entraram em pânico, vem um grito — que acaba se calando quando a pessoa se vira na cama e começa a pensar em outra coisa.

Eu suponho que essas sensações — a perplexidade diante do espelho à noite ou a súbita pontada desse aperitivo da morte — sejam familiares a muita gente, e se me detenho nelas é só porque contêm apenas uma pequena partícula daquele terror supremo que eu estava destinado a vivenciar uma vez. Terror supremo, terror especial: estou tateando em busca do termo exato, mas meu repertório de palavras sob medida, que fico experimentando em vão, não contém nem uma que se encaixe.

Tive uma vida feliz. Tive uma garota. Me lembro bem da tortura de nossa primeira separação. Eu tinha ido numa viagem de negócios ao estrangeiro e quando voltei ela me encontrou na estação. Eu a vi parada na plataforma, enjaulada por assim dizer em raios de sol âmbar, um cone poeirento dos quais acabara de penetrar pela abóbada de vidro da estação. Seu rosto ficava se movendo ritmadamente para lá e para cá à medida que as janelas deslizavam devagar até parar. Com ela eu sempre me sentia à vontade e tranquilo. Uma vez apenas... e aqui sinto de novo que instrumento desajeitado é o discurso humano. No entanto, eu gostaria de explicar. É realmente uma tamanha bobagem, tão efêmera: estamos sozinhos em seu quarto, eu escrevo enquanto ela cerze uma meia de seda esticada num bastidor de madeira, a cabeça muito abaixada; uma orelha, translucidamente rosada, está meio escondida por uma mecha de cabelo loiro, e as pequenas pérolas em torno de seu pescoço rebrilham, tocantes, sua face terna parece funda por causa do bico frequente dos lábios. De repente, sem nenhuma razão, fico aterrorizado pela presença dela. Isso é muito mais aterrorizador do que o fato de, durante uma fração de segundo, de alguma forma, minha mente não ter registrado sua identidade na poeira de sol da estação. Aterroriza-me a ideia de haver uma outra pessoa no quarto comigo; aterroriza-me a simples noção de *outra pessoa*. Não é de admirar que lunáticos não reconheçam parentes. Mas ela levanta a cabeça, todos os seus traços participam de um rápido sorriso que ela me dá... e não resta mais nenhum traço do estranho terror que senti um momento antes. Deixe-me repetir: isso aconteceu apenas uma única vez, e tomei o fato por um simples truque de meus nervos, esquecendo que em noites solitárias, diante de um espelho solitário, eu havia experimentado algo bastante similar.

      Ela foi minha amante por quase três anos. Sei que muita gente não conseguia entender nosso relacionamento. Não conseguiam explicar o que havia naquela ingênua donzelazinha para atrair e conservar a afeição de um poeta, mas meu Deus! como eu amava suas despretensiosas beleza, alegria, amizade, a vibração de pássaro de sua alma. Era exatamente essa delicada simplicidade que me protegia: para ela, tudo no mundo tinha uma espécie de clareza cotidiana, e me parecia até que ela sabia o que nos esperava depois da morte, de forma que não havia razão para discutirmos esse assunto. Ao final de nosso terceiro ano juntos, fui mais uma vez obrigado a viajar, por um tempo bastante longo. Na véspera de minha partida, fomos à ópera. Ela se sentou por um momento no sofazinho carmesim do vestíbulo bastante misterioso de nosso camarote para tirar suas imensas botas de neve cor de cinza, da qual a ajudei a livrar as pernas esguias com meias de seda, e pensei naquelas delicadas mariposas que nascem de volumosos casulos felpudos. Fomos para a frente de nosso camarote. Estávamos alegres ao nos debruçar sobre o abismo rosado do teatro enquanto esperávamos subir a cortina, um painel antigo e sólido de enfeites de ouro pálidos, representando cenas de várias óperas: Ruslan com seu capacete pontudo, Lenski em sua carruagem. Com o cotovelo nu ela quase derrubou do parapeito acolchoado o pequeno binóculo nacarado.

Então, quando toda a plateia havia ocupado seus lugares e a orquestra respirou, preparando-se para atacar, uma coisa aconteceu: todas as luzes se apagaram no imenso teatro rosado, e uma escuridão tão densa nos envolveu que pensei ter ficado cego. Nesse escuro tudo começou a se mexer ao mesmo tempo, um tremor de pânico começou a subir e se definir em gritos femininos, e como as vozes masculinas, muito altas, pediam calma, os gritos ficaram mais e mais caóticos. Eu ri e comecei a conversar com ela, mas então senti que ela havia agarrado meu pulso e estava silenciosamente dilacerando o punho de minha camisa. Quando as luzes tornaram a encher a sala, vi que estava pálida e tinha os dentes cerrados. Ajudei-a a sair do camarote. Ela sacudiu a cabeça, ralhando consigo mesma com um sorriso depreciativo por seu medo infantil, mas então caiu em prantos e pediu que a levasse para casa. Só na carruagem fechada foi que ela se recobrou e, apertando o lenço amarfanhado aos olhos brilhantes e inundados, começou a explicar como estava triste porque eu ia viajar no dia seguinte e como seria errado passarmos nossa última noite na ópera, entre estranhos.

Doze horas mais tarde eu estava no compartimento de um trem, olhando pela janela o enevoado céu de inverno, o pequeno olho inflamado do sol, que acompanhava o trem, os campos brancos cobertos de neve se abrindo infindavelmente como um gigantesco leque de plumas de cisne. Foi na cidade estrangeira a que cheguei no dia seguinte que eu viria a ter meu encontro com o terror supremo.

Para começar, dormi mal três noites seguidas e não dormi absolutamente nada na quarta. Em anos recentes, eu havia perdido o costume da solidão, e essas noites solitárias provocavam em mim uma aguda angústia sem alívio. Na primeira noite, vi minha garota em sonho: o sol inundava seu quarto, e ela estava sentada na cama usando apenas uma camisola rendada e ria, ria, não conseguia parar de rir. Me lembrei do sonho só por acaso, algumas horas depois, quando estava passando por uma loja de lingerie e, ao lembrar, me dei conta de que tudo o que havia sido tão alegre em meu sonho — a renda, a cabeça dela jogada para trás, seu riso — era agora, em meu estado de vigília, assustador. No entanto, não conseguia explicar para mim mesmo por que aquele sonho rendado e risonho era agora tão desagradável, tão horrível. Eu tinha de cuidar de muitas coisas, fumava muito, e o tempo todo tinha consciência da sensação de que tinha de manter controle absolutamente rígido sobre mim mesmo. Quando estava me preparando para deitar em um quarto de hotel, eu deliberadamente assobiava ou cantarolava, mas me sobressaltava como uma criança medrosa ao menor ruído atrás de mim, como o *flop* de meu paletó escorregando das costas da cadeira e caindo no chão.

  No quinto dia, depois de uma noite ruim, tirei algum tempo para um passeio. Queria que a parte da minha história que estou começando agora fosse impressa em itálicos; não, nem mesmo itálicos serviriam: preciso de algum tipo novo, único. A insônia tinha me deixado com um vazio excepcionalmente receptivo dentro da mente. Minha cabeça parecia feita de vidro, e uma ligeira câimbra na panturrilha também tinha um caráter vítreo. Assim que saí do hotel… Sim, agora acho que encontrei as palavras certas. Me apresso a escrevê-las antes que desapareçam. Quando saí para a rua, de repente vi o mundo como ele realmente *é*. Sabe, nós nos consolamos dizendo a nós mesmos que o mundo não pode existir sem nós, que ele existe apenas na medida em que nós existimos, na medida em que nós podemos representá-lo para nós mesmos. A morte, o espaço infinito, as galáxias, tudo isso é assustador exatamente porque transcende os limites de nossa percepção. Bem… naquele dia terrível em que, devastado por uma noite sem dormir, saí para o centro de uma cidade incidental, e vi casas, árvores, automóveis e gente, minha cabeça de repente se recusou a aceitar aquilo como "casas", "árvores" e assim por diante, como algo conectado à vida humana comum. Minha linha de comunicação com o mundo se rompeu, eu estava sozinho e o mundo estava sozinho, e *aquele* mundo era desprovido de sentido. Vi a verdadeira essência de todas as coisas. Olhei as casas e elas tinham perdido seu sentido usual — isto é, tudo o que nós pensamos quando olhamos uma casa: um certo estilo arquitetônico, o tipo de salas lá dentro, casa feia, casa confortável —, tudo isso tinha evaporado, deixando nada além de uma casca absurda, do mesmo jeito que um som fica absurdo quando se repete durante tempo suficientemente longo a palavra mais comum sem se pensar em seu sentido: casa, cazz, cazzcaz. A mesma coisa com árvores, a mesma coisa com pessoas. Entendi o horror de um rosto humano. Distinções anatômicas, sexuais, a noção de "pernas", "braços", "roupas", tudo isso foi abolido e restava na minha frente um mero *algo*, nem mesmo uma criatura, porque isso também é um conceito humano, mas meramente *algo* passando. Em vão tentei dominar meu terror relembrando como uma vez, em minha infância, ao acordar, ergui os olhos ainda sonolentos enquanto pressionava a nuca no travesseiro baixo e vi, inclinado sobre mim na cabeceira da cama, um rosto incompreensível, sem nariz, com um bigode negro de hussardo logo abaixo dos olhos de polvo e dentes na testa. Sentei-me com um grito e imediatamente o bigode se transformou em sobrancelhas e o rosto inteiro se transformou no rosto de minha mãe, que eu havia visto primeiro em um desusado aspecto invertido.

E agora também eu tentava "sentar" mentalmente, para que o mundo visível pudesse retomar sua posição cotidiana, mas não consegui. Ao contrário: quanto mais de perto olhava as pessoas, mais absurda me parecia sua aparência. Tomado pelo terror, busquei apoio em alguma ideia básica, em algum truque melhor que um truque cartesiano, com a ajuda do qual começar a reconstrução do mundo simples, natural, habitável, como o conhecemos. Àquela altura eu estava descansando, creio eu, no banco de um parque. Não tenho uma lembrança precisa de minhas ações. Assim como um homem que tem um ataque do coração na calçada não liga a mínima aos transeuntes, ao sol, à beleza de uma catedral antiga, e tem apenas uma preocupação: respirar, também eu tinha apenas um desejo: não enlouquecer. Estou convencido de que ninguém nunca viu o mundo como eu o vi durante aqueles momentos, em toda a sua aterrorizante nudez e aterrorizante absurdo. Perto de mim um cachorro estava farejando a neve. Eu me torturava com o esforço de identificar o que "cachorro" queria dizer e, como fiquei olhando fixamente para ele, ele veio até mim, confiante, e me senti tão nauseado que me levantei do banco e me afastei. Foi então que meu terror chegou a seu ponto mais alto. Eu desisti de lutar. Não era mais um homem, mas um olho nu, um olhar sem rumo se movendo num mundo absurdo. A simples visão de um rosto humano me fazia sentir vontade de gritar.

Me vi, então, de novo na entrada de meu hotel. Alguém veio até mim, pronunciou meu nome e enfiou um pedaço de papel dobrado em minha mão mole. Automaticamente o desdobrei e imediatamente o terror desapareceu. Tudo em torno de mim se tornou de novo comum e aceitável: o hotel, os reflexos cambiantes do vidro da porta giratória, o rosto familiar do mensageiro que tinha me entregado o telegrama. Eu estava agora no meio do espaçoso vestíbulo. Um homem com um cachimbo e boné xadrez roçou em mim ao passar e se desculpou, gravemente. Senti perplexidade e uma dor intensa, insuportável, mas muito humana. O telegrama dizia que ela estava morrendo.

Enquanto eu viajava de volta, enquanto me sentava à beira de sua cama, nunca me ocorreu analisar o sentido de ser e não ser, e não me aterrorizava mais com esses pensamentos. A mulher que eu amava mais que qualquer coisa no mundo estava morrendo. Era só isso que eu via ou sentia.

Ela não me reconheceu quando meu joelho bateu contra a lateral da cama. Estava deitada, acomodada sobre imensos travesseiros, debaixo de imensos cobertores, ela própria tão pequena, o cabelo escovado para trás revelando a pequena cicatriz na têmpora, normalmente escondida por uma mecha escovada sobre ela. Ela não reconheceu minha presença viva, mas, pelo ligeiro sorriso que surgiu uma ou duas vezes nos cantos de seus lábios, entendi que ela me via em seu sereno delírio, em seu capricho moribundo, de forma que havia dois de mim diante dela: eu próprio, que ela não via, e meu duplo, que era invisível para mim. E então fiquei sozinho: meu duplo morreu com ela.

Sua morte me salvou da insanidade. A simples dor humana preencheu minha vida tão completamente que não havia espaço para nenhuma outra emoção. Mas o tempo flui, e sua imagem dentro de mim se torna cada vez mais perfeita, cada vez menos viva. Os detalhes do passado, as pequenas memórias vivas, desaparecem imperceptivelmente, saem uma a uma, ou às duplas ou trios, do mesmo jeito que a luz se apaga, ora aqui, ora ali, nas janelas de uma casa onde as pessoas estão indo dormir. E eu sei que minha mente está condenada, que o terror que experimentei uma vez, o medo desamparado de existir, algum dia me dominará outra vez, e que aí não haverá salvação.

Navalha

Seus colegas de regimento tinham boa razão para apelidá-lo de "Navalha". A cara do sujeito não tinha uma fachada. Quando seus conhecidos pensavam nele, só conseguiam imaginá-lo de perfil, e esse perfil era notável: nariz pontudo como um esquadro de desenhista; queixo forte como um cotovelo; cílios longos e macios característicos de pessoas muito obstinadas, muito cruéis. Seu nome era Ivanov.

Esse apelido de antigamente continha uma estranha previsão. Não é raro um homem chamado Stone ou Stein se tornar um excelente mineralogista. O capitão Ivanov, depois de uma épica escapada e diversas provações insípidas, tinha terminado em Berlim e escolhido exatamente a profissão a que seu apelido indicava — a de barbeiro.

Trabalhava em uma pequena mas limpa barbearia que empregava também dois jovens profissionais, que tratavam o "capitão russo" com jovial respeito. Depois, havia o proprietário, uma massa de homem duro que girava a manivela da caixa registradora com um som prateado, e também uma manicure anêmica e translúcida, como se sugada e seca pelo contato com inúmeros dedos, em levas de cinco, na almofadinha de veludo à sua frente.

Ivanov era muito bom em seu trabalho, embora fosse um pouco limitado por seu parco conhecimento do alemão. Porém, ele logo inventou um jeito de lidar com o problema: grudar um *"nicht"* na primeira frase, um *"was?"* interrogativo na seguinte, depois *"nicht"* de novo, continuando a alternar do mesmo jeito. E muito embora só em Berlim ele tivesse aprendido a cortar cabelo, era notável como sua maneira se assemelhava de perto à dos tonsuradores lá da Rússia, com seu bem conhecido pendor por muitos cliques supérfluos da tesoura: eles faziam clicar a tesoura, miravam e cortavam uma mecha ou duas, depois mantinham as lâminas fazendo cliques no ar como se impelidas pela inércia. Esse hábil e gratuito clicar era exatamente o que conquistava o respeito de seus colegas.

Sem dúvida tesouras e navalhas são armas, e havia alguma coisa nesse estrídulo metálico que gratificava a alma guerreira de Ivanov. Ele era um homem rancoroso, de mente aguçada. Sua vasta, nobre, esplêndida terra natal tinha sido arruinada por algum estúpido bufão por causa de uma bem torneada frase descarada, e isso ele não podia perdoar. Como uma mola muito apertada, a vingança estava à espreita, à espera, dentro de sua alma.

Numa manhã de verão azulada, muito quente, aproveitando-se da quase total ausência de clientes durante aquelas horas de expediente, ambos os colegas de Ivanov tiraram uma hora de folga. O patrão, morrendo de calor e de desejo longamente gestado, acompanhara silenciosamente a pálida e submissa manicure a um quarto nos fundos. Deixado sozinho na barbearia ensolarada, Ivanov deu uma olhada num jornal, depois acendeu um cigarro e, todo de branco, foi até a porta e começou a olhar os transeuntes.

As pessoas passavam como relâmpagos, acompanhadas por suas sombras azuis, que se quebravam na beira da calçada e deslizavam, destemidas, por baixo das rodas brilhantes dos carros que deixavam marcas como fitas impressas no asfalto amaciado pelo calor, parecidas com o decorativo rendilhado de serpentes. De repente, um cavalheiro baixo, atarracado, com terno preto e chapéu-coco, uma maleta preta debaixo do braço, virou na calçada e foi diretamente na direção de Ivanov. Piscando por causa do sol, Ivanov deu um passo de lado para permitir que ele entrasse na barbearia.

O reflexo do recém-chegado apareceu em todos os espelhos ao mesmo tempo: de perfil, de três quartos e mostrando a calva cerosa atrás da qual o chapéu-coco havia se erguido para ser pendurado num gancho. E quando o homem se virou de frente para os espelhos, que cintilavam acima das superfícies de mármore iluminadas por frascos verdes e dourados de perfume, Ivanov instantaneamente reconheceu aquele rosto móvel, inchado, com os olhinhos penetrantes e a gorda verruga no lóbulo direito do nariz.

O cavalheiro sentou-se silenciosamente diante do espelho e, resmungando indistintamente, bateu na face desleixada com um dedo curto e grosso; querendo dizer, faça minha barba. Numa espécie de neblina atônita, Ivanov estendeu um pano em cima dele, bateu um pouco de espuma tépida na tigela de porcelana, começou a pincelar a espuma nas faces, no queixo redondo e acima dos lábios do homem; circum-navegando cuidadosamente a verruga, começou a esfregar a espuma com o indicador. Mas fazia tudo mecanicamente, tão abalado estava por ter reencontrado aquela pessoa.

Agora uma fina máscara de sabão cobria o rosto do homem até os olhos, minúsculos olhos que cintilavam como as pequenas engrenagens do movimento de um relógio. Ivanov tinha aberto sua navalha e começado a afiá-la numa correia quando se recuperou da surpresa e se deu conta de que o homem estava em seu poder.

Então, curvando-se sobre o ponto calvo ceroso, levou a lâmina azul para perto da máscara ensaboada e disse muito baixinho: "Meus respeitos, camarada. Quanto tempo faz que foi embora de nossa parte do mundo? Não, não se mexa, por favor, senão posso cortar você antes da hora."

As engrenagens cintilantes começaram a se mexer mais depressa, olharam o perfil duro de Ivanov e pararam. Ivanov removeu certo excesso de flocos de espuma com o lado sem corte da navalha e continuou: "Me lembro muito bem de você, camarada. Desculpe se sinto repulsa em pronunciar seu nome. Me lembro como me interrogou uns seis anos atrás, em Kharkov. Me lembro de sua assinatura, caro amigo... Mas, como vê, ainda estou vivo."

Então aconteceu o seguinte. Os olhinhos percorreram em torno, depois se fecharam com força, pálpebras comprimidas como as do selvagem que acha que fechar os olhos o torna invisível.

Ivanov movimentou a lâmina ternamente ao longo da face fria, sussurrante.

"Estamos absolutamente sozinhos, camarada. Entende? Uma escorregadinha da navalha e imediatamente se produz uma boa quantidade de sangue. É aqui que a carótida pulsa. Então vai ter bastante sangue, até demais. Mas primeiro quero seu rosto decentemente barbeado e, além disso, tenho uma coisa para lhe contar."

Cuidadosamente, com dois dedos, Ivanov ergueu a ponta carnosa do nariz do homem e, com a mesma ternura, começou a barbear acima do lábio superior.

"A questão, camarada, é que eu me lembro de tudo. Me lembro perfeitamente e quero que você se lembre também..." E, com voz macia, Ivanov começou seu relato ao barbear sem pressa o rosto reclinado, imóvel. A história que ele contou deve ter sido mesmo aterrorizante, porque de quando em quando sua mão parava, e ele se curvava até muito perto do cavalheiro sentado como um cadáver debaixo do pano que era igual a uma mortalha, as pálpebras convexas baixadas.

"Isso é tudo", Ivanov disse, com um suspiro, "essa é a história. Me diga, o que acha que seria uma reparação adequada para isso tudo? O que é considerado equivalente a uma espada afiada? E, mais uma vez, tenha em mente que estamos absolutamente, totalmente sozinhos. Cadáveres estão sempre barbeados", Ivanov continuou, correndo a lâmina por cima da pele esticada do pescoço do homem. "Os sentenciados à morte também são barbeados. E agora estou barbeando você. Entende o que vai acontecer em seguida?"

O homem ficou sentado sem se mexer, nem abrir os olhos. A máscara de espuma havia desaparecido de seu rosto. Traços de espuma permaneciam apenas nos malares e perto das orelhas. Seu rosto tenso, sem olhos, gordo, estava tão pálido que Ivanov se perguntou se ele não teria sofrido uma crise de paralisia. Mas quando apertou a face chata da navalha no pescoço do homem, todo seu corpo se contraiu. Ele, porém, não abriu os olhos.

Ivanov esfregou ligeiramente o rosto do homem e esguichou talco sobre ele de um aplicador pneumático. "Isso já basta", disse. "Estou satisfeito. Pode ir embora." Com minuciosa pressa tirou o pano dos ombros do homem. O outro permaneceu sentado.

"Levante-se, seu bobo", Ivanov gritou, puxando-o pela manga. O homem se imobilizou, com os olhos fechados com força, no meio da barbearia. Ivanov enfiou o chapéu-coco em sua cabeça, enfiou a pasta debaixo de seu braço e girou-o para a porta. Só então o homem se pôs em movimento. Seu rosto de olhos fechados relampejou em todos os espelhos. Ele saiu como um autômato pela porta que Ivanov segurava aberta, e, com o mesmo passo mecânico, agarrado à pasta com a mão petrificada estendida, olhando o borrão ensolarado da rua com os olhos vazios de uma estátua grega, ele foi embora.

O passageiro

"Sim, a Vida é mais talentosa que nós", suspirou o escritor, batendo o filtro de papelão do cigarro russo contra a tampa da caixa. "As tramas que a Vida inventa de vez em quando! Como podemos competir com essa deusa? As obras dela são intraduzíveis, indescritíveis."

"Copyright pelo autor", sugeriu o crítico, sorrindo; ele era um homem modesto, míope, com dedos finos, inquietos.

"Nosso último recurso, então, é trapacear", continuou o escritor, jogando distraidamente um fósforo dentro da taça de vinho vazia do crítico. "Tudo o que nos resta é tratar suas criações do jeito que um produtor de cinema trata um romance famoso. O produtor precisa impedir que criadas se entediem nas noites de sábado; portanto, ele altera o romance até ficar irreconhecível; mói, vira pelo avesso, joga fora centenas de episódios, introduz novos personagens e incidentes que ele mesmo inventou, e tudo isso com o único propósito de fazer um filme divertido se desdobrar sem tropeços, punindo a virtude no começo e o vício no final, um filme perfeitamente natural em termos de suas próprias convenções e, acima de tudo, provido de um final inesperado em que tudo resolve. É exatamente assim que nós, escritores, alteramos os temas da Vida para servir ao nosso impulso de alguma harmonia convencional, algum tipo de concisão artística. Temperamos nossos plágios insípidos com nossas próprias invenções. Pensamos que a performance da Vida é muito arrebatada, muito irregular, que seu gênio é muito caótico. Para agradar nossos leitores recortamos dos romances descontrolados da Vida nossas historinhas para uso de crianças na escola. Permita que, a esse respeito, eu lhe conte a seguinte experiência.

"Eu estava viajando no vagão-dormitório de um expresso. Adoro o processo de me instalar em acomodações viáticas — o lençol fresco do leito, a lenta passagem das luzes da estação de partida quando começam a se deslocar para trás pela janela negra. Me lembro como estava satisfeito de não haver ninguém no leito acima do meu. Tirei a roupa, deitei de costas com as mãos trançadas debaixo da cabeça, e a leveza do parco cobertor regulamentar era uma bênção em comparação com a fofura dos edredons de plumas dos hotéis. Depois de umas divagações particulares — na época eu estava ansioso para escrever uma história sobre a vida de uma faxineira de trem —, apaguei a luz e logo adormeci. E aqui permita que eu use um recurso que aparece com tremenda frequência no tipo de história ao qual a minha promete pertencer. Cá está, o velho recurso que você conhece tão bem: 'No meio da noite, acordei de repente.' O que vem depois, porém, é algo menos requentado. Acordei e vi um pé."

"Desculpe, um quê?", interrompeu o crítico modesto, inclinando-se para a frente e levantando o dedo.

"Vi um pé", repetiu o escritor. "O compartimento estava iluminado. O trem, parado numa estação. Era um pé de homem, um pé de tamanho considerável, numa meia grosseira, através da qual a unha azulada havia aberto um buraco. Estava plantado com firmeza num degrau da escada do leito superior, próximo ao meu rosto, e seu proprietário, escondido de minha visão pela cama superior que me servia de teto, estava a ponto de fazer um último esforço para se erguer pela borda. Tive muito tempo para inspecionar aquele pé com sua meia cinzenta, axadrezada de preto, e também parte da perna: o V roxo da liga na lateral da panturrilha volumosa e os pelinhos espetados feiamente através da trama da comprida roupa de baixo. Era um membro absolutamente repelente. Enquanto eu olhava, ele se tensionou, um tenaz dedo maior mexeu-se uma ou duas vezes; depois, finalmente, toda a extremidade se ergueu vigorosamente e sumiu de vista. De cima vieram os gemidos e bufos que levavam qualquer um a concluir que o homem estava se preparando para dormir. A luz se apagou e momentos depois o trem se pôs em movimento.

"Não sei como explicar a você, mas aquele membro me angustiou quase opressivamente. Um réptil flexível, multicolorido. Achei perturbador que tudo o que eu conhecia do homem fosse aquela perna com aspecto maligno. Seu corpo, seu rosto, eu não vi nunca. O leito, que formava um teto baixo e escuro em cima de mim, agora parecia estar mais baixo; dava quase para sentir seu peso. Por mais que eu tentasse imaginar o aspecto de meu companheiro de viagem noturna, tudo o que eu conseguia visualizar era aquela conspícua unha que mostrava seu brilho azulado de madrepérola através de um buraco na lã da meia. Pode parecer estranho, de forma geral, que essas ninharias me incomodem, mas, *per contra*, todo escritor não é precisamente uma pessoa que se incomoda com ninharias? De qualquer forma, o sono não veio. Fiquei escutando: teria meu companheiro desconhecido começado a roncar? Aparentemente, ele não estava roncando, mas gemendo. Claro, é sabido que o matraquear das rodas do trem à noite estimula alucinações auditivas; porém eu não conseguia me livrar da impressão de que dali de cima vinham sons de uma natureza incomum. Levantei-me num cotovelo. Os sons ficaram mais distintos. O homem do leito superior estava soluçando."

"Como assim?", interrompeu o crítico. "Soluçando? Ah, sei. Desculpe, não ouvi direito o que você disse." E mais uma vez, baixando as mãos no colo e inclinando a cabeça para um lado, o crítico continuou ouvindo o narrador.

"É, ele estava soluçando, e seus soluços eram atrozes. Ele se sufocava; expelia ruidosamente o ar como se tivesse bebido de um só golpe um litro de água, ao que se seguiam rápidos espasmos de choro com a boca fechada — uma assustadora paródia de gargalhada —, e mais uma vez ele puxava o ar e mais uma vez o soltava em curtas expirações de soluços, agora com a boca aberta — a julgar pelos tons de 'ai'. E tudo isso contra o fundo sacolejante do martelar de rodas, que nessa altura se transformara em algo como uma escada em movimento, pela qual seus soluços subiam e desciam. Fiquei imóvel e escutei. E senti, incidentalmente, que meu rosto no escuro parecia incrivelmente tolo, porque é sempre embaraçoso ouvir um estranho chorar. E veja você, eu estava inevitavelmente algemado a ele pelo fato de repartirmos o mesmo compartimento de dois leitos, no mesmo trem a correr indiferente. E ele não parava de chorar; aqueles horríveis soluços árduos me acompanhavam: nós dois — eu embaixo, o ouvinte, e ele em cima, o que chorava — corríamos de lado pela noite remota a oitenta quilômetros por hora, e só um desastre ferroviário poderia romper nosso elo involuntário.

"Depois de algum tempo, ele pareceu parar de chorar, mas no momento em que eu estava para adormecer os soluços recomeçaram a crescer, e eu parecia ouvir até palavras ininteligíveis que ele murmurava numa espécie de voz sepulcral, visceral, entre soluços convulsivos. Ele silenciou de novo, bufando um pouco apenas, e eu fiquei de olhos fechados, vendo na imaginação o seu pé desagradável com a meia xadrez. De um jeito ou de outro, consegui adormecer; e às cinco e meia o condutor escancarou a porta para me acordar. Sentando na cama, e batendo a cabeça a todo minuto no leito superior, me vesti apressado. Antes de sair com minhas malas para o corredor, virei para olhar o leito superior, mas o homem estava deitado de costas para mim, e cobrira a cabeça com o cobertor. Amanhecera no corredor, o sol acabara de nascer, a sombra azul, fresca, do trem corria pela relva, pelos arbustos, curvava-se sinuosa escarpas acima, enrolava-se nos troncos de bétulas tremulantes — e uma lagoazinha oblonga brilhou ofuscante no meio de um campo, depois se estreitou, minguou até virar uma fenda prateada, e com um rápido matraquear um chalé passou, um rabo de estrada riscou debaixo de uma passagem de nível — e mais uma vez bétulas incontáveis entonteciam com sua tremulante paliçada manchada de sol.

"As únicas outras pessoas no corredor eram duas mulheres com rostos sonolentos, maquiados com desleixo, e um velhinho que usava luvas de camurça e um boné de viagem. Eu detesto acordar cedo: para mim o amanhecer mais deslumbrante do mundo não substitui as horas de delicioso sono matinal; e portanto limitei-me a um mal-humorado aceno quando o velho cavalheiro me perguntou se eu também ia desembarcar em... e mencionou uma cidade grande à qual chegaríamos dentro de dez ou quinze minutos.

"As bétulas de repente se dispersaram, meia dúzia de casinhas escorriam por um morro, algumas delas, em sua pressa, escapando por pouco de ser atropeladas pelo trem; depois uma imensa fábrica vermelho-púrpura passou relampejando suas vidraças; o chocolate de alguém nos saudou num cartaz de dez metros; outra fábrica passou em seguida com seu vidro brilhante e chaminés; em resumo, aconteceu o que geralmente acontece quando a gente se aproxima de uma cidade. Mas de repente, para nossa surpresa, o trem freou convulsivamente e parou numa desolada estaçãozinha, onde um expresso não tinha nada que se deter. Achei também surpreendente que houvesse diversos policiais na plataforma. Baixei a janela e me debrucei para fora. 'Feche a janela, por favor', disse um dos homens, polidamente. Os passageiros no corredor manifestavam certa agitação. Um condutor passou e perguntei o que estava acontecendo. 'Há um criminoso no trem', ele respondeu, e explicou brevemente que, na cidade em que tínhamos parado no meio da noite, ocorrera um assassinato no final da tarde: um marido traído havia atirado na esposa e no amante dela. As senhoras exclamaram *akh!*, o velho cavalheiro sacudiu a cabeça. Dois policiais e um detetive gordinho, de cara cor-de-rosa e chapéu-coco que parecia um *bookmaker*, entraram no corredor. Pediram que eu voltasse para meu leito. Os policiais ficaram no corredor, enquanto o detetive visitava um compartimento depois do outro. Mostrei-lhe meu passaporte. Seus olhos castanho-avermelhados deslizaram por meu rosto; ele devolveu o passaporte. Estávamos, ele e eu, naquela estreita cabine na qual, no leito superior, dormia uma figura encasulada e escura. 'Pode ir', disse o detetive e estendeu o braço para aquele escuro superior: 'Documentos, por favor.' O homem debaixo do cobertor continuou roncando. Parado na porta, eu ainda ouvia aqueles roncos e parecia perceber em meio a eles os ecos sibilantes de seu choro noturno. 'Por favor, acorde', disse o detetive, levantando a voz; e, com uma espécie de força profissional, puxou a beira do cobertor da nuca do homem adormecido. Esse último se mexeu, mas continuou a roncar. O detetive o sacudiu pelo ombro. Aquilo era repugnante. Virei o rosto e olhei pela janela do corredor, mas não a vi de fato, escutando com todo meu ser o que acontecia no compartimento.

"E, imagine, não escutei nada fora do comum. O homem do leito superior resmungou alguma coisa, sonolento, o detetive pediu claramente seu passaporte, claramente agradeceu a ele, depois saiu e entrou em outro compartimento. Só isso. Mas pense em como teria sido ótimo — do ponto de vista do escritor, naturalmente — se o passageiro choroso, de pé malévolo, se revelasse um assassino, como ficariam bem explicadas suas lágrimas noturnas e, mais ainda, como isso tudo se encaixaria bem no quadro de minha viagem noturna, no quadro de um conto. No entanto, pareceria que o plano do Autor, o plano da Vida, neste caso, assim como em todos os outros, seria cem vezes melhor."

O escritor suspirou e se calou, tragando o cigarro que se apagara fazia tempo e agora estava todo mascado e úmido de saliva. O crítico olhava para ele com olhos bondosos.

"Confesse", o escritor falou de novo, "que a partir do momento em que mencionei a polícia e a parada inesperada, você tinha certeza de que meu passageiro chorão era um criminoso".

"Conheço seu estilo", disse o crítico, tocando o ombro de seu interlocutor com a ponta dos dedos e, num gesto que lhe era peculiar, retirando instantaneamente a mão. "Se você estivesse escrevendo uma história de detetive, seu vilão acabaria sendo não a pessoa que nenhum dos personagens suspeitasse que fosse, mas a pessoa de quem todo mundo na história suspeitaria desde o começo, enganando assim o leitor experimentado que está acostumado com soluções que se mostram *não* óbvias. Sei muito bem que você gosta de produzir uma impressão de inesperado por meio do desenlace mais natural; mas não se deixe levar por seu próprio método. Na vida, existe muita coisa que é casual e também muita coisa que é fora do comum. A Palavra ganha o direito sublime de enfatizar o acaso e fazer do transcendental algo que não é acidental. Nesse caso, nessa dança do acaso, você poderia ter criado uma história bem arrematada se tivesse transformado seu companheiro de viagem em um assassino."

O escritor suspirou de novo.

"Sim, sim, isso me ocorreu. Eu podia ter acrescentado vários detalhes. Teria aludido ao amor apaixonado dele pela esposa. Invenções de todo tipo seriam possíveis. O problema é que estamos no escuro: talvez a Vida tivesse em mente alguma coisa completamente diferente, alguma coisa muito mais sutil e profunda. O problema é que não descobri, e jamais descobrirei, por que o passageiro chorava."

"Eu intercedo pela Palavra", disse o crítico, delicadamente. "Você, como escritor de ficção, teria ao menos criado alguma solução brilhante: seu personagem estava chorando, talvez, porque tinha perdido a carteira na estação. Uma vez conheci alguém, um homem adulto de aparência marcial, que chorava, ou ululava mesmo, quando tinha uma dor de dente. Não, obrigado, não, não me sirva mais. Isso foi suficiente, mais que suficiente."

A campainha

Sete anos tinham se passado desde que ele e ela se separaram em Petersburgo. Nossa, como estava atulhada a estação Nikolaevsky! Não fique tão perto — o trem está para partir. Bem, lá vamos nós, adeus, querida... Ela caminhou ao lado, alta, magra, vestindo uma capa, com cachecol preto e branco no pescoço, e uma lenta corrente a levava para trás. Recruta do Exército Vermelho, ele participava, relutante e confuso, de uma guerra civil. Então, numa linda noite, ao estático estridular de grilos da pradaria, ele passou para os Brancos. Um ano depois, em 1920, não muito antes de deixar a Rússia, na rua Chainaya, íngreme, de pedra, em Yalta, ele topou com seu tio, um advogado de Moscou. Ora, sim, havia notícias — duas cartas. Ela estava partindo para a Alemanha e já havia obtido um passaporte. Você parece bem, meu jovem. E finalmente a Rússia o libertara: uma licença permanente, segundo alguns. A Rússia o prendera durante longo tempo; ele havia aos poucos escorregado do norte para o sul, e a Rússia ainda o mantivera em suas garras, com a tomada de Tver, Kharkov, Belgorod, e várias interessantes aldeiazinhas, mas não adiantava. Ela ainda lhe reservara uma última tentação, um último presente: a Crimeia, mas nem isso ajudara. Ele partiu. E a bordo do navio estabeleceu contato com um jovem inglês, um rapaz alegre, atleta, que estava a caminho da África.

Nikolay visitou a África e a Itália e, por alguma razão, as ilhas Canárias, e depois a África de novo, onde serviu por algum tempo na Legião Estrangeira. No começo, lembrava-se sempre dela, depois raramente, depois de novo cada vez com maior frequência. Seu segundo marido, o industrial alemão Kind, morreu durante a guerra. Ele possuía imóveis consideráveis em Berlim, e Nikolay concluiu que não haveria risco de ela passar fome lá. Mas como o tempo corria depressa! Incrível!... Sete anos inteiros tinham se passado?

Durante esses anos, ele tinha se tornado mais duro, mais áspero, perdera o dedo indicador e aprendera duas línguas: italiano e inglês. A cor de seus olhos tinha ficado mais clara e sua expressão, mais cândida devido ao uniforme e ao rústico bronzeado que cobria seu rosto. Ele fumava cachimbo. Seu andar, que sempre tivera a solidez característica das pessoas de pernas curtas, agora adquirira um ritmo notável. Uma coisa nele não tinha mudado: sua risada, acompanhada por um gracejo e uma piscada.

Ele se divertiu bastante, rindo baixinho e sacudindo a cabeça, antes de finalmente se decidir a abandonar tudo e por fáceis estágios tomar o rumo de Berlim. Em uma ocasião — numa banca de jornais, em algum lugar da Itália, ele notou um jornal de emigrados russos, publicado em Berlim. Escreveu ao jornal para pôr um anúncio na coluna Pessoal: Fulano de Tal procura Beltrana de Tal. Não obteve resposta. Numa viagem breve à Córsega, conheceu um conterrâneo russo, o velho jornalista Grushevski, que estava partindo para Berlim. Investigue em meu nome. Talvez consiga encontrá-la. Diga que estou vivo e bem... Mas essa fonte também não produziu nenhuma boa notícia. Já estava na hora de tomar Berlim de assalto. Lá, no local, a busca seria mais simples. Teve muitos problemas para obter um visto alemão, e estava ficando sem dinheiro. Ah, bem, chegaria lá de um jeito ou de outro...

E chegou. Usando uma capa de chuva e um boné xadrez, baixo e de ombros largos, com um cachimbo entre os dentes e uma mala muito usada na mão boa, ele saiu para a praça em frente à estação. Ali parou para admirar o grande anúncio brilhante como uma joia que se abria na escuridão, depois desaparecia e recomeçava de outro ponto. Passou uma noite ruim num quarto abafado de um hotel barato, tentando pensar em maneiras de começar a busca. O departamento de residentes, a redação do jornal em língua russa... Sete anos. Ela devia ter realmente envelhecido. Era um horror da parte dele ter esperado tanto; devia ter vindo antes. Mas, ah, aqueles anos, aquele estupendo vagar pelo mundo, os trabalhos obscuros e mal pagos, os riscos assumidos e superados, a excitação da liberdade, a liberdade com que ele tinha sonhado na infância!... Era puro Jack London... E ali estava ele de novo: uma nova cidade, um acolchoado de plumas que pinicava de forma suspeita e o guincho de um bonde tardio. Ele tateou em busca dos fósforos e com um movimento habitual do coto do dedo indicador começou a apertar o tabaco macio na cuba do cachimbo.

Quando se viaja como ele viajou, se esquecem os nomes do tempo; eles são deslocados por aqueles dos lugares. De manhã, quando Nikolay saiu com intenção de ir à polícia, as grades estavam abaixadas em todas as lojas. Era um maldito domingo. A mesma coisa no departamento de residentes e no jornal. Era também fim do outono: tempo ventoso, ásteres nos jardins públicos, o céu de um branco sólido, árvores amarelas, bondes amarelos, buzinas anasaladas de táxis constipados. Veio-lhe um frio de excitação com a ideia de que estava na mesma cidade que ela. Uma moeda de cinquenta *pfennige* comprou um copo de vinho do porto num bar de motoristas de táxi, e o vinho no estômago vazio teve um efeito agradável. Aqui e ali pelas ruas vinha uma pitada de fala russa: "... *Skol'ko raz ya tebe govorila*" ("... Quantas vezes eu já disse"). E mais uma vez, depois da passagem de vários nativos: "... Ele está disposto a vender para mim, mas francamente, eu..." A excitação o fez rir e terminar cada cachimbo cheio mais depressa que o normal. "... Parecia ter passado, mas agora Grisha pegou também..." Ele considerou a possibilidade de ir até a próxima dupla de russos e perguntar, muito polidamente: "Conhecem por acaso Olga Kind, nascida condessa Karski?" Eles deviam todos se conhecer naquele pedacinho perdido de Rússia provinciana.

Já estava anoitecendo, e, no crepúsculo, uma bela luz tangerina tinha tomado conta dos painéis de vidro de uma imensa loja de departamentos quando Nikolay notou, em um dos lados de uma porta na rua, uma pequena placa branca que dizia: I. S. WEINER, DENTISTA. DE PETROGRADO. Uma lembrança inesperada praticamente o escaldou. Esse bom amigo nosso está bem cariado e precisa ser extraído. Na janela, bem na frente da cadeira de tortura, fotografias em chapa de vidro mostravam paisagens suíças... A janela dava para a rua Moika. Bocheche, por favor. E o dr. Weiner, um gordo, plácido velho de roupa branca com óculos perspicazes, arrumava seus instrumentos tilintantes. Ela costumava ir tratar dos dentes com ele, assim como seus primos, e até costumavam dizer uns aos outros, quando discutiam por uma razão ou outra: "Você quer levar um Weiner?" (i.e., um soco na boca?). Nikolay ficou um tempo parado na frente da porta, a ponto de tocar a campainha, lembrando que era domingo; pensou um pouco mais e tocou mesmo assim. Houve um zunido na tranca e a porta abriu. Ele subiu um andar. Uma empregada abriu a porta. "Não, o doutor não está atendendo hoje." "Meus dentes estão bons", objetou Nikolay em mau alemão. "O dr. Weiner é um velho amigo meu. Meu nome é Galatov. Tenho certeza de que ele se lembra de mim..." "Vou falar com ele", disse a empregada.

Um momento depois, um homem de meia-idade, com paletó de belbute engalanado, veio pelo corredor. Tinha o rosto cor de cenoura e parecia extremamente simpático. Depois de uma alegre saudação, acrescentou em russo: "Mas não me lembro de você... Deve haver algum engano." Nikolay olhou para ele e se desculpou: "Temo que sim. Também não me lembro do senhor. Estava esperando encontrar o dr. Weiner, que morava na rua Moika, em Petersburgo, antes da Revolução, mas procurei a pessoa errada. Desculpe."

"Ah, deve ser algum homônimo meu. Um homônimo comum. Eu morava na avenida Zagorodny."

"Nós todos nos tratávamos com ele", explicou Nikolay, "então, bem, eu pensei... Sabe, estou tentando localizar uma certa senhora, Madame Kind, é o sobrenome de seu segundo marido..."

Weiner mordeu o lábio, desviou os olhos com uma expressão intensa, depois dirigiu-se a ele outra vez: "Espere um pouco... Parece que me lembro... Parece que me lembro de uma Madame Kind que veio me ver não faz muito tempo e também tinha a impressão... Vamos saber com certeza dentro de um minuto. Tenha a bondade de entrar no meu consultório."

O consultório ficou como um borrão aos olhos de Nikolay. Ele não conseguia afastar o olhar da calva impecável de Weiner quando este se curvou para pegar o livro de anotações.

"Vamos saber com certeza dentro de um minuto", ele repetiu, passando os dedos pelas páginas. "Vamos saber com certeza dentro de um minuto. Vamos saber... Aqui está, *Frau* Kind. Obturação de ouro e algum outro trabalho... que não consigo decifrar, tem um borrão aqui."

"E qual o primeiro nome e o sobrenome?", perguntou Nikolay, aproximando-se da mesa e quase derrubando o cinzeiro com o punho.

"Está anotado também. Olga Kirillovna."

"Certo", disse Nikolay com um suspiro de alívio.

"O endereço é Plannerstrasse, cinquenta e nove, aos cuidados de Babb", disse Weiner com um estalo dos lábios, e rapidamente copiou o endereço em um pedaço de papel. "Segunda rua a partir daqui. Aí está. Muito contente de poder ajudar. Ela é parente sua?"

"Minha mãe", replicou Nicolay.

Ao sair do dentista, seguiu com um passo um tanto apressado. Encontrá-la com tamanha facilidade o deixava perplexo, como um truque de cartas. Nunca tinha parado para pensar, enquanto viajava a Berlim, que ela podia ter morrido havia muito tempo ou mudado para outra cidade, e no entanto o truque funcionara. Weiner era outro Weiner, mas o destino achara um jeito. Bela cidade, bela chuva! (A garoa perolada de outono parecia cair como um sussurro, e as ruas estavam escuras.) Como ela o receberia — ternamente? Tristemente? Ou com completa calma. Ela não o tinha mimado em criança. Você está proibido de correr pela sala de visita enquanto estou tocando piano. Ao crescer, sentia mais e mais frequentemente que ela não tinha muito uso para ele. Agora, ele tentava visualizar seu rosto, mas seus pensamentos se recusavam obstinadamente a tomar cor, e ele simplesmente não conseguia reunir numa imagem óptica viva o que sabia na mente: sua figura alta, magra, com aquele ar soltamente arrumado; o cabelo escuro com mechas grisalhas nas têmporas; a boca grande, pálida; a velha capa de chuva que vestia quando a vira pela última vez; e a expressão cansada, amarga, de uma mulher que envelhecia, que parecia ter estado sempre em seu rosto — mesmo antes da morte de seu pai, o almirante Galatov, que se suicidara com um tiro pouco antes da Revolução. Número 51. Oito casas mais.

De repente, ele se deu conta de que estava insuportavelmente, indecentemente perturbado, muito mais do que tinha estado, por exemplo, daquela primeira vez em que pressionara o corpo empapado de suor contra a lateral de um rochedo, mirando para um redemoinho que se aproximava, um espantalho branco em cima de um esplêndido cavalo árabe. Parou pouco antes do número 59, tirou o cachimbo e uma bolsa de borracha com o tabaco; encheu a cuba lentamente, cuidadosamente, sem derrubar um único fiapo; acendeu, avivou a chama, aspirou, viu a brasa aumentar, puxou uma baforada de fumaça adocicada, que picava a língua, expeliu-a cuidadosamente e com passo firme e sem pressa foi até a casa.

A escada estava tão escura que ele tropeçou algumas vezes. Quando, na densa escuridão, chegou ao patamar do segundo andar, acendeu um fósforo e enxergou uma placa dourada. Nome errado. Só muito mais alto foi que encontrou o estranho nome "Babb". A chamazinha queimou seu dedo e se apagou. Deus, meu coração está disparado... Tateou em busca da campainha no escuro e tocou. Então tirou o cachimbo de entre os dentes e começou a esperar, sentindo um sorriso agonizante rasgar seus lábios.

Então ouviu uma tranca, a trava fez um duplo som ressonante e a porta, como se empurrada por vento violento, escancarou-se. Estava tão escuro na antessala quanto na escada, e do escuro flutuou uma voz vibrante, alegre. "A luz está apagada no prédio todo, *eto oozhat*, é um horror", e Nikolay reconheceu imediatamente aquele enfático "oo" prolongado, e com base nisso reconstruiu instantaneamente, até o mais mínimo traço, a pessoa que agora estava, ainda escondida pelo escuro, parada na porta.

"Claro, não se vê nada", ele disse com uma risada e avançou para ela.

Seu grito foi tão assustado como se uma forte mão a tivesse atingido. No escuro ele encontrou os braços dela, os ombros, e se chocou contra alguma coisa (talvez um suporte de guarda-chuvas). "Não, não, não é possível", ela repetia rapidamente, enquanto recuava.

"Pare um pouco, mãe, pare um minuto", ele disse, batendo de novo em alguma coisa (dessa vez era a porta semiaberta, que se fechou com uma batida forte).

"Não pode ser... Nicky, Nick..."

Ele a beijava ao acaso, nas faces, no cabelo, em toda parte, sem poder ver nada no escuro, mas com alguma visão interior reconhecendo-a toda, da cabeça aos pés, e uma única coisa nela havia mudado (e mesmo essa novidade inesperadamente o fez lembrar de sua mais tenra infância, quando ela tocava piano): o forte, elegante cheiro de perfume — como se aqueles anos intermediários não tivessem existido, os anos de sua adolescência e da viuvez dela, quando ela não usava mais perfume e se apagava tão tristemente —, parecia que nada disso tinha acontecido e que ele havia passado direto do exílio distante para a infância... "É você. Você veio. Você realmente está aqui", ela repetia, apertando os lábios macios contra ele. "Que bom... É assim que deve ser."

"Não tem luz em lugar nenhum?", Nikolay perguntou, animado.

Ela abriu uma porta interna e disse, excitada: "Tem, sim, venha. Acendi umas velas aqui."

"Bem, deixe eu olhar seu rosto", ele disse, entrando na aura tremulante da luz das velas e observando avidamente a mãe. O cabelo dela tinha desbotado para um tom muito claro de palha.

"Bem, não me reconhece?", ela perguntou, respirando, nervosa, e acrescentou apressada: "Não me olhe assim. Venha, me conte as novidades! Que bronzeado você está... nossa! É, me conte tudo."

Aquele cabelo loiro... E o rosto maquiado com minucioso cuidado. A linha úmida de uma lágrima, porém, havia engolido a pintura rosada, e os cílios carregados de rímel estavam molhados, o pó nas asas do nariz ficara arroxeado. Ela usava um vestido azul brilhante, fechado no pescoço. E tudo nela era estranho, inquieto e assustador.

"Você deve estar esperando visita, mãe", Nikolay observou, e, sem saber bem o que dizer em seguida, tirou energicamente o sobretudo.

Ela se afastou dele e foi até a mesa, que estava servida para uma refeição, cintilando com cristais na semiescuridão; então voltou até ele e mecanicamente olhou para si mesma no espelho turvado pelo escuro.

"Tantos anos se passaram... Nossa! Mal posso acreditar em meus olhos. Ah, sim, vou receber amigos agora à noite. Vou cancelar. Vou telefonar para eles. Vou fazer alguma coisa. Tenho de desmarcar com eles... Ah, meu Deus..."

Ela se apertou contra ele, apalpando-o para descobrir até que ponto era real.

"Calma, mãe, o que é isso? Seria um exagero. Vamos sentar em algum lugar. *Comment vas-tu?* Como tem sido a sua vida?" E, temendo por alguma razão as respostas a suas perguntas, ele começou a contar sobre si mesmo, do jeito organizado e breve que tinha, fumando o cachimbo, tentando afogar sua perplexidade em palavras e fumaça. No final das contas, ela havia visto o anúncio, havia estado em contato com o jornalista e quase respondera a Nikolay — sempre quase... Agora que vira o rosto dela distorcido pela maquiagem e o cabelo artificialmente loiro, ele sentiu que a voz dela também não era mais a mesma. E enquanto descrevia suas aventuras, sem um momento de pausa, ele olhava em torno da sala semi-iluminada, aquelas horríveis armadilhas de classe média: o bibelô de gatinho no aparador, o biombo recatado de trás do qual aparecia o pé da cama, a foto de Frederico, o Grande, tocando flauta, a estante sem livros com vasinhos nos quais a luz refletida subia e descia como mercúrio... Quando seus olhos vagaram em torno, ele inspecionou também algo que anteriormente só havia notado de passagem: a mesa — uma mesa servida para dois, com bebidas, uma garrafa de Asti, dois cálices de vinho altos e um enorme bolo cor-de-rosa enfeitado com um círculo de velinhas ainda apagadas. "... Claro que eu saltei imediatamente de minha tenda e o que acha que era? Vamos, adivinhe!"

Ela pareceu sair de um transe, e lhe deu um olhar inquieto (estava reclinada a seu lado no divã, as têmporas apertadas entre as mãos e as meias cor de pêssego emitiam um brilho estranho).

"Não está ouvindo, mãe?"

"Ora, estou... Estou, sim..."

E então ele notou uma outra coisa: ela estava estranhamente ausente, como se estivesse ouvindo não suas palavras, mas uma coisa assustadora vinda de longe, ameaçadora e inevitável. Ele continuou com sua animada narrativa, mas depois parou de novo e perguntou: "O bolo... é em homenagem a quem? Parece muito bom."

A mãe respondeu com um sorriso nervoso: "Ah, uma pequena surpresa. Eu disse que estava esperando visita."

"Isso me lembra muito de Petersburgo", disse Nikolay. "Lembra como você uma vez errou e esqueceu uma vela? Eu estava completando dez anos, mas havia apenas nove velas. *Tu escamotas* meu aniversário. Eu berrei feito um louco. E quantas tem aí?"

"Ah, que importa isso?", ela exclamou, e se levantou, quase como se quisesse impedir que ele visse a mesa. "Por que não me diz em vez disso que horas são? Tenho de telefonar e cancelar a festa... Tenho de fazer alguma coisa."

"Sete e quinze", disse Nikolay.

"*Trop tard, trop tard*", ela levantou a voz outra vez. "Tudo bem! Nessa altura, não importa mais..."

Ambos ficaram quietos. Ela voltou a seu lugar. Nikolay estava fazendo um esforço para abraçá-la, para ser carinhoso com ela, para perguntar: "Escute mãe... o que aconteceu com você? Vamos: conte." Ele deu mais uma olhada à mesa brilhante e contou as velas em círculo no bolo. Eram vinte e cinco. Vinte e cinco! E ele já tinha vinte e oito...

"Por favor, não examine a sala desse jeito!", disse a mãe. "Parece um detetive! Isto aqui é um buraco horrendo. Eu adoraria mudar para outro lugar, mas vendi a mansão que Kind deixou para mim." De repente, ela aspirou o ar com ruído: "Espere um pouco... O que foi isso? Você fez esse barulho?"

"Fui eu", Nikolay respondeu. "Estou batendo as cinzas do meu cachimbo. Mas me conte: ainda tem dinheiro suficiente? Não está com problemas para pagar as contas?"

Ela se ocupou em ajeitar uma fita na manga e falou, sem olhar para ele: "Claro.... Claro que sim. Ele me deixou algumas ações estrangeiras, um hospital e uma antiga prisão. Uma prisão!... Mas tenho de lhe dizer que mal tenho o suficiente para viver. Pelo amor de Deus, pare de bater esse cachimbo. Quero que saiba que eu... Que eu não posso... Ah, você entende, Nick: seria difícil para mim sustentar você."

"Do que está falando, mãe?", Nikolay exclamou (e nesse momento, como um sol estúpido surgindo detrás de uma estúpida nuvem, a lâmpada elétrica se acendeu no teto). "Pronto, podemos apagar essas velas agora; era como estar agachado no mausoléu Mostaga. Sabe, eu tenho, sim, uma pequena reserva de dinheiro, mas, de qualquer forma, gosto de me sentir livre como um passarinho... Venha, sente aqui — pare de ficar andando pela sala."

Alta, magra, azul-vivo, ela parou na frente dele e agora, a plena luz, ele viu quanto ela havia envelhecido, com que insistência as rugas em suas faces e testa apareciam através da maquiagem. E aquele cabelo horrivelmente oxigenado!...

"Você foi entrando tão de repente", disse ela e, mordendo o lábio, consultou o pequeno relógio do aparador. "Como neve caindo de um céu limpo... Está adiantado. Não, parou. Eu tenho visita hoje à noite e de repente você chega. É uma situação louca..."

"Bobagem, mãe. Eles vão chegar, vão ver que seu filho voltou e logo vão evaporar. E antes do fim da noite você e eu vamos para algum *music hall* e jantamos em algum lugar... Me lembro que vi um show africano, era realmente uma coisa! Imagine: uns cinquenta negros e um bem grande, do tamanho, digamos..."

A campainha da porta tocou forte no hall. Olga Kirillovna, que tinha se sentado no braço da poltrona, deu um pulo e endireitou o corpo.

"Espere, eu atendo", disse Nikolay, e se levantou.

Ela o agarrou pela manga. Seu rosto estava contorcido. A campainha parou. A visita esperava.

"Devem ser seus convidados", disse Nikolay. "Seus vinte e cinco convidados. Temos de abrir a porta para eles."

A mãe sacudiu bruscamente a cabeça e ficou ouvindo intensamente.

"Não está certo...", Nikolay começou a dizer.

Ela puxou sua manga e sussurrou: "Não ouse! Eu não quero que... Você não ouse..."

A campainha começou a tocar de novo, insistentemente e irritantemente dessa vez. E continuou tocando por um longo tempo.

"Deixe eu atender", disse Nikolay. "Que bobagem. Se alguém toca, é preciso atender a porta. Do que está com medo?"

"Você não ouse... está ouvindo?", ela repetiu, apertando a mão dele espasmodicamente. "Eu imploro... Nicky, Nicky, Nicky!... Não!"

A campainha parou. Foi substituída por uma série de batidas vigorosas, produzidas aparentemente pelo castão sólido de uma bengala.

Nikolay se dirigiu resolutamente para a saleta de entrada. Mas antes de chegar a ela, sua mãe o agarrou pelos ombros e tentou com toda a força empurrá-lo para trás, sussurrando o tempo todo: "Você não ouse... Não ouse... Pelo amor de Deus!..."

A campainha tocou de novo, breve e raivosamente.

"Você é quem sabe", disse Nikolay com uma risada e, enfiando as mãos nos bolsos, atravessou toda a sala. Isto aqui é um verdadeiro pesadelo, pensou, e riu de novo.

Os toques tinham parado. Estava tudo quieto. Aparentemente o tocador havia se cansado e ido embora. Nikolay foi até a mesa, contemplou o bolo esplêndido com o glacê colorido, as vinte e cinco velas festivas e dois cálices de vinho. Perto, como que escondida na sombra da garrafa, havia uma caixinha branca de papelão. Ele a pegou e levantou a tampa. Continha uma cigarreira de prata novinha, bastante sem graça.

"Então é isso", disse Nikolay.

Sua mãe, meio reclinada no sofá com o rosto enterrado numa almofada, estava convulsionada por soluços. Em anos anteriores, ele a tinha visto chorar muitas vezes, mas ela então chorara de um jeito bem diferente: sentada à mesa, por exemplo, ela chorava sem virar o rosto e assoava o nariz ruidosamente, e falava, falava, falava; porém agora chorava de um jeito tão juvenil, largada com tamanho abandono... e havia algo tão gracioso na curva de sua coluna e na maneira como um pé, com seu chinelo de veludo, tocava o chão... Dava quase para pensar que era uma mulher jovem, loira, chorando... E seu lenço amarfanhado estava caído no tapete do jeito que devia estar, naquela linda cena.

Nikolay deu um grunhido russo (*kryak*) e sentou na beira do sofá dela. Ele *kryakou* de novo. Sua mãe, ainda com o rosto escondido, disse, para a almofada: "Ah, você não podia ter chegado antes? Ao menos um ano antes... Só um ano!..."

"Eu não sabia", disse Nikolay.

"Agora está tudo acabado", ela soluçou, e jogou para trás o cabelo claro. "Tudo acabado. Faço cinquenta anos em maio. Filho adulto volta para mãe idosa. E por que você tinha de vir justamente neste momento... esta noite?"

Nikolay vestiu seu sobretudo (o qual, ao contrário do costume europeu, ele havia simplesmente jogado num canto), pegou o boné do bolso e se sentou de novo ao lado dela.

"Amanhã de manhã eu sigo viagem", ele disse, acariciando a seda azul brilhante do ombro da mãe. "Sinto um impulso de ir para o norte agora, para a Noruega, talvez... ou então para o mar, pescar baleias um pouco. Escrevo para você. Dentro de um ano talvez nos encontremos de novo, aí talvez eu fique mais. Não fique brava comigo por meu impulso de viajar!"

Ela o abraçou depressa e apertou uma face molhada em seu pescoço. Depois apertou a mão dele e de repente deu um grito de surpresa.

"Arrancado por uma bala", Nikolay riu. "Adeus, minha querida!"

Ela sentiu o coto liso do dedo e deu nele um beijo cauteloso. Depois abraçou o filho e foi com ele até a porta.

"Por favor, escreva sempre... Por que está rindo? Deve ter saído todo o pó de arroz do meu rosto."

E, assim que a porta se fechou atrás dele, ela correu ao telefone, o vestido azul farfalhando.

Uma questão de honra

1

O maldito dia em que Anton Petrovitch conheceu Berg existia apenas em teoria, porque sua memória não havia fixado a ele um rótulo de data na época, e agora era impossível identificar aquele dia. Em termos gerais, acontecera no inverno anterior, por volta do Natal de 1926. Berg se ergueu da inexistência, curvou-se numa saudação e sentou de novo — numa poltrona em vez da inexistência anterior. Foi na casa dos Kurdyumov, que moravam na St. Mark Strasse, bem nos arrabaldes de Moabit, em Berlim, acredito. Os Kurdyumov continuavam os pobres em que haviam se transformado depois da Revolução, enquanto Anton Petrovitch e Berg, embora também expatriados, tinham ficado um tanto mais ricos. Agora, quando uma dúzia de gravatas semelhantes de um tom enfumaçado, luminoso — digamos, o de uma nuvem no pôr do sol —, aparecia na vitrina do armarinho, ao lado de uma dúzia de lenços exatamente nas mesmas tonalidades, Anton Petrovitch comprava tanto a gravata elegante como o lenço elegante, e toda manhã, a caminho do banco, teria o prazer de encontrar a mesma gravata e o mesmo lenço usados por dois ou três cavalheiros que também estavam correndo para seus escritórios. Num determinado momento, ele manteve relações de negócios com Berg; Berg era indispensável, telefonava cinco vezes por dia, começou a frequentar a casa deles e contava piadas sem fim — meu Deus, como ele adorava contar piadas. Da primeira vez que ele veio, Tanya, a esposa de Anton Petrovitch, achou que parecia um inglês, e que era muito divertido. "Olá, Anton!", Berg rugia, baixando sobre a mão de Anton os dedos abertos (como fazem os russos) e depois sacudindo-a vigorosamente. Berg tinha ombros largos, boa constituição física, rosto barbeado e gostava de se comparar a um anjo atlético. Uma vez, ele mostrou a Anton Petrovitch um velho caderninho preto. As páginas estavam todas cobertas com cruzes, em número de exatamente quinhentas e cinquenta e três. "Guerra civil da Crimeia: um suvenir", disse Berg com um ligeiro sorriso, e acrescentou tranquilamente: "Claro, contei apenas os vermelhos que eu matei diretamente." O fato de Berg ser um ex-cavalariano e ter lutado sob o comando do general Denikin despertava a inveja de Anton Petrovitch, e ele odiava quando Berg narrava, na frente de Tanya, incursões de reconhecimento e ataques à meia-noite. O próprio Anton Petrovitch tinha as pernas curtas, era bem gordinho e usava monóculo, o que, em seus momentos livres, quando não encaixado na órbita ocular, pendia de uma fita preta e estreita e, quando Anton Petrovitch se acomodava numa poltrona, rebrilhava como um olho obtuso em sua barriga. Um furúnculo removido dois anos antes havia deixado uma cicatriz em sua face esquerda. Essa cicatriz, assim como o bigode áspero, aparado, e o nariz grosso, russo, se franziam, tensos, quando Anton Petrovitch encaixava o monóculo no lugar. "Pare de fazer caretas", Berg dizia, "não vai conseguir nenhuma mais feia".

Em seus copos um leve vapor flutuava sobre o chá; uma bomba de chocolate um pouco espremida no prato liberava seu interior cremoso; Tanya, os cotovelos nus repousando na mesa e o queixo apoiado nos dedos entrelaçados, olhava para o alto a fumaça subir de seu cigarro, e Berg tentava convencê-la de que devia usar cabelo curto, que todas as mulheres, desde tempos imemoriais, o tinham feito, que a Vênus de Milo tinha cabelo curto, enquanto Anton Petrovitch protestava, acalorada e circunstancialmente, e Tanya apenas dava de ombros, batendo a cinza do cigarro com um toque da unha.

E então tudo chegou a um fim. Numa quarta-feira, no final de julho, Anton Petrovitch partiu para Kassel a negócios e de lá mandou à esposa um telegrama de que voltaria na sexta-feira. Na sexta, ele descobriu que teria de ficar pelo menos mais uma semana, e mandou outro telegrama. No dia seguinte, porém, o negócio foi desfeito e, sem se dar ao trabalho de telegrafar uma terceira vez, Anton Petrovitch seguiu de volta para Berlim. Chegou em torno das dez horas, cansado e insatisfeito com a viagem. Da rua, viu que as janelas do quarto de seu apartamento estavam acesas, transmitindo a tranquilizadora notícia de que sua esposa estava em casa. Ele subiu até o quinto andar, com três giros da chave destrancou a porta triplamente trancada e entrou. Ao passar pelo hall, ouviu o ruído constante de água correndo no banheiro. Rosada e úmida, Anton Petrovitch pensou com terna expectativa, e levou sua mala para o quarto. No quarto, Berg estava parado na frente do espelho do guarda-roupa, dando o nó na gravata.

Anton Petrovitch mecanicamente baixou sua mala pequena para o chão, sem tirar os olhos de Berg, que levantou o rosto impassível, jogou para trás uma ponta de gravata colorida e a passou por dentro do nó. "Acima de tudo, não fique nervoso", disse Berg, apertando cuidadosamente o nó. "Por favor, não fique nervoso. Mantenha perfeita calma."

Preciso fazer alguma coisa, Anton Petrovitch pensou, mas o quê? Sentiu um tremor nas pernas, uma ausência de pernas: apenas aquele tremor frio, doloroso. Faça alguma coisa depressa... Começou a tirar a luva de uma das mãos. A luva era nova e justa. Anton Petrovitch ficou mexendo a cabeça e murmurando mecanicamente: "Vá embora imediatamente. Que coisa horrível. Vá embora..."

"Estou indo, estou indo, Anton", disse Berg, endireitando os ombros largos enquanto vestia com calma o paletó.

Se eu bater nele, ele me bate também, Anton Petrovitch pensou num relâmpago. Tirou a luva com um puxão final e a atirou desajeitadamente em Berg. A luva bateu na parede e caiu no jarro da bacia.

"Boa pontaria", disse Berg.

Ele pegou o chapéu e a bengala e passou por Anton Petrovitch em direção à porta. "De qualquer forma, vai ter de abrir para mim", disse. "A porta de baixo está trancada."

Mal consciente do que estava fazendo, Anton Petrovitch acompanhou-o porta afora. Quando começaram a descer a escada, Berg, que estava na frente, de repente começou a rir. "Desculpe", disse, sem virar a cabeça, "mas isto é incrivelmente engraçado — ser chutado para fora com tamanha complicação". No patamar seguinte, ele riu de novo e acelerou o passo. Anton Petrovitch também acelerou o passo. Aquela pressa era inadequada... Berg estava deliberadamente fazendo com que ele descesse em pulos e saltos. Que tortura... Terceiro andar... segundo... Quando terminaria aquela escada? Berg desceu voando os degraus restantes e ficou esperando Anton Petrovitch, batendo de leve com a bengala no chão. Anton Petrovitch estava respirando pesadamente e teve problemas para conseguir pôr a chave que dançava na trêmula fechadura. Ela por fim se abriu.

"Tente não me odiar", disse Berg na calçada. "Ponha-se no meu lugar..."

Anton Petrovitch bateu a porta. Desde o começo tivera uma necessidade cada vez maior de bater uma porta ou outra. O barulho fez seu ouvido zunir. Só agora, subindo a escada, se deu conta de que seu rosto estava banhado em lágrimas. Ao atravessar o hall, ouviu de novo barulho de água correndo. À espera confiante de que a tépida ficasse quente. Mas então acima desse ruído ouviu também a voz de Tanya. Ela estava cantando alto no banheiro.

Com uma estranha sensação de alívio, Anton Petrovitch voltou para o quarto. Ele então viu o que não havia notado antes — que ambas as camas estavam desarrumadas e que na de sua mulher havia uma camisola cor-de-rosa. Seu vestido de noite novo e um par de meias de seda estavam estendidos no sofá: evidentemente, ela estava se aprontando para ir dançar com Berg. Anton Petrovitch pegou do bolso do peito sua cara caneta-tinteiro. *"Não suporto olhar para você. Não confio em mim mesmo se olhar para você."* Ele escreveu em pé, curvando-se, desajeitado sobre a penteadeira. Seu monóculo estava borrado por uma grande lágrima... as letras dançavam... *"Por favor vá embora. Estou deixando algum dinheiro. Vou falar com Natasha amanhã. Durma na casa dela ou num hotel esta noite — só, por favor, não fique aqui."* Terminou de escrever e pôs o papel contra o espelho, num ponto onde tinha certeza de que ela o veria. Ao lado, depositou uma nota de cem marcos. E ao passar pelo hall ouviu de novo sua mulher cantando no banheiro. Ela possuía uma voz de tipo cigano, uma voz fascinante... felicidade, uma noite de verão, um violão... ela cantara aquela noite sentada numa almofada no meio da sala, e apertava os olhos sorridentes ao cantar... Ele havia proposto casamento... sim, felicidade, uma noite de verão, uma mariposa se chocando contra o teto, "Minha alma se rende a você, eu a amo com infinita paixão...". "Que horror! Que horror!", ele repetia, andando na rua. A noite estava muito agradável, com um enxame de estrelas. Não importava para onde ele ia. Nesse momento, ela provavelmente já teria saído do banheiro e encontrado o bilhete. Anton Petrovitch encolheu-se ao se lembrar da luva. Uma luva novinha boiando no jarro cheio de água. A visão daquela inútil coisa marrom o levou a dar um grito que fez um transeunte se assustar. Ele viu as formas escuras de altos álamos em torno de uma praça e pensou: Mityushin mora aqui em algum lugar. Anton Petrovitch telefonou para ele de um bar, que surgira na frente dele como num sonho e depois sumiu na distância como a luz traseira de um trem. Mityushin abriu-lhe a porta, mas estava bêbado e, de início, não notou o rosto lívido de Anton Petrovitch. Uma pessoa desconhecida a Anton Petrovitch estava sentada na sala pouco iluminada e uma senhora de cabelo preto com vestido vermelho estava deitada no sofá de costas para a mesa, aparentemente adormecida. Na mesa, brilhavam garrafas. Anton Petrovitch chegara no meio de uma comemoração de aniversário, mas nunca entendeu se era de Mityushin, da mulher que dormia ou do homem desconhecido (que afinal era um alemão naturalizado russo com o estranho nome de Gnushke). Mityushin, o rosto rosado sorridente, apresentou Gnushke e, indicando com um aceno de cabeça as costas generosas da dama adormecida, observou casualmente: "Adelaida Albertovna, eu gostaria que você conhecesse um grande amigo meu." A mulher não se mexeu; Mityushin, porém, não demonstrou a menor surpresa, como se não esperasse que ela fosse acordar. Tudo aquilo era um pouco bizarro, como um pesadelo — aquela garrafa de vodca vazia com uma rosa espetada no gargalo, aquele tabuleiro de xadrez no qual um confuso jogo estava em progresso, a senhora dormindo, o bêbado, porém pacífico, Gnushke...

"Tome um trago", disse Mityushin, e então de repente levantou as sobrancelhas. "Qual o problema com você, Anton Petrovitch? Parece muito doente."

"É, por favor, tome um trago", com idiota dedicação disse Gnushke, um homem de rosto muito comprido com um colarinho muito alto, que parecia um *dachshund*.

Anton Petrovitch bebeu avidamente meio copo de vodca e se sentou.

"Agora nos conte o que aconteceu", disse Mityushin. "Não fique envergonhado na frente de Henry, ele é o homem mais honesto da terra. É minha vez, Henry, e estou avisando, se depois desse lance você tomar meu bispo, dou-lhe um mate em três lances. Bom, desembuche, Anton Petrovitch."

"Isso nós vamos ver já, já", disse Gnushke, revelando um punho engomado ao estender o braço. "Está esquecendo do peão em h-5."

"H-5 que nada", disse Mityushin, "Anton Petrovitch vai nos contar a história dele".

Anton Petrovitch tomou mais um pouco de vodca e a sala rodopiou. O tabuleiro de xadrez deslizante parecia a ponto de se chocar com as garrafas; as garrafas, não mais em cima da mesa, partiram para o sofá; o sofá com a misteriosa Adelaida Albertovna rumou para a janela; e a janela também começou a se mexer. Esse maldito movimento estava de alguma forma ligado a Berg e tinha de ser detido — detido imediatamente, pisado, dilacerado, destruído...

"Quero que seja meu padrinho num duelo", começou Anton Petrovitch, e percebeu vagamente que a frase soou estranha, truncada, mas não conseguia corrigir essa falha.

"Padrinho de quê?", Mityushin perguntou, distraído, olhando de soslaio para o tabuleiro, sobre o qual pairava a mão de Gnushke, os dedos mexendo.

"Não, você me escute", Anton Petrovitch exclamou com angústia na voz. "Escute só! Não vamos beber mais. Isto aqui é sério, muito sério."

Mityushin fixou nele os olhos azuis brilhantes. "O jogo está cancelado, Henry", disse, sem olhar para Gnushke. "Isto parece sério."

"Eu tenciono travar um duelo", sussurrou Anton Petrovitch, tentando, por mera força óptica, deter a mesa que ficava querendo flutuar. "Quero matar uma determinada pessoa. O nome dele é Berg — você talvez tenha encontrado com ele em minha casa. Prefiro não explicar minhas razões..."

"Pode explicar tudo ao seu padrinho", disse Mityushin, aconchegante.

"Desculpe por interferir", disse Gnushke de repente, e levantou o dedo indicador. "Lembre do que foi dito: 'Não matarás!'"

"O nome do sujeito é Berg", disse Anton Petrovitch. "Acho que você o conhece. E preciso de um segundo." A ambiguidade não podia ser ignorada.

"Um duelo", disse Gnushke.

Mityushin deu-lhe uma cotovelada. "Não interrompa, Henry."

"E é só isso", Anton Petrovitch concluiu com um suspiro e, baixando os olhos, mexeu languidamente na fita do monóculo absolutamente inútil.

Silêncio. A senhora no sofá roncava confortavelmente. Um carro passou na rua, buzinando alto.

"Eu estou bêbado e Henry está bêbado", Mityushin murmurou, "mas parece que aconteceu alguma coisa muito séria". Mordeu os nós dos dedos e olhou para Gnushke. "O que acha, Henry?" Gnushke deu um suspiro.

"Amanhã vocês dois vão fazer uma visita a ele", disse Anton Petrovitch. "Escolher o lugar e tudo. Ele não me deixou o cartão. Segundo as regras, ele devia ter me deixado seu cartão. Joguei minha luva em cima dele."

"Está agindo como um homem nobre e corajoso", disse Gnushke, com animação cada vez maior. "Por uma estranha coincidência, eu não desconheço esses assuntos. Um primo meu também foi morto num duelo."

Por que "também"?, Anton Petrovitch se perguntou, angustiado. Será que pode ser um presságio?

Mityushin tomou um gole de seu copo e disse com vivacidade: "Como amigo, não posso recusar. Vamos procurar o senhor Berg pela manhã."

"No que diz respeito às leis alemãs", disse Gnushke, "se você matar esse homem, botam você na cadeia por vários anos; se, por outro lado, você for morto, não vão incomodar você".

"Levei tudo isso em consideração", Anton Petrovitch falou, solenemente.

Então apareceu de novo aquele belo implemento dispendioso, aquela caneta preta brilhante com sua delicada pena de ouro, que em tempos normais deslizava como uma varinha de veludo pelo papel; agora, porém, a mão de Anton Petrovitch tremia, e a mesa sacudia como o deque de um navio na tempestade... Numa folha de papel almaço que Mityushin arranjou, Anton Petrovitch escreveu uma carta de desafio a Berg, chamando-o três vezes de canalha e concluindo com a frouxa frase: *"Um de nós tem de morrer!"*

Feito isso, caiu em prantos e Gnushke, estalando a língua, enxugou o rosto do coitado com um grande lenço xadrez vermelho, enquanto Mityushin apontava o tabuleiro, repetindo meditativamente: "Você acabe com ele como aquele rei ali: mate em três lances e chega de perguntas." Anton Petrovitch soluçou e tentou afastar as mãos amiga de Gnushke, repetindo com entonação infantil: "Eu gostava tanto dela, tanto!"

E um novo dia triste estava raiando.

"Então, às nove horas, vocês vão até a casa dele", disse Anton Petrovitch, saltando da poltrona.

"Às nove, vamos até a casa dele", Gnushke repetiu como um eco.

"Temos cinco horas para dormir", disse Mityushin.

Anton Petrovitch desamassou o chapéu (estivera sentado em cima dele o tempo todo), apertou a mão de Mityushin, reteve-a por um momento, levantou-a e a apertou contra o rosto.

"Vamos, vamos, não deve fazer isso", Mityushin murmurou e, como antes, dirigiu-se à senhora adormecida: "Nosso amigo está indo embora, Adelaida Albertovna."

Dessa vez ela se mexeu, acordou sobressaltada e se virou pesadamente. O rosto cheio e marcado pelo sono, com olhos amendoados, excessivamente maquiados. "É melhor vocês pararem de beber", ela falou calmamente, e virou de volta para a parede.

Na esquina da rua, Anton Petrovitch encontrou um táxi adormecido, que o levou com velocidade fantasmagórica pelos desertos da cidade azul-acinzentada, e adormeceu de novo em frente à sua casa. No hall, ele encontrou Elspeth, a criada, que abriu a boca e o fitou com olhos pouco amistosos, como se fosse falar algo; mas pensou melhor e seguiu pelo corredor arrastando os pés com suas pantufas.

"Espere", disse Anton Petrovitch. "Minha mulher saiu?"

"É uma vergonha", disse a criada, com grande ênfase. "Isto aqui é uma casa de loucos. Arrastar baús no meio da noite, virar tudo de pernas para o ar..."

"Perguntei se minha mulher saiu", Anton Petrovitch gritou com voz aguda.

"Saiu", Elspeth respondeu, mal-humorada.

Anton Petrovitch entrou na sala de estar. Resolveu dormir ali. O quarto, claro, estava fora de questão. Acendeu a luz, deitou-se no sofá e se cobriu com o sobretudo. Por alguma razão, seu pulso esquerdo estava incomodando. Ah, claro, o relógio. Tirou o relógio e deu corda nele, pensando ao mesmo tempo: incrível, como este homem mantém a compostura — não esquece nem de dar corda no relógio. E, como ainda estava bêbado, ondas enormes, ritmadas, passaram imediatamente a embalá-lo, para cima e para baixo, para cima e para baixo, e ele começou a ficar muito enjoado. Sentou-se... o grande cinzeiro de cobre... depressa... Suas entranhas se contraíram a tal ponto que sentiu uma dor aguda no ventre... e errou totalmente o cinzeiro. Adormeceu na mesma hora. Um pé de sapato preto com polaina cinza pendia do sofá, e a luz (que ele se esquecera totalmente de apagar) emprestava um lustro pálido à sua testa suada.

2

Mityushin era um brigão e um bêbado. Podia pegar e fazer todo tipo de coisas à menor provocação. Um verdadeiro valentão. Era de se lembrar também um certo amigo dele que, para prejudicar o serviço postal, costumava jogar fósforos acesos em caixas de correio. Tinha o apelido de Gnut. Muito possivelmente, era Gnushke. Na realidade, tudo o que Anton Petrovitch planejara era passar a noite na casa de Mityushin. Então, de repente, sem nenhuma razão começara toda aquela história de duelo... Ah, claro que Berg tinha de ser morto; só que a coisa devia ter sido pensada cuidadosamente primeiro e, se chegasse ao ponto de escolher padrinhos, deveriam, em todo caso, ser cavalheiros. Agora a coisa toda havia tomado um rumo absurdo, inadequado. Tudo havia sido absurdo e inadequado — a começar pela luva e terminando pelo cinzeiro. Mas agora, claro, não se podia fazer nada a respeito — ele ia ter de esvaziar sua taça até o fim...

Procurou embaixo do sofá, onde seu relógio havia aterrissado. Onze horas. Mityushin e Gnushke já estiveram com Berg. De repente, uma ideia agradável passou através das outras, empurrou-as e desapareceu. O que era? Ah, claro! Eles estavam bêbados ontem, e ele também bebera. Os dois deviam ter dormido demais, depois caído em si e pensado que ele falara bobagem; mas a ideia agradável passou depressa e desapareceu. Não fazia nenhuma diferença: a coisa tinha começado e ele teria de repetir para eles tudo o que dissera ontem. No entanto, era estranho eles ainda não terem aparecido. Um duelo. Que palavra impressionante: "duelo"! Vou travar um duelo. Encontro hostil. Combate singular. Duelo. "Duelo" soa melhor. Levantou-se e notou que sua calça estava terrivelmente amassada. O cinzeiro fora removido. Elspeth devia ter entrado enquanto ele dormia. Que embaraçoso. Necessário ir ver como estão as coisas no quarto. Esquecer sua esposa. Ela não existia mais. Nunca tinha existido. Tudo aquilo acabara. Anton Petrovitch respirou fundo e abriu a porta do quarto. Encontrou a criada enfiando um jornal amassado dentro do cesto de lixo.

"Me traga café, por favor", disse ele, e foi à penteadeira. Havia um envelope em cima dela. Seu nome; letra de Tanya. Ao lado, em desordem, sua escova de cabelos, seu pente, o pincel de barba e uma luva feia, dura. Anton Petrovitch abriu o envelope. A nota de cem marcos e mais nada. Ele virou e revirou o envelope, sem saber o que fazer com aquilo.

"Elspeth..."

A criada aproximou-se, olhando para ele desconfiada.

"Olhe, aceite isto aqui. Você teve tantos inconvenientes ontem à noite e depois aquelas outras coisas desagradáveis... Vamos, pegue."

"Cem marcos?", a criada perguntou num sussurro e então, de repente, ficou muito vermelha. Só Deus sabe o que passou por sua cabeça, mas bateu o cesto de lixo no chão e gritou: "Não! Não pode me subornar. Sou uma mulher honesta. O senhor espere só, vou contar para todo mundo que tentou me subornar. Não! Isto aqui é uma casa de loucos..." E saiu, batendo a porta.

"O que deu nela? Meu Deus do céu, o que deu nela?", Anton Petrovitch murmurou, confuso, e, indo depressa até a porta, gritou para a empregada: "Saia imediatamente, saia desta casa!"

"É a terceira pessoa que eu expulso", pensou, o corpo todo tremendo. "E agora não tem ninguém para me trazer café."

Passou um longo tempo se lavando e trocando de roupa, depois sentou-se no café do outro lado da rua, olhando de vez em quando para ver se Mityushin e Gnushke não apareciam. Tinha muitos negócios para cuidar na cidade, mas não conseguia pensar em negócios. Duelo. Que palavra glamorosa.

À tarde, Natasha, a irmã de Tanya, apareceu. Estava tão perturbada que mal conseguia falar. Anton Petrovitch andava de um lado para outro dando tapinhas na mobília. Tanya havia chegado ao apartamento da irmã no meio da noite, num estado terrível, um estado que ele simplesmente não podia imaginar. Anton Petrovitch de repente achou estranho estar se dirigindo a Natasha por *ty* (tu). Afinal de contas, não era mais casado com a irmã dela.

"Vou dar a ela uma certa soma de dinheiro mensalmente, sob certas condições", ele disse, tentando não deixar aparecer na voz uma nota cada vez mais histérica.

"O problema não é dinheiro", Natasha respondeu, sentando-se na frente dele e balançando a perna com meia de seda brilhante. "A questão é que isto tudo é uma confusão absolutamente horrível."

"Obrigado por ter vindo", disse Anton Petrovitch, "conversaremos outra vez algum dia, mas agora estou muito ocupado". Quando acompanhou-a até a porta, observou casualmente (ou, pelo menos, esperou ter soado casual): "Vou travar um duelo com ele." Os lábios de Natasha tremeram; ela lhe deu um beijo rápido no rosto e saiu. Estranho ela não começar a implorar para ele não duelar. O certo era ela implorar para que ele não duelasse. Em nossa época, ninguém duela. Ela estava usando o mesmo perfume que... Que quem? Não, não, ele nunca fora casado.

Um pouco mais tarde ainda, por volta das sete horas, Mityushin e Gnushke chegaram. Pareciam sérios. Gnushke inclinou-se reservadamente e entregou a Anton Petrovitch um envelope comercial selado. Ele o abriu. Começava assim: "*Recebi sua mensagem extremamente idiota e extremamente rude...*" O monóculo de Anton Petrovitch caiu, ele o recolocou. "*Sinto muito por você, mas uma vez que adotou essa atitude, não me resta escolha senão aceitar seu desafio. Seus padrinhos são horrorosos. Berg.*"

Anton Petrovitch sentiu a garganta desagradavelmente seca e de novo aquele ridículo tremor nas pernas.

"Sentem, sentem", ele falou, e sentou-se primeiro. Gnushke afundou numa poltrona, deu-se conta da situação e sentou na beirada.

"É uma pessoa muito insolente", disse Mityushin com sentimento. "Imagine: ficou rindo o tempo todo, a ponto de eu quase dar um soco nos dentes dele."

Gnushke pigarreou e disse: "Só posso aconselhar uma coisa para você fazer: mire bem no alvo, porque ele também vai mirar bem no alvo."

Diante dos olhos de Anton Petrovitch relampejou uma página de caderno coberta com Xs: o diagrama de um cemitério.

"Ele é um sujeito perigoso", disse Gnushke, recostando em sua poltrona, afundando de novo e de novo se ajeitando.

"Quem vai contar como foi, Henry, você ou eu?", perguntou Mityushin, mascando um cigarro enquanto abria o isqueiro com o polegar.

"É melhor você falar", disse Gnushke.

"Tivemos um dia muito ocupado", começou Mityushin, arregalando os olhos azul-claros para Anton Petrovitch. "Exatamente às oito e meia Henry, que ainda estava mais bêbado que um gambá, e eu..."

"Eu protesto", falou Gnushke.

"... fomos ver o senhor Berg. Ele estava tomando café. Entregamos logo o seu bilhete. Que ele leu. E o que ele fez, Henry? É, caiu na gargalhada. Nós esperamos ele parar de rir e Henry perguntou quais eram os seus planos.

"Não, os planos dele não, mas como ele tencionava reagir", Gnushke corrigiu.

"... reagir. Diante disso, o senhor Berg respondeu que concordava em duelar e que escolhia pistolas. Nós determinamos todas as condições: os duelistas vão ficar um na frente do outro à distância de vinte passos. O disparo será feito mediante uma palavra de comando. Se ninguém tiver morrido depois do primeiro tiro, o duelo pode continuar. E continuar. O que mais, Henry?"

"Se for impossível encontrar pistolas de duelo de verdade, então serão usadas Brownings automáticas", disse Gnushke.

"Brownings automáticas. Depois de ter determinado isso tudo, perguntamos para o senhor Berg como entrar em contato com os padrinhos dele. Ele foi telefonar. Depois, escreveu a carta que está na sua frente. A propósito, ficava fazendo piada o tempo todo. O que nós fizemos em seguida foi ir até um café, encontrar os camaradas dele. Comprei um cravo para Gnushke pôr na lapela. Foi com esse cravo que eles reconheceram a gente. Os dois se apresentaram e, bom, para resumir, está tudo em ordem. Os nomes deles são Marx e Engels."

"Não exatamente", Gnushke interrompeu. "São Markov e o coronel Arkhangelski."

"Não importa", disse Mityushin e prosseguiu. "Agora começa a parte épica. Saímos da cidade com esses dois camaradas para encontrar um lugar apropriado. Você conhece Weissdorf, logo depois de Wannsee. É lá. Demos uma andada pela floresta e encontramos uma clareira, onde, pelo que contaram, esses sujeitos tinham feito um piquenique com as namoradas outro dia. A clareira é pequena e à volta toda só tem floresta. Em resumo, o lugar ideal — se bem que, é claro, não se tem o grandioso cenário de montanha como no encontro fatal de Lermontov. Veja o estado das minhas botas — brancas de poeira.

"As minhas também", disse Gnushke. "Confesso que essa viagem foi bem cansativa."

Seguiu-se uma pausa.

"Está quente hoje", disse Mityushin. "Mais quente que ontem."

"Bem mais quente", disse Gnushke.

Com exagerada aplicação, Mityushin começou a amassar seu cigarro no cinzeiro. Silêncio. O coração de Anton Petrovitch estava batendo na garganta. Ele tentou engoli-lo, mas começou a bater ainda mais forte. Quando o duelo teria lugar? Amanhã? Por que não lhe diziam? Talvez depois de amanhã? Seria melhor depois de amanhã...

Mityushin e Gnushke trocaram olhares e se levantaram.

"Vamos voltar para buscar você amanhã às seis e meia da manhã", disse Mityushin. "Não tem por que sair antes. Não tem vivalma lá de qualquer jeito."

Anton Petrovitch levantou-se também. O que devia fazer? Agradecer a eles?

"Bem, obrigado, cavalheiros... Obrigado, cavalheiros... Está tudo acertado, então. Tudo bem, então."

Os outros fizeram uma mesura.

"Ainda temos de encontrar um médico e as pistolas", disse Gnushke.

No hall, Anton Petrovitch pegou Mityushin pelo cotovelo e murmurou: "Sabe, é uma tremenda bobagem, mas veja, eu não sei atirar, por assim dizer, quer dizer, sei como, mas nunca tive nenhuma prática..."

"Hm", disse Mityushin, "isso é mau. Hoje é domingo, senão você podia ter umas lições. É muito azar, realmente".

"O coronel Arkhangelski dá aulas particulares de tiro", interrompeu Gnushke.

"É", disse Mityushin. "Você é o esperto, não é? Mesmo assim, o que se pode fazer, Anton Petrovitch? Sabe de uma coisa: principiantes têm sorte. Ponha-se nas mãos de Deus e aperte o gatilho."

Os dois foram embora. A tarde estava caindo. Ninguém baixara as persianas. Devia haver algum queijo e pão integral no aparador. Os cômodos estavam desertos e imóveis, como se toda a mobília tivesse um dia respirado e se movido, mas agora estivesse morta. Um feroz dentista de papelão curvado sobre um paciente de papelão em pânico — isso ele tinha visto pouco tempo antes, numa noite azul, verde, violeta, rubi, pintalgada de fogos de artifício, no Parque de Diversões Luna. Berg levara um longo tempo mirando, o rifle de ar comprimido estalou, o projétil atingiu o alvo, soltando uma mola, e o dentista de papelão arrancou um enorme dente de raiz quádrupla. Tanya bateu palmas, Anton Petrovitch sorriu, Berg disparou de novo e os discos de papelão matraquearam ao girar, os cachimbos de barro estouravam um depois do outro e a bola de pingue-pongue que dançava num esguio jato de água desapareceu. Que horror... E, o mais horrível de tudo, Tanya dissera então, brincando: "Não seria nada divertido disputar um duelo com você." Vinte passos. Anton Petrovitch foi da porta à janela, contando os passos. Onze. Encaixou o monóculo e tentou calcular a distância. Duas salas daquela. Ah, se ele conseguisse incapacitar Berg com o primeiro tiro. Mas ele não sabia mirar em nada. Estava fadado a errar. Aqui, este abridor de carta, por exemplo. Não, melhor pegar o peso de papel. Tem de segurar assim e mirar. Ou assim, talvez, bem perto do queixo — parece mais fácil assim. E, nesse instante, enquanto segurava o peso de papel em forma de papagaio, apontando para cá e para lá, Anton Petrovitch se deu conta de que seria morto.

Por volta das dez horas, resolveu ir para a cama. O quarto, porém, era tabu. Com grande esforço, encontrou roupas de cama limpas no armário, pôs fronha nova numa almofada e estendeu um lençol sobre o sofá de couro da sala de estar. Ao se despir, pensou, estou indo deitar pela última vez na minha vida. Bobagem, gemeu tenuemente alguma pequena partícula da alma de Anton Petrovitch, a mesma partícula que o fizera jogar a luva, bater a porta e chamar Berg de canalha. "Bobagem!", Anton Petrovitch disse com voz fraca, e imediatamente falou a si mesmo que não estava direito dizer essas coisas. Se acho que nada vai acontecer comigo, então o pior irá acontecer. Tudo na vida sempre acontece ao contrário. Seria bom ler alguma coisa — pela última vez — antes de dormir.

Lá vou eu de novo, gemeu por dentro. Por que "pela última vez"? Estou num estado terrível. Tenho de me controlar. Ah, se ao menos eu tivesse um sinal. Cartas?

Encontrou um baralho num console próximo e pegou a carta de cima, um três de ouros. Qual o significado quiromântico de um três de ouros? Não fazia ideia. Então tirou, nessa ordem, uma dama de ouros, um oito de paus, um ás de espadas. Ah! Isso é mau. O ás de espadas — acho que quer dizer morte. Mas afinal tudo não passa de uma porção de bobagens, bobagens supersticiosas... Meia-noite. Meia-noite e cinco. Amanhã virou hoje. Tenho um duelo hoje.

Em vão, procurou paz. Coisas estranhas ficavam acontecendo: o livro que estava segurando, um romance de algum escritor alemão, era chamado *A montanha mágica*, e "montanha" em alemão é *Berg*; resolveu que, se contasse até três e um bonde passasse no "três", ele seria morto, e o bonde obedeceu. E então Anton Petrovitch fez a pior coisa que um homem em sua situação poderia fazer: resolveu ponderar o que a morte significava de fato. Depois de ter pensado nessas linhas durante um ou dois minutos, tudo perdeu o sentido. Ele achou difícil respirar. Levantou-se, atravessou a sala, e pela janela deu uma olhada ao céu noturno puro e terrível. Tenho de escrever meu testamento, pensou Anton Petrovitch. Mas fazer um testamento era, por assim dizer, brincar com fogo: significava inspecionar a própria urna no columbário. "A melhor coisa a fazer é dormir um pouco", disse em voz alta. Mas assim que fechava os olhos, o rosto sorridente de Berg aparecia na frente dele, arbitrariamente apertando um olho. Ele acendeu a luz outra vez, tentou ler, fumou, embora não fosse um fumante habitual. Memórias triviais flutuavam — uma pistola de brinquedo, um caminho no parque, esse tipo de coisa —, e ele imediatamente cortou essas lembranças com a ideia de que aqueles que estão para morrer devem sempre lembrar de ninharias de seu passado. Então o oposto o apavorou: ele se deu conta de que não estava pensando em Tanya, que estava amortecido por uma estranha droga que o tornava insensível à ausência dela. Ela era minha esposa e foi embora, pensou. Inconscientemente, eu já me despedi da vida, tudo agora é indiferente para mim, uma vez que vou ser morto... A noite, enquanto isso, estava começando a minguar.

Por volta das quatro horas, ele arrastou os pés até a sala de jantar e tomou um copo de água gaseificada. Um espelho diante do qual passou refletiu seu pijama listado e o cabelo ralo, aos tufos. Vou ficar parecido com meu próprio fantasma, pensou. Mas como posso dormir um pouco? Como?

Enrolou-se numa manta, porque notou que estava batendo os dentes, e sentou-se numa poltrona no meio da sala escura, que aos poucos restabelecia seus contornos. Como vai ser tudo? Tenho de me vestir com sobriedade, mas elegante. Smoking? Não, seria idiota. Um terno preto então... e, sim, uma gravata preta. O terno preto novo. Mas se houver um ferimento, um ferimento no ombro, digamos... O terno vai se estragar... O sangue, o buraco e, além disso, podem começar cortando a manga. Bobagem, nada disso vai acontecer. Tenho de usar meu terno preto novo. E, quando o duelo começar, eu levanto a gola do paletó — esse é o costume, acho, a fim de esconder a brancura da camisa, provavelmente, ou simplesmente por causa da umidade da manhã. Era assim que faziam naquele filme que eu vi. Então tenho de ficar absolutamente tranquilo, e me dirigir a todos com polidez e calma. Obrigado, eu já atirei. É sua vez agora. Se não tirar o cigarro da boca, eu não atiro. Estou pronto para continuar. "Obrigado, eu já dei minha risada" — é isso que se diz a uma piada batida... Ah, se desse para imaginar todos os detalhes! Eles chegariam — ele, Mityushin e Gnushke — num carro, deixariam o carro na estrada, caminhariam para dentro da floresta. Berg e seus padrinhos estariam provavelmente já esperando, é sempre assim nos livros. Agora, havia uma questão: cumprimenta-se o oponente? O que Onegin faz na ópera? Talvez baste um discreto toque no chapéu, de longe. Então provavelmente começariam a marcar o terreno e carregar as pistolas. O que ele faria enquanto isso? Sim, claro — poria o pé em cima de um toco em algum local apartado e esperaria com atitude casual. Mas e se Berg também apoiasse o pé num toco? Berg era capaz disso... Me imitar para me deixar embaraçado. Seria horrível. Outras possibilidades seriam recostar num tronco, ou simplesmente sentar na relva. Alguém (numa história de Puchkin?) comia cerejas de um saco de papel. Isso, mas seria preciso levar o saco para o local do duelo — parece bobo. Ah, tudo bem, ele decidirá quando chegar a hora. Digno e indiferente. Então tomamos nossas posições. Vinte metros entre nós. Então é que devia levantar a lapela. Seguraria a pistola assim. O coronel Angel acenaria com um lenço ou contaria até três. E então, de repente, alguma coisa absolutamente terrível, alguma coisa absurda aconteceria — uma coisa inimaginável, mesmo que se pensasse a respeito noites sem fim, mesmo que alguém vivesse até os cem anos na Turquia... Bom para viajar, sentar em cafés... O que se sente quando uma bala nos atinge entre as costelas ou na testa? Dor? Náusea? Ou será simplesmente um baque seguido por total escuridão? O tenor Sobinov uma vez caiu com tamanho realismo que sua pistola voou para a orquestra. E se, em vez disso, ele recebesse um horrendo ferimento de algum tipo — num olho, ou na virilha? Não, Berg o mataria de imediato. Claro, contei aqui só os que matei de imediato. Mais uma cruz naquele livrinho preto. Inimaginável...

    O relógio da sala de jantar bateu cinco horas: *ding-dawn*. Com um esforço imenso, tremendo e agarrado à manta, Anton Petrovitch levantou-se, depois parou de novo, perdido em pensamentos, e de repente bateu o pé, como Luís XVI bateu o seu quando disseram que estava na hora, Majestade, de ir para o cadafalso. Nada a fazer a respeito. Bateu o pé mole e desajeitado. A execução era inevitável. Hora de se barbear, de se lavar e vestir. Roupa de baixo escrupulosamente limpa e o terno preto novo. Quando inseriu as abotoaduras de opala nos punhos da camisa, Anton Petrovitch divagou que opalas eram as pedras do destino, e que havia apenas duas ou três horas mais antes de a camisa ficar toda ensanguentada. Onde seria o buraco? Alisou os pelos brilhantes que desciam por seu peito gordo e quente, e sentiu tanto medo que tapou os olhos com a mão. Havia algo pateticamente independente na maneira como tudo dentro dele se movia agora — o coração pulsando, os pulmões se enchendo, o sangue circulando, os intestinos se contraindo —, e ele estava conduzindo para o sacrifício aquela delicada, indefesa, criatura interior que vivia tão cegamente, tão confiantemente... Execução! Agarrou a camisa favorita, abriu um botão e gemeu quando mergulhou de cabeça na fria e branca escuridão do linho que o envolveu. Meias, gravata. Desajeitadamente, lustrou os sapatos com um pedaço de camurça. Ao procurar um lenço limpo, topou com um bastão de ruge. Olhou no espelho seu rosto horrivelmente pálido e, hesitante, tocou a face com o material carmesim. De início pareceu-lhe ainda pior que antes. Lambeu o dedo e esfregou a face, lamentando nunca ter reparado como as mulheres aplicavam maquiagem. Um ligeiro tom de tijolo finalmente aplicou-se a suas faces e ele resolveu que parecia bem. "Então, estou pronto agora", disse, dirigindo-se ao espelho; então veio um bocejo agonizante e o espelho se dissolveu em lágrimas. Ele rapidamente perfumou o lenço, distribuiu documentos, lenço, chave e caneta-tinteiro nos vários bolsos, e vestiu o nó corrediço de seu monóculo. Pena eu não ter um bom par de luvas. O par que eu tinha era bom e novo, mas a luva esquerda está viúva. A desvantagem inerente aos duelos. Sentou-se à escrivaninha, pousou nela os cotovelos e começou a esperar, olhando ora para a janela, ora para o relógio de viagem em seu estojo dobrável de couro.

Era uma linda manhã. Os pardais cantavam como loucos nas altas tílias debaixo da janela. Uma sombra azul-pálida, veludosa, cobria a rua, e aqui e ali um teto cintilava, prateado. Anton Petrovitch estava com frio e com uma insuportável dor de cabeça. Um toque de conhaque seria o paraíso. Não havia em casa. A casa já deserta; o dono indo embora para sempre. Ah, bobagem. Insistimos na calma. A campainha da porta vai tocar dentro de um momento. Tenho de ficar perfeitamente calmo. A campainha vai tocar agora. Eles já estão três minutos atrasados. Talvez não venham? Uma manhã de verão tão bonita... Quem tinha sido a última pessoa morta em um duelo na Rússia? Um certo barão Manteuffel, vinte anos atrás. Não, eles não vêm mais. Bom. Podia esperar mais meia hora e depois ir para a cama — o quarto estava perdendo seu horror e se tornando definitivamente atraente. Anton Petrovitch abriu muito a boca, preparando-se para dar um imenso bocejo — sentiu o aperto nos ouvidos, o inchaço debaixo do palato —, e foi então que a campainha da porta tocou brutalmente. Espasmodicamente, engolindo o bocejo inacabado, Anton Petrovitch foi até o hall, destrancou a porta e Mityushin e Gnushke entraram pela soleira.

"Hora de ir", disse Mityushin, olhando intensamente para Anton Petrovitch. Ele estava usando a sua costumeira gravata cor de pistache, mas Gnushke usava uma velha sobrecasaca.

"Vamos, estou pronto", disse Anton Petrovitch, "já saio com vocês..."

Deixou-os parados no hall, correu para o quarto e, a fim de ganhar tempo, começou a lavar as mãos, enquanto repetia para si mesmo: "O que está acontecendo? Meu Deus, o que está acontecendo?" Apenas cinco minutos antes ainda havia esperança, podia haver um terremoto, Berg podia ter morrido de um ataque cardíaco, o destino podia ter intervindo, suspendido os eventos, salvado sua vida.

"Anton Petrovitch, depressa", Mityushin chamou do hall. Ele enxugou depressa as mãos e se juntou aos outros.

"Sim, sim. Estou pronto, vamos."

"Temos de tomar o trem", disse Mityushin quando saíram. "Porque se chegarmos de táxi no meio da floresta a essa hora, pode parecer suspeito, e o motorista pode comunicar à polícia. Anton Petrovitch, por favor, não vá perder a coragem."

"Não vou, não seja bobo", replicou Anton Petrovitch com um sorriso desamparado.

Gnushke, que tinha mantido silêncio até esse ponto, assoou ruidosamente o nariz e disse, objetivo: "Nosso adversário vai levar um médico. Não conseguimos encontrar pistolas de duelos. Mas nossos colegas encontraram duas Brownings idênticas."

No táxi que devia levá-los à estação, sentaram-se assim: Anton Petrovitch e Mityushin atrás e Gnushke de frente para eles, no assento dobrável, com as pernas encolhidas. Anton Petrovitch foi de novo dominado por um acesso nervoso de bocejos. Aquele vingativo bocejo que ele havia reprimido. Insistentemente vinha o enfadonho espasmo, de forma que seus olhos lacrimejavam. Mityushin e Gnushke pareciam muito solenes, mas ao mesmo tempo excepcionalmente satisfeitos consigo mesmos.

Anton Petrovitch cerrou os dentes e bocejou pelas narinas apenas. Então, de repente, falou: "Tive uma noite de sono excelente." Tentou pensar em mais alguma coisa para dizer...

"Muita gente nas ruas", disse, e acrescentou: "Apesar de ser tão cedo." Mityushin e Gnushke ficaram calados. Outro ataque de bocejos. Ah, meu Deus...

Logo chegaram à estação. Para Anton Petrovitch parecia que nunca tinha viajado tão depressa. Gnushke comprou os bilhetes e, segurando-os como um leque, seguiu na frente. De repente, olhou para Mityushin e pigarreou significativamente. Junto à barraca de refrescos avistaram Berg. Estava tirando dinheiro trocado do bolso da calça, com a mão esquerda enfiada bem no fundo, e segurando o bolso no lugar com a direita, como fazem os anglo-saxões nos cartuns. Ele procurou uma moeda na palma da mão e, entregando-a à vendedora, disse alguma coisa que a fez rir. Berg riu também. Ficou parado com as pernas ligeiramente separadas. Estava usando um terno de flanela cinza.

"Vamos contornar a barraca", disse Mityushin. "Seria esquisito passar perto dele."

Um estranho amortecimento tomou conta de Anton Petrovitch. Totalmente inconsciente do que estava fazendo, ele embarcou no vagão, sentou-se à janela, tirou o chapéu, colocou-o de novo. Só quando o trem deu um tranco e começou a se movimentar foi que seu cérebro passou a funcionar de novo, e nesse instante foi dominado pela sensação que vem nos sonhos quando, correndo num trem de lugar nenhum para lugar nenhum, de repente nos damos conta de que estamos viajando apenas de cueca.

"Eles estão no outro vagão", disse Mityushin, tirando a cigarreira. "Por que diabos você fica bocejando o tempo inteiro, Anton Petrovitch? Dá um arrepio na gente."

"Sou sempre assim de manhã", respondeu mecanicamente Anton Petrovitch.

Pinheiros, pinheiros, pinheiros. Uma encosta arenosa. Mais pinheiros. Uma manhã tão maravilhosa...

"Essa casaca sua, Henry, não é um sucesso", disse Mityushin. "Não tem como discutir, para falar com franqueza, simplesmente não é."

"Isso é problema meu", disse Gnushke.

Adoráveis aqueles pinheiros. E um novo brilho de água. Florestas de novo. Que tocante, o mundo, que frágil... Se eu conseguisse ao menos não bocejar mais... maxilar doendo. Se a gente controla o bocejo, os olhos começam a lacrimejar. Ele estava sentado com o rosto voltado para a janela, ouvindo as rodas baterem o ritmo *Matadouro... matadouro... matadouro...*

"Ouça o meu conselho", disse Gnushke. "Atire imediatamente. Aconselho você a mirar no centro do corpo — tem mais chance assim."

"É tudo uma questão de sorte", disse Mityushin. "Se você acertar nele, ótimo, e se não, não se preocupe: ele pode errar também. Um duelo só fica real depois da primeira troca de tiros. É aí que começa a parte interessante, por assim dizer."

Uma estação. Não pararam muito. Por que o torturavam assim? Morrer hoje seria impensável. E se eu desmaiar? Tem de ser bom ator... O que eu posso tentar? O que eu faço? Uma manhã tão maravilhosa...

"Anton Petrovitch, desculpe perguntar", disse Mityushin, "mas é importante. Não tem nada para nos confiar? Quero dizer, papéis, documentos. Uma carta, talvez, um testamento? É o procedimento habitual".

Anton Petrovitch sacudiu a cabeça.

"Pena", disse Mityushin. "Nunca se sabe o que pode acontecer. Olhe o Henry e eu: nós dois estamos prontos para uma temporada na prisão. Seus negócios estão em ordem?"

Anton Petrovitch assentiu com a cabeça. Não conseguia mais falar. O único jeito de não gritar era ficar olhando os pinheiros que passavam depressa.

"Vamos descer dentro de um minuto", disse Gnushke, e se levantou. Mityushin levantou-se também. Rilhando os dentes, Anton Petrovitch queria se levantar também, mas um tranco do trem o fez cair de volta em seu banco.

"Chegamos", disse Mityushin.

Só então Anton Petrovitch conseguiu separar-se de seu assento. Apertando o monóculo na órbita, cautelosamente ele desceu à plataforma. O sol lhe deu calorosas boas-vindas.

"Eles estão atrás", disse Gnushke. Anton Petrovitch sentiu crescer uma corcova nas costas. Não, isto é impensável, eu tenho de acordar.

Saíram da estação e seguiram pela estrada, passando por minúsculas casinhas de tijolos com petúnias nas janelas. Havia uma taverna no cruzamento da estrada com um caminho branco e macio que levava à floresta. De repente, Anton Petrovitch parou.

"Estou morrendo de sede", murmurou. "Preciso tomar uma gota de alguma coisa."

"É, não faria mal", disse Mityushin. Gnushke olhou para trás e disse: "Eles saíram da estrada e viraram para a floresta."

"Só vai levar um minuto", disse Mityushin.

Os três entraram na taverna. Uma mulher gorda estava limpando o balcão com um trapo. Ela fez uma carranca para eles e serviu três canecas de cerveja.

Anton Petrovitch engoliu, engasgou ligeiramente, e disse: "Desculpem, um segundo."

"Depressa", disse Mityushin pondo a caneca de volta no balcão.

Anton Petrovitch virou num corredor, seguiu a seta para homens, humanidade, seres humanos, passou adiante do toalete, passou pela cozinha, sobressaltou-se quando um gato saiu correndo debaixo de suas pernas, apressou o passo, chegou ao fim da passagem, empurrou a porta e um jato de luz solar atingiu seu rosto. Ele se viu num pequeno pátio verde, onde vagavam galinhas e um menino com um calção de banho desbotado montado num tronco. Anton Petrovitch passou depressa por ele, passou por alguns arbustos de sabugueiro, desceu dois degraus de madeira e entrou em mais arbustos, de repente escorregou, porque o chão ficara íngreme. Ramos fustigaram seu rosto e ele empurrou-os de lado desajeitadamente, mergulhando, deslizando; a encosta, coberta de sabugueiros, ficava cada vez mais íngreme. Por fim, sua descida de cabeça ficou incontrolável. Ele escorregava com pernas tensas, separadas, afastando ramos flexíveis. Então abraçou uma árvore inesperada a toda velocidade e começou a se deslocar obliquamente. Os arbustos foram rareando. Adiante, havia uma cerca alta. Ele viu um buraco nela, passou roçando pelas urtigas e se viu num bosque de pinheiros, onde havia roupas manchadas de sol estendidas entre os troncos das árvores perto de uma cabana. Com a mesma determinação ele atravessou o bosque e então se deu conta de que estava descendo a encosta outra vez. À sua frente, a água rebrilhava entre as árvores. Ele tropeçou, depois viu um caminho à direita. Levou-o até o lago.

Um velho pescador, queimado de sol, da cor de um linguado defumado e usando chapéu de palha, indicou-lhe o caminho para a estação de Wannsee. A estrada primeiro contornava o lago, depois virava para dentro da floresta, e ele vagou entre as árvores durante umas duas horas antes de emergir no trilho da ferrovia. Marchou para a estação mais próxima e, ao chegar, um trem vinha se aproximando. Ele subiu num vagão e se apertou entre dois passageiros, que olharam com curiosidade aquele homem gordo, pálido, suado, de preto, com as bochechas maquiadas e sapatos sujos, um monóculo na órbita fuliginosa do olho. Só ao chegar a Berlim foi que ele fez uma pausa, ou pelo menos teve a sensação de que, até aquele momento, vinha fugindo continuamente e só agora parava para recuperar o fôlego e olhar em torno. Estava numa praça conhecida. Ao lado dele, uma vendedora de flores com enormes seios de lã oferecia cravos. Um homem numa espécie de armadura de jornais anunciava o título de um periódico de escândalos local. Um engraxate deu a Anton Petrovitch um olhar servil. Anton Petrovitch suspirou aliviado e colocou o pé com firmeza no suporte; e com isso os cotovelos do homem começaram a trabalhar sem mais demora.

Era horrível, claro, pensou, enquanto olhava o bico do sapato começar a brilhar. Mas estou vivo e de momento isso é o principal. Mityushin e Gnushke provavelmente tinham voltado à cidade e estavam de guarda diante de sua casa, então ele teria de esperar um pouco para as coisas se acalmarem. Em nenhuma circunstância devia se encontrar com eles. Muito tempo depois, ele iria buscar suas coisas. E tinha de sair de Berlim nessa mesma noite...

"*Dobryy den'* [Bom dia], Anton Petrovitch", veio uma voz suave logo acima de sua orelha.

Ele deu tamanho pulo que seu pé escapou do suporte. Não, estava tudo bem — alarme falso. A voz pertencia a um certo Leontiev, um homem que ele havia encontrado três ou quatro vezes, um jornalista ou algo assim. Um sujeito falante, mas inofensivo. Diziam que sua mulher o enganava a torto e a direito.

"Passeando um pouco?", perguntou Leontiev, dando um aperto de mão melancólico.

"Estou. Não, tenho muita coisa a fazer", replicou Anton Petrovitch, pensando ao mesmo tempo, "espero que ele siga seu caminho, senão será um horror".

Leontiev olhou em torno e disse, como se tivesse feito uma feliz descoberta: "Tempo esplêndido!"

Na verdade, ele era um pessimista e, como todo pessimista, um homem ridiculamente pouco observador. Seu rosto era mal barbeado, amarelo e comprido, e ele todo parecia desajeitado, emaciado e lúgubre, como se a natureza estivesse com dor de dentes quando o criou.

O engraxate bateu animadamente as escovas. Anton Petrovitch olhou os sapatos revividos.

"Para que lado vai?", perguntou Leontiev.

"E você?", Anton Petrovitch perguntou.

"Para mim não faz diferença. Estou livre agora. Posso acompanhar você um pouco." Pigarreou e acrescentou, insinuante: "Se me permitir, claro."

"Claro, por favor", resmungou Anton Petrovitch. Agora estava comprometido, pensou. Tinha de encontrar algumas ruas menos familiares, senão outros conhecidos apareceriam. Se eu conseguir ao menos evitar encontrar aqueles dois...

"Bem, como a vida está tratando você?", Leontiev perguntou. Ele pertencia àquele tipo de pessoa que pergunta como a vida está tratando você só para dar um relatório detalhado de como a vida está tratando a ele.

"Ah, eu estou muito bem", Anton Petrovitch replicou. Claro que ele vai descobrir tudo depois. Meu Deus, que confusão. "Vou por aqui", disse em voz alta e virou de repente. Sorrindo tristemente com seus pensamentos, Leontiev quase se chocou com ele e oscilou ligeiramente sobre pernas bambas. "Por aqui? Tudo bem, para mim tanto faz."

O que eu faço? Anton Petrovitch pensou. Afinal de contas, não posso simplesmente ficar passeando com ele desse jeito. Tenho de pensar e resolver tanta coisa... E estou tremendamente cansado, meus calos doem.

Quanto a Leontiev, ele já havia disparado numa longa história. Falava com uma voz uniforme, sem pressa. Falou quanto pagava por seu quarto, como era difícil de pagar, como a vida era dura para ele e a mulher, como raramente se tinha uma boa senhoria, como a deles era insolente com sua mulher.

"Adelaida Albertovna, claro, também é bem esquentada", acrescentou com um suspiro. Ele era um daqueles russos de classe média que usam o sobrenome quando falam de suas esposas.

Estavam caminhando por uma rua anônima cujo pavimento estava sendo consertado. Um dos trabalhadores tinha um dragão tatuado no peito nu. Anton Petrovitch enxugou a testa com o lenço e disse: "Tenho de tratar de um negócio aqui perto. Estão me esperando. Um compromisso profissional."

"Ah, vou com você até lá", disse Leontiev, tristemente.

Anton Petrovitch examinou a rua. Uma placa dizia HOTEL. Um hotel esquálido e atarracado entre um prédio coberto por andaimes e um armazém.

"Tenho de entrar ali", disse Anton Petrovitch. "É, nesse hotel. Um compromisso profissional."

Leontiev tirou a luva rasgada e lhe deu um aperto de mão macio. "Quer saber? Acho que vou esperar você aqui. Não vai demorar, vai?"

"Bastante, eu creio", disse Anton Petrovitch.

"Pena. Sabe, eu queria falar de uma coisa com você, pedir seu conselho. Bom, não tem importância. Vou esperar um pouco, mesmo assim. Quem sabe você termina logo."

Anton Petrovitch entrou no hotel. Não tinha escolha. Estava vazio e meio escuro lá dentro. Uma pessoa desarrumada se materializou atrás do balcão e perguntou o que ele queria.

"Um quarto", Anton Petrovitch respondeu delicadamente.

O homem pensou bem, coçou a cabeça e pediu um depósito. Anton Petrovitch entregou dez marcos. Uma criada ruiva, balançando rapidamente o traseiro, o levou por um longo corredor e destrancou uma porta. Ele entrou, deu um profundo suspiro e se sentou numa poltrona baixa de veludo cotelê. Estava sozinho. A mobília, a cama, a pia pareceram despertar, para lhe dar um olhar carrancudo e voltar a dormir. Nesse quarto de hotel sonolento, totalmente anônimo, Anton Petrovitch estava finalmente sozinho.

Curvando-se, cobrindo os olhos com a mão, ele mergulhou em pensamentos e diante dele passaram imagens salpicadas, brilhantes, retalhos de verdor ensolarado, um menino sobre um tronco, um pescador, Leontiev, Berg, Tanya. E, ao pensar em Tanya, ele gemeu e se curvou, ainda mais tenso. A voz dela, sua voz querida. Tão leve, tão juvenil, ágil de olhos e de membros, ela se aninhava no sofá, dobrava as pernas sob o corpo, e a saia flutuava em torno dela como uma cúpula de seda e caía de volta. Ou então, ela se sentava à mesa, totalmente imóvel, só piscando de vez em quando, e depois soprando a fumaça do cigarro com o rosto voltado para o alto. Não faz sentido... Por que me enganou? Porque está claro que você me enganou. O que eu vou fazer sem você? Tanya!... Você não vê... você me enganou. Minha querida... por quê? Por quê?

Emitindo pequenos gemidos e estalando as juntas dos dedos, ele começou a andar de um lado para outro do quarto, batendo contra a mobília sem notar. Parou por acaso junto à janela e olhou a rua. De início, não a viu por causa da névoa em seus olhos, mas então a rua apareceu, com um caminhão junto ao meio-fio, um ciclista, uma velha descendo oscilante da calçada. E ao longo da calçada, lentamente, caminhava Leontiev, lendo um jornal ao andar; ele passou e virou a esquina. E, por alguma razão, ao ver Leontiev, Anton Petrovitch entendeu como sua situação era desesperadora — sim, desesperadora, pois não havia outra palavra para ela. Ontem mesmo, ele era um homem perfeitamente honrado, respeitado por amigos, conhecidos e colegas do banco. Seu trabalho! Não havia nem mesmo qualquer questão a respeito. Tudo era diferente agora: ele tinha descido por uma ladeira escorregadia e agora estava no fundo.

"Mas como pode ser? Tenho de decidir fazer alguma coisa", Anton Petrovitch disse com a voz fina. Talvez houvesse uma saída? Eles o haviam atormentado um momento, mas já bastava. Sim, tinha de decidir. Lembrou-se do olhar desconfiado do homem ao balcão. O que se deve dizer àquela pessoa? Ah, evidentemente:

"Vou buscar minha bagagem. Deixei-a na estação." Então. Adeus para sempre, pequeno hotel! A rua, graças a Deus, agora estava livre: Leontiev havia afinal desistido e fora embora. Como chego ao ponto de bonde mais próximo? Ah, siga em frente, meu caro senhor, e chegará ao ponto do bonde mais próximo. Não, melhor tomar um táxi. Lá vamos nós. As ruas ficam conhecidas de novo. Calmamente, bem calmamente. Gorjeta para o motorista do táxi. Sua casa! Cinco andares. Calmamente, bem calmamente, entrou no hall. Então abriu depressa a porta da sala de estar. Nossa, que surpresa!

Na saleta, em torno da mesa circular, estavam Mityushin, Gnushke e Tanya. Na mesa, garrafas, copos e taças. Mityushin abriu um sorriso — cara rosada, olhos brilhantes, bêbado como uma cabra. Gnushke também estava bêbado e também sorriu, esfregando as mãos. Tanya estava sentada com os cotovelos nus apoiados na mesa, olhando para ele imóvel...

"Finalmente!", exclamou Mityushin e o pegou pelo braço. "Finalmente você apareceu!" E acrescentou num sussurro, com uma piscada maliciosa: "Seu malandro!"

Anton Petrovitch nesse momento se senta e toma um pouco de vodca. Mityushin e Gnushke continuam a lhe dar os mesmos olhares maliciosos e bem-humorados. Tanya diz: "Você deve estar com fome. Vou fazer um sanduíche."

É, um grande sanduíche de presunto com a borda de gordura por cima. Ela vai prepará-lo e então Mityushin e Gnushke correm para ele e começam a falar, um interrompendo o outro.

"Sujeito de sorte, você! Imagine só — o sr. Berg também perdeu a coragem. Bom, não 'também', mas perdeu a coragem de alguma forma. Enquanto a gente esperava você na taverna, os padrinhos dele entraram e anunciaram que Berg tinha mudado de ideia. Esses valentões de ombros largos acabam sempre sendo covardes. 'Cavalheiros, pedimos que nos desculpem por termos concordado em servir de segundos para um patife desses.' Sua sorte chegou a esse ponto, Anton Petrovitch! Então, agora, está tudo uma maravilha. E você saiu da coisa com toda honra, enquanto ele se desgraçou para sempre. E o mais importante, sua esposa, quando ficou sabendo, ela imediatamente deixou Berg e voltou para você. E agora você precisa perdoar sua mulher."

Anton Petrovitch abriu um grande sorriso, levantou-se e começou a mexer com a fita do monóculo. Seu sorriso aos poucos se desmanchou. Essas coisas não acontecem na vida real.

Olhou o estofado roído por traças, a cama afundada, a pia, e aquele quarto miserável naquele hotel miserável lhe pareceu o quarto em que teria de viver daquele dia em diante. Sentou-se na cama, tirou os sapatos, mexeu os dedos com alívio, e notou que tinha uma bolha no calcanhar e um buraco correspondente na meia. Então tocou a campainha e pediu um sanduíche de presunto. Quando a criada colocou o prato na mesa, ele deliberadamente olhou para o outro lado, mas assim que a porta se fechou, ele agarrou o sanduíche com as duas mãos, imediatamente sujou os dedos e o queixo com a borda de gordura pendurada e, gemendo famintamente, começou a mastigar.

O conto de natal

O silêncio caiu. Impiedosamente iluminado pela luz do abajur, jovem e de cara gorda, usando uma camisa russa abotoada de lado por baixo do paletó preto, os olhos baixos, tensos, Anton Golïy começou a juntar as páginas manuscritas que tinha espalhado durante sua leitura. Seu mentor, o crítico da *Realidade Vermelha*, olhava para o chão enquanto apalpava os bolsos em busca de fósforos. O escritor Novodvortsev estava calado também, mas o silêncio dele era um silêncio diferente, venerável. Usando um substancial *pince-nez*, testa excepcionalmente grande, duas mechas de cabelos escuros esparsos repuxadas sobre a careca, fios grisalhos nas têmporas cortadas curtas, ele estava sentado de olhos fechados como se ainda ouvisse, as pernas pesadas cruzadas e a mão apertada entre uma patela e um tendão. Não era a primeira vez que ele era sujeito a ficcionistas taciturnos, empenhados, rústicos. E não a primeira vez que detectava, nas narrativas imaturas deles, ressonâncias — não ainda notadas pelos críticos — de seus próprios vinte e cinco anos de escritura; porque o conto de Golïy era uma desajeitada reprodução de um dos seus temas, de *O limiar*, um romance que compusera excitado e esperançoso, cuja publicação no ano anterior nada fizera para enfatizar sua segura, mas pálida, reputação.

    O crítico acendeu um cigarro. Golïy, sem levantar os olhos, estava guardando o manuscrito em sua pasta. Mas o anfitrião deles mantinha silêncio, não porque não soubesse avaliar a história, mas porque esperava, passiva e melancolicamente, que o crítico pudesse talvez dizer as palavras que ele, Novodvortsev, sentia-se embaraçado para pronunciar: que o tema era de Novodvortsev, que Novodvortsev é que havia inspirado a imagem daquele sujeito taciturno, altruistamente devotado ao avô trabalhador, que, não por força de educação, mas sim através de alguma serena força interior, obtém uma vitória psicológica sobre um desprezível intelectual. Mas o crítico, curvado na ponta do sofá de couro como um grande pássaro melancólico, permaneceu desesperançosamente calado.

Percebendo então que não ouviria as palavras esperadas e tentando concentrar os pensamentos no fato de que, afinal de contas, era a ele, e não a Neverov, que o autor aspirante havia sido trazido em busca de uma opinião, Novodvortsev reposicionou as pernas, inseriu a mão entre elas e disse em tom empresarial: "Pois então", e, com um olhar à veia que surgira na testa de Golïy, começou a falar com voz calma, uniforme. Disse que o conto era solidamente construído, que dava para sentir a força do coletivo no momento em que os camponeses começam a construir uma escola por seus próprios meios, que, na descrição do amor de Pyotr por Anyuta, podia haver imperfeições de estilo, mas ouvia-se o chamado da primavera e uma sensualidade sadia — e, durante todo o tempo em que falava, ficava lembrando por alguma razão que tinha escrito recentemente a esse mesmo crítico, para lembrá-lo que seu aniversário de vinte e cinco anos como autor ia cair em janeiro, mas que ele solicitava enfaticamente que nenhuma festividade fosse organizada, uma vez que seus anos de trabalho dedicados à União ainda não estavam encerrados...

"Quanto ao seu intelectual, não está bem construído", ele estava dizendo. "Não faz muito sentido ele ser condenado..."

O crítico ainda nada dizia. Era um homem de cabelo ruivo, magro e decrépito, que se dizia estar doente de tuberculose, mas na realidade talvez fosse sadio como um touro. Ele havia respondido, também por carta, que aprovava a decisão de Novodvortsev e isso encerrara o assunto. Devia ter trazido Golïy como uma espécie de compensação secreta... Novodvortsev de repente sentiu-se tão triste — não magoado, apenas triste — que se interrompeu e começou a limpar as lentes com o lenço, revelando olhos bastante gentis.

O crítico se levantou. "Aonde vai? Ainda é cedo", disse Novodvortsev, mas levantou-se também. Anton Golïy pigarreou e apertou a pasta contra o lado do corpo.

"Ele vai ser um escritor, sem nenhuma dúvida", disse o crítico, com indiferença, rodando pela sala e apunhalando o ar com o cigarro apagado. Zunindo, com um som rouco, de dentes cerrados, ele se apoiou na mesa, ficou um tempo parado junto a uma *étagère* onde uma respeitável edição de *Das Kapital* morava entre um volume esfarrapado de Leonid Andreyev e um tomo sem nome na encadernação; por fim, com o mesmo passo trôpego, aproximou-se da janela e afastou a cortina azul.

"Apareça outro dia", Novodvortsev estava dizendo enquanto isso a Anton Golïy, que se inclinou, espasmódico, depois endireitou os ombros com afetação. "Quando escrever alguma outra coisa, traga para mim."

"Neve pesada", disse o crítico, soltando a cortina. "A propósito, hoje é noite de Natal."

Começou a procurar distraidamente o casaco e o chapéu.

"Antigamente, nesta data, você e seus confrades estariam produzindo muito material natalino..."

"Não eu", disse Novodvortsev.

O crítico deu uma risada. "Pena. Você devia fazer um conto de Natal. Estilo moderno."

Anton Golïy tossiu na mão fechada. "Lá na minha terra nós uma vez tivemos...", começou a dizer num tom grave e rouco, e pigarreou de novo.

"Estou falando sério", continuou o crítico, entrando em seu casaco. "Dá para criar alguma coisa muito inteligente... Obrigado, mas já está..."

"Na minha terra", disse Anton Golïy, "tivemos uma vez. Um professor. Que. Pôs na cabeça. Fazer uma árvore de Natal para as crianças. No alto ele espetou. Uma estrela vermelha".

"Não, isso não serve, não", disse o crítico. "É um pouco pesadão para um conto curto. Dá para colocar nele algo mais aguçado. A luta entre dois mundos diferentes. Tudo contra um pano de fundo de neve."

"É preciso tomar cuidado com os símbolos em geral", disse Novodvortsev, sombrio. "Ora, eu tenho um vizinho, homem honrado, membro do partido, militante ativo, mas que usa expressões como 'Gólgota do proletariado'..."

Quando seus convidados foram embora, ele sentou à sua mesa e apoiou um ouvido na mão grossa, branca. Junto ao tinteiro havia algo parecido com um copo de beber quadrado, com três canetas espetadas num caviar de grãos de vidro azulados. O objeto tinha uns dez ou quinze anos — havia resistido a todos os tumultos, mundos inteiros tinham se esfacelado em torno dele —, mas nem um único grão de vidro havia se perdido. Ele escolheu uma pena, pôs uma folha de papel no lugar, enfiou mais algumas embaixo para escrever numa superfície mais macia...

"Mas sobre o quê?", Novodvortsev disse em voz alta, depois empurrou a cadeira com a coxa e começou a andar pela sala. Havia um tinido insuportável em seu ouvido esquerdo.

O patife tinha dito aquilo deliberadamente, pensou, e, como se seguisse os passos recentes do crítico, foi até a janela.

Pretende me aconselhar... E aquele tom irônico dele... Deve achar que não resta mais nenhuma originalidade em mim... Vou pegar e fazer um conto de Natal de verdade... E ele próprio vai relembrar, em letra de imprensa: "Fui visitá-lo uma noite e, entre uma coisa e outra, sugeri casualmente, 'Dmitri Dmitrievitch, você devia retratar a luta entre a velha e a nova ordem contra um pano de fundo da chamada neve natalina. Poderia levar até o fim o tema que esboçou tão notavelmente em *O limiar*. Lembra-se do sonho de Tumanov? É desse tema que falo...' E nessa noite nasceu a obra que..."

A janela dava para um pátio. A lua não estava visível... Não, pensando bem, há *sim* uma luminosidade vinda de trás daquelas chaminés escuras lá adiante. A lenha estava empilhada no pátio, coberta com um tapete de neve cintilante. Numa janela, brilhava a cúpula verde de um abajur — alguém estava trabalhando em sua mesa e o ábaco rebrilhava, uma vez que suas contas eram feitas de vidro colorido. De repente, em silêncio absoluto, grandes blocos de neve caíram da borda do telhado. Então, de novo, um torpor total.

Ele sentia o vácuo arrepiante que sempre acompanhava o impulso de escrever. Nesse vácuo, alguma coisa estava tomando forma, crescendo. Um Natal de um novo tipo, especial... A mesma neve velha, conflito novo em folha...

Ouviu passos cautelosos do outro lado da parede. Era seu vizinho voltando para casa, um sujeito discreto, polido, comunista até a medula dos ossos. Com um arrebatamento abstrato, uma deliciosa expectativa, Novodvortsev voltou à sua cadeira diante da mesa. O clima, o colorido da obra em desenvolvimento já estavam ali. Tinha apenas de criar o esqueleto, o assunto. Uma árvore de Natal — por aí é que devia começar. Em algumas casas, ele imaginava gente que um dia tinha sido alguém, gente que estava aterrorizada, mal-humorada, condenada (ele as imaginava tão claramente...), que devia com certeza estar colocando enfeites de papel num pinheiro cortado em segredo na floresta. Não havia onde se comprar enfeites agora, e não se empilhavam mais pinheiros à sombra da Santo Isaac...

Acolchoada, como se envolta em pano, veio uma batida. A porta se abriu uns centímetros. Delicadamente, sem enfiar a cabeça para dentro, o vizinho disse: "Posso incomodar para pedir uma pena? De ponta grossa seria ótimo, se tiver."

Novodvortsev tinha.

"Muito obrigado", disse o vizinho, fechando a porta sem ruído.

Essa insignificante interrupção de alguma forma enfraqueceu a imagem que já vinha amadurecendo. Ele lembrou que, em *O limiar*, Tumanov sentia nostalgia da pompa dos antigos feriados. Mera repetição não servia. Outra lembrança passou inoportunamente num relance. Numa festa recente, alguma moça dissera a seu marido: "Sob vários aspectos você tem uma forte semelhança com Tumanov." Durante alguns dias ele ficara muito contente. Mas depois ficou conhecendo a moça e Tumanov revelou-se o noivo de sua irmã. Aquela também não havia sido a primeira desilusão. Um crítico dissera a ele que ia escrever um artigo sobre "tumanovismo". Havia algo infinitamente elogioso naquele "ismo" e no *t* minúsculo com que a palavra começava em russo. O crítico, porém, tinha partido para o Cáucaso para estudar os poetas georgianos. Mas tinha havido ocorrências agradáveis também. Por exemplo, uma lista como "Gorky, Novodvortsev, Chirikov..."

Numa autobiografia que acompanhava suas obras completas (seis volumes com retrato do autor), ele descrevera como, filho de pais humildes, tinha aberto seu caminho no mundo. Sua juventude havia sido, na realidade, bem feliz. Um saudável vigor, fé, sucessos. Vinte e cinco anos haviam se passado desde que um periódico volumoso publicara seu primeiro conto. Korolenko tinha gostado dele. Ele havia sido preso uma vez ou outra. Um jornal havia sido fechado por sua causa. Agora suas aspirações cívicas tinham se cumprido. Entre escritores principiantes, mais jovens, ele se sentia livre, à vontade. Sua nova vida servia-lhe como uma luva. Seis volumes. Seu nome, bem conhecido. Mas sua fama era pálida, pálida...

Ele voltou para a imagem da árvore de Natal e, de repente, sem nenhuma razão aparente, lembrou-se da sala da casa de uma família de comerciantes, um grande volume de artigos e poemas com páginas de borda dourada (uma edição beneficente para os pobres) de alguma forma ligada àquela casa, a árvore de Natal na sala, a mulher que ele amava naquela época, e todas as luzes da árvore refletidas com um tremor de cristal em seus olhos muito abertos quando ela colheu uma tangerina de um galho alto. Isso foi uns vinte anos antes ou mais — como certos detalhes se apegam à memória...

Ele abandonou pesaroso essa lembrança e imaginou mais uma vez os mesmos pinheiros murchos que, neste exato momento, estavam com certeza sendo decorados... Nenhum conto aí, embora, claro, se *pudesse* pôr aí algo mais afiado... Emigrados chorando em torno de uma árvore de Natal, vestindo fardas recendendo a naftalina, olhando a árvore e chorando. Em algum lugar de Paris. Velho general se lembra de como costumava quebrar os dentes de seus homens enquanto recorta um anjo de papelão dourado... Ele pensou num general que conhecia de fato, que na verdade está no exterior agora e não há como mostrá-lo chorando ao se ajoelhar diante de uma árvore de Natal...

"Mas estou no caminho certo", Novodvortsev disse em voz alta, perseguindo impacientemente alguma ideia que havia escapado. Então algo novo e inesperado começou a tomar forma em sua imaginação — uma cidade europeia, um populacho bem alimentado, vestindo peles. Uma vitrine muito iluminada. Dentro dela, uma enorme árvore de Natal, com presuntos empilhados em sua base e frutas caras presas nos ramos. Símbolo de abastança. E diante da vitrine, na calçada gelada...

Com triunfal agitação, sentindo que encontrou a chave necessária, primeira e única, que vai escrever algo especial, mostrar como ninguém antes o choque de duas classes, de dois mundos, ele começa a escrever. Escreveu sobre a árvore opulenta na vitrine desavergonhadamente iluminada e sobre o trabalhador faminto, vítima de uma greve patronal, olhando a árvore com um ar severo e sombrio.

"*A insolente árvore de Natal*", Novodvortsev escreveu, "*estava iluminada com todos os tons do arco-íris*".

O elfo da batata

1

Na verdade, seu nome era Frederic Dobson. A seu amigo, o mágico, ele falou assim de si mesmo:
"Não havia ninguém em Bristol que não conhecesse Dobson, o alfaiate de roupas para crianças. Eu sou filho dele — e tenho orgulho disso por pura teimosia. Você deve saber que ele bebia como uma cabra. Em algum momento por volta de 1900, poucos meses antes de eu nascer, meu pai encharcado de gim vestiu um daqueles querubins de cera, sabe — terninho de marinheiro, com a primeira calça comprida de rapaz —, e o pôs na cama de minha mãe. É inacreditável ela não ter tido um aborto. Como você pode entender muito bem, eu sei disso tudo por ouvir dizer — porém, se meus informantes não mentem, essa é, ao que parece, a razão secreta de eu ser..."

E Fred Dobson, com um gesto triste e bondoso, estendia as mãos pequenas. O mágico, com seu sorriso sonhador de sempre, curvava-se, carregava Fred como um bebê e, suspirando, colocava-o no alto do guarda-roupa, onde o Elfo da Batata submissamente se enrolava e começa a espirrar baixinho e a chorar.

Tinha vinte anos e pesava menos de vinte e três quilos, sendo apenas uns cinco centímetros mais alto que o famoso anão suíço, Zimmermann (apelidado de "Príncipe Balthazar"). Como o amigo Zimmermann, Fred era extremamente bem constituído e, não fossem aquelas rugas em sua testa redonda e nos cantos dos olhos apertados, assim como o ar bastante misterioso de tensão (como se ele resistisse ao crescimento), nosso anão passaria facilmente por um delicado menino de oito anos. Seu cabelo, cor de palha molhada, era gomalinado e repartido em partes iguais por uma linha que corria no meio exato da cabeça e terminava num esperto arranjo com o cocuruto. Fred andava com leveza, tinha um comportamento afável e dançava bastante bem, mas o seu primeiríssimo agente houve por bem contrabalançar a ideia de "elfo" com um epíteto cômico ao notar o nariz volumoso herdado pelo anão de seu pai ruidoso e mau.

O Elfo da Batata, com seu mero aspecto, despertou uma tempestade de aplausos e riso por toda a Inglaterra, e depois nas principais cidades do continente. Ele diferia da maioria dos anões por ser de natureza delicada e cordial. Afeiçoou-se enormemente ao pônei miniatura Pingo de Neve, sobre o qual trotava diligentemente em torno da arena de um circo holandês; e em Viena conquistou o coração de um burro e taciturno gigante oriundo de Omsk, esticando o corpo para ele a primeira vez que o viu e pedindo, como um bebê, para ser tomado nos braços da babá.

Ele geralmente não se apresentava sozinho. Em Viena, por exemplo, aparecia com o gigante russo e andava majestosamente em torno dele, muito bem-vestido com calça listrada e paletó elegante, com um volumoso rolo de partituras debaixo do braço. Ele trazia o violão do gigante. O gigante parecia uma estátua tremenda e pegava o instrumento com gestos de autômato. Uma sobrecasaca longa que parecia esculpida em ébano, saltos altos e uma cartola com um brilho de colunas refletidas aumentavam a estatura do imponente siberiano de cento e sessenta quilos. Projetando o queixo poderoso, ele batia nas cordas com um dedo. Atrás do palco, em tons femininos, ele reclamava de tontura. Fred ficou gostando muito dele e até derramou algumas lágrimas no momento da separação, porque se acostumava rapidamente com as pessoas. Sua vida, como a de um cavalo de circo, rodava e rodava com macia monotonia. Um dia, no escuro das coxias, ele tropeçou num balde de tinta e alegremente se enfiou nele: acontecimento que recordou durante um bom tempo como algo fora do comum.

Assim viajou o anão por quase toda a Europa, economizou dinheiro e cantou com voz argêntea de *castrato*, e na Alemanha as plateias dos teatros de variedades comiam grossos sanduíches e nozes carameladas no espeto, nos teatros da Espanha, violetas açucaradas e também nozes no espeto. O mundo era invisível para ele. Permanecia em sua memória o mesmo abismo sem rosto que ria dele e, depois, quando a apresentação terminava, o eco macio, sonhador, de uma noite fresca que parece ser de um azul tão profundo quando se sai do teatro.

Ao voltar para Londres, ele encontrou seu novo parceiro na pessoa de Shock, o mágico. Shock tinha fala melodiosa, mãos finas, pálidas, virtualmente etéreas, e uma mecha de cabelo castanho e liso que caía sobre uma sobrancelha. Parecia mais um poeta do que um ilusionista de palco e mostrava suas habilidades com uma espécie de terna e graciosa melancolia, sem a agitada tagarelice característica de sua profissão. O Elfo da Batata o ajudava, divertido, e, ao fim do ato, surgia na galeria com uma arrulhante exclamação de alegria, embora um minuto antes todo mundo tivesse visto Shock trancá-lo dentro de uma caixa preta bem no meio do palco.

Tudo isso acontecia num daqueles teatros de Londres em que há acrobatas flutuando no tilintar dos trapézios, um tenor estrangeiro (fracassado em seu próprio país) cantando barcarolas, um ventríloquo com farda de marinheiro, ciclistas e o inevitável palhaço excêntrico circulando com seu minúsculo chapéu e colete que chega aos joelhos.

2

Ultimamente, Fred vinha ficando melancólico, espirrando muito, silenciosamente, triste, como um pequeno spaniel japonês. Embora não experimentando há meses qualquer desejo por uma mulher, o anão virginal perturbava-se de quando em quando, com agudas pontadas de angústia amorosa que iam embora tão depressa quanto surgiam, e de novo, por algum tempo, ele ignorava os ombros nus que se mostravam brancos além das fronteiras de veludo dos camarotes, assim como as menininhas acrobatas, ou a dançarina espanhola cujas meias lisas revelavam-se por um momento quando o macio e crespo alaranjado de seus babados chicoteavam para o alto no curso de um giro rápido.

"O que você precisa é de uma anã", Shock disse, pensativo, tirando com um estalar de dedos uma moeda de prata da orelha do anão, cujo bracinho subiu num gesto circular como se espantasse uma mosca.

Nessa mesma noite, quando Fred, depois de seu número, bufando e resmungando, com chapéu-coco e sobretudo pequenino, estava passando por um corredor em penumbra atrás do palco, uma porta se abriu com um súbito relâmpago de luz alegre e duas vozes o chamaram lá de dentro. Eram Zita e Arabella, as irmãs acrobatas, ambas semidespidas, bronzeadas de sol, cabelos pretos, com puxados olhos azuis. Um vislumbre de bagunça teatral e fragrância de loções enchia a sala. A penteadeira estava coberta com esponjas para pó, pentes, atomizadores de vidro entalhado, grampos de cabelo numa ex-caixa de chocolates e batons.

As duas moças instantaneamente ensurdeceram Fred com sua conversa. Fizeram cócegas no anão e o apertaram, que, furioso e arroxeado de lascívia, rolava como uma bola entre os braços nus das duas provocadoras. Por fim, quando a risonha Arabella o puxou para ela e caiu de costas no sofá, Fred perdeu a cabeça e começou a se retorcer contra ela, roncando e agarrando seu pescoço. Na tentativa de empurrá-lo, ela levantou um braço e, deslizando por baixo dele, Fred mergulhou e colou os lábios no vazio quente e áspero de sua axila raspada. A outra moça, sem forças de tanto rir, tentava em vão puxá-lo pelas pernas. Nesse momento, a porta se abriu com estrondo e o parceiro francês das duas acrobatas do ar entrou na sala usando colante branco-mármore. Silenciosamente, sem nenhum ressentimento, ele agarrou o anão pelo cangote (tudo o que se ouviu foi o estalo do colarinho de Fred quando um lado se soltou do botão), levantou-o no ar e o jogou como um macaco. A porta bateu. Shock, que por acaso estava passando, conseguiu vislumbrar o braço de mármore brilhante e um vultozinho preto com pés retraídos em voo.

Fred machucou-se na queda e jazia agora imóvel no corredor. Não estava tonto de verdade, mas ficara todo mole, os olhos fixos num ponto, os dentes batendo depressa.

"Má sorte, meu velho", suspirou o mágico, levantando-o do chão. Com seus dedos translúcidos apalpou a testa redonda do anão e acrescentou: "Falei para não se meter. Agora você levou. É de uma anã que você precisa."

Fred, com olhos saltados, não disse nada.

"Vai dormir nos meus cômodos hoje", Shock decidiu, e carregou o Elfo da Batata para a saída.

3

Existia também uma sra. Shock.

Era uma senhora de incerta idade, com olhos escuros que tinham um tom amarelado em torno da íris. A silhueta magra, a pele de pergaminho, o cabelo preto sem vida, o costume de exalar com força a fumaça de tabaco pelas narinas, o estudado descuido de sua roupa e cabelo — tudo isso dificilmente atrairia qualquer homem, mas, sem dúvida, era do gosto do sr. Shock, embora, na verdade, ele parecesse nunca notar a esposa, uma vez que estava sempre ocupado em imaginar engenhos mágicos para seu show, parecendo sempre irreal e alheio, pensando em alguma outra coisa enquanto conversava sobre trivialidades, mas observando com atenção o seu entorno quando imerso em caprichos astrais. Nora tinha de estar sempre atenta, uma vez que ele nunca perdia a ocasião de inventar algum pequeno, inútil, porém sutilmente artístico truque. Tinha havido, por exemplo, aquela vez em que ele a surpreendera com sua gula fora do comum: estalou os lábios com gosto, chupou os ossos de galinha até ficarem limpos, amontoando repetidamente comida em seu prato; em seguida, foi embora com um olhar lamentável à mulher; e pouco depois a criada, escondendo o riso no avental, informou Nora que o sr. Shock não tinha nem tocado em seu jantar e deixara toda a comida dentro de três panelas novinhas debaixo da mesa.

Ela era filha de um artista plástico respeitado que só pintava cavalos, cães pintalgados e caçadores de paletó vermelho. Ela morara em Chelsea antes do casamento, admirara os enevoados crepúsculos do Tâmisa, tivera lições de desenho, comparecera a ridículas reuniões frequentadas pela boemia local — e nessas reuniões é que os olhos cinza-fantasma de um homem magro e calado a escolheram. Ele falava pouco de si e ainda era desconhecido. Algumas pessoas acreditavam que fosse um criador de poemas líricos. Ela caiu de amores por ele. O poeta distraidamente tornou-se noivo dela e logo no primeiro dia de casamento explicou, com um sorriso tristonho, que não sabia escrever poesia, e ali mesmo, no meio da conversa, transformou um velho despertador em um cronômetro niquelado, e o cronômetro na miniatura de um relógio de ouro, que Nora usava desde então no pulso. Ela entendeu que, embora mágico, Shock era, à sua maneira, um poeta: só que ela não conseguia se acostumar com as demonstrações de sua arte a todo momento, em todas as circunstâncias. É difícil ser feliz quando seu marido é uma miragem, um prestidigitador peripatético, uma ilusão de todos os cinco sentidos.

4

Ela estava batendo preguiçosamente a unha contra o vidro do aquário no qual vários peixinhos dourados que pareciam recortados de casca de laranja respiravam e batiam as barbatanas quando a porta se abriu sem ruído e Shock apareceu (cartola de lado, mecha de cabelo na testa) com uma pequena criatura toda encolhida nos braços.

"Trouxe ele para casa", disse o mágico, com um suspiro.

Nora pensou num átimo: criança. Perdida. Encontrada. Seus olhos escuros ficaram úmidos.

"Tem de ser adotado", Shock acrescentou baixinho, parado na porta.

A coisinha de repente ganhou vida, murmurou alguma coisa e começou a se esfregar timidamente contra o peito engomado da camisa do mágico. Nora olhou as botinhas minúsculas com polainas de camurça, o pequeno chapéu-coco.

"Não sou tão fácil de enganar", ela riu num esgar.

O mágico a censurou com o olhar. Depois colocou Fred num sofá estofado e o cobriu com uma manta.

"Blondinet bateu nele", Shock explicou e não conseguiu deixar de acrescentar: "Bateu com um haltere. Bem na barriga."

E Nora, de bom coração como tantas vezes o são as mulheres sem filhos, sentiu uma pena tão especial que quase caiu em prantos. Passou a maternalizar o anão, deu-lhe comida, deu-lhe um copo de vinho do porto, esfregou sua testa com água-de-colônia e umedeceu suas têmporas e as reentrâncias infantis atrás das orelhas.

Na manhã seguinte, Fred acordou cedo, inspecionou o quarto desconhecido, conversou com os peixes e, depois de um ou dois espirros silenciosos, acomodou-se no peitoril da janela de sacada como um menininho.

Uma névoa suave, encantadora, banhava os telhados cinzentos de Londres. Em algum lugar ao longe, uma janela de sótão se abriu e a vidraça captou um raio de sol. A buzina de um automóvel ressoou no frescor e na delicadeza do amanhecer.

Os pensamentos de Fred estavam no dia anterior. Os sons de riso das meninas acrobatas misturavam-se estranhamente com o toque das mãos frias e perfumadas da sra. Shock. No começo, ele fora maltratado, depois fora acariciado; e olhe que era um anão muito afetuoso, muito ardente. Deteve-se, caprichosamente, na possibilidade de algum dia resgatar Nora de um homem forte e brutal parecido com aquele francês de colante branco. Incongruentemente, veio à tona a lembrança de uma anã de quinze anos com quem se apresentara uma vez. Ela era uma coisinha mal-humorada, doentia, de nariz fino. Os dois eram apresentados aos espectadores como um casal de noivos e, tremendo de desgosto, ele tinha de dançar um tango íntimo com ela.

Mais uma vez uma buzina solitária soou e passou. A luz do sol estava começando a penetrar na névoa que havia sobre o ermo macio de Londres.

Por volta de sete e meia, o apartamento ganhou vida. Com um sorriso abstrato, o sr. Shock partiu para destino desconhecido. Da sala de jantar, veio o delicioso aroma de bacon e ovos. Com o cabelo preso de qualquer jeito, usando um quimono bordado com girassóis, apareceu a sra. Shock.

Depois do café da manhã, ela ofereceu a Fred um cigarro perfumado com ponteira rosa-pétala e, semicerrando os olhos, pediu que contasse sobre sua existência. Nesses momentos narrativos, a vozinha de Fred ficava ligeiramente mais profunda: ele falava devagar, escolhendo as palavras, e, estranho dizer, essa imprevista dignidade de dicção caía-lhe bem. Solene, a cabeça inclinada, e elasticamente tenso, sentou-se de lado aos pés de Nora. Ela se reclinou no divã aveludado, os braços jogados para trás, revelando os cotovelos nus, pontudos. O anão, terminada a história, caiu em silêncio, mas continuou mexendo para cá e para lá a palma da mão minúscula, como se continuasse a falar suavemente. O paletó preto, o rosto inclinado, o narizinho carnoso, cabelo escuro e aquele repartido que chegava até a nuca comoveram vagamente o coração de Nora. Ao olhar para ele através dos cílios, ela tentou imaginar que não era um anão adulto sentado ali, mas seu filhinho inexistente no ato de lhe contar como os colegas de escola o haviam maltratado. Nora estendeu a mão e acariciou de leve sua cabeça — e naquele momento, por uma enigmática associação de pensamento, evocou uma outra coisa, uma visão curiosa, vingativa.

Ao sentir aqueles dedos leves no cabelo, Fred de início permaneceu imóvel, mas começou a lamber os lábios em ardoroso silêncio. Seus olhos, olhando enviesado, não conseguiam se afastar do pompom verde do chinelo da sra. Shock. E, de repente, da forma mais absurda e embriagadora, tudo entrou em movimento.

5

Naquele dia azul-fumaça, ao sol de agosto, Londres estava especialmente adorável. O céu terno e festivo se refletia na superfície lisa do asfalto, o carmesim das brilhantes caixas de correio brilhava nas esquinas, através do verde-gobelino do parque carros relampejavam e passavam com um zumbido baixo — toda a cidade cintilava e respirava no suave calor, e só no subsolo, nas plataformas do metrô, podia-se encontrar uma região mais fresca.

Cada dia individual do ano é um presente a um único homem — o mais feliz; todas as outras pessoas usam esse dia, aproveitam o sol e repreendem a chuva, mas sem saber a quem aquele dia pertence; e o seu dono afortunado fica satisfeito e divertido com a ignorância dos outros. Uma pessoa não pode saber previamente qual dia lhe caberá, qual trivialidade recordará para sempre: o tremular de luz do sol refletido numa parede à beira da água ou as volutas da queda de uma folha de bordo; e acontece muitas vezes de ela reconhecer o *seu* dia apenas a posteriori, muito depois de ter arrancado, amassado e jogado debaixo da mesa a folha de calendário com o número esquecido.

A Providência atribuiu a Fred Dobson, um anão com polainas cinza-rato, o alegre dia de agosto de 1920 que começou com o melodioso toque de uma buzina de automóvel e o reluzir de uma janela se abrindo a distância. Crianças que voltavam de um passeio contavam aos pais, entre suspiros de admiração, que tinham encontrado um anão com chapéu-coco e calça listrada, com uma bengala em uma das mãos e um par de luvas cor de mel na outra.

Depois de se despedir de Nora com um ardente beijo (ela estava esperando visitas), o Elfo da Batata saiu para a larga rua lisa, inundada de sol, e entendeu instantaneamente que toda a cidade havia sido criada para ele e para ele apenas. Um alegre motorista de táxi baixou com um golpe sonoro a bandeira de ferro de seu taxímetro; a rua começou a passar e Fred ficava escorregando do banco de couro, enquanto ria e arrulhava baixinho.

Desceu na entrada do Hyde Park e, sem dar atenção aos olhares de curiosidade, seguiu em frente, passando pelas cadeiras verdes de dobrar, pelo lago, pelos grandes arbustos de rododendros, ocultos sob o abrigo dos olmos e das tílias, acima de um gramado tão brilhante e brando como uma mesa de bilhar. Passaram cavaleiros, subindo e descendo das selas com leveza, o couro amarelo das perneiras rangendo, os rostos finos dos corcéis se erguendo, os freios tinindo; e caros carros negros, com um ofuscante brilho de raios de rodas, passaram calmamente pela ampla renda de sombra violeta.

O anão caminhava, inalando os quentes bafejos de benzina, o cheiro de folhagem que parecia apodrecer com a superabundância de seiva verde, e girava sua bengala, projetava os lábios como se fosse assobiar, tão grande era a sensação de liberdade e a leveza que o dominavam. Sua amante se despedira dele com ternura tão apressada, tinha rido tão nervosamente, que ele se deu conta do quanto ela temia que seu velho pai, que sempre vinha almoçar, começasse a desconfiar de alguma coisa se encontrasse um cavalheiro estranho na casa.

Nesse dia, ele foi visto em toda parte: no parque, onde uma enfermeira rosada com boné engomado por alguma razão ofereceu-lhe uma volta no carrinho de bebê que estava empurrando; nos salões de um grande museu; na escada rolante que subia devagar das trovejantes profundezas onde ventos elétricos sopravam entre pôsteres brilhantes; numa loja elegante onde só vendiam lenços de homem; no alto de um ônibus, para o qual foi içado pelas mãos de alguém gentil.

E depois de algum tempo ele ficou cansado — todo aquele movimento e brilho o deixaram tonto, os olhos risonhos olhando para ele lhe deram nos nervos e ele sentiu que devia ponderar cuidadosamente a vasta sensação de liberdade, orgulho e felicidade que continuavam a acompanhá-lo.

Quando finalmente um esfaimado Fred entrou no restaurante familiar onde todo tipo de artistas do palco se reunia e onde sua presença não surpreenderia ninguém, quando deu uma olhada em toda aquela gente em torno, o velho palhaço sem graça que já estava bêbado, o francês, seu antigo inimigo que nesse momento lhe deu um aceno amigável de cabeça, o sr. Dobson se deu conta com perfeita clareza de que nunca mais iria se apresentar no palco.

O local era um tanto escuro, com lâmpadas insuficientes para iluminar o interior e insuficiente luz do dia se infiltrando para dentro. O palhaço sem graça, que parecia um banqueiro arruinado, e a acrobata, que parecia estranhamente tosca à paisana, jogavam uma silenciosa partida de dominó. A dançarina espanhola, usando um chapéu de abas muito largas que projetavam uma sombra azul sobre seus olhos, estava sentada sozinha numa mesa de canto, as pernas cruzadas. Havia meia dúzia de pessoas que Fred não conhecia; ele examinou os traços delas que anos de maquiagem haviam apagado; nesse meio-tempo, o garçom trouxe uma almofada para acomodá-lo, trocou a toalha da mesa, habilmente arrumou os talheres.

Repentinamente, nas profundezas penumbrosas do restaurante, Fred distinguiu o perfil delicado do mágico, que estava conversando muito baixo com um velho obeso de tipo americano. Fred não esperava topar com Shock — que nunca frequentava tavernas —, e de fato havia esquecido completamente de sua existência. Nesse momento, sentiu tanta pena do pobre mágico que, inicialmente, decidiu esconder tudo; mas então lhe ocorreu que Nora não conseguiria mentir e provavelmente contaria tudo ao marido nessa mesma noite ("Eu me apaixonei pelo sr. Dobson... vou deixar você"), e que ela devia ser poupada de uma confissão difícil, desagradável, pois não era ele o seu cavaleiro, não sentia orgulho pelo amor dela, não seria, portanto, justificável que magoasse seu marido, apesar da pena?

O garçom trouxe-lhe um pedaço de torta de rim e uma garrafa de cerveja de gengibre. Ele também acendeu mais luz. Aqui e ali, acima do estofamento empoeirado, flores de cristal brilhavam, e o anão viu de longe um brilho dourado refletir-se no cabelo castanho do mágico, e luz e sombra se alternarem em seus delicados dedos transparentes. Seu interlocutor levantou-se, segurando o cinto da calça, sorrindo, obsequioso, e Shock acompanhou-o até a chapelaria. O gordo americano pôs na cabeça um chapéu de abas largas, apertou a mão etérea de Shock e, ainda segurando a calça, encaminhou-se para a saída. Momentaneamente, discerniu-se uma fresta de luz do dia que ainda tardava, enquanto as luzes do restaurante brilhavam mais amarelas. A porta se fechou com um baque surdo.

"Shock!", chamou o Elfo da Batata, agitando os pezinhos debaixo da mesa.

Shock foi até ele. No caminho, pensativo, tirou do bolso do peito um charuto aceso, inalou, soltou uma baforada e guardou o charuto de novo. Ninguém sabia como fazia isso.

"Shock", disse o anão, cujo nariz tinha ficado vermelho por causa da cerveja de gengibre, "tenho de falar com você. É muito importante".

O mágico sentou-se à mesa de Fred e apoiou nela os cotovelos. "Como está sua cabeça? Não dói?", perguntou, indiferente.

Fred limpou os lábios no guardanapo; não sabia como começar, ainda temendo provocar grande angústia em seu amigo.

"A propósito", disse Shock, "esta noite me apresento com você pela última vez. Aquele sujeito vai me levar para os Estados Unidos. As coisas parecem muito boas".

"Olhe, Shock...", e o anão, esfarelando pão, procurou palavras adequadas. "O fato é que... Seja forte, Shock. Eu amo sua mulher. Hoje de manhã, quando você saiu, ela e eu, nós dois, quer dizer, ela..."

"Só que eu sou mau marinheiro", divagou o mágico, "e leva uma semana até Boston. Uma vez, fui até a Índia. Ao chegar, eu me sentia como uma perna que está adormecida".

Fred ficou vermelho, esfregou o pequeno punho na mesa. O mágico riu baixo com seus próprios pensamentos, depois perguntou: "Você ia me dizer alguma coisa, amiguinho?"

O anão olhou dentro de seus olhos fantasmagóricos e sacudiu a cabeça em confusão.

"Não, não, nada... Não dá para conversar com você."

Shock estendeu a mão — sem dúvida tencionava tirar uma moeda da orelha de Fred —, mas pela primeira vez em muitos anos de habilidades no domínio mágico, a moeda, que os músculos da mão não prenderam com a firmeza necessária, caiu, de um jeito errado. Ele a pegou do chão e se levantou.

"Não vou comer aqui", disse, examinando curiosamente a coroa da cabeça do anão. "Não gosto deste lugar."

Mal-humorado e quieto, Fred estava comendo uma maçã assada.

O mágico saiu tranquilamente. O restaurante esvaziava. A langorosa dançarina espanhola com o chapéu largo foi levada embora por um rapaz de olhos azuis, tímido, elegantemente vestido.

Bem, se ele não quer ouvir, está certo, refletiu o anão; suspirou aliviado e resolveu que, no final das contas, Nora iria explicar melhor as coisas. Depois pediu papel e passou a escrever uma carta para ela. Que terminava assim:

> *Agora você entende por que não posso continuar a viver como antes. Que sentimentos você teria ao saber que toda noite a massa de gente comum rola de rir ao ver o seu escolhido? Vou romper meu contrato e amanhã vou embora. Você receberá outra carta minha assim que eu encontrar um recanto tranquilo onde, depois do seu divórcio, poderemos nos amar, minha Nora.*

Assim terminou o dia fugaz presenteado ao anão de polainas cor de rato.

6

Londres escurecia cautelosamente. Os sons da rua fundiam-se numa suave nota cava, como se alguém tivesse parado de tocar, mas mantivesse o pé ainda no pedal do piano. As folhas negras dos limoeiros do parque formavam um padrão contra o céu transparente como ases de espadas. Aqui e ali, ou entre as funéreas silhuetas de torres gêmeas, um pôr do sol incendiado revelava-se como uma visão.

Era costume de Shock jantar em casa e vestir a casaca profissional para ir de carro depois diretamente ao teatro. Essa noite, Nora esperava por ele impacientemente, tremendo com uma alegria malsã. Como estava contente de ter agora o seu próprio segredo! A imagem do anão ela descartava. O anão era um vermezinho perverso.

Ela ouviu a fechadura da porta de entrada emitir seu delicado clique. Como acontece tantas vezes quando alguém trai uma pessoa, o rosto de Shock pareceu-lhe novo, quase como o de um estranho. Ela o cumprimentou com a cabeça e, envergonhada, baixou tristemente os olhos de cílios longos. Ele tomou seu lugar à mesa na frente dela sem uma palavra. Nora examinou seu terno cinza-claro que fazia com que parecesse ainda mais esguio, ainda mais evasivo. Os olhos dela se acenderam com um cálido triunfo; um canto de sua boa tremia, malevolente.

"Como vai seu anão?", ela perguntou, saboreando o tom casual da pergunta. "Achei que ele vinha com você."

"Não estive com ele hoje", Shock respondeu, começando a comer. De repente, teve uma ideia: tirou do bolso um frasco, desarrolhou-o com um rangido cuidadoso e o verteu sobre um copo cheio de vinho.

Nora esperava com irritação que o vinho fosse se tornar azul-claro, ou transparente como água, mas o clarete não mudou de cor. Shock percebeu o olhar da mulher e deu um sorriso apagado.

"Para a digestão, umas gotas apenas", murmurou. Uma sombra passou por seu rosto.

"Mentindo como sempre", disse Nora. "Seu estômago é excelente."

O mágico riu de mansinho. Depois pigarreou de um jeito profissional e esvaziou o copo de uma vez.

"Continue comendo", disse Nora. "Vai esfriar."

Com um prazer sombrio, ela pensou: Ah, se você soubesse. Nunca vai descobrir. Esse é o meu poder!

O mágico comeu em silêncio. De repente, fez uma careta, empurrou o prato e começou a falar. Como sempre, olhava não diretamente para ela, mas um pouco acima dela, e sua voz era melodiosa e macia. Ele descreveu seu dia, contando que havia visitado o rei em

Windsor, onde fora convidado para divertir os pequenos duques, que usavam paletós de veludo e golas de renda. Tudo isso ele relatou com toques leves e vívidos, imitando as pessoas que tinha visto, piscando, inclinando ligeiramente a cabeça.

"Fiz surgir da cartola um bando inteiro de pombos brancos", disse Shock.

As palmas das mãozinhas do anão eram úmidas, e você está inventando tudo isso, Nora pensou entre parênteses.

"Os pombos, sabe, foram voando para a rainha. Ela espantou todos, mas continuou sorrindo por gentileza."

Shock levantou-se, cambaleou, apoiou-se ligeiramente na mesa com dois dedos e disse, como se completasse a história: "Não estou me sentindo bem, Nora. Foi veneno o que eu bebi. Você não devia ter sido infiel a mim."

Sua garganta inchou convulsivamente e, apertando um lenço à boca, saiu da sala de jantar. Nora levantou-se de um salto; as contas de âmbar de seu colar comprido engancharam na faca de frutas de seu prato e a deslocaram.

É tudo encenação, ela pensou amargamente. Ele quer me apavorar, me atormentar. Não, meu bom homem, não adianta. Você vai ver!

Que amolação Shock ter descoberto seu segredo! Mas pelo menos ela teria agora a oportunidade de revelar a ele todos os seus sentimentos, gritar que o odiava, que o desprezava furiosamente, que ele não era uma pessoa, mas um fantasma de borracha, que não suportava mais viver com ele, que…

O mágico sentou-se na cama, todo encolhido e rilhando os dentes em angústia, mas conseguiu dar um leve sorriso quando Nora entrou tempestuosamente no quarto.

"Achou que eu ia acreditar", ela disse, sem ar. "Ah, isso não, acabou-se! Eu também sei enganar. Você me repugna, ah, todos riem de você com seus truques frustrados…"

Shock, ainda sorrindo, desamparado, tentou sair da cama. Seu pé raspou no tapete. Nora fez uma pausa num esforço para pensar o que mais poderia gritar para ele como insulto.

"Não", Shock articulou com dificuldade. "Se havia uma coisa que eu… por favor, desculpe…"

A veia em sua testa estava tensa. Ele se curvou ainda mais, a garganta estertorava, a mecha úmida em sua testa tremia, e o lenço que levou à boca ficou todo encharcado de bile e sangue.

"Pare com essa bobagem!", Nora gritou e bateu o pé.

Ele conseguiu endireitar o corpo. Seu rosto estava pálido como cera. Ele jogou o trapo embolado num canto.

"Espere, Nora... Você não entende... Este é meu último truque... Não vou fazer mais nenhum..."

Novamente um espasmo distorceu seu rosto brilhante, terrível. Ele cambaleou, caiu na cama, lançou a cabeça sobre o travesseiro.

Ela chegou perto, olhou, franziu as sobrancelhas. Shock estava deitado de olhos fechados e os dentes cerrados rangiam. Quando ela se curvou sobre ele, suas pálpebras tremeram, ele olhou vagamente para ela, sem reconhecer sua esposa, mas de repente a reconheceu e seus olhos tremularam num lampejo úmido de ternura e dor.

Nesse instante, Nora entendeu que o amava mais que qualquer coisa no mundo. Horror e pena tomaram conta dela. Ela girou pelo quarto, serviu um pouco de água, deixou o copo no aparador, correu de volta ao marido, que tinha levantado a cabeça e apertava a beira do lençol nos lábios, o corpo inteiro tremendo conforme vomitava intensamente, olhando com olhos que não viam, já velados pela morte. Então Nora, com um gesto louco, correu até a sala ao lado, onde havia um telefone, e ali, durante um longo tempo, sacudindo o gancho, repetiu o número errado, ligou de novo, soluçando para respirar e martelando a mesa do telefone com o punho; e finalmente, quando a voz do médico atendeu, Nora gritou que seu marido tinha tomado veneno, que estava morrendo; com isso inundou o fone com uma tempestade de lágrimas e, desligando de qualquer jeito, voltou ao quarto.

O mágico, rosto brilhante e liso, de colete branco e calça preta impecavelmente passada, estava diante do espelho de corpo inteiro e, cotovelos abertos, meticulosamente dava o nó na gravata. Ele viu Nora no espelho e, sem virar o rosto, deu-lhe uma piscada distraída, enquanto assobiava suavemente e continuava a trançar com dedos transparentes as pontas negras da gravata de seda.

7

Drowse, uma cidadezinha do norte da Inglaterra, parecia de fato tão sonolenta que dava para desconfiar que tivesse de alguma forma sido perdida entre as suaves ondulações daqueles campos enevoados onde adormecera para sempre. Havia um correio, uma oficina de bicicletas, duas ou três tabacarias com placas azuis e vermelhas, uma igreja antiga, cinzenta, cercada por túmulos sobre os quais se estendia, sonolenta, a sombra de uma enorme castanheira. A rua principal era ladeada por cercas vivas, pequenos jardins e chalés de tijolos enlaçados diagonalmente por heras. Um desses tinha sido alugado a um sr. F. R. Dobson que ninguém conhecia, a não ser sua arrumadeira e o médico local, e este não era nenhum intrigante fofoqueiro. O sr. Dobson, aparentemente, nunca saía de casa. A arrumadeira, uma mulher grande e severa, que havia trabalhado antes em um hospício, respondia às perguntas casuais dos vizinhos explicando que o sr. Dobson era um velho paralítico, condenado a vegetar em velado silêncio. Não era de admirar que os moradores tivessem se esquecido dele no mesmo ano em que chegou a Drowse: ele se tornou uma presença invisível a que as pessoas haviam se acostumado, igual ao bispo desconhecido cuja imagem de pedra ocupava havia tanto tempo o seu nicho acima do portal da igreja. Acreditava-se que o velho misterioso tinha um neto — um menininho sossegado, de cabelos loiros, que, às vezes, ao entardecer, costumava sair do chalé Dobson com passos miúdos e tímidos. Isso, porém, acontecia tão raramente que ninguém sabia dizer com certeza se era sempre a mesma criança e, claro, ao entardecer, Drowse era particularmente indistinta e azul, abrandando todos os contornos. Assim, os nada curiosos e morosos drowsianos não atentaram para o fato de que o suposto neto do suposto paralítico não crescia com a passagem dos anos, e que seu cabelo loiro não era nada mais que uma peruca admiravelmente bem-feita; porque o Elfo da Batata começara a ficar careca logo no começo de sua nova existência, e sua cabeça logo estava tão lisa e brilhante que Ann, a arrumadeira, pensava às vezes como devia ser engraçado pôr a palma da mão em cima daquele globo. Fora isso, ele não havia mudado muito: a barriga talvez tivesse ficado mais proeminente, e veias roxas eram visíveis em seu nariz mais pardo e carnoso que ele empoava quando se vestia como menino. Além disso, Ann e o médico sabiam que os ataques do coração que perturbavam o anão não acabariam bem.

Ele vivia pacificamente e inconspícuo em seus três cômodos, associara-se a uma biblioteca circulante que usava à razão de três ou quatro livros (sobretudo romances) por semana, adquirira um gato preto de olhos amarelos porque tinha um medo mortal de camundongos (que se agitavam em algum lugar atrás do guarda-roupa como se rolassem miúdas bolas de madeira), comia muito, sobretudo doces (saltando da cama às vezes no meio da noite e pisando o chão frio, com sua pequena e trêmula camisola comprida, para atacar na despensa, como um menino pequeno, os biscoitos cobertos com chocolate), e se lembrava com frequência cada vez menor de seu caso amoroso e dos primeiros dias horríveis que passara em Drowse.

Mesmo assim, em sua mesa, entre cartazes de papel fino, muito bem dobrados, ainda conservava uma folha de papel cor de pêssego com a marca-d'água de um dragão, escrita com uma caligrafia angulosa, quase ilegível. Que dizia o seguinte:

Caro sr. Dobson,
  Recebi sua primeira carta, assim como a segunda, na qual me pede para ir até D. Isso tudo, sinto dizer, é um horrível mal-entendido. Por favor, tente esquecer e me desculpe. Amanhã, meu marido e eu vamos partir para os Estados Unidos e provavelmente não voltaremos por um bom tempo. Simplesmente não sei o que mais lhe escrever, meu pobre Fred.

Foi então que ocorreu o primeiro ataque de angina pectoris. Um brando olhar de perplexidade permanecera desde então em seus olhos. E durante muitos dias depois ele ia de sala em sala, engolindo as lágrimas e gesticulando com uma mãozinha trêmula.

Agora, porém, Fred começara a esquecer. Passou a apreciar o conforto que não conhecera antes — a película de fogo azul sobre os carvões na lareira, os vasinhos empoeirados em suas pequenas prateleiras redondas, a gravura entre duas janelas: um cachorro são bernardo, completo com barrilzinho, reanimando um montanhista em seu árido rochedo. Raramente ele se lembrava de sua vida passada. Só em sonhos via às vezes um céu estrelado encher-se de vida com o tremor de muitos trapézios enquanto ele era encerrado num baú negro: através das paredes podia distinguir a voz macia e musical de Shock, mas não conseguia encontrar a portinhola no piso do palco e sufocava no escuro pegajoso, enquanto a voz do mágico ia ficando mais triste, mais distante e se dissolvia, e Fred acordava com um gemido na cama espaçosa, em seu quarto escuro e aconchegante, com seu suave aroma de lavanda, e fitava durante muito tempo o pálido borrão na cortina da janela, respirando com dificuldade e apertando o punho de criança no coração disparado.

Com o passar dos anos, o anseio pelo amor de uma mulher suspirava dentro dele cada vez mais fraco, como se Nora tivesse drenado todo o ardor que o atormentara um dia. Verdade, algumas vezes, certas vagas noites de primavera, quando o anão, depois de vestir timidamente calças curtas e a peruca loira, saía da casa para mergulhar na penumbra crepuscular, e ali, esgueirando-se por alguma trilha nos campos, de repente se detinha a olhar com angústia um casal de amantes abraçado junto a uma cerca viva, debaixo da proteção das amoreiras em flor. Isso também havia passado, e ele cessara absolutamente de ver o mundo. Só de vez em quando o médico, um homem de cabelo branco com olhos negros penetrantes, vinha para uma partida de xadrez e, do outro lado do tabuleiro, observava com prazer científico aquelas mãozinhas delicadas, aquele rosto que parecia um buldogue, cuja fronte proeminente se franzia enquanto o anão ponderava uma jogada.

8

Oito anos se passaram. Era um domingo de manhã. Uma caneca de chocolate debaixo de uma capa em forma de cabeça de papagaio estava à espera de Fred na mesa do café da manhã. O verdor ensolarado de macieiras movimentava-se à janela. A corpulenta Ann estava tirando o pó de uma pequena pianola na qual o anão às vezes tocava umas valsas cambaleantes. Moscas pousaram no pote de geleia de laranja e esfregavam as patas dianteiras.

Fred entrou, ligeiramente amarfanhado de sono, usando pantufas e um roupãozinho preto com sapos amarelos. Sentou-se, semicerrando os olhos e esfregando a cabeça calva. Ann saiu para a igreja. Fred abriu o caderno ilustrado do jornal de domingo e, repuxando e projetando alternadamente os lábios, examinou demoradamente filhotes de cachorro premiados, uma bailarina russa dobrada na langorosa agonia de um cisne, a cartola e a careta do financista que havia enganado todo mundo... Debaixo da mesa o gato, curvando as costas, esfregou-se contra seu tornozelo nu. Ele terminou o café da manhã; levantou-se, bocejando: tinha tido uma péssima noite, nunca antes o coração lhe doera tanto, e agora sentia preguiça demais para se vestir, embora seus pés estivessem gelados. Transferiu-se para a poltrona do nicho da janela e se encolheu nela. Ficou ali sentado sem nada na cabeça, e perto dele o gato preto espreguiçou-se, abrindo pequenas mandíbulas rosadas.

A campainha tocou.

O doutor Knight, Fred refletiu indiferente, e, lembrando que Ann não estava, foi abrir a porta ele mesmo.

O sol se despejou para dentro. Uma senhora alta vestida de preto estava na soleira. Fred recuou, resmungando e ajeitando o roupão. Voltou correndo para as salas internas, perdeu uma pantufa no caminho, mas a ignorou, sua única preocupação era que, fosse quem fosse, a visitante não percebesse que ele era um anão. Parou, ofegante, no meio da sala. Ah, por que não se limitara a bater a porta! E quem poderia ter vindo visitá-lo? Um engano, sem dúvida.

E então ele ouviu distintamente o som de passos se aproximando. Entrou no quarto; queria se trancar ali, mas não havia chave. A outra pantufa continuava no tapete da sala.

"Isto é um horror!", disse Fred baixinho, escutando.

Os passos tinham entrado na sala. O anão emitiu um pequeno gemido e foi para o guarda-roupa, em busca de um lugar para se esconder.

Uma voz que ele certamente conhecia pronunciou seu nome, e a porta do quarto se abriu:

"Fred, por que está com medo de mim?"

O anão, descalço, de preto, a calva pontilhada de suor, permaneceu parado junto ao guarda-roupa, ainda segurando a argola do trinco. Lembrou-se com absoluta clareza dos peixes laranja-dourados do aquário.

Ela havia envelhecido mal. Havia sombras oliváceas debaixo dos olhos. Os pelinhos escuros sobre o lábio superior tinham ficado mais notáveis que antes; e do chapéu preto, das dobras severas do vestido preto, emanava algo empoeirado e tristonho.

"Eu nunca pensei...", Fred começou a dizer devagar, olhando atentamente para ela.

Nora pegou-o pelos ombros, virou-o para a luz e, com olhos tristes, ansiosos, examinou seus traços. O anão envergonhado piscou, deplorou estar sem peruca e se deslumbrou com a excitação de Nora. Tinha deixado de pensar nela havia tanto tempo que agora não sentia mais que tristeza e surpresa. Nora, ainda a segurá-lo, fechou os olhos e então, empurrando delicadamente o anão, virou-se para a janela.

Fred pigarreou e disse: "Perdi completamente o contato com você. Me diga, como está Shock?"

"Ainda fazendo seus truques", Nora replicou, ausente. "Só voltamos à Inglaterra há pouco tempo."

Sem tirar o chapéu, ela se sentou perto da janela e ficou olhando para ele com estranha intensidade.

"Quer dizer que Shock...", prosseguiu o anão, incômodo diante de seu olhar.

"... continua o mesmo de sempre", disse Nora, e, ainda sem desviar os olhos brilhantes do anão, depressa despiu e amassou as luvas pretas brilhantes, que eram brancas por dentro.

Será que ela de novo...?, o anão pensou de repente. Por sua mente passaram depressa o aquário, o cheiro de água-de-colônia, os pompons verdes de seus chinelos.

Nora se levantou. As bolas negras de suas luvas rolaram pelo chão.

"Não é um jardim grande, mas tem macieiras", disse Fred, e continuou a se questionar por dentro: houve mesmo um momento em que eu...? A pele dela é bem pálida. Ela tem um bigode. E por que está tão quieta?

"Mas eu quase não saio", disse ele, oscilando ligeiramente para a frente e para trás e massageando os joelhos.

"Fred, sabe por que estou aqui?", Nora perguntou.

Ela se levantou e foi até bem perto dele. Com um sorriso apologético, Fred tentou escapar escorregando da poltrona.

Foi então que ela disse num tom de voz muito suave: "O fato é que eu tive um filho seu."

O anão congelou, o olhar fixo numa janela minúscula queimando na lateral da xícara azul-escuro. Um tímido sorriso surgiu como um relâmpago nos cantos de seus lábios, depois espalhou-se e iluminou suas faces com um brilho avermelhado.

"Meu... filho..."

E repentinamente ele entendeu tudo, todo o sentido da vida, de sua longa angústia, da janelinha brilhante na xícara.

Ergueu os olhos devagar. Nora estava sentada de lado numa cadeira, sacudida por soluços. A cabeça de vidro do alfinete de seu chapéu brilhava como uma lágrima. O gato, ronronando ternamente, esfregava-se contra suas pernas.

Ele correu para ela, lembrou-se de um romance que tinha lido pouco antes: "Você não tem motivos", disse o sr. Dobson, "motivo nenhum para temer que eu possa tirar o filho de você. Estou tão feliz!".

Ela olhou para ele por trás de uma névoa de lágrimas. Ia explicar alguma coisa, mas engoliu em seco, vendo o terno e alegre brilho com que o semblante do anão respirava, e não explicou nada.

Apressou-se a pegar as luvas amassadas.

"Bem, agora você sabe. Não é preciso mais nada. Tenho de ir."

Um súbito pensamento apunhalou Fred. Vergonha aguda juntou-se à trêmula alegria. Ele perguntou, brincando com o pingente do roupão:

"E... e como ele é? Não é..."

"Ah, ao contrário", Nora respondeu depressa. "Um menino grande, como todos os meninos." E novamente explodiu em choro.

Fred baixou os olhos.

"Gostaria de ver meu filho."

Alegremente corrigiu-se: "Ah, eu entendo! Ele não pode saber que sou assim. Mas talvez você possa arranjar para..."

"Claro, com toda certeza", disse Nora apressada e quase dura ao se encaminhar para o hall. "Claro, vou arranjar alguma coisa. Agora tenho de ir. São vinte minutos de caminhada até a estação."

Na porta, virou a cabeça e pela última vez, avidamente, tristemente, examinou os traços de Fred. O sol tremulava em sua cabeça calva, as orelhas rosadas, translúcidas. Ele não entendeu nada em sua surpresa e felicidade. E depois que ela foi embora, Fred ficou um longo tempo parado no hall, como se tivesse medo de despejar o coração com um movimento imprudente. Ficava tentando imaginar seu filho, e tudo o que conseguia era imaginar a si mesmo vestido como escolar e com a pequena peruca loira. E, com esse ato de transferir seu próprio aspecto a seu filho, ele deixou de sentir que era um anão.

Viu a si mesmo entrando numa casa, num hotel, num restaurante, para encontrar seu filho. Na imaginação, acariciou o cabelo loiro do menino com um extremo orgulho paterno... E então, com seu filho e Nora (que boba, pensar que ele ia tirar o filho dela!), viu a si mesmo caminhando numa rua e então...

Fred bateu as mãos nas coxas. Tinha esquecido de perguntar a Nora onde e como podia entrar em contato com ela!

Ali começou uma espécie de estágio louco, absurdo. Ele correu para o quarto, começou a se vestir a toda pressa. Pôs as melhores coisas que tinha, uma cara camisa engomada, praticamente nova, calça listrada, um paletó feito por Resartre em Paris, anos atrás — e, enquanto se aprontava, ria, quebrando as unhas nas frestas das gavetas apertadas da cômoda, e teve de se sentar uma ou duas vezes para deixar seu coração cheio e disparado descansar; e de novo estava correndo pelo quarto à procura do chapéu-coco que não usava havia anos, e por fim, consultando um espelho ao passar, viu de relance a imagem de um senhor de meia-idade altivo, com elegante traje formal, e desceu correndo os degraus da varanda, fascinado por essa nova ideia: viajar de volta com Nora — que ele com certeza alcançaria — e ver seu filho ainda essa noite!

Uma rua larga e empoeirada levava diretamente à estação. Ficava mais ou menos deserta aos domingos, mas inesperadamente um menino com um bastão de críquete apareceu numa esquina. Foi o primeiro a notar o anão. Em alegre surpresa, deu um tapa no alto de seu boné colorido ao ver Fred se afastando e o piscar das polainas cinza-rato.

E instantaneamente, Deus sabe de onde, apareceram mais meninos, e furtivamente, de boca aberta, começaram a seguir o anão. Ele andava cada vez mais depressa, olhando de quando em quando o relógio e rindo excitadamente. O sol o deixava um pouco enjoado. Nesse meio-tempo, o número de meninos aumentara e transeuntes ocasionais paravam para olhar, admirados. Em algum lugar, ao longe, soaram sinos: a cidade sonolenta estava voltando à vida — e, de repente, explodiu em riso incontrolável, há muito reprimido.

O Elfo da Batata, incapaz de controlar a ansiedade, passou a correr. Um dos meninos correu à frente dele, para dar uma olhada em seu rosto; outro gritou alguma coisa com uma rude voz rouca. Fred, o rosto franzido por causa da poeira, continuou correndo, e repentinamente lhe pareceu que todos aqueles meninos aglomerados a persegui-lo eram seus filhos, filhos alegres, rosados, bem constituídos — e ele deu um sorriso fascinado enquanto trotava, ofegante, tentando esquecer o coração que rasgava seu peito como um aríete em chamas.

Um ciclista, ao passar ao lado do anão com as rodas brilhantes, levou o punho à boca como um megafone e estimulou a corrida, como fazem numa disputa. Mulheres saíram às sacadas e, protegendo os olhos e rindo alto, apontavam umas para as outras o anão que corria. Todos os cachorros da cidade acordaram. Os paroquianos de uma igreja abafada não puderam deixar de ouvir os latidos, os gritos de estímulo. E a multidão que acompanhava o anão continuava a crescer em torno dele. As pessoas acharam que era alguma grande atração, publicidade do circo ou uma filmagem.

Fred estava começando a cambalear, havia um tinido em seus ouvidos, e o botão de cima do colarinho penetrava em seu pescoço, ele não conseguia respirar. Gemidos de alegria, gritos, o bater de pés o ensurdeciam. Então, através de uma névoa de suor, ele, por fim, viu o vestido preto dela. Ela caminhava devagar ao longo de uma parede de tijolos numa torrente de sol. Ela olhou para trás, parou. O anão chegou até ela e agarrou as dobras de sua saia.

Com um sorriso de felicidade, levantou os olhos para ela, tentou falar, mas em vez disso ergueu as sobrancelhas em surpresa e despencou em câmara lenta na calçada. A toda a volta as pessoas se juntavam, ruidosamente. Alguém, percebendo que não era uma brincadeira, curvou-se sobre o anão, depois assobiou baixinho e desnudou a cabeça dele. Nora olhou com indiferença o corpo minúsculo de Fred, que parecia uma luva preta amassada. Ela foi empurrada. Uma mão agarrou seu cotovelo.

"Me deixem em paz", Nora disse com voz apagada. "Eu não sei de nada. Meu filho morreu faz alguns dias."

O aureliano

1

Atraindo sedutoramente um dos números do bonde, a rua começava na esquina de uma avenida movimentada. Por um longo tempo ela se esgueirava em obscuridade, sem nenhuma vitrine, nenhuma dessas alegrias. Depois vinha uma pracinha (quatro bancos, um canteiro de amores-perfeitos) que o bonde contornava com áspera reprovação. Ali a rua mudava de nome e começava uma nova vida. Ao longo do lado direito, apareciam lojas: uma frutaria, com brilhantes pirâmides de laranjas; uma tabacaria, com a imagem de um turco voluptuoso; uma mercearia, com gordos rolos de linguiças marrons e cinzentas; e então, de repente, uma loja de borboletas. À noite, e principalmente quando estava úmido, com o asfalto brilhando como o dorso de uma foca, os transeuntes paravam por um segundo diante daquele símbolo de tempo bom. Os insetos em exposição eram grandes e maravilhosos. As pessoas diziam para si mesmas "Que cores! Incrível!" e seguiam na garoa. Asas com olhos muito abertos em assombro, cetim azul cintilante, magia negra — elas permaneciam por um momento flutuando na visão da pessoa, até ela tomar o bonde ou comprar um jornal. E só por estarem ao lado das borboletas, alguns outros objetos permaneciam na memória da pessoa: um globo, lápis, e um crânio de macaco sobre uma pilha de cadernos.

    A rua piscava e continuava, seguindo-se uma sucessão de lojas comuns — sabonetes, carvão, pães —, com mais uma pausa na esquina onde havia um barzinho. O atendente, um sujeito vistoso de colarinho engomado e suéter verde, era hábil em aparar de um só golpe a espuma no alto do copo debaixo da torneira de cerveja; tinha também uma merecida fama de inteligente. Toda noite, numa mesa redonda junto à janela, o fruteiro, o padeiro, um homem desempregado e o primo-irmão do atendente jogavam cartas com grande prazer. Como o vencedor da mão pedia imediatamente quatro drinques, nenhum dos jogadores jamais conseguia enriquecer.

Aos sábados, numa mesa ao lado, sentava-se um velhinho de rosto vermelho, cabelo ralo e um bigode grisalho, aparado descuidadamente. Quando ele aparecia, os jogadores o cumprimentavam ruidosamente sem levantar os olhos das cartas. Ele invariavelmente pedia rum, enchia o cachimbo e observava o jogo com olhos úmidos contornados de vermelho. A pálpebra esquerda era ligeiramente caída.

De vez em quando, alguém se voltava para ele e perguntava como estava indo a loja; ele demorava para responder e muitas vezes nem respondia. Se a filha do atendente, uma linda moça sardenta com vestido de bolinha, passava perto, ele tentava dar uma palmada em seu quadril fugidio, e, conseguisse ou não, sua expressão sombria não se alterava, embora as veias das têmporas ficassem roxas. Meu anfitrião o chamava com muita graça de "*Herr* Professor". "Bom, como vai o *Herr* Professor hoje?", ele perguntava, aproximando-se. O homem ponderava por algum tempo em silêncio e então, com um lábio inferior úmido se projetando debaixo do cachimbo como o de um elefante ao se alimentar, respondia algo que não era nem engraçado, nem polido. O atendente contrapunha depressa, o que fazia os jogadores da mesa ao lado, embora aparentemente absortos nas cartas, se sacudirem com terrível satisfação.

O homem usava um terno cinza espaçoso, com grande exagero na estamparia do colete, e, quando o cuco cantava no relógio, ele extraía pesadamente do bolso um grosso relógio de prata e o olhava de lado, segurando-o na palma da mão e apertando os olhos por causa da fumaça. Pontualmente às onze horas ele batia o cachimbo, pagava o rum e, depois de estender a mão flácida a qualquer um que escolhesse apertá-la, ia embora silenciosamente.

Caminhava sem jeito, mancando ligeiramente. As pernas pareciam finas demais para seu corpo. Pouco antes da vitrine de sua loja, ele virava para uma passagem, onde havia uma porta à direita com uma placa de latão: PAUL PILGRAM. Essa porta levava a seu esquálido apartamentozinho, ao qual se podia chegar também por um corredor interno nos fundos da loja. Eleanor geralmente estava dormindo quando ele voltava dessas noites festivas. Meia dúzia de fotografias desbotadas do mesmo navio tosco, tiradas de ângulos diferentes, e de uma palmeira que parecia tão desolada como se tivesse crescido em Helgoland, jaziam penduradas em molduras pretas acima da cama de casal. Resmungando consigo mesmo, Pilgram mancava com uma vela acesa pelo escuro sem lâmpadas, voltava com os suspensórios pendurados e continuava resmungando ao sentar na beira da cama e lenta, dolorosamente, tirar os sapatos. Sua esposa, meio acordada, gemia no travesseiro e se oferecia para ajudá-lo; e então, com um ronco na voz, ele mandava que ficasse quieta, e repetia aquele *Ruhe!* gutural diversas vezes, mais e mais ferozmente.

Depois do derrame que quase o matara algum tempo antes (como se uma montanha tivesse caído por trás dele quando se curvara para amarrar os sapatos), ele agora se despia relutante, resmungando até se pôr na cama com segurança, e resmungava de novo se, por acaso, a torneira estava pingando na cozinha ao lado. Eleanor saía da cama, cambaleava até a cozinha e cambaleava de volta com um suspiro confuso, o rosto pequeno, pálido como cera e brilhante, e os calos com esparadrapos de seus pés aparecendo debaixo da camisola tristemente comprida. Haviam se casado em 1905, quase um quarto de século antes, e não tinham filhos porque Pilgram sempre achou que filhos eram apenas um obstáculo à realização do que havia sido o projeto deliciosamente excitante de sua juventude, mas que se transformara aos poucos numa sombria e apaixonada obsessão.

Ele dormia de costas com uma touca antiquada descendo na testa; era sob todos os aspectos o sono sólido e sonoro que se podia esperar de um velho dono de loja alemão, e seria de se supor que seu torpor acolchoado fosse inteiramente desprovido de visões; mas na realidade esse homem rude e pesado, que se alimentava sobretudo de *Erbswurst* e batatas cozidas, acreditando placidamente em seu jornal e bastante ignorante do mundo (na medida em que sua paixão secreta não fosse envolvida), sonhava com coisas que teriam parecido absolutamente ininteligíveis à sua esposa ou a seus vizinhos; pois Pilgram pertencia, ou melhor, deveria pertencer (algo — o lugar, o momento, o homem — tinha sido mal escolhido), a uma raça especial de sonhadores, aqueles sonhadores que no tempo antigo costumavam ser chamados de "aurelianos" — talvez por causa daquelas crisálidas, daquelas "joias da natureza", que eles adoravam encontrar penduradas em cercas acima das urtigas empoeiradas de estradas campestres.

Aos domingos, ele tomava seu café da manhã em diversas sessões desleixadas e depois saía para dar um passeio com a mulher, um lento e silencioso passeio pelo qual Eleanor esperava toda semana. Nos dias úteis, ele abria a loja o mais cedo possível por causa das crianças que passavam a caminho da escola; porque, ultimamente, tinha também suprimentos escolares além de seu estoque básico. Algum menino pequeno, balançando a lancheira e mastigando um sanduíche, passava devagar na frente da tabacaria (onde uma certa marca de cigarros oferecia figurinhas de aviões), na frente da mercearia (que censurava a pessoa por ter comido aquele sanduíche muito antes da hora do lanche), e depois, lembrando que queria uma borracha, entrava na loja seguinte. Pilgram resmungava alguma coisa, projetando o lábio inferior debaixo da haste do cachimbo, e, depois de uma busca letárgica, batia no balcão uma caixa de papelão aberta. O menino apalpava e apertava a virgem e pálida borracha indiana, não encontrava o tipo de que gostava e ia embora sem nem notar os produtos principais da loja.

Essas crianças modernas! Pilgram pensava desgostoso e se lembrava da própria infância. Seu pai — marinheiro, vagabundo, um tanto malandro — casara tarde com uma holandesa pálida de olhos claros que trouxera de Java para Berlim, e abrira uma loja de curiosidades exóticas. Pilgram não conseguia mais lembrar quando, exatamente, borboletas haviam começado a suplantar as aves do paraíso empalhadas, os talismãs obsoletos, os leques com dragões e que tais; mas quando menino ele já trocava febrilmente espécimes com colecionadores, e depois que seus pais morreram as borboletas reinaram supremas na lojinha escura. Até 1914 havia amadores e profissionais suficientes para manter as coisas correndo de forma suave, bem suave; mais tarde, porém, tornou-se necessário fazer concessões, um mostrador com a biografia do bicho-da-seda fornecendo uma transição para os suprimentos escolares, assim como nos velhos tempos quadros ignominiosamente compostos de asas brilhantes haviam sido provavelmente o primeiro passo em direção à lepidopterologia.

Agora a vitrine continha, além de porta-canetas, sobretudo insetos espalhafatosos, estrelas populares no meio das borboletas, algumas montadas sobre gesso e emolduradas — destinadas meramente a ornamentar o lar. A loja em si, permeada pelo odor intenso de um desinfetante, é que guardava as coleções verdadeiras, preciosas. Todo o local era tomado por vários caixotes, caixas, caixas de charutos. Altos gabinetes continham numerosas gavetas com tampo de vidro cheias de séries ordenadas de espécimes perfeitos, impecavelmente abertos e etiquetados. Um escudo empoeirado, ou algo assim (último remanescente dos produtos originais), permanecia num canto escuro. De vez em quando, apareciam exemplares vivos: pupas marrons cheias de uma confluência simétrica de linhas e sulcos delicados no tórax, mostrando como as asas rudimentares, as patas, as antenas e a probóscide ficavam compactadas. Se se tocava uma dessas pupas pousada em seu leito de musgo, a extremidade afilada do abdome começava a mexer para cá e para lá como os membros de um bebê enfaixado. As pupas custavam um *reichsmark* cada e em seu devido tempo liberavam uma mariposa mole, úmida, a se expandir miraculosamente. E às vezes outras criaturas ficavam temporariamente à venda: nesse momento havia uma dúzia de lagartos nativos de Maiorca, coisas frias, negras, de ventre azul, que Pilgram alimentava com bichos-de-farinha na refeição principal e com uvas na sobremesa.

2

Ele havia passado toda a vida em Berlim e nos subúrbios; nunca viajara mais longe que a ilha do Pavão, num lago próximo. Era um entomologista de primeira classe. O dr. Rebel, de Viena, havia batizado certa rara mariposa como *Agrotis pilgrami*; e o próprio Pilgram havia publicado diversas descrições. Suas caixas continham a maioria dos países do mundo, mas tudo o que ele tinha visto do mundo era uma baça paisagem de areia e pinheiros numa ocasional viagem de domingo; lembrava-se de capturas que tinham lhe parecido tão miraculosas em sua meninice ao observar melancolicamente a fauna familiar à sua volta, limitada por uma paisagem conhecida, à qual ela correspondia tão desamparadamente como ele à sua rua. De um arbusto à beira da estrada ele pegava uma grande lagarta verde-turquesa com um chifre azul-porcelana no último anel; ela ficava dura na palma de sua mão e então, com um suspiro, ele a punha de volta no seu ramo como se fosse um enfeite morto.

Embora uma ou duas vezes tenha tido a chance de mudar para um negócio mais vantajoso — vendendo tecidos, por exemplo, em vez de borboletas —, teimosamente se apegara à sua loja como um elo simbólico entre sua existência árida e o fantasma da felicidade perfeita. O que desejava, com uma intensidade quase mórbida, era *ele próprio* pegar com a rede as mais raras borboletas de países distantes, vê-las voando com seus próprios olhos, ficar enfiado no mato até a cintura e sentir o final do movimento da rede chiando, e depois o furioso pulsar de asas através da dobra da seda entre os dedos.

Todo ano parecia-lhe ainda mais estranho que no ano anterior não tivesse conseguido de alguma forma economizar dinheiro suficiente para uma viagem de ao menos uma quinzena ao exterior, mas nunca fora econômico, os negócios foram sempre parcos, sempre houve um vazio em algum lugar e, mesmo que a sorte virasse para seu lado de vez em quando, algo com certeza sairia errado no último momento. Ele se casara contando pesadamente com uma participação nos negócios do sogro, mas um mês depois o homem morrera, sem deixar nada além de dívidas. Pouco antes da Primeira Guerra Mundial, um negócio inesperado trouxe uma viagem à Argélia tão perto que ele até comprou um capacete para o sol. Quando todas as viagens foram suspensas, ele ainda se consolava com a esperança de que poderia ser mandado para algum lugar interessante como soldado; mas era desajeitado, doentio, não muito jovem e portanto não viu nem serviço ativo, nem lepidópteras exóticas. Então, depois da guerra, quando havia conseguido de novo guardar um pouco de dinheiro (para uma semana em Zermatt, dessa vez), a inflação de repente transformou sua magra reserva em algo menor que o preço de um bilhete de bonde.

Depois disso, parou de tentar. Ficou mais e mais deprimido à medida que a paixão ficava mais forte. Quando algum entomologista conhecido aparecia, Pilgram ficava apenas incomodado. Esse sujeito, pensava, pode ser tão instruído quanto o falecido dr. Staudinger, mas não tem mais imaginação que um colecionador de selos.

As bandejas com tampa de vidro, sobre as quais ambos se debruçavam, gradualmente ocupavam todo o balcão, e o cachimbo sugado entre os lábios de Pilgram emitia um guincho tristonho. Ele olhava, pensativo, as fileiras cerradas de insetos delicados, todas iguais a você ou eu, e de vez em quando tocava no vidro com um indicador curto e grosso, chamando a atenção para alguma raridade especial. "Essa é uma curiosa aberração escura", o douto visitante podia dizer. "Eisner comprou uma dessas em um leilão em Londres, mas não era tão escura e custou catorze libras." Fungando dolorosamente com seu cachimbo apagado, Pilgram erguia a caixa para a luz, o que fazia as sombras das borboletas deslizarem por baixo delas pelo fundo empapelado; ele então a punha no balcão de novo e, usando as unhas por baixo da borda apertada da tampa, ele a soltava com um empurrão e a retirava cuidadosamente. "E a fêmea de Eisner não estava tão fresca", o visitante acrescentava. E alguém que entrara para comprar um caderno ou um selo ouvia e podia se perguntar sobre o que aqueles dois estavam falando.

  Grunhindo, Pilgram pegava a cabeça dourada do alfinete negro com o qual a sedosa criatura estava crucificada e removia o espécime da caixa. Virando para cá e para lá, espiava a etiqueta presa na parte de baixo do corpo. "É: 'Tatsienlu, Tibete Oriental'", lia. "'Recolhida pelos coletores nativos do Padre Dejean'" (o que soava quase igual a "Preste João"), e espetava de volta a borboleta, exatamente no mesmo buraquinho. Seus movimentos pareciam casuais, até descuidados, mas era a tranquilidade infalível do especialista; o alfinete, com o inseto precioso, e os dedos grossos de Pilgram eram as partes correlatas de uma mesma e única máquina infalível. Podia acontecer, porém, de alguma caixa aberta, tocada pelo cotovelo do visitante, começar discretamente a escorregar de cima do balcão — sendo salva no último instante por Pilgram, que continuaria calmamente a acender seu cachimbo; só muito depois, quando ocupado com outra coisa, ele de repente daria um gemido de angústia retrospectiva.

  Mas não eram só os acidentes evitados que o faziam gemer. Padre Dejean, missionário de audaz coração escalando entre os rododendros e as neves, que invejável a sua sorte! E Pilgram olhava as caixas, fumava, pensava, refletia que não precisava ir muito longe: que havia milhares de locais de caça por toda a Europa. Com as localidades citadas em obras de entomologia, ele construíra um mundo especial próprio, para o qual sua ciência era o mais detalhado dos guias. Nesse mundo, não havia cassinos, nem igrejas antigas, nada que pudesse atrair um turista normal. Digne no sul da França, Ragusa na Dalmácia, Sarepta no Volga, Abisko na Lapônia — esses eram os locais famosos prezados pelos colecionadores de borboletas, e aí é que eles haviam cutucado, a intervalos, desde os anos cinquenta do século anterior (sempre surpreendendo incrivelmente os habitantes locais). E tão claramente como se fosse uma reminiscência, Pilgram via a si mesmo perturbando o sono de um pequeno hotel pisando forte e pulando num quarto por cujas janelas abertas, da negra noite generosa, uma mariposa esbranquiçada entrara e, numa dança oscilante, audível, beijava a própria sombra por todo o teto.

Nesses seus sonhos impossíveis, ele visitou as ilhas dos Abençoados, onde, nas quentes ravinas que cortam as encostas mais baixas das montanhas cingidas por castanheiros e louros, ocorre a estranha raça local da branca-repolho; e também aquela outra ilha, aqueles barrancos de ferrovia perto de Vizzavona e a floresta de pinheiros mais além, que são o abrigo da volumosa e escura rabo de andorinha da Córsega. Ele visitou o extremo norte, os brejos árticos que produzem delicadas borboletas com penugem. Conheceu os altos pastos alpinos, com aquelas pedras chatas aqui e ali, no meio da grama malhada e escorregadia; porque não há maior prazer do que levantar uma dessas pedras e encontrar embaixo dela uma mariposa sonolenta de uma espécie ainda não descrita. Ele viu vítreas borboletas Apolo, oceladas de vermelho, flutuando na brisa da montanha pela trilha de mulas que corria entre o penhasco íngreme e um abismo de agitadas águas claras. Em jardins italianos, no entardecer de verão, o cascalho crepitava, convidativo sob os pés, e na escuridão que aumentava Pilgram espiava as pencas de flores diante das quais aparecia de repente uma mariposa falcão oleandro, que passava de flor em flor, zunindo intensamente e parando na corola, as asas vibrando tão intensamente que não se via nada além de uma nuvem fantasmagórica em torno do corpo aerodinâmico. E o melhor de tudo, talvez, fossem as colinas de urzes perto de Madri, os vales da Andaluzia, a fértil e arborizada Albarracín, onde um pequeno ônibus dirigido pelo irmão do guarda-florestal gemia subindo uma estrada em curvas.

Ele tinha mais dificuldade para imaginar os trópicos, mas experimentava angústia ainda mais aguda quando o conseguia, porque nunca conseguiria pegar a *altiva morphos* brasileira, tão ampla e radiosa que emitia um reflexo azul na mão da pessoa, nunca toparia com aquelas multidões de borboletas africanas aglomeradas como inúmeras bandeirinhas elegantes na rica lama negra, subindo numa nuvem colorida quando sua sombra se aproximava — uma sombra longa, muito longa.

3

"*Ja, ja, ja*", ele murmurava, balançando a cabeça pesada e segurando a caixa à sua frente como se fosse um retrato adorado. A campainha acima da porta soava, sua mulher entrava com um guarda-chuva molhado e uma sacola de compras, e lentamente ele voltava-lhe as costas e inseria a caixa no gabinete. Assim prosseguiu aquela obsessão, aquele desespero, aquela impossibilidade apavorante de enganar o destino, até um certo primeiro de abril, justamente essa data. Durante mais de um ano ele tivera em sua posse um gabinete dedicado exclusivamente ao gênero daquelas pequenas mariposas de asas transparentes que mimetizam vespas ou mosquitos. A viúva da grande autoridade nesse grupo específico tinha dado a coleção do marido para Pilgram vender em troca de uma comissão. Ele se apressara a dizer à tola mulher que não conseguiria mais do que 75 marcos por ela, embora soubesse muito bem que, segundo o catálogo de preços, valia cinquenta vezes mais, de forma que o amador a quem venderia o lote por, digamos, mil marcos o consideraria uma pechincha. O amador, porém, não apareceu, embora Pilgram tivesse escrito a todos os colecionadores mais ricos. Então, ele havia trancado o gabinete e parado de pensar nele.

Naquela manhã de abril, um homem bronzeado de sol, de óculos, com uma velha capa de chuva e sem chapéu na cabeça calva e marrom, entrou com passo leve e pediu papel-carbono. Pilgram escorregou para dentro de um pequeno cofre de barro as pequenas moedas pagas pelo material violeta e pegajoso que ele tanto detestava manipular e, chupando o cachimbo, fixou o olhar no espaço. O homem deu uma rápida olhada em torno da loja e notou o brilho extravagante de um inseto verde iridescente com muitas caudas. Pilgram resmungou algo sobre Madagascar. "E essa... essa não é uma borboleta, é?", perguntou o homem, apontando outro espécime. Pilgram respondeu lentamente que tinha toda uma coleção daquele tipo especial. *"Ach, was!"*, disse o homem. Pilgram coçou o queixo por barbear e foi mancando até um recesso da loja. Puxou uma bandeja de tampo de vidro e a colocou em cima do balcão. O homem se debruçou sobre aquelas minúsculas criaturas vítreas com patas laranja-vivo e corpo cintado. Pilgram apontou uma das fileiras com a haste de seu cachimbo e simultaneamente o homem exclamou: "Meu Deus: *uralensis*!", e essa exclamação o entregou. Pilgram empilhou caixa sobre caixa no balcão enquanto se dava conta de que o visitante sabia perfeitamente bem da existência daquela coleção, tinha vindo por causa dela, era de fato o rico amador Sommer, a quem ele havia escrito, e que acabara de voltar de uma viagem à Venezuela; e, finalmente, quando a pergunta foi feita displicentemente: "Bem, e qual seria o preço?", Pilgram sorriu.

Ele sabia que era loucura; sabia que estava deixando uma Eleanor desamparada, impostos por pagar, uma loja na qual só compravam bobagens; sabia que os 950 marcos que podia conseguir permitiriam que ele viajasse por não mais que alguns meses; e mesmo assim aceitou tudo como um homem que sentia que o amanhã traria uma triste velhice e que a boa sorte que agora acenava nunca mais repetiria seu convite.

Quando por fim Sommer disse que no dia quatro daria uma resposta definitiva, Pilgram decidiu que o sonho de sua vida estava a ponto de, finalmente, irromper de seu velho casulo enrugado. Passou várias horas examinando um mapa, escolhendo a rota, estimando o período de aparição desta ou daquela espécie e, de repente, alguma coisa negra e ofuscante expandiu-se diante de seus olhos e ele cambaleou pela loja durante um bom tempo antes de se sentir melhor. O dia quatro chegou e Sommer não apareceu. Depois de esperar o dia todo, Pilgram retirou-se para seu quarto e silenciosamente se deitou. Recusou o jantar e durante vários minutos, com os olhos fechados, resmungou com sua mulher achando que ela ainda estava perto; depois a ouviu soluçando baixo na cozinha e brincou com a ideia de pegar um machado e rachar sua cabeça de cabelos loiros. No dia seguinte, ficou na cama e Eleanor tomou seu lugar na loja, vendeu uma caixa de aquarelas. E, depois de mais um dia, quando a coisa toda parecia meramente um delírio, Sommer, com um cravo na lapela e a capa de chuva no braço, entrou na loja. Quando ele tirou um rolo de dinheiro e as notas farfalharam, o nariz de Pilgram começou a sangrar violentamente.

 A entrega do gabinete e a visita à crédula velha a quem ele pagou com relutância os cinquenta marcos foram seus últimos negócios na cidade. A visita muito mais dispendiosa à agência de viagens já fazia parte de sua nova existência, na qual apenas borboletas importavam. Eleanor, embora não informada sobre as transações do marido, pareceu feliz, sentindo que ele tinha tido um bom lucro, mas temendo perguntar quanto. Nessa tarde, um vizinho apareceu para lembrar que no dia seguinte seria o casamento de sua filha. Então, de manhã, Eleanor se ocupou em reavivar o brilho de seu vestido de seda e passar o melhor terno do marido. Ela iria por volta das cinco, pensou, e ele iria mais tarde, depois da hora de fechar. Quando ele a olhou com uma carranca intrigada e se recusou terminantemente a ir, isso não a surpreendeu, porque ela estava havia muito acostumada a toda sorte de decepções. "Pode ser que tenha champanhe", ela disse, já parada na porta. Nenhuma resposta: só o remexer de caixas. Ela olhou pensativa as lindas luvas limpas em suas mãos e saiu.

 Pilgram, tendo posto em ordem as coleções mais valiosas, olhou no relógio e viu que era hora de fazer as malas: o trem partia às oito e vinte e nove. Trancou a loja, arrastou do corredor a velha mala xadrez de seu pai e arrumou os implementos de caça primeiro: a rede, os vidros de abate, caixinhas, uma lanterna para caçar mariposas à noite nos morros e alguns pacotes de alfinetes. Pensando melhor, pôs na mala duas pranchas de preparação e uma caixa com fundo de cortiça, embora, no geral, ele pretendesse manter suas presas em papéis, como sempre se fazia indo de um lugar para outro. Depois levou a mala para o quarto e jogou dentro algumas meias grossas e roupa de baixo. Acrescentou duas ou três coisas que poderiam ser vendidas numa necessidade, como, por exemplo, um copo de prata e uma medalha de bronze num estojo de veludo, que tinham pertencido a seu sogro.

Olhou mais uma vez o relógio e resolveu que era hora de partir para a estação. "Eleanor!", chamou, alto, vestindo o sobretudo. Como ela não respondeu, ele olhou na cozinha. Não, não estava lá; e então lembrou-se vagamente de alguma coisa a respeito de um casamento. Apressado, pegou um pedaço de papel e rabiscou umas poucas palavras a lápis. Deixou o recado e as chaves num local bem visível, e com um arrepio de excitação, com um frio na barriga, conferiu pela última vez que o dinheiro e as passagens estavam na carteira. "*Also los!*", disse Pilgram, e pegou a mala.

Mas como era sua primeira viagem, ainda estava nervoso, pensando se não teria esquecido alguma coisa; então, ocorreu-lhe que não tinha dinheiro trocado e se lembrou do cofre de cerâmica onde poderia haver algumas moedas. Grunhindo e batendo a mala pesada nos cantos, voltou ao balcão. Na penumbra da loja estranhamente quieta, asas com olhos olhavam para ele de todos os lados, e Pilgram percebeu algo quase aterrorizador na riqueza da imensa felicidade que estava baixando sobre ele como uma montanha. Tentando evitar o olhar perceptivo daqueles inúmeros olhos, ele respirou fundo e, vislumbrando o nebuloso cofre de dinheiro, que parecia flutuar no ar, foi depressa pegá-lo. O cofre escorregou de sua mão úmida e se quebrou no chão com um tonto rodar de moedas tilintantes; e Pilgram se abaixou para recolhê-las.

4

Veio a noite; uma lua escorregadia e polida correu, sem a menor fricção, por entre as nuvens que pareciam chinchilas, e Eleanor, voltando do jantar de casamento, e ainda toda animada pelo vinho e pelas piadas saborosas, relembrou o dia de seu casamento enquanto caminhava devagar para casa. De alguma forma, todas as ideias que passavam agora por sua cabeça giravam como para mostrar seu lado enluarado, atraente; sentia-se quase alegre ao entrar no portão e abrir a porta, e se viu pensando que certamente era uma grande coisa ter o próprio apartamento, por abafado e escuro que fosse. Sorrindo, acendeu a luz de seu quarto e viu imediatamente que as gavetas tinham sido abertas: mal teve tempo de imaginar ladrões, porque ali estavam as chaves na mesa de cabeceira e um pedaço de papel encostado no despertador. O recado era breve: *Parti para a Espanha. Não toque em nada até eu escrever. Pegue emprestado de Sch. ou de W. Alimente os lagartos.*

A torneira estava pingando na cozinha. Inconscientemente, ela pegou a bolsa prateada onde a tinha derrubado e se sentou na beira da cama, bem ereta e imóvel, com as mãos no colo como se estivesse posando para uma fotografia. Depois de algum tempo, alguém se levantou, atravessou o quarto, inspecionou a janela trancada, voltou, enquanto ela observava com indiferença, sem se dar conta de que era ela que estava se movimentando. As gotas de água faziam plop em lenta sucessão e de repente ela sentiu terror de estar sozinha na casa. O homem que ela havia amado por sua muda onisciência, impassível grosseria, rígida perseverança no trabalho, tinha ido embora... Ela sentia vontade de uivar, de correr para a polícia, mostrar sua certidão de casamento, insistindo, implorando; mas continuou sentada, o cabelo ligeiramente despenteado, as mãos com luvas brancas.

Sim, Pilgram tinha ido longe, muito longe. Muito provavelmente visitou Granada, Múrcia e Albarracín, e depois viajou ainda mais longe, ao Suriname e à Taprobana; e não se pode duvidar que viu todos os gloriosos insetos que desejava ver — veludosas borboletas negras flutuando na selva, e uma mariposa minúscula na Tasmânia, e aquela *skipper* chinesa que se dizia ter cheiro de rosas esmagadas quando viva, e a beleza de antenas curtas que um certo sr. Baron havia descoberto no México. Então, em certo sentido, é bastante irrelevante que algum tempo depois, ao entrar na loja, Eleanor tenha encontrado a mala xadrez, e depois seu marido, caído no chão com as costas contra o balcão, entre as moedas espalhadas, o rosto lívido desfigurado pela morte.

Um sujeito galante

Nossa mala é cuidadosamente embelezada com etiquetas coloridas: "Nuremberg", "Stuttgart", "Colônia" — e até mesmo "Lido" (mas essa é fraudulenta). Temos pele morena, uma rede de veias roxas, um bigode preto muito bem aparado e pelos nas narinas. Respiramos forte pelo nariz ao tentar resolver as palavras cruzadas de um jornal de emigrados. Estamos sozinhos no compartimento de terceira classe — sozinhos e, portanto, entediados.

Esta noite, chegaremos a uma voluptuosa cidadezinha. Liberdade de ação! Fragrância de viagens comerciais! Um cabelo dourado na manga do casaco de alguém! Ah, mulher, seu nome é Goldie! Era assim que chamávamos mamãe e, mais tarde, nossa esposa Katya. Fato psicanalítico: todo homem é Édipo. Durante a última viagem, fomos infiéis a Katya três vezes, e isso nos custou 30 *reichsmarks*. Engraçado — são todas horrorosas no lugar onde se mora, mas numa cidade estranha são todas lindas como hetairas antigas. Ainda mais deliciosas, porém, podem ser as elegâncias de um encontro casual: seu perfil me lembra o de uma moça por quem, anos atrás... Depois de uma única noite partimos como navios... Outra possibilidade: ela pode ser russa. Permita que me apresente: Konstantin... Melhor omitir o nome de família. Ou talvez inventar um? Obolenski. Isso, parentes.

Não conhecemos nenhum famoso general turco e não podemos adivinhar nem o pai da aviação, nem algum roedor americano. Também não é lá muito divertido olhar a paisagem. Campos. Uma estrada. Manchas de bétulas. Chalé e canteiro de repolhos. Moça do campo, nada má, jovem.

Katya é a boa esposa típica. Desprovida de qualquer tipo de paixão, cozinha lindamente, lava os braços até os ombros toda manhã e não é inteligente demais: portanto, não ciumenta. Dada a excelente largura de sua pelve, é de surpreender que pela segunda vez já ela haja produzido um bebê natimorto. Anos trabalhosos. Morro acima. *Absolut Marasmus* nos negócios. Suar vinte minutos para convencer um cliente. Depois, espremer a comissão gota a gota. Deus, como a gente sonha se enrolar com a graciosa diabinha dourada num quarto de hotel fantasticamente iluminado! Espelhos, orgias, alguns drinques. Mais cinco horas de viagem. Viajar de trem, é o que se diz, predispõe a pessoa a esse tipo de coisa. Estou extremamente predisposto. Afinal, digam o que quiserem, mas a fonte da vida é a robustez no romance. Não consigo me concentrar em negócios, a menos que primeiro cuide de meus interesses românticos. Então, o plano é este: ponto de partida, o café de que Lange me falou. Agora, se eu não encontrar nada lá...

Atravessar portão, armazém, grande estação. Nosso viajante baixou a janela e se debruçou nela, cotovelos bem separados. Além de uma plataforma, saía vapor de debaixo de uns vagões-dormitórios. Podia-se vagamente divisar os pombos mudando de poleiros debaixo do alto domo de vidro. Cachorro-quente anunciado em agudo, cerveja em barítono. Uma moça, o busto encerrado em lã branca, falava com um homem, juntando agora os braços nus atrás das costas, oscilando ligeiramente e batendo nas nádegas com a bolsa, agora cruzando os braços no peito e avançando com um pé em cima do outro, ou então segurando a bolsa debaixo do braço e, com um pequeno ruído de estalo, enfiando dedos hábeis debaixo do cinto preto brilhante; ali ficou, e riu, às vezes tocava o companheiro num gesto de despedida, e retomava imediatamente o retorcer e revirar: uma moça bronzeada de sol com o cabelo alto que deixava as orelhas nuas, e um arranhão bem arrebatador no braço cor de mel. Ela não olha para nós, mas não importa, vamos olhar para ela fixamente. No raio do olhar tenso e malévolo ela começa a tremular e parece a ponto de se dissolver. Dentro de um momento, dará para ver o fundo através dela — uma lata de lixo, um cartaz, um banco; mas aqui, infelizmente, nossa lente cristalina teve de voltar à sua condição normal, pois tudo mudou, o homem pulou para o vagão seguinte, com um tranco o trem entrou em movimento e a moça tirou um lenço da bolsa. Quando, no curso de seu deslizar para longe, ela passou exatamente em frente à janela dele, Konstantin, Kostya, Kostenka, beijou três vezes, com gosto, a palma da mão, mas sua saudação passou despercebida: com movimentos ritmados do lenço, ela flutuou e sumiu.

Ele fechou a janela e, ao se voltar, viu com surpresa e satisfação que durante suas mesméricas atividades o compartimento havia conseguido se encher: três homens com seus jornais e, no canto extremo, uma morena de rosto empoado. A capa brilhante era translúcida como gelatina — resistia à chuva, talvez, mas não ao olhar de um homem. Humor decoroso e alcance do olhar correto — esse é o nosso lema.

Dez minutos depois, ele estava mergulhado em conversa com o passageiro no banco em frente, um velho cavalheiro muito bem-vestido; o tema introdutório havia passado na forma de uma chaminé de fábrica; certas estatísticas vieram a ser mencionadas, e ambos os homens se expressaram com melancólica ironia em relação à tendência industrial; enquanto isso a mulher de rosto branco relegou à prateleira de bagagem um enjoativo buquê de miosótis e, tendo tirado da bolsa de viagem uma revista, concentrou-se no transparente processo de ler: através dele chega a nossa voz acariciante, nos discursos de senso comum. O segundo passageiro juntou-se à conversa: ele era simpaticamente gordo, usava bombachas axadrezadas enfiadas dentro de meias verdes e falava sobre criação de porcos. Que bom sinal — ela arruma todas as partes que você olha. O terceiro homem, um recluso arrogante, se escondeu atrás do jornal. Na parada seguinte, o industrial e o especialista em porcos saíram, o recluso retirou-se para o vagão-restaurante e a moça mudou para o banco da janela.

Vamos avaliá-la ponto por ponto. Expressão fúnebre nos olhos, lábios lascivos. Pernas de primeira, seda artificial. O que é melhor: a experiência de uma morena de trinta anos ou o tolo desabrochar de uma farrista de cabelo claro? Hoje a primeira é melhor, e amanhã veremos. Próximo ponto: através da gelatina da capa brilha um belo nu, como uma sereia vista através das ondas amarelas do Reno. Levantando-se espasmodicamente, ela tirou a capa, mas revelou apenas um vestido bege com uma gola de piquê. Arrume aí. Assim.

"Tempo de maio", Konstantin disse, afavelmente, "e mesmo assim os trens continuam aquecidos".

Ela ergueu a sobrancelha esquerda ao responder: "É, está *mesmo* quente aqui, e estou morta de cansada. Meu contrato terminou, estou voltando para casa. Todos me brindaram — o bufê da estação é o máximo. Bebi demais, mas nunca fico tonta, só um peso no estômago. A vida ficou difícil, eu recebo mais flores que dinheiro, e um mês de descanso vai ser muito bem-vindo; depois, tenho outro contrato, mas claro que é impossível economizar. Aquele sujeito barrigudo que acabou de sair teve um comportamento obsceno. Como olhava para mim! Sinto como se estivesse neste trem há muito, muito tempo, e estou tão ansiosa para voltar para o meu apartamentinho gostoso, longe de toda essa agitação, essa conversa oca, essa podridão."

"Permita que eu ofereça", disse Kostya, "uma coisa para amainar o incômodo".

Tirou debaixo de si uma almofada pneumática quadrada, a borracha coberta de cetim pintalgado: ele sempre a levava debaixo dele em suas viagens chatas, duras, hemorroidais.

"E o senhor?", ela perguntou.

"Nós nos viramos, nós nos viramos. Tenho de pedir que se levante um pouco. Com licença. Agora sente. Macia, não é? Essa parte é especialmente sensível a viagens."

"Obrigada", disse ela. "Nem todos os homens são tão considerados. Perdi bastante peso ultimamente. Ah, que bom! É como viajar de segunda classe."

"*Galanterie, Gnädigste*", disse Kostenka, "é uma propriedade inata conosco. Sim, eu sou estrangeiro. Russo. Um exemplo: um dia meu pai tinha ido dar um passeio nos jardins do seu solar com um velho amigo, um general muito conhecido. Encontraram por acaso uma camponesa — uma velhinha, sabe, com um feixe de lenha nas costas — e meu pai tirou o chapéu. Isso surpreendeu o general, e então meu pai falou: 'Sua Excelência iria querer realmente que uma simples camponesa fosse mais gentil que um membro da aristocracia?'"

"Eu conheço um russo — tenho certeza de que o senhor já ouviu o nome dele também — deixe ver, como era? Baretski... Baratski... De Varsóvia. Ele agora é dono de uma farmácia em Chemnitz. Baratski... Baritski. Tenho certeza de que o senhor conhece."

"Não conheço. A Rússia é um país grande. A propriedade de nossa família era do tamanho da sua Saxônia. E tudo isso se perdeu, foi tudo queimado. Dava para ver o brilho do fogo a setenta quilômetros. Meus pais foram assassinados na minha frente. Eu devo a minha vida a um fiel fornecedor, um veterano da campanha turca."

"Que terrível", ela disse, "tão terrível!"

"É, mas endurece a pessoa. Eu escapei, disfarçado de camponesa. Naqueles dias, eu parecia uma linda donzelinha. Os soldados me infernizavam. Principalmente um sujeito bestial... E foi assim que se deu a história mais engraçada."

Ele contou a história. "*Pfui!*", ela murmurou, sorrindo.

"Bom, depois disso veio um período de perambulações e uma multidão de empregos. Houve tempo até em que eu engraxava sapatos... e via em sonhos o ponto exato do jardim onde o velho mordomo, à luz de lanterna, havia enterrado nossas joias ancestrais. Havia, eu me lembro, uma espada, cravejada de diamantes..."

"Volto num minuto", disse a dama.

A almofada flexível nem tinha ainda esfriado quando ela se sentou de novo e com suave graça tornou a cruzar as pernas.

"... e além disso, dois rubis, deste tamanho, e dinheiro numa caixa dourada, as dragonas de meu pai, um colar de pérolas negras..."

"É, muita gente está arruinada hoje em dia", ela observou com um suspiro, e continuou, tornando a erguer a sobrancelha esquerda. "Eu também passei por todo tipo de dificuldades. Tinha um marido, era um casamento horrível e eu disse para mim mesma: basta! Vou viver do meu jeito. Já faz quase um ano que não falo com meus pais — sabe, os velhos não entendem os moços —, mas isso me incomoda profundamente. Às vezes, passo pela casa deles e sonho, assim, em entrar — e meu segundo marido agora está, graças a Deus, na Argentina, me escreve cartas absolutamente maravilhosas, mas eu nunca voltarei para ele. Tinha um outro homem, diretor de uma fábrica, um cavalheiro muito tranquilo, ele me adorava, queria que eu tivesse um filho com ele, e a esposa dele era também tão querida, tão calorosa — muito mais velha que ele —, ah, nós três éramos tão amigos, íamos passear de barco no verão, mas depois eles mudaram para Frankfurt. Ou veja os atores — gente tão boa, tão alegre —, e as coisas com eles são tão *kameradschaftlich*, ninguém pressiona já, já, já..."

Nesse meio-tempo, Kostya refletiu: Conhecemos bem todos esses pais e diretores. Ela está inventando tudo. Muito atraente, porém. Seios como dois leitõezinhos, quadris estreitos. Gosta de beber, aparentemente. Vamos pedir cerveja no jantar.

"Bom, algum tempo depois, tive um golpe de sorte, ganhei montes de dinheiro. Eu tinha quatro imóveis residenciais em Berlim. Mas o homem em quem eu confiei, meu amigo, meu sócio, me enganou... Triste lembrança. Perdi uma fortuna, mas não perdi o otimismo, e agora, mais uma vez, graças a Deus, apesar da depressão... A propósito, deixe eu mostrar uma coisa, madame."

A mala com as etiquetas chamativas continha (entre outros artigos vulgares) amostras de uma espécie de espelho de bolsa altamente elegante, coisinhas nem redondas, nem quadradas, mas em forma de *Phantasie*, digamos, como uma margarida, uma borboleta, um coração. Nesse ínterim, chegou a cerveja. Ela examinou os espelhinhos e olhou-se neles; cintilações cruzaram o compartimento. Ela engoliu a cerveja como um soldado, e com as costas da mão limpou a espuma dos lábios vermelho-alaranjados. Kostenka recolocou as amostras carinhosamente na valise e devolveu-a à prateleira. Tudo certo, vamos começar.

"Sabe... fico olhando para você e imaginando que nos encontramos uma vez, anos atrás. Você é absurdamente parecida com uma moça — ela morreu de tuberculose — que eu amava tanto que quase me matei. Sim, nós, russos, somos excêntricos sentimentais, mas, acredite, sabemos amar com a paixão de um Rasputin e a ingenuidade de uma criança. Você está sozinha e eu estou sozinho. Você é livre e eu sou livre. Quem, então, pode nos proibir de passar horas agradáveis num ninho de amor bem protegido?"

O silêncio dela era provocante. Ele saiu de seu banco e sentou ao seu lado. Ele olhou de soslaio, rolou os olhos, bateu os joelhos um no outro, esfregou as mãos, boquiaberto com seu perfil.

"Qual o seu destino?", ela perguntou.

Kostenka contou.

"E eu estou voltando para..."

Disse o nome de uma cidade famosa pela produção de queijos.

"Tudo bem, acompanho você, e amanhã continuo minha viagem. Embora eu não ouse prever nada, madame, tenho toda a base para acreditar que nem você nem eu vamos nos arrepender."

O sorriso, a sobrancelha.

"O senhor nem sabe meu nome ainda."

"Ah, que importa, que importa? Por que se precisa de um nome?"

"Este é o meu", disse ela, e mostrou um cartão de visita: Sonja Bergmann.

"Eu sou apenas Kostya. Kostya e nada de bobagem. Me chame de Kostya, certo?"

Uma mulher encantadora! Uma mulher nervosa, maleável, interessante! Vamos chegar em meia hora. Viva a Vida, a Felicidade, a Saúde! Uma longa noite de duplos prazeres. Ver nossa coleção completa de carícias! Hércules amoroso!

A pessoa que apelidamos de recluso voltou do restaurante, e o flerte teve de ser suspenso. Ela tirou várias fotografias da bolsa e passou a mostrá-las: "Esta moça é só uma amiga. Este rapaz é muito encantador, o irmão dele trabalha na estação de rádio. Nesta eu saí horrível. Essa é a minha perna. E aqui — reconhece esta pessoa? Eu pus óculos e um chapéu-coco —, bonitinho, não é?"

Estamos quase chegando. A almofadinha foi devolvida com muitos agradecimentos. Kostya a esvaziou e enfiou na valise. O trem começou a frear.

"Bom, adeus", disse a dama.

Enérgica e alegremente ele carregou ambas as malas para fora: a dela, pequena, de fibra, e a dele, de confecção nobre. Três raios de sol empoeirados atravessavam o teto de vidro da estação. O recluso sonolento e os miosótis esquecidos foram embora.

"Você é completamente louco", ela disse com uma risada.

Antes de guardar a mala, tirou de dentro um par de chinelos dobráveis. No ponto, ainda restava um táxi.

"Onde nós vamos?", ela perguntou. "A um restaurante?"

"Preparamos alguma coisa para comer na sua casa", disse o terrivelmente impaciente Kostya. "Vai ser muito mais íntimo. Entre. É a melhor ideia. Acho que ele troca cinquenta marcos? Eu só tenho notas altas. Não, espere, tenho troco aqui. Vamos, vamos, diga para ele onde ir."

O interior do carro cheirava a querosene. Nós não podemos estragar nossa alegria com a insignificância de contatos osculares. Vamos chegar logo? Que cidade horrenda. Logo? A ansiedade ficando intolerável. Aquela empresa eu conheço. Ah, chegamos.

O táxi parou na porta de uma casa velha, preta como carvão, com venezianas verdes. Eles subiram ao quarto andar, onde ela parou e disse: "E se tiver mais alguém lá? Como você sabe que vou deixar você entrar? O que é isso no seu lábio?"

"Uma afta de resfriado", disse Kostya, "só uma afta de resfriado. Depressa. Abra. Vamos esquecer o mundo inteiro e seus problemas. Depressa. Abra."

Entraram. Um corredor com um grande guarda-roupa, uma cozinha e um quarto pequeno.

"Não, por favor, espere. Estou com fome. Temos de jantar primeiro. Me dê aquela nota de cinquenta marcos, aproveito para trocar para você."

"Tudo bem, mas pelo amor de Deus, depressa", disse Kostya, remexendo na carteira. "Não precisa trocar nada. Aqui tem uma boa nota de dez."

"O que quer que eu compre?"

"Ah, qualquer coisa que você quiser. Só peço que vá depressa."

Ela saiu. Trancou-o dentro da casa, usando ambas as chaves. Não arriscava nada. Mas que butim poderia ele encontrar ali? Nenhum. No meio do chão da cozinha, havia uma barata morta de costas, as pernas marrons estendidas. O quarto continha uma cadeira e uma cama de madeira coberta com renda. Acima dela, a fotografia de um homem de rosto gordo e cabelo ondulado estava pregada à parede manchada. Kostya sentou-se na cadeira e num piscar de olhos trocou o sapato de rua mogno-avermelhado pelo chinelo de marroquim. Depois, tirou o paletó de Norfolk, desabotoou o suspensório lilás e removeu o colarinho engomado. Não havia privada, então ele usou depressa a pia da cozinha, depois lavou as mãos e examinou o lábio. A campainha da porta tocou.

Ele foi depressa até a porta, na ponta dos pés, espiou pelo olho mágico, mas não conseguiu ver nada. A pessoa atrás da porta tocou de novo, e se ouviu a aldrava de cobre bater. Não adianta: não posso abrir nem que quisesse.

"Quem é?", Kostya perguntou, insinuante, através da porta.

Uma voz aguda perguntou: "Por favor, *Frau* Bergmann já voltou?"

"Ainda não", Kostya respondeu. "Por quê?"

"Que pena", disse a voz. E se calou. Kostya esperou.

A voz continuou: "Não sabe quando ela vai voltar para a cidade? Me disseram que era esperada hoje. O senhor deve ser *Herr* Seidler, não?"

"O que aconteceu? Eu dou o recado a ela."

Uma garganta pigarreou e a voz disse como se falasse ao telefone: "Franz Loschmidt falando. Ela não me conhece, mas diga a ela, por favor..."

Mais uma pausa e uma pergunta insegura: "Talvez possa me deixar entrar?"

"Não precisa, não precisa", Kostya disse, impaciente. "Eu digo tudo a ela."

"O pai dela está morrendo, não passa desta noite: ele teve um enfarto na loja. Diga para ela ir imediatamente. Quando acha que ela vai voltar?"

"Logo", Kostya respondeu, "logo. Eu digo a ela. Até mais".

Depois de uma série de rangidos que se afastavam, a escada silenciou. Kostya foi à janela. Um rapaz magro, aprendiz da morte, de capa de chuva, sem chapéu, com uma cabeça pequena de cabelo curto azul-fumaça, atravessou a rua e desapareceu na esquina. Momentos depois, de outra direção, apareceu a dama com uma sacola de rede bem cheia.

A trava de cima da porta clicou, depois a de baixo.

"Ufa!", ela disse ao entrar. "Quanta coisa eu comprei!"

"Depois, depois", Kostya exclamou, "jantamos depois. Depressa para o quarto. Esqueça esses pacotes, eu imploro".

"Eu quero comer", ela respondeu com uma voz muito arrastada.

Afastou com um tapa a mão dele e entrou na cozinha. Kostya foi atrás.

"Rosbife", disse ela. "Pão branco. Manteiga. Nosso famoso queijo. Café. Meio litro de conhaque. Nossa, você não pode esperar um pouco? Me deixe, isso é indecente."

Kostya, porém, apertou-a contra a mesa, ela começou a rir indefesa, as unhas dele ficavam enganchando na malha de seda de sua calcinha verde, e tudo acontecia de um jeito muito ineficiente, inconfortável e prematuro.

"*Pfui!*", ela disse, sorrindo.

Não, não valia a pena. Muito obrigado pela atenção. Desperdiçando minha força. Não estou mais na flor da juventude. Bem desagradável. O nariz suado dela, a cara desbotada. Ela devia ter lavado as mãos antes de mexer com comestíveis. O que é isso no seu lábio? Que audácia! A gente ainda vai ver, sabe, quem pega o quê de quem. Bem, nada a fazer.

"Comprou aquele charuto para mim?", ele perguntou.

Ela estava ocupada pegando facas e garfos do armário e não ouviu.

"E o charuto?", ele repetiu.

"Ah, desculpe. Não sabia que você fumava. Quer que eu dê uma corrida para comprar um?"

"Não importa, eu mesmo vou", ele respondeu irritado e foi para o quarto, onde calçou os sapatos e pôs o paletó. Pela porta podia vê-la a se movimentar desgraciosa ao servir a mesa.

"A tabacaria fica bem na esquina", ela entoou, e escolhendo um prato arranjou nele com amoroso carinho as fatias frescas e rosadas de rosbife que não podia comprar havia um bom tempo.

"Além disso, vou comprar uns doces", disse Konstantin, e saiu. Doces de confeitaria, chantili, uma fatia de abacaxi e chocolates com recheio de conhaque, ele acrescentou mentalmente.

Uma vez na rua, ele olhou para cima, procurando sua janela (aquela com os cactos ou a seguinte?), depois virou à direita, contornou uma caminhonete de móveis, quase foi atingido pela roda dianteira de um ciclista e lhe mostrou o punho. Mais adiante havia um pequeno jardim público e algum tipo de *Herzog* de pedra. Ele virou mais uma esquina e viu, no finzinho da rua, recortada contra uma nuvem de tempestade e iluminada por um berrante pôr do sol, a torre de tijolos da igreja, diante da qual, ele se lembrava, tinham passado. Dali era um pulo até a estação. Podia pegar um trem conveniente dentro de quinze minutos: sob esse aspecto, pelo menos, a sorte estava do seu lado. Despesas: depósito da mala, 30 *pfennige*, táxi, 1,40, ela, 10 marcos (5 teriam sido suficientes). O que mais? Sim, a cerveja, 55 *pfennige*, com a gorjeta. No total: 12 marcos e 25 *pfennige*. Idiotice. Quanto à má notícia, ela com certeza a receberia mais cedo ou mais tarde. Ele a poupara de vários minutos tristes à beira do leito de morte. Mesmo assim, talvez eu devesse mandar um recado daqui para ela? Mas esqueci o número da casa. Não, eu me lembro: 27. De qualquer forma, pode-se pensar que eu esqueci — ninguém é obrigado a ter tão boa memória. Posso imaginar que rebuliço teria sido se eu contasse de uma vez! A vaca. Não, nós só gostamos de loiras pequenas — não se esqueça disso, de uma vez por todas.

    O trem estava lotado, o calor sufocante. Nos sentimos mal, mas não sabemos bem se estamos com fome ou com sono. Mas quando tivermos comido e dormido, a vida recobrará seus encantos, e os instrumentos americanos tocarão música no alegre café descrito por nosso amigo Lange. E então, algum tempo depois, nós morremos.

Um dia ruim

Peter sentou-se na boleia da carruagem aberta, junto ao cocheiro (ele não gostava particularmente desse lugar, mas o cocheiro e todo mundo em casa achava que gostava demais e ele, por seu lado, não queria magoar as pessoas, então foi assim que veio a se sentar ali: um jovem de rosto pálido e olhos cinzentos com um elegante blusão de marinheiro). A parelha de cavalos negros bem alimentados, de ancas lustrosas e com algo excepcionalmente feminino nas crinas compridas, ficava abanando os rabos de um jeito suntuoso ao avançarem a trote animado, e era doloroso observar com que avidez, apesar daqueles movimentos de rabos e o revirar de orelhas macias — apesar também do odor intenso de alcatrão do repelente em uso —, foscas mutucas acinzentadas, ou moscardos com olhos salientes cintilantes, grudavam na pelagem lisa.

O cocheiro Stepan, um homem de meia-idade, taciturno, usando um colete sem mangas de veludo preto por cima de uma camisa russa carmesim, tinha a barba tingida e o pescoço marrom sulcado por rugas finas. Peter ficou envergonhado de manter silêncio sentado na mesma boleia; então fixou o olhar no varal do centro, nas marcas das rodas, tentando inventar uma pergunta inteligente ou uma observação segura. De quando em quando, este ou aquele cavalo levantava um pouco o rabo, debaixo de cuja tensa base um bulbo de carne inchava, expelindo um globo amarelado, depois outro, um terceiro, depois do que as dobras de pele negra se fechavam de novo e o rabo baixava.

Na vitória ia sentada, de pernas cruzadas, a irmã de Peter, uma jovem dama de rosto moreno (embora com apenas dezenove anos ela já houvesse se divorciado de um marido), com um vestido colorido, botas altas brancas, com enfeites pretos brilhantes, e chapéu de abas largas com um véu rendado sobre o rosto. Desde a manhã ela estava de mau humor e agora, quando Peter se virou para trás pela terceira vez, ela dirigiu a ele a ponta de sua sombrinha iridescente e disse: "Pare de se mexer, por favor."

A primeira parte do caminho seguia pela floresta. Nuvens esplêndidas deslizando no céu azul só aumentavam o brilho e a vivacidade do dia de verão. Olhando de baixo os topos das bétulas, seu verdor lembrava uvas translúcidas encharcadas de sol. De ambos os lados da estrada, arbustos expunham a palidez do lado inferior das folhas ao vento quente. Sombra e sol pintalgavam as profundezas da floresta: não dava para separar o padrão dos troncos das árvores do padrão dos espaços intermediários. Aqui e ali um trecho de musgo cintilava sua cor esmeralda-celestial. Samambaias macias passavam depressa, quase roçando as rodas.

À frente, apareceu uma grande carroça de feno, uma montanha esverdeada pintalgada com luz trêmula. Stepan puxou as rédeas dos corcéis; a montanha se inclinou para um lado, a carruagem para o outro — mal havia espaço para passar pela estreita estrada da floresta —, e deu para sentir um acre aroma de campos recém-cortados, e ouvir o ranger das rodas da carroça, e vislumbrar escabiosas e margaridas murchas no meio do feno, e Stepan estalou a língua, sacudiu as rédeas, e a carroça ficou para trás. Então a floresta se abriu, a vitória virou para a estrada, e mais adiante vieram campos colhidos, o estrídulo de grilos nas valas e o zumbido dos postes de telégrafo. Dentro de um momento, a aldeia de Voskresensk ia aparecer, e alguns minutos depois aquilo terminaria.

Dizer que estava doente? Cair do banco?, pensou sombriamente Peter quando as primeiras isbás apareceram.

O short branco apertado machucava os fundilhos, o sapato marrom apertava horrivelmente, ele sentia agudas pontadas no estômago. A tarde que o esperava era opressiva, repulsiva — e inevitável.

Estavam agora atravessando a aldeia, e em algum lugar atrás das cercas e das cabanas de troncos um eco florestal respondia ao harmonioso bater dos cascos. Na faixa enlameada com retalhos gramados à beira da estrada, meninos estavam jogando *gorodki* — atiravam grossos gravetos em pinos de madeira que subiam ressoando pelo ar. Peter reconheceu o falcão empalhado e as esferas prateadas que ornamentavam o jardim do comerciante local. Um cachorro saiu correndo de um portão, em perfeito silêncio — poupando a voz, por assim dizer —, e só depois de atravessar voando a vala e finalmente alcançar a carruagem foi que fez soar seu latido. Montado tremulamente num cavalo velho e peludo, um camponês passou, os cotovelos afastados, a camisa, com um rasgo no ombro, se inflando ao vento.

No fim da aldeia, num morrete encimado por limoeiros cerrados, havia uma igreja vermelha e, ao lado dela, um mausoléu de pedra branca menor e piramidal, parecendo uma *paskha* de creme. O rio apareceu; com o brocado verde da flora aquática a cobri-lo na curva. Junto à estrada íngreme havia uma oficina de ferreiro baixa, na parede da qual alguém havia escrito com giz: "Viva a Sérvia!" O som dos cascos de repente adquiriu um tom ressoante e elástico — por causa das tábuas da ponte por onde passava a carruagem. Um velho pescador descalço estava debruçado no parapeito; um recipiente de lata brilhava a seus pés. Então o som dos cascos passou para um bater surdo: a ponte, o pescador e a curva do rio ficaram para trás irremediavelmente.

A vitória agora estava rodando ao longo de uma estrada empoeirada, de terra solta, entre duas fileiras de bétulas de troncos grossos. Num instante, sim, num instante, de trás de seu parque surgiria o telhado verde do solar dos Kozlov. Peter sabia por experiência própria como seria incômodo e desagradável. Ele estava pronto a entregar sua bicicleta suíça nova — e o que mais na troca? —, bem, o arco de aço, digamos, e o revólver Pugach e todo o seu arsenal de rolhas com pólvora, a fim de voltar outra vez a seu domínio ancestral a dez verstas dali, e passar o dia de verão como sempre, em jogos solitários, maravilhosos.

Do parque vinha um cheiro forte, escuro, úmido, de cogumelos e pinheiros molhados. Então apareceu um canto da casa e a areia vermelho-tijolo em frente à varanda de pedra.

"As crianças estão no jardim", disse a sra. Kozlov, quando Peter e sua irmã, depois de atravessarem várias salas frescas rescendendo a cravos, chegaram à varanda principal, onde um grupo de adultos estava reunido. Peter disse, como vai?, a cada um, inclinando-se e tomando cuidado para não beijar por engano a mão de um homem como acontecera uma vez. Sua irmã mantinha a palma da mão sobre sua cabeça — coisa que nunca fazia em casa. Depois, ela se acomodou numa poltrona de vime e ficou excepcionalmente animada. Todo mundo começou a falar ao mesmo tempo. A sra. Kozlov pegou Peter pelo pulso, desceu com ele um lance curto de escada entre vasos de loureiros e oleandros, e, com ar de mistério, apontou o jardim: "Vai encontrar todos lá", disse, "vá brincar com eles", e voltou para seus convidados. Peter ficou parado no último degrau.

Um mau começo. Ele agora tinha de atravessar o terraço do jardim e penetrar numa avenida onde, em manchas de sol, vozes pulsavam e cores tremulavam. Era preciso fazer aquela jornada sozinho, chegar mais perto, infinitamente mais perto, entrando gradualmente no campo de visão de muitos olhos.

Era dia do santo do mesmo nome do filho mais velho da sra. Kozlov, Vladimir, um rapaz animado e brincalhão da idade de Peter. Havia também o irmão de Vladimir, Constantine, e suas duas irmãs, Baby e Lola. Da propriedade vizinha, uma *sharabanchik* puxada por pôneis trouxera os dois jovens barões Korff e a irmã deles, Tanya, uma menina bonita de onze ou doze anos, com a pele pálida como marfim, sombras azuis sob os olhos e uma trança preta presa com um laço branco acima do pescoço delicado. Além disso, havia três estudantes com seus uniformes de verão e Vasiliy Tuchkov, um primo de Peter, robusto, bem constituído, bronzeado, de treze anos. Os jogos eram conduzidos por Elenski, um estudante universitário, tutor dos meninos Kozlov. Era um rapaz corpulento, de peito estufado com a cabeça raspada. Usava uma *kosovorotka*, uma espécie de camisa com botões laterais no ombro. Um *pince-nez* sem aro encaixado no nariz, cuja finura entalhada não combinava nada com a maciez ovalada do rosto. Quando finalmente Peter se aproximou, encontrou Elenski e as crianças atirando dardos em um grande alvo de palha pintada, preso a um tronco de pinheiro.

A última visita de Peter aos Kozlov tinha sido na Páscoa, em São Petersburgo, e naquela ocasião haviam mostrado imagens de lanterna mágica. Elenski lera em voz alta o poema de Lermontov sobre Mtsyri, um jovem monge que deixou seu retiro no Cáucaso para vagar entre as montanhas, e um colega estudante manejava a lanterna. No meio do círculo luminoso no lençol molhado apareceu (parando ali depois de uma incursão espasmódica) uma figura colorida: Mtsyri sendo atacado pelo leopardo da neve. Elenski, interrompendo um minuto a leitura, apontou com um bastão curto primeiro o jovem monge e depois o leopardo saltando, e, ao fazê-lo, o bastão tomava emprestadas as cores do quadro e, a seguir, elas escorregavam de volta quando Elenski o removia. Cada ilustração permanecia por um bom tempo no lençol, uma vez que só havia dez imagens para o longo épico. Vasiliy Tuchkov de vez em quando levantava a mão no escuro, alcançava o raio de luz, e cinco dedos pretos se espalhavam no lençol. Uma ou duas vezes, o assistente inseriu o slide errado, mostrando o quadro de cabeça para baixo. Tuchkov rolava de rir, mas Peter ficava envergonhado pelo assistente e, no geral, fazia o possível para fingir enorme interesse. Dessa vez ele também encontrara Tanya Korff pela primeira vez, e desde então pensara muitas vezes nela, imaginando que a salvava de bandoleiros na estrada, com Vasiliy Tuchkov ajudando-o e admirando devotamente a sua coragem (dizia-se que Vasiliy tinha um revólver de verdade em casa, com coronha de madrepérola).

No momento, as pernas bronzeadas e bem separadas, a mão esquerda relaxada sobre a correntinha do cinto de tecido que tinha uma bolsinha de lona de um lado, Vasiliy estava mirando o dardo no alvo. Jogou para trás o braço com que atirava, atingiu a mosca e Elenski emitiu um alto "bravo". Peter cuidadosamente tirou o dardo, foi silenciosamente para trás da posição anterior de Vasiliy, silenciosamente fez pontaria e também atingiu o centro dos anéis brancos e vermelhos; ninguém, porém, viu isso porque a competição já tinha acabado e movimentados preparativos para outro jogo haviam começado. Uma espécie de gabinete ou estante baixa havia sido arrastada até o meio do caminho e lá estava, na areia. A parte superior tinha vários buracos redondos e um gordo sapo de metal com a boca muito aberta. Uma grande ficha de chumbo tinha de ser lançada de modo a cair dentro de um dos buracos ou entrar na boca verde. A ficha caía através dos buracos ou da boca em compartimentos numerados nas prateleiras abaixo; a boca do sapo dava quinhentos pontos, cada um dos outros buracos cem pontos ou menos, dependendo de sua distância de *la grenouille* (o jogo tinha sido importado por uma governanta suíça). Os jogadores se alternavam atirando uma a uma as várias fichas, e os pontos eram laboriosamente anotados na areia. A coisa toda era bem tediosa, e entre uma jogada e outra os participantes procuravam a selva de mirtilos debaixo das árvores do parque. A frutas estavam grandes, com um aveludado que atenuava o azul, mas revelavam um roxo brilhante se tocadas por dedos molhados de saliva. Peter, acocorado e gemendo baixinho, acumulava as frutinhas na mão em concha e transferia o punhado inteiro para a boca. Desse jeito, o gosto era especialmente bom. Às vezes, uma folhinha serrilhada se misturava com as frutas na boca. Vasiliy Tuchkov encontrou uma pequena lagarta, com tufos de pelos multicoloridos nas costas num arranjo que parecia uma escova de dentes, e calmamente a engoliu para admiração geral. Um pica-pau estava batendo ali perto; pesadas mamangavas zuniam acima das moitas e entravam nas pálidas corolas pendentes das campânulas *boyar*. Do caminho vinha o ruído das fichas fundidas e a voz estentória, aguda e arrulhante de Elenski aconselhando alguém a "continuar tentando". Tanya acocorou-se junto a Peter e, com o rosto pálido expressando a maior atenção, os lábios roxos brilhando separados, atacou as frutas. Em silêncio, Peter ofereceu a ela a coleta na concha de sua mão, que ela aceitou graciosamente, e ele começou a colher uma nova leva para ela. Chegara, porém, a vez de ela jogar, e Tanya correu de volta para o caminho, erguendo bem alto as pernas finas com meias brancas.

O jogo *grenouille* estava se tornando um tédio geral. Alguns desistiram, outros jogavam só de vez em quando; quanto a Vasiliy Tuchkov, ele pegou uma pedra, acertou na boca do sapo e todo mundo riu, menos Elenski e Peter. Vladimir, o *imeninnik* (dono da festa), bonito, charmoso e alegre, propôs então que brincassem de *palochka--stukalochka* (varinha toque-toque). Os meninos Korff juntaram-se à proposta. Tanya pulou numa perna só, aplaudindo.

"Não, não, crianças, impossível", disse Elenski. "Daqui a uma meia hora nós vamos fazer piquenique; é bem longe e a gente logo pega resfriado se está todo quente de correr."

"Ah, por favor, por favor", as crianças gritaram.

"Por favor", Peter repetiu baixinho depois dos outros, decidindo que conseguiria repartir um esconderijo com Vasiliy ou Tanya.

"Sou forçado a conceder esse pedido geral", disse Elenski, que tinha a tendência a elaborar demais seus pronunciamentos. "Mas não estou vendo o instrumento necessário." Vladimir saiu correndo para pegar um de um canteiro de flores.

Peter foi até uma gangorra sobre a qual estavam Tanya, Lola e Vasiliy; este ficava pulando e batendo os pés, fazendo a prancha ranger e balançar, enquanto as meninas gritavam, tentando manter o equilíbrio.

"Estou caindo, estou caindo!", Tanya exclamou, e ela e Lola saltaram para a grama.

"Você quer mais uns mirtilos?", perguntou Peter.

Ela sacudiu a cabeça, depois olhou de lado para Lola e, voltando a olhar para Peter, acrescentou: "Ela e eu resolvemos parar de falar com você."

"Mas por quê?", Peter resmungou, ficando dolorosamente vermelho.

"Porque você é metido", Tanya respondeu e subiu de volta na gangorra. Peter fingiu estar profundamente interessado no exame de um montinho de toupeira preto e irregular na beira do caminho.

Nesse meio-tempo, Vladimir, ofegante, havia trazido o "instrumento necessário" — uma dura varinha verde, do tipo usado por jardineiros para estaquear peônias e dálias, mas bem parecido também com a varinha de Elenski na apresentação de lanterna mágica. Faltava definir quem seria o "pegador".

"Um. Dois. Três. Quatro", Elenski começou num cômico tom narrativo, enquanto apontava a varinha para cada jogador. "O coelho. Espiou. Pela porta. Um caçador. Ai, ai." (Elenski fez uma pausa e deu um forte espirro.) "Estava passando" (o narrador ajeitou o *pince-nez*). "E a arma dele. Fez bangue. Bangue. E. O. Pobre (as sílabas iam ficando mais e mais marcadas e espaçadas). Coelho. Morreu. Ali."

O "ali" caiu em Peter. Mas todas as outras crianças se juntaram em torno de Elenski, pedindo que ele fosse o pegador. Escutavam-se todas exclamando: "Por favor, por favor, vai ser muito mais divertido!"

"Tudo bem, eu concordo", Elenski replicou, sem nem olhar para Peter.

No ponto em que o caminho encontrava o terraço do jardim, havia um banco caiado, meio descascado, com encosto em barras, também brancas e também descascadas. Foi nesse banco que Elenski se sentou com a varinha verde na mão. Ele curvou os ombros gordos, fechou bem os olhos e começou a contar em voz alta até cem, dando tempo para os jogadores se esconderem. Vasiliy e Tanya, como se agissem em conjunto, desapareceram nas profundezas do parque. Um dos meninos com uniforme da escola se pôs atrás de um tronco de tília, a menos de três metros do banco. Peter, depois de um ansioso olhar aos retalhos de sombra dos arbustos, virou-se e foi na direção oposta, na direção da casa: planejava se emboscar na varanda — não na principal, claro, onde os adultos estavam tomando chá ao som de um gramofone com trompa de latão que cantava em italiano, mas numa varanda lateral que dava para o banco de Elenski. Por sorte, ela estava vazia. As várias cores dos vidros das janelas em vitral se refletiam debaixo dos longos divãs estreitos, estofados de cinza--pombo com rosas exageradas, ladeando as paredes. Havia também uma cadeira de balanço em madeira recurvada, no chão uma tigela de cachorro, lavada a lambidas, e uma mesa coberta com oleado sem nada em cima a não ser uns solitários óculos de velho.

 Peter trepou numa das janelas multicoloridas e se ajoelhou na almofada debaixo da beirada branca. A alguma distância, dava para ver um Elenski cor de coral sentado num banco cor de coral debaixo das folhas rubi-negras de uma tília. A regra era que o "pegador", ao sair de seu posto para procurar os jogadores escondidos, deixasse para trás a varinha. Cautela e bom juízo de ritmo e lugar aconselhavam-no a não se afastar demais, para que um jogador não viesse correndo de um lugar imprevisto, chegando ao banco antes que o "pegador" conseguisse voltar, e dar uma vergastada de vitória com a varinha reconquistada. O plano de Peter era simples: assim que Elenski, ao terminar de contar, pusesse a varinha no banco e partisse para os arbustos com seus esconderijos mais prováveis, Peter daria uma corrida da varanda até o banco para dar o sacramental "toque-toque" com a varinha desguardada. Cerca de meio minuto já havia se passado. Um Elenski azul-claro curvou-se debaixo da folhagem índigo e bateu a ponta do pé na areia azul-argêntea ao ritmo da contagem. Que delícia seria esperar assim, espiando por este ou aquele losango do vitral, se Tanya não tivesse... Ah, por quê? O que eu fiz para ela?

O número de vidros comuns era muito inferior ao resto. Uma alvéloa cinza e branca atravessou a areia cor de areia. Havia restos de teias de aranha nos cantos do vime. No parapeito, uma mosca morta de costas. Um Elenski amarelo-vivo se levantou de seu banco dourado e deu um toque de alerta. No mesmo instante, a porta que dava de dentro da casa para a varanda se abriu, e do escuro de uma sala saiu primeiro um corpulento *dachshund* marrom e depois uma velhinha de cabelo branco curto com um vestido preto apertado na cintura, broche em forma de trevo no peito e uma corrente em volta do pescoço, ligada a um relógio preso em seu cinto. Muito indolentemente, de lado, o cachorro desceu os degraus para o jardim. Quanto à velha, ela pegou raivosamente os óculos — atrás dos quais tinha vindo. De repente, notou o menino de quatro embaixo do banco.

"*Priate-qui? Priate-qui?*" (*pryatki*, esconde-esconde), ela murmurou com o sotaque farsesco imposto ao russo por velhas francesas depois de meio século em nosso país. "*Toute n'est caroche*" (*tut ne khorosho*, aqui não é bom), ela continuou, examinando com olhos ternos o rosto de Peter, que expressava ao mesmo tempo embaraço por sua situação e um pedido para que ela não falasse muito alto. "*Sichasse pocajou caroche messt*" (*seychas pokazhu khoroshee mesto*, já vou mostrar para você um lugar bom).

Um Elenski de esmeralda parou com as mãos na cintura na areia verde-pálido e ficou olhando para todas as direções ao mesmo tempo. Peter, temendo que a voz rachada e nervosa da velha governanta pudesse ser ouvida lá fora e temendo ainda mais ofendê-la com uma recusa, apressou-se em ir com ela, embora bem consciente do rumo ridículo que as coisas estavam tomando. Segurando firme a mão dele, ela o levou por sala após sala, passaram por um piano branco, passaram por uma mesa de jogo, passaram um pequeno triciclo, e à medida que a variedade de súbitos objetos aumentava — chifres de alce, estantes de livros, um pato-isca numa prateleira —, ele sentiu que ela o levava para o lado oposto da casa, tornando mais e mais difícil explicar, sem feri-la, que o jogo que ela havia interrompido não era tanto se esconder, mas sim esperar o momento em que Elenski se afastasse do banco o suficiente para permitir que alguém corresse até lá e batesse no banco com a varinha tão importante!

Depois de atravessar uma sucessão de salas, chegaram a um corredor, depois subiram um lance de escadas, atravessaram uma ensolarada sala de torcer roupa, onde havia uma mulher de bochechas coradas tricotando sentada num baú perto da janela; ela levantou os olhos, sorriu e baixou os cílios outra vez, sem que as agulhas de tricô parassem. A velha governanta levou Peter para a sala vizinha, onde estavam um sofá de couro e uma gaiola de pássaro vazia, e onde havia um nicho escuro entre um imenso guarda-roupa de mogno e um aquecedor holandês.

"*Votte*" (Aí está), disse a velha, e, depois de conduzi-lo com um leve empurrão para o esconderijo, voltou à sala de torcer roupa, onde, com seu russo deturpado, continuou uma conversa de mexericos com a comportada tricoteira que de quando em quando inseria um "*skazhite pozhaluysta!*" (nossa, quem diria!).

Durante algum tempo, Peter ficou polidamente ajoelhado em seu recesso absurdo; depois endireitou o corpo, mas continuou ali parado, olhando o papel de parede com seu azul mansamente indiferente, olhando a janela, o alto de um álamo ondulando ao sol. Dava para ouvir um relógio tiquetaqueando e esse som lembrou-o de várias coisas sem graça e tristes.

Passou-se um longo tempo. A conversa na outra sala começou a se deslocar e a se perder na distância. Então, ficou tudo em silêncio, menos o relógio. Peter emergiu de seu nicho.

Desceu correndo a escada, na ponta dos pés atravessou depressa as salas (estantes de livros, chifres de alce, mesa de jogo azul, piano) e na porta aberta que levava à varanda foi recebido por um padrão colorido de sol e pelo cachorro que voltava do jardim. Peter foi até os vidros da janela e escolheu um sem cor. No banco branco estava a varinha verde. Elenski não estava visível — tinha se afastado, sem dúvida, em sua busca insensata, para além das tílias que ladeavam o caminho.

Sorrindo de pura excitação, Peter saltou degraus abaixo e correu para o banco. Ainda estava correndo quando notou uma estranha apatia à sua volta. Mesmo assim, no mesmo ritmo rápido ele chegou ao banco e bateu três vezes no assento com a varinha. Um gesto inútil. Ninguém apareceu. Flocos de sol pulsavam na areia. Uma joaninha estava andando no braço do banco, as pontas transparentes das asas mal dobradas debaixo de sua pequena cúpula pintalgada.

Peter esperou um ou dois minutos, olhando em torno, e finalmente se deu conta de que tinha sido esquecido, que a existência de um último jogador não encontrado, não desentocado, tinha sido negligenciada, e que tinham ido todos ao piquenique sem ele. Esse piquenique, incidentalmente, havia sido para ele a única promessa aceitável do dia: ele, de certa forma, esperava aquilo, a ausência de adultos, a fogueira acesa numa clareira da floresta, as batatas assadas, as tortas de mirtilo, o chá gelado em garrafas térmicas. O piquenique agora fora arrebatado, mas era possível consolar-se dessa privação. O que machucava era outra coisa.

Peter engoliu em seco e com a varinha verde ainda na mão foi para a casa. Tios, tias e seus amigos estavam jogando cartas na varanda principal; ele identificou o som da risada de sua irmã — um som desagradável. Caminhou em torno do casarão, com a vaga ideia de que em algum lugar ali perto devia haver um tanque de plantas aquáticas e que ele podia deixar à margem dele seu lenço com monograma e o apito de prata no cordão branco, enquanto ele próprio ia, sem que ninguém notasse, de volta para casa. De repente, perto da bomba de água numa esquina da casa, ouviu uma explosão de vozes conhecidas. Estavam todos ali: Elenski, Vasiliy, Tanya, seus irmãos e primos; estavam reunidos em torno de um camponês que lhes mostrava um filhote de coruja que tinha acabado de encontrar. A corujinha, uma coisinha gorducha, marrom, salpicada de branco, ficava mexendo para cá e para lá a cabeça, ou melhor, o seu disco facial, porque não se podia distinguir exatamente onde começava a cabeça e terminava o corpo.

Peter aproximou-se. Vasiliy Tuchkov deu uma olhada para ele e disse a Tanya, com uma risada:

— E aí vem o metido.

A visita ao museu

Alguns anos atrás, um amigo meu de Paris — pessoa bem estranha, para dizer o mínimo —, ao saber que eu ia passar dois ou três dias em Montisert, me pediu para ir ao museu local, onde havia, pelo que lhe disseram, um retrato de seu avô feito por Leroy. Sorrindo e gesticulando, ele contou uma história bastante vaga à qual, confesso, prestei pouca atenção, em parte porque não gosto das histórias importunas dos outros, mas principalmente porque eu sempre tivera minhas dúvidas quanto à capacidade de meu amigo de ficar do lado de cá da fantasia. A coisa era mais ou menos assim: quando seu avô morreu na casa deles em São Petersburgo, na época da guerra russo-japonesa, o conteúdo de seu apartamento em Paris foi vendido em leilão. O retrato, depois de algumas obscuras peregrinações, foi adquirido pelo museu da cidade natal de Leroy. Meu amigo queria saber se o retrato estava realmente lá; se estivesse, se poderia ser resgatado; e, se pudesse, a qual preço. Quando perguntei por que ele não entrava em contato com o museu, ele replicou que tinha escrito diversas vezes, mas nunca recebera resposta.

    Tomei uma resolução interna de não atender a seu pedido — podia muito bem dizer a ele que tinha ficado doente ou mudado meu itinerário. A simples ideia de visitar locais, fossem museus ou edifícios antigos, me é odiosa; além disso, a encomenda do bom maluco parecia uma bobagem absoluta. Aconteceu, porém, que enquanto eu vagava pelas ruas vazias de Montisert em busca de uma papelaria, amaldiçoando o pináculo de uma catedral de torre alta que ficava aparecendo, sempre a mesma, no fim de cada rua, fui surpreendido por uma violenta chuvarada que imediatamente acelerou a queda das folhas de bordo, uma vez que o bom tempo de um outubro no sul estava preso por um fio. Corri para me abrigar e me vi nos degraus do museu.

    Era um edifício de proporções modestas, construído com pedras multicoloridas, com colunas, uma inscrição dourada acima dos afrescos do frontão, um banco com pernas de leão de cada lado da porta de bronze. Uma das folhas estava aberta e o interior parecia escuro contra o brilho da chuva. Fiquei um momento parado nos degraus, mas, apesar do beiral acima, eles foram ficando gradualmente pintalgados. Vi que a chuva tinha vindo para ficar e então, não tendo nada melhor a fazer, resolvi entrar. Assim que pisei nas pedras lisas e ressonantes do vestíbulo, o estrépito do arrastar de um banquinho veio de um canto distante, e o zelador — um funcionário banal com uma manga vazia — levantou-se para me encontrar, deixando de lado seu jornal e olhando para mim por cima dos óculos. Paguei o meu franco e, tentando não olhar umas estátuas que havia na entrada (tão tradicionais e insignificantes como o primeiro número de um programa de circo), entrei no salão principal.

Era tudo como devia ser: tons acinzentados, o sono da substância, a matéria desmaterializada. Havia a usual vitrine de velhas moedas gastas no veludo inclinado de seus compartimentos. Havia em cima da vitrine uma dupla de corujas, uma bufo real e uma de orelhas longas, com seus nomes franceses que, traduzidos, diziam "grão-duque" e "médio-duque". Minerais veneráveis jaziam em seus túmulos abertos de *papier mâché*; uma fotografia de um cavalheiro perplexo com uma barba pontuda dominava um estranho sortimento de bolotas de vários tamanhos. Tinham uma grande semelhança com fezes de insetos congeladas e me debrucei involuntariamente sobre elas, pois era incapaz de adivinhar sua natureza, composição e função. O zelador tinha me seguido com passos acolchoados, sempre mantendo uma distância respeitosa; nesse momento, porém, aproximou-se, com a mão atrás das costas e o fantasma da outra no bolso, e engoliu em seco, a julgar por seu pomo de adão.

"O que são essas coisas?", perguntei.

"A ciência ainda não determinou", ele respondeu, tendo, sem dúvida, aprendido a frase de cor. "Foram encontradas", continuou no mesmo tom artificial, "em 1895, por Louis Pradier, Conselheiro Municipal e Cavalheiro da Legião de Honra", e seu dedo trêmulo apontou a fotografia.

"Muito bem", disse eu, "e quem resolveu, e por quê, que mereciam um lugar no museu?".

"E agora chamo sua atenção para este crânio!", o homem exclamou, enérgico, evidentemente mudando de assunto.

"Porém, eu estaria interessado em saber do que são feitos", interrompi.

"A ciência...", ele começou de novo, mas interrompeu-se e olhou incomodado seus dedos que estavam sujos com a poeira do vidro.

Passei a examinar um vaso chinês, provavelmente trazido por algum oficial naval; um grupo de fósseis porosos, um verme pálido em álcool enevoado; um mapa vermelho e verde de Montisert no século XVII; e um trio de ferramentas enferrujadas atadas por uma fita fúnebre — uma pá, um enxadão e uma picareta. Para escavar o passado, pensei, distraído, mas dessa vez não pedi esclarecimentos do zelador, que estava me seguindo silenciosa e mansamente, trançando por entre as vitrines de exibição. Além do primeiro salão, havia outro, aparentemente o último, e no centro dele um grande sarcófago parecido com uma banheira suja, enquanto as paredes estavam cobertas de pinturas.

Imediatamente meu olhar foi atraído pelo retrato de um homem entre duas paisagens abomináveis (com gado e "atmosfera"). Cheguei mais perto e, para minha considerável surpresa, encontrei o próprio objeto cuja existência havia até o momento me parecido a fantasia de uma mente instável. O homem, representado em um óleo miserável, vestia sobrecasaca, suíças e um grande *pince-nez* preso a um cordão; era parecido com Offenbach, mas, apesar do vil convencionalismo da obra, tive a sensação de que era possível enxergar em seus traços o horizonte, por assim dizer, de uma semelhança com meu amigo. Em um canto, meticulosamente traçado em carmim contra o fundo negro, havia a assinatura *Leroy* numa caligrafia tão lugar-comum quanto a própria obra.

Senti um hálito avinagrado junto ao meu ombro, virei-me e topei com o olhar atencioso do zelador. "Diga-me", perguntei, "se alguém quisesse comprar uma dessas pinturas, a quem deveria procurar?".

"Os tesouros do museu são o orgulho da cidade", replicou o velho, "e orgulho não se vende".

Temendo sua eloquência, depressa concordei, mas mesmo assim perguntei o nome do diretor do museu. Ele tentou me distrair com a história do sarcófago, mas insisti. Finalmente ele me deu o nome de um certo M. Godard e explicou onde eu podia encontrá-lo.

Francamente, gostei da ideia de que o retrato existisse. É divertido estar presente à realização de um sonho, mesmo não sendo o seu. Resolvi tratar do assunto sem demora. Quando entro no espírito da coisa, ninguém me detém. Saí do museu com o passo rápido e sonoro e descobri que a chuva havia passado, o azul se espalhara no céu, uma mulher com meias salpicadas de lama estava passando numa bicicleta prata brilhante, e só em torno dos montes ao redor ainda havia nuvens. Mais uma vez a catedral começou a brincar de esconde-esconde comigo, mas eu fui mais esperto que ela. Escapando por pouco dos pneus apressados de um furioso ônibus vermelho cheio de jovens a cantar, atravessei a pista asfaltada e um minuto depois estava tocando a campainha do portão de M. Godard. Ele era um cavalheiro magro, de meia-idade, com colarinho alto, peitilho, uma pérola no nó da gravata e um rosto que lembrava muito o de um cão *wolfhound* russo, e, como se isso não bastasse, ele estava lambendo os beiços de um jeito bem canino, enquanto pregava um selo num envelope, quando entrei em sua sala pequena, mas ricamente equipada com o tinteiro de malaquita na mesa e um vaso chinês estranhamente familiar no aparador. Havia um par de floretes de esgrima cruzados acima do espelho, que refletia sua estreita nuca grisalha. Aqui e ali fotografias de um navio de guerra quebravam agradavelmente a flora azul do papel de parede.

"Em que posso ajudá-lo?", ele perguntou, jogando no cesto de lixo a carta que acabara de selar. Esse gesto me pareceu estranho; porém, não achei conveniente interferir. Expliquei resumidamente a razão de minha visita, citando mesmo a soma substancial que meu amigo estava disposto a gastar, embora ele tivesse me pedido para não mencionar o valor, mas sim esperar pela proposta do museu.

"Tudo isso é muito agradável", disse M. Godard. "O único problema é que o senhor está enganado — não existe esse quadro em nosso museu."

"Como assim, não existe? Acabei de ver esse quadro! *Retrato de um nobre russo*, de Gustave Leroy."

"Temos de fato um Leroy", disse M. Godard, depois de folhear um caderno de oleado e parar a unha preta na anotação em questão. "Mas não é um retrato, e sim uma paisagem rural: *A volta do rebanho*."

Repeti que tinha visto o quadro com meus próprios olhos cinco minutos antes e que nada no mundo me faria duvidar de sua existência.

"Concordo", disse M. Godard, "mas eu também não estou louco. Sou curador desse museu há quase vinte anos e conheço o catálogo tão bem como a oração do Pai-Nosso. Aqui diz *A volta do rebanho*, e isso quer dizer que o rebanho está voltando e, a menos que o avô de seu amigo seja representado como um pastor, não consigo imaginar a existência do retrato dele em nosso museu".

"Ele está de sobrecasaca", exclamei, "juro que está usando uma sobrecasaca!".

"O senhor gostou de nosso museu de forma geral?", perguntou, desconfiado, M. Godard. "Apreciou o sarcófago?"

"Escute", eu disse (e acho que já havia um tremor em minha voz), "me faça um favor: vamos até lá um minuto. E fazemos um acordo: se o retrato estiver lá, o senhor me vende."

"E se não estiver?", perguntou M. Godard.

"Eu pago o valor mesmo assim."

"Muito bem", disse ele. "Aqui está: pegue este lápis azul e vermelho e, usando o lado vermelho — o vermelho, por favor —, ponha isso por escrito para mim."

Em minha excitação, fiz o que pedia. Ao olhar minha assinatura, ele deplorou a pronúncia difícil dos nomes russos. Em seguida, assinou ele próprio e, dobrando depressa a folha, guardou-a no bolso do colete.

"Vamos", disse ele, ajeitando um punho.

No trajeto, ele parou numa loja e comprou um saco de caramelos de aparência pegajosa que começou a me oferecer insistentemente; quando recusei com firmeza, ele tentou enfiar dois em minha mão. Tirei a mão. Vários caramelos caíram na calçada; ele parou para pegá-los e depois me alcançou trotando. Quando chegamos perto do museu, vimos o ônibus vermelho de turistas (agora vazio) estacionado do lado de fora.

"Ahá", disse M. Godard, satisfeito, "estou vendo que hoje temos muitos visitantes".

Ele tirou o chapéu e, segurando-o na frente do corpo, subiu decorosamente os degraus.

No museu, as coisas não iam bem. Vinha de dentro uma algazarra de gritos, risos debochados e até o que parecia o som de um tumulto. Entramos no primeiro salão; ali o zelador continha dois sacrílegos que usavam algum tipo de emblema festivo nas lapelas e estavam com a cara absolutamente vermelha, cheios de animação, tentando extrair da vitrine os excrementos do conselheiro municipal. O restante do grupo, membros de alguma organização atlética rural, fazia uma ruidosa caçoada, alguns do verme no álcool, outros do crânio. Um dos gozadores estava em êxtase diante dos canos do radiador de aquecimento, que ele fingia ser um objeto em exposição; outro estava apontando para uma coruja com o punho fechado e o indicador esticado. Havia cerca de trinta deles no total, e sua agitação e vozerio criavam um estado de opressão e um ruído denso.

M. Godard bateu palmas e apontou uma placa que dizia: OS VISITANTES DO MUSEU DEVEM ESTAR VESTIDOS DECENTEMENTE. Em seguida, abriu caminho para o segundo salão e eu o segui. Todo o grupo imediatamente se juntou atrás de nós. Levei Godard até o retrato; ele se imobilizou na frente do quatro, peito inchado, depois deu um passo atrás, como se o admirasse, e seu calcanhar feminino pisou no pé de alguém.

"Esplêndido quadro", ele exclamou com genuína sinceridade. "Bem, não vamos discutir. O senhor tinha razão e deve haver algum erro no catálogo."

Ao falar, seus dedos, movendo-se por vontade própria, rasgaram nosso acordo em pedaços pequenos que caíram como flocos de neve dentro de uma maciça escarradeira.

"Quem é o macaco velho?", perguntou um indivíduo de malha listrada e, como o avô de meu amigo estava retratado com um charuto aceso, outro galhofeiro tirou um cigarro e se preparou para acender no retrato.

"Muito bem, vamos acertar o preço", eu disse, "e, em todo caso, vamos sair daqui".

"Abram alas, por favor!", gritou M. Godard, empurrando os curiosos.

Havia uma saída, que eu não notara antes, ao fim do salão, e abrimos caminho até ela.

"Não posso tomar nenhuma decisão", M. Godard estava gritando por cima da balbúrdia. "Decisões são boas apenas quando baseadas na lei. Tenho de primeiro discutir o assunto com o prefeito, que acabou de morrer e ainda não foi eleito. Duvido que o senhor consiga comprar o retrato, mas mesmo assim gostaria de mostrar ao senhor outros de nossos tesouros."

Nos encontramos num salão de proporções consideráveis. Livros marrons, com aparência um tanto tostada e páginas manchadas, ásperas, estavam expostos em vitrines numa longa mesa. Ao longo das paredes, manequins de soldados com botas de montaria de bocas largas.

"Venha, vamos discutir isso", gritei desesperado, tentando dirigir as evoluções de M. Godard para um sofá estofado de pelúcia num canto. Mas fui impedido pelo zelador. Sacudindo seu único braço, ele veio correndo para nós, perseguido por uma alegre multidão de jovens, um dos quais tinha posto na cabeça um capacete de cobre com um brilho rembrandtiano.

"Tire isso, tire isso!", M. Godard gritou, e um empurrão de alguém fez o capacete voar da cabeça do arruaceiro com um estrépito.

"Vamos em frente", disse M. Godard puxando minha manga e passamos para o setor de Esculturas Antigas.

Por um momento, me perdi entre umas enormes pernas de mármore e girei duas vezes em torno de um joelho gigante até avistar de novo M. Godard, que me procurava atrás do calcanhar branco de uma giganta próxima. Nesse momento, uma pessoa de chapéu-coco, que devia ter trepado em cima dela, caiu de repente de grande altura no chão de pedra. Um de seus companheiros começou a ajudá-lo a se levantar, mas estavam ambos bêbados e, dispensando-os com um aceno, M. Godard foi depressa à próxima sala, radiosa de tecidos orientais; ali cães de caça corriam em tapetes azuis, e um arco e uma aljava jaziam sobre uma pele de tigre.

Estranhamente, porém, a expansão e variedade só me davam um sentimento de opressão, de imprecisão, e, talvez porque novos visitantes ficassem passando por nós, ou talvez porque eu estivesse impaciente para deixar o museu desnecessariamente vasto, e em meio à calma e liberdade concluir minhas negociações com M. Godard, comecei a experimentar uma vaga sensação de alarme. Nesse meio-tempo, tínhamos nos transportado para ainda mais uma sala, que devia ser realmente enorme, a julgar pelo fato de que abrigava o esqueleto de uma baleia inteira, parecendo a estrutura de uma fragata; adiante, viam-se ainda outras salas, com o brilho oblíquo de grandes pinturas, cheias de nuvens tempestuosas, entre as quais flutuavam delicados ídolos de arte religiosa em vestimentas azuis e rosadas; e isso tudo se resolvia em uma abrupta turbulência de panejamentos enevoados, candelabros acesos, e peixes com barbatanas translúcidas serpenteavam em aquários iluminados. Subindo depressa uma escada, vimos, da galeria superior, uma multidão de pessoas de cabelos grisalhos com guarda-chuvas, examinando uma gigantesca maquete do universo.

Por fim, numa sala sombria, mas magnífica, dedicada à história das máquinas a vapor, consegui deter meu guia despreocupado por um instante.

"Basta!", exclamei. "Vou embora. Conversamos amanhã."

Ele já havia desaparecido. Virei-me e vi, a poucos centímetros de mim, as grandes rodas de uma locomotiva brilhante. Durante um longo tempo, tentei achar a saída entre maquetes de estações de trem. Como brilhavam estranhos os sinais roxos na penumbra além do leque de trilhos úmidos, e quantos espasmos sacudiram meu pobre coração! De repente, tudo mudou de novo: à minha frente estendia-se um corredor infinitamente longo, contendo numerosos gabinetes de escritório e gente esquiva, apressada. Virando uma esquina, me vi em meio a mil instrumentos musicais; as paredes, todas de espelho, refletiam uma fileira de pianos de cauda, enquanto no centro havia um tanque com um Orfeu de bronze em cima de uma pedra verde. O tema aquático não terminava aí, uma vez que, correndo de volta, acabei no setor de Fontes e Córregos e era difícil andar pelas margens tortuosas e escorregadias daquelas águas.

De vez em quando, de um lado e outro, escadas de pedra, com poças nos degraus, que me deram uma estranha sensação de medo, desciam para abismos nebulosos, de onde vinham assobios, o bater de pratos, o estrépito de máquinas de escrever, o troar de martelos e muitos outros sons, como se, lá embaixo, houvesse salões de exposição de um tipo ou de outro, já fechando ou ainda não prontos. Então me vi no escuro e fui batendo em móveis desconhecidos até finalmente enxergar uma luz vermelha e sair para uma plataforma que ressoava sob os meus pés — e, de repente, mais adiante, havia uma sala clara, mobiliada com bom gosto em estilo Império, mas sem vivalma, sem vivalma... Nessa altura, eu estava indescritivelmente apavorado, mas toda vez que me virava e tentava voltar sobre meus passos pelos corredores eu me via em lugares ainda desconhecidos — uma estufa com hortênsias e janelas quebradas com a escuridão da noite artificial aparecendo mais adiante; ou um laboratório deserto com empoeirados alambiques sobre as mesas. Finalmente, topei com uma sala de algum tipo com cabides de roupa monstruosamente carregados com casacos pretos e peles de astracã; do lado de fora de uma porta veio uma explosão de aplauso, mas quando abri a porta não havia teatro, apenas uma macia opacidade e uma esplêndida imitação de neblina com manchas de indistintas luzes da rua perfeitamente convincentes. Mais que convincentes! Avancei e imediatamente uma alegre e inconfundível sensação de realidade por fim substituiu todo o lixo irreal em meio ao qual eu havia vagado para lá e para cá. A pedra sob meus pés era uma calçada de verdade, empoada com neve recém-caída, maravilhosamente fragrante, na qual os raros pedestres haviam já deixado negras pegadas recentes. De início, o frescor silencioso e nevado da noite, de alguma forma familiar, me deu uma sensação agradável depois de minha febril perambulação. Confiante, comecei a conjeturar onde eu havia saído, o porquê da neve, que luzes eram aquelas brilhando exageradamente, mas indistintas, aqui e ali na escuridão marrom. Examinei e, curvando-me, até toquei uma coluna de pedra roliça na esquina, depois olhei a palma de minha mão, cheia de frio úmido e granulado, como se esperasse ler ali uma explicação. Senti quanto minhas roupas eram leves e ingênuas, mas a nítida constatação de que eu havia escapado do labirinto do museu ainda era tão forte que, pelos primeiros dois ou três minutos, não experimentei nem surpresa nem medo. Prosseguindo em meu exame vagaroso, olhei para a casa ao lado da qual estava parado e fiquei imediatamente chocado pela visão dos degraus e parapeitos de ferro que desciam para dentro da neve a caminho do porão. Senti um aperto no coração, e foi com uma nova e alarmada curiosidade que olhei a calçada, a sua cobertura branca ao longo da qual se estendiam linhas negras, o céu marrom através do qual passava a toda hora uma luz misteriosa, e o maciço parapeito a certa distância. Senti que havia um declive depois dele; algo rangia e gorgolejava lá embaixo. Mais adiante, além da cavidade escura, estendia-se uma cadeia de luzes indistintas. Arrastando na neve meus sapatos encharcados, dei alguns passos, olhando o tempo todo para a casa escura à minha direita; apenas numa janela uma luz brilhava suavemente debaixo da cúpula de vidro verde. Aqui, um portão de madeira trancado... Ali, o que devia ser a porta de uma loja adormecida... E à luz da rua cuja forma vinha há muito gritando para mim sua mensagem impossível, divisei o fim de uma placa: ... INKA SAPOG (... serta-se sapatos) — mas não, não era a neve afinal que tinha obliterado a letra cirílica *jer* do final. "Não, não, dentro de um minuto, vou acordar", eu disse em voz alta e, tremendo, o coração disparado, virei-me, caminhei, parei de novo. De algum lugar veio o som de cascos que se afastavam. A neve cobria como uma touca uma coluna de pedra inclinada e aparecia indistintamente branca sobre uma pilha de lenha do outro lado da cerca, e então eu já sabia, inegavelmente, onde estava. Ai!, não era a Rússia que eu lembrava, mas a Rússia atual de fato, proibida para mim, desesperadamente eslava e desesperadamente minha terra natal. Um semifantasma num terno leve estrangeiro, parei na neve impassível de uma noite de outubro, em algum lugar na Moyka ou no canal Fontanka, ou talvez no Obvodny, e tinha de fazer alguma coisa, ir para algum lugar, correr; desesperadamente proteger minha vida frágil, ilegal. Ah, quantas vezes em sonho eu tinha experimentado sensação semelhante! Agora, porém, era realidade. Tudo era real — o ar que parecia se misturar aos flocos de neve esparsos, o canal ainda não congelado, a peixaria flutuante e aquela forma quadrada peculiar das janelas escurecidas e amarelas. Um homem com gorro de pele, uma maleta debaixo do braço, veio da neblina em minha direção, me deu um olhar surpreso e virou para olhar de novo depois de passar. Esperei que ele desaparecesse e então, com uma pressa tremenda, comecei a tirar tudo o que tinha nos bolsos, rasgando papéis, afundando-os na neve e pisando em cima. Havia alguns documentos, uma carta de minha irmã em Paris, quinhentos francos, um lenço, cigarros, porém, para me livrar de todo o envoltório de exílio, eu teria de arrancar e destruir minhas roupas, minha roupa de baixo, meus sapatos, tudo, e ficar idealmente nu; e mesmo estando já a tremer de angústia e de frio, fiz o que pude.

    Mas basta. Não vou contar como fui preso, nem narrar minhas provações subsequentes. Basta dizer que me custou incrível paciência e esforço conseguir voltar para o exterior e que, desde então, passei a recusar encargos a mim confiados pela insanidade de outros.

Um homem ocupado

O homem que se ocupa excessivamente com o funcionamento da própria alma não consegue evitar o confronto com um fenômeno comum, melancólico, mas bastante curioso: a saber, ele testemunha a morte súbita de uma lembrança insignificante que uma ocasião fortuita faz ser trazida de volta do humilde e remoto asilo de pobres onde estava levando a termo sua obscura existência. Ela pisca, ela ainda é luz pulsante e refletora — mas no momento seguinte, bem diante de seus olhos, ela respira uma última vez e vira para o alto seus pobres artelhos, incapaz de suportar a transferência abrupta demais para o rebrilhar áspero do presente. Doravante tudo o que está a seu dispor é a sombra, o resumo daquela lembrança, agora despida, ai!, de seu feiticeiro poder de convicção original. Grafitski, uma pessoa gentil, de bom temperamento e temente à morte, lembrou-se de um sonho de infância que continha uma profecia lacônica; mas ele cessara havia muito de sentir qualquer ligação orgânica entre ele e essa lembrança, pois, a uma das primeiras invocações, ela chegou parecendo lívida e morreu — e o sonho que ele agora lembrava não era senão a lembrança de uma lembrança. Quando foi isso, aquele sonho? Data exata desconhecida. Grafitski respondeu, empurrando para longe o copinho com marcas de iogurte e apoiando o cotovelo na mesa. Quando? Vamos lá... aproximadamente? Muito tempo atrás. Provavelmente, entre as idades de dez e quinze anos: durante esse período ele sempre pensava na morte — principalmente à noite.

Então, aqui está ele — um homem de trinta e dois anos, mais para pequeno, mas de ombros largos, com orelhas transparentes e protuberantes, meio ator, meio literato, autor de versinhos de atualidades nos jornais de emigrados sob um pseudônimo não muito inteligente (que lembrava desagradavelmente o de "Caran d'Ache" adotado por um cartunista imortal). Aqui está ele. Seu rosto consiste em óculos escuros com armação de chifre, com um brilho de cego, e uma verruga com pelos macios na face esquerda. A cabeça está ficando calva e, através dos fios lisos de cabelo cor de areia escovado para trás, se percebe o rosa-pálido da camurça do couro cabeludo.

No que ele estava pensando agora mesmo? Qual era a lembrança debaixo da qual sua mente prisioneira ficava cavando? A lembrança de um sonho. O alerta dirigido a ele num sonho. Uma previsão que até agora não tinha de jeito nenhum comprometido sua vida, mas que no momento, com a inexorável aproximação de um certo prazo, estava começando a soar com uma ressonância insistente, cada vez maior.

"Você tem de se controlar", exclamou Itski para Graf, num recitativo histérico. Ele pigarreou e foi até a janela fechada.

Uma insistência cada vez maior. O número 33 — o tema do sonho — tinha se emaranhado em seu inconsciente, as garras curvas como as de um morcego tinham se prendido à sua alma, e não havia meio de desenredar aquele rosnado subliminar. Segundo a tradição, Jesus Cristo viveu até a idade de trinta e três anos e talvez (divagava Graf, imobilizado junto à cruz da janela), talvez uma voz naquele sonho tenha de fato dito: "Você vai morrer com a idade de Cristo", e exibira, luminosos numa tela, os espinhos de dois tremendos três.

Ele abriu a janela. Estava mais claro lá fora do que dentro, mas as luzes da rua já começavam a brilhar. Nuvens macias cobriam o céu; e ali, no oeste, entre telhados cor de ocre, um espaço intermediário estava envolto em terna claridade. Mais adiante na rua, um automóvel de olhos incendiados havia parado, as presas retas cor de tangerina mergulhadas no cinza-aquoso do asfalto. Um açougueiro loiro, parado na porta de seu estabelecimento, contemplava o céu.

Como se estivesse atravessando um riacho de pedra em pedra, a mente de Graf saltou de açougueiro para carcaça e depois para alguém que estava lhe dizendo que alguém em algum lugar (num necrotério? numa escola de medicina?) costumava chamar carinhosamente o cadáver de *smully* ou *smullicans*. "Ele está esperando na esquina, seu *smullicans*." "Não se preocupe: *smully* não vai deixar você na mão."

"Permita que eu selecione várias possibilidades", Graf disse com um riso irônico, ao olhar desconfiado do alto do quinto andar para as ponteiras negras de uma cerca. "Número um (a mais aflitiva): sonho que a casa está sendo atacada ou pegando fogo, salto da cama e, pensando (somos tolos no sono) que moro no nível da rua, pulo pela janela... para o abismo. Segunda possibilidade: num pesadelo diferente engulo minha língua — sabe-se que isso já aconteceu —, a coisa gorda dá uma cambalhota para trás na minha boca e eu sufoco. Caso número três: estou perambulando, digamos, por ruas barulhentas — aha, isso é Puchkin tentando imaginar seu jeito de morrer:

Em combate, a vagar ou nas vagas,
Ou será no vale perto daqui...

etc., mas veja bem — ele começou com 'combate', o que quer dizer que tinha mesmo um pressentimento. Superstição pode ser sabedoria mascarada. O que posso fazer para parar de pensar nessas coisas? O que posso fazer na minha solidão?"

Ele se casou em 1924, em Riga, vindo de Pskov com uma pobre companhia teatral. Era o versejador do espetáculo — e quando, antes de seu número, ele tirava os óculos para maquiar o rostinho mortiço, via-se que tinha olhos de um azul-esfumaçado. Sua esposa era uma mulher grande, robusta, de cabelo preto curto, pele brilhante e a nuca gorda e peluda. O pai dela vendia mobília. Logo depois de se casar, Graf descobriu que ela era burra e grossa, que tinha pernas arqueadas e que a cada duas palavras de russo ela usava uma dúzia de palavras alemãs. Ele se deu conta de que tinham de se separar, mas deixou a decisão para depois por causa de uma espécie de sonhadora compaixão que sentia por ela, e então as coisas se arrastaram até 1926, quando ela o enganou com o dono de uma confeitaria na rua Lachplesis. Graf mudou-se de Riga para Berlim, onde lhe prometeram um emprego numa companhia cinematográfica (que logo faliu). Levava uma vida indigente, desorganizada, solitária, e passava horas num bar barato onde escrevia seus poemas circunstanciais. Esse era o seu jeito de viver, uma vida que fazia pouco sentido, a existência esquálida, enfadonha, de um emigrado russo de terceira classe. Mas como é bem sabido, a consciência não é determinada por este ou aquele modo de vida. Em tempos de comparativo conforto, assim como nos dias em que se passa fome e a roupa começa a rasgar, Grafitski não vivia infeliz — pelo menos antes da chegada do seu ano fatídico. Com perfeito bom-senso, ele seria chamado de um "homem ocupado", uma vez que o assunto de sua ocupação era sua própria alma — e nesses casos não se coloca a questão do lazer nem, de fato, qualquer necessidade disso. Estamos discutindo os furos no ar da vida, uma batida de coração que falha, a pena, a erupção de coisas passadas — que perfume é esse? Do que me lembra? E por que ninguém nota que na rua mais sem graça cada casa é diferente, e que profusão existe, em prédios, em móveis, em cada objeto, de ornamentos aparentemente inúteis — sim, inúteis, mas cheios de encantamento desinteressado, sacrificial.

Vamos falar francamente. Existe muita gente cuja alma adormeceu como uma perna. *Per contra*, existe muita gente dotada de princípios, ideais — almas doentes, gravemente afetadas por problemas de fé e moralidade; não são artistas de sensibilidade, mas a alma é a sua mina, onde cavam e esburacam, trabalhando sempre mais fundo com a máquina de cortar carvão da consciência religiosa, e se entontecendo com a poeira negra de pecados, pequenos pecados, pseudopecados. Graf não pertencia a esse grupo: ele não tinha nenhum pecado especial e não tinha princípios especiais. Ele se ocupava com seu ser individual do mesmo jeito que outros estudam certo pintor, ou colecionam certas ninharias, ou decifram manuscritos ricos em complexas transposições e inserções, com rabiscos, como alucinações, à margem, e eliminações temperamentais que queimam as pontes entre massas de imagens — pontes cuja restauração é tão maravilhosamente divertida.

Seus estudos foram então interrompidos por considerações estranhas — isso era inesperada e horrivelmente doloroso —, o que fazer a respeito? Depois de parar junto da janela (e fazendo o possível para encontrar alguma defesa contra a ideia ridícula, trivial, mas invencível, de que dentro de poucos dias, em dezenove de junho, atingiria a idade mencionada no sonho de infância), Graf deixou silenciosamente seu quarto escuro, no qual todos os objetos, ligeiramente tocados pelas ondas do crepúsculo, não estavam mais em seus lugares, mas boiavam como móveis durante uma grande enchente. Ainda era dia — e de alguma forma o coração se contraía diante da ternura das luzes precoces. Graf notou de imediato que nem tudo estava certo, que uma estranha agitação se espalhava: as pessoas se juntavam nas esquinas, faziam misteriosos sinais angulares, iam para a calçada oposta, e lá de novo apontavam alguma coisa ao longe, depois paravam, imóveis, em assustadoras atitudes de torpor. Na penumbra do entardecer, substantivos se perdiam, só restavam verbos — ou, pelo menos, as formas arcaicas de uns poucos verbos. Esse tipo de coisa podia significar muito: por exemplo, o fim do mundo. De repente, com um surdo arrepio em todas as partes de seu corpo, ele entendeu: lá, lá, através da vista profunda entre edifícios, suavemente delineados contra o dourado fundo luminoso, debaixo da borda inferior de uma longa nuvem cinzenta, muito baixo, muito longe e muito devagar, e também cor de cinza, também alongada, uma aeronave estava flutuando. A beleza antiga, delicada de seu movimento, combinada à intolerável beleza do céu noturno, das luzes tangerina, das silhuetas azuis das pessoas, fez o conteúdo da alma de Graf transbordar. Ele viu aquilo como um sinal celeste, uma aparição antiga, que relembrava que estava a ponto de atingir o limite estabelecido para sua vida; ele leu em sua mente o inexorável obituário: nosso valioso colaborador... tão prematuramente... nós o conhecíamos tão bem... leve humor... leve túmulo... E o que era ainda mais inconcebível: em torno de todo esse obituário, a paráfrase de Puchkin outra vez... *indiferente a natureza brilharia* — a flora de um jornal, as ervas daninhas das notícias locais, as bardanas dos editoriais.

    Numa calma noite de verão ele completou trinta e três anos. Sozinho em seu quarto, vestido de ceroulas listradas como as de um prisioneiro, sem óculos, piscando, ele comemorou seu aniversário indesejado. Não convidou ninguém porque temia contingências tais como um espelho de bolso quebrado ou alguma conversa sobre a fragilidade da vida, que a memória de algum hóspede sem dúvida promoveria ao grau de vaticínio. Fica, fica, momento — não és tão belo quanto o de Goethe —, mas fica mesmo assim. Aqui temos um indivíduo irreproduzível num meio irreproduzível: os livros usados derrubados das estantes pela tempestade, a tigelinha de vidro de iogurte (que dizem prolongar a vida), a escova de limpar o cachimbo, o grosso álbum de cor cinzenta no qual Graf colava tudo, a começar pelos recortes de seus versos e terminando com um bilhete de bonde russo — este é o ambiente de Graf Ytski (pseudônimo que ele criou num dia chuvoso enquanto esperava a próxima balsa), um áspero homenzinho de orelhas de abano, sentado na beira da cama segurando a meia roxa furada que acabou de tirar.

Desse momento em diante, ele começou a ter medo de tudo: do elevador, do vento encanado, dos andaimes de construção, do tráfego, de manifestantes, da plataforma do caminhão usada para consertar os cabos dos bondes, da cúpula colossal do gasômetro que podia explodir bem quando ele estivesse passando a caminho do correio onde, além disso, um bandido ousado com uma máscara feita em casa podia entrar atirando. Ele percebeu a tolice de seu estado de espírito, mas foi incapaz de superá-la. Em vão tentou desviar a atenção, pensar em alguma outra coisa: na plataforma atrás de cada pensamento que passava como uma carruagem-trenó estava Smully, o lacaio sempre presente. Por outro lado, os poemas circunstanciais que ele continuava diligentemente a fornecer aos jornais se tornaram mais e mais brincalhões e sem arte (uma vez que ninguém devia perceber neles, retrospectivamente, o pressentimento da morte que se avizinhava), e aquelas parelhas de versos de pau cujo ritmo lembrava o vai e vem do brinquedo russo que tem um mujique e um urso, e nos quais "febril" rimava com "Dzhugashvili"* — essas parelhas, e mais nada, revelaram-se na verdade a peça mais substancial e adequada de seu ser.

Naturalmente, a fé na imortalidade da alma não é proibida; mas existe uma pergunta terrível que ninguém, que eu saiba, colocou (divagava Graf com uma caneca de cerveja): a passagem da alma para o além não pode enfrentar a possibilidade de impedimentos e vicissitudes casuais, similares aos vários acidentes que cercam o nascimento da pessoa neste mundo? Não seria possível prevenir o bom sucesso da passagem ainda em vida, tomando certas medidas psicológicas e mesmo físicas? Quais especificamente? O que a pessoa tem de prever, tem de guardar, tem de evitar? Deve-se considerar a religião (argumentava Graf, demorando-se no bar escurecido e vazio, onde as cadeiras já estavam bocejando e sendo postas para dormir em cima das mesas) — a religião que cobre as paredes da vida com

---

* Um dos sobrenomes de Stalin. (N.T.)

quadros sacros — como algo no estilo da tentativa de criar um ambiente favorável (da mesma forma que, segundo certos médicos, as fotos de bebês profissionais, com lindas carinhas redondas, ao adornarem o quarto de uma grávida têm ação benéfica no fruto de seu ventre)? Mas mesmo que tomadas as medidas necessárias, mesmo que saibamos por que o sr. X (que se alimentava disto e daquilo — leite, música, qualquer coisa) passou em segurança para o além, enquanto o sr. Y (cuja alimentação era ligeiramente diferente) empacou e pereceu, não poderiam existir outros perigos capazes de ocorrer a qualquer momento da passagem, e de alguma forma atravancarem o caminho da pessoa, estragando tudo, pois, pense um pouco, até mesmo os animais ou as pessoas comuns recuam quando se aproxima a sua hora: não me retarde, não me retarde em minha difícil e perigosa missão, permita que eu entregue em paz a minha alma imortal.

Tudo isso deprimia Graf, mas pior ainda e mais terrível era a ideia de não haver nenhum "além", de que a vida do homem explodisse irremediavelmente como as bolhas que dançam e desaparecem num barril tempestuoso debaixo da boca de um escoadouro de chuva — Graf os via da varanda do café suburbano —, estava chovendo forte, o outono havia chegado, quatro meses haviam se passado desde que atingira a idade fatídica, a morte podia atacar a qualquer momento, e aquelas viagens aos sombrios pinheirais isolados perto de Berlim eram extremamente arriscadas. Se, porém, pensava Graf, não existe nada depois, então com isso vai-se embora tudo o que envolve a ideia de uma alma independente, vai-se embora a possibilidade de augúrios e pressentimentos; tudo bem, vamos ser materialistas, e portanto eu, um indivíduo saudável com uma ascendência saudável, provavelmente viverei meio século mais, e portanto por que ceder a ilusões neuróticas? Elas são resultado apenas de certa instabilidade temporária de minha classe social, e o indivíduo é imortal na medida em que sua classe é imortal, e a grande classe da burguesia (continuava Graf, pensando agora em voz alta com animada repulsa), nossa grande e poderosa classe conquistará a hidra do proletariado, porque nós também, donos de escravos, comerciantes de grãos e seus leais trovadores, devemos subir à plataforma de nossa classe (mais energia, por favor), nós todos, os burgueses de todos os países, os burgueses de todas as terras... e nações, ergam-se, nosso *kollektiv* louco por petróleo (ou louco por ouro?), abaixo as infâmias plebeias — e agora qualquer advérbio verbal terminado em *iv* serve de rima; depois disso, mais duas estrofes e de novo: de pé, burgueses de todas as terras e nações! viva o nosso sagrado *kapital*! Tarará (qualquer coisa com "-ações"), nossa burguesa *Internacional*! O resultado é inteligente? É divertido?

Veio o inverno. Graf pegou cinquenta marcos emprestados de um vizinho e usou o dinheiro para comer até se fartar, uma vez que agora não estava disposto a deixar nenhuma folga para o destino. Aquele estranho vizinho, que por vontade própria (por vontade própria!) havia oferecido ajuda financeira, era um recém-chegado que ocupava os dois melhores quartos do quinto andar, chamado Ivan Ivanovitch Engel — um cavalheiro atarracado com cabelos cacheados e grisalhos, parecendo o tipo aceito de compositor ou mestre de xadrez, mas na realidade era representante de alguma espécie de empresa estrangeira (muito estrangeira, talvez, do Extremo Oriente ou Celestial). Quando se encontraram por acaso no corredor, ele sorriu gentilmente, tímido, e o pobre Graf explicou essa simpatia concluindo que seu vizinho era um empresário sem cultura, distante da literatura e de outras estâncias montanhosas do espírito humano, e assim votava instintivamente a ele, Grafitski, o Sonhador, uma deliciosa estima emocionada. De qualquer forma, Graf tinha problemas demais para prestar atenção a seu vizinho, mas de um modo bem distraído estava sempre se valendo da natureza angélica do velho cavalheiro — e em noites de insuportável ausência de nicotina, por exemplo, batia na porta do sr. Engel para obter um charuto —, mas não desenvolveu real camaradagem com ele e, de fato, nunca o convidara a entrar (exceto daquela vez em que a lâmpada da escrivaninha queimou e a zeladora havia escolhido essa noite para ir ao cinema, e o vizinho trouxe uma lâmpada novinha e delicadamente a instalou).

No Natal, Graf foi convidado por alguns amigos literários para uma festa *yolka* (da árvore de Natal, *Yule*), e no meio da conversa esparsa disse a si mesmo com o coração pesado que via aquelas bolas coloridas pela última vez. Depois, no meio de uma noite serena de fevereiro, ficou olhando por tempo demais o firmamento e, de repente, sentiu-se incapaz de suportar o peso e a pressão da consciência humana, aquele luxo ominoso e ridículo: um espasmo detestável o fez puxar o ar com força, e o monstruoso céu crivado de estrelas se pôs em movimento. Graf fechou a cortina da janela e, com uma das mãos no coração, bateu com a outra na porta de Ivan Engel. Este último, com um suave sorriso e um ligeiro sotaque germânico, ofereceu-lhe *valerianka*. A propósito, quando Graf entrou, pegou o sr. Engel parado no meio do quarto, destilando o calmante em um copo de vinho, sem dúvida para seu próprio uso: segurava o copo na mão direita e, levantando a esquerda com o frasco âmbar-escuro, ele movia silenciosamente os lábios contando, doze, treze, catorze, e depois bem depressa, como se corresse na ponta dos pés, quinzedezesseisdezessete, e de novo devagar até vinte. Usava uma camisola amarelo-canário; um *pince-nez* montado na ponta do atencioso nariz.

E depois de mais um período de tempo veio a primavera e um cheiro de resina mástique tomou a escada. Na casa do outro lado da rua, alguém morreu e durante um bom tempo ficou parado na porta um carro funerário, de um preto lustroso, como um piano de cauda. Graf era atormentado por pesadelos. Ele acreditava ver sinais em tudo, a mais simples coincidência o assustava. A loucura do acaso é a lógica do destino. Como não acreditar em destino, na infalibilidade de seus chamados, na obstinação de seus propósitos, quando suas linhas negras persistentemente aparecem através da escrita da vida?

Quanto mais a pessoa teme as coincidências, mais frequentemente elas acontecem. Graf chegou a tal ponto que, depois de jogar fora a folha de jornal da qual ele, um amante de erros de impressão, havia recortado a frase "depois de songa e dolorosa moléstia", viu dias depois a mesma folha com a nítida janelinha nas mãos da mulher do mercado que embrulhava um repolho para ele; e nessa mesma noite, além dos telhados mais remotos uma nuvem escura e maligna começou a inchar, engolfando as primeiras estrelas, e dava para sentir um peso sufocante como se se carregasse nas costas um imenso baú de ferro fundido — e então, sem aviso, o céu se desequilibrou e o baú desceu estrepitosamente a escada. Graf se apressou a fechar a janela e a cortina, pois é bem sabido que correntes de vento e luz elétrica atraem raios. Um relâmpago brilhou através da veneziana e, para determinar a distância a que o raio caíra, ele usou o método doméstico de contar: o trovão veio com o número seis, o que queria dizer seis verstas, pouco mais de seis quilômetros. A tempestade ficou mais forte. Tormentas secas são as piores. As vidraças tremiam, ruidosas. Graf foi para a cama, mas então imaginou tão vividamente o raio caindo no telhado a qualquer momento, passando através de sete andares e no trajeto o transformando em um negro convulso e contraído, que saltou da cama com o coração aos pulos (através da veneziana a janela relampejou, e a cruz negra do caixilho lançou uma rápida sombra na parede) e, produzindo um longo som clangoroso no escuro, ele removeu do lavatório e colocou no chão uma pesada bacia de faiança (rigorosamente enxuta) e se pôs dentro dela, tremendo, os dedos dos pés nus guinchando contra a cerâmica, virtualmente a noite inteira, até o amanhecer pôr um fim àquela bobagem.

Durante o temporal de maio, Graf desceu à mais profunda humilhação da covardia transcendental. De manhã, houve uma mudança em seu estado de espírito. Ele observou o alegre céu azul brilhante, os desenhos arborescentes da umidade escura atravessando o asfalto que secava, e se deu conta de que faltava apenas mais um mês para o dezenove de junho. Nesse dia ele completaria trinta e quatro anos. Terra firme! Mas ele conseguiria nadar essa distância? Suportaria chegar lá?

Esperava que sim. Prazerosamente resolveu tomar medidas extraordinárias para proteger sua vida dos chamados do destino. Parou de sair. Não ousava se barbear. Fingiu estar doente; a zeladora encarregou-se de suas refeições e por intermédio dela o sr. Engel transmitia a ele uma laranja, uma revista, ou pó laxativo num envelope delicado. Ele fumava menos e dormia mais. Fazia as palavras cruzadas dos jornais de emigrados, respirava pelo nariz e antes de ir para a cama estendia cuidadosamente uma toalha molhada em cima do tapete ao lado da cama para ser imediatamente despertado pela friagem se seu corpo tentasse, num transe sonambúlico, escapar da vigilância do pensamento.

Conseguiria? Primeiro de junho. Dois de junho. Três de junho. No dia dez, o vizinho perguntou do outro lado da porta se ele estava bem. Dia onze. Dia doze. Dia treze. Igual àquele famoso corredor finlandês que jogou fora, na última volta, o relógio folheado a níquel que o tinha ajudado a computar sua forte e uniforme corrida, também Graf, ao ver o fim da pista, abruptamente mudou o modo de agir. Raspou a barba cor de palha, tomou um banho e convidou amigos para o dia dezenove.

Não cedeu à tentação de comemorar seu aniversário um dia antes, conforme matreiramente aconselhado pelos diabretes do calendário (ele havia nascido no século anterior, quando havia doze, não treze dias, entre o Velho Estilo e o Novo, pelo qual viviam agora); mas escreveu à sua mãe em Pskov, pedindo que ela o informasse da hora exata de seu nascimento. A resposta dela, porém, foi bastante evasiva: "Foi à noite. Me lembro de sentir muita dor."

O dia dezenove amanheceu. Durante toda a manhã, dava para ouvir seu vizinho andando de um lado para outro no quarto, demonstrando desusada agitação, e correndo mesmo para o corredor sempre que a campainha da porta da frente tocava, como se estivesse esperando alguma mensagem. Graf não o convidou para a festa da noite — afinal mal se conheciam —, mas a zeladora ele convidou, sim, pois a natureza de Graf unia estranhamente a distração e o interesse. No fim da tarde, ele saiu, comprou vodca, tortinhas de carne, arenque defumado, pão preto... A caminho de casa, quando estava atravessando a rua, abraçando desajeitado as provisões inquietas, notou o sr. Engel, iluminado pelo sol amarelo, a observá-lo do balcão.

Por volta das oito horas, no mesmo momento em que Graf, depois de arrumar caprichosamente a mesa, se debruçou da janela, aconteceu o seguinte: na esquina da rua, onde havia se formado um grupo de homens na porta do bar, soaram altos gritos seguidos de repente pelo estalo de tiros de revólver. Graf teve a impressão de que uma bala perdida passou zunindo por seu rosto, quase estilhaçando seus óculos, e com um *akh* de terror, recuou. Do corredor, veio o som da campainha da porta de entrada. Tremendo, Graf espiou fora de seu quarto e, simultaneamente, Ivan Ivanovitch Engel, com sua camisola amarela, saiu depressa para o corredor. Era um mensageiro com o telegrama que ele esperara o dia inteiro. Engel abriu-o, ansioso — e sorriu com alegria.

"*Was dort für Skandale?*", Graf perguntou, dirigindo-se ao mensageiro, mas este último, perplexo, sem dúvida, com o mau alemão do questionador, não entendeu, e quando Graf, muito cuidadosamente, olhou pela janela outra vez, a calçada em frente ao bar estava vazia, os porteiros estavam sentados em cadeiras perto de suas varandas e uma criada de panturrilhas nuas passeava com um poodle *toy* cor-de-rosa.

Por volta das nove horas, os convidados lá estavam: três russos e a zeladora alemã. Ela trouxe cinco copos de licor e um bolo feito por ela mesma. Era uma mulher de má conformação com um vestido violeta farfalhante, de malares salientes, pescoço manchado, e uma peruca de sogra de comédia. Os tristonhos amigos de Graf, emigrados das letras, todos eles pessoas mais velhas, pesadas, com vários problemas de saúde (cujas narrativas sempre confortavam Graf), imediatamente embebedaram a zeladora, e eles próprios ficaram bêbados sem ficarem mais alegres. A conversa era, claro, conduzida em russo; a zeladora não entendia nem uma palavra, mas ria, girava em fútil coqueteria os olhos mal contornados com lápis e mantinha um solilóquio particular, mas ninguém lhe dava ouvidos. Graf, de vez em quando, consultava o relógio de pulso embaixo da mesa, ansioso para que a torre de igreja mais próxima tocasse logo a meia-noite, tomou suco de laranja, e mediu a própria pulsação. À meia-noite, a vodca acabou e a zeladora, cambaleante e morrendo de rir, foi buscar uma garrafa de conhaque. "Bom, à sua saúde, *staraya morda*" (velha horrorosa), um dos hóspedes dirigiu friamente a ela, e ela, ingenuamente, confiante, bateu o copo no dele e depois o estendeu a outro bebedor, mas ele a empurrou.

Ao amanhecer, Grafitski despediu-se de seus convidados. Na mesinha do corredor, notou que estava aberto e esquecido o telegrama que tanto alegrara seu vizinho. Graf o leu distraidamente: SOGLASEN PRODLENIE (EXTENSÃO CONCEDIDA), depois voltou a seu quarto, introduziu alguma ordem e, bocejando, tomado por uma estranha sensação de tédio (como se tivesse planejado toda a duração de sua vida de acordo com a predição e agora tivesse de começar a construção toda de novo), sentou-se numa poltrona e folheou um livro dilapidado (presente de aniversário de alguém), uma antologia russa de bons contos e trocadilhos, publicado no Extremo Oriente: "Como vai seu filho, o poeta?" "Ele agora é sadista." "Como assim?" "Escreve só dísticos sofridos." Aos poucos, Graf cochilou em sua poltrona e no sonho viu Ivan Ivanovitch Engel cantando parelhas numa espécie de jardim, abanando as asas amarelo-vivo de penas crespas, e quando Graf despertou o adorável sol de junho estava acendendo pequenos arco-íris nos copos de licor da zeladora, e tudo estava de alguma forma macio, luminoso e enigmático — como se houvesse algo que ele não tinha entendido, não tinha pensado até o fim, e agora já era tarde demais, uma outra vida tinha começado, o passado havia morrido, e a morte havia removido muito, muito bem a memória sem sentido, invocada por acaso da morada distante e humilde onde vinha vivendo sua obscura existência.

Terra incógnita

O som da queda d'água foi ficando mais e mais abafado, até finalmente se dissolver por inteiro, e prosseguimos por uma floresta selvagem de uma região até aquele momento inexplorada. Caminhamos, e vínhamos caminhando, por um longo tempo já — na frente, Gregson e eu; nossos oito carregadores nativos atrás, um depois do outro; por último, gemendo e protestando a cada passo, vinha Cook. Eu sabia que Gregson o tinha recrutado a conselho de um caçador local. Cook insistira que ele estava disposto a qualquer coisa para sair de Zonraki, onde passam a metade do ano fermentando seu *von-gho* e a outra bebendo-o. Não ficou claro, porém — ou então eu já estivesse começando a esquecer muitas coisas, ao avançarmos sempre —, exatamente quem era esse Cook (um marinheiro foragido, talvez?).

Gregson caminhava a meu lado, musculoso, magro, com joelhos ossudos e nus. Levava uma rede de caçar borboletas verde com um cabo comprido, como se fosse uma bandeira. Os carregadores, badonianos grandes, marrons, brilhantes, com suas fartas cabeleiras e arabescos cobalto entre os olhos, que também tínhamos contratado em Zonraki, avançavam com passos fortes, constantes. Atrás deles, Cook se arrastava, inchado, de cabelo vermelho, com o lábio inferior pendente, mãos nos bolsos e sem carregar nada. Me lembrei vagamente que na partida da expedição ele havia conversado bastante e feito piadas obscuras, de um jeito que era uma mistura de insolência e servilismo, que lembrava um palhaço de Shakespeare; mas seu ânimo logo caiu e ele ficou melancólico, começou a negligenciar seus deveres, que incluíam servir de intérprete, uma vez que a compreensão que Gregson tinha do dialeto badoniano ainda era pobre.

Havia algo langoroso e aveludado no calor. Uma fragrância sufocante vinha das flores de *Vallieria mirifica*, madrepérola na cor e parecendo pencas de bolhas de sabão, que formavam arcos acima do leito seco e estreito pelo qual seguíamos. Os galhos das árvores porfiroides trançavam-se com os da limia de folhas negras para formar um túnel, atravessado aqui e ali por um raio de luz enevoada. Acima, na densa massa de vegetação, entre racimos pendulares brilhantes e estranhos emaranhados de algum tipo, macacos grisalhos rosnavam e tagarelavam, enquanto um pássaro como um cometa relampejava igual a um fogo de Bengala, gritando com sua voz pequena e aguda. Eu ficava dizendo a mim mesmo que estava com a cabeça pesada da longa marcha, do calor, da mistura de cores e do estrépito da floresta, mas secretamente eu sabia que estava doente. Atribuía isso à febre local. Tinha resolvido, porém, esconder de Gregson o meu estado, e havia assumido um ar animado, alegre até, quando a desgraça atacou.

"A culpa é minha", disse Gregson. "Não devia nunca ter me envolvido com ele."

Estávamos sozinhos agora. Cook e os oito nativos, com barraca, barco dobrável, suprimentos e coleções, tinham nos desertado e desaparecido sem ruído enquanto nos ocupávamos com o mato cerrado, procurando insetos fascinantes. Creio que tentamos alcançar os fugitivos — não me lembro com clareza, mas, de qualquer modo, não conseguimos. Tínhamos de decidir se voltávamos para Zonraki ou continuávamos com o itinerário projetado, atravessando terreno ainda desconhecido, na direção das colinas Gurano. O desconhecido venceu. Nós seguimos em frente. Eu já estava tremendo inteiro e ensurdecido pelo quinino, mas continuava coletando plantas sem nome, enquanto Gregson, embora compreendendo o perigo de nossa situação, continuava a caçar borboletas e dípteros com a avidez de sempre.

Mal havíamos caminhado oitocentos metros quando de repente Cook nos alcançou. Estava com a camisa rasgada — ao que parecia por ele mesmo, deliberadamente — e ofegava, sem ar. Sem dizer uma palavra, Gregson tirou o revólver e se preparava para atirar no patife, mas ele se jogou aos pés de Gregson e, protegendo a cabeça com ambos os braços, começou a jurar que os nativos o tinham levado à força e tentado devorá-lo (o que era uma mentira, porque os bandonianos não são canibais). Descobri que ele os havia incitado com facilidade, pouco inteligentes e medrosos como eram, a abandonar a jornada dúbia, mas não tinha levado em conta que ele não conseguia acompanhar o passo poderoso deles e, tendo ficado desesperadamente para trás, voltara até nós. Por causa dele, coleções inestimáveis estavam perdidas. Ele tinha de morrer. Mas Gregson afastou o revólver e continuamos, com Cook chiando e cambaleando atrás.

A floresta foi gradualmente ficando mais esparsa. Eu estava atormentado por estranhas alucinações. Olhava os estranhos troncos de árvore, em torno dos quais se enrolavam cobras grossas, cor de carne; de repente, pensei ter visto, entre os troncos, como se através de meus dedos, o espelho de um guarda-roupa semiaberto com tênues reflexos, mas então me controlei, olhei com mais cuidado e descobri que era apenas o reluzir enganoso de uma moita de amburana (uma planta crespa com grandes frutos que parecem ameixas gordas). Depois de algum tempo, as árvores se abriram inteiramente e o céu se ergueu diante de nós como uma parede sólida de azul. Estávamos no alto de uma íngreme encosta. Abaixo tremulava e fumegava um pântano enorme e, mais adiante, distinguia-se a silhueta trêmula de uma cadeia de montanhas cor de malva.

"Juro por Deus que devíamos voltar", disse Cook com voz soluçante. "Juro por Deus que vamos morrer nesses pântanos. Eu tenho sete filhas e um cachorro em casa. Vamos voltar, nós sabemos o caminho..."

Ele esfregava as mãos, e o suor rolava pelo rosto gordo, de testa vermelha. "Para casa, para casa", ele repetia. "Já pegaram insetos bastantes. Vamos para casa!"

Gregson e eu começamos a descer a encosta pedregosa. No começo, Cook permaneceu parado lá em cima, uma figura pequena contra o fundo monstruosamente verde da floresta; mas de repente ele ergueu as mãos, deu um grito e começou a escorregar atrás de nós.

A encosta estreitava, formando uma crista rochosa que se projetava como um longo promontório para dentro do pântano que cintilava através da névoa vaporosa. O céu de meio-dia, agora livre do véu de folhas, suspenso opressivamente sobre nós com sua ofuscante escuridão — sim, ofuscante escuridão, porque não há outro jeito de descrevê-lo. Tentei não olhar para cima; mas naquele céu, no limiar de meu campo de visão, flutuavam, sempre a me acompanhar, fantasmas esbranquiçados de gesso, arabescos e rosetas de estuque, como aquelas que são usadas para adornar tetos europeus; porém bastava que eu olhasse diretamente para elas que desapareciam, e novamente o céu tropical estrondeava, por assim dizer, com um azul denso, uniforme. Ainda estávamos andando pelo promontório rochoso, mas ele estava sempre se afilando e nos traindo. Em torno cresciam juncos de pântano dourados, como um milhão de espadas nuas brilhando ao sol. Aqui e ali relampejavam piscinas alongadas, e acima delas enxames escuros de mosquitinhos. Uma grande flor do pântano, possivelmente uma orquídea, estendia para mim seu lábio pendente, aveludado, que parecia manchado com gema de ovo. Gregson girou a rede — mergulhou até os quadris no lodo brocado, enquanto uma gigantesca borboleta rabo de andorinha, com um bater de suas asas de cetim, voou para longe dele sobre os juncos, na direção do rebrilhar das pálidas emanações, onde as dobras indistintas de uma cortina de janela pareciam estar pendentes. *Não posso*, eu disse a mim mesmo, *não posso...* Olhei para outra coisa e caminhei ao lado de Gregson, ora sobre a rocha, ora atravessando o solo que chiava e estalava como ventosas. Eu sentia arrepios, apesar do calor de estufa. Previa que dentro de um momento ia entrar inteiramente em colapso, que os contornos e convexidades do delírio, aparecendo através do céu e através dos juncos dourados, assumiriam controle total de minha consciência. Às vezes, Gregson e Cook pareciam ficar transparentes, e eu pensava ver através deles um papel de parede com um motivo de juncos repetido infindavelmente. Controlei-me, fiz um esforço para manter os olhos abertos e prossegui. Cook agora estava engatinhando, de quatro, gritando e agarrando as pernas de Gregson, mas este o empurrava e continuava andando. Olhei para Gregson, para seu perfil obstinado, e senti, para meu horror, que estava esquecendo quem era Gregson e por que eu estava com ele.

    Enquanto isso, continuávamos a afundar no lodo com frequência sempre maior, mais e mais fundo; o charco insaciável nos sugava; e, nos debatendo, nos livrávamos. Cook continuava caindo e engatinhando, coberto de picadas de insetos, todo inchado e encharcado, e, nossa!, como ele gritava quando bandos repulsivos de minúsculas cobras-d'água, verde-brilhantes, atraídas por nosso suor, partiam em nossa perseguição, se tensionando e desenrolando para nadar dois metros e depois mais dois. Eu, porém, estava muito mais assustado com outra coisa: de vez em quando, à minha esquerda (sempre, por alguma razão, à minha esquerda), naufragando entre os juncos repetitivos, erguia-se do pântano o que se assemelhava a uma grande poltrona, mas que era na verdade um estranho e desajeitado anfíbio, cujo nome Gregson se recusou a me contar.

"Uma pausa", disse Gregson, de repente, "vamos fazer uma pausa".

Por um golpe de sorte, conseguimos nos arrastar para uma ilhota de rocha, cercada pela vegetação pantanosa. Gregson tirou a mochila e nos deu umas tortinhas nativas, com cheiro de ipecuacanha, e uma dúzia de frutas de amburana. Que sede eu tinha, e como ajudava pouco o suco escasso e adstringente da amburana...

"Olhe, que estranho", Gregson me disse, não em inglês, mas em alguma outra língua, para Cook não entender. "Temos de atravessar as montanhas, mas olhe, que estranho — será que as montanhas eram uma miragem? —, não estão mais visíveis."

Eu me levantei de meu travesseiro e apoiei um braço na superfície elástica da pedra... Sim, era verdade que as montanhas não eram mais visíveis; havia apenas o vapor tremulante pairando sobre o pântano. Mais uma vez, tudo à minha volta assumiu uma ambígua transparência. Eu me deitei e disse baixo a Gregson: "Você provavelmente não consegue enxergar, mas alguma coisa está tentando se revelar."

"Do que está falando?", Gregson perguntou.

Eu me dei conta de que o que estava dizendo era bobagem e parei. Minha cabeça estava girando e havia um zumbido em meu ouvido; Gregson, apoiado num joelho, revirava sua mochila, mas não encontrou ali nenhum remédio, e meu suprimento havia acabado. Cook ficou sentado em silêncio, cutucando morosamente a pedra. Através de um rasgo na manga de sua camisa aparecia uma estranha tatuagem no braço: um copo de cristal com uma colher de chá, muito bem executada.

"Vallière está doente. Você não tem nenhum comprimido?", Gregson perguntou a ele. Não ouvi as palavras exatas, mas consegui adivinhar o sentido geral da conversa, que ficava absurda e de alguma forma esférica quando eu tentava ouvir mais de perto.

Cook virou-se devagar e a tatuagem vítrea escorregou de sua pele para um lado, permaneceu suspensa no ar; depois foi flutuando, flutuando, e eu a acompanhei com o olhar assustado, mas quando me virei, ela se perdeu no vapor do pântano, com um último tênue rebrilhar.

"Bem feito", Cook murmurou. "É uma pena. A mesma coisa vai acontecer com você e comigo. Uma pena..."

Ao longo dos últimos minutos — isto é, desde que paramos para descansar na ilhota de pedra —, ele parecia ter crescido, tinha inchado, e havia agora algo sardônico e perigoso nele. Gregson tirou o capacete de sol e, puxando um lenço sujo, enxugou a testa, que estava alaranjada nas sobrancelhas e branca acima disso. Depois, pôs o capacete de novo, inclinou-se para mim e disse: "Controle-se, por favor" (ou outras palavras nesse sentido). "Vamos tentar seguir em frente. O vapor está escondendo as montanhas, mas elas estão lá. Tenho certeza de que atravessamos metade do pântano." (Era tudo muito aproximado.)

"Assassino", Cook disse baixinho. A tatuagem estava em seu antebraço outra vez; não o copo inteiro, porém, mas um lado dele: não havia espaço suficiente para o resto, que tremulava no espaço, emitindo reflexos. "Assassino", Cook repetiu com satisfação, erguendo os olhos congestionados. "Eu disse que nós íamos ficar perdidos aqui. Cachorros pretos comem muita carniça. Mi, ré, fá, sol."

"É um palhaço", informei baixinho a Gregson, "um palhaço shakespeariano".

"Lhaço, lhaço, lhaço", Gregson respondeu, "lhaço, lhaço... aço, aço, aço... Está ouvindo", ele continuou, gritando em meu ouvido. "Você tem de levantar. Nós temos de continuar."

A pedra estava branca e macia como uma cama. Eu me levantei um pouquinho, mas logo caí de volta no travesseiro.

"Vai ter de ser carregado", Gregson disse com voz distante. "Me dê uma mão."

"Nem pensar", Cook respondeu (ou foi o que me pareceu). "Sugiro que a gente aproveite a carne fresca antes que ele seque. Fá, sol, mi, ré."

"Ele está doente, ele está doente também", gritei para Gregson. "Você está com dois lunáticos. Vá embora sozinho. Você consegue... Vá."

"Sem chance que vamos deixar ele ir embora", disse Cook.

Nesse meio-tempo, visões delirantes, aproveitando-se da confusão geral, estavam calada e firmemente encontrando seus lugares. As linhas de um teto turvo se estenderam e se cruzaram no céu. Uma poltrona grande subiu do pântano, como se sustentada por baixo. Pássaros lustrosos voaram pela névoa do pântano e, quando pousaram, um se transformou na ponteira de um pé de cama, outro numa garrafa. Invocando toda a minha força de vontade, focalizei o olhar e espantei todo esse lixo perigoso. Acima dos juncos, voavam pássaros de verdade com longas caudas cor de fogo. O ar zunia de insetos. Gregson estava espantando uma mosca multicolorida, e ao mesmo tempo tentando determinar sua espécie. Por fim, não conseguiu mais se controlar e a pegou com a rede. Seus movimentos sofriam curiosas mudanças, como se alguém os embaralhasse. Eu o via em poses diferentes simultaneamente; ele estava se despindo de si mesmo, como se fosse feito de muitos Gregsons de vidro cujos contornos não coincidiam. Então ele condensou de novo e ficou em pé com firmeza. Estava sacudindo Cook pelo ombro.

"Vai me ajudar a carregá-lo", Gregson estava dizendo, distintamente. "Se você não fosse um traidor, nós não estaríamos nesta confusão."

Cook ficou quieto, mas aos poucos foi ficando roxo.

"Escute aqui, Cook, você vai se arrepender", disse Gregson. "Estou falando pela última vez..."

Nesse ponto, ocorreu o que estava se preparando havia longo tempo. Cook bateu com a cabeça como um touro na barriga de Gregson. Os dois caíram; Gregson teve tempo de pegar o revólver, mas Cook conseguiu derrubá-lo de sua mão. Então os dois se agarraram e começaram a rolar abraçados, ofegando ensurdecedoramente. Fiquei olhando para eles, impotente. As costas largas de Cook ficaram tensas e as vértebras apareciam através da camisa; mas de repente, em vez de suas costas, uma perna, também dele, aparecia, coberta de pelos acobreados e com uma veia azul subindo pela pele, e Gregson estava montando em cima dele. O capacete de Gregson voou longe e rolou, como a metade de um grande ovo de papelão. De algum lugar no labirinto de seus corpos, os dedos de Cook surgiram, empunhando uma faca enferrujada, mas afiada; a faca entrou nas costas de Gregson como se fossem de barro, mas Gregson deu apenas um ganido, e os dois rolaram diversas vezes; quando vi de novo as costas de meu amigo, o cabo e a metade superior da lâmina se projetavam delas, enquanto suas mãos travavam em torno do pescoço grosso de Cook, que crepitou quando ele apertou e as pernas de Cook se debatiam. Deram mais uma volta completa, e agora só um quarto da lâmina estava visível — não, um quinto —, não, nem mesmo esse tanto aparecia: havia entrado inteiramente. Gregson ficou imóvel depois de se deitar em cima de Cook, que também estava imobilizado.

Eu olhei, e me pareceu (turvos pela febre como estavam meus sentidos) que aquilo tudo era um jogo inofensivo, que dentro de um momento eles iam se levantar e, quando recuperassem o fôlego, iriam me carregar pacificamente através do campo na direção das frescas montanhas azuis, para algum lugar sombreado com água borbulhante. Mas de repente, nesse último estágio de minha doença mortal — porque eu sabia que dentro de alguns minutos eu morreria —, nesses minutos finais, ficou tudo completamente lúcido: eu me dei conta de que tudo o que estava acontecendo à minha volta não era um truque de minha imaginação inflamada, nem o véu do delírio, através do qual relances inoportunos de minha existência pretensamente real numa distante cidade europeia (o papel de parede, a poltrona, o copo de limonada) estavam tentando se mostrar. Eu me dei conta de que o quarto importuno era fictício, uma vez que tudo além da morte é, na melhor das hipóteses, fictício: uma imitação de vida arranjada apressadamente, os quartos mobiliados da inexistência. Eu me dei conta de que a realidade era aqui, aqui debaixo daquele maravilhoso e assustador céu tropical, entre aqueles brilhantes juncos como espadas, naquele vapor pairando acima deles, e nas flores de lábios grossos presas à ilhota plana, onde, ao meu lado, jaziam dois corpos atracados. E tendo entendido isso, encontrei dentro de mim força para engatinhar por cima deles e tirar a faca das costas de Gregson, meu líder, meu caro amigo. Ele estava morto, bem morto, e todos os frasquinhos em seus bolsos, quebrados e estilhaçados. Cook também estava morto, e a língua negra como tinta projetava-se para fora de sua boca. Abri os dedos de Gregson e virei seu corpo. Seus lábios estavam semiabertos e ensanguentados; o rosto, que parecia já endurecido, parecia mal barbeado; o branco-azulado dos olhos aparecia entre as pálpebras. Pela última vez vi tudo isso distintamente, conscientemente, com o selo da autenticidade em tudo — seus joelhos magros, as moscas brilhantes circulando sobre eles, as fêmeas dessas moscas já procurando um ponto para a oviposição. Atrapalhado com minhas mãos enfraquecidas, tirei do bolso da minha camisa um caderno, mas então fui dominado pela fraqueza; sentei-me e minha cabeça caiu. E no entanto venci essa impaciente neblina da morte e olhei em torno. Ar azul, calor, solidão... E que pena senti de Gregson, que nunca mais voltaria para casa — eu até me lembrava de sua esposa e da velha cozinheira, de seus papagaios e de muitas outras coisas. Então pensei em nossas descobertas, nossos achados preciosos, as raras plantas e os animais ainda não descritos que agora nunca seriam nomeados por nós. Eu estava só. Mais enevoados brilharam os juncos, mais escuro queimou o céu. Meus olhos acompanharam um belo besouro que estava andando sobre uma pedra, mas eu não tive forças para pegá-lo. Tudo à minha volta estava se apagando, deixando nu o cenário de minha morte — umas poucas peças de mobília realista e quatro paredes. Meu último gesto foi abrir o livro, que estava úmido com o meu suor, porque eu precisava absolutamente anotar uma coisa; mas infelizmente ele escorregou de minha mão. Apalpei todo o cobertor, mas ele não estava mais lá.

O reencontro

Lev tinha um irmão, Serafim, que era mais velho e mais gordo que ele, embora fosse inteiramente possível que durante os últimos nove anos — não, espere... Nossa, foram dez, mais que dez — ele tenha emagrecido, quem sabe. Em poucos minutos vamos descobrir. Lev foi embora da Rússia e Serafim ficou, uma questão de pura casualidade em ambos os casos. De fato, pode-se dizer que Lev é que havia sido esquerdista, enquanto Serafim, formado recentemente no Instituto Politécnico, não pensava em nada além do campo que escolhera e era cauteloso com os ventos políticos... Que estranho, tão estranho que dentro de poucos minutos ele vá entrar. Seria preciso um abraço? Tantos anos... Um *spets*, um especialista. Ah, essas palavras com finais mascados, como cabeças de peixe desprezadas... *spets*...

Tinha havido um telefonema de manhã e uma voz feminina desconhecida anunciara em alemão que ele havia chegado, e gostaria de dar uma passada à noitinha, uma vez que ia partir de novo no dia seguinte. Isso tinha sido uma surpresa, muito embora Lev já soubesse que seu irmão estava em Berlim. Lev tinha um amigo que tinha um amigo, que por sua vez conhecia um homem que trabalhava na missão comercial da URSS. Serafim tinha vindo com a missão de arranjar a compra de uma coisa ou outra. Seria um membro do Partido? Mais de dez anos...

Em todos esses anos não tinham tido contato. Serafim não sabia absolutamente nada sobre seu irmão, e Lev não sabia quase nada sobre Serafim. Umas duas vezes, Lev viu de relance o nome de Serafim através do cinzento da cortina de fumaça dos jornais soviéticos que espiava na biblioteca. "E na medida em que o requisito fundamental da industrialização", proclamou Serafim, "é a consolidação dos elementos socialistas de nosso sistema econômico em geral, o progresso radical das cidades surge como uma das tarefas atuais particularmente essenciais e imediatas".

Lev, que havia terminado seus estudos com um atraso desculpável na Universidade de Praga (sua tese era sobre as influências eslavófilas na literatura russa), estava agora em busca de fortuna em Berlim, sem ser realmente capaz de decidir onde estava essa fortuna: no comércio de bugigangas diversas, como Leshcheyev aconselhara, ou num emprego de impressor, como sugerira Fuchs. Leshcheyev e Fuchs e suas esposas, por sinal, deviam vir esta noite (era o Natal russo). Lev gastou seu último tostão numa árvore de Natal de segunda mão, de quarenta centímetros; mais umas velas vermelhas; um quilo de torradas; e meio quilo de doces. Seus convidados tinham prometido se encarregar da vodca e do vinho. Porém, assim que recebeu a mensagem conspiratória, incrível, de que seu irmão queria vê-lo, Lev logo cancelou a festa. Os Leshcheyev tinham saído, e ele deixou recado com a empregada dizendo que havia surgido um imprevisto. Claro que uma conversa cara a cara com seu irmão em total privacidade já seria uma tortura, mas seria ainda pior se: "Este é meu irmão, ele é da Rússia." "Prazer em conhecê-lo. Bem, eles estão prestes a bater as botas?" "A quem o senhor está se referindo? Não entendi." Leshcheyev era especialmente apaixonado e intolerante... Não, a festa de Natal tinha de ser cancelada.

Agora, quase oito da noite, Lev estava andando para lá e para cá em seu quartinho miserável mas limpo, batendo ora na mesa, ora na cabeceira branca da cama estreita — um homenzinho carente, mas bem cuidado, com um terno preto brilhante de uso e colarinho virado para baixo grande demais para ele. O rosto era sem barba, de nariz arrebitado e não muito marcante, com olhos mais para pequenos, ligeiramente loucos. Usava polainas para esconder os buracos nas meias. Havia se separado recentemente da mulher, que bem inesperadamente o traíra e com quem! Um homem vulgar, um joão-ninguém... Ele escondeu o retrato dela; senão teria de responder às perguntas do irmão ("Quem é essa?" "Minha ex-mulher." "Como assim, ex?"). Tirou também a árvore de Natal, colocando-a, com permissão da proprietária, na sacada dela — senão, quem sabe, seu irmão podia começar a caçoar de seu sentimentalismo de emigrado. Para começar, por que tinha comprado aquilo? Tradição. Convidados, luz de velas. Apagar a luz, deixar a arvorezinha brilhar sozinha. Cintilações espelhadas nos lindos olhos da sra. Leshcheyev.

Sobre o que ele conversaria com seu irmão? Devia contar, casual e despreocupadamente, sobre suas aventuras no sul da Rússia na época da guerra civil? Devia em tom brincalhão reclamar de sua atual pobreza (insuportável, sufocante)? Ou fingir ser um homem de cabeça aberta que estava acima do ressentimento de emigrado e compreendia... compreendia o quê? Que Serafim poderia preferir em vez de minha pobreza, de minha pureza, uma colaboração ativa... e com quem, com quem? Ou deveria, em vez disso, atacá-lo, fazê-lo envergonhar-se, discutir com ele, ser até mesmo acidamente inteligente? "Gramaticalmente, Leningrado só pode significar a cidade de Nellie."

Ele visualizou Serafim, seus ombros carnudos, caídos, suas galochas imensas, as poças no jardim em frente de sua datcha, a morte dos pais, o começo da Revolução... Nunca tinham sido particularmente próximos, nem quando estavam na escola, cada um tinha seus amigos e os professores eram diferentes... No verão de seus dezessete anos, Serafim teve um caso de muito mau gosto com uma senhora da datcha vizinha, esposa de um advogado. Os gritos histéricos do advogado, os socos voando, o desalinho da dama não tão jovem, com o rosto felino, correndo pelo caminho do jardim, e, em algum lugar nos fundos, o malfadado ruído de vidro quebrando. Um dia, quando nadavam num rio, Serafim quase se afogou... Eram essas as lembranças mais coloridas que Lev tinha do irmão, e Deus sabe que não eram muita coisa. A gente muitas vezes sente que se lembra de alguém muito vividamente, com detalhes, depois quando repassa as coisas é tudo tão sem sentido, tão esquálido, tão raso — uma fachada enganadora, um embuste da parte de nossa memória. No entanto, Serafim ainda era seu irmão. Ele comia muito. Era metódico. O que mais? Uma noite, na mesa de chá...

O relógio bateu oito horas. Nervoso, Lev deu uma olhada à janela. Estava garoando e as luzes da rua flutuavam na névoa. Os restos brancos da neve molhada apareciam na calçada. Natal mais quente. Pálidas fitas de papel, restos do ano-novo alemão, penduradas de um balcão do outro lado da rua, tremulando moles no escuro. O súbito toque da campainha da frente atingiu Lev como um raio de eletricidade em algum ponto da região do plexo solar.

Ele estava ainda maior e mais gordo que antes. Fingiu estar tremendamente sem fôlego. Pegou a mão de Lev. Os dois ficaram em silêncio, com sorrisos idênticos nos rostos. Um casaco russo acolchoado, com uma pequena gola de astracã que se fechava com um colchete; um chapéu cinzento que tinha sido trazido do exterior.

"Entre", disse Lev. "Tire isso. Venha, ponha aqui. Encontrou logo a casa?"

"Peguei o metrô", disse Serafim, ofegante. "Bom, bom. Então é assim..."

Com um suspiro de alívio exagerado, sentou-se numa poltrona.

"O chá vai estar pronto num minuto", disse Lev em tom agitado, enquanto mexia no fogareiro de álcool sobre a pia.

"Tempo horrível", disse Serafim esfregando as mãos. Na verdade, estava bem quente.

O álcool ia na esfera de cobre; quando se girava um botão, ele escorria para uma fenda preta. Era preciso liberar muito pouquinho, fechar o botão e acender o fósforo. Uma chama macia, amarela, aparecia flutuando sobre a fenda, depois morria aos poucos e então se abria a válvula de novo e, com um estouro forte (debaixo da base de ferro sobre a qual assentava com ar de vítima um alto bule de chá com uma grande marca de nascença de um lado), uma chama muito diferente, lívida como uma coroa azul serrilhada, ganhava vida. Como e por que tudo isso acontecia, Lev não tinha ideia, nem lhe interessava. Ele seguia cegamente as instruções da proprietária. De início, Serafim observou por cima do ombro a agitação com o fogareiro, até onde permitia sua corpulência; depois levantou-se e se aproximou, e conversaram um pouco sobre o aparelho, Serafim explicou como funcionava, girando o botão delicadamente para a frente e para trás.

"Bom, como vai a vida?", ele perguntou, mergulhando mais uma vez na poltrona apertada.

"Bom... como pode ver", Lev replicou. "O chá vai estar pronto dentro de um minuto. Se estiver com fome, tenho salsicha."

Serafim recusou, assoou cuidadosamente o nariz e começou a discutir sobre Berlim.

"Superou a América", disse ele. "Basta olhar o tráfego. A cidade mudou enormemente. Eu estive aqui, sabe, em vinte e quatro."

"Eu morava em Praga na época", disse Lev.

"Sei", disse Serafim.

Silêncio. Os dois ficaram olhando o bule, como se esperassem dele algum milagre.

"Vai ferver logo", disse Lev. "Coma uns caramelos enquanto isso."

Serafim aceitou e sua face esquerda começou a trabalhar. Lev ainda não conseguia se sentar: sentar-se significava estar preparado para uma conversa; ele preferia ficar em pé ou perambular entre a cama e a mesa, a mesa e a pia. Havia várias agulhas de pinheiro espalhadas sobre o tapete sem cor. De repente, o leve chiado cessou.

"*Prussak kaput*", disse Serafim.

"Eu dou um jeito nisso", Lev disse depressa, "é um segundo".

Mas não restava nenhum álcool no frasco. "Que situação idiota... Sabe, vou buscar um pouco com a proprietária."

Ele saiu ao corredor e foi ao apartamento dela. Coisa idiota. Bateu na porta. Nenhuma resposta. Nem um grama de atenção, um quilo de desdém. Por que lhe veio à cabeça essa frase de escolar (pronunciada ao ignorar uma gozação)? Bateu de novo. Estava tudo escuro. Ela havia saído. Ele se encaminhou à cozinha. A cozinha estava providencialmente trancada.

Lev ficou um pouco parado no corredor, pensando não tanto no álcool, mas no alívio que era ficar sozinho um minuto e na agonia que seria voltar àquele quarto tenso, onde um estranho estava seguramente instalado. O que se podia conversar com ele? Aquele artigo sobre Faraday num número antigo da *Die Natur*? Não, isso não. Quando voltou, Serafim estava parado diante da estante, examinando os livros esfarrapados, de aspecto miserável.

"Situação idiota", disse Lev. "É muito frustrante. Me desculpe, por favor. Talvez..."

(Talvez a água estivesse quase fervendo? Não. Mal estava morna.)

"Bobagem. Vamos falar com franqueza, não sou grande apreciador de chá. Você lê muito, não é?"

(Será que devia descer até o bar e comprar cerveja? Não tinha dinheiro, nem crédito lá. Droga, tinha gastado tudo nos doces e na árvore.)

"É, eu leio, sim", disse em voz alta. "Que pena, que grande pena. Se ao menos a proprietária..."

"Esqueça", disse Serafim, "ficamos sem. É assim e pronto. É, sim. E como estão as coisas no geral? Como está sua saúde? Está se sentindo bem? A saúde é a coisa mais importante. Quanto a mim, eu não leio muito", ele continuou, olhando de lado para a estante. "Nunca tenho tempo. No trem, outro dia, peguei por acaso..."

O telefone tocou no corredor.

"Com licença", disse Lev. "Sirva-se. Aqui tem torradas e os caramelos. Já volto." E saiu depressa.

"O que houve, meu bom senhor?", perguntou a voz de Leshcheyev. "O que está acontecendo aqui? O que foi? Está doente? O quê? Não estou ouvindo. Fale alto."

"Um problema inesperado", replicou Lev. "Não recebeu meu recado?"

"Que recado o quê. Vamos lá. É Natal, compramos o vinho, minha mulher tem um presente para o senhor."

"Não vou poder", disse Lev, "sinto muito...".

"O senhor é um sujeito esquisito! Escute, livre-se do que está fazendo aí e nós chegamos em seguida. Os Fuchs também estão aqui. Ou então, tenho uma ideia melhor: o senhor vem até aqui. Há? Olya, fique quieto, não estou escutando. O que foi?"

"Não posso. Estou com meu... estou ocupado, só isso."

Leshcheyev emitiu um palavrão nacional. "Até logo", disse Lev, desajeitado, para o telefone já mudo.

Agora a atenção de Serafim tinha mudado dos livros para um quadro na parede.

"Telefonema de negócios. Que chateação", disse Lev com uma careta. "Por favor, me desculpe."

"Tem muitos negócios?", Serafim perguntou, sem tirar os olhos da oleografia: uma moça de vermelho com um poodle preto como carvão.

"Bom, ganho a minha vida: artigos para jornal, várias coisas", Lev respondeu vagamente. "E você... então não vai ficar muito aqui?"

"Devo ir embora amanhã. Passei para ver você só por alguns minutos. Agora à noite ainda tenho de..."

"Sente, por favor, sente."

Serafim sentou-se. Ficaram em silêncio algum tempo. Estavam ambos com sede.

"Estávamos falando de livros", disse Serafim. "Então, com uma coisa e outra eu simplesmente não tenho tempo para eles. Mas no trem, peguei por acaso uma coisa e li por falta de algo melhor. Um romance alemão. Uma bobagem, claro, mas muito divertido. Sobre incesto. Era assim..."

Ele contou a história em detalhes. Lev ficou balançando a cabeça e olhando o sólido terno cinza de Serafim, suas amplas bochechas lisas, e enquanto olhava, pensava: qual o sentido de reencontrar seu irmão depois de dez anos para discutir alguma besteira vulgar de Leonard Frank? Ele se aborrece de falar disso e eu também me aborreço de ouvir. Ora, vamos ver, eu queria falar de uma coisa... Não consigo me lembrar. Que tortura de noite.

"É, acho que li esse livro. Sim, é um assunto muito em moda hoje em dia. Coma uma bala. Estou tão chateado por causa do chá. Você disse que achou Berlim muito diferente." (Coisa errada para dizer — já conversaram sobre isso.)

"A americanização", respondeu Serafim. "O tráfego. Os prédios incríveis."

Houve uma pausa.

"Quero perguntar uma coisa", disse Lev, espasmodicamente. "Não é bem do seu campo, mas nesta revista aqui... Tem umas coisas que eu não entendi. Isto, por exemplo — estas experiências dele."

Serafim pegou a revista e começou a explicar. "O que é tão complicado? Antes da formação de um campo magnético — você sabe o que é um campo magnético? —, tudo bem, antes que ele se forme, existe o que se chama de campo elétrico. Suas linhas de força se situam em planos que passam através do que se chama de vibrador. Note que, de acordo com os ensinamentos de Faraday, uma linha magnética aparece como um circuito fechado, enquanto uma linha elétrica é sempre aberta. Me dê um lápis — não, tudo bem, eu tenho um... Obrigado, obrigado, eu tenho um."

Ele continuou explicando e rabiscando alguma coisa durante um tempo, enquanto Lev abanava a cabeça mansamente. Ele falou de Young, de Maxwell, de Hertz. Uma palestra mesmo. Depois pediu um copo de água.

"Está na hora de eu ir, sabe", disse, lambendo os lábios e pondo o copo de volta na mesa. "Está na hora." De algum lugar da região da barriga ele extraiu um grande relógio. "É, está na hora."

"Ah, vamos, fique mais um pouco", Lev resmungou, mas Serafim sacudiu a cabeça e se levantou, puxando o colete. Seu olhar pousou mais uma vez na oleografia da moça de vermelho com o poodle preto.

"Lembra o nome dele?", perguntou, com o primeiro sorriso genuíno da noite.

"Nome de quem?"

"Ah, você sabe... Tikhotski nos visitava na datcha com uma moça e um poodle. Como era o nome do poodle?"

"Espere um minuto", disse Lev. "Espere um minuto. É, está certo. Em um momento eu me lembro."

"Ele era preto", disse Serafim. "Muito parecido com esse aqui... Onde você pôs o meu casaco? Ah, está aqui. Peguei."

"Me fugiu da lembrança também", disse Lev. "Ah, como era o nome?"

"Não importa. Que se dane. Estou indo. Bom... Foi ótimo ver você..." Ele vestiu o casaco agilmente, apesar da corpulência.

"Eu acompanho você", disse Lev, pegando sua capa puída.

Desajeitadamente, os dois pigarrearam no mesmo instante. Depois desceram a escada em silêncio e saíram. Estava chuviscando.

"Vou pegar o metrô. Mas como era o nome? Ele era preto e tinha pompons nas patas. Minha memória está ficando incrivelmente ruim."

"Tinha um *k*", Lev replicou. "Só tenho certeza disso: o nome tinha um *k*."

Atravessaram a rua.

"Que tempo úmido", disse Serafim. "Bom, bom... Então nós não lembramos mesmo? Você disse que tinha um *k*?"

Viraram a esquina. Luz da rua. Poça. Prédio do correio escuro. Velha mendiga parada como sempre ao lado da máquina de selos. Ela estende a mão com duas caixas de fósforos. O raio de luz da rua toca o rosto encovado; uma gota brilhante tremendo em sua narina.

"É realmente absurdo", Serafim exclamou. "Sei que está em uma das minhas células cerebrais, mas não consigo fazer contato."

"Como era o nome... como era?", Lev concordou. "É realmente absurdo nós não... Lembra como ele se perdeu uma vez e você e a menina dos Tikhotski ficaram procurando horas na floresta? Tenho certeza de que tem um *k* e talvez um *r* em algum lugar."

Chegaram à praça. Na outra extremidade, brilhava uma ferradura perolada no vidro azul — o emblema do metrô. Degraus de pedra conduziam a suas profundezas.

"Ela era estonteante, aquela moça", disse Serafim. "Bom, eu desisto. Não adianta. Você cuide-se bem. Algum dia nos encontramos de novo."

"Acho que era algo como Turk... Trick... Não, não me vem. Você se cuide também. Boa sorte."

Serafim fez um aceno com a mão aberta, suas costas largas se curvaram e ele desapareceu nas profundezas. Lev começou a caminhar de volta devagar, atravessou a praça, passou pelo correio e pela mendiga... De repente parou. Em algum lugar de sua memória houve uma sugestão de movimento, como se alguma coisa muito pequena tivesse despertado e começado a se mexer. A palavra ainda era invisível, mas sua sombra já havia se escondido num canto, e ele queria entrar nessa sombra para impedir que ela recuasse e desaparecesse outra vez. Ai! Tarde demais. Tudo desapareceu, mas no instante em que seu cérebro parou de se esforçar, a coisa se mexeu de novo, mais perceptivelmente dessa vez, e, como um camundongo saindo de uma rachadura quando a sala está quieta, apareceu, clara, silenciosa, misteriosamente, o corpúsculo vivo de uma palavra... "Dê a pata, Joker." Joker! Que simples era. Joker...

Ele olhou para trás involuntariamente e pensou que Serafim, sentado em seu trem subterrâneo, podia ter lembrado também. Que reencontro infeliz.

Lev deu um suspiro, olhou o relógio e, vendo que ainda não era tarde demais, decidiu ir para a casa dos Leshcheyev. Ia bater palmas debaixo da janela e quem sabe eles fossem ouvir e convidá-lo para entrar.

Lábios nos lábios

Os violinos ainda estavam chorando, tocando, ao que parece, um hino de paixão e amor, mas Irina e Dolinin, profundamente comovidos, estavam indo depressa para a saída. Atraídos pela noite de primavera, pelo mistério que se erguera tensamente entre eles. Seus dois corações batendo como um só.

"Dê-me os canhotos da chapelaria", disse Dolinin (riscado).

"Por favor, permita que eu pegue seu chapéu e casaco" (riscado).

"Por favor", disse Dolinin, "permita que eu pegue suas coisas" ("*e as minhas*" acrescentado depois de *coisas*).

Dolinin subiu até a chapelaria, e ao apresentar seu canhotinho (corrigido para *os dois canhotinhos*)...

Nesse ponto, Ilya Borisovitch Tal ficou pensativo. Era estranho, muito estranho, empacar ali. Bem ali, quando havia uma onda de êxtase, uma súbita chama de amor entre o solitário, envelhecido Dolinin, e a estranha que por acaso estava em seu camarote, uma moça de preto, diante do que resolveram escapar do teatro, para longe, bem longe dos decotes e fardas militares. Em algum lugar além do teatro, o autor visualizava tenuemente o restaurante Kupecheskiy ou o parque Tsarskiy, alfarrobeiras em flor, precipícios, uma noite estrelada. O autor estava terrivelmente impaciente para mergulhar o herói e a heroína na noite estrelada. Mas era preciso pegar os casacos, e isso interferia com o glamour. Ilya Borisovitch releu o que tinha escrito, inflou as bochechas, olhou o peso de papel de cristal e finalmente decidiu sacrificar o romantismo pelo realismo. O que não se mostrou simples. Seus pendores eram estritamente líricos, descrições da natureza e de emoções lhe vinham com surpreendente facilidade, mas por outro lado tinha muito trabalho com pontos de rotina, como, por exemplo, o abrir e fechar de portas, ou os apertos de mão quando havia numerosos personagens numa sala, e uma ou duas pessoas cumprimentavam muita gente. Além disso, Ilya Borisovitch lutava constantemente com pronomes, como, por exemplo, "ela", que tinha um jeito irritante de se referir não apenas à heroína, mas também à sua mãe ou irmã na mesma frase, de forma que para evitar a repetição do nome próprio era sempre forçado a colocar "aquela dama" ou "sua interlocutora", embora não estivesse ocorrendo nenhuma interlocução. Escrever, para ele, significava uma disputa desigual com objetos indispensáveis; bens de luxo pareciam muito mais dóceis, mas mesmo eles se rebelavam de vez em quando, empacavam, emperravam a liberdade de movimento — e então, tendo concluído pesadamente a confusão com a chapelaria e a ponto de presentear seu herói com uma bengala elegante, Ilya Borisovitch ingenuamente se deliciou com o brilho de seu rico castão, e não previu, infelizmente, a cobrança que esse artigo valioso faria, como exigiria menção dolorosamente, quando Dolinin, sentindo nas mãos as curvas de um corpo jovem e macio, estaria carregando Irina através de um ribeirão primaveril.

Dolinin era simplesmente "envelhecido"; Ilya Borisovitch Tal logo faria cinquenta e cinco anos. Dolinin era "colossalmente rico", sem uma explicação precisa de sua fonte de renda; Ilya Borisovitch era diretor de uma companhia dedicada à instalação de banheiros (incidentalmente, nesse ano, a companhia tinha sido contratada para revestir com ladrilhos esmaltados as paredes cavernosas de diversas estações de metrô) e estava bastante bem de vida. Dolinin morava na Rússia — no sul da Rússia, provavelmente — e conhecera Irina muito antes da Revolução. Ilya Borisovitch vivia em Berlim, para onde havia emigrado com esposa e filho em 1920. Sua produção literária vinha de longa data, mas não era grande: o obituário de um comerciante local, famoso por suas posições políticas liberais, no *Arauto de Kharkov* (1910), dois poemas em prosa, *ibid.* (agosto de 1914 e março de 1917), e um livro que consistia naquele obituário e desses dois poemas em prosa — um volume bonito, publicado bem no meio da furiosa guerra civil. Finalmente, tendo chegado a Berlim, Ilya Borisovitch escreveu um pequeno *étude*, "Viajantes por mar e terra", que apareceu num humilde diário de emigrados em Chicago; mas esse jornal logo virou fumaça, enquanto outros periódicos não devolviam manuscritos nem discutiam rejeições. Seguiram-se dois anos de silêncio criativo: a doença e a morte de sua esposa, a *Inflationszeit*, mil empreendimentos de negócios. Seu filho terminou a escola secundária em Berlim e entrou na Universidade de Freiburg. E agora, em 1925, com a chegada da velhice, essa pessoa próspera e no geral muito solitária experimentou um tal ataque de urgência de escritor, uma tal necessidade — ah, não de fama, mas simplesmente de algum calor e atenções da parte do público leitor —, que resolveu simplesmente se abandonar, escrever um romance e publicá-lo a suas próprias custas.

Já no momento em que seu protagonista, Dolinin, com o coração pesado e cansado do mundo, ouviu o clarim de uma nova vida e (depois daquela quase fatal parada na chapelaria) acompanhou sua jovem companheira na noite de abril, o romance ganhara um título: *Lábios nos lábios*. Dolinin fez Irina mudar-se para seu apartamento, mas nada havia acontecido ainda em termos de fazer amor, porque ele queria que ela fosse para sua cama por vontade própria, exclamando:

Tome-me, tome minha pureza, tome meu tormento. Sua solidão é a minha solidão, e por longo ou curto que seja o seu amor, estou preparada para tudo, porque em torno de nós a primavera convoca à humanidade e ao bem, porque o céu e o firmamento irradiam divina beleza e porque eu te amo.

"Uma passagem poderosa", observou Euphratski. "Rumando para *terra firma*, eu diria. Muito poderosa."

"E não está chato?", perguntou Ilya Borisovitch Tal, olhando por cima dos óculos de aros de chifre. "Há? Me diga com franqueza."

"Suponho que ele vá deflorar a moça", refletiu Euphratski.

"*Mimo, chitatel', mimo!* (errado, leitor, errado!)", respondeu Ilya Borisovitch (interpretando errado Turgueniev). Ele sorriu um tanto presunçoso, deu uma boa sacudida para rearrumar o manuscrito, cruzou mais confortavelmente as pernas de coxas grossas e continuou a leitura.

Leu trecho a trecho seu romance para Euphratski, no ritmo da produção. Euphratski, que um dia tinha voado sobre ele por ocasião de um concerto de fundo beneficente, era um jornalista emigrado que "tinha um nome", ou melhor, uma dúzia de pseudônimos. Até então as relações de Ilya Borisovitch vinham dos círculos industriais alemães; agora ele frequentava reuniões, palestras, sessões de teatro amador de emigrados e aprendera a reconhecer alguns dos irmãos das *belles-lettres*. Tinha uma relação particularmente boa com Euphratski, e valorizava sua opinião como oriunda de um estilista, embora o estilo de Euphratski pertencesse ao tipo circunstancial que todos conhecemos. Ilya Borisovitch o convidava com frequência, tomavam conhaque e conversavam sobre literatura russa ou, mais exatamente, Ilya Borisovitch falava e seu convidado recolhia avidamente retalhos cômicos com os quais entretinha seus camaradas depois. Verdade que os gostos de Ilya Borisovitch tendiam para o pesado. Ele reconhecia o valor de Puchkin, claro, mas o conhecia mais por intermédio de duas ou três óperas, e no geral achava-o "olimpicamente sereno e incapaz de mexer com o leitor". Seu conhecimento de poesia mais recente limitava-se à sua lembrança de dois poemas, ambos com um tom político, "O mar", de Veynberg (1830-1908), e os versos famosos de Skitaletz (Stepan Petrov, nascido em 1868) em que "enforcado" rima com "engajado" (em uma trama revolucionária). Ilya Borisovitch gostava de caçoar sem maldade dos "decadentes"? Gostava, sim, mas é preciso observar que ele admitia francamente sua incompreensão da poesia. *Per contra*, gostava de discutir ficção russa: estimava Lugovoy (uma mediocridade regional dos anos 1900), apreciava Korolenko e considerava que Artsybashev corrompia os leitores jovens. Quanto a romances de escritores emigrados modernos ele dizia, com o gesto de russo para "mão vazia" aplicado a inutilidade, "Chato, chato!", o que lançava Euphratski numa espécie de transe arrebatador.

"Um escritor tem de ser expressivo", Ilya Borisovitch reiterava, "e compassivo, sensível, justo. Talvez eu seja uma pulga, um nada, mas tenho minhas convicções. Que ao menos uma palavra de meus escritos impregne o coração de um leitor". E Euphratski fixava os olhos de réptil em cima dele, saboreando previamente com torturante ternura a imitação de amanhã, a risada profunda de um, o guincho de ventríloquo de outro.

Chegou finalmente o dia em que a primeira versão do romance estava terminada. Ao convite do amigo de irem a um café, Ilya Borisovitch respondeu com um tom misterioso e pesado na voz: "Impossível. Estou aperfeiçoando minhas frases."

O aperfeiçoamento consistia em atacar a ocorrência muito frequente do adjetivo *molodaya*, "jovem" (gênero feminino), substituindo-o aqui e ali por "moça", *yunaya*, que ele pronunciava com uma provinciana consoante dobrada como se se escrevesse *yunnaya*.

Um dia depois. Entardecer. Café na Kurfürstendamm. Banco de veludo vermelho. Dois cavalheiros. Para o olhar casual: dois homens de negócios. Um: de aspecto respeitável, até um tanto majestoso, não fumante, com uma expressão de segurança e gentileza no rosto gordo; o outro: magro, sobrancelhas de besouro, com duas dobras teimosas descendo das narinas triangulares para os cantos da boca virados para baixo da qual se projetava obliquamente um cigarro ainda não aceso. A voz calma do primeiro homem: "Escrevi o final de um fôlego só. Ele morre, é, ele morre."

Silêncio. O banco vermelho é gostoso e macio. Do outro lado da janela panorâmica um bonde passa flutuando como um peixe brilhante num aquário.

Euphratski acendeu o isqueiro, soltou fumaça pelo nariz e disse: "Me diga, Ilya Borisovitch, por que não publicar em capítulos numa revista literária antes que ele saia em forma de livro?"

"Mas, olhe, eu não tenho contato com essa gente. Eles publicam sempre as mesmas pessoas."

"Bobagem. Eu tenho um plano. Deixe-me pensar um pouco."

"Eu ficaria feliz...", murmurou Tal, sonhador.

Alguns dias depois na sala de I. B. Tal no escritório. O desdobrar do plano.

"Mande seu negócio (Euphratski apertou os olhos e baixou a voz) para a *Arion*."

"*Arion*? O que é isso?", I. B. perguntou, tamborilando nervosamente no manuscrito.

"Nada muito assustador. É o nome da melhor revista emigrada. Você não conhece? Ai-ai-ai! O primeiro número saiu na última primavera, o segundo é esperado para o outono. Você devia acompanhar um pouco mais de perto a literatura, Ilya Borisovitch."

"Mas como fazer o contato com eles? É só mandar pelo correio?"

"Isso mesmo. Direto para o editor. Eles publicam em Paris. Ora, não me diga que nunca ouviu falar de Galatov."

O culpado Ilya Borisovitch encolheu os ombros gordos. Euphratski, com o rosto se contorcendo, explicou: um escritor, um mestre, uma nova forma de romance, construção intrincada, Galatov, o Joyce russo.

"*Djoys*", Ilya Borisovitch repetiu mansamente.

"Em primeiro lugar, mande datilografar", disse Euphratski. "E pelo amor de Deus procure conhecer a revista."

Ele se informou. Em uma das livrarias russas do exílio entregaram-lhe um grosso volume cor-de-rosa. Ele o comprou, pensando em voz alta, por assim dizer: "Experiência jovem. Deve ser estimulada."

"Acabou a experiência jovem", disse o livreiro. "Só saiu um número."

"Você não está por dentro", Ilya Borisovitch prosseguiu com um sorriso. "Eu sei com certeza que o próximo número sai no outono."

Ao voltar para casa, ele pegou um abridor de cartas de marfim e separou aplicadamente as páginas da revista. Dentro dela encontrou um artigo de prosa ininteligível de Galatov, dois ou três contos de autores vagamente familiares, um nevoeiro de poemas e um artigo extremamente capaz sobre problemas da indústria alemã assinado por Tigris.

Ah, nunca vão aceitar o romance, Ilya Borisovitch refletiu, angustiado. Eles são todos de um grupo.

Mesmo assim, localizou uma Madame Lubansky ("estenógrafa e datilógrafa") na coluna de anúncios de um jornal em língua russa e, tendo-a convocado a seu apartamento, começou a ditar com tremendo sentimento, fervendo de agitação, elevando a voz — e olhando de vez em quando a senhora para ver sua reação ao romance. O lápis na mão dela adejava, ela curvada sobre o bloco de anotações — uma mulher pequena, de cabelo escuro, com uma urticária na testa —, e Ilya Borisovitch caminhava em círculos por seu estúdio, e os círculos chegavam mais perto dela ao se aproximar desta ou daquela passagem espetacular. Perto do fim do primeiro capítulo, a sala vibrou com seus gritos.

"E toda sua vida de antanho pareceu-lhe um erro horrível", rugiu Ilya Borisovitch, e depois acrescentou com sua voz de escritório, normal: "Datilografe isso para amanhã, cinco cópias, margens largas, espero a senhora aqui à mesma hora."

Nessa noite, na cama, ele ficou pensando no que diria a Galatov quando mandasse o romance ("... à espera de sua rigorosa avaliação... minhas colaborações têm aparecido na Rússia e na América..."), e na manhã seguinte — tais são as encantadoras atenções do destino — Ilya Borisovitch recebeu esta carta de Paris:

Caro Boris Grigorievitch,
    Soube por um amigo comum que o senhor terminou uma nova obra. A junta editorial da Arion estaria interessada em vê-la, uma vez que gostaríamos de ter algo com "frescor" em nosso próximo número.
    Que estranho! Outro dia mesmo me vi relembrando suas elegantes miniaturas no Arauto de Kharkov!

"Sou lembrado, sou querido", Ilya Borisovitch pronunciou distraidamente. Em seguida ligou para Euphratski e, jogando-se de volta na poltrona, de lado — com a violência do triunfo —, a mão que segurava o telefone apoiada na mesa, enquanto descrevia um amplo gesto com a outra, e sorrindo para tudo, disse, devagar: "Bom, meu velho, bom, meu velho" — e, de repente, os vários objetos nítidos em cima da mesa começaram a tremer, se duplicar e dissolver numa úmida miragem. Ele piscou, tudo voltou a seu devido lugar, e a voz lânguida de Euphratski respondeu: "Ora, vamos! Irmãos escritores. Generosidade normal."

Cinco pilhas de papel ficavam cada vez maiores. Dolinin, que com uma coisa e outra ainda não havia possuído sua bela companheira, veio a descobrir que ela estava apaixonada por outro homem, um jovem pintor. Às vezes, I. B. ditava em seu escritório, e então as datilógrafas alemãs nas outras salas, ouvindo aquele rugido remoto, se perguntavam quem seria que estava recebendo uma bronca do patrão normalmente bem-humorado. Dolinin teve uma conversa franca com Irina, ela contou que nunca o deixaria, porque prezava muito sua bela alma solitária, mas, ai!, pertencia fisicamente a outro, e Dolinin curvou-se em silêncio. Por fim, veio o dia em que fez um testamento em favor dela, veio o dia em que se matou (com uma pistola Mauser), o dia em que Ilya Borisovitch, sorrindo bem-aventuradamente, perguntou a Madame Lubansky, que trouxera a parte final do manuscrito, quanto lhe devia e tentou pagar a mais.

Com arrebatamento, ele releu *Lábios nos lábios* e deu uma cópia a Euphratski para correções (certa editoração discreta já havia sido realizada por Madame Lubansky nos pontos em que omissões fortuitas comprometiam as notas estenográficas). Tudo o que Euphratski fez foi inserir em uma das primeiras linhas uma vírgula temperamental com lápis vermelho. Ilya Borisovitch transportou religiosamente essa vírgula para a cópia destinada à *Arion*, assinou o romance com um pseudônimo derivado de "Anna" (nome de sua falecida esposa), prendeu cada capítulo com um clipe, acrescentou uma longa carta, enfiou isso tudo dentro de um imenso envelope resistente, pesou-o, foi pessoalmente ao correio e mandou o romance por correspondência registrada.

Com o recibo guardado dentro da carteira, Ilya Borisovitch preparou-se para semanas e semanas de trêmula espera. A resposta de Galatov veio, porém, com miraculosa prontidão, no quinto dia.

Caro Ilya Grigorievitch,
    Os editores estão mais que extasiados com o material que nos mandou. Raras vezes tivemos ocasião de examinar páginas sobre as quais uma "alma humana" tenha sido tão claramente gravada. Seu romance comove o leitor com a expressão singular de um rosto, para citar Baratynski, o cantor dos penhascos finlandeses. Ele transpira "pungência e ternura". Algumas descrições, como por exemplo a do teatro, bem no início, concorrem com imagens análogas nas obras de nossos escritores clássicos e em certo sentido ganham a ascendência. Isso digo com plena consciência da "responsabilidade" decorrente de tal declaração. Seu romance haveria de ser um genuíno adorno para nossa revista.

Assim que Ilya Borisovitch recuperou um pouco a compostura, foi a pé até o Tiergarten, em vez de ir de condução até o escritório, e lá sentou num banco do parque, traçando arcos no chão marrom, pensando em sua mulher e imaginando como ela agora estaria alegre com ele. Depois de algum tempo, foi ver Euphratski. Este estava na cama, fumando. Analisaram juntos cada linha da carta. Quando chegaram à última, Ilya Borisovitch levantou os olhos mansamente e perguntou: "Diga, por que acha que ele usou 'haveria de ser' e não 'será'? Será que ele não entende que estou exultante de entregar a eles meu romance? Ou será simplesmente um recurso estilístico?"

"Acho que existe uma outra razão", respondeu Euphratski. "Sem dúvida se trata de esconder alguma coisa por puro orgulho. Na verdade, a revista está fechando. É, foi o que acabei de saber. O público emigrado consome, como você sabe, toda sorte de porcaria, e a *Arion* dirige-se ao leitor sofisticado. Bom, essa é a consequência."

"Eu também ouvi rumores", disse o muito perturbado Ilya Borisovitch, "mas achei que era uma mentira espalhada por concorrentes, ou mera bobagem. Será mesmo possível que nem um segundo número venha a sair? É um horror!".

"Eles não têm fundos. A revista é um empreendimento desinteressado, idealista. Essas publicações, ai de nós!, perecem."

"Mas como, como pode ser isso!", exclamou Ilya Borisovitch com um gesto russo de mão aberta em desamparado desespero. "Eles não aprovaram meu negócio, não querem publicar?"

"É, é uma pena", disse Euphratski calmamente. "A propósito, me diga...", e mudou de assunto.

Nessa noite, Ilya Borisovitch pensou com muito afinco, conferenciou com seu eu interior e na manhã seguinte telefonou a seu amigo para submeter a ele certas questões de natureza financeira. As respostas de Euphratski foram displicentes no tom, mas muito acuradas no sentido. Ilya Borisovitch ponderou um pouco mais e no dia seguinte fez a Euphratski uma proposta a ser apresentada à *Arion*. A oferta foi aceita e Ilya Borisovitch transferiu para Paris uma certa quantia de dinheiro. Em resposta, recebeu uma carta com expressão de profunda gratidão e um comunicado dizendo que o próximo número da *Arion* sairia dentro de um mês. Um pós-escrito continha um pedido cortês:

Permita que ponhamos "um romance de Ilya Annenski" e não, como sugeriu, "I. Annenski", para evi-

tar que haja alguma confusão com o "último cisne de Tsarskoe Selo", como o chamou Gumilyov.

Ilya Borisovitch respondeu:

Sim, claro, eu simplesmente não estava informado de que já existia um autor escrevendo com esse nome. Estou encantado por meu trabalho ser publicado. Por favor, tenha a bondade de me enviar cinco exemplares de sua revista assim que sair.

(Ele tinha em mente uma velha prima e dois ou três conhecidos de profissão. Seu filho não lia russo.)

Aqui começou a era em sua vida que os sábios denotam pelo termo "a propósito". Seja numa livraria russa, ou numa reunião da Amigos das Artes Expatriadas, ou simplesmente na calçada de uma rua de Berlim Ocidental, você era amigavelmente abordado ("Ah! Como vai?") por uma pessoa que conhece ligeiramente, um cavalheiro agradável, digno, usando óculos de aro de chifre e uma bengala, que podia puxar conversa casualmente sobre isto e aquilo, passar imperceptivelmente deste para aquele assunto de literatura e dizer de repente: "A propósito, veja o que Galatov escreveu para mim. É — Galatov. Galatov, o *Djoys* russo."

Você tira a carta e passa os olhos por ela:

... os editores estão mais que extasiados... nossos escritores... um genuíno adorno para nossa revista.

"Ele entendeu errado meu patronímico", acrescenta Ilya Borisovitch com um riso gentil. "Sabe como são os escritores: distraídos! A revista sai em setembro, o senhor vai ler minha pequena obra." E, recolocando a carta na carteira, ele se despede e sai depressa com um ar preocupado.

Fracassados literários, jornalistas picaretas, correspondentes especiais de publicações esquecidas o ridicularizaram com volúpia selvagem. Uivos assim são emitidos por delinquentes que torturam um gato; uma faísca assim brilha nos olhos de um sujeito que não é mais jovem, sexualmente infeliz, ao contar uma história particularmente suja. Naturalmente, caçoavam dele pelas costas, mas o faziam com o mais absoluto *sans-gêne*, desconsiderando a soberba acústica de cada local de conversa. Sendo, porém, tão surdo para o mundo como uma tetraz no acasalamento, ele provavelmente não registrou nenhum som disso tudo. Ele desabrochou, andava com sua bengala num passo novo, de romancista, começou a escrever ao filho em russo, com entrelinhas da tradução alemã da maioria das palavras. No escritório já se sabia que I. B. Tal não só era uma excelente pessoa, como também um *Schriftsteller*, e alguns de seus amigos de negócios confiavam a ele seus segredos amorosos como temas que poderia usar. Sentindo um certo vento cálido, começou a se aproximar dele, pela porta da frente ou pelos fundos, a variegada mendicância da emigração. Figuras públicas se dirigiam a ele com respeito. Não havia como negar o fato: Ilya Borisovitch estava efetivamente cercado de estima e de fama. Nem uma única festa no meio culto russo se passava sem que seu nome fosse mencionado. *Como* ele era mencionado, com *que* tipo de escárnio, pouco importa: o fato, não o modo como é contado, é o que importa, diz a verdadeira sabedoria.

No fim do mês, Ilya Borisovitch teve de sair da cidade numa tediosa viagem de negócios e assim perdeu os anúncios nos jornais em língua russa referente à iminente publicação da *Arion 2*. Quando voltou a Berlim, um grande pacote cúbico estava à sua espera na mesa do saguão. Sem tirar o casaco, ele abriu imediatamente o pacote. Volumes rosados, grossos, frescos. E, nas capas, ARION em letras vermelho-arroxeadas. Seis exemplares.

Ilya Borisovitch tentou abrir um; o livro estalou deliciosamente, mas se recusou a abrir. Cego, recém-nascido! Tentou de novo e vislumbrou versículos estranhos, estranhos. Passou a massa de páginas sem abrir da direita para a esquerda e caiu por acaso na página do sumário. Seu olho percorreu os nomes e títulos, mas *ele* não estava ali, *ele* não estava ali! O volume insistia em fechar, ele aplicou força e chegou ao fim da lista. Nada! Como podia ser isso, meu Deus? Impossível! Deve ter sido omitido da lista por acaso, essas coisas acontecem, acontecem! Estava em seu escritório, e pegando o abridor branco, enfiou-o na carne grossa e folheada do livro. Primeiro Galatov, claro, depois poesia, depois dois contos, depois poesia de novo, prosa outra vez e mais adiante nada além de trivialidades — resenhas, críticas e assim por diante. Ilya Borisovitch foi dominado subitamente por uma sensação de fadiga e inutilidade. Bem, nada se podia fazer. Talvez tivessem muito material. Vão publicar no próximo número. Ah, com certeza! Mas um novo período de espera... Bem, vamos esperar. Mecanicamente ele foi passando as páginas macias entre indicador e polegar. Papel de luxo. Bem, pelo menos ajudei em alguma coisa. Não se pode insistir em ser publicado no lugar de Galatov ou... E então, abruptamente, saltaram para fora, giraram e foram tropeçando, tropeçando, mãos nos quadris, numa dança russa, as palavras caras, de aquecer o coração: "... seu seio jovem, ainda malformado... violinos choravam... ambos os canhotinhos... a noite de primavera os recebeu com uma brisa aca..." e na página seguinte, tão inevitavelmente como a continuação de trilhos depois de um túnel: "riciante e apaixonada".

"Como eu não adivinhei de uma vez!", jaculou Ilya Borisovitch.

O título era "Prólogo para um romance". Estava assinado "A. Ilyin" e, entre parênteses, "Continua no próximo número". Um trecho pequeno, três páginas e meia, mas que *belo* trecho! Abertura. Elegante. "Ilyin" é melhor que "Annenski". Podia ter havido uma confusão mesmo que pusessem "Ilya Annenski". Mas por que "Prólogo" e não simplesmente: *Lábios nos lábios*, Capítulo Um? Ah, isso é bem pouco importante.

Ele releu o trecho três vezes. Depois deixou a revista de lado e caminhou pelo escritório, assobiando negligentemente, como se nada tivesse acontecido: bem, sim, ali está aquele livro — um livro ou outro —, quem se importa? E então correu até ele e releu a si mesmo oito vezes seguidas. Depois levantou os olhos "A. Ilyin, p. 205" na lista do sumário, encontrou a p. 205 e, saboreando cada palavra, releu seu "Prólogo". Ficou brincando assim por um bom tempo.

A revista tomou o lugar da carta. Ilya Borisovitch levava constantemente um exemplar da *Arion* debaixo do braço e, quando encontrava qualquer tipo de conhecido, abria o volume numa página que já estava acostumada a se apresentar. A *Arion* foi comentada nos jornais. O primeiro desses comentários não mencionava Ilyin. O segundo trazia: "O 'Prólogo para um romance' do sr. Ilyin deve sem dúvida ser algum tipo de piada." O terceiro observava apenas que Ilyin e um outro eram recém-chegados à revista. Finalmente, um quarto comentador (num periódico modesto e encantador publicado em algum lugar da Polônia) escreveu o seguinte: "O trabalho de Ilyin atrai pela sinceridade. O autor narra o nascimento do amor contra o pano de fundo da música. Entre as indubitáveis qualidades da obra, deve-se mencionar o bom estilo da narrativa." Uma nova era começou (depois do período do "a propósito" e do período de levar sempre a revista): Ilya Borisovitch tirava da carteira essa crítica.

Ele estava feliz. Comprou mais seis exemplares. Estava feliz. O silêncio era prontamente explicado como inércia, a detração como inimizade. Ele estava feliz. "Continua no próximo número." E então, um domingo, veio o telefonema de Euphratski: "Adivinhe quem quer falar com você?", perguntou ele. "Galatov! Ele vai ficar dois dias em Berlim. Vou passar o telefone."

Uma voz até então desconhecida assumiu. Uma voz tremulante, impetuosa, macia, narcótica. Foi marcada uma reunião.

"Amanhã às cinco em minha casa", disse Ilya Borisovitch, "pena que não possa ser esta noite!".

"Uma grande pena", retomou a voz tremulante, "mas sabe, vou ser arrastado por amigos para assistir *A pantera negra* — peça horrível —, mas há tanto tempo não vejo a querida Elena Dmitrievna".

Elena Dmitrievna Garina, uma bela atriz mais velha, que chegara de Riga para estrelar o repertório do teatro em língua russa de Berlim. Começava às oito e meia. Depois de um jantar solitário, Ilya Borisovitch de repente olhou o relógio, deu um sorriso matreiro e pegou um táxi para o teatro.

O "teatro" era, na verdade, um grande salão destinado a palestras, mais que a peças. A apresentação ainda não havia começado. Um cartaz amador mostrava Garina reclinada na pele de uma pantera morta por seu amante, que viria a atirar também nela mais adiante. O vestíbulo frio crepitava com a fala russa. Ilya Borisovitch confiou sua bengala, o chapéu-coco e o sobretudo às mãos de uma velha de preto, pagou por uma ficha numerada que pôs no bolso do colete e, esfregando calmamente as mãos, olhou em torno do saguão. Perto dele havia um grupo de três pessoas: um jovem repórter que Ilya Borisovitch conhecia ligeiramente, a esposa do jovem (uma mulher angulosa com um *lorgnette*) e um estranho num terno chamativo, de rosto pálido, barbicha preta, lindos olhos ovinos e uma corrente de ouro em torno do pulso peludo.

"Mas por quê, ah, por quê", dizia a mulher com vivacidade, "por que você publicou? Porque sabe..."

"Ora, pare de atacar o infeliz", replicou o interlocutor com uma iridescente voz de barítono. "Tudo bem, ele é uma irremediável mediocridade, posso garantir a você, mas evidentemente tínhamos razões para..."

Ele acrescentou alguma coisa em voz baixa e a dama, com um clique do *lorgnette*, respondeu com raiva: "Desculpe, mas na minha opinião, se você publica o trabalho dele só porque ele dá suporte financeiro..."

"*Doucement, doucement*. Não revele os nossos segredos editoriais."

Nesse momento, Ilya Borisovitch cruzou o olhar com o jovem repórter, marido da dama angulosa, e este último congelou por um minuto, depois, gemeu sobressaltado e passou a empurrar a mulher com o corpo todo, mas ela continuava falando no pico da voz: "Não me interessa esse coitado desse Ilyin, o que me preocupa é uma questão de princípios..."

"Às vezes, é preciso sacrificar os princípios", disse friamente o dândi com voz de opala.

Mas Ilya Borisovitch não estava mais ouvindo. Ele via as coisas através de uma névoa e num estado de total aflição, não se dando conta ainda totalmente do horror do acontecimento, mas batalhando instintivamente para se retirar o mais depressa possível de algo vergonhoso, odioso, intolerável, deslocou-se primeiro para um ponto vago onde estavam vendendo lugares vagos, mas repentinamente virou para trás, quase se chocou com Euphratski, que vinha depressa em sua direção, e foi para a chapelaria.

Velha de preto. Número 79. Ali embaixo. Estava com uma pressa desesperada, tinha já estendido o braço para trás, vestindo uma última manga do casaco, mas então Euphratski o alcançou, acompanhado pelo outro, o outro...

"Este é o nosso editor", disse Euphratski, enquanto Galatov, rolando os olhos e tentando não permitir que Ilya Borisovitch recuperasse a calma, segurava a manga num arremedo de ajuda e falava depressa: "Innokentiy Borisovitch, como vai você? Muito prazer em conhecê-lo. Adorável ocasião. Permita que eu ajude."

"Pelo amor de Deus, me deixe em paz", murmurou Ilya Borisovitch lutando com o casaco e com Galatov. "Saia daqui. Que nojo. Não consigo. É repulsivo."

"É um evidente mal-entendido", Galatov exclamou a toda pressa.

"Me deixe em paz", gritou Ilya Borisovitch, libertou-se com um safanão, recolheu o chapéu-coco do balcão e saiu, ainda vestindo o casaco.

Ia sussurrando incoerentemente ao marchar pela calçada; depois abriu as mãos: tinha esquecido a bengala!

Automaticamente continuou a caminhar, mas então com um pequeno tropeço parou, como se a corda tivesse acabado.

Voltaria para pegá-la quando a sessão começasse. Tinha de esperar alguns minutos.

Carros passavam, bondes tocavam suas sinetas, a noite estava clara, seca, engalanada de luzes. Ele começou a voltar devagar para o teatro. Refletiu que estava velho, solitário, que suas alegrias eram poucas, e que velhos têm de pagar por suas alegrias. Refletiu que talvez mesmo esta noite, e de qualquer forma, amanhã, Galatov viria com explicações, exortações, justificativas. Ele sabia que tinha de perdoar tudo, senão o "Continua no próximo número" não se materializaria. E disse a si mesmo também que seria plenamente reconhecido após sua morte, e relembrou, recolheu num montículo, todas as migalhas de elogios que recebera ultimamente, e caminhou devagar para lá e para cá, até que depois de um momento voltou para pegar a bengala.

Erva armoles

A sala mais vasta da mansão deles em São Petersburgo era a biblioteca. Ali, antes de ir de carro à escola, Peter lançava uma olhada para dar bom dia ao pai. Crepitações de metal e raspar de solas: toda manhã seu pai praticava esgrima com Monsieur Mascara, um idoso e diminuto francês feito de guta-percha e cerdas pretas. Aos domingos, Mascara vinha ensinar a Peter ginástica e pugilismo — e normalmente interrompia a lição por causa da dispepsia: através de passagens secretas, através de cânions de estantes, através de profundos corredores escuros, ele se retirava por meia hora a um dos banheiros do primeiro andar. Peter, os pulsos magros e quentes enfiados em imensas luvas de boxe, esperava, estendido numa poltrona de couro, ouvindo o leve zunir do silêncio e piscando para afastar a sonolência. A luz da lâmpada, que nas manhãs de inverno parecia sempre de uma fosca tonalidade parda, brilhava no linóleo com breu, nas estantes que cobriam as paredes, nas lombadas indefesas dos livros ali amontoados em apertadas fileiras, e na forca negra do saco de bater em forma de pera. Fora das janelas de vidro espelhado, a neve macia e lenta continuava caindo densamente com uma espécie de graça estéril e monótona.

Na escola, recentemente, o professor de geografia, Berezovski (autor de um folheto "Chao-San, a terra da manhã: a Coreia e os coreanos, com treze ilustrações e um mapa"), cofiando a barbicha escura, informara à classe toda, inesperada e inoportunamente, que Mascara estava dando a Peter e a ele lições particulares de boxe. Todo mundo olhou para Peter. A vergonha fez Peter ficar com o rosto muito vermelho e mesmo um tanto inchado. No intervalo seguinte, Shchukin, seu colega mais forte, mais bruto e mais atrasado, foi a seu encontro e disse, com um sorriso: "Vamos lá, mostre aí o seu boxe." "Me deixe em paz", Peter replicou delicadamente. Shchukin deu um grunhido nasal e socou Peter no baixo-ventre. Peter ressentiu-se disso. Com um direto de esquerda, como ensinara

Monsieur Mascara, ele fez sangrar o nariz de Shchukin. Uma pausa perplexa, manchas vermelhas num lenço. Recuperado do susto, Shchukin caiu em cima de Peter e começou a espancá-lo. Embora todo o seu corpo doesse, Peter ficou satisfeito. O nariz de Shchukin continuou sangrando durante toda a aula de história natural, parou em adição, escorreu de novo em estudos sacros. Peter observava com calado interesse.

Nesse inverno, a mãe de Peter levou Mara a Mentone. Mara tinha certeza de que estava morrendo de tuberculose. A ausência da irmã, uma moça bastante impositiva com uma língua cáustica, não desagradou a Peter, mas ele não conseguia superar a ausência da mãe; sentia terrivelmente sua falta, principalmente à noite. Ele nunca via muito o pai. Seu pai estava ocupado num lugar conhecido como Parlamento (onde alguns anos antes o teto havia desabado). Havia também algo chamado Partido Kadet, que não tinha nada a ver nem com cadetes, nem com festas.* Muitas vezes, Peter tinha de jantar separado no andar de cima, com Miss Sheldon — que tinha cabelo preto e olhos azuis e usava uma gravata de tricô com listras transversais sobre a blusa volumosa —, enquanto no andar de baixo, perto dos cabides monstruosamente inchados, cinquenta pares de galochas se acumulavam; e, se ele passava do vestíbulo para a sala lateral com seu divã turco coberto de seda, podia ouvir de repente — quando em algum lugar a distância um criado abria uma porta — um rumor cacofônico, um tumulto zoológico, e a voz remota, mas clara, de seu pai.

Numa manhã tristonha de novembro, Dmitri Korff, que sentava na mesma carteira de Peter na escola, tirou de sua mochila malhada e entregou a ele uma revista satírica barata. Em uma das primeiras páginas havia um cartum, com a cor verde predominante, mostrando o pai de Peter e acompanhado por um versinho. Passando os olhos pelas linhas, Peter captou um fragmento do meio:

V syom stolknovenii neschastnom
Kak dzentelmen on predlagal
Revolver, sablyu il' kinzhal.

---

* Kadet Party. *Party* tem o sentido de "partido", "agremiação política" e também de "festa", "comemoração". (N.T.)

(Nessa briga desafortunada
Como cavalheiro ele propôs
Revólver, adaga ou espada...)

"É verdade?", Dmitri perguntou num sussurro (a aula tinha acabado de começar). "Como assim, verdade?", Peter sussurrou de volta. "Quietos, vocês dois", interrompeu Aleksey Matveich, o professor de russo, um homem que parecia um mujique, com uma limitação na fala, pelos indefinidos e despenteados acima do lábio retorcido e pernas famosas em calças excêntricas: quando ele andava, seus pés se atrapalhavam — ele colocava o direito onde o esquerdo devia ter pisado e vice-versa —, mas mesmo assim seu passo era extremamente rápido. Ele agora estava sentado à mesa e folheava seu caderninho; seus olhos no momento focalizavam uma carteira distante, atrás da qual, como uma árvore produzida pelo olhar de um faquir, Shchukin estava se levantando.

"Como assim, verdade?", Peter repetiu baixinho, segurando a revista no colo e olhando de lado para Dmitri. Dmitri chegou um pouco mais perto dele. Enquanto isso, Shchukin, cabelo raspado, usando camisa russa de sarja preta, estava começando pela terceira vez, com uma espécie de empenho inútil: "*Mumu...* a história de Turgueniev, *Mumu...*" "Esse trecho sobre seu pai", Dmitri respondeu em voz baixa. Aleksey Matveich bateu a *Zhivoe Slovo* (uma antologia escolar) na mesa com tamanha violência que uma pena de escrever voou e se cravou no chão. "O que está acontecendo aí?... O que é isso... esses cochichos?", disse o professor, cuspindo as palavras sibilantes incoerentemente: "De pé, de pé... Korff, Shishkov... O que estão fazendo aí?" Ele avançou e agilmente se apossou da revista. "Então, estão lendo obscenidades... sentem, sentem... obscenidades." O butim ele guardou em sua pasta.

Em seguida, Peter foi chamado ao quadro-negro. Recebeu ordem de escrever o primeiro verso do poema que devia ter aprendido de cor. Ele escreveu:

... uzkoyu mezhoy
Porosshey kashkoyu... ili bedoy...

(... ao longo de uma margem estreita coberta
de trevos... ou de dor...)

Então veio um grito tão desafinado que Peter derrubou o pedaço de giz:
"O que é isso que está rabiscando? Por que *bedoy*, quando é *levedoy*, armoles, uma planta trepadeira? Onde está com a cabeça? Volte para seu lugar!"
"Bom, é verdade?", Dmitri perguntou sussurrando num momento bem calculado. Peter fingiu não ouvir. Não conseguia deter o tremor que percorria seu corpo; seus ouvidos continuavam ecoando o verso sobre o "revólver, a adaga ou a espada"; ele ficava vendo na sua frente a caricatura verde de ângulos agudos de seu pai, com o verde saindo para fora do contorno num lugar e sem atingi-lo no outro — uma negligência da impressão colorida. Bem recentemente, antes da vinda à escola, aquela crepitação de aço, aquele raspar de solas... seu pai e o mestre de esgrima, ambos usando protetores de peito acolchoados e máscaras de tela de arame... Era tudo tão habitual — os gritos uvulares do francês, *rompez, battez!*, os movimentos robustos de seu pai, o meneio e o tilintar dos floretes... Uma pausa: ofegante e sorridente, ele tirou a máscara convexa do rosto molhado e vermelho.

A aula terminara. Aleksey Matveich levou a revista. Branco como giz, Peter ficou sentado onde estava, levantando e abaixando a tampa da carteira. Seus colegas, com curiosidade deferente, reuniram-se em torno dele, insistindo por detalhes. Ele não sabia de nada e tentou descobrir alguma coisa da chuva de perguntas. O que ele conseguiu concluir foi que Tumanski, um colega do Parlamento, havia manchado a honra de seu pai e seu pai o desafiara a um duelo.

Duas aulas mais se arrastaram, depois veio o intervalo principal, com guerras de bolas de neve no pátio. Sem nenhuma razão especial, Peter começou a rechear de terra gelada suas bolas de neve, algo que nunca tinha feito antes. Durante a aula seguinte, Nussbaum, o professor de alemão, perdeu a calma e gritou com Shchukin (que estava sem sorte esse dia), e Peter sentiu um espasmo na garganta e pediu para ir ao banheiro — para não cair em prantos em público. Lá, em solitária suspensão perto da pia, estava a toalha inacreditavelmente suja, inacreditavelmente viscosa — mais exatamente um cadáver de toalha, que tinha passado por muitas mãos molhadas amassando-a apressadas. Durante um minuto, Peter ficou olhando para si mesmo no espelho — o melhor método de impedir que o rosto se dissolvesse numa careta de choro.

Ele se perguntou se não deveria voltar para casa antes das três, o horário regulamentar, mas espantou esse pensamento. Autocontrole, o lema é autocontrole! A tempestade na classe havia passado. Shchukin, de orelhas escarlates, mas absolutamente calmo, estava de volta a seu lugar, sentado ali com os braços cruzados.

Mais uma aula — e depois o sino final, que com sua ênfase áspera e prolongada diferia daqueles que marcavam as aulas anteriores. Galochas forradas, casaco de pele curto, *shapska* com protetores de orelhas foram vestidos depressa, e Peter atravessou o pátio correndo, penetrou na saída em túnel e saltou a barreira contra cachorros do portão. Não tinham mandado nenhum automóvel para buscá-lo, então teve de tomar o trenó de aluguel. O cocheiro, de quadril estreito, costas retas, sentado ligeiramente de lado no banco baixo, tinha um jeito excêntrico de fazer o cavalo andar: ele fingia tirar o chicote do cano alto de sua bota, ou então sua mão ensaiava uma espécie de aceno dirigido a ninguém em particular, e então o trenó se punha em movimento, fazendo o estojo de lápis de Peter chacoalhar na mochila; era tudo devidamente opressivo, aumentando sua ansiedade, e flocos de neve gigantescos, de formas irregulares, modelados às pressas, caíam sobre o velho cobertor do trenó.

Em casa, desde a partida de sua mãe e irmã, as tardes eram sossegadas. Peter subia a escada larga, pouco íngreme, onde, no segundo patamar, havia uma mesa de malaquita verde com um recipiente para cartões de visita, vigiado por uma réplica da Vênus de Milo que seus primos uma vez tinham vestido com um casaco de veludo e um chapéu com cerejas falsas, com os quais ela ficou parecendo Praskovia Stepanovna, a viúva empobrecida que vinha visitá-los todo dia primeiro. Peter chegou ao andar superior e chamou o nome de sua governanta. Mas Miss Sheldon tinha uma convidada para o chá, a governanta inglesa dos Veretennikov. Miss Sheldon mandou Peter preparar suas tarefas de escola para a manhã seguinte. Sem esquecer primeiro de lavar as mãos e tomar um copo de leite.

A porta dela se fechou. Peter, sentindo-se sufocado por uma horrível angústia algodoada, ficou um pouco no quarto da infância, depois desceu para o segundo andar e espiou dentro do escritório do pai. O silêncio ali era insuportável. Então um som delicado o rompeu — a queda de uma pétala curva de crisântemo. Na monumental escrivaninha os objetos familiares, brilhando discretamente, estavam fixados num arranjo cosmicamente ordenado, como planetas: fotografias de tamanho postal, um ovo de mármore, um majestoso tinteiro.

Peter passou ao quarto da mãe, e dali para a sacada envidraçada, onde ficou um bom tempo olhando por uma vidraça alongada. Era quase noite naquela hora, naquela latitude. Em torno dos globos de luz de tonalidade lilás os flocos de neve flutuavam. Abaixo, os contornos negros de trenós com as silhuetas curvadas dos passageiros passavam preguiçosos. Talvez amanhã de manhã? Acontece sempre de manhã, muito cedo.

Ele desceu ao primeiro andar. Um deserto silencioso. Na biblioteca, com pressa nervosa, ele acendeu a luz e sombras negras afastaram-se. Acomodando-se num canto perto de uma das estantes, ele tentou ocupar sua mente com o exame dos imensos volumes encadernados da *Zhivopisnoe obozrenie* (uma contrapartida russa a *The Graphic*): beleza masculina depende de uma barba esplêndida e de um suntuoso bigode. Desde menina sofri com cravos. Acordeão para concertos "Prazer", com vinte vozes e dez válvulas. Um grupo de sacerdotes e uma igreja de madeira. Uma pintura com a legenda "Estrangeiros": cavalheiro cabisbaixo em sua escrivaninha, dama com um boá crespo parada a certa distância no ato de calçar luvas na mão de dedos largos. Já olhei esse volume. Ele pegou outro e se confrontou instantaneamente com a imagem de um duelo entre dois espadachins italianos: um mergulha loucamente, o outro desvia do golpe e perfura a garganta do oponente. Peter fechou sonoramente o pesado volume e se imobilizou, apertando as têmporas como um adulto. Tudo era assustador — o silêncio, as estantes imóveis, os halteres brilhantes em cima da mesa de carvalho, as caixas pretas das fichas catalográficas. Com a cabeça baixa ele percorreu correndo como o vento as salas escuras. De volta ao quarto infantil, deitou-se no sofá e ficou ali até Miss Sheldon se lembrar de sua existência. Da escadaria veio o som do gongo do jantar.

Quando Peter estava descendo, seu pai saiu do escritório acompanhado pelo coronel Rozen, que um dia fora noivo da irmã mais nova de seu pai havia muito falecida. Peter não ousou olhar para o pai e quando a palma deste, emitindo calor familiar, tocou a lateral da cabeça do filho, Peter ficou tão vermelho que quase chorou. Era impossível, insuportável, pensar que aquele homem, a melhor pessoa do mundo, ia duelar com algum obscuro *Enigmanski*. Usando qual arma? Revólver? Espada? Por que ninguém fala disso? Os criados sabem? A governanta? A mãe em Mentone? À mesa, o coronel brincou como sempre, abruptamente, brevemente, como se quebrasse nozes, mas essa noite Peter em vez de rir ficou vermelho de vergonha, coisa que tentou esconder derrubando deliberadamente o guardanapo para poder se recuperar calmamente debaixo da mesa e retomar sua cor normal, mas ele se levantava ainda mais vermelho que antes e o pai erguia as sobrancelhas — e alegremente, sem pressa, com característica uniformidade realizava os ritos de jantar, de cuidadosamente sorver o vinho de uma taça dourada baixa com uma alça. O coronel Rozen continuou fazendo piadas. Miss Sheldon, que não falava russo, manteve silêncio, empinando severamente o peito; e toda vez que Peter curvava as costas ela lhe dava um dolorido cutucão debaixo da escápula. A sobremesa foi *parfait* de pistache, que ele abominava.

Depois do jantar, seu pai e o coronel subiram para o escritório. Peter estava tão estranho que o pai perguntou: "O que aconteceu? Por que você está amuado?" E miraculosamente, Peter conseguiu responder distintamente: "Não, não estou amuado." Miss Sheldon o levou para a cama. Assim que a luz se apagou, ele afundou o rosto no travesseiro. Onegin deixou cair a capa, Lenski se estatelou nas tábuas como um saco negro. Dava para ver a ponta da espada saindo atrás do pescoço do italiano. Mascara gostava de contar do *rencontre* que tivera na juventude: meio centímetro mais baixo e o fígado teria sido perfurado. A lição de casa para amanhã não foi feita, o escuro do quarto é total, ele tem de levantar cedo, muito cedo, melhor não fechar os olhos senão vou dormir demais — a coisa com certeza está marcada para amanhã. Ah, vou faltar à escola, vou faltar, vou dizer... dor de garganta. Minha mãe só volta no Natal. Mentone, cartões--postais azuis. Tenho de guardar o último no meu álbum. Um canto já está para dentro, o outro...

Peter acordou como sempre, por volta das oito, como sempre ouviu um som de tilintar: era o criado responsável pelos aquecedores, ele tinha aberto um abafador. Com o cabelo ainda molhado do banho apressado, Peter desceu e encontrou seu pai lutando boxe com Mascara como se fosse um dia comum. "Dor de garganta?", ele disse, repetindo Peter. "É, uma sensação de raspar", disse Peter, falando baixo. "Veja bem, está dizendo a verdade?" Peter sentiu que qualquer outra explicação era perigosa: a comporta estava a ponto de explodir, liberando uma torrente infeliz. Virou-se silenciosamente e no momento estava sentado na limusine com a mochila no colo. Sentia-se enjoado. Era tudo horrível e irremediável.

De uma forma ou de outra, conseguiu se atrasar para a primeira aula e ficou um longo tempo de pé atrás da porta envernizada da sala com o braço levantado, mas não recebeu permissão para entrar e saiu vagando pelo corredor, depois sentou-se no peitoril de uma janela com a vaga ideia de fazer suas tarefas, mas não foi além de:

... com trevos e armole trepadeira

e pela milésima vez começou a imaginar como tudo ia acontecer — na neblina de um amanhecer nevado. O que poderia fazer para descobrir a data marcada? Como poderia descobrir os detalhes? Se estivesse na última série — não, mesmo na penúltima —, ele poderia ter sugerido: "Deixe eu tomar seu lugar."

Por fim o sinal tocou. Uma multidão barulhenta encheu o pátio do recreio. Ele ouviu a voz de Dmitri Korff em súbita proximidade: "Bom, está contente? Está contente?" Peter olhou para ele tonto de perplexidade. "Andrey tem um jornal lá embaixo", Dmitri disse, excitado. "Venha, dá tempo certinho, você vai ver... Mas o que foi? Se eu fosse você..."

No vestíbulo, em seu banquinho, Andrey, o velho porteiro, estava sentado, lendo. Ele levantou os olhos e sorriu. "Está tudo aqui, tudo escrito aqui", disse Dmitri. Peter pegou o jornal e focalizou o borrão trêmulo: "Ontem no começo da tarde, na ilha Krestovski, G. D. Shishkov e o conde A. S. Tumanski disputaram um duelo, que, felizmente, não resultou em derramamento de sangue. O conde

Tumanski, que atirou primeiro, errou, diante do que seu oponente disparou seu revólver no ar. Os padrinhos foram..."

E então a comporta se abriu. O porteiro e Dmitri Korff tentaram acalmá-lo, mas ele os empurrava, sacudido por espasmos, o rosto escondido, não conseguia respirar, nunca antes conhecera tais lágrimas, não contem para ninguém, por favor, eu simplesmente não estou muito bem, estou com esta dor — e novamente um tumulto de soluços.

Música

O hall de entrada transbordava de casacos de ambos os sexos; da sala de estar vinha uma rápida sucessão de notas de piano. O reflexo de Victor no espelho do hall ajeitou o nó da gravata refletida. Com um esforço para alcançar o alto, a criada pendurou seu sobretudo, mas ele se soltou, derrubando outros com ele, e ela teve de começar tudo de novo.

Já andando na ponta dos pés, Victor chegou à sala, quando a música começou mais forte e viril. Ao piano, Wolf, um raro convidado à casa. Os outros — umas trinta pessoas no total — estavam ouvindo numa variedade de atitudes, alguns com o queixo apoiado na mão, outros soprando fumaça de cigarro para o teto, e a luz incerta emprestava uma vaga qualidade pitoresca à sua imobilidade. De longe, a dona da casa, com um sorriso eloquente, indicou a Victor um lugar desocupado, uma poltroninha com encosto em forma de laço quase à sombra do piano de cauda. Ele respondeu com gestos retraídos — tudo bem, tudo bem, posso ficar de pé; porém começou a ir na direção sugerida, sentou-se cuidadosamente e cuidadosamente cruzou os braços. A esposa do pianista, com a boca semiaberta, os olhos piscando depressa, estava para virar a página; e a virou. Uma floresta negra de notas ascendentes, uma ladeira, um espaço vazio, depois um grupo isolado de pequenos trapezistas em voo. Wolf tinha cílios longos, loiros; as orelhas translúcidas eram de um delicado tom carmesim; ele tocava as teclas com extraordinária velocidade e vigor, e, nas profundezas da tampa aberta do instrumento, os duplos de suas mãos estavam ocupados numa mímica fantasmagórica, intricada, até um tanto cômica.

Para Victor, qualquer música que não conhecesse — e tudo o que ele conhecia era uma dúzia de melodias convencionais — podia ser comparada ao som de uma conversa em língua estranha: em vão tentamos definir ao menos os limites das palavras, mas tudo desliza e se funde, de forma que o ouvido perturbado começa a sentir tédio. Victor tentou se concentrar em ouvir, mas logo se viu observando as mãos de Wolf e seus reflexos espectrais. Quando os sons se transformaram em um trovão insistente, o pescoço do executante começou a inchar, os dedos espalmados ficaram tensos e ele emitiu um tênue grunhido. A certo momento, a esposa passou à sua frente; ele reteve a página com um tapa instantâneo com a palma esquerda aberta, depois com incrível velocidade ele próprio virou-a, e já ambas as mãos estavam amassando ferozmente o dócil teclado outra vez. Victor fez um estudo detalhado do homem: nariz de ponta fina, pálpebras salientes, uma cicatriz de furúnculo no pescoço, cabelo parecendo uma penugem loira, paletó preto com corte de ombros largos. Por um momento, Victor tentou prestar atenção na música de novo, mas mal a focalizara e sua atenção se dissolveu. Lentamente desviou os olhos, pescando a cigarreira, e começou a examinar os outros convidados. Entre os rostos estranhos, descobriu alguns conhecidos: o bom e gordo Kocharovsky ali — será que devo acenar com a cabeça? Cumprimentou, mas errou o alvo: foi um outro conhecido, Shmakov, quem retribuiu o aceno: ouvi dizer que ele está se mudando de Berlim para Paris — tenho de perguntar para ele. Num divã, ladeada por duas damas mais velhas, a corpulenta, ruiva Anna Samoylovna, meio reclinada, com os olhos fechados, enquanto seu marido, um especialista em garganta, estava sentado com o cotovelo apoiado no braço da poltrona. Que objeto brilhante é aquele que ele gira com os dedos na mão livre? Ah, sim, um *pince--nez* numa fita tchekoviana. Mais adiante, um ombro na sombra, um homem corcunda, barbudo, conhecido como amante da música, ouvia intensamente, um indicador esticado contra a têmpora. Victor não conseguia lembrar seu nome e patronímico. Boris? Não, não era isso. Borisovitch? Isso também não. Mais rostos. Será que os Haruzin estão aqui? Estão, sim, ali mesmo. Sem olhar para o meu lado. E no instante seguinte, imediatamente atrás deles, Victor viu sua ex-esposa.

No mesmo momento ele baixou os olhos, batendo automaticamente o cigarro para soltar a cinza que ainda não tivera tempo de se formar. De algum lugar lá no fundo, seu coração subiu como um punho para lhe dar um direto no queixo, recuou, atacou de novo, depois entrou numa rápida e desordenada pulsação, contradizendo a música e a sufocando. Sem saber para onde olhar, ele deu uma espiada no pianista, mas não ouviu nenhum som: Wolf parecia estar batendo num teclado silencioso. Victor sentiu o peito tão apertado que teve de se endireitar e respirar fundo; depois, voltando depressa de muito longe, puxando o ar, a música voltou à vida, e seu coração voltou a bater num ritmo mais regular.

Tinham se separado dois anos antes, em outra cidade, onde o mar rugia à noite, e onde haviam morado desde o casamento. Com os olhos ainda baixos, ele tentou evitar o trovejar e o turbilhão do passado com ideias triviais: por exemplo, que ela devia tê-lo observado momentos antes quando, com passos longos, silenciosos, oscilantes, ele havia atravessado na ponta dos pés a sala inteira para chegar à sua poltrona. Era como se alguém o tivesse surpreendido sem roupa ou envolvido em alguma ocupação idiota; e ao lembrar como em sua inocência ele havia deslizado e sentado sob seu olhar (hostil? irônico? curioso?), ele se interrompeu para considerar se sua anfitriã ou alguma outra pessoa na sala poderia estar ciente da situação, e como ela teria chegado ali, e se havia vindo sozinha ou com o novo marido, e o que ele, Victor, deveria fazer: ficar onde estava e olhar na direção dela? Não, olhar ainda era impossível; primeiro ele tinha de se acostumar com sua presença naquela sala grande, mas opressiva — porque a música os cercara e se transformara para eles numa espécie de prisão, onde estavam ambos condenados a permanecer cativos até o pianista parar de construir e sustentar as suas cúpulas de som.

O que ele tivera tempo de observar naquele breve olhar de reconhecimento um momento atrás? Tão pouco: os olhos dela velados, o rosto pálido, um cacho de cabelo preto e, como um vago traço secundário, contas ou alguma coisa em torno do pescoço! Tão pouco! No entanto, esse esboço descuidado, essa imagem semiterminada já *era* sua esposa, e sua momentânea mistura de luz e sombra já formava uma entidade única que levava o seu nome.

Tudo parecia ter acontecido há tanto tempo! Ele havia se apaixonado loucamente por ela numa noite abafada, sob um céu desmaiado, no terraço de um pavilhão do clube de tênis e, um mês depois, na noite de seu casamento, chovera tanto que não dava para ouvir o mar. Que felicidade tinha sido. Felicidade: que palavra úmida, acariciante e aquosa, tão viva, tão mansa, sorrindo e chorando por si mesma. E na manhã seguinte: aquelas folhas brilhantes no jardim, aquele mar quase sem ruído, aquele mar lânguido, leitoso, prateado.

Era preciso fazer alguma coisa com o toco do cigarro. Ele virou a cabeça e mais uma vez seu coração deu um salto. Alguém tinha se mexido, bloqueando quase totalmente sua visão dela, e estava tirando um lenço branco como a morte; mas agora o cotovelo do estranho ia se deslocar e ela reapareceria, sim, dentro de um momento ela reapareceria. Não, não suporto olhar. Há um cinzeiro no piano.

A barreira de sons continuava intensa e impenetrável. As mãos espectrais nas profundezas laqueadas continuavam com as mesmas contorções. "Vamos ser felizes para sempre" — quanta melodia nessa frase, que tremeluzir! Ela era toda aveludada, dava vontade de carregá-la como se carrega um filhote com as pernas dobradas. Abraçá-la e dobrá-la. E depois? O que se podia fazer para possuí-la completamente? Amar seu fígado, seus rins, suas células sanguíneas. A isso ela respondia: "Não seja nojento." Não viveram nem na riqueza nem na pobreza, e foram nadar no mar quase o ano todo. As águas-vivas, jogadas na praia de cascalho, tremiam ao vento. As escarpas da Crimeia cintilavam no borrifo. Uma vez, viram pescadores carregando o corpo de um homem afogado; seus pés descalços aparecendo debaixo do lençol pareciam surpresos. À noite, ela costumava fazer chocolate.

Ele olhou de novo. Ela agora estava sentada de olhos baixos, pernas cruzadas, queixo apoiado nos nós dos dedos: era muito musical, Wolf devia estar tocando alguma coisa famosa, bonita. Não vou conseguir dormir várias noites, Victor pensou, enquanto contemplava seu pescoço branco e o ângulo suave do joelho. Ela estava usando um vestido preto muito fino, desconhecido para ele, e o colar ficava captando a luz. Não, não vou conseguir dormir, e vou ter de parar de vir aqui. Foi tudo em vão: dois anos de esforço e batalha, minha paz de espírito quase recuperada — agora tenho de começar tudo outra vez, tentar esquecer tudo, tudo o que tinha já sido quase esquecido, mais esta noite ainda por cima. De repente, pareceu-lhe que ela estava olhando furtivamente para ele, e ele desviou os olhos.

A música devia estar chegando ao final. Quando eles vêm, aqueles acordes tormentosos, ofegantes, geralmente quer dizer que o fim está próximo. Outra palavra intrigante, *fim*... Cindir, iminente... Trovão cindindo o céu, nuvens de poeira de término iminente. Com a chegada da primavera, ela se tornou estranhamente indiferente. Falava quase sem mexer os lábios. Ele perguntava: "Qual é o problema com você?" "Nada. Nada especial." Às vezes, ela o fitava com olhos entrecerrados e expressão enigmática. "Qual *é* o problema?" "Nada." À noite, ela estava como morta. Não se podia fazer nada com ela pois, apesar de ser uma mulher pequena, esbelta, ficava pesada e rígida, como se fosse feita de pedra. "Não vai mesmo me dizer qual é o problema com você?" Assim foi durante mais de um mês. Então, uma manhã — sim, na manhã de seu aniversário — ela disse simplesmente, como se estivesse falando uma coisa sem importância: "Vamos nos separar por algum tempo. Não podemos continuar assim." A filhinha dos vizinhos irrompeu no quarto para mostrar a ela seu gatinho (único sobrevivente de uma ninhada que tinham afogado). "Vá embora, vá embora, depois." A menininha saiu. Fez-se um longo silêncio. Depois de algum tempo, lentamente, silenciosamente, ele começou a torcer os pulsos dela — queria quebrá-la toda, deslocar todas as suas juntas com altos estalos. Ela começou a chorar. Então ele se sentou à mesa e fingiu ler o jornal. Ela saiu para o jardim, mas logo voltou. "Não consigo calar mais. Tenho de contar tudo para você." E com uma estranha perplexidade, como se estivesse falando de outra mulher, e atônita com ela, e convidando-o a participar de sua perplexidade, ela contou, contou tudo. O homem em questão era um sujeito forte, modesto e reservado; vinha sempre para um jogo de *whist* e gostava de falar sobre poços artesianos. A primeira vez tinha sido no parque, depois na casa dele.

 O resto era tudo muito vago. Eu caminhei na praia até o anoitecer. É, a música parece estar mesmo terminando. Quando lhe dei uma bofetada no rosto no cais, ele disse: "Vai pagar caro por isso", pegou o boné do chão e foi embora. Eu não me despedi dela. Que bobagem teria sido pensar em matá-la. Continue vivendo, vivendo. Vivendo como você está viva agora; como está sentada agora, fique sentada assim para sempre. Venha, olhe para mim, eu imploro, por favor, por favor, olhe. Eu perdoo tudo, porque algum dia todos teremos de morrer e então saberemos tudo, e tudo será perdoado — então por que deixar para depois? Olhe para mim, olhe para mim, volte os seus olhos, os *meus* olhos, meus olhos queridos. Não. Terminou.

O último acorde pesado, de muitas garras... mais um e fôlego suficiente apenas para mais um, depois esse acorde conclusivo, com o qual a música parecia ter rendido inteiramente sua alma, o intérprete fez pontaria e, com precisão felina, tocou uma simples notazinha isolada, dourada. A barreira musical se dissolveu. Aplauso. Wolf disse: "A última vez que toquei isto foi há muito tempo." A esposa de Wolf disse: "A última vez que meu marido tocou essa peça, sabe?, foi há muito tempo." Avançando sobre ele, a sufocá-lo, a amassá-lo com sua pança, o especialista em garganta disse a Wolf: "Maravilhoso! Eu sempre afirmei que essa é a melhor coisa que ele escreveu. Acho que perto do final você modernizou um pouco demais o colorido sonoro. Não sei se me faço entender, mas, sabe..."

Victor estava olhando na direção da porta. Ali, uma dama de cabelo escuro e constituição delicada, com um sorriso desamparado, estava se despedindo da anfitriã, que continuava exclamando, surpresa: "Não quero nem ouvir falar disso, vamos tomar chá agora, e depois vamos ouvir um cantor." Mas ela continuou a sorrir desamparada e foi para a porta, e Victor se deu conta de que a música, que antes tinha parecido um estreito calabouço onde, acorrentados juntos pelos sons retumbantes, tinham sido levados a sentar frente a frente a uns seis metros de distância, na verdade havia sido uma felicidade inacreditável, uma redoma de vidro mágica que havia abraçado e aprisionado a ele e a ela, que possibilitara que ele respirasse o mesmo ar que ela; e agora tudo se quebrara e espatifara, ela estava desaparecendo pela porta, Wolf tinha fechado o piano e o encantador cativeiro não podia ser restaurado.

Ela se foi. Ninguém parecia ter notado nada. Ele foi saudado por um homem chamado Boke que disse com voz suave: "Fiquei observando você. Que reação à música! Sabe, você parecia tão entediado que senti pena de você. Será possível que seja assim tão indiferente à música?"

"Ora, não. Não estava entediado", Victor respondeu, canhestro. "Eu apenas não tenho ouvido musical e isso faz sempre de mim um mau juiz. A propósito, o que ele estava tocando?"

"O que você quiser", disse Boke, no sussurro apreensivo de alguém totalmente deslocado. "'A prece da virgem' ou a 'Sonata a Kreutzer'. O que você quiser."

Perfeição

"Então, temos aqui duas linhas", ele dizia a David numa voz alegre, quase arrebatada, como se ter duas linhas fosse uma rara sorte, algo de que alguém devia se orgulhar. David era gentil, mas meio sem graça. Ao perceber que as orelhas de David desenvolviam uma vermelhidão, Ivanov previu que ele apareceria sempre nos sonhos de David, durante os próximos trinta ou quarenta anos: sonhos humanos não esquecem com facilidade velhos desentendimentos.

De cabelo loiro, magro, usando uma malha amarela sem mangas, mantida ajustada por um cinto de couro, com os joelhos nus cheios de cicatrizes e um relógio de pulso cujo vidro era protegido por uma grade como de prisão, David sentava-se à mesa na mais incômoda das posições, e ficava batendo nos dentes com a ponta redonda da caneta-tinteiro. Estava indo mal na escola, e fora necessário contratar um professor particular.

"Agora vamos ver a segunda linha", continuou Ivanov com a mesma alegria estudada. Ele havia tirado seu diploma em geografia, mas seu conhecimento específico não era de nenhuma utilidade: riquezas mortas, a magnífica mansão de um pobre bem-nascido. Como era bela, por exemplo, a cartografia antiga! Os mapas viáticos dos romanos, alongados, ornados, com listas marginais serpenteantes representando mares em forma de canais, ou aqueles desenhados na antiga Alexandria, com a Inglaterra e a Irlanda parecendo duas pequenas salsichas; ou, ainda, os mapas do cristianismo medieval, carmesins e cor de grama, com um paradisíaco Oriente no alto e Jerusalém — o umbigo dourado do mundo — no centro. Relatos de maravilhosas peregrinações: os monges viajantes comparando o Jordão a um riozinho em sua nativa Chernigov, aquele enviado do tsar chegando a um país onde as pessoas passeavam debaixo de para-sóis amarelos, aquele comerciante de Tver procurando seu rumo em meio à densa *zhengel*, sua palavra russa para jângal, cheia de macacos, até uma tórrida terra governada por um príncipe nu. A ilhota do universo conhecido sempre crescendo: novos contornos hesitantes emergindo das névoas fabulosas, lentamente o globo se desvenda — e, oh, na remota região além dos mares, paira o ombro da América do Sul — e de seus quatro cantos sopram ventos bochechudos, um deles usando óculos.

Mas vamos esquecer os mapas. Ivanov tinha muitas outras alegrias e excentricidades. Era esguio, moreno, não muito jovem, tinha no rosto a sombra permanente de uma barba negra que um dia permitira crescer por longo tempo e havia sido raspada (numa barbearia na Sérvia, seu primeiro estágio como expatriado): a menor negligência fazia essa sombra reviver e começar a brotar. Ao longo de uma dúzia de anos de vida de emigrado, sobretudo em Berlim, tinha permanecido fiel aos colarinhos e punhos engomados; as camisas, que estavam deteriorando, tinham uma antiquada língua na frente, para ser abotoada à cintura das ceroulas compridas. Ultimamente, ele tinha sido obrigado a usar constantemente seu velho terno formal com galões trançados debruando as lapelas (uma vez que todas as suas outras roupas haviam se esfarrapado); e de vez em quando, num dia nublado, a uma luz tolerante, parecia-lhe que estava vestido com sóbrio bom gosto. Alguma espécie de entranha de flanela tentava escapar de dentro de sua gravata e ele era forçado a aparar partes dela, mas não conseguia eliminá-la totalmente.

Partia para sua lição a David por volta das três da tarde, com um passo um tanto oscilante e desengonçado, a cabeça ereta. Inalava avidamente o ar jovem do começo do verão, rolando o grande pomo de adão que, no curso da manhã, já começara a se emplumar. Numa ocasião, um jovem de perneiras de couro atraiu o olhar distraído de Ivanov na calçada oposta por meio de um leve assobio e, erguendo o próprio queixo, o conservou ao longo de alguns passos: deveis corrigir as estranhezas de vosso próximo. Ivanov, porém, interpretou erradamente a imitação didática e, acreditando que algo lhe estava sendo apontado no alto, olhou confiantemente ainda mais alto que de costume — e, de fato, três adoráveis nuvenzinhas, de mãos dadas, deslizavam pelo céu em diagonal; a terceira foi aos poucos ficando para trás e seu contorno e o contorno de uma mão amiga estendida para ela lentamente perderam a graciosa significação.

Durante esses primeiros dias quentes, tudo parecia bonito e tocante: as menininhas de pernas de fora saltando amarelinha na calçada, os velhos nos bancos, o confete verde que suntuosas tílias derramavam toda vez que o ar esticava seus membros invisíveis. Ele se sentia sozinho e rígido de preto. Tirava o chapéu e ficava parado um momento, olhando em torno. Às vezes, ao ver um limpador de chaminés (aquele indiferente portador da sorte dos outros, que as mulheres tocavam ao passar com dedos supersticiosos), ou um aeroplano sobrepujando uma nuvem, Ivanov sonhava acordado com as muitas coisas que ele jamais conheceria de perto, com as profissões que ele nunca praticaria, com um paraquedas se abrindo como uma corola colossal, ou com o mundo salpicado, rápido, dos corredores de automóveis, com várias imagens de felicidade, com os prazeres de gente muito rica em meio a ambientes naturais muito pitorescos. Seu pensamento adejava, subia e descia pelo vidro que durante toda a sua vida o impediria de ter contato direto com o mundo. Ele tinha um desejo apaixonado de experimentar tudo, de obter e tocar tudo, de deixar as vozes mescladas, os cantos dos pássaros se infiltrarem em seu ser e penetrar por um momento na alma de um transeunte como alguém que penetra na sombra fresca de uma árvore. Sua mente se preocuparia com problemas insolúveis: como e onde os limpadores de chaminés se lavam depois do trabalho? Alguma coisa mudou naquela estrada de floresta na Rússia que um momento atrás ele havia recordado tão vivamente?

 Quando, afinal, atrasado como sempre, ele subia de elevador, tinha a sensação de crescer lentamente, esticando-se para cima, e, quando sua cabeça atingia o sexto andar, de puxar as pernas para o alto como um nadador. Depois, de volta à sua estatura normal, entrava no aposento claro de David.

 Durante as lições, David gostava de remexer em coisas, mas permanecia relativamente atento. Tinha sido criado no exterior e falava russo com dificuldade e tédio, e, diante da necessidade de expressar algo importante, ou quando falava com a mãe, a esposa russa de um empresário berlinense, imediatamente mudava para o alemão. Ivanov, cujo conhecimento da língua local era pobre, explicava matemática em russo, quando o livro, evidentemente, era em alemão, e isso produzia uma certa confusão. Ao olhar as orelhas do menino, contornadas por uma penugem loira, tentava imaginar o grau de tédio e abominação que devia despertar em David, e isso o incomodava. Via-se de fora — pele manchada, uma erupção devida a *feu du rasoir*, um paletó preto brilhante, manchas nos punhos — e captava o próprio tom falso de animação, os pigarros ruidosos e até aquele som que não tinha como chegar a David: o bater tolo, mas obediente, de seu coração há muito dolorido. A aula terminava, o menino corria a lhe mostrar alguma coisa, como um catálogo de automóveis, ou uma câmera, ou um lindo parafusinho encontrado na rua — e então Ivanov fazia o possível para dar mostras de participação inteligente —, mas, ai!, nunca tivera intimidade com a secreta fraternidade das coisas feitas pelo homem que atendem pelo nome de tecnologia, e esta ou aquela observação inexata fazia com que David fixasse nele intrigados olhos cinza-pálido, depressa pegando de volta o objeto que parecia estar choramingando nas mãos de Ivanov.

E, no entanto, David não deixava de ser terno. Sua indiferença pelo desconhecido podia ser explicada — pois eu também, refletia Ivanov, devo ter parecido um rapazinho apático e seco, que não contava a ninguém meus amores, minhas fantasias e medos. Tudo o que minha infância expressava era um pequeno monólogo excitado dirigido a ela mesma. Pode-se construir o seguinte silogismo: uma criança é o tipo mais perfeito de humanidade; David é uma criança; David é perfeito. Com os olhos adoráveis que tem, um menino não pode possivelmente ficar pensando apenas nos preços de vários aparelhos mecânicos ou em como acumular suficientes selos de troca para obter cinquenta *pfennige* de mercadorias grátis na loja. Ele deve estar guardando também alguma outra coisa: coloridas impressões infantis cuja tinta permanece nas pontas dos dedos da mente. Ele não fala disso, assim como eu não falava. Mas, se muitas décadas depois — digamos, em 1970 (como parecem números de telefone, esses anos distantes!) — ele por acaso vir de novo aquele quadro que hoje fica pendurado acima de sua cama — Bonzo devorando uma bola de tênis —, que sobressalto vai sentir, que luz, que surpresa com a própria existência. Ivanov não estava inteiramente errado, os olhos de David, de fato, não eram desprovidos de certo ar sonhador; mas era o ar sonhador da malícia disfarçada.

Entra a mãe de David. Tem cabelo amarelo e um temperamento retesado. No dia anterior, ela estava estudando espanhol; hoje, subsiste tomando apenas suco de laranja. "Gostaria de falar com o senhor. Fique sentado, por favor. David, saia. A aula terminou? David, vá. O que eu quero dizer é o seguinte. As férias dele estão chegando logo. Seria apropriado levar o menino à praia. Infelizmente, eu não poderei ir. O senhor estaria disposto a levar meu filho? Confio no senhor e ele o escuta. Acima de tudo, quero que fale russo com mais frequência. Na verdade, ele não é nada mais que um pequeno *sportsman* como todos os meninos de hoje. Bem, o que o senhor acha disso?"

Tem dúvidas. Mas Ivanov não formulou sua dúvida. Tinha visto o mar pela última vez em 1912, dezoito anos atrás, quando era estudante na universidade. A estância era Hungerburg, na província de Estland. Pinheiros, areia, água prata-pálido ao longe — ah, como demorava para chegar a ela e, depois, como demorava para que chegasse até os joelhos! Seria o mesmo mar Báltico, mas um litoral diferente. Porém, a última vez que fui nadar não foi em Hungerburg, mas no rio Luga. Mujiques saíram correndo de dentro da água, saltitantes como sapos, mãos cruzadas sobre as partes privadas: *pudor agrestis*. Batiam os dentes ao vestir as camisas sobre os corpos molhados. Gostoso ir nadar no rio ao entardecer, principalmente debaixo da chuva quente que faz círculos silenciosos, cada um se espalhando e se enganchando no outro, por toda a água. Mas gosto de sentir sob os pés a presença do fundo. Que difícil pôr de volta as meias e os sapatos sem enlamear as solas dos pés! Entrou água no ouvido: fique pulando numa perna só até ela escorrer fazendo cócegas.

O dia da partida logo chegou. "Vai sentir muito calor com essa roupa", a mãe de David observou à guisa de despedida, quando olhou o terno preto de Ivanov (usado em luto por suas outras coisas defuntas). O trem estava lotado, e seu colarinho novo, mole (uma ligeira concessão, um brinde de verão) se transformou em uma apertada compressa pegajosa. Feliz David, com o cabelo bem cortado, um único tufo central brincando ao vento, espiando para fora, e nas curvas os semicírculos dos vagões da frente ficavam visíveis, com a cabeça dos passageiros debruçados das janelas abaixadas. Então o trem, tocando seu sino, os cotovelos funcionando muito depressa, se endireitou de novo e entrou numa floresta de faias.

A casa ficava localizada atrás da pequena cidade litorânea, uma casa simples de dois andares com arbustos de groselha vermelha no jardim, que uma cerca separava da rua poeirenta. Um pescador de barba amarelada estava sentado num tronco, os olhos apertados contra o sol baixo enquanto impermeabilizava sua rede com alcatrão. A esposa os levou ao andar de cima. Pisos de terracota, mobília anã. Na parede, um fragmento de bom tamanho de uma hélice de avião: "Meu marido trabalhava no aeroporto." Ivanov tirou da mala sua parca roupa de baixo, o barbeador e um volume dilapidado das obras de Puchkin na edição Panafidin. David libertou de sua rede uma bola de várias cores que saiu pulando, e por pura exuberância deixou de derrubar uma concha de chifres na estante. A dona da casa trouxe chá e um pouco de linguado. David estava com pressa. Não podia esperar para dar uma olhada no mar. O sol já havia começado a se pôr.

Quando chegaram à praia, depois de uma caminhada de quinze minutos, Ivanov imediatamente tomou consciência de um agudo desconforto no peito, um súbito aperto seguido de um súbito vazio, e lá no mar liso, azul-esfumaçado, um barquinho parecia negro e espantosamente solitário. Sua forma começou a aparecer em tudo o que ele olhava, depois se dissolvia no ar. Porque agora a poeira do crepúsculo ensombrecia tudo em torno, pareceu-lhe que sua vista estava turva, enquanto as pernas davam a estranha sensação de fraqueza pelo contato rangente com a areia. De algum lugar vinha uma orquestra tocando, e seu próprio som, abafado pela distância, parecia engarrafado; era difícil respirar. David escolheu um ponto da praia e encomendou uma cabana de vime para o dia seguinte. O caminho de volta era morro acima; o coração de Ivanov ora fugia, ora se apressava a cumprir o que era esperado dele, apenas para escapar de novo, e através de toda dor e ansiedade ele sentiu que as urtigas junto às cercas tinham o cheiro de Hungerburg.

O pijama branco de David. Por razões de economia, Ivanov dormia nu. De início, o frio cerâmico dos lençóis limpos o fez sentir-se ainda pior, mas depois o repouso trouxe alívio. A lua abriu caminho até o lavatório, escolheu uma faceta de um copo e começou a subir pela parede. Nessa e nas noites seguintes, Ivanov pensou vagamente em várias questões ao mesmo tempo, imaginando, entre outras coisas, que o menino que dormia na cama ao lado era seu próprio filho. Dez anos antes, na Sérvia, a única mulher que ele havia amado — esposa de outro homem — tinha ficado grávida dele. Sofrera um aborto e morrera na noite seguinte, delirando e rezando. Ele teria um filho, um garotinho mais ou menos da idade de David. Quando, de manhã, David se preparava para vestir o calção de banho, Ivanov ficava tocado pela forma como o bronzeado cor de café com leite (já adquirido à beira de um lago em Berlim) dava lugar a uma brancura infantil abaixo da cintura. Estava a ponto de proibir o menino de ir da casa à praia sem nada além daquele calção e ficou um pouco chocado, embora não cedesse de imediato, quando David começou a argumentar, com a entonação chorosa da perplexidade alemã, que tinha feito isso em outra estância e que todo mundo fazia assim. Quanto a Ivanov, ele repousava na praia com a tristonha imagem de um citadino. O sol, o azul cintilante, o deixavam mareado. Um arrepio de calor percorria o alto de sua cabeça debaixo do chapéu, e ele sentia que estava sendo assado vivo, mas não tirava nem o paletó, não só porque, como é o caso com muitos russos, ficaria envergonhado de "aparecer em suspensórios na presença de senhoras", como também porque sua camisa estava puída demais. No terceiro dia, ele de repente reuniu coragem e, olhando furtivamente em torno por baixo das sobrancelhas, tirou os sapatos. Instalou-se no fundo de uma cratera cavada por David, com uma folha de jornal estendida debaixo do cotovelo, ouvindo o estralejar das bandeiras berrantes, espiando pela borda da areia, com uma espécie de terna inveja, mil corpos marrons deitados em várias atitudes ao sol; uma moça era especialmente magnífica, como se fosse fundida em metal, bronzeada até quase o negro, com olhos incrivelmente claros e as unhas pálidas como as de um macaco. Olhando para ela, ele tentou imaginar qual seria a sensação de estar tão queimado de sol.

 Ao obter permissão para um mergulho, David saía nadando ruidosamente enquanto Ivanov caminhava na beira da água para observar o menino sob seus cuidados, e saltava para trás sempre que uma onda que se espalhava além de suas predecessoras ameaçava molhar sua calça. Ele se lembrou de um estudante russo, colega seu, amigo próximo, que tinha a capacidade de atirar seixos para saltar sobre a superfície da água duas, três, quatro vezes, mas quando tentou demonstrar para David, o projétil perfurou a superfície da água com um *plop* alto e David riu e fez uma linda pedra chata dar não quatro, mas ao menos seis saltos.

Poucos dias depois, durante um momento de distração (seus olhos vagaram e era tarde demais para dominá-los), Ivanov leu um cartão-postal que David tinha começado a escrever para sua mãe e deixara no peitoril da janela. David escreveu que seu professor provavelmente estava doente, porque nunca ia nadar. Nesse mesmo dia, Ivanov tomou medidas extraordinárias: comprou um calção de banho preto e, ao chegar à praia, se escondeu na cabana, despiu-se desajeitadamente e vestiu a roupa de malha barata com cheiro de loja. Teve um momento de embaraçosa melancolia quando, branco e de pernas peludas, saiu para o sol. David, porém, olhou para ele com aprovação. "Bem!", Ivanov exclamou com um dane-se de alegria, "lá vamos nós!" Entrou até os joelhos, espalhou água em cima da cabeça, depois avançou de braços abertos e quanto mais a água subia, mais mortal era o espasmo que contraía seu coração. Por fim, tapando os ouvidos com os polegares e cobrindo os olhos com os outros dedos, mergulhou de cócoras. A punhalada de frio o fez sair prontamente da água. Ele se deitou na areia, tremendo e cheio até a borda de seu ser de uma angústia assustadora, insolúvel. Depois de algum tempo, o sol o aqueceu, ele reviveu, mas desde então repudiou os banhos de mar. Estava com muita preguiça para se vestir; quando fechou os olhos com força, manchas ópticas flutuaram contra o fundo negro-avermelhado, canais marcianos se interceptando e, no momento em que abriu as pálpebras, a prata molhada do sol começou a palpitar entre seus cílios.

Deu-se o inevitável. À noite, todas as partes de seu ser que tinham ficado expostas se transformaram num simétrico arquipélago de dor ardente. "Hoje, em vez de ir à praia, vamos dar um passeio na floresta", ele disse ao menino, na manhã seguinte. "*Ach, nein*", David gemeu. "Sol demais faz mal para a saúde", disse Ivanov. "Ah, por favor!", David insistiu com grande aflição. Mas Ivanov se manteve firme.

A floresta era densa. Mariposas geometrídeas, de coloração igual à dos troncos, voavam das árvores. Em silêncio, David caminhava relutante. "Devemos estimar as florestas", Ivanov disse, numa tentativa de divertir o pupilo. "Foi o primeiro habitat do homem. Um belo dia, o homem deixou a selva das insinuações primitivas para a clareira ensolarada da razão. Esses mirtilos parecem estar maduros, tem minha permissão para experimentá-los. Por que está zangado? Tente entender: devemos variar nossos prazeres. E não se deve exagerar nos banhos de mar. Quantas vezes acontece de um banhista descuidado morrer de insolação ou ataque cardíaco!"

Ivanov esfregou num tronco de árvore as costas que queimavam e coçavam insuportavelmente e continuou, pensativo: "Quando admiro a natureza de uma determinada localidade, não consigo deixar de pensar nos países que nunca verei. Tente imaginar, David, que isto não é a Pomerânia, mas uma floresta malaia. Olhe em torno: vai ver o mais raro dos pássaros passar voando, a ave do paraíso do príncipe Albert, cuja cabeça é adornada com um par de plumas que consistem em azul ouriflama". *"Ach, quatsch"*, respondeu David, desanimado.

"Em russo, você deveria dizer *'erundá'*. Claro, é uma bobagem, nós não estamos nas montanhas da Nova Guiné. Mas a questão é que, com um pouco de imaginação — se, Deus nos livre, você algum dia ficar cego ou for preso, ou apenas forçado a realizar, em horrenda pobreza, algum trabalho ruim e sem esperança, poderá se lembrar deste passeio que estamos dando hoje numa floresta comum como se fosse — como posso dizer? — um êxtase de conto de fadas."

Ao pôr do sol, nuvens rosa-escuro se afofaram acima do mar. Com o escurecimento do céu elas pareceram enferrujar, e um pescador disse que choveria no dia seguinte, mas a manhã se mostrou maravilhosa e David ficou insistindo com seu tutor para se apressar, mas Ivanov não estava se sentindo bem; queria ficar na cama e pensar em semieventos vagos e remotos iluminados pela memória de um lado só, em alguma coisa agradável cinza-enfumaçada que pudesse ter acontecido um dia, ou passado bem perto dele no campo de visão da vida, ou então lhe tivesse aparecido num sonho recente. Mas era impossível se concentrar nelas, todas de alguma forma deslizavam para um lado, olhando-o de soslaio com uma espécie de manha amigável e misteriosa, mas deslizando embora irremediavelmente, como aqueles pequenos nódulos transparentes que flutuam diagonalmente no humor vítreo do olho. Infelizmente, tinha de se levantar, calçar as meias, tão cheias de buracos que pareciam luvas de renda. Antes de deixar a casa, ele pôs os óculos de sol amarelo-escuro de David e o sol desmaiou no meio de um céu que morria uma morte turquesa, e a luz da manhã nos degraus da varanda adquiriu uma tonalidade de entardecer. David, as costas nuas cor de âmbar, correu à frente, e quando Ivanov o chamou, encolheu os ombros com irritação. "Não corra assim", Ivanov disse, aborrecido. Seu horizonte estava estreitado pelos óculos, ele temia um súbito automóvel.

A rua descia sonolenta para o mar. Pouco a pouco seus olhos se acostumaram com os óculos e ele parou de pensar no uniforme cáqui do dia ensolarado. Na curva da rua, ele de repente quase se lembrou de alguma coisa — alguma coisa excepcionalmente confortadora e estranha, mas que imediatamente se dissolveu, e um turbulento ar marinho contraiu seu peito. As bandeiras pardas batiam excitadas, apontando todas numa mesma direção, embora nada estivesse acontecendo ali ainda. Aqui está a areia, aqui está o surdo bater do mar. Seus ouvidos pareciam tapados e quando inalava pelo nariz começava um trovão em sua cabeça, e alguma coisa batia num beco membranoso. Não vivi nem muito, nem muito bem, refletiu Ivanov. Porém seria uma pena reclamar; este mundo estranho é bonito, e eu ficaria contente agora se conseguisse me lembrar daquela maravilhosa, maravilhosa... o quê? O que era?

Sentou-se na areia. David começou animadamente a reparar com uma pá o muro de areia que havia despencado ligeiramente. "Está quente ou fresco hoje?", Ivanov perguntou. "Por alguma razão não consigo descobrir." David então largou a pá e disse: "Vou dar um mergulho." "Sente quieto um pouco", disse Ivanov. "Tenho de organizar meus pensamentos. O mar não vai fugir." "*Por favor*, deixe eu ir!", David implorou.

Ivanov apoiou-se num cotovelo e examinou as ondas. Elas eram grandes e arredondadas; ninguém estava se banhando naquele ponto; só muito mais à esquerda uma dúzia de cabeças de touca alaranjada subia e descia, carregadas em conjunto para um lado. "Essas ondas", disse Ivanov com um suspiro, e acrescentou: "Pode entrar um pouco, mas não vá além de um *sazhen*. Um *sazhen* equivale mais ou menos a dois metros."

Ele baixou a cabeça, apoiando uma face, lamentoso, computando medidas indefinidas de vida, de pena, de felicidade. Seus sapatos já estavam cheios de areia, ele os tirou com mãos lentas, depois perdeu-se de novo em pensamento, e mais uma vez aqueles nodulozinhos fugidios começaram a flutuar em seu campo de visão, e como ele queria, como queria se lembrar... Um súbito grito. Ivanov se levantou.

Em meio às ondas amarelo-azuladas, longe da costa, adejou o rosto de David, e sua boca aberta era como um buraco escuro. Ele emitiu um grito borbulhante e desapareceu. Uma mão apareceu por um momento e desapareceu também. Ivanov tirou o paletó. "Estou indo", gritou. "Estou indo. Aguente!" Entrou na água chapinhando, perdeu o pé, a calça gelada grudou nas canelas. Pareceu-lhe que a cabeça de David subiu outra vez por um instante. Então uma onda cresceu, arrancou o chapéu de Ivanov, cegou-o; ele queria tirar os óculos, mas sua agitação, o frio, a fraqueza amortecedora o impediam. Deu-se conta de que, ao recuar, a onda o arrastara para muito longe da praia. Começou a nadar, tentando avistar David. Sentia-se preso dentro de um saco frio dolorosamente apertado, seu coração fazendo um esforço insuportável. De repente, alguma coisa o atravessou rapidamente, um relance de dedos dedilhando teclas de piano — e *isso* era o que vinha tentando relembrar toda a manhã. Ele saiu em uma faixa de areia. Areia, mar e ar eram de uma estranha coloração desbotada e opaca e tudo estava absolutamente parado. Vagamente ele refletiu que o crepúsculo devia ter chegado e que David havia perecido muito tempo antes, e sentiu o que conhecera da vida terrena — o calor pungente de lágrimas. Tremendo e curvado sobre a areia cinzenta, ele se enrolou melhor na capa preta com uma fivela de latão em forma de cobra que tinha visto num estudante seu amigo, muito, muito tempo antes, num dia de outono — e sentiu tanta pena da mãe de David, imaginou o que diria a ela. Não foi culpa minha, fiz tudo o que pude para salvar o menino, mas sou mau nadador e tenho o coração fraco, ele se afogou. Mas havia algo fora de lugar nesses pensamentos e, quando ele olhou em torno de novo e se viu na névoa desolada sozinho sem nenhum David a seu lado, entendeu que, se David não estava com ele, David não estava morto.

Só então os óculos embaçados foram removidos. A névoa opaca imediatamente se rompeu, desabrochou em cores maravilhosas, explodiram todos os tipos de som — o troar do mar, o soprar do vento, gritos humanos — e ali estava David parado, mergulhado até os tornozelos na água brilhante, sem saber o que fazer, tremendo de medo, sem ousar explicar que não estava se afogando, que estava se debatendo de brincadeira; e mais adiante pessoas estavam mergulhando, buscando através da água, depois olhando umas para as outras com olhos arregalados e mergulhando de novo, e voltando de mãos vazias, enquanto outras gritavam da praia, aconselhando-as a procurar um pouco mais para a esquerda; e um sujeito com uma banda da Cruz Vermelha no braço corria pela praia e três homens vestidos de malha empurravam para a água um barco que crepitava contra o cascalho; e um David confuso era levado embora por uma gorda de *pince-nez*, esposa de um veterinário que devia ter chegado na sexta-feira, mas atrasara suas férias, e o mar Báltico cintilava de ponta a ponta enquanto na floresta rala, do outro lado de uma verde estrada campestre, jaziam, ainda respirando, choupos recém-cortados; e um jovem, coberto de fuligem, gradualmente foi ficando branco ao se lavar na torneira da cozinha, e periquitos brancos voaram acima das neves eternas das montanhas da Nova Zelândia; e um pescador, apertando os olhos contra o sol, predisse solenemente que só no nono dia as ondas devolveriam o corpo.

O pináculo do almirantado

A senhora vai me perdoar, cara madame, mas eu sou uma pessoa rude e direta, então vou falar de uma vez: não se faça nenhuma ilusão: isto está longe de ser uma carta de fã. Ao contrário, como irá se dar conta dentro de um minuto, trata-se de uma pequena epístola bastante estranha que, quem sabe, possa servir como uma espécie de lição não apenas para a senhora, como para outras impetuosas damas romancistas também. Apresso-me, em primeiro lugar, a me apresentar, de forma que minha imagem visual possa aparecer como uma marca-d'água; isso é muito mais honesto do que encorajar pelo silêncio as conclusões incorretas que o olho pode involuntariamente tirar da caligrafia de linhas manuscritas. Não, apesar de minha letra esguia e do floreio jovem de minhas vírgulas, sou corpulento e de meia-idade; verdade que minha corpulência não é frouxa, mas tem pique, vitalidade, irritabilidade. Está bem longe, madame, dos colarinhos dobrados do poeta Apukhtin, o gordo queridinho das damas. Mas isso basta. A senhora, como escritora, já terá coletado essas pistas para preencher o resto de minha pessoa. *Bonjour, Madame.* E agora vamos ao que interessa.

Outro dia, numa biblioteca russa, relegada pelo fado iletrado a uma escura viela de Berlim, retirei três ou quatro livros novos, e entre eles seu romance, *O pináculo do almirantado*. Belo título — se não por nenhuma outra razão, pelo fato de ser, não é mesmo, um tetrâmetro jâmbico, *admiraltéyskaya iglá*, e, além disso, um famoso verso de Puchkin. Mas era exatamente a precisão desse título que nada de bom pressagiava. Além disso, geralmente desconfio de livros publicados nos sertões de nosso expatriamento, tais como Riga ou Reval. No entanto, como eu dizia, retirei seu romance.

Ah, minha cara Madame, ah, "sr." Serge Solntsev, como é fácil adivinhar que o nome do autor é um pseudônimo, que o autor não é um homem! Cada frase sua abotoa para a esquerda.

Sua predileção por expressões como "tempo passado" ou "aninhado *frileusement* no xale da mãe", a inevitável aparição de um episódico oficial (vindo diretamente de imitações de *Guerra e paz*) que pronuncia a letra *r* como um *g* duro e, finalmente, as notas de rodapé com as traduções de lugares-comuns franceses, são indicações suficientes de sua habilidade literária. Mas tudo isso é apenas metade do problema.

Imagine o seguinte: suponha que um dia eu desse um passeio por uma paisagem maravilhosa, onde águas turbulentas despencam e trepadeiras sufocam colunas de ruínas desoladas e então, muitos anos depois, na casa de um estranho, eu topo com um instantâneo que mostra a mim numa pose afetada diante do que é obviamente uma coluna de papelão; no fundo há um borrão esbranquiçado de uma cascata rabiscada e alguém pintou um bigode em mim. De onde veio essa coisa? Jogue fora esse horror! As águas ruidosas de que me lembro eram reais e, além disso, ninguém tirou minha foto lá.

Devo interpretar essa parábola para a senhora? Devo dizer que tive a mesma sensação, só que pior e mais tola, ao ler seu hábil trabalho, seu terrível *Pináculo*? À medida que meu indicador ia abrindo as páginas ainda sem cortar e meus olhos percorriam as linhas, eu só podia piscar, perplexo e chocado.

Quer saber o que aconteceu? Esclareço com prazer. Corpulentamente esparramada em sua rede, permitindo que de sua caneta jorrasse mais que um tinteiro (quase um trocadilho), a senhora, Madame, estava escrevendo a história de meu primeiro amor. Sim, um choque surpreendente e, uma vez que eu também sou uma pessoa corpulenta, a surpresa vem acompanhada de falta de ar. Neste momento, a senhora e eu estaremos ambos ofegantes, pois, sem dúvida, a senhora também estará intrigada pelo súbito aparecimento do herói que inventou. Não, isso é um deslize — os temperos são seus, concordo, assim como o recheio e o molho, mas o pato (outro quase trocadilho), a ave caçada, Madame, não é sua, mas minha, com minha bala em sua asa. Fico perplexo: onde e como uma dama desconhecida pode ter sequestrado meu passado? Devo admitir a possibilidade de ser conhecida de Katya — de serem amigas íntimas até —, e que ela tenha despejado toda a história, ao passar crepúsculos de verão debaixo dos pinheiros do Báltico com a senhora, a voraz romancista?

Mas como ousou, como teve a audácia de não só usar a história de Katya, como, além disso, distorcê-la tão irreparavelmente?

Desde o dia de nosso último encontro, houve um lapso de dezesseis anos — a idade de uma noiva, de um cachorro velho ou da república soviética. Incidentalmente, observemos o primeiro, mas de longe não o pior, de seus inúmeros e descuidados erros. Katya e eu não temos a mesma idade. Eu estava completando dezoito e ela, vinte anos. Recorrendo a um método comprovado e verdadeiro, a senhora faz sua heroína se despir diante de um espelho de corpo inteiro e passa a descrever seu cabelo solto, louro-acinzentado, é claro, e suas jovens curvas. Segundo a senhora, seus olhos cor de centáurea ficavam violeta em momentos pensativos — um milagre botânico! A senhora os sombreou com uma franja de cílios negros que, se posso dar uma contribuição própria, pareciam mais longos nos cantos externos, dando a seus olhos um amendoado muito especial, embora ilusório. A silhueta de Katya era graciosa, mas ela cultivava uma ligeira curvatura e erguia os ombros ao entrar numa sala. A senhora fez dela uma donzela altiva com tons de contralto na voz.

Pura tortura. Eu tinha a ideia de copiar suas imagens, as quais soam todas falsas, e severamente justapô-las às minhas infalíveis observações, mas o resultado teria sido uma "bobagem de pesadelo", conforme a Katya real diria, pois o Logos a mim atribuído não possui precisão ou poder suficiente para se desembaraçar da senhora. Ao contrário, eu próprio me vejo envolto nos pegajosos volteios de suas descrições convencionais e não me resta forças para libertar Katya de sua pena. No entanto, como Hamlet, argumentarei e, até o fim, argumentarei com a senhora.

O tema de sua trama é amor: um amor ligeiramente decadente com a Revolução de fevereiro como pano de fundo, mas mesmo assim, amor. Katya foi rebatizada de Olga pela senhora e eu me tornei Leonid. Muito bem. Nosso primeiro encontro, na casa de amigos na noite de Natal; nossos encontros no rinque de patinação Yusupov; o quarto dela, o papel de parede índigo, a mobília de mogno e seu único ornamento, uma bailarina de porcelana com a perna erguida — isso tudo está certo, é tudo verdade. Exceto que a senhora conseguiu dar a tudo um tom de pretensioso artificialismo. Quando ele ocupa seu lugar no cinema Parisiana, na avenida Nevsky, Leonid, um estudante do Liceu Imperial, põe as luvas dentro de seu chapéu de três pontas, quando algumas páginas depois ele já está usando roupas civis: ele tira o chapéu-coco e o leitor se depara com um rapaz elegante, o cabelo repartido *à la anglaise*, exatamente no meio de sua cabeça pequena, que parece laqueada, e um lenço roxo saindo do bolso do peito. Eu me lembro de fato de me vestir como o ator de cinema Max Linder, e me lembro dos jatos generosos de loção *Vezhetal* resfriando meu couro cabeludo, e de Monsieur Pierre fazendo pontaria com o pente e jogando meu cabelo de lado com um ritmo de linotipo e depois, ao remover a capa protetora, gritar para o sujeito de meia-idade e bigode: "Rapaz! Limpe esses cabelos aqui!" Hoje minha memória reage com ironia ao lenço no bolso do peito e às polainas brancas daquele tempo, mas, por outro lado, não consegue de forma alguma ligar os tormentos lembrados do barbear adolescente à "palidez opaca e lisa" de seu Leonid. E devo deixar à sua consciência os olhos lermontovianos sem brilho e o perfil aristocrático dele, uma vez que é impossível discernir muita coisa hoje por causa do inesperado acréscimo carnal.

Meu bom Deus, me impeça de atolar na prosa dessa escritora que eu não conheço e não desejo conhecer, que invadiu com incrível insolência o passado de outrem! Como ousa escrever: "A linda árvore de Natal com suas luzes *chatoyants* parecia augurar a eles alegria jubilante"? A senhora extinguiu a árvore inteira com seu hálito, porque um adjetivo colocado depois do substantivo em função da elegância basta para matar a melhor das lembranças. Antes da desgraça, i. e., antes de seu livro, uma dessas minhas lembranças eram as luzes ondulantes, fragmentadas nos olhos de Katya, e o reflexo cor de cereja em sua face, projetado da brilhante casinha de bonecas de papel moldado pendurada num ramo quando, afastando a áspera folhagem, ela estendeu a mão para apertar entre os dedos a chama de uma vela que tinha enlouquecido. O que me restou de tudo isso? Nada — apenas um bafejo nauseabundo de combustão literária.

Sua versão dá a impressão de que Katya e eu morávamos numa espécie de *beau monde* especialmente culto. Seu ponto de vista está errado, cara senhora. O ambiente da classe alta — o mundo elegante, se quiser — ao qual Katya pertencia tinha gostos retrógrados, para dizer o mínimo. Tchekov era considerado um "impressionista", o versejador grão-duque Constantino, um grande poeta, e o arquicristão Alexander Blok, um judeu perverso que escrevia sonetos futuristas sobre cisnes moribundos e licores lilases. Exemplares manuscritos de versos de almanaque, franceses e ingleses, passavam de mão em mão, e eram copiados por sua vez, não sem distorções, enquanto o nome do autor imperceptivelmente desaparecia, de forma que esses produtos bem acidentalmente assumiam um glorioso anonimato; e, em termos gerais, é divertido justapor seus meandros com a cópia clandestina de musiquinhas sediciosas praticada em círculos inferiores. Uma boa indicação do quão imerecidamente esses monólogos masculinos e femininos sobre amor eram considerados os mais modernos exemplos de lirismo estrangeiro é o fato de que o predileto entre eles fosse uma obra do pobre Louis Bouilhet, que escreveu em meados do século passado. Viajando no rolar das cadências, Katya declamava seus alexandrinos e ralhava comigo por encontrar defeito em certa estrofe altamente sonora em que, depois de ter se referido à sua paixão como um arco de violino, o autor compara a amante a um violão.

A propósito de violões, Madame, a senhora escreve que "à noite os jovens se reuniam e Olga sentava à mesa e cantava com rica voz de contralto". Ah, bem — mais uma morte, mais uma vítima de sua suntuosa prosa. E quanto eu apreciei os ecos da moda *tziganshchina* que levaram Katya a cantar e eu a compor versos! Bem sabia eu que aquilo não era mais a arte cigana autêntica que encantara Puchkin e, depois, Apollon Grigoriev, mas uma musa que mal respira, exaurida e condenada; tudo contribuía à sua ruína: o gramofone, a guerra e várias canções chamadas de *tzigane*. Foi por boa razão que Blok, em um de seus costumeiros ataques de providência, registrou as poucas palavras que lembrava das letras ciganas, como se apressado por salvar aquilo antes que fosse tarde demais.

Devo dizer à senhora o que aqueles murmúrios e lamentos roucos significavam para nós? Devo revelar à senhora a imagem de um mundo estranho e distante onde:

Ramos preguiçosos de salgueiro
pendem baixo sobre o lago

onde, no fundo dos arbustos de lilases,

o rouxinol soluça sua paixão,

e onde os sentidos são dominados pela lembrança do amor perdido, esse perverso dominador do romantismo pseudocigano? Katya e eu também gostaríamos de rememorar, mas como ainda não tínhamos nada a rememorar, simulávamos uma distância no tempo e empurrávamos para trás nossa felicidade imediata. Transformávamos tudo o que víamos em monumentos ao nosso ainda inexistente passado, tentando olhar um caminho no jardim, o luar, os salgueiros tristonhos, com os mesmos olhos com que *agora* — plenamente conscientes de nossas perdas irreparáveis — poderíamos ter olhado a velha jangada naufragada no lago, e aquela lua acima do estábulo. Eu acho até que, graças a uma vaga inspiração, estávamos nos preparando previamente para certas coisas, nos treinando para lembrar, imaginando um passado distante e praticando a nostalgia, para que subsequentemente, quando esse passado realmente existisse para nós, pudéssemos lidar com ele, e não perecer sob seu peso.

Mas que lhe importa tudo isto? Quando descreve minha estada de verão na propriedade ancestral que a senhora chama de "Glinskoye", a senhora me persegue na floresta e lá me põe escrevendo o verso "redolente de juventude e fé na vida". Não foi bem assim. Enquanto os outros jogavam tênis (usando uma única bola vermelha e algumas raquetes Doherty, pesadas e frouxas, encontradas no sótão) ou croquê num gramado ridiculamente crescido, com dentes-de-leão na frente de cada arco, Katya e eu íamos para o quintal da cozinha e, acocorados lá, nos empanturrávamos de duas espécies de morangos — o vermelho-vivo "Victoria" (*sadovaya zemlyanika*) e o russo *hautbois* (*klubnika*), frutos cor de púrpura, muitas vezes visguentos por causa de sapos; e havia também nossa variedade favorita de ananás, de aspecto ainda não maduro, mas maravilhosamente doce. Sem endireitar nossas costas, nos movíamos, gemendo, pelos canteiros, e os tendões de trás dos joelhos doíam, e nossas barrigas cheias com um peso de rubi. O sol quente brilhava, e aquele som, os morangos, o vestido de seda tussor com manchas escuras debaixo dos braços, e a pátina de bronzeado em sua nuca — tudo isso se fundia numa sensação de opressivo prazer; e que felicidade era, sem levantar, ainda colhendo as frutas, segurar o ombro quente de Katya e ouvir seu riso macio e pequenos gemidos de gula, o estalar de suas juntas quando procurava debaixo das folhas. Perdoe se passo diretamente do pomar, flutuando pelo brilho ofuscante de suas estufas e as ondulantes papoulas peludas ao longos das alamedas, para o banheiro onde, na posição do *Pensador* de Rodin, a cabeça ainda quente do sol, compus meu verso. Era desanimador em todos os sentidos da palavra aquele verso; continha as emoções dos rouxinóis das canções *tziganes* e trechos de Blok, e impotentes ecos de Verlaine: *Souvenir, Souvenir, que me veux-tu? L'automne...* Embora o outono ainda estivesse distante e minha felicidade gritasse com sua voz maravilhosa ali perto, provavelmente ali, perto da alameda de boliche, atrás dos arbustos de lilases debaixo dos quais havia pilhas de restos de cozinha e as galinhas passeavam. Ao anoitecer, na varanda, a boca aberta do gramofone, vermelha como os debruns de um casaco de general russo, despejava incontrolável paixão cigana; ou, ao som de "Atrás de uma nuvem a lua escondida", uma voz ameaçadora imitava o Kaiser: "Passem-me pena e tinteiro, é hora de escrever o ultimato." E no terraço do jardim, um jogo de *Gorodki* (cidadezinhas) estava em curso: o pai de Katya, colarinho da farda desabotoado, um pé à frente com sua bota macia de andar em casa, fazia pontaria com um taco, como se fosse disparar um rifle, e o atirava com força (mas longe do alvo) na "cidadezinha" de pinos enquanto o sol poente, com a ponta de seus raios finais, roçava a paliçada de troncos de pinheiro, deixando em cada um uma faixa ardente. E quando a noite finalmente caiu, e a casa adormeceu, Katya e eu olhamos a casa escurecida do parque onde nos mantínhamos escondidos num banco duro, frio, invisível, até nossos ossos doerem, e tudo nos parecia como algo que já tivesse acontecido muito antes: o contorno da casa contra o céu verde-pálido, o mover-se sonolento da folhagem, nossos beijos cegos, prolongados.

Ao descrever com elegância e profusas reticências aquele verão, a senhora naturalmente não esquece por um minuto — como costumávamos esquecer — que desde fevereiro daquele ano a nação estava "sob o mando de um governo provisório", e a senhora obriga Katya e eu a acompanharmos os acontecimentos revolucionários com vivo interesse, isto é, a conduzir (por dezenas de páginas) conversas políticas e místicas que — posso lhe garantir — nunca tivemos. Em primeiro lugar, eu teria ficado embaraçado de falar, com o páthos moralizante que a senhora me empresta, sobre o destino da Rússia, e, em segundo lugar, Katya e eu estávamos absortos demais um no outro para prestar muita atenção à Revolução. Basta-me apenas dizer que minha impressão mais viva a esse respeito foi uma bobagem: um dia, na rua Million, em São Petersburgo, um caminhão lotado de alegres agitadores fez uma curva desajeitada, mas perfeita, para deliberadamente esmagar um gato que passava, que lá ficou caído, como um trapo preto perfeitamente achatado, muito bem passado (só o rabo ainda pertencia ao gato — continuava erguido, e a ponta, acho, ainda se mexia). Na época, isso me tocou com algum profundo sentido oculto, mas desde então tive ocasião de ver um ônibus, em uma bucólica aldeia espanhola, achatar com exatamente o mesmo método um gato exatamente semelhante, de forma que me desencantei com significados ocultos. A senhora, por outro lado, não só exagerou meu talento poético além do reconhecível, como fez de mim também um profeta, pois só um profeta poderia ter falado, no outono de 1917, da polpa verde do cérebro morto de Lenin, ou da emigração "interna" de intelectuais da Rússia soviética.

Não, nesse outono e nesse inverno falamos de outros assuntos. Eu estava angustiado. As coisas mais horrendas estavam acontecendo com nosso romance. A senhora dá uma explicação simples: "Olga começou a entender que ela era sensual mais do que apaixonada, enquanto para Leonid era o contrário. Suas arriscadas carícias compreensivelmente a inebriavam, mas no fundo restava sempre um pequeno pedaço sem derreter" — e assim por diante, no mesmo espírito vulgar, pretensioso. O que a senhora entende de nosso amor? Até aqui, evitei deliberadamente a discussão direta dele; mas agora, se eu não tivesse medo do contágio de seu estilo, descreveria em maiores detalhes tanto seu fogo, como sua melancolia subjacente. Sim, houve o verão e o onipresente farfalhar da folhagem, o impetuoso pedalar por todos os caminhos serpenteantes do parque, para ver quem seria o primeiro a correr de direções diferentes para o *rond-point*, onde a areia vermelha estava coberta pela emaranhada serpentina das trilhas de nossos pneus duros como pedra, e cada detalhe vivo e cotidiano desse verão final na Rússia nos gritava com desespero. "Eu sou real! Eu existo agora!" Enquanto toda essa euforia ensolarada conseguiu permanecer na superfície, a tristeza inata de nosso amor não foi além da devoção a um passado inexistente. Mas quando Katya e eu nos vimos de novo em Petersburgo, e já havia nevado mais de uma vez, e os blocos de madeira da pavimentação já tinham uma película amarelada, mistura de neve e estrume de cavalo, sem a qual não consigo visualizar uma cidade russa, a falha veio à tona e nada nos restou além de tormento.

Posso vê-la agora, em seu casaco negro de pele de foca, com um regalo grande e achatado para mãos e botas cinzentas forradas de pele, caminhando com suas pernas esguias, como se estivesse sobre andas, ao longo de uma calçada muito escorregadia; ou no vestido escuro, de gola alta, sentada no divã azul, o rosto pesadamente empoado depois de muito chorar. Quando eu ia a pé até sua casa ao anoitecer e voltava depois da meia-noite, reconhecia em meio à noite de granito, debaixo do céu gelado, cinza-pombo pela luz das estrelas, os imperturbáveis e imutáveis marcos de meu itinerário — sempre aqueles mesmos objetos imensos de Petersburgo, edifícios solitários de tempos legendários, adornando as vastidões noturnas e voltando um pouco as costas para o viajante como faz toda beleza: ela não vê você, é pensativa e indiferente, sua mente está em outra coisa. Eu falava sozinho, exortava o destino, Katya, as estrelas, as colunas da catedral imensa, muda, abstraída; e quando um errático tiroteio começou nas ruas escuras, ocorreu-me casualmente, e não sem uma sensação de prazer, que eu poderia ser colhido por uma bala perdida e morrer ali mesmo, reclinando na penumbra da neve, com meu elegante casaco de pele, meu chapéu-coco de lado, entre edições em brochura das novas coletâneas de versos de Gumilyov ou Mandelstam que eu teria derrubado, mal visíveis contra a neve. Ou então, soluçando e gemendo ao caminhar, eu tentaria me convencer de que eu é que deixara de amar Katya, apressando-me a recolher tudo o que podia me lembrar de sua falsidade, sua presunção, sua vacuidade, a marca bonita escondendo uma espinha, o *grasseyement* artificial que aparecia em sua fala quando ela desnecessariamente mudava para o francês, sua invulnerável fraqueza por poetastros premiados e a expressão mal-humorada e opaca de seus olhos quando, pela centésima vez, eu tentava fazê-la dizer para mim com quem havia passado a noite anterior. E quando estava tudo reunido e pesado na balança, eu percebia com angústia que meu amor, sobrecarregado como estava por todo aquele lixo, tinha se assentado e se instalado ainda mais fundo e que nem cavalos de tração com músculos de aço conseguiam arrancá-lo do pântano. E na noite seguinte, novamente, eu trilhava meu caminho pelos postos de identificação equipados com marinheiros nas esquinas das ruas (exigiam documentos que me permitissem acesso a pelo menos o limiar da alma de Katya, e eram inválidos além desse ponto); eu mais uma vez olhava para Katya, que, à primeira palavra lamentável minha, se transformava em uma grande e rígida boneca que baixava as pálpebras convexas e respondia na linguagem de boneca de porcelana. Quando, numa noite memorável, pedi que me desse uma resposta final, superverdadeira, Katya simplesmente não disse nada e, em vez disso, permaneceu imóvel no sofá, os olhos espelhados refletindo a chama da vela que naquela noite de histórica turbulência substituía a luz elétrica e, depois de ouvir seu silêncio até o fim, me levantei e fui embora. Três dias depois, mandei meu valete levar a ela uma nota, na qual escrevi que cometeria suicídio se não pudesse vê-la ao menos uma vez mais. Então, uma gloriosa manhã, com um redondo sol rosado e neve rangente, nos encontramos na rua do Correio; em silêncio beijei sua mão, e durante um quarto de hora, sem que uma única palavra interrompesse nosso silêncio, passeamos para lá e para cá, enquanto, perto, na esquina do bulevar da Guarda Montada, estava parado, fumando com fingida tranquilidade, um homem de aspecto perfeitamente respeitável com um gorro de astracã. Quando ela e eu silenciosamente andávamos para lá e para cá, um menino passou, puxando pelo cordão um trenó coberto de lã com uma franja esfarrapada, e um cano de repente estremeceu e vomitou um pedaço de gelo, enquanto o homem na esquina continuava fumando; então, precisamente no mesmo ponto em que tínhamos nos encontrado, ainda silenciosamente beijei sua mão, que deslizou para sempre para dentro do regalo.

*Adeus, minha angústia e meu ardor,
adeus, meu sonho, adeus, meus ais!*

*Pelos caminhos do jardim antigo
nós dois não passaremos mais.*

Sim, sim: adeus, como diz a canção *tzigane*. Apesar de tudo, você era bonita, impenetravelmente bonita, e tão adorável que sou capaz de chorar, ignorando sua alma míope, a trivialidade de suas opiniões, e as mil pequenas traições; enquanto eu, com meus versos superambiciosos, o pesado e nebuloso conjunto de meus sentimentos e meu discurso sem fôlego, titubeante, apesar de todo meu amor por você, devo ter sido desprezível e repulsivo. E nem preciso lhe dizer dos tormentos que enfrentei depois, como procurei e procurei nos instantâneos em que, com um brilho no lábio e um lampejo em seu cabelo, você olhava além de mim. Katya, por que você fez tamanha confusão de tudo agora?

Venha, vamos ter uma conversa calma, de coração para coração. Com um lúgubre chiado, o ar agora sai do arrogante gordo de borracha que, muito inchado, como um palhaço começou esta carta; e você, minha querida, não é realmente uma dama romancista corpulenta em sua rede romântica, mas a mesma velha Katya, com a postura calculada de Katya, Katya de ombros estreitos, uma dama graciosa, discretamente maquiada que, por tola coqueteria, criou um livro inútil. Pensar que você não poupou nem nossa despedida! A carta de Leonid em que ele ameaça dar um tiro em Olga e que ela discute com seu futuro marido; esse futuro marido, no papel de agente secreto, parado na esquina da rua, pronto para correr em socorro se Leonid tirasse o revólver que levava na mão dentro do bolso do casaco, ao insistir apaixonadamente com Olga que não fosse, e que fica interrompendo com seus soluços as palavras equilibradas dela: que mentira repulsiva e sem sentido! E no final do livro você me faz filiar-me ao Exército Branco e ser preso pelos Vermelhos durante um reconhecimento e, com os nomes de duas traidoras — Rússia, Olga — nos lábios, morrer valentemente, derrubado pela bala de um comissário "moreno como um hebreu". Como deve ter sido intenso meu amor por você se ainda a vejo como era dezesseis anos atrás, faço esforços tremendos para libertar nosso passado de seu humilhante cativeiro e preservo sua imagem do suplício e da desgraça de sua própria pena! Sinceramente, porém, não sei se estou conseguindo. Estranhamente, minha carta tem o gosto daquelas epístolas rimadas que você repetia de cor, lembra-se?

Ver minha caligrafia talvez o surpreenda

... mas hei de controlar-me para não encerrar, como Apukhtin, com o convite:

O mar está aqui à sua espera, vasto como o amor
E o amor, vasto como o mar!

... hei de controlar-me porque, em primeiro lugar, não há mar aqui, e, em segundo, não tenho o menor desejo de ver você. Porque, depois de seu livro, Katya, tenho medo de você. Verdadeiramente não havia sentido em se alegrar e sofrer como nós nos alegramos e sofremos apenas para encontrar nosso passado conspurcado no romance de uma dama. Escute — pare de escrever livros! Ao menos deixe esse fracasso lhe servir de lição. "Ao menos", porque tenho o direito de desejar que você fique atônita de horror ao se dar conta do que perpetrou. E sabe o que mais eu desejo? Talvez, talvez (este é um muito pequeno e doentio "talvez", mas me apego a ele e por isso não assino esta carta), talvez, afinal de contas, Katya, apesar de tudo, tenha ocorrido uma rara coincidência, e não foi você quem escreveu esse lixo, e sua equívoca mas encantadora imagem não foi mutilada. Nesse caso, por favor me perdoe, colega Solntsev.

O Leonardo

Os objetos que estão sendo convocados se juntam, aproximam-se de vários locais; ao fazê-lo, alguns tiveram de superar não apenas a distância no espaço, mas no tempo: com qual nômade, você pode se perguntar, é mais complicado de lidar, este ou aquele, o jovem choupo, digamos, que um dia crescia por aqui, mas foi cortado há muito, ou o pátio selecionado que existe ainda hoje, mas fica situado longe daqui? Apressem-se, por favor.

Aqui vem o ovalado choupozinho, todo pontilhado do verdor de abril, e assume seu lugar onde ordenado, a saber, junto à alta parede de tijolo, importada toda inteira de uma outra cidade. À frente dela, cresce uma horrenda e imunda casa de cômodos, o que significa pequenos balcões puxados um a um, como gavetas. Outros pedaços de cenário estão distribuídos pelo pátio: um barril, um segundo barril, a delicada sombra de folhas, uma espécie de urna e uma cruz de pedra apoiada ao pé da parede. Tudo isso está apenas esboçado e muito tem de ser acrescentado e terminado, e no entanto duas pessoas vivas — Gustav e seu irmão, Anton — já saem para seu minúsculo balcão, enquanto, a empurrar diante de si um pequeno carrinho com uma mala e uma pilha de livros, Romantovski, o novo inquilino, entra no pátio.

Vistas do pátio, e especialmente num dia claro, as salas da casa parecem se encher de um denso negrume (a noite está sempre conosco, neste ou naquele lugar, dentro, durante uma parte das vinte e quatro horas, fora, durante a outra). Romantovski olhou para as janelas negras abertas, enquanto os dois homens com olhos de sapo o observavam de seu balcão, e, jogando ao ombro a mala — com um movimento à frente tal como se alguém tivesse lhe dado um golpe na nuca —, mergulhou na porta. Lá ficou, ao sol: o carrinho com os livros, um barril, outro barril, o nictante choupozinho jovem e uma inscrição com piche na parede de tijolos: VOTE EM (ilegível). É de se presumir que tenha sido rabiscada pelos irmãos, antes das eleições.

Agora, é deste jeito que vamos arrumar o mundo: todo homem tem de suar, todo homem tem de se alimentar. Haverá trabalho, haverá comida, haverá um limpo, quente, ensolarado...

(Romantovski passou a ser o ocupante do cômodo adjacente. Era ainda mais miserável que o deles. Mas, debaixo da cama, ele descobriu uma bonequinha de borracha. Concluiu que seu predecessor devia ser um homem com família.)

Apesar de o mundo ainda não ter definitiva e totalmente se transformado em matéria sólida, e ainda restarem regiões diversas de uma intangível e sagrada natureza, os irmãos sentiam-se confortáveis e seguros. O mais velho, Gustav, trabalhava como carregador de móveis; o mais jovem estava momentaneamente desempregado, mas não desanimava. Gustav tinha uma compleição corada uniforme, sobrancelhas espetadas loiras e o tronco amplo como um armário sempre vestido com pulôver de áspera lã cinzenta. Usava ligas elásticas para segurar as mangas da camisa nas juntas dos braços gordos, a fim de manter livres os pulsos e evitar erros. O rosto de Anton tinha marcas de varíola, ele aparava o bigode na forma de um trapezoide escuro e usava um suéter vermelho-escuro sobre o corpo magro e esguio. Mas, quando apoiavam os cotovelos no parapeito do balcão, suas costas eram exatamente as mesmas, grandes e triunfantes, com pano identicamente axadrezado bem apertado sobre as nádegas proeminentes.

Repito: o mundo deve ser suado e bem alimentado. Preguiçosos, parasitas e músicos não são admitidos. Enquanto o coração da gente bombeia sangue, devemos *viver*, droga! Há dois anos já, Gustav vem economizando para se casar com Anna, adquirir um aparador, um tapete.

Ela vinha uma noite sim, outra não, aquela mulher saudável de braços roliços, com sardas na ponte larga do nariz, uma sombra plúmbea debaixo dos olhos e dentes separados, um dos quais, além disso, havia sido arrancado. Os irmãos e ela entornavam cerveja. Ela tinha um jeito de travar os braços nus atrás da nuca, mostrando os avermelhados tufos brilhantes e úmidos nas axilas. Com a cabeça jogada para trás, ela abria a boca tão generosamente que se podia ver seu palato inteiro e a úvula, que parecia o rabinho de uma galinha cozida. A anatomia de seu riso era motivo de grande alegria para os dois irmãos. Eles a estimulavam com prazer.

Durante o dia, enquanto seu irmão trabalhava, Anton ficava sentado num bar amigável ou deitado entre os dentes-de-leão no gramado fresco, ainda bem verde ao longo da margem do canal, e observava com inveja os brutamontes exuberantes carregarem carvão numa barcaça, ou ficava olhando bobamente o vazio azul do céu entorpecente. Mas no momento, na vida bem azeitada dos irmãos, alguma obstrução ocorreu.

No momento mesmo em que apareceu, empurrando seu carrinho pelo pátio, Romantovski provocou uma mistura de irritação e curiosidade nos dois irmãos. Seu instinto infalível os fez sentir que ali estava alguém diferente dos outros. Normalmente, ninguém discernia nada especial nele com um olhar casual, mas os irmãos notaram. Por exemplo, ele andava diferente: a cada passo se erguia flutuando sobre os dedos do pé de um jeito peculiar, caminhando e subindo como se o mero ato de dar um passo permitisse a chance de ele perceber algo incomum acima das cabeças comuns. Ele era o que se chama de "esguio", muito magro, com um rosto pálido de nariz fino e olhos pavorosamente inquietos. Das mangas curtas demais do paletó de botões duplos, seus longos pulsos se projetavam com uma espécie de obviedade incômoda e sem sentido ("cá estamos: o que temos de fazer?"). Ele saía e voltava para casa em horários imprevisíveis. Numa das primeiras manhãs, Anton o viu numa barraca de livros: estava perguntando o preço ou tinha de fato acabado de comprar alguma coisa, porque o vendedor habilmente bateu um volume empoeirado contra o outro e os levou para seu canto atrás da barraca. Outras excentricidades foram notadas: sua luz ficava acesa praticamente até o amanhecer; ele era estranhamente antissocial.

Ouvimos a voz de Anton: "Esse belo cavalheiro se exibe. Devíamos dar uma olhada melhor nele."

"Vou vender o cachimbo para ele", diz Gustav.

As nebulosas origens do cachimbo. Anna o tinha trazido um dia, mas os irmãos só aceitavam cigarrilhas. Um cachimbo caro, ainda não enegrecido. Tinha um pequeno tubo de metal inserido na haste. Com ele viera um estojo de camurça.

"Quem está aí? O que deseja?", Romantovski perguntou pela porta.

"Vizinhos, vizinhos", respondeu Gustav com voz grave.

E os vizinhos entraram olhando em torno avidamente. Havia um toco de salsicha sobre a mesa ao lado de uma pilha irregular de livros; um deles aberto na figura de navios com diversas velas e, voando acima, num canto, um bebê com as bochechas infladas.

"Vamos nos apresentar", resmungaram os irmãos. "As pessoas moram lado a lado, pode-se dizer, mas nunca se conhecem de um jeito ou de outro."

A parte de cima da cômoda era ocupada por um fogareiro a álcool e uma laranja.

"Satisfação", Romantovski disse baixinho. Sentou-se na beira da cama e, com a testa abaixada, a veia em V inchada, começou a amarrar os sapatos.

"Estava descansando", disse Gustav com funesta cortesia. "Viemos na hora errada?"

Nenhuma palavra, nenhuma palavra disse em resposta o morador; em vez disso, endireitou-se de repente, voltou-se para a janela, ergueu o dedo e se imobilizou.

Os irmãos olharam, mas não viram nada de estranho naquela janela; ela emoldurava uma nuvem, o topo do choupo e parte da parede de tijolos.

"Ora, não estão vendo nada?", perguntou Romantovski.

Os suéteres vermelho e cinza foram até a janela e efetivamente se debruçaram para fora, tornando-se gêmeos idênticos. Nada. E ambos tiveram a repentina sensação de que algo estava errado, muito errado! Giraram. Ele estava perto da cômoda de gavetas numa atitude estranha.

"Devo ter me enganado", disse Romantovski, sem olhar para eles. "Parecia que alguma coisa passou voando. Uma vez, vi um avião cair."

"Acontece", concordou Gustav. "Olhe, passamos aqui com uma finalidade. Gostaria de comprar isto aqui? Novo em folha. E tem um estojo bonito."

"Estojo? É mesmo? Só que, sabem, só fumo muito raramente."

"Bom, vai fumar com mais frequência. Vendemos barato. Três e cinquenta."

"Três e cinquenta. Sei."

Ele manipulou o cachimbo, mordendo o lábio inferior e ponderando sobre alguma coisa. Seus olhos não olhavam de fato o cachimbo, iam para a frente e para trás.

Enquanto isso, os irmãos foram inchando, crescendo, preencheram o quarto todo, a casa toda, e cresceram para fora dela. Comparado a eles, o jovem choupo era, então, não maior que aquelas arvorezinhas de brinquedo, feitas de algodão seco, tão instáveis em seus suportes verdes redondos. A casa de bonecas, uma coisa de papelão empoeirado com vidraças de mica, mal chegava à altura dos joelhos dos irmãos. Gigantescos, recendendo imperiosamente a suor e cerveja, com vozes fortes e discursos sem sentido, com matéria fecal substituindo o cérebro humano, eles provocam um tremor de medo ignóbil. Não sei por que se impõem a mim; imploro a vocês, me deixem em paz. Não estou tocando em vocês, então não me toquem também; eu cedo, só me deixem em paz.

"Tudo bem, mas não tenho trocado", disse Romantovski em voz baixa. "Então, se puderem me dar seis e cinquenta..."

Eles podiam, e foram embora, sorrindo. Gustav examinou a nota de dez marcos contra a luz e a guardou na caixa de ferro do dinheiro.

Porém não deixaram em paz seu vizinho de quarto. Era enlouquecedor para eles que, mesmo depois de terem se apresentado, o homem continuasse tão inacessível como antes. Ele evitava encontrar os dois; era preciso armar ciladas e encurralá-lo para poder olhar de passagem aqueles olhos fugidios. Tendo descoberto a vida noturna da luz de Romantovski, Anton não conseguiu aguentar mais. Descalço, foi pé ante pé até a porta (debaixo da qual se via um fio de luz dourada) e bateu.

Romantovski não atendeu.

"Durma, durma", disse Anton, batendo na porta com a mão aberta.

A luz espiava silenciosamente pela fresta. Anton sacudiu a maçaneta da porta. O fio dourado se partiu.

Daí em diante, ambos os irmãos (mas principalmente Anton, graças ao fato de não ter emprego) estabeleceram vigilância sobre a insônia do vizinho. O inimigo, porém, era astuto e dotado de fina audição. Por mais silenciosamente que se avançasse para sua porta, a luz apagava-se instantaneamente, como se nunca tivesse existido; e só ficando no corredor frio por um bom período, prendendo a respiração, haveria esperança de ver a volta do sensível raio da luz. Assim o besouro desfalece e se recobra.

A tarefa de detecção mostrou-se absolutamente exaustiva. Por fim, os irmãos o encontraram por acaso na escada e o pressionaram.

"Digamos que seja meu costume ler à noite. O que vocês têm com isso? Me deixem passar, por favor."

Quando ele se virou, Gustav derrubou seu chapéu, de brincadeira. Romantovski o pegou do chão sem uma palavra.

Poucos dias depois, escolhendo um momento do anoitecer, ele estava voltando do banheiro, não correu depressa o suficiente de volta para seu quarto e os dois irmãos o cercaram. Eram apenas os dois, mas conseguiam formar uma multidão. Convidaram-no para o quarto deles.

"Tem cerveja", Gustav disse com uma piscada.

Ele tentou recusar.

"Ah, vamos lá!", exclamaram os irmãos: agarraram-no por baixo dos braços e o levaram (enquanto o faziam, puderam sentir quanto era magro — aquela fraqueza, aquela escassez abaixo do ombro eram uma tentação irresistível —, ah, dar um bom apertão para fazê-lo crepitar, ah, difícil se controlar, vamos, ao menos, bater nele no movimento, só uma vez, de leve...).

"Estão me machucando", disse Romantovski. "Me deixem em paz, posso andar por mim mesmo."

A cerveja prometida, a grande boca da noiva de Gustav, um cheiro pesado no quarto. Tentaram embebedá-lo. Sem colarinho, com um botão de cobre abaixo do conspícuo e indefeso pomo de adão, de cara comprida e pálida, com cílios trêmulos, ele ficou sentado numa pose complicada, em parte dobrado, em parte curvado para o lado, e quando se levantou da cadeira pareceu desenrolar-se como uma espiral. Porém, forçaram-no a se dobrar de novo e, por sugestão deles, Anna sentou em seu colo. Ele olhando de lado, para o inchaço do arco de seu pé no arreio do sapato apertado, mas conseguiu dominar sua baça angústia o melhor possível, sem ousar se livrar da inerte criatura ruiva.

Houve um minuto em que lhes pareceu que estava domado, que tinha se tornado um deles. De fato, Gustav disse: "Viu, era bobagem sua desprezar nossa companhia. Ficamos ofendidos com o seu jeito calado. O que você lê a noite inteira?"

"Histórias muito, muito antigas", Romantovski respondeu em tal tom de voz que os irmãos de repente sentiram-se muito entediados. O tédio era sufocante e sombrio, mas beber impedia que a tempestade eclodisse e, ao contrário, fazia pesar suas pálpebras. Anna escorregou do joelho de Romantovski, roçou na mesa com um quadril sonolento; garrafas vazias oscilaram como pinos de boliche, uma caiu. Os irmãos se inclinaram, tombaram, bocejaram, ainda olhando através de lágrimas sonolentas o seu convidado. Ele, vibrando e difundindo raios, esticou-se, afinou e gradualmente desapareceu.

Isso não pode continuar. Ele envenena a vida de gente honesta. Ora, pode muito bem ser que ele se mude no fim do mês — intacto, inteiro, nunca despedaçado, marchando orgulhosamente. Não basta que ele se movimente e respire de forma diferente das outras pessoas; o problema é que nós simplesmente não conseguimos identificar a diferença, não conseguimos pegar a ponta da orelha para erguer o coelho. Detestável é tudo o que não se pode apalpar, medir, contar.

Começou uma série de tormentos triviais. Na segunda-feira, conseguiram polvilhar suas roupas de cama com farinha de batata, que dizem provocar uma coceira de enlouquecer. Na terça-feira, ficaram de tocaia na esquina de sua rua (ele vinha com livros abraçados ao peito) e o empurraram tão bem que sua carga despencou na poça que haviam escolhido para isso. Na quarta-feira, pincelaram o assento da privada com cola de carpinteiro. Na quinta feira, a imaginação dos irmãos esgotou-se.

Ele não disse nada, absolutamente nada. Na sexta-feira, ele alcançou Anton, com seu passo voador, no portão do pátio, e ofereceu a ele um semanário ilustrado: talvez goste de dar uma olhada nisto? Essa cortesia inesperada deixou perplexos os irmãos e fez com que ficassem ainda mais esquentados.

Gustav mandou que sua noiva provocasse Romantovski, o que daria a oportunidade de brigar com ele. Você involuntariamente tende a pôr uma bola em movimento antes de chutá-la. Animais brincalhões também preferem um objeto móvel. E embora Anna, sem dúvida, fosse imensamente repelente a Romantovski com aquelas manchas marrons como besouros na pele leitosa, com o olhar vazio dos olhos claros, e os pequenos promontórios da gengiva entre os dentes, ele achou melhor esconder sua repulsa, temendo enfurecer o amante de Anna ao rejeitá-la.

Como ia mesmo ao cinema uma vez por semana, levou-a com ele no sábado, na esperança de que essa atenção fosse suficiente. Sem ser notados, a distância discreta, ambos usando bonés novos e sapatos vermelho-alaranjados, os irmãos seguiram o par e naquelas ruas dúbias, naquele empoeirado entardecer, havia centenas como eles, mas apenas um Romantovski.

No pequeno cinema alongado, a noite começara a tremular, uma noite lunar automanufaturada, quando os irmãos, curvando-se furtivamente, sentaram-se na fileira de trás. Pressentiam a sombria presença deliciosa de Romantovski em algum ponto à frente. A caminho do cinema, Anna não conseguiu extrair nada de seu desagradável acompanhante, nem entendia direito o que exatamente Gustav queria dele. Ao caminharem, a mera visão de sua figura magra e perfil melancólico a fazia querer bocejar. Mas começado o filme, ela se esqueceu dele, apertando um ombro insensato contra ele. Espectros conversaram com voz de trombone na moderna tela falante. O barão provou o vinho e cuidadosamente pousou o cálice — com o som de uma bala de canhão ao cair.

E depois de algum tempo os investigadores estavam perseguindo o barão. Quem haveria de reconhecer nele um consumado bandido? Ele era caçado febrilmente, loucamente. Automóveis corriam com troar de trovão. Numa boate, lutaram com garrafas, cadeiras, mesas. Uma mãe estava pondo o filho encantador para dormir.

Quando tudo terminou, e Romantovski, com um leve manquejar, acompanhou-a para o frescor do escuro, Anna exclamou: "Ah, foi maravilhoso!"

Ele pigarreou e disse, depois de uma pausa: "Não vamos exagerar. Na vida real, tudo é consideravelmente mais sem graça."

"Você que é sem graça", ela respondeu irritada, e deu uma risada delicada ao se lembrar do lindo bebê.

Atrás deles, deslizando à mesma distância de antes, vinham os irmãos. Ambos sombrios. Ambos fazendo crescer em si uma sombria violência. Sombrio, Anton disse: "Isso não se faz, afinal... sair passeando com a noiva de outro."

"E principalmente sábado à noite", disse Gustav.

Um transeunte, cruzando de frente com eles, olhou por acaso seus rostos e não pôde evitar de andar mais depressa.

O vento da noite perseguia o lixo sussurrante pelas cercas. Era a parte escura e desolada de Berlim. Ao longe, à esquerda da rua, acima do canal, piscavam luzes esparsas. À direita, havia terrenos baldios para os quais umas poucas casas apressadamente silhuetadas viravam as costas negras. Depois de um breve tempo, os irmãos aceleraram o passo.

"Minha mãe e minhas irmãs moram no campo", Anna estava contando a ele num tom bastante aconchegante em meio à noite veludosa. "Assim que eu me casar, espero ir visitar as duas com ele. No verão passado, minha irmã..."

Romantovski de repente olhou para trás.

"... ganhou um prêmio na loteria", Anna continuou, olhando mecanicamente para trás também.

Gustav emitiu um assobio sonoro.

"Ora, são eles!", Anna exclamou e alegremente começou a rir. "Ah, os bandidos!"

"Boa noite, boa noite", Gustav disse depressa, com voz ofegante. "O que você está fazendo aqui, sua besta, com a minha namorada?"

"Não estou fazendo nada. Nós acabamos de..."

"Ora, ora", disse Anton e, afastando o cotovelo, bateu secamente na parte baixa das costelas de Romantovski.

"Por favor, não use seus punhos. Você sabe perfeitamente bem que..."

"Deixem ele em paz, meninos", disse Anna com um riso baixo e gozador.

"Ele tem de aprender uma lição", disse Gustav, se esquentando e pressentindo com um brilho pungente como ele também seguiria o exemplo de seu irmão e sentiria aquelas cartilagens, aquela coluna vertebral quebradiça.

"A propósito, uma coisa engraçada me aconteceu um dia", Romantovski começou a dizer, falando depressa, mas então Gustav começou a apertar e torcer os grandes nós de seus dedos nos flancos da vítima, provocando uma dor absolutamente indescritível. Ao jogar o corpo para trás, Romantovski escorregou e quase caiu: cair significaria perecer ali mesmo.

"Deixem ele ir embora", disse Anna.

Ele se virou e, segurando o flanco, caminhou ao longo da escura cerca sussurrante. Os irmãos foram atrás dele, praticamente pisando seus calcanhares. Gustav rugia na angústia da sede de sangue e aquele rugido podia a qualquer momento se transformar num golpe.

Lá longe, à sua frente, uma luz piscava prometendo segurança; significava uma rua iluminada e, embora o que se pudesse ver fosse provavelmente apenas uma lâmpada solitária, aquela fresta na escuridão parecia um maravilhoso brilho festivo, uma abençoada região radiosa, cheia de homens resgatados. Ele sabia que se começasse a correr seria o fim, uma vez que não conseguiria chegar lá depressa o bastante; devia seguir a passo calmo e uniforme, então talvez conseguisse cobrir aquela distância, mantendo silêncio todo o tempo e tentando não pressionar com a mão as costelas que queimavam. Então continuou andando, com seu passo voador de sempre, e a impressão era de que o fazia de propósito, para caçoar dos que não voavam e porque no momento seguinte ele poderia decolar.

A voz de Anna: "Gustav, não se envolva com ele. Sabe muito bem que não vai conseguir parar. Lembre o que você fez aquela vez com o pedreiro."

"Cale a boca, puta velha, não diga o que ele tem de fazer." (Era a voz de Anton.)

Então, finalmente, a região de luz — onde se podia distinguir a folhagem de uma nogueira e o que parecia uma coluna de publicidade e, mais adiante ainda, à esquerda, uma ponte — aquela luz implorada sem fôlego, esperava, afinal, afinal, não muito longe... E mesmo assim não podia correr. E embora soubesse que estava cometendo um erro fatal, repentinamente, mais forte que o controle de sua vontade, ele voou e, com um soluço, saiu correndo.

Ele correu e parecia, ao correr, que estava rindo, exultantemente. Gustav o alcançou com dois saltos. Ambos caíram, e em meio ao feroz raspar e crepitar ocorreu um som especial — macio e úmido, uma vez, e uma segunda vez, até o cabo —, e então Anna instantaneamente fugiu para o escuro, segurando o chapéu na mão.

Gustav se levantou. Romantovski estava caído no chão e falando em polonês. Abruptamente sua voz quebrou.

"E agora vamos embora", disse Gustav. "Esfaqueei ele."

"Tire fora", disse Anton. "Tire dele."

"Já foi", disse Gustav. "Meu Deus, como esfaqueei."

E saíram correndo, embora não para a luz, mas para o outro lado, para os terrenos baldios. Depois de contornar o cemitério, chegaram a uma viela, trocaram olhares e passaram a andar em ritmo normal.

Ao chegar em casa, eles imediatamente adormeceram. Anton sonhou que estava sentado na grama, olhando uma barcaça passar. Gustav não sonhou com nada.

Na manhã seguinte, cedo, chegaram os agentes da polícia; vasculharam o quarto do homem assassinado e interrogaram brevemente Anton, que tinha saído para o corredor. Gustav ficou na cama, saciado e sonolento, o rosto da cor de um presunto da Westphalia, em contraste com os tufos esbranquiçados das sobrancelhas.

Então, a polícia foi embora e Anton voltou. Estava em um estado especial de animação, sufocando de rir, flexionando os joelhos, batendo em silêncio o punho na palma da mão.

"Que divertido!", disse. "Sabe quem era o sujeito? Um leonardo!"

No linguajar deles, um leonardo (do nome do pintor) queria dizer um fabricante de dinheiro falso. E Anton contou o que tinha conseguido descobrir: o sujeito, ao que parece, pertencia a uma gangue e tinha acabado de sair da cadeia. Antes disso, havia desenhado notas falsas; devia ter sido apunhalado por um cúmplice, sem dúvida.

Gustav sacudiu-se de riso também, mas então sua expressão mudou de repente.

"Ele nos pagou com dinheiro falso, o bandido!", Gustav gritou e correu, nu, até o guarda-roupa, onde guardava a caixa de dinheiro.

"Não tem importância, a gente passa adiante", disse seu irmão. "Quem não é perito não sabe a diferença."

"É, mas que bandido!", Gustav repetia.

Meu pobre Romantovski! E eu que acreditava como eles que você era de fato alguém excepcional. Acreditava, permita que eu confesse, que você era um poeta notável que a pobreza obrigara a viver naquele bairro sinistro. Acreditava, por força de certos indícios, que toda noite, ao trabalhar uma linha de verso ou alimentar uma ideia que crescia, você celebrava uma invulnerável vitória sobre os irmãos. Meu pobre Romantovski! Tudo acabado agora. Ai, os objetos que eu havia reunido se dispersam. O jovem choupo se apaga e vai embora — volta para o lugar de onde foi tirado. A parede de tijolos se dissolve. A casa recolhe seus pequenos balcões um a um, depois se volta e flutua para longe. Tudo flutua para longe. Harmonia e sentido desaparecem. O mundo me aborrece de novo com seu vazio variegado.

Em memória de L. I. Shigaev

Leonid Ivanovitch Shigaev está morto... Os pontos de reticências, costumeiros em obituários russos, devem representar as notas de rodapé de palavras que partiram na ponta dos pés, em reverente fila indiana, deixando suas pegadas no mármore... Porém, eu gostaria de violar esse silêncio sepulcral. Por favor, permitam-me... Apenas uns poucos fragmentos, caóticos, basicamente não solicitados... Mas mesmo assim. Ele e eu nos conhecemos onze anos atrás, num ano que para mim foi desastroso. Eu estava virtualmente perecendo. Pensem numa pessoa jovem, ainda muito jovem, desamparada e solitária, com uma alma perpetuamente inflamada (que temia o menor contato, era como carne viva) e incapaz de lidar com as pontadas de um amor infeliz... Tomarei a liberdade de me deter nesse ponto um momento.

Não havia nada de excepcional a respeito daquela moça alemã magra, de cabelo curto, mas quando eu olhava para ela, para seu rosto intocado pelo sol, seu rico cabelo loiro, aquelas mechas brilhantes, amarelo-douradas e ouro-oliváceas, que desciam tão perfeitas de perfil da coroa à nuca, eu sentia vontade de uivar de ternura, uma ternura que não cabia dentro de mim simples e confortavelmente, mas ficava amontoada na porta e não entrava nem saía — volumosa, quebradiça e inútil para todos, quanto mais para a garota. Em resumo, descobri que uma vez por semana, na casa dela, ela me traía com um respeitável páter-famílias, que, incidentalmente, era tão infernalmente meticuloso que levava com ele as próprias formas de sapato. A coisa toda terminou na porrada circense de um monstruoso tabefe na orelha com que derrubei a traidora, que se enrolou como uma bola onde caiu, os olhos brilhando para mim através dos dedos abertos — no fim das contas bem lisonjeada, acho. Automaticamente, procurei alguma coisa para atirar nela, vi o açucareiro de porcelana que eu havia lhe dado na Páscoa, peguei o objeto embaixo do braço e saí, batendo a porta.

Uma nota: essa é uma das versões concebíveis de minha separação; eu havia considerado muitas dessas impossíveis possibilidades ainda no primeiro calor de meu bêbado delírio, imaginando ora a grosseira gratificação de uma boa bofetada; ora os tiros de um velho revólver Parabellum, nela e em mim, nela e no páter-famílias, somente nela, somente em mim; depois, finalmente, uma glacial ironia, nobre tristeza, silêncio — ah, as coisas podem tomar tantos rumos que desde então há muito me esqueci como ocorreram de fato.

Meu senhorio na época, um berlinense atlético, sofria permanentemente de furunculose: sua nuca exibia um quadrado de emplastro repulsivamente cor-de-rosa com três nítidas aberturas — para ventilação, talvez, ou para liberar o pus. Eu trabalhava numa editora emigrada para dois indivíduos de aparência lânguida que na realidade eram malandros tão espertos que as pessoas comuns, ao observá-los, sentiam espasmos no peito, como quando se sobe a um pico entre nuvens. Como comecei a chegar atrasado ("sistematicamente atrasado", como eles diziam) e a faltar no trabalho, ou a chegar em tais condições que era preciso me mandar para casa, nosso relacionamento se tornou insuportável, e finalmente, graças a um esforço conjunto — com a entusiástica colaboração do guarda-livros e de algum estranho que tinha chegado com um manuscrito —, fui mandado embora.

Minha pobre, minha lamentável juventude! Revejo vivamente o horrendo quartinho que aluguei por cinco dólares mensais, as horrendas florzinhas do papel de parede, a horrenda lâmpada pendurada em seu fio, com o bulbo nu cuja luz maníaca brilhava às vezes até de manhã. Eu fui tão desgraçado ali, tão indecentemente, luxuriantemente desgraçado, que as paredes até hoje devem estar saturadas de infortúnio e febre, e é impensável que algum sujeito alegre possa ter vivido ali depois de mim, assobiando, murmurando. Dez anos se passaram, e mesmo agora consigo ainda me imaginar naquela época, um pálido jovem sentado em frente a um espelho tremeluzente, com a testa lívida e a barba negra, vestindo apenas uma camisa rasgada, engolindo bebida barata e brindando o copo com seu reflexo. Que tempos aqueles! Não só eu era inútil a todos no mundo, como não conseguia nem mesmo imaginar circunstâncias em que alguém pudesse importar-se um mínimo comigo.

Por meio de prolongadas, persistentes, solitárias bebedeiras, eu me levei à mais vulgar das visões, à mais russa de todas as alucinações: comecei a ver diabos. Eu os via todo anoitecer, assim que emergia de meu diurno devaneio para dispersar com minha maldita lâmpada a penumbra que nos engolia. Sim, ainda mais claramente do que eu agora vejo o perpétuo tremor de minha mão, eu via os preciosos intrusos, e depois de algum tempo até me acostumei com sua presença, uma vez que eles se mantinham em grande parte alheios a mim. Eram mais para pequenos, mas bastante roliços, do tamanho de um sapo acima do peso — monstrinhos pacíficos, flácidos, de pele negra, mais ou menos verrugosos. Rastejavam mais que andavam, porém, com todo seu fingido desajeitamento, mostravam-se incapturáveis. Me lembro de comprar um chicote de cachorro e, assim que se juntaram suficientes deles em minha mesa, tentei lhes dar uma boa chicotada, mas eles miraculosamente evitaram o golpe; bati de novo, e um deles, o mais próximo, apenas piscou, apertando os olhos tortamente, como um cachorro tenso que alguém quer afastar com ameaças de algum tentador monte de esterco. Os outros se dispersavam, arrastando as patas traseiras. Mas juntavam-se furtivamente de novo enquanto eu limpava a tinta derramada na mesa e recolhia um retrato derrubado. Em termos gerais, seu habitat mais denso era na vizinhança de minha escrivaninha; materializavam-se de algum lugar embaixo e, tranquilamente, com as barrigas pegajosas crepitando e aderindo à madeira, trepavam pelas pernas da mesa, numa paródia de marinheiros escaladores. Tentei besuntar sua rota com vaselina, mas não adiantou, e só quando escolhia um apetitoso canalhazinho patife, que escalava com empenho, e o atingia com o chicote ou com o sapato, só então era que caía ao chão com um baque surdo de sapo gordo; mas um minuto depois lá estava ele de novo, subindo por um canto diferente, a língua roxa pendurada para fora por causa do esforço e, uma vez em cima, juntava-se a seus camaradas. Eram numerosos e de início todos me pareciam semelhantes: pequenas criaturas escuras com rostos inchados, em princípio bastante bondosos; ficavam sentados em grupos de cinco ou seis em cima da mesa, sobre vários papéis, sobre um volume de Puchkin, olhando para mim com indiferença. Um deles podia coçar atrás da orelha com a pata, a garra comprida fazendo um áspero som de raspar, e depois se imobilizava, a perna esquecida suspensa no ar. Outro cochilava, apoiado inconfortavelmente em cima do vizinho que, por sinal, também não era inocente: a recíproca falta de consideração dos anfíbios, capazes de entrar em torpor em atitudes intrincadas. Aos poucos, comecei a identificá-los e acho até que lhes dei nomes, dependendo de sua semelhança com conhecidos meus e vários animais. Distinguiam-se espécimes maiores e menores (embora fossem todos de tamanho bastante portátil), alguns mais repulsivos, outros mais aceitáveis de aspecto, alguns tinham calombos ou tumores, outros eram perfeitamente lisos. Alguns tinham o hábito de cuspir um no outro. Uma vez, trouxeram um menino novo, um albino, de coloração cinérea, com olhos iguais a contas de caviar vermelho; mas ele era muito sonolento e melancólico, e gradualmente rastejou embora. Com um esforço de vontade eu conseguia superar o encantamento por um momento. Era um esforço torturante, porque eu tinha de repelir e manter a distância um horrível peso de ferro, para o qual meu ser inteiro servia de ímã: bastava eu relaxar, abandonar-me ligeiramente que fosse, e a quimera tomava forma outra vez, tornando-se precisa, ficando estereoscópica, e eu vivia uma enganosa sensação de alívio — o alívio do desespero, ai! — quando mais uma vez cedia à alucinação, e mais uma vez a pegajosa massa de rústicos de pele grossa se sentava à minha frente na mesa, olhando para mim, sonolentos mas ao mesmo tempo expectantes. Eu experimentei não só o chicote, mas também um método famoso, comprovado pelo tempo, o qual tinha vergonha de adotar, principalmente porque devo tê-lo usado de alguma forma muito, muito errada. Mesmo assim, na primeira vez funcionou: um certo sinal sacramental com os dedos juntos, pertencente a um culto religioso particular, foi rapidamente realizado por mim à altura de poucos centímetros acima do grupo compacto de diabos e os arranhou como um ferro em brasa, com um chiado suculento, ao mesmo tempo agradável e desagradável; diante disso, se contorcendo com as queimaduras, meus patifes se dispersaram e caíram com gordos plops no chão. Mas, quando repeti a experiência com um novo grupo, o efeito mostrou-se mais fraco, e depois disso pararam inteiramente de reagir, isto é, muito rapidamente desenvolveram uma certa imunidade... mas basta disso. Com uma risada — o que mais me restava? —, eu murmurei *T'foo!* (por sinal, a única imprecação em russo emprestada do léxico dos diabos; veja também o alemão *Teufel*) e, sem entender, fui para a cama (por cima das cobertas, claro, pois tinha medo de encontrar companheiros de cama indesejados). Assim passaram os dias, se é que podem ser chamados de dias — não eram dias, mas uma névoa intemporal —, e quando voltei a mim me vi rolando no chão, lutando com meu robusto senhorio entre os restos de mobília. Com um repelão desesperado eu me libertei, voei para fora do quarto e para a escada, e a próxima coisa de que me lembro é de estar andando pela rua, tremendo, descabelado, um odioso pedaço de emplastro estranho grudado aos meus dedos, com o corpo dolorido e a cabeça rodando, mas quase totalmente sóbrio.

Foi quando L. I. me tomou sob sua proteção. "O que aconteceu, meu velho?" (Nós já nos conhecíamos ligeiramente; ele vinha compilando um dicionário de bolso russo-alemão de termos técnicos e costumava visitar o escritório onde eu trabalhava.) "Espere um pouco, meu velho, olhe só você." Ali mesmo, no canto (ele estava voltando de uma delicatéssen com seu jantar numa pasta), caí em prantos e, sem dizer uma palavra, L. I. me levou a seu apartamento, me instalou no sofá, me deu salsicha de fígado e caldo de carne e me cobriu com um sobretudo xadrez com gola de astracá puída. Eu tremia e soluçava, e acabei adormecendo.

Em resumo, fiquei em seu pequeno apartamento e vivi assim durante duas semanas, depois das quais aluguei o quarto vizinho e continuamos a nos ver diariamente. E no entanto, quem havia de pensar que tivéssemos alguma coisa em comum? Éramos diferentes sob todos os aspectos! Ele tinha quase o dobro da minha idade, confiável, cortês, digno, vestido geralmente com fraque, limpo e simples, como a maioria de nossos solteirões emigrados mais velhos, comportados; valia a pena ver, e principalmente ouvir, como ele escovava com método suas calças toda manhã: o som dessas escovadas está agora tão intimamente associado a ele, tão destacado em minha lembrança dele — principalmente o ritmo do processo, as pausas entre as séries de escovadas, quando ele parava para examinar um ponto suspeito, raspá-lo com a unha, ou levantá-lo à luz. Ah, aqueles "inexprimíveis" (como ele os chamava), que permitiam que o azul do céu brilhasse através do joelho, aqueles inexprimíveis, inexprimivelmente espiritualizados por aquela ascensão!

Seu quarto tinha como característica a ingênua ordem da pobreza. Ele aplicava seu endereço e número de telefone nas cartas com um carimbo de borracha (um carimbo de borracha!). Ele sabia preparar *botviniya*, uma sopa fria de topos de beterrabas. Era capaz de demonstrar durante horas a fio alguma ninharia que considerava uma obra de gênio, um punho de camisa curioso ou um isqueiro que lhe tinha sido vendido por um ambulante de fala mansa (note-se que L. I. não fumava), ou seus bichos de estimação, três tartarugas diminutas com horrendos pescoços de velha; uma delas morreu em minha presença quando caiu da mesa redonda ao longo de cuja borda costumava caminhar, como um aleijado com pressa, sob a impressão de estar seguindo uma linha reta que levava muito, muito longe. Outra coisa que acabo de me lembrar com tanta clareza: na parede acima de sua cama, que era lisa como o catre de um prisioneiro, havia duas litografias: uma vista do Neva a partir da margem da *Columna Rostrata* e um retrato de Alexandre I. Ele as comprara num momento de saudade do Império, uma nostalgia que ele distinguia da saudade pela terra natal.

L. I. era absolutamente desprovido de qualquer senso de humor e era totalmente indiferente à arte, à literatura e ao que é comumente conhecido como natureza. Se a conversa efetivamente se voltava para a poesia, digamos, sua contribuição se limitava a uma declaração como: "Não, digam o que quiserem, mas Lermontov é de alguma forma mais próximo de nós do que Puchkin." E, quando eu o infernizava para citar uma única linha de Lermontov que fosse, ele fazia um evidente esforço para se lembrar de alguma coisa da ópera de Rubinstein, *O demônio*, ou então respondia: "Há muito tempo não releio Lermontov, 'tudo isso é obra de tempos passados' e, de qualquer forma, meu caro Victor, me deixe em paz." Incidentalmente, ele não se dava conta de que estava citando *Ruslan e Ludmila*, de Puchkin.

No verão, aos domingos, ele invariavelmente fazia uma viagem para fora da cidade. Conhecia os arredores de Berlim com inacreditáveis detalhes e se orgulhava de conhecer "locais maravilhosos" a que ninguém tinha ido. Era um prazer puro e autossuficiente, relacionado, talvez, às delícias de colecionador, às orgias a que se entregavam amadores de velhos catálogos; se assim não fosse, seria impossível entender por que ele precisava disso tudo: preparar minuciosamente a rota, lançando mão de vários meios de transporte (ida de trem, depois a volta até este ponto de vapor, depois de ônibus, e é isto que custa e ninguém, nem mesmo os próprios alemães, sabe como é barato). Mas quando ele e eu finalmente nos víamos na floresta, ele, afinal, não sabia a diferença entre uma abelha e uma mamangava, entre um amieiro e uma aveleira, e percebia seu entorno de maneira bastante convencional e coletiva: vegetação verde, bom tempo, a tribo emplumada, pequenos insetos. Ele ficava até ofendido se eu, que tinha crescido no campo, observasse, só em nome de um pouco de diversão, as diferenças entre a flora em torno de nós e uma floresta da Rússia central: ele sentia não haver nenhuma diferença significativa, e que só associações sentimentais interessavam.

Ele gostava de se esticar na relva num lugar sombreado, apoiar-se no cotovelo direito e discursar prolongadamente sobre a situação internacional ou contar histórias sobre seu irmão Peter, aparentemente um sujeito bem ousado — mulherengo, musicista, briguento — que em tempos pré-históricos havia morrido afogado numa noite de verão em Dnieper; um fim muito glamoroso. No dizer de L. I., porém, ficava tudo tão tedioso, tão minucioso, tão completo que quando, durante um repouso na floresta, ele de repente perguntava com um sorriso gentil: "Já lhe contei daquela vez em que Pete montou na cabra de um padre de aldeia?", eu sentia vontade de gritar: "Já, já contou, por favor, me poupe!"

O que eu não daria para ouvir suas histórias desinteressantes agora, ver seus olhos gentis, distraídos, aquela cabeça calva, rosada pelo calor, aquelas têmporas grisalhas. Qual era, então, o segredo de seu encanto, se tudo nele era tão sem graça? Por que todo mundo gostava tanto dele, por que todos se ligavam a ele? O que ele fazia para ser tão querido? Não sei. Não sei a resposta. Só sei que eu ficava inquieto durante suas ausências matinais, quando ele saía para seu Instituto de Ciências Sociais (onde passava o tempo debruçado sobre os volumes de *Die Ökonomische Welt*, do qual copiava com limpa e miúda caligrafia excertos que em sua opinião eram significativos e absolutamente dignos de nota), ou para uma lição particular de russo, que ele ensinava eternamente a um casal idoso e ao genro do casal idoso; seu relacionamento com eles o levou a tirar diversas conclusões incorretas sobre o modo de vida alemão — sobre o qual os membros de nossa *intelligentsia* (a raça mais negligente do mundo) se consideram autoridades. Eu me sentia, sim, inquieto, como se tivesse uma premonição do que depois lhe aconteceu em Praga: um enfarte na rua. Como ele ficou contente, porém, de arrumar aquele emprego em Praga, como se ria! Tenho uma lembrança excepcionalmente clara do dia em que nos despedimos dele. Imaginem só: um homem tem a oportunidade de fazer palestras sobre seu assunto favorito! Ele deixou para mim uma pilha de revistas velhas (nada fica tão velho e empoeirado como uma revista russa), suas formas de sapato (eu estava condenado a ser perseguido por formas de sapato) e uma caneta-tinteiro novinha (como lembrança). Mostrou grande preocupação comigo ao ir embora, e sei que depois, quando sua correspondência de alguma forma rareou e cessou e a vida novamente despencou em profunda escuridão — uma escuridão que uivava com milhares de vozes, da qual é pouco provável que eu jamais escape —, L. I., eu sei, ficava pensando em mim, perguntando às pessoas, tentando me ajudar indiretamente. Ele partiu num lindo dia de verão; lágrimas brotaram persistentemente nos olhos dos que foram se despedir dele; uma moça judia míope com luvas brancas e *lorgnette* levou um grande ramalhete de papoulas e centáureas; L. I., inexperiente, cheirou-as, sorrindo. Será que me ocorreu que eu podia estar vendo-o pela última vez?

Claro que sim. Foi exatamente o que ocorreu comigo: sim, estou vendo você pela última vez; isso, de fato, é o que eu sempre penso, sobre tudo, sobre todos. Minha vida é uma perpétua despedida de objetos e pessoas, que muitas vezes não prestam a menor atenção à minha amarga, breve, demente saudação.

O círculo

Em segundo lugar, porque ele foi possuído por uma súbita e louca paixão pela Rússia. Em terceiro, por fim, porque ele lamentou aqueles anos de juventude e tudo associado a ela — o feroz ressentimento, a grosseria, o ardor e as manhãs perturbadoramente verdes em que o matagal ensurdecia as pessoas com seus dourados papa-figos. Sentado no café, a diluir com soda do sifão a pálida doçura do cassis, ele relembrou o passado com uma constrição do coração, com melancolia — que tipo de melancolia? —, bem, de um tipo ainda não suficientemente investigado. Todo esse passado distante subiu com seu peito, erguido por um suspiro, e lentamente seu pai subiu do túmulo, endireitando os ombros: Ilya Ilyich Bychkov, *le maître d'école chez nous au village*, com gravata preta esvoaçante, com nó pitoresco e paletó de ponjê, cujos botões começavam, à moda antiga, bem no alto do peito, mas paravam também num ponto alto, deixando as abas separadas revelarem a corrente atravessada no colete; sua pele era avermelhada, a cabeça calva ainda coberta por uma suave penugem que parecia o veludo da galhada jovem de um gamo; havia uma porção de pequenas rugas em suas faces, e uma verruga carnosa perto do nariz produzia o efeito de uma voluta adicional descrita pela narina gorda. Em seus dias de colégio e faculdade, Innokentiy costumava sair da cidade nos feriados para visitar seu pai em Leshino. Mergulhando ainda mais fundo, ele conseguia se lembrar da demolição da escola velha no fim da aldeia, da limpeza do terreno para a sua sucessora, da cerimônia da pedra fundamental, do serviço religioso ao vento, do conde Konstantin Godunov-Cherdyntsev atirando a tradicional moeda de ouro, que ficou espetada de lado na lama. O novo prédio era de um cinza granítico granulado no exterior; o interior, durante muitos anos e depois por mais um longo período (isto é, quando ele passou a fazer parte do departamento da memória), cheirava ensolaradamente a cola; as classes eram dotadas de brilhantes instrumentos educacionais, tais como retratos ampliados de insetos nocivos ao campo ou à floresta; mas Innokentiy achou ainda mais irritantes os pássaros fornecidos por Godunov-Cherdyntsev. Flertando com o povo simples! Sim, ele se via como um severo plebeu: o ódio (ao menos parecia) o sufocava quando, em jovem, costumava olhar do outro lado do rio o grande parque senhorial, carregado de antigos privilégios e dotações imperiais, lançando o reflexo de sua negra massa sobre a água verde (com o borrão cremoso de uma erva racemosa florescendo aqui e ali entre os pinheiros).

A nova escola foi construída no limiar deste século, numa época em que Godunov-Cherdyntsev havia voltado de sua quinta expedição à Ásia central e estava passando o verão em Leshino, sua propriedade do Departamento de São Petersburgo, com a jovem esposa (aos quarenta anos ele tinha o dobro da sua idade). Tão fundo se pode mergulhar, meu Deus! Na névoa cristalina que se dissolvia, como se estivesse tudo ocorrendo debaixo d'água, Innokentiy viu a si mesmo como um menino de três ou quatro anos entrando no solar e flutuando através de salas maravilhosas, com seu pai caminhando na ponta dos pés, um úmido ramalhete de lírios-do-vale tão apertado na mão que chegava a ranger — e tudo em volta parecia úmido também, uma neblina luminosa, rangente, trêmula, que era tudo o que se conseguia distinguir —, mas em anos posteriores isso se transformou em uma lembrança vergonhosa, as flores de seu pai, o avanço na ponta dos pés e têmporas suando sombriamente simbolizando agradecida servidão, principalmente depois que um velho camponês contou a Innokentiy que Ilya Ilyich tinha sido liberado por "nosso bom senhor" de uma questão política trivial, mas complicada, pela qual teria sido banido para os confins do império se o conde não tivesse intercedido.

Tanya costumava dizer que tinham parentes não apenas no reino animal, mas também entre plantas e minerais. E, de fato, naturalistas russos e estrangeiros tinham descrito sob o nome específico de "*godunovi*" um novo faisão, um novo antílope, um novo rododendro e havia até toda uma cordilheira Godunov (ele próprio descrevia apenas insetos). Essas suas descobertas, suas extraordinárias contribuições à zoologia, e mil perigos que ele tinha a fama de ignorar, não conseguiam, porém, tornar as pessoas indulgentes com sua alta linhagem e grande fortuna. Além disso, não esqueçamos que certos setores de nossa *intelligentsia* sempre manifestaram desdém pela pesquisa científica não aplicada e, portanto, Godunov era censurado por demonstrar maior interesse em "besouros Sinkiang" do que na questão do camponês russo. O jovem Innokentiy acreditou prontamente nas histórias (realmente idiotas) contadas a respeito das concubinas de viagem do conde, de sua desumanidade de estilo chinês e dos encargos secretos que ele fazia para o tsar — para provocar os ingleses. A realidade dessa imagem permanecia vaga: a mão sem luva atirando uma moeda de ouro (e, numa lembrança ainda anterior, aquela visita ao solar, cujo senhor a criança confundiu com um calmuco vestido em azul-celeste, encontrado em seu caminho atravessando o salão de recepção). Então Godunov partiu de novo, para Samarcanda ou Vernyi (cidades das quais ele usualmente iniciava seus passeios fabulosos), e ficou longe um longo tempo. Enquanto isso, sua família veraneava no sul, parecendo preferir seu palácio de campo na Crimeia ao petropolitano. Os invernos eles passavam na capital. Ali, no cais, ficava sua casa, uma residência particular de dois andares, pintada em tom de oliva. Acontecia de Innokentiy às vezes passar em frente; sua memória reteve as formas femininas de uma estátua que mostrava as covinhas das nádegas brancas como açúcar através do desenho da gaze de uma janela toda de vidro. Atlantes marrom-oliva com costelas fortemente arqueadas sustentavam um balcão: o esforço de seus músculos de pedra e as bocas retorcidas em agonia pareciam a nosso irascível ambicioso uma alegoria do proletariado escravo. Uma ou duas vezes, no cais, no começo da ventosa primavera de Neva, ele viu de relance a pequena menina Godunov com seu fox terrier e a governanta; eles passaram efetivamente rodopiando, no entanto tão nitidamente delineados: Tanya usava botas amarradas até os joelhos e um casaco curto azul-marinho com botões esféricos de latão, e, ao passar marchando rapidamente, ela bateu nas pregas da saia curta azul-marinho — com o quê? Acho que com a guia do cachorro que levava —, o vento Ladoga agitava as fitas de seu chapéu de marinheiro, e um pouco atrás vinha depressa a governanta, com um casaco de astracá, a cintura flexionada, um braço estendido para a frente, a mão escondida em um regalo de pele preta, de cachos miúdos.

Ele se hospedava na casa de sua tia, uma costureira, numa casa de cômodos de Okhta. Ele era moroso, antissocial, dedicava gemidos e pesados esforços aos estudos, embora limitasse sua ambição à nota suficiente para passar, mas para surpresa de todos terminou a escola brilhantemente e aos dezoito anos entrou na universidade de São Petersburgo como estudante de medicina — momento em que a adoração de seu pai por Godunov-Cherdyntsev misteriosamente aumentou. Ele passou um verão como tutor dos filhos de uma família em Tver. Em maio do ano seguinte, 1914, estava de volta à aldeia de Leshino — e descobriu, não sem desânimo, que o solar do outro lado do rio havia ganhado vida.

Mais sobre o rio, sobre sua margem íngreme, sobre sua velha casa de banhos. Era uma construção de madeira apoiada em pilares; um caminho escalonado, com um sapo degrau sim, degrau não, levava até ela, e nem todo mundo conseguia encontrar o começo daquele declive barrento no bosque de amieiros nos fundos da igreja. Seu companheiro constante nos passatempos ribeirinhos era Vasiliy, o filho do ferreiro, um rapaz de idade indeterminada (ele próprio não sabia dizer se tinha quinze anos ou vinte completos), de constituição sólida, feioso, de calças velhas remendadas, com enormes pés descalços cor de cenoura suja, e tão melancólico de temperamento quanto Innokentiy naquela época. Os pilares de pinho lançavam reflexos em forma de sanfona que se abriam e fechavam na água. Sons de gorgolejos e de ventosa vinham de baixo das tábuas apodrecidas da casa de banho. Numa lata redonda, suja de terra, estampada com uma cornucópia — a lata um dia contivera balas de fruta baratas —, minhocas se retorciam, inquietas. Vasiliy, tomando cuidado para que a ponta do anzol não o atravessasse, enfiou um gordo segmento de minhoca por ele, deixando o resto ficar pendurado, livre; depois, temperou a bandida com cuspe sacramental e procedeu a baixar a linha com peso de chumbo por sobre o peitoril externo da casa de banho. O anoitecer chegara. Algo que parecia um largo leque de plumas violeta-rosado ou uma cadeia de montanhas aérea com esporas laterais espalhou-se pelo céu e os morcegos já voejavam, com o exagerado silêncio e a pérfida velocidade de seres membranosos. Os peixes tinham começado a morder, e desdenhando o uso de uma vara, segurando simplesmente a linha tensa e agitada entre indicador e polegar, Vasiliy puxou-a muito ligeiramente para testar a solidez dos espasmos subaquáticos — e de repente tirou da água uma espécie de carpa ou um gobião. Displicente, com uma espécie de estalo até indiferente, ele arrancou o anzol da boquinha redonda e sem dentes e colocou a frenética criatura (sangue rosado a jorrar de uma guelra rasgada) num vidro de boca larga onde um cacho já estava nadando, o lábio inferior projetado para a frente. A pesca com linha e anzol era especialmente boa com o tempo quente e nublado, quando a chuva, invisível no ar, cobria a água com círculos que se expandiam, intersectando-se mutuamente, entre os quais aparecia aqui e ali um círculo de origem diversa, com um centro súbito: o salto de um peixe que desaparecia no momento seguinte ou a queda de uma folha que imediatamente navegava embora na corrente. E que delícia era entrar na água debaixo daquele tépido chuvisco, na linha de fusão de dois elementos homogêneos, mas de formas diferentes — a grossa água do rio e a esguia água celestial! Innokentiy deu seu mergulho inteligentemente e se permitiu depois uma prolongada esfregadura com a toalha. Os meninos camponeses, por outro lado, chapinhavam até a completa exaustão; por fim, tremendo, com os dentes batendo e uma grossa trilha de ranho da narina ao lábio, saltavam numa perna só para vestir as calças nas coxas molhadas.

Nesse verão, Innokentiy estava mais melancólico que nunca e mal falou com seu pai, limitando-se a resmungos e *hums*. Ilya Ilyich, por seu lado, experimentava um estranho embaraço na presença do filho — principalmente porque supunha, com terror e ternura, que Innokentiy vivia de corpo e alma no puro mundo da ilegalidade, como ele próprio o fizera nessa idade. A sala do mestre-escola Bychkov: grãos de poeira num raio de sol oblíquo; iluminada por esse raio, uma mesinha que ele havia feito com as próprias mãos, envernizara o tampo e adornara com um desenho pirográfico; sobre a mesa, uma fotografia de sua esposa numa moldura de veludo — tão jovem, com um vestido tão bonito, com uma pequena pelerine e um cinto-espartilho, o rosto encantadoramente oval (o oval coincidia com a ideia de beleza feminina nos anos 1890); junto à fotografia, um peso de papel de cristal com uma vista da Crimeia em madrepérola no interior, e um galinho de pano para limpar penas de escrever; e, na parede acima, entre dois caixilhos de janelas, um retrato de

Leon Tolstoi, inteiramente composto pelo texto de um de seus contos impresso em letras microscópicas. Innokentiy dormia num sofá de couro num quarto vizinho, menor. Depois de um longo dia ao ar livre, ele dormia pesadamente; às vezes, porém, uma imagem de sonho assumia uma forma erótica, a força de sua vibração o levava para fora do círculo do sono e durante muitos momentos ele permanecia deitado como estava, os escrúpulos o impediam de se mexer.

De manhã, ele ia à floresta, um manual médico debaixo do braço, ambas as mãos enfiadas debaixo do cordão com borlas que fechava seu blusão russo branco. O boné da universidade, usado de lado em conformidade com o costume esquerdista, permitia que cachos de cabelo castanho caíssem sobre a testa saliente. As sobrancelhas estavam sempre franzidas. Ele poderia ser até bem bonito se seus lábios fossem menos inchados. Uma vez na floresta, ele se sentava num grosso tronco de bétula que havia sido derrubado não muito antes por uma tempestade (e ainda tremulava todas as suas folhas por causa do choque), fumava e obstruía com seu livro a trilha de formigas apressadas ou se perdia em sombria meditação. Um jovem solitário, impressionável e sensível, ele sentia em excesso o lado social das coisas. Abominava todo o ambiente da vida campestre de Godunov, assim como seus lacaios — "lacaios", ele repetia, franzindo o nariz em voluptuosa repulsa. Entre eles, colocava o gordo motorista, com suas sardas, farda de veludo, perneiras marrom-alaranjadas e colarinho engomado apoiando uma dobra do pescoço vermelho, que costumava ficar roxo quando, na cocheira, ele girava a manivela do não menos repulsivo conversível estofado em couro vermelho brilhante; e o lacaio senil de suíças grisalhas que havia sido empregado para cortar os rabos dos fox terriers recém-nascidos; e o tutor inglês que podia ser visto passeando na aldeia, sem chapéu, com capa de chuva, calça branca — que os meninos aludiam gozadoramente a ceroulas e procissões religiosas de cabeça descoberta; e as garotas camponesas, contratadas para limpar ervas daninhas dos caminhos do parque manhã após manhã, sob a supervisão de um dos jardineiros, um corcundinha surdo de camisa rosada que, concluindo, varria a areia de perto da varanda com particular empenho e antiga devoção. Innokentiy, com o livro ainda debaixo do braço — o que o impedia de cruzar os braços, algo que ele teria gostado de fazer —, ficava encostado a uma árvore no parque e ponderava taciturnamente várias questões, como o telhado brilhante do branco solar que ainda não estava desperto.

A primeira vez que os viu naquele verão foi no final de maio (do Velho Estilo) do alto de um morro. Apareceu uma cavalgada na estrada que contornava sua base: Tanya à frente, montada como um rapaz num baio arisco; em seguida o próprio conde Godunov-Cherdyntsev, uma pessoa de aspecto insignificante montando um marchador cinza-rato estranhamente pequeno; atrás deles o inglês de culotes; depois um ou outro primo; e, por último, o irmão de Tanya, um menino de uns treze anos, que de repente esporou a montaria, passou à frente de todos e subiu correndo o aclive até a aldeia, sacudindo os cotovelos como um jóquei.

Depois disso, seguiram-se vários outros encontros casuais e finalmente — tudo bem, lá vamos nós. Estão prontos? Num dia quente de meados de junho...

Num dia quente de meados de junho, os ceifadores avançavam gingando de ambos os lados do caminho que levava ao solar, e a camisa de cada ceifador colava-se em ritmo alternado ora à escápula direita, ora à esquerda. "Que Deus o ajude!", dizia Ilya Ilyich numa saudação tradicional de passante aos homens que trabalhavam. Usava seu melhor chapéu, um panamá, e levava um buquê de orquídeas-do-pântano roxas. Innokentiy caminhava a seu lado em silêncio, a boca em movimento circular (ele estava abrindo sementes de girassol entre os dentes e as mastigando ao mesmo tempo). Estavam chegando ao parque do solar. Num extremo da quadra de tênis, o jardineiro anão surdo e rosado, agora vestindo avental de trabalhador, mergulhou um pincel num balde e, curvando-se em dois, caminhou para trás traçando um grossa linha cor de creme no chão. "Que Deus o ajude!", disse Ilya Ilyich ao passar.

A mesa estava posta na aleia principal; manchas de sol russo brincavam na toalha. A governanta, usando um gorjal, o cabelo cor de aço bem penteado para trás, já estava em ação, com uma concha servindo o chocolate que os criados distribuíam em xícaras azul-escuras. De perto, o conde aparentava sua idade: havia laivos cinzentos em sua barba amarelada e rugas se espalhavam do olho à têmpora; ele havia colocado o pé na borda de um banco de jardim e estava fazendo o fox terrier saltar: o cachorro não só saltava muito alto, tentando alcançar a bola já molhada que ele segurava, mas na realidade conseguia, quando ainda no ar, saltar ainda mais alto com uma torcida a mais de todo o corpo. A condessa Elizaveta Godunov, uma mulher alta e rosada com um grande chapéu ondulante, vinha subindo do jardim com outra dama a quem se dirigia com vivacidade, fazendo com vago desânimo das duas mãos o gesto russo de incerteza e desânimo. Ilya Ilyich parou com o buquê e fez uma reverência. Nessa névoa multicolorida (conforme percebida por Innokentiy que, apesar de ter ensaiado à noite uma atitude de democrático desdém, foi tomado pelo maior embaraço), tremularam jovens, crianças correndo, o xale preto de alguém bordado com papoulas berrantes, um segundo fox terrier, e acima de tudo, acima de tudo, aqueles olhos deslizando por luz e sombra, aqueles traços ainda indistintos, mas já ameaçadores para ele com fatal fascinação, o rosto de Tanya, cujo aniversário comemoravam.

Todo mundo então se sentou. Ele se viu no extremo sombreado da longa mesa, extremidade em que os convivas não estabeleciam conversas mútuas, mas ficavam olhando, as cabeças voltadas na mesma direção, a extremidade mais iluminada da mesa onde havia conversa em voz alta, risos, um magnífico bolo cor-de-rosa com um brilho acetinado e dezesseis velas, e a exclamação das crianças, o latir de ambos os cachorros que só faltavam saltar para cima da mesa — enquanto neste extremo as guirlandas de sombra de tília ligavam as pessoas de menor posição: Ilya Ilyich, sorrindo numa espécie de ausência; uma etérea mas feia dama, cuja timidez se expressava em suor de cebola; uma decrépita governanta francesa com olhos maus que segurava no colo abaixo da mesa uma minúscula criatura invisível que de vez em quando emitia um tinido; e assim por diante. Por acaso, o vizinho imediato de Innokentiy era o irmão do mordomo da propriedade, um idiota, chato e gago; Innokentiy só falou com ele porque o silêncio teria sido pior, de forma que, apesar da natureza paralisante da conversa, ele desesperadamente tentou acompanhá-la; mais tarde, porém, quando se tornou uma visita frequente e acontecia de encontrar com o coitado, Innokentiy nunca falava com ele, evitando-o como uma espécie de lembrança enganosa ou vergonhosa.

Rodando numa lenta descida, o fruto alado de uma tília pousou na toalha.

Na ponta da nobreza, Godunov-Cherdyntsev levantou a voz, falando com uma mulher muito velha de vestido de renda do outro lado da mesa, e ao falar circundava com um braço a cintura graciosa da filha que estava parada perto, jogando para o alto uma bola de borracha. Durante um bom tempo, Innokentiy brigou com um atraente pedaço de bolo que tinha ido parar além da borda de seu prato. Por fim, depois de uma cutucada desajeitada, a maldita coisa de framboesa rolou e caiu debaixo da mesa (onde vamos deixá--la). Seu pai deu um sorriso vago ou lambeu o bigode. Alguém pediu que ele passasse os biscoitos, ele deu uma risada alegre e os passou. De repente, acima do ouvido de Innokentiy veio uma voz rápida e sem fôlego: sem sorrir, ainda segurando aquela bola, Tanya o estava convidando a se juntar a ela e aos primos; todo quente e confuso, ele batalhou para se levantar da mesa, empurrando seu vizinho no esforço de soltar a perna direita de baixo do banco de jardim comum a todos.

Ao falar dela, as pessoas exclamavam: "Que menina bonita!" Tanya possuía olhos cinza-claros, sobrancelhas de veludo negro, uma boca pálida, mais para grande, incisivos agudos e — quando não se sentia bem ou estava mal-humorada — podia-se distinguir uma linha escura de pelos acima de seu lábio. Ela gostava sem preferências de todos os jogos de verão, tênis, badminton, croquê, participando habilmente de tudo, com uma espécie de encantadora concentração — e, é claro, isso foi o fim das tardes simplórias de pescarias com Vasiliy, que ficou muito perplexo com a mudança e aparecia em torno da escola ao entardecer, convidando Innokentiy com um sorriso hesitante, erguendo à altura do rosto uma lata de minhocas. Em tais momentos, Innokentiy tremia por dentro ao sentir sua traição à causa do povo. Ao mesmo tempo, não tinha muita alegria ao lado de seus novos amigos. Acontecia que ele não era realmente admitido ao centro da existência deles, sendo mantido na periferia verde, participando das brincadeiras ao ar livre, mas jamais convidado a entrar na casa. Isso o deixava furioso; ele queria muito ser convidado a almoçar ou jantar só para ter o prazer de altivamente recusar; e, no geral, permanecia constantemente alerta, calado, queimado de sol e despenteado, os músculos do maxilar se contraindo — e sentindo que cada palavra que Tanya dizia a seus companheiros de brincadeira lançava uma pequena sombra insultuosa em sua direção e, meu Deus, como ele odiava todos, os primos, as amigas, os cachorros brincalhões. Abruptamente, tudo se apagou em silenciosa desordem e desapareceu, e lá estava ele, na profunda escuridão de uma noite de agosto, sentado num banco no fundo do parque e esperando, o peito arrepiado porque tinha enfiado entre a camisa e a pele o recado que, como num romance antigo, uma menininha descalça trouxera para ele do solar. O estilo lacônico marcando um encontro o levou a desconfiar de uma brincadeira humilhante, mas ele sucumbiu à intimação. E fez bem: um leve crepitar de passos destacou-se do farfalhar constante da noite. A chegada dela, seu discurso incoerente, sua proximidade pareceram-lhe miraculosos; a súbita intimidade do toque de seus dedos frios e hábeis assombrou a castidade dele. Uma lua imensa subindo depressa incandescia entre as árvores. Derramando torrentes de lágrimas e acariciando-o cegamente com lábios salgados, Tanya contou-lhe que na manhã seguinte a mãe ia levá-la para a Crimeia, que estava tudo acabado e... ah, como ele podia ter sido tão obtuso! "Não vá embora, Tanya!", ele implorou, mas uma rajada de vento afogou suas palavras e ela soluçou ainda mais violentamente. Quando ela se afastou depressa, ele permaneceu no banco, sem se mexer, ouvindo o zunir de seus ouvidos, e então seguiu na direção da ponte ao longo da estrada campestre que parecia se agitar no escuro, depois vieram os anos de guerra — trabalhar nas ambulâncias, a morte de seu pai —, depois disso, uma desintegração geral de coisas, mas gradualmente a vida foi se recobrando, e em 1920 ele já era assistente do professor Behr num spa na Boêmia, e três ou quatro anos depois trabalhava com o mesmo especialista em pulmões na Saboia, onde um dia, em algum lugar perto de Chamonix, Innokentiy encontrou por acaso um jovem geólogo soviético; começaram a conversar e este último mencionou que fora ali que, meio século antes, aquele Fedchenko, o grande explorador de Fergana, tinha morrido como um turista comum; que estranho (acrescentou o geólogo) que as coisas sempre fossem assim: a morte fica tão acostumada a perseguir homens destemidos nas montanhas e desertos selvagens que acaba lhes vindo também de brincadeira, sem nenhuma intenção de fazer mal, como em outras circunstâncias, e para sua própria surpresa os surpreende cochilando. Assim pereceram Fedchenko, Severtsev e Godunov-Cherdyntsev, assim como muitos estrangeiros de fama clássica — Speke, Dumont d'Urville. E depois de muitos anos dedicados à pesquisa médica, longe dos cuidados e preocupações da expatriação política, Innokentiy foi a Paris por algumas horas para uma reunião de negócios com um colega e já estava correndo escada abaixo, enluvando uma mão, quando, num dos andares, uma senhora alta e curvada saiu do elevador — e ele imediatamente reconheceu a condessa Elizaveta Godunov-Cherdyntsev. "Claro que me lembro de você, como poderia não lembrar?", ela disse olhando não para seu rosto, mas por cima de seu ombro como se houvesse alguém parado atrás dele (ela era ligeiramente estrábica). "Bem, entre, meu caro", ela continuou, recuperando-se de um transe momentâneo, e com a ponta do sapato ergueu um canto do grosso capacho para pegar a chave. Innokentiy entrou atrás dela, atormentado pelo fato de não conseguir lembrar o que haviam lhe contado exatamente sobre o como e o quando da morte de seu marido.

 E poucos momentos depois Tanya voltou para casa, todos os seus traços agora mais claramente fixados pela ponta seca dos anos, com o rosto menor e olhos mais suaves; ela imediatamente acendeu um cigarro, rindo, e sem o menor embaraço relembrou aquele verão distante, enquanto ele se assombrava de nem Tanya nem a mãe mencionarem o explorador morto e falarem com tanta simplicidade do passado, em vez de irromperem em horríveis soluços que ele, um estranho, estava controlando — ou estariam aquelas duas demonstrando, talvez, o autocontrole peculiar de sua classe social? Logo juntou-se a elas uma menina pálida de cabelo escuro de seus dez anos: "Esta é minha filha, venha cá, querida", disse Tanya, depositando o cigarro, agora manchado de batom, numa concha marinha que servia de cinzeiro. Então o marido dela, Ivan Ivanovitch Kutaysov, voltou para casa e ouviu-se a condessa, ao encontrá-lo na sala ao lado, identificar o visitante, com o francês doméstico trazido da Rússia, como "*le fils du maître d'école chez nous au village*", o que fez Innokentiy lembrar de Tanya dizendo uma vez em sua presença a uma amiga dela que queria que notasse como ele tinha mãos bonitas: "*Regarde ses mains*", e agora, ouvindo o melodioso e lindo russo idiomático com que a criança respondia às perguntas de Tanya, ele se surpreendeu pensando, maldosa e bem absurdamente: Aha, não têm mais o dinheiro para ensinar línguas estrangeiras aos filhos! — pois não lhe ocorreu que naquele momento, naquela época de emigrados, no caso de uma criança nascida em Paris, indo a uma escola francesa, aquela língua russa representava *o* maior e mais supérfluo luxo.

O assunto Leshino estava se desmanchando; Tanya, confundindo tudo, insistia que ele costumava ensinar a ela canções pré-revolucionárias de estudantes radicais, como aquela sobre "o déspota com os salões de seu castelo sempre em festa, enquanto pelos muros a mão do destino começou a traçar as terríveis palavras". "Em outras palavras, nossa primeira *stengazeta*" (jornal mural soviético), observou Kutaysov, que era muito espirituoso. O irmão de Tanya foi mencionado: morava em Berlim e a condessa começou a falar dele. De repente, Innokentiy captou um fato maravilhoso: nada se perde, absolutamente nada; a memória acumula tesouros, segredos armazenados crescem no escuro e na poeira, e um dia um visitante ocasional a uma biblioteca circulante quer um livro que nunca foi retirado em vinte e dois anos. Ele se levantou da poltrona, fez suas despedidas, ninguém insistiu efusivamente para que ficasse mais. Que estranho estar com os joelhos tremendo. Era realmente uma experiência perturbadora. Ele atravessou a praça, entrou num café, pediu uma bebida, levantou-se brevemente para pegar o próprio chapéu amassado debaixo do corpo. Que horrível sensação de inquietude. Sentia-se assim por várias razões. Em primeiro lugar, porque Tanya havia permanecido tão encantadora e invulnerável quanto no passado.

Uma beleza russa

Olga, sobre quem estamos prestes a falar, nasceu no ano de 1900, numa família de nobres rica e feliz. Menina pequena, pálida, com terninho marinheiro branco, cabelo castanho repartido de lado e olhos tão alegres que todo mundo os beijava, estava destinada a ser uma beleza desde a infância. A pureza de seu perfil, a expressão de seus lábios fechados, as madeixas sedosas que chegavam até a cintura — tudo isso era de fato encantador.

Sua infância passou festivamente em segurança e alegria, como era o costume em nosso país nos dias de antigamente. Um raio de sol batendo na capa de um volume da *Bibliothèque Rose* na propriedade familiar, a clássica geada dos jardins públicos de São Petersburgo... Um suprimento de lembranças como essas constituía seu único dote quando deixou a Rússia na primavera de 1919. Tudo aconteceu absolutamente de acordo com o estilo do período. Sua mãe morreu de tifo, o irmão foi executado diante do pelotão de fuzilamento. Tudo isso são fórmulas prontas, claro, os rumores horrorosos de sempre, mas tudo aconteceu de fato, não dá para contar de outro jeito e não adianta torcer o nariz.

Bem, então, em 1919, temos uma senhorita crescida, com um rosto largo e pálido que exagerava as coisas em termos da regularidade de suas feições, mas mesmo assim era muito bonita. Alta, com seios macios, ela usa sempre uma malha preta e um cachecol em volta do pescoço branco, segura um cigarro inglês na mão de dedos esguios com um ossinho saliente logo acima do pulso.

No entanto, houve um momento em sua vida, no final de 1916 ou perto disso, em que, numa estância de verão perto da propriedade familiar, não havia estudante que não planejasse se matar por causa dela, não havia universitário que não... Numa palavra, havia certa mágica em torno dela, que, se tivesse durado, teria causado... teria arrasado... Mas de alguma forma, isso não deu em nada.

As coisas não evoluíam, ou aconteciam sem propósito. Havia flores que ela ficava com preguiça de pôr num vaso, havia passeios ao entardecer ora com este, ora com aquele, seguidos pelo beco sem saída de um beijo.

Ela falava francês fluentemente, pronunciando *les gens* (os criados) como se rimasse com *agence*, e separava *août* (agosto) em duas sílabas (*a-u*). Ingenuamente traduzia o russo *grabezhi* (roubos) por *les grabuges* (discussões) e usava algumas locuções francesas arcaicas que de alguma forma haviam sobrevivido em antigas famílias russas, mas rolava os erres muito convincentemente embora nunca tivesse estado na França. Acima da penteadeira de seu quarto em Berlim, preso com um alfinete com cabeça de turquesa falsa, havia um postal do retrato do tsar pintado por Serov. Era religiosa, mas às vezes um ataque de riso tomava conta dela na igreja. Escrevia versos com aquela aterrorizadora capacidade típica das moças russas de sua geração: versos patrióticos, versos humorísticos, todos os tipos de versos.

Durante uns seis anos, ou seja, até 1926, ela residiu numa pensão na Augsburgerstrasse (não longe do relógio), junto com seu pai, um velho de ombros largos, carrancudo, com bigode amarelado, e calça estreita e justa nas pernas finas. Ele tinha um emprego em alguma empresa otimista, destacava-se por sua honestidade e bondade e era daqueles que jamais recusam um drinque.

Em Berlim, Olga aos poucos adquiriu um grande grupo de amigos, todos jovens russos. Estabeleceu-se um certo tom animado. "Vamos ao cinemacaco", ou "O *Diele* alemão é uma d*iel*ícia de salão de baile". Estavam muito em moda todos os tipos de ditos populares, de frases em gíria, imitações de imitações. "Esta costeleta está triste." "Eu me pergunto quem está beijando ela agora?" Ou, com uma voz rouca, engasgada: *"Mes-sieurs les officiers..."*

No Zotov, em suas salas superaquecidas, ela dançava languidamente o foxtrote ao som do gramofone, movendo a panturrilha alongada de sua perna não sem elegância, segurando longe do corpo o cigarro que tinha acabado de fumar, e quando seus olhos localizavam um cinzeiro que girava com a música, atirava nele a guimba sem perder o passo. Com quanto encanto, com quanto sentido ela sabia levar o copo de vinho aos lábios, bebendo secretamente à saúde de um terceiro enquanto olhava através dos cílios àquele que confiara nela. Como ela adorava sentar no canto do sofá, discutindo com esta ou aquela pessoa os casos amorosos dos outros, a oscilação dos acasos, a probabilidade de uma declaração — tudo isso indiretamente, por insinuações —, e como seus olhos sorriam cheios de intenção, olhos puros, abertos, sardas mal perceptíveis na pele fina, ligeiramente azulada abaixo e em torno deles. Mas quanto a si mesma, ninguém se apaixonava por ela, e é por isso que durante muito tempo se lembrou do grosso que pisou em seus pés num baile beneficente e depois chorou em seu ombro nu. Ele foi desafiado a um duelo pelo pequeno barão R., mas se recusou a lutar. A propósito, a palavra "grosso" era usada por Olga em qualquer e em todas as ocasiões. "Tão grossos", ela entoava em tons de peito, lânguida e afetuosamente. "Que grosso..." "Como eles são grossos!"

Mas então sua vida escureceu. Alguma coisa havia terminado, as pessoas já estavam se levantando para ir embora. Tão depressa! Seu pai morreu, ela mudou para outra rua. Parou de ver os amigos, tricotava as touquinhas da moda e dava aulas de francês em um ou outro clube de senhoras. Dessa forma sua vida se arrastou até a idade de trinta anos.

Ela era ainda a mesma beleza, com aquele mesmo amendoado nos olhos separados e aquela linha de lábios tão rara, em que a geometria do sorriso parece já estar inscrita. Mas seu cabelo perdeu o brilho e era mal cortado. Seu costume preto feito sob medida estava com quatro anos. As mãos, com as unhas brilhantes, porém malcuidadas, tinham saliências de veias, tremiam pelo nervoso e por seu fumar constante. E é melhor passar em silêncio pelo estado de suas meias...

Agora que o forro interno de sua bolsa estava em farrapos (sempre havia, ao menos, a esperança de encontrar uma moeda perdida); agora, que ela estava tão cansada; agora, ao calçar o único par de sapatos que tinha, ela precisava fazer um esforço para não pensar nas solas, assim como quando, engolindo o orgulho, entrava na tabacaria, proibindo a si mesma de pensar no quanto já devia ali; agora que não havia mais a menor esperança de voltar à Rússia, e o ódio se tornara tão habitual que quase deixara de ser um pecado; agora que o sol estava indo para trás da chaminé, Olga ocasionalmente se atormentava com o luxo de certos anúncios, escritos com a saliva de Tântalo, imaginando a si mesma rica, usando aquele vestido, esboçado com a ajuda de três ou quatro frases insolentes, naquele convés de navio, debaixo daquela palmeira, na balaustrada daquele terraço branco. E havia também mais uma ou duas coisas de que sentia falta.

Um dia, chegando quase a derrubá-la, sua amiga de outros tempos, Vera, chocou-se com ela ao sair correndo de uma cabine telefônica, apressada como sempre, carregada de embrulhos, com um terrier de olhos escondidos atrás dos pelos, cuja guia imediatamente se enrolou duas vezes em sua saia. Ela saltou em cima de Olga, implorando que fosse ficar em sua casa de verão, dizendo que era a mão do destino, que era uma maravilha e como vai você, e tem muitos pretendentes. "Não, querida, não tenho mais idade para isso", Olga respondeu, "e além do mais...". Acrescentou um pequeno detalhe e Vera caiu na gargalhada, baixando os pacotes quase até o chão. "Não, é sério", disse Olga com um sorriso. Vera continuou insistindo com ela, puxando o cachorro, virando para cá e para lá. Olga, assumindo de repente um tom de voz anasalado, pediu algum dinheiro emprestado.

Vera adorava arranjar as coisas, fosse uma festa com ponche, fosse um visto, fosse um casamento. Passou a avidamente arranjar o destino de Olga. "A casamenteira que existe em você despertou", brincou seu marido, um báltico mais velho (cabeça raspada, monóculo). Olga chegou num dia claro de agosto. Foi imediatamente vestida com uma das roupas de Vera, seu penteado e maquiagem foram mudados. Ela protestou languidamente, mas cedeu, e como as tábuas do soalho rangiam na alegre casa de campo! Como os pequenos espelhos, pendurados no pomar verdejante para assustar os pássaros, reluziram e lampejaram!

Um alemão russificado chamado Forstmann, viúvo atlético e endinheirado, autor de livros sobre caça, foi lá passar uma semana. Há muito pedia a Vera que lhe arrumasse uma noiva, "uma verdadeira beleza russa". Tinha o nariz grande e forte com uma fina veia vermelha na ponte alta. Era polido, silencioso, às vezes até moroso, mas sabia estabelecer, instantaneamente e sem que ninguém notasse, uma amizade eterna com um cachorro ou com uma criança. Com sua chegada, Olga ficou difícil. Desatenta e irritável, fez tudo errado e sabia que estava errado. Quando a conversa voltou-se para a Rússia (Vera tentou fazê-la exibir seu passado), pareceu-lhe que tudo o que dizia era uma mentira e que todos entendiam que era mentira, e portanto ela teimosamente se recusou a falar das coisas que Vera tentava extrair dela, e no geral não contribuiu de forma alguma.

Na varanda, batiam as cartas com força. Todo mundo saía junto para um passeio pela floresta, mas Forstmann conversava sobretudo com o marido de Vera, e, lembrando algumas molecagens da juventude, os dois ficavam vermelhos de tanto rir, atrasavam-se e caíam na relva. Na noite da partida de Forstmann, estavam jogando cartas na varanda, como sempre faziam à noite. De repente, Olga sentiu um espasmo impossível na garganta. Ainda conseguiu sorrir e sair sem pressa indevida. Vera bateu à sua porta, mas ela não abriu. No meio da noite, depois de matar uma multidão de moscas sonolentas e de ter fumado continuamente a ponto de não poder nem mais respirar, irritada, deprimida, odiando a si mesma e a todos, Olga saiu para o jardim. Ali, os grilos estridulavam, os ramos oscilavam, uma maçã ocasional caía com um baque surdo e a lua praticava calistenia na parede caiada do galinheiro.

De manhã cedinho, ela saiu de novo e se sentou no degrau da varanda, que já estava quente. Forstmann, usando um roupão de banho azul-escuro, sentou-se a seu lado e, pigarreando, perguntou se ela consentiria "desposá-lo" — usou exatamente essa palavra: "desposar". Quando chegaram para o café da manhã, Vera, seu marido e sua prima solteira, em absoluto silêncio, estavam realizando danças inexistentes, cada um num canto diferente, e Olga murmurou com voz afetuosa: "Que grossos!", e no verão seguinte morreu no parto.

Isso é tudo. Claro, pode haver algum tipo de sequência, mas não me é conhecida. Nesses casos, em vez de atolar em adivinhações, repito as palavras do rei alegre de meu conto de fadas favorito: Qual é a flecha que voa para sempre? A flecha que atingiu o alvo.

Dar a notícia

Eugenia Isakovna Mints era uma velha emigrada russa viúva que sempre usava preto. Seu único filho havia morrido no dia anterior. Ainda não tinham contado para ela.

Era um dia de março de 1935, e depois de um amanhecer chuvoso, um setor horizontal de Berlim se refletia no outro, variegados zigue-zagues misturando-se a texturas mais planas et cetera. Os Chernobylski, velhos amigos de Eugenia Isakovna, tinham recebido o telegrama de Paris por volta das sete da manhã e, poucas horas depois, chegara uma carta por via aérea. O chefe do escritório da fábrica onde Misha trabalhara anunciava que o pobre homem havia caído do último andar no poço do elevador e ficara em agonia durante quarenta minutos: embora inconsciente, ele continuou gemendo horrível e ininterruptamente até o final.

Nesse meio-tempo, Eugenia Isakovna levantou-se, vestiu-se, com um gesto brusco cruzou um xale preto de lã sobre os ombros magros e fez café para si mesma na cozinha. O aroma profundo e genuíno de seu café era algo de que se orgulhava em relação a *Frau Doktor* Schwarz, sua senhoria, "uma besta mesquinha e ignorante": fazia já uma semana que Eugenia Isakovna parara de falar com ela — aquela, de longe, não era a primeira briga que tinham —, mas, conforme dissera a seus amigos, ela não se importaria de mudar para outro lugar por uma porção de razões, sempre enumeradas e nunca tediosas. Uma vantagem manifesta que ela possuía sobre esta ou aquela pessoa com a qual podia resolver romper relações estava em sua capacidade de simplesmente desligar o aparelho de audição, um dispositivo portátil que parecia uma pequena bolsa de mão.

Ao levar o bule de café para o quarto pelo corredor, ela notou o esvoaçar de um postal que, tendo sido empurrado pelo correio na fenda de correspondência, acomodou-se no chão. Era do filho dela, de cuja morte os Chernobylski haviam sido avisados pouco antes por meios postais mais avançados, em consequência da qual as linhas (praticamente inexistentes) que ela agora lia, parada com o bule de café numa mão, na soleira de sua sala de bom tamanho, mas inepta, poderiam ser comparadas por um observador objetivo aos raios ainda visíveis de uma estrela já extinta. *Minha querida Mulik* (o apelido do filho para ela, desde a infância), *continuo mergulhado até o pescoço no trabalho e quando chega a noite eu literalmente despenco e nunca vou a lugar nenhum...*

Duas ruas adiante, em um apartamento grotesco semelhante, lotado de bagatelas estrangeiras, Chernobylski, que não fora à cidade hoje, andava de uma sala para outra, um homem grande, gordo, careca, com imensas sobrancelhas arqueadas e uma boca diminuta. Usava terno escuro, mas sem colarinho (o colarinho duro com a gravata nele inserida pendia como um arreio das costas de uma cadeira da sala de jantar, e gesticulava desamparadamente ao caminhar, dizendo: "Como vou contar para ela? Como fazer uma preparação gradual quando é preciso gritar? Meu Deus, que calamidade. O coração dela não vai suportar, vai explodir seu pobre coração!"

Sua esposa chorou, fumou, coçou a cabeça através do ralo cabelo grisalho, telefonou para os Lipshteyn, os Lenochka, para o dr. Orshanski, e não conseguia forçar a si mesma ser a primeira a ir até Eugenia Isakovna. Sua inquilina, uma pianista com um *pince-nez*, de seios fartos, muito compassiva e experiente, aconselhava os Chernobylski a não se apressarem muito, com o ditado: "O golpe virá de qualquer jeito, melhor que seja depois."

"Mas por outro lado", Chernobylski exclamou, histericamente, "é impossível protelar isso também! Claro que é impossível! Ela é a mãe, talvez queira ir a Paris — quem sabe? Eu não sei — ou quem sabe queira que ele seja trazido para cá. Pobre, pobre Mishuk, pobre rapaz, não tinha nem trinta anos, a vida inteira pela frente! E pensar que fui eu quem o ajudou, quem lhe arrumou um emprego, pensar que, se não fosse por aquela horrenda Paris...".

"Ora, ora, Boris Lvovitch", contestou sobriamente a inquilina, "quem podia prever uma coisa dessas? O que o senhor tem a ver com isso? É cômico... No geral, devo confessar, a propósito, que não entendo como ele conseguiu cair. O senhor entende como foi?".

Tendo terminado seu café e lavado a xícara na cozinha (sem prestar *absolutamente* nenhuma atenção à presença de *Frau* Schwarz), Eugenia Isakovna, com rede de cabelo preta, bolsa e guarda-chuva, saiu. A chuva, depois de hesitar um pouco, parara. Ela fechou o guarda-chuva e caminhou pela calçada brilhante, ainda com o porte bem ereto, as pernas muito finas com meias pretas, a esquerda cedendo ligeiramente. Notava-se também que seus pés pareciam desproporcionalmente grandes e que ela os arrastava um pouco, com os artelhos voltados para fora. Quando não ligava o aparelho auditivo, era perfeitamente surda, e muito surda quando ligava. O que ela tomava pelo rumor da cidade era o rumor de seu sangue, e contra esse fundo costumeiro, sem abalá-lo, girava o mundo circundante — pedestres de borracha, cachorros de algodão, bondes mudos — e, lá no alto, deslizavam as muito leves nuvens farfalhantes através das quais, aqui e ali, balbuciava, por assim dizer, um pouco de azul. Em meio ao silêncio geral, ela passava, impassível, bem satisfeita no geral, de casaco preto, enfeitiçada e limitada em sua surdez, e mantinha os olhos abertos para as coisas, refletia sobre diversos assuntos. Refletia que amanhã, um feriado, Fulano e Beltrano poderiam aparecer; que ela devia comprar as mesmas *gaufrettes* rosadinhas da última vez, e também *marmelad* (gelatinas de frutas caramelizadas) na loja russa, e talvez uma dúzia de biscoitinhos na pequena confeitaria onde se pode ter sempre certeza de que tudo é fresco. Um homem de chapéu-coco alto que vinha em sua direção ao longe (bem ao longe, na verdade) parecia-se assustadoramente com Vladimir Markovitch Vilner, o primeiro marido de Ida, que tinha morrido sozinho, num vagão-dormitório, de ataque do coração, tão triste, e quando passou diante de uma relojoaria lembrou-se de que estava na hora de reclamar o relógio de pulso de Misha, que ele havia quebrado em Paris e mandado para ela por *okaziya* (isto é, "aproveitando a oportunidade de que alguém viajava para lá"). Ela entrou. Silenciosamente, escorregadios, sem nunca roçar em nada, pêndulos oscilavam, todos diferentes, todos em discórdia. Tirou o aparelho que parecia uma bolsa de dentro de sua bolsa maior, comum, introduziu com um movimento, que um dia fora tímido, o fone no ouvido, e a voz familiar do relojoeiro, distante, replicou — começou a vibrar —, depois se apagou, depois saltou em cima dela com um estalo: "*Freitag... Freitag...*"

"Tudo bem, já escutei, sexta-feira que vem."

Ao sair da loja, ela se isolou do mundo outra vez. Seus olhos desbotados, com manchas amareladas na íris (como se a cor houvesse sumido), readquiriram uma expressão serena, alegre até. Seguiu por ruas que tinha aprendido não apenas a conhecer bem durante a meia dúzia de anos desde que escapara da Rússia, mas que agora se haviam tornado tão cheias de agradáveis divertimentos como as ruas de Moscou ou da Cracóvia. Ela lançava olhares casuais de aprovação às crianças, aos cachorrinhos, e então bocejou caminhando, afetada pelo ar alegre do começo da primavera. Um homem horrivelmente infeliz, com um nariz infeliz, com um horrível chapéu velho, passou: amigo de alguns amigos dela que sempre falavam dele, e ela já sabia tudo sobre ele — tinha uma filha perturbada da cabeça, um genro desprezível e sofria de diabetes. Ao chegar a certa banca de frutas (que descobrira na primavera passada), ela comprou uma penca de bananas maravilhosas; depois esperou um bom tempo por sua vez num armazém, sem tirar os olhos de uma mulher sem-vergonha, que tinha chegado depois dela, mas mesmo assim se enfiara mais perto do balcão: veio o momento em que seu perfil se abriu como um quebrador de nozes — mas então Eugenia Isakovna tomou as medidas necessárias. Na confeitaria, escolheu cuidadosamente os bolos, inclinando-se, na ponta dos pés como uma garotinha, e subindo e descendo um indicador hesitante — com um buraco na lã preta da luva. Mal havia saído e se interessado pela mostra de camisas masculinas vizinha quando Madame Shuf agarrou seu cotovelo. Era uma senhora animada com uma maquiagem algo exagerada; diante do que Eugenia Isakovna, olhando o espaço vazio, ajustou habilmente sua máquina complicada e só então, quando o mundo se tornou audível, deu à amiga um sorriso receptivo. Estava barulhento e ventoso; Madame Shuf inclinou-se e fez um esforço, a boca vermelha toda torta, na tentativa de apontar sua voz diretamente para o aparelho de audição preto: "Tem... notícias... de Paris?"

"Ah, tenho, até muito regularmente", respondeu Eugenia Isakovna baixinho, e acrescentou. "Por que não vem me ver, por que não me telefona?", e uma onda de dor franziu seu olhar porque a bem-intencionada Madame Shuf deu um grito muito agudo.

Despediram-se. Madame Shuf, que ainda não sabia de nada, foi para casa, enquanto seu marido, no escritório, estava pronunciando *akhs* e *tsks* e sacudindo a cabeça com o fone apertado nela, ao ouvir o que Chernobylski lhe dizia pelo telefone.

"Minha mulher já foi à casa dela", disse Chernobylski, "e daqui a pouco eu também vou até lá, se bem que pode me matar se eu souber como começar, mas minha esposa, afinal de contas, é mulher, quem sabe encontra um jeito de preparar o caminho".

Shuf sugeriu escrever em pedaços de papel e dar para ela ler, comunicações graduais. "Doente." "Muito doente." "Muito, muito doente."

"*Akh*, eu também pensei nisso, mas não facilita nada. Que calamidade, hein? Jovem, saudável, excepcionalmente talentoso. E pensar que fui *eu* que consegui o emprego para ele, *eu* que ajudei com todas as despesas de sobrevivência! O quê? Ah, entendo tudo isso perfeitamente, mas mesmo assim esses pensamentos me deixam louco. Claro, vamos nos encontrar lá."

Ferozmente, mostrando os dentes agonizantes e jogando para trás o rosto gordo, ele finalmente conseguiu abotoar o colarinho. Deu um suspiro e começou a ir. Tinha já virado na rua dela quando a viu por trás, caminhando tranquilamente, confiante, à sua frente, com a bolsa cheia de compras. Não ousava passar por ela, então diminuiu o passo. Deus queira que ela não olhe para trás! Aqueles pés obedientes, as costas estreitas, ainda sem suspeitar de nada. Ah, vão se curvar!

Ela só reparou nele na escada. Chernobylski permaneceu em silêncio quando viu que o ouvido dela ainda estava nu.

"Ora, que bondade sua aparecer, Boris Lvovitch. Não, não se preocupe — já estou carregando há tempo suficiente para subir a escada também; mas se quiser, pegue o guarda-chuva, para eu abrir a porta."

Entraram. Madame Chernobylski e a pianista bondosa estavam esperando ali fazia um longo tempo. Agora a execução ia começar.

Eugenia Isakovna gostava de visitas e os amigos sempre apareciam em sua casa, de forma que agora não tinha razão para se surpreender; estava apenas satisfeita e sem demora começou a se agitar, hospitaleiramente. Eles acharam difícil prender sua atenção que pulava disto para aquilo, fazendo-a mudar de curso em um ângulo abrupto (o plano que se acendia dentro dela era preparar um almoço de verdade). Por fim, a musicista pegou-a no corredor pela ponta do xale e os outros ouviram a mulher gritando para ela que ninguém, ninguém ia ficar para almoçar. Então, Eugenia Isakovna pegou as facas de frutas, arranjou as *gaufrettes* num frasquinho de vidro, os bombons em outro... Tiveram de fazê-la sentar-se quase à força. Os Chernobylski, a inquilina deles e uma senhorita Osipov que, naquele momento, achara um jeito de aparecer — uma criatura minúscula, quase uma anã —, todos se sentaram também à mesa oval. Dessa forma, um certo arranjo, uma certa ordem, havia, ao menos, se instalado.

"Pelo amor de Deus, comece a falar, Boris", implorou a esposa, escondendo os olhos de Eugenia Isakovna, que então começou a examinar mais cuidadosamente os rostos à sua volta, sem interromper, porém, o fluxo constante de suas palavras amáveis, patéticas, completamente indefesas.

"*Nu, chto ya mogu*! (Bom, como posso!)", exclamou Chernobylski, e começou a andar espasmodicamente pela sala.

A campainha da porta tocou e a solene senhoria, com seu melhor vestido, fez entrarem Ida e a irmã de Ida: seus horríveis rostos brancos exprimindo uma espécie de concentrada avidez.

"Ela ainda não sabe", disse-lhes Chernobylski; ele desabotoou os três botões do paletó e imediatamente abotoou-os de novo.

Eugenia Isakovna, as sobrancelhas mexendo, mas os lábios conservando ainda o sorriso, apertou a mão das novas visitas e tornou a se sentar, girando convidativamente seu pequeno aparelho, pousado diante dela na toalha da mesa, ora na direção deste convidado, ora na direção daquele, mas os sons baixavam, os sons esfarelavam. De repente, os Shuf entraram, depois o fraco Lipshteyn com sua mãe, depois os Orshanski, os Lenochka e (por puro acaso) a velha Madame Tomkin — e então todos conversaram entre eles, com o cuidado de manter suas vozes longe dela, embora na verdade estivessem reunidos em torno dela em grupos opressivos, melancólicos, e alguém já começara a ir até a janela e estava sacudindo e ofegando ali, e o dr. Orshanski, sentado ao lado dela na mesa, examinou atentamente uma *gaufrette*, combinando-a, como um dominó, com outra, e Eugenia Isakovna, o sorriso agora desaparecido e substituído por algo próximo do rancor, continuou empurrando seu aparelho de audição para os visitantes — e, soluçando, Chernobylski trovejou de um canto distante: "O que se pode explicar — morto, morto, morto!", mas ela já estava com medo de olhar na direção dele.

Fumaça entorpecente

Quando os postes de luz suspensos na penumbra se acenderam, praticamente em uníssono, até a Bayerischer Platz, cada objeto no quarto apagado mudou ligeiramente sob a influência dos raios externos, que começaram tirando uma fotografia do padrão da cortina de renda. Ele estivera deitado de costas (um jovem de peito chato e membros alongados, com um *pince-nez* cintilando na semiobscuridade) por cerca de três horas, sem contar um breve intervalo para jantar, que se passara em bendito silêncio: seu pai e sua irmã, depois de mais uma briga, tinham ficado lendo à mesa. Drogado pela sensação opressiva, duradoura, tão familiar para ele, foi se deitar e olhou através do cílios, e cada linha, cada borda, ou sombra de uma borda, se transformava num horizonte marítimo ou numa faixa de terra distante. Assim que seus olhos se acostumaram com a mecânica dessas metamorfoses, elas começaram a ocorrer por vontade própria (assim como pequenas pedras continuam a ganhar vida, bem inutilmente, por trás das costas do mágico) e agora, neste ou naquele lugar do cosmos do quarto, uma perspectiva ilusória se formava, uma miragem remota encantadora em sua transparência e isolamento gráficos: uma extensão de água, digamos, e um promontório negro com a minúscula silhueta de uma araucária.

    A intervalos, retalhos de conversa indistinta e lacônica chegavam da saleta vizinha (a cavernosa sala central de um daqueles apartamentos burgueses que as famílias emigradas russas costumavam alugar em Berlim na época), separada do quarto dele por portas corrediças, através de cujas vidraças foscas e onduladas o abajur alto do outro lado brilhava amarelo, enquanto mais embaixo aparecia, como se debaixo de água profunda, as costas escuras e difusas de uma cadeira colocada naquela posição para anular a propensão das folhas da porta a se abrir numa série de solavancos. Naquela saleta (provavelmente no divã do canto mais distante), estava sua irmã sentada com o namorado e, a julgar pelas pausas misteriosas, que se dissolviam por fim numa ligeira tosse ou numa suave risada questionadora, os dois estavam se beijando. Podiam-se ouvir outros sons da rua: o barulho de um carro que subia se enrodilhando como uma coluna insinuante para o capitel de uma buzina no cruzamento; ou, vice-versa, a buzina vinha primeiro, seguida por um rumor que se aproximava e do qual o tremor das folhas da porta transmitiam da melhor forma que podiam.

E da mesma forma que a luminosidade da água e seu próprio pulsar atravessam uma medusa, assim tudo atravessava também seu ser interior, e aquela sensação de fluidez se transfigurava em algo como uma segunda visão. Deitado ali largado no sofá, ele se sentiu carregado de lado pelo fluxo de sombras e, simultaneamente, escoltava distantes transeuntes e visualizava ora a superfície da calçada bem debaixo de seus olhos (com a exaustiva precisão da vista de um cachorro), ora o desenho dos galhos nus contra o céu que ainda retinha alguma cor, ou então a alternância de vitrines: um manequim de cabeleireira, mal suplantando a rainha de copas em desenvolvimento anatômico; uma exposição de moldureiro, com roxas paisagens de charneca e o inevitável *Inconnue de la Seine,* tão popular no Reich, entre numerosos retratos do presidente Hindenburgo; e depois uma loja de abajures com todas as lâmpadas acesas, de forma que não se podia evitar pensar qual delas era a luz de trabalho diária pertencente à própria loja.

De repente, ocorreu-lhe, reclinado como uma múmia no escuro, que era tudo bem estranho — sua irmã podia pensar que ele não estava em casa, ou que estava escutando escondido. Mexer-se, porém, era incrivelmente difícil; difícil porque a própria forma de seu ser tinha agora perdido todas as marcas identificadoras, todas as fronteiras fixas. Por exemplo, a alameda do outro lado da casa podia ser seu próprio braço, enquanto a longa nuvem esqueletal que se estendia por todo o céu com um arrepio de estrelas no leste podia ser sua coluna vertebral. Nem a listrada obscuridade de seu quarto, nem o vidro da porta da saleta, que se transmutara em mares noturnos brilhando em ondulações douradas, ofereciam-lhe um método confiável de medir e marcar a si próprio; esse método, ele o encontrou apenas quando, numa explosão de agilidade, a ponta táctil da língua, realizando uma súbita torção dentro da boca (como se, apressada, a conferir, semidesperta, se tudo estava bem), apalpou e começou a se preocupar um pouco com uma matéria estranha macia, um pedaço de carne cozida firmemente alojado entre seus dentes; diante disso, ele refletiu quantas vezes, em uns dezenove anos, ela havia mudado, aquela invisível, mas tangível, mobília de dentes, à qual a língua se acostumava até cair uma obturação, deixando um grande buraco que tinha então de ser preenchido.

Ele foi então levado a se mexer não tanto pelo desavergonhado silêncio atrás da porta, como pela urgência de procurar um bom instrumento pontudo para ajudar a solitária trabalhadora cega. Espreguiçou-se, levantou a cabeça e acendeu a luz junto ao sofá, restaurando assim inteiramente sua imagem corpórea. Percebeu a si mesmo (o *pince-nez*, o bigode fino, escuro, a pele ruim na testa) com a repulsa absoluta que sempre experimentava ao voltar a seu corpo da névoa langorosa, que prometia... o quê? Qual forma a força que oprimia e estimulava seu espírito finalmente assumiria? De onde se origina essa coisa que cresce dentro de mim? A maior parte do meu dia foi igual a sempre — universidade, biblioteca pública —, mas depois tive de ir até os Osipov a mando de meu pai, havia aquele telhado molhado de algum bar à beira de um terreno baldio, e a fumaça da chaminé abraçava o telhado, voando baixo, pesada com a umidade, farta dela, sonolenta, se recusando a subir, recusando destacar-se de sua amada decadência, e bem naquela hora veio uma palpitação, bem naquela hora.

Debaixo do abajur da mesa brilhavam um caderno encapado de oleado e, ao lado dele, no mata-borrão manchado de tinta, uma navalha de barbear, as aberturas circundadas de ferrugem. A luz batia também num alfinete de segurança. Ele o desentortou e, seguindo a orientação bastante meticulosa de sua língua, removeu a partícula de carne, engoliu-a — melhor que qualquer iguaria; depois do que o órgão satisfeito se aquietou.

De repente, uma mão de sereia colou-se à parte externa do vidro ondulado da porta; então as folhas se abriram espasmodicamente e sua irmã enfiou a cabeça despenteada para dentro.

"Grisha, querido", disse ela, "seja um anjo e arrume uns cigarros do papai".

Ele não respondeu e as fendas brilhantes entre as pestanas dos olhos dela se apertaram (ela enxergava muito mal sem os óculos de aro de chifre) ao tentar discernir se ele estava ou não dormindo no sofá.

"Consiga para mim, Grishenka", ela repetiu, ainda mais insistente. "Ah, por favor! Não quero falar com ele depois do que aconteceu ontem."

"Talvez eu não queira também", ele disse.

"Depressa, depressa", a irmã pronunciou delicadamente, "vamos, Grisha querido!"

"Tudo bem, saia", ele disse afinal, e ela, juntando cuidadosamente de volta as duas metades da porta, dissolveu-se no vidro.

Ele examinou de novo a ilha iluminada pelo abajur, lembrando-se com esperança de que tinha posto em algum lugar um maço de cigarros que uma noite um amigo esquecera. O alfinete de segurança brilhante havia desaparecido, enquanto o caderno estava agora em outra posição e semiaberto (como uma pessoa que muda de posição durante o sono). Talvez entre meus livros. A luz tocava apenas suas lombadas nas estantes acima da mesa. Ali havia lixo ocasional (predominantemente) e manuais de economia política (eu queria uma coisa bem diferente, mas meu pai venceu); havia também alguns livros favoritos que em um ou outro momento tinham feito bem a seu coração: a coleção de poemas *Shatyor* (*Tenda*), de Gumilyov, *Sestra moya, Zhizn'* (*Minha irmã, a vida*), de Pasternak, *Vecher u Kler* (*A noite com Claire*), de Gazdanov, *Le bal du comte d'Orgel*, de Radiguet, *Zashchita Luzhina* (*A defesa de Lujine*), de Sirin, *Dvenadtsat' Stul'ev* (*Doze cadeiras*), de Ilf e Petrov, Hoffmann, Hölderlin, Baratynski, e um velho guia russo. Mais uma vez aquele delicado choque misterioso. Ele escutou. A palpitação se repetiria? Sua mente estava em um estado de extrema tensão, o pensamento lógico eclipsado, e, quando ele saiu de seu transe, levou algum tempo para lembrar por que estava parado diante da estante, mexendo nos livros. O maço de cigarros azul e branco que havia enfiado entre o Professor Sombart e Dostoievski revelou estar vazio. Bem, tinha de ser feito, não havia como escapar. Havia, porém, uma outra possibilidade.

De chinelos velhos e calça pendente, displicente, quase silencioso, arrastando os pés, ele passou de seu quarto para o corredor e procurou o interruptor. No console debaixo do espelho, junto ao elegante quepe bege do hóspede, havia um pedaço de papel macio amassado: o embrulho de rosas liberadas. Ele procurou no sobretudo do pai, penetrando com dedos escrupulosos o mundo insensato de um bolso estranho, mas não encontrou ali o maço de reserva que esperava obter, conhecendo como conhecia a postura pesada do pai. Nada a fazer, tenho de ir até ele.

Aqui, quer dizer, em algum ponto indeterminado de seu itinerário sonambúlico, ele entrou de novo numa zona de névoa, e dessa vez a renovada vibração dentro dele possuía tamanha força, e, principalmente, era tão mais vívida que todas as percepções externas, que ele não identificou de imediato como seus próprios limites e semblante o jovem de ombros curvos, rosto pálido sem barbear e orelha vermelha, que deslizou silenciosamente no espelho. Ele ultrapassou a si mesmo e entrou na sala de jantar.

Ali, na mesa que havia muito, antes de ir para a cama, a criada arrumara para o chá da noite, estava sentado seu pai: um dedo cofiava a barba negra, riscada de branco; entre polegar e indicador da outra mão, ele erguia no ar um *pince-nez*, seguro pelas presilhas de pressão; estava estudando um grande mapa de Berlim seriamente desgastado nas dobras. Poucos dias antes, em casa de amigos, tinha havido uma apaixonada discussão de estilo russo sobre qual o caminho mais curto para ir a pé de uma determinada rua a outra, nenhuma das quais, incidentalmente, qualquer dos debatedores frequentava jamais; e agora, a julgar pela expressão de desagradável surpresa no rosto inclinado do pai, com aqueles dois números oito rosados nas laterais do nariz, o velho constatou que estava errado.

"O que foi?", ele perguntou, erguendo o rosto para seu filho (com a esperança secreta, talvez, de que eu me sentasse, despisse o bule de chá de sua cobertura, servisse uma xícara de chá para ele, para mim). "Cigarros?", ele perguntou no mesmo tom interrogatório, ao notar a direção para onde olhava seu filho; este último começara a passar atrás do pai para pegar a caixa que estava na ponta da mesa, mas o pai já a estava estendendo para ele, de forma que se seguiu um momento de confusão.

"Ele já foi?", veio a terceira pergunta.

"Não", disse o filho, pegando um punhado sedoso de cigarros.

Ao sair da sala, notou que o pai girou todo o tronco na cadeira, para olhar de frente o relógio de parede, como se o mecanismo tivesse dito alguma coisa, e depois começou a se voltar — mas então a porta que eu estava fechando se fechou, e não vi esse trecho até o fim. Não vi até o fim, tinha outras coisas na cabeça, porém aquilo também, e os mares distantes de um momento atrás, o rostinho afogueado de minha irmã, e o rumor indistinto da borda circular da noite transparente — tudo, de uma forma ou de outra, ajudou a formar o que agora finalmente assumira forma. Com aterrorizante clareza, como se minha alma tivesse se acendido numa explosão silenciosa, vi de relance uma lembrança do futuro; tomei consciência de que exatamente ao lembrar essas imagens do passado como o jeito que minha mãe tinha de fazer uma cara chorosa e apertar as têmporas, quando a conversa na mesa ficava muito alta, também eu um dia teria de me lembrar, com impiedosa, irreparável precisão, o ar magoado dos ombros de meu pai, curvado sobre o mapa rasgado, moroso, usando seu paletó quente de ficar em casa, polvilhado de cinzas e caspa; e tudo isso misturava-se criativamente com a visão recente da fumaça azul apegada às folhas mortas de um telhado molhado.

Através de uma fresta entre as folhas da porta, invisíveis, dedos ávidos pegaram o que ele estendeu, e ele agora estava deitado de novo em seu sofá, mas o langor de antes havia desaparecido. Enorme, viva, uma linha métrica se estendia e curvava, na curva uma rima estava deliciosamente e ardentemente se acendendo, e enquanto brilhava, apareceu, como uma sombra na parede quando se sobe a escada com uma vela, a silhueta móvel de outro verso.

Bêbado com a música italianada da aliteração russa, com o desejo de viver, a tentação nova de palavras obsoletas (a moderna *bereg* revertendo para *breg*, uma "costa" mais distante, *holod* para *hlad*, um "arrepio" mais clássico, *veter* para *vetr*, uma Boreas melhor), poemas pueris, perecíveis, que, quando o próximo fosse publicado, certamente murchariam, como tinham murchado uns depois dos outros todos os anteriores escritos no caderno preto; mas não importa: neste momento eu confio nas promessas arrebatadoras do verso que ainda respira, que ainda gira, meu rosto está molhado de lágrimas, meu coração explodindo de felicidade, e eu sei que essa felicidade é a melhor coisa que existe na terra.

Convocação

Ele era velho, era doente, e ninguém no mundo precisava dele. Em termos de pobreza, Vasiliy Ivanovitch tinha chegado àquele ponto em que um homem não pergunta mais a si mesmo com o que vai viver amanhã, mas apenas reflete com o que viveu no dia anterior. Em termos de ligações particulares, nada nesta terra significava muito para ele além de sua doença. A irmã mais velha, solteira, com a qual ele havia migrado da Rússia para Berlim em 1920, morrera dez anos antes. Ele não sentia mais falta dela, tendo, ao contrário, se acostumado com um vazio na forma de sua imagem. Naquele dia, porém, no trem, quando estava voltando do cemitério russo onde fora acompanhar o enterro do professor D., ele ponderou com estéril desânimo o estado de abandono em que estava o túmulo dela: a tinta da cruz descascara aqui e ali, o nome mal se distinguia da sombra da tília que se projetava sobre ele, apagando-o. Ao funeral do professor D. compareceu mais ou menos uma dúzia de velhos emigrados resignados, ligados pela vergonha da morte e sua vulgar igualdade. Ficaram parados, como acontece nesses casos, tanto sozinhos como juntos, numa espécie de expectativa tocada pela dor, enquanto o modesto ritual, pontuado pelo secular mover dos ramos ao alto, seguia seu curso. O calor do sol estava insuportável, principalmente com o estômago vazio; no entanto, por questão de decência, ele usava um sobretudo para esconder o estado miserável de seu terno. E muito embora tivesse conhecido o professor D. bastante bem, e tentasse focalizar clara e firmemente em sua mente a imagem gentil do falecido, naquele vento quente e alegre de julho, que já a fazia ondular e curvar, arrancando-a de suas mãos, seus pensamentos mesmo assim continuavam voltando para aquele canto da memória em que, com seus hábitos inalteráveis, sua irmã efetivamente voltava dos mortos, pesada e corpulenta como ele, com óculos de idêntica receita em seu nariz bem masculino, maciço, vermelho, aparentemente envernizado, e usando um paletó cinza como os que as senhoras russas ativas na política social usam até hoje: uma alma esplêndida, esplêndida, vivendo, à primeira vista, sabiamente, hábil e ativa, mas, estranhamente, revelando maravilhosas vistas de melancolia que só ele notava e pelas quais, em última análise, ele a amava tanto quanto amava.

No aperto impessoal do bonde berlinense, havia outro velho refugiado que resistia até o fim, um advogado não praticante, que também voltava do cemitério e também era pouco útil para qualquer um além de mim. Vasiliy Ivanovitch, que o conhecia apenas ligeiramente, tentou resolver se começava ou não uma conversa com ele, no caso de o balanço do conteúdo do bonde juntar os dois; o outro, entretanto, permanecia colado à janela, observando as evoluções da rua com uma expressão irônica no rosto terrivelmente descuidado. Por fim (e *esse* foi o momento exato que captei, depois do qual nunca mais deixei o recruta longe de meus olhos), V. I. saltou e, como era pesado e desajeitado, o condutor o ajudou a descer para a ilha de pedra e retangular do ponto. Uma vez no chão, ele aceitou de cima, com uma gratidão sem pressa, o próprio braço, que o condutor ainda segurava pela manga. Depois, mexeu os pés devagar, virou-se e, olhando cautelosamente em torno, foi para o asfalto com a intenção de atravessar a rua perigosa, em direção a um jardim público.

Ele atravessou em segurança. Pouco depois, na igreja, quando o trêmulo padre velho propôs, segundo o ritual, que o coro cantasse à eterna memória dos mortos, V. I. demorou tanto e fez tamanho esforço para ajoelhar que quando seus joelhos se comunicaram com o chão o canto havia terminado e ele não conseguia mais se levantar; o velho Tihotsky o ajudou a se erguer, assim como o condutor do bonde o ajudara a descer. Essas impressões gêmeas aumentaram uma sensação incomum de fadiga, a qual, sem dúvida, já tinha o gosto de sua última morada, porém era agradável à sua maneira; e, tendo decidido que, de qualquer forma, ainda era cedo para voltar ao apartamento da gente boa e sem graça que o alojava, V. I. apontou para si mesmo um banco com a bengala e lentamente, sem ceder à força da gravidade até o último momento, finalmente sentou-se, rendeu-se.

Eu gostaria de entender, porém, de onde vem essa felicidade, essa onda de felicidade, que imediatamente transforma a alma de uma pessoa em algo imenso, transparente e precioso. Afinal de contas, vejam só, aqui está um velho doente com o sinal da morte já sobre ele; perdeu seus entes queridos: a esposa que, quando ainda estavam na Rússia, deixou-o pelo dr. Malinovski, o famoso reacionário; o jornal onde V. I. trabalhara; seu leitor, amigo e homônimo, o querido Vasiliy Ivanovitch Maler, torturado até a morte pelos Vermelhos nos anos de guerra civil; seu irmão, que morreu de câncer em Kharbin; e sua irmã.

Mais uma vez, ele pensou com desânimo na cruz borrada de seu túmulo, que já estava se dissolvendo no campo da natureza; devia fazer sete anos talvez que ele parara de cuidar do túmulo e o deixara em paz. Com notável força, V. I. de repente visualizou um homem que sua irmã amara um dia — o único homem que ela jamais amou —, uma personagem à Garshin, homem meio louco, tuberculoso, fascinante, com uma barba negra como carvão e olhos ciganos, que inesperadamente se suicidou com um tiro por conta de outra mulher: o sangue no peitilho, aqueles pés pequenos com sapatos elegantes. Então, sem nenhuma ligação, ele viu a irmã como uma colegial, com sua cabecinha nova, raspada depois que ela tivera febre tifoide, explicando a ele, sentados na otomana, um complexo sistema de percepções tácteis que ela desenvolvera, de forma que sua vida se tornara uma constante preocupação em manter um misterioso equilíbrio entre objetos: tocar uma parede ao passar, uma passada da palma da mão esquerda, depois da direita, como mergulhar as mãos na sensação do objeto, de forma que ficassem limpos, em paz com o mundo e refletidos nele; subsequentemente, ela se interessou sobretudo por questões feministas, organizou, de uma forma ou de outra, farmácias para mulheres, e tinha um louco terror de fantasmas, porque, como dizia, não acreditava em Deus.

Assim, tendo perdido essa irmã, que amava com especial ternura pelas lágrimas que ela derramava à noite; de volta do cemitério, onde o ridículo ritual com pás de terra tinha despertado essas recordações; pesado, fraco, desalinhado a tal ponto que não conseguia se levantar depois de ajoelhar ou descer para a plataforma do bonde (o caridoso condutor teve de se curvar com as mãos estendidas — e um dos outros passageiros ajudou também, acho); cansado, solitário, gordo, envergonhado, com todas as nuances de modéstia antiquada, de sua roupa de baixo remendada, das calças estragadas, de toda a sua descuidada, mal-amada, maltrapilha corpulência, V. I. ainda assim viu-se tomado por um quase indecente tipo de alegria de origem desconhecida, a qual, mais de uma vez no curso da vida longa e bastante árdua, o surpreendera por seu súbito aparecimento. Ficou sentado bem quieto, as mãos repousando (com apenas um ocasional abrir de dedos) no castão da bengala e as coxas grossas separadas de forma que a base redonda da barriga, emoldurada pelas laterais desabotoadas do sobretudo, repousavam na beira do banco. Abelhas trabalhavam na florida tília no alto; de sua densa folhagem festiva flutuava um aroma nublado, meloso, enquanto embaixo, em sua sombra, ao longo da calçada, jazia o restolho amarelo brilhante de flores de lima, parecendo estrume de cavalo moído. Uma mangueira vermelha molhada estendia-se por todo o gramado no centro do pequeno jardim público e, um pouco adiante, dela irrompia água radiante, com uma fantasmagórica iridiscência na aura do borrifo. Entre alguns arbustos de espinheiro e um banheiro público em estilo chalé, via-se uma rua cinza-pombo; lá, uma coluna de propaganda se erguia coberta de pôsteres como um gordo arlequim, e bonde após bonde passavam com um estralejar e um gemido.

Esse jardinzinho de rua, essas rosas, esse verde — ele havia visto milhares de vezes, em todas as suas descomplicadas transformações, no entanto tudo cintilava perpassado de vitalidade, novidade, participação no destino da pessoa, sempre que ele e eu experimentávamos esses ataques de felicidade. Um homem com um jornal local em russo sentou-se no mesmo banco azul-escuro, quente de sol, hospitaleiro, indiferente. É difícil para mim descrever esse homem; por outro lado, seria inútil, uma vez que um autorretrato raramente é bem-sucedido, por causa de uma certa tensão que sempre permanece na expressão dos olhos — o encanto hipnótico do espelho indispensável. Por que decidi que o homem ao lado de quem me sentei se chamava Vasiliy Ivanovitch? Bem, porque essa mistura de nome e patronímico é como uma poltrona, e ele era amplo e macio, com uma grande cara confortável, sentado com as mãos apoiadas na bengala, confortavelmente e imóvel; só as pupilas de seus olhos se mexiam para lá e para cá, por trás das lentes, de uma nuvem que voava numa direção para um caminhão que rodava na outra, ou de um pardal fêmea alimentando seu filhote no cascalho para o movimento intermitente e irregular de um carrinho de madeira puxado por um cordão por uma criança que havia se esquecido dele (pronto — caiu de lado, mas mesmo assim continuou seguindo). O obituário do professor D. ocupava um lugar de destaque no jornal e foi assim que, em minha pressa de dar à manhã de V. I. algum tipo de cenário tão melancólico e típico quanto possível, acabei arranjando para ele aquela viagem ao funeral, muito embora o jornal dissesse que haveria um anúncio especial com a data; mas, repito, eu estava com pressa, e queria mesmo que estivesse no cemitério, porque era exatamente o tipo que se vê em cerimônias russas no exterior, parado de lado, por assim dizer, mas enfatizando com isso a natureza habitual de sua presença; e uma vez que alguma coisa nas feições macias de seu rosto cheio e barbeado me lembrava uma senhora sociopolítica de Moscou chamada Anna Aksakov, de quem eu me lembrava desde a infância (era uma parenta distante minha), quase inadvertidamente, mas já com irrepreensível detalhe, fiz dela sua irmã, e isso tudo aconteceu com velocidade vertiginosa, porque eu precisava a qualquer custo ter alguém como ele para um episódio num romance com o qual eu vinha batalhando havia mais de dois anos. Que me importava que aquele velho e gordo cavalheiro, que tinha visto pela primeira vez sendo baixado do bonde, e que estava agora sentado ao meu lado, talvez nem fosse russo? Eu estava tão satisfeito com ele! Era tão espaçoso! Por uma estranha combinação de emoções, senti que eu estava contaminando aquele estranho com uma ardente felicidade criativa que produz um arrepio na pele do artista. Eu queria que, apesar de sua idade, de sua indigência, do tumor em seu estômago, V. I. pudesse participar do terrível poder de minha felicidade, redimindo sua ilegalidade com sua cumplicidade, de forma que deixasse de ser uma sensação única, uma raríssima variedade de loucura, um monstruoso arco-íris abrangendo todo o meu ser interior, e fosse acessível a duas pessoas ao menos, tornando-se seu tópico de conversação e adquirindo assim direitos de existência rotineira, da qual minha louca, selvagem, sufocante felicidade esteve sempre privada. Vasiliy Ivanovitch (persisti nesse nome) tirou o chapéu preto, como se não fosse a fim de refrescar a cabeça, mas com a exata intenção de saudar meus pensamentos. Ele esfregou devagar o alto da cabeça; as sombras das folhas de tília atravessaram as veias de suas mãos grandes e pousaram de novo no cabelo grisalho. Com a mesma lentidão, ele virou a cabeça para mim, olhou meu jornal emigrado, olhou meu rosto, posicionado para parecer o de um leitor, virou-se majestosamente para o outro lado e tornou a pôr o chapéu.

Mas ele já era meu. Então, com um esforço, ele se levantou, endireitou-se, transferiu a bengala de uma mão para a outra, deu um passo curto, hesitante, e então calmamente prosseguiu, para sempre, se não estou enganado. No entanto, levou com ele, como a peste, uma doença extraordinária, porque estava sacramentalmente preso a mim, condenado a aparecer por um momento no finzinho de um certo capítulo, no girar de uma certa frase.

Meu representante, o homem com o jornal russo, estava agora sozinho no banco e, ao se mudar para a sombra onde V. I. estivera sentado agora mesmo, o mesmo padrão fresco da tília que havia ungido seu predecessor tremulou então em sua testa.

Uma página da vida

Na sala ao lado, Pavel Romanovitch estava rolando de rir ao contar como sua mulher o tinha abandonado.

Eu não conseguia suportar o som daquela horrível hilaridade e, sem mesmo consultar o espelho, exatamente como estava — no vestido amassado por uma sesta relaxada depois do almoço, e sem dúvida ainda com a marca do travesseiro no rosto —, fui para a sala vizinha (a sala de jantar de meu senhorio) e topei com a seguinte cena: meu senhorio, uma pessoa chamada Plekhanov (sem nenhuma relação com o filósofo socialista), estava sentado a ouvir com ar de encorajamento — preenchendo todo o tempo os tubos de cigarros russos por meio de um injetor de tabaco —, enquanto Pavel Romanovitch falava andando em torno da mesa, o rosto um bom pesadelo, a palidez parecendo espalhar-se pela cabeça raspada, de aparência de resto sadia: um tipo muito russo de limpeza, fazendo habitualmente pensar em caprichadas tropas de engenheiros, mas no presente momento me lembrando de algo mau, algo tão assustador quanto o crânio de um prisioneiro.

Ele tinha vindo, na verdade, à procura de meu irmão — que acabara de sair, mas isso não lhe importou realmente: sua dor tinha de falar, e então ele encontrou um ouvinte disposto naquela pessoa bem pouco atraente que ele mal conhecia. Ele ria, mas seus olhos não participavam das gargalhadas, ao falar de sua mulher recolhendo coisas de todo o apartamento, de ela ter levado por algum descuido seus óculos favoritos, do fato de todos os parentes dela estarem sabendo antes dele, de ele ter se perguntado...

"É, aqui está um ponto importante", prosseguiu ele, agora se dirigindo diretamente a Plekhanov, um viúvo temente a Deus (porque seu discurso até então havia sido mais ou menos uma arenga para o espaço), "um ponto muito interessante: como será no além — lá ela vai coabitar comigo ou com aquele porco?"

"Vamos para o meu quarto", eu disse com o mais cristalino tom de voz — e só então ele notou minha presença. Eu havia encostado, desamparada num canto do aparador escuro, com o qual parecia fundir minha miúda silhueta vestida de preto — sim, eu uso luto, por todo mundo, por tudo, por mim mesma, pela Rússia, pelos fetos que foram raspados de dentro de mim. Ele e eu passamos para o quarto minúsculo que eu alugava: mal podia acomodar um sofá absurdamente grande, coberto de seda, e ao lado dele uma mesinha baixa com um abajur cuja base era uma verdadeira bomba de vidro grosso cheia de água — e nessa atmosfera de meu aconchego privado, Pavel Romanovitch se tornou de imediato outro homem.

Sentou-se em silêncio, esfregando os olhos inflamados. Eu me encolhi ao lado dele, afofei as almofadas à nossa volta e mergulhei em pensamentos, pensamentos femininos, de rosto apoiado nas mãos, enquanto o examinava, a cabeça turquesa, os ombros grandes e fortes que uma farda militar vestiria muito melhor do que aquele paletó de botões duplos. Olhei para ele e me admirei de como pude ser arrebatada por aquele sujeito baixo, atarracado, com traços insignificantes (a não ser pelos dentes — nossa!, que belos dentes!); no entanto, eu era louca por ele meros dois anos atrás, no começo da vida emigrada em Berlim, quando ele estava apenas planejando casar com sua deusa — e como eu fiquei louca, como chorei por causa dele, como meus sonhos eram assombrados por aquela fina corrente de aço em torno de seu pulso peludo!

Ele tirou do bolso da calça sua imensa cigarreira de "campo de batalha" (como ele a chamava). Contra a tampa, balançando indolentemente a cabeça, ele bateu diversas vezes a ponta em tubo do cigarro russo, mais vezes do que sempre fazia.

"É, Maria Vasilevna", disse afinal, entre dentes, ao acender o cigarro e elevando as sobrancelhas triangulares. "É, ninguém poderia ter previsto uma coisa dessas. Eu tinha confiança naquela mulher, confiança absoluta."

Depois de seu recente ataque de prolongada loquacidade, tudo parecia estranhamente quieto. Dava para ouvir a chuva batendo no peitoril da janela, o clique do injetor de tabaco de Plekhanov, o ganir de um velho cachorro neurótico trancado no quarto de meu irmão do outro lado do corredor. Não sei bem o motivo — seja porque o tempo estava muito cinzento, ou talvez porque o infortúnio que ocorrera a Pavel Romanovitch exigiria alguma reação do mundo circundante (dissolução, eclipse) —, mas eu tinha a impressão de que estávamos no fim da tarde quando na verdade eram apenas três horas, e eu ainda precisava ir ao outro lado de Berlim numa missão que meu querido irmão podia muito bem ter cumprido sozinho.

Pavel Romanovitch falou de novo, dessa vez em tons sibilantes: "Aquela vaca fedorenta", disse, "ela, ela própria juntou os dois. Eu sempre tive nojo dela e não escondi isso de Lenochka. Que vaca! Você a conheceu, acho: uns sessenta anos, cabelo tingido de vermelho forte, gorda, tão gorda que parece ter as costas arredondadas. É uma grande pena que Nicholas não esteja. Diga para me telefonar assim que voltar. Sou, como sabe, um homem simples, franco, e há séculos estou dizendo a Lenochka que a mãe dela é uma vaca pérfida. Agora, veja no que estou pensando: talvez seu irmão possa me ajudar a compor uma carta para a velha megera — uma espécie de declaração formal explicando que eu sabia e entendo perfeitamente de quem foi a instigação, quem empurrou minha mulher — é, algo por aí, mas com palavras mais polidas, claro".

Eu não disse nada. Ali estava ele, me visitando pela primeira vez (suas visitas a Nick não contam), pela primeira vez sentado em meu *Kautsch*, e derrubando cinzas em minhas almofadas policromadas; e no entanto o acontecimento, que antigamente teria me dado um prazer divino, agora não me alegrava nem um pouco. Gente boa vinha comentando havia longo tempo que seu casamento era um fracasso, que sua esposa se mostrara uma tola leviana, vulgar — e rumores previdentes vinham atribuindo a ela um amante na própria pessoa do idiota que agora havia caído por sua beleza bovina. A notícia desse casamento rompido, portanto, não me chegara como surpresa; na verdade, eu talvez esperasse vagamente que algum dia Pavel Romanovitch fosse depositado aos meus pés pela onda de uma tempestade. Mas por mais profundamente que eu procurasse dentro de mim, não conseguia encontrar nem uma migalha de alegria; ao contrário, meu coração estava, ah, tão pesado, nem sei dizer quanto. Todos os meus romances, por alguma espécie de conluio entre seus heróis, haviam invariavelmente seguido um padrão predeterminado de mediocridade e tragédia, ou, mais precisamente, o traço trágico lhes foi imposto por sua própria mediocridade. Sinto vergonha de lembrar como começaram, e horror pela feiura de seu desenlace, enquanto a parte intermediária, a parte que devia ter sido a essência e o cerne deste ou daquele romance, permaneceu em minha mente como uma espécie de indiferente embaralhamento visto através de água lodosa ou névoa pegajosa. Minha paixão por Pavel Romanovitch tivera, ao menos, a deliciosa vantagem de permanecer fresca e adorável em contraste com todo o resto; mas esse entusiasmo também, tão remoto, tão profundamente enterrado no passado, estava tomando emprestado do presente agora, em ordem inversa, um tom de infelicidade, de fracasso, mesmo de simples mortificação, só porque eu era forçada a ouvir aquele homem reclamando da esposa, da sogra.

"Eu espero", disse ele, "que Nicky volte logo. Tenho mais um plano de reserva e acho que é bastante bom. Mas por enquanto é melhor eu ir embora".

E eu continuei sem dizer nada, com grande tristeza olhando para ele, meus lábios mascarados pela franja de meu xale preto. Ele ficou um momento parado diante da janela, na qual com um movimento confuso, batendo e zunindo, uma mosca voava e acabava escorregando para baixo de novo. E então passou os dedos pelas lombadas dos livros de minha estante. Como a maioria das pessoas que lê pouco, ele tinha uma furtiva afeição por dicionários e então tirou um volume de fundo grosso com uma flor de dente-de-leão e uma garota ruiva de cabelo crespo na capa.

"*Khoroshaya shtuka*", disse. Guardou de volta a *shtuka* (coisa) e, de repente, caiu em prantos. Eu o fiz sentar perto de mim no sofá, ele pendeu para um lado, os soluços aumentando, e acabou enterrando o rosto em meu colo. Acariciei de leve a lixa do couro cabeludo e a nuca robusta e rosada que acho tão atraente em homens. Aos poucos seus espasmos diminuíram. Ele me mordeu de leve através da saia e se pôs sentado.

"Sabe de uma coisa?", disse Pavel Romanovitch, e, enquanto falava, bateu sonoramente as palmas côncavas, com as mãos posicionadas na horizontal (eu não consegui deixar de sorrir ao me lembrar de um tio meu, um proprietário de terras do Volga, que costumava reproduzir desse jeito o som de uma procissão de dignas vacas deixando cair suas tortas de esterco). "Sabe de uma coisa, minha cara? Vamos para o meu apartamento. Não consigo suportar a ideia de ficar lá sozinho. Vamos jantar lá, tomar uns goles de vodca, depois vamos ao cinema. O que me diz?"

Eu não podia recusar o convite, embora soubesse que ia lamentar depois. Enquanto telefonava para cancelar minha visita ao antigo local de trabalho de Nick (ele precisava das galochas que tinha deixado lá), me vi no espelho do corredor parecida com uma freirinha tristonha com um rosto severo de cera; mas um minuto depois, quando estava me embelezando e pondo meu chapéu, eu mergulhei, por assim dizer, na profundidade de meus grandes olhos negros e experientes e encontrei ali o brilho de alguma coisa longe de monástica — mesmo através de meu *voilette* eles brilhavam ardentes, meu Deus, tão ardentes!

No bonde, a caminho de seu apartamento, Pavel Romanovitch ficou distante e melancólico outra vez: eu estava contando a ele sobre o novo emprego de Nick na biblioteca eclesiástica, mas seu olhar vagava, evidentemente não estava ouvindo. Chegamos. A desordem dos três cômodos acanhados que ele ocupara com sua Lenochka era simplesmente incrível — como se as coisas dele e dela tivessem tido uma grande briga. Para divertir Pavel Romanovitch comecei a me fazer de *soubrette*, vesti um avental diminuto que estava esquecido num canto da cozinha, apliquei paz no desarranjo da mobília, arrumei a mesa com muito capricho — de forma que Pavel Romanovitch bateu palmas outra vez e resolveu fazer *borshtch* (ele tinha muito orgulho de suas habilidades culinárias).

Depois de duas ou três doses de vodca, seu comportamento ficou desordenadamente energético e pseudoeficiente, como se realmente existisse um determinado projeto a ser levado a cabo imediatamente. Não sei dizer se ele contaminou a si mesmo com a teatral solenidade com que um contumaz perito em beber é capaz de empregar ao consumir destilados russos, ou se ele realmente acreditava que ele e eu tínhamos começado, quando ainda em meu quarto, a planejar e discutir uma coisa ou outra — mas ali estava ele, enchendo sua caneta-tinteiro e, com um ar significativo, mostrando o que chamava de dossiê: cartas de sua esposa recebidas por ele na primavera anterior, em Bremen, para onde ele tinha ido em nome da companhia de seguros emigrada para a qual trabalhava. Começou a citar passagens dessas cartas, provando que ela amava a *ele* e não ao outro sujeito. Entre uma e outra, ficava repetindo pequenas fórmulas animadas como "é isso aí", "tudo bem", "vamos ver agora", e continuava bebendo. Seus argumentos resumiam-se à ideia de que se Lenochka escreveu "eu o acaricio mentalmente, Babuinovitch querido", ela não podia estar apaixonada por outro homem, e se ela pensava que estava, o erro devia ser pacientemente explicado a ela. Depois de mais alguns drinques, sua maneira mudou, a expressão ficou sombria e áspera. Sem nenhuma razão, ele tirou os sapatos e as meias e então começou a chorar e a caminhar soluçando, de um lado para outro do apartamento, ignorando totalmente a minha presença e chutando ferozmente para o lado com um forte pé descalço a cadeira com a qual se chocava sempre. *En passant*, ele conseguiu esvaziar a garrafa, e então entrou numa terceira fase, a parte final daquele silogismo bêbado que já havia juntado, dentro de regras dialéticas estritas, uma demonstração inicial de brilhante eficiência e um período central de absoluta melancolia. No estágio presente, parecia que ele e eu tínhamos alguma coisa (o que, exatamente, permanecia bastante fora de foco) que mostrava o amante dela como o mais baixo dos vilões, e o plano consistia em eu ir vê-la por minha própria iniciativa, por assim dizer, para "alertá-la". Fique entendido também que Pavel Romanovitch mantinha-se absolutamente oposto a qualquer intromissão ou pressão e que suas próprias sugestões traziam o selo de serem absolutamente desinteressadas. Antes que eu conseguisse desemaranhar meu raciocínio, já fortemente envolto na teia de seu grosso sussurro (enquanto ele calçava apressadamente os sapatos), me vi telefonando para sua esposa e só quando ouvi sua voz aguda, loucamente ressonante, me dei conta de repente de que eu estava bêbada e me comportando como uma idiota. Bati o telefone, mas ele começou a beijar minhas mãos frias que eu ficava retorcendo — e liguei para ela de novo, fui identificada sem entusiasmo, disse que tinha de vê-la a respeito de um assunto urgente e depois de uma ligeira hesitação ela concordou que eu fosse imediatamente à sua casa. Naquele momento — isto é, no momento em que ele e eu partimos — nosso plano, ele revelou, havia amadurecido em todos os detalhes e era incrivelmente simples. Eu devia dizer a Lenochka que Pavel Romanovitch tinha de contar a ela algo de excepcional importância — em nada, nada absolutamente, relacionado com o fim do casamento deles (isso ele frisou muito, com o apetite especial de um tático), e que ele estaria esperando por ela no bar do outro lado da rua.

Levei anos, escuros anos, para subir a escada e, por alguma razão, fiquei terrivelmente atormentada pela ideia de que em nosso último encontro eu havia usado o mesmo chapéu e a mesma raposa preta. Lenochka, por outro lado, veio me encontrar muito bem-vestida. Parecia ter acabado de ondular os cabelos, mas ondulado mal, e no geral havia ficado mais sem graça, e em torno da boca elegantemente pintada havia pequenas bolsas inchadas, devido às quais o chiquê se perdia.

"Não acredito nem por um minuto", disse ela, me examinando com curiosidade, "que seja assim tão importante, mas se ele acha que ainda não discutimos, tudo bem, eu concordo em ir, mas quero que seja diante de testemunhas, tenho medo de ficar a sós com ele, já vivi isso bastante, muito obrigada".

Quando entramos no bar, Pavel Romanovitch estava sentado, apoiado com o cotovelo numa mesa junto ao balcão; com o dedo mínimo esfregava os olhos vermelhos e nus, enquanto expunha extensamente, em tom monótono, alguma "página da vida", como ele gostava de dizer, a um completo estranho sentado na mesma mesa, um alemão incrivelmente alto, com um repartido no cabelo liso, mas a nuca coberta de penugem e unhas horrivelmente roídas.

"Mas meu pai", Pavel Romanovitch estava dizendo em russo, "não queria arrumar problemas com as autoridades e portanto resolveu construir uma cerca em torno daquilo. Tudo bem, estava resolvido. Nossa casa era quase tão longe da deles como..." Ele olhou em torno, acenou com a cabeça distraidamente para sua mulher e continuou de maneira perfeitamente relaxada: "... daqui até o trilho do bonde, de forma que eles não podiam ter nenhuma reclamação. Mas você tem de concordar que passar o outono inteiro em Vilna sem eletricidade não é brincadeira. Bom, então, muito a contragosto..."

Me foi impossível entender o que ele estava falando. O alemão escutava passivamente, com a boca meio aberta: seu conhecimento do russo era tão parco que o simples processo de tentar entender já lhe dava prazer. Lenochka, sentada tão perto de mim que eu sentia seu calor desagradável, começou a remexer na bolsa.

"A doença de meu pai", Pavel Romanovitch prosseguiu, "contribuiu para a decisão dele. Se você realmente morou lá, como diz, então você se lembra, claro, daquela rua. É escuro lá, à noite, e não é tão incomum que alguém leia no...".

"Pavlik", disse Lenochka, "aqui está seu *pince-nez*. Eu levei na minha bolsa por engano".

"É escuro lá à noite", Pavel Romanovitch repetiu, abrindo, ao falar, a caixa de óculos que ela havia atirado para ele sobre a mesa. Ele pôs os óculos, tirou um revólver e começou a atirar em sua mulher.

Com um grande uivo ela caiu debaixo da mesa, me arrastando com ela, enquanto o alemão cambaleava em cima de nós e se juntava à nossa queda de forma que ficamos os três meio misturados no chão, mas eu tive tempo de ver um garçom correr até o agressor por trás e com monstruoso prazer e força bater na cabeça dele com um cinzeiro de ferro. Depois disso, ocorreu, como é usual nesses casos, uma lenta arrumação do mundo abalado, com a participação de espectadores, policiais, atendentes da ambulância. Gemendo extravagantemente, Lenochka (uma bala havia apenas atravessado seu gordo ombro queimado de sol) foi carregada para o hospital, mas de alguma forma não vi como levaram Pavel Romanovitch embora. Quando tudo se acabou — isto é, quando tudo voltara a ocupar seus lugares: postes, casas, estrelas —, me vi caminhando por uma calçada deserta em companhia de nosso alemão sobrevivente: aquele imenso e belo homem, sem chapéu, com uma capa de chuva volumosa que voejava ao meu lado e de início achei que estava me levando para casa, mas então me dei conta de que estávamos indo para a casa *dele*. Paramos na frente da casa e ele me explicou — devagar, pesadamente, mas não sem um certo tom de poesia, e por alguma razão em mau francês — que não podia me levar ao quarto dele porque vivia com um companheiro que substituía para ele um pai, um irmão e uma esposa. Suas desculpas me pareceram tão insultuosas que ordenei que chamasse um táxi para mim imediatamente e me levasse à minha casa. Ele deu um sorriso assustado, fechou a porta na minha cara, e lá estava eu andando por uma rua que, apesar de a chuva ter parado horas antes, ainda estava molhada e passava um ar de profunda humilhação — sim, ali estava eu caminhando sozinha como era meu destino caminhar desde o começo dos tempos, e diante dos meus olhos Pavel Romanovitch continuava a se erguer, a se erguer e a esfregar o sangue e as cinzas de sua pobre cabeça.

Primavera em Fialta

A primavera em Fialta é nublada e maçante. Tudo fica úmido: os troncos malhados dos plátanos, os arbustos de zimbro, os parapeitos, o cascalho. Ao longe, numa paisagem aquosa entre as bordas recortadas de casas azul-pálido, que se ergueram bamboleantes de seus joelhos para subir a encosta (um cipreste a indicar o caminho), o desfocado monte São George está mais do que nunca distante do que aparece nas fotos dos cartões-postais que desde 1910, digamos (aqueles chapéus de palha, aqueles jovens cocheiros), vêm cortejando o turista no triste carrossel do vendedor, entre pedaços de pedra com dentes de ametista e as conchas que são o sonho do aparador da lareira. O ar é parado e quente, com um ligeiro aroma de queimado. O mar, cujo sal está afogado numa solução de chuva, é menos glauco que cinzento, com ondas preguiçosas demais para se quebrar em espuma.

    Foi num dia como esse, no começo dos anos trinta, que me vi, com todos os meus sentidos bem alertas, em uma das ruazinhas íngremes de Fialta, assimilando tudo ao mesmo tempo, aquele rococó marinho da banca, os crucifixos de coral numa vitrine de loja, o pôster abandonado de um circo em visita, um canto do papel encharcado se soltando da parede, um pedaço amarelo de casca de laranja não madura sobre a velha calçada de ardósia azulada, que retinha aqui e ali a vaga memória de um antigo desenho de mosaico. Eu gosto de Fialta; gosto dela porque sinto nos vazios dessas sílabas violáceas a umidade doce e escura da mais amassada das florzinhas, e porque o tom alto do nome de uma adorável cidade da Crimeia ecoa em sua viola; e também porque há algo na própria sonolência de sua úmida Páscoa que unge especialmente a alma das pessoas. Então eu estava contente de estar ali de novo, para subir a colina na direção inversa do riozinho das sarjetas, sem chapéu, a cabeça molhada, a pele já tomada de calor embora eu usasse apenas uma capa leve sobre a camisa.

Eu havia chegado no expresso Capparabella, que, com aquele descuidado gosto peculiar aos trens de países montanhosos, fizera o melhor possível para coletar durante a noite tantos túneis quantos possíveis. Um dia ou dois, contanto que uma pausa para respirar no meio de uma viagem de negócios me permitisse, era tudo o que eu esperava ficar. Tinha deixado minha mulher e filhos em casa, e isso era uma ilha de felicidade sempre presente no norte claro de meu ser, sempre flutuando a meu lado, e mesmo através de mim, ouso dizer, e ainda assim se mantendo fora de mim quase todo o tempo.

Um menino sem calça, com uma barriguinha inchada e cinzenta de lama, desceu cambaleante de uma porta e foi pisando na água, pernas arqueadas, tentando carregar três laranjas ao mesmo tempo, mas derrubando continuamente a valiosa terceira, até cair ele próprio, e então uma menina de uns doze anos, com um fio de contas pesadas em torno do pescoço escuro e usando uma saia comprida como de cigana, prontamente pegou o lote todo com suas mãos mais hábeis e mais numerosas. Perto dali, no terraço molhado de um café, um garçom esfregava os tampos das mesas; um bandoleiro melancólico vendendo pirulitos locais, umas coisas enfeitadas com um brilho lunar, havia colocado um cesto desesperadamente cheio em cima da balaustrada rachada, por cima da qual os dois conversavam. Ou o chuvisco havia parado ou Fialta se acostumara a tal ponto com ele que ela própria não sabia se estava respirando ar úmido ou chuva quente. Usando o polegar e uma bolsa de borracha para encher o cachimbo enquanto caminhava, com calças bombachas, um inglês sólido, tipo exportação, passou debaixo de um arco e entrou numa farmácia, onde pálidas esponjas grandes dentro de um vaso azul morriam de sede atrás do vidro. Que deliciosa animação eu sentia percorrendo minhas veias, com quanta gratidão todo o meu ser reagia à vibração e aos eflúvios daquele dia cinzento saturado com uma essência primaveril que ele próprio parecia demorar a perceber! Meus nervos estavam excepcionalmente receptivos depois de uma noite sem dormir; eu assimilava tudo: o assobio de um tordo nas amendoeiras atrás da capela, a paz das casas caindo aos pedaços, a pulsação do mar distante, ofegando na névoa, tudo isso junto com o verde ciumento dos vidros de garrafa espetados ao longo de um muro, e as cores vivas de um anúncio de circo mostrando um índio emplumado em cima de um cavalo empinando, no ato de laçar uma zebra ousadamente endêmica, enquanto alguns elefantes absolutamente apalermados sentavam-se, pensativos, em seus tronos de estrelas.

Então, o mesmo inglês me ultrapassou. Enquanto o absorvia junto com o resto, notei por acaso uma virada lateral de seus grandes olhos azuis forçando os cantos arroxeados, e a forma como ele rapidamente umedeceu os lábios — por causa da secura daquelas esponjas, pensei; mas então segui a direção de seu olhar e vi Nina.

Todas as vezes que a encontrei durante os quinze anos de nosso... — bem, não consigo encontrar um termo preciso para nosso tipo de relacionamento —, ela pareceu não me reconhecer de imediato; e dessa vez também ficou bastante imóvel por um momento, na calçada oposta, meio virada para mim numa simpática incerteza misturada com curiosidade, só o cachecol amarelo já em movimento, como aqueles cachorros que reconhecem a gente antes dos donos — e ela então soltou um grito, ergueu as mãos, todos os dez dedos dançando e no meio da rua, com apenas a franca impulsividade de uma velha amizade (do mesmo jeito que rapidamente fazia o sinal da cruz sobre mim cada vez que nos despedíamos), me beijou três vezes com mais boca que intenção e depois caminhou ao meu lado, pendurada em mim, acertando o passo com o meu, atrapalhada pela saia marrom estreita displicentemente aberta do lado.

"Ah, claro, Ferdie está aqui também", ela respondeu e imediatamente perguntou por sua vez, com gentileza, por Elena.

"Deve estar vadiando por aí com Segur", prosseguiu referindo-se ao marido. "E tenho de fazer umas compras; vamos embora depois do almoço. Espere um pouco, onde você está me levando, Victor, querido?"

De volta ao passado, de volta ao passado, como fazia todas as vezes que a encontrava, repetindo toda a trama acumulada desde o comecinho até o último incremento — assim como nos contos de fadas russos, o que já foi dito é enfeixado de novo a cada virada da história. Dessa vez, nos encontramos na quente e enevoada Fialta, e eu não podia ter celebrado a ocasião com mais arte, não poderia adorná-la com vinhetas mais brilhantes na lista dos serviços prévios do destino, mesmo que soubesse que aquela seria a última vez; a última, repito, porque não consigo imaginar nenhuma empresa de corretores celestes que pudesse consentir em arranjar para mim um encontro com ela no além-túmulo.

Minha cena de apresentação a Nina situava-se na Rússia, muito tempo antes, por volta de 1917, eu diria, a julgar por certos rumores teatrais nas coxias. Foi em alguma festa de aniversário na casa de campo de minha tia, perto de Luga, nas dobras mais fundas do inverno (como me lembro bem do primeiro sinal de chegar perto do local: um celeiro vermelho na vastidão branca). Eu tinha acabado de me formar no Liceu Imperial; Nina já estava noiva: embora tivesse a mesma idade que eu e que o século, ela parecia ter pelo menos vinte anos, e isso apesar ou talvez por causa de sua bela constituição esguia, uma vez que aos trinta e dois essa mesma esbeltez a fazia parecer mais nova. Seu noivo era um militar em licença do front, um sujeito bonito e pesado, incrivelmente bem-educado e impassível, que ponderava cada palavra na balança do mais exato senso comum e falava em veludoso tom de barítono, que ficava ainda mais macio quando se dirigia a ela; sua honestidade e devoção provavelmente a enervavam; e ele é hoje um bem-sucedido, mesmo que um tanto solitário, engenheiro num país tropical muito distante.

Janelas se acendem e estendem suas luzes sobre a escura neve ondulante, abrindo espaço para o reflexo da luz em forma de leque acima da porta entre elas. Cada um dos dois pilares laterais tem uma barra fofa e branca, o que estraga bastante as linhas do que poderia ser um ex-libris perfeito para o livro de nossas duas vidas. Não consigo lembrar por que nós todos saímos do salão sonoro para a calma escuridão, povoada apenas por pinheiros, inchados de neve ao dobro de seu tamanho; terá o vigia nos convidado a olhar a enfarruscada vermelhidão no céu, presságio de um incêndio criminoso próximo? É possível. Teremos ido admirar uma estátua equestre de gelo esculpida junto ao lago pelo tutor suíço de meus sobrinhos? É igualmente possível. Minha memória revive apenas no caminho de volta à iluminada mansão simétrica para a qual marchávamos em fila indiana ao longo de uma estreita trilha em barrancos de neve, com aquele crepitar-crepitar-crepitar que é o único comentário que uma taciturna noite de inverno faz aos humanos. Eu ia por último; três sonoros passos à minha frente caminha uma pequena silhueta curvada; os pinheiros mostravam suas garras carregadas. Escorreguei e deixei cair a lanterna apagada que alguém tinha me forçado a pegar; era infernalmente difícil recuperá-la; e, instantaneamente atraída por meus protestos, com uma risada impetuosa e baixa antecipando divertimento, Nina virou-se para mim. Eu a chamo de Nina, mas dificilmente saberia o nome dela então, dificilmente teríamos tido tempo, ela e eu, para qualquer preliminar. "Quem é?", ela perguntou interessada — e eu já estava beijando seu pescoço, macio e muito quente por causa da longa pele de raposa da gola de seu casaco, que ficava me incomodando até ela agarrar meu ombro e, com o candor que lhe é tão peculiar, delicadamente encaixar seus lábios generosos, obedientes, nos meus.

Mas de repente, separando-nos com sua explosão de alegria, o tema de uma guerra de bolas de neve começou no escuro e alguém, fugindo, caindo, crepitando, rindo e ofegando, escalou uma duna de neve, tentou correr, e soltou um grito horrível: a neve profunda amputara uma galocha de neve. E logo depois, todos nos dispersamos para nossas respectivas casas, sem que eu tivesse conversado com Nina, nem feito nenhum plano sobre o futuro, sobre aqueles quinze anos itinerantes que já haviam partido para o horizonte sombrio, carregados com as partes de nossos encontros não marcados; e quando a olhei no labirinto de gestos e sombras de gestos em que consistia o resto daquela noite (provavelmente jogos de salão — com Nina persistentemente no time oposto), fiquei perplexo, me lembro, não tanto por sua desatenção comigo depois daquele encontro caloroso na neve, como pela naturalidade inocente dessa desatenção, pois eu ainda não sabia que, se tivesse dito uma palavra, tudo teria mudado de imediato para uma maravilhosa explosão de bondade, uma atitude alegre, compassiva com toda a cooperação possível, como se o amor de mulher fosse água de fonte contendo sais salutares que, ao menor sinal, ela tão voluntariamente dava de beber a qualquer um.

"Deixe ver, onde nos encontramos pela última vez", comecei a dizer (me dirigindo à versão Fialta de Nina), a fim de trazer para seu pequeno rosto de maçãs salientes e lábios vermelho-escuro uma certa expressão que eu conhecia; e com toda a certeza, o sacudir de sua cabeça e o franzir de sobrancelhas pareceram menos indicar esquecimento do que deplorar a simplicidade de uma piada velha;

ou, para ser mais exato, era como se todas aquelas cidades onde o destino havia marcado nossos vários encontros, sem jamais cuidar pessoalmente deles, todas aquelas plataformas, escadas e salas de três paredes e vielas escuras, fossem cenários banais restantes de algumas outras vidas, todas já encerradas muito antes, e tivessem pouca relação com a encenação de nosso próprio destino sem rumo que era quase mau gosto mencioná-las.

Acompanhei-a a uma loja debaixo dos arcos; lá, na penumbra além de uma cortina de contas, ela tocou algumas bolsas de couro vermelho cheias de papel de seda, espiando as etiquetas de preço como se quisesse saber seus nomes de museu. Ela disse que queria exatamente aquele modelo, mas em bege, e quando, depois de dez minutos de frenética procura, o velho dalmaciano encontrou a raridade por um milagre que me deixou perplexo para sempre, Nina, que estava quase pegando algum dinheiro de minha mão, mudou de ideia e saiu pela cortina de contas sem comprar nada.

Lá fora estava o mesmo tédio leitoso de antes; o mesmo cheiro de queimado, despertando minhas lembranças do Tártaro, saía pelas janelas sem cortina das casas pálidas; um pequeno enxame de mosquitos estava ocupado girando no ar acima de uma mimosa, que florira indiferente, as mangas roçando o próprio chão; dois trabalhadores com chapéus de abas largas estavam almoçando queijo e alho, as costas contra um cartaz de circo que mostrava um hussardo vermelho e uma espécie de tigre laranja; curioso — em seu esforço para tornar a fera o mais feroz possível, o artista fora tão longe que acabou voltando por um outro lado, e a cara do tigre parecia positivamente humana.

"*Au fond*, eu queria um pente", disse Nina, com arrependimento atrasado.

Como me eram familiares suas hesitações, reconsiderações, re-reconsiderações espelhando as primeiras, preocupações efêmeras entre trens. Ela estava sempre acabando de chegar ou quase indo embora, e acho difícil pensar nisso sem me sentir humilhado pela variedade de rotas intrincadas que a gente segue fervorosamente a fim de manter aquele encontro final que até o mais convicto ocioso sabe que é inevitável. Se eu tivesse de submeter a juízes de nossa existência terrena um exemplo de sua postura mais frequente, eu provavelmente a colocaria curvada sobre um balcão da Cook, panturrilha esquerda cruzada sobre a canela direita, a ponta do pé esquerdo batendo de leve no chão, cotovelos fincados e uma bolsa vomitando moedas em cima do balcão, enquanto o funcionário, de lápis na mão, ponderava com ela o plano de um eterno carro-dormitório.

Depois do êxodo da Rússia, eu a vi — e esta foi a segunda vez — em Berlim, na casa de alguns amigos. Eu estava para me casar; ela havia acabado de romper com o noivo. Quando entrei na sala, a vi imediatamente e, depois de olhar os outros convidados, instintivamente determinei qual dos homens sabia mais sobre ela do que eu. Ela estava sentada num canto do sofá, as pernas recolhidas, o pequeno corpo confortável dobrado na forma de um Z; havia um cinzeiro enviesado perto de um de seus calcanhares; e, tendo apertado os olhos para me olhar e ouvido meu nome, ela retirou a haste da piteira dos lábios e passou a pronunciar devagar e alegremente: "Nossa, vejam só quem...", e imediatamente ficou claro para todo mundo, a começar por ela mesma, que havia muito éramos íntimos: inquestionavelmente, ela havia esquecido tudo sobre o beijo de fato, mas de alguma forma por causa daquela trivial ocorrência ela própria se viu recordando um vago esquema de uma amizade cálida e agradável, que na realidade nunca existira entre nós. Assim, todo o molde de nosso relacionamento era fraudulentamente baseado numa amizade imaginária — que não tinha nada a ver com a ocasional boa vontade dela. Nosso encontro mostrou-se bastante insignificante em relação às palavras que dissemos, mas nenhuma barreira mais nos dividia; e quando naquela noite aconteceu de me sentar ao lado dela no jantar, testei desavergonhadamente a extensão de sua paciência secreta.

Depois, ela desapareceu de novo; e, um ano depois, eu e minha mulher estávamos nos despedindo do meu irmão que ia a Posen, e quando o trem partiu e estávamos indo para a saída do outro lado da plataforma, de repente, perto de um vagão do expresso para Paris, vi Nina, o rosto afundado no buquê que segurava, no meio de um grupo de pessoas de quem havia ficado amiga sem meu conhecimento, paradas num círculo, boquiabertas, em torno dela como quem não tem nada a fazer fica parado de boca aberta diante de uma briga de rua, de uma criança perdida, ou da vítima de um acidente. Animada, ela acenou para mim com as flores; apresentei-a a Elena e naquela atmosfera agitada de uma grande estação, onde tudo é alguma coisa tremulando no limiar de alguma outra coisa, para assim se apertar e afagar, a troca de umas poucas palavras bastou para permitir que duas mulheres totalmente diferentes começassem a se chamar por seus apelidos assim que se encontraram de novo. Nesse dia, à sombra azul do vagão de Paris, Ferdinand foi mencionado pela primeira vez: descobri, com uma pontada ridícula, que ela estava para se casar com ele. Portas começaram a bater; ela, apressadamente, mas piedosa, beijou seus amigos, subiu para o vestíbulo, desapareceu; e então a vi através do vidro se acomodando em seu compartimento, repentinamente esquecida de nós ou embarcada em outro mundo, e nós todos, com as mãos nos bolsos, parecíamos estar espionando uma vida absolutamente insuspeitada movendo-se na penumbra daquele aquário, até que ela nos notou e tamborilou no vidro da janela, depois ergueu os olhos, mexendo na moldura como se pendurasse um quadro, mas nada aconteceu; algum outro passageiro a ajudou e ela se debruçou, audível e real, sorrindo com prazer; um de nós, acompanhando o vagão que deslizava imperceptivelmente, estendeu-lhe uma revista e um Tauchnitz (ela só lia em inglês ao viajar); tudo deslizava, indo embora com linda uniformidade, e eu segurava um bilhete de plataforma irreconhecível de tão amassado, enquanto uma canção do século passado (ligada, diziam os rumores, a algum drama amoroso parisiense) ficava soando e soando em minha cabeça, tendo emergido, sabe Deus por que, da caixa de música da memória, uma balada chorosa que costumava ser cantada sempre por uma velha tia solteirona que eu tinha, com o rosto mais amarelo que cera de uma igreja russa, mas a quem a natureza havia dado uma voz tão poderosa e cheia de êxtase que parecia tragá-la na glória de uma nuvem de fogo assim que ela começava:

*On dit que tu te maries,
tu sais que j'en vais mourir**

---

* Dizem que tu te casas, / saiba então que morrerei. Em francês no original. (N. T.)

e essa melodia, a dor, a ofensa, o elo entre hímen e morte evocado pelo ritmo, e a voz em si da cantora morta, que acompanhava a lembrança como única dona da canção, não me deram descanso por várias horas depois da partida de Nina, e mesmo mais tarde surgia a intervalos crescentes como as últimas ondinhas planas enviadas à praia por um navio que passa, lambendo a areia de forma cada vez mais infrequente e sonhadora, ou como a agonia do bronze de um sino vibrante depois que o sineiro já voltou a se sentar no alegre círculo de sua família. E um ou dois anos depois, eu estava em Paris a negócios; e uma manhã no mezanino de um hotel, onde eu procurava um amigo ator de cinema, lá estava ela de novo, vestindo um costume cinza feito sob medida, esperando o elevador para descer, uma chave pendurada nos dedos. "Ferdinand está praticando esgrima", ela disse, em tom de conversa; seus olhos pousaram na parte inferior de meu rosto como se ela estivesse lendo meus lábios, e depois de um momento de reflexão (sua compreensão amorosa era sem-par), ela se virou e rapidamente deslizando sobre tornozelos esguios me conduziu pelo corredor acarpetado de azul-mar. Numa cadeira à porta, havia uma bandeja com os vestígios do café da manhã — uma faca manchada de mel, migalhas na porcelana cinza; mas o quarto já tinha sido arrumado, e devido a nosso súbito jato de ar uma onda de musselina bordada com dálias brancas foi sugada para dentro, com um tremor e um baque, entre as partes sensíveis da janela francesa, e só quando a porta estava trancada foi que deixaram em paz a cortina com algo como um suspiro de felicidade; e pouco depois, saí para o diminuto balcão de ferro batido para inalar o odor de folhas de bordo secas e gasolina — resíduos da névoa da rua matinal azulada; e como eu ainda não percebia a presença crescente daquela mórbida empatia que viria a amargurar meus encontros subsequentes com Nina, eu estava provavelmente tão tranquilo e despreocupado como ela, quando do hotel eu a acompanhei a algum escritório para localizar uma mala que ela havia perdido, e dali para o café onde seu marido estava em sessão com sua corte do momento.

    Não mencionarei o nome (e as menções que aqui faço aparecem com decoroso disfarce) daquele homem, aquele escritor franco--húngaro... Preferiria não me deter absolutamente nisso, mas não posso evitar — ele brota de minha caneta. Hoje não se ouve muito falar dele; e isso é bom, pois prova que eu tinha razão em resistir a sua má influência, tinha razão em sentir um frio me descer pela espinha sempre que esse ou aquele seu novo livro tocavam minha mão. A fama de gente assim circula depressa, mas logo fica pesada e passada; e, quanto à história, ela limitará sua biografia ao traço entre duas datas. Esguio e arrogante, com algum trocadilho venenoso sempre pronto para brandir contra você e um estranho ar de expectativa nos baços olhos castanhos e velados, esse falso gozador tinha, ouso dizer, um efeito irresistível sobre pequenos roedores. Tendo dominado à perfeição a arte da invenção verbal, ele se orgulhava particularmente de ser um tecelão de palavras, título que valorizava acima do de escritor; pessoalmente, nunca consegui entender o que adiantava inventar livros, escrever coisas que não tinham acontecido de fato de uma forma ou de outra; e me lembro de uma vez ter dito a ele, ao enfrentar a gozação de seus acenos encorajadores, que, se eu fosse escritor, permitiria que apenas meu coração tivesse imaginação, e de resto confiaria apenas na memória, essa prolongada sombra do pôr do sol da verdade pessoal de cada um.

Eu conheci seus livros antes de conhecê-lo; uma vaga repulsa já estava tomando o lugar do prazer estético que eu havia permitido que seu primeiro romance produzisse em mim. No começo de sua carreira, teria sido possível talvez distinguir alguma paisagem humana, algum velho jardim, alguma disposição de árvores conhecida em sonhos através do vitral de sua prosa prodigiosa... mas a cada novo livro as tintas ficavam ainda mais carregadas, os vermelhos e púrpuras ainda mais agourentos; e hoje não se pode mais ver absolutamente nada através da ostentação desse vidro horrendamente rico, e parece que, se alguém o quebrasse, nada além de um vazio perfeitamente preto surgiria diante de sua alma trêmula. Mas como ele era perigoso em seu auge, que veneno destilava, com que chicote vergastava quando provocado! O tornado da passagem de sua sátira deixava um deserto estéril onde carvalhos caídos se enfileiravam, a poeira ainda dançava e o infeliz autor de alguma crítica adversa, uivando de dor, girava com um pião no pó.

No momento em que nos conhecemos, seu *Passage à niveau* era aclamado em Paris; ele estava, como dizem, "cercado", e Nina (cuja capacidade de se adaptar era um incrível substituto para a cultura que lhe faltava) já havia assumido se não o papel de uma musa, ao menos o de uma alma gêmea e sutil conselheira, acompanhando as convoluções criativas de Ferdinand, lealmente fiel a seus gostos artísticos; porque embora seja loucamente improvável que tenha alguma vez passado os olhos por um único volume dele, ela possuía um jeito mágico de recolher todas as melhores passagens das conversas cifradas de seus amigos literários.

Uma orquestra de mulheres estava tocando quando entramos no café; notei primeiro a coxa de avestruz de uma harpa refletida em um dos pilares cobertos de espelhos e então vi a mesa compósita (mesas pequenas colocadas juntas para formar uma mesa longa) a qual, de costas para a parede de veludo, Ferdinand presidia; e por um momento toda a atitude dele, a posição das mãos separadas e os rostos de seus companheiros de mesa, todos voltados para ele, me lembraram de um jeito grotesco, como um pesadelo, de alguma coisa que eu não captava inteiramente, mas quando o fiz em retrospecto, a comparação sugerida me pareceu dificilmente menos sacrílega do que a própria natureza de sua arte. Ele usava um suéter branco de gola rulê por baixo do paletó de tweed; o cabelo brilhante penteado para longe das têmporas e acima dele a fumaça de cigarro pairava como um halo; seu rosto ossudo, faraônico, estava imóvel: só os olhos viravam para cá e para lá, cheios de sombria satisfação. Tendo abandonado os dois ou três esconderijos óbvios onde amadores ingênuos de vida montparnassiana poderiam esperar encontrá-lo, começou a frequentar aquele estabelecimento perfeitamente burguês por causa de seu peculiar senso de humor, porque ali encontrava um mórbido divertimento na lamentável *spécialité de la maison* — aquela orquestra composta por meia dúzia de senhoras de aspecto cansado e tímido, entrelaçando suaves melodias num tablado apertado, sem saber, como dizia ele, o que fazer com seus seios maternais, bastante supérfluos no mundo da música. Depois de cada número, ele se convulsionava em um ataque de aplauso epilético, que as senhoras tinham parado de agradecer e que já estava despertando, pensei, certas dúvidas na cabeça do proprietário do café e de seus clientes fundamentais, mas que parecia muito divertido para os amigos de Ferdinand. Dentre esses, me lembro: um pintor com uma cabeça impecavelmente calva embora ligeiramente descascada, que sob diversos pretextos ele pintava constantemente em suas telas de olho e violão; um poeta, cuja gague especial, se você lhe pedisse, era representar com cinco palitos de fósforo a Queda de Adão; um humilde empresário que financiava empreendimentos surrealistas (e pagava os aperitivos) se permitissem imprimir num canto alusões elogiosas à atriz que sustentava; um pianista, apresentável no que dizia respeito ao rosto, mas com uma horrível expressão nos dedos; um animado, mas linguisticamente impotente, escritor soviético recém-chegado de Moscou, com um cachimbo velho e um relógio de pulso novo, completa e ridiculamente inconsciente do tipo de companhia em que se encontrava; havia vários outros cavalheiros presentes que se confundiram em minha memória, e sem dúvida dois ou três deles tinham sido íntimos de Nina. Ela era a única mulher à mesa; ali estava curvada, chupando avidamente o canudinho, o nível da limonada baixando com uma espécie de infantil celeridade, e só quando a última gota gorgolejou, chiou e ela afastou com a língua o canudinho, só então ela finalmente levantou os olhos, que eu estava obstinadamente procurando, ainda sem conseguir aceitar o fato de que ela tivera tempo de esquecer o que ocorrera antes, na manhã — esquecer tão absolutamente que, ao encontrar meu olhar, ela respondeu com um sorriso interrogativo e vazio, e só depois de olhar mais atentamente se lembrou de repente do tipo de sorriso que eu estava esperando em resposta. Enquanto isso, Ferdinand (tendo as damas deixado temporariamente o tablado depois de empurrar seus instrumentos como se fossem peças de mobília) estava saborosamente chamando a atenção de seus camaradas para a figura de um velho comensal num canto remoto do café, que tinha, como, por uma razão ou outra, têm alguns franceses uma fitinha vermelha ou algo assim na lapela do paletó e cuja barba grisalha combinava com o bigode para formar um ninho amarelo e confortável para a sua boca que mastigava feiamente. Por alguma razão, os atavios da velhice sempre divertiam Ferdie.

Não fiquei muito em Paris, mas aquela semana mostrou-se suficiente para gerar entre ele e eu aquela falsa camaradagem que ele impunha com tanto talento. Posteriormente, eu até acabei sendo de alguma utilidade para ele: minha empresa adquiriu os direitos para o cinema de um de seus contos mais inteligentes e ele então se divertiu me infernizando com telegramas. Com o correr dos anos, nos víamos de vez em quando, sorrindo um para o outro em algum lugar, mas nunca me senti à vontade em sua presença, e naquele dia em Fialta também experimentei uma depressão familiar ao saber que ele estava à espreita; uma coisa, porém, me alegrou bastante: o fracasso de sua recente peça teatral.

E ali vinha ele em nossa direção, vestido com um casaco absolutamente à prova d'água com cinto e abas nos bolsos, uma câmera pendurada do ombro, sola de borracha dupla nos sapatos, chupando com uma impassividade que tencionava ser engraçada um longo pirulito de caramelo pedra da lua, essa especialidade de Fialta. Ao lado dele, caminhava o garboso, rosado, Segur, que parecia uma boneca, amante das artes e tolo perfeito; jamais descobri com qual propósito Ferdinand precisava dele; e ainda ouço Nina exclamando com uma ternura gemida que não a comprometia com nada: "Ah, ele é tão querido, o Segur!" Aproximaram-se; Ferdinand e eu nos cumprimentamos vigorosamente, tentando colocar no aperto de mão e nos tapas nas costas todo o fervor possível, sabendo por experiência que na verdade aquilo era tudo, mas fingindo que era apenas um prefácio; e sempre acontecia assim: depois de cada separação nos encontrávamos com o acompanhamento de cordas sendo excitadamente afinadas, num afã de genialidade, no burburinho de sentimentos tomando seus lugares; mas aí os lanterninhas fechavam as portas e ninguém mais podia entrar.

Segur reclamou comigo do tempo e, de início, não entendi do que ele estava falando; mesmo que a essência de estufa úmida, cinzenta, de Fialta pudesse ser chamada de "tempo", ficava inteiramente fora de qualquer coisa que pudesse servir de assunto para conversa como era, por exemplo, o cotovelo fino de Nina, que eu segurava entre polegar e indicador, ou um pedaço de folha de alumínio que alguém havia derrubado e brilhava a distância no meio da rua de paralelepípedos.

Nós quatro prosseguimos, vagas compras ainda pela frente. "Nossa, que índio!", Ferdinand exclamou, de repente, com feroz satisfação, cutucando-me violentamente e apontando um cartaz. Mais adiante, perto de uma fonte, ele deu seu pirulito para uma criança nativa, uma menina morena com contas em volta do lindo pescoço;

paramos para esperar por ele: ele se agachou e disse alguma coisa a ela, dirigindo-se a seus cílios negros como carvão e abaixados, e então nos alcançou, rindo e fazendo uma daquelas observações que ele adorava para apimentar o discurso. Então, um infeliz objeto exposto numa loja de suvenires chamou sua atenção: uma horrível imitação em mármore do monte São George, mostrando um túnel preto na base, que se revelava a boca de um tinteiro, e com um compartimento para canetas à semelhança de trilhos de trem. De boca aberta, tremendo, todo inquieto de sardônico triunfo, ele revirava aquela coisa empoeirada, incômoda, volumosa e perfeitamente irresponsável, pagou sem barganhar o preço e com a boca ainda aberta saiu carregando o monstro. Como algum autocrata que se cerca de corcundas e anões, ele se ligava a este ou aquele objeto hediondo; essa paixão podia durar de cinco minutos a vários dias ou mesmo mais, se a coisa o animasse.

Nina falou cautelosamente de almoçar e, aproveitando a oportunidade quando Ferdinand e Segur pararam num correio, apressei-me em levá-la embora. Ainda me pergunto o que exatamente ela significava para mim, aquela pequena mulher morena de ombros estreitos e "membros líricos" (para citar a expressão de um afetado poeta emigrado, um dos poucos homens que suspirou platonicamente por ela), e menos ainda entendo qual era o propósito do destino em nos pôr juntos constantemente. Não a vi durante um bom tempo depois de minha estada em Paris, e então um dia, quando eu voltava do escritório para casa, encontrei-a tomando chá com minha mulher e examinando com a mão enluvada de seda o anel de casamento brilhando através do tecido, a textura de umas meias compradas por preço baixo na Tauentzienstrasse. Uma vez, me mostraram a fotografia dela numa revista de moda cheia de folhas de outono, luvas e campos de golfe ventosos. Num certo Natal, ela me mandou um cartão-postal com uma foto de neve e estrelas. Numa praia da Riviera, ela quase me passou despercebida por trás de seus óculos escuros e bronzeado cor de cerâmica. Uma outra vez, tendo comparecido, numa mal calculada missão, à casa de alguns desconhecidos onde uma festa estava em progresso, vi seu cachecol e casaco de pele no espantalho do cabide de casacos estranhos. Numa livraria, ela acenou para mim da página de um dos contos do marido, uma página que se referia a uma criada episódica, mas que contrabandeava Nina para si, apesar das intenções do autor: "Seu rosto", ele escreveu, "era mais um instantâneo natural do que um retrato meticuloso, de forma que quando... se tentava imaginá-lo, tudo o que se conseguia visualizar eram rápidos lampejos de traços desconexos: a penugem do contorno de suas faces ao sol, o castanho-escuro tingido de âmbar de olhos rápidos, lábios na forma de um sorriso amigável sempre pronto a se transformar num beijo ardente".

Mais e mais ela apressadamente aparecia nas margens de minha vida, sem influenciar no mais mínimo o texto básico. Uma manhã de verão (sexta-feira — porque as criadas batiam os tapetes num pátio empoeirado de sol), minha família estava no campo, eu fumava indolentemente na cama quando ouvi a campainha tocar com tremenda violência — e lá estava ela no hall, tendo irrompido em casa para deixar (incidentalmente) um grampo de cabelo e (principalmente) um baú iluminado com etiquetas de hotéis, o qual quinze dias depois veio buscar para ela um bom rapaz austríaco, que (segundo sintomas intangíveis, mas claros) pertencia à mesma associação cosmopolita da qual eu era membro. Ocasionalmente, no meio de uma conversa, o nome dela era mencionado, e ela descia a escada de uma frase casual, sem virar a cabeça. Enquanto viajava pelos Pireneus, passei uma semana no *château* pertencente às pessoas com quem ela e Ferdinand por acaso estavam hospedados, e jamais me esquecerei de minha primeira noite ali: como esperei, como tinha certeza de que sem que eu tivesse de dizer nada ela viria ao meu quarto, como ela não veio, e o rumor de mil grilos vindo da delirante profundidade de um jardim de rochas gotejante de luar, os loucos riachos murmurantes, e minha luta entre a adorável fadiga sulina depois de um dia caçando no sopé dos penhascos e a louca sede por sua chegada sorrateira, a risada baixa, os tornozelos rosados acima do debrum de plumas de cisne de seus chinelos de salto alto, mas a noite passou rugindo e ela não veio, e quando, no dia seguinte, durante um passeio coletivo pelas montanhas, contei da minha espera, ela juntou as mãos desesperada — e imediatamente, com um rápido olhar, avaliou se as costas gesticulantes de Ferd e seu amigo haviam se afastado o suficiente. Me lembro de falar com ela ao telefone através de meia Europa (sobre negócios com seu marido) sem reconhecer de início o empenhado latido de sua voz, e me lembro de sonhar com ela uma vez: sonhei que minha filha mais velha tinha entrado correndo para me dizer que o porteiro estava com um sério problema — e quando desci até ele, vi deitada num baú, com um rolo de juta debaixo da cabeça, os lábios pálidos e envolta num lenço de lã, Nina dormindo profundamente, como dormem refugiados miseráveis em desoladas estações de trem. E independentemente do que acontecesse comigo ou com ela nos intervalos, nunca discutíamos nada, assim como nunca pensávamos um no outro durante os intervalos de nosso destino, de forma que quando nos encontrávamos o ritmo da vida se alterava de imediato, todos os seus átomos se recombinavam, e vivíamos em um outro tempo, um meio mais leve, que era medido não pelas prolongadas separações, mas por aqueles poucos encontros com os quais uma vida breve, supostamente frívola, era então formada artificialmente. E, a cada novo encontro, eu ficava mais e mais apreensivo; não — não experimentei nenhum colapso emocional interior, a sombra da tragédia não assombrava nossos deleites, minha vida de casado continuava intocada, enquanto, por outro lado, o eclético marido dela ignorava seus romances casuais, embora tirasse deles algum proveito na forma de conexões úteis e agradáveis. Fiquei apreensivo porque algo adorável, delicado e único estava se desperdiçando: algo de que abusava mordendo pobres pedaços brilhantes com pressa grosseira, ao mesmo tempo negligenciando o cerne modesto, mas verdadeiro, que talvez estivesse sempre se oferecendo a mim num compassivo sussurro. Fiquei apreensivo porque, a longo prazo, eu estava de alguma forma aceitando a vida de Nina, as mentiras, a futilidade, a desarticulação daquela vida. Mesmo na ausência de qualquer discórdia sentimental, eu me sentia obrigado a procurar uma interpretação racional, senão moral, para minha existência, e isso significava escolher entre o mundo em que eu posava para meu retrato, com minha esposa, minhas jovens filhas, o pinscher dobermann (guirlandas idílicas, um anel de sinete, uma bengala esguia), entre aquele mundo feliz, sábio, bom... e o quê? Havia alguma possibilidade prática de uma vida junto com Nina, uma vida que eu mal conseguia imaginar, porque seria penetrada, eu sei, por uma amargura apaixonada, intolerável, e a cada momento dela eu estaria consciente de um passado, fervilhante de parceiros multiformes. Não, aquilo era absurdo. E, além disso, ela não estava ligada a seu marido por algo mais forte que amor — a leal amizade entre dois condenados? Absurdo! Mas então o que eu devia ter feito com você, Nina, como eu podia dispor da carga de tristeza que gradualmente se acumulara como resultado de nossos encontros aparentemente despreocupados, mas na verdade sem esperança?

Fialta consiste na cidade velha e na nova, aqui e ali passado e presente se entrelaçam, lutando para se desembaraçar ou para empurrar o outro para fora; cada um tem seus próprios métodos: o recém-chegado luta honestamente — importando palmeiras, abrindo agências de turismo elegantes, pintando linhas cremosas na lisura vermelha de quadras de tênis; enquanto o sorrateiro passadista surge virando a esquina na forma de alguma viela de muletas ou de degraus de uma escada que não leva a lugar nenhum. A caminho de nosso hotel, passamos por uma mansão branca semiconstruída, cheia de lixo dentro, numa parede da qual uma vez mais os mesmos elefantes, seus monstruosos joelhos bebês bem separados, sentavam em imensos, espalhafatosos tambores; em roupas etéreas a *equestrienne* (já com um bigode riscado a lápis) cavalgava um corcel de costas largas; e um palhaço de nariz de tomate andava na corda bamba, equilibrando um guarda-chuva ornamentado com aquelas estrelas recorrentes — uma vaga lembrança simbólica da celestial terra natal dos artistas de circo. Ali, na parte de Riviera de Fialta, o cascalho molhado crepitava de um jeito mais luxuriante, e o suspiro preguiçoso do mar era mais audível. No quintal do hotel, um ajudante de cozinha, armado com uma faca, perseguia uma galinha que cacarejava loucamente ao fugir por sua vida. Um engraxate me ofereceu seu trono arcaico com um sorriso sem dentes. Debaixo dos plátanos, havia uma motocicleta de fabricação alemã, uma limusine com manchas de lama, e um Icarus amarelo de corpo comprido que parecia um escaravelho gigantesco ("Aquele é nosso — quer dizer, de Segur", disse Nina, acrescentando, "Por que não vem conosco, Victor?", embora ela soubesse muito bem que eu não podia ir); a laca de seus élitros engolfava um guache de céu e galhos; no metal de um dos faróis em forma de bomba, nós próprios nos vimos refletidos momentaneamente, esguios pedestres de cinema passando pela superfície convexa; e então, depois de alguns passos, olhei para trás e previ, quase em sentido óptico, por assim dizer, o que realmente aconteceu mais ou menos uma hora depois: os três usando capacetes de viagem, entrando, sorrindo e acenando para mim, transparentes para mim como fantasmas, com a cor do mundo brilhando através deles, e então estavam se deslocando, se afastando, diminuindo (o último adeus de dez dedos de Nina); mas na realidade o automóvel ainda estava bem imóvel, suave e maciço como um ovo, e Nina debaixo de meu braço estendido entrava numa porta flanqueada de louros, e quando nos sentamos pudemos ver pela janela Ferdinand e Segur, que vinham de outra direção, aproximando-se lentamente.

Não havia ninguém na varanda onde almoçamos exceto o inglês que eu observara recentemente; na frente dele, um copo alto continha um drinque carmesim vivo e lançava um reflexo oval na toalha da mesa. Em seus olhos, notei o mesmo desejo congestionado, mas agora não era em nenhum sentido relativo a Nina; aquele olhar ávido não era dirigido a ela, mas estava fixo no canto superior direito da ampla janela perto da qual ele estava sentado.

Tendo despido as luvas de suas mãozinhas magras, Nina, pela última vez em sua vida, estava comendo o marisco de que tanto gostava. Ferdinand também se ocupava com comida, e eu aproveitei sua fome para começar uma conversa que me deu uma aparência de poder sobre ele: para ser específico, mencionei seu recente fracasso. Depois de um breve período de elegante conversão religiosa, durante o qual a graça baixou sobre ele e ele empreendeu algumas peregrinações bastante ambíguas, que terminaram numa aventura decididamente escandalosa, ele voltou os olhos baços para a bárbara Moscou. Ora, falando com franqueza, eu sempre me irritei com a convicção complacente de que um ondular de fluxo de consciência, algumas obscenidades saudáveis e um traço de comunismo em qualquer velho balde de água servida produzissem alquímica e automaticamente literatura ultramoderna; e vou sustentar até que me deem um tiro que a arte, assim que entra em contato com a política, inevitavelmente afunda ao nível de qualquer lixo ideológico. No caso de Ferdinand, é verdade, tudo isso era bastante irrelevante: os músculos de sua musa eram excepcionalmente fortes, para não falar do fato de que ele não ligava a mínima para a causa dos desprovidos; mas, devido a certas correntes subjacentes obscuramente maliciosas desse tipo, sua arte tinha se tornado ainda mais repulsiva. Exceto por uns poucos esnobes, ninguém tinha entendido a peça; eu mesmo não a tinha visto, mas podia bem imaginar a elaborada noite kremlinesca ao lado das espirais impossíveis das quais ele tramara vários arcos de símbolos desmembrados; e agora, não sem prazer, perguntei a ele se tinha lido uma crítica recente a seu respeito.

"Crítica!", ele exclamou. "Bela crítica! Qualquer vaidoso arrogante se acha capaz de me dar uma palestra. Ignorar meu trabalho é a sua alegria. Meus livros são tocados com cuidado, como se toca alguma coisa que pode explodir. Crítica! Eles são examinados sob todos os pontos de vista, exceto o essencial. É como se um naturalista, descrevendo o gênero equino, começasse a falar de selas ou de Mme. de V." (ele mencionou uma bem conhecida patrona literária que efetivamente se parecia muito com um cavalo risonho). "Eu gostaria de um pouco desse sangue de pombo também", ele continuou com a mesma voz alta, embriagada, dirigindo-se ao garçom, que só entendeu seu desejo quando olhou na direção que ele apontava com o dedo de unha comprida, sem nenhuma cerimônia — para o copo do inglês. Por uma razão ou outra, Segur mencionou Ruby Rose, a dama que pintava flores em seu seio, e a conversa assumiu um caráter menos insultuoso. Enquanto isso, o grande inglês de repente se decidiu, levantou-se da cadeira, foi dela até o peitoril da janela e se esticou até alcançar aquele cobiçado canto do caixilho, onde estava pousada uma compacta mariposa peluda, que ele habilmente colocou dentro de uma caixinha.

"... mais parecido com o cavalo branco de Wouwerman", disse Ferdinand, com relação a alguma coisa que estava discutindo com Segur.

"*Tu es très hippique ce matin*", observou o último.

Logo, ambos saíram para telefonar. Ferdinand gostava particularmente de chamadas interurbanas, e era particularmente bom em dotá-las, independentemente da distância, de uma cálida amizade quando era necessário, como agora, para garantir acomodações gratuitas.

De longe, vinha o som de música — um trompete, uma cítara. Nina e eu nos pusemos a vagar outra vez. O circo a caminho de Fialta havia aparentemente mandado mensageiros: um cortejo de propaganda estava passando; mas não pegamos o começo, uma vez que tinha virado morro acima numa viela lateral: a traseira dourada de uma carruagem estava se afastando, um homem de albornoz conduzia um camelo, uma fila de quatro indianos medíocres levava placas em varas, e atrás deles, por licença especial, o filho pequeno de um turista, vestido com terno marinheiro, montava reverentemente um pequeno pônei.

Passamos por um café onde as mesas já estavam quase secas, mas ainda vazias; o garçom estava examinando (espero que tenha adotado aquilo depois) um enjeitado horrendo, um absurdo tinteiro, deixado por Ferdinand na balaustrada ao passar. Na esquina seguinte, fomos atraídos por uma velha escada de pedra, subimos, e eu fiquei olhando o ângulo fechado do passo de Nina ao subir, erguendo a saia, cuja estreiteza exigia o mesmo gesto que antigamente o comprimento exigia; ela exalava um calor familiar e, subindo ao lado dela, me lembrei da última vez em que nos encontramos. Tinha sido numa casa em Paris, com muita gente em volta, e meu querido amigo Jules Darboux, querendo me fazer um refinado favor estético, havia tocado minha manga e dito: "Quero que conheça...", e me levou a Nina, que estava no canto de um sofá, o corpo dobrado num Z, com um cinzeiro perto do tornozelo, e ela tirou dos lábios uma longa piteira turquesa e exclamou lentamente, com alegria: "Vejam só quem...", e então a noite toda meu coração parecia a ponto de quebrar, quando eu passava de grupo em grupo com um copo pegajoso na mão, olhando de quando em quando para ela de longe (ela não olhava...), ouvindo retalhos de conversas, e ouvi um homem dizendo a outro: "Engraçado como todas cheiram igual, folha queimada por baixo de qualquer perfume que usem, essas mulheres angulosas de cabelo escuro", e como sempre acontece, uma observação trivial relativa a algum tópico desconhecido se enrola e se cola à lembrança íntima de uma pessoa, um parasita de sua tristeza.

No alto da escada, nos vimos numa espécie de rústico terraço. Dali dava para ver o delicado contorno do monte São George cor de pombo com um punhado de pintas brancas como osso (algum povoado) em uma de suas encostas; a fumaça de um trem indiscernível ondulava ao longo de sua base arredondada — e de repente desapareceu; ainda mais abaixo, acima de uma confusão de telhados, percebia-se um cipreste solitário, que parecia a ponta úmida e retorcida de um pincel de aquarela; à direita, tinha-se um relance do mar, que estava cinza, com rugas prateadas. A nossos pés havia uma velha chave enferrujada e, na parede da casa meio em ruínas adjacente ao terraço, as pontas de alguns fios ainda estavam penduradas... Refleti que antes houve vida ali, uma família aproveitou o frescor do anoitecer, crianças desajeitadas haviam colorido figuras à luz de uma lâmpada... Ali ficamos como se ouvindo alguma coisa; Nina, parada num ponto mais alto, pôs a mão em meu ombro e sorriu, e cuidadosamente, como se não quisesse amassar o sorriso, me beijou. Com uma força insuportável, eu revivi (ou assim me parece agora) tudo o que tinha havido entre nós desde o começo com um beijo semelhante; e eu disse (substituindo o nosso raso, formal "tu" por aquele estranhamente cheio e expressivo "você" ao qual retorna o circum-navegador depois de enriquecer em toda a parte). "Olhe aqui... e se eu amasse você?", Nina olhou para mim, eu repeti essas palavras, quis acrescentar... mas alguma coisa como um morcego passou depressa pelo rosto dela, uma expressão rápida, estranha, quase feia, e ela, que era capaz de pronunciar palavras ásperas com perfeita simplicidade, ficou embaraçada; eu também me senti estranho... "Não importa, eu estava só brincando", me apressei a dizer, circundando de leve sua cintura. De algum lugar um buquê firme de pequenas, escuras violetas, de perfume nada egoísta, apareceu na mão dela e antes que ela voltasse para seu marido e carros, ficamos um pouco mais junto ao parapeito de pedra, e nosso romance era ainda mais desesperançado que jamais havia sido. Mas a pedra estava quente como carne, e de repente entendi uma coisa que via sem entender — por que um pedaço de laminado havia brilhado assim no calçamento, por que o reflexo do copo havia tremulado na toalha, por que o mar estava cintilante: de alguma forma, numa gradação imperceptível, o céu branco acima de Fialta havia se saturado de sol, estava agora todo banhado em luz solar, e essa branca radiação transbordante ficava maior e maior, tudo se dissolvia nela, tudo desaparecia, tudo passava, e eu fiquei parado na plataforma da estação de Mlech com um jornal que acabara de comprar, que me dizia que o carro amarelo que eu havia visto debaixo dos plátanos sofrera um acidente além de Fialta, tendo se chocado a toda velocidade com o caminhão de um circo itinerante que entrava na cidade, uma colisão da qual Ferdinand e seu amigo, aqueles velhacos invulneráveis, aquelas salamandras do destino, aqueles basiliscos da sorte, tinham escapado com ferimentos leves e temporários nas escamas, enquanto Nina, apesar de sua prolongada e fiel imitação deles, revelara-se, no fim das contas, mortal.

Nuvem, castelo, lago

Um de meus representantes — um modesto, delicado solteirão, muito eficiente — veio a ganhar uma viagem de lazer em um baile beneficente dado por refugiados russos. Isso foi em 1936 ou 1937. O verão berlinense estava totalmente encharcado (era a segunda semana de umidade e frio, de forma que dava pena olhar para tudo o que havia verdejado em vão, e só os pardais continuavam alegres); ele não tinha interesse de ir a lugar nenhum, mas, quando tentou vender seu bilhete no escritório da Agência Boaviagem, disseram que para fazê-lo precisaria de permissão especial do Ministério dos Transportes; quando tentou o contato com eles, soube que primeiro precisaria elaborar uma petição complicada com o notário, em papel timbrado, e, além disso, o que chamaram de "certificado de não ausência da cidade durante o verão" tinha de ser obtido na polícia.

Então, ele suspirou um pouco e resolveu ir. Pegou emprestada de amigos uma garrafa térmica de alumínio, mandou consertar a sola dos sapatos, comprou um cinto e uma camisa de flanela elegante — uma daquelas coisas covardes que encolhem na primeira lavada. Incidentalmente, estava grande demais para aquele homenzinho adorável, o cabelo sempre muito bem penteado, os olhos tão inteligentes e gentis. Não consigo me lembrar de seu nome no momento. Acho que era Vasiliy Ivanovitch.

Ele dormiu mal na véspera da partida. E por quê? Porque tinha de se levantar mais cedo que de costume e por isso levou para seus sonhos o delicado mostrador do relógio que tiquetaqueava na mesa de cabeceira; mas sobretudo porque nessa mesma noite, sem nenhuma razão, ele começou a imaginar que essa viagem, jogada em cima dele por um destino feminino de vestido decotado, essa viagem que relutara tanto em aceitar, lhe traria alguma maravilhosa e trêmula felicidade. Essa felicidade teria algo em comum com sua infância, com a excitação que despertava nele a poesia lírica russa, com algum horizonte noturno um dia visto em sonho, com aquela senhora, esposa de outro homem, que ele amara desesperadamente durante sete anos — mas seria ainda mais completa e significativa do que tudo isso. E, além do mais, ele sentia que a vida realmente boa devia ser orientada para alguma coisa ou alguém.

A manhã estava nublada, mas úmida, quente, abafada, com um sol interno, e era bastante agradável chacoalhar num bonde até a distante estação ferroviária que era o ponto de reunião: várias pessoas, ai!, participariam da excursão. Quem seriam aqueles seres letárgicos, letárgicos como nos parecem todas as criaturas ainda desconhecidas por nós? No guichê número 6, às sete da manhã, como estava indicado nas orientações anexadas ao bilhete, ele as viu (já estavam esperando; ele conseguira se atrasar cerca de três minutos).

Um rapaz loiro e magricela em roupa tirolesa se destacou imediatamente. Estava queimado, com a cor de crista de galo, tinha imensos joelhos vermelho-tijolo com pelos loiros e seu nariz parecia laqueado. Era o guia fornecido pela agência, e assim que o recém--chegado juntou-se ao grupo (que consistia em quatro mulheres e outros tantos homens) ele os conduziu para um trem emboscado atrás de outros trens, levando sua mochila monstruosa com terrível facilidade e batendo com firmeza as botas ferradas.

Todo mundo encontrou um lugar no vagão vazio, inegavelmente de terceira classe, e Vasiliy Ivanovitch, tendo se acomodado e posto uma pastilha de hortelã na boca, abriu um pequeno volume de Tyutchev, que havia muito tencionava reler; mas foi solicitado a deixar de lado o livro e se juntar ao grupo. Um funcionário do correio, mais velho, de óculos, com a cabeça, o queixo e o lábio superior de um azul eriçado, como se tivesse raspado especialmente para aquela viagem uma pelagem extraordinariamente luxuriante e dura, anunciou de imediato que tinha estado na Rússia e sabia um pouco de russo — por exemplo, *patzlui* — e, relembrando namoricos em Tsaritsyn, piscou de tal forma que sua gorda esposa csboçou no ar o gesto de uma bofetada no ouvido. O grupo estava ficando ruidoso. Quatro funcionários da mesma firma de construções faziam piadas pesadas uns com os outros: um homem de meia-idade, Schultz, um homem mais jovem, Schultz também, e duas moças inquietas com bocas grandes e ancas grandes. A viúva ruiva, bastante burlesca com uma saia esportiva, também conhecia um pouco sobre a Rússia (as praias de Riga). Havia também um rapaz moreno chamado Schramm, com olhos sem brilho e uma vileza vagamente veludosa em sua pessoa e modos, que constantemente mudava o assunto da conversa para este ou aquele aspecto atraente da excursão, e que dava o primeiro sinal de extasiada admiração; ele era, como se soube depois, um estimulador especial da Agência Boaviagem.

A locomotiva, mexendo depressa seus cotovelos, atravessou velozmente uma floresta de pinheiros, depois — com alívio — os campos. Percebendo ainda apenas vagamente todo o absurdo e horror da situação, e talvez tentando se persuadir de que tudo estava muito bem, Vasiliy Ivanovitch decidiu aproveitar os transitórios presentes da estrada. E, de fato, como tudo é sedutor, que encanto o mundo adquire quando se desenrola e corre como um carrossel! O sol se erguia para um canto da janela e de repente esparramou-se no banco amarelo. A sombra muito apressada do vagão corria loucamente pelo capim da margem, onde as flores se transformavam em riscos coloridos. Um cruzamento: um ciclista esperando, um pé apoiado no chão. Apareceram árvores em grupo e isoladas, passando tranquilas e suaves, exibindo a última moda. A umidade azul de uma ravina. Uma lembrança de amor, disfarçada de campina. Tufos de nuvens — galgos do céu.

Nós dois, Vasiliy Ivanovitch e eu, sempre nos impressionamos com o anonimato de todas as partes de uma paisagem, tão perigoso para a alma, a impossibilidade de jamais descobrir onde leva aquele caminho que se vê — e, olhe, que bosque tentador! De repente numa encosta distante ou num espaço entre as árvores, aparecia e, por assim dizer, parava um instante, como ar retido nos pulmões, um ponto tão encantador — um gramado, um terraço —, expressão tão perfeita de beleza bem-intencionada que parecia que se se pudesse deter o trem e ir até lá, para sempre, para você, meu amor... Mas mil troncos de faias estavam já saltando loucamente, girando numa fervilhante piscina de sol, e mais uma vez a chance de felicidade ia embora.

Nas estações, Vasiliy Ivanovitch observava a configuração de objetos inteiramente insignificantes — uma mancha na plataforma, um caroço de cereja, um toco de cigarro — e dizia a si mesmo que nunca, nunca iria se lembrar dessas três coisinhas naquela inter-relação específica, aquele padrão, que ele agora podia ver com tamanha e imortal precisão; ou então, olhando um grupo de crianças à espera de um trem, ele tentava com toda a força identificar ao menos um destino notável — na forma de um violino ou de uma coroa, de uma hélice ou de uma lira —, e olhava até que todo o grupo de escolares de aldeia parecesse uma velha fotografia, agora reproduzida com uma pequena cruz branca acima do rosto do último menino à direita: a infância do herói.

Mas só se podia olhar pela janela aos pouquinhos. Todos haviam recebido da agência partituras musicais com versos:

Pare de se preocupar,
pegue um bastão resistente,
venha, livre, caminhar,
co' esta alegre e boa gente!

Pelos campos, pedra e grama,
co' esta alegre e boa gente,
mate o ermitão que reclama
e ao diabo quem se lamente!

Num paraíso de urzais,
onde o rato encontra a morte,
marchemos, suemos mais,
co' esta gente alegre e forte!

Isso era para ser cantado em coro: Vasiliy Ivanovitch, que não só não sabia cantar, como nem conseguia pronunciar direito as palavras alemãs, aproveitou o rugido ensurdecedor das vozes em conjunto e meramente abria a boca, oscilando ligeiramente, como se realmente estivesse cantando. Mas o guia, a um sinal do sutil Schramm, interrompeu de repente a cantoria geral e, olhando desconfiado para Vasiliy Ivanovitch, pediu que ele cantasse sozinho. Vasiliy Ivanovitch pigarreou, começou timidamente, e depois de um minuto de tormento solitário, todos cantaram junto; mas ele não ousou mais resistir.

Trouxera consigo seu pepino favorito de uma loja russa, um pedaço de pão e três ovos. Quando chegou a noite e o sol baixo e carmesim penetrou por todo o vagão sujo e enjoado, tonto com seu próprio ruído, foram todos convidados a entregar suas provisões, a fim de dividi-las igualmente — isso foi particularmente fácil, uma vez que todos, menos Vasiliy Ivanovitch, tinham as mesmas coisas. O pepino divertiu a todos, foi declarado não comestível e jogado pela janela. Em vista da insuficiência de sua contribuição, Vasiliy Ivanovitch recebeu uma porção menor de linguiça.

Ele foi forçado a jogar cartas. Eles o pressionaram, questionaram, conferiram se era capaz de mostrar a rota da viagem num mapa — em resumo, todos se ocuparam com ele, de início bem-humorados, depois com malevolência, que foi crescendo com o chegar da noite. As duas moças se chamavam Greta; a viúva ruiva de alguma forma era parecida com o guia-galo; Schramm, Schultz e o outro Schultz, o funcionário do correio e sua mulher, todos gradualmente se fundiram, misturaram-se, formando um ser coletivo, bamboleante, de muitas mãos, do qual não se podia escapar. Impunha-se a ele por todos os lados. Mas, de repente, em alguma estação, todos desceram, e já estava escuro, embora no ocidente ainda pairasse uma nuvem muito longa, muito rosada, e mais adiante nos trilhos, com uma luz que penetrava a alma, a estrela de uma lâmpada tremulava através da lenta fumaça do motor, grilos cantavam no escuro e de algum lugar vinha o odor de jasmim e feno, meu amor.

Passaram a noite numa pousada caindo aos pedaços. Um percevejo adulto é horrendo, mas há uma certa graça nos movimentos de uma sedosa traça. O funcionário do correio foi separado de sua esposa, que foi posta com a viúva; ele foi dado a Vasiliy Ivanovitch para passar a noite. As duas camas ocupavam o quarto inteiro. Manta em cima, penico embaixo. O funcionário disse que por alguma razão não estava com sono e começou a falar de suas aventuras russas, com muito mais detalhes que no trem. Era um homem grande, intimidante, radical e obstinado, vestido com ceroulas compridas de algodão, com garras de madrepérola nos artelhos imundos, e pelame de urso entre seios gordos. Uma mariposa passou voando pelo teto, brincando com sua sombra. "Em Tsaritsyn", o funcionário dizia, "existem agora três escolas, uma alemã, uma tcheca e uma chinesa. De qualquer forma, pelo menos é o que diz meu irmão; ele foi para lá fabricar tratores".

No dia seguinte, desde manhã cedo até as cinco da tarde, levantaram poeira por uma estrada que ondulava de montanha para montanha; depois pegaram uma estrada verde através de uma densa floresta de pinheiros. Vasiliy Ivanovitch, como era o menos carregado, recebeu o encargo de levar debaixo do braço um enorme pão redondo. Como detesto você, nosso de cada dia! Mas mesmo assim seus olhos preciosos, experientes, observaram o que era necessário. Contra o pano de fundo da penumbra dos pinheiros uma agulha seca estava pendurada verticalmente por um fio invisível.

De novo empilharam-se num trem, e de novo o pequeno vagão sem divisões estava vazio. O outro Schultz começou a ensinar Vasiliy Ivanovitch a tocar bandolim. Houve muitas risadas. Quando se cansaram disso, pensaram num jogo capital, que foi supervisionado por Schramm. Consistia no seguinte: as mulheres deitariam nos bancos que escolhessem, debaixo dos quais os homens já estariam escondidos e então de debaixo de um dos bancos emergia uma cara vermelha com orelhas, ou uma grande mão espalmada, erguendo uma saia com os dedos (o que provocava muita gritaria), depois se revelava quem fazia par com quem. Três vezes Vasiliy Ivanovitch se deitou no escuro imundo, e três vezes aconteceu de não haver ninguém no banco quando ele saiu. Ele foi declarado o perdedor e forçado a comer um toco de cigarro.

Passaram a noite em colchões de palha num celeiro, e de manhã cedo partiram de novo, a pé. Pinheiros, ravinas, regatos espumantes. Com o calor, com as canções que tinham de berrar constantemente, Vasiliy Ivanovitch ficou tão exausto que durante a pausa do meio-dia adormeceu instantaneamente e só acordou quando começaram a bater em muriçocas imaginárias no corpo dele. Porém, depois de mais uma hora de marcha, aquela própria felicidade com que ele havia sonhado um dia de repente foi descoberta.

Era um lago puro, azul, com a água estranhamente expressiva. No meio, uma grande nuvem se refletia em toda sua inteireza. Do outro lado, num morro inteiramente coberto de verde (e quanto mais escuro o verde, mais poético é), erguia-se, de dátilo em dátilo, um antigo castelo negro. Claro, existem muitas paisagens assim na

Europa Central, mas justamente aquela — na harmonia inexprimível e única de suas três partes principais, em seu sorriso, em alguma inocência misteriosa, havia, meu amor! minha obediente! — havia algo único e tão familiar, há tanto prometido, e a paisagem a tal ponto *entendia* o observador que Vasiliy Ivanovitch até apertou a mão no coração, para ver se estava ali para poder entregá-lo.

A alguma distância, Schramm, cutucando o ar com o bastão de alpinista de guia, chamava a atenção dos excursionistas para uma coisa ou outra; tinham se acomodado na relva, em poses que se veem em instantâneos de amadores, enquanto o guia sentava-se num toco, de costas para o lago, comendo um lanche. Quieto, escondendo-se na própria sombra, Vasiliy Ivanovitch seguiu pela beira do lago e chegou a uma espécie de hospedaria. Um cachorro ainda bem novo o saudou; rastejou com a barriga no chão, as mandíbulas risonhas, o rabo batendo fervorosamente no chão. Vasiliy Ivanovitch acompanhou o cachorro e entrou na casa, uma residência de dois andares, manchada, com uma janela que piscava debaixo de uma sobrancelha convexa de ladrilhos; e encontrou o dono, um velho alto que parecia vagamente um veterano de guerra russo, que falava alemão tão mal e com tamanho sotaque que Vasiliy Ivanovitch passou para sua própria língua, mas o homem o entendia como num sonho e continuou falando na língua de seu ambiente, de sua família.

No andar de cima havia acomodações para viajantes. "Sabe, vou alugar pelo resto de minha vida", dizem que Vasiliy Ivanovitch falou assim que entrou no quarto. O cômodo em si não tinha nada de notável. Ao contrário, era um quarto absolutamente comum, com chão vermelho, margaridas impressas nas paredes brancas e um pequeno espelho cheio até a metade com a infusão das flores refletidas; mas da janela via-se claramente o lago com sua nuvem e seu castelo, numa imóvel e perfeita correlação de felicidade. Sem nenhuma razão, sem nenhuma reflexão, apenas se entregando inteiramente a uma atração cuja verdade consistia em sua própria força, uma força que ele nunca havia experimentado antes, Vasiliy Ivanovitch entendeu, num radioso segundo, que naquele quartinho com aquela vista, bela de chorar, a vida afinal seria o que ele sempre quis que fosse. Como exatamente seria, o que iria ocorrer ali, isso, é claro, ele não sabia, mas a toda a sua volta havia ajuda, promessa e consolação —

de forma que não havia nenhuma dúvida de que tinha de viver ali. Em um momento, ele arquitetou como conseguiria fazer para não ter de voltar a Berlim, como obter as suas poucas posses — livros, o terno azul, a fotografia dela. Como era tudo tão simples! Como meu representante, ele estava ganhando o suficiente para a vida modesta de um refugiado russo.

"Meus amigos", exclamou, ao descer de novo até o relvado junto ao lago, "meus amigos, adeus. Eu vou ficar para sempre naquela casa ali. Não podemos mais viajar juntos. Não vou seguir adiante. Não vou a lugar nenhum. Adeus!"

"Como assim?", perguntou o guia, com voz estranha, depois de uma breve pausa, durante a qual o sorriso nos lábios de Vasiliy Ivanovitch aos poucos desapareceu, enquanto as pessoas que estavam sentadas na relva endireitavam o corpo e olhavam para ele com olhos de pedra.

"Mas por quê?", ele gaguejou. "É aqui que..."

"Silêncio!", berrou, de repente, o funcionário do correio com força extraordinária. "Tome juízo, seu porco bêbado!"

"Esperem um pouco, cavalheiros", disse o guia e, depois de passar a língua nos lábios, voltou-se para Vasiliy Ivanovitch.

"Você deve ter bebido", disse, baixo. "Ou ficou louco. Está fazendo uma viagem de lazer conosco. Amanhã, de acordo com o itinerário estabelecido — olhe o seu bilhete —, vamos todos voltar a Berlim. Está fora de questão qualquer um — neste caso, você — se recusar a prosseguir esta viagem comum. Hoje mesmo estávamos cantando uma certa canção. Tente lembrar o que ela dizia. Agora basta! Vamos, crianças, vamos continuar."

"Vai haver cerveja em Ewald", disse Schramm com voz acariciante. "Cinco horas de trem. Caminhadas. Uma hospedaria de caça. Minas de carvão. Uma porção de coisas interessantes."

"Devo protestar", lamuriou-se Vasiliy Ivanovitch. "Devolva minha mala. Tenho o direito de ficar onde eu quiser. Ah, mas isso não é nada mais que um convite ao cadafalso...", ele me contou ter gritado quando o agarraram pelos braços.

"Se for preciso, eu carrego você", disse o guia, duro, "mas não vai ser agradável. Sou responsável por cada um de vocês e vou levar de volta cada um de vocês, vivo ou morto".

Arrastado por uma trilha da floresta como num hediondo conto de fadas, apertado, torcido, Vasiliy Ivanovitch não conseguiu nem se virar, e só sentiu que a luminosidade ficou para trás, fraturada pelas árvores, e então não estava mais lá, e a toda a volta os pinheiros escuros lamentavam, mas não podiam interferir. Assim que todos entraram no vagão e o trem partiu, começaram a bater nele — bateram durante um longo tempo e com uma boa dose de inventividade. Ocorreu-lhes, entre outras coisas, usar um saca-rolhas nas palmas de suas mãos; depois nos pés. O funcionário do correio, que tinha estado na Rússia, inventou um cnute com uma vara e um cinto e começou a usá-lo com diabólica destreza. Muito bem! Os outros homens contaram mais com os saltos ferrados, enquanto as mulheres se satisfaziam em beliscar e dar tapas. Todos se divertiram muito.

Depois de voltar a Berlim, ele me procurou, estava muito mudado, ficou sentado, quieto, as mãos sobre os joelhos, contou sua história; ficou repetindo que tinha de se demitir de seu cargo, implorou que o deixasse ir embora, insistiu que não podia continuar, que não tinha forças para pertencer à humanidade. Claro, deixei que fosse embora.

Tiranos destruídos

1

O aumento de sua fama e poder se igualava, em minha imaginação, ao grau de punição que eu gostaria de aplicar a ele. Assim, de início, eu poderia me contentar com uma derrota eleitoral, com um esfriamento do entusiasmo público. Depois eu já exigiria a sua prisão; mais tarde ainda, seu exílio para alguma ilha distante, deserta, com uma única palmeira que, como um asterisco negro, nos remete ao fundo de um inferno eterno feito de solidão, desgraça e desamparo. Agora, por último, nada senão sua morte podia me satisfazer.

Assim como nos gráficos que demonstram visualmente sua ascensão, indicando o número de seus partidários pelo gradual aumento de tamanho de uma figurinha que vai ficando maior e depois enorme, meu ódio por ele, por seus braços cruzados como em seu retrato, agourentamente inchou no centro do espaço que era minha alma, até quase preenchê-lo, deixando-me apenas uma estreita borda de luz curva (parecendo mais a coroa da loucura do que o halo do martírio), embora eu preveja um eclipse absoluto ainda por vir.

Seus primeiros retratos, nos jornais e nas vitrinas das lojas, nos cartazes — que também foram crescendo num país abundantemente irrigado, chorando, sangrando —, pareciam bastante borrados: isso era quando eu ainda tinha dúvidas sobre o resultado mortal do meu ódio. Algo humano, certas possibilidades de que errasse, de que entrasse em colapso, caísse doente, Deus sabe o que, vinha tremulando fracamente através de algumas de suas fotografias, na variedade randômica de poses ainda não estandardizadas e num olhar vacilante que ainda não havia encontrado sua expressão histórica. Pouco a pouco, porém, o semblante dele se consolidou: as faces e as maçãs do rosto, nas fotografias do retrato oficial, passaram a ter um brilho divinal, o azeite de oliva do afeto do povo, o verniz de uma obra-prima consumada; passou a ser impossível imaginar aquele nariz sendo assoado, ou aquele dedo se enfiar entre os lábios para remover uma partícula de comida incrustada atrás de um incisivo cariado. À variedade experimental seguiu-se uma canonizada uniformidade que estabeleceu a expressão agora familiar, pétrea e baça de seus olhos nem inteligentes, nem cruéis, mas de alguma forma insuportavelmente assustadores. Estabelecida também está a sólida carnosidade do queixo, o bronze das mandíbulas, e um traço que já havia se transformado em propriedade comum a todos os cartunistas do mundo e quase automaticamente produzia o truque da semelhança — uma grossa ruga ao longo de toda a sua testa —, o gordo sedimento de pensamento, claro, mais do que cicatriz de pensamento. Sou forçado a acreditar que seu rosto foi esfregado com todos os tipos de bálsamos patentes, porque de outra forma não consigo entender o metálico de sua boa qualidade, porque um dia o conheci quando era doentio, manchado e mal barbeado, de forma que se ouvia o roçar da barba contra o colarinho engomado e sujo quando ele virava a cabeça. E os óculos — o que aconteceu com os óculos que ele usava quando jovem?

2

Não só nunca fui fascinado por política, como dificilmente li jamais um único editorial ou mesmo um breve relatório de um congresso do partido. Os problemas sociológicos nunca me intrigaram e até hoje não consigo me ver participando de uma conspiração ou simplesmente sentado numa sala enfumaçada cheia de gente politicamente excitada, tensamente séria, discutindo métodos de luta à luz de recentes desenvolvimentos. Não me importo a mínima com o bem-estar da humanidade, e não só não acredito que qualquer maioria esteja automaticamente certa, como tendo a reexaminar a questão de se é certo lutar por um estado de coisas em que literalmente todo mundo é semialimentado e semieducado. Sei também que minha pátria, escravizada por ele no presente momento, está destinada, no futuro distante, a passar por muitos levantes, independentemente de quaisquer atos da parte *deste* tirano. Mesmo assim, ele tem de ser morto.

3

Quando os deuses costumavam assumir forma terrena e, trajados de vestes tintas de violeta, discreta mas poderosamente pisando com pés musculosos em sandálias ainda sem poeira, apareciam a camponeses ou pastores nas montanhas, sua divindade não era por isso diminuída no mais mínimo; ao contrário, o encanto da humanidade que os bafejava era a mais eloquente confirmação de sua essência celestial. Mas quando um homem limitado, grosseiro, pouco educado — à primeira vista um fanático de terceira classe e na realidade obstinado, brutal e melancolicamente vulgar, cheio de mórbida ambição —, quando um tal homem põe um traje de deus, dá vontade de pedir desculpas aos deuses. Seria inútil tentar me convencer de que ele, de fato, não tem nada a ver com isso, que o que o elevou a um trono de ferro e concreto, e agora o mantém lá, foi a impecável evolução de ideias sombrias, zoológicas, zoorlândicas, que conquistaram a simpatia de minha pátria. Uma ideia escolhe apenas o cabo; o homem é livre para completar o machado — e usá-lo.

Por outro lado, deixe que eu repita que não sei distinguir o que é bom ou mau para um estado, e porque corre sangue dele como água corre de um ganso. Dentre tudo e todos, apenas um indivíduo me interessa. Essa é a minha doença, a minha obsessão, e, ao mesmo tempo, uma coisa que de alguma forma me pertence e que me é confiada apenas por juízo. Desde meus primeiros anos — e não sou mais jovem —, gente ruim sempre me pareceu particularmente abominável, insuportável a ponto de sufocar e pedir imediato desprezo e destruição, enquanto, por outro lado, eu mal notava o bem nas pessoas, a tal ponto sempre me pareceu condição normal, indispensável, algo dado e inalienável como, por exemplo, a capacidade de respirar está implícita no fato de estar vivo. Com o passar dos anos, desenvolvi uma percepção extremamente fina para o mal, mas minha atitude a respeito do bem sofreu uma ligeira mudança, quando passei a entender que o ser comum, que havia condicionado minha indiferença, era de fato tão *incomum* que eu não podia ter nenhuma certeza de encontrá-lo sempre à mão se surgisse a necessidade. Por isso é que levei uma vida dura, solitária, sempre indigente, em acomodações precárias; no entanto, sempre tive a invariável sensação de que, estando meu verdadeiro lar logo ali na esquina, à minha espera, eu poderia entrar nele assim que terminasse com mil questões imaginárias que atravancavam minha existência. Meu Deus, como eu detestava mentes retangulares e tediosas, como eu podia ser injusto com uma pessoa em quem por acaso notasse alguma coisa cômica, como mesquinharia ou respeito pelos ricos! E agora tenho diante de mim não apenas a fraca resolução do mal, tal como pode ser obtida por qualquer homem, mas um mal mais altamente concentrado e integral, num grande frasco cheio até o gargalo e lacrado.

4

Ele transformou meu país de flores silvestres em uma vasta horta, onde se dedica cuidado especial a nabos, repolhos e beterrabas; assim, todas as paixões da nação foram reduzidas à paixão por grandes vegetais na boa terra. Uma horta junto a uma fábrica com o inevitável acompanhamento de uma locomotiva manobrando em algum lugar ao fundo; o desanimado, pardo céu dos arredores da cidade e tudo o que a imaginação associa à cena: uma cerca, uma lata enferrujada entre cardos, vidro quebrado, excrementos, uma explosão negra de moscas zunindo debaixo dos pés das pessoas — essa é a imagem que se faz hoje de meu país. Uma imagem do mais absoluto abatimento; porém abatimento é favorecido aqui, e um lema que *ele* lançou uma vez (no poço de lixo da burrice), "Metade da nossa terra deve ser cultivada e a outra metade asfaltada", é repetido por imbecis como se fosse a expressão suprema da felicidade humana. Poderia haver alguma desculpa se ele nos brindasse com as máximas ordinárias que recolheu um dia ao ler sofistas do tipo mais banal, mas ele nos alimenta com o joio dessas verdades, e a maneira de pensar que é exigida de nós baseia-se não simplesmente em falsa sabedoria, mas em seu entulho e tropeços. Para mim, porém, o cerne da questão não está aí também, pois é certo que mesmo que a ideia da qual somos escravos fosse supremamente inspirada, requintada, restauradoramente úmida, e absolutamente ensolarada, a escravidão continua a ser escravidão na medida em que a ideia é imposta a nós. Não, a questão é que, à medida que crescia o seu poder, comecei a notar que as obrigações de cidadãos, admonições, restrições, decretos, e todas as outras formas de pressão a nós impostas, estavam passando a parecer com o próprio homem mais e mais, exibindo uma inequívoca relação com certos traços de seu caráter e detalhes de seu passado, de forma que, com base nessas admonições e decretos, podia-se reconstruir sua personalidade como um polvo pelos seus tentáculos — aquela personalidade dele que eu era um dos poucos a conhecer bem. Em outras palavras, tudo em torno dele começou a assumir sua aparência. A legislação começou a mostrar uma burlesca semelhança com seu porte e gestos. Vendeiros começaram a estocar uma incrível abundância de pepinos, que ele havia tão avidamente consumido em sua juventude. O currículo das escolas agora compreende luta cigana, a qual, em raros momentos de fria vontade de brincar, ele costumava praticar no chão com meu irmão, vinte e cinco anos atrás. Artigos de jornal e os romances de escritores sicofantas assumiram aquele estilo abrupto, aquela qualidade supostamente lapidar (basicamente insensata, porque cada frase cunhada repete num tomo diferente o único e o mesmo truísmo oficial), essa força de linguagem com fraqueza de pensamento, e todas as outras afetações estilísticas que são características dele. Logo tive a sensação de que ele, ele como eu me lembrava, estava penetrando em toda parte, infectando com sua presença o modo de pensar e a vida cotidiana de todas as pessoas, de forma que sua mediocridade, seu enfado, seus hábitos cinzentos estavam se tornando a própria vida de meu país. E finalmente a lei que ele estabeleceu — o poder implacável da maioria, o sacrifício incessante ao ídolo da maioria — perdeu todo o sentido sociológico, porque *ele* é a maioria.

5

Ele era camarada de meu irmão Gregory, que tinha uma paixão ardente, poética, por formas extremas de sociedade organizada (formas que havia muito vinham alarmando a mansa constituição que tínhamos então) nos últimos anos de sua breve vida: ele morreu afogado aos vinte e três anos, nadando uma noite de verão num rio largo, muito largo, de forma que, quando me lembro agora de meu irmão, a primeira coisa que me vem à mente é uma expansão de água brilhante, uma ilhota coberta de amieiros (à qual ele nunca chegou, mas para a qual nada sempre através da trêmula névoa de minha memória), e uma nuvem longa, negra, cruzando uma outra, opulenta e fofa, alaranjada, tudo o que resta de uma tempestade de sábado de manhã no céu claro, turquesa, do domingo ao entardecer, onde uma estrela brilhará dentro de um momento, onde não haverá jamais nenhuma estrela. Naquele momento, eu estava envolvido demais com a história da pintura e minha dissertação sobre suas origens nas cavernas para frequentar com atenção o grupo de jovens que havia envolvido meu irmão; a propósito, pelo que me lembro, não havia um grupo definido, mas simplesmente diversos jovens que haviam se juntado, diferentes em muitos aspectos, mas, naquele momento, soltamente ligados pela atração comum pela aventura rebelde. O presente, porém, sempre exerce tal perversa influência na reminiscência que agora eu involuntariamente destaco *ele* do indistinto pano de fundo, atribuindo-lhe (nem o mais próximo, nem o mais vociferante dos companheiros de Gregory) o tipo de vontade sombria, concentrada, profundamente consciente de seu amuado eu, que no fim transforma uma pessoa pouco dotada em um monstro triunfante.

  Me lembro dele esperando por meu irmão na sala de jantar melancólica de nossa humilde casa provinciana; empoleirando-se na primeira cadeira que encontrou, ele imediatamente se pôs a ler um jornal amassado que tirou de um bolso do paletó preto, e seu rosto, meio escondido pela armadura de óculos de lentes escurecidas, assumiu uma expressão chorosa e enojada, como se tivesse visto uma vileza. Lembro que suas botas de cidade mal amarradas estavam sempre sujas, como se ele tivesse acabado de caminhar muitos quilômetros por uma estrada de terra entre campos anônimos. O cabelo cortado curto terminava numa cunha arrepiada na testa (nada anunciava ainda sua presente calva estilo César). As unhas de suas mãos grandes, úmidas, roídas tão rente que era doloroso ver as almofadinhas apertadas nas pontas de seus dedos hediondos. Ele exalava um cheiro de bode. Não tinha dinheiro e não discriminava acomodações para dormir.

Quando meu irmão chegou (e em minha lembrança Gregory está sempre atrasado, sempre chega sem fôlego, como se terrivelmente apressado para viver, mas chegando tarde mesmo assim — e foi assim que a vida finalmente o deixou para trás), cumprimentou Gregory sem sorrir, levantou-se abruptamente e estendeu a mão com um tranco estranho, uma espécie de retração preliminar do cotovelo; parecia que se a pessoa não pegasse sua mão a tempo ela voltaria, com o clique de uma mola, para dentro do punho destacável. Se algum membro de nossa família entrava, ele se limitava a um carrancudo aceno de cabeça; por outro lado, apertava com alarde a mão da cozinheira que, tomada de surpresa e sem tempo de enxugar a mão antes do cumprimento, enxugava-a depois, numa volta da cena, por assim dizer. Minha mãe morreu não muito depois de suas primeiras visitas, enquanto a atitude de meu pai em relação a ele era distraída, como o era em relação a tudo e a todos — a nós, às adversidades da vida, à presença de cachorros sujos a quem Gregory oferecia abrigo e mesmo, ao que parece, a seus pacientes. Por outro lado, duas velhas tias minhas eram abertamente cautelosas com o "excêntrico" (se alguma vez houve alguém que fosse o oposto do excêntrico, era ele), como o eram, para falar a verdade, com os outros companheiros de Gregory.

Agora, vinte e cinco anos depois, muitas vezes tenho ocasião de ouvir sua voz, seu rugido bestial, difundido pelos trovões do rádio; naquela época, porém, lembro que ele sempre falava macio, até com certa rouquidão, um certo ciciar sussurrante. Só aquele famoso ligeiro ofegar vil ao final de cada frase já estava lá, sim, já lá. Quando se punha de pé, cabeça e braços abaixados, na frente de meu irmão, que o cumprimentava com exclamações afetuosas, ainda tentando pegar ao menos em seu cotovelo, ou em seu ombro ossudo, ele parecia, curiosamente, ter pernas curtas, devido, provavelmente, ao tamanho do paletó, que descia até a metade do quadril; e não era possível determinar se o lamento de sua postura era causado por taciturna timidez ou por um esforço das faculdades antes de pronunciar alguma trágica mensagem. Mais tarde, pareceu-me que ele havia afinal a pronunciado e cumprido, quando, naquele terrível anoitecer de verão, veio do rio trazendo o que parecia ser uma pilha de roupas, mas era apenas a camisa e a calça de lona de Gregory; agora, porém, penso que a mensagem da qual ele parecia estar sempre prenhe não era aquela, afinal, mas a notícia abafada de seu monstruoso futuro.

Às vezes, através de uma porta semiaberta, eu podia ouvir seu discurso anormalmente vacilante numa conversa com meu irmão; ou ele estaria sentado à mesa de chá, quebrando um *pretzel*, os olhos de pássaro noturno desviados da luz do lampião de querosene. Ele tinha um jeito estranho e desagradável de bochechar com o leite antes de engolir, e quando mordia o *pretzel* torcia cautelosamente a boca; tinha dentes ruins e, para enganar a dor intensa de um nervo exposto com um breve sopro de frescor, ele aspirava repetidamente o ar, com um assobio lateral. Uma vez, eu me lembro, meu pai embebeu um pedaço de algodão com algumas gotas que continham ópio e deu a ele e, rindo sem razão, recomendou que ele procurasse um dentista. "O todo é mais forte que suas partes", ele respondeu com estranha grosseria, "*ergo* eu vou vencer meu dente". Não tenho mais bem certeza, porém, se ouvi pessoalmente essas palavras duras, ou ser elas foram repetidas depois para mim como um pronunciamento do "excêntrico"; só que, como eu já disse, ele não era nada disso, pois como pode uma fé animal em sua turva estrela guia ser vista como algo peculiar e raro? Mas, acredite ou não, ele impressionava as pessoas com sua mediocridade, assim como outros impressionam com seu talento.

6

Às vezes, seu pesar inato era rompido por espasmos de torpe e entrecortada jovialidade e depois eu ouvia seu riso, tão dissonante e inesperado como o uivo de um gato, a cujo veludoso silêncio você se acostuma a tal ponto que sua voz noturna parece uma coisa demente, demoníaca. Guinchando assim, ele foi arrastado por seus companheiros a jogos e brincadeiras de corpo a corpo; então descobriu-se que seus braços eram fracos, mas as pernas fortes como aço. Numa ocasião, um rapaz particularmente brincalhão pôs um sapo em seu bolso, e ele, com medo de pegá-lo com os dedos, começou a arrancar o paletó pesado e naquele estado, com o rosto fortemente vermelho, descabelado, sem nada além de um peitilho por cima da camiseta rasgada, caiu vítima de uma impiedosa moça corcunda, cuja grossa trança e olhos azul-escuros eram tão atraentes a tantos que era facilmente perdoada pela semelhança com o cavalo preto do xadrez.

Conheço suas tendências amorosas e sistema de corte através dessa mesma moça, hoje infelizmente falecida, como a maioria daqueles que o conheceram bem em sua juventude (como se a morte fosse aliada dele, removendo de seu caminho testemunhas perigosas de seu passado). A essa vivaz corcunda ele escrevia ou num tom didático, com excursões — de um tipo educacional-popular — à história (que ele conhecia de panfletos políticos), ou então reclamava em termos obscuros e inconsistentes sobre outra mulher (também com algum tipo de defeito físico, acredito), que permaneceu desconhecida para mim, e com quem uma época ele compartilhou cama e comida em alguma parte desanimadora da cidade. Hoje eu daria tudo para encontrar e interrogar essa pessoa anônima, mas ela também, sem dúvida, está na segurança da morte. Um traço curioso de suas missivas era serem ruidosamente palavrosas: ele insinuava as maquinações de misteriosos inimigos; polemizava longamente com algum poetastro, cujos versinhos lera num calendário — ah, se fosse possível ressuscitar essas preciosas páginas de caderno, cobertas com sua minúscula, míope caligrafia! Ai!, não me lembro de uma única frase delas (na época, eu não estava muito interessado, mesmo que tenha ouvido e rido), e só muito indistintamente vejo de fato, nas profundezas da memória, o laço naquela trança, a clavícula fina, e a mão rápida, fosca, com a pulseira de granadas, amassando suas cartas; e capto também a nota arrulhada de pérfida risada feminina.

7

Há diferença profunda e fatal entre sonhar com um mundo reorganizado e sonhar em reorganizá-lo você mesmo, como acha conveniente; no entanto, nenhum de seus amigos, inclusive meu irmão, parecia fazer qualquer distinção entre a rebelião abstrata deles e a impiedosa sede de poder *dele*. Um mês depois da morte de meu irmão, ele desapareceu, transferindo suas atividades para as províncias do norte (o grupo de meu irmão desanimou e se desfez e, pelo que sei, nenhum de seus outros participantes entrou para a política), e logo havia rumores de que o trabalho feito lá, tanto em seus objetivos como em seus métodos, passara a ser diametralmente oposto a tudo o que havia sido dito, pensado e esperado naquele círculo jovem inicial. Quando me lembro de seu aspecto naqueles dias, acho surpreendente que ninguém tivesse notado a longa sombra angulosa da traição que ele arrastava atrás de si onde quer que fosse, escondendo sua franja debaixo da mobília quando ele se sentava, e a deixando interferir estranhamente com a própria sombra dos balaústres na parede da escada, que ele descia para ser levado até a porta à luz de um lampião de querosene portátil. Ou é o nosso escuro tempo que se projetava lá?

Não sei se gostavam dele, mas em todo caso meu irmão e os outros tomavam erroneamente sua morosidade por intensidade de força espiritual. A crueldade de suas ideias parecia consequência natural de enigmáticas calamidades que ele havia sofrido; e toda a sua pouco atraente concha pressupunha, por assim dizer, um cerne limpo, claro. Posso mesmo confessar que eu próprio uma vez tive a fugidia impressão de que ele era capaz de misericórdia; só posteriormente foi que determinei seu verdadeiro pendor. Aqueles que gostam de paradoxos baratos já observaram há muito o sentimentalismo dos carrascos; e, de fato, a calçada em frente aos açougues é sempre meio úmida.

8

Nos primeiros dias depois da tragédia, ele aparecia sempre, e várias vezes passou a noite em nossa casa. Aquela morte não despertou nenhum sinal visível de tristeza nele. Comportava-se como sempre, o que não nos chocou em nada, uma vez que seu estado usual já era tristonho: e, como sempre, ele se sentava em algum canto, lendo algo desinteressante e se comportando, em resumo, como se comportam, numa casa em que ocorreu um infortúnio recente, pessoas que não são nem muito íntimas nem completos estranhos. No momento, além disso, sua presença constante e o silêncio amuado podiam passar por melancólica comiseração — a comiseração, sabe?, de um homem forte e reticente, inconspícuo, mas sempre presente — uma verdadeira coluna de compaixão —, sobre o qual se descobre depois que ele próprio estava seriamente doente na época em que passava aquelas noites sem dormir numa cadeira entre os membros da família, cegos de lágrimas. Em seu caso, porém, isso era toda uma concepção horrivelmente errada: se ele se sentia atraído à nossa casa na época, era apenas porque em nenhum outro lugar respirava tão naturalmente como na esfera de melancolia e desespero, quando pratos usados cobrem a mesa e não fumantes pedem cigarros.

Me lembro vividamente de sair com ele para cumprir uma daquelas pequenas formalidades, uma daquelas atormentadoras coisinhas com que a morte (tendo, como sempre tem, um elemento de burocracia) tenta envolver os sobreviventes pelo máximo de tempo possível. Provavelmente alguém me disse: "Olhe, *ele* vai com você", e ele veio, pigarreando discretamente. Foi nessa ocasião (estávamos passando por uma rua sem casas, fofa de poeira, diante de cercas e pilhas de madeira) que fiz uma coisa cuja lembrança me atravessa da cabeça aos pés como um raio de vergonha insuportável: levado sabe Deus por qual sentimento — talvez não tanto por gratidão, como por condolência pela condolência de outro —, numa onda de nervosismo e emoção mal calculada, agarrei e apertei a mão dele (o que fez com que nós dois cambaleássemos ligeiramente). Tudo isso durou um instante e, no entanto, se o tivesse abraçado e pressionado meus lábios naqueles horríveis pelos loiros, eu não conseguiria sentir nenhum tormento maior que esse agora. Hoje, vinte e cinco anos depois, me pergunto: nós dois estávamos caminhando sozinhos por um bairro deserto, e em meu bolso eu levava o revólver de Gregory carregado, o qual, por uma razão ou outra, eu estava sempre querendo esconder; eu poderia perfeitamente tê-lo despachado com um tiro à queima-roupa, e então não haveria nada do que há hoje — nem feriados encharcados, nem gigantescas festividades com milhões de concidadãos marchando com pás, enxadas e forcados em seus ombros escravizados; nenhum alto-falante, ensurdecedoramente multiplicando a mesma voz inescapável; nenhum luto secreto em uma de cada duas famílias, nenhuma variedade de torturas, nenhum torpor da mente, nenhum retrato colossal — nada. Oh, se fosse possível agarrar de volta o passado, arrastar pelo cabelo até o presente uma oportunidade perdida, ressuscitar aquela rua empoeirada, os terrenos baldios, o peso em meu bolso do quadril, a juventude caminhando a meu lado!

9

Estou inerme e gordo, como o príncipe Hamlet. O que posso fazer? Entre mim, um humilde professor de desenho numa escola secundária de província, e ele, sentado atrás de uma infinidade de portas de aço e carvalho em uma sala secreta da prisão principal da cidade, transformada por ele num castelo (porque esse tirano chama a si mesmo de "prisioneiro da vontade do povo que o elegeu"), existe uma distância inimaginável. Alguém estava me contando, depois de ter se trancado comigo no porão, sobre uma velha viúva, uma parente distante dele, que conseguiu colher um nabo de quase quarenta quilos, merecendo por isso uma audiência com o sublime. Ela foi conduzida por corredores e corredores de mármore e uma sucessão infindável de portas se destrancou diante dela e se trancou ao passar, até que se viu num salão iluminado, branco e austero, cuja única mobília consistia em duas cadeiras douradas. Disseram-lhe para esperar ali, em pé. No devido tempo, ela ouviu passos numerosos atrás da porta e, com reverências respeitosas, um se curvando para o outro, meia dúzia de seus guarda-costas entrou. Com olhos assustados, ela procurou por *ele* entre os homens; o olhar deles dirigia-se não a ela, mas a algum ponto além dela; então, virando-se, ela viu que atrás dela, através de outra porta, invisível, ele próprio havia entrado silenciosamente, parado ao lado de uma das duas cadeiras e apoiado a mão no encosto, examinando a convidada do Estado com um ar costumeiro de encorajamento. Ele então se sentou e sugeriu que ela descrevesse com as próprias palavras seu feito glorioso (nesse ponto, um atendente trouxe e colocou na segunda cadeira uma réplica em cerâmica de seu vegetal) e, durante dez minutos inesquecíveis, ela narrou como havia plantado o nabo; como havia puxado e puxado sem conseguir arrancá-lo do chão, mesmo tendo achado ver seu falecido marido puxando com ela; como tivera de chamar seu primeiro filho, depois o sobrinho e mesmo uma dupla de bombeiros que estava descansando no palheiro; e como, finalmente, puxando em conjunto, haviam conseguido extrair o monstro. Evidentemente, ele ficou entusiasmado com sua viva narrativa. "Ora, isso é poesia genuína", disse ele, dirigindo-se a sua comitiva. "Aqui está alguém com quem os camaradas poetas deveriam aprender." E, ordenando secamente que a reprodução fosse fundida em bronze, saiu. Eu, porém, não planto nabos, de forma que não tenho como chegar a ele; e mesmo que tivesse, como conseguiria levar minha preciosa arma até o seu antro?

Ocasionalmente, ele aparece perante o povo e, muito embora não seja permitido que ninguém chegue perto dele e todo mundo tenha de carregar a haste pesada das bandeiras distribuídas de forma a manter as mãos ocupadas, e todo mundo seja observado por uma guarda de incalculável proporção (para não falar dos agentes secretos e dos agentes secretos que vigiam os agentes secretos), alguém muito destro e resoluto podia ter a boa sorte de encontrar uma brecha, um instante transparente, alguma minúscula fresta do destino através da qual avançar. Mentalmente considerei, um a um, todos os tipos de meios de destruição, desde a clássica adaga até a plebeia dinamite, mas foi tudo em vão, e é com boa razão que sonho com frequência que estou apertando repetidamente o gatilho de uma arma que se desintegra em minha mão, enquanto as balas escorrem do tambor, ou ricocheteiam como ervilhas inofensivas no peito de meu risonho inimigo enquanto ele começa, sem pressa, a esmagar minha caixa torácica.

10

Ontem convidei diversas pessoas, que não se conheciam entre si, mas que estavam unidas por uma e a mesma tarefa secreta, que as havia transfigurado a tal ponto que dava para perceber entre elas uma inexprimível semelhança, como ocorre, por exemplo, entre maçons mais velhos. Eram pessoas de várias profissões — um alfaiate, um massagista, um médico, um barbeiro, um padeiro —, mas todas exibiam o porte digno, a mesma economia de gestos. E não era de admirar! Um fazia as roupas dele, e isso queria dizer tomar as medidas de seu corpo magro, mas de quadris largos, com sua pelve estranha, feminina e costas arredondas, e respeitosamente chegar até suas axilas e, junto com ele, olhar num espelho engalanado com hera dourada; o segundo e o terceiro haviam penetrado ainda mais longe: tinham visto seu corpo nu, apalpado seus músculos e ouvido seu coração, segundo cujas batidas, diziam, logo nossos relógios seriam regulados, de forma que seu pulso, no sentido mais literal, se tornaria a unidade básica de tempo; o quarto o barbeava com movimentos crepitantes, faces abaixo e no pescoço, usando uma navalha que para mim tinha um aspecto tentador; o quinto e último assava seu pão, colocando, o idiota, por pura força de hábito, passas em vez de arsênico em sua broa favorita. Eu queria sondar essas pessoas, para partilhar ao menos dessa forma seus ritos misteriosos, suas diabólicas manipulações; parecia-me que suas mãos estavam imbuídas do cheiro dele, que por intermédio dessa gente ele também estava presente. E quando de repente me vi usando um terno cortado por meu vizinho à direita, e comendo a torta à minha frente, que eu complementava com um tipo específico de água mineral receitado por meu vizinho da esquerda, fui tomado por um horrível sentimento de sonho, que imediatamente me acordou — em quarto de pobre, com uma lua de pobre na janela sem cortina.

    Sou grato à noite por esse sonho apenas: ultimamente tenho sido assolado pela insônia. É como se os agentes dele estivessem me acostumando previamente à tortura mais popular aplicada aos criminosos de hoje. Escrevo "de hoje" porque, desde que ele chegou ao poder, apareceu uma raça completamente nova, por assim dizer, de criminosos políticos (o tipo antigo, penal, de fato não existe mais, assim como o roubo mais mesquinho incha até se tornar desfalque, o qual, por sua vez, é considerado uma tentativa de minar o regime), criaturas requintadamente frágeis, com uma pele muito diáfana e olhos salientes que emitem raios brilhantes. Essa é uma raça rara e altamente valorizada, como um jovem ocapi ou a menor espécie de lêmure; são caçados apaixonadamente, inconscientemente, e cada espécime capturado é saudado com aplauso público, muito embora a caça não envolva de fato nenhuma dificuldade ou perigo especial, pois são bastante mansos esses estranhos animais transparentes.

Rumores tímidos afirmam que ele próprio não é avesso a fazer uma visita ocasional à câmara de tortura, mas provavelmente não há verdade nisso: o diretor-geral dos correios não distribui a correspondência pessoalmente, nem o secretário da marinha é necessariamente um craque na natação. No geral, me repele o tom doméstico de fofoca com que os murmuradores maldosos falam dele, perdendo o rumo para um tipo especial de piada primitiva, como, antigamente, a gente comum inventava histórias sobre o Diabo, trajando seu medo supersticioso com humor bufo. Anedotas vulgares, adaptadas às pressas (que vêm, digamos, de protótipos celtas), ou informações secretas "de fonte geralmente segura" (por exemplo, quanto a quem é a favor e quem não é) têm sempre um saibo de quarto de empregados. Há exemplos ainda piores, porém: quando meu amigo N., cujos pais foram executados há apenas três anos (para não falar da terrível perseguição sofrida pelo próprio N.), observa, ao voltar de uma festa oficial onde o viu e ouviu: "Sabe, apesar de tudo, porém, há uma certa força naquele homem", sinto vontade de dar um soco na cara de N.

11

Nas cartas publicadas em seu *Anos de ocaso*, um poeta estrangeiro universalmente aclamado menciona que tudo agora o deixa frio, desencantado, indiferente, tudo com uma exceção: a emoção vital, romântica, que ele experimenta até o dia de hoje ao pensar como foram esquálidos os seus anos de juventude comparados com a suntuosa realização de sua vida posterior, e o brilho nevado do pico que ele agora atingiu. Essa insignificância inicial, essa penumbra de poesia e dor, na qual o jovem artista se equipara a outros milhões de semelhantes sem significação, agora o atrai e o enche de excitação e agradecimento — ao seu destino, à sua atividade — e a sua própria vontade criativa. Visitas a lugares onde ele um dia viveu em carência, e encontros com seus contemporâneos, homens mais velhos de nenhum destaque absolutamente, guardam para ele tamanha e tão complexa riqueza de encantamento que o estudo detalhado dessas sensações durará para o futuro prazer de sua alma no além.

Assim, quando tento imaginar o que o nosso lúgubre líder sente no contato com o *seu* passado, primeiro entendo claramente que o ser humano real é poeta e, segundo, que ele, nosso líder, é a negação encarnada de um poeta. E no entanto os jornais estrangeiros, principalmente aqueles cujos nomes têm conotações vespertinas e que sabem com que facilidade "lendas" podem ser transformadas em "vendas", gostam de enfatizar a qualidade legendária de seu destino, levando sua multidão de leitores à enorme casa negra onde ele nasceu e onde até hoje vivem pobres similares, infindavelmente dependurando a roupa lavada (pobres lavam muita roupa suja); e publicam também uma foto, obtida sabe Deus como, da progenitora dele (pai desconhecido), uma mulher atarracada de nariz largo com uma franja, que trabalhava numa cervejaria no portão da cidade. Restam tão poucas testemunhas oculares de sua meninice e juventude, e aqueles que ainda estão por aqui respondem com tamanha circunspecção (ai! ninguém entrevistou a *mim*), que um jornalista precisa de um grande dote de invenção para retratar o líder de hoje se destacando em jogos de guerra quando menino ou, quando jovem, lendo livros até o galo cantar. Sua sorte demagógica é interpretada como a força elemental do destino e, naturalmente, uma grande dose de atenção debruça-se sobre aquele dia de inverno nublado em que, ao ser eleito para o parlamento, ele e seu bando prenderam o parlamento (depois do que o exército, balindo mansamente, passou imediatamente para o seu lado).

Não um grande mito, mas um mito mesmo assim (nessa nuance o jornalista não se enganou), um mito que é um circuito fechado e um todo discreto, pronto para começar a viver sua vida própria, insular, e *já* é impossível substituí-la com a verdade real, muito embora seu herói ainda esteja vivo: impossível, uma vez que ele, o único que poderia saber a verdade, é inútil como testemunha, e não porque ele seja preconceituoso ou desonesto, mas porque, como um escravo fugido, ele "não se lembra"! Ah, ele se lembra de seus velhos inimigos, claro, e de dois ou três livros que leu, e como o homem o espancava por cair de cima de uma pilha de madeira e esmagar dois pintinhos: isto é, um mecanismo algo rústico de memória ainda funciona nele, mas se os deuses fossem propor que ele próprio sintetizasse suas memórias, com a condição de que a imagem sintetizada fosse recompensada com a imortalidade, o resultado seria um turvo embrião, um bebê nascido prematuramente, um anão cego e surdo, em nenhum sentido capaz de imortalidade.

Se visitasse a casa onde viveu quando era pobre, nenhuma emoção arrepiaria sua pele, nem mesmo uma emoção de malevolente vaidade. Mas eu, sim, visitei sua antiga residência! Não o prédio multiplex em que se supõe que tenha nascido, e onde existe agora um museu dedicado a ele (velhos cartazes, uma bandeira suja de lama de esgoto, no lugar de honra, debaixo de uma redoma, um botão: tudo o que foi possível preservar de sua avara juventude), mas aquelas salas mal mobiliadas onde ele passou vários meses durante o período em que foi próximo de meu irmão. O proprietário anterior morrera havia muito tempo, os moradores nunca foram registrados, de forma que não restou nenhum traço de sua antiga estada. E a ideia de que só eu no mundo (porque ele se esqueceu daqueles alojamentos dele — foram tantos) *sabia* disso me enchia de uma satisfação especial, como se, ao tocar aquela mobília morta e olhar o telhado vizinho pela janela, eu sentisse minha mão se fechando na chave de sua vida.

12

Acabo de receber outro visitante: um velho muito abatido, que estava, evidentemente, num estado de extrema agitação: as mãos de pele esticada, de dorso brilhante, estavam tremendo, uma lágrima senil já velha umedecia o contorno vermelho de suas pálpebras, e uma pálida sequência de expressões involuntárias, de um tolo sorriso a um retorcido franzir de dor, passava por seu rosto. Com a caneta que lhe emprestei, ele traçou num pedaço de papel os dígitos de um ano, dia e mês cruciais: a data — de quase meio século antes — do nascimento do líder. Ele pousou o olhar em mim, a caneta erguida, como se não ousasse continuar, ou simplesmente usando um arremedo de hesitação para enfatizar o pequeno truque que estava para aplicar. Respondi com um aceno de cabeça de encorajamento e impaciência, diante do que ele escreveu outra data, nove meses anterior à primeira, sublinhou-a duas vezes, abriu os lábios como se fosse irromper em uma risada triunfante, mas, em vez disso, de repente cobriu o rosto com as mãos. "Vamos lá, vá direto ao ponto", eu disse, dando uma sacudida no ombro desse ator indiferente. Ele depressa recobrou a compostura, revirou o bolso e me entregou um fotografia grossa, rígida, que ao longo dos anos tinha adquirido uma névoa leitosa e opaca. Mostrava um rapaz grande e bonito com farda de soldado; o quepe estava sobre uma cadeira, em cujo encosto, canhestro e relaxado, ele apoiava a mão, enquanto atrás dele se podiam ver a balaustrada e a urna de uma convencional pintura de fundo. Com a ajuda de dois ou três olhares de ligação, certifiquei-me de que entre os traços de meu convidado e o rosto plano e sem sombras do soldado (adornado por um bigode fino e encimado por cabelo cortado à escovinha, o que fazia sua testa parecer menor) havia pouca semelhança, mas que, de qualquer forma, o soldado e ele eram a mesma pessoa. No instantâneo ele tinha por volta de vinte anos, o instantâneo em si uns cinquenta anos, e era fácil preencher esse intervalo com o relato trivial de uma daquelas vidas de terceira categoria, cujas marcas se leem (com uma dolorosa sensação de superioridade, às vezes injustificada) nos rostos de velhos trapeiros, atendentes de jardim público e inválidos amargurados com as fardas de velhas guerras. Eu estava a ponto de arrancar dele qual a sensação de viver com tal segredo, como ele conseguia carregar o peso daquela paternidade monstruosa, e ver e ouvir incessantemente a presença pública de seu filho — mas então notei que o desenho labiríntico e indefinido do papel de parede estava aparecendo através do corpo dele; estendi a mão para deter meu convidado, mas o velhinho se dissolveu, tremendo com o frio do desaparecimento.

E, no entanto, ele existe, esse pai (ou existiu, até bem recentemente), e se o destino não o brindou com uma salutar ignorância quanto à identidade de sua momentânea companheira de cama, Deus sabe qual tormento está à solta entre nós, sem ousar se pronunciar, e talvez até agudizado pelo fato de que o infeliz do sujeito não está inteiramente certo de sua paternidade, porque a moça era largada e, como consequência, poderia haver vários como ele no mundo, infatigavelmente calculando datas, cambaleando no inferno de números demais e lembranças escassas demais, sonhando ignobilmente com a ideia de auferir lucro das sombras do passado, temendo a punição instantânea (por algum erro, ou blasfêmia, pela verdade odiosa demais), sentindo-se bastante orgulhoso no fundo do coração (afinal de contas, ele é o Líder!), perdendo a cabeça entre supuração e suposição... horrível, horrível!

13

O tempo passa e, enquanto isso, fico atolado em caprichos loucos, opressivos. Na verdade, isso me surpreende, porque sei de um bom número de ações resolutas e até ousadas a meu crédito, nem tenho o menor medo das perigosas consequências que uma tentativa de assassinato teriam para mim; ao contrário, embora não faça uma ideia nada clara de como o ato em si ocorrerá, consigo divisar distintamente a luta que imediatamente se seguirá — o tornado humano me dominando, meus movimentos espasmódicos de marionete entre mãos ávidas, o estalar de roupas sendo rasgadas, o vermelho ofuscante dos golpes e, finalmente (se eu chegar a sair dessa luta vivo), a mão de ferro dos carcereiros, a prisão, um julgamento rápido, a câmara de tortura, a forca, tudo isso com o trovejante acompanhamento de minha poderosa felicidade. Não espero que meus concidadãos percebam de imediato a própria liberação; consigo até admitir que o regime possa ficar ainda mais duro por pura inércia. Não há em mim nada do herói cívico que morre por seu povo. Morro apenas por mim mesmo, em favor do meu próprio mundo de bem e verdade — o bem e a verdade que estão agora distorcidos e violados dentro de mim e fora de mim, e se isso for tão precioso para os outros como é para mim, muito bem; se não, se minha pátria precisa de homens cunhados de forma diferente de mim, aceito voluntariamente minha inutilidade, mas ainda assim cumprirei minha missão.

Minha vida está envolvida e submersa demais em meu ódio para ser agradável no mais mínimo, e não temo a náusea negra e a agonia da morte, principalmente uma vez que espero um grau de felicidade, um nível de ser sobrenatural não sonhado nem por bárbaros nem pelos seguidores modernos de religiões antigas. Assim, minha mente está lúcida e minha mão, livre — e no entanto não sei, não sei como fazer para matá-lo.

Às vezes, penso que talvez isso se dê porque o assassinato, a intenção de matar, é, afinal de contas, insuportavelmente banal, e a imaginação, revisando métodos de homicídio e tipos de armas, realiza uma tarefa degradante, cuja impostura é mais agudamente sentida quanto mais correta a força que impele a pessoa. Ou então, talvez eu consiga matá-lo por suscetibilidade, como certas pessoas que, embora sintam feroz aversão por tudo o que rasteja, são incapazes de esmagar com o pé uma minhoca de jardim porque para elas seria como pisar nas extremidades sujas de terra das próprias vísceras. Mas seja qual for a explicação que invoco para minha irresolução, seria tolice esconder de mim mesmo o fato de que tenho de destruí-lo. Ó Hamlet, ó tolo sonhador!

14

Ele acaba de fazer um discurso no lançamento da pedra fundamental de uma nova estufa de múltiplos andares e, ao falar, tocou na igualdade dos homens e na igualdade das espigas de trigo no campo, usando o latim, ou uma imitação de latim, para dar um tom poético, *arista, aristifer*, e até mesmo "aristado" (que quer dizer "espigado"); não sei que mestre de mau gosto o terá aconselhado a adotar esse método questionável, mas, em compensação, não entendo por que, ultimamente, versos de revista contêm arcaísmos como:

Quão sapiente o veterinário
que trata o latífico vacum.

Durante duas horas a voz enorme trovejou por toda a nossa cidade, irrompendo com variados graus de intensidade desta ou daquela janela, de forma que, se seguimos pela rua (o que, por sinal, é considerado uma perigosa falta de cortesia: sente-se e escute), tem-se a impressão de que ele nos acompanha, baixando dos telhados, enfiando-se em quatro patas entre nossas pernas, e voando acima para bicar nossas cabeças, estralejando, crocitando e grasnando numa caricatura de discurso humano, e não há onde se esconder de sua Voz, e a mesma coisa ocorre em todas as cidades e aldeias de meu país muito bem-sucedidamente anestesiado. Aparentemente, ninguém além de mim notou um traço interessante de sua frenética oratória, precisamente a pausa que ele faz depois de uma frase particularmente efetiva, mais como um bêbado que para no meio da rua, com a independente, mas insatisfatória, solidão característica dos bêbados, e enquanto declama fragmentos de um monólogo ofensivo, muito enfático em sua raiva, paixão e convicção, mas obscuro em seu significado e objetivo, interrompe-se frequentemente para recuperar as forças, ponderar uma nova passagem, deixar o que foi dito assentar; depois de ter esperado a pausa, ele repete exatamente o que acabou de vomitar, mas num tom de voz que sugere que pensou em um novo argumento, em uma outra ideia absolutamente nova e irrefutável.

Quando o Líder finalmente secou, e as trombetas sem rosto, sem bochechas, tocaram o hino agrário, eu não só não me senti aliviado como, ao contrário, tive uma sensação de angústia e perda: enquanto ele estava falando, eu podia ao menos vigiá-lo, podia saber onde estava e o que estava fazendo; agora ele de novo se dissolvera no ar que eu respiro, mas que não tem nenhum ponto de foco tangível.

Posso entender as mulheres de cabelo macio de nossas tribos das montanhas quando, abandonadas por um amante, toda manhã, com a pressão persistente de seus dedos marrons na cabeça turquesa de um alfinete, picam o umbigo de uma figurinha de barro representando o fugitivo. Muitas vezes, ultimamente, tenho invocado toda a força de minha mente para imaginar num determinado momento o fluxo de seus cuidados e ideias, a fim de reproduzir o ritmo de sua existência, fazendo-a ceder e despencar, como uma ponte suspensa cuja própria oscilação coincide com o passo cadenciado de um destacamento de soldados que a cruza. Os soldados vão perecer também — assim como eu, perdendo minha razão no instante em que pego o ritmo, enquanto ele cai morto em seu castelo distante; porém, qualquer que seja o método do tiranicídio, eu não sobreviveria. Quando acordo de manhã, às oito e meia mais ou menos, faço um esforço para conjurar o despertar dele: ele não se levanta nem cedo nem tarde, numa hora mediana, assim como se intitula — até oficialmente, acho — de "homem mediano". Às nove horas, tanto ele como eu tomamos um desjejum frugal com um copo de leite e um pão, e se num determinado dia não estou ocupado na escola, continuo minha busca das ideias dele. Ele lê diversos jornais e eu os leio com ele, procurando alguma coisa que possa chamar sua atenção, mesmo sabendo que ele conhecia desde a noite anterior o conteúdo geral do jornal matutino, seus principais artigos, sumários e notícias nacionais, de forma que essa leitura não pode lhe dar nenhuma causa especial de meditação administrativa. Depois disso seus assistentes vêm com relatórios e dúvidas. Junto com ele, fico sabendo como as comunicações ferroviárias estão se sentindo hoje, como a indústria pesada continua suando e quantas arrobas por hectare a colheita de trigo do inverno rendeu este ano. Depois de examinar várias petições de clemência e de traçar nelas sua invariável recusa — um X feito a lápis, símbolo do analfabetismo de seu coração —, ele faz sua caminhada usual antes do almoço: como é o caso com muitas pessoas não muito brilhantes, desprovidas de imaginação, caminhar é seu exercício favorito; ele caminha em seu jardim murado, antigamente um grande pátio de prisão. Estou familiarizado também com o cardápio de seu almoço despretensioso, depois do qual partilho com ele minha sesta e pondero planos para fazer o seu poder florescer ainda mais, ou novas medidas para suprimir motins. À tarde, inspecionamos um novo edifício, uma fortaleza, um fórum, ou outras formas de prosperidade governamental, e aprovo com ele o novo tipo de ventilador de um inventor. Passo o jantar, geralmente uma ocasião de gala com vários funcionários a postos, mas, por outro lado, ao anoitecer meus pensamentos redobraram sua força e expeço ordens para editores de jornais, ouço os relatos das reuniões vespertinas e, sozinho em meu quarto que escurece, sussurro, gesticulo e ainda mais insanamente espero que ao menos um de meus pensamentos entre em sintonia com um pensamento dele — e então, eu sei, a ponte se romperá, como uma corda de violino. Mas a má sorte conhecida dos jogadores muito fanáticos me assola, a carta certa nunca vem, mesmo que eu deva ter obtido uma certa ligação secreta com ele, pois em torno das onze da noite, quando ele vai para a cama, todo o meu ser sente um colapso, um vazio, um enfraquecimento e um alívio melancólico. Então ele dorme, ele dorme, e como, em seu catre de prisioneiro, nem um único pensamento pré-sono o perturba, eu também sou deixado em liberdade e só ocasionalmente, sem a menor esperança de sucesso, tento compor os seus sonhos, combinando fragmentos de seu passado com impressões do presente; é provável, porém, que ele não sonhe e que eu trabalhe em vão, e nunca, nunca, a noite venha a ser dilacerada pelo trepidar real da morte, deixando que a história comente: "O ditador morreu no sono."

15

Como posso me livrar dele? Não suporto mais. Tudo está cheio dele, tudo o que eu amo foi conspurcado, tudo ficou semelhante a ele, sua imagem espelhada, e nos traços dos transeuntes, nos olhos de meus pobres alunos, seu semblante se mostra ainda mais claro e mais desesperador. Não só os cartazes que sou obrigado a fazê-los copiar em cores fazem qualquer coisa além de interpretar o padrão de sua personalidade, como até mesmo o simples cubo branco que dou para as classes mais jovens desenharem me parece o seu retrato — talvez seu melhor retrato. Ó monstro cúbico, como posso erradicar você?

16

E, de repente, me dei conta de que eu tinha um jeito! Foi numa manhã gelada, imóvel, com um céu rosa-pálido e blocos de gelo alojados nas mandíbulas das calhas; havia uma soturna quietude em toda parte: dentro de uma hora a cidade estaria desperta, e como ia despertar! Naquele dia, comemorava-se seu quinquagésimo aniversário, e já as pessoas, parecendo semínimas negras contra a neve branca, saíam para as ruas, a fim de se reunir no horário nos pontos onde seriam reunidos em diferentes grupos de passeata de acordo com suas atividades. Correndo o risco de perder meu magro salário, eu não estava me aprontando para me juntar a nenhum cortejo festivo; tinha uma outra coisa, um pouco mais importante, na cabeça. De pé diante da janela, eu ouvia as primeiras fanfarras distantes e as induções rugidas pelo rádio nas esquinas, e me consolei pensando que eu, e apenas eu, podia interromper tudo isso. Sim, a solução havia sido encontrada: o assassinato do tirano agora se revelara algo tão simples e rápido que podia realizá-lo sem sair da sala. As únicas armas disponíveis para esse fim eram ou um revólver velho, mas bem conservado, ou um gancho acima da janela que devia ter servido em algum momento para sustentar a vara da cortina. Este último era ainda melhor, uma vez que eu tinha dúvidas quanto ao desempenho de uma bala de vinte e cinco anos.

 Matando a mim mesmo eu estaria matando a ele, uma vez que ele estava totalmente dentro de mim, engordado pela intensidade de meu ódio. Junto com ele eu mataria o mundo que ele criara, toda a estupidez, covardia e crueldade desse mundo, o qual, junto com ele, havia se tornado imenso dentro de mim, expulsando, até a última paisagem banhada de sol, até a última lembrança de infância, todos os tesouros que havia colecionado. Consciente agora de meu poder, deleitei-me com ele, me preparando sem pressa para a autodestruição, examinando meus pertences, corrigindo esta minha crônica. E então, abruptamente, a incrível intensificação de todos os sentidos que tomara conta de mim passou por uma metamorfose estranha, quase alquímica. As festividades estavam se espalhando fora da minha janela, o sol transformava os montes de neve azulados em cintilante amanhecer, e se podia ver brincando sobre telhados distantes um novo tipo de fogos de artifício (inventado recentemente pelo gênio de um camponês) cujas cores brilhavam mesmo em pleno dia. O júbilo generalizado; o retrato do Líder brilhando como joia relampejando pirotecnicamente no céu; os tons alegres do cortejo serpenteando pela capa nevada do rio; os deliciosos símbolos de papelão do bem-estar da pátria; os slogans, escritos com variedade e elegância, que oscilavam acima dos ombros dos manifestantes; a música animada e primitiva; a orgia de estandartes; os rostos contentes dos jovens caipiras e os trajes nacionais das raparigas fortes — tudo isso fez subir uma onda rubra de ternura dentro de mim, e compreendi o meu pecado contra nosso grande e misericordioso Senhor. Não é ele que esterca nossos campos, que conduz os pobres a serem calçados, ele a quem devemos agradecer por todos os segundos de nosso ser cívico? Lágrimas de arrependimento, quentes, boas lágrimas, saltaram de meus olhos para o peitoril da janela quando pensei como eu vinha repudiando a bondade do Senhor, quão cegamente eu havia renegado a beleza do que ele havia criado, a ordem social, o modo de vida, os esplêndidos muros com acabamento de nogueira, e como eu havia conspirado para pôr as mãos em cima de mim mesmo, ousando assim colocar em risco a vida de um de seus súditos! As festividades, como eu disse, estavam se espalhando; fiquei à janela, todo o meu ser banhado em lágrimas e convulso de riso, ouvindo os versos de nosso poeta mais importante, declamados no rádio pela voz suculenta de um ator, repleta de modulações de barítono:

> *Pois bem, cidadãos,*
> *Lembram-se em que medida*
> *murchava nossa terra sem um Pai?*
> *Também, sem lúpulo, por mais sentida*
> *seja a sede, jamais*
> *se consegue, pois não?,*
> *fazer a cerveja e a canção sobre a bebida!*
> *Imaginem só, não termos batatas,*
> *nem nabos e beterrabas por certo:*
> *e o poema, que ora brota, se perde*
> *nos bulbos do alfabeto!*
> *Bem batida estrada temos tomado,*
> *maus cogumelos nossa comida inglória,*
> *até com grande impacto ser abalado*
> *o portão da história!*
> *Até em sua bela e alva túnica*
> *que sobre nós emite sua luz vital,*
> *com seu belo sorriso o Líder*
> *mostra-se aos cidadãos afinal!*

Sim, "luz vital", sim, "maus cogumelos", sim, "belo", está certo. Eu, um homenzinho, eu, um pedinte cego que hoje recuperou a visão, caio de joelhos e me arrependo diante de você. Execute-me — não, melhor ainda, perdoe-me, porque o cadafalso é seu perdão, e seu perdão o cadafalso, iluminando com uma luz dolorosamente benigna toda a minha iniquidade. Você é nosso orgulho, nossa glória, nosso estandarte! Ó magnífico, gentil gigante, que com intensidade e amor olha por nós, juro servi-lo deste dia em diante, juro ser como todos seus outros lactentes, juro ser seu indivisivelmente, e assim por diante, assim por diante, assim por diante.

17

O riso, na verdade, me salvou. Tendo experimentado todos os graus de ódio e desespero, atingi aquelas alturas das quais se obtém uma visão de sobrevoo do ridículo. Um rugido de alegre riso me curou, assim como curou, num livro de história infantil, o cavalheiro "em cuja garganta um abcesso estourou ao ver os truques hilariantes de um poodle". Relendo minha crônica, vejo que, em meus esforços para fazê-lo aterrorizante, fiz apenas ridículo, assim o destruindo — um método antigo, comprovado. Modesto como sou na avaliação de minha confusa composição, algo me diz mesmo assim que não é obra de uma pena comum. Longe de ter aspirações literárias, e ainda cheio de palavras forjadas ao longo dos anos em meu raivoso silêncio, expus minha posição com sinceridade e pelo sentimento, quando outro podia tê-lo feito com arte e inventividade. Isto é um encantamento, um exorcismo, de forma que doravante qualquer homem possa exorcizar a servidão. Acredito em milagres. Acredito que de alguma forma, desconhecida para mim, esta crônica atingirá outros homens, nem amanhã, nem depois, mas num tempo distante, quando o mundo tiver um dia ou dois para o lazer da escavação arqueológica, ao anoitecer de novas tribulações, não menos divertidas que as presentes. E, quem sabe, eu possa estar certo em não eliminar a ideia de que meu trabalho ocasional possa se mostrar imortal, e possa acompanhar as eras, ora perseguido, ora exaltado, sempre perigoso e sempre útil. Enquanto eu, uma "sombra sem ossos", *un fantôme sans os*, ficarei contente se o fruto de minhas noites insones, esquecidas, servirem por um longo tempo como uma espécie de remédio secreto contra futuros tiranos, monstros tigroides, torturadores imbecis do homem.

Lik

Existe uma peça teatral dos anos 1920, chamada *L'Abîme* (*O abismo*), do muito conhecido autor francês Suire. Ela já passou diretamente do palco para o Letes Inferior (isto é, aquele que serve ao teatro — um rio, incidentalmente, não tão desesperançado quanto o rio principal, e contendo uma solução mais fraca de esquecimento, de forma que produtores ainda podem pescar nele alguma coisa muitos anos depois). Essa peça — essencialmente idiota, até mesmo idealmente idiota, ou, para colocar em outros termos, construída idealmente sobre as sólidas convenções da dramaturgia tradicional — trata dos tormentos de uma senhora francesa de meia-idade, rica e religiosa, subitamente inflamada por uma paixão pecaminosa por um jovem russo chamado Igor, que apareceu em seu *château* e se apaixonou por sua filha, Angélique. Um velho amigo da família, puritano amuado, de temperamento forte, convenientemente composto pelo autor a partir de misticismo e lascívia, tem ciúme do interesse da heroína por Igor, enquanto ela, por sua vez, tem ciúme das atenções deste último para com Angélique; numa palavra, é tudo muito atraente e fiel à realidade, cada discurso traz a marca de uma respeitável tradição e nem é preciso dizer que não há uma única vírgula de talento para romper o curso ordenado da ação, que cresce onde tem de crescer, é interrompida quando necessário por uma cena lírica ou um diálogo desavergonhadamente explicativo entre dois velhos serviçais.

O pomo da discórdia é geralmente um fruto precoce e amargo, e deveria ser cozido. Assim, o jovem da peça ameaça ser um tanto sem cor, e é numa vã tentativa de melhorá-lo um pouco que o autor fez dele um russo, com todas as óbvias consequências desse truque. Segundo a intenção otimista de Suire, ele é um aristocrata russo emigrado, recentemente adotado por uma velha senhora, esposa russa de um proprietário de terras vizinho. Uma noite, no auge de um temporal, Igor vem bater à nossa porta, entra, chicote de montaria na mão, e anuncia, agitado, que o pinheiral está em chamas na propriedade de sua benfeitora e que nosso pinheiral também corre perigo. Isso nos afeta menos intensamente do que o glamour juvenil do visitante, e somos inclinados a mergulhar num pufe, brincando pensativamente com nosso colar, diante do que nosso amigo puritano observa que o reflexo das chamas é, às vezes, mais perigoso que a conflagração em si. Uma trama sólida, de alta qualidade, como podem ver, pois fica claro de imediato que o russo passará a ser uma visita constante e, de fato, o segundo ato é todo tempo ensolarado e roupas claras de verão.

A julgar pelo texto impresso da peça, Igor se expressa (ao menos nas primeiras cenas, antes que o autor se canse disso) não incorretamente, mas, por assim dizer, um tanto hesitantemente, de vez em quando intercalando um interrogativo "é assim que se diz em francês?". Mais tarde, porém, quando o fluxo turbulento do drama não deixa ao autor tempo para essas bagatelas, todas as peculiaridades estrangeiras da fala são descartadas, e o jovem russo adquire espontaneamente o rico vocabulário de um francês nativo; só perto do final, durante a calma que antecede a última explosão de ação, é que o dramaturgo se lembra com um sobressalto da nacionalidade de Igor, e com isso este último dirige casualmente ao velho criado as seguintes palavras: *"J'étais trop jeune pour prendre part à la... comment dit-on ... velika voïna... grande, grande guerre..."** Com toda justiça ao autor, é verdade que, exceto por esta *"velika voïna"* e uma modesta *"dosvidania"*, ele não abusa de sua familiaridade com a língua russa, contentando-se com a rubrica cênica "inflexão eslava empresta certo charme à fala de Igor".

Em Paris, onde a peça obteve grande sucesso, Igor era feito por François Coulot, que não representava mal, mas por alguma razão com um forte sotaque italiano, que ele evidentemente queria fazer passar por russo, o que não surpreendeu um único crítico parisiense. Depois, quando a peça foi pingando pelas províncias, esse papel coube, por acaso, a um ator russo de verdade, Lik (nome artístico de Lavrentiy Ivanovitch Kruzhevnitsyn), um sujeito esbelto,

---

* Eu era jovem demais para participar da... como se diz... *velika voïna*... grande, grande guerra. (N.T.)

de cabelo claro, com olhos escuros como café, que antes conquistara alguma fama graças a um filme em que fez um excelente trabalho no pequeno papel de um gago.

Era difícil dizer, porém, se Lik (a palavra significa "compostura" em russo e em inglês medieval) possuía genuíno talento teatral ou se era um homem de muitos pendores indistintos que havia escolhido um deles ao acaso, mas poderia igualmente ter sido pintor, joalheiro ou caçador de ratos. Tal pessoa parece uma sala com um número de portas diferentes, entre as quais existe talvez uma que de fato leve diretamente a algum grande jardim, às profundezas enluaradas de uma maravilhosa noite humana, onde a alma descobre o tesouro pertencente a ela apenas. Mas, seja como for, Lik não abriu *essa* porta, tomando, ao contrário, o caminho de Téspis, que seguia sem entusiasmo, com a maneira ausente de um homem que procura placas que não existem, mas que talvez lhe tenham aparecido em sonho, ou que podem se distinguir na fotografia não revelada de algum local que ele nunca, nunca visitará. No plano convencional de costumes terrenos, ele estava na casa dos trinta anos, assim como o século. Em pessoas mais velhas, deslocadas não apenas além das fronteiras de seu país, mas além de suas próprias vidas, a nostalgia se desenvolve em um órgão extraordinariamente complexo, que funciona continuamente, e sua secreção compensa tudo o que foi perdido; ou então se transforma em um tumor fatal na alma que torna doloroso respirar, dormir e se vincular a estrangeiros despreocupados. Em Lik, essa lembrança da Rússia permanecia em estado embrionário, confinada a nebulosas lembranças infantis, como a fragrância resinosa do primeiro dia de primavera no campo, ou a forma especial do floco de neve na lã de seu capuz. Seus pais tinham morrido. Ele vivia sozinho. Havia sempre algo pobre nos amores e amizades que surgiam em seu caminho. Ninguém lhe escrevia cartas de intrigas, ninguém se interessava mais por suas preocupações do que ele próprio, e não havia ninguém a quem se dirigir para reclamar pela imerecida precariedade de seu próprio ser quando ele soube, por dois médicos, um francês e um russo, que (assim como muitos protagonistas) sofria de uma doença incurável do coração — enquanto as ruas estavam praticamente tomadas por velhos robustos. Parecia haver alguma ligação entre essa doença dele e seu gosto por coisas finas e caras; ele era capaz, por exemplo, de gastar seus últimos duzentos francos num cachecol ou numa caneta-tinteiro, mas sempre, sempre acontecia de o cachecol se manchar, a caneta quebrar, apesar do cuidado meticuloso, até piedoso, que tomava com as coisas.

Em relação aos outros membros da companhia, à qual ele havia ingressado com a mesma casualidade que uma pele atirada por uma mulher pousa nesta ou naquela anônima cadeira, ele permanecia tão estranho quanto havia sido no primeiro ensaio. Tivera imediatamente a sensação de ser supérfluo, de ter usurpado o lugar de outra pessoa. O diretor da companhia era invariavelmente amigável com ele, mas a alma hipersensível de Lik imaginava constantemente a possibilidade de uma briga — como se a qualquer momento ele pudesse ser desmascarado e acusado de alguma coisa insuportavelmente vergonhosa. A própria constância da atitude do diretor ele interpretava como absoluta indiferença por seu trabalho, como se todo mundo tivesse havia muito se conformado com sua desesperançada falta de qualidade — e ele fosse tolerado apenas porque não havia nenhum pretexto conveniente para sua dispensa.

Parecia-lhe — e talvez aquilo fosse verdade — que para aqueles ruidosos e insinuantes atores franceses, interligados por uma rede de paixões pessoais e profissionais, ele não passava de um objeto ocasional como a velha bicicleta que um dos personagens desmontava habilmente no segundo ato; consequentemente, quando alguém o cumprimentava com algum calor especial ou lhe oferecia um cigarro, ele tendia a achar que havia algum equívoco que iria, ai!, se resolver dentro de um momento. Devido à sua doença, ele evitava beber, mas sua ausência das reuniões de companheiros não era atribuída à ausência de sociabilidade (que levaria a acusações de arrogância, dotando-o assim, ao menos, de algo semelhante a uma personalidade), simplesmente passava despercebida, como se não houvesse a possibilidade de ser diferente, e quando acontecia de efetivamente o convidarem para algum lugar, era sempre de um jeito vago e interrogativo ("Vai conosco ou...?"), um jeito particularmente doloroso para alguém que está louco para ser convencido a ir. Ele entendia pouco as piadas, as alusões e os apelidos que os outros brandiam com codificada alegria. Ele quase desejava que alguma das piadas fosse às suas custas, mas nem isso acontecia. Ao mesmo tempo, gostava bastante de seus colegas. O ator que fazia o puritano era na vida real um sujeito gordo, agradável, que tinha acabado de comprar um carro esporte, sobre o qual falava com inspiração genuína. E a ingênua era muito encantadora também — de cabelos escuros, esguia, com olhos esplêndidos, brilhantes e cuidadosamente bem maquiados —, mas durante o dia desamparadamente alheia às confissões que fazia à noite no palco no gárrulo abraço de seu noivo russo, ao qual tão candidamente se agarrava. Lik gostava de dizer a si mesmo que só no palco ela vivia sua vida de verdade, sendo sujeita o resto do tempo a ataques periódicos de insanidade, durante os quais não o reconhecia mais e usava para si mesma um nome diferente. Com a atriz principal ele nunca trocou uma única palavra além de suas falas, e quando essa mulher atarracada, tensa, bonita, passava por ele nas coxias, as bochechas tremendo, ele tinha a sensação de ser nada mais que uma peça do cenário, pronto para cair estatelado no chão se alguém roçasse nele. É realmente difícil dizer se era tudo imaginado pelo pobre Lik ou se essas pessoas absolutamente inofensivas, voltadas para si mesmas, o ignoravam simplesmente porque ele não procurava sua companhia, e não começavam conversa com ele assim como passageiros que estabeleceram contato entre eles não se dirigem a um estranho absorto em seu livro num canto do compartimento. Mas mesmo que Lik tentasse, nos raros momentos de autoconfiança, se convencer da irracionalidade de seus vagos tormentos, a lembrança de tormentos similares era recente demais, e eles se repetiam com muita frequência em novas circunstâncias para ele ser capaz de superá-los agora. Solidão como situação pode ser corrigida, mas como estado de espírito é uma doença incurável.

Ele desempenhava seu papel conscienciosamente e, ao menos no que dizia respeito ao sotaque, melhor do que seu predecessor, uma vez que Lik falava francês com um sotaque russo, prolongando e amaciando as frases, diminuindo a ênfase antes do final e filtrando com excessivo cuidado o borrifo de expressões auxiliares que com tanta agilidade e rapidez voam da língua de um francês. Seu papel era tão pequeno, tão inconsequente, apesar de seu impacto dramático nas ações dos outros personagens, que não valia a pena ficar pensando nele; no entanto, ele pensava, sobretudo no início da turnê, e não tanto por amor à arte, mas sim porque a disparidade entre a insignificância do papel em si e a importância do drama complexo do qual ele era a causa primordial parecia-lhe um paradoxo que de alguma forma o humilhava pessoalmente. No entanto, embora tenha logo esfriado diante da possibilidade de melhorias sugeridas tanto pela arte como pela vaidade (duas coisas que muitas vezes coincidem), ele corria para o palco com inegável e misterioso prazer, como se, a cada vez, esperasse alguma recompensa especial — de forma alguma ligada, é claro, à dose costumeira de aplauso neutro. Nem tampouco essa recompensa consistia na satisfação interior do intérprete. Ela se escondia mais era em certas excepcionais brechas e dobras que ele discernia na vida da peça em si, banal e irremediavelmente rasa como era, pois como qualquer peça atuada por pessoas vivas, ganhava, Deus sabe como, uma alma individual e tentava durante umas duas horas existir, desenvolver seu próprio calor e energia, sem nenhuma relação com a lamentável concepção do autor ou a mediocridade dos intérpretes, mas que despertava, como a vida desperta na água aquecida pelo sol. Por exemplo, Lik podia esperar, numa noite vaga e adorável, no meio da representação costumeira, pisar, por assim dizer, num ponto de areia movediça; algo cederia e ele afundaria para sempre num elemento recém-nascido, diferente de tudo o que era conhecido — desenvolvendo independentemente os temas surrados da peça de modos absolutamente novos. Ele passaria inevitavelmente para esse elemento, casaria com Angélique, galoparia pelas urzes ondulantes, receberia toda a riqueza material comentada na peça, iria viver naquele castelo e, além disso, se encontraria num mundo de inefável ternura: um mundo azulado, delicado, onde ocorriam fabulosas aventuras dos sentidos e inauditas metamorfoses da mente. Ao pensar nisso tudo, Lik imaginava por alguma razão que quando morresse de colapso cardíaco — e ele morreria logo — o ataque viria certamente no palco, como acontecera com o pobre Molière, uivando o seu pobre latim entre os doutores; mas que ele não notaria a sua morte, atravessando em vez disso para o mundo real de uma peça qualquer, agora florescendo de novo por causa de sua chegada, enquanto seu corpo sorridente ficaria nas pranchas do palco, a ponta de um pé aparecendo sob as dobras da cortina que baixou.

No final do verão, *O abismo* e duas outras peças do repertório estavam em cartaz numa cidade mediterrânea. Lik estava apenas em *O abismo*, de forma que entre a primeira apresentação e a segunda (só duas estavam marcadas) ele teve uma semana livre, que não sabia bem como aproveitar. Além disso, o clima do sul não combinava com ele; chegou ao fim da primeira apresentação num borrão de delírio, como numa estufa, com uma gota quente de maquiagem ora pendurada na ponta do nariz, ora escaldando seu lábio superior, e quando, durante o primeiro intervalo, ele saiu ao terraço que separava os fundos do teatro de uma igreja anglicana, sentiu de repente que não ia chegar ao final da apresentação, que ia se dissolver no palco em meio a multicoloridas exalações, através das quais, no mortal instante final, viria um relâmpago radioso de outra — sim, outra vida. No entanto, chegou até o final de um jeito ou de outro, embora vendo duplicado por causa do suor nos olhos, enquanto o contato suave dos braços lisos e frescos de sua parceira acentuaram agonizantemente o estado derretido das palmas de suas mãos. Ele voltou a sua pensão bastante abalado, com os ombros tensos e uma dor reverberando atrás da cabeça. No jardim escuro, estava tudo em flor, com cheiro de doce, e havia um trilar contínuo de grilos, que ele tomou erroneamente por cigarras (como todo russo).

 Seu quarto iluminado era antissepticamente branco em comparação à escuridão sulina emoldurada pela janela aberta. Ele esmagou na parede um mosquito bêbado de barriga vermelha, depois ficou um longo tempo sentado na beira da cama, com medo de deitar, com medo das palpitações. A proximidade do mar, cuja presença ele adivinhava além do pomar de limoeiros, o oprimia, como se aquele amplo espaço viscosamente brilhante, com apenas uma membrana de luar bem esticada em sua superfície, fosse parente do vaso igualmente tenso de seu trepidante coração e, como ele, estivesse igualmente nu, com nada a separá-lo do céu, do raspar de pés humanos e da pressão insuportável da música tocando num bar próximo. Olhou o relógio caro que tinha no pulso e notou, com uma pontada, que tinha perdido o seu vidro; sim, havia roçado o punho contra um parapeito de pedra ao tropeçar subindo a ladeira havia pouco. O relógio ainda estava vivo, indefeso e nu, como um órgão exposto à faca do cirurgião.

Ele passava os dias em busca de sombra e no desejo de frescor. Havia algo infernal nos relances de mar e praia, onde demônios bronzeados se expunham sobre o tórrido cascalho. O lado ensolarado das ruas estreitas era tão estritamente proibido a ele que seria preciso solucionar intricadas rotas se houvesse algum destino em seu perambular. Ele não tinha, porém, nenhum lugar para ir. Passeava sem rumo diante das vitrines das lojas, que exibiam, entre outros objetos, algumas pulseiras bem divertidas do que parecia ser âmbar rosado, assim como marcadores de livros e carteiras de couro gravadas a ouro decididamente bonitos. Ele afundava numa cadeira debaixo do toldo laranja de um café, depois voltava para casa e deitava na cama — completamente nu, horrivelmente magro e branco — e pensava sobre as mesmas coisas que pensava incessantemente.

Ele refletia que havia sido condenado a viver nos arredores da vida, que sempre fora assim e sempre seria, e que, portanto, se a morte não lhe apresentasse uma saída para a verdadeira realidade, ele simplesmente nunca viria a conhecer a vida. Ele refletiu também que, se seus pais estivessem vivos, em vez de terem morrido no alvorecer da existência emigrada, os quinze anos de sua vida adulta podiam ter sido passados no calor de uma família; que, tivesse o seu destino sido menos móvel, ele teria terminado uma das três escolas que chegou a frequentar em pontos ao acaso na Europa do meio, mediana, medíocre, e teria agora um emprego bom, sólido, entre gente boa, sólida. Mas por mais que forçasse a imaginação, não conseguia nem esse emprego, nem essa gente, assim como não conseguia explicar a si mesmo por que havia estudado em jovem numa escola de atuação para cinema, em vez de escolher música ou numismática, lavagem de janelas ou contabilidade. E, como sempre, de cada ponto da própria circunferência seu pensamento acompanhava um raio de volta ao centro escuro, ao pressentimento de morte próxima, para a qual ele, que não havia acumulado nenhum tesouro espiritual, dificilmente seria uma presa interessante. Mesmo assim, ela parecia ter decidido lhe dar precedência.

Uma noite, quando estava reclinado numa cadeira de lona na varanda, foi importunado por um dos hóspedes da pensão, um velho russo loquaz (que já em duas ocasiões tinha conseguido contar a Lik a história de sua vida, primeiro numa direção, do presente para o passado, e depois na outra, na contramão, resultando em duas vidas diferentes, uma bem-sucedida, a outra não) que, acomodando-se confortavelmente e coçando o queixo, disse: "Um amigo meu apareceu aqui; quer dizer, 'amigo' *c'est beaucoup dire* — estive com ele em Bruxelas umas duas vezes, só isso. Agora, infelizmente, é um personagem totalmente perdido. Ontem, é, acho que foi ontem, mencionei seu nome por acaso e ele diz: 'Ora, claro que o conheço — na verdade, somos até parentes.'"

"Parentes?", Lik perguntou, surpreso. "Quase nunca tive parentes. Como é o nome dele?"

"Um certo Koldunov: Oleg Petrovitch Koldunov... Petrovitch, não é? Conhece?"

"Não pode ser!", Lik exclamou, cobrindo o rosto com as mãos.

"Pois é. Imagine!", disse o outro.

"Não pode ser", Lik repetiu. "Sabe?, sempre pensei que... É horrível! Não deu meu endereço a ele, deu?"

"Eu dei. Mas entendo. A gente se sente revoltado e com pena ao mesmo tempo. Chutado de toda parte, amargurado, tem uma família e tal."

"Escute, me faça um favor. Não pode dizer a ele que fui embora?"

"Se encontrar com ele, eu digo. Mas... bom, acabei de encontrar com ele por acaso no porto. Nossa, que veleiros lindos eles têm lá. Isso é que eu chamo de gente de sorte. Viver na água, velejar para onde quiser. Champanhe, meninas, tudo brilhando..."

E o velho estalou os lábios e sacudiu a cabeça.

Que coisa mais louca, Lik pensou a noite toda. Que confusão... Não sabia de onde havia tirado a ideia de que Oleg Koldunov não estava mais entre os vivos. Era um daqueles axiomas que a mente racional não mantém mais em serviço ativo, relegando-o à mais remota profundidade da consciência, de forma que agora, com a ressurreição de Koldunov, ele tinha de admitir a possibilidade de duas linhas paralelas se cruzarem afinal; no entanto, era uma agonia difícil livrar-se do velho conceito, imbuído em seu cérebro — como se a extração dessa única noção falsa pudesse comprometer toda a ordem de suas outras noções e conceitos. E agora ele simplesmente não conseguia lembrar quais dados o haviam levado a concluir que Koldunov tinha morrido e por que, nos vinte anos passados, houvera tamanho fortalecimento na corrente da tênue informação inicial a partir da qual o fim de Koldunov se originara.

As mães deles eram primas. Oleg Koldunov era dois anos mais velho; durante quatro anos, tinham ido à mesma escola provincial, e a recordação desses anos tinha sido sempre tão odiosa a Lik que ele preferia não lembrar de sua meninice. De fato, sua Rússia era talvez tão densamente nublada pela simples razão de que ele não prezava nenhuma lembrança pessoal. Sonhos, porém, ainda ocorriam mesmo agora, porque não era possível controlá-los. Às vezes Koldunov aparecia em pessoa, com sua própria imagem, no território da infância, apressadamente arrumado pelo diretor de sonhos com acessórios como uma sala de aula, carteiras, um quadro-negro e sua esponja seca, sem peso. Ao lado desses sonhos rasteiros havia também sonhos românticos, até decadentes — isentos, claro, da presença óbvia de Koldunov, mas codificados por ele, saturados de seu espírito opressivo ou cheio de rumores sobre ele, com situações e sombras de situações que de alguma forma expressavam sua essência. E esse cenário koldunoviano tormentoso, contra o qual a ação de um sonho casual se desenvolvia, era muito pior do que os sonhos com a visita direta de Koldunov como Lik recordava — um rapaz de escola secundária grosseiro, musculoso, de cabelo curto e um rosto desagradavelmente bonito. O que estragava a regularidade de seus traços fortes eram os olhos, próximos demais um do outro e equipados com pálpebras pesadas, coriáceas (não era de admirar que o tivessem apelidado de "O crocodilo", pois de fato havia uma certa qualidade turva de lama no Nilo em seu olhar).

Koldunov tinha sido um mau aluno incorrigível; aquele tipo de incorrigível peculiarmente russo do bronco enfeitiçado que afunda, em posição vertical, através dos estratos transparentes de várias repetições, de forma que os meninos mais novos gradualmente chegam à sua série, mortos de medo, e então, um ano depois, o deixam para trás, aliviados. Koldunov era notável por sua insolência, sujeira e selvagem força física; depois que alguém tinha uma briga com ele, a sala ficava sempre fedendo a jaula. Lik, por outro lado, era um rapaz frágil, sensível, vulnerável e orgulhoso, e portanto representava a presa ideal, inesgotável. Koldunov caía em cima dele sem dizer uma palavra, e industriosamente torturava a vítima esmagada, mas sempre se contorcendo no chão. A mão espalmada enorme de Koldunov fazia um movimento obsceno de concha ao penetrar nas convulsas profundidades em pânico que ele procurava. Ele então deixava Lik, cujas costas estavam cobertas de pó de giz e cujas orelhas atormentadas estavam em fogo, em paz por uma ou duas horas, satisfazendo-se com repetir alguma frase obscenamente sem sentido, insultuosa a Lik. Então, quando voltava a vontade, Koldunov dava um suspiro, quase relutante, antes de pular em cima dele outra vez, enfiando as unhas duras como chifre nas costelas de Lik, e sentava para descansar em cima da cara da vítima. Ele dominava um conhecimento absoluto de todos os recursos dos valentões para causar a dor mais aguda sem deixar marcas, e com isso gozava o respeito servil de seus colegas. Ao mesmo tempo, alimentava um afeto vagamente sentimental por seu paciente habitual, fazendo questão de passear com o braço em torno dos ombros do outro durante os intervalos, com a pata pesada, distraída, apalpando a clavícula fina, enquanto Lik tentava em vão conservar um ar de independência e dignidade. Assim os dias de escola de Lik foram um tormento absolutamente absurdo e insuportável. Ele tinha vergonha de reclamar com qualquer um e suas ideias noturnas de como finalmente mataria Koldunov simplesmente esgotavam seu espírito de toda força. Felizmente, eles quase nunca se encontravam fora da escola, embora a mãe de Lik fosse gostar de estabelecer laços mais próximos com sua prima, que era muito mais rica que ela e tinha seus próprios cavalos. Então a Revolução começou a mudar a mobília de lugar e Lik se viu numa cidade diferente, enquanto Oleg, aos quinze anos, já exibindo um bigode e completamente brutalizado, desapareceu na confusão geral e uma paz abençoada teve início. Logo substituída, porém, por novas torturas, mais sutis nas mãos dos sucessores menores do mentor da destruição inicial.

Triste dizer, nas raras ocasiões em que Lik falava de seu passado, ele relembrava publicamente o pretenso morto com aquele sorriso artificial com que brindamos um tempo distante ("Que época aquela") que dorme de barriga cheia num canto de sua jaula malcheirosa. Agora, porém, que Koldunov estava vivo, por mais adultos os argumentos que Lik invocasse, ele não conseguia dominar a mesma sensação de desamparo — metamorfoseada pela realidade, mas mesmo assim manifesta — que o oprimia em sonhos quando, de trás de uma cortina, sorrindo, mexendo com a fivela do cinto, saía o senhor do sonho, um colegial escuro, horrendo. E embora Lik entendesse perfeitamente que o Koldunov real, vivo, não podia magoá-lo agora, a possibilidade de encontrar com ele parecia um agouro, funesto, obscuramente ligado a todo o sistema do mal, com suas premonições de tormento e abuso tão familiares a ele.

Depois de sua conversa com o velho, Lik resolveu ficar em casa o menos possível. Faltavam apenas três dias para a última apresentação, então não valia a pena mudar para outra pensão; mas ele podia, por exemplo, fazer viagens de um dia para além da fronteira italiana ou até as montanhas, uma vez que o tempo havia refrescado muito, com chuvisco e um vento revigorante. Cedo na manhã seguinte, seguindo por um caminho estreito entre muros floridos, ele viu, vindo em sua direção, um homem baixo, áspero, cuja roupa em si diferia pouco do uniforme costumeiro do turista mediterrâneo — boina, camisa aberta, alpargatas —, mas que de alguma forma sugeria não tanto a liberalidade da estação, mas a compulsão da pobreza. No primeiro instante, Lik se chocou sobretudo pelo fato de a enorme figura que preenchia sua memória com seu vulto mostrar-se na realidade pouco mais alta que ele próprio.

"Lavrentiy, Lavrusha, não me reconhece?", Koldunov resmungou dramaticamente, parando no meio do caminho.

Os traços grandes daquele rosto pálido com a sombra rústica nas faces e no lábio superior, aquele relance de dentes ruins, aquele nariz romano grande, insolente, o olhar interrogativo, turvo — tudo era koldunoviano, inegavelmente, mesmo que apagado pelo tempo. Mas conforme Lik observava, essa semelhança silenciosamente se desintegrou, e diante dele estava um estranho insignificante, com o rosto maciço de um César, embora um César muito surrado.

"Vamos nos beijar como bons russos", Koldunov disse, sério, e por um instante apertou a face fria, salgada, contra os lábios infantis de Lik.

"Reconheci você imediatamente", Lik tartamudeou. "Ontem mesmo ouvi falar de você por intermédio daquele como-é-mesmo-o-nome-dele... Gavrilyuk."

"Sujeito perigoso", interrompeu Koldunov. "*Méfie-toi*. Bom, bom, então aqui está o meu Lavrusha. Incrível! Estou contente. Contente de encontrar de novo você. É o destino! Lembra, Lavrusha, como a gente pescava gobiídeos juntos? Parece que foi ontem. Uma das minhas lembranças mais queridas. É."

Lik sabia perfeitamente bem que nunca tinha pescado com Koldunov, mas confusão, tédio e timidez o impediram de acusar aquele estranho de se apropriar de um passado inexistente. Ele de repente se sentiu agitado e vestido com roupas muito pesadas.

"Quantas vezes", continuou Koldunov, examinando com interesse a calça cinza-pálido de Lik, "quantas vezes nos últimos anos... Ah, sim, eu pensei em você. Pensei, sim! E onde está meu Lavrusha, eu pensava? Falei de você para minha mulher. Ela já foi bem bonita. E você trabalha com o quê?".

"Sou ator", Lik suspirou.

"Permita-me uma indiscrição", disse Koldunov em tom confidencial. "Eu soube que nos Estados Unidos existe uma sociedade secreta que considera imprópria a palavra 'dinheiro' e, se é preciso fazer um pagamento, embrulham os dólares em papel higiênico. Verdade que só os ricos fazem parte dela, os pobres não têm tempo para isso. Ora, o que estou querendo dizer é o seguinte", e suas sobrancelhas subiram interrogativamente, Koldunov fez um gesto vulgar, palpitante, com dois dedos e o polegar — a sensação táctil de dinheiro vivo.

"Ah, não!", Lik exclamou, inocentemente. "A maior parte do ano estou desempregado e o pagamento é miserável."

"Sei como é e entendo perfeitamente", disse Koldunov com um sorriso. "Em todo caso... Ah, sim... em todo caso, alguma hora quero discutir um projeto com você. Dá para ter um bom lucro. Vai fazer alguma coisa agora?"

"Bom, como vê, na verdade, eu estou indo para Bordighera passar o dia todo, de ônibus... E amanhã..."

"Que pena... se tivesse me falado, eu conheço um motorista russo aqui, com um belo carro particular, e eu podia ter mostrado para você a Riviera inteira. Seu bobo! Tudo bem, tudo bem, vou com você até o ponto de ônibus."

"E de qualquer forma, logo vou embora definitivamente", Lik informou.

"Me diga, como está a família?... Como está tia Natasha?", Koldunov perguntou distraidamente enquanto caminhavam por uma ruazinha cheia de gente que levava à praia. "Sei, sei", assentiu com a cabeça à resposta de Lik. De repente, uma expressão culpada, demente, atravessou rapidamente seu rosto malévolo. "Escute, Lavrusha", disse ele, empurrando-o involuntariamente e aproximando o rosto do rosto de Lik na calçada estreita. "Encontrar com você é um presságio para mim. É sinal de que nem tudo está perdido ainda e eu devo admitir que outro dia mesmo estava pensando que estava *tudo* perdido. Entende o que estou dizendo?"

"Ah, todo mundo pensa coisas assim de vez em quando", disse Lik.

Chegaram ao passeio público. O mar estava opaco e corrugado debaixo do céu encoberto, e aqui e ali, junto ao parapeito, a espuma havia borrifado a calçada. Não havia ninguém em torno, a não ser uma mulher solitária de calça comprida, sentada num banco com um livro aberto no colo.

"Olhe, me dê cinco francos e eu compro cigarros para a sua viagem", Koldunov disse depressa. Pegou o dinheiro e acrescentou num tom diferente, mais à vontade. "Olhe, aquela é a minha mulherzinha ali. Faça companhia a ela um minuto e eu volto já."

Lik foi até a mulher loira e disse com o automatismo de um ator: "Seu marido vai voltar já e esqueceu de me apresentar. Sou primo dele."

No mesmo momento, foi borrifado pela poeira fresca de uma onda. A mulher olhou para Lik com olhos azuis, ingleses, fechou sem pressa o livro vermelho e foi embora sem dizer uma palavra.

"Brincadeira", disse Koldunov ao reaparecer, sem fôlego. "*Voilà*. Vou pegar alguns para mim. É, acho que a minha mulherzinha não tem tempo para sentar num banco e olhar o mar. Eu imploro, prometa que vamos nos encontrar de novo. Lembre-se do augúrio! Amanhã, depois de amanhã, quando você quiser. Prometa! Espere, vou lhe dar meu endereço."

Ele pegou da mão de Lik o caderno novinho de couro e ornatos dourados, sentou-se, curvou a testa suada, de veias inchadas, juntou os joelhos e não só escreveu seu endereço, relendo-o com um cuidado torturante, reforçando o pingo de um *i* e sublinhando uma palavra, mas desenhando também um mapa de ruas: por aqui, aqui, depois aqui. Evidentemente havia feito aquilo mais de uma vez, e mais de uma vez as pessoas o deixaram esperando, usando o esquecimento do endereço como desculpa; por isso ele escrevia com grande diligência e força — uma força que era quase encantatória.

O ônibus chegou. "Então, espero você!", Koldunov exclamou, ajudando Lik a subir. Depois virou-se, cheio de energia e esperança, e caminhou resolutamente ao longo do passeio, como se tivesse algum negócio importante, urgente, embora fosse perfeitamente óbvio que ele era um vagabundo, um bêbado e um grosso.

No dia seguinte, uma quarta-feira, Lik fez uma excursão às montanhas e depois passou a maior parte da quinta-feira deitado em seu quarto com uma forte dor de cabeça. A apresentação era essa noite, a partida amanhã. Por volta das seis da tarde, saiu para pegar seu relógio no relojoeiro e comprar uns bonitos sapatos brancos — inovação que ele queria havia muito exibir no segundo ato. Abrindo a cortina de contas, saiu da loja, caixa de sapatos debaixo do braço, e deu de cara com Koldunov.

A saudação de Koldunov não tinha o ardor de antes, e em seu lugar continha um tom ligeiramente irônico. "Aha! Não vai escapar desta vez", disse ele, pegando o braço de Lik com firmeza. "Venha, vamos. Vai ver onde eu moro e trabalho."

"Tenho uma apresentação agora à noite", Lik protestou, "e vou embora amanhã!"

"Exatamente, meu amigo, exatamente. Aproveite a oportunidade! Tire vantagem dela! Não vai ter outra chance nunca mais. A sorte está lançada! Vamos. Andando."

Repetindo palavras desconexas e imitando com todo o seu ser nada atraente a alegria sem sentido de um homem que chegou ao limiar e talvez o tenha mesmo ultrapassado (uma imitação pobre, Lik pensou vagamente), Koldunov andava depressa, cutucando seu fraco companheiro. Toda a companhia de atores estava sentada no terraço num canto do café e, ao notarem Lik, o saudaram com um sorriso peripatético que de fato não pertencia a nenhum membro individual do grupo, mas deslizou pelos lábios de cada um como um foco independente de luz solar refletida.

Koldunov conduziu Lik para uma ruazinha tortuosa, manchada aqui e ali pelo sol amarelado e tortuoso. Lik nunca tinha visitado aquele bairro esquálido, velho. As fachadas nuas, altas, das casas estreitas pareciam se debruçar sobre o pavimento de ambos os lados, com os topos quase se encontrando; às vezes se tocavam inteiramente, formando um arco. Crianças repulsivas zanzavam pelas portas; uma água negra, fétida, corria pela sarjeta. De repente, mudando de direção, Koldunov o empurrou para dentro de uma loja e, alardeando a gíria francesa mais rasa (à maneira de muitos pobres russos), comprou duas garrafas de vinho com o dinheiro de Lik. Era evidente que ele devia ali havia muito e mostrava agora uma desesperada animação em todo o seu comportamento, em suas ameaçadoras exclamações de saudação, que não produziram nenhuma reação nem do dono da loja nem da sogra do dono, e isso deixou Lik ainda mais incomodado. Eles seguiram, viraram na viela e embora parecesse que a rua esquálida, que tinham acabado de seguir, representasse o limite absoluto de sordidez, sujeira e congestão, aquela passagem, com roupas lavadas penduradas acima, conseguia encarnar um desalento ainda maior. Na esquina de uma pracinha quadrada assimétrica, Koldunov disse que ia entrar primeiro e, deixando Lik, dirigiu-se à cavidade negra de uma porta aberta. Simultaneamente, um menininho de cabelo loiro saiu depressa por ela, mas, ao ver Koldunov que avançava, voltou correndo, bateu num balde que reagiu com um áspero tinido. "Espere, Vasyuk!", Koldunov gritou e penetrou em sua sombria morada. Assim que ele entrou, uma voz feminina frenética veio dos fundos, gritando alguma coisa no que parecia um tom habitualmente extenuado, mas então o grito cessou de repente e um minuto depois Koldunov olhou para fora e, carrancudo, chamou Lik.

Lik passou pela porta e se viu imediatamente numa sala de teto baixo, escura, cujas paredes nuas, como se distorcidas por alguma horrível pressão de cima, formavam curvas e cantos incompreensíveis. O lugar estava atulhado com os miseráveis objetos de cena da indigência. O menino de um momento antes estava sentado na curva cama do casal; uma mulher imensa, loira, com grossos pés descalços, emergiu de um canto e sem nem um sorriso no rosto pálido e inchado (em que todos os traços, até os olhos, pareciam borrados de fadiga, ou melancolia, ou sabe Deus o quê) cumprimentou Lik sem palavras.

"Conversem, conversem", Koldunov murmurou com irônico encorajamento, e imediatamente se pôs a abrir o vinho. A esposa pôs na mesa um pedaço de pão e um prato de tomates. Era tão calada que Lik começou a pensar se teria sido essa mulher quem gritara um momento antes.

Ela se sentou num banco nos fundos da sala, ocupando-se com alguma coisa, limpando alguma coisa... com uma faca em cima de um jornal estendido, parecia — Lik ficou com medo de olhar com muita atenção —, enquanto o menino, de olhos brilhantes, foi até a parede e, manobrando cautelosamente, escapou para a rua. Havia uma multidão de moscas na sala e com maníaca persistência elas atacavam a mesa e pousavam na testa de Lik.

"Tudo bem, vamos beber", disse Koldunov.

"Não posso... Não é permitido", Lik estava a ponto de protestar, mas em vez disso, obedecendo à opressiva influência que ele conhecia bem de seus pesadelos, tomou um gole — e teve um ataque de tosse.

"Melhor assim", disse Koldunov com um suspiro, enxugando os lábios trêmulos com as costas da mão. "Sabe", continuou, enchendo o copo de Lik e o seu, "a questão é a seguinte. Vamos ter uma conversa de negócios! Permita que eu faça um resumo. No começo do verão, trabalhei por um mês e pouco com uns outros russos aqui, recolhendo lixo na praia. Mas, como você bem sabe, sou um homem franco que gosta da verdade, e quando aparece um malandro, eu pego e digo na hora 'você é um malandro' e, se preciso for, dou-lhe um soco na boca. Bom, um dia..."

E Koldunov começou a contar, circunstancialmente, com dolorosas repetições, um episódio chato, miserável, e a impressão que se tinha era que havia muito tempo sua vida consistia nesses episódios; que a humilhação e o fracasso, ciclos pesados de ignóbil preguiça e ignóbil trabalho, que culminavam numa briga inevitável, haviam se transformado em profissão para ele. Nesse meio-tempo, Lik começou a se sentir bêbado depois do primeiro copo, mas mesmo assim continuou bebericando, com disfarçada repulsa. Uma espécie de áspera neblina permeava cada parte de seu corpo, mas ele não ousava parar, como se a recusa ao vinho pudesse levar a um castigo vergonhoso. Apoiado num cotovelo, Koldunov falava sem parar, alisando a borda da mesa com uma mão e batendo nela de vez em quando para enfatizar alguma palavra particularmente sombria. A cabeça, cor de barro amarelado (ele estava quase completamente careca), as bolsas debaixo dos olhos, a expressão enigmaticamente maligna das narinas inquietas — tudo aquilo havia perdido qualquer ligação com a imagem do colegial forte, bonito, que costumava atormentar Lik, mas o coeficiente de pesadelo permanecia inalterado.

"Aí está, meu amigo... Isso não é mais importante", disse Koldunov em outro tom, menos narrativo. "Na verdade, eu estava com essa historinha pronta para você da última vez, quando me ocorreu que o destino — eu sou um velho fatalista — tinha atribuído algum sentido ao nosso encontro, que você tinha vindo como um salvador, por assim dizer. Mas agora o que acontece é que você, para começar, você — me perdoe — é mais sovina que um judeu e, em segundo lugar... Quem sabe, talvez você não esteja mesmo em posição de me fazer um empréstimo... Não tenha medo, não tenha medo... O assunto está encerrado! Além disso, seria questão só de uma pequena soma, não para me pôr em pé outra vez — isso seria um luxo —, mas para me pôr ao menos de joelhos. Porque estou cansado de viver com a cara no lixo. Não vou pedir nada a você; não faz meu estilo implorar. Tudo o que eu quero é a sua opinião sobre uma coisa. É apenas uma questão filosófica. Não é coisa para se falar para uma dama. Como você explica tudo isso? Sabe, se existe uma explicação definida, então tudo bem, estou disposto a suportar o lixo, uma vez que significa que existe alguma coisa lógica e justificada em tudo isso, talvez alguma coisa útil para mim ou para outros, não sei. Olhe, me explique: eu sou um ser humano — você com toda certeza não pode negar isso, pode? Tudo bem. Eu sou um ser humano, e o mesmo sangue corre nas minhas veias e nas suas. Acredite ou não, eu era filho único e amado da minha falecida mãe. Quando menino, eu aprontava; quando moço, fui para a guerra e a bola começou a rolar. Meu Deus, como rolou! O que deu errado? Não, você me *diga*: o que deu errado? Eu só quero saber o que deu errado, aí me dou por satisfeito. Por que a vida sistematicamente me enganou? Por que me coube o papel de um patife miserável qualquer em quem todo mundo cospe, que enganam, ameaçam, jogam na cadeia? Um exemplo para você: quando estavam me levando preso depois de algum incidente em Lyon — e eu posso acrescentar que estava com toda a razão, e me arrependo agora de não ter acabado com ele —, bom, quando a polícia estava me levando, ignorando meus protestos, sabe o que fizeram? Enfiaram um gancho bem aqui na carne viva do meu pescoço — que tipo de tratamento é esse?, eu pergunto — e o guarda me levou para a delegacia, eu flutuando feito um sonâmbulo, porque qualquer movimento me fazia desmaiar de dor. Bom, pode me explicar por que não fazem isso com outras pessoas e aí, de repente, fazem comigo? Por que minha primeira mulher fugiu com um circassiano? Por que sete pessoas quase me mataram de pancada em Antuérpia, em 32, numa salinha? E olhe isto tudo aqui — qual a razão disto? —, estes trapos, estas paredes, aquela Katya ali?... A história da minha vida me interessa, e já faz bastante tempo! Isto aqui não é nenhuma história de Jack London ou de Dostoievski para você! Eu vivo num país corrompido, tudo bem. Estou disposto a aguentar os franceses. Tudo bem! Mas nós temos de encontrar alguma explicação, cavalheiros! Uma vez eu estava falando com um sujeito e ele me pergunta: 'Por que não volta para a Rússia?' Por que não, afinal? A diferença é muito pequena! Lá eles me perseguem do mesmo jeito, quebram meus dentes, me enfiam na geladeira e depois me convidam a ser fuzilado — e ao menos isso seria honesto. Sabe, estou até disposto a respeitar aquela gente — Deus sabe que eles são assassinos honestos, mas aqui esses bandidos inventam cada tortura para a gente, chega quase a dar saudade da velha e boa bala russa. Ei, por que você não está olhando para mim — você, você, você —, ou não entende o que eu estou dizendo?"

"Não, eu entendo tudo", disse Lik. "Só, por favor, me desculpe. Não estou me sentindo bem, tenho de ir. Tenho de ir para o teatro logo."

"Ah, não. Espere um pouco. Eu mesmo entendo algumas coisas. Você é um sujeito estranho... Vamos lá, me faça uma oferta de alguma coisa... Tente! Quem sabe você vai me encher de ouro afinal, hein? Escute, sabe de uma coisa? Vou vender uma arma para você, vai ser muito útil no palco: bangue, e morre o herói. Não vale nem cem francos, mas eu preciso mais que cem — vendo a você por mil. Quer?"

"Não, não quero", disse Lik inquieto. "E eu realmente não tenho dinheiro. Eu mesmo enfrentei tudo isso, a fome e tudo... Não, não aguento mais, estou me sentindo mal."

"Continue bebendo, filho da puta, e não vai se sentir mal. Tudo bem, esqueça. Só fiz isso para ver o que você dizia... Não vou me vender mesmo. Só, por favor, responda a minha pergunta. Quem foi que resolveu que eu tinha de sofrer e depois condenou meu filho a este mesmo nojento destino russo? Mas espere um pouco — vamos dizer que eu também quero ficar sentado com meu roupão, ouvindo o rádio. O que deu errado, hein? Veja você, por exemplo — por que você é melhor do que eu? Você se exibe por aí, mora em hotéis, aos beijinhos com atrizes... Por que isso? Vamos lá, me explique."

Lik disse: "Eu acabei tendo — por acaso eu tenho... Ah, não sei... um modesto talento dramático, acho que eu posso dizer."

"Talento?", Koldunov gritou. "Vou te mostrar seu talento! Vou te mostrar de um jeito que você vai começar a se borrar todo! Você é um rato sujo, camarada. É só esse o seu talento. Essa é boa!" (Koldunov começou a tremer na mímica muito primitiva de um ataque de riso.) "Então, segundo você, eu sou o verme mais baixo, mais imundo e mereço o meu fim podre? Esplêndido, simplesmente esplêndido. Está tudo explicado — eureca, eureca! Os dados estão lançados, o prego no caixão, a fera está morta!"

"Oleg Petrovitch está zangado, talvez fosse melhor você ir embora agora", a mulher de Koldunov disse de repente de seu canto, com um forte sotaque estoniano. Não havia o menor traço de emoção em sua voz, fazendo sua observação parecer dura e insensível. Koldunov virou-se devagar na cadeira, sem alterar a posição das mãos, que ficaram em cima da mesa, sem vida, e fixou a mulher com um olhar arrebatado.

"Não estou impedindo ninguém", disse baixo e alegre. "E fico agradecido que ninguém me detenha. Nem me diga o que fazer. Até logo, meu senhor", acrescentou, sem olhar para Lik, que por alguma razão achou necessário dizer: "Eu escrevo de Paris, sem falta..."

"Então ele vai escrever, é?", disse Koldunov baixinho, aparentemente ainda se dirigindo a sua mulher. Com alguma dificuldade, Lik conseguiu sair da cadeira e começou a caminhar na direção dela, mas cambaleou e bateu na cama.

"Vá embora, tudo bem", ela disse, calma, e depois, com um sorriso polido, Lik cambaleou para fora da casa.

Sua primeira sensação foi de alívio. Tinha escapado da órbita daquele imbecil bêbado e moralista. Depois veio um horror progressivo: estava com enjoo de estômago e os braços e as pernas pertenciam a outras pessoas. Como ia representar essa noite? O pior de tudo, porém, era que todo seu corpo, que parecia consistir em ondas e pontos, sentia a chegada de um ataque do coração. Era como se houvesse uma estaca invisível apontada para ele, e ele pudesse se empalar a qualquer momento. Por isso devia seguir um curso tortuoso, até mesmo parando e recuando ligeiramente de vez em quando. Mesmo assim, sua mente permanecia bastante lúcida, ele sabia que faltavam apenas trinta e seis minutos para começar a apresentação e sabia o caminho de volta... Seria melhor ideia, porém, ir até a barragem, sentar diante do mar até se sentir melhor. Isto vai passar, vai passar, se eu não morrer... Ele se apegou também ao fato de que o sol tinha acabado de se pôr, que o céu já estava mais luminoso e mais terno que a terra. Que contrassenso desnecessário e ofensivo. Ele caminhou, calculando cada passo, mas às vezes cambaleava e os transeuntes se viravam para olhar. Felizmente, não encontrou muitos, uma vez que era a hora santificada do jantar, e quando chegou à praia, encontrou-a deserta; as luzes brilhavam no píer, emitindo longos reflexos na água escura, e essas manchas brilhantes e pontos de exclamação invertidos pareciam estar brilhando translucidamente em sua própria cabeça. Ele se sentou num banco, machucando o cóccix ao fazê-lo, e fechou os olhos. Mas então tudo começou a girar; seu coração se refletia como um globo aterrorizante no escuro interno das pálpebras. Ele continuou inchando, agoniado, e, para pôr um fim naquilo, abriu os olhos e tentou prender o olhar nas coisas — na estrela vespertina, no balanço negro do mar, num eucalipto escurecido ao fim do passeio. Conheço isto tudo, pensou, entendo isto tudo e, no crepúsculo, o eucalipto parecia estranhamente uma grande bétula russa. Será isto o fim? Um fim tão idiota... Me sinto cada vez pior... O que está acontecendo comigo?... Ah, meu Deus!

Passaram-se uns dez minutos, não mais. Seu relógio continuava com o tique-taque, tentando com todo tato não olhar para ele. A ideia da morte coincidia precisamente com a ideia de que em meia hora ele entraria no palco iluminado e diria as primeiras palavras de seu papel: "*Je vous prie d'excuser, Madame, cette invasion nocturne.*" E essas palavras, gravadas clara e elegantemente em sua memória, pareciam muito mais reais do que o lamber e bater das ondas cansadas, ou que o som de duas alegres vozes femininas vindo de trás do muro de pedra de um casarão próximo, ou a conversa recente de Koldunov, ou mesmo o bater de seu próprio coração. A sensação de náusea de repente atingiu um tal pico assustador que ele se levantou e caminhou ao longo do parapeito, passando suavemente, entorpecido e olhando as tintas coloridas do mar do anoitecer. "De qualquer modo", Lik disse em voz alta, "tenho de refrescar... Cura instantânea... Ou eu morro ou isso ajuda". Escorregou pela lateral inclinada da calçada, onde o parapeito terminava, e atravessou, crepitando, a praia de cascalho. Não havia ninguém na praia, a não ser um homem vestido pobremente, deitado de costas perto de uma pedra, as pernas muito separadas. Alguma coisa no contorno de suas pernas e ombro, por alguma razão, lembravam Koldunov. Cambaleando um pouco e já curvado, Lik caminhou timidamente até a beira da água e estava a ponto de colher um pouco na mão e jogar na cabeça; mas a água estava viva, mexendo e ameaçando molhar seus pés. Talvez eu ainda tenha coordenação suficiente para tirar meus sapatos e meias, pensou, e no mesmo instante lembrou-se da caixa de papelão que continha seus sapatos novos. Tinha esquecido a caixa na casa de Koldunov!

E, assim que se lembrou disso, essa imagem mostrou-se tão estimulante que imediatamente tudo simplificou-se e isso salvou Lik, da mesma forma que uma situação às vezes se salva por sua formulação racional. Ele precisava recuperar imediatamente aqueles sapatos, havia tempo exato para recuperá-los e, assim que conseguisse isso, entraria no palco com eles. (Tudo perfeitamente claro e lógico.) Esquecendo a pressão no peito, a sensação enevoada, a náusea, Lik escalou de volta para o passeio e numa voz sonora parou um táxi vazio que estava acabando de sair da entrada do casarão da calçada oposta. Os freios responderam com um gemido dilacerante. Ele deu ao motorista o endereço que havia em seu caderno, mandando que fosse o mais depressa possível, mesmo que a corrida toda — até lá e de lá ao teatro — não levasse mais de cinco minutos.

O táxi aproximou-se da casa de Koldunov vindo da direção da praça. Uma multidão havia se reunido e só por meio de insistentes ameaças da buzina o motorista conseguiu passar. A mulher de Koldunov estava sentada numa cadeira junto à fonte pública. A testa e a face esquerda brilhando ensanguentadas, o cabelo emaranhado, e ela sentada bem ereta e imóvel, cercada pelos curiosos, enquanto a seu lado, também imóvel, estava o menino, a camisa manchada de sangue, cobrindo o rosto com o punho, numa espécie de quadro fixo. Um policial, tomando erroneamente Lik por um médico, escoltou-o até a sala. O homem morto estava no chão, em meio a louças quebradas, o rosto estourado por um tiro na boca, os pés separados com um par novo, branco de...

"Esses são meus", disse Lik, em francês.

Mademoiselle O

1

Muitas vezes notei que, depois de ter atribuído aos personagens de meus romances algum tesouro de meu passado, ele se consumia no mundo artificial onde tão abruptamente eu o colocara. Embora permanecesse em minha mente, seu calor pessoal, sua atração retrospectiva desaparecia e, então, tornava-se mais intimamente identificado com meu romance do que com minha pessoa anterior, onde parecia estar tão seguro da intrusão do artista. Casas desmoronaram em minha memória, tão silenciosamente como nos filmes mudos de antigamente; e o retrato de minha velha governanta francesa, que uma vez emprestei a um menino de um de meus livros, está desbotando depressa, agora que está engolfado na descrição de uma infância inteiramente distinta da minha. O homem em mim se revolta contra o ficcionista, e esta é a minha tentativa desesperada de salvar o que resta da pobre Mademoiselle.

    Uma mulher grande, uma mulher muito corpulenta, Mademoiselle entrou em nossa existência em 1905, quando eu tinha seis anos e meu irmão cinco. Lá está ela. Eu a vejo tão claramente com seu abundante cabelo escuro, escovado para cima e embranquecendo secretamente; as três rugas em sua testa austera; as sobrancelhas cerradas, os olhos de aço por trás do *pince-nez* de aro preto; aquele vestígio de bigode; a pele manchada, que em momentos de raiva desenvolve uma vermelhidão adicional na região do terceiro e mais vasto queixo tão generosamente espalhado sobre a montanha embabadada da blusa. E agora ela se senta, ou melhor, ela empreende o esforço de se sentar, a geleia das bochechas tremendo, seu prodigioso traseiro, com três botões do lado, baixando cautelosamente; então, no último segundo, ela entrega seu peso à poltrona de vime, que por puro medo explode numa salva de estalos.

O inverno em que ela chegou foi o único de minha infância que passei no campo. Foi um ano de greves, tumultos e massacres inspirados pela polícia; e acho que meu pai queria abrigar a família longe da cidade, em nossa tranquila casa de campo, onde sua popularidade com os camponeses podia mitigar, como ele avaliou corretamente, o risco de problemas agrários. Foi também um inverno particularmente severo, produzindo tanta neve quanto Mademoiselle podia esperar encontrar nas sombras hiperbóreas da remota Moscóvia. Quando ela desembarcou na pequena estação, da qual teria de viajar ainda quase dez quilômetros de trenó até nossa casa de campo, eu não estava lá para saudá-la; mas estou agora, ao tentar imaginar o que ela viu e sentiu naquele último estágio de sua jornada fabulosa e tão fora de hora. Seu vocabulário russo consistia, eu sei, em uma única palavra curta, a mesma palavra solitária que anos depois ela levaria consigo para a Suíça, onde nascera de pais franceses. Essa palavra, que em sua pronúncia poderia ser foneticamente representada como "guidi-é" (na verdade é *gde*, com o *e* como em "até"), significava "Onde?", e isso já era bastante. Pronunciada por ela como um grito rouco de algum pássaro perdido, acumulava tamanha força interrogativa que bastava para todas as suas necessidade. "Guidi-é? Guidi-é?", ela gania, não só para descobrir onde estava, mas também para expressar um abismo de desgraça: o fato de ser uma estrangeira, náufraga, sem vintém, aflita, em busca da terra abençoada onde seria afinal entendida.

Posso visualizá-la, por procuração, parada no meio da plataforma da estação, onde acabou de desembarcar, e inutilmente meu enviado fantasma lhe oferece um braço que ela não pode ver. A porta da sala de espera se abre com um gemido trêmulo peculiar das noites de geada intensa; uma nuvem de ar quente sai dela, quase tão profusa quanto o vapor da grande chaminé da locomotiva ofegante; e então nosso cocheiro, Zakhar, assume — um homem forte em pele de carneiro com o couro do lado de fora, as luvas imensas fazendo volume no cinturão escarlate onde as enfiou. Escuto a neve crepitando debaixo de suas botas de feltro enquanto ele se ocupa com a bagagem, os arreios tilintantes e depois o próprio nariz, que ele limpa por meio de um hábil movimento de indicador e polegar ao circundar o trenó. Lentamente, com sombrias apreensões, Mademoiselle embarca, agarrada a seu ajudante com medo mortal de que o trenó se mova antes que sua vasta forma esteja seguramente engastada. Finalmente, ela se acomoda com um grunhido e enfia as mãos no pequeno regalo de veludo. Com o estalar úmido dos lábios do cocheiro, os cavalos forçam os quartos, alternam os cascos, forçam de novo; e então o tronco de Mademoiselle leva um tranco para trás, quando o pesado trenó é arrancado de seu mundo de aço, pele, carne, para entrar no ambiente sem atrito no qual desliza pela estrada espectral que parece mal tocar.

Por um momento, graças ao súbito clarão de uma lâmpada solitária no final da praça da estação, uma sombra grosseiramente exagerada, também segurando um regalo, corre ao lado do trenó, desliza por cima de um monte de neve e desaparece, deixando Mademoiselle ser engolida por aquilo que ela depois chamará, com gosto e assombro, de *la steppe*. Ali, na sombra ilimitada, o cintilar cambiante das luzes da aldeia remota lhe parecem olhos amarelos de lobos. Ela está com frio, rígida, congelada "até o centro do cérebro", porque voa nas mais extremas hipérboles quando não se apega ao mais seguro dos provérbios antigos. De quando em quando, ela olha para trás e se certifica de que o segundo trenó, que traz o baú e a caixa de chapéu, está acompanhando — sempre à mesma distância, como aqueles fantasmas que acompanham navios em águas polares descritos por exploradores. E que eu não deixe de fora a lua — pois certamente deve haver lua, o disco cheio, incrivelmente claro, que combina bem com as luxuriantes neves russas. Então ali vem ela, mostrando-se por trás de um pequeno rebanho de nuvens salpicadas, que tinge com uma vaga iridiscência; e ao navegar mais para o alto, ela enverniza as trilhas dos viajantes na estrada, onde uma túrgida sombra enfatiza cada cintilante torrão de neve.

Muito bonito, muito solitário. Mas o que estou fazendo nessa terra de sonhos estereoscópica? De alguma forma, aqueles dois trenós deslizaram para longe; deixaram meu duplo imaginário para trás na estrada branco-azulada. Não, nem mesmo a vibração em meus ouvidos é dos sininhos que se afastam, mas sim meu próprio sangue cantando. Está tudo quieto, encantado, enfeitiçado por aquele grande *O* celestial que brilha acima da vastidão russa do meu passado. A neve é real, porém, e conforme me curvo e recolho um punhado, quarenta e cinco anos se desfazem em cintilante poeira gelada entre meus dedos.

2

Um lampião de querosene é conduzido no crepúsculo. Ele flutua suavemente e baixa; a mão da memória, agora num criado de luvas brancas de algodão, o coloca no centro de uma mesa redonda. A chama é bem ajustada, e uma cúpula rosada, com babado de seda, coroa a luz. Revelada: uma sala quente, alegre, numa casa abafada pela neve — que logo será chamada de *le château* —, construída por meu bisavô, que, temeroso de incêndios, mandara fazer a escada de ferro, de forma que, quando a casa efetivamente queimou até o chão, algum tempo depois da Revolução Soviética, aqueles degraus ornados continuavam ali de pé, isolados, mas ainda levando para cima.

Um pouco mais sobre a sala, por favor. O espelho oval. Pendurado em cordões esticados, sua testa pura inclinada, ele luta para reter a mobília que cai e um trecho de piso brilhante que fica escorregando de seu abraço. Os candelabros pendentes. Eles emitem um delicado tilintar sempre que alguma coisa se desloca no quarto superior. Lápis coloridos. Aquele montinho de poeira de lápis cor de esmeralda na toalha de oleado, onde um canivete acaba de cumprir seu dever recorrente. Estamos sentados à mesa, meu irmão e eu e Miss Robinson, que de quando em quando olha o relógio: as estradas devem estar péssimas com toda essa neve; e de qualquer forma muitas dificuldades profissionais estão à espera da remota pessoa francesa que a substituirá.

Agora os lápis coloridos em maiores detalhes. O verde, com um simples giro do pulso, podia produzir uma árvore copada, ou a fumaça da chaminé de uma casa onde cozinhavam espinafre. O azul desenhava uma simples linha atravessando a página — e o horizonte de todos os mares ali estava. Um desinteressante e de ponta grossa estava sempre atrapalhando. O marrom sempre quebrava, e o vermelho também, mas às vezes, logo depois que partia, ainda dava para usar segurando de um jeito que a ponta solta ficava encaixada, não muito bem, numa lasca. O sujeitinho roxo, meu favorito, especial, tinha ficado tão pequeno que mal dava para manipular. Só o branco, aquele magrela albino entre os lápis, continuava de seu tamanho original, ou pelo menos continuou até eu descobrir que, longe de ser uma fraude que não deixava marca na página, era o instrumento ideal, uma vez que eu podia imaginar o que quisesse enquanto riscava.

Ai!, esses lápis também foram distribuídos aos personagens de meus livros para manter ocupadas crianças fictícias; não são mais inteiramente meus agora. Em algum lugar, no prédio de apartamentos de um capítulo, no quarto alugado de um parágrafo, coloquei também esse espelho inclinado, o lampião, as gotas do candelabro. Poucas coisas restaram; muitas se dissiparam. Será que dei de presente Box (filho e marido de Lulu, a cachorrinha da governanta), aquele velho *dachshund* castanho que dorme profundamente no sofá? Não, acho que ainda é meu. O focinho grisalho, com a protuberância na dobra do canto da boca, está enfiado na curva do joelho e de quando em quando um suspiro profundo distende suas costelas. Ele é tão velho e seu sono é tão fartamente acolchoado de sonhos (sobre chinelos mastigáveis e uns últimos odores) que ele não se mexe quando os sininhos tilintam lá fora. Então uma porta pneumática geme e bate no vestíbulo. Ela chegou afinal: eu esperava tanto que não viesse.

3

Outro cachorro, um dócil macho de uma família feroz, um grande dinamarquês que não podia entrar em casa, desempenhou um papel agradável numa aventura que ocorreu num dos dias seguintes, senão no próprio dia seguinte. Acontece que meu irmão e eu fomos deixados inteiramente a cargo da recém-chegada. Da forma como reconstruo agora, minha mãe provavelmente tinha ido a São Petersburgo por algumas horas (à distância de uns oitenta quilômetros), onde meu pai estava profundamente envolvido nos graves acontecimentos políticos daquele inverno. Ela estava grávida e muito nervosa. Miss Robinson, em vez de ficar para introduzir Mademoiselle na casa, tinha ido também — ou talvez minha irmãzinha, de três anos, a tivesse herdado. Para provar que esse não era jeito de nos tratar, arquitetei imediatamente o projeto de repetir a excitante aventura do ano anterior, quando escapamos da pobre Miss Hunt numa alegre e populosa Wiesbaden, um paraíso de multicoloridas folhas mortas. Dessa vez, todo o campo à nossa volta era uma vastidão de neve, e era difícil imaginar qual seria exatamente o objetivo da jornada que eu planejava. Tínhamos acabado de voltar de nosso passeio da tarde com Mademoiselle e estávamos palpitando de frustração e raiva. Acompanhar uma língua não familiar (tudo o que sabíamos de francês eram algumas palavras domésticas) e, além disso, sermos contrariados em nossos hábitos queridos, era mais do que podíamos aguentar. A *bonne promenade* que ela prometera revelara-se apenas um tedioso passeio em torno da casa onde a neve havia sido limpa, e o chão gelado salpicado com areia. Ela nos fizera vestir coisa que nunca usávamos, nem no dia mais gelado — horrendas perneiras e capuzes que tolhiam todos os nossos movimentos. Ela nos reprimiu quando ficamos tentados a explorar as saliências cremosas, lisas, de neve que tinham sido canteiros de flores no verão. Ela não permitira que andássemos debaixo do sistema de imensas estalactites de gelo que parecia um órgão de tubos pendurados dos beirais, queimando gloriosamente ao sol baixo. Assim que voltamos do passeio, deixamos Mademoiselle bufando na escada do vestíbulo e corremos para dentro, dando a ela a impressão de que estávamos a ponto de nos esconder em algum quarto remoto. Na verdade, continuamos trotando até chegar ao outro lado da casa e então, através de uma varanda, saímos de novo para o jardim. O grande dinamarquês mencionado anteriormente estava no ato de se acomodar desajeitadamente num monte de neve próximo, mas enquanto decidia qual pata traseira levantar, notou nossa presença e imediatamente se juntou a nós num alegre galope.

Nós três seguimos uma trilha bastante fácil e, depois de pisar neve mais profunda, chegamos à estrada que levava à aldeia. Enquanto isso, o sol tinha se posto. O escuro veio com estranha rapidez. Meu irmão declarou que estava com frio e cansado, mas eu o estimulei e finalmente o fiz montar no cachorro (único membro do grupo que ainda estava se divertindo). Tínhamos avançado mais de três quilômetros, a lua brilhava, fantástica, e meu irmão, em perfeito silêncio, começara a cair de vez em quando da montaria, quando um criado com uma lanterna nos alcançou e levou para casa. "Guidi-é, guidi-é?", Mademoiselle estava gritando histericamente da varanda. Passei por ela sem uma palavra. Meu irmão caiu em prantos e se entregou. O grande dinamarquês, cujo nome era Turka, voltou para seus negócios interrompidos relativos aos montes de neve úteis e informativos em torno da casa.

4

Em nossa infância, sabemos muito sobre mãos, porque elas vivem e pairam ao nível de nossa estatura. As de Mademoiselle eram desagradáveis por causa do brilho anfíbio da pele esticada, manchada com pintas marrons de equimose. Antes dela, nenhum estranho jamais acariciara meu rosto. Mademoiselle, assim que chegou, me deixou completamente espantado ao dar tapinhas em meu rosto como sinal de afeição espontânea. Todos os seus maneirismos voltam à minha memória quando penso em suas mãos. Seu truque de descascar mais que apontar um lápis, a ponta presa em seu estupendo e estéril seio envolto em lã verde. O jeito como ela enfiava o dedo mínimo na orelha e o vibrava muito depressa. O ritual observado cada vez que me dava um caderno novo. Sempre ofegando um pouco, a boca ligeiramente aberta e emitindo em rápida sucessão uma série de bafos asmáticos, ela abria o caderno para fazer nele uma margem; isto é, com a unha do polegar ela imprimia nele com força uma linha vertical, dobrava a página, apertava, soltava, alisava com o calcanhar da mão, depois girava rapidamente o caderno e o colocava diante de mim pronto para usar. Vinha em seguida uma caneta nova; ela umedecia a ponta brilhante com lábios sussurrantes antes de mergulhá-la na pia batismal do tinteiro. Então, caprichando em cada perna de cada letra límpida (principalmente porque o caderno anterior acabara em total desleixo), com extremo cuidado, eu escrevia a palavra *Dictée*, enquanto Mademoiselle caçava em sua coleção de testes de ortografia uma passagem boa e difícil.

5

Enquanto isso, o cenário mudou. A geada e a neve foram removidas por um silencioso funcionário. A tarde de verão está viva com altas nuvens escalando o azul. Sombras com olhos se deslocam nos caminhos do jardim. No momento, as aulas terminaram e Mademoiselle está lendo para nós na varanda, onde os capachos e as cadeiras de vime desenvolveram um cheiro picante e ressecado com o calor. Nos parapeitos brancos das janelas, nos longos bancos das janelas, cobertos de tecido de algodão desbotado, o sol se quebra em pedras preciosas geométricas ao passar pelos losangos e quadrados do vitral. Esse é o momento em que Mademoiselle está em seu auge.

Quantos livros ela leu inteiros para nós naquela varanda! Sua voz aguda seguia sempre, sempre, sem enfraquecer nunca, inteiramente independente de seus tubos brônquicos doentios. Recebemos de tudo: *Les malheurs de Sophie, Le tour du monde en quatre-vingt jours, Le petit chose, Les misérables, Le comte de Monte Cristo* e muitos outros. Lá se sentava ela, destilando sua voz de leitura da imóvel prisão de sua pessoa. Além dos lábios, um de seus queixos, o menor, mas verdadeiro, era o único detalhe móvel de seu vulto de Buda. O *pince-nez* de aro preto refletia a eternidade. De vez em quando, uma mosca pousava em sua testa severa e as três rugas instantaneamente saltavam todas juntas como três atletas correndo sobre barreiras. Mas absolutamente nada mudava na expressão de seu rosto — o rosto que tantas vezes tentei representar em meu caderno de desenho, pois a sua impassível e simples simetria oferecia uma tentação muito maior para meu lápis furtivo do que o vaso de flores ou o pato chamariz em cima da mesa à minha frente, que eu deveria desenhar.

Minha atenção vagava ainda mais longe, e era então, talvez, que a rara pureza de sua voz ritmada obtinha seu real propósito. Eu olhava uma nuvem e anos depois era capaz de visualizar sua forma exata. O jardineiro estava entre as peônias preparando vasos. Uma alvéloa deu alguns passos, parou como se lembrasse alguma coisa — depois seguiu, abanando o rabo como é costume desse pássaro. Vinda do nada, uma borboleta-vírgula pousou no batente, esquentou-se ao sol com suas fulvas asas angulares abertas, de repente fechou-as só para mostrar a minúscula inicial riscada na parte de baixo e, tão repentinamente como veio, foi embora. Mas a fonte mais constante de encantamento durante essas leituras vinha do padrão arlequim dos vidros coloridos instalados nos caixilhos brancos de ambos os lados da varanda. O jardim, quando visto através desses vidros mágicos, ficava estranhamente calmo e distante. Se se olhava através do vidro azul, a areia se transformava em cinzas enquanto as árvores negras flutuavam num céu tropical. O amarelo criava um mundo âmbar banhado por uma infusão extraforte de sol. O vermelho fazia a folhagem pender rubi-escuro sobre o caminho tinto de coral. O verde encharcava a verdura com um verde mais verde. E quando, depois de tamanha riqueza, virava-se para um pequeno quadrado de vidro normal, sem gosto, com seu mosquito ou lânguido pernilongo, era como tomar um gole de água quando não se está com sede, e se via um banco branco bem real debaixo de árvores conhecidas. Mas de todas as janelas, é por esse vitral que, anos depois, a crestada nostalgia queria espiar.

Mademoiselle nunca descobriu como o fluxo constante de sua voz era potente. As alegações posteriores que ela fazia eram bem diferentes. "Ah", ela suspirava, *"comme on s'aimait!"* ("como nos amávamos!"). "Aqueles belos dias no *château*! A boneca de cera morta que uma vez enterramos debaixo do carvalho!" (Não; uma bruxa de pano cheia de lã.) "E aquela vez que você e Serge fugiram e me deixaram cambaleando e uivando no meio da floresta!" (Exagero.) *"Ah, la fessée que je vous ai flanquée!"* ("Ah, a surra que eu dei em você!") (Ela realmente tentou me dar uma tapa uma vez, mas a tentativa nunca se repetiu.) *"Votre tante, la princesse,* em quem você deu um soco com sua mãozinha porque ela foi rude comigo!" (Não me lembro.) "E como você cochichava para mim seus problemas de criança!" (Nunca!) "E o cantinho do meu quarto onde você gostava de se aninhar porque se sentia tão quente e seguro!"

O quarto de Mademoiselle, tanto no campo como na cidade, era um lugar estranho para mim — uma espécie de estufa que abrigava uma planta de folhas grossas imbuída de um cheiro pesado, estranhamente acre. Embora vizinho do nosso, quando éramos pequenos, não parecia pertencer à nossa casa agradável, arejada. Naquela névoa enjoativa, exalando, entre outros eflúvios, o cheiro marrom da casca da maçã oxidada, o lampião brilhava baixo e estranhos objetos cintilavam na escrivaninha: uma caixa laqueada com bastões de alcaçuz, cujos segmentos negros ela cortava com seu canivete e deixava derreter debaixo da língua; um cartão-postal de um lago e um castelo com lantejoulas de madrepérola nas janelas; uma bola irregular de pedaços de papel prateado embrulhados com força e que vinham naqueles chocolates que ela costumava consumir à noite; fotografias do sobrinho que tinha morrido, da mãe dele que tinha assinado a fotografia como *Mater Dolorosa* e um certo Monsieur de Marante, que tinha sido forçado pela família a se casar com uma viúva rica.

Presidindo todo o resto, havia alguém numa nobre moldura incrustada com granadas, em três quartos de perfil, uma jovem morena esguia, com um vestido justo, olhos valentes e cabelo abundante. "Uma trança da grossura do meu braço e que descia até meu tornozelo!", era o comentário melodramático de Mademoiselle. Porque aquela tinha sido ela — mas em vão meus olhos examinavam a forma familiar, tentando extrair a graciosa criatura que engolfara. Descobertas como essas que meu assombrado irmão e eu fazíamos apenas aumentavam as dificuldades da tarefa; os adultos que durante o dia viam a Mademoiselle pesadamente vestida nunca viam o que nós, crianças, víamos quando, acordada do sono por um de nós gritando num pesadelo, descabelada, vela na mão, um vislumbre de renda dourada na camisola vermelho-sangue que não conseguia envolver completamente sua massa tremulante, a medonha Jezebel da peça absurda de Racine entrava descalça, pisando forte em nosso quarto.

Durante toda a minha vida, tive dificuldade para adormecer. Por maior que seja meu cansaço, a tensão de me separar da consciência me é indizivelmente repulsiva. Abomino o deus Somnus, aquele carrasco de máscara negra que me prende ao cepo; e se no curso dos anos eu me acostumei com minha dificuldade noturna a tal ponto que quase me vanglorio quando o familiar machado está saindo de seu grande estojo debruado de veludo, inicialmente eu não tinha nem esse conforto, nem essa defesa. Não tinha nada — a não ser uma porta para o quarto de Mademoiselle, deixada ligeiramente aberta. A linha vertical de tênue luminosidade era algo a que eu podia me apegar, uma vez que no escuro absoluto minha cabeça nadava, assim como a alma se dissolve no negrume do sono.

Sábado à noite, eu costumava ter uma perspectiva agradável porque era a noite em que Mademoiselle se permitia o luxo de um banho semanal, consentindo assim uma duração maior de minha tênue luminosidade. Mas então uma tortura mais sutil se instalava. O banheiro das crianças na casa de São Petersburgo ficava no fim de um corredor em forma de Z, a umas vinte batidas de coração da minha cama, e temendo a volta de Mademoiselle do banheiro para seu quarto iluminado e invejando o ronco impassível de meu irmão, eu jamais conseguia realmente aproveitar esse tempo adicional habilmente adormecendo enquanto uma fresta no escuro ainda projetava uma partícula de mim no nada. Os passos acabavam vindo, inexoráveis, vagarosos pelo corredor, e fazendo qualquer pequeno objeto de vidro, que secretamente compartilhava minha vigília, tilintar aflito na estante.

Ela entrou em seu quarto. Um súbito intercâmbio de valores de luz me diz que a vela em sua mesa de cabeceira assume o papel do lampião da escrivaninha. Minha linha de luz ainda está lá, mas ficou velha e tênue e tremula sempre que Mademoiselle faz sua cama ranger com movimentos. Porque eu ainda a ouço. Então um farfalhar prateado que diz "Suchard"; depois o *trk-trk-trk* de uma faca de frutas abrindo as páginas de *Le Revue de Deux Mondes*. Escuto-a ofegar ligeiramente. E o tempo todo estou em aguda aflição, tentando desesperadamente conquistar o sono, abrindo os olhos a cada poucos segundos para conferir o tênue fulgor, e imaginando o paraíso como um lugar onde um vizinho insone lê um livro sem fim à luz de uma vela eterna.

Acontece o inevitável: a caixa do *pince-nez* se fecha com um estalo, a revista desliza sobre a mesa de cabeceira e os lábios contraídos de Mademoiselle sopram; a primeira tentativa falha, uma chama bêbada se retorce e abaixa; então vem uma segunda arremetida e a luz morre. Naquele escuro de breu eu perco a orientação, minha cama parece estar flutuando lentamente, o pânico me faz sentar e abrir os olhos; por fim, meus olhos acostumados ao escuro selecionam, entre as flutuações entópticas, alguns borrões mais preciosos que pairam em amnésia sem rumo até que, semilembrados, assentam como as dobras da cortina da janela no escuro, atrás da qual as luzes da rua estão remotamente vivas.

Como eram absolutamente estranhas aos problemas da noite aquelas manhãs excitantes de São Petersburgo em que a primavera feroz e terna, úmida e deslumbrantemente ártica, levava embora os pedaços de gelo pelo rio Neva, luminoso como o mar! Fazia os telhados brilharem. Pintava a lama de neve das ruas com um rico tom de azul-arroxeado que nunca mais vi em lugar nenhum. Mademoiselle, o casaco de imitação de pele de foca majestosamente empinado sobre o seio, sentava-se no banco de trás do landau com meu irmão ao seu lado e eu de frente para eles — ligado a eles pelo vale do cobertor de colo; ao olhar para cima eu podia ver, penduradas em cordas de fachada a fachada, altas sobre a rua, grandes bandeiras, tensamente lisas, semitransparentes, ondulando, as três faixas largas — vermelho-pálido, azul-pálido e meramente pálido —, privadas pelo sol e pelas sombras das nuvens voejantes de qualquer conexão mais direta com um feriado nacional, mas indubitavelmente celebrando agora, na cidade da memória, a essência daquele dia de primavera, o chiar da lama, o exótico pássaro eriçado com um olho congestionado no chapéu de Mademoiselle.

6

Ela passou sete anos conosco, as lições cada vez mais raras, e seu temperamento cada vez pior. No entanto, ela parecia uma rocha de severa permanência quando comparada à maré de governantas inglesas e tutores russos que passavam por nossa grande casa. Ela se dava mal com todos eles. Raramente menos que doze pessoas se sentavam às refeições e quando, em aniversários, esse número subia a trinta ou mais, a questão dos lugares à mesa passava a ser particularmente candente para Mademoiselle. Tios, tias, primos chegavam nesses dias das propriedades vizinhas, o médico da aldeia vinha com seu cabriolé e se ouvia o mestre-escola da aldeia assoando o nariz no hall gelado; ele passava de espelho em espelho com um buquê de lírios-do-vale esverdeado, úmido, rangente, ou com um de frágeis centáureas da cor do céu.

Se Mademoiselle se via sentada muito longe da ponta da mesa e, principalmente, se perdia precedência para certos parentes pobres quase tão gordos quanto ela ("*Je suis une sylphide à côté d'elle*", Mademoiselle dizia encolhendo os ombros com desprezo), então seu senso de injúria fazia seus lábios se retorcerem num sorriso pretensamente irônico — e quando um vizinho ingênuo sorria de volta, ela rapidamente sacudia a cabeça, como se saísse de uma meditação muito profunda, com a observação: "*Excusez-moi, je souriais à mes tristes pensées.*"

E como se a natureza não quisesse poupá-la de nada que torna uma pessoa supersensível, ela tinha dificuldade para ouvir. Às vezes, à mesa, nós meninos de repente notávamos duas grandes lágrimas correndo pelas faces amplas de Mademoiselle. "Não liguem para mim", ela dizia com voz baixa, e continuava comendo até as lágrimas não enxugadas a cegarem; então, com um soluço de coração partido ela se levantava e cambaleava para fora da sala de jantar. Pouco a pouco a verdade vinha à tona. A conversa geral se voltara, digamos, para o assunto do navio de guerra que meu tio comandava, e ela percebia nisso uma perversa alusão a sua Suíça natal, que não tinha marinha. Ou então era porque ela achava que, sempre que se falava francês, o jogo consistia em deliberadamente impedi-la de dirigir e enriquecer a conversa. Pobre mulher, estava sempre numa tal pressa nervosa para controlar a conversa inteligível da mesa antes que voltasse para o russo que não era de admirar que perdesse suas deixas.

"E o Parlamento de vocês, meu senhor, como está indo?", ela enunciava de repente, com brilho, de sua ponta da mesa, desafiando meu pai, que, depois de um dia difícil, não estava exatamente ansioso para discutir questões de Estado com uma pessoa singularmente irreal que nem entendia, nem se importava em nada com isso. Pensando que alguém se referia à música, ela dizia, borbulhante: "Mas o silêncio também pode ser belo. Ora, uma noite, num vale desolado dos Alpes, eu realmente *escutei* o silêncio." Observações como essa, principalmente quando uma crescente surdez a levava a responder a perguntas que ninguém tinha feito, resultavam num doloroso silêncio, em vez de acenderem os foguetes de uma animada *causerie*.

E, realmente, seu francês era tão adorável! Será que se devia dar importância à escassez de sua cultura, à amargura de seu temperamento, à banalidade de sua mente, quando aquela sua língua nacarada ondulava e cintilava, tão inocente de sentido como os pecados aliterativos do verso piedoso de Racine? A biblioteca de meu pai, não a erudição limitada dela, me ensinou a apreciar poesia autêntica; no entanto, algo da limpidez e do brilho de sua língua teve um efeito particularmente fortalecedor para mim, como aqueles sais efervescentes usados para purificar o sangue. Por isso me deixa tão triste agora imaginar a angústia que Mademoiselle devia ter sentido ao ver quão perdida, quão pouco valorizada era a voz de rouxinol que vinha de seu corpo elefantino. Ela ficou conosco bastante tempo, muito tempo, esperando obstinadamente algum milagre que a fosse transformar numa espécie de Madame Rambouillet entretendo com seu brilho e encanto um *salon* de ouro e cetim cheio de poetas, príncipes e estadistas.

Ela teria continuado a esperar, não fosse um certo Lenski, um jovem tutor russo, com brandos olhos míopes e fortes opiniões políticas, que estava dedicado a nos instruir em vários assuntos e a participar de nossos esportes. Ele tivera diversos predecessores, nenhum dos quais ao gosto de Mademoiselle, mas ele, como ela dizia, era *le comble*. Embora venerasse meu pai, Lenski não conseguia suportar certos aspectos de nossa casa, como criados e francês, este último que ele considerava uma convenção aristocrática sem nenhum uso num lar liberal. Por outro lado, Mademoiselle concluiu que se Lenski respondia a suas perguntas diretas apenas com breves grunhidos (que ele tentava germanizar, na falta de língua melhor), não era porque não conseguisse entender francês, mas porque ele queria insultá-la na frente de todos.

Posso ver e ouvir Mademoiselle pedindo a ele, em tom adocicado, mas com um nefasto tremor do lábio superior, que lhe passasse o pão; e da mesma forma posso ver e ouvir Lenski, sem francês e sem hesitação, continuar tomando sua sopa; por fim, com um cortante "*Pardon, Monsieur*", Mademoiselle se lançava por cima do prato dele, agarrava o cesto de pão e voltava com um "*Merci!*" tão carregado de ironia que as orelhas peludas de Lenski ficavam da cor de gerânios. "O bruto! O grosso! O niilista!", ela soluçava em seu quarto, que não era mais ao lado do nosso, embora ainda no mesmo andar.

Se acontecia de Lenski descer ligeiro a escada enquanto, com pausas asmáticas a cada dez degraus, ela estava subindo (porque o pequeno elevador hidráulico de nossa casa em São Petersburgo constantemente, e muito insultuosamente, se recusava a funcionar), Mademoiselle garantia que ele havia se chocado maldosamente com ela, a empurrado, derrubado, e nós já conseguíamos vê-lo pisando em cima de seu corpo prostrado. Mais e mais frequentemente ela saía da mesa, e a sobremesa que ela perdia era diplomaticamente mandada atrás dela. De seu quarto remoto, ela escrevia cartas de dezesseis páginas a minha mãe, que, subindo depressa a escada, a encontrava dramaticamente fazendo o seu baú. E então, um dia, deixaram que continuasse arrumando as malas.

7

Ela voltou para a Suíça. Veio a Primeira Guerra Mundial, depois a Revolução. No começo dos anos vinte, muito depois de nossa correspondência ter se esvaziado, por um movimento casual da vida no exílio fui visitar Lausanne com um amigo de faculdade, de forma que pensei que podia bem procurar Mademoiselle, se ainda estivesse viva.

Ela estava. Mais corpulenta que nunca, bem grisalha e quase totalmente surda, ela me recebeu com uma tumultuosa explosão de afeto. Em vez do quadro do Château de Chillon, havia agora um de uma *troika* espalhafatosa. Ela falou com tanto calor de sua vida na Rússia como se fosse sua própria pátria perdida. Na verdade, encontrei no bairro uma colônia bastante grande dessas velhas governantas suíças. Agrupadas numa constante ebulição de reminiscências competitivas, elas formavam uma pequena ilha num ambiente que se tornara estranho a elas. A amiga do peito de Mademoiselle era agora a mumificada Mlle. Golay, antiga governanta de minha mãe, ainda vaidosa e pessimista aos oitenta e cinco anos; ela ficara com nossa família muito tempo depois que minha mãe se casou e voltara à Suíça apenas uns dois anos antes de Mademoiselle, com quem não falava quando viviam debaixo do mesmo teto. Sempre se está em casa no próprio passado, o que explica em parte o amor póstumo dessas damas patéticas por um outro país, que elas nunca conheceram de fato e no qual nenhuma delas viveu muito contente.

Como não era possível conversar por causa da surdez de Mademoiselle, meu amigo e eu resolvemos levar para ela, no dia seguinte, o aparelho que concluímos que ela não podia comprar. Ela ajustou a coisa desajeitada indevidamente no começo, mas assim que acertou se virou para mim com um olhar fascinado de úmido deslumbramento e felicidade nos olhos. Jurou que conseguia ouvir cada palavra, cada murmúrio meu. Não podia, porque eu, cheio de dúvidas, não tinha falado. Se tivesse, diria a ela para agradecer a meu amigo, que pagara pelo instrumento. Seria então silêncio o que ela ouvia, aquele silêncio alpino de que falara no passado? Naquele passado, ela mentira para si mesma; agora, mentia para mim.

Antes de partir para Basileia e Berlim, eu estava passeando à margem do lago numa noite fria, enevoada. Em certo ponto, uma luz solitária diluía tenuemente o escuro. Em seu halo, a névoa parecia se transformar em garoa visível. *Il pleut toujours en Suisse*, era um dos comentários casuais que, antigamente, faziam Mademoiselle chorar. Abaixo, um largo ondular, quase uma onda, e algo vagamente branco atraiu o meu olhar. Quando cheguei bem perto, vi o que era — um cisne velho, uma criatura grande, tosca, parecida com um dodo, fazendo ridículos esforços para se erguer para dentro de um barco ancorado. Ele não conseguia. O bater pesado, impotente, de suas asas, o som escorregadio contra o barco que oscilava e batia, o brilho gelatinoso da onda escura onde captava a luz — tudo pareceu por um momento carregado daquela estranha significação que às vezes no sonho se atribui a um dedo pressionado a lábios mudos e que depois apontam para algo que o sonhador não tem tempo de distinguir antes de acordar sobressaltado. Mas embora eu tenha logo esquecido essa noite sombria, estranhamente, foi essa noite, essa imagem compósita — o cisne, o tremular, a onda —, que primeiro me veio à mente quando, uns dois anos depois, fiquei sabendo que Mademoiselle tinha morrido.

Ela gastara toda sua vida sentindo-se desgraçada; essa desgraça era seu elemento natural; suas flutuações, suas várias profundidades, só isso lhe dava a impressão de movimento e vida. O que me incomoda é que um senso de mistério, e mais nada, não basta para fazer uma alma permanente. Minha enorme e morosa Mademoiselle está muito bem na terra, mas impossível na eternidade. Será que realmente a resgatei da ficção? Antes que o ritmo que escuto falhe e se apague, me pego perguntando se, durante os anos em que a conheci, não terei deixado passar absolutamente alguma coisa nela que era muito mais que seus queixos, seus modos, ou mesmo seu francês — algo talvez mais próximo daquele último olhar dela, o engodo radiante que ela usou para que eu fosse embora contente com minha própria bondade, ou daquele cisne cuja agonia era tão mais próxima da verdade artística do que os pálidos braços moribundos de uma bailarina; alguma coisa, em resumo, que eu poderia apreciar apenas depois que as coisas e os seres que eu tinha mais amado na segurança de minha infância tivessem virado cinzas ou levado um tiro no coração.

Vasiliy Shishkov

O pouco que me lembro dele está centrado nos limites da última primavera: a primavera de 1939. Eu tinha ido a uma "Noite de Literatura Russa Emigrada" — uma daquelas coisas tão frequentes e maçantes em Paris desde o começo dos anos vinte. Quando estava descendo depressa a escada (um intervalo me dera a oportunidade de escapar), pareceu-me ouvir o galope de uma empenhada perseguição atrás de mim; olhei para trás, e foi então que o vi pela primeira vez. Dos poucos passos acima de mim onde parou, ele disse: "Meu nome é Vasiliy Shishkov. Sou poeta."

Então ele desceu até o meu nível — um jovem de constituição sólida de um tipo eminentemente russo, lábios grossos e olhos cinzentos, com uma voz profunda e um aperto de mão amplo e confortável.

"Quero consultar o senhor a respeito de uma coisa", ele continuou. "Seria desejável uma reunião nossa."

Sou uma pessoa que não se deixa encantar por desejos assim. Minha concordância foi tudo, menos transbordante de terna emoção. Resolvemos nos ver no dia seguinte em meu hotel modesto (com o nome grandioso de Royal Versailles). Muito pontualmente desci para um simulacro de saguão que estava comparativamente sossegado àquela hora, se se descontassem os esforços convulsos do elevador e a conversa conduzida no canto costumeiro por quatro refugiados alemães que discutiam certas complexidades do sistema da *carte d'identité*. Aparentemente, um deles achava que suas dificuldades não eram tão grandes como as dos outros, e os outros argumentavam que eram exatamente as mesmas. Então apareceu um quinto e cumprimentou os companheiros em francês por alguma razão: brincadeira? pretensão? o fascínio de uma nova língua? Ele tinha acabado de comprar um chapéu; todos começaram a experimentá-lo.

Shishkov entrou. Com uma expressão séria no rosto e algo igualmente sério na postura do ombro, ele superou a enferrujada relutância da porta giratória e mal teve tempo de olhar em torno antes de me ver. Observei então com prazer que ele evitou o sorriso convencional que tanto temo — e ao qual eu próprio tenho uma tendência. Tive alguma dificuldade para aproximar duas poltronas estofadas — e mais uma vez achei muito agradável que, em vez de esboçar um gesto mecânico de cooperação, ele tenha permanecido em pé à vontade, as mãos nos bolsos da capa de chuva antiga, esperando que eu arrumasse nossos assentos. Assim que nos acomodamos, ele tirou um caderno pardo.

"Em primeiro lugar", disse Shishkov, me olhando com olhos bons, aveludados, "uma pessoa deve apresentar suas credenciais, estou certo? Na delegacia, eu apresentaria meu cartão de identidade e, ao senhor, *Gospodin* Nabokov, apresento isto: um *cahier* de versos".

Folheei o caderno. A letra firme, ligeiramente inclinada para a esquerda, emanava saúde e talento. Infelizmente, assim que meu olhar passeou pelas linhas senti uma pontada de decepção. A poesia era horrível — rasa, rebuscada, hediondamente pretensiosa. Sua absoluta mediocridade era frisada pela elegância fraudulenta de aliterações e a riqueza sem-vergonha de rimas iletradas. Basta dizer que esses pares eram formados, por exemplo, de *teatro-gladiador, mustangue-tanque, madona-beladona*. Quanto aos temas, era melhor nem falar disso; o autor cantava com prazer constante qualquer coisa com que sua lira se deparasse. Ler seus poemas um depois do outro era uma tortura para uma pessoa nervosa, mas uma vez que minha consciência estava reforçada pelo autor que me observava de perto e controlava tanto a direção de meu olhar como a ação de meus dedos, me vi obrigado a parar por alguns momentos a cada página consecutiva.

"Bem, qual o veredicto?", ele perguntou quando terminei. "Não horrível demais?"

Examinei-o. Seu rosto um tanto brilhante com poros dilatados não expressava nenhuma premonição negativa. Eu respondi que sua poesia era irremediavelmente ruim. Shishkov estalou a língua, enfiou o caderno de volta no bolso da capa e disse: "Estas credenciais não são minhas. Quero dizer, eu próprio escrevi isto, e, no entanto, é tudo forjado. O conjunto todo de trinta poemas foi composto esta manhã e, para dizer a verdade, achei bastante desagradável a tarefa de parodiar o produto de metromania. Em troca, descubro agora que o senhor é impiedoso — o que quer dizer que merece confiança. Aqui está meu passaporte de verdade." (Shishkov me entregou outro caderno, mais surrado.) "Leia só um poema ao acaso, será o suficiente tanto para o senhor como para mim. A propósito, para evitar qualquer preocupação, permita que alerte o senhor que não me agradam seus romances; eles me irritam como se fossem uma luz forte ou a conversa em voz alta de estranhos quando queremos não falar, mas pensar. Porém, ao mesmo tempo, de algum jeito puramente fisiológico — se posso dizer assim —, o senhor possui algum segredo de escritura, o segredo de certas cores básicas, algo excepcionalmente raro e importante que, infelizmente, o senhor aplica a propósitos pequenos, dentro dos limites estreitos de suas habilidades gerais — dirigindo, por assim dizer, por toda parte em um poderoso carro de corrida para o qual não tem absolutamente nenhum uso, mas que mantém o senhor pensando por onde mais se pode ressoar. Porém, como o senhor possui esse segredo, as pessoas devem contar com o senhor — e por isso eu gostaria de contar com seu apoio de certa maneira; mas em primeiro lugar, por favor, uma olhada em meus poemas."

(Devo confessar que a palestra inesperada e não solicitada sobre o caráter da minha obra literária me pareceu consideravelmente mais despudorada do que o inofensivo engano que meu visitante havia inventado. Escrevo pelo prazer concreto e publico meus escritos por um dinheiro muito menos concreto e embora esta última questão deva compreender, de uma forma ou de outra, a existência de um consumidor, sempre me parece que quanto mais meus livros publicados, no curso de sua evolução natural, se afastam de seu curso autodeterminado, mais abstratos e insignificantes se tornam os acontecimentos fortuitos de suas carreiras. Quanto ao chamado Juízo dos Leitores, sinto-me, nesse julgamento, não como réu, mas, na melhor das hipóteses, como um parente distante de uma das testemunhas menos importantes. Em outras palavras, o elogio do crítico me parece uma estranha espécie de *sans-gêne*, e seu abuso, um bote inútil num espectro. No momento, eu estava tentando concluir se

Shishkov atirava sua opinião franca no colo de todo escritor orgulhoso que encontrava, ou se apenas comigo ele era tão direto porque acreditava que eu merecia isso. Concluí que assim como o truque dos versos ruins era resultado de sua sede de verdade um tanto infantil, mas genuína, também a formulação de suas opiniões sobre mim eram motivadas pela urgência de ampliar ao máximo o âmbito da franqueza mútua.)

    Eu tinha um medo vago de que o produto genuíno pudesse revelar traços dos defeitos monstruosamente exagerados da paródia, mas meus medos revelaram-se infundados. Os poemas eram muito bons — espero discuti-los outro dia em muito mais detalhes. Recentemente, colaborei para que um deles fosse publicado numa revista emigrada, e amantes da poesia notaram sua originalidade.* Para o poeta tão estranhamente glutão da opinião de outrem, eu expressei *incontinenti* a minha, acrescentando, como corretivo, que o poema em questão continha algumas pequenas flutuações de estilo como, por exemplo, o não tão idiomático *v soldatskih mundirah*; aqui *mundir* (farda) deveria no entanto ser mais *forma* ao se referir como se referia a ordens inferiores. O verso, porém, era bom demais para ser alterado.

    "Sabe de uma coisa", disse Shishkov, "já que você concorda comigo que meus poemas não são insignificantes, permita que eu deixe esse caderno em suas mãos. Nunca se sabe o que pode acontecer; pensamentos estranhos, muito estranhos, me ocorrem e... Bem, de qualquer forma tudo agora está saindo muito bem. Sabe?, o objetivo da minha visita era convidar o senhor para participar de uma revista nova que estou planejando lançar. Sábado vai haver uma reunião na minha casa e vamos resolver tudo. Naturalmente, não tenho ilusões quanto a sua capacidade de se deixar levar pelos problemas do mundo moderno, mas acho que a ideia dessa revista pode interessar o senhor de um ponto de vista estilístico. Então, venha, por favor. A propósito, esperamos" (Shishkov mencionou um escritor russo extremamente famoso) "e mais algumas outras pessoas importantes. O senhor deve entender — eu cheguei a um certo limite, preciso absolutamente me livrar da pressão, senão vou

---

* Veja nota à p. 818.

ficar louco. Vou fazer trinta anos logo; no ano passado vim para cá, para Paris, depois de uma adolescência absolutamente estéril nos Bálcãs e depois na Áustria. Estou trabalhando aqui como encadernador, mas fui linotipista e até bibliotecário. Em resumo, sempre em contato com livros. No entanto, repito, minha vida tem sido estéril e ultimamente venho explodindo com a urgência de fazer alguma coisa — uma sensação muito perturbadora — porque é preciso ver a si mesmo sob outro ângulo, talvez, mas de qualquer modo é *preciso* ver quanto sofrimento, imbecilidade e sujeira há em torno de nós; porém as pessoas da minha geração não notam nada, embora seja tão necessário agir quanto respirar ou ter pão. E veja o senhor, não falo das grandes questões candentes que entediaram todo mundo até a morte, mas de um trilhão de trivialidades que as pessoas não percebem, embora elas, essas trivialidades, sejam embriões dos monstros mais óbvios. Outro dia mesmo, por exemplo, uma mãe, tendo perdido a paciência, afogou a filha de dois anos na banheira e depois tomou banho na mesma água, porque estava quente e não se podia desperdiçar água quente. Meu Deus, como isso está longe da velha camponesa de um dos pequenos contos túrgidos de Turgueniev, que tinha acabado de perder o filho e chocou a dama elegante que foi visitá-la em sua isbá ao terminar de comer calmamente uma tigela de sopa de repolho 'porque já estava salgada'! Não me importa o mínimo se o senhor considerar absurdo o fato de que o número tremendo de insignificâncias semelhantes, todos os dias, em toda parte, de vários graus de importância e formas diferentes — germes flagelados, puntiformes, cúbicos — podem perturbar um homem a tal ponto que ele sufoca e perde o apetite — mas talvez o senhor venha mesmo assim".

    Combinei aqui nossa conversa no Royal Versailles com excertos de uma carta difusa que Shishkov me mandou no dia seguinte à guisa de corroboração. No sábado seguinte, atrasei um pouco para a reunião, de modo que quando entrei em seu *chambre garnie*, que era tão modesto quanto arrumado, estavam todos reunidos, exceto o famoso escritor. Dentre os presentes, eu conhecia de vista o editor de uma publicação extinta; os outros — uma mulher ampla (tradutora, acredito, ou talvez teosofista) com seu tristonho maridinho que parecia um berloque negro; sua velha mãe; dois abatidos cavalheiros com aquele tipo de terno mal ajustado com que o cartunista emigrado Mad veste seus personagens; e um sujeito loiro de aspecto enérgico, camarada de nosso anfitrião — me eram desconhecidos. Ao observar que Shishkov mantinha um ouvido atento — e observando também que ele bateu alegremente na mesa e se levantou antes de se dar conta de que a campainha que ouvira pertencia a outro apartamento —, desejei ardentemente a chegada da celebridade, mas o sujeito nunca apareceu.

"Senhoras e senhores", disse Shishkov, e começou a desenvolver com bastante eloquência e sedução seus planos para um mensário, que se chamaria *Uma visão geral da dor e da vulgaridade* e consistiria sobretudo em uma coletânea de artigos de jornal relevantes do mês, com a condição de que fossem arranjados não cronologicamente, mas numa sequência "ascendente" e "artisticamente não importuna". O ex-editor citou alguns valores e declarou que tinha certeza absoluta de que uma revista russa emigrada desse tipo nunca venderia. O marido da ampla senhora literária tirou o *pince-nez* e, enquanto massageava a ponte do nariz, disse com horríveis tosses e pigarros que, se a intenção era combater a miséria humana, seria muito mais prático distribuir entre os pobres a soma de dinheiro necessária para a revista; e uma vez que era dele que se esperava esse dinheiro, um arrepio percorreu os ouvintes. Depois disso, o amigo de nosso anfitrião repetiu — em termos mais vivos, porém mais rasos — o que Shishkov tinha já afirmado. Pediram também minha opinião. A expressão do rosto de Shishkov era tão trágica que fiz o possível para defender o projeto. Nos dispersamos bastante cedo. Quando estava nos acompanhando até a escada, Shishkov escorregou e, durante um tempo um pouco mais longo do que necessário para despertar os risos gerais, ficou sentado no chão com um sorriso alegre e olhos impossíveis.

Quinze dias depois, veio me ver e mais uma vez os quatro refugiados alemães estavam discutindo problemas de passaporte quando um quinto entrou e disse alegremente: "*Bonjour Monsieur Weiss, bonjour Monsieur Meyer.*" Às minhas perguntas, Shishkov respondeu bastante distraidamente e como que relutantemente que a ideia de seu periódico havia sido considerada irrealizável e que tinha parado de pensar nela.

"O que queria dizer ao senhor é o seguinte", começou depois de um silêncio inquieto. "Estou tentando e tentando tomar uma decisão e agora acho que cheguei numa coisa, mais ou menos. O *porquê* de eu estar neste estado terrível não seria de seu interesse; expliquei o que pude em minha carta, mas isso dizia respeito principalmente ao assunto em jogo, a revista. A questão é mais abrangente, a questão é mais desesperada. Estou tentando resolver o que fazer — como deter as coisas, como escapar. Ir embora para a África, para as colônias? Mas dificilmente valerá a pena começar a tarefa hercúlea de obter os documentos necessários só para me ver ponderando em meio a tamareiras e escorpiões as mesmas coisas que pondero debaixo da chuva de Paris. Tentar voltar à Rússia? Não, prefiro a frigideira. Me retirar para um mosteiro? Mas a religião é maçante e alheia a mim, não passa de uma quimera daquilo que, para mim, é a realidade do espírito. Cometer suicídio? Mas a pena capital é uma coisa que acho repulsiva demais para agir como meu próprio carrasco, e, além disso, abomino certas consequências não sonhadas pela filosofia de Hamlet. Assim, resta apenas uma alternativa: desaparecer, me dissolver."

Perguntou mais uma vez se seu manuscrito estava em segurança e logo depois foi embora, de ombros largos, mas um pouco curvados, de capa, sem chapéu, a nuca precisando de um corte de cabelo — um ser humano excepcionalmente atraente, puro, melancólico, a quem eu não sabia o que dizer, qual ajuda prestar.

No final de maio, fui para outra parte da França e ao voltar a Paris, no final de agosto, encontrei por acaso com o amigo de Shishkov. Ele me contou uma história bizarra: algum tempo depois de minha viagem, "Vasya" desaparecera, abandonando seus magros pertences. A polícia não conseguiu descobrir nada, além do fato de que *le sieur Chichkoff* havia deixado que sua *karta*, como dizem os russos, tivesse vencido.

Era tudo. Com o tipo de incidente que dá início a uma história de mistério encerra-se a minha narrativa. De seu amigo, ou melhor, conhecido fortuito, recolhi informações esparsas a respeito da vida de Shishkov, as quais anotei — um dia poderão vir a ser úteis. Mas para onde, diabos, ele foi? E, em termos gerais, o que ele tinha em mente quando disse que pretendia "desaparecer, se dissolver"?

Será que efetivamente em algum louco sentido literal, inaceitável para a razão, ele queria dizer desaparecer em sua arte, dissolver-se em seu verso, deixando assim de si mesmo, de sua nebulosa pessoa, nada além de versos? É de se perguntar se ele não superestimou

*A transparência e o silêncio
de um tão raro esquife.*

Ultima Thule

Lembra-se do dia em que você e eu estávamos almoçando (repartindo o alimento) uns dois anos antes de sua morte? Supondo, claro, que a memória possa viver sem o ornato da cabeça? Vamos imaginar — apenas um pensamento "a proposital" — um manual de amostras epistolares totalmente novo. A uma dama que perdeu a mão direita: Beijo sua elipse. A uma falecida: Respectrosamente seu. Mas basta dessas tímidas vinhetas. Se você não se lembra, então eu lembro para você: a memória de você pode passar, gramaticalmente ao menos, por sua memória, e eu estou perfeitamente disposto a admitir, em função de uma frase ornamental, que, se depois de sua morte, eu e o mundo continuarmos a resistir, será apenas porque você se lembra do mundo e de mim. Dirijo-me agora a você pela seguinte razão. Dirijo-me agora a você na seguinte ocasião. Dirijo-me agora a você simplesmente para conversar sobre Falter. Que destino! Que mistério! Que caligrafia! Quando me canso de me convencer de que ele é um imbecil ou um *kvak* (como você costumava russificar o sinônimo inglês de "charlatão"), ele me parece uma pessoa que... que, por ter sobrevivido à bomba de verdades que explodiu sobre ele... se tornou um deus! Ao lado dele, como todos os outros antigos clarividentes parecem torpes: a poeira erguida pelo rebanho ao entardecer, o sonho dentro do sonho (quando você sonha que acordou), os melhores alunos neste nosso instituto de ensino hermeticamente fechado a forasteiros; pois Falter fica *fora* de nosso mundo, na realidade verdadeira. Realidade! — essa é a garganta inchada da cobra que me fascina. Lembra-se daquela vez em que almoçamos no hotel gerenciado por Falter, perto da luxuriante fronteira italiana em terraços, onde o asfalto é infinitamente exaltado pelas glicínias e o ar tem cheiro de borracha e paraíso? Adam Falter ainda era um de nós e se nada nele pressagiava... como devo dizer? — digamos, a vidência —, mesmo assim todo o seu forte aspecto (a coordenação de bolas de bilhar que havia em seus movimentos corporais, como se ele tivesse rolamentos em lugar de cartilagens, sua precisão, sua altivez aquilina) agora, em retrospecto, explica por que ele sobreviveu ao choque: o valor original era grande o suficiente para suportar a subtração.

    Ah, meu amor, como sua presença sorri a partir daquela baía fabulosa — e nunca mais! —, ah, mordo os nós dos dedos para não começar a me sacudir em soluços, mas não consigo impedi-los; desço com o freio puxado, fazendo sons de "huu" e "buhu", e é tudo uma tamanha e humilhante bobagem física: o calor das piscadas, a sensação de sufocação, o lenço sujo, os bocejos convulsivos alternados com as lágrimas — eu simplesmente não posso, não posso viver sem você. Assoo o nariz, engulo e então uma vez mais tento convencer a cadeira à qual me agarro, a mesa em que dou socos, que não posso chorar sem você. Pode me ouvir? Isso é de um banal questionário, ao qual fantasmas não respondem, mas com quanta disponibilidade nossos companheiros de cela da morte respondem por eles; "eu sei" (apontando o céu ao acaso), "ficarei contente de lhe dizer!" Sua cabeça querida, a depressão de sua têmpora, o miosótis acinzentado de um olho a se fechar num beijo incipiente, a expressão plácida de suas orelhas quando você levantava o cabelo... como posso aceitar o seu desaparecimento, este buraco vazio, para dentro do qual tudo desliza — minha vida inteira, cascalho úmido, objetos e hábitos —, e quais parapeitos tumulares podem me impedir de despencar, com silencioso deleite, nesse abismo? Vertigem da alma. Lembra-se de como, assim que você morreu, saí depressa do sanatório, não exatamente andando, mas de certa forma batendo os pés e mesmo dançando de dor (tendo a vida ficado presa na porta, como um dedo), sozinho naquela estrada serpenteante entre pinheiros exageradamente escamosos e espinhosos escudos de agaves, num mundo verde encouraçado que silenciosamente recolhia os pés para não pegar a doença. Ah, sim — tudo à minha volta se mantinha cauteloso, atentamente silencioso, e só quando eu olhava para alguma coisa essa coisa dava um repelão e começava ostensivamente a se mexer, farfalhar ou zumbir, fingindo não notar minha presença. "Natureza indiferente", diz Puchkin. Bobagem! Um contínuo esquivar-se seria descrição mais precisa.

Que pena, porém. Você era tão querida. E se agarrando a você por dentro através de um botãozinho, nosso filho foi embora com você. Mas, meu pobre senhor, não se faz um filho com uma mulher quando ela tem tuberculose na garganta. Involuntária tradução do francês para o hadeano. Você morreu no sexto mês e levou as restantes doze semanas com você, sem pagar seu débito inteiramente, por assim dizer. Como eu queria que ela me desse um filho, o viúvo de nariz vermelho informou às paredes. *Êtes-vous tout à fait certain, docteur, que la science ne connaît pas de ces cas exceptionnels où l'enfant naît dans la tombe?* E o sonho que tive: aquele médico com cheiro de alho (que era ao mesmo tempo Falter, ou seria Alexander Vasilievitch?) respondendo com excepcional prontidão que, sim, claro, isso às vezes acontecia de fato, e que tais crianças (i.e., os nascidos postumamente) eram conhecidos como cadavernatos.

Quanto a você, nem uma vez desde que morreu apareceu em meus sonhos. Talvez as autoridades a interceptem, ou você própria evite visitar-me na prisão. De início, grosseiro ignorante que eu era, tive medo — supersticiosa e humilhantemente — dos estalidos que um quarto sempre emite à noite, mas que se refletiam dentro de mim em terríveis relâmpagos que faziam meu coração choco bater mais rápido com asas baixas e abertas. Ainda pior, porém, era a espera noturna, quando eu ficava na cama, tentando não pensar como você me daria de repente uma batida em resposta, mas isso significava apenas complicar a parentesiação mental, colocando colchetes dentro de colchetes (pensando em tentar não pensar), e o medo dentro deles crescia e crescia. Ah, como era horrível a batida seca das unhas fantasmagóricas dentro da mesa, e como se pareciam pouco, é claro, com a entonação de sua alma, de sua vida. Um fantasma vulgar com os truques de um pica-pau, um humorista desencarnado, um reles duende aproveitando-se da nudez de minha dor! Durante o dia, por outro lado, eu era destemido, e desafiava você a manifestar sua receptividade da maneira que quisesse, sentado no cascalho da praia, onde um dia suas pernas douradas se estenderam; e, como antes, uma onda chegava, toda sem fôlego, mas, como não tinha nada a declarar, dispersava-se em apologéticos salamaleques. Seixos iguais a ovos de cuco, um pedaço de ladrilho na forma de um pente de balas de revólver, um fragmento de vidro cor de topázio, alguma coisa bem seca que parecia um batedor de fibras, minhas lágrimas, uma conta microscópica, um maço de cigarros vazio com um marinheiro de barba loira no centro de um salva-vidas, uma pedra que parecia um pé pompeano, um ossinho de alguma criatura ou uma espátula, uma lata de querosene, uma lasca de vidro vermelho-granada, uma casca de noz, um negócio indefinível e enferrujado sem relação com nada, um caco de porcelana, cujos companheiros fragmentados deviam existir inevitavelmente em algum lugar — e imaginei um tormento eterno, uma tarefa de prisioneiro, que serviria como o melhor castigo para alguém, como eu, cujos pensamentos tinham ido longe demais ao longo da vida: a saber, encontrar e recolher todas essas partes, de forma a recriar a tigela de molho ou a terrina de sopa — vagando corcunda pelas praias enevoadas e desertas. E, afinal, se fosse extremamente afortunado, poderia restaurar a peça na primeira manhã em lugar da trilionésima — e aí está, o tormento da questão da *sorte*, da Roda da Fortuna, do bilhete certo da loteria, sem o qual uma determinada alma pode ver negada a eterna felicidade do além-túmulo.

E nestes dias de começo de primavera, a estreita faixa de cascalho está sem enfeites e abandonada, mas transeuntes às vezes circulavam pelo passeio acima, e esta ou aquela pessoa, sem dúvida, deve ter dito, observando minhas escápulas: "Ali está Sineusov, o artista; perdeu a mulher outro dia." E eu provavelmente ficaria sentado daquele jeito para sempre, recolhendo os dejetos do mar, observando a falsa ternura da alongada série de nuvenzinhas ao longo do horizonte e as manchas quentes da cor de vinho escuro no frio verde--azulado do mar, se alguém de fato não me reconhecesse do passeio.

No entanto (enquanto remexo nas sedas rasgadas de frases), permita que eu volte a Falter. Como deve se lembrar agora, estivemos lá uma vez, num dia tórrido, escalando como duas formigas que sobem pela fita de uma cesta de flores, porque eu estava curioso para dar uma olhada em meu antigo tutor (cujas lições se limitavam a inteligentes polêmicas com os compiladores de meus manuais), um homem de aspecto flexível, bem cuidado, com um grande nariz branco e um brilhante repartido no cabelo; e foi ao longo dessa linha reta que ele depois viajou para o sucesso nos negócios, enquanto seu pai, Ilya Falter, era apenas *chef* sênior no Ménard em São Petersburgo: *il y a pauvre Ilya*, se transformando em *povar*, que é "cozinheiro" em russo. Meu anjo, ah, meu anjo, talvez toda a nossa existência terrena seja agora nada mais que um trocadilho para você, ou uma rima grotesca, algo como "dental" e "transcendental" (lembra-se?), e o verdadeiro sentido da realidade, daquele termo penetrante, purgado de todas as interpretações estranhas, sonhadoras, mascaradas, soe agora tão puro e doce que você, anjo, ache divertido que tenhamos levado a sério o sonho (embora você e eu realmente tivéssemos um indício de por que tudo se desintegrava com um toque furtivo — palavras, convenções da vida cotidiana, sistemas, pessoas —, então, você sabe, eu acho que o riso é alguma pequena imitação casual da verdade perdida em nosso mundo).

Eu agora o via depois de um intervalo de vinte anos; e como eu estava certo, ao me aproximar do hotel, de interpretar todos os seus ornamentos clássicos — o cedro do Líbano, os eucaliptos, a bananeira, a quadra de tênis cor de cerâmica, o estacionamento além do gramado — como um cerimonial de boa sorte, como um símbolo das correções que a imagem anterior de Falter exigia agora! Durante nossos anos de separação (bastante indolor para nós dois), ele havia se transformado de um pobre estudante magro, com animados olhos negros como a noite e uma bela, forte, sinistra caligrafia, num cavalheiro digno, bastante corpulento, embora a vivacidade do olhar e a beleza das mãos grandes não tivessem diminuído, só que eu nunca o teria reconhecido por trás, pois em lugar do cabelo grosso, liso e da nuca raspada, havia agora uma nuvem de lanugem negra circundando uma calva queimada de sol, parecida com uma tonsura. Com sua camisa de seda, cor de rutabaga cozida, a gravata xadrez, a calça larga cinza-pérola e sapatos bicolores, ele me pareceu vestido para um baile à fantasia; mas o nariz grande era o mesmo e com ele Falter captou infalivelmente o ligeiro aroma do passado quando eu apareci, dei um tapa em seu ombro musculoso e lhe coloquei o meu enigma. Você estava um pouco longe, os calcanhares nus pressionados contra os saltos altos azul-cobalto, examinando com contido mas dissimulado interesse a mobília do enorme saguão, vazio àquela hora — o couro de hipopótamo das poltronas, o bar austero, as revistas inglesas sobre a mesa de tampo de vidro, os afrescos de estudada simplicidade, representando bronzeadas moças de seios pequenos contra um fundo dourado, uma das quais, com linhas de cabelo paralelas descendo pelo rosto, tinha por alguma razão se posto sobre um joelho. Seria concebível que o dono de todo aquele esplendor um dia fosse deixar de ver tudo aquilo? Meu anjo... Enquanto isso, tomando minhas mãos nas dele e apertando, franzindo a pele entre as sobrancelhas e fixando em mim os olhos escuros, apertados, ele observava aquela pausa de suspensão da vida observada por aqueles que estão para espirrar, mas não têm bem certeza se vão conseguir... mas ele conseguiu, o passado explodiu à luz e ele pronunciou em voz alta meu apelido. Beijou sua mão sem curvar a cabeça e então, numa benevolente agitação, evidentemente apreciando o fato de que eu, uma pessoa que conhecera melhores dias, o encontrava agora em plena glória da vida criada por ele próprio pela força de sua escultórea determinação, pôs-nos sentados no terraço, pediu coquetéis e almoço, apresentou-nos seu cunhado, o sr. L., um homem aculturado num terno formal escuro que contrastava estranhamente com a exótica afetação de Falter. Bebemos, comemos, conversamos sobre o passado como se fosse alguém gravemente doente, consegui equilibrar uma faca no dorso de um garfo, você agradou o cachorro maravilhosamente nervoso que temia o dono, e depois de um minuto de silêncio, em meio ao qual Falter de repente murmurou um distinto "sim", como se concluísse uma deliberação diagnóstica, nos despedimos, fazendo um ao outro promessas que nem ele nem eu tínhamos a menor intenção de cumprir.

Você não viu nada de notável nele, viu? E com razão — aquele sujeito foi feito para a morte: ao longo de toda uma juventude banal ele sustentou o pai alcoólatra dando aulas e depois, pouco a pouco, obstinadamente, com otimismo, adquiriu prosperidade; pois além de um hotel não muito rentável, tinha lucrativos investimentos no negócio de vinhos. Mas como fiquei sabendo depois, você estava errada quando disse que era tudo um tanto sem graça e que sujeitos enérgicos e bem-sucedidos como ele sempre têm cheiro de suor. Na verdade, sinto agora uma louca inveja do traço básico do jovem Falter: a precisão e a força de sua "substância volitiva" como — lembra-se? — disse o pobre Adolf num contexto bem diferente. Sentado numa trincheira ou num escritório, pegando o trem ou levantando-se numa manhã escura num quarto sem aquecimento, estabelecendo relações comerciais ou procurando alguém por amizade ou inimizade, Adam Falter não só estava sempre em domínio de todas as suas faculdades, não só vivia cada momento engatilhado como uma pistola, como tinha sempre certeza de que atingiria infalivelmente o objetivo de hoje, e de amanhã, e toda a gradual progressão de seus objetivos, ao mesmo tempo trabalhando economicamente, pois não sonhava alto e conhecia exatamente as próprias limitações. Seu maior serviço a si mesmo era que ele deliberadamente desconsiderava os próprios talentos e investia no ordinário, no lugar-comum; porque era dotado de estranhos dons, misteriosamente fascinantes, que uma outra pessoa menos circunspecta teria tentado pôr em prática. Talvez só no comecinho de sua vida ele tenha alguma vez sido incapaz de se controlar, interligando o monótono ensino de uma monótona disciplina a algum aluno às excepcionalmente elegantes manifestações do pensamento matemático, o que deixava um certo arrepio de poesia pendendo sobre a minha classe depois que ele desaparecia apressado para a próxima aula. Penso, com inveja, que se meus nervos fossem tão fortes, minha alma tão flexível, minha força de vontade tão condensada como a dele, ele teria me comunicado hoje a essência da descoberta sobre-humana que fez recentemente — ou seja, ele não teria medo de que a informação fosse me esmagar; eu, por outro lado, teria sido suficientemente persistente para fazê-lo me contar tudo até o fim.

    Uma voz ligeiramente rouca me cumprimentou discretamente do passeio, mas, como mais de um ano havia se passado desde nosso almoço com Falter, não reconheci de imediato seu humilde cunhado na pessoa que agora projetava uma sombra sobre os meus cascalhos. Por polidez mecânica eu subi para encontrá-lo na calçada e ele expressou seus mais profundos et cetera: ele havia passado por minha *pension*, disse, e aquela boa gente o havia informado não apenas de sua morte, mas também apontado a ele de longe a minha figura na praia deserta, uma figura que havia se tornado uma espécie de curiosidade local (por um momento senti vergonha que as costas arredondadas de minha dor fossem visíveis de todos os terraços).

    "Nos conhecemos através de Adam Ilyich", disse ele, mostrando os tocos de seus incisivos e ocupando seu lugar em minha frouxa consciência. Eu devo ter perguntado em seguida alguma coisa sobre Falter.

"Ah, então não soube?", disse o tagarela, surpreso, e foi então que fiquei sabendo de toda a história.

Acontece que na primavera anterior, Falter tinha ido a negócios a uma cidade particularmente cheia de videiras na Riviera e, como sempre, parou em um hotelzinho sossegado, cujo proprietário era seu devedor de longa data. É preciso imaginar esse hotel, aninhado na axila acolchoada de uma colina coberta de mimosas, e a pequena alameda, ainda não totalmente construída, com sua meia dúzia de minúsculas *villas*, onde aparelhos de rádio cantavam no pequeno espaço humano entre o brilho das estrelas e os sonolentos oleandros, enquanto grilos trinavam na noite com sua estridência no terreno baldio debaixo da janela aberta de Falter, no terceiro andar. Depois de passar uma noite higiênica num pequeno bordel do Bulevar de la Mutualité, ele voltou ao hotel por volta das onze horas, em excelente humor, com a cabeça clara e o âmago leve, e imediatamente subiu para seu quarto. A testa estrelada da noite; sua expressão de delicada insanidade; o enxame de luzes na velha cidade; um divertido problema matemático sobre o qual havia se correspondido no ano anterior com um estudioso sueco; o cheiro seco, doce, que parecia pairar, sem pensamento nem função, aqui e ali nos ocos da escuridão; o gosto metafísico de um vinho, bem comprado e bem vendido; as notícias, recebidas recentemente de um país remoto e pouco atraente, da morte de sua meia-irmã, cuja imagem havia muito murchara em sua memória — tudo isso, imagino, estava flutuando pela mente de Falter quando ele seguiu a rua e subiu para seu quarto; e embora tomadas separadamente nenhuma dessas reflexões e impressões fosse minimamente nova ou desusada para esse homem de nariz duro, não totalmente comum, mas superficial (pois, na base de nosso cerne humano somos divididos em profissionais e amadores; Falter, como eu, era um amador), em sua totalidade elas formavam, talvez, o meio mais favorável para o relâmpago, o raio extraterreno, tão catastrófico quanto ganhar na corrida de cavalos, monstruosamente fortuito, de forma alguma previsto pelo funcionamento normal de sua razão, que o atingiu nessa noite naquele hotel.

Cerca de meia hora havia se passado desde sua volta quando o sono coletivo daquele pequeno prédio branco, com seus mosquiteiros que pareciam crepe mal se mexendo e as paredes floridas, foi abruptamente — não, não interrompido, mas despedaçado, rasgado, detonado por sons que se tornaram inesquecíveis para quem ouviu, minha querida, aqueles sons, aqueles sons horríveis. Não eram os guinchos porcinos de um filhinho da mamãe sendo despachado por malfeitores apressados numa vala, nem o rugir de um soldado ferido que um cirurgião cruel livra de uma perna monstruosa; não, eram piores, muito piores... Disse mais tarde o estalajadeiro, Monsieur Paon, que se fosse fazer uma comparação, aqueles sons lembravam acima de tudo os gritos paroxísmicos, quase exultantes, de uma mulher num trabalho de parto infinitamente doloroso — uma mulher, porém, com voz de homem e um gigante no ventre. Era difícil identificar a nota dominante em meio ao tormento que afligia aquela garganta humana — se era dor, medo ou o clarim da loucura, ou quem sabe, e mais provavelmente, a expressão de uma indizível sensação, cuja própria estranheza atribuía à exultante explosão do quarto de Falter algo que despertou nos ouvintes um desejo pânico de pôr fim imediato àquilo. Os recém-casados que estavam em ação na cama mais próxima pararam, afastando os olhares em paralelo e prendendo a respiração; o holandês que morava no andar de baixo saiu para o jardim, que já continha a governanta e o reluzir branco de dezoito empregadas (apenas duas, na verdade, multiplicadas por seus frenéticos ir e vir). O dono do hotel que, segundo seu próprio relato, mantivera total presença de espírito, correu para cima e constatou que a porta por trás da qual prosseguia o furacão de uivos, tão poderoso que parecia que se era jogado para trás, estava trancada por dentro e não cederia nem a empurrões, nem a ameaças. O rugidor Falter, na medida em que se podia concluir que era de fato ele quem rugia (sua janela estava apagada e os sons intoleráveis que vinham de dentro não traziam a marca da personalidade de ninguém), espalhou-se muito além dos limites do hotel e os vizinhos se juntaram no escuro circundante, e um patife tinha cinco cartas na mão, todas trunfos. Nesse momento já era completamente incompreensível como as cordas vocais de alguém conseguiam suportar tamanha tensão: segundo um relato, Falter gritou durante pelo menos quinze minutos; segundo outro, provavelmente mais exato, durante cinco minutos sem interrupção. De repente (enquanto o senhorio resolvia se arrombava a porta com um esforço conjunto, encostava uma escada do lado de fora da janela ou chamava a polícia), os gritos, depois de atingirem o limite último de agonia, horror, perplexidade e daquele algo muito indefinível, transformaram-se numa mistura de gemidos e acabaram parando por completo. O silêncio era tamanho que de início os presentes conversavam aos sussurros.

Cautelosamente, o senhorio bateu à porta outra vez, e de trás dela vieram suspiros e passos incertos. Ouviu-se então alguém mexendo na fechadura, como se não soubesse como abri-la. Um punho fraco, macio, começou a bater tenuemente de dentro. Então Monsieur Paon fez o que podia ter feito, realmente, muito antes — encontrou outra chave e abriu a porta.

"Gostaria de uma luz", disse Falter baixinho, no escuro. Pensando por um instante que Falter havia quebrado a lâmpada durante seu ataque, o senhorio automaticamente conferiu o interruptor, mas a luz obedientemente se acendeu e Falter, piscando em doentia surpresa, voltou os olhos da mão que gerara a luz para a lâmpada recém-acesa, como visse pela primeira vez como se fazia aquilo.

Uma mudança estranha, repulsiva, ocorrera a todo o seu exterior: parecia que seu esqueleto havia sido removido. Seu rosto suado e agora de alguma forma frouxo, com o lábio pendente e os olhos vermelhos, exprimia nada além de uma torpe fadiga, mas também alívio, um alívio animal como depois da angústia de parir um monstro. Nu da cintura para cima, usando apenas a calça de pijama, ele ficou parado com a cabeça baixa, esfregando o dorso de uma mão com a palma da outra. Às perguntas naturais de Monsieur Paon e dos outros hóspedes do hotel ele não deu resposta; meramente inflou as bochechas, empurrou os que o cercavam, saiu para o corredor e começou a urinar copiosamente bem na escada. Depois voltou, deitou em sua cama e adormeceu.

De manhã, o estalajadeiro telefonou para a sra. L., irmã de Falter, para alertá-la de que seu irmão havia enlouquecido e fora mandado para casa indiferente e semiadormecido. O médico da família sugeriu que era apenas um leve derrame e prescreveu o tratamento correspondente. Mas Falter não melhorou. Depois de algum tempo, é verdade, começou a caminhar livremente, até a assobiar às vezes, a emitir insultos em voz alta, e a pegar comida que o médico havia proibido. No entanto, a alteração se manteve. Ele era como um homem que perdera tudo: respeito pela vida, todo o interesse por dinheiro e negócios, todos os seus sentimentos costumeiros e tradicionais, hábitos cotidianos, maneiras, absolutamente tudo. Não era seguro deixá-lo sozinho, pois, com uma curiosidade bem superficial e depressa esquecida, mas ofensiva aos outros, ele se dirigia aos transeuntes ao acaso para discutir a origem de uma cicatriz no rosto de alguém ou uma frase não dirigida a ele, que tinha ouvido numa conversa entre estranhos. Pegava uma laranja da banca de frutas ao passar e a comia sem descascar, respondendo com um meio sorriso indiferente ao vozerio da vendedora que corria atrás dele. Quando se cansava ou se entediava, acocorava-se na calçada à maneira turca e, para ter algo a fazer, tentava pegar como se fossem moscas os calcanhares das moças. Uma vez, apropriou-se de vários chapéus, cinco de feltro e dois panamás, que recolheu diligentemente em diversos cafés, e houve dificuldades com a polícia.

Seu caso chamou a atenção de um famoso psiquiatra italiano, que tinha, por acaso, um paciente no hotel de Falter. Esse dr. Bonomini, um homem jovem, estava estudando, como ele próprio informava voluntariamente, "a dinâmica da psique" e procurava demonstrar em suas obras, cuja popularidade não se confinava aos círculos entendidos, que todas as desordens psíquicas podiam ser explicadas por lembranças subliminares de calamidades que atingiram os ancestrais do paciente e que se, por exemplo, o sujeito fosse afetado por megalomania, para curá-lo completamente bastava determinar qual de seus bisavós sofrera de fome de poder e explicar ao bisneto que, mortos, os ancestrais haviam encontrado paz eterna, embora em casos complexos fosse efetivamente necessário recorrer a representações teatrais, com roupas da época, mostrando a morte específica do ancestral cujo papel era dado ao paciente. Esses *tableaux vivants* tornaram-se tão famosos que Bonomini era obrigado a explicar ao público por escrito os perigos de encená-los sem seu controle direto.

Tendo interrogado a irmã de Falter, Bonomini constatou que os Falter não sabiam muito sobre seus ancestrais; verdade, Ilya Falter tinha sido adepto da bebida; mas uma vez que, segundo a teoria de Bonomini, "a doença do paciente reflete apenas o passado distante", como, por exemplo, um épico folclórico "sublima" apenas ocorrências remotas, os detalhes sobre o *père* de Falter eram inúteis para ele. Mesmo assim, ele se ofereceu para ajudar o paciente, esperando, por meio de um interrogatório inteligente, fazer o próprio Falter fornecer uma explicação de seu estado, depois da qual os necessários ancestrais poderiam ser deduzidos por iniciativa própria; a existência de uma explicação era confirmada pelo fato de que, quando os íntimos de Falter conseguiam penetrar seu silêncio, ele, suscinta e esquivamente, mencionava alguma coisa bastante incomum que havia experimentado naquela noite enigmática.

Um dia, Bonomini trancou-se com Falter no quarto deste último e, como conhecedor do coração humano que era, com os óculos de aro de chifre e o lenço no bolso do peito, conseguiu aparentemente arrancar dele uma resposta exaustiva sobre a causa de seus uivos noturnos. O hipnotismo talvez tenha desempenhado um papel na questão, porque na investigação subsequente Falter insistiu que havia falado contra a vontade e que isso o incomodava. Ele acrescentou, porém, que não importava, porque mais cedo ou mais tarde teria mesmo de fazer a experiência, mas que agora definitivamente não ia repeti-la. Seja como for, o pobre autor de *O heroísmo da insanidade* tornou-se vítima da Medusa de Falter. Como o encontro íntimo entre médico e paciente parecia estar durando um tempo anormalmente prolongado, Eleonora L., irmã de Falter, que estivera tricotando um xale cinzento no terraço e durante longo tempo já não ouvia a pequena voz de tenor do médico a induzir a entrega, animada ou falsamente elogiosa que no começo havia sido mais ou menos audível através da janela francesa semiaberta, entrou no quarto do irmão e encontrou-o examinando com surda curiosidade os sanatórios alpinos de um folheto provavelmente trazido pelo médico, enquanto o próprio médico estava estendido metade em cima de uma cadeira, metade no tapete, uma fresta de roupa branca aparecendo entre o colete e a calça, as pernas curtas muito abertas e o rosto café com leite pálido voltado para trás, como foi determinado depois, por um ataque do coração. Às perguntas da polícia oficiosamente intrometida, Falter deu respostas ausentes e secas; mas quando finalmente se cansou de sua insistência, apontou que, tendo resolvido acidentalmente "o enigma do universo", cedera à hábil exortação e revelara essa solução a seu inquisitivo interlocutor, diante do que ele morrera de perplexidade. Os jornais locais pegaram a história, a embelezaram devidamente e a pessoa de Falter, na forma de um sábio tibetano, alimentou durante vários dias as colunas de notícias não especialmente exigentes.

Mas, como você sabe, durante aqueles dias eu não li os jornais: você estava morrendo. Ao ouvir, porém, a história de Falter em detalhe, experimentei um certo desejo muito forte e talvez ligeiramente vergonhoso.

Você entende, claro. Na condição em que eu estava, as pessoas sem imaginação — isto é, desprovidas de seu apoio e curiosidade — voltam-se para os anúncios de milagreiros; quiromantes com turbantes de comédia, que combinam o negócio da magia com o comércio de veneno de ratos e camisinhas; mulheres morenas e gordas que leem a sorte; mas, particularmente, espíritas que falsificam uma força ainda não identificada dando a ela as feições leitosas de fantasmas e conseguindo que se manifestem através de tolas formas físicas. Mas eu tenho minha dose de imaginação, e portanto existem duas possibilidades: a primeira era meu trabalho, minha arte, a consolação de minha arte; a segunda consistia em dar o mergulho e acreditar que uma pessoa como Falter, bastante mediana no final das contas, apesar dos jogos de salão de uma mente atilada, e mesmo um pouco vulgar, tinha efetiva e conclusivamente aprendido aquilo a que nenhum vidente nem feiticeiro jamais chegou.

Minha arte? Você se lembra dele, não?, aquele estranho sueco ou dinamarquês — ou islandês, pelo que sei —, de qualquer forma, aquele sujeito loiro de pele escura alaranjada com cílios como os de um cavalo velho, que se apresentou a mim como "um escritor famoso", e, por um preço que agradou a você (você já estava confinada ao leito e incapaz de falar, mas escrevia para mim bobagens engraçadas com giz colorido numa lousa — por exemplo, que as coisas de que mais gostava na vida eram "versos, flores silvestres e moeda estrangeira"), me encomendou uma série de ilustrações para seu poema épico *Ultima Thule*, que ele havia composto em sua língua. Claro que não havia como eu me familiarizar completamente com seu manuscrito, uma vez que o francês, no qual nos comunicávamos dolorosamente, ele conhecia sobretudo de ouvido, e era incapaz de traduzir sua imagética para mim. Consegui entender apenas que seu herói era algum rei do norte, infeliz e antissocial, que seu reino, em meio às névoas do mar, numa ilha melancólica e remota, era assolado por intrigas políticas de algum tipo, assassinatos, insurreições, e que um cavalo branco que havia perdido seu cavaleiro voava pela praia enevoada... Ele ficou satisfeito com minha primeira amostra em *blanc et noir*, e resolvemos o tema dos outros desenhos. Como ele não apareceu depois de uma semana, conforme o prometido, liguei para seu hotel e descobri que tinha partido para a América.

Escondi de você o desaparecimento de meu empregador, mas não continuei com os desenhos; por outro lado, você já estava tão doente que não senti vontade de pensar em minha pena dourada e traços em tinta nanquim. Mas quando você morreu, quando o amanhecer e o fim da noite se tornaram especialmente insuportáveis, então, com um empenho penoso, febril, cuja consciência me trazia lágrimas aos olhos, continuei o trabalho que eu sabia que ninguém viria buscar, e exatamente por essa razão essa tarefa me pareceu adequada — sua natureza espectral, intangível, a falta de objetivo ou recompensa me levaria para um reino próximo daquele em que, para mim, você existia, meu objetivo fantasma, minha querida, tão querida criação terrena, a qual ninguém viria buscar em parte alguma; e como tudo estava sempre me distraindo, me impingindo a tinta da temporalidade em vez do traçado gráfico de eternidade, me atormentando com suas pegadas na praia, com as pedras na praia, com sua sombra azul na praia repulsivamente clara, resolvi voltar a nossa morada em Paris e me instalar para trabalhar a sério. *Ultima Thule*, essa ilha nascida no mar cinzento e desolado da dor de meu coração por você, agora me atraía como morada de meus últimos pensamentos expressáveis.

Porém, antes de sair da Riviera, eu tinha absolutamente de encontrar Falter. Era o segundo conforto que eu havia inventado para mim. Consegui me convencer de que ele não era simplesmente um lunático, afinal, que ele não só acreditava na descoberta que tinha feito, como essa mesma descoberta era a fonte de sua loucura, e não vice-versa. Descobri que ele havia se mudado para um apartamento próximo de minha *pension*. Descobri também que sua saúde estava debilitada; então, quando a chama da vida se extinguiu nele, deixou seu corpo tão sem supervisão e sem incentivo que ele provavelmente iria morrer cedo. Descobri, por fim, e isso foi muito importante para mim, que ultimamente, apesar de suas forças se esgotarem, ele havia se tornado excepcionalmente falante, e durante dias sem fim brindava seus visitantes (e, ai!, um tipo de curioso diferente de mim o procurava) com discursos em que sofismava a mecânica do pensamento humano, discursos estranhamente sinuosos, expondo nada, mas quase socráticos no ritmo e no tom ferino. Me ofereci para visitá-lo, mas seu cunhado respondeu que o pobre coitado apreciava qualquer diversão e tinha forças para ir até minha casa.

E então chegaram — isto é, o cunhado em seu inevitável terno preto surrado, sua esposa Eleonora (uma mulher alta, taciturna, cujo nítido vigor me lembrava a antiga silhueta de seu irmão e agora servia como uma espécie de lição viva para ele, um quadro moralista adjacente) e o próprio Falter, cuja aparência me chocou, mesmo eu estando preparado para vê-lo mudado. Como posso expressar isso? O sr. L. dissera que parecia que seus ossos tinham sido removidos; eu, por outro lado, tive a impressão de que sua alma havia sido extraída, mas sua mente se intensificara dez vezes para compensar. Com isso quero dizer que bastava um primeiro olhar a Falter para entender que não era preciso esperar dele nenhum sentimento humano comum à vida cotidiana, que Falter havia perdido absolutamente o jeito de amar qualquer um, de sentir piedade, a não ser por si mesmo, de experimentar bondade e, ocasionalmente, compaixão pela alma de outrem, de servir habitualmente, da melhor maneira possível, à causa do bem, mesmo que apenas por seus próprios padrões, assim como havia perdido o jeito do aperto de mão ou de usar o lenço. E no entanto não dava a impressão de um louco — ah, não, bem ao contrário! Em suas feições estranhamente inchadas, no olhar desagradável, saciado, mesmo nos pés chatos, não mais calçados com elegantes sapatos Oxford, mas com alpargatas baratas, sentia-se alguma força concentrada, e essa força não estava nem um pouco interessada na flacidez e na inevitável decadência da carne que escrupulosamente controlava.

Sua atitude em relação a mim agora não era a de nosso último breve encontro, mas aquela de que eu me lembrava dos dias de nossa juventude, quando ele vinha me ensinar. Sem dúvida ele tinha plena consciência de que um quarto de século havia se passado desde aqueles dias, e no entanto, como se junto com a alma ele tivesse perdido a percepção de tempo (sem o qual a *alma* não pode viver), ele evidentemente me via — não tanto nas palavras, mas em todo seu comportamento — como se tivesse sido ontem, porém não demonstrava nenhuma simpatia, nem calor por mim; nada, nem uma faísca.

Sentaram-no numa poltrona e ele estendeu os membros de um jeito estranho, como um chimpanzé faria se seu treinador o fizesse parodiar um sibarita em posição reclinada. Sua irmã acomodou-se com o tricô e durante todo o curso da conversa nem uma vez ergueu a cabeça de cabelos grisalhos curtos. Seu marido tirou do bolso dois jornais — um local, outro de Marselha — e também ficou em silêncio. Somente quando Falter, notando uma grande foto de você que estava por acaso bem em sua linha de visão, perguntou onde você estava escondida, foi que o sr. L. disse, na voz alta e artificial que as pessoas usam para se dirigir aos surdos, e sem levantar os olhos do jornal: "Ora, você sabe perfeitamente que ela morreu."

"Ah, é", disse Falter com desumana indiferença e, dirigindo-se a mim, acrescentou: "Ah, bom, que ela esteja no reino do céu. Não é isso que se deve dizer em sociedade?"

Então, começou a seguinte conversa entre nós; uma lembrança total, mais que anotações taquigráficas, permite agora que eu a transcreva exatamente.

"Eu queria ver você, Falter", eu disse (na verdade, me dirigi a ele pelo primeiro nome e patronímico, mas na narrativa, sua imagem intemporal não tolera nenhuma conjunção do homem com um país definido e um passado genético), "eu queria ver você para ter uma conversa franca. Imagino se acharia possível pedir a seus parentes que nos deixem sozinhos".

"Eles não contam", Falter observou abruptamente.

"Quando digo 'franca'", continuei, "pressuponho a possibilidade recíproca de fazer qualquer pergunta e a prontidão nas respostas. Mas como sou eu quem vai fazer as perguntas e espero respostas de você, tudo depende de você consentir em ser direto; não precisa dessa garantia de minha parte".

"A perguntas diretas darei respostas diretas", disse Falter.

"Nesse caso, permita que eu vá direto ao ponto. Devemos pedir ao sr. e à sra. L. que saiam um momento e você vai me contar palavra por palavra o que disse ao médico italiano."

"Ah, essa não", disse Falter.

"Não pode me recusar isso. Em primeiro lugar, a informação não vai me matar, isso eu garanto; posso parecer cansado e abatido, mas não se preocupe, ainda tenho força suficiente. Em segundo lugar, prometo guardar seu segredo e até me matar, se quiser, imediatamente depois de saber. Como vê, eu admito que minha loquacidade possa incomodar você ainda mais que minha morte. Então, concorda?"

"Recuso absolutamente", replicou Falter, e empurrou longe um livro da mesa a seu lado para abrir espaço para seu cotovelo.

"Só para começar de alguma forma a nossa conversa, vou aceitar temporariamente sua recusa. Vamos começar *ab ovo*. Então, Falter, eu soube que a essência das coisas foi revelada a você."

"Foi. Ponto final", disse Falter.

"Concordo... não vai me contar. Porém, tiro duas conclusões importantes: as coisas efetivamente têm essência e essa essência pode ser revelada à mente."

Falter sorriu. "Só não chame isso de dedução, moço. São apenas pequenas estações. O raciocínio lógico pode ser um meio muito conveniente de comunicação mental para cobrir distâncias curtas, mas a curvatura da terra, ah, se reflete até na lógica: uma progressão de pensamento idealmente racional vai acabar levando você de volta ao ponto de partida ao qual você retorna consciente da simplicidade do gênio, com uma deliciosa sensação de que abraçou a verdade, enquanto, na verdade, abraçou meramente a si mesmo. Por que partir nessa jornada então? Contente-se com a fórmula: a essência das coisas foi revelada — e nisso, incidentalmente, um erro seu já está presente; não posso explicar para você, uma vez que o menor indício de uma explicação seria um relance letal. Enquanto a proposição permanecer estática, ninguém nota o erro. Mas qualquer coisa que você possa chamar de dedução já expõe a falha: o desenvolvimento lógico se torna inexoravelmente um envolvimento."

"Tudo bem, no momento vou me contentar com isso. Agora permita uma pergunta. Quando uma hipótese entra na cabeça de um cientista, ele a verifica por meio de cálculos e experimentos, ou seja, pelo mimetismo e pantomima da verdade. Sua plausibilidade contamina outros, e a hipótese é aceita como a explicação verdadeira do fenômeno dado, até alguém descobrir suas falhas. Acredito que toda a ciência consiste nessas ideias exiladas ou aposentadas; e, no entanto, em algum momento cada uma delas gozou de alta consideração; hoje só um nome ou uma pensão restou. Mas no seu caso, Falter, desconfio que você encontrou algum método diferente de descoberta e teste. Posso chamar de 'revelação', no sentido teológico?"

"Não pode", disse Falter.

"Espere um pouco. Nesse momento, não estou tão interessado no método de descoberta, mas sim em sua convicção de que o resultado é verdadeiro. Em outras palavras, ou você tem um método para verificar o resultado, ou a consciência de sua verdade é inerente a ele."

"Sabe", Falter respondeu, "na Indochina, no sorteio da loteria, os números são tirados por um macaco. Por acaso, eu sou esse macaco. Outra metáfora: numa terra de homens honestos um barquinho estava ancorado à margem e não pertencia a ninguém; mas ninguém sabia que ele não pertencia a ninguém; e sua suposta pertença a alguém o tornava invisível a todos. Por acaso eu embarquei nele. Mas talvez fosse mais simples se eu dissesse que num momento de brincadeira, não de brincadeira matemática, necessariamente — a matemática, estou avisando, não passa de uma perpétua brincadeira de pula-sela sobre os próprios ombros enquanto se reproduz —, eu fui combinando várias ideias e finalmente encontrei a combinação certa, explodi, como Berthold Schwartz. De alguma forma, sobrevivi; talvez outro em meu lugar também sobrevivesse. Porém, depois do incidente com meu encantador médico não tenho a menor vontade de ser incomodado pela polícia outra vez".

"Você está esquentando, Falter. Mas vamos voltar ao ponto: o que exatamente lhe dá a certeza de que é a verdade? Aquele macaco não faz parte de fato do sorteio."

"Verdades e sombras de verdades", disse Falter, "no sentido de espécies, claro, não espécimes, são tão raras no mundo, e as disponíveis são ou tão triviais ou tão corrompidas que — como posso dizer? — que o *recuo* após perceber a Verdade, a reação instantânea

de todo o ser da pessoa, continua sendo um fenômeno desconhecido, pouco estudado. Ah, bem, às vezes em crianças — quando um menino acorda ou recobra os sentidos depois de um ataque de escarlatina e se dá uma descarga elétrica de realidade, realidade relativa, sem dúvida, porque vocês, humanos, não possuem outra. Tome qualquer truísmo, isto é, o cadáver de uma verdade relativa. Agora analise a sensação física evocada em você pelas palavras 'preto é mais escuro que marrom' ou 'gelo é frio'. Seu pensamento é preguiçoso demais até para fingir polidamente que levanta a bunda da cadeira, como se o mesmo professor fosse entrar em sua classe cem vezes ao longo de uma aula na velha Rússia. Mas na minha infância, num dia de muito gelo, eu lambi a fechadura brilhante de uma portinhola. Vamos deixar de lado a dor física, ou o orgulho da descoberta, mesmo sendo agradável — tudo isso não é a reação real à verdade. Sabe, seu impacto é tão pouco conhecido que não se consegue nem encontrar uma palavra exata para isso. Todos os nervos respondem simultaneamente 'sim!' — algo por aí. Vamos deixar de lado também uma espécie de perplexidade, que não passa de uma assimilação desusada da *coisidade* da verdade, não a Verdade em si. Se você me disser que Fulano é um ladrão, então eu combino imediatamente na cabeça certo número de pequenas coisas subitamente iluminadas que eu próprio observei, no entanto tenho tempo de me maravilhar com o fato de um homem que parecera tão direito se revelar um bandido, mas inconscientemente já absorvi a verdade, de forma que minha perplexidade em si assume prontamente uma forma invertida (como eu pude um dia achar que era honesto alguém tão evidentemente bandido?); em outras palavras, o ponto sensível da verdade está justamente a meio caminho entre a primeira surpresa e a segunda".
"Certo. Isso tudo está bem claro."
"Por outro lado, a surpresa levada a dimensões estupidificantes, inimagináveis", Falter continuou, "pode ter efeitos extremamente dolorosos e ainda não é nada em comparação ao choque da Verdade em si. E *isso* não pode ser mais 'absorvido'. Foi por acaso que não me matou, assim como foi por acaso que me ocorreu. Duvido que eu conseguisse verificar uma sensação de tamanha intensidade. Pode-se, porém, fazer uma verificação *ex post facto*, embora pessoalmente eu não precise das complexidades da verificação. Tome

qualquer verdade comum — por exemplo, que dois ângulos iguais a um terceiro são iguais entre si. Esse postulado inclui também alguma coisa sobre o gelo ser quente e ocorrerem rochas no Canadá? Em outras palavras, uma dada verdadinha, cunhando aqui um diminutivo, não contém nenhuma outra verdadezinha relacionada e, menos ainda, aquelas que pertencem a tipo ou níveis diferentes de conhecimento ou pensamento. O que, então, você diria sobre uma Verdade com V maiúsculo que compreende em si a explicação e a prova de todas as afirmações mentais possíveis? Pode-se acreditar na poesia de uma flor silvestre ou no poder do dinheiro, mas nenhuma dessas crenças predetermina a fé na homeopatia ou na necessidade de exterminar os antílopes nas ilhas do lago Victoria Nyanza; mas em todo caso, tendo aprendido o que eu aprendi — se isso pode ser chamado de aprendizado —, recebi a chave para absolutamente todas as portas e arcas do tesouro do mundo; só que não preciso fazer uso dela, uma vez que todo pensamento sobre sua significação prática automaticamente, por sua própria natureza, gradua em séries completas de tampas articuladas. Posso duvidar de minha capacidade física de imaginar até o fim todas as consequências de minha descoberta, e, especificamente, até que ponto ainda não enlouqueci, ou, inversamente, até que ponto deixei para trás tudo o que se chama de loucura; mas com toda a certeza não posso duvidar de que, como você diz, 'a essência me foi revelada'. Um pouco de água, por favor".

"Aqui está. Mas vamos ver, Falter, se entendi direito. Você é de agora em diante um candidato à onisciência? Desculpe, mas não tenho essa impressão. Posso admitir que você sabe alguma coisa fundamental, mas suas palavras não contêm nenhuma indicação concreta de sabedoria absoluta."

"Economizando minhas forças", disse Falter. "De qualquer forma, nunca afirmei que sei tudo agora: árabe, por exemplo, ou quantas vezes na vida você fez a barba, ou quem compôs o texto do jornal que aquele idiota ali está lendo. Só digo que sei tudo o que poderia querer saber. Qualquer um pode dizer isso — não pode? — depois de ter folheado uma enciclopédia; só que a enciclopédia, cujo título exato eu aprendi (aí, a propósito — estou lhe dando uma definição mais elegante: eu sei o título das coisas), é literalmente todo-inclusiva, e nisso reside a diferença entre mim e o estudioso mais versátil da terra. Sabe, eu aprendi — e aqui estou levando você à borda mesmo do precipício da Riviera; senhoras, não olhem —, aprendi uma coisa muito simples acerca do mundo. Ele é em si mesmo tão óbvio, tão divertidamente óbvio, que só minha miserável humanidade pode considerá-lo monstruoso. Quando num momento eu disser 'congruente', estarei me referindo a algo infinitamente mais distante de todas as congruências conhecidas por você, da mesma forma como a natureza em si de minha descoberta nada tem em comum com a natureza de quaisquer conjeturas físicas ou filosóficas. Ora, a coisa principal em mim que é congruente com a coisa principal do universo não poderia ser afetada pelo espasmo corporal que me abalou. Ao mesmo tempo, o conhecimento possível de todas as coisas, consequência do conhecimento da coisa fundamental, não dispõe em mim de um aparelho suficientemente sólido. Estou treinando por meio da força de vontade a não deixar o viveiro, a observar as regras de sua mentalidade como se nada tivesse acontecido; em outras palavras, ajo como um mendigo, um versificador, que recebeu um milhão em moeda estrangeira, mas continua vivendo em seu porão, porque sabe que a menor concessão ao luxo pode arruinar seu fígado.

"Mas o tesouro está em sua posse, Falter — é isso que dói. Vamos deixar de lado a discussão sobre sua atitude em relação a isso e falar da coisa em si. Repito: anotei a sua recusa em me deixar dar uma espiada em sua Medusa e estou disposto também a refrear minhas inferências mais evidentes, uma vez que, como você aponta, qualquer conclusão lógica é uma limitação do pensamento em si. Proponho a você um método diferente para nossas perguntas e respostas: não vou perguntar sobre o conteúdo de seu tesouro; mas, afinal de contas, você não estará entregando seu segredo se me contar, digamos, se ele fica no Oriente, ou se existe nele ao menos um topázio, ou se ao menos um homem jamais passou perto dele. Ao mesmo tempo, se você responder 'sim' ou 'não' a uma pergunta, eu não só prometo evitar escolher essa linha particular para uma outra série de perguntas correlatas, como prometo encerrar inteiramente a conversa."

"Teoricamente, você está me atraindo para uma armadilha canhestra", disse Falter, tremendo ligeiramente, como alguém pode tremer quando está rindo. "Na realidade, seria uma armadilha apenas se você fosse capaz de me fazer ao menos uma pergunta dessas. A chance de isso acontecer é muito pequena. Portanto, se você gosta de um divertimento inútil, pode mandar."

Pensei um momento e disse: "Falter, permita que eu comece como o turista tradicional: com a inspeção de uma igreja antiga, conhecida por ele através de fotografias. Deixe eu perguntar: Deus existe?"

"Frio", disse Falter.

Não entendi e repeti a pergunta.

"Esqueça", Falter vociferou. "Eu disse 'frio', como dizem na brincadeira em que se tem de encontrar um objeto escondido. Se você está olhando debaixo de uma cadeira ou debaixo da sombra de uma cadeira, e o objeto não pode estar nesse lugar porque acontece de estar em outro, então a pergunta sobre a existência de uma cadeira ou de sua sombra não tem nada a ver com o jogo. Dizer que a cadeira existe, mas que o objeto não está lá, é a mesma coisa que dizer que talvez o objeto esteja lá, mas a cadeira não existe, o que quer dizer que você acaba de novo no círculo tão querido ao pensamento humano."

"Você tem de concordar, porém, Falter, que se você diz que a coisa procurada não está nem perto do conceito de Deus, e a coisa é, de acordo com sua terminologia, uma espécie de 'título' universal, então o conceito de Deus não aparece na página de título; portanto, não existe nenhuma necessidade verdadeira de tal conceito, e se não há necessidade para Deus, Deus não existe."

"Então você não entendeu o que eu disse sobre a relação entre um lugar possível e a impossibilidade de encontrar o objeto nele. Tudo bem, vou colocar com mais clareza. Pelo simples fato de mencionar um dado conceito, você colocou a si mesmo na posição de um enigma, como se o próprio buscador fosse se esconder. E ao insistir em sua pergunta, você não apenas se esconde, mas acredita também que, ao compartilhar com o objeto procurado a qualidade de 'escondido', você o traz para mais perto de você. Como posso responder se Deus existe quando o assunto da discussão é talvez ervilhas-de-cheiro ou a bandeirinha do juiz de futebol? Você está olhando no lugar errado e do jeito errado, *cher monsieur*, é a única resposta que posso lhe dar. E se lhe parece que dessa resposta você pode tirar a menor conclusão acerca da inutilidade ou da necessidade de Deus, é apenas porque está procurando no lugar errado e do jeito errado. Pois não foi você que prometeu não seguir padrões lógicos de pensamento?"

"Agora eu também farei uma armadilha a você, Falter. Vamos ver se consegue evitar uma afirmação direta. Não se pode, então, procurar o título do mundo nos hieróglifos do deísmo?"

"Desculpe", Falter respondeu, "por meio de enfeites de linguagem e truques gramaticais Moustache-Bleue está apenas disfarçando o esperado *non* como um esperado *oui*. No momento, tudo o que faço é negar. Nego o expediente de buscar a Verdade no reino da teologia comum e, para poupar sua mente de trabalho inútil, apresso-me a acrescentar que o epíteto que usei é um beco sem saída: não entre nele. Terei de encerrar a discussão *por falta de um interlocutor* se você exclamar 'Aha, então existe *uma outra* verdade, 'incomum'!, — porque isso significaria que você se escondeu tão bem que se perdeu".

"Tudo bem. Devo acreditar em você. Vamos admitir que a teologia turve essa questão. Está certo, Falter?"

"Cadê o toicinho daqui?", disse Falter.

"Tudo bem, vamos descartar essa trilha falsa também. Mesmo que você provavelmente pudesse me explicar por que ela é falsa (pois há alguma coisa estranha e fugidia aqui, alguma coisa que irrita você), ainda assim sua relutância em responder ficaria clara para mim."

"Eu poderia", disse Falter, "mas isso seria equivalente a relevar o cerne da questão, isto é, exatamente o que você está querendo arrancar de mim".

"Está se repetindo, Falter. Não me diga que você seria igualmente evasivo se, por exemplo, eu perguntasse: pode-se esperar uma outra vida?"

"Isso interessa muito a você?"

"Tanto quanto a você, Falter. Tudo o que você souber sobre a morte, nós dois somos mortais."

"Em primeiro lugar", disse Falter, "chamo sua atenção para o seguinte enigma curioso: qualquer homem é mortal; você é um homem; portanto, é possível também que *você não seja mortal*. Por quê? Porque um homem específico (você ou eu) por essa mesma razão deixa de ser *qualquer homem*. Portanto, nós dois somos efetivamente mortais, mas eu sou mortal de um jeito diferente de você".

"Não despreze assim minha pobre lógica, mas me dê uma resposta simples: existe ao menos uma faísca da identidade da pessoa além-túmulo ou tudo termina em escuridão ideal?"

"*Bon*", disse Falter, como é costume dos emigrados russos na França. "Você quer saber se *Gospodin* Sineusov residirá para sempre na comodidade de *Gospodin* Sineusov, conhecido como Moustache-Bleue, ou se tudo irá desaparecer abruptamente. Existem aqui duas ideias, não é? Luz permanente ou negro vazio. Na realidade, apesar da diferença de colorido metafísico, as duas coisas se parecem muito uma com a outra. E se movimentam em paralelo. Até se deslocam com considerável velocidade. Viva o totalizador! Ei, ei, olhe com seu binóculo, as duas estão competindo e você gostaria muito de saber qual chegará primeiro à meta da verdade, mas ao me pedir para dar um sim ou não a uma ou a outra, você quer que eu agarre uma delas pelo pescoço a toda velocidade — e esses diabos têm pescoços incrivelmente escorregadios —, mas mesmo que eu fosse agarrar uma delas para você, estaria meramente interrompendo a competição, ou a vencedora seria a outra, a que eu não peguei, um resultado absolutamente insignificante na medida em que nenhuma rivalidade existe mais. Porém se você perguntar qual das duas corre mais depressa, eu responderia com outra pergunta: o que corre mais depressa, desejo forte ou medo forte?"

"À mesma velocidade, suponho."

"Exatamente. Pois veja o que acontece no caso da pobre mente humana. Ou ela não tem nenhum jeito de expressar o que espera você — quero dizer, nós, depois da morte — e então a inconsciência total está descartada, porque *isso* é bastante acessível a nossa imaginação — todos nós já experimentamos o escuro total de um sono sem sonhos; ou, ao contrário, a morte *pode* ser imaginada, e então a razão da pessoa naturalmente adota não a noção de vida eterna, entidade desconhecida, incongruente com qualquer coisa terrestre, mas precisamente aquilo que parece mais provável — a conhecida escuridão do estupor. De fato, como pode um homem que confia em sua razão admitir, por exemplo, que alguém que está absolutamente bêbado e morra em sono profundo por uma causa externa qualquer — perdendo assim, por acaso, o que ele nunca possuíra de verdade — adquira novamente a habilidade de raciocinar e sentir graças à mera extensão, consolidação e perfeição de sua condição infeliz? Então, se você fosse me perguntar apenas uma coisa: se eu sei, em termos humanos, o que existe depois da morte — isto é, se você tentasse evitar o absurdo em que deve se esgotar a competição entre dois conceitos opostos, mas basicamente semelhantes —, uma resposta negativa de minha parte o levaria logicamente a concluir que sua vida não pode terminar em nada, enquanto de uma afirmativa você poderia tirar a conclusão oposta. Em qualquer dos dois casos, como vê, você ficaria na mesma situação de antes, uma vez que um 'não' seco provaria a você que não sei mais que você sobre determinado assunto, enquanto um úmido 'sim' sugeriria que você aceita a existência de um céu internacional do qual sua razão não deixaria de duvidar."

"Você está simplesmente evitando uma resposta direta, mas permita que eu observe mesmo assim que, na questão da morte, você não me deu a resposta 'frio'."

"Lá vai você de novo", Falter suspirou. "Não acabei de explicar para você que qualquer dedução assume a forma da curvatura do pensamento? É correto, contanto que você permaneça na esfera das dimensões terrenas, mas quando se tenta ir além, o erro cresce na proporção que se percorre. E isso não é tudo: sua mente irá interpretar cada resposta minha de um ponto de vista exclusivamente utilitário, porque você é incapaz de conceber a morte de outra forma que não seja a imagem de sua própria lápide, e isso por sua vez distorceria o sentido de minha resposta a ponto de transformá-la numa mentira, *ipso facto*. Então vamos observar o decoro mesmo quando lidamos com o transcendental. Não tenho como me expressar com mais clareza — e você deveria agradecer se sou evasivo. Percebo que você intui que há um certo obstáculo na formulação da pergunta, um obstáculo, incidentalmente, que é mais terrível que o próprio medo da morte. É particularmente forte em você, não é?"

"É, Falter. O terror que sinto diante da ideia de minha futura inconsciência é igual apenas à repulsa causada em mim por uma previsão mental de meu corpo se decompondo."

"Bem colocado. Provavelmente outros sintomas dessa doença terrena estão presentes também? Uma pontada surda no coração, de repente, no meio da noite, como o lampejo de uma criatura selvagem entre emoções domésticas e pensamentos corriqueiros. 'Um dia eu também vou morrer.' Acontece com você, não? Ódio do mundo, que muito alegremente continuará sem você. Uma sensação básica de que todas as coisas do mundo são bagatelas, fantasmagorias comparadas à sua agonia mortal, e portanto à sua vida, pois, como você mesmo diz, a vida em si é a agonia antes da morte. Sim, ah, sim, posso imaginar perfeitamente essa doença da qual vocês todos sofrem em maior ou menor grau, e posso dizer uma coisa: não consigo entender como as pessoas podem viver em tais condições."

"Agora, Falter, parece que estamos chegando a algum lugar. Aparentemente, então, se eu admitir que, nos momentos de felicidade, de arrebatamento, quando minha alma é desnudada, eu de repente sinto que não existe extinção depois do túmulo; que num quarto vizinho, trancado, por baixo de cuja porta passa um vento gelado, está sendo preparada uma radiação irisada, uma pirâmide de deleites parecida com a árvore de Natal de minha infância; que tudo — vida, pátria, abril, o som de uma fonte ou o de uma voz querida — é apenas um prefácio confuso, e o texto principal encontra-se ainda mais adiante — se posso sentir assim, Falter, não será possível viver, viver... me diga que é possível e não pergunto mais nada."

"Nesse caso", disse Falter, sorrindo de novo em muda hilaridade, "entendo você ainda menos. Pule o prefácio e está no papo!".

"*Un bon mouvement*, Falter — me conte seu segredo."

"O que está tentando fazer, me pegar desprevenido? Você é hábil, pelo que vejo. Não, está fora de questão. Nos primeiros dias — sim, nos primeiros dias pensei que seria possível compartilhar meu segredo. Um homem adulto, a menos que seja um touro como eu, não aguentaria... tudo bem; mas me perguntei se não seria possível criar uma nova geração de *iniciados*, isto é, voltar minha atenção às crianças. Como vê, não superei imediatamente a contaminação de dialetos locais. Na prática, porém, o que podia acontecer? Em primeiro lugar, dificilmente se pode imaginar exigir de crianças um voto de silêncio sacerdotal a fim de que nenhuma delas, com uma palavra sonhadora, cometa uma carnificina. Em segundo lugar, assim que a criança cresce, a informação passada a ela, aceita em confiança e que foi deixada a dormir num canto remoto de sua consciência, pode se sobressaltar e despertar, com trágicas consequências. Mesmo que meu segredo nem sempre destrua um membro maduro da espécie, é impensável que vá poupar um jovem. Pois quem não conhece esse período da vida em que coisas de todo tipo — o céu estrelado sobre um spa caucasiano, um livro lido no banheiro, as próprias conjeturas sobre o cosmos, o delicioso pânico do solipsismo — são em si mesmas suficientes para provocar um frenesi em todos os sentidos de um ser humano adolescente? Não há razão para que eu me torne um carrasco; não tenho nenhuma intenção de aniquilar regimentos através de um megafone; em resumo, não há ninguém em que eu possa confiar."

"Eu lhe fiz duas perguntas, Falter, e você duas vezes me provou a impossibilidade de responder. Parece inútil eu perguntar qualquer outra coisa — digamos, sobre os limites do universo, ou a origem da vida. Você provavelmente sugeriria que eu me contentasse com uma manchinha minúscula num planeta de segunda classe, servido por um sol de segunda classe, senão você outra vez reduziria tudo a um enigma: a palavra 'heteróloga' é ela própria heteróloga?"

"Provavelmente", concordou Falter, dando um prolongado bocejo.

Seu cunhado tirou silenciosamente o relógio do bolso do colete e olhou para a esposa.

"Uma coisa estranha, porém, Falter. Como um conhecimento sobre-humano da verdade última se combina em você com a habilidade de um sofista banal que não sabe nada? Admita, toda essa absurda ninharia não é nada mais que um elaborado escárnio."

"Ah, bom, essa é minha única defesa", disse Falter, apertando os olhos para a irmã, que estava habilmente extraindo um longo cachecol de lã cinzento pela manga do sobretudo que já era oferecido a ele pelo cunhado. "Senão, você sabe, conseguiria ter arrancado tudo de mim. Porém", acrescentou, enfiando o braço errado e depois o certo numa manga, simultaneamente se afastando dos gestos dos assistentes, "porém, mesmo que eu tenha intimidado um pouco você, permita que o console: em meio a toda a baboseira e tagarelice, inadvertidamente eu me traí — apenas duas ou três palavras, mas nelas havia o lampejo de uma borda de insight absoluto — ao qual você, felizmente, não deu atenção".

Ele foi levado embora e assim terminou nosso diálogo bastante diabólico. Não só Falter não havia me dito nada, como não permitira nem que eu chegasse perto, e sem dúvida seu último pronunciamento era uma caçoada, assim como tudo o que viera antes. No dia seguinte, a voz entediante de seu cunhado me informou pelo telefone que Falter cobrava 100 francos por uma visita; perguntei por que diabos eu não havia sido alertado disso e ele prontamente replicou que, se a entrevista viesse a ser repetida, duas conversas custariam apenas 150. A compra da Verdade, mesmo com desconto, não me tentava, e depois de mandar para ele a soma dessa dívida inesperada fiz um esforço para não pensar mais em Falter. Ontem, porém... É, ontem recebi um recado do próprio Falter, do hospital: escrevia, com boa caligrafia, que morreria na terça-feira e que ao partir aventurava-se a me informar que... em seguida vinham duas linhas que ele minuciosa e, ao que parecia, ironicamente, havia riscado. Respondi que agradecia sua consideração e que desejava a ele interessantes impressões póstumas e uma eternidade agradável.

Mas tudo isso não me levou mais perto de você, meu anjo. No caso de uma eventualidade, estou mantendo todas as janelas e portas da vida bem abertas, muito embora eu sinta que você não irá condescender com os modos de aparição consagrados pelo tempo. O mais aterrorizante de tudo é a ideia de que, na medida em que você brilhará para sempre dentro de mim, tenho de preservar minha vida. Meu quadro corporal transitório é talvez a única garantia de sua existência ideal: quando eu desaparecer, ela desaparecerá também. Ai!, com a paixão de um mendigo, estou condenado a usar a natureza física a fim de terminar de narrar você para mim mesmo e depois fiar-me em minha própria elipse...

Solus Rex

Como sempre acontecia, o rei foi despertado pelo choque entre a guarda pré-alvorada e a do meio da manhã (*morndammer wagh* e *erldag wagh*). A primeira, indevidamente pontual, deixava seu posto no minuto prescrito, enquanto a última se atrasava por um número constante de segundos, não só por negligência, mas provavelmente porque o relógio artrítico de alguém estava costumeiramente atrasado. Portanto, os que partiam e os que chegavam sempre se encontravam num mesmo lugar — o estreito caminho diretamente embaixo da janela do quarto do rei, entre a muralha dos fundos do palácio e um emaranhado de densa mas pouco florida madressilva, debaixo da qual se espalhava todo tipo de lixo: penas de galinha, cerâmica quebrada e grandes latas de faces vermelhas que continham "Pomona", uma marca nacional de fruta em conserva. Acompanhava o encontro, invariavelmente, o som abafado de um breve e bem-humorado corpo a corpo (era isso que acordava o rei), quando um dos sentinelas pré-alvorada, que tinha um pendor à travessura, fingia não querer entregar a lousa que continha a senha a um dos homens do meio da manhã, um velho burro e rabugento, veterano da campanha de Swirhulm. Depois todos se calavam de novo e o único som audível era o rotineiro, vez por outra acelerado crepitar da chuva, que caía sistematicamente durante precisos 306 dias dos 365 ou 366, de forma que as peripécias do tempo fazia muito haviam deixado de perturbar qualquer um (aqui o vento se dirigiu às madressilvas).

    O rei deu um giro à direita acordando de seu sono e apoiou um grande punho branco debaixo da face, na qual o brasão bordado na fronha havia deixado o relevo de tabuleiro de xadrez. Por entre as bordas internas da cortina marrom ligeiramente fechada, na única mas ampla janela, vazava um raio de luz escorregadia e o rei lembrou-se de imediato de um dever iminente (sua presença na inauguração de uma ponte nova que atravessava o Egel), cuja imagem desagradável parecia inscrita com inevitabilidade geométrica naquele pálido trígono de dia. Ele não estava interessado em pontes, canais ou estaleiros, e mesmo que depois de cinco anos — sim, exatamente cinco anos (826 dias) — de reinado nebuloso ele realmente devesse ter adquirido o hábito de atender diligentemente a uma variedade de assuntos que o enchiam de horror porque eram organicamente esquemáticos para sua cabeça (na qual coisas muito diferentes, em nada relacionadas com seu posto real, eram infinita e insaciavelmente perfeitas), sentia-se depressivamente ofendido cada vez que era obrigado a ter contato não apenas com qualquer coisa que exigisse um falso sorriso de sua deliberada ignorância, mas também com aquilo que não era nada mais que um verniz de padrões convencionais num objeto sem sentido e talvez mesmo inexistente. Se a inauguração da ponte, de cujo projeto ele nem se lembrava, embora, sem dúvida, devesse tê-lo aprovado, parecia-lhe meramente uma festa vulgar, era também porque ninguém nunca se dava ao trabalho de perguntar se ele estava interessado naquele intrincado fruto da tecnologia, suspenso no ar, e no entanto hoje ele teria de atravessá-la devagar num lustroso conversível com um radiador dentado, e isso era uma tortura; havia também aquele outro engenheiro sobre o qual as pessoas lhe falavam desde que ele mencionara (sem nenhuma razão, simplesmente para se livrar de alguém ou de alguma coisa) que gostaria de fazer uma escalada, se ao menos a ilha tivesse uma única montanha decente (o velho vulcão costeiro há muito extinto não contava, e, além disso, um farol — que por sinal também não funcionava — havia sido construído em seu topo). Esse engenheiro, cuja dúbia fama vicejava pelos salões de damas e cortesãs da corte, atraídas por sua compleição cor de mel amarronzado e seu discurso insinuante, havia proposto elevar a parte central da planície insular e transformá-la num maciço montanhoso, inflando-a subterraneamente. Os habitantes da localidade escolhida teriam permissão para permanecer em suas moradas quando o solo estivesse sendo inflado. Poltrões que preferiam se retirar da área de teste onde suas casinhas de tijolos se aglomeravam e perplexas vacas vermelhas mugiam, sentindo a mudança de altitude, seriam punidos por terem gasto muito mais tempo em sua volta às escarpas recém-formadas do que em sua recente evacuação da planície condenada. Lentamente os prados incharam; rochedos moveram suas costas arredondadas; um letárgico riacho rolou para fora de seu leito e, para sua própria surpresa, transformou-se numa cachoeira alpina; árvores viajaram enfileiradas na direção das nuvens e muitas (os pinheiros, por exemplo) gostaram da viagem; os aldeões, debruçados em suas varandas, acenavam com lenços e admiravam o desenvolvimento pneumático da paisagem. Então a montanha cresceria e cresceria, até o engenheiro dar ordem para que a monstruosa inflação tivesse fim. O rei, porém, não esperou o final, mas cochilou de novo, mal tendo tempo para lamentar que, resistindo constantemente como resistia à prontidão do Conselho em apoiar a realização de todo projeto desmiolado (enquanto, por outro lado, seus direitos mais naturais, mais humanos, eram restritos por leis rígidas), ele não dera permissão para o experimento e agora era tarde demais, o inventor havia cometido suicídio depois de patentear uma forca para uso em interiores (pelo menos assim narrou o espírito do sono ao adormecido).

O rei continuou dormindo até sete e meia e, no minuto habitual, sua mente entrou repentinamente em ação e já estava pronto para encontrar Frey quando Frey entrou no quarto. Aquele decrépito, asmático *konwacher* emitia invariavelmente em movimento um estranho ruído suplementar, como se estivesse com muita pressa, embora a pressa aparentemente não fosse de seu estilo, visto que ele ainda não estava pronto para morrer. Ele depôs a bacia de prata num tamborete com a forma de um coração recortada no assento, como já fizera durante meio século, servindo dois reis; hoje ele estava despertando um terceiro, a cujos predecessores aquela água perfumada com baunilha e aparentemente enfeitiçada havia servido a propósitos abluentes. Agora, porém, era totalmente supérflua; e no entanto toda manhã a bacia e o tamborete apareciam, acompanhados de uma toalha que havia sido dobrada cinco anos antes. Continuando a emitir seu som especial, o velho valete admitiu a luz diurna em sua totalidade. O rei sempre se perguntava por que Frey não abria as cortinas primeiro, em vez de tatear na penumbra para deslocar o tamborete e seu utensílio inútil para perto da cama. Mas falar com Frey estava fora de questão por causa de sua surdez, que combinava tão bem com o branco de coruja das neves de seu cabelo: ele estava isolado do mundo pelo algodão da velhice e, quando avançou com uma reverência na direção da cama, o relógio da parede do quarto começou a tiquetaquear mais claramente, como se tivesse recebido uma recarga de tempo.

O quarto então entrou em foco, com uma rachadura em forma de dragão atravessando o teto e o imenso cabide de roupas ereto como um carvalho no canto. Havia uma admirável tábua de passar roupa encostada à parede. Uma coisa usada para arrancar a bota do pé pelo calcanhar, um objeto obsoleto na forma de um imenso besouro de ferro fundido, espreitava ao lado de uma poltrona vestida com uma capa de mobília branca. Um guarda-roupa de carvalho, obeso, cego e drogado com naftalina, ficava junto a um receptáculo ovoide de palha para roupa suja, ali colocado em pé por algum Colombo desconhecido. Vários objetos pendurados ao acaso nas paredes azuladas: um relógio (que já fizera notar sua presença), um armário de remédios, um velho barômetro que indicava o clima mais rememorado que real, um esboço a lápis de um lago com juncos e um pato de partida, uma fotografia míope de um cavalheiro com perneiras de couro montado num cavalo de cauda borrada seguro por um pajem solene na frente de uma varanda, a mesma varanda com criados de rosto tenso reunidos nos degraus, algumas flores aveludadas prensadas debaixo do vidro empoeirado de uma moldura circular... A escassez da mobília e a sua absoluta irrelevância às necessidades e à ternura de quem quer que usasse aquele quarto espaçoso (habitado um dia, ao que parece, pela *Husmuder*, como era chamada a esposa do rei precedente) davam-lhe uma aparência estranhamente desabitada, e se não fosse pela intrusiva bacia e a cama de ferro, à beira da qual sentava-se um homem com camisola de gola embabadada, os pés fortes, descalços, pousados no chão, seria impossível imaginar que alguém passasse suas noites ali. Os artelhos procuraram e encontraram um par de chinelos de couro marroquino e, vestindo um roupão cinzento como a manhã, o rei atravessou as tábuas rangentes do piso até a porta acolchoada com feltro. Quando, depois, ele relembrou essa manhã, pareceu-lhe que, ao se levantar, havia experimentado, tanto na mente como nos músculos, um peso não usual, uma carga fatídica pelo dia que tinha pela frente, de forma que o terrível infortúnio trazido por esse dia (e que debaixo da máscara do tédio trivial *já* estava à espreita na ponte do Egel), absurdo e imprevisível como era, pareceu-lhe depois uma espécie de resolvente. Temos a tendência de atribuir ao passado imediato (estava na minha mão, acabo de pôr ali e não está mais) alinhamentos que o relacionam com o presente inesperado, o que, de fato, não passa de um malandro gabando-se de um brasão comprado. Nós, escravos da cadeia de acontecimentos, lutamos para preencher o espaço com um elo espectral da cadeia. Quando olhamos para trás, temos certeza de que a estrada que vemos atrás de nós é exatamente a mesma que nos trouxe ao túmulo ou à fonte junto aos quais nos encontramos. Os saltos e lapsos erráticos da vida só podem ser tolerados pela mente quando se consegue descobrir sinais de flexibilidade e permeabilidade em eventos anteriores. Incidentalmente, tais eram os pensamentos que ocorreram ao artista não mais independente Dmitri Nikolaevitch Sineusov, e a noite chegara, e em letras cor de rubi arranjadas na vertical rebrilhava a palavra RENAULT.

    O rei se pôs à procura do desjejum. Ele nunca sabia em qual das cinco salas possíveis situadas ao longo da fria galeria de pedra, com teias de aranha pelos cantos de suas janelas ogivais, estaria o seu café esperando. Abrindo as portas de uma em uma, ele tentava localizar a pequena mesa posta e finalmente a encontrou onde ocorria com menor frequência: debaixo do grande, opulentamente escuro retrato de seu predecessor. O rei Gafon fora retratado na idade em que se lembrava dele, mas os traços, a postura e a estrutura corporal eram dotados de uma magnificência que nunca havia sido característica daquele velho de ombros curvos, nervoso e relaxado, com as rugas de uma velha camponesa acima do lábio superior imberbe e um tanto torto. As palavras do brasão familiar eram "ver e governar" (*sassed ud halsem*), que os gaiatos, ao se referir a ele, mudavam para "poltrona e conhaque de avelã" (*sasse ud hazel*). Ele reinara trinta e poucos anos, sem despertar nem amor nem ódio especiais em ninguém, acreditando igualmente no poder do bem e no poder do dinheiro, dócil em sua aquiescência à maioria parlamentar, cujas mornas aspirações humanitárias atraíam sua alma sentimental, e recompensando generosamente a partir de um tesouro secreto as atividades daqueles deputados cuja devoção à coroa garantia sua estabilidade. A habilidade de reinar havia muito se tornara para ele o volante de um hábito mecânico, e a tacanha submissão do país, onde o *Peplerhus* (parlamento) brilhava como uma lamparina baça e estralejante, parecia uma forma semelhante de rotação regular. E se os últimos anos de seu reino foram mesmo assim envenenados por amargas sublevações, vindas como arrotos depois de um prolongado e tranquilo jantar, a culpa não era dele, mas da pessoa e do comportamento do príncipe herdeiro. De fato, no calor da irritação, os cidadãos descobriram que o antigo flagelo do mundo culto, o agora esquecido professor Ven Skunk, não errara muito ao afirmar que ter filhos não passava de uma doença, e que todo bebê era um tumor paterno "externalizado", autoexistente, muitas vezes maligno.

O rei atual (provisoriamente vamos designá-lo como K, na notação do xadrez) era sobrinho do velho, e no começo ninguém sonhava que o sobrinho fosse assumir um trono prometido por direito ao filho do rei Gafon, o príncipe Adulf, cujo nome popular absolutamente indecente (baseado numa feliz assonância) deve, em prol do decoro, ser traduzido por "príncipe Figo". K cresceu num palácio remoto sob os olhares de um nobre rabugento e ambicioso e sua esposa equina e viril, de forma que mal conheceu o primo e começou a vê-lo um pouco mais frequentemente só com a idade de vinte anos, quando Adulf tinha quase quarenta.

Temos diante de nós um sujeito bem alimentado, pacato, com pescoço curto, pelve larga, rosto de faces grandes, de um rosa uniforme e belos olhos salientes. Seu bigodinho ruim, que parecia um par de plumas negro-azuladas, de alguma forma não combinava com os lábios grossos, que pareciam sempre engordurados, como se ele tivesse acabado de chupar um osso de frango. O cabelo escuro, grosso, de cheiro desagradável e também oleoso emprestava algo frívolo, incomum em Thule, à cabeça grande, solidamente plantada nos ombros. Ele tinha um pendor por roupas espalhafatosas e era ao mesmo tempo tão pouco asseado como um *papugh* (seminarista). Era bem versado em música, escultura e artes gráficas, mas capaz de passar horas na companhia de pessoas vulgares e sem graça. Chorava profusamente ao ouvir o violino derretido do grande Perelmon, e derramava as mesmas lágrimas ao catar os cacos de sua xícara favorita. Sempre pronto a ajudar as pessoas de qualquer forma, se naquele momento não estivesse ocupado com outras questões; e bem-aventuradamente fungando, cutucando e mordiscando a vida, ele provocava constantemente, em terceiros cuja existência pouco lhe importava, sofrimento que ultrapassava em muito o de sua própria alma — sofrimentos que pertenciam a outro mundo, *o* outro mundo.

Em seu vigésimo aniversário, K entrou na universidade de Ultimare, situada a mais de seiscentos quilômetros de roxas urzes da capital, à margem de um mar cinzento, e lá conheceu algo sobre a moral do príncipe herdeiro, e teria descoberto muito mais se não evitasse conversas e discussões que poderiam sobrecarregar seu anonimato já nada fácil. O conde, seu guardião, que ia visitá-lo uma vez por semana (chegando às vezes no sidecar de uma motocicleta pilotada por sua enérgica esposa), enfatizava continuamente como seria horrível, trágico e perigoso se algum dos estudantes ou professores descobrisse que aquele rapaz desengonçado e melancólico, que se destacava tanto em seus estudos como no *vanbol* na quadra de duzentos anos atrás do prédio da biblioteca, não era absolutamente filho de um notário, mas sobrinho de um rei. Se era submissão a um daqueles muitos caprichos, enigmáticos em sua tolice, com os quais alguém desconhecido e mais poderoso que o rei e o *Peplerhus* juntos, por alguma razão perturbava a vida simples e monótona do norte, fiel a convenções meio esquecidas, daquela "*île triste et lointaine*"; ou se o exacerbado nobre tinha seu próprio esquema, seus planos a longo prazo (a formação de reis deve ser mantida em segredo), não sabemos; nem havia razão para especular a esse respeito, uma vez que, de qualquer forma, o estranho aluno estava ocupado com outras questões. Livros, jogo de *wallball*, esqui (os invernos naquela época costumavam ter mais neve), mas, acima de tudo, noites de meditação especial nas urzes e, um pouco mais tarde, seu romance com Belinda — tudo isso preenchia suficientemente sua existência para deixá-lo despreocupado das vulgares intriguinhas da metapolítica. Além disso, enquanto estudava diligentemente os anais da pátria, nunca lhe ocorreu que dentro dele dormia o mesmo sangue que correra nas veias dos reis precedentes; ou que a vida de verdade, passando depressa, também era "história" — história que havia sido lançada do túnel escuro das eras para a pálida luz do sol. Fosse porque seu assunto de interesse terminara todo um século antes do reino de Gafon, ou porque a magia desenvolvida involuntariamente pelo mais sóbrio dos cronistas lhe parecia mais preciosa do que seu próprio testemunho, o homem dos livros dentro dele suplantava a testemunha ocular, e mais tarde, quando tentou restabelecer contato com o presente, teve de se contentar com formular algumas passagens provisórias, que serviam apenas para deformar a familiar distância da lenda (aquela ponte sobre o Egel, aquela ponte manchada de sangue!)

Foi, portanto, no começo do seu segundo ano de faculdade que K, tendo ido à capital para um breve feriado e tomado alojamentos modestos no chamado Clube dos Membros do Gabinete, encontrou, na primeiríssima recepção na corte, o príncipe herdeiro, um *charmeur* vaidoso, gorducho, de aspecto indecentemente jovem, que desafiava os outros a não admitir seu encanto. O encontro se deu na presença do velho rei, sentado em sua poltrona de costas retas junto à janela de vitral, devorando depressa e habilmente aquelas ameixas oliváceas e escuras que para ele eram mais uma iguaria do que um remédio. Muito embora Adulf parecesse não notar de imediato seu jovem parente e continuasse a se dirigir a dois tolos cortesãos, o príncipe acabou abordando um assunto calculado para fascinar o recém-chegado, a quem ofereceu uma visão de três quartos de perfil de si mesmo: barrigudo e orgulhoso, mãos enfiadas nos bolsos da calça xadrez amassada, oscilando ligeiramente dos calcanhares para a ponta dos pés.

"Por exemplo", disse ele com a voz triunfante que reservava para ocasiões públicas, "pegue toda a nossa história e verão, cavalheiros, que entre nós sempre se considerou que a raiz do poder se originou da magia, com a obediência concebível apenas quando, na cabeça de quem obedece, pudesse ser identificada com o efeito infalível de um encantamento. Em outras palavras, o rei ou era um mago ou estava ele próprio enfeitiçado, às vezes pelo povo, às vezes pelos conselheiros, às vezes por um inimigo político que arrancaria a coroa de sua cabeça como um chapéu de um cabide. Lembrem-se da mais arcaica antiguidade e do domínio dos *mossmons*" (altos sacerdotes, "múmias"), "a adoração da turfa luminescente, esse tipo de coisas; ou veja aqueles... aqueles primeiros reis pagãos — Gildras e, sim, Ofodras, e aquele outro, me esqueço de como se chamava, de qualquer forma, o sujeito que atirou seu cálice ao mar, depois do que, durante três dias e três noites, pescadores recolheram água transformada em vinho... *Solg ud digh vor je sage vel, ud jem gotelm quolm osje musikel*" ("Doce e copiosa era a onda do mar e em conchas as moças dela bebiam" — o príncipe citou a balada de Uperhulm). "E os primeiros frades que chegaram num barquinho equipado com uma cruz em vez de vela, e toda aquela história da 'Rocha Batismal' — pois só por terem adivinhado o ponto fraco de nosso povo foi que eles conseguiram introduzir o louco credo romano. Além disso", continuou o príncipe, moderando de repente o crescendo de sua voz porque um dignitário do clero estava agora parado perto dele, "se a chamada igreja nunca engoliu realmente o corpo de nosso estado e, nos últimos dois séculos, perdeu inteiramente sua significação política, é precisamente porque os milagres elementares e bastante monótonos que conseguiu produzir logo se tornaram um tédio" — o clérigo afastou-se e o príncipe recuperou sua liberdade — "e não conseguiam competir com a feitiçaria natural, *la magie innée et naturelle* de nossa pátria. Vejam os reis subsequentes e inquestionavelmente históricos e o começo de nossa dinastia. Quando Rogfrid Primeiro subiu, ou melhor, rastejou para um trono cambaleante que ele próprio chamou de um barril flutuando no mar, e o país estava nas garras de tamanha insurreição e caos que sua aspiração ao reinado parecia um sonho infantil, lembram-se da primeira coisa que ele faz ao assumir o poder? Ele imediatamente cunha *kruns*, meias-*kruns* e *grosken* com a efígie de uma mão de seis dedos. Por que a mão? Por que os seis dedos? Nenhum historiador foi capaz de esclarecer e se duvida que o próprio Rogfrid soubesse. Permanece o fato, porém, de que essa medida mágica pacificou prontamente o país. Mais tarde, sob o poder de seu neto, quando os dinamarqueses tentaram nos impor seu protegido e ele aportou com forças imensas, o que aconteceu? De repente, com absoluta simplicidade, o partido anti-governista — me esqueço de como se chamava, de qualquer forma, os traidores, sem os quais toda a trama não teria existido — mandou um mensageiro ao invasor com uma comunicação polida de que não podia mais apoiá-lo; porque 'a urze'" — isto é, a planície que o exército vira-casaca tinha de atravessar para se juntar às forças estrangeiras — "'havia se emaranhado nos estribos e nas pernas da traição, impedindo assim o avanço', o que aparentemente deve ser tomado em sentido literal, e não interpretado no espírito daquelas velhas alegorias com que alimentam os colegiais. Além disso — ah, sim, um exemplo esplêndido —, a rainha Ilda, não devemos omitir a rainha Ilda de seio branco e amores abundantes, que resolveria todos os problemas de estado por meio de encantamentos e com tamanho sucesso que qualquer indivíduo que não encontrava sua aprovação perdia a razão; vocês sabem que até o dia de hoje os manicômios são conhecidos entre o populacho como *ildehams*. E, quando o populacho começa a participar de questões legislativas e administrativas, fica absurdamente claro que a magia está do lado do povo. Garanto, por exemplo, que se o pobre rei Edaric se visse incapaz de assumir seu assento na recepção aos funcionários eleitos, não seria com certeza por uma questão de hemorroidas. E por aí vai..." (o príncipe estava começando a se cansar do tópico que havia escolhido) "... a vida em nosso país, como alguns anfíbios, mantém a cabeça erguida em meio à simples realidade nórdica, enquanto submerge a barriga na fábula, em rica e vivificante bruxaria. Não é à toa que cada um de nossos musgosos rochedos, cada velha árvore, participou ao menos uma vez de uma ou outra ocorrência mágica. Cá está um jovem estudante, está cursando história, tenho certeza de que vai confirmar minha opinião".

Ao ouvir com seriedade e confiança o raciocínio de Adulf, K ficou assombrado de ver até que ponto coincidia com suas próprias opiniões. Verdade, a seleção de exemplos de livros escolares citada pelo falante príncipe herdeiro pareceu a K um tanto rasa; estaria a questão toda não nas notáveis manifestações de bruxaria, mas nos delicados matizes de alguma coisa fantástica, que profundamente, e ao mesmo tempo nebulosamente, coloria a história da ilha? Concordava, porém, incondicionalmente, com a premissa básica, e foi essa a resposta que deu, baixando a cabeça e assentindo consigo mesmo. Só muito mais tarde foi que se deu conta de que a coincidência de ideias que tanto o havia surpreendido fora consequência de uma astúcia quase inconsciente por parte de seu promulgador, que inegavelmente tinha uma espécie de instinto especial que lhe permitia adivinhar qual a isca mais eficiente para qualquer novo ouvinte.

Quando o rei terminou suas ameixas, acenou para seu sobrinho e, sem saber o que conversar com ele, perguntou quantos estudantes havia na universidade. K não sabia o que dizer: desconhecia o número e não teve a agilidade de responder um número qualquer. "Quinhentos? Mil?", o rei insistiu, com uma nota de curiosidade juvenil na voz. "Com certeza deve haver mais que isso", acrescentou em tom conciliador, ao não receber uma resposta inteligível; então, depois de uma pausa para refletir, continuou perguntando se seu sobrinho gostava de montar a cavalo. Nesse ponto, o príncipe da coroa se intrometeu com seu sedutor desembaraço, convidando o primo para um passeio na quinta-feira seguinte.

"Incrível como ele ficou parecido com minha pobre irmã", disse o rei com um suspiro mecânico, tirando os óculos e os devolvendo ao bolso do peito de seu paletó marrom com galões. "Sou pobre demais para lhe dar um cavalo", continuou, "mas tenho um lindo chicote de montaria. Gotsen" (disse, dirigindo-se ao camarista real), "onde está aquele lindo chicote com cabeça de cachorrinho? Procure depois e dê para ele... um pequeno objeto interessante, de valor histórico e tudo mais. Bem, fico satisfeito de dá-lo a você, mas um cavalo está acima das minhas posses. Tudo o que eu tenho é uma parelha de pangarés que estou guardando para meu enterro. Não fique aborrecido — eu não sou rico". ("*Il ment*", disse o príncipe herdeiro bem baixinho e se afastou, cantarolando.)

No dia do passeio, o clima estava frio e instável, um céu nacarado espumava no alto, os arbustos amarelados curvavam-se nas ravinas, os cascos dos cavalos estalavam ao espalhar a lama das densas poças em trilhas de chocolate, os corvos crocitavam; e então, além da ponte, os cavaleiros saíram da estrada e partiram a trote pelas urzes escuras, acima das quais uma bétula esguia, já amarelando, se erguia aqui e ali. O príncipe herdeiro revelou-se um excelente cavaleiro, embora evidentemente nunca tivesse frequentado uma escola de equitação, porque seu jeito de sentar era indiferente. O traseiro pesado, largo, vestido com veludo e camurça, subindo e descendo na sela, e os ombros caídos, arredondados, despertavam em seu companheiro um estranho e vago tipo de piedade, que desaparecia completamente toda vez que K olhava o rosto rosado do príncipe, irradiando saúde e aptidão, e ouvia seu discurso impulsivo.

O chicote de montaria chegara na véspera, mas não fora levado: o príncipe (que, por sinal, havia lançado a moda de usar mau francês na corte) o qualificara com desprezo de *ce machin ridicule* e argumentou que pertencia ao filho pequeno do cavalariço, que devia ter esquecido na varanda do rei. "*Et mon bonhomme de père, tu sais, a une vraie passion pour les objets trouvés.*"

"Fiquei pensando no que pode haver de verdade naquilo que disse. Os livros não falam absolutamente nada a respeito."

"A respeito de quê?", perguntou o príncipe, tentando laboriosamente reconstruir qual tortuosa teoria ele havia exposto ultimamente diante do primo.

"Ah, você se lembra! A origem mágica do poder e o fato de..."

"Sim, claro, claro", interrompeu depressa o príncipe, e imediatamente encontrou o melhor jeito de encerrar o assunto esquecido. "Não concluí naquela hora porque havia muitos ouvidos em torno. Você sabe que todo nosso infortúnio reside hoje no estranho tédio do governo, na inércia nacional, nas tristes disputas dos membros do *Peplerhus*. Tudo isso ocorre porque a simples força dos encantamentos, tanto populares como reais, de alguma forma se evaporou, e nossa bruxaria ancestral reduziu-se a mero artifício. Mas não vamos discutir esses assuntos deprimentes agora, vamos mudar para coisas mais alegres. Diga, você deve ter ouvido falar muito de mim na faculdade. Posso imaginar! Me diga, falam o quê? Por que está calado? Me chamam de libertino, não?"

"Eu mantenho distância de conversas maldosas", disse K, "mas de fato havia intrigas nesse sentido".

"Bem, boatos são a poesia da verdade. Você ainda é um menino — e além disso um menino muito bonitinho —, de forma que muita coisa você não vai entender ainda. Vou fazer apenas esta observação: todas as pessoas são basicamente perversas, mas quando a coisa é feita em segredo, quando, por exemplo, a pessoa corre a se empanturrar de geleia num canto escuro, ou deixa a imaginação voar sabe Deus em quais missões, isso tudo não conta; ninguém considera um crime. Porém quando a pessoa franca e assiduamente satisfaz os apetites a ela impostos por seu corpo imperioso, então, ah, então, as pessoas começam a denunciar a intemperança! E mais uma consideração: se, no meu caso, essa legítima satisfação se limitasse a apenas um método invariável, a opinião pública se resignaria, ou, no máximo, me censuraria por mudar de amantes com muita frequência. Mas Deus!, que tumulto fazem porque não me limito ao código de lascívia, mas recolho o meu mel onde quer que o encontre! E olhe que gosto de tudo — seja uma tulipa, ou uma simples hastezinha de grama —, porque, sabe?", concluiu o príncipe, sorrindo e apertando os olhos, "eu realmente procuro apenas frações de beleza, deixando os números inteiros para os bons burgueses, e essas frações podem ser encontradas numa bailarina, assim como num estivador, numa Vênus de classe média assim como num jovem cavaleiro".

"Sei", disse K, "eu entendo. Você é um artista, um escultor, você adora a forma...".

O príncipe freou o cavalo e deu uma gargalhada.

"Ah, bom, não é bem uma questão de escultura — *à moins que tu ne confondes la galanterie avec la Galatée* —, o que, porém, é perdoável na sua idade. Não, não — é tudo muito menos complicado. Só não seja tão tímido comigo, eu não mordo, simplesmente não suporto rapazes *qui se tiennent toujours sur leurs gardes*. Se você não tem nada mais interessante em vista, podemos voltar via Grenlog e jantar à beira do lago, e então pensamos em alguma coisa.

"Não, eu creio que... bem.. tenho de fazer uma coisa... Acontece que hoje à noite eu..."

"Ah, bem, não estou forçando você a nada", disse o príncipe afavelmente, e um pouco mais adiante, junto ao moinho, se despediram.

Assim como muita gente tímida teria feito em seu lugar, K, quando estava fazendo um esforço para encarar aquele passeio, havia previsto uma dificuldade especialmente exigente pela simples razão de Adulf se fazer passar por um animado conversador: com uma pessoa mais branda, mais discreta, teria sido mais fácil estabelecer o tom do passeio antecipadamente. Ao se preparar para ele, K tentou imaginar todos os momentos constrangedores que poderiam surgir da necessidade de sintonizar seu humor usual ao nível fervilhante de Adulf. Além disso, ele se sentiu obrigado pelo primeiro encontro, pelo fato de ter imprudentemente concordado com as opiniões de alguém que depois poderia corretamente esperar que os dois homens se dariam igualmente bem em ocasiões subsequentes. Ao fazer um inventário detalhado de suas possíveis gafes e, acima de tudo, ao imaginar com toda clareza a tensão, o peso plúmbeo nos maxilares, o tédio desesperado que sentiria (por sua capacidade inata, em todas as ocasiões, de ver com desconfiança a própria imagem), ao tabular tudo isso, inclusive os inúteis esforços para se fundir com seu outro eu e achar interessantes coisas que deveriam ser interessantes, K visava também um objetivo prático secundário: neutralizar o futuro, cuja única força é a surpresa. Nisso ele foi quase bem-sucedido. O destino, forçado por sua própria má escolha, aparentemente se contentara com os itens inócuos que ele havia deixado fora do seu campo de previsão: o céu pálido, o vento do urzal, uma sela rangente, um cavalo impacientemente ativo, o monólogo incansável de seu companheiro autocomplacente, tudo fundido em uma sensação bastante durável, principalmente em vista de K ter estabelecido mentalmente um certo limite temporal para o passeio. Era questão apenas de ir até o fim. Mas quando o príncipe, com uma nova proposta, ameaçou estender esse limite até o desconhecido, todas essas possibilidades foram uma vez mais dolorosamente avaliadas (e aqui "algo interessante" foi novamente imposto a K, exigindo uma expressão de alegre expectativa), esse período de tempo adicional — supérfluo!, imprevisto! — foi intolerável; e então, correndo o risco de parecer indelicado, ele usara o pretexto de um impedimento inexistente. Verdade, assim que virou o cavalo, lamentou essa descortesia com a mesma intensidade com que, um momento antes, se preocupara com sua liberdade. Consequentemente, toda a maldade esperada do futuro se deteriorou em um eco duvidoso do passado. Ele pensou por um momento se devia alcançar o príncipe e consolidar o alicerce de uma amizade por meio de uma atrasada, mas por isso mesmo duplamente preciosa, aquiescência a uma nova provação. Mas sua exigente apreensão de ofender um homem bom e alegre não superou o medo de evidentemente se ver incapaz de combinar essa gentileza com alegria. De forma que aconteceu de o destino lhe passar a perna afinal e, por meio de uma última alfinetada furtiva, tornar sem valor aquilo que ele estava pronto para considerar uma vitória.

    Poucos dias depois, recebeu outro convite do príncipe, pedindo que "aparecesse" qualquer noite da semana seguinte. K não podia recusar. Além disso, uma sensação de alívio pelo outro não ter se ofendido traiçoeiramente preparou o caminho.

    Foi levado a uma grande sala amarela, quente como uma estufa, onde um grupo de pessoas, dividido bem igualmente, estava sentado em divãs, almofadas e um tapete macio. Durante uma fração de segundo, o anfitrião pareceu vagamente perplexo com a chegada do primo, como se tivesse esquecido que o convidara, ou pensando tê-lo convidado para outro dia. Porém, a expressão momentânea imediatamente deu lugar a um sorriso de boas-vindas, depois do qual o príncipe ignorou o primo e, por sinal, K não recebeu nenhuma atenção dos outros convidados, evidentemente amigos próximos do príncipe: moças extraordinariamente magras, de cabelo liso, meia dúzia de cavalheiros de meia-idade com rostos bronzeados, sem barba, e diversos rapazes com as camisas de seda de colarinho aberto que eram moda na época. Entre eles, K reconheceu de repente o famoso acrobata Ondrik Guldving, um taciturno rapaz loiro com uma bizarra suavidade de gesto e porte, como se a expressividade de seu corpo, tão notável na arena, fosse abafada pela roupa. Para K, esse acrobata serviu como a chave para toda a constelação daquele grupo; e mesmo que o observador fosse ridiculamente inexperiente e casto, ele imediatamente sentiu que aquelas moças deliciosamente alongadas, tênues como gaze, os membros dobrados em abandonos diversos, que não conversavam, mas faziam uma miragem de conversa (que consistia em lentos meios sorrisos e "hums" de interrogação ou resposta através da fumaça de cigarros inseridos em piteiras preciosas), pertenciam àquele mundo essencialmente surdo-mudo que em dias passados se conhecia por *demi-monde* (todas as cortinas fechadas, nenhum *outro* mundo conhecido). O fato de, misturadas a elas, estarem damas que se viam nos bailes da corte não mudava em nada as coisas. O grupo masculino era igualmente de alguma forma homogêneo, apesar de composto por representantes da nobreza, pintores com unhas sujas e jovens rústicos do tipo estivador. E precisamente porque o observador era inexperiente e casto, ele imediatamente teve dúvidas sobre sua impressão inicial e involuntária e acusou a si mesmo de preconceito comum, de confiar servilmente na conversa trivial da cidade. Decidiu que estava tudo em ordem, isto é, que seu mundo em nada se dilaceraria pela inclusão daquele novo território e que tudo ali era simples e compreensível: uma pessoa independente e que gostava de se divertir havia escolhido livremente seus amigos.

    O ritmo relaxado e, de alguma forma, até infantil daquela reunião foi particularmente tranquilizador para K. O fumar mecânico, as diversas iguarias em pratinhos riscados de ouro, os ciclos de movimento camarada (alguém procurava uma partitura musical para alguém; uma garota experimentava o colar de outra), a simplicidade, a serenidade, tudo ali denotava à sua própria maneira a benevolência que K, não a possuindo pessoalmente, reconhecia em todos os fenômenos da vida, fosse o sorriso de um bombom na forminha pregueada, ou o eco de uma velha amizade adivinhada na conversa trivial de outrem. Com a testa franzida em concentração, soltando ocasionalmente uma série de gemidos agitados, que terminavam num grunhido de aborrecimento, o príncipe estava ocupado tentando conduzir seis bolinhas minúsculas para o centro de um labirinto de vidro em tamanho de bolso. Uma ruiva de vestido verde e sandálias nos pés nus ficava repetindo, com cômico lamento, que ele não ia conseguir nunca; mas ele insistiu por longo tempo, sacudindo o brinquedo recalcitrante, batendo o pé e começando de novo. Por fim, atirou-o num sofá, onde alguns dos outros prontamente começaram a brincar. Então um homem de traços bonitos, distorcidos por um tique, sentou-se ao piano, tocou as teclas com desordenado vigor numa paródia do jeito de alguém tocar e imediatamente tornou a se levantar, e ele e o príncipe começaram a discutir o talento de um terceiro, provavelmente o autor da melodia truncada, e a ruiva, coçando uma coxa graciosa por cima do vestido, começou a explicar ao príncipe a posição da parte ofendida num complicado conflito musical. Repentinamente o príncipe consultou o relógio, virou-se para o jovem acrobata loiro que bebia laranjada num canto: "Ondrik", disse com um ar preocupado, "acho que está na hora". Ondrik umedeceu os lábios soturnamente, depôs o copo e se aproximou. Com dedos gordos, o príncipe abriu a braguilha de Ondrik, extraiu toda a massa rosada de suas partes pudendas, escolheu a parte principal e começou a esfregar com regularidade sua haste brilhante.

"De início", K relatou, "achei que tinha perdido o juízo, que estava alucinando". Acima de tudo, ele ficou chocado com a qualidade natural do procedimento. A náusea subiu dentro de si, e ele foi embora. Uma vez na rua, até correu por um momento.

A única pessoa com quem se sentiu capaz de compartilhar a indignação foi seu tutor. Embora não tivesse muito afeto por aquele conde não muito atraente, resolveu consultá-lo como único parente que possuía. Desesperado, perguntou ao conde como podia um homem da moral de Adulf, homem que, além disso, não era mais moço, e portanto improvável de passar por uma mudança, vir a ser o governante do país. À luz em que vira de repente o príncipe herdeiro, ele percebeu também que, ao lado da horrível libertinagem e apesar do gosto pelas artes, Adulf era realmente um selvagem, um tolo autodidata, desprovido de cultura real, que se apropriara de um punhado de suas pérolas, aprendera como ostentar o brilho de sua mente adaptativa e, é claro, não se importava absolutamente com os problemas do reino à sua espera. K ficou perguntando se não seria um louco contrassenso, um delírio de sonho, imaginar que tal pessoa fosse rei; mas ao colocar essas perguntas dificilmente esperava respostas diretas: era a retórica do jovem desencanto. Mesmo assim, ao continuar exprimindo sua perplexidade em abruptas frases ríspidas (ele não nascera eloquente), K alcançou a realidade e teve um relance de sua face. Voluntariamente ele recuou, mas aquele relance ficou gravado em sua alma, revelando-lhe num relâmpago os perigos que esperavam um estado condenado a se tornar o brinquedo de um rufião lascivo.

    O Conde o ouviu atentamente, voltando de quando em quando para ele o olhar de seus olhos vulturinos e sem cílios: eles refletiam uma estranha satisfação. Mentor calculista e frio, ele respondeu com muita cautela, como se não concordasse inteiramente com K, acalmando-o, dizendo que o que ele havia visto casualmente estava influenciando com força indevida seu julgamento; que o único propósito da higiene praticada pelo príncipe era impedir que um jovem amigo desperdiçasse sua força com prostitutas; e que Adulf tinha qualidades que poderiam se revelar quando subisse ao trono. Ao final da entrevista, o Conde propôs que K conhecesse uma certa pessoa muito sábia, o famoso economista Gumm. Com isso, o Conde tinha um duplo propósito: por um lado, livrar-se de toda responsabilidade pelo que poderia vir a seguir, e permanecer alheio, o que seria muito bom no caso de algo dar errado; e, outro, passava K para um experiente conspirador, dando assim início à realização de um plano que o mau e astuto Conde vinha alimentando, ao que parece, por um bom tempo.

    Este é Gumm, este é o economista Gumm, um homenzinho velho de barriga redonda, com um colete de lã, óculos azuis no alto da testa rosada, o saltitante, bem-disposto, risonho Gumm. Seus encontros ficaram mais frequentes e, ao final de seu segundo ano na faculdade, K chegou a passar cerca de uma semana na casa de Gumm. Nessa altura, K havia descoberto coisas suficientes sobre o comportamento do príncipe herdeiro para não mais lamentar aquela primeira explosão de indignação. Não tanto por meio do próprio Gumm, que parecia estar sempre vagando por algum lugar, mas por intermédio de parentes e *entourage*, K ficou sabendo das medidas que já haviam sido tomadas tentando controlar o príncipe. De início, as pessoas haviam tentado informar o velho rei sobre as travessuras de seu filho, para obter repressão paterna. De fato, quando esta ou aquela pessoa, depois de obter, através dos espinheiros do protocolo, acesso ao *kabinet* real, narrava francamente aqueles fatos a Sua Majestade, o velho, muito vermelho e puxando nervosamente as faldas da camisola de dormir, demonstrava raiva maior do que se poderia esperar. Ele gritava que ia pôr um fim naquilo, que a taça de sua tolerância (e então seu café da manhã derramava tempestuosamente) estava transbordando, que estava contente de ter ouvido um relato franco, que ia banir o patife sem-vergonha para passar seis meses num *suyphellhus* (navio mosteiro, ermida flutuante), que ia... E, quando terminava a audiência, e o satisfeito dignitário estava prestes a fazer uma mesura e partir, o velho rei, ainda bufando, mas já calmo, levava a pessoa de lado, com um ar confidencial de homem de negócios (embora estivesse sozinho no estúdio) e dizia: "Sei, sei, entendo tudo isso, é verdade, mas escute — aqui entre nós —, me diga, se formos razoáveis — afinal de contas o meu Adulf é solteiro, um cachorro alegre, gosta de se divertir um pouco — será preciso se inflamar tanto? Lembre-se, nós também fomos jovens." Essa última consideração parecia bastante tola, pois a remota juventude do rei transcorrera com leitosa tranquilidade, e depois, a falecida rainha, sua esposa, o tratara com rara severidade até ele completar sessenta anos. Incidentalmente, ela havia sido uma mulher incrivelmente obstinada, burra e mesquinha, com uma constante propensão a fantasias inocentes, mas extremamente absurdas; e muito possivelmente era devido a ela que a praxe da corte e, até certo ponto, do Estado, adquirira aquele rumo peculiar, difícil de definir, mesclando estranhamente estagnação e capricho, leviandade e afetação de insanidade não violenta, que tanto atormentavam o atual rei.

Cronologicamente, a segunda forma de oposição era bastante mais profunda: consistia em revigorar e fortalecer recursos públicos. Pouco se podia confiar na participação consciente da classe plebeia: entre os lavradores, tecelões, padeiros, carpinteiros, comerciantes de grãos, pescadores e assim por diante, a transformação de qualquer príncipe herdeiro em um rei qualquer era aceita com a mesma passividade que as mudanças climáticas: o rústico olhava o reluzir da aurora entre cúmulos de nuvens, sacudia a cabeça, e só; em seu escuro cérebro cheio de liquens havia um lugar tradicional sempre reservado para o desastre tradicional, nacional ou natural. A mesquinhez e morosidade da economia, o congelamento de preços, que havia muito perdera a sensibilidade vital (através da qual se forma de imediato uma conexão entre a cabeça vazia e a barriga vazia), a soturna constância de colheitas insignificantes, mas apenas suficientes, o pacto secreto entre gramíneas e grãos, que aparentemente haviam concordado em suplementar uma à outra e assim manter a agronomia equilibrada — tudo isso, segundo Gumm (veja *A base e anábase da economia*), mantinha o povo em lânguida submissão; como se ali predominasse alguma espécie de bruxaria, então pior para as vítimas de seus pérfidos encantamentos. Além disso — e as pessoas esclarecidas encontravam nisso uma fonte de tristeza especial —, o príncipe Figo gozava de uma espécie de sórdida popularidade entre as classes baixas e a pequena burguesia (entre as quais a distinção era tão confusa que se podia observar o fenômeno intrigante da volta dos filhos do comerciante próspero ao humilde trabalho manual do avô). As risadas gostosas que invariavelmente acompanhavam as conversas sobre as molecagens de Figo impediam que fossem condenadas: a máscara de alegria colava-se às bocas, e esse arremedo de aprovação não podia mais ser diferenciado da coisa real. Quanto mais lasciva a brincadeira de Figo, mais alto o povo se ria, mais fortes e mais alegres eram os punhos vermelhos que batiam nas mesas dos bares. Um detalhe característico: um dia, quando o príncipe, passando a cavalo, um charuto entre os dentes, por um povoado do sertão, notou uma mocinha jeitosa a quem ofereceu uma carona, e apesar do horror dos pais dela (que o respeito mal conseguiu controlar), levou-a embora, enquanto seu velho avô ia correndo pela estrada até cair numa vala, toda a aldeia, como contaram os agentes, expressou sua admiração rolando de rir, congratulou a família, abandonou-se a conjeturas e não conteve as perguntas maliciosas quando a menina voltou depois de uma hora de ausência, segurando uma nota de cem *kruns* numa mão e na outra um filhote de pássaro que caíra do ninho num bosque desolado onde ela o pegara no caminho de volta para a aldeia.

O desprazer dos círculos militares com o príncipe tinha por base não tanto considerações morais em geral e prestígio nacional como o ressentimento direto suscitado por sua atitude em relação a ímpeto inflamado e armas explosivas. O próprio rei Gafon, ao contrário de seu belicoso predecessor, era "profundamente civil"; mesmo assim, o exército tolerava isso, sua completa incompreensão das questões militares era redimida pela temerosa estima que demonstrava por eles; *per contra*, a Guarda não perdoava a aberta desfaçatez de seu filho. Os jogos de guerra, os desfiles, a música que inchava as bochechas, os banquetes regimentais que observavam os costumes coloridos e várias outras conscienciosas recreações por parte do pequeno exército insular não produziam nada além de entediado desdém na alma eminentemente artística de Adulf. No entanto, a inquietação do exército não ia além de murmúrios ocasionais, somados, talvez, a votos feitos à meia-noite (ao reluzir de velas, cálices e espadas) e esquecidos na manhã seguinte. De forma que a iniciativa pertencia às mentes esclarecidas do público, as quais, é triste dizer, não eram numerosas. A oposição anti-Adulfiana contava, porém, com certos estadistas, editores de jornais e juristas — todos sujeitos mais velhos, respeitáveis e rijos, exercendo vasta influência secreta ou manifesta. Em outras palavras, a opinião pública ganhava força, e a ambição de refrear o príncipe herdeiro à medida que progredia sua iniquidade passou a ser considerada sinal de decência e inteligência. Faltava apenas encontrar uma arma. Ai!, precisamente isso faltava. Existia a imprensa, existia o parlamento, mas pelo código da constituição o toque minimamente desrespeitoso a um membro da família real resultava no banimento do jornal ou na dissolução da câmara. A única tentativa de agitar a nação fracassara. Estamos nos referindo ao célebre julgamento do dr. Onze.

Esse julgamento apresentou algo sem precedentes mesmo nos anais sem precedentes da justiça de Thule. Um homem renomado por sua virtude, professor e escritor de questões cívicas e filosóficas, uma personalidade tão altamente considerada, dotada de posições e princípios tão estritos, em uma palavra, um caráter tão impoluto e brilhante que, em comparação, a reputação de qualquer um parecia manchada, foi acusado de diversos crimes contra a moral, defendendo-se com a inabilidade do desespero e terminando por admitir sua culpa. Até aí, nada de muito estranho: sabe-se lá em que furúnculos os mamilos do mérito podem se transformar quando investigados! A parte estranha e sutil da questão estava no fato de a acusação e as evidências formarem praticamente uma réplica de tudo o que podia ser imputado ao príncipe herdeiro. Impossível não se surpreender com a precisão de detalhes obtidos para inserir um retrato de corpo inteiro na moldura preparada, sem retocar nem omitir nada. Grande parte daquilo era uma tal novidade, e individualizava com tal precisão os lugares-comuns de rumores grosseiros que de início as massas não se deram conta de *quem* era o modelo do retrato. Logo, porém, as reportagens diárias dos jornais começaram a despertar um interesse bastante excepcional entre os leitores atentos, e as pessoas que antes pagavam até vinte *kruns* para assistir ao julgamento agora não economizavam quinhentos ou mais.

A ideia inicial havia sido gerada no ventre da *prokuratura* (magistratura). O juiz mais velho da capital se engraçou com aquilo. Só era preciso encontrar uma pessoa suficientemente direita para não ser confundida com o protótipo da questão, suficientemente inteligente para agir não como um palhaço ou cretino perante o tribunal, e, em particular, suficientemente dedicada ao caso a ponto de sacrificar tudo a ele, suportar um monstruoso banho de lama e trocar sua carreira por trabalho forçado. Não havia candidatos disponíveis para esse papel: os conspiradores, a maioria homens de famílias poderosas, apreciavam cada papel, menos aquele sem o qual a peça não podia ser encenada. A situação já parecia sem saída quando um dia, numa reunião de conspiradores, apareceu o dr. Onze vestido todo de preto e, sem se sentar, declarou que se punha inteiramente à disposição deles. Uma impaciência natural em compreender a ocasião mal lhes deu tempo de se deslumbrarem; pois num primeiro momento certamente deve ter sido difícil entender como a vida rarefeita de um pensador seria compatível com a disposição de ser posto no pelourinho em prol da intriga política. Na realidade, o caso dele não era tão incomum. Ocupado constantemente com problemas espirituais e adaptando constantemente as leis aos princípios mais rígidos das mais frágeis abstrações, o dr. Onze não achou possível recusar a aplicação pessoal do mesmo método quando se apresentou a oportunidade de desempenhar um feito que era desinteressado e provavelmente sem sentido (e portanto ainda abstrato, devido à absoluta pureza de sua natureza). Além disso, deve-se lembrar que o dr. Onze estaria desistindo de sua cadeira, da brandura de seu escritório coberto de livros, da continuação de sua última obra, em resumo, de tudo aquilo que um filósofo tem o direito de valorizar. Mencionemos que ele tinha saúde normal; enfatizemos o fato de que, antes de submeter seu caso a um exame minucioso, ele fora obrigado a dedicar três noites a mergulhar em obras bastante especiais tratando de problemas que um asceta conheceria pouco; e acrescentemos que, não muito antes de tomar sua decisão, ele se envolvera com uma virgem senescente depois de anos de amor não expresso, tempo durante o qual seu noivo de muito tempo lutava contra a tuberculose na distante Suíça, até expirar, livrando-a assim de seu pacto com compaixão.

O caso começou com essa mulher realmente heroica processando o dr. Onze por ter pretensamente a atraído a sua *garçonnière* secreta, "um antro de luxúria e libertinagem". Uma acusação semelhante (sendo a única diferença que o apartamento sub-repticiamente alugado e equipado pelos conspiradores não era aquele que o príncipe costumava alugar a certa época para prazeres especiais, mas ficava em frente, do outro lado da rua — o que de imediato estabelecia a imagem espelhada que caracterizava todo o julgamento) havia sido feita a Figo por uma donzela não muito inteligente, que incidentalmente não sabia que seu sedutor era o herdeiro do trono, isto é, uma pessoa que em nenhuma circunstância podia ser processada em juízo. Seguiram-se os depoimentos de numerosas testemunhas (algumas partidárias altruístas, outras agentes contratados: os primeiros não eram suficientes); suas declarações haviam sido brilhantemente compostas por um comitê de peritos, dentre os quais notava-se um distinto historiador, dois literatos de renome e diversos juristas experimentados. Nessas declarações, a atividade do príncipe herdeiro foi se desenvolvendo gradualmente, na ordem cronológica correta, mas com algumas abreviações de calendário em comparação ao tempo que o príncipe havia levado para exasperar o público tão severamente. Fornicação em grupo, ultrauranismo, abdução de jovens e muitos outros divertimentos foram descritos ao acusado na forma de perguntas detalhadas às quais ele respondeu com muito maior brevidade. Tendo estudado todo o caso com a diligência metódica peculiar a sua mentalidade, o dr. Onze, que jamais havia pensado na arte teatral (de fato, não ia ao teatro), agora, por meio da abordagem de um estudioso, adquiriu inconscientemente uma esplêndida caracterização do tipo de criminoso cuja negativa à acusação (atitude que no caso presente tinha por intuito permitir que a acusação progredisse) alimenta-se de depoimentos contraditórios, auxiliados por confusa teimosia.

Tudo prosseguiu como planejado; ai!, logo ficou claro que os conspiradores não faziam ideia do que realmente esperar. Que os olhos do povo se abrissem? Mas o povo sabia o tempo todo o valor nominal de Figo. Que a repulsa moral se transformasse em revolta cívica? Mas nada indicava o rumo para tal metamorfose. Ou talvez o esquema todo devesse ser um elo numa longa cadeia de revelações progressivamente mais eficientes? Mas então a ousadia e a ferroada do caso, pelo simples fato de emprestarem um caráter único de exclusividade, não podiam ajudar a romper, entre um primeiro elo e o segundo, uma cadeia que exigia acima de tudo alguma forma gradual de maleabilidade.

A publicação de todos os detalhes do caso só ajudou a enriquecer os jornais: sua circulação cresceu a tal ponto que na luxuriante sombra resultante certas pessoas alertas (como por exemplo Sien) conseguiram criar novos órgãos que perseguiam este ou aquele objetivo, mas cujo sucesso era garantido por causa de seus relatos no tribunal. Os cidadãos honestamente indignados eram vastamente superados pelos curiosos, pelos que estalavam a língua. O povo comum lia e ria. Nos procedimentos públicos, viam uma comédia maravilhosamente divertida pensada por bandidos. A imagem do príncipe herdeiro adquiriu em suas mentes o aspecto de um polichinelo cuja cabeça envernizada é, talvez, espancada pela vara de um demônio repulsivo, mas que continua sendo o queridinho dos admiradores, o astro do espetáculo. Por outro lado, a personalidade do sublime dr. Onze não só deixou de ser reconhecida como tal, como provocou alegres apupos de malícia (desgraçadamente repetidos pela imprensa marrom), tendo o populacho tomado erroneamente sua posição por uma maldita prontidão em agradar da parte de um sabichão venal. Numa palavra, a popularidade pornográfica que sempre cercou o príncipe só fez aumentar, e mesmo as conjeturas mais irônicas quanto ao que ele devia sentir ao ler sobre suas próprias escapadas trazia a marca daquela boa natureza com a qual involuntariamente encorajamos o descuido exibicionista de outra pessoa.

A nobreza, os conselheiros, a corte e os membros "corteses" do *Peplerhus* foram pegos de surpresa. Eles decidiram mansamente esperar e assim perderam inestimável tempo político. Verdade, poucos dias antes do veredicto, membros do partido real conseguiram, por meios intrincados ou meramente tortuosos, aprovar uma lei que proibia os jornais de publicar "casos de divórcio e outras causas que contivessem itens escandalosos"; mas como, constitucionalmente, nenhuma lei podia ser aplicada antes que se passassem quarenta dias de sua aceitação (período chamado de "parturição de Têmis"), os jornais tiveram bastante tempo para cobrir o julgamento até o finalzinho.

O próprio príncipe Adulf viu a questão com completa indiferença, o que, além disso, foi expresso com tamanha naturalidade que se podia questionar se ele havia entendido sobre quem estavam realmente falando. Como cada detalhe do caso devia ser bem familiar a ele, era forçoso concluir que ou ele havia sofrido um choque amnésico ou que tinha um soberbo autocontrole. Uma vez apenas, seus íntimos pensaram ver uma sombra de preocupação passar por seu rosto grande: "Que pena", ele exclamou, "por que esse *polisson* não me convidou para suas festas? *Que de plaisirs perdus!*". Quanto ao rei, ele também parecia despreocupado, mas a julgar pela maneira como pigarreava ao guardar o jornal numa gaveta e retirar os óculos de leitura, e também pela frequência de suas sessões secretas com este ou aquele conselheiro convocado em horas pouco razoáveis, concluía-se que ele estava profundamente perturbado. Comentou-

-se que, durante os dias do julgamento, ele ofereceu diversas vezes, com fingida casualidade, o iate real para que Adulf pudesse realizar "uma pequena viagem de volta ao mundo", mas Adulf só riu e beijou sua calva. "Realmente, meu querido rapaz", insistiu o velho rei, "é tão gostoso estar no mar! Devia levar músicos com você, um barril de vinho!" "*Hélas!*", respondeu o príncipe, "um horizonte oscilante prejudica o meu plexo solar".

O julgamento entrou em sua fase final. A defesa aludiu à "juventude" do acusado, a seu "sangue quente", às "tentações" que rondam a vida de um solteirão — tudo isso uma paródia bastante grosseira do excesso de indulgência do rei. O promotor fez um discurso de força selvagem — e se arriscou demais pedindo a pena de morte. A última palavra do acusado introduziu uma nota absolutamente inesperada. Exausto pela prolongada tensão, atormentado por ter sido forçado a chafurdar na imundície de outrem, e involuntariamente surpreendido pelo ataque do promotor, o infeliz acadêmico perdeu a coragem e, depois de alguns resmungos incoerentes, de repente começou, com uma voz nova, histericamente clara, a contar uma noite de sua juventude em que, tendo bebido seu primeiro cálice de conhaque de avelã, aceitou ir com um colega a um bordel, e como não conseguiu chegar lá porque desmaiou na rua. Essa confissão imprevista causou uma convulsão de prolongados risos na plateia, enquanto o promotor, perdendo a cabeça, tentou calar a boca do acusado por meios físicos. Então o júri se retirou para fumar em silêncio na sala a ele destinada e voltou para anunciar o veredicto. Foi sugerido que o dr. Onze fosse condenado a onze anos de trabalhos forçados.

A sentença foi aprovada textualmente pela imprensa. Em visitas secretas, seus amigos apertaram a mão do mártir ao se despedir dele... Mas, a essa altura, o velho e bom Gafon, pela primeira vez na vida, inesperadamente para todos, inclusive talvez a ele mesmo, agiu com grande sabedoria: valeu-se de sua incontestável prerrogativa e outorgou perdão total a Onze.

Dessa forma, tanto o primeiro como o segundo modo de pressão sobre o príncipe praticamente deram em nada. Restava um terceiro caminho, mais decisivo e seguro. Todas as conversas na *entourage* de Gumm tendiam exclusivamente para que se tomasse essa terceira medida, embora seu nome verdadeiro, aparentemente, ninguém pronunciasse: a morte goza de um número suficiente de eufemismos. K, depois de envolvido nas emaranhadas circunstâncias de uma trama, não entendeu direito o que estava acontecendo e a razão dessa cegueira estava exclusivamente em sua juvenil inexperiência; dependia de ele considerar a si mesmo, instintivamente, embora bem erroneamente, o seu principal instigador (quando, evidentemente, ele não era mais que um ator honorário, ou um refém honorário), e portanto se recusava a acreditar que o empreendimento que ele iniciara pudesse terminar em derramamento de sangue; de fato, nenhum empreendimento existia de verdade, uma vez que sentia vagamente que, pelo simples ato de superar sua repulsa estudando a vida do primo, ele estava obtendo algo suficientemente importante e necessário; e quando, com o passar do tempo, ele se cansou um pouco desse estudo e das conversas constantes sobre a mesma coisa, continuou participando delas, devidamente tocado pelo tópico tedioso, e continuou a pensar que estava cumprindo seu dever ao colaborar com algum tipo de força que permanecia obscura para ele, mas que no fim das contas podia transformar, com um golpe de sua varinha mágica, um príncipe impossível em um herdeiro aparente aceitável. Mesmo que lhe ocorresse admitir a possibilidade de simplesmente forçar Adulf a desistir de sua pretensão ao trono (e as circunvoluções do discurso figurativo usado pelos conspiradores podia dar chance à sugestão de tal interpretação), ele, estranhamente, nunca levou até o fim essa ideia, isto é, a dele próprio como o próximo na linha de sucessão. Durante quase dois anos, à margem de seu trabalho na faculdade, ele constantemente se associou ao rotundo Gumm e seus amigos, e imperceptivelmente se viu preso numa trama muito densa e delicada; e talvez o tédio forçado que sentia mais e mais agudamente não devesse ser reduzido à mera incapacidade — já característica de sua natureza — de continuar preocupado com coisas que gradualmente ganhavam o aspecto de um hábito (através do qual ele não distinguia mais o brilho de seu apaixonado renascimento); mas talvez fosse a voz deliberadamente mudada de um alerta subliminar. Enquanto isso, o negócio começado muito antes de sua participação aproximava-se de seu sangrento desenlace.

Numa noite fria de verão, ele foi convidado a uma assembleia secreta; decidiu ir porque o convite não sugeria nada fora do costumeiro. Depois se lembrou, é verdade, quão relutante, com qual tamanha sensação pesada de compulsão, partira para o encontro; mas com sensações semelhantes já havia comparecido a reuniões antes. Numa sala grande, não aquecida e, por assim dizer, mobiliada ficticiamente (papel de parede, lareira, aparador com corno de beber empoeirado numa prateleira — tudo parecendo objetos de cena), sentava-se um grupo de homens, mais da metade dos quais K não conhecia. Ali, pela primeira vez, ele viu o dr. Onze: aquela calvície branca como mármore com uma depressão no centro, aqueles cerrados cílios loiros, as sardas acima das sobrancelhas, a cor de ferrugem nas faces, os lábios apertados, a casaca de um fanático e os olhos de um peixe. Uma expressão de mansa, tremulante melancolia não embelezava seus traços infelizes. Dirigiam-se a ele com grande respeito. Todo mundo sabia que depois do julgamento a noiva havia rompido com ele, explicando que irracionalmente continuara a ver no rosto do infeliz os traços de sórdido vício que ele confessara ao assumir a personalidade de outro. Ela se retirou para uma aldeia distante, onde se absorveu inteiramente no ensino; e o próprio dr. Onze, logo depois do evento prefaciado por aquela reunião, buscou refúgio num pequeno mosteiro.

Entre os presentes, K notou o celebrado jurista Schliss, vários membros *frad* (liberais) do *Peplerhus*, o filho do ministro da educação pública... E num incômodo sofá de couro sentavam-se três magros e sombrios oficiais do exército.

Ele achou uma poltrona de assento de palha junto à janela, em cujo parapeito sentava-se um homem apartado dos outros. Tinha um rosto plebeu e brincava com o boné do departamento postal que tinha nas mãos. K estava perto o bastante para observar seus imensos pés calçados com sapatos rústicos, que não combinavam em nada com sua figura fraca, de forma que se obtinha algo como uma fotografia tirada de muito perto. Só mais tarde K ficou sabendo que esse homem era Sien.

De início, K achou que as pessoas reunidas na sala estavam envolvidas em algum tipo de conversa que há muito se tornara familiar para ele. Algo dentro dele (mais uma vez, aquele amigo mais íntimo!) até *desejava*, com uma espécie de ansiedade infantil, que aquela reunião não fosse diferente de todas as anteriores. Mas o gesto estranho, um tanto repugnante, de Gumm quando K passou, pondo-lhe a mão no ombro e sacudindo misteriosamente a cabeça, assim como o som lento e resguardado das vozes e a expressão nos olhos daqueles três oficiais, fez com que K ficasse de orelhas em pé. Não se passaram nem dois minutos antes de ele saber que o que estavam tramando friamente ali, naquela sala espúria, era o já decidido assassinato do príncipe herdeiro.

Sentiu o hálito do destino junto às têmporas e a mesma náusea, quase física, que havia experimentado depois daquela noitada em casa de seu primo. Pelo olhar do silencioso pigmeu no vão da janela (um olhar de curiosidade misturada com sarcasmo), K se deu conta de que sua confusão não passara desapercebida. Levantou-se e então todos se voltaram para ele, e o homem de cabelo arrepiado que estava falando naquele minuto (K havia parado fazia muito de ouvir as palavras) calou-se de repente. K foi até Gumm, cujas sobrancelhas triangulares se ergueram em expectativa. "Tenho de ir", disse K, "não estou me sentindo bem. Acho que é melhor eu ir embora". Fez uma mesura; algumas pessoas se levantaram polidamente; o homem no vão da janela acendeu o cachimbo, sorrindo. Quando K avançou para a saída, teve a sensação de pesadelo de que talvez a porta fosse uma pintura, com a maçaneta em *trompe-l'oeil* que não podia ser girada. Mas repentinamente a porta ficou de verdade e, ladeado por um jovem, que aparecera suavemente de alguma outra sala com suas pantufas e um molho de chaves, K desceu por uma longa e escura escada.

Assistente de produção

1

Qual o sentido? Bem, porque a vida às vezes não passa disso — de uma assistente de produção. Esta noite devemos ir ao cinema. De volta aos anos trinta, e aos vinte, virando a esquina para o velho Europa Picture Palace. Ela era uma cantora famosa. Não de ópera, nem mesmo a *Cavalleria rusticana*, nada disso. "La Slavska" — assim que os franceses a chamavam. Estilo: um décimo *tzigane*, um sétimo camponesa russa (originalmente, era isso que ela havia sido) e cinco nonos popular — e por popular quero dizer a miscelânea do folclore artificial, do melodrama militar e do patriotismo oficial. A fração deixada sem preencher parece suficiente para representar o esplendor físico de sua voz prodigiosa.

Vinda de um lugar que, ao menos geograficamente, era o próprio coração da Rússia, chegara por fim às grandes cidades, Moscou, São Petersburgo e ao ambiente do tsar onde aquele estilo era altamente apreciado. No camarim de Feodor Chaliapin havia uma fotografia dela pendurada: enfeite de cabeça russo com pérolas, mãos apoiando o rosto, dentes cintilantes entre lábios carnudos e um grande rabisco desajeitado por cima: "Para você, Fedyuska." Estrelas de neve, cada uma revelando, antes de suas bordas derreterem, sua complexa simetria, viriam pousar suavemente nos ombros, nas mangas, nos bigodes, nos capuzes — todos esperando em fila que a bilheteria se abrisse. Até o momento de sua própria morte ela prezara acima de tudo — ou fingira prezar — uma linda medalha e um imenso broche que a tsarina havia lhe dado. Eram da empresa de joalheiros que costumava fazer negócios muito vantajosos, presenteando o casal imperial em cada ocasião festiva com este ou aquele emblema (de valor maior a cada ano) de maciço tsarismo: alguma grande ametista com uma *troika* de bronze cravejada de rubis sobre ela como a arca de Noé no monte Ararat, ou uma esfera de cristal do tamanho de uma melancia encimada por uma águia de ouro com olhos quadrados de diamante muito parecidos com os de Rasputin (muitos anos depois, algumas peças menos simbólicas foram expostas pelos soviéticos na Feira Mundial como amostras de sua própria arte vicejante).

Tivessem as coisas continuado como pareciam correr, ela poderia ainda estar cantando hoje num Salão da Nobreza com aquecimento central ou no Tsarskoye, e eu estaria desligando sua voz transmitida pelo rádio em algum canto remoto da mãe-estepe Sibéria. Mas o destino tomou o rumo errado; e, quando aconteceu a Revolução, seguida da guerra entre Vermelhos e Brancos, sua astuta alma camponesa escolheu o partido mais prático.

Fantasmagóricas multidões de fantasmagóricos cossacos em fantasmas-cavalos são vistos no ataque através do nome evanescente do assistente de produção. Depois, o garboso general Golubkov é revelado observando tranquilamente o campo de batalha com uns binóculos de teatro. Quando o cinema e nós éramos jovens, costumavam nos mostrar o que ele via lindamente emoldurado em dois círculos interligados. Não mais. O que vemos em seguida é o general Golubkov, toda a indolência repentinamente desaparecida, saltando para a sela, pairando alto no céu por um instante em seu cavalo a empinar e depois partindo num louco ataque.

Mas o inesperado é o infravermelho no espectro da arte: em vez do reflexo condicionado do *ra-ta-ta* da metralhadora, ouve-se a voz de uma mulher cantando ao longe. Mais perto, ainda mais perto, e finalmente dominando tudo. Uma bela voz de contralto se expandindo em tudo o que o diretor musical encontrou em seus arquivos com sotaque russo. Quem está a liderar os infravermelhos? É uma mulher. A alma cantora daquele batalhão particular, especialmente bem treinado. Marchando em frente, pisoteando a alfafa, e despejando seu canto Volga-Volga. O garboso e ousado *djighit* Golubkov (agora sabemos o que ele olhava), embora ferido em vários pontos, consegue arrebatá-la no galope e, debatendo-se docemente, ela é levada embora.

Estranhamente, esse pífio roteiro foi encenado na realidade. Eu próprio conheci ao menos duas testemunhas confiáveis desse evento; e os sentinelas da história deixaram que passasse incólume. Logo depois vamos encontrá-la enlouquecendo a caserna de oficiais com sua beleza morena e vigorosa, e as arrebatadas, arrebatadas canções. Ela era uma *Belle Dame* com uma dose de *Merci*, e havia nela um vigor que faltava em Louise von Lenz ou na Dama Verde. Foi ela quem adoçou a retirada do general dos Brancos, que teve início logo depois de sua mágica aparição no acampamento do general Golubkov. Temos um melancólico relance de corvos, ou gralhas, ou qualquer ave disponível, girando no anoitecer e baixando devagar sobre uma planície juncada de corpos em algum lugar no condado Ventura. A mão de um soldado dos Brancos ainda segura um medalhão com o rosto de sua mãe. Ali perto, um soldado dos Vermelhos tem no peito dilacerado uma carta de casa com a mesma velha senhora piscando nas linhas a se dissolver.

E então, em tradicional contraste, vem adequadamente uma poderosa explosão de música e canção com um ritmado bater de mãos e pés, e vemos o estado-maior do general Golubkov em plena comemoração — um ágil georgiano dançando com a adaga, o conspícuo samovar refletindo os rostos distorcidos, a Slavska jogando a cabeça para trás com uma risada grave, e o gordo do batalhão, horrivelmente bêbado, gola engalanada desfeita, os lábios engordurados projetados para o beijo bestial, debruçado sobre a mesa (close-up do copo entornado) para abraçar... o nada, porque o vigoroso e perfeitamente sóbrio general Golubkov habilmente a removeu e agora, ambos parados na frente do bando, diz ele numa voz fria e clara: "Cavalheiros, quero lhes apresentar minha noiva", e no silêncio perplexo que se segue, uma bala perdida de fora espatifa por acaso a vidraça azul-madrugada, depois do que uma onda de aplauso saúda o glamoroso casal.

Não há dúvidas de que a captura dela não foi uma ocorrência inteiramente fortuita. O indeterminismo está banido do estúdio. É ainda menos duvidoso que quando o grande êxodo começou e, assim com muitos outros, eles serpentearam via Sirkedji para Motzstrasse e rue Vaugirard, o general e sua esposa já formavam um time, uma canção, uma cifra. Muito naturalmente, ele se tornou um membro eficiente do BB (o Clube dos Brancos Batalhadores), viajando muito, organizando cursos militares para meninos russos, arranjando concertos de ajuda, desenterrando barracas para os pobres, acertando disputas locais, e fazendo tudo isso da maneira mais reservada possível. Suponho que deva ter sido útil de alguma forma, aquele BB. Infelizmente, para sua saúde espiritual, foi totalmente incapaz de se distanciar dos grupos monarquistas no exterior e não sentiu, como sentia a *intelligentsia* emigrada, a horrenda vulgaridade, o ur-hitlerismo, daquelas organizações burlescas, mas perversas. Quando os bem-intencionados americanos me perguntam se eu conheço o encantador coronel Fulano de Tal, ou o velho grande conde de Kickoffsky, não tenho coragem de contar a eles a desanimadora verdade.

     Mas havia também outro tipo de pessoa ligada ao BB. Estou pensando naquelas almas aventureiras que ajudaram a causa atravessando a fronteira pela floresta de pinheiros abafada pela neve, para perambular por sua terra natal sob vários disfarces elaborados, estranhamente, pelos revolucionários sociais de antigamente, e trazer discretamente de volta ao pequeno café em Paris chamado "Esh-Bubliki", ou ao pequeno *Kneipe* em Berlim que não tinha nenhum nome especial, as típicas ninharias úteis que espiões devem trazer de volta a seus empregadores. Alguns desses homens haviam se envolvido abstrusamente com os departamentos de espionagem de outras nações e davam um pulo divertido se você chegava por trás e tocava seu ombro. Alguns outros tinham ido espionar pelo prazer da coisa. Um ou dois, talvez, realmente acreditavam que de alguma maneira mística estavam preparando a ressurreição do passado sagrado, mesmo que um pouco mofado.

2

Vamos agora assistir a uma série estranhamente monótona de acontecimentos. O primeiro presidente do BB a morrer foi o líder de todo o movimento Branco e de longe o melhor homem do grupo; e certos sintomas sombrios de sua súbita doença sugeriam a sombra de um envenenador. O presidente seguinte, um sujeito grande, forte, com uma voz de trovão e a cabeça igual a uma bala de canhão, foi sequestrado por pessoas desconhecidas; e há razões para crer que morreu de uma overdose de clorofórmio. O terceiro presidente — mas meu rolo de filme está rodando depressa demais. Na verdade, levou sete anos para remover os dois primeiros. Não porque esse tipo de coisa não possa ser feito mais rapidamente, mas porque havia circunstâncias particulares que necessitavam de um *timing* muito preciso, de forma a coordenar uma ascensão constante com o espaço aberto por súbitas vagas. Permitam que nos expliquemos.

Golubkov era não só um espião muito versátil (agente triplo, para ser exato); era também um sujeitinho extremamente ambicioso. Por que a visão de presidir uma organização que não passava de um pôr do sol atrás de um cemitério se tornara tão querida para ele é um enigma apenas para aqueles que não têm hobbies nem paixões. Ele queria muito aquilo — só isso. O que é menos compreensível é a fé que tinha em ser capaz de salvaguardar sua existência insignificante no choque entre partidos tremendo cujo dinheiro perigoso e ajuda perigosa ele recebia. Quero toda sua atenção agora, porque seria uma pena perder as sutilezas da situação.

Os soviéticos não podiam se perturbar muito com a perspectiva altamente improvável de um Exército Branco fantasma jamais ser capaz de retomar operações de guerra contra sua massa já consolidada; mas podiam muito bem ficar irritados com o fato de retalhos de informação sobre fortes e fábricas, recolhidos por ardilosos intrometidos do BB, estarem caindo automaticamente nas mãos agradecidas dos alemães. Os alemães estavam pouco interessados nas recônditas variações de cor da política emigrada, mas o que de fato os incomodava era o tosco patriotismo de um presidente do BB obstruindo de quando em quando, por razões éticas, a tranquilidade do fluxo de colaboração amigável.

Dessa forma, o general Golubkov era um presente de Deus. Os soviéticos esperavam firmemente que sob sua chefia os espiões do BB fossem bem conhecidos deles — e que fossem astutamente alimentados com informações falsas para consumo dos ambiciosos alemães. Os alemães igualmente tinham certeza de que através dele teriam garantida uma boa colheita de seus próprios agentes absolutamente confiáveis distribuídos entre os espiões normais do BB. Nenhum dos dois lados tinha ilusões quanto à lealdade de Golubkov, mas cada um achava que transformaria em proveito próprio as flutuações da duplicidade. Os sonhos das famílias russas simples, trabalhadoras, em partes remotas da diáspora russa, exercendo suas profissões humildes, mas honestas, como fariam em Saratov ou Tver, dando à luz crianças frágeis e acreditando ingenuamente que o BB era uma espécie de Távola Redonda do rei Artur a defender tudo o que tinha sido e seria doce, decente e forte na Rússia de conto de fadas — esses sonhos podem bem parecer aos cortadores de filmes uma excrescência do tema principal.

Quando o BB foi fundado, a candidatura do general Golubkov (puramente teórica, claro, pois ninguém esperava que o líder morresse) estava lá no fim da lista, não porque sua legendária galanteria fosse insuficientemente apreciada por seus colegas oficiais, mas porque ele vinha a ser o general mais jovem do exército. Na época da próxima eleição para presidente, Golubkov já havia revelado capacidade tão tremenda como organizador que sentiu que podia seguramente riscar diversos nomes intermediários na lista, incidentalmente salvando as vidas dos portadores. Depois que o segundo general foi removido, muitos membros do BB estavam convencidos de que o general Fedchenko, próximo candidato, cederia em favor do homem mais jovem e mais eficiente os direitos que sua idade, reputação e distinção acadêmica lhe davam o direito de gozar. O velho cavalheiro, porém, embora duvidando do divertimento, achou covardia evitar um posto que custara a vida a dois homens. Então Golubkov mostrou os dentes e começou a cavar outra vez.

Fisicamente, faltava-lhe atração. Não havia nele nada do popular general russo, nada do tipo bom, corpulento, de olhos esbugalhados e pescoço grosso. Ele era esguio, frágil, com traços finos, bigode aparado e o tipo de corte de cabelo que é chamado pelos russos de "ouriço": curto, duro, espetado e compacto. Havia uma fina pulseira de prata em seu pulso peludo e ele oferecia lindos cigarros russos caseiros, ou *kapstens*, como ele pronunciava, feitos na Inglaterra com aroma de ameixa, bem-arrumados numa velha cigarreira espaçosa, de couro preto, que o acompanhara ao longo da presumível fumaça de inúmeras batalhas. Ele era extremamente polido e extremamente discreto.

Sempre que Slavska "recebia", o que fazia nas casas de seus vários mecenas (uma espécie de barão báltico, um dr. Bachrach cuja primeira esposa fora uma famosa Carmen, ou um comerciante russo da velha guarda que, na Berlim enlouquecida pela inflação, desfrutava de um ótimo momento comprando quarteirões de casas por dez libras esterlinas cada uma), seu silencioso marido se deslocava discretamente entre os visitantes, trazendo sanduíches de salsicha e pepino ou um copinho de vodca branco de gelo; e enquanto Slavska cantava (nessas ocasiões informais ela costumava cantar sentada com o punho no rosto e o cotovelo aninhado na palma da outra mão), ele ficava de lado, encostado em alguma coisa, ou ia na ponta dos pés em busca de um distante cinzeiro que colocava gentilmente no braço estofado de sua poltrona.

Considero que, artisticamente, ele exagerava em sua discrição, imprudentemente introduzindo uma nota de lacaio de aluguel — que agora parece singularmente apropriada; mas ele, evidentemente, estava tentando basear sua existência no princípio do contraste, e encontrava maravilhosa emoção exatamente em saber que, por certos doces sinais — uma cabeça abaixada, um rolar de olhos —, alguém no extremo da sala estava chamando a atenção de algum recém-chegado para o fato de um homem tão apagado, tão modesto, ser o herói de incríveis realizações numa guerra lendária (tomando cidades sozinho e coisas do tipo).

3

Companhias cinematográficas alemãs, que brotavam como cogumelos venenosos naquela época (pouco antes de o filho da luz aprender a falar), encontravam mão de obra barata entre os emigrados russos cuja única esperança e profissão era seu passado — isto é, um conjunto de gente totalmente irreal —, para representar plateias "reais" em filmes. O engate de um fantasma em outro produzia numa pessoa sensível a impressão de viver num salão de espelhos, ou melhor, uma prisão de espelhos, sem nem saber qual era o reflexo e qual era si mesmo.

De fato, quando me lembro dos salões onde a Slavska cantava, tanto em Berlim como em Paris, e o tipo de pessoas que se via ali, sinto como se eu estivesse tecnicolorindo e sonorizando alguns filmes muito antigos nos quais a vida havia sido uma vibração cinzenta, com funerais a galope, e onde apenas o mar havia sido tinto (de um azul doentio), enquanto alguma máquina manual imitava fora de cena o chiado das ondas sem sincronia. Um certo personagem sombrio, terror das organizações de assistência, um homem careca com olhos loucos, flutua devagar por meu campo de visão com suas pernas tortas em posição sentada, como um feto envelhecido, e depois miraculosamente se encaixa num assento da fileira de trás. Nosso amigo, o conde, também está lá, completo, com colarinho alto e polainas sujas. Um padre venerável, mas mundano, com o crucifixo ofegando suavemente no peito amplo, senta-se na fila da frente e olha diretamente adiante.

Os itens desses festivais de direita que o nome de Slavska evoca em minha mente eram da mesma natureza irreal de sua plateia. Um artista de variedades com um falso nome eslavo, um daqueles virtuoses do violão que se apresentam como um número de abertura barato em programas de *music hall*, seria muito bem-vindo ali; e os ornatos brilhantes de seus instrumentos com painéis de vidro, a calça azul-celeste, combinariam bem com o resto do show. Então, algum velho malandro de barba, com uma casaca surrada, antigo membro da Sagrada Rússia em Primeiro Lugar, assumia o posto e descrevia com vivacidade o que os filhos de Israel e os maçons (duas tribos semitas secretas) estavam fazendo com o povo russo.

E agora, senhoras e senhores, temos o grande prazer e a honra... Lá estaria ela, contra um horrendo fundo de palmeiras e bandeiras nacionais; com a língua pálida ela umedece os lábios pintados, devagar coloca as mãos enluvadas de pelica sobre o corpete da barriga, enquanto seu acompanhante de sempre, Joseph Levinsky, com o rosto de mármore, que foi com ela, à sombra de sua música, ao salão de concertos particular do tsar e ao salão do camarada Lunacharsky, e a lugares indefiníveis em Constantinopla, produziria sua introdução de uma breve série de notas guia.

Às vezes, se a casa era do tipo certo, ela cantava o hino nacional antes de partir para seu repertório limitado, mas sempre bem-vindo. Inevitavelmente havia aquela lúgubre *Velha estrada de Kaluga* (com um pinheiro atingido por um raio na versta quarenta e nove), e aquela que começa, na tradução alemã impressa debaixo do texto russo *Du bist im Schnee begraben, mein Russland*, e a velha balada folclórica (escrita por um anônimo nos anos oitenta) sobre um comandante ladrão e sua adorável princesa persa, que ele atirou ao Volga quando sua tripulação o acusou de ter ficado frouxo.

O gosto artístico dela era inexistente, sua técnica caótica, o estilo geral atroz; mas o tipo de gente que acha que música e sentimento são uma coisa só, ou que gosta que as canções sejam médiuns para o espírito das circunstâncias sob as quais elas foram pela primeira vez apreendidas em um passado individual, encontrava, agradecidamente, nas tremendas sonoridades da voz dela, tanto um consolo nostálgico como um ânimo patriótico. Ela era considerada especialmente eficiente quando um louco tom de temeridade soava em sua canção. Fosse esse abandono menos descaradamente falsificado, poderia tê-la preservado da absoluta vulgaridade. A coisa dura e pequena que era sua alma projetava-se da canção, e o máximo que seu temperamento conseguia obter era um redemoinho, não uma torrente livre. Quando hoje em dia em alguma casa russa ligam o gramofone e escuto seu contralto pré-gravado, é com algo semelhante a um estremecimento que me lembro daquela imitação vulgar que ela fazia de atingir seu clímax vocal, a anatomia de sua boca totalmente exposta num último grito apaixonado, o cabelo preto-azulado com lindas ondas, as mãos cruzadas apertando a medalha com fitas em seu peito quando agradecia a orgia de aplausos, o grande e obscuro corpo rígido mesmo quando ela se inclinava, apertado como estava em forte cetim prateado que a deixava parecendo uma matrona de neve ou uma sereia de honra.

4

Você a verá em seguida (se o censor não achar o que se segue ofensivo à piedade), ajoelhada na névoa cor de mel de uma igreja russa lotada, soluçando apaixonadamente lado a lado com a esposa ou viúva (ela sabia exatamente qual) do general cujo sequestro havia sido tão lindamente arranjado por seu marido e tão habilmente realizado por aqueles homens grandes, eficientes e anônimos que o chefe mandara de Paris.

Você a verá também um outro dia, dois ou três anos depois, cantando em certo *appartement*, rue George Sand, cercada por amigos admiradores — e olhe, seus olhos se fecham ligeiramente, o sorriso cantante se apaga, quando o marido, que fora retido pelos detalhes finais do negócio em curso, entra deslizando silenciosamente e, com um gesto delicado, impede a tentativa de um grisalho coronel ceder a ele seu próprio lugar; e, através do fluxo inconsciente de uma canção cantada pela milésima vez, ela o observa (é ligeiramente míope, como Anna Karenina), tentando discernir algum sinal claro, e então, quando ela se afoga, os barcos pintados dele se afastam, e a última onda circular do rio Volga, no condado de Samara, se dissolve em torpe eternidade (pois esta é a última canção que ela jamais cantará), seu marido se aproxima e diz numa voz que nenhum aplauso humano consegue abafar: "Masha, a árvore será derrubada amanhã!"

Esse detalhe sobre a árvore foi o único traço dramático que Golubkov se permitiu durante sua cinzenta carreira. Devemos perdoar a explosão se lembrarmos que se tratava do general absoluto impedindo seu caminho, e que o evento do dia seguinte traria automaticamente sua própria eleição. Ultimamente, correra uma branda brincadeira entre seus amigos (sendo o humor russo um passarinho miúdo que se satisfaz com migalhas) sobre uma divertida briguinha que essas duas crianças grandes estavam travando, ela exigindo petulantemente a remoção de velho álamo imenso que escurecia a janela de seu escritório na suburbana casa de campo deles, e ele insistindo que a velha árvore resistente era o admirador mais viçoso dela (de morrer de rir, isso) e portanto devia ser poupado. Não deixe de notar a bem-humorada travessura da gorda dama com capa de arminho ao censurar o general por ter cedido tão depressa, e o sorriso radiante de Slavska com os braços de geleia fria estendidos.

No dia seguinte, no fim da tarde, o general Golubkov acompanhou sua mulher à costureira, ficou lá sentado algum tempo lendo o *Paris-Soir* e depois foi mandado de volta, para buscar um dos vestidos que ela queria alargar e que tinha esquecido de trazer. A intervalos adequados, ela fazia uma imitação passável de telefonemas para casa e de conduzir com muitas orientações a sua busca. A costureira, uma senhora armênia, e uma ajudante, a pequena princesa Tumanov, divertiram-se muito na sala vizinha com a variedade de seus rústicos palavrões (que a ajudaram a não esgotar um papel que só sua imaginação não conseguiria improvisar). Esse álibi esfarrapado não tinha por fim emendar tempos passados no caso de alguma coisa não dar certo — porque nada podia dar errado; era simplesmente destinado a prover um homem de quem ninguém jamais sonharia suspeitar com um relato rotineiro de seus movimentos quando as pessoas quisessem saber quem havia visto o general Fedchenko pela última vez. Depois que guarda-roupas suficientes foram revirados, Golubkov foi visto voltando com o vestido (que muito antes, evidentemente, havia sido posto no carro). Ele voltou a ler a revista enquanto a mulher continuava experimentando roupas.

5

Os trinta e poucos minutos em que ele ficou longe mostraram-se uma margem bastante confortável. No momento em que ela começou a fingir com aquele telefone mudo, ele já havia pegado o general numa esquina pouco frequentada e o estava levando a um compromisso imaginário, cujas circunstâncias haviam sido tão enquadradas previamente a ponto de tornar o segredo natural, e o comparecimento, um dever. Poucos minutos depois, ele estacionou e ambos desceram. "Esta não é a rua certa", disse o general Fedchenko. "Não", disse o general Golubkov, "mas é uma rua conveniente para estacionar. Não gostaria de deixar o carro diretamente em frente ao café. Vamos tomar um atalho por aquela alameda. São só dois minutos de caminhada". "Ótimo, vamos andando", disse o velho, e pigarreou.

Naquele bairro específico de Paris, as ruas têm os nomes de vários filósofos, e a alameda que estavam seguindo havia sido batizada por algum culto pai da cidade como rue Pierre Labime. Ela levava suavemente a passar diante de uma igreja escura e de uns andaimes, entrando numa região vaga de casas particulares de janelas fechadas, um tanto isoladas dentro de seus próprios terrenos por trás de cercas de ferro, nos quais folhas de bordo moribundas faziam uma pausa em seu voo entre o galho nu e o pavimento molhado. Ao longo da calçada esquerda dessa alameda havia uma grande parede com palavras cruzadas de tijolos aparecendo aqui e ali através do cinza áspero; e nessa parede havia, em determinado ponto, uma portinha verde.

Ao se aproximarem, o general Golubkov pegou sua cigarreira com cicatrizes de guerra e parou para acender um cigarro. O general Fedchenko, cortês não fumante, parou também. Havia uma rajada de vento agitando o entardecer, e o primeiro fósforo se apagou. "Ainda acho...", disse o general Fedchenko, referindo-se a algum assunto sem importância que haviam discutido havia pouco. "Ainda acho", disse ele (só para dizer alguma coisa enquanto ficavam parados perto daquela portinha verde), "que se o padre Fedor insistir em pagar por todas aquelas acomodações de seu próprio bolso, o mínimo que podemos fazer é cobrir o combustível". O segundo fósforo também se apagou. As costas de um transeunte se afastando ao longe por fim desapareceram. O general Golubkov xingou o vento em voz muito alta e isso era o sinal para a porta verde se abrir e três pares de mãos com incrível velocidade e perícia fazerem sumir o velho. A porta bateu. O general Golubkov acendeu seu cigarro e voltou depressa por onde tinha vindo.

O velho nunca mais foi visto. Os tranquilos estrangeiros que haviam alugado uma certa casa tranquila por um mês tranquilo eram inocentes holandeses ou dinamarqueses. Aquilo não passava de um truque de óptica. Não existe porta verde, mas apenas uma cinzenta que nenhuma força humana é capaz de abrir. Em vão procurei em enciclopédias admiráveis: não existe nenhum filósofo chamado Pierre Labime.

Mas eu vi a maldade nos olhos dela. Temos um ditado em russo: *vsevo dvoe i est; smert' da sovest'*, que pode ser traduzido assim: "Só duas coisas existem de verdade: a própria morte e a própria consciência." Uma coisa adorável sobre a humanidade é que às vezes a pessoa pode não ter consciência de fazer o certo, mas sempre tem consciência de ter feito o errado. Um criminoso muito horrível, cuja esposa era uma criminosa ainda pior, uma vez me contou, na época em que eu era padre, que o que o incomodara a vida inteira era a vergonha íntima de ser impedido por uma vergonha ainda mais íntima de discutir com ela o enigma: se no mais fundo de seu coração ela o desprezava ou se secretamente ela se perguntava se no mais fundo do coração ele a desprezava. E por isso é que sei perfeitamente bem que tipo de cara o general Golubkov e sua mulher tinham quando finalmente se viram sozinhos.

6

Não por muito tempo, porém. Por volta das dez da noite, o general L., secretário do BB, foi informado pelo general R. de que a sra. Fedchenko estava extremamente preocupada com a ausência inexplicável do marido. Só então o general L. se lembrou de que, na hora do almoço, o presidente havia lhe dito de maneira bastante casual (mas era o jeito do velho cavalheiro) que tinha algo para tratar na cidade no fim da tarde e que, se não estivesse de volta até as oito da noite, que o general L. por favor lesse um recado deixado na gaveta do meio da mesa do presidente. Os dois generais então correram ao escritório, pararam, correram de volta para buscar as chaves que o general L. havia esquecido, correram de novo e por fim encontraram o recado. Estava escrito: *Um estranho sentimento vem me atormentando, do qual posso me envergonhar mais tarde. Tenho um encontro às cinco e meia da tarde em um café da rue Descartes, 45. Devo encontrar um informante do outro lado. Suspeito de uma armadilha. A coisa toda foi marcada pelo general Golubkov, que vai me levar até lá em seu carro.*

Vamos passar por cima do que o general L. e do que o general R. responderam — mas parece que os dois pensavam devagar e passaram a perder mais algum tempo numa confusa conversa telefônica com o indignado dono do café. Era quase meia-noite quando Slavska, vestindo um roupão florido e tentando parecer sonolenta, abriu a porta para eles. Não queria incomodar seu marido, o qual, disse ela, já estava dormindo. Queria saber do que se tratava e se havia acontecido alguma coisa com o general Fedchenko. "Ele desapareceu", disse o sincero general L. Slavska respondeu: *"Ach!"*, e caiu num desmaio mortal, quase destruindo a saleta com isso. O palco não havia perdido tanto quanto a maioria de seus admiradores pensava.

De uma forma ou de outra, os dois generais conseguiram não contar nada do recadinho ao general Golubkov, de maneira que quando ele os acompanhou até o quartel-general do BB estava com a impressão de que queriam realmente discutir com ele se deviam telefonar à polícia primeiro ou pedir conselho ao almirante Gromoboyev, de oitenta e oito anos, que, por alguma razão obscura, era considerado o Salomão do BB.

"O que quer dizer isto?", perguntou o general L., passando o recado fatal para Golubkov. "Leia, por favor."

Golubkov o leu — e imediatamente entendeu que estava tudo perdido. Não nos debruçaremos sobre o abismo de seus sentimentos. Ele devolveu o recado com um encolher de seus ombros magros.

"Se isso foi mesmo escrito pelo general", disse, "e devo admitir que a caligrafia é muito parecida com a dele, então tudo o que posso dizer é que alguém deve ter se disfarçado como se fosse eu. Porém tenho razões para acreditar que o almirante Gromoboyev vai poder me isentar. Sugiro irmos para lá imediatamente".

"É", disse o general L., "é melhor irmos para lá, mesmo sendo muito tarde".

O general Golubkov enfiou-se numa capa de chuva e saiu primeiro. O general R. ajudou o general L. a pegar seu cachecol. Tinha escorregado de uma das cadeiras do hall condenada a acomodar coisas, não pessoas. O general L. suspirou e pôs seu velho chapéu de feltro, usando ambas as mãos para essa ação delicada. Foi para a porta. "Um momento, general", disse o general R. em voz baixa. "Quero perguntar uma coisa ao senhor. De oficial para oficial, tem certeza absoluta de que... bem, de que o general Golubkov está dizendo a verdade?"

"Isso é o que vamos descobrir", respondeu o general L., que era uma daquelas pessoas que acreditam que enquanto uma frase for uma frase ela deve significar alguma coisa.

Delicadamente, tocaram um no cotovelo do outro na soleira da porta. Por fim, o homem ligeiramente mais velho aceitou o privilégio e saiu, vigoroso. Então os dois pararam no patamar, porque a escada lhes pareceu muito sossegada. "General!", gritou o general L. para baixo. Então se olharam. Depois, apressados, desajeitados, desceram com força os terríveis degraus e saíram, pararam debaixo de um chuvisco negro, olharam para cá e para lá e depois um para o outro.

Ela foi presa cedo na manhã seguinte. Nem uma única vez durante a investigação deixou de lado a atitude de dolorida inocência. A polícia francesa manifestou um estranho descuido no trato de possíveis pistas, como se presumissem que o desaparecimento de generais russos era uma espécie de curioso costume local, um fenômeno oriental, um processo de dissolução que talvez não devesse ocorrer, mas que não podia ser evitado. No entanto, dava a impressão de que a *Sûreté* sabia mais de como funcionava o truque do desaparecimento do que a sabedoria diplomática achava conveniente discutir. Os jornais estrangeiros trataram toda a questão de um jeito bem-humorado, mas brincalhão e ligeiramente entediado. No geral, *L'affaire Slavska* não rendeu boas manchetes — os emigrados russos estavam decididamente longe dos refletores. Por uma divertida coincidência, tanto a agência de notícias alemã como a russa declararam laconicamente que uma dupla de generais russos Brancos em Paris havia se evadido com os fundos do Exército Branco.

7

O julgamento foi estranhamente inconclusivo e confuso, as testemunhas não se destacaram e a prisão final de Slavska sob a acusação de sequestro era discutível em termos legais. Ninharias irrelevantes obscureciam a questão principal. As pessoas erradas lembravam as coisas certas e vice-versa. Havia um recibo assinado por um certo Gaston Coulot, fazendeiro, *pour un arbre abattu*. O general L. e o general R. passaram um mau bocado nas mãos de um advogado sádico. Um *clochard* parisiense, um daqueles seres coloridos de nariz vermelho e barbudos (um papel fácil, esse), que guardam todos os seus pertences terrenos nos bolsos volumosos e enrolam os pés em grossas camadas de jornais quando a última meia se acaba e são vistos sentados confortavelmente, com pernas bem abertas e uma garrafa de vinho contra alguma parede em ruínas de algum edifício que nunca foi terminado, deu um lúgubre depoimento dizendo ter observado de certa posição privilegiada um velho ser manipulado com rudeza. Duas russas, uma das quais havia sido tratada de histeria aguda algum tempo antes, disseram que no dia do crime viram o general Golubkov e o general Fedchenko no carro do primeiro. Um violinista russo que estava jantando num trem alemão... mas é inútil contar todos esses vagos rumores.

Temos uns últimos relances de Slavska na prisão. Tricotando mansamente num canto. Escrevendo para a sra. Fedchenko cartas manchadas de lágrimas em que dizia que eram irmãs agora, porque ambos os maridos haviam sido capturados pelos bolcheviques. Implorando permissão para usar batom. Soluçando e rezando nos braços de uma pálida jovem freira russa que viera lhe contar de uma visão que tivera e que revelava a inocência do general Golubkov. Clamando pelo Novo Testamento que a polícia confiscara — confiscara principalmente porque peritos tinham começado a decifrar tão lindamente certas notas feitas nas margens do evangelho de são João. Algum tempo depois do começo da Segunda Guerra Mundial, ela desenvolveu algum obscuro problema interno e quando, numa manhã de verão, três oficiais alemães chegaram ao hospital da prisão e quiseram vê-la, disseram-lhes imediatamente que ela estava morta — o que possivelmente era verdade.

É de se perguntar se de uma forma ou de outra o marido conseguiu informá-la de seu paradeiro, ou se achou mais seguro deixá-la abandonada. Para onde ele foi, pobre *perdu*? Os espelhos de possibilidade não podem substituir a mira do conhecimento. Talvez ele tivesse encontrado abrigo na Alemanha e lá tivesse conseguido algum pequeno emprego administrativo na Escola de Treinamento para Jovens Espiões Baedecker. Talvez tivesse voltado à terra onde dominara cidades sozinho. Talvez não. Talvez tivesse sido convocado por quem quer que fosse seu arquichefe, que disse com aquele ligeiro sotaque estrangeiro e um tipo especial de brandura que todos conhecemos: "Temo, meu amigo, que você não seja mais necessário", e quando X se vira para sair, o indicador delicado do dr. Puppenmeister aperta um botão na beira de sua impassível escrivaninha e uma armadilha se abre debaixo de X, que mergulha para a morte (ele, que sabe "demais") ou quebra o cotovelo caindo na sala de estar do casal de velhos do andar de baixo.

De qualquer forma, o show acabou. Você ajuda sua namorada a vestir o casaco e se junta ao fluxo de seus iguais que se encaminham para a saída. As portas de segurança se abrem para inesperadas porções laterais de noite, desviando respingos próximos. Se você, como eu, por razões de orientação, prefere sair por onde entrou, vai passar de novo por aqueles cartazes que achou tão bonitos duas horas atrás. O cavalariano russo com seu uniforme meio polonês se curva de seu pônei de polo para arrebatar o romance de botas vermelhas, os cabelos negros dela despencando para fora do capuz de astracã. O Arco do Triunfo roça o ombro de um Kremlin de cúpula escura. O agente de monóculo de um poder estrangeiro recebe um maço de papéis secretos do general Golubkov... Depressa, meninos, vamos sair daqui para a noite sóbria, para a paz arrastada das calçadas familiares, para o mundo sólido de bons meninos sardentos e do espírito de camaradagem. Bem-vinda realidade! Este cigarro tangível será restaurador depois de toda aquela excitação barata. Veja, o homem magro e garboso caminhando na nossa frente também acende um cigarro depois de bater um "Luki" contra a velha cigarreira de couro.

"Que em Aleppo uma vez..."

Caro V. — entre outras coisas, esta é para contar que finalmente estou aqui, no país para onde tantos crepúsculos levaram. Uma das primeiras pessoas que vi foi nosso bom e velho Gleb Alexandrovitch Gekko atravessando tristemente a avenida Columbus em busca do *petit café du coin* que nenhum de nós três visitará outra vez. Ele parecia achar que de uma forma ou de outra você estava traindo nossa literatura nacional e me deu seu endereço com um balançar depreciatório da cabeça grisalha, como se você não merecesse o prêmio de saber de mim.

Tenho uma história para você. O que me faz lembrar — quero dizer, que colocar as coisas assim me faz lembrar — dos dias em que escrevemos nosso primeiro verso borbulhante como leite e ainda quente, e todas as coisas, uma rosa, uma poça, uma janela acesa, gritando para nós: "Eu sou uma rima!" Sim, este é um universo muito útil. Brincamos, morremos: *brinc-rima, expir-rima*. E as almas sonoras dos verbos russos emprestam um significado à louca gesticulação das árvores ou a algum jornal atirado fora deslizando e parando, e se arrastando de novo, com batidas abortivas e ápteros repelões ao longo de um aterro infindável varrido pelo vento. Mas neste momento não sou um poeta. Vou a você como aquela dama efusiva em Tchekov que estava morrendo para ser descrita.

Eu me casei, vamos ver, cerca de um mês depois que você foi embora da França e poucas semanas antes de os gentis alemães atroarem Paris. Embora eu possa fornecer provas documentais de nosso casamento, tenho certeza agora de que minha esposa nunca existiu. Você pode saber o nome por alguma outra fonte, mas isso não importa: é o nome de uma ilusão. Portanto, posso falar dela com o mesmo distanciamento com que falaria de um personagem de uma história (uma de suas histórias, para ser preciso).

Foi amor ao primeiro toque, mais que à primeira vista, porque a encontrara várias vezes antes de experimentar qualquer emoção especial; mas uma noite, quando a acompanhava até em casa, alguma coisa curiosa que ela disse me fez curvar-me com uma risada e beijar de leve seu cabelo — e claro que todos conhecemos aquela ofuscante explosão causada ao simplesmente pegar uma bonequinha do chão de uma casa cuidadosamente abandonada: o soldado envolvido não ouve nada; para ele é apenas uma expansão estática sem som e ilimitada do que foi durante sua vida um ponto de luz no centro escuro de seu ser. E realmente, a razão por que pensamos na morte em termos celestiais é que o firmamento visível, especialmente à noite (acima de nossa Paris em *blackout*, com os esguios arcos de seu bulevar Exelmans e o incessante gorgolejar alpino de latrinas desoladas), é o símbolo mais adequado e sempre presente daquela vasta explosão silenciosa.

Mas não consigo discerni-la. Ela permanece tão nebulosa como em meu melhor poema — aquele do qual você caçoou tão horrivelmente na *Literaturnïe Zapiski*. Quando quero imaginá-la, tenho de me agarrar mentalmente a uma minúscula pinta marrom de nascença em seu antebraço aveludado, do mesmo modo como alguém se concentra em um ponto numa frase ilegível. Se ela talvez tivesse usado mais maquiagem, ou a usasse com maior constância, eu pudesse visualizar seu rosto hoje, ou pelo menos os delicados sulcos transversos de lábios secos, pintados de cor quente; mas não consigo, não consigo — embora ainda sinta seu toque fugidio de quando em quando na pele de cego dos meus sentidos, naquela espécie de sonho soluçante em que ela e eu desajeitadamente nos agarramos um ao outro através de uma névoa dolorosa, e não consigo ver a cor de seus olhos porque um brilho de lágrimas afoga suas íris.

Ela era muito mais jovem que eu — não tanto quanto era Nathalie dos lindos ombros nus e brincos longos em relação ao moreno Puchkin; mas mesmo assim havia uma margem suficiente para aquele tipo de romantismo retrospectivo que encontra prazer em imitar o destino de um gênio único (até o ciúme, até a sujeira, até a pontada de ver seus olhos amendoados se voltarem para seu loiro Cassio por trás do leque de penas de pavão), mesmo que não se possa imitar seu verso. Ela gostava dos meus, porém, e raramente bocejava como a outra fazia toda vez que os poemas do marido por acaso superavam a dimensão de um soneto. Se ela ficou como um fantasma para mim, devo ter sido um fantasma para ela: suponho que ela foi atraída apenas pela obscuridade de minha poesia; depois abriu um buraco em seu véu e viu o rosto pouco amável de um estranho.

Como você sabe, eu vinha havia algum tempo planejando seguir o exemplo de sua fuga feliz. Ela descreveu para mim um tio dela que morava, disse, em Nova York: tinha ensinado equitação em uma faculdade do sul e acabara casando com uma rica americana; tinham uma filhinha que nascera surda. Ela disse que havia perdido o endereço muito tempo antes, mas poucos dias depois o endereço apareceu miraculosamente e escrevemos uma carta dramática para a qual nunca recebemos resposta. Isso não importava, uma vez que eu já tinha obtido uma declaração sólida do professor Lomchenko de Chicago; mas pouco mais havia sido feito no sentido de conseguir os documentos necessários quando a invasão começou, diante do que previ que, se ficássemos em Paris, algum colaborativo compatriota meu mais cedo ou mais tarde apontaria ao partido interessado numerosas passagens em um dos meus livros em que eu argumentava que, mesmo com todos os seus pecados negros, a Alemanha ainda estava fadada a ser para todo o sempre o objeto de riso do mundo.

Então partimos para nossa desastrosa lua de mel. Apertados e sacudidos em meio ao êxodo apocalíptico, esperando trens sem horário com destinos desconhecidos, caminhando pelos cenários amortecidos de cidades abstratas, vivendo na penumbra permanente da exaustão física, nós fugimos; e quanto mais longe fugíamos, mais claro ficava que o que nos impulsionava era algo mais que o idiota de bota e fivela com seu sortimento de lixo de variados propulsores — algo de que ele era um mero símbolo, algo monstruoso e impalpável, uma massa sem tempo e sem cara de horror imemorial que continuava me atacando por trás mesmo aqui, no verde vácuo do Central Park.

Ah, ela suportava de maneira bem esportiva — com uma espécie de confusa alegria. Uma vez, porém, muito de repente, ela começou a chorar num vagão aconchegante de trem. "O cachorro", disse, "o cachorro que nós deixamos. Não consigo esquecer o pobre cachorro". A sinceridade de sua tristeza me chocou, uma vez que nunca tivemos cachorro. "Eu sei", ela disse, "mas tente imaginar se tivéssemos mesmo comprado aquele setter. Pense só, ele agora estaria chorando por trás de uma porta trancada". Nós nunca tínhamos falado de comprar um setter.

Também não gostaria de esquecer um certo trecho de estrada e a visão de uma família de refugiados (duas mulheres, uma criança) cujo velho pai, ou avô, tinha morrido no caminho. O céu era um caos de nuvens negras e cor de carne com uma feia explosão de sol atrás de uma montanha encoberta, e o morto estava deitado de costas debaixo de um plátano empoeirado. Com um pau e as mãos, as mulheres tentavam cavar um túmulo à beira da estrada, mas o solo era duro demais; tinham desistido e estavam sentadas lado a lado, em meio a anêmicas papoulas, um pouco afastadas do corpo e da barba virada para cima. Mas o menininho ainda estava raspando, cavando, cavoucando até topar com uma pedra chata, e esqueceu o objetivo de seu solene esforço ao se agachar, o pescoço fino, eloquente, mostrando todas as vértebras ao carrasco, e observou com surpresa e deleite milhares de minúsculas formigas marrons fervilhando, ziguezagueando, se dispersando, indo para lugares seguros em Gard, no Aude, em Drôme, em Var e nos Basses-Pyrénées... nós dois só paramos em Pau.

A Espanha mostrou-se difícil demais e resolvemos seguir para Nice. Num lugar chamado Faugères (parada de dez minutos) me espremi para fora do trem para comprar algo de comer. Quando voltei dois minutos depois, o trem tinha ido embora, e o velho e confuso responsável pelo vazio atroz à minha frente (poeira de carvão cintilando no calor entre os trilhos nus e indiferentes, e um pedaço solitário de casca de laranja) brutalmente me disse que, de qualquer forma, eu não tinha o direito de ter saído.

Num mundo melhor, eu poderia ter minha mulher localizada e informada do que fazer (eu estava com os dois bilhetes e a maior parte do dinheiro); porém, o pesadelo de minha luta com o telefone mostrou-se inútil, então descartei toda a série de vozes diminutas que latiam para mim de longe, mandei dois ou três telegramas que provavelmente só agora estão sendo enviados, e tarde da noite tomei o noturno local para Montpellier, porque o trem dela não iria além dessa estação. Como não a encontrei lá, tive de escolher entre duas alternativas: prosseguir, porque ela podia ter embarcado no trem para Marselha que eu acabara de perder, ou voltar, porque ela podia ter retornado a Faugères. Esqueço agora que emaranhado de raciocínios me levou a Marselha e Nice.

Além da rotina de enviar dados falsos para uns poucos lugares improváveis, a polícia nada fez para ajudar: um homem berrou comigo por incomodar; outro evitou o assunto duvidando da autenticidade da minha certidão de casamento porque estava carimbada no que ele dizia ser o lado errado; um terceiro, um gordo *commissaire* com úmidos olhos castanhos, confessou que escrevia poesia em seu tempo livre. Procurei vários conhecidos entre os numerosos russos domiciliados ou perdidos em Nice. Ouvi aqueles que tinham sangue judeu falar de seus parentes amontoados em trens que iam para o inferno; e, por contraste, o meu problema adquiria um ar banal de irrealidade enquanto eu me sentava em algum café lotado, com o mar azul-leitoso à minha frente e um murmúrio de interior de concha por trás, contando e recontando a história de massacre e miséria, e o cinzento paraíso além do oceano, e mandos e desmandos de cônsules ásperos.

Uma semana depois de minha chegada, um homem indolente, à paisana, me procurou e me levou a uma rua tortuosa e fétida até uma casa de manchas negras com a palavra "hotel" quase apagada pela sujeira e pelo tempo; ali, disse ele, minha esposa tinha sido encontrada. A moça que ele me mostrou era uma estranha total, claro, mas meu amigo Holmes continuou tentando por algum tempo fazer com que ela e eu confessássemos que éramos casados, enquanto seu taciturno e musculoso parceiro de cama ficava parado e ouvia, os braços nus cruzados sobre o peito listrado.

Quando por fim me livrei dessa gente e voltei para o meu bairro, passei por acaso por uma fila compacta esperando na porta de um estabelecimento de alimentos; e ali, no fim da fila, estava minha esposa, se esticando na ponta dos pés para espiar o que exatamente estavam vendendo. Acho que a primeira coisa que ela me disse foi que esperava que fossem laranjas.

Sua história parecia um pouco nebulosa, mas perfeitamente banal. Ela havia voltado a Faugères e ido direto ao comissariado em vez de perguntar na estação, onde eu tinha deixado uma mensagem para ela. Um grupo de refugiados sugeriu que se juntasse a eles; ela passou a noite numa loja de bicicletas sem bicicletas, no chão, junto com três mulheres mais velhas deitadas, disse ela, como três troncos enfileirados. No dia seguinte, ela se deu conta de que não tinha dinheiro suficiente para chegar a Nice. Acabou pegando emprestado algum de umas das mulheres-tronco. Tomou o trem errado, porém, e foi para uma cidade de cujo nome não se lembrava. Chegara a Nice dois dias antes e encontrara amigos numa igreja russa. Disseram-lhe que eu estava em algum lugar por ali, procurando por ela, e que haveria de aparecer logo.

Algum tempo depois, eu estava sentado na ponta da única cadeira de meu sótão e a segurava pelos jovens quadris estreitos (enquanto ela penteava o cabelo macio, jogando a cabeça para trás a cada escovada), quando o vago sorriso dela se transformou de repente em um estranho arrepio e ela pôs a mão em meu ombro, olhando para mim como se eu fosse um reflexo numa poça que ela notava pela primeira vez.

"Estava mentindo para você, querido", disse ela. "*Ya Igunia*. Passei várias noites em Montpellier com um bruto de um homem que conheci no trem. Eu não queria aquilo de jeito nenhum. Ele vendia loção para cabelo."

A hora, o lugar, a tortura. Seu leque, suas luvas, sua máscara. Passei aquela noite e muitas outras arrancando a história dela pouco a pouco, mas sem conseguir nada. Eu estava sob a estranha ilusão de que primeiro precisava descobrir todos os detalhes, reconstruir cada minuto, e só então resolver se eu devia tolerar aquilo. Mas o limite do conhecimento desejado era inatingível, e eu também não conseguia prever o ponto aproximado em que poderia me imaginar saciado, porque evidentemente o denominador de cada fração de conhecimento era potencialmente tão infinito como o número de intervalos entre as próprias frações.

Ah, a primeira vez ela estava cansada demais para se importar, e na seguinte não se importara porque tinha certeza de que eu a tinha desertado; e aparentemente considerou que essas explicações deviam ser como um tipo de prêmio de consolação para mim, em vez do absurdo e da agonia que realmente eram. Continuei assim durante éons. Ela chorando de vez em quando, mas logo retomando, respondendo minhas perguntas impublicáveis com um sussurro sem fôlego, ou tentando com um sorriso lamentável proteger-se na segurança parcial de comentários irrelevantes, e eu apertando e apertando o louco molar até meu maxilar quase explodir de dor, uma dor ardente que parecia de alguma forma preferível à dor surda, murmurante, da humilde tolerância.

E note que, entre os momentos dessa investigação, estávamos tentando conseguir com as autoridades relutantes certos documentos que, por sua vez, tornariam legal solicitar um terceiro tipo que poderia servir como pedra de toque para uma licença que permitiria ao portador solicitar ainda outros papéis que poderiam ou não lhe dar os meios de descobrir como e por que aquilo havia acontecido. Porque mesmo sendo capaz de imaginar a maldita cena recorrente, eu não conseguia ligar os ângulos grotescos de suas sombras com os membros frágeis de minha mulher quando tremia, sacudia e se dissolvia em minhas mãos violentas.

Então nada restava senão nos torturarmos um ao outro, esperar horas na prefeitura, preenchendo formulários, conversando com amigos que já haviam experimentado as vísceras mais íntimas de todos os vistos, implorando a secretários, e preenchendo formulários outra vez, com o resultado de que o versátil e lascivo caixeiro-viajante dela fundia-se numa horrível mistura de funcionários cínicos com bigodes de rato, montanhas podres de processos obsoletos, o fedor da tinta roxa, propinas passadas por baixo de mata-borrões gangrenados, gordas moscas fazendo cócegas em pescoços úmidos com suas rápidas patas frias e acolchoadas, fotografias côncavas de seus seis duplos sub-humanos coladas desajeitadamente, os olhos trágicos e a paciente polidez de suplicantes nascidos em Slutzk, Starodub ou Bobruisk, os funis e polias da Santa Inquisição, o horrível sorriso do homem careca de óculos, que havia sido informado que não conseguiam encontrar seu passaporte.

Confesso que uma noite, depois de um dia particularmente abominável, afundei num banco de pedra chorando e amaldiçoando o arremedo de mundo em que milhões de vidas eram manipuladas pelas mãos pegajosas de cônsules e *commissaires*. Notei que ela também estava chorando, e então lhe disse que nada realmente pesaria do jeito que pesava agora se ela não tivesse ido e feito o que fez.

"Vai achar que eu sou louca", ela disse com uma veemência que, por um segundo, quase a transformava numa pessoa de verdade, "mas não fiz nada... juro que não fiz. Talvez eu viva várias vidas ao mesmo tempo. Talvez eu queira testar você. Talvez este banco seja um sonho e nós estamos em Saratov ou em alguma estrela".

Seria tedioso me deter nos diferentes estágios pelos quais passei antes de finalmente aceitar a primeira versão de sua ausência. Eu não falava com ela e ficava bastante sozinho. Ela aparecia de relance e sumia, depois reaparecia com alguma bobagem que achava que eu ia apreciar — um punhado de cerejas, três cigarros preciosos, coisas assim —, me tratando com a doçura serena e muda de uma enfermeira que atende intermitentemente a um convalescente mal-humorado. Parei de visitar a maioria de nossos amigos recíprocos, porque eles tinham perdido todo o interesse em meus problemas de passaporte e pareciam ter se tornado vagamente inimigos. Escrevi vários poemas. Bebia todo vinho que conseguia. Apertei-a um dia ao meu peito que gemia e fomos passar uma semana em Caboule, deitamos nos seixos redondos e rosados de uma praia estreita. Estranho dizer, quanto mais feliz parecia nossa nova relação, mais forte eu sentia uma corrente subjacente de funda tristeza, mas continuei dizendo a mim mesmo que esse era um traço intrínseco de toda felicidade verdadeira.

Nesse meio-tempo, alguma coisa mudou no padrão cambiante de nossos destinos e por fim saí de um escritório quente e escuro com dois inchados *visas de sortie* na concha de minhas mãos trêmulas. Neles foi devidamente injetado o soro dos EUA, fui voando para Marselha e consegui passagens para o primeiro navio. Voltei e subi a escada aos trambolhões. Vi uma rosa num copo sobre a mesa — o rosa açucarado de sua beleza óbvia, as bolhinhas de ar parasitas em seu caule. Seus dois vestidos de reserva tinham desaparecido, o pente tinha desaparecido, o casaco xadrez tinha desaparecido, assim como a tiara roxa com o laço roxo que lhe servia de chapéu. Não havia nenhum recado preso ao travesseiro, nada na sala que me esclarecesse, pois evidentemente a rosa era apenas o que os maus versejadores franceses chamam de *une cheville*.

Fui à casa dos Veretennikov, que não me disseram nada; aos Hellman, que se recusaram a dizer qualquer coisa; e aos Elagin, que não tinham certeza se deviam me contar ou não. Por fim, a velha — e você sabe como é Anna Vladimirovna em momentos cruciais —

pediu sua bengala com ponta de borracha, pesadamente, mas com energia, levantou o corpanzil de sua poltrona favorita e me levou ao jardim. Lá ela me informou que, tendo o dobro de minha idade, tinha o direito de dizer que eu era violento e malcriado.

Você tem de imaginar a cena: o jardinzinho de cascalho com seu vaso azul de mil e uma noites e o cipreste solitário; o terraço rachado onde o pai da velha cochilara com um cobertor nos joelhos ao se aposentar de seu posto de governador de Novgorod para passar suas últimas poucas noites em Nice; o céu verde-pálido; um vago aroma de baunilha no crepúsculo que escurecia; os grilos emitindo seu chiado metálico duas oitavas acima do dó médio; e Anna Vladimirovna, as dobras de suas bochechas balançando agitadas enquanto atirava em meu rosto um insulto maternal, mas muito imerecido.

Durante várias semanas anteriores, meu querido V., todas as vezes que visitara sozinha as três ou quatro famílias que nós dois conhecíamos, minha fantasmagórica esposa despejara nos ouvidos ávidos de todas aquelas gentis pessoas uma história extraordinária. A saber: que ela havia se apaixonado loucamente por um jovem francês que podia lhe dar uma casa com torre e um nome com nível; que tinha me implorado o divórcio e eu havia recusado; que na verdade eu dissera que preferia matar a ela e a mim do que pegar o barco para Nova York sozinho; que ela dissera que seu pai em caso semelhante teria agido como um cavalheiro; que eu respondera que não dava a mínima para seu *cocu de père*.

Havia montanhas de outros detalhes ridículos desse tipo — mas todos se juntavam de um jeito tão incrível que não era de admirar que a velha senhora me fizesse jurar que não iria atrás dos amantes com um revólver engatilhado. Tinham partido, disse ela, para um *château* em Lozère. Perguntei se ela tinha alguma vez visto o homem. Não, mas tinha visto uma fotografia. Quando eu estava saindo, Anna Vladimirovna, que havia relaxado ligeiramente e até me dado os cinco dedos a beijar, de repente se inflamou outra vez, bateu com a bengala no cascalho e disse com sua voz forte e profunda: "Mas uma coisa eu nunca vou perdoar em você: o cachorro dela, o pobre animal que você enforcou com as próprias mãos antes de sair de Paris."

Se o pródigo cavalheiro havia se transformado em caixeiro-viajante ou se a metamorfose tinha sido ao contrário, ou se, ainda, ele não fosse nem uma coisa nem outra, mas o apagado russo que a cortejara antes do nosso casamento — tudo isso era absolutamente sem importância. Ela havia ido embora. Estava acabado. Eu seria um tolo se recomeçasse aquele pesadelo de procurar e esperar por ela outra vez.

Na quarta manhã de uma longa e desanimadora viagem por mar, encontrei no convés um velho médico solene, mas agradável, com quem eu havia jogado xadrez em Paris. Ele me perguntou se minha esposa ficava muito incomodada com o mar agitado. Respondi que estava viajando sozinho; diante disso, ele pareceu perplexo e disse que a tinha visto uns dois dias antes de embarcar, em Marselha, caminhando, bastante perdida, ele achou, pelo aterro. Ela disse que eu ia encontrá-la com as malas e as passagens.

Este é, acredito, o cerne de toda a história — embora, se você for escrevê-la, melhor não fazer dele um médico porque isso já foi muito utilizado. Foi nesse momento que eu entendi de repente, com certeza, que ela nunca existira. Devo revelar a você uma outra coisa. Quando cheguei, corri a satisfazer uma curiosidade mórbida: fui ao endereço que ela havia me dado uma vez; revelou-se um espaço anônimo entre dois prédios de escritório. Procurei o nome do tio dela no catálogo de telefones; não estava lá; fiz algumas investigações e Gekko, que sabe tudo, me informou que o homem e sua esposa equina existiam, sim, mas tinham se mudado para San Francisco depois da morte da filhinha surda.

Olhando o passado graficamente, vejo nosso romance mutilado no fundo de um vale profundo de névoas entre os penhascos de duas montanhas de verdade: a vida foi real antes, a vida será real de agora em diante, espero. Não amanhã, porém. Talvez depois de amanhã. Você, feliz mortal, com sua família adorável (como está Ines? como estão os gêmeos?) e seu trabalho diversificado (como vão os liquens?), dificilmente poderá deslindar meu infortúnio em termos de comunhão humana, mas pode esclarecer algumas coisas para mim pelo prisma de sua arte.

Porém a tristeza da coisa. Maldita sua arte, estou horrendamente infeliz. Ela fica entrando e saindo do lugar onde as redes marrons estão estendidas para secar nas lajes quentes, e a luz manchada da água brinca na lateral do barco de pesca ancorado. Em algum lugar, de alguma forma, eu cometi algum erro fatal. Há pequenas lascas de escamas de peixe cintilando aqui e ali nas redes marrons. Pode ser que tudo termine em *Aleppo* se eu não tomar cuidado. Poupe-me, V.: você iria sobrecarregar seus dados com uma insuportável insinuação se tomasse isso por um título.

Um poeta esquecido

1

Em 1899, na pesada, confortável, acolchoada São Petersburgo daqueles dias, uma importante organização cultural, a Sociedade para o Progresso da Literatura Russa, resolveu homenagear com todas as honras a memória do poeta Konstantin Perov, que morrera meio século antes, à idade ardente de vinte e quatro anos. Havia sido considerado o Rimbaud russo e, embora o jovem francês o superasse em gênio, a comparação não era totalmente injustificada. Quando tinha apenas dezoito anos, ele escreveu seu notável *Noites georgianas*, um longo e tortuoso "sonho épico", do qual certas passagens rasgam o véu de seu tradicional cenário oriental para produzir aquele vento celestial que de repente localiza o efeito sensorial da verdadeira poesia bem no meio das escápulas.

A isso seguiu-se, três anos depois, um volume de poemas: ele havia tomado conhecimento de algum filósofo alemão e várias dessas obras são perturbadoras por causa de sua grotesca tentativa de combinar um autêntico espasmo lírico com uma explicação metafísica do universo; mas o resto continua vívido e incomum como era na época em que esse estranho jovem deslocou o vocabulário russo e torceu o pescoço de epítetos aceitos, a fim de fazer a poesia crepitar e gritar em vez de gorjear. A maior parte dos leitores gosta mais daqueles poemas dele em que as ideias de emancipação, tão características dos anos cinquenta da Rússia, são expressas na tormenta gloriosa de obscura eloquência, a qual, como disse um crítico, "não nos mostra o inimigo, mas nos faz quase explodir de vontade de lutar". Pessoalmente, prefiro a lírica mais pura e ao mesmo tempo mais acidentada de "O cigano" ou "O morcego".

Perov era filho de um pequeno proprietário de terras do qual a única coisa que se sabe é que tentou plantar chá em sua fazenda perto de Luga. O jovem Konstantin (para usar uma entonação biográfica) passou a maior parte de sua vida em São Petersburgo, frequentando vagamente a universidade, depois procurando vagamente por um emprego de escritório — realmente pouco se sabe sobre suas atividades além dessas trivialidades que podem ser deduzidas da tendência geral de seu ambiente. Uma passagem da correspondência do famoso poeta Nekrasov, que o encontrou por acaso numa livraria, fornece a imagem de um rapaz rabugento, desequilibrado, "canhestro e feroz", com "olhos de criança e ombros de carregador de móveis".

Ele é mencionado também num relatório policial "conversando em voz baixa com dois outros estudantes" em um café na avenida Nevsky. E dizem que sua irmã, que se casou com um comerciante de Riga, deplorou as aventuras emocionais do poeta com costureiras e lavadeiras. No outono de 1849, ele visitou o pai, com a simples intenção de conseguir dinheiro para uma viagem à Espanha. O pai, um homem de reações simples, deu-lhe uma bofetada; poucos dias depois, o pobre rapaz se afogou enquanto nadava num rio vizinho. Suas roupas e a maçã comida pela metade foram encontradas debaixo de uma bétula, mas o corpo nunca foi recuperado.

Sua fama foi parca: uma passagem de *Noites georgianas*, sempre a mesma, em todas as antologias; um artigo violento do crítico radical Dobrolubov, em 1859, elogiando as insinuações revolucionárias de seus poemas mais fracos; uma noção geral nos anos oitenta de que uma atmosfera reacionária frustrara e acabara por destruir um grande talento, mesmo que um tanto desarticulado — isso era tudo.

Nos anos noventa, devido ao interesse mais saudável em poesia, coincidindo como coincide às vezes com uma era política vigorosa e sem graça, começou uma agitação de redescoberta em torno das rimas de Perov, mesmo que, por outro lado, os de mentalidade liberal não fossem avessos a seguir a pista de Dobrolubov. A coleta por um monumento em um parque público resultou num perfeito sucesso. Um editor importante reuniu todos os retalhos de informações disponíveis acerca da vida de Perov e publicou suas obras completas num volume bem grosso. As revistas mensais contribuíram com diversas avaliações acadêmicas. Uma reunião comemorativa em um dos melhores salões da capital atraiu uma multidão.

2

Poucos minutos antes de começar, quando os palestrantes ainda estavam reunidos numa sala do comitê, atrás do palco, uma porta se abriu de repente e entrou um velho vigoroso, usando uma casaca que tinha visto melhores dias, fosse nos ombros dele ou de outrem. Sem prestar a menor atenção aos avisos de dois estudantes universitários com distintivos de fitas que, em sua função de atendentes, tentavam segurá-lo, dirigiu-se com perfeita dignidade à comissão, fez uma reverência e disse: "Eu sou Perov."

Um amigo meu, com quase o dobro de minha idade e hoje a única testemunha sobrevivente do acontecimento, me conta que o presidente (que, como editor de jornal, tinha larga experiência com invasores extravagantes) disse sem nem levantar o olhos: "Ponham esse homem para fora." Ninguém obedeceu — talvez porque se possa demonstrar certa cortesia por um velho cavalheiro que supostamente está muito bêbado. Ele se sentou à mesa e, escolhendo a pessoa que parecia mais delicada, Slavsky, um tradutor de Longfellow, Heine e Sully-Prudhomme (e depois membro de um grupo terrorista), perguntou num tom direto se o "dinheiro do monumento" já havia sido coletado e, se sim, quando ele podia recebê-lo.

Todos os relatos concordam sobre o tom singularmente tranquilo com que ele fez essa colocação. Ele não forçou nada. Meramente afirmou como se não tivesse absolutamente nenhuma consciência de qualquer possibilidade de ser desacreditado. O que impressionava era que, no princípio desse estranho caso, naquela sala fechada, em meio àqueles homens distintos, lá estava ele com sua barba patriarcal, olhos castanhos apagados, nariz de batata, serenamente inquirindo sobre os lucros da iniciativa sem nem ao menos se dar ao trabalho de apresentar as provas que um impostor comum tentaria falsificar.

"É parente dele?", perguntou alguém.

"Meu nome é Konstantin Konstantinovitch Perov", disse o velho pacientemente. "Foi me dito que um descendente de minha família está no salão, mas não se encontra nem aqui, nem lá."

"Quantos anos tem?", perguntou Slavsky.

"Tenho setenta e quatro", replicou ele, "e sou vítima de diversas colheitas ruins uma atrás da outra".

"O senhor com certeza sabe", observou o ator Yermakov, "que o poeta cuja memória estamos homenageando aqui esta noite morreu afogado no rio Oredezh exatamente há cinquenta anos".

"*Vzdor*" ("bobagem"), retrucou o velho. "Inventei aquela história por razões pessoais."

"E agora, meu caro senhor", disse o presidente, "acho sinceramente que deve ir embora".

Dispensaram-no de suas consciências e saíram juntos para a plataforma severamente iluminada onde outra mesa de comissão, envolta numa solene toalha vermelha, com o número necessário de cadeiras atrás, vinha hipnotizando a plateia já havia algum tempo com a cintilação da garrafa tradicional. À esquerda disso, podia-se admirar uma pintura a óleo emprestada pela Galeria de Arte Sheremetevski: representava Perov aos vinte e dois anos, um rapaz moreno com cabelo romântico e colarinho aberto. O cavalete do quadro estava piedosamente camuflado com folhas e flores. Em frente a ele um púlpito com outra garrafa, e nas coxias um piano de cauda pronto para ser levado ao palco mais tarde, para a parte musical do programa.

O salão estava bem cheio de gente literata, advogados esclarecidos, professores, acadêmicos, animados estudantes universitários de ambos os sexos e que tais. Uns poucos agentes humildes da polícia secreta haviam sido delegados para comparecer à reunião em pontos inconspícuos do salão, já que o governo sabia por experiência que a maior parte das assembleias sérias tinha uma estranha tendência de escorregar para uma orgia de propaganda revolucionária. O fato de um dos primeiros poemas de Perov conter uma velada, mas benevolente, alusão à insurreição de 1825 sugeria tomar certas precauções: nunca se sabia o que poderia acontecer depois da enunciação pública de frases como "o melancólico murmurar dos pinheiros siberianos se comunicam com o minério subterrâneo" ("*sibirskikh pikht ugrewmyi shorokh s podzemnoy snositsa rudoy*").

Como conta um relato, "logo se percebia que algo vagamente semelhante a um tumulto dostoievskiano [o autor está pensando no famoso capítulo da pancadaria de *Os demônios*] estava criando uma atmosfera de estranheza e suspense". Isso se devia ao fato de que o velho cavalheiro acompanhara deliberadamente os sete membros da comissão do jubileu até a plataforma e quisera sentar-se com eles à mesa. O presidente, tentando principalmente evitar um corpo a corpo a plena vista da plateia, fez o possível para levá-lo a desistir. Sob o disfarce público de um sorriso polido, ele sussurrou ao patriarca que mandaria que fosse expulso do salão se não largasse do encosto da cadeira que Slavsky, com um ar bonachão, mas uma garra de aço, estava discretamente disputando com a mão encrespada do velho. O velho se recusou, mas perdeu o pulso e ficou sem lugar. Olhou em torno, viu o banquinho do piano na coxia e calmamente o puxou para o palco apenas uma fração de segundo antes de as mãos do atendente escondido tentar pegá-lo de volta. Sentou-se a certa distância da mesa e imediatamente se tornou a prova número um.

Nesse ponto, a comissão cometeu o erro fatal de mais uma vez tirar da cabeça a sua presença: estavam, é preciso repetir, particularmente ansiosos para evitar uma cena; e, além disso, a hortênsia azul junto ao cavalete do quadro praticamente escondia a pessoa abominável de sua visão. Infelizmente, o velho era absolutamente visível para a plateia, sentado ali em seu improvável pedestal (cuja potencialidade rotatória era insinuada por um rangido intermitente), abrindo a caixa de óculos e respirando como um peixe sobre as lentes, perfeitamente calmo e confortável, a cabeça venerável, as roupas pretas surradas e a bota de elásticos laterais sugerindo simultaneamente o carente professor russo e o próspero coveiro russo.

O presidente foi ao púlpito e deu início a seu discurso de apresentação. Sussurros percorreram toda a plateia, pois as pessoas estavam naturalmente curiosas para saber quem era o velho. Com os óculos firmes no lugar, as mãos nos joelhos, ele espiou de lado para o retrato, depois desviou os olhos e inspecionou a primeira fila. Olhares de resposta não podiam evitar de passar da cúpula brilhante de sua cabeça para a cabeça encaracolada do retrato, pois durante o longo discurso do presidente, os detalhes da intrusão se espalharam e a imaginação de alguns começou a brincar com a ideia de que um poeta que pertencia a um período quase legendário, confortavelmente relegado a ele pelos livros escolares, uma criatura anacrônica, um fóssil vivo na rede de um pescador ignorante, uma espécie de Rip van Winkle, estava efetivamente assistindo, em sua parda senilidade, à reunião dedicada à glória de sua juventude.

"... que o nome de Perov", disse o presidente, encerrando o discurso, "nunca seja esquecido pela Rússia que pensa. Tyutchev disse que Puchkin será sempre lembrado por nosso país como um primeiro amor. Em relação a Perov, podemos dizer que ele é a primeira experiência da Rússia na liberdade. Para um observador superficial, sua liberdade pode parecer limitada à prodigalidade das imagens poéticas que apelam mais ao artista do que ao cidadão. Mas nós, representantes de uma geração mais sóbria, tendemos a decifrar para nós mesmos um sentido mais profundo, mais vital, mais humano e mais social em versos como:

Quando a última neve se esconde na sombra do muro do cemitério
e a pelagem do cavalo negro de meu vizinho
ganha um fugidio brilho azul no fugidio sol de abril,
e as poças são outros tantos céus na concha das negras mãos da Terra,
então meu coração sai com seu manto em farrapos
a visitar os pobres, os cegos, os tolos,
costas redondas servindo, escravas, a barrigas redondas,
todos aqueles cujos olhos turvos de cuidados ou lascívia não veem
os buracos na neve, o cavalo azul, a poça miraculosa.

Isso foi saudado com uma explosão de aplausos, mas de repente interromperam-se as palmas e soaram dissonantes gargalhadas; pois quando o presidente, ainda vibrando com as palavras que terminara de pronunciar, voltou para a mesa, o estranho barbudo se levantou e agradeceu os aplausos por meio de espasmódicas curvaturas e desajeitados acenos de mão, a expressão juntando gratidão formal a uma certa impaciência. Slavsky e dois atendentes fizeram uma tentativa desesperada de empurrá-lo para longe, mas do fundo da plateia subiram gritos de "Vergonha, vergonha!" e *"Astavte starika!"* ("Deixem o velho em paz!")

Em um dos relatos, encontro sugestões de que havia cúmplices na plateia, mas acho que aquela compaixão de massa, que pode surgir tão inesperadamente como a vingança de massa, é suficiente para explicar a mudança de rumo que as coisas estavam tomando. Apesar de ter de enfrentar três homens, o *starik* conseguiu manter uma notável dignidade no porte e, quando seus hesitantes perseguidores se retiraram e ele voltou ao banquinho do piano que havia sido derrubado na luta, houve um murmúrio de satisfação. Porém restava o fato lamentável de que o clima da reunião estava inapelavelmente comprometido. Os membros mais jovens e ruidosos da plateia começavam a se divertir imensamente. O presidente, narinas frementes, serviu-se de um copo de água. Dois agentes secretos trocaram olhares cautelosos de dois pontos diferentes da casa.

3

Depois do discurso do presidente, veio o relatório do tesoureiro sobre os valores recebidos de várias instituições e indivíduos para a construção de um monumento a Perov em um dos parques suburbanos. O velho tirou do bolso sem pressa um pedaço de papel e um toco de lápis e, apoiando o papel no joelho, começou a marcar os números que eram mencionados. Então a neta da irmã de Perov apareceu por um momento no palco. Os organizadores tinham tido alguns problemas com esse item do programa, uma vez que a pessoa em questão, uma jovem gorda, de olhos esbugalhados e branca como cera, estava sendo tratada de melancolia num hospital para doentes mentais. Com a boca retorcida e toda vestida num rosa patético, ela foi mostrada à plateia por um momento e depois levada de volta para as mãos firmes de uma mulher vigorosa designada pelo hospital.

Quando Yermakov, que naquela época era o queridinho do público de teatro, uma espécie de *beau ténor* em termos do drama, começou a pronunciar com sua voz de chocolate cremoso o discurso do príncipe de *Noites georgianas*, ficou claro que mesmo seus maiores fãs estavam mais interessados nas reações do velho do que na beleza de sua dicção. Nos versos

Se metal é imortal, então em algum lugar
jaz aquele botão polido que perdi
em meu sétimo aniversário num jardim.

*Encontre esse botão e minh'alma saberá
que toda alma é salva, é guardada, é preciosa.*

apareceu pela primeira vez uma fenda em sua compostura, ele devagar desdobrou um grande lenço e assoou ruidosamente o nariz — um som que deixou Yermakov pesadamente enuviado, os olhos com o brilho de diamante, espreitando como os de um valente corcel.

O lenço voltou para as dobras do paletó e só vários segundos *depois* disso foi que as pessoas na primeira fila notaram que lágrimas rolavam de baixo dos óculos. Ele não tentou enxugá-las, embora uma ou duas vezes sua mão tenha ido até os óculos com dedos em garra, mas a baixou de novo, como se com um gesto desses (e esse era o ponto culminante de toda a delicada obra-prima) ele temesse chamar atenção para suas lágrimas. O aplauso tremendo que se seguiu à declamação era certamente mais um tributo à performance do velho do que ao poema na dicção de Yermakov. Então, assim que o aplauso cessou, ele se levantou e foi até a beira da plataforma.

Da parte do comitê não houve nenhuma tentativa de detê-lo, e isso por duas razões. Primeiro, o presidente, levado à exasperação pelo comportamento conspícuo do velho, havia saído um momento e dado certa ordem. Em segundo lugar, uma mistura de estranhas dúvidas estava começando a enervar alguns organizadores, de forma que se fez um completo silêncio quando o velho apoiou os cotovelos no púlpito.

"E isto é a fama", ele disse em voz tão rouca que das fileiras do fundo vieram gritos de "*Gromche, gromche!*" (Mais alto, mais alto!)

"Estou dizendo que isto é a fama", ele repetiu, olhando severamente a plateia por cima dos óculos. "Uma coleção de poemas frívolos, palavras reunidas em rima e o nome de um homem é lembrado como se ele tivesse sido de algum valor para a humanidade! Não, cavalheiros, não se iludam. Nosso império e o trono de nosso pai o tsar ainda estão de pé como sempre estiveram, como um trovão congelado em seu poder invulnerável, e o jovem transviado que escreveu esses versos rebeldes há meio século é hoje um velho cumpridor das leis, respeitado por cidadãos honestos. Um velho, permitam que acrescente, que precisa de sua proteção. Sou uma vítima dos elementos: a terra que arei com meu suor, as ovelhas que amamentei pessoalmente, o trigo que vi ondulando os braços dourados..."

Foi então que um enorme policial depressa e sem dor removeu o velho. A plateia teve um relance dele sendo levado para fora — o peitilho espetado para um lado, a barba para outro, um punho pendurado do pulso, mas ainda aquela gravidade e aquele orgulho nos olhos.

Ao noticiar a comemoração, os principais jornais se referiram apenas de passagem ao "lamentável incidente" que a havia comprometido. Mas o desacreditado *Anais de São Petersburgo*, um trapo sensacionalista e reacionário, editado pelos irmãos Kherstov para a baixa classe média e um substrato alegremente iletrado dos trabalhadores, estampou uma série de artigos sustentando que o "lamentável incidente" não era nada mais que o reaparecimento do autêntico Perov.

4

Nesse meio-tempo, o velho foi recolhido pelo muito rico e vulgarmente excêntrico comerciante Gromov, cuja casa vivia cheia de monges errantes, médicos charlatães e "pogromísticos". O *Anais* publicou entrevistas com o impostor. Nessas, este último disse coisas horríveis sobre os "lacaios do partido revolucionário" que o tinham privado de sua identidade e roubado o seu dinheiro. Esse dinheiro ele pretendia obter legalmente dos editores das obras completas de Perov. Um acadêmico bêbado ligado à casa de Gromov apontou a semelhança (infelizmente muito notável) entre os traços do velho e os traços do retrato.

Apareceu uma reportagem detalhada, porém muito implausível, dizendo que ele havia encenado um suicídio para viver uma vida cristã no seio da Santa Rússia. Tinha sido tudo: mascate, caçador de passarinhos, barqueiro do Volga, e acabara adquirindo um pedaço de terra numa província remota. Cheguei a ver um exemplar de um livrinho de aparência sórdida, *A morte e ressurreição de Konstantin Perov*, que costumava ser vendido nas ruas por mendigos trêmulos, ao lado de *As aventuras do marquês de Sade* e de *Memórias de uma amazona*.

Meu melhor achado, porém, examinando velhos arquivos, é uma fotografia borrada do impostor barbudo montado no mármore do monumento a Perov, inacabado num parque sem folhas. Ele é visto parado muito ereto, com os braços dobrados; usa um capuz redondo de pele e um par de galochas novas, mas sem sobretudo; uma pequena multidão de seus apoiadores reunida a seus pés, e os rostinhos brancos olham para a câmera com aquela expressão autocomplacente especial, com os olhos feito umbigos, peculiar das fotos antigas de linchamentos.

Dada essa atmosfera de festivo vandalismo e afetação reacionária (tão intimamente ligados aos ideais governamentais da Rússia, fosse o tsar chamado Alexandre, Nicholas ou Joe), a *intelligentsia* não suportava visualizar o desastre de identificar o puro, ardente, revolucionário Perov, conforme representado por seus poemas, com um velho vulgar chafurdando num chiqueiro pintado. A parte trágica é que, enquanto Gromov e os irmãos Kherstov não acreditavam de verdade que o provedor de seu divertimento era o verdadeiro Perov, muita gente honesta e culta ficou obcecada com a ideia impossível de que aquilo que haviam ejetado era a Verdade e a Justiça.

Como diz uma carta de Slavsky a Korolenko, publicada recentemente: "A gente estremece ao pensar que um dom do destino sem paralelo na história, a ressurreição como a de Lázaro de um grande poeta do passado, possa ser ingratamente ignorada... não, mais ainda, taxada de diabólico engano da parte de um homem cujo único crime foi meio século de silêncio e poucos minutos de louca expressão." O palavreado é confuso, mas o cerne é claro: a Rússia intelectual tinha menos medo de ser vítima de uma fraude do que de patrocinar uma horrenda injustiça. Mas de uma coisa tinha ainda mais medo, e era da destruição de um ideal; porque seu radical está pronto para derrubar qualquer coisa no mundo, exceto uma tamanha bobagem trivial, por mais duvidosa e empoeirada que seja, que por alguma razão o radicalismo entronizou.

Corre o rumor de que, em certa reunião secreta da Sociedade para o Avanço da Literatura Russa, as numerosas epístolas insultuosas que o velho ficava mandando foram cuidadosamente comparadas por peritos com uma carta muito antiga escrita pelo poeta na adolescência. Tinha sido descoberta num certo arquivo particular, acreditava-

-se ser o único exemplo da caligrafia de Perov e ninguém, exceto os acadêmicos que se debruçaram sobre sua tinta desbotada, sabia de sua existência. Como também não sabemos quais foram suas conclusões.

Murmurou-se também que foi levantado um montante em dinheiro e que o velho foi procurado sem o conhecimento de seus infames companheiros. Aparentemente, uma substancial pensão mensal seria atribuída a ele com a condição de que voltasse imediatamente para sua fazenda e lá ficasse em decoroso silêncio e esquecimento. Parece também que a oferta foi aceita e ele desapareceu tão repentinamente como havia aparecido, enquanto Gromov se consolava pela perda de seu bicho de estimação adotando um nebuloso hipnotizador de origem francesa que um ou dois anos depois viria a gozar de algum sucesso na corte.

O monumento foi devidamente inaugurado e se tornou um grande favorito dos pombos locais. As vendas das obras completas esfriaram delicadamente no meio da quarta edição. Por fim, alguns anos depois, na região onde Perov nascera, o morador mais velho, mas não necessariamente mais brilhante, contou que se lembrava de seu pai dizer que havia encontrado um esqueleto numa parte do rio cheia de juncos.

5

Isso teria sido tudo, não fosse a chegada da Revolução revirando pedras junto com as brancas raízes de plantinhas e as gordas minhocas roxas que teriam permanecido enterradas. Quando, no começo dos anos vinte, na cidade escura, faminta, mas morbidamente ativa, brotaram diversas instituições culturais estranhas (como livrarias onde escritores famosos, mas sem dinheiro, vendiam os próprios livros etc.), alguém ganhou a vida durante uns dois meses armando um pequeno museu Perov, e isso levou a ainda outra ressurreição.

As peças expostas? Todas exceto uma (a carta). Um passado de segunda mão em um salão miserável. Os olhos ovais e os cachos castanhos do precioso retrato de Sheremetevsky (com uma fenda na região do colarinho aberto, sugerindo uma tentativa de decapitação); um volume surrado de *Noites georgianas* que se acreditava ter pertencido a Nekrasov; uma fotografia indiferente da escola de aldeia construída no lugar onde o pai do poeta possuía uma casa e um pomar. Uma luva velha que algum visitante do museu havia esquecido. Diversas edições das obras de Perov distribuídas de forma a ocupar o máximo espaço possível.

E como todas essas pobres relíquias ainda assim se recusavam a formar uma família feliz, vários objetos da época foram acrescentados, como o roupão que um famoso crítico radical havia usado em seu estúdio rococó e as correntes que usara em sua prisão de madeira na Sibéria. Mas ainda assim, como nem isso nem os retratos de diversos escritores da época faziam volume suficiente, uma maquete do primeiro trem a rodar na Rússia (nos anos quarenta, entre São Petersburgo e Tsarskoye Selo) foi instalada no meio daquela sala tristonha.

O velho, agora com bem mais de noventa anos, mas com o discurso ainda articulado e a postura razoavelmente ereta, conduzia o visitante pelo lugar como se fosse o anfitrião, e não um monitor. Tinha-se a impressão de que a qualquer momento ele levaria a pessoa à sala seguinte (inexistente), onde seria servido o jantar. Tudo o que ele possuía de fato, porém, era um fogão atrás de um biombo e o banco em que dormia; mas, se a pessoa comprasse um dos livros expostos à venda na entrada, ele o autografava, naturalmente.

Então, uma manhã, a mulher que trazia sua comida o encontrou morto no banco. Três famílias briguentas viveram durante algum tempo no museu, e logo não restava mais nada de seu conteúdo. E, como se uma grande mão, com um grande som raspado, houvesse arrancado grandes maços de páginas de muitos livros, ou como se algum frívolo autor de história tivesse prendido um gênio numa garrafa da verdade, ou como se...

Mas não importa. De um jeito ou de outro, durante os vinte e poucos anos seguintes, a Rússia perdeu todo contato com a poesia de Perov. Os jovens cidadãos soviéticos sabem tão pouco sobre suas obras como sobre as minhas. Sem dúvida virá um tempo em que ele será republicado e admirado; no entanto, não se pode deixar de sentir que, no pé em que estão as coisas, as pessoas estão perdendo muito. É de se perguntar também como futuros historiadores explicarão o velho e sua extraordinária pretensão. Mas isso, claro, é assunto de importância secundária.

Tempo e vazante

1

Nos primeiros dias floríferos de convalescença depois de uma doença severa a que ninguém, muito menos o próprio paciente, esperava que um organismo de noventa anos fosse sobreviver, fui advertido por meus bons amigos Norman e Nura Stone a prolongar a pausa em meus estudos científicos e a relaxar em meio a alguma ocupação inocente como *brazzle* ou paciência.

O primeiro está fora de questão, visto que localizar o nome de uma cidade asiática ou o título de um romance espanhol num labirinto de sílabas misturadas na última página do último caderno vespertino (feito que minha bisneta mais nova realiza com zelo absoluto) me parece muito mais cansativo do que brincar com tecidos animais. Paciência, por outro lado, merece ser levada em consideração, principalmente se a pessoa for sensível a sua contrapartida mental; pois dispor as reminiscências pessoais não é um jogo da mesma ordem, no qual acontecimentos e emoções são dados como cartas a si mesmo em tranquila retrospecção?

Dizem que Arthur Freeman falou que memorialistas são homens que têm muito pouca imaginação para escrever ficção, e memória muito ruim para escrever a verdade. Neste lusco-fusco de autoexpressão, eu também devo flutuar. Como outros velhos antes de mim, descobri que as coisas próximas no tempo são aborrecidamente confusas, enquanto no fim do túnel há cor e luz. Posso discernir os traços de cada mês de 1944 ou 1945, mas as estações ficam absolutamente borradas se escolho 1997 ou 2012. Não consigo me lembrar do nome do eminente cientista que atacou meu último trabalho, assim como esqueci também aqueles outros nomes com que meus igualmente eminentes defensores o chamaram. Não sou capaz de dizer de imediato em que ano o setor embriológico da Associação de Amantes da Natureza de Reykjavik me elegeu membro correspondente, ou quando exatamente a Academia Americana de Ciência me brindou com seu prêmio mais importante. (Me lembro, porém, do grande prazer que ambas as honrarias me deram.) Dessa forma, um homem que olha por um grande telescópio não vê as nuvens do verão indiano acima de seu pomar encantado, mas vê, como meu lastimado colega, o falecido professor Alexander Ivanchenko, viu duas vezes, o enxame de hespericozoários num vale úmido do planeta Vênus.

Sem dúvida as "inúmeras imagens nebulosas" deixadas para nós pela fotografia pardacenta, sem contraste e estranhamente melancólica do século passado, exageram a impressão de irrealidade que aquele século provoca naqueles que não se lembram dele; mas permanece o fato de que os seres que povoaram o mundo nos dias de minha infância parecem à atual geração mais remotos que o século XIX lhes parecia. Ainda estavam mergulhados até a cintura em seu puritanismo e preconceito. Apegavam-se à tradição como uma trepadeira se apega a uma árvore morta. Tomavam suas refeições em grandes mesas em torno das quais se agrupavam em rígida posição em duras cadeiras de madeira. As roupas consistiam em um número de partes, cada uma das quais, além disso, continha os restos reduzidos e inúteis desta ou daquela moda mais antiga (para se vestir de manhã, o cidadão tinha de encaixar algo como trinta botões em outras tantas casas além de fazer três nós e conferir os conteúdos de quinze bolsos).

Em suas cartas, dirigiam-se a estranhos totais por algo que — na medida em que palavras têm sentido — era o equivalente a "amado mestre" e prefaciavam uma assinatura teoricamente imortal com um resmungar expressando idiota devoção a uma pessoa cuja própria existência era questão de completa indiferença para o missivista. Tendiam atavicamente a dotar a comunidade com qualidades e direitos que negavam ao indivíduo. A economia os obcecava quase tanto quanto as teologias haviam obcecado seus ancestrais. Eram superficiais, descuidados e míopes. Mais do que outras gerações, tendiam a ignorar homens notáveis deixando assim para nós a honra de descobrir seus clássicos (de forma que Richard Sinatra foi, enquanto viveu, um "guarda-florestal" sonhando debaixo de um pinheiro de

Telluride ou lendo seus versos prodigiosos para os esquilos da floresta San Isabel, enquanto todo mundo conhecia um outro Sinatra, escritor menor, também de origem oriental).

Fenômenos elementares de alobiose levaram seus chamados espíritas às formas mais tolas de conjetura transcendental e fizeram o chamado senso comum encolher seus ombros largos com ignorância igualmente tola. Nossas denominações de tempo pareceriam a eles números de "telefone". Eles brincavam com eletricidade de várias formas sem fazer a menor ideia do que era realmente — e não é de admirar que a revelação casual de sua verdadeira natureza tenha vindo como uma horrenda surpresa (eu já era homem na época e me lembro bem do velho professor Andrews soluçando em prantos pelo campus no meio de uma multidão pasmada).

Mas, apesar de todos os costumes e complicações ridículos em que estava emaranhado, o mundo de meus dias de juventude era um mundinho galante e duro que enfrentava a adversidade com uma pitada de humor seco e partia calmamente para campos de batalha remotos a fim de suprimir a selvagem vulgaridade de Hitler ou de Alamillo. E, se eu me deixar levar, muitas são as coisas claras, delicadas, sonhadoras, adoráveis, que a memória apaixonada encontraria no passado — e então, ai da era presente, pois não há como saber o que um velho ainda vigoroso seria capaz de fazer se ele arregaçasse as mangas. Mas basta disso. A história não é meu campo, então talvez seja melhor voltar ao pessoal para que não me digam, como diz ao sr. Saskatchewanov o mais fascinante personagem da literatura de ficção de hoje (corroborado por minha bisneta que lê mais do que eu), que "cada grilo com seu trilo" e que não se meta no terreno de outros "vagabundos e veranistas".

2

Nasci em Paris. Minha mãe morreu quando eu ainda era muito pequeno, de forma que só consigo me lembrar dela como um vago trecho de delicioso calor lacrimal pouco além do limite da memória iconográfica. Meu pai dava aulas de música e era também um compositor (ainda guardo o tesouro de um velho programa em que o nome dele está ao lado do de um grande russo); ele me apoiou até o estágio da faculdade e morreu de uma obscura doença do sangue na época da Guerra da América do Sul.

Eu estava com sete anos quando ele, eu e a avó mais doce com que qualquer criança poderia ser abençoada deixamos a Europa, onde torturas indescritíveis eram aplicadas por uma nação degenerada à raça a que eu pertenço. Uma mulher em Portugal me deu a maior laranja que eu já tinha visto. Da popa do navio, dois pequenos canhões cobriam sua esteira portentosamente tortuosa. Um grupo de golfinhos realizou solenes cambalhotas. Minha avó leu para mim uma história sobre uma sereia que adquiriu um par de pés. A brisa inquisitiva juntava-se à leitura e virava as páginas para descobrir o que acontecia em seguida. Isso é praticamente tudo o que me lembro da viagem.

Ao chegar a Nova York, os viajantes no espaço costumavam ficar tão impressionados quanto os viajantes no tempo ficariam pelos antiquados "arranha-céus"; esse era um nome inadequado, visto que sua associação com o céu, sobretudo ao fim etéreo de um dia de estufa, longe de sugerir qualquer atrito no contato, era indescritivelmente delicada e serena: aos meus olhos de criança olhando a vasta extensão de parque que costumava enfeitar o centro da cidade, eles pareciam remotos, de cor lilás, e estranhamente aquáticos, misturando como misturavam suas primeiras luzes cautelosas às cores do pôr do sol e revelando, com uma espécie de sonhadora candura, o interior pulsante de sua estrutura semitransparente.

Crianças negras sentavam-se tranquilamente nas rochas artificiais. As árvores tinham seus duplos nomes latinos nos troncos, igual aos motoristas dos táxis atarracados, espalhafatosos, escarabeídeos (em minha cabeça aliados, genericamente, às máquinas automáticas igualmente espalhafatosas cuja constipação musical cedia à inserção de uma pequena moeda que agia como miraculoso laxante), que tinham suas velhas fotografias presas nas costas; porque vivíamos numa era de Identificação e Tabulação; víamos as personalidades de homens e coisas em termos de nomes e apelidos e não acreditávamos na existência de nada que não tivesse nome.

Numa peça recente e ainda popular que trata da estranha América dos voadores anos quarenta, infundia-se uma boa dose de glamour ao papel de um servidor de refrigerantes, mas as suíças e o peitilho engomado são absurdamente anacrônicos, nem havia no meu tempo os giros contínuos e violentos dos banquinhos altos como fazem os atores. Sorvíamos nossas humildes misturas (com canudinhos que na realidade eram muito mais curtos que os que usam no palco) numa atmosfera de sombria voracidade. Me lembro do encantamento raso e da poesia menor das preparações: a espuma copiosa engendrada acima de uma bolota afundada de creme sintético congelado, ou a lama marrom líquida da calda de *fudge* despejada sobre sua pasta polar. Superfícies de latão e vidro, estéreis reflexos de lâmpadas elétricas, o zumbido e chiado de um propulsor aprisionado, um cartaz da guerra global mostrando Tio Sam com seus cansados olhos azuis rooseveltianos, ou então uma garbosa moça fardada com um lábio inferior hipertrofiado (aquele biquinho, aquela amuada armadilha de beijo, aquela moda passageira do charme geminiano: 1939-1950), e a inesquecível tonalidade dos ruídos de trânsito misturados vindos da rua — esses padrões e figuras melódicas, essa análise consciente pela qual só o tempo é responsável, de alguma forma ligava a *drugstore* a um mundo em que homens atormentavam metais e os metais revidavam.

  Frequentei a escola em Nova York; depois nos mudamos para Boston; e depois nos mudamos de novo. Parece que estávamos sempre mudando de casa — e algumas são mais sem graça que outras; mas por menor que fosse a cidade eu encontrava com certeza um lugar onde consertavam pneus de bicicleta, um lugar onde vendiam sorvete, um lugar onde passavam filmes de cinema.

  Parecia que haviam saqueado os ecos das gargantas entre montanhas; estes eram submetidos a um tratamento especial à base de mel e borracha até seus acentos condensados poderem ser sincronizados com os movimentos labiais de fotografias em série sobre uma tela branca como a lua num salão veludosamente escuro. Com um golpe do punho, um homem lançava um semelhante para cima de uma torre de caixotes. Uma garota de pele inacreditavelmente lisa erguia a sobrancelha que era uma linha. Uma porta batia com uma espécie de baque inadequado que nos vem da margem distante de um rio onde lenhadores estão trabalhando.

3

Sou também velho o bastante para me lembrar dos trens ferroviários: quando criança eu os adorava; quando rapaz mudei para edições melhores de velocidade. Com suas janelas cansadas e luzes fracas eles ainda rodam lentamente às vezes em meus sonhos. Sua tonalidade podia passar pela maturação da distância, por uma fusão sucessiva de quilômetros percorridos, não tivessem eles submetido sua cor de ameixa à ação da poeira de carvão, a fim de combinar com as paredes de oficinas e favelas que precedem uma cidade tão inevitavelmente como uma regra de gramática e um borrão precedem a aquisição de conhecimento convencional. Cônicos chapéus anões ficavam estocados num extremo do vagão e podiam receber flacidamente (com a transmissão de um diáfano frio aos dedos) a água de fonte de um obediente bebedouro que baixava a cabeça ao toque.

Velhos que pareciam grisalhos ferroviários de contos de fada ainda mais antigos entoavam seus intermitentes "proximestação" e conferiam os bilhetes dos viajantes, entre os quais com certeza havia, se a viagem fosse suficientemente longa, um grande número de soldados esparramados, mortos de cansaço, e um soldado vivo, bêbado, tremendamente peripatético com apenas sua palidez para ligá-lo à morte. Ele sempre ocorria isolado, mas estava sempre lá, uma criatura jovem de barro, no meio daquilo que alguns livros de história muito modernos chamam lisonjeiramente de período Hamilton — em homenagem ao acadêmico indiferente que deu forma a esse período em benefício dos desmiolados.

De uma forma ou de outra, meu pai brilhante, mas pouco prático, jamais conseguiu se adaptar suficientemente às condições acadêmicas para ficar muito tempo neste ou naquele lugar. Posso visualizar todos eles, mas uma cidade universitária permanece especialmente vívida: não é necessário dizer seu nome se eu contar que a três gramados de nós, numa alameda arborizada, ficava uma casa que é agora a Meca de uma nação. Me lembro das cadeiras de jardim manchadas de sol debaixo da macieira e de um setter cor de cobre brilhante, de um menino gordo, sardento, com um livro no colo, e de uma maçã de aspecto conveniente que colhi à sombra de uma cerca viva.

E duvido que o turista que visite hoje o local de nascimento do maior homem de sua época, e observe a mobília de época vaidosamente amontoada atrás das cordas de veludo da imortalidade entronizada, consiga sentir algo daquele orgulhoso contato com o passado que eu devo a um incidente fortuito. Pois aconteça o que acontecer, e por mais fichas catalográficas que bibliotecários preencham com os títulos de meus trabalhos publicados, passarei à posteridade como o homem que um dia atirou uma maçã em Barrett.

Para aqueles que nasceram depois das assombrosas descobertas dos anos setenta, e portanto não viram nada com natureza de coisas voadoras, exceto talvez uma pipa ou um balão de brinquedo (ainda permitido, pelo que sei, em vários estados, apesar dos recentes artigos do dr. De Sutton a respeito), não é fácil imaginar aeroplanos, principalmente porque as velhas fotografias que mostram essas máquinas esplêndidas em pleno voo não possuem a vida que só a arte seria capaz de captar — e, estranhamente, nenhum grande pintor jamais os escolheu como assunto especial no qual injetar seu gênio e assim preservar sua imagem da deterioração.

Suponho que eu deva ser antiquado em minha atitude relativa a muitos aspectos da vida que estão fora de meu ramo específico da ciência; e possivelmente a personalidade de homem muito velho que sou possa parecer dividida, como aquelas cidadezinhas europeias que têm uma metade na França e outra na Rússia. Sei disso e prossigo com cautela. Longe de mim a intenção de promover qualquer desejo ou lamento mórbido em relação às máquinas voadoras, mas ao mesmo tempo não consigo suprimir o tom romântico inerente à sinfônica inteireza do passado como o sinto.

Naqueles dias distantes, em que nenhum ponto da terra estava a mais de sessenta horas de voo do aeroporto local, um menino conhecia aviões desde o nariz de uma hélice até a paleta do leme, e conseguia distinguir as espécies não só pela forma da ponta da asa ou pela saliência de uma cabine, mas até mesmo pelo padrão das chamas do escapamento no escuro; rivalizando assim na identificação de indivíduos com aqueles loucos detetives da natureza — os sistematizadores pós-lineanos. O diagrama de uma secção da construção da asa e da fuselagem daria a ele uma pontada de deleite criativo, e os modelos que ele construía com madeira balsa, pinho e clipes de papel forneciam tamanha excitação durante a confecção que, comparando, a finalização parecia quase insípida, como se o espírito da coisa tivesse voado no momento em que sua forma se fixara.

    Obtenção e ciência, retenção e arte — os dois pares se mantêm isolados, mas, quando se encontram, nada mais no mundo importa. E então devo ir embora na ponta dos pés, deixando minha infância em seu ponto mais típico, em sua postura mais plástica: retida por um zumbido profundo que vibra e ganha volume no alto, imóvel, indiferente à humilde bicicleta que monta, um pé no pedal, o dedão do outro tocando a terra asfaltada, olhos, queixo e costelas erguidos para o céu nu onde um avião de guerra vem com velocidade extraterrena que só a vastidão de seu meio torna lenta à medida que a visão da barriga se transforma em visão de trás e asas e zumbido dissolvem na distância. Monstros admiráveis, grandes máquinas voadoras, elas se foram, elas desapareceram como aquele bando de cisnes que passou com um poderoso chiar de uma multidão de asas uma noite de primavera sobre o lago Knights no Maine, do desconhecido para o desconhecido: cisnes de uma espécie nunca determinada pela ciência, nunca vistos antes, nunca vistos depois — e, então, nada além de uma estrela solitária permaneceu no céu, como um asterisco que conduz a uma nota de pé de página impossível de encontrar.

Item de conversação, 1945

Tenho um homônimo infame, completo do apelido ao sobrenome, um homem que nunca vi em pessoa, mas cuja personalidade vulgar consegui deduzir de suas ocasionais intrusões no castelo de minha vida. A confusão começou em Praga, onde eu estava vivendo em meados dos anos vinte. Chegou para mim uma carta de uma pequena biblioteca, aparentemente ligada a alguma organização do Exército Branco que, como eu, havia saído da Rússia. Em tom exasperado, exigia que eu devolvesse de imediato um exemplar de *Protocolos dos sábios de Sião*. Esse livro, que antigamente havia sido tristemente apreciado pelo tsar, era um memorando falsificado que a polícia secreta havia pago para um trapaceiro semiletrado compilar; seu único objetivo era a promoção de *pogroms*. O bibliotecário, que assinava "Sinepuzov" (sobrenome que quer dizer "barriga azul", que afeta a imaginação russa do mesmo modo que Winterbottom, traseiro de inverno, afeta uma imaginação inglesa), insistia que eu estava havia mais de um ano com o que ele escolheu chamar de "esse livro popular e valioso". Ele se referia a pedidos anteriores dirigidos a mim em Belgrado, Berlim e Bruxelas, cidades pelas quais meu homônimo parecia ter girado.

Eu visualizava o sujeito como um emigrado jovem, muito Branco, do tipo automaticamente reacionário, cuja educação havia sido interrompida pela Revolução e que estava compensando o tempo perdido com bastante sucesso nas linhas tradicionais. Era evidentemente um grande viajante; assim como eu — nosso único ponto em comum. Uma mulher russa de Estrasburgo havia me perguntado se o homem que se casara com sua sobrinha em Liège era meu irmão. Num dia de primavera, em Nice, uma moça inexpressiva com brincos compridos apareceu no hotel, pediu para me ver, olhou para mim, pediu desculpas e foi embora. Em Paris, recebi um telegrama que dizia espasmodicamente: NE VIENS PAS ALPHONSE DE RETOUR

SOUPCONNE SOIS PRUDENT JE T'ADORE ANGOISSEE, e admito ter sentido certa obscura satisfação em imaginar meu frívolo duplo se deparando inevitavelmente, flores na mão, com Alphonse e sua mulher. Alguns anos depois, quando eu estava dando aulas em Zurique, fui preso de repente sob a acusação de ter espatifado *três* espelhos em um restaurante: uma espécie de tríptico que mostrava meu homônimo bêbado (primeiro espelho), muito bêbado (o segundo) e perdidamente bêbado (o terceiro). Finalmente, em 1938, o cônsul francês se recusou rudemente a carimbar meu surrado passaporte verde-mar de Nansen porque, disse ele, eu havia entrado no país uma vez antes sem permissão. No volumoso processo que acabou me sendo mostrado, vislumbrei o rosto de meu homônimo. Tinha bigode aparado e cabelo curto, o canalha.

Quando, pouco depois disso, vim para os Estados Unidos e me estabeleci em Boston, tinha certeza de ter me livrado de minha sombra absurda. Então — no mês passado, para ser preciso — veio um telefonema.

Com voz dura, brilhante, uma mulher disse que era a sra. Sybil Hall, amiga íntima da sra. Sharp, que tinha escrito a ela para que me *contatasse*. Eu efetivamente conhecia uma sra. Sharp e não parei para pensar que tanto a sra. Sharp como eu podíamos não ser as pessoas certas. Com sua voz dourada, a sra. Hall disse que ia realizar uma pequena reunião em seu apartamento na sexta-feira à noite e se eu iria, porque tinha certeza, pelo que ouvira a meu respeito, de que eu estaria muito, muito interessado na discussão. Embora reuniões de qualquer tipo me sejam repulsivas, me dispus a aceitar o convite pensando que se não aceitasse poderia de alguma forma decepcionar a sra. Sharp, uma senhora idosa de calça marrom e cabelo curto que eu conhecera em Cape Cod, onde ela repartia um chalé com uma mulher mais jovem; ambas eram artistas esquerdistas medíocres e independentes, e bastante simpáticas.

Devido a um imprevisto, que não tinha nada a ver com o assunto do presente relato, cheguei muito mais tarde do que pretendia ao apartamento da sra. Hall. Um velho ascensorista, estranhamente parecido com Richard Wagner, levou-me tristonhamente para cima, e a empregada nada sorridente da sra. Hall, com os braços compridos pendendo ao lado do corpo, esperou enquanto eu tirava o sobretudo e as galochas no hall. Ali a nota decorativa era um certo tipo de vaso ornamental manufaturado na China e possivelmente de grande antiguidade — neste caso uma coisa bruta alta, de cor enjoativa —, que sempre me deixa abominavelmente infeliz.

Ao atravessar uma sala pequena e acanhada, lotada de símbolos daquilo que os publicitários chamam de "vida elegante" e era introduzido — teoricamente, porque a empregada desaparecera — em um salão burguês grande, de tons suaves, gradualmente fui percebendo que aquele era exatamente o tipo de lugar onde se podia esperar ser apresentado a algum velho tolo que comera caviar no Kremlin ou a algum enfadonho russo soviético, e que minha conhecida, a sra. Sharp, que por alguma razão sempre se ressentira de meu desprezo pela linha do Partido, pelo Comunista e a Voz do Dono, decidira, pobrezinha, que uma experiência dessas poderia ter influência benéfica sobre minha mente sacrílega.

De um grupo de doze pessoas emergiu minha anfitriã na forma de uma mulher de membros longos, peito chato, com os dentes da frente proeminentes e sujos de batom. Ela me apresentou rapidamente ao convidado de honra e aos outros convidados, e retomaram imediatamente a discussão que havia sido interrompida pela minha entrada. O convidado de honra estava respondendo perguntas. Era um homem de aparência frágil com cabelo escuro e liso, testa brilhante, e estava tão fortemente iluminado pela lâmpada de pedestal acima de seu ombro que dava para distinguir os flocos de caspa na gola de seu smoking, e admirar a brancura de suas mãos cruzadas, uma das quais eu havia descoberto ser incrivelmente mole e úmida. Era o tipo de sujeito cujo queixo fraco, faces encovadas e pomo de adão infeliz revelam duas horas depois de barbeado, quando o humilde talco se dissipou, um complexo sistema de manchas rosadas pontilhadas de cinza-azulado. Ele usava um anel de brasão e por algum estranho motivo me lembrei de uma moça russa morena em Nova York, tão intimidada com a possibilidade de ser tomada por sua ideia de uma judia que costumava usar uma cruz ao pescoço, embora tivesse tão pouca religião quanto inteligência. O inglês do orador era admiravelmente fluente, mas o *djer* duro ao pronunciar *Germany*, Alemanha, e a insistente recorrência do epíteto *wonderful*, maravilhoso, em que a primeira sílaba soava como *van*, proclamavam sua origem teutônica. Ele era, tinha sido, ou estava para ser, professor de alemão, de música, ou de ambas as coisas, em algum lugar no Meio-Oeste, mas não guardei seu nome, então devo chamá-lo de dr. Shoe.

"*Naturalmente* que ele era louco!", exclamou o dr. Shoe, respondendo a algo que uma das senhoras havia perguntado. "Olhe, só um louco poderia ter atrapalhado a guerra como ele atrapalhou. E eu sem dúvida espero, como vocês também, que, dentro em breve, se ele aparecer vivo, que seja trancado seguramente num sanatório em algum lugar num país neutro. Ele conquistou isso. Foi loucura atacar a Rússia em vez de invadir a Inglaterra. Foi loucura pensar que a guerra com o Japão impediria que Roosevelt participasse energicamente dos negócios europeus. O pior louco é aquele que deixa de considerar a possibilidade de o outro ser louco também."

"Não se pode deixar de pensar", disse uma mulherzinha gorda, chamada, acho, sra. Mulberry, "que milhares de nossos rapazes mortos no Pacífico poderiam ainda estar vivos se todos aqueles aviões e tanques que demos para a Inglaterra e a Rússia tivessem sido usados para destruir o Japão".

"Exatamente", disse o dr. Shoe. "E foi esse o erro de Adolf Hitler. Sendo louco, ele não levou em consideração a conspiração de políticos irresponsáveis. Sendo louco, ele acreditou que outros governos iam agir de acordo com os princípios de misericórdia e bom senso."

"Penso sempre em Prometeu", disse a sra. Hall. "Prometeu, que roubou o fogo e foi cegado pelos deuses zangados."

Uma velha de vestido azul-claro, sentada a tricotar num canto, pediu ao dr. Shoe para explicar por que os alemães não haviam se levantado contra Hitler.

O dr. Shoe baixou as pálpebras um momento. "A resposta é terrível", disse com esforço. "Como sabem, eu mesmo sou alemão, de pura origem bávara, embora um cidadão leal deste país. E mesmo assim, vou dizer uma coisa muito terrível sobre meus antigos compatriotas. Os alemães...", os olhos de cílios macios estavam semicerrados de novo, "os alemães são sonhadores".

Nessa altura, claro, eu já havia entendido plenamente que a sra. Sharp da sra. Hall era tão totalmente distinta da minha sra.

Sharp quanto eu de meu homônimo. O pesadelo em que eu havia sido lançado provavelmente teria parecido a ele uma noite tranquila com almas irmãs, e o dr. Shoe poderia lhe parecer o mais inteligente e brilhante *causeur*. Timidez, e talvez curiosidade mórbida, me impediram de deixar a sala. Além disso, quando fico excitado, eu gaguejo tanto que qualquer tentativa de minha parte de dizer ao dr. Shoe o que eu pensava dele teria soado como as explosões de uma motocicleta que se recusa a pegar numa noite de frio numa intolerante alameda suburbana. Olhei em torno, tentando me convencer de que aquelas pessoas eram de verdade e não um espetáculo de pantomima.

Nenhuma das mulheres era bonita; todas tinham chegado ou ultrapassado os quarenta e cinco anos. Todas, com toda certeza, pertenciam a clubes do livro, clubes de bridge, clubes de intrigas e à grande e fria irmandade da morte inevitável. Todas pareciam alegremente estéreis. Possivelmente algumas teriam tido filhos, mas como podiam tê-los produzido era agora um mistério esquecido; muitas haviam encontrado substitutos para o poder criativo em várias atividades estéticas, como, por exemplo, a decoração de salas de reuniões. Ao olhar para uma que estava sentada perto de mim, uma mulher intensa com o pescoço sardento, entendi que, enquanto ouvia intermitentemente o dr. Shoe, ela estava provavelmente preocupada com a decoração de algum acontecimento social ou de um entretenimento em tempos de guerra cuja natureza exata eu não tinha como determinar. Mas sabia quanto ela precisava daquele toque adicional. Alguma coisa no meio da mesa, ela estava pensando. Preciso de alguma coisa que deixe as pessoas de boca aberta — talvez uma grande imensa enorme tigela de frutas artificiais. Não aquelas de cera, claro. Alguma coisa lindamente marmorizada.

É muito lamentável que eu não tenha guardado os nomes daquelas senhoras quando fui apresentado a elas. Duas mulheres esguias, donzelas intercambiáveis sentadas em cadeiras duras, tinham nomes começados com *W*, e, das outras, uma com certeza se chamava srta. Bissing. Isso eu tinha ouvido distintamente, mas não consegui depois ligar a nenhum rosto ou objeto semelhante a um rosto. Havia apenas um outro homem além do dr. Shoe e de mim. Era um compatriota meu, um coronel Malikov ou Melnikov; na versão da sra. Hall havia soado mais como "Milwaukee". Enquanto serviam uns refrescos pálidos, ele se inclinou para mim com um som rangido de couro, como se usasse arreios por baixo do terno azul surrado, e me informou num rouco sussurro russo que tivera a honra de conhecer meu estimado tio, que eu imediatamente visualizei como uma maçã vermelha, mas intragável, na árvore genealógica de meu homônimo. O dr. Shoe, porém, estava ficando eloquente outra vez e o coronel endireitou o corpo, revelando uma presa amarela quebrada em seu sorriso de retirada, e me prometendo por meio de gestos discretos que teríamos uma boa conversa depois.

"A tragédia da Alemanha", disse o dr. Shoe enquanto dobrava cuidadosamente o guardanapo de papel com o qual havia limpado os lábios, "é também a tragédia da América culta. Falei em inúmeros clubes de mulheres e outros centros educacionais, e por toda parte notei o quão profundamente essa guerra europeia, hoje felizmente concluída, era abominada por almas sensíveis e refinadas. Notei também com que animação os americanos cultos voltam a se lembrar de dias felizes, de suas experiências de viagens ao estrangeiro, de algum mês inesquecível ou ano ainda mais inesquecível que um dia passaram no país da arte, música, filosofia e bom humor. Lembram-se dos bons amigos que tinham lá e de sua temporada de educação e bem-estar no seio de uma nobre família alemã, a limpeza perfeita de tudo, as canções ao fim de um dia perfeito, as maravilhosas cidadezinhas, e todo aquele mundo de gentileza e romance que encontraram em Munique ou Dresden".

"A *minha* Dresden não existe mais", disse a sra. Mulberry. "Nossas bombas destruíram a cidade e tudo o que ela representava."

"Bombas britânicas, nesse caso particular", disse o dr. Shoe gentilmente. "Mas é claro, guerra é guerra, embora eu admita que é difícil imaginar bombardeiros alemães escolhendo deliberadamente como alvo algum ponto histórico sagrado da Pensilvânia ou da Virgínia. É, a guerra é terrível. De fato, fica quase intolerável quando é imposta a duas nações que têm tanta coisa em comum. A vocês pode parecer um paradoxo, mas realmente, quando se pensa nos soldados mortos na Europa, a gente diz a si mesmo que eles ao menos foram poupados das terríveis apreensões que nós, civis, temos de sofrer em silêncio."

"Acho que isso é muito verdadeiro", observou a sra. Hall, balançando a cabeça devagar.

"E aquelas histórias?", perguntou uma velha que estava tricotando. "Aquelas histórias que os jornais publicavam sobre as atrocidades alemãs. Creio que aquilo tudo deve ser principalmente propaganda."

O dr. Shoe deu um sorriso cansado. "Eu estava esperando essa pergunta", disse, com um toque de tristeza na voz. "Infelizmente, propaganda, exagero, fotografias falsificadas e assim por diante são as armas da guerra moderna. Eu não me surpreenderia se os próprios alemães inventassem histórias sobre a crueldade das tropas americanas com civis inocentes. Pensem um pouco em toda aquela bobagem que inventaram sobre as supostas atrocidades alemãs da Primeira Guerra Mundial — as lendas horríveis de mulheres belgas sendo seduzidas e tal. Bom, imediatamente depois da guerra, no verão de 1920, se não me engano, um comitê especial de democratas alemães investigou profundamente todo o assunto e sabemos como os peritos alemães podem ser exigentes e precisos até o pedantismo. Bom, não encontraram nem uma fagulha de provas de que os alemães não haviam agido como soldados e cavalheiros."

Uma das senhoritas W. observou ironicamente que os correspondentes estrangeiros tinham de ganhar a vida. Sua observação foi atilada. Todo mundo apreciou a observação irônica e atilada.

"Por outro lado", continuou o dr. Shoe, quando as ondas se acalmaram, "vamos esquecer por um momento a propaganda e nos voltarmos para os simples fatos. Permitam que trace para vocês um quadro do passado, um quadro bastante triste, mas talvez necessário. Vou pedir que imaginem rapazes alemães entrando orgulhosamente em alguma cidade polonesa ou russa que conquistaram. Eles cantam ao marchar. Não sabiam que seu Führer estava louco; acreditavam inocentemente que estavam levando esperança, felicidade e uma ordem maravilhosa às cidades caídas. Não sabiam que, devido a erros subsequentes e ilusões por parte de Adolf Hitler, suas conquistas acabariam levando os inimigos a transformarem em flamejantes campos de batalha as próprias cidades a que eles, aqueles rapazes alemães, pensavam estar levando paz duradoura. Marchando bravamente pelas ruas com todo seu fardamento, com suas maravilhosas máquinas de guerra e seus estandartes, eles sorriam para tudo e todos, porque eram pateticamente benevolentes e bem-intencionados. Esperavam inocentemente a mesma atitude amiga por parte da população. Então, gradualmente, se deram conta de que as ruas pelas quais marchavam tão juvenilmente, tão confiantemente, estavam cheias de multidões silenciosas e imóveis de judeus, que olhavam para eles com ódio e insultavam cada soldado que passava, não com palavras — eram espertos demais para isso —, mas com olhares negros e sorrisos irônicos mal disfarçados".

"Conheço esse tipo de olhar", disse tristemente a sra. Hall.

"Mas *eles* não", disse o dr. Shoe em tom queixoso. "Essa é a questão. Eles ficaram intrigados. Não entendiam e ficaram magoados. Então o que fizeram? No começo, tentaram combater aquele ódio com explicações pacientes e pequenas mostras de gentileza. Mas a muralha de ódio em torno deles só ficava mais sólida. Acabaram sendo forçados a prender os líderes da perversa e arrogante coalizão. O que mais podiam fazer?"

"Eu conheço um velho judeu russo", disse a sra. Mulberry. "Ah, é só um contato de negócios de meu marido. Bom, ele me confessou uma vez que teria estrangulado alegremente com as próprias mãos o primeiro soldado alemão que encontrou. Fiquei tão chocada que não consegui fazer nada, não sabia o que responder."

"Eu saberia", disse uma mulher corpulenta, sentada com os joelhos muito separados. "Na verdade, ouve-se falar demais em castigar os alemães. Eles também são seres humanos. E qualquer pessoa sensível há de concordar com o que o senhor está dizendo sobre não ser responsável por essas pretensas atrocidades, a maioria das quais provavelmente foi inventada pelos judeus. Fico maluca quando escuto as pessoas ainda resmungando sobre fornos e casas de tortura que, se é que existiram, eram operadas por uns poucos homens tão malucos quanto Hitler."

"Bom, acredito que é preciso ser compreensivo", disse o dr. Shoe com seu sorriso impossível, "e levar em consideração a influência da viva imaginação semita que controla a imprensa americana. E é preciso lembrar também que havia medidas puramente sanitárias que as ordeiras tropas alemãs tinham de adotar ao lidar com os corpos dos idosos que haviam morrido nos campos e, em alguns casos, ao dispor das vítimas das epidemias de tifo. Eu não tenho nenhum preconceito racial, e não consigo entender como esses eternos problemas raciais têm algo a ver com a atitude adotada com a Alemanha, agora que ela se rendeu. Principalmente quando me lembro de como os britânicos tratam os nativos de suas colônias".

"Ou como os judeus bolcheviques costumavam tratar o povo russo: *ai, ai, ai*!", observou o coronel Melnikov.

"Que não é mais o caso, é?", perguntou a sra. Hall.

"Não, não", disse o coronel. "O grande povo russo despertou e meu país é de novo um grande país. Tivemos três grandes líderes. Tivemos Ivan, que os inimigos chamavam de Terrível, depois tivemos Pedro, o Grande, e agora temos Joseph Stalin. Eu sou um russo Branco e servi na guarda imperial, mas sou também um patriota russo e um cristão russo. Hoje, em cada palavra que sai da Rússia, sinto o poder, sinto o esplendor da velha Mãe Rússia. Ela é de novo um país de soldados, religião e eslavos verdadeiros. Além disso, sei que quando o Exército Vermelho entrou em cidades alemãs, nem um único fio de cabelo caiu dos ombros alemães."

"Cabeças", disse a sra. Hall.

"Isso", disse o coronel. "Nem uma única cabeça caiu dos ombros deles."

"Nós todos admiramos seus conterrâneos", disse a sra. Mulberry. "Mas que me diz do comunismo se espalhando para a Alemanha?"

"Se me é permitido fazer uma sugestão", disse o dr. Shoe, "eu gostaria de apontar que se não tomarmos cuidado não haverá mais Alemanha. O maior problema que este país vai enfrentar é impedir que os vitoriosos escravizem a nação alemã e mandem os jovens, os sãos, os coxos e os velhos — intelectuais e civis — para trabalhar como prisioneiros na vasta área do Leste. Isso contraria todos os princípios da democracia e da guerra. Se me disserem que os alemães fizeram a mesma coisa com as nações que conquistaram, lembrarei três coisas: primeira, que o Estado alemão não era uma democracia e não se podia esperar que agisse como tal; segunda, que a maioria, senão todos, dos chamados escravos veio por sua livre e espontânea vontade; e em terceiro lugar, e isto é o ponto mais importante, que eles estavam bem alimentados, bem-vestidos e viviam em ambiente civilizado, coisa que, apesar de todo nosso entusiasmo natural pela imensa população e geografia da Rússia, é pouco provável que os alemães encontrem no país dos soviéticos".

"Não se pode esquecer também", continuou o dr. Shoe, elevando dramaticamente a voz, "que o nazismo não era realmente uma organização alemã, mas estrangeira, oprimindo o povo alemão. Adolf Hitler era austríaco, Ley era judeu, Rosenberg meio francês, meio tártaro. A nação alemã sofreu sob esse jugo não germânico tanto quanto outros países europeus sofreram pelos efeitos da guerra travada em seu solo. Aos civis, que não só foram aleijados e mortos, mas cujas preciosas posses e lares maravilhosos foram aniquilados pelas bombas, importa pouco se essas bombas foram despejadas por um avião alemão ou aliado. Alemães, austríacos, italianos, romenos, gregos e todos os outros povos da Europa são agora membros de uma trágica irmandade, todos igualados na miséria e na esperança, todos devem ser tratados da mesma forma, e deixemos a tarefa de encontrar e julgar os culpados aos futuros historiadores, a velhos acadêmicos imparciais nos centros imortais da cultura europeia, nas serenas universidades de Heidelberg, Bonn, Jena, Leipzig, Munique. Que a fênix da Europa abra de novo suas asas, e Deus salve a América".

Houve uma pausa reverente enquanto o dr. Shoe acendia tremulamente um cigarro, e então a sra. Hall, apertando as mãos juntas num gesto encantador, juvenil, implorou que ele finalizasse a reunião com um pouco de música adorável. Ele suspirou, levantou-se, pisou no meu pé ao passar, tocou a ponta dos dedos em meu joelho num pedido de desculpa e, sentado diante do piano, baixou a cabeça e ficou imóvel durante alguns minutos audivelmente silenciosos. Depois, lenta e muito suavemente, depositou o cigarro num cinzeiro, tirou o cinzeiro do piano, colocou-o nas mãos atentas da sra. Hall e curvou a cabeça outra vez. Por fim disse, com intenção na voz. "Em primeiro lugar, vou tocar *The star spangled banner*."

Sentindo que isso era mais do que eu podia suportar — de fato, tendo chegado a um ponto em que estava começando a me sentir fisicamente enjoado —, me levantei e saí depressa da sala. Quando estava chegando ao armário onde tinha visto a empregada guardar minhas coisas, a sra. Hall me alcançou, junto com uma onda de música distante.

"Precisa ir embora?", perguntou. "Precisa mesmo ir embora?"

Encontrei meu sobretudo, derrubei o cabide e calcei com força as galochas.
"Vocês são ou assassinos ou tolos", eu disse, "ou as duas coisas, e esse homem é um sórdido agente alemão".
Como já mencionei, sou afetado por uma forte gagueira em momentos cruciais e portanto a frase não saiu tão límpida quanto no papel. Mas funcionou. Antes que ela conseguisse se recuperar para responder, eu havia batido a porta e estava levando meu sobretudo para baixo como se leva um bebê tirado de uma casa em chamas. Estava na rua quando notei que o chapéu que estava a ponto de pôr na cabeça não me pertencia.
Era um chapéu de feltro bem usado, de um tom de cinza mais escuro que o meu e com aba mais estreita. A cabeça a quem era destinado era menor que a minha. A etiqueta interna do chapéu dizia "Werner Bros. Chicago" e tinha o cheiro da escova e da loção de cabelos de outro homem. Não podia pertencer ao coronel Melnikov, que era careca como uma bola de boliche, e concluí que o marido da sra. Hall ou tinha morrido ou guardava seus chapéus em outro lugar. Era um objeto desagradável de levar comigo, mas a noite estava chuvosa e fria e usei a coisa como uma espécie de guarda-chuva rudimentar. Assim que cheguei em casa, comecei a escrever uma carta para o FBI, a Agência Federal de Investigações, mas não fui muito longe. Minha incapacidade de pegar e reter nomes comprometia seriamente a qualidade da informação que eu estava procurando transmitir e, como tinha de explicar minha presença na reunião, muita coisa difusa e vagamente suspeita relativa ao meu homônimo teria de ser invocada. O pior de tudo é que toda a história adquiria um aspecto grotesco, de sonho, quando relatada em detalhes, enquanto tudo o que eu realmente tinha de dizer era que uma pessoa de algum endereço desconhecido no Meio-Oeste, uma pessoa cujo nome eu nem sabia, havia falado com simpatia do povo alemão a um grupo de velhas tolas numa casa particular. De fato, a julgar pela expressão da mesma simpatia que brotava constantemente dos escritos de certos jornalistas bem conhecidos, toda a coisa poderia ser perfeitamente legal, no meu entender.
Cedo na manhã seguinte, abri a porta, atendendo à campainha, e ali estava o dr. Shoe, de cabeça descoberta, capa de chu-

va, me oferecendo silenciosamente meu chapéu, com um cauteloso meio sorriso em seu rosto azul e rosa. Peguei o chapéu e resmunguei um agradecimento. Ele tomou isso por um convite para entrar. Não conseguia lembrar onde havia colocado o dele e a busca febril que realizei, mais ou menos na presença dele, logo se tornou ridícula.

"Escute aqui", eu disse, "mando pelo correio, mando entregar, envio aquele chapéu ao senhor assim que o encontrar, ou um cheque se não encontrar".

"Mas vou embora hoje à tarde", ele disse, delicadamente, "e além disso, gostaria de uma pequena explicação da estranha observação que o senhor dirigiu a minha querida amiga, a sra. Hall".

Ele esperou pacientemente enquanto eu tentava dizer a ele, com a máxima fluência possível, que a polícia, as autoridades explicariam para ele.

"O senhor não entende", ele disse, por fim. "A sra. Hall é uma dama da sociedade muito conhecida e tem inúmeros contatos nos círculos oficiais. Graças a Deus vivemos num grande país, em que todo mundo pode falar o que pensa sem ser insultado por expressar sua opinião pessoal."

Mandei que ele saísse.

Quando meu gaguejar final se acabou, ele disse: "Eu vou embora, mas por favor lembre-se de que neste país...", e sacudiu lateralmente o dedo dobrado para mim, à maneira alemã, numa censura camarada.

Antes que eu pudesse resolver onde bater nele, tinha ido embora. Eu estava todo tremendo. Minha ineficiência, que às vezes me divertia e até me agradava de um jeito sutil, agora parecia atroz e grosseira. De repente, vi o chapéu do dr. Shoe em cima de uma pilha de revistas velhas debaixo da mesa do telefone em meu hall. Corri à janela da frente, abri e, quando o dr. Shoe apareceu quatro andares abaixo, atirei o chapéu em sua direção. Ele descreveu uma parábola e pousou como uma panqueca no meio da rua. Ali deu uma cambalhota, escapou de uma poça por centímetros e ficou de boca aberta, virado para cima. Sem olhar para cima, o dr. Shoe acenou com a mão em agradecimento, pegou o chapéu, satisfeito consigo mesmo que não estivesse enlameado, colocou-o na cabeça e foi embora, meneando os quadris. Muitas vezes me perguntei por que um alemão magro sempre consegue parecer gordo por trás quando usa uma capa de chuva.

Só resta dizer que uma semana depois recebi uma carta cujo russo peculiar dificilmente poderá ser apreciado na tradução. "*Estimado senhor*", dizia. "*O senhor vem me perseguindo toda a minha vida. Bons amigos meus, depois de lerem seus livros, afastaram-se de mim achando que eu era o autor daqueles escritos depravados, decadentes. Em 1941 e de novo em 1943, fui preso na França pelos alemães, por coisa que eu não tinha dito nem pensado. Agora, na América, não contente de ter me causado toda sorte de problemas em outros países, o senhor tem a arrogância de se fazer passar por mim e aparecer embriagado na casa de uma pessoa altamente respeitável. Isso eu não irei tolerar. Posso mandá-lo para a prisão e marcá-lo como impostor, mas suponho que não gostaria disso, então sugiro, como forma de indenização...*"

A soma que pedia era realmente modesta.

Signos e símbolos

1

Pela quarta vez em outros tantos anos viram-se confrontados com o problema de qual presente de aniversário dar a um jovem incuravelmente perturbado da cabeça. Ele não tinha desejos. Objetos feitos pelo homem eram para ele ou colmeias do mal, vibrando de atividade maligna que só ele conseguia perceber, ou confortos grosseiros para os quais não se podia achar utilidade em seu mundo abstrato. Depois de eliminar uma série de artigos que podiam ofendê-lo ou assustá-lo (qualquer coisa na linha de aparelhos, por exemplo, era tabu), seus pais escolheram uma delicada e inocente ninharia: um cesto com dez tipos diferentes de geleias de frutas em dez vidrinhos.

Na época de seu nascimento, eles já estavam casados fazia longo tempo; muitos anos tinham se passado e agora estavam bem velhos. Porém o fosco cabelo grisalho dela estava arrumado. Ela usava vestidos pretos baratos. Ao contrário de outras mulheres de sua idade (como a sra. Sol, vizinha da porta ao lado, cujo rosto era todo rosa e roxo de pintura e cujo chapéu era um buquê de flores campestres), ela apresentava uma compleição branca à luz cruel dos dias de primavera. Seu marido, que na velha terra havia sido um homem de negócios bastante bem-sucedido, era agora inteiramente dependente de seu irmão Isaac, um americano de verdade de quase quarenta anos. Raramente o viam e ele havia sido apelidado de "o príncipe".

Naquela sexta-feira tudo deu errado. O trem do metrô perdeu a corrente vital entre duas estações, e durante um quarto de hora ninguém ouvia nada além do bater do próprio coração e do farfalhar de jornais. O ônibus que tiveram de pegar em seguida os deixou esperando horas; e, quando finalmente veio, estava cheio de ruidosos escolares. Estava chovendo forte quando subiram o caminho marrom que levava ao sanatório. Ali esperaram de novo; e, em vez de seu filho arrastando os pés ao entrar na sala como sempre fazia (o pobre rosto marcado por acne, mal barbeado, amuado e confuso), uma enfermeira que conheciam, e de quem não gostavam, apareceu por fim e explicou animadamente que ele havia atentado contra a própria vida outra vez. Estava bem, disse ela, mas uma visita poderia perturbá-lo. O local era tão miseravelmente subequipado, e as coisas se perdiam ou se confundiam com tamanha facilidade, que resolveram não deixar seu presente no escritório, mas levá-lo da próxima vez que fossem.

Ela esperou o marido abrir o guarda-chuva e depois segurou em seu braço. Ele ficava pigarreando de um jeito especialmente sonoro que tinha quando incomodado. Chegaram ao abrigo do ponto de ônibus do outro lado da rua e ele fechou o guarda-chuva. A poucos metros, debaixo de uma árvore que sacudia e gotejava, um pequeno passarinho implume semimorto tremia desamparado numa poça.

Durante o longo trajeto até a estação do metrô, ela e o marido não trocaram uma palavra; e toda vez que ela olhava para suas velhas mãos (veias salientes, pele manchada de marrom), juntas e se retorcendo sobre o cabo do guarda-chuva, sentia aumentar a pressão das lágrimas. Ao olhar em torno procurando focar a mente em alguma coisa, sentiu uma espécie de choque brando, uma mistura de compaixão e admiração, ao notar que um dos passageiros, uma moça de cabelo escuro e unhas vermelhas sujas nos dedos dos pés, estava chorando no ombro de uma mulher mais velha. Com quem aquela mulher era parecida? Ela se parecia com Rebecca Borisovna, cuja filha se casara com um dos Soloveichik, em Minsk, anos atrás.

Da última vez que ele atentara contra a vida, seu método havia sido, nas palavras do doutor, uma obra-prima de inventividade; teria conseguido, não fosse um outro paciente invejoso que achou que ele estava aprendendo a voar — e o impediu. O que ele realmente queria fazer era abrir um buraco em seu mundo e escapar.

O sistema de suas alucinações havia sido tema de um complexo trabalho em uma publicação mensal científica, mas muito antes disso ela e o marido já haviam desvendado tudo sozinhos. "Mania referencial", Herman Brink chamava aquilo. Nesses casos muito raros, o paciente imagina que tudo o que está acontecendo em torno dele é uma referência velada a sua personalidade e existência. Ele exclui as pessoas reais da conspiração, porque se considera muito mais inteligente do que os outros homens. Fenômenos da natureza o perseguem aonde quer que vá. Nuvens no céu à espreita comunicam umas às outras, por meio de lentos signos, informações incrivelmente detalhadas a respeito dele. Seus pensamentos mais íntimos são discutidos ao anoitecer, com alfabeto manual, por árvores que gesticulam sombriamente. Seixos ou borrões, manchas de sol, formam padrões representando de algum modo horrível mensagens que ele tem de interceptar. Tudo é uma cifra e de tudo ele é o tema. Alguns espiões são observadores imparciais, como superfícies de vidro e poças estagnadas; outros, como os casacos numa vitrine de loja, são testemunhas preconceituosas, com coração de linchadores; outros ainda (água corrente, tempestades) são histéricos até a insanidade, têm uma opinião distorcida dele, e grosseiramente se equivocam na interpretação de suas ações. Ele tem de estar sempre em guarda, dedicar cada minuto e módulo da vida à decodificação da ondulação das coisas. O próprio ar que ele exala é indexado e arquivado. Se ao menos o interesse que ele provoca se limitasse a seus arredores imediatos... mas, ai!, não. Com a distância, as torrentes de loucos escândalos aumentam de volume e volubilidade. As silhuetas dos corpúsculos de seu sangue, ampliadas um milhão de vezes, esvoaçam sobre vastas planícies; e, ainda mais longe, grandes montanhas de insuportável solidez e altura resumem em termos de granito e pinheiros gementes a verdade última de seu ser.

2

Quando emergiram do trovão e do ar imundo do metrô, os últimos resíduos do dia se misturavam às luzes da rua. Ela queria comprar peixe para o jantar, então passou para ele o cesto de vidros de geleia, dizendo que fosse para casa. Ele subiu a pé até o terceiro andar e então se lembrou de que tinha entregado a ela as chaves mais cedo.

    Sentou-se em silêncio nos degraus e em silêncio se levantou quando ela chegou dez minutos depois, subindo pesadamente a escada, sorrindo abatida, sacudindo a cabeça, depreciando a própria tolice. Entraram em seu apartamento de dois cômodos e ele foi imediatamente até o espelho. Separando os cantos da boca com os polegares, com uma horrível careta que parecia uma máscara, ele removeu sua nova placa dental desesperadamente incômoda e cortou as longas presas de saliva que o ligavam a ela. Leu seu jornal em russo enquanto ela punha a mesa. Ainda lento, comeu as pálidas vitualhas que não precisavam de dentes. Ela conhecia seus humores e também estava quieta.

Quando ele foi para a cama, ela continuou na sala com seu baralho sujo e os velhos álbuns. Do outro lado do pátio estreito, onde a chuva tamborilava no escuro contra umas lixeiras amassadas, as janelas estavam suavemente acesas e numa delas via-se um homem de calça preta, com o cotovelo nu erguido, deitado numa cama desarrumada. Ela baixou a persiana e examinou as fotografias. Quando bebê, ele parecia mais surpreso que a maioria dos bebês. De uma dobra do álbum, caiu uma babá alemã que tinham tido em Leipzig, junto com o noivo de cara larga. Minsk, a Revolução, Leipzig, Berlim, Leipzig, uma fachada em diagonal muito fora de foco. Aos quatro anos, num parque: tristonho, tímido, com a testa franzida, desviando os olhos de um esquilo animado, como fazia com qualquer outro estranho. Tia Rosa, uma velha atarantada, angular, de olhos agitados, que tinha vivido num mundo estremecido por más notícias, falências de bancos, acidentes de trem, tumores cancerosos — até os alemães a executarem, junto com todas as outras pessoas por quem ela se preocupava. Ao seis anos — foi quando ele desenhou aqueles maravilhosos pássaros com mãos e pés humanos, e sofria de insônia como um homem adulto. Seu primo, agora um famoso jogador de xadrez. Ele de novo, aos oito anos, já difícil de entender, com medo do papel de parede do corredor, com medo de uma certa imagem de um livro que mostrava meramente uma paisagem idílica com rochas numa encosta e uma velha roda de carroça pendurada do galho de uma árvore morta. Aos dez anos: quando deixaram a Europa. A vergonha, a pena, as dificuldades humilhantes, as crianças feias, maldosas, atrasadas, com quem ele convivia naquela escola especial. E depois veio um momento em sua vida, coincidindo com uma longa recuperação de pneumonia, em que aquelas pequenas fobias dele que os pais teimosamente viam como excentricidades de uma criança prodigamente dotada se endureceram, por assim dizer, numa densa trama de ilusões logicamente interativas, tornando-o totalmente inacessível a mentes normais.

Isso e muito mais ela aceitava — porque afinal de contas viver significava aceitar a perda de uma alegria atrás da outra, nem mesmo alegrias no caso dela — meras possibilidades de melhoria. Ela pensou nas infindáveis ondas de dor que por uma razão ou outra ela e o marido tinham de suportar; nos gigantes invisíveis que machucavam seu menino de alguma forma inimaginável; na incalculável quantia de ternura contida no mundo; no destino dessa ternura, que ou é esmagada, ou desperdiçada, ou transformada em loucura; nas crianças abandonadas cantarolando para si mesmas em cantos sujos; nas belas ervas daninhas que não conseguem se esconder do fazendeiro e têm de ver, desamparadas, a sombra de seus ataques símios deixar flores diaceradas em seu rastro, enquanto se aproxima a monstruosa escuridão.

3

Passava da meia-noite quando ela ouviu da sala o gemido do marido; e ele veio cambaleando, usando sobre a camisola o velho sobretudo de gola de astracã que ele preferia ao lindo roupão de banho azul que tinha.

"Não consigo dormir", exclamou.

"Por quê?", ela perguntou. "Por que não consegue dormir? Está tão cansado."

"Não consigo dormir porque estou morrendo", disse ele e deitou-se no sofá.

"É o estômago? Quer que eu chame o dr. Solov?"

"Nada de médicos, nada de médicos", ele gemeu. "Os médicos que vão para o inferno! Temos de tirar o menino de lá depressa. Senão vamos ser responsáveis. Responsáveis!", repetiu, e se pôs de súbito em posição sentada, ambos os pés no chão, batendo na testa com o punho fechado.

"Tudo bem", ela disse baixinho, "a gente traz o menino amanhã de manhã".

"Queria um chá", disse o marido e se retirou para o banheiro. Curvando-se com dificuldade, ela pegou umas cartas de baralho e uma fotografia que tinham escorregado do sofá para o chão: valete de copas, nove de espadas, ás de espadas, Elsa e seu namorado bestial.

Ele voltou animado, dizendo em voz alta: "Já organizei tudo. Damos para ele o quarto. Cada um de nós passa uma parte da noite ao lado dele e a outra parte no sofá. Em turnos. Trazemos o médico pelo menos duas vezes por semana. Não importa o que diga o Príncipe. Ele não vai dizer nada de qualquer forma porque vai sair mais barato."

O telefone tocou. Não era normal o telefone deles tocar. O chinelo do pé esquerdo dele tinha saído e ele tateou por ele com o calcanhar e os dedos do pé, parado no meio da sala, e infantilmente, desdentadamente, olhou de boca aberta para a mulher. Como ela falava mais inglês do que ele, era quem atendia os telefonemas.

"Posso falar com Charlie?", disse uma vozinha sem graça de garota.

"Que número você quer? Não. Número errado."

O fone voltou suavemente para seu berço. A mão dela foi para seu velho coração cansado.

"Me assustou", disse ela.

Ele deu um rápido sorriso e imediatamente retomou seu monólogo excitado. Iam pegá-lo assim que amanhecesse. Tinham de manter as facas numa gaveta trancada. Mesmo em seus piores momentos, ele não representava perigo para outras pessoas.

O telefone tocou uma segunda vez. A mesma voz ansiosa, monótona, jovem, perguntou por Charlie.

"Está com o número errado. Eu sei o que está fazendo: está discando a letra *O* no lugar do zero."

Sentaram-se para o inesperado chá festivo da meia-noite. O presente de aniversário estava em cima da mesa. Ele bebeu com ruído; seu rosto ficou vermelho; de quando em quando ele fazia um movimento circular com o copo levantado para se certificar de que o açúcar dissolvesse melhor. A veia no lado da cabeça calva onde havia uma grande marca de nascença estava notavelmente saliente e, embora ele tivesse se barbeado de manhã, uma penugem cinzenta aparecera no queixo. Enquanto ela lhe servia mais um copo de chá, ele pôs os óculos e reexaminou com prazer os vidrinhos amarelo, verde, vermelho. Os lábios úmidos e desajeitados soletraram os rótulos eloquentes: damasco, uva, ameixa, marmelo. Tinha chegado ao de maçã quando o telefone tocou de novo.

Primeiro amor

1

Nos primeiríssimos anos deste século, uma agência de viagens da avenida Nevski expôs uma maquete de noventa centímetros de um vagão-leito internacional de carvalho marrom. A delicada verossimilhança superava completamente a lata pintada de meus trenzinhos elétricos. Infelizmente, não estava à venda. Dava para ver o estofamento azul de dentro, o couro lavrado que forrava as paredes dos compartimentos, os painéis polidos, os espelhos, as lâmpadas de leitura em forma de tulipa e outros detalhes enlouquecedores. Janelas espaçosas se alternavam com mais estreitas, isoladas ou geminadas, e algumas tinham vidro jateado. Em alguns compartimentos, as camas estavam arrumadas.

O então grande e glamoroso Nord Express (nunca foi o mesmo depois da Primeira Guerra Mundial) consistia exclusivamente nesses vagões internacionais e rodava duas vezes por semana ligando São Petersburgo a Paris. Eu deveria dizer diretamente a Paris, se os passageiros não fossem obrigados a trocar para um trem superficialmente similar na fronteira russo-alemã (Verzhbolovo-Eydtkuhnen), onde a bitola russa larga e preguiçosa de um metro e cinquenta e três era substituída pela bitola padrão da Europa de um metro e quarenta e três, e o carvão sucedia à lenha de bétula.

No mais fundo de minha mente consigo desvendar, acredito, ao menos cinco dessas viagens a Paris, com a Riviera ou Biarritz como destino final. Em 1909, ano que escolho agora, minhas duas irmãs pequenas tinham sido deixadas em casa com babás e tias. Usando luvas e uma touca de viagem, meu pai estava sentado a ler um livro no compartimento que repartia com nosso tutor. Meu irmão e eu estávamos separados deles por um banheiro. Minha mãe e sua criada ocupavam o compartimento adjacente ao nosso. Quem estava sozinho em nosso grupo, o valete de meu pai, Osip (que uma década depois os pedantes bolcheviques iriam fuzilar porque ele conservou nossas bicicletas em vez de entregá-las à nação), tinha um estranho por companhia.

Em abril daquele ano, Peary chegara ao Polo Norte. Em maio, Chaliapin cantara em Paris. Em junho, incomodado com rumores de novos e melhores zepelins, o Departamento de Guerra dos Estados Unidos revelara a jornalistas planos de uma marinha aérea. Em julho, Blériot voara de Calais a Dover (com um pequeno giro adicional ao perder o caminho). Era fim de agosto então. Os pinheiros e pântanos do noroeste da Rússia passavam correndo e no dia seguinte deram lugar aos pinheirais anões e às urzes alemãs.

Sobre uma mesa dobrável, minha mãe e eu disputávamos um jogo de cartas chamado *durachki*. Embora ainda fosse dia claro, nossas cartas, o copo e, num plano diferente, os fechos de uma mala refletiam-se na janela. Através de florestas e campos, em súbitas ravinas, entre chalés apressados, aqueles desencarnados jogadores continuavam jogando com constantes apostas cintilantes.

"*Ne budet-li, tï ved' ustal?*" (Já não basta, não está cansado?), minha mãe perguntava e depois se perdia em pensamentos ao embaralhar lentamente as cartas. A porta do compartimento estava aberta e dava para ver a janela do corredor, onde os fios — seis finos fios negros — faziam o possível para ir para cima, para subir ao céu, apesar do relâmpago dos golpes que recebiam dos postes de telégrafo um depois do outro; mas no momento em que os seis, num salto triunfante de patética animação, estavam para atingir o alto da janela, um golpe particularmente perverso os lançava para baixo outra vez, o mais baixo que já haviam estado, e começavam tudo de novo.

Quando, nessas viagens, o trem mudava a velocidade para um ritmo digno e apenas roçava fachadas de casas e placas de lojas, ao passarmos por alguma grande cidade alemã, eu costumava sentir uma dupla excitação que estações terminais não podiam fornecer. Via uma cidade com seus bondes de brinquedo, tílias e paredes de tijolos entrar no compartimento, fazer amizade com os espelhos e preencher as janelas do lado do corredor. Esse contato informal entre trem e cidade era uma parte da emoção. A outra era me pôr no lugar de algum transeunte que, eu imaginava, ficaria tão emocionado como eu ao ver os longos vagões românticos, castanho-avermelhados, com suas cortinas de conexão intervestibular negras como asas de morcego e os letreiros de metal de cobre brilhante ao sol baixo, atravessar sem pressa um viaduto de ferro sobre uma rua cotidiana e depois virar, com todas as janelas repentinamente incendiadas, em torno de um último quarteirão de casas.

Havia obstáculos a esses amálgamas ópticos. O vagão-restaurante com suas grandes janelas, um panorama de castas garrafas de água mineral, guardanapos dobrados como mitras e barras de chocolate de mentira (cujas embalagens — Cailler, Kohler etc. — continham apenas madeira), parecia num primeiro momento um fresco paraíso além dos consecutivos corredores azuis balouçantes; mas à medida que a refeição progredia para seu último prato fatal, percebia-se o vagão em vias de ser displicentemente engolido, com garçons cambaleantes e tudo, pela paisagem, a lua diurna teimando em ficar sempre à frente de nosso prato, os campos distantes abrindo-se em leques, as árvores próximas varridas em balanços invisíveis para a pista, linhas de trilhos paralelas de repente cometendo suicídio por anastomose, um barranco de grama nictinástica subindo, subindo, subindo, até que a testemunha da mistura de velocidades era levada a vomitar sua porção de *omelette aux confitures de fraises*.

Era à noite, porém, que a Compagnie Internationale des Wagons-Lits et des Grandes Express Européens fazia jus à magia de seu nome. De minha cama debaixo do beliche de meu irmão (ele estava dormindo? estava mesmo ali?), na penumbra de nosso compartimento, eu observava coisas e partes de coisas, sombras e seções de sombras se deslocando cautelosamente e não chegando a lugar nenhum. O madeirame rangia e estalava delicadamente. Perto da porta que dava para o banheiro, uma roupa escura pendurada e, mais alto, o pingente da luz noturna azul, bivalve, oscilava ritmadamente. Era difícil correlacionar essas aparências coxeantes, essas passagens furtivas, com a corrida da noite lá fora, que eu sabia que *estava* passando depressa, riscada por fagulhas, ilegível.

Eu me fazia adormecer pelo simples ato de me identificar com o condutor da locomotiva. Uma sensação de tonto bem-estar invadia minhas veias assim que eu conseguia deixar tudo bem-arranjado — os passageiros despreocupados em suas acomodações estavam gostando da viagem que lhes proporcionava, fumando, trocando sorrisos espertos, balançando a cabeça, cochilando; os garçons, cozinheiros e os guardas do trem (que eu tinha de colocar em algum lugar), brincando no vagão-restaurante; e eu próprio, de óculos protetores e sujo de fuligem, espiando da cabine da locomotiva os trilhos que se afilavam, até o ponto rubi ou esmeralda na distância negra. E então, em meu sono, eu via uma coisa totalmente diferente — uma bolinha de gude rolando debaixo do piano de cauda ou um brinquedo mecânico caído de lado com as rodas ainda funcionando vigorosas.

Uma mudança na velocidade do trem às vezes interrompia a corrente de meu sono. Luzes lentas passavam; cada uma, ao passar, investigava a mesma fresta e um compasso luminoso media as sombras. Então o trem parou com um longo suspiro westinghousiano. Alguma coisa (os óculos de meu irmão, como vimos no dia seguinte) caiu de cima. Era maravilhosamente excitante ir para os pés da cama, com parte das cobertas acompanhando, a fim de abrir cautelosamente o fecho da persiana da janela, que podia ser levantada só até a metade, impedida como estava pela borda do beliche superior.

Como luas em torno de Júpiter, pálidas mariposas giravam ao redor de um poste solitário. Um jornal desmembrado mexeu-se num banco. Em algum lugar do trem dava para ouvir vozes abafadas, a tosse confortável de alguém. Não havia nada particularmente interessante no trecho de plataforma de estação diante de mim, e mesmo assim não consegui tirar os olhos dela até que partiu por vontade própria.

Na manhã seguinte, campos molhados com salgueiros deformados ao longo do raio de um dique ou uma fileira de álamos ao longe, atravessados pela barra horizontal de névoa branca como leite, mostravam que o trem estava rodando através da Bélgica. Chegou a Paris às quatro da tarde; e mesmo que a estada fosse por apenas uma noite, eu sempre tinha tempo de comprar alguma coisa — digamos, uma *Tour Eiffel* de latão, coberta bem grosseiramente de tinta prata — antes de embarcarmos de novo ao meio-dia do dia seguinte no Sud Express que, a caminho de Madri, nos deixava às dez da noite na estação de La Négresse em Biarritz, a poucos quilômetros da fronteira espanhola.

2

Biarritz ainda conservava sua essência naquela época. Arbustos de amora-preta empoeirados e *terrains à vendre* cobertos de mato ladeavam a estrada que levava a nossa casa. O Carlton ainda estava em construção. Passariam ainda uns trinta e seis anos antes que o general brigadeiro Samuel McCroskey ocupasse a suíte real do Hotel du Palais, que fica no local do antigo palácio, onde se diz que, nos anos sessenta, aquele médium incrivelmente ágil, Daniel Home, foi surpreendido acariciando com o pé descalço (imitando a mão de um fantasma) o rosto suave e confiante da imperatriz Eugénie. No passeio perto do Cassino, uma velha florista, com sobrancelhas de carvão e um sorriso pintado, habilmente inseriu o grosso tálamo de um cravo na botoeira de um passante interceptado, cuja face esquerda acentuou sua dobra real quando ele olhou de lado para a ousada inserção da flor.

Ao longo da linha negra da *plage*, várias cadeiras e bancos praianos acolhiam os pais de crianças de chapéu de palha a brincar na areia em frente. Eu podia ser visto de joelhos, tentando, com uma lente de aumento, pôr fogo num pente que encontrara. Homens usavam calças brancas que aos olhos de hoje pareceriam ter comicamente encolhido na lavagem; as senhoras usavam, naquela temporada em particular, casacos leves com lapelas de seda, chapéus com copas altas e abas largas, densos véus brancos bordados, blusas com babados no peito, babados nos punhos, babados nos para-sóis. A brisa salgava os lábios. Numa velocidade tremenda, uma borboleta perdida, laranja-dourada, passou depressa pela *plage* palpitante.

Outros movimentos e sons eram produzidos pelos ambulantes anunciando *cacahuètes*, violetas cristalizadas, sorvete de pistache de um verde-celestial, castanhas de caju e grandes pedaços convexos de uma coisa seca, arenosa, parecida com *waffer*, que saía de um barril vermelho. Com uma nitidez que posteriores sobreposições não borraram, vejo aquele vendedor de beiju marchando pela areia funda, farinácea, com o barril pesado nas costas curvadas. Quando era chamado, baixava o barril dos ombros com uma torcida da alça, fincava-o no chão como uma Torre de Pisa, enxugava o rosto na manga e passava a manipular uma espécie de aparelho com flecha e mostrador de números na tampa do barril. A flecha raspava e girava. A sorte determinava quanto de beiju valia um *sou*. Quanto maior o pedaço, mais pena eu sentia dele.

O processo de entrar na água tinha lugar em outra parte da praia. Banhistas profissionais, bascos corpulentos em trajes de banho pretos, estavam lá para ajudar senhoras e crianças a se divertir com o terror das ondas. Esse *baigneur* colocava você de costas para a onda que vinha e o segurava pela mão quando a massa ascendente de água verde e espumosa, rolando, baixava violentamente por trás, derrubando você com uma forte pancada. Depois de uma dúzia desses tombos, o *baigneur*, brilhando como uma foca, levava seu protegido ofegante, trêmulo, fungando umidamente para a terra, até a praia plana, onde uma inesquecível velha com pelos grisalhos no queixo prontamente escolhia um roupão entre diversos pendurados num varal. Na segurança de uma cabine pequena, recebia-se a ajuda de outro atendente para tirar o traje de banho encharcado, pesado de areia. A peça caía nas tábuas e, ainda tremendo, você saía de cima dele e pisava em suas listras azuis, difusas. A cabine cheirava a pinho. O atendente, um corcunda com rugas sorridentes, trazia uma bacia de água muito quente, na qual se mergulhavam os pés. Dele fiquei sabendo, e preservei para todo o sempre numa cela de vidro de minha memória, que "borboleta" em língua basca era *misericoletea* — ou pelo menos soava assim (entre as sete palavras que encontrei em dicionários a mais próxima é *micheletea*).

3

Na parte mais marrom e molhada da *plage*, aquela parte que na maré baixa dava a melhor lama para castelos, me vi um dia cavando ao lado de uma menininha francesa chamada Colette.

Ela ia fazer dez anos em novembro, eu tinha feito dez em abril. Chamou a atenção a borda irregular de uma concha de marisco roxa sobre a qual ela havia pisado com a sola nua do pé fino de dedos longos. Não, eu não era inglês. Seus olhos verdes pareciam pintalgados com o transbordamento das sardas que cobriam o rosto de traços firmes. Ela usava o que se poderia chamar de roupa de brincar, que consiste em uma malha azul com as mangas arregaçadas e shorts azuis de linha. De início, eu a tomara por um menino e depois ficara intrigado com a pulseira em seu braço fino e os cachos de saca-rolhas que pendiam do gorro marinheiro.

Ela falava em rápidas rajadas de trinados como de pássaro, misturando inglês de governanta com francês parisiense. Dois anos antes, na mesma *plage*, eu tinha ficado muito ligado à adorável filhinha bronzeada de um médico sérvio; mas, quando conheci Colette, entendi imediatamente que aquilo era de verdade. Colette me parecia muito mais estranha que todos os meus outros amiguinhos ocasionais de Biarritz! De alguma forma, desenvolvi a sensação de que ela era menos feliz que eu, menos amada. Um ferimento em seu delicado antebraço, coberto de penugem, deu lugar a horríveis conjeturas. "Ele belisca com tanta força quanto minha mãe", disse ela, referindo-se a um caranguejo. Desenvolvi vários estratagemas para salvá-la dos pais, que eram *des bourgeois de Paris*, como ouvi alguém dizer a minha mãe com um ligeiro dar de ombros. Interpretei o desdém à minha maneira, uma vez que eu sabia que aquela gente tinha vindo de Paris em sua limusine azul e amarela (uma aventura elegante naquela época), mas descuidadamente enviara Colette com seu cachorro e governanta por trem comum. O cachorro era uma fêmea fox terrier com guizos na coleira e um traseiro muito rebolante. Por simples exuberância, ela bebia água salgada do baldinho de Colette. Me lembro da vela, do pôr do sol e do farol pintados naquele baldinho, mas não consigo me lembrar do nome da cachorra, e isso me incomoda.

Durante os dois meses de nossa estada em Biarritz, minha paixão por Colette só não superou minha paixão por borboletas. Como meus pais não tinham vontade de conhecer os pais dela, eu a encontrava apenas na praia; mas pensava nela constantemente. Se notava que ela havia chorado, sentia uma onda de angústia desamparada que trazia lágrimas aos meus olhos. Não podia destruir os mosquitos que haviam deixado aquelas picadas em seu pescoço frágil, mas podia, e isso fiz, ter uma briga de socos bem-sucedida com um menino ruivo que havia sido rude com ela. Ela costumava me dar punhados mornos de caramelos duros. Um dia, quando estávamos debruçados juntos sobre uma estrela-do-mar, os cachos de Colette fazendo cócegas em minha orelha, ela de repente se virou para mim e me beijou no rosto. Foi tão grande a minha emoção que tudo o que consegui dizer foi: "Sua macaquinha."

Eu tinha uma moeda de ouro que achava ser suficiente para pagar nossa fuga. Para onde queria levá-la? Espanha? América? As montanhas acima de Pau? *Là-bas, là-bas, dans la montagne,* como eu tinha ouvido Carmen cantar na ópera. Numa noite estranha, fiquei deitado acordado, ouvindo o bater recorrente do oceano e planejando nossa fuga. O oceano parecia se erguer, tatear o escuro e depois cair pesadamente de cara no chão.

De nossa fuga mesmo, tenho pouco a contar. Minha memória retém um relance dela calçando obedientemente os sapatos de sola de corda, ao abrigo do vento na barraca que sacudia, enquanto eu guardava uma rede de borboletas de dobrar dentro de um saco de papel pardo. O relance seguinte é de nossa tentativa de despistamento ao entrar num cinema escuro como piche perto do Cassino (o que, evidentemente, era completamente fora dos limites). Lá ficamos sentados, de mãos dadas por cima do cachorro, que de vez em quando tilintava suavemente no colo de Colette, e assistimos a uma convulsiva, chuviscada, mas altamente emocionante tourada em San Sebastián. Meu relance final é de mim mesmo sendo levado pelo passeio por meu tutor. Suas pernas longas se movem com uma espécie de agourenta energia e posso ver os músculos de seu maxilar sombriamente travado se contraindo debaixo da pele esticada. Meu irmão de óculos, com seus nove anos, que ele leva pela outra mão, fica dando uns passos à frente para olhar para mim com a curiosidade assombrada de uma corujinha.

Dentre os suvenires triviais adquiridos em Biarritz antes de irmos embora, meu favorito não era o boizinho de pedra preta, nem a concha sonora, mas uma coisa que agora parece quase simbólica: um porta-canetas de sepiolita com um minúsculo orifício de cristal na parte ornamental. Segurando-se junto a um olho e fechando o outro, e quando se livrava do rebrilhar dos próprios cílios, via-se lá dentro uma milagrosa fotografia da baía e da linha de rochedos terminando num farol.

E então acontece uma coisa deliciosa. O processo de recriar aquele porta-canetas e o microcosmo no visor estimula minha memória a um último esforço. Tento mais uma vez lembrar o nome da cachorra de Colette — e, sem nenhuma dúvida, ao longo daquelas praias remotas, por sobre as areias vespertinas do passado, em que cada pegada se enche com a água que reflete o pôr do sol, vem vindo, vem vindo, ecoando e vibrando: Floss, Floss, Floss!

Colette estava de volta a Paris quando paramos lá por um dia antes de continuar nossa viagem para casa; e lá, num parque fulvo, debaixo de um frio céu azul, eu a vi (por arranjos de nossos mentores, acredito) pela última vez. Ela levava um aro e um bastão curto para fazê-lo rodar, e tudo nela era extremamente adequado e estiloso àquela maneira *tenue-de-ville-pour-fillettes* outonal, parisiense. Ela pegou da mão da governanta e pôs na mão de meu irmão um presente de despedida, uma caixa de amêndoas cobertas de açúcar que eram, eu sabia, exclusivamente para mim; e imediatamente foi embora, rodando seu aro brilhante por sombra e luz, girando e girando em torno de uma fonte engasgada de folhas mortas junto à qual eu estava parado. As folhas se misturam em minha memória com o couro de seus sapatos e as luvas, e havia, me lembro, algum detalhe em sua roupa (talvez uma fita no capuz escocês, ou o padrão de suas meias) que me lembrou então do arco-íris em espiral de uma bolinha de gude. Parece-me estar ainda segurando aquele fiapo de iridiscência, sem saber exatamente onde encaixá-lo, enquanto ela corre com seu aro mais e mais depressa em torno de mim e finalmente se dissolve entre as sombras esguias projetadas no caminho de cascalho pelos arcos entrelaçados de sua baixa cerca em aros.

Cenas da vida de um duplo monstro

Alguns anos atrás, o dr. Fricke fez a Lloyd e a mim uma pergunta que vou tentar responder agora. Com um sorriso sonhador de deleite científico, ele afagou a faixa cartilaginosa que nos une — *omphalopagus diaphragmo-xiphodidymus*, conforme Pancoast chamou um caso similar — e perguntou se nós conseguíamos lembrar a primeira vez que qualquer um de nós, ou ambos, se deu conta da peculiaridade de nossa condição e destino. Tudo o que Lloyd conseguia lembrar era o jeito de nosso avô Ibrahim (ou Ahim, ou Ahem — incômodos grumos de sons mortos ao ouvido de hoje!) tocar o que o médico estava tocando e dizer que era uma ponte de ouro. Eu não disse nada.

Passamos nossa infância em cima de um morro fértil acima do mar Negro, na fazenda de nosso avô perto de Karaz. Sua filha mais nova, rosa do Leste, pérola cinzenta de Ahem (se assim fosse o velho miserável devia cuidar melhor dela), havia sido estuprada num pomar à beira da estrada por nosso pai anônimo e morrera logo depois de nos dar à luz — de puro horror e tristeza, imagino. Um grupo de rumores mencionava um mascate húngaro; outro favorecia um colecionador de pássaros alemão ou algum membro de sua expedição — seu taxidermista, muito provavelmente. Tias apagadas, de colares pesados, cujas roupas volumosas cheiravam a óleo de rosas e carne de carneiro, cuidaram com mórbida dedicação das necessidades de nossa monstruosa infância.

Logo os povoados vizinhos ficaram sabendo da incrível novidade e começaram a delegar à nossa fazenda vários estranhos inquisitivos. Nos dias de festa, podiam ser vistos subindo com esforço as encostas de nosso morro, como peregrinos em imagens de cores fortes. Havia um pastor com mais de dois metros de altura e um homenzinho careca de óculos, soldados, e a sombra alongada dos ciprestes. Vinham crianças também, que eram enxotadas por nossas zelosas babás; mas quase diariamente algum menino de olhos pretos, cabelo curto, usando calça azul desbotada com remendos escuros, conseguia enveredar por entre cornisos, madressilvas e retorcidas árvores-de-judas, pelo pátio de cascalho com sua velha fonte congestionada onde os pequenos Lloyd e Floyd (tínhamos outros nomes então, cheios de sons aspirados corvinos, mas não importa) sentavam-se comendo damascos secos debaixo de uma parede caiada. Então, de repente, o H veria um I, o dois romano o um, a tesoura uma faca.

Claro que não podia haver comparação entre esse impacto de conhecimento, por perturbador que possa parecer, e o choque emocional que minha mãe sofreu (a propósito, que pura felicidade existe no uso deliberado do possessivo singular!). Ela devia saber que ia ter gêmeos; mas quando soube, como sem dúvida soube, que os gêmeos eram ligados um ao outro, o que deve ter sentido então? Com o tipo de gente incontida, ignorante, apaixonadamente comunicativa que nos cercava, os familiares altamente vocais bem ao lado dos limites de sua cama devem, com certeza, ter dito a ela imediatamente que alguma coisa havia dado tremendamente errado; e pode-se ter certeza de que suas irmãs, no frenesi de susto e compaixão, mostraram a ela o bebê duplo. Não estou dizendo que uma mãe não seja capaz de amar uma coisa dupla dessas — e esquecer nesse amor o orvalho escuro de sua origem profana; só penso que a mistura de repulsa, pena e amor materno foi demais para ela. Ambos os componentes da série dupla diante de seus olhos atentos eram pequenos componentes saudáveis, bonitos, com uma penugem loira nos crânios violeta-rosado e braços e pernas bem formados que se mexiam como os muitos membros de algum incrível animal marinho. Cada um era eminentemente normal, mas juntos formavam um monstro. De fato, é estranho pensar que a presença de uma mera faixa de tecido, uma dobra de pele não muito maior que um fígado de carneiro, possa ser capaz de transformar alegria, orgulho, ternura, adoração e gratidão a Deus em horror e desespero.

Em nosso caso, tudo era muito mais simples. Adultos eram demasiadamente diferentes de nós sob todos os aspectos para prover qualquer analogia, mas o primeiro visitante de nossa mesma idade foi para mim uma suave revelação. Enquanto Lloyd contemplava placidamente a criança perplexa de sete ou oito anos que nos espiava debaixo de uma figueira corcunda que também nos espiava, me lembro de ter percebido plenamente a diferença essencial entre mim e o recém-chegado. Ele lançava uma espécie de sombra azulada no chão e eu também; mas além desse companheiro simplificado, plano e instável, que ele e eu devíamos ao sol e que desaparecia no tempo encoberto, eu possuía uma outra sombra, um reflexo palpável de meu ser corporal, que eu tinha sempre a meu lado, a meu lado esquerdo, enquanto meu visitante havia, de alguma forma, conseguido perder o dele, ou tinha se desprendido dele e o deixado em casa. Os interligados Lloyd e Floyd eram completos e normais: ele não era nem uma coisa nem outra.

Mas talvez, a fim de elucidar essas questões tão plenamente quanto merecem, eu deva contar alguma coisa de lembranças ainda mais antigas. A menos que emoções adultas distorçam emoções passadas, acho que posso atestar a lembrança de uma vaga repulsa. Em virtude de nossa duplicidade anterior, ficávamos originalmente deitados frente a frente, ligados por nosso umbigo comum, e meu rosto nesses primeiros anos de existência roçava constantemente no nariz duro e nos lábios úmidos de meu gêmeo. Uma tendência a jogar a cabeça para trás e evitar nossos rostos o máximo possível era reação natural àqueles incômodos contatos. A grande flexibilidade de nossa faixa de união nos permitiu assumir reciprocamente uma posição mais ou menos lateral e, quando aprendemos a andar, gingávamos nessa atitude lado a lado, o que devia parecer mais difícil do que era, fazendo-nos parecer, acredito, uma dupla de anões bêbados se sustentando reciprocamente. Durante longo tempo continuamos voltando à posição fetal para dormir; mas, sempre que o desconforto que isso provocava nos despertava, novamente afastávamos os rostos, em reação de retroceder, com um duplo gemido.

Insisto que aos três ou quatro anos nossos corpos tinham uma obscura repulsa por sua desajeitada conjunção, embora nossas mentes não questionassem sua normalidade. Então, antes que eu conseguisse tomar consciência mentalmente de suas limitações, a intuição física descobriu meios de mitigá-las e a partir de então mal pensamos no assunto. Todos os nossos movimentos se tornaram um judicioso acordo entre o comum e o particular. O padrão de atos motivado por esta ou aquela necessidade mútua constituía uma espécie de pano de fundo generalizado, cinzento, de trama uniforme, contra o qual o impulso discreto, dele ou meu, seguia um curso mais claro e exato; porém (orientado como era pela urdidura do padrão de fundo) nunca contrariava a tessitura comum e o capricho do outro gêmeo.

Estou falando neste momento apenas de nossa infância, quando a natureza ainda não conseguia minar nossa vitalidade conquistada a duras penas com qualquer conflito entre nós. Em anos posteriores, tive ocasião de lamentar não termos morrido ou sido separados cirurgicamente, antes de deixarmos aquele estágio inicial no qual um ritmo sempre presente, como algum tipo de remoto tambor batendo na selva de nosso sistema nervoso, fosse sozinho responsável pela regulação de nossos movimentos. Quando, por exemplo, um de nós estava a ponto de se abaixar para se apossar de uma bonita margarida e o outro, exatamente no mesmo momento, estava a ponto de se esticar para apanhar um figo maduro, o sucesso individual dependia do movimento de quem estava mais conforme ao icto momentâneo de nosso ritmo comum e contínuo, diante do que, com um breve, espasmódico tremor, o gesto interrompido de um gêmeo era engolido e dissolvido na ondulação enriquecida da ação completa do outro. Digo "enriquecida" porque o fantasma da flor não colhida de alguma forma parecia estar ali também, pulsando entre os dedos que se fechavam no fruto.

Podia haver um período de semanas ou mesmo meses em que a batida guia estava muito mais do lado de Lloyd que do meu, e depois se seguir um período em que eu estava em cima da onda; mas não consigo me lembrar de nenhum momento de nossa infância em que frustração ou sucesso nessas questões provocasse em qualquer um de nós ressentimento ou orgulho.

Em algum lugar dentro de mim, porém, devia haver alguma célula sensível que se admirava com o fato curioso de uma força que de repente me afastava do objeto de um desejo casual e me arrastava para outro, querendo coisas que eram empurradas à esfera de minha vontade em vez de serem conscientemente buscadas e envoltas por seus tentáculos. Então, quando olhava esta ou aquela criança ao acaso que estava observando Lloyd e eu, me lembro de ponderar um duplo problema: primeiro, se talvez um estado de corpo único teria mais vantagens do que o nosso possuía; e segundo, se *todas* as outras crianças eram individuais. Ocorre-me agora que muitas vezes os problemas que me intrigavam eram duplos: possivelmente uma gota da cerebração de Lloyd penetrava minha mente e um dos dois problemas ligados era dele.

Quando o ganancioso vovô Ahem resolveu nos exibir a visitantes por dinheiro, entre os grupos que vinham sempre havia algum malandro interessado que queria nos ouvir falar um com o outro. Como acontece com mentes primitivas, ele queria que seu ouvido corroborasse o que seus olhos viam. Nossos parentes nos forçavam a satisfazer esses desejos e não conseguiam entender o que havia de tão perturbador neles. Podíamos alegar timidez; mas a verdade é que nunca realmente *falávamos* um com o outro, mesmo quando estávamos sozinhos, porque os breves grunhidos entrecortados que trocávamos às vezes (quando, por exemplo, um tinha cortado o pé, que estava enfaixado, e o outro queria ir andar dentro do riacho) dificilmente poderiam passar por um diálogo. A comunicação de simples sensações essenciais eram realizadas sem palavras: folhas caídas flutuando na corrente de nosso sangue comum. Pensamentos ralos também conseguiam se infiltrar e viajar entre nós. Os mais ricos cada um guardava para si, mas mesmo assim ocorriam estranhos fenômenos. Por isso é que desconfio que, apesar de sua natureza mais calma, Lloyd estava lutando com as mesmas realidades novas que me intrigavam. Ele esqueceu muita coisa quando cresceu. Eu não esqueci nada.

Nosso público esperava não só que falássemos, mas queria também que brincássemos juntos. Idiotas! Eles ficavam animadíssimos nos fazendo disputar um jogo de damas ou *muzla*. Creio que, se fôssemos gêmeos de sexo oposto, eles nos teriam feito cometer incesto na presença deles. Mas como jogos mútuos não eram mais costumeiros conosco do que conversas, sofríamos sutis tormentos quando obrigados a enfrentar os espasmódicos tormentos de jogar uma bola em algum ponto entre nossos peitos ou fingir disputar um bastão um com o outro. Arrancávamos altos aplausos correndo pelo pátio com os braços sobre o ombro um do outro. Podíamos saltar e girar.

Um vendedor de remédio patenteado, um sujeitinho careca com blusa russa branca e suja, que sabia um pouco de turco e de inglês, nos ensinou frases nessas duas línguas; e então tínhamos de demonstrar nossa habilidade para fascinar uma plateia. Seus rostos ardentes ainda me perseguem em meus pesadelos, pois vêm sempre que meu produtor de sonhos precisa de figurantes. Revejo o gigantesco pastor com cara de bronze vestido de trapos multicoloridos, os soldados de Karaz, um alfaiate armênio corcunda, com um olho só (monstro por sua vez), as meninas que riam, as velhas que suspiravam, as crianças, os jovens com roupas ocidentais: olhos ardentes, sorrisos brancos, grandes bocas negras abertas; e, é claro, o avô Ahem, com seu nariz de marfim amarelo e a barba de lã cinzenta, dirigindo os procedimentos ou contando as notas de dinheiro imundas, molhando o polegar. O linguista, aquele da blusa bordada e cabeça careca, cortejou uma de minhas tias, mas ficava olhando Ahem com inveja através de seus óculos de aro metálico.

Aos nove anos, eu sabia com muita clareza que Lloyd e eu representávamos o mais raro dos fenômenos. Esse reconhecimento não provocou em mim nenhuma animação especial, nem qualquer vergonha especial; mas uma vez uma cozinheira histérica, uma mulher de bigode, que ficara gostando muito de nós e tinha pena de nossa condição, declarou com uma praga atroz que iria, naquele mesmo instante, nos libertar por meio de uma faca brilhante que brandiu de repente (foi imediatamente dominada por nosso avô e um dos nossos tios adquiridos recentemente); e depois desse incidente eu sempre brincava com uma divagação indolente, me imaginando de alguma forma separado do pobre Lloyd, que de alguma forma mantinha sua monstruosidade.

Não me importei com aquela história da faca e de qualquer forma o modo de separação permanecia vago; mas eu imaginava distintamente o súbito derreter de minhas correntes, a sensação de liberdade e nudez que se seguia. Me imaginava trepando numa cerca — uma cerca com crânios de animais de fazenda coroando as estacas — e descendo para a praia. Me via saltando de pedra em pedra e mergulhando no mar cintilante, voltando à praia e galopando junto com outras crianças nuas. Sonhava com isso à noite — me via fugindo de meu avô e levando comigo um brinquedo, ou uma pipa, ou um pequeno caranguejo apertado ao meu lado esquerdo. Me via encontrando o pobre Lloyd, que no sonho me parecia mancar, inexoravelmente ligado a um gêmeo manco, enquanto eu estava livre para dançar em volta deles e dar tapas em suas costas humildes.

Me pergunto se Lloyd teria visões semelhantes. Médicos sugeriram que às vezes nós fundíamos nossas mentes ao sonhar. Uma manhã cinza-azulada, ele pegou um graveto e desenhou na terra um navio com três mastros. Eu tinha acabado de me ver desenhando aquele navio na terra de um sonho que tivera na noite anterior.

Uma ampla capa preta de pastor cobria nossos ombros e, acocorados no chão, só nossas cabeças e a mão de Lloyd não estavam escondidas por suas dobras pendentes. O sol tinha acabado de nascer e o ar cortante de março era como camada sobre camada de gelo semitransparente, através do qual as tortas árvores-de-judas em plena floração formavam manchas borradas de rosa-arroxeado. A casa branca comprida e baixa atrás de nós, cheia de mulheres gordas e seus maridos fétidos, estava completamente adormecida. Nós não dissemos nada; nem mesmo olhamos um para o outro; mas atirando longe o graveto, Lloyd passou o braço direito por cima de meu ombro, como sempre fazia quando queria que nós dois andássemos depressa; e com a beira de nosso traje comum arrastando entre ervas mortas, com seixos rolando debaixo de nossos pés, tomamos a alameda de ciprestes que levava à praia.

Era nossa primeira tentativa de visitar o mar que podíamos ver do alto de nosso morro brilhando ao longe e quebrando devagar, silenciosamente, nas pedras brilhantes. Nesta altura, nem preciso forçar a memória para colocar nossa trôpega fuga como uma virada definitiva em nosso destino. Poucas semanas antes, em nosso aniversário de doze anos, o avô Ibrahim começara a brincar com a ideia de nos mandar, acompanhados por nosso tio mais recente, numa excursão pelo país. Ficaram negociando os termos, se desentenderam e até brigaram, Ahem levando a melhor.

Tínhamos medo de nosso avô e abominávamos o tio Novus. É de se pensar que de um jeito desamparado e tosco (não conhecendo nada da vida, mas vagamente conscientes de que o tio Novus pretendia enganar o avô) sentimos que devíamos tentar fazer alguma coisa para evitar que um empresário nos fizesse rodar numa prisão móvel, como macacos ou águias; e talvez fôssemos motivados apenas pela ideia de que aquela era nossa última chance de gozarmos sozinhos nossa pequena liberdade e fazer aquilo que éramos absolutamente proibidos de fazer: ir além de uma certa cerca de estacas, abrir um certo portão.

Não tivemos nenhum problema para abrir o portão desmantelado, mas não conseguimos colocá-lo de volta na posição anterior. Um carneiro branco sujo, com olhos cor de âmbar e uma marca carmim pintada na testa chata e dura, nos seguiu durante algum tempo antes de se perder na moita de carvalhos. Um pouco abaixo, mas ainda muito acima do vale, tivemos de atravessar o caminho que circundava o morro e ligava nossa fazenda à estrada que corria ao longo do litoral. O bater de cascos e raspar de rodas baixou sobre nós; e nos atiramos, com capa e tudo, atrás de um arbusto. Quando o ruído silenciou, atravessamos a estrada e seguimos uma encosta de relva. O mar prateado aos poucos se escondeu atrás de ciprestes e restos de velhas paredes de pedra. Nossa capa começou a esquentar e a pesar, mas perseveramos debaixo de sua proteção, temendo que algum transeunte pudesse notar nossa enfermidade.

Saímos para a estrada, a poucos metros do mar audível — e ali, esperando por nós debaixo de um cipreste, estava um veículo que conhecíamos, uma coisa parecida com uma carroça de rodas altas, com o tio Novus no ato de descer da boleia. Homenzinho habilidoso, sombrio, ambicioso, sem princípios! Poucos minutos antes, ele tinha nos visto de uma das galerias da casa de nosso avô e não resistira à tentação de tirar vantagem da escapada que miraculosamente permitia que nos pegasse sem luta nem gritaria. Xingando os dois cavalos medrosos, ele nos ajudou rudemente a subir na carroça. Empurrou nossas cabeças para baixo e ameaçou nos machucar se tentássemos espiar por baixo da capa. O braço de Lloyd ainda estava em meu ombro, mas um solavanco da carroça o sacudiu e tirou. Agora as rodas crepitavam e seguiam. Passou-se algum tempo antes que nos déssemos conta de que nosso cocheiro não estava nos levando para casa.

Vinte anos se passaram desde essa manhã cinzenta, mas ela está muito mais bem preservada em minha mente do que muitos eventos posteriores. Repasso-a insistentemente diante dos olhos, como uma fita de cinema, como vi os grandes prestidigitadores fazerem ao ensaiar seus números. Então revejo todos os estágios, circunstâncias e detalhes incidentais de nossa fuga abortiva — o tremor inicial, o portão, o carneiro, a encosta escorregadia debaixo de nossos pés desastrados. E os tordos se atordoaram talvez com a visão extraordinária daquela capa preta em torno de nós com duas cabeças raspadas sobre pescoços finos saindo para fora. As cabeças olhavam para cá e para lá, cautelosas, até chegarmos à estrada costeira. Se naquele momento algum estranho aventureiro tivesse descido na praia de seu barco na baía, sem dúvida teria experimentado uma emoção de antigo encantamento ao se ver confrontado por um gentil monstro mitológico numa paisagem de ciprestes e pedras brancas. Ele o teria adorado, teria derramado doces lágrimas. Mas, ai!, não havia ninguém para nos saudar ali, além daquele malandro preocupado, nosso nervoso sequestrador, um homenzinho com cara de boneca, usando óculos baratos, uma lente remendada com um pedaço de fita colante.

As irmãs Vane

1

Eu talvez nunca tivesse sabido da morte de Cynthia se não houvesse me deparado, naquela noite, com D., com quem havia perdido contato havia uns quatro anos; e nunca teria me deparado com D. se não tivesse me envolvido numa série de investigações triviais.

O dia, um domingo contrito depois de uma semana de nevascas, havia sido parte joia, parte lama. No meio de meu costumeiro passeio da tarde pela pequena cidade montanhosa ligada à escola para moças onde eu dava aulas de literatura francesa, eu havia parado para olhar uma família de brilhantes estalactites de gelo pinga-pingando nos beirais de uma casa de madeira. Tão nítidas eram suas sombras pontudas nas tábuas brancas de trás que eu tinha certeza de que as gotas caindo também seriam visíveis. Mas não eram. O telhado se projetava demais, talvez, ou o ângulo de visão estava errado, ou, ainda, não tive a chance de observar o gelo certo quando a gota certa caía. Havia um ritmo, uma alternância no gotejar, que eu achei tão provocante quanto um truque com moeda. Isso me levou a inspecionar as esquinas de diversos quarteirões e me levou até a rua Kelly e bem à casa onde D. morava quando era instrutor aqui. E, enquanto olhava os beirais de uma garagem vizinha com sua exposição completa de estalactites transparentes com suas silhuetas azuis atrás, fui recompensado, afinal, ao escolher uma delas, pela visão do que podia ser descrito como o ponto de uma exclamação deixando a sua posição normal para deslizar para baixo muito depressa — um pouquinho mais depressa que a gota de degelo com a qual competia. Esse vislumbre gêmeo era delicioso, mas não inteiramente satisfatório; ou melhor, apenas tornou mais agudo meu apetite por outros petiscos de luz e sombra, e eu caminhava num estado de puro alerta que parecia transformar todo o meu ser em um grande globo ocular rolando na órbita do mundo.

Através de cílios de pavão vi os deslumbrantes reflexos diamantinos do sol baixo nas costas arredondadas de um carro estacionado. A esponja do degelo restaurava a todo tipo de coisa uma vívida sensação pictórica. A água descia uma rua íngreme em sobrepostos festões e virava graciosamente em outra. Com uma ligeiríssima nota de apelo barato, passagens estreitas entre edifícios revelavam tesouros de tijolo e púrpura. Observei pela primeira vez as humildes reentrâncias — últimos ecos dos sulcos no corpo de colunas — que ornamentavam uma lata de lixo, e vi também as ondulações na tampa — círculos se afastando de um centro fantasticamente antigo. Formas de neve morta, eretas, de cabeça escura (deixadas pela lâmina de uma retroescavadora na sexta-feira passada), enfileiravam-se como pinguins rudimentares ao longo do meio-fio, acima da vibração brilhante das sarjetas vivas.

Andei para cima, andei para baixo e andei diretamente para o céu que morria delicadamente, e por fim a sequência de coisas observadas e observantes me levou, à minha hora normal de jantar, a uma rua tão distante do lugar onde comia sempre que resolvi experimentar um restaurante que ficava no limite da cidade. A noite havia caído sem som nem cerimônia quando saí de novo. O esguio fantasma, a sombra alongada de um parquímetro sobre a neve úmida, tinha um estranho tom avermelhado; concluí que isso se devia à fulva luz vermelha da placa do restaurante acima da calçada; foi então — enquanto estava parado ali pensando, bem cansado, se no curso de minha caminhada de volta poderia ter a sorte de encontrar a mesma coisa em néon azul —, foi então que um carro crepitou parando ao meu lado e D. desceu com uma exclamação de fingido prazer.

Ele estava de passagem, a caminho de Albany para Boston, atravessando a cidade onde havia morado antes, e mais de uma vez em minha vida senti aquela pontada de emoção vicária, seguida de uma onda de irritação pessoal contra viajantes que parecem não sentir absolutamente nada ao revisitar lugares que deveriam assediá-los a cada passo com trêmulas e chorosas lembranças. Ele me levou de volta ao bar de onde eu tinha acabado de sair e, depois da costumeira troca de leves banalidades, veio o vácuo inevitável que ele preencheu com palavras fortuitas: "Nossa, nunca pensei que Cynthia Vane tivesse algum problema de coração. Meu advogado me disse que ela morreu na semana passada."

2

Ele ainda era jovem, ainda impetuoso, ainda volúvel, ainda casado com uma mulher extremamente bonita, delicada, que nunca soubera nem desconfiara de seu desastroso romance com a histérica irmã mais nova de Cynthia, que por sua vez não soubera nada da entrevista que eu tivera com Cynthia quando ela repentinamente me chamou a Boston para me fazer jurar que falaria com D. e garantisse que ele seria "chutado" se não parasse imediatamente de se encontrar com Sybil — ou não se divorciasse de sua mulher (que, incidentalmente, ela visualizava, pelo prisma da arrebatada opinião de Sybil, como uma megera grotesca). Eu o encostei na parede imediatamente. Ele disse que não havia com que se preocupar, que tinha tomado a decisão de abandonar seu trabalho na faculdade e se mudar com a esposa para Albany, onde trabalharia na empresa do pai; e toda a questão, que ameaçara se transformar numa daquelas situações desesperadamente complicadas que se arrastam por anos, com grupos de amigos periféricos bem-intencionados discutindo infindavelmente em segredo universal — e até mesmo encontrando, entre eles mesmos, novas intimidades a partir de sofrimentos externos —, chegou a um fim abrupto.

Me lembro de sentar no dia seguinte à minha mesa elevada na grande classe onde se realizava um exame de meio do ano de literatura francesa na véspera do suicídio de Sybil. Ela entrou de saltos altos, com uma maleta, colocou-a num canto onde várias outras bolsas estavam empilhadas, com um único movimento dos ombros magros despiu o casaco de pele que dobrou e pôs em cima da mala e, junto com duas ou três outras moças, parou diante de minha mesa para perguntar quando eu mandaria suas notas pelo correio. Respondi que levaria ainda uma semana, a partir do dia seguinte, para ler tudo. Me lembro também de me perguntar se D. já a teria informado de sua decisão — e fiquei agudamente infeliz por minha dedicada estudantezinha quando, durante 150 minutos, meu olhar ficava voltando a ela, tão infantilmente franzina com a roupa cinza justa, e fiquei observando o cabelo escuro cuidadosamente ondulado, aquele chapéu pequeno de pequenas flores com um veuzinho transparente como usavam naquela temporada, e debaixo dele o rosto pequeno riscado, num padrão cubista de cicatrizes devido a uma doença de pele, mascaradas pateticamente por um bronzeado artificial que endurecia seus traços, cujo encanto era ainda mais comprometido por ela ter pintado tudo o que podia pintar, de forma que as gengivas pálidas de seus dentes entre os lábios rachados vermelho-cereja e a tinta azul diluída dos olhos debaixo dos cílios escurecidos eram as únicas aberturas visíveis para sua beleza.

 No dia seguinte, depois de arrumar os feios cadernos em ordem alfabética, mergulhei no caos de caligrafias e cheguei prematuramente a Valevsky e Vane, cujos cadernos eu havia de alguma forma colocado fora de lugar. O primeiro estava vestido de acordo com a ocasião numa aparência de legibilidade, mas o trabalho de Sybil exibia sua costumeira combinação de caligrafias de demônios diversos. Ela começara com um lápis muito claro, muito duro, que havia conspicuamente marcado o verso escuro, mas produzira pouco valor permanente na parte superior da página. Felizmente a ponta logo quebrou e Sybil continuou com outro grafite, mais escuro, passando gradualmente a um traço tão grosso que parecia quase de carvão, ao qual, pondo a ponta na boca, ela contribuíra com alguns traços de batom. Seu trabalho, embora ainda mais pobre do que eu esperava, trazia todos os sinais de uma espécie de escrúpulos desesperados, com palavras grifadas, inversões, notas de pé de página desnecessárias, como se ela estivesse empenhada em arrematar as coisas da maneira mais respeitável possível. Depois, ela tomara emprestado a caneta-tinteiro de Mary Valevsky e acrescentara: "*Cette examain est finie ainsi que ma vie. Adieus, jeunes filles!* Por favor, *Monsieur le Professeur*, contacte *ma soeur* e diga a ela que a Morte não era melhor que D menos, mas era definitivamente melhor que a Vida menos D."

 Não demorei nada em ligar para Cynthia, que me disse que estava tudo acabado — estava tudo acabado desde as oito da manhã — e me pediu para levar-lhe a nota, e, quando o fiz, ela sorriu entre lágrimas com orgulhosa admiração pelo uso original ("Bem dela mesmo!") que Sybil havia feito de um exame de literatura francesa. Em um minuto ela "preparou" dois *highballs*, sem largar do caderno de Sybil — agora manchado de soda e lágrimas —, e continuou estudando a mensagem de morte, diante do que me vi impelido a apontar os erros gramaticais que continha, e explicar como se traduzia "moça" nas faculdades americanas para que as estudantes não começassem a usar inocentemente o equivalente francês a "meretriz", ou pior. Essas trivialidades de mau gosto deixaram Cynthia muito satisfeita ao se erguer, com suspiros, acima da superfície arquejante de sua dor. E então, segurando o caderno mole como se fosse uma espécie de passaporte para um Elíseo casual (onde pontas de lápis não quebram e jovens beldades sonhadoras de pele perfeita enrolam um cacho de cabelo no dedo sonhador, ao meditar sobre algum teste celestial), Cynthia me levou ao andar superior, até um quartinho gelado, só para me mostrar, como se eu fosse a polícia ou um simpático vizinho irlandês, dois frascos de comprimidos vazios e a cama desarrumada de onde um corpo macio, não essencial, que D. devia ter conhecido até seu último detalhe aveludado, já havia sido removido.

3

Comecei a ver Cynthia com frequência uns quatro ou cinco meses depois da morte de sua irmã. Quando vim a Nova York para alguma pesquisa de férias na Biblioteca Pública, ela também havia se mudado para a cidade, onde, por alguma razão (em vaga relação, presumo, com motivos artísticos), havia alugado o que pessoas imunes a arrepio chamam de apartamento de "água fria", desprestigiado nas ruas transversais da cidade. O que me atraiu não foram nem seus modos, que eu considerava repulsivamente animados, nem sua aparência, que outros homens consideravam notável. Seus olhos eram bem separados, muito parecidos com os de sua irmã, de um azul franco, assustado, com pontos escuros em arranjo circular. O intervalo entre as grossas sobrancelhas pretas estava sempre brilhando, assim como brilhavam também as volutas carnosas de suas narinas. A textura áspera de sua epiderme parecia quase masculina e, à luz elétrica dura do estúdio, viam-se os poros do rosto de trinta e dois anos se abrindo para você como algo num aquário. Ela usava cosméticos com tanto empenho quanto sua irmãzinha, mas com mais descuido, o que resultava em seus dentes grandes receberem um pouco de batom. Era lindamente morena, usava uma mistura não desprovida de bom gosto de coisas heterogeneamente bonitas, e tinha o que se podia chamar de uma boa aparência; mas tudo nela era curiosamente desleixado, de um jeito que eu associava obscuramente a entusiasmos esquerdistas por políticas e banalidades "avançadas" em arte, embora, na verdade, ela não se importasse com nenhuma dessas duas coisas. O penteado revolto, à base de repartido e coque, podia parecer feroz e bizarro se sua macia rebeldia não fosse absolutamente domesticada na nuca vulnerável. As unhas eram pintadas de cor forte, mas terrivelmente roídas e pouco limpas. Seus amantes eram um jovem fotógrafo silencioso com um riso súbito e dois homens mais velhos, irmãos, que possuíam uma pequena gráfica estabelecida do outro lado da rua. Eu me perguntava qual seria o gosto deles sempre que vislumbrava, com um arrepio secreto, a confusão de estrias de pelos pretos visíveis em toda a sua canela pálida através do náilon das meias com a nitidez científica de uma preparação achatada sob vidro; ou quando eu sentia, em todos os seus movimentos, a emanação difusa, amanhecida, não particularmente conspícua, mas muito penetrante e deprimente, de sua carne raramente lavada a se espalhar por baixo de perfumes e cremes molestos.

    Seu pai havia perdido no jogo a maior parte de uma fortuna confortável, e o primeiro marido da mãe tinha sido de origem eslava, mas fora isso Cynthia Vane pertencia a uma família boa e respeitável. Para quem quiser saber, podia ter origem em reis e adivinhos nas névoas de ilhas remotas. Transferida para um mundo mais novo, para uma paisagem domada, de esplêndidas árvores decíduas, seus ancestrais apresentavam, em uma de suas primeiras fases, uma igreja branca cheia de fazendeiros contra uma negra tempestade, e depois um imponente conjunto de cidadãos envolvidos em atividades mercantis, assim como um número de homens cultos, como o dr. Jonathan Vane, o magro maçante (1780-1839), que morreu na conflagração do vapor *Lexington* para se tornar depois um habitué da mesa espírita de Cynthia. Eu sempre quis pôr a genealogia de cabeça para baixo, e aqui tenho a oportunidade para isso, pois é o último descendente, Cynthia, e apenas Cynthia, que continuará tendo alguma importância na dinastia Vane. Estou aludindo, claro, a seu dote artístico, a suas pinturas deliciosas, alegres, mas não muito populares, que os amigos de seus amigos compravam a longos intervalos — e eu gostaria muito de saber onde elas foram parar depois de sua morte, aqueles quadros honestos e poéticos que iluminavam sua sala — as imagens maravilhosamente detalhadas de coisas metálicas, e o meu favorito, *Visto através de um parabrisas* — um parabrisas parcialmente coberto de geada, com um escorrido brilhante (de um teto de carro imaginário), atravessando sua parte transparente e, através disso tudo, uma chama cor de safira de céu e o verde e branco de um pinheiro.

4

Cynthia tinha a sensação de que sua falecida irmã não estava inteiramente satisfeita com ela — que já havia descoberto, àquela altura, que ela e eu havíamos conspirado para romper o romance; e então, a fim de desarmar sua sombra, Cynthia voltou-se a um tipo bastante primitivo de sacrifício (colorido, porém, com algo do humor de Sybil) e começou a mandar para o endereço comercial de D., em datas deliberadamente não fixadas, coisinhas como instantâneos do túmulo de Sybil na penumbra; mechas de seu próprio cabelo que em nada diferia do de Sybil; um mapa setorial da Nova Inglaterra com uma cruz feita a tinta, a meio caminho entre duas cidades castas, para marcar o ponto onde D. e Sybil haviam parado em vinte e três de outubro, em plena luz do dia, num motel tolerante, numa floresta rosa e marrom; e, duas vezes, um gambá empalhado.

Sendo uma conversadora mais fluente do que explícita, ela não conseguia nunca descrever inteiramente a teoria de auras interventoras que de alguma forma tinha desenvolvido. Fundamentalmente, não havia nada de particularmente novo em seu credo particular, uma vez que pressupunha um além bastante convencional, um solário silencioso de almas imortais (remendadas com antecedentes mortais) cuja maior recreação consistia em pairar periodicamente sobre os entes queridos. O ponto interessante era uma curiosa virada prática que Cynthia aplicou a sua mansa metafísica. Tinha certeza de que sua existência era influenciada por todo tipo de amigos mortos, cada um dos quais se alternava no direcionamento de sua fé como se ela fosse um gatinho perdido que uma estudante recolhe ao passar e aperta ao rosto, e cuidadosamente põe no chão de novo, perto de alguma cerca viva suburbana — para ser acariciado pela mão de outro passante ou levado embora para um mundo de portas por alguma senhora hospitaleira.

Durante algumas horas, ou vários dias em seguida, e às vezes de forma recorrente, em séries irregulares, por meses ou anos, qualquer coisa que acontecia a Cynthia, depois que uma determinada pessoa havia morrido, era, dizia ela, à maneira e no humor daquela pessoa. O evento podia ser extraordinário, mudar o rumo da vida de uma pessoa; ou podia ser uma cadeia de incidentes menores apenas suficientemente claros para servir de alívio ao dia comum de alguém e depois se apagar em trivialidades ainda mais vagas até a aura gradualmente desaparecer. A influência podia ser boa ou má; o principal era que sua fonte fosse identificada. Era como andar por dentro da alma de uma pessoa, ela disse. Tentei argumentar que talvez não pudesse sempre determinar a fonte exata, uma vez que nem todo mundo tem uma alma reconhecível; que existem cartas anônimas e presentes de Natal que qualquer um pode ter mandado; que, de fato, o que Cynthia chamava de "dia comum" podia ser em si uma solução fraca de auras misturadas ou simplesmente a mudança de turno de um enfadonho anjo da guarda. E Deus? As pessoas que se ressentiam de qualquer ditador onipotente na terra procurariam ou não procurariam por um ditador no céu? E as guerras? Que ideia horrível: soldados mortos ainda combatendo soldados vivos, ou exércitos-fantasma tentando atacar uns aos outros através das vidas de velhos aleijados.

Mas Cynthia estava acima de generalidades, assim como estava acima da lógica. "Ah, esse é Paul", ela dizia, quando a sopa fervia e maldosamente derramava da panela, ou: "Aposto que a boa Betty Brown morreu", quando ganhou um bonito e muito bem-vindo aspirador de pó numa loteria beneficente. E com meandros jamesianos que exasperavam minha mente francesa, ela voltava ao tempo em que Betty e Paul ainda não tinham partido, e me contava da quantidade de bem-intencionadas, mas estranhas e nem inaceitáveis, bênçãos — a começar por uma velha bolsa que continha um cheque de três dólares que ela achou na rua e, evidentemente, devolveu (à mencionada Betty Brown — é assim que ela aparece pela primeira vez —, uma mulher negra decrépita que mal conseguia andar), e terminando com uma ofensiva proposta de um antigo admirador dela (é assim que Paul aparece) para que pintasse quadros "direitos" de sua casa e sua família em troca de uma remuneração razoável — coisas todas que aconteceram depois do falecimento de uma certa sra. Page, uma mulher bondosa, mas mesquinha, que a havia infernizado com conselhos práticos desde que Cynthia era menina.

A personalidade de Sybil, dizia ela, tinha um lado arco-íris, como se estivesse um pouco fora de foco. Ela dizia que se eu tivesse conhecido Sybil melhor entenderia prontamente como era típica de Sybil a aura de eventos menores que, de tempos em tempos, penetravam a existência dela, Cynthia, depois do suicídio de Sybil. Desde que haviam perdido a mãe, tencionavam desistir de sua casa de Boston e mudar para Nova York, onde as pinturas de Cynthia, pensavam, teriam chance de ser mais amplamente admiradas; mas a velha casa se grudara nelas com todos os seus tentáculos de veludo. A falecida Sybil, porém, tinha passado a separar a casa de sua vista — coisa que fatalmente afeta a sensação de lar. Bem em frente à rua estreita, um projeto de prédio tinha ganhado vida ruidosa, feia, cheia de andaimes. Dois álamos familiares morreram naquela primavera, se transformando em louros esqueletos. Trabalhadores vieram e quebraram a adorável calçada antiga de tom quente que adquiria uma tonalidade especial de violeta nos dias chuvosos de abril e ecoava tão memoravelmente os passos matutinos do sr. Lever a caminho do museu, ele que depois de se aposentar dos negócios, aos sessenta anos, dedicou um quarto de século inteiro ao estudo de lesmas.

Falando de velhos, pode-se acrescentar que, às vezes, esses auspícios e intervenções póstumos tinham a natureza de paródia. Cynthia tinha alguma amizade com um excêntrico bibliotecário chamado Porlock que nos últimos anos de sua vida empoeirada se dedicara a examinar livros velhos em busca de erros miraculosos, como a troca do *l* pelo segundo *h* da palavra "hither" [deste lado]. Ao contrário de Cynthia, ele não dava a menor importância à emoção de previsões obscuras; tudo o que buscava era o erro em si, o acaso que imita a escolha, a falha que parece uma flor; e Cynthia, uma amadora muito mais perversa de palavras disformes ou ilicitamente conectadas, de trocadilhos, logogrifos e assim por diante, ajudara o pobre maluco numa busca que, à luz do exemplo citado por ela, me pareceu estatisticamente insana. De qualquer forma, disse ela, no terceiro dia depois da morte dele, ela estava lendo uma revista e acabara de encontrar a citação de um poema imortal (que ela, ao lado de outros leitores ingênuos, acreditava ter sido realmente composto num sonho) quando se deu conta de que "Alph" era uma sequência profética das letras iniciais de Anna Livia Plurabelle (outro rio sagrado que atravessa, ou mais circunda, um outro sonho falso), enquanto o *h* a mais representava, como um sinal particular, a palavra que havia tanto hipnotizado o sr. Porlock. E eu queria poder lembrar aquele romance ou conto (de algum autor contemporâneo, acredito) no qual, sem que o autor soubesse, as primeiras letras das palavras do último parágrafo formavam, conforme decifrado por Cynthia, uma mensagem da mãe morta dele.

5

Sinto dizer que, não contente com esses caprichos engenhosos, Cynthia demonstrava um ridículo carinho pelo espiritismo. Eu me recusava a acompanhá-la a sessões de que médiuns pagos participavam: sabia muita coisa a respeito, por outras fontes. Mas concordava em comparecer a pequenas farsas arranjadas por Cynthia e seus dois amigos cara de pau, os cavalheiros da gráfica. Eram uns velhos atarracados, polidos e assustadores, mas eu me satisfazia em saber que possuíam considerável perspicácia e cultura. Nos sentávamos a uma mesinha leve, e tremores e estalos começavam assim que púnhamos os dedos sobre ela. Eu era brindado com uma variedade de fantasmas que batucavam suas mensagens prontamente, embora se recusassem a elucidar qualquer coisa que eu não entendesse completamente. Oscar Wilde veio e, num francês rápido e enrolado, com os anglicismos costumeiros, acusou obscuramente os pais mortos de Cynthia do que parecia, em meus apontamentos, *plagiatisme*. Um espírito animado contribuiu com informações não solicitadas de que ele, John Moore, e seu irmão Bill tinham sido mineiros de carvão no Colorado e perecido numa avalanche em "Crested Beauty", em janeiro de 1883. Frederic Myers, um velho parceiro do jogo, martelou uma quadra de versos (estranhamente semelhante às produções fugidias de Cynthia) que se lê em parte em minhas notas:

> *Que é isto: um coelho de mágico,*
> *Ou brilho genuíno mesmo defeituoso,*
> *capaz de corrigir o hábito arriscado*
> *e dissipar o sonho doloroso?*

Finalmente, com um grande ruído e todo tipo de tremor e movimentos saltitantes por parte da mesa, Leon Tolstoi visitou nosso grupo e, quando solicitado a se identificar por meio de traços específicos de sua habitação terrena, despejou sobre nós uma descrição complexa do que parecia algum tipo de trabalho arquitetônico russo em madeira ("figuras em pranchas — homem, cavalo, galo, homem, cavalo, galo"), tudo muito difícil de engolir, duro de entender e impossível de verificar.

Compareci a duas ou três outras sessões que foram ainda mais tolas, mas devo confessar que eu preferia o entretenimento infantil que forneciam e a sidra que bebíamos (Atarracado e Acachapado eram abstêmios) às horríveis festas de Cynthia.

Ela as realizava no belo apartamento vizinho, dos Wheeler — o tipo de arranjo caro a sua natureza centrífuga, mas isso porque, claro, sua própria sala sempre parecia uma velha paleta suja. Seguindo um costume bárbaro, anti-higiênico e adúltero, os casacos dos convidados, ainda quentes por dentro, eram levados pelo calado e calvo Bob Wheeler até o santuário de um quartinho minúsculo e empilhados em cima da cama conjugal. Era ele também que servia os drinques, que eram distribuídos pelo jovem fotógrafo enquanto Cynthia e a sra. Wheeler cuidavam dos canapés.

Se alguém chegava tarde, tinha a impressão de uma porção de gente ruidosa reunida inutilmente num espaço azul de fumaça entre dois espelhos ingurgitados de reflexos. Suponho que Cynthia queria ser a mais jovem da sala, porque as mulheres que costumava convidar, casadas ou solteiras, tinham, na melhor das hipóteses, precários quarenta anos; algumas traziam de suas casas, em táxis escuros, vestígios intactos de boa aparência, os quais, porém, perdiam à medida que a festa progredia. Sempre me intrigou a capacidade que festejadores sociais de fim de semana têm de encontrar quase de imediato, por um método puramente empírico, mas muito preciso, um denominador comum de embriaguês, ao qual todo mundo lealmente se filia antes de descer, todos juntos, para o nível seguinte. A rica fraternidade das matronas era marcada por um tom masculino, enquanto o olhar fixo introvertido de homens afavelmente bêbados era como uma paródia sacrílega de gravidez. Embora alguns convidados tivessem de uma forma ou de outra alguma ligação com as artes, não havia conversas inspiradas, nem cabeças com grinaldas apoiadas no cotovelo e, é claro, não havia moças tocadoras de flautas. De algum ponto privilegiado, onde estava sentada numa pose de sereia desgarrada no tapete pálido com um ou dois sujeitos mais novos, Cynthia, o rosto envernizado por uma película de suor, andava sobre os joelhos, um prato de nozes estendido numa mão, e cutucava energicamente com a outra a perna atlética de Cochran ou Corcoran, um comerciante de arte, incrustado num sofá cinza-pérola, entre duas senhoras afogueadas que se desintegravam alegremente.

Num estágio posterior, vinham lances de alegria mais agitada. Corcoran ou Coransky agarrava pelos ombros Cynthia ou qualquer outra mulher que passava e a levava a um canto para confrontá-la com um sorridente imbróglio de piadas particulares e boatos, diante do que, com uma risada e uma jogada de cabeça, ela se afastava. E mais tarde ainda haveria rajadas de intimidade intersexual, reconciliações jocosas, um braço nu e carnudo jogado em torno do marido de outra mulher (ele parado muito ereto no meio de uma sala que rodava), ou uma súbita investida de flerte raivoso, de desajeitada perseguição — e o tranquilo meio sorriso de Bob Wheeler recolhendo copos que cresciam como cogumelos à sombra das cadeiras.

Depois de uma última festa desse tipo, escrevi a Cynthia um bilhete perfeitamente inofensivo e, no geral, bem-intencionado, no qual cutucava com um pouco de latim alguns de seus convidados. Também me desculpava por não ter tocado seu uísque, dizendo que, como francês, eu preferia a uva ao cereal. Poucos dias depois, encontrei-a na escadaria da Biblioteca Pública, sob o sol quebrado, debaixo de uma fraca nuvem de tempestade, abrindo o guarda-chuva cor de âmbar, lutando com dois livros debaixo do braço (dos quais a aliviei por um momento), *Passos no limiar de um outro mundo*, de Robert Dale Owen, e algo sobre "Espiritismo e cristianismo", quando, de repente, sem nenhuma provocação de minha parte, ela explodiu comigo com violência vulgar, usando palavras venenosas, dizendo — através das gotas em forma de pérola da chuva esparsa — que eu era um pedante e um esnobe; que eu só enxergava os gestos e disfarces das pessoas; que Corcoran havia resgatado de afogamento, em dois oceanos diferentes, dois homens — por uma irrelevante coincidência, ambos chamados Corcoran; que a desmedida e gritadeira Joan Winter tinha uma filhinha condenada a ficar completamente cega dentro de poucos meses; e que a mulher de verde com o peito sardento que eu havia desdenhado de uma forma ou de outra havia escrito um best-seller nacional em 1932. Estranha Cynthia! Tinham me dito que ela era capaz de ser tempestuosamente rude com pessoas de quem gostava e que respeitava; a gente deve, porém, traçar uma linha divisória em algum lugar e, como eu já havia então estudado suficientemente suas interessantes auras e outros quês e por quês, resolvi parar de vê-la completamente.

6

Na noite em que D. me informou da morte de Cynthia, voltei depois das onze da noite à casa de dois andares que eu repartia, em divisão horizontal, com a viúva de um emérito professor. Ao chegar à varanda, vi com apreensão a solidão dos dois tipos de escuro das duas fileiras de janelas: o escuro da ausência e o escuro do sono.

Eu podia fazer alguma coisa a respeito do primeiro, mas não conseguia duplicar o segundo. Minha cama não me deu nenhuma sensação de segurança; suas molas só fizeram meus nervos se sobressaltarem. Mergulhei nos sonetos de Shakespeare — e me vi idiotamente conferindo as primeiras letras dos versos para ver quais palavras sacramentais poderiam formar. Obtive FATE [Destino] (LXX), ATOM [Átomo] (CXX) e, duas vezes, TAFT (LXXXVIII, CXXXI). De vez em quando, olhava em torno para ver como os objetos em meu quarto estavam se comportando. Era estranho pensar que se começassem a cair bombas eu sentiria muito pouco mais que a excitação de um jogador (e uma grande dose de alívio terreno), enquanto meu coração explodiria se uma certa garrafinha de aspecto suspeitamente tenso naquela prateleira se mexesse uma fração de centímetro para um lado. O silêncio também era suspeitamente compacto, como se formasse deliberadamente um pano de fundo negro para o relâmpago nervoso causado por qualquer pequeno som de origem desconhecida. Todo tráfego estava morto. Em vão rezei pelo gemido de um caminhão subindo a rua Perkins. A mulher do andar de cima, que costumava me deixar louco com baques estrondosos ocasionados pelo que pareciam monstruosos pés de pedra (na realidade, na vida diurna, ela era uma criaturinha socada que parecia um porquinho-da-índia mumificado), teria recebido minhas bênçãos se fosse agora ao banheiro. Apaguei a luz e pigarreei várias vezes para ser responsável por ao menos *esse* som. Pedi uma carona com um automóvel muito remoto, mas ele me deixou antes que eu tivesse a chance de adormecer. Então um estralejar (devido, eu esperava, a uma folha de papel descartada, amassada, se abrindo como uma má e teimosa flor noturna) começou e parou no cesto de lixo, e minha mesa de cabeceira respondeu com um pequeno clique. Teria sido típico de Cynthia armar bem naquele momento um show de *poltergeist* barato.

    Decidi combater Cynthia. Revisei mentalmente a era moderna de batidas e aparições, começando com as batidas de 1848, no povoado de Hydesville, Nova York, e terminando com os grotescos fenômenos de Cambridge, Massachusetts; evoquei os ossos do tornozelo e outras castanholas anatômicas das irmãs Fox (conforme descritos pelos sábios da universidade de Búfalo); o tipo misteriosamente uniforme de adolescente delicado na desolada Epworth ou Tedworth, irradiando as mesmas perturbações que no Peru antigo; solenes orgias vitorianas com rosas caindo e acordeões flutuando aos acordes de música sagrada; impostores profissionais regurgitando pedaços de gaze úmidos; o sr. Duncan, digno marido de uma senhora médium, que, quando solicitado a se submeter a uma revista, desculpou-se alegando roupa de baixo usada; o velho Alfred Russel Wallace, o ingênuo naturalista, se recusando a acreditar que a forma branca com pés descalços e orelhas não furadas diante dele, num pandemônio particular em Boston, fosse a empertigada srta. Cook que ele acabara de ver dormindo, em seu canto cortinado, toda vestida de preto, usando botas de amarrar e brincos; dois outros investigadores, homens pequenos, insignificantes, mas homens razoavelmente inteligentes e ativos, mantendo-se próximos com braços e pernas de Eusapia, uma senhora grande e gorda que recendia a alho, que mesmo assim conseguiu enganá-los; e o cético e envergonhado mágico, instruído pelo "controle" da encantadora e jovem Margery a não se perder no forro do roupão, mas continuar subindo pela meia esquerda até chegar à coxa nua — em cuja pele quente ele sentiu uma massa "teleplástica" que era muito parecida ao toque com um fígado cru, frio.

7

Eu estava apelando para a carne e para a corrupção da carne, para refutar e derrotar a possível persistência da vida desencarnada. Infelizmente, essas conjurações só enfatizavam meu medo do fantasma de Cynthia. A paz atávica veio com o amanhecer e, quando deslizei para o sono, o sol através da veneziana amarelada da janela penetrou num sonho que de alguma forma estava cheio de Cynthia.

Era decepcionante. Seguro na fortaleza da luz do dia, eu disse a mim mesmo que esperava mais. Ela, uma pintora de minúcias claras como vidro — e agora tão vaga! Fiquei na cama, repensando meu sonho e ouvindo os pardais lá fora: quem sabe se, gravado e depois passado de trás para a frente, esses sons de pássaros pudessem se transformar em discurso humano, palavras enunciadas, assim como as últimas se transformam em piados quando invertidas? Eu me pus a reler o meu sonho — de trás para a frente, diagonalmente, para cima, para baixo —, tentando intensamente desvendar alguma coisa como Cynthia nele, algo estranho e sugestivo que devia haver ali.

Eu sentia ter algo lá — amarelados corpos tíbios, intangíveis, transformados em sinais de espíritos, materializando iridescências nebulosas, herméticas. Acrósticos ineptos, radiosas miragens arquitetadas por almas rapaces. Quando uma imagem me enternecia, tateava rastreando outra, mas era uma solteirona yankee brandindo ilusões lamentáveis.

Lance

1

O nome do planeta, supondo que ele já tenha recebido um, é irrelevante. Em sua oposição mais favorável, pode muito bem estar separado da terra por apenas tantos quilômetros quantos os anos entre a sexta-feira passada e o surgimento do Himalaia — um milhão de vezes a idade média do leitor. No campo telescópico dos caprichos pessoais, através do prisma das próprias lágrimas, quaisquer particularidades que apresente não devem ser mais surpreendentes do que aquelas de planetas que já existem. Um globo rosado, marmorizado com manchas escuras, é um dos incontáveis objetos diligentemente girando no horror infinito e gratuito do espaço fluido.

Vamos supor que as *marias* (que não são mares) de meu planeta e os *lacus* (que não são lagos) também receberam nomes; alguns mais insípidos, talvez, do que os nomes das rosas de jardim; outros, mais inúteis que os sobrenomes de seus observadores (pois, citando casos reais, é tão maravilhoso que um astrônomo se chame Lampland como um entomologista que se chame Krautwurm); mas a maioria deles é de estilo tão antiquado a ponto de rivalizar em encantamento sonoro e corrupto com nomes de lugares pertencentes aos romances de cavalaria.

Assim como nosso Pinedales, aqui perto, quase sempre tem pouco a oferecer além de uma fábrica de sapatos de um lado dos trilhos e o inferno enferrujado de um cemitério de automóveis do outro, também aqueles sedutores Arcadia, Icaria e Zephyria dos mapas planetários podem igualmente se revelar desertos mortos despidos até mesmo das ervas daninhas que enfeitam nossos depósitos de lixo. Selenógrafos confirmarão isso, mas por outro lado suas lentes os servem melhor do que as nossas a nós. No caso deste exemplo, quanto maior o aumento, mais as manchas na superfície do planeta parecem vistas por um mergulhador submerso espiando a água semitranslúcida. E, se algumas marcas interligadas parecem vagamente com o padrão de linhas e furos de um tabuleiro de xadrez chinês, vamos considerá-las alucinações geométricas.

Não só excluo um planeta definitivo demais de qualquer papel em meu conto — do papel que cada ponto e vírgula desempenhará em meu conto (que vejo como uma espécie de carta celeste) —, como recuso também ter qualquer coisa a ver com as profecias técnicas que cientistas fazem a repórteres. A corrida espacial não é para mim. Não são para mim os pequenos satélites artificiais prometidos à terra; pistas de pouso para espaçonaves ("espaciais") — um, dois, três, quatro, e depois milhares de fortes castelos no ar, cada um completo com cozinha e mantimentos, montados por nações terrestres num frenesi de confusa competição, falsa gravidade e bandeiras batendo selvagemente.

Outra coisa para a qual não tenho o menor uso é o negócio de equipamentos especiais: os trajes hermeticamente fechados, os tanques de oxigênio, invenções desse tipo. Como o velho sr. Boke, de quem vamos falar dentro de um minuto, estou eminentemente qualificado para dispensar essas questões práticas (que de qualquer forma estão condenadas a parecer absurdamente pouco práticas para futuros viajantes espaciais, como o filho único do velho Boke), uma vez que as emoções que aparelhos provocam em mim vão de mera desconfiança a mórbida trepidação. Só por um esforço heroico consigo me obrigar a desatarraxar uma lâmpada que morreu de uma morte inexplicável e atarraxar outra, que irá acender na minha cara com a urgência horrenda de um ovo de dragão chocando na mão nua de alguém.

Finalmente, eu desprezo e rejeito a chamada ficção científica. Examinei-a e achei tão aborrecida como as revistas de histórias de mistério — o mesmo tipo de escrita desanimadoramente rasteira, com montes de diálogos e carregada de humor rotineiro. Os clichês, é claro, estão disfarçados; essencialmente, eles são os mesmos em todo material de leitura barato, quer abranjam o universo, quer a sala de estar. São como aqueles biscoitos "sortidos", diferentes uns dos outros só na forma e na cor, com os quais seus espertos fabricantes atraem o salivante consumidor num louco mundo pavloviano em que, sem nenhum custo extra, variações em simples valores visuais influenciam e gradualmente substituem o sabor, que dessa forma segue o mesmo caminho do talento e da verdade.

Então o bom sujeito sorri e o vilão mostra os dentes, o coração nobre revela uma fala cheia de gírias. Tsares estelares, diretores de sindicatos galácticos, são praticamente réplicas daqueles executivos animados, ruivos, em empregos terrenos na terra, que ilustram com suas pequenas rugas as histórias de interesse humano nas ultrafolheadas revistas de cabeleireiros. Invasores de Denebola e Spica, os heróis de Virgo, todos têm nomes começados por Mac; cientistas frios são geralmente encontrados sob o nome de Stein; alguns deles repartem com garotas supergalácticas rótulos abstratos, como Biola ou Vala. Habitantes de planetas estrangeiros, seres "inteligentes", humanoides ou de várias formas míticas, têm um notável traço em comum: sua estrutura íntima nunca é descrita. Numa suprema concessão à lisura bípede, não só os centauros usam tangas, como as usam sobre as pernas da frente.

Isso parece completar a eliminação — a menos que alguém queira discutir a questão de tempo? Aqui, mais uma vez, para focalizar o jovem Emery L. Boke, esse meu descendente mais ou menos remoto que será um membro da primeira expedição interplanetária (que, afinal de contas, é o humilde postulado de meu conto), eu deixo alegremente a substituição por um pretensioso "2" ou "3" do honesto "1" de nosso "1900" às patas capacitadas de *Starzan* e outras revistas cômicas e atômicas. Que seja 2145 A.D. ou 200 A.A., pouco importa. Não tenho nenhuma vontade de investir contra opiniões e interesses de qualquer tipo. Isso é, estritamente, uma performance amadora, com os componentes mais usuais de atuação e um cenário mínimo, e os restos pontudos de um porco-espinho morto no canto de um celeiro. Aqui estamos entre amigos, os Brown e os Benson, os White e os Wilson, e, quando alguém sai para fumar, ele ouve os grilos, e um cachorro de fazenda ao longe (que espera, entre latidos, para ouvir o que não podemos ouvir). O céu noturno de verão é uma infinidade de estrelas. Emery Lancelot Boke, aos vinte e um anos, sabe incomensuravelmente mais sobre elas do que eu, que tenho cinquenta e estou apavorado.

2

Lance é alto e magro, com grossos tendões e veias esverdeadas nos antebraços queimados de sol e uma cicatriz na testa. Quando não está fazendo nada — quando sentado à vontade como está agora, inclinado para a frente na beira de uma poltrona, os ombros encolhidos, os cotovelos apoiados nos joelhos grandes — ele tem um jeito de lentamente cruzar e descruzar os dedos das belas mãos, um gesto que tomo emprestado de seus ancestrais para ele. Um ar de gravidade, de incômoda concentração (todo pensamento é incômodo, e os pensamentos jovens especialmente incômodos), é a sua expressão usual; no momento, porém, é uma espécie de máscara escondendo seu furioso desejo de se livrar de uma tensão há muito suportada. Como regra geral, ele não sorri com frequência, e, além disso, "sorrir" é uma palavra muito mansa para a contorção abrupta e brilhante que agora ilumina repentinamente sua boca e seus olhos, enquanto os ombros sobem ainda mais, as mãos param em posição de dedos trançados e ele bate ligeiramente a ponta de um pé. Seus pais estão na sala, e também um visitante casual, um tolo, chato, que não se dá conta do que está acontecendo — pois aquele é um momento estranho numa casa triste na noite de uma despedida fabulosa.

Passa-se uma hora. Por fim, o visitante pega sua cartola do tapete e vai embora. Lance fica sozinho com os pais, o que só serve para aumentar a tensão. O sr. Boke eu vejo bem. Mas não consigo visualizar a sra. Boke com qualquer grau de clareza, por mais fundo que eu mergulhe em meu difícil transe. Sei que sua alegria — conversa ligeira, bater rápido de cílios — é algo que ela sustenta não tanto pelo filho, mas pelo marido e seu coração envelhecido, e o velho Boke percebe isso muito bem e, além de sua própria angústia monstruosa, tem de lidar com a fingida leveza dela, o que o perturba mais do que perturbaria um colapso absoluto e incondicional. Tudo o que consigo enxergar é um efeito de luz dissolvida de um lado do cabelo enevoado dela e nisso, desconfio, sou insidiosamente influenciado pela arte padrão da fotografia moderna, e sinto como devia ser mais fácil escrever antigamente, quando a imaginação do autor não era guarnecida por inúmeros auxílios visuais, e um homem da fronteira olhando o seu primeiro cacto gigante ou suas primeiras neves altas não se lembrava necessariamente do anúncio pictórico de uma companhia de pneus.

No caso do sr. Boke, me vejo operando com os traços de um velho professor de história, um brilhante medievalista, cujos bigodes brancos, cabeça rosada e terno preto são famosos em certo campus ensolarado do Sul, mas cujo único vínculo com esta história (sem falar de uma ligeira semelhança com um tio-avô meu, falecido há muito tempo) é que sua aparência é anacrônica. Ora, se formos perfeitamente honestos, não há nada de errado com essa tendência de dar às maneiras e roupas de uma época distante (que por acaso está colocada no futuro) um tom antiquado, um algo malpassado, malcuidado, empoeirado, uma vez que os termos "anacrônico" ou "fora de época", e assim por diante, são, a longo prazo, os únicos com que somos capazes de imaginar e expressar uma estranheza que nenhuma pesquisa consegue prever. O futuro não é nada mais que o obsoleto invertido.

Na sala simples, à luz parda do abajur, Lance fala de algumas últimas coisas. Recentemente, trouxe de um lugar desolado dos Andes, onde andou escalando algum pico ainda sem nome, um casal de chinchilas adolescentes — roedores cinzentos, fantasticamente peludos, do tamanho de coelhos (*Hystricomorpha*), com longos bigodes, traseiros redondos e orelhas como pétalas. Ele as conserva dentro de casa, num cercado de arame, e as alimenta com amendoim, arroz tufado, passas e, como brinde especial, uma violeta ou uma áster. Ele espera que deem cria no outono. Repete agora para sua mãe poucas instruções enfáticas — manter a comida delas fresca e o cercado seco, e nunca esquecer de seu banho de poeira diário (areia fina misturada com pó de giz), na qual elas rolam e chutam com muito gosto. Enquanto isso é discutido, o sr. Boke acende e reacende o cachimbo e finalmente o deixa de lado. De quando em quando, com um falso ar de benevolente distração, o velho emite uma série de sons e movimentos que não enganam ninguém; ele pigarreia e, com as mãos nas costas, vai até uma janela; ou começa a produzir um cantarolar de lábios apertados, sem melodia; e, levado aparentemente por aquele pequeno motor nasal, ele vaga para fora da sala de estar. Mas assim que sai do palco deixa cair, com um terrível tremor, a elaborada estrutura de sua gentil, desajeitada atuação. Num quarto ou banheiro, se detém como para tomar, em abjeta solidão, um grande gole espasmódico de algum frasco secreto, e sai de novo, cambaleante, bêbado de tristeza.

    O palco não mudou quando ele volta silenciosamente, abotoando o casaco e retomando o cantarolar. Agora é questão de minutos. Lance inspeciona o cercado antes de sair, e deixa Chin e Chilla sentadas nas patas traseiras, cada uma segurando uma flor. A única outra coisa que eu sei sobre esses últimos momentos é que estão excluídas quaisquer frases como "Você não esqueceu aquela camisa de seda que veio do tintureiro, não é?" ou "Lembra bem onde colocou aquele chinelo novo?". O que Lance levará consigo já está guardado naquele lugar misterioso e não mencionável, absolutamente horrível da hora zero de sua partida; ele não precisa de nada que precisamos; e sai da casa de mãos vazias e sem chapéu, com a leveza casual de alguém que vai até a banca de revista — ou a um glorioso cadafalso.

3

O espaço terrestre adora a dissimulação. O máximo que cede ao olho é uma visão panorâmica. O horizonte se fecha sobre o viajante que se afasta como um alçapão em câmera lenta. Para os que ficam, qualquer cidade a um dia de viagem daqui é invisível, enquanto você pode ver tranquilamente transcendências como, digamos, um anfiteatro lunar e a sombra lançada por sua cadeia circular de montanhas. O mágico que exibe o firmamento arregaçou as mangas e se apresenta a plena vista dos pequenos espectadores. Planetas podem sumir de vista (assim como objetos são obliterados pela curva difusa da própria bochecha de alguém); mas voltam quando a terra vira a cabeça. A nudez da noite é apavorante. Lance foi embora; a fragilidade de seus membros jovens cresce na proporção direta da distância que ele cobre. De sua sacada, os velhos Boke olham o céu noturno infinitamente perigoso e invejam loucamente o fardo das esposas de pescadores.

    Se as fontes de Boke forem exatas, o nome "Lanceloz del Lac" ocorre pela primeira vez no Verso 3.676 do *Roman de la charrette*, do século XII. Lance, Lancelin, Lancelotik — diminutivos murmurados às estrelas transbordantes, salgadas, úmidas. Jovens cavaleiros adolescentes aprendendo a tocar harpa, a falcoar, a caçar; a Floresta Perigosa e a Torre Dolorosa; Aldebarã, Betelgeuse — os trovejantes gritos de guerra sarracenos. Maravilhosos feitos de armas, maravilhosos guerreiros, cintilando dentro de horríveis constelações acima da sacada dos Boke: sir Percard, o Cavaleiro Negro; sir Perimones, o Cavaleiro Vermelho; sir Pertolepe, o Cavaleiro Verde; sir Persant, o Cavaleiro Indigo, e aquele velho enganador sir Grummore Grummursum, murmurando palavrões nortistas em voz baixa. O binóculo não é muito bom, o mapa está todo amassado e úmido, e: "Você não segura direito a lanterna", isso dito para a sra. Boke.

Respirar fundo. Olhar de novo.

Lancelot se foi; a esperança de vê-lo em vida é igual à esperança de vê-lo na eternidade. Lancelot é banido da terra de L'Eau Grise (como se poderia chamar os Grandes Lagos) e agora cavalga na poeira do céu noturno, quase tão longe como nosso universo local (com a sacada e o jardim preto de azeviche, opticamente manchado) corre na direção da Lira do Rei Artur, onde Vega brilha e chama — um dos poucos objetos que podem ser identificados com a ajuda desse bendito diagrama. A névoa sideral deixa os Boke tontos — incenso cinza, insanidade, insalubre infinito. Mas não conseguem se libertar do pesadelo do espaço, não conseguem voltar para o quarto iluminado, um canto do qual aparece pela porta de vidro. E então *o* planeta se levanta, como uma fogueira minúscula.

Ali, à direita, fica a Ponte da Espada que leva ao Outromundo (*"dont nus estranges ne retorne"*). Lancelot engatinha sobre ele com grande dor, com inefável angústia. "Não deveis passar uma passagem chamada Passagem Perigosa." Mas outro mago comanda: "Deve, sim. Deve até adquirir um senso de humor que o sustente nos momentos difíceis." Os valentes velhos Boke acham que conseguem distinguir Lance escalando, com sapatos ferrados, a rocha gelada do céu, ou silenciosamente abrindo trilhas na neve macia das nebulosas. Boieiro, em algum ponto entre Campo X e XI, é um grande glaciar todo cascalho e quedas congeladas. Tentamos distinguir a rota serpentina de ascensão; parece que distinguimos a leve magreza de Lance entre diversas silhuetas presas a cordas. Sumiu! Era ele ou Denny (um jovem biólogo, melhor amigo de Lance)? Esperando no vale escuro ao pé do céu vertical, nos lembramos (a sra. Boke com mais clareza que o marido) daqueles nomes especiais para fendas e estruturas góticas no gelo que Lance costumava citar com tamanho prazer profissional em sua infância alpina (ele é vários anos-luz mais velho agora); os *séracs* e *schrunds*, a avalanche e seu baque; ecos franceses e magia germânica subindo lá no alto nas tachas dos sapatos, como nos romances medievais.

Ah, lá está ele de novo! Atravessando um desfiladeiro entre duas estrelas; depois, muito lentamente, tentando uma travessia na face de um rochedo tão íngreme, e com suportes tão delicados, que a mera evocação daquelas pontas de dedos e botas ásperas nos enche de náusea acrofóbica. E através de lágrimas gritantes os velhos Boke veem Lance ora perdido numa plataforma de pedra, ora escalando de novo e ora terrivelmente seguro, com sua picareta de gelo e mochila, sobre um pico acima de picos, o perfil expectante contornado de luz.

Ou já estará descendo? Suponho que não chega nenhuma notícia dos exploradores e que os Boke prolongam suas patéticas vigílias. Enquanto esperam que seu filho volte, a própria avenida de sua descida parece correr para o precipício do desespero deles. Mas talvez ele tenha se balançado sobre aquelas plataformas molhadas em ângulo fechado que descem verticalmente para o abismo, tenha dominado a saliência e esteja agora abençoadamente deslizando por íngremes neves celestiais?

Como, porém, a campainha da porta dos Boke não toca na culminação lógica de uma série imaginária de passos (por mais que pacientemente os espacemos ao se aproximarem mais e mais em nossa mente), temos de lançá-lo de volta e fazê-lo começar a subida de novo, e depois colocá-lo ainda mais no início, de forma que ainda esteja no quartel (onde ficam as tendas, as latrinas abertas, as crianças mendigas, de pés pretos) muito depois de o termos visto virando debaixo da árvore de tulipa para subir a entrada até a porta e a campainha. Como se cansado das muitas aparições que fez na cabeça dos pais, Lance agora se arrasta cansado através de poças de lama, depois sobe um pequeno morro, na paisagem desolada de uma guerra distante, escorregando e trepando pela grama morta da encosta. À frente, há algum trabalho rotineiro com rochas e, depois, o cume. A cordilheira está conquistada. Nossas perdas são pesadas. Como se manda a notificação? Por telegrama? Por carta registrada? E quem é o carrasco: um mensageiro especial, ou o carteiro normal, trabalhador, de nariz vermelho, sempre um pouco bêbado (tem problemas pessoais)? Assine aqui. Marca do polegar. Cruz. Lápis fraco. Sua madeira roxa-parda. Devolver. A assinatura ilegível de desastre oscilante.

Mas nada chega. Passa um mês. Chin e Chilla estão bem e gostando muito uma da outra — dormem juntos na caixa-berço enroladas numa bola fofa. Depois de muitas tentativas, Lance havia descoberto um som com um definitivo apelo chinchileano, produzido com os lábios apertados, emitindo uma rápida sucessão de vários *surpths* macios e úmidos, como quem chupa por um canudinho quando a bebida já acabou e só sobraram resíduos. Mas seus pais não sabem fazer aquilo — o tom está errado, ou alguma outra coisa. E no quarto de Lance há um silêncio intolerável, com os livros surrados, as estantes brancas manchadas, os sapatos velhos, a raquete de tênis relativamente nova em seu ridículo suporte, uma moeda no chão do armário — e tudo isso começa a passar por uma dissolução prismática, mas então se aperta o parafuso e tudo entra em foco de novo. E nesse momento os Boke voltam para sua sacada. Ele chegou ao objetivo? E, se chegou, será que nos vê?

4

O clássico ex-mortal se apoia no cotovelo em uma plataforma de pedra florida para contemplar essa terra, esse brinquedo, esse pião girando em lenta exposição em seu firmamento modelo, cada traço tão alegre e claro — os oceanos pintados, a mulher rezando no Báltico, uma foto fixa das elegantes Américas surpreendidas em seu número de trapézio, a Austrália como uma África bebê deitada de lado. Entre as pessoas de minha idade, pode haver quem de certa forma espere que seus espíritos olhem do céu com um tremor e um suspiro o seu planeta natal, o vejam com cintas de latitudes, espartilhos de meridianos, e marcado, talvez, por flechas gordas, pretas, diabolicamente curvas, de guerras globais; ou, mais agradavelmente, aberto diante de seus olhares como um daqueles mapas ilustrados com Eldorados turísticos, com um índio de reserva batendo um tambor aqui, uma garota de short ali, cônicas coníferas cobrindo os cones das montanhas e pescadores ocasionais por todo lado.

Na verdade, creio que meu jovem descendente, em sua primeira noite fora, no silêncio imaginado de um mundo inimaginável, teria de ver os traços superficiais de nosso globo através da profundeza de sua atmosfera; isso significaria poeira, reflexos espalhados, névoa e todo tipo de fossas ópticas, de forma que os continentes, se chegassem a ser visíveis através das nuvens cambiantes, deslizariam em estranhos disfarces, com brilhos inexplicáveis de cor e contornos irreconhecíveis.

Mas tudo isso é de somenos importância. O problema principal é o seguinte: a mente do explorador sobreviverá ao choque? Tenta-se apreender a natureza desse choque até onde a segurança mental permite. E se o mero ato de imaginar a questão estiver envolto em riscos terríveis, como, então, a pontada real será suportada e superada?

Em primeiro lugar, Lance terá de lidar com o momento atávico. Mitos se entrincheiraram com tamanha firmeza no céu radiante que o senso comum é capaz de escapar da tarefa de chegar ao senso incomum por trás deles. A imortalidade tem de ter uma estrela para pisar se quiser se expandir e florescer e sustentar milhares de pássaros-anjo de plumas azuis, todos cantando tão docemente como pequenos eunucos. No fundo da mente humana, o conceito de morrer é sinônimo de deixar a terra. Escapar da gravidade significa transcender o túmulo, e um homem, ao se ver em outro planeta, realmente não tem como provar a si mesmo que não está morto — que o velho mito ingênuo não se realizou.

Não estou preocupado com o idiota, com o macaco nu comum, que pega tudo o que está em seu caminho; sua única lembrança de infância é de uma mula que o mordeu; sua única consciência do futuro, uma visão de casa e comida. O que estou pensando é no homem de imaginação e ciência, cuja coragem é infinita porque sua curiosidade ultrapassa sua coragem. Nada o detém. Ele é o antigo *curieux*, mas de constituição mais sólida, com um coração mais rubro. Quando se trata de explorar um corpo celeste, é dele a satisfação de um desejo apaixonado de sentir com os próprios dedos, de alisar, inspecionar, sorrir, inalar e alisar de novo — com aquele mesmo sorriso de prazer sem nome, gemente, derretido — a matéria nunca antes tocada da qual é feito o objeto celestial. Qualquer cientista verdadeiro (não, é claro, a mediocridade fraudulenta, cujo único tesouro é a ignorância que ela esconde como um osso) devia ser capaz de experimentar esse prazer sensual do conhecimento direto e divino. Ele pode ter vinte anos, pode ter oitenta e cinco, mas sem esse estremecimento não existe ciência. E Lance é feito dessa matéria.

Levando às últimas consequências minha imaginação, vejo-o superando o pânico que o macaco talvez não consiga experimentar. Sem dúvida Lance pode ter pousado numa nuvem alaranjada de poeira em algum lugar no meio do deserto de Tharsis (se é um deserto) ou perto de alguma piscina roxa — Phoenicis ou Oti (se são lagos, afinal). Mas por outro lado... Você sabe, do jeito que as coisas são nessas questões, algo com certeza se resolve imediatamente, terrível e inapelável, enquanto outras coisas aparecem uma a uma e são destrinçadas gradualmente. Quando eu era menino...

Quando eu era menino de sete ou oito anos, costumava ter um sonho vagamente recorrente que se passava em certo ambiente, que nunca fui capaz de reconhecer e identificar de qualquer maneira racional, embora tenha visto muitas terras estrangeiras. Minha tendência é fazer com que ele sirva agora, a fim de tapar um buraco aberto, uma ferida em carne viva na minha história. Não havia nada de espetacular nesse ambiente, nada monstruoso, nem mesmo estranho: só uma certa estabilidade discreta representada por um trecho de solo plano, recoberto por uma fina película de nebulosidade neutra; em outras palavras, as costas indiferentes de uma paisagem, mais do que sua face. O incômodo desse sonho era que por alguma razão eu não conseguia andar *em torno* da paisagem para encontrá-la frente a frente. Pairava na névoa uma massa de alguma coisa — matéria mineral ou algo assim, de forma opressiva e indefinida e, no decorrer do sonho, eu ficava enchendo algum tipo de receptáculo (traduzido como "balde") com formas menores (traduzidas como "pedrinhas") e meu nariz estava sangrando, mas eu estava impaciente e excitado demais para fazer qualquer coisa a respeito. E toda vez que eu tinha esse sonho, de repente alguém começava a gritar atrás de mim, eu acordava gritando também, prolongando assim o grito anônimo, com sua nota inicial de crescente exultação, porém sem mais nenhum sentido ligado a ele — se é que *tinha havido* um sentido. Falando de Lance, eu gostaria de sugerir que algo na linha do meu sonho... Mas o engraçado é que, ao reler o que escrevi, seu pano de fundo, a memória factual desaparece — desapareceu inteiramente agora — e não tenho meios de provar para mim mesmo que exista qualquer experiência pessoal por trás de sua descrição. O que eu queria dizer era que talvez Lance e seus companheiros, quando chegaram a seu planeta, sentiram algo semelhante ao meu sonho — que não é mais meu.

5

E eles voltaram! Um cavaleiro, clop-clop, galopa pela rua calçada da casa dos Boke debaixo da chuva forte e grita a tremenda notícia ao se deter no portão, perto do liriodendro gotejante, enquanto os Boke saem correndo da casa como dois roedores hystricomórficos. Eles voltaram! Os pilotos, os astrofísicos e um dos naturalistas voltaram (o outro, Denny, morreu e foi deixado no céu, o velho mito marcando um ponto curioso dessa vez).

No sexto andar de um hospital interiorano, cuidadosamente escondidos dos jornalistas, o sr. e a sra. Boke são informados de que seu menino está numa salinha de espera, pronto para recebê-los; há alguma coisa, uma espécie de sussurrada deferência, no tom dessa informação, como se se referisse a um rei de conto de fadas. Eles vão entrar devagarinho; uma enfermeira, a sra. Coover, estará lá o tempo todo. Ah, ele está bem, dizem-lhes — pode ir para casa semana que vem, na verdade. Porém, não devem ficar mais que dois minutos, e sem perguntas, por favor — só conversar de uma coisa ou outra. *Vocês* sabem. E depois diz que eles vão voltar de novo amanhã ou depois de amanhã.

Lance, de roupa cinza, cabelo raspado, bronzeado desaparecido, mudado, não mudado, mudado, magro, narinas preenchidas com algodão absorvente, está sentado na beira de um sofá, as mãos juntas, um pouco envergonhado. Levanta-se oscilante, com uma careta luminosa, senta-se outra vez. A sra. Coover, a enfermeira, tem olhos azuis e não tem queixo.

Um silêncio maduro. Então Lance: "Foi maravilhoso. Perfeitamente maravilhoso. Vou voltar em novembro."

Pausa.

"Acho", diz o sr. Boke, "que Chilla está grávida".

Rápido sorriso, pequeno aceno de satisfeito reconhecimento. Então, com voz narrativa: *"Je vais dire ça en français. Nous venions d'arriver..."*

"Mostre para eles a carta do presidente", diz a sra. Coover.

"Tínhamos acabado de chegar lá", Lance continua, "Denny ainda estava vivo, e a primeira coisa que ele e eu vimos...".

Com uma ligeira agitação, a enfermeira Coover interrompe: "Não, Lance, não. Não, madame, por favor. Sem contatos, ordens do médico, *por favor*."

Testa quente, orelha fria.

O sr. e a sra. Boke são postos para fora. Caminham depressa — embora não haja pressa, pressa nenhuma, pelo corredor ao longo da parede vagabunda, cor de oliva e ocre, o oliva de baixo separado do ocre de cima por uma linha marrom contínua que leva aos veneráveis elevadores. Subindo (vislumbre de um patriarca em cadeira de rodas). Voltando em novembro (Lancelin). Descendo (os velhos Boke). Naquele elevador, há duas mulheres sorridentes e o objeto de sua clara simpatia, uma moça com um bebê, ao lado do ascensorista amuado, curvado, grisalho, que fica de costas para todo mundo.

Chuva de páscoa

Naquele dia, uma velha suíça solitária chamada Joséphine, ou Josefina Lvovna, como a família russa com quem havia vivido doze anos a apelidara, comprou meia dúzia de ovos, uma escova preta e dois botões de aquarela carmim. Nesse dia, as macieiras estavam floridas. O cartaz do cinema da esquina se refletia invertido na superfície lisa de uma poça e, de manhã, as montanhas do lado oposto do lago Léman estavam todas veladas por uma névoa sedosa, como as folhas opacas de papel de arroz que cobrem as gravuras dos livros caros. A névoa prometia tempo bom, mas o sol mal roçou os telhados das casinhas de pedra inclinadas, os fios molhados de um bonde pequeno, e se dissolveu de novo na névoa. O dia revelou-se calmo, com nuvens de primavera, mas quase no fim da tarde um vento duro, gelado, soprou das montanhas, e Joséphine, a caminho de sua casa, teve um tal ataque de tosse que por um momento perdeu o equilíbrio junto à porta, ficou muito vermelha e se apoiou no guarda-chuva enrolado com força, fino como uma bengala preta.

Já estava escuro em seu quarto. Quando acendeu a lâmpada, iluminou suas mãos — mãos finas com pele lisa, brilhante, sardas equimóticas e manchas brancas nas unhas.

Joséphine pousou as compras na mesa e jogou o casaco e o chapéu em cima da cama. Pôs um pouco de água num copo e, colocando o *pince-nez* de aro preto que deixava severos os seus olhos cinza-escuros debaixo das grossas sobrancelhas fúnebres unidas na ponte do nariz, começou a pintar os ovos. Por alguma razão, a aquarela carmim não grudava. Talvez devesse ter comprado algum tipo de tinta química, mas não sabia como pedir isso, e era tímida demais para explicar. Pensou em ir falar com um farmacêutico que conhecia — e aproveitava para comprar aspirina. Sentia-se muito pesada e os olhos doíam de febre. Queria ficar sentada quieta, pensar quieta. Hoje era o Sábado Santo russo.

Houve tempo em que os mascates da Prospect Nevsky vendiam um tipo especial de pinça. Essa pinça era muito prática para pescar os ovos do líquido quente, azul ou laranja. Mas havia também as colheres de pau: elas batiam de leve, compactas contra o vidro grosso das vasilhas das quais subia o vapor inebriante da tintura. Os ovos eram então secos em pilhas, os vermelhos com os vermelhos, os verdes com os verdes. E costumavam colori-los também de outro jeito, envolvendo-os bem apertados em tiras de tecido com decalcomanias presas pelo lado de dentro que pareciam amostras de papel de parede. Depois da fervura, quando o criado trazia a imensa panela da cozinha, como era divertido desembrulhar o pano e tirar os ovos pintalgados, marmorizados de dentro do tecido úmido, do qual subia um vapor delicado, um aroma da infância.

A velha suíça sentiu-se estranha lembrando que, quando morava na Rússia, tinha saudade de casa e mandava longas cartas bonitas e melancólicas aos amigos em sua terra falando do quanto se sentia sempre indesejada, incompreendida. Toda manhã, depois do desjejum, ela saía para um passeio no grande landau aberto com sua pupila, Hélène. E, ao lado do traseiro gordo do cocheiro que parecia uma gigantesca abóbora azul, ficavam as costas curvadas do velho criado, todo botões dourados e rosetas. As únicas palavras russas que ela sabia eram: "Cocheiro", "bom", "mais ou menos" [*kutcher, tish-tish, nichero* (*cocheiro, quietinho, assim-assim*, todas mal pronunciadas)].

Ela deixara Petersburgo com uma vaga sensação de alívio, quando a guerra estava começando. Achava que agora ia se deliciar permanentemente em noites de conversas com os amigos, em sua acolhedora cidade natal. Mas a realidade se mostrara bem o oposto. Sua vida real — em outras palavras, a parte da vida em que a pessoa se torna mais aguda e profundamente acostumada a pessoas e coisas — ela havia passado lá, na Rússia, que inconscientemente passara a amar e compreender, e onde só Deus sabe o que estava acontecendo agora... E amanhã era a páscoa ortodoxa.

Joséphine suspirou alto, levantou-se e fechou a janela com mais firmeza. Olhou o relógio, preto na corrente niquelada. Ia ter de tomar alguma providência com aqueles ovos. Seriam um presente para os Platonov, um casal russo mais velho, recentemente estabelecido em Lausanne, uma cidade ao mesmo tempo nativa e estranha a ela, onde era difícil respirar, onde as casas se empilhavam a esmo, em desordem, confusas, ao longo de ruas íngremes, angulosas.

Ficou pensativa, ouvindo o zunido nos ouvidos. Depois, sacudiu-se do torpor, verteu um frasco de tinta violeta numa lata e cuidadosamente mergulhou nela um ovo.

A porta se abriu de mansinho. Sua vizinha, *mademoiselle* Finard, entrou, silenciosa como um ratinho. Era uma mulher miúda, magra, ela própria uma antiga governanta. O cabelo cortado curto era prateado. Estava envolta num xale preto, iridescente de contas de vidro.

Joséphine, ao ouvir os passos de camundongo, desajeitadamente cobriu com um jornal a lata e os ovos que secavam em cima de um mata-borrão.

"O que você quer? Não gosto que as pessoas vão entrando desse jeito."

Mademoiselle Finard olhou de soslaio para o rosto ansioso de Joséphine e não disse nada, mas ficou profundamente ofendida e, sem dizer uma palavra, saiu da sala com os mesmos passos delicados.

Nessa altura, os ovos já estavam de um violeta venenoso. Num ovo não pintado, ela resolveu desenhar as duas iniciais da páscoa,* como era costume na Rússia. A primeira letra, "X", ela desenhou bem, mas a segunda não conseguia mesmo se lembrar e por fim, em vez de um "B", desenhou um absurdo e torto "Я". Quando a tinta secou completamente, ela embrulhou os ovos em papel higiênico macio e os guardou em sua bolsa de couro.

Mas que indolência perturbadora... Ela queria deitar na cama, tomar um café quente e esticar as pernas... Estava febril e as pálpebras pinicavam... Quando saiu, a crepitação seca da tosse começou a subir de novo na garganta. As ruas estavam escuras, úmidas, desertas. Os Platonov moravam perto. Estavam sentados, tomando chá, e Platonov, careca, com a barba rala, a camisa de sarja russa abotoada de lado, estava enchendo papéis de cigarro com tabaco aloirado quando Joséphine bateu com o cabo do guarda-chuva e entrou.

―――――――
* As letras cirílicas X (Kh) e B (V), que significam *Kristos vorkreye*, "Cristo se ergueu".

"Ah, boa noite, *mademoiselle*."

Ela se sentou ao lado deles e, sem nenhum tato, verborragicamente, começou a discutir a iminente páscoa russa. Tirou os ovos roxos da bolsa um a um. Platonov notou o ovo com as letras lilases "Х Я" e caiu na gargalhada.

"O que levou essa mulher a usar essas iniciais judaicas?"

A esposa, uma senhora gordinha, de peruca amarela e olhos tristonhos, sorriu rapidamente. Começou a agradecer com indiferença a Joséphine, puxando as vogais francesas. Joséphine não entendeu por que eles estavam rindo. Sentiu-se quente e triste. Começou a falar de novo, com a sensação de que o que dizia estava fora de lugar, mas não conseguia se conter.

"É, neste momento não existe páscoa na Rússia... Pobre Rússia! Ah, eu me lembro como as pessoas costumavam se beijar na rua. E a minha pequena Hélène parecia um anjo aquele dia... Ah, quantas vezes eu choro a noite inteira pensando em seu maravilhoso país!"

Os Platonov sempre acharam desagradáveis essas conversas. Nunca discutiam com estranhos sua terra perdida, assim como ricos arruinados escondem a pobreza e ficam ainda mais altivos e intocáveis do que antes. Por isso, no fundo, Joséphine sentia que eles não tinham nenhum amor pela Rússia. Geralmente, quando visitava os Platonov ela pensava que, se começasse a falar da bela Rússia com lágrimas nos olhos, os Platonov repentinamente explodiriam em soluços e começariam a lembrar e contar, e os três passariam assim toda a noite, em reminiscências, chorando, um apertando a mão do outro.

Mas na verdade isso nunca aconteceu. Platonov balançava a cabeça e a barba polidamente, com indiferença, enquanto a mulher tentava descobrir onde se podia comprar chá ou sabão o mais barato possível.

Platonov começou a enrolar seus cigarros de novo. A esposa os colocava organizadamente numa caixa de papelão. Ambos tinham planejado dormir um pouco até a hora de sair para a vigília de páscoa na igreja grega da esquina. Queriam sentar em silêncio com seus próprios pensamentos, e conversar apenas com olhares e sorrisos especiais, aparentemente distraídos, sobre o filho que morrera na Crimeia, sobre isto e aquilo da páscoa, sobre a igreja do bairro na rua Pochtamskaya. Agora essa velha falante e sentimental, com seus ansiosos olhos cinza-escuros, chegara cheia de suspiros, e era capaz de ficar até eles próprios saírem de casa.

Joséphine calou-se, esperando avidamente ser convidada para acompanhá-los à igreja e, depois, a tomar o desjejum com eles. Sabia que tinham assado bolos de páscoa russos no dia anterior e, embora ela não pudesse comer nada porque estava se sentindo tão febril, seria tão agradável, tão cálido, tão festivo.

Platonov rilhou os dentes e, controlando um bocejo, olhou furtivamente o pulso, o mostrador debaixo da pequena tampa. Joséphine viu que não iam convidá-la. Levantou-se.

"Vocês precisam descansar, meus caros amigos, mas gostaria de dizer uma coisa antes de ir embora." E, aproximando-se de Platonov, que também se levantara, exclamou em russo sonoro e imperfeito: "Ergueu-se Cristo!"

Era sua última esperança de produzir uma explosão de lágrimas quentes, doces, de beijos de páscoa, junto com um convite para o desjejum... Mas Platonov apenas endireitou os ombros e disse com uma risada contida: "Olhe só como *mademoiselle* pronuncia perfeitamente o russo."

Uma vez na rua, ela caiu em prantos, e caminhou com o lenço apertado aos olhos, cambaleando um pouco, batendo na calçada o guarda-chuva de seda igual a uma bengala. O céu estava cavernoso e convulso — a lua vaga, as nuvens como ruínas. Os pés em ângulo do Chaplin de cabelos crespos se refletiam na poça perto do cinema muito iluminado. E quando Joséphine passou debaixo das árvores chorosas, ruidosas, da margem do lago, que parecia uma parede de névoa, viu uma lanterna esmeralda brilhando, tênue, na extremidade de um pequeno píer, e algo grande e branco cambaleando para dentro de um barco negro que oscilava. Ela focalizou os olhos entre as lágrimas. Um enorme e velho cisne se estufou, bateu as asas e, de repente, desajeitado como um ganso, subiu pesadamente para o cais. O barco balançou; círculos verdes se formaram sobre a água negra, oleosa, que se mesclava à neblina.

Joséphine ponderou que talvez devesse ir à igreja de qualquer forma. Mas em Petersburgo a única igreja em que havia entrado era a católica vermelha no fim da rua Morskaya, e sentiu vergonha de ir agora a uma igreja ortodoxa, onde não saberia quando fazer o sinal da cruz ou como juntar as mãos, e onde alguém poderia fazer algum comentário. Sentia calafrios intermitentes. Estava com a cabeça cheia de uma confusão de árvores farfalhantes que batiam, de nuvens negras e lembranças de páscoa: montanhas de ovos multicoloridos, o verde apagado da Santo Isaac. Ensurdecida e tonta, ela conseguiu de algum modo chegar em casa e subir a escada, batendo o ombro na parede e então, cambaleante, os dentes batendo, começou a se despir. Sentia-se mais fraca e caiu na cama com um sorriso incrédulo e feliz.

Foi dominada por um delírio tormentoso e intenso como um dobrar de sinos. Montanhas de ovos multicoloridos se espalharam com sons redondos, pipocando. O sol — ou seria um carneiro de chifres dourados feito de manteiga? — despencou pela janela e começou a brilhar, enchendo o quarto de tórrido amarelo. Enquanto os ovos deslizavam e rolavam por tiras estreitas de madeira brilhante, batendo uns nos outros, as cascas rachando, as claras riscadas de carmim.

Ela passou a noite toda delirante e foi só na manhã seguinte que a ainda ofendida *mademoiselle* Finard entrou, aspirou ruidosamente e saiu correndo em pânico para chamar um médico.

"Pneumonia lobar, *mademoiselle*."

Através de ondas de delírio, cintilavam flores de papel de parede, o cabelo prateado da velha, os olhos plácidos do médico — tudo cintilava e se dissolvia. E mais uma vez um agitado zumbido de alegria engolfou sua alma. O céu azul de fábula era como um gigantesco ovo pintado, sinos trovejavam, e entrou no quarto alguém que parecia Platonov, ou talvez o pai de Hélène — e ao entrar desdobrou um jornal, pôs em cima da mesa e se sentou ao lado, olhando ora para Joséphine, ora para as páginas brancas com um sorriso modesto, significativo, ligeiramente malicioso. Joséphine sabia que naquele jornal havia algum tipo de notícia assombrosa, mas por mais que tentasse não conseguia decifrar as letras russas da manchete negra. Seu hóspede continuou sorrindo e lançando olhares significativos, parecendo a ponto de revelar o segredo, de confirmar a felicidade que ela provara — mas lentamente o homem se dissolveu. A inconsciência abateu-se sobre ela como uma nuvem negra.

Então veio mais uma mistura de sonhos delirantes: o landau rodava no cais, Hélène lambia a cor quente e intensa de uma colher de pau, o largo Neva cintilava aberto, o tzar Pedro de repente saltou de seu corcel de bronze, tendo os cascos de ambas as patas dianteiras se erguido simultaneamente. Ele se aproximou de Joséphine e, com um sorriso no rosto tormentoso, esverdeado, abraçou-a, beijou-lhe uma face, depois a outra. Seus lábios eram macios e quentes, e, quando ele roçou seu rosto uma terceira vez, ela palpitou, gemendo de felicidade, estendeu os braços e repentinamente silenciou.

De manhã cedo, no sexto dia da doença, depois de uma crise final, Joséphine voltou a si. Um céu branco brilhava pela janela e a chuva perpendicular sussurrava, escorrendo pelas sarjetas.

Um galho molhado cruzava a janela e na extremidade dele uma folha tremulava debaixo do bater da chuva. A folha dobrou-se para a frente e deixou cair uma grande gota pela ponta da lâmina verde. A folha tremeu de novo, e de novo um raio molhado rolou para baixo, depois um brinco brilhante, longo, pendurou-se e caiu.

E pareceu a Joséphine que o frescor da chuva corria por suas veias. Ela não conseguia tirar os olhos do céu que vertia, e a chuva pulsante, arrebatada, era tão agradável, a folha tremia tão tocantemente, que ela sentiu vontade de rir; o riso a preencheu, embora ainda sem som, correndo por seu corpo, fazendo cócegas no palato e a ponto de irromper.

À sua esquerda, no canto, algo raspou e suspirou. Sacudida pelo riso que subia dentro dela, Joséphine desprendeu o olhar da janela e virou a cabeça. A velhinha estava de bruços no chão com seu lenço preto. O cabelo curto e prateado sacudia furiosamente enquanto ela se agitava com a mão enfiada debaixo da cômoda de gavetas, para onde seu novelo de lã havia rolado. O fio preto esticado da cômoda até a cadeira, onde ainda se encontravam as agulhas de tricô e a meia pela metade.

Ao ver o cabelo preto de *mademoiselle* Finard, as pernas se contorcendo, as botas de botão, Joséphine irrompeu em gargalhadas, sacudindo ao respirar e arrulhar debaixo do acolchoado, sentindo que havia ressuscitado, que retornara das névoas distantes da felicidade, da dúvida, e do esplendor da páscoa.

A palavra

Arrebatado da noite do vale por um inspirado vento onírico, parei à beira de uma estrada, debaixo de um céu claro de ouro puro, numa extraordinária terra montanhosa. Sem olhar, senti o esplendor, os ângulos e as facetas do imenso mosaico de rochedos, assustadores precipícios, e o cintilar espelhado de múltiplos lagos espalhados em algum lugar lá embaixo, atrás de mim. Minha alma foi tomada por uma sensação de celestial iridescência, liberdade e elevação: eu sabia que estava no Paraíso. No entanto, dentro dessa alma terrena, uma única ideia terrena se ergueu como uma chama perfurante — e com que cuidado, com que severidade, eu a protegi da aura de gigantesca beleza que me cercava. Essa ideia, essa chama nua de sofrimento, era a ideia de minha pátria terrena. Descalço e sem vintém, à beira de uma estrada de montanha, esperei os gentis, luminosos habitantes do Céu, enquanto um vento, como um gosto prévio de milagre, brincava em meu cabelo, enchia as gargantas com um murmúrio de cristal e fazia farfalhar a seda fabulosa das árvores que floriam entre os penedos que ladeavam a estrada. Altas ervas lambiam os troncos das árvores como línguas de fogo; grandes flores soltavam-se suavemente dos ramos cintilantes e, como glóbulos voadores transbordantes de sol, flutuavam no ar, inflando suas translúcidas pétalas convexas. Seu aroma adocicado e úmido me lembrava de todas as melhores coisas que eu havia experimentado na vida.

De repente, a estrada em que me encontrava, sem ar por causa da luminosidade, encheu-se de uma tempestade de asas. Em enxames saídos das profundezas ofuscantes vieram os anjos que eu esperava, as asas dobradas apontando firmes para o alto. Seu passar era etéreo; eram como nuvens coloridas em movimento, e os rostos transparentes estavam imóveis, a não ser pelo extasiante tremor dos cílios radiosos. Entre eles, voavam pássaros turquesa com gritos de alegre risada de menina, e ágeis animais alaranjados trotavam, fantasticamente pintalgados de preto. As criaturas espiralavam pelo ar, estendendo silenciosamente as patas de cetim para colher as flores voadoras ao circularem, mergulharem, passando por mim com os olhos relampejantes.

Asas, asas, asas! Como posso descrever as convoluções e os matizes? Eram todo-poderosas e macias — cor de âmbar, púrpura, azul profundo, preto veludoso, com poeira de fogo nas pontas arredondadas das penas curvas. Como nuvens precipitadas pairavam, pousadas imperiosamente sobre os ombros luminosos dos anjos; de quando em quando, um anjo, numa espécie de transporte maravilhoso, como se incapaz de reprimir sua felicidade, de repente, por um instante apenas, desdobrava sua beleza alada e era como uma explosão solar, como o cintilar de milhões de olhos.

Eles passavam em multidões, olhando para o céu. Seus olhos eram como abismos jubilantes, e nesses olhos vi a síncopa do voo. Vinham com passo deslizante, cobertos de flores. As flores derramavam seu úmido brilho em voo; as feras lisas, brilhantes, brincavam, girando e subindo; os pássaros cantavam com felicidade, subindo e baixando. Eu, um mendigo cego e trêmulo, parado à beira da estrada, e dentro de minha alma de mendigo a mesma ideia continuava repetindo: grite para eles, conte — oh, conte que na mais esplêndida das estrelas de Deus existe uma terra — minha terra — que está morrendo em agonizante escuridão. Eu tinha a sensação de que, se pudesse agarrar com a mão apenas um trêmulo brilho que fosse, levaria a meu país tamanha alegria que as almas humanas seriam instantaneamente iluminadas e circulariam debaixo do aguaceiro e da crepitação da primavera ressurgida, ao dourado trovão de templos novamente despertados.

Estendendo as mãos trêmulas, lutando para barrar o caminho dos anjos, comecei a agarrar a barra de suas claras casulas, as franjas tórridas e ondulantes das asas curvas, que escorregavam entre meus dedos como flores veludosas. Gemi, joguei-me, delirante implorei sua indulgência, mas os anjos rumavam sempre em frente, ignorando a mim, os rostos cinzelados olhando o alto. Passaram em legiões para um festim celestial, numa clareira insuportavelmente resplandecente, na qual se agitava e respirava uma divindade que eu não ousava imaginar. Vi teias de fogo, relâmpagos, padrões gigantescos de asas carmesim, ruivas, roxas, e acima de mim um farfalhar de penas passava em ondas. Os pássaros turquesa coroados de arco-íris bicavam, as flores flutuavam de ramos brilhantes. "Esperem, me escutem!", gritei, tentando abraçar as pernas vaporosas de um anjo, mas os pés, impalpáveis, incontroláveis, deslizaram através de minhas mãos estendidas e as bordas das amplas asas apenas chamuscaram meus lábios ao passar. A distância, uma clareira dourada entre vivos e luxuriantes despenhadeiros se enchia com as ondas de uma tempestade; os anjos estavam recuando; os pássaros calaram seu riso agudo e agitado; as flores não voavam mais das árvores; fiquei fraco, fiquei mudo...

Então, ocorreu um milagre. Um dos últimos anjos se deteve, virou-se e silenciosamente se aproximou de mim. Vi seus olhos cavernosos, fixos, de diamante, debaixo dos arcos imponentes das sobrancelhas. Nos raios das asas abertas brilhava o que parecia gelo. As próprias asas eram cinzentas, de um tom inefável de cinza, e cada pena terminava numa foice prateada. Seu rosto, o contorno ligeiramente sorridente dos lábios, a testa reta e clara me lembraram traços que eu havia visto na terra. As curvas, a centelha, o encanto de todos os rostos que jamais amara — os traços das pessoas que fazia muito haviam partido de minha companhia — pareciam fundir-se em um assombroso semblante. Todos os sons familiares que vinham separadamente em contato com minha audição pareciam agora se fundir numa única melodia perfeita.

Ele veio até mim. Sorriu. Eu não conseguia olhar para ele. Mas observando suas pernas notei uma rede de veias azuis em seus pés e uma pálida marca de nascença. Por essas veias, por essa pequena marca, entendi que ele ainda não havia abandonado totalmente a terra, que ele poderia entender a minha prece.

Então, curvando a cabeça, apertando as palmas queimadas, sujas de barro brilhante, sobre meus olhos quase cegos, comecei a contar minhas tristezas. Queria explicar como era maravilhosa a minha terra, como era horrenda sua negra síncopa, mas não conseguia encontrar as palavras necessárias. Apressado, me repetindo, balbuciei sobre ninharias, sobre a casa queimada em que um dia o brilho ensolarado do soalho se refletira num espelho inclinado. Tagarelei de velhos livros e velhas tílias, de quinquilharias, de meus primeiros poemas em um caderno escolar cor de cobalto, de um rochedo cinzento tomado de framboesas silvestres, no meio de um campo cheio de escabiosas e margaridas — mas o mais importante eu simplesmente não conseguia dizer. Fiquei confuso, parei bruscamente e recomecei, mais uma vez, em meu discurso rápido e indefeso, falei de quartos em uma fresca e ressonante casa de campo, de tílias, de meu primeiro amor, de mamangavas dormindo nas flores de escabiosa. Pareceu-me que a qualquer minuto — a qualquer minuto! — eu chegaria ao que era mais importante, explicaria toda a tristeza de minha pátria. Mas, por alguma razão, só conseguia me lembrar de coisas miúdas, mundanas, incapazes de falar ou lamentar aquelas lágrimas corpulentas, ardentes, terríveis, sobre as quais eu queria, mas não conseguia falar...

Calei-me, levantei a cabeça. O anjo deu um sorriso calado, atento, olhou fixamente para mim com olhos diamantinos amendoados. Senti que me entendera.

"Desculpe", exclamei, beijando humildemente a marca de nascença em seu pé claro. "Desculpe, eu só consegui falar do que é efêmero, do trivial. Meu bondoso, meu cinzento anjo há de entender, porém. Responda-me, ajude-me, me diga, como posso salvar minha terra?"

Abraçando meus ombros por um instante com suas asas de pombo, o anjo pronunciou uma única palavra, e em sua voz reconheci todas as vozes amadas, silenciadas. A palavra que ele disse era tão maravilhosa que, com um suspiro, fechei meus olhos e baixei ainda mais a cabeça. A fragrância e a melodia da palavra se espalharam por minhas veias, se ergueram como um sol dentro de meu cérebro; as incontáveis cavidades dentro de minha consciência a captaram e repetiram sua lustrosa canção edênica. Eu estava preenchido por ela. Como um nó firme, ela pulsou em minha têmpora, sua umidade tremulou em meus cílios, seu doce frescor abanou meu cabelo e ela verteu-se, celestial, sobre meu coração.

Gritei-a, deslumbrei-me em cada sílaba, ergui violentamente os olhos, que estavam cheios da iridescência radiosa de lágrimas alegres...

Oh, Senhor — o amanhecer de inverno brilha esverdeado na janela e não lembro qual foi a palavra que gritei.

Natasha

1

Na escada, Natasha cruzou com seu vizinho do outro lado do hall, o barão Wolfe. Ele estava subindo um tanto laboriosamente os degraus de madeira nua, acariciando o corrimão e assobiando baixinho entredentes.

"Aonde vai com tanta pressa, Natasha?"

"À farmácia, mandar aviar uma receita. O médico acabou de sair. Meu pai está melhor."

"Ah, essa é uma boa notícia."

Ela passou depressa com a capa sussurrante, sem chapéu.

Apoiado ao corrimão, Wolfe virou-se para olhar para ela. Durante um instante, avistou a parte superior de seu cabelo brilhante, feminino. Ainda assobiando, subiu até o último andar, jogou a pasta encharcada de chuva na cama, depois, muito satisfeito, lavou e enxugou completamente as mãos.

Então bateu na porta do velho Khrenov.

Khrenov morava num quarto do outro lado do corredor com sua filha, que dormia num sofá, um sofá com molas incríveis que rolavam e inchavam como tufos de metal debaixo do plush desgastado. Havia também uma mesa, sem pintura, coberta com jornais manchados de tinta. O doentio Khrenov, um homem encarquilhado com camisola de dormir até os calcanhares, correu rangendo de volta para a cama e puxou o lençol no momento em que a grande cabeça raspada de Wolfe espiava pela porta.

"Entre, é bom ver o senhor, entre."

O velho estava respirando com dificuldade, e a porta de sua mesa de cabeceira permanecia meio aberta.

"Soube que está quase totalmente recuperado, Alexey Ivanych", disse o barão Wolfe, sentando-se na cama e dando um tapa nos joelhos.

Khrenov estendeu a mão amarela e pegajosa, e sacudiu a cabeça.

"Não sei o que ouviu dizer, mas sei perfeitamente que vou morrer amanhã."

Fez um som estalado com os lábios.

"Bobagem", Wolfe interrompeu, animado, e tirou do bolso da calça uma enorme cigarreira de prata. "Se importa se eu fumar?"

Durante um longo tempo, lidou com o isqueiro, batendo a engrenagem. Khrenov semicerrou os olhos. Suas pálpebras estavam azuladas, como as membranas de um sapo. Pelos grisalhos cobriam o queixo protuberante. Sem abrir os olhos, ele disse: "Vai ser assim. Mataram meus dois filhos e empurraram Natasha e eu para fora do nosso ninho natal. Agora, temos de morrer numa cidade estranha. Que idiotice, pensando bem..."

Wolfe começou a falar em voz alta e bem distintamente. Falou que Khrenov ainda tinha um longo tempo de vida, que todo mundo voltaria à Rússia na primavera, junto com as cegonhas. E passou a contar um incidente de seu passado.

"Foi quando eu andava vagando pelo Congo", disse, e oscilou ligeiramente o torso grande e corpulento. "Ah, o remoto Congo, meu querido Alexey Ivanych, sertões tão distantes, sabe... Imagine uma aldeia na floresta, mulheres com seios pendentes, o rebrilhar da água, negra como astracã, no meio das cabanas. Lá, debaixo de uma árvore gigantesca — uma *kiroku* — caem frutos alaranjados como bolas de borracha, e à noite vinha de dentro do tronco um ruído que parecia do mar. Tive uma longa conversa com o rei local. Nosso tradutor era um engenheiro belga, outro homem curioso. Por sinal, ele jurou que em 1895 tinha visto um ictiossauro nos pântanos próximos a Tanganica. O rei estava pintado com cobalto, adornado com anéis, era gordinho, com uma barriga gelatinosa. O que aconteceu foi o seguinte..."

Deliciado com sua história, Wolfe sorriu e alisou a cabeça azulada.

"Natasha voltou", Khrenov interrompeu baixo e com firmeza, sem abrir as pálpebras.

Wolfe ficou imediatamente vermelho e olhou em torno. Um momento depois, ao longe, a fechadura da porta de entrada soou, depois passos no corredor. Natasha entrou depressa, os olhos radiantes.

"Como está, papai?"

Wolfe se levantou e disse, com fingida tranquilidade: "Seu pai está perfeitamente bem e não entendo por que está na cama... Vou contar a ele sobre um certo feiticeiro africano."

Natasha sorriu para o pai e começou a desembrulhar o remédio.

"Está chovendo", disse baixinho. "O tempo está horrível."

Como sempre acontece quando se menciona o tempo, os outros olharam para a janela. Isso fez contrair a veia azul-acinzentada do pescoço de Khrenov. Depois, ele jogou de novo a cabeça no travesseiro. Fazendo um bico com os lábios, Natasha contou as gotas, e os cílios ditavam o ritmo. O cabelo escuro e brilhante tinha contas de chuva, e embaixo dos olhos havia adoráveis sombras azuis.

2

De volta a seu quarto, Wolfe andou de um lado para outro um longo tempo, com um sorriso agitado e feliz, deixava-se cair pesadamente na poltrona, depois na beira da cama. Então, por alguma razão, abriu a janela e espiou o pátio escuro e gorgolejante lá embaixo. Por fim, sacudiu um ombro espasmodicamente, pôs o chapéu verde e saiu.

O velho Khrenov, amontoado no sofá enquanto Natasha endireitava sua cama para a noite, observou, indiferente, em voz baixa: "Wolfe saiu para jantar."

Depois suspirou e puxou o cobertor em torno de si.

"Pronto", disse Natasha. "Deite de novo, papai."

Em todo o redor estava a cidade noturna e molhada, as negras torrentes das ruas, as cúpulas móveis, brilhantes, dos guarda-chuvas, o brilho das vitrines escorrendo para o asfalto. Junto com a chuva, a noite começou a fluir, enchendo os recessos dos pátios, cintilando nos olhos das prostitutas de pernas finas, que caminhavam devagar de um lado para outro nas esquinas movimentadas. E, em algum ponto no alto, as luzes circulares de um anúncio piscavam intermitentes como uma roda iluminada a girar.

Com a noite, a temperatura de Khrenov começara a subir. O termômetro estava quente, vivo — a coluna de mercúrio subia a escadinha vermelha. Durante longo tempo ele resmungou coisas ininteligíveis, mordendo os lábios e sacudindo delicadamente a cabeça. Depois adormeceu. Natasha despiu-se à luz pálida da vela e viu seu reflexo no vidro escuro da janela — o pescoço pálido, fino, a trança escura que caíra sobre a clavícula. Ficou parada assim, num langor imóvel, e de repente lhe pareceu que o quarto, junto com o sofá, a mesa cheia de tocos de cigarro, a cama em que, de boca aberta, nariz afilado, o velho suado dormia inquieto — tudo começou a se mover e flutuava, como o convés de um navio, na noite negra. Ela suspirou, passou a mão pelo ombro morno e nu e, levada em parte pela tontura, sentou-se no sofá. Então, com um vago sorriso, começou a enrolar e tirar as meias velhas, muito remendadas. Mais uma vez o quarto começou a flutuar e ela sentiu como se alguém soprasse ar quente em sua nuca. Abriu muito os olhos — olhos escuros, amendoados, cujos brancos tinham um tom azulado. Uma mosca de outono começou a girar em torno da vela e, como um grão preto a zunir, colidiu com a parede. Natasha engatinhou devagar para debaixo da coberta e se esticou, sentindo, como um espectador, o calor do próprio corpo, as coxas longas, os braços nus postos atrás da cabeça. Sentiu preguiça demais para apagar a vela, para espantar a sedosa formicação que a fazia contrair involuntariamente os joelhos, e fechou os olhos. Khrenov deu um gemido profundo e ergueu o braço no sono. O braço tombou como morto. Natasha ergueu o corpo ligeiramente e soprou na direção da vela. Círculos multicoloridos começaram a nadar diante de seus olhos.

Me sinto tão bem, pensou, rindo em seu travesseiro. Ela estava deitada encolhida e sentia-se incrivelmente pequena, todos os pensamentos eram fagulhas quentes que se espalhavam e deslizavam suavemente dentro de sua cabeça. Estava quase dormindo quando seu corpo foi abalado por um grito profundo, frenético.

"Papai, o que foi?"

Tateou até a mesa e acendeu a vela.

Khrenov estava sentado na cama, respirando furiosamente, os dedos agarrando a gola da camisa. Poucos minutos antes, ele havia acordado e congelado de horror ao tomar erroneamente o mostrador luminoso do relógio, em cima da cadeira próxima, pela boca de um rifle apontado para ele. Esperou o tiro, não ousando se mexer, depois, perdendo o controle, começara a gritar. Olhou a filha, piscando e dando um trêmulo sorriso.

"Papai, calma, não foi nada..."

Com os pés descalços roçando suavemente o piso, ela endireitou os travesseiros dele, tocou sua testa, que estava pegajosa e fria de suor. Com um sorriso profundo, ainda sacudido por espasmos, ele se virou para a parede e murmurou: "Todos eles, todos... e eu também. É um pesadelo... Não, você não deve."

Adormeceu como se caísse num abismo.

Natasha deitou de novo. O sofá tinha ficado ainda mais empelotado, as molas pressionando ora o torso, ora as escápulas, mas ela finalmente se acomodou e flutuou para um sonho entrecortado, incrivelmente quente, que ela ainda sentia, mas não lembrava mais. Depois, ao amanhecer, acordou outra vez. Seu pai a estava chamando.

"Natasha, não estou me sentindo bem. Me dê um pouco de água."

Ligeiramente instável, a sonolência permeada pela luz azul do amanhecer, ela foi até a bacia, fazendo tilintar a jarra. Khrenov bebeu avidamente. Disse: "Vai ser horrível se eu nunca mais voltar."

"Durma, papai. Tente dormir mais um pouco."

Natasha vestiu o penhoar de flanela e se sentou ao pé da cama do pai. Ele repetiu as palavras "É horrível" várias vezes, depois deu um sorriso assustado.

"Natasha, fico imaginando que estou andando em nossa aldeia. Lembra o lugar à margem do rio, perto da serraria? E é difícil de andar. Sabe: toda aquela serragem. Serragem e areia. Meus pés afundam. Faz cócegas. Uma vez, quando viajamos para o estrangeiro..." Ele franziu a testa, lutando para seguir o curso dos pensamentos atabalhoados.

Natasha lembrou com extraordinária clareza o aspecto que ele tinha então, lembrou sua barbicha clara, as luvas de camurça cinza, o boné de viagem xadrez que parecia uma bolsa de borracha para uma esponja — e de repente sentiu que estava quase chorando.

"É. Então é isso", Khrenov resmungou indiferente, olhando a névoa da manhã.

"Durma mais um pouco, papai. Eu me lembro de tudo."

Desajeitado, ele tomou um gole de água, esfregou o rosto e se recostou nos travesseiros. Do pátio, veio o canto doce e pulsante de um galo...

3

Por volta das onze da manhã do dia seguinte, Wolfe bateu na porta de Khrenov. Uns pratos tilintaram assustados na sala, e o riso de Natasha derramou-se. Um instante depois, ela deslizou para o hall e fechou cuidadosamente a porta ao passar.

"Estou tão contente — papai está muito melhor hoje."

Ela estava usando blusa branca e saia bege com botões no quadril. Os olhos brilhantes, alongados, estavam felizes.

"Noite horrivelmente agitada", ela continuou depressa, "e agora a febre passou completamente. A temperatura está normal. Ele até resolveu se levantar. Acabaram de dar banho nele".

"Está ensolarado lá fora", Wolfe disse, misterioso. "Não fui trabalhar."

Estavam parados no hall parcamente iluminado, encostados à parede, sem saber do que mais falar.

"Sabe de uma coisa, Natasha?", Wolfe arriscou, de repente, afastando da parede as costas largas e macias, afundando as mãos nos bolsos da calça cinza amassada. "Vamos dar um passeio no campo hoje. Voltamos às seis. O que você me diz?"

Com um ombro apoiado contra a parede, Natasha também se afastou ligeiramente.

"Como posso deixar meu pai sozinho? Por outro lado..."

Wolfe de repente se alegrou.

"Natasha, querida, vamos — por favor. Seu pai está bem hoje, não está? E a zeladora está por perto no caso de ele precisar de alguma coisa."

"É verdade", Natasha disse devagar. "Vou falar com ele."

E, com um giro da saia, voltou para dentro do quarto.

Completamente vestido, mas sem colarinho na camisa, Khrenov estava procurando frouxamente alguma coisa na mesa.

"Natasha, Natasha, você se esqueceu de comprar o jornal ontem..."

Natasha ocupou-se preparando chá no fogão a álcool.

"Papai, eu gostaria de dar um passeio no campo hoje. Wolfe me convidou."

"Claro, querida, vá, sim", disse Khrenov, e os brancos-azulados de seus olhos se encheram de lágrimas. "Pode acreditar, estou melhor hoje. Se não fosse essa ridícula fraqueza..."

Quando Natasha saiu, ele começou de novo a tatear pelo quarto, ainda procurando alguma coisa... Com um gemido suave, ele tentou empurrar o sofá. Depois olhou debaixo dele — estendeu-se de bruços no chão e ficou ali, a cabeça girando enjoativamente. Devagar, laboriosamente, se pôs de pé outra vez, lutou para chegar à cama, deitou-se... E mais uma vez teve a sensação de que estava atravessando uma ponte, que conseguia ouvir o barulho da serraria, que troncos de árvores amarelos estavam flutuando, que seus pés afundavam na serragem úmida, que um vento fresco estava soprando do rio, resfriando-o todo inteiro...

4

"É, todas as minhas viagens... Ah, Natasha, às vezes eu me sentia como um deus. Vi o Palácio das Sombras no Ceilão, atirei em pequenos pássaros cor de esmeralda em Madagascar. Os nativos lá usam colares feitos de vértebras e cantam de um jeito tão estranho à noite, na praia, que parecem chacais musicais. Morei numa tenda não longe de Tamatave, onde a terra é vermelha e o mar, azul-escuro. Não consigo descrever aquele mar para você."

Wolfe se calou, brincando delicadamente com uma pinha na mão. Depois, passou a palma gorda ao longo do rosto e riu.

"E aqui estou, sem vintém, empacado na mais miserável das cidades europeias, sentado num escritório dia após dia, como um vagabundo, mascando pão com salsicha à noite em alguma espelunca para motoristas. No entanto, houve tempo..."

Natasha estava deitada de bruços, os cotovelos afastados, olhando o alto dos pinheiros muito iluminados a desaparecer nas alturas cor de turquesa. Ao olhar aquele céu, manchas redondas e luminosas circularam, rebrilharam e se espalharam em seus olhos. De quando em quando, alguma coisa voava como um espasmo dourado de pinheiro a pinheiro. Ao lado de suas pernas cruzadas, sentava-se o barão Wolfe com seu amplo terno cinza, a cabeça raspada inclinada, ainda brincando com a pinha seca.

Natasha suspirou.

"Na Idade Média", ela disse, olhando o alto dos pinheiros, "teriam me queimado na fogueira ou me santificado. Às vezes, eu tenho estranhas sensações. Como uma espécie de êxtase. Depois, fico quase sem peso, sinto que estou flutuando para algum lugar e entendo tudo — a vida, a morte, tudo... Uma vez, quando eu tinha uns dez anos, estava sentada na sala de jantar, desenhando alguma coisa. Aí, cansei e comecei a pensar. De repente, muito depressa, entrou uma mulher, descalça, usando uma roupa azul desbotada, com uma barriga grande, pesada, e o rosto dela era pequeno, fino, amarelo, com olhos incrivelmente delicados, incrivelmente misteriosos... Sem olhar para mim, ela passou depressa e desapareceu na outra sala. Eu não fiquei com medo — por alguma razão, achei que ela tinha vindo lavar o chão. Nunca mais encontrei essa mulher, mas sabe quem era? A Virgem Maria..."

Wolfe sorriu.

"O que faz você pensar isso, Natasha?"

"Eu sei. Ela apareceu para mim em sonho, cinco anos depois. Estava carregando uma criança e aos pés dela havia querubins apoiados nos cotovelos, igualzinho à pintura de Rafael, só que vivos. Além disso, eu às vezes tenho outras visões, pequenas. Quando levaram papai embora em Moscou e fiquei sozinha na casa, aconteceu o seguinte: em cima da escrivaninha, havia um sininho de bronze daqueles que põem nas vacas no Tirol. De repente, o sininho subiu no ar e começou a tocar, depois caiu. Que som puro, maravilhoso."

Wolfe deu-lhe um olhar estranho, jogou longe a pinha e falou com voz fria, sem brilho:

"Tenho de dizer uma coisa a você, Natasha. Sabe, eu nunca estive na África nem na Índia. É tudo mentira. Eu estou agora com quase trinta anos, mas além de duas ou três cidades russas e uma dúzia de aldeias, e este país infeliz, não vi nada. Por favor, me perdoe."

Ele deu um sorriso melancólico. De repente, sentiu uma pena intolerável de suas fantasias grandiosas que o sustentavam desde a infância.

O clima outonal estava quente e seco. Os pinheiros quase não rangiam quando os topos tintos de dourado balançavam.

"Uma formiga", disse Natasha, levantando e sacudindo a saia e as meias. "Sentamos em cima das formigas."

"Você me despreza muito?", Wolfe perguntou.

Ela riu. "Não seja bobo. Afinal de contas, estamos quites. Tudo o que eu contei sobre os meus êxtases, a Virgem Maria e o sininho, era tudo fantasia. Inventei isso um dia e depois, naturalmente, fiquei com a impressão de que havia mesmo acontecido..."

"Exatamente", disse Wolfe, abrindo um sorriso.

"Me conte mais de suas viagens", disse Natasha, sem nenhuma intenção de sarcasmo.

Com um gesto habitual, Wolfe tirou a sólida cigarreira.

"Às suas ordens. Uma vez, quando estava indo de escuna de Bornéu para Sumatra..."

5

O declive suave descia para um lago. Os postes do píer de madeira refletiam como espirais cinzentas na água. Além do lago, havia a mesma floresta de pinheiros escuros, mas aqui e ali vislumbravam-se o tronco branco e a névoa de folhas amarelas de uma bétula. Na água turquesa-escura flutuavam cintilações de nuvens e Natasha, de repente, se lembrou das paisagens de Levitan. Tinha a impressão de que estavam na Rússia, que só se podia estar na Rússia quando uma felicidade tão tórrida aperta sua garganta, e ficou contente de Wolfe estar contando bobagens tão maravilhosas e, com seus pequenos ruídos, atirando pedrinhas chatas que magicamente saltavam sobre a água. Nesse dia, não se viam pessoas; só ocasionalmente ouviam-se nuvens de exclamações ou risos e sobre o lago pairava uma asa branca — a vela de um iate. Caminharam por longo tempo ao longo da margem, subiram correndo a encosta escorregadia e encontraram um caminho onde os arbustos de framboesa emitiam um aroma de umidade escura. Um pouco adiante, junto à água, havia um café, bem deserto, sem garçonete nem clientes à vista, como se houvesse um incêndio em algum lugar e todos tivessem corrido para olhar, levando consigo as canecas e os pratos. Wolfe e Natasha circularam pelo café, sentaram-se a uma mesa vazia, fingiram que estavam comendo e bebendo e que uma orquestra estava tocando. E, enquanto brincavam, Natasha pensou, de repente, ter ouvido distintamente o som de música de sopro de tonalidade alaranjada. Depois, com um sorriso misterioso, ela se sobressaltou e correu pela margem. O barão Wolfe trotou pesadamente atrás dela. "Espere, Natasha, ainda não pagamos!"

Depois, encontraram uma alameda verde-maçã, ladeada de cercas vivas, através das quais o sol fazia a água brilhar como ouro líquido, e Natasha, apertando os olhos e inflando as narinas, repetiu diversas vezes: "Meu Deus, que maravilha..."

Wolfe sentiu-se ferido pela falta de eco e se calou. E naquele instante aéreo, ensolarado, junto ao vasto lago, uma certa tristeza passou voando como um besouro melodioso.

Natasha franziu a testa e disse: "Por alguma razão, tenho a sensação de que papai está mal de novo. Talvez eu não devesse ter deixado que ficasse sozinho."

Wolfe lembrou-se de ter visto as pernas finas do velho, com brilho de pelos grisalhos, quando saltou de volta para a cama. Pensou: E se ele de fato morrer hoje?

"Não diga isso, Natasha. Ele está bem agora."

"Também acho que sim", ela disse, e se alegrou outra vez.

Wolfe tirou o paletó e seu corpo atarracado com a camisa listada exalou uma suave aura de calor. Estava andando muito perto de Natasha. Ela olhava diretamente à frente e gostava do calor que avançava a seu lado.

"Como eu sonho, Natasha, como eu sonho", ele estava dizendo, sacudindo um graveto que assobiava. "Será que estou mesmo mentindo quando faço minhas fantasias passarem por verdade? Eu tinha um amigo que serviu três anos em Bombaim. Bombaim? Meu Deus! A música dos nomes geográficos. Essa palavra apenas contém algo gigantesco, bombas de sol, tambores. Imagine só, Natasha — esse meu amigo era incapaz de comunicar qualquer coisa, não se lembrava de nada a não ser das brigas no trabalho, do calor, das febres, da esposa de algum coronel britânico. Qual de nós visitou de fato a Índia? ... É, evidente — claro, fui eu. Bombaim, Cingapura... Me lembro, por exemplo..."

Natasha estava andando bem na beirada da água, de forma que as ondinhas infantis do lago se quebravam a seus pés. Em algum ponto além da floresta passou um trem, como se estivesse viajando numa corda musical, e ambos pararam para ouvir. O dia havia ficado um pouco mais dourado, um pouco mais macio, e a floresta do outro lado do lago tinha agora um tom azulado.

Perto da estação do trem, Wolfe comprou um saco de papel com ameixas, mas estavam azedas. Sentado no compartimento de madeira vazio do trem, ele as atirou a intervalos pela janela e lamentou não ter surripiado no café alguns daqueles discos de papelão que colocam debaixo das canecas de cerveja.

"Bonito o voo delas, Natasha, parecem pássaros. É uma delícia de olhar."

Natasha estava cansada; fecharia os olhos com força e de novo, como acontecera à noite, se entregaria e seria erguida por uma sensação de leveza entontecedora.

"Quando contar a papai sobre este passeio, por favor não me interrompa nem me corrija. Talvez eu conte a ele coisas que não vimos. Várias pequenas maravilhas. Ele vai entender."

Ao chegarem à cidade, resolveram ir a pé para casa. O barão Wolfe ficou taciturno e carrancudo com o barulho feroz da buzina dos automóveis, enquanto Natasha parecia propelida por velas, como se a fadiga a sustentasse, a dotasse de asas e removesse seu peso, enquanto Wolfe parecia tristonho, como a tarde. Um quarteirão antes da casa deles, Wolfe de repente parou. Natasha passou depressa. Depois, ela também parou. Olhou em torno. Erguendo os ombros, as mãos no fundo dos bolsos da calça larga, Wolfe baixou como um touro a cabeça azulada. Olhando de lado, disse que a amava. Então, virando-se depressa, afastou-se e entrou na tabacaria.

Natasha ficou parada um instante, como se suspensa no ar, depois caminhou devagar para casa. Isso também devo contar a papai, pensou ela, avançando através de uma névoa azul de felicidade, em meio à qual as luzes da rua acendiam-se como pedras preciosas. Ela sentiu que estava ficando fraca, aquela onda quente, silenciosa estava correndo por sua espinha. Quando chegou à casa, viu o pai, de paletó preto, a proteger o colarinho da camisa desabotoada com a mão, sacudindo as chaves da porta com a outra, sair apressado, ligeiramente curvado na névoa do entardecer, a caminho da banca de jornal.

"Papai", ela exclamou e foi atrás dele. Ele parou na beira da calçada e, inclinando a cabeça, olhou para ela com seu sorriso incerto de sempre.

"Meu galinho, todo grisalho. Não devia sair de casa", disse Natasha.

O pai inclinou a cabeça para o outro lado e disse, muito suavemente: "Querida, tem uma coisa fabulosa no jornal de hoje. Só esqueci de trazer dinheiro. Podia subir correndo para pegar? Eu espero aqui."

Ela empurrou a porta, zangada com o pai, mas ao mesmo tempo contente de ele estar tão esperto. Subiu a escada depressa, aérea, como num sonho. Correu pelo corredor. *Ele pode pegar um resfriado parado lá à minha espera.*

Por alguma razão, a luz do corredor estava acesa. Natasha aproximou-se de sua porta e simultaneamente ouviu o sussurro de vozes baixas lá dentro. Abriu a porta depressa. Havia um lampião de querosene em cima da mesa, soltando densa fumaça. A zeladora, uma arrumadeira e uma pessoa desconhecida impediam o caminho até a cama. Todos se viraram quando Natasha entrou e, com uma exclamação, a zeladora correu até ela...

Só então Natasha notou seu pai deitado na cama, nada semelhante ao modo como o havia visto, mas apenas um velhinho morto, com um nariz de cera.

Notas

A seguir, as minhas notas aos contos antes nunca reunidos em inglês, ao lado das notas introdutórias de Vladimir Nabokov aos contos reunidos em *Uma beleza russa e outros contos* (1973), *Tiranos destruídos e outros contos* (1975) e *Detalhes de um pôr do sol e outros contos* (1976), todos publicados pela McGraw-Hill Book Company, Nova York, e em várias traduções ao redor do mundo.

As notas a cada conto foram organizadas aqui na ordem em que os contos aparecem neste volume; Nabokov não escreveu notas para os contos de sua primeira grande coletânea norte-americana, *A dúzia de Nabokov* (Doubleday & Company, Garden City, Nova York, 1958); vejam, porém, o apêndice deste volume para suas Notas Bibliográficas dessa coletânea, ao lado de seus prefácios para cada coletânea publicada pela McGraw-Hill.

Tentei, na medida do possível, estabelecer uma ordem cronológica de criação. Nos casos em que só dispunha das datas de publicação, elas foram usadas como substituição. Minhas fontes principais foram as notas do próprio Nabokov, material de arquivo e a pesquisa inestimável de Brian Boyd, Dieter Zimmer e Michael Juliar. O leitor notará uma ou outra discrepância na datação. Nos pontos em que essas contradições ocorrem nos comentários do próprio Nabokov, preferi não alterar os detalhes de seus textos.

Tanto Vladimir Nabokov como eu variamos às vezes nossos sistemas de transliteração. O método proposto na tradução de Nabokov para *Eugene Onegin*, de Alexander Puchkin, talvez seja a mais clara e mais lógica dessas variantes. Exceto onde o uso comum determina uma forma diferente, e onde o próprio Nabokov se afastou desse sistema, foi esse que eu usei no geral.

Dmitri Nabokov

O DUENDE DA FLORESTA

"O duende da floresta" (*Nezhit'*) apareceu pela primeira vez em 7 de janeiro de 1921, no *Rul'* (*O leme*), jornal dos emigrados russos em Berlim que tinha começado a ser publicado pouco mais de um mês antes e com o qual Nabokov iria contribuir regularmente com poemas, peças de teatro, contos, traduções e questões de xadrez. Só recentemente a história foi traduzida e publicada, ao lado de outras doze que nunca haviam aparecido em coletâneas, em *La Vénitienne et autres nouvelles* (Gallimard, 1990, trad. Bernard Kreise, ed., Gilles Barbedette), em *La Veneziana* (Adelphi, 1992, trad. e ed. Serena Vitale), nos volumes 13 e 14 de *Vladimir Nabokov: Gesammelte Werke* (Obras reunidas; Rowohlt, 1989, trad. e ed. Dieter Zimmer), e na edição holandesa em dois volumes (*De Bezige Bij*, 1995, 1996) — daqui em diante, ao lado da presente versão em inglês, mencionada como "coletâneas atuais". Traduzi previamente a maior parte das cinquenta e duas histórias sob supervisão de meu pai, mas assumo total responsabilidade pela tradução póstuma dessas treze.

"O duende da floresta" é o primeiro conto que Nabokov publicou e um dos primeiros que escreveu. Assinou como "Vladimir Sirin" (*sirin* é um pássaro da fábula russa, além de ser a coruja-gavião moderna), pseudônimo que, em sua juventude, o autor usou em muitas de suas obras.

A estreia de Nabokov como escritor se deu quando ainda era estudante na Trinity College, Cambridge (em maio de 1919 ele chegara à Inglaterra com sua família, abandonando a Rússia para sempre); ele alimentava uma paixão pela poesia enquanto também traduzia *Colas Breugnon*, uma novela de Romain Rolland.

D.N.

FALA-SE RUSSO

"Fala-se russo" (*Govoryat po-russki*) data de 1923, muito provavelmente do começo do ano. Permaneceu inédito até as coletâneas atuais.

O "Meyn Ried" mencionado na história é Thomas Mayne Reid (1818-1883), autor de romances de aventura. O "Senhor Ulyanov" é Vladimir Ilyich Ulyanov, que passou à história com o nome cênico de V. I. Lenin. A GPU, conhecida originalmente como Cheka, e depois designada pela sigla NKVA, MVD e KGB, era a polícia secreta bolchevique. Entre os livros que permitiam que fossem lidos pelos prisioneiros estavam *Fábulas*, de Ivan Andreyevitch Krylov (1768-1844), e *Príncipe Serebryaniy*, um romance histórico popular de Aleksey Konstantinovitch Tolstoi (1817-1875).

D.N.

SONS

"Sons" (*Zvuki*) foi escrito em setembro de 1923 e publicado na minha tradução para o inglês em *The New Yorker* em 14 de agosto de 1995, e agora nas coletâneas atuais.

Nabokov só voltou a escrever contos em janeiro de 1923, dois anos depois da publicação de "O duende da floresta". Nesse meio-tempo, ele terminou seus estudos em Cambridge (no verão de 1922). Vivia então em Berlim, para onde sua família se mudara em outubro de 1920 e onde seu pai foi assassinado em 28 de março de 1922. Na época em que estava escrevendo "Sons", Nabokov publicou dois volumes de poesia e a versão russa de *Alice no país das maravilhas*. O conto é, entre outras coisas, uma evocação transmutada de um caso de amor juvenil, quase certamente com sua prima Tatiana Evghenievna Segelkranz (provável grafia do sobrenome de seu marido militar, citado incorretamente em outros lugares), née Rausch, que também aparece em *O presente*.

D.N.

BATER DE ASAS

"Bater de asas" (*Udar krïla*), escrito em outubro de 1923, foi publicado em *Russkoye Ekho* (*O eco russo*), periódico emigrado de Berlim, em janeiro de 1924, e agora nas coletâneas atuais. Embora o conto se passe em Zermatt, ele reflete a lembrança de umas breves férias que Nabokov passou em St. Moritz em dezembro de 1921 com seu amigo de Cambridge, Bobby de Calry.

Sabemos por uma carta à sua mãe (que havia se mudado para Praga no final de 1923 enquanto Nabokov permanecia em Berlim, onde, em abril de 1924, casou-se com Véra Slonim) que, em dezembro de 1924, ele mandou a ela uma "continuação" de "Bater de asas", provavelmente publicada. Até hoje, não se encontrou nenhum vestígio desse conto. Minha tradução para o inglês foi publicada, com uma frase ligeiramente diferente, sob o título "Wingbeat" em *The Yale Review*, vol. 80, n°s 1 e 2, abril de 1992.

D.N.

DEUSES

Nabokov escreveu "Deuses" (*Bogi*) em outubro de 1923. A história permaneceu inédita até as coletâneas atuais.

Nabokov estava trabalhando no que seria talvez sua peça mais importante, *Traghediya Gospodina Morna* (*A tragédia do sr. Morn*), em cinco atos, que será brevemente publicada pela primeira vez pela Ardis Press.

D.N.

QUESTÃO DE ACASO

"*Sluchaynost*", uma de minhas primeiras histórias, escrita no começo de 1924, nas últimas luzes de minha vida de solteiro, foi rejeitada pelo diário emigrado de Berlim *Rul'* ("Não publicamos anedotas sobre cocainômanos", disse o editor, exatamente no mesmo tom de voz com que, trinta anos depois, Ross da *New Yorker* diria: "Não publicamos acrósticos", ao rejeitar "As irmãs Vane") e enviada, com a assistência de um bom amigo e notável escritor, Ivan Lukash, para o *Segodnya*, de Riga, um órgão emigrado mais eclético, que a publicou em 22 de junho de 1924. Eu nunca a teria localizado de novo, se não tivesse sido redescoberta por Andrew Field alguns anos atrás.

V.N., *Tiranos destruídos e outros contos*, 1975

O PORTO MARÍTIMO

"O porto marítimo" (*Port*), escrito durante os primeiros meses de 1924, apareceu em *Rul'* em 24 de dezembro do mesmo ano e agora nas coletâneas atuais. Essa história foi depois publicada, com um punhado de pequenas alterações, em *Vozvrashchenie Chorba* (*A volta de Chorb*, Slovo, Berlim, 1930), primeira coletânea de contos de Nabokov, que incluía também vinte e quatro poemas. "O porto marítimo" tem, em parte, uma gênese autobiográfica: em julho de 1923, durante uma visita a Marselha, Nabokov ficou fascinado com um restaurante russo que visitou diversas vezes e onde, entre outras coisas, dois marinheiros russos propuseram que ele embarcasse para a Indochina.

D.N.

VINGANÇA

"Vingança" (*Mest'*), escrito na primavera de 1924, apareceu em *Russkoye Ekho* em 20 de abril de 1924 e agora nas coletâneas atuais.

D.N.

BENEFICÊNCIA

"Beneficência" (*Blagost'*), escrito em março de 1924, foi publicado na *Rul'* em 28 de abril de 1924. Depois, apareceu em *The Return of Chorb* e agora nas coletâneas atuais.

D.N.

DETALHES DE UM PÔR DO SOL

Duvido muito que eu seja responsável pelo título odioso ("*Katastrofa*") imposto a este conto. Foi escrito em junho de 1924, em Berlim, e vendido ao diário emigrado de Riga, *Segodnya*, no qual apareceu em 13 de julho do mesmo ano. Ainda com esse rótulo e, sem dúvida, com minha indolente concordância, foi incluído na coletânea *Soglyadatay*, Slovo, Berlim, 1930.

Dei-lhe agora um novo título, que tem a tripla vantagem de corresponder ao fundo temático da história, de com certeza intrigar leitores que "pulam descrições" e de enfurecer os resenhistas.

V.N., *Detalhes de um pôr do sol e outros contos*, 1976

O TEMPORAL

Trovão é *grom* em russo, tempestade é *burya*, e tempestade de trovões [*thunderstorm*, no título em inglês] é *groza*, uma grande palavrinha, com aquele zigue-zague azul no meio.

"*Groza*" foi escrito em Berlim, em algum momento do verão de 1924, publicado em agosto de 1924 no diário emigrado *Rul'* e reunido no volume *Vozvrashchenie Chorba*, Slovo, Berlim, 1930.

V.N., *Detalhes de um pôr do sol e outros contos*, 1976

LA VENEZIANA

"La Veneziana" (*Venetsianka*) foi escrito sobretudo em setembro de 1924; o manuscrito traz a data de 5 de outubro daquele ano. O conto permaneceu inédito e sem tradução até as coletâneas atuais, tornando-se o conto titular das edições francesa e italiana. A versão inglesa recentemente completada foi publicada separadamente como edição especial comemorativa dos sessenta anos da Penguin, Inglaterra, em 1995.

A pintura de Sebastiano (Luciani) del Piombo (ca. 1485-1547) que quase certamente inspirou a tela descrita no conto é *Giovane romana detta Dorotea*, ca. 1512. Nabokov pode tê-la visto no Kaiser Friedrich Museum (hoje museu Staatliche), em Berlim. Possivelmente, o local de nascimento do pintor (Veneza) tenha levado Nabokov a transformar a dama de "*Romana*" em "*Veneziana*". E é quase certo que seja ao *Ritratto di donna*, do mesmo artista, na coleção do Conde Rador no castelo Longford, que Nabokov alude na breve menção a "lorde Northwick, de Londres, proprietário de outra pintura do mesmo del Piombo".

D.N.

BACHMANN

"*Bakhmann*" foi escrito em Berlim em outubro de 1924. Foi publicado em partes no *Rul'*, em 2 e 4 de novembro daquele ano, e incluído em minha coletânea de contos *Vozvrashchenie Chorba*, Slovo, Berlim, 1930. Disseram-me que existiu um pianista com alguns dos traços peculiares de meu músico inventado. Sob outros aspectos, ele tem relação com o jogador de xadrez Luzhin de *A defesa* (*Zashchita Luzhina*, 1930). G. P. Putnam's Sons, Nova York, 1964.

V.N., *Tiranos destruídos e outros contos*, 1975

O DRAGÃO

"O dragão" (*Drakon*) foi escrito em Berlim, no final de 1924, publicado em tradução francesa por Vladimir Sikorsky e hoje nas coletâneas atuais.

D.N.

NATAL

"*Rozhdestvo*" foi escrito em Berlim, no final de 1924, publicado no *Rul'* em duas partes, em 6 e 8 de janeiro de 1925, e incluído em *Vozvrashchenie Chorba*, Slovo, Berlim, 1930. É estranhamente parecido com o tipo de problema enxadrístico chamado "automate".

V.N. *Detalhes de um pôr do sol e outros contos*, 1976

UMA CARTA QUE NUNCA CHEGOU À RÚSSIA

Em algum momento de 1924, na Berlim de emigrados, eu havia começado um romance com o título provisório *Felicidade* (*Schastie*), do qual alguns elementos importantes seriam revistos em *Mashen'ka*, escrito na primavera de 1925 (publicado pela Slovo, Berlim, em 1926, traduzido para o inglês sob o título de *Mary*, em 1970, McGraw-Hill, Nova York, e relançado em russo no texto original, pelas Ardis e McGraw-Hill, em 1974). Por volta do Natal de 1924, eu havia terminado dois capítulos de *Schastie*, mas então, por alguma razão esquecida, mas sem dúvida excelente, descartei o capítulo 1 e a maior parte do 2. O que preservei foi um fragmento representando uma carta escrita em Berlim para a minha heroína que havia permanecido na Rússia. Isso apareceu no *Rul'* (Berlim, 29 de janeiro de 1925) como "*Pis'mo* (carta) *v Rossiyu*" e foi incluído em *Vozvrashchenie Chorba*, em Berlim, 1930. Uma tradução literal do título seria ambígua e portanto teve de ser mudada.

V.N., *Detalhes de um pôr do sol e outros contos*, 1976

A BRIGA

"A briga" (*Draka*) apareceu no *Rul'* em 26 de setembro de 1925; nas coletâneas atuais, numa tradução francesa de Gilles Barbedette, e em minha tradução para o inglês em *The New Yorker* em 18 de fevereiro de 1985.

D.N.

A VOLTA DE CHORB

Publicado inicialmente em dois números do emigrado russo *Rul'* (Berlim), 12 e 13 de novembro de 1925. Reapareceu na coletânea *Vozvrashchenie Chorba,* Slovo, Berlim, 1930.

Uma versão inglesa de Gleb Struve ("The Return of Tchorb", de Vladimir Sirin) apareceu na antologia *This Quarter* (vol.4, nº 4, junho de 1932), publicada em Paris por Edw. W. Titus. Depois de reler essa versão, quarenta anos depois, fiquei triste de ver que era muito mansa em estilo e muito imprecisa em sentido para meus propósitos atuais. Retraduzi completamente o conto com a colaboração de meu filho.

Ele foi escrito pouco depois de meu romance *Mashen'ka* (*Mary*) estar terminado, e é um bom exemplo de minhas primeiras construções. O lugar é uma pequena cidade na Alemanha meio século atrás. Noto que a estrada de Nice a Grasse onde imaginei a pobre sra. Chorb caminhando ainda não era pavimentada e coberta de pó por volta de 1920. Removi os pesados nome e patronímico de sua mãe, "Varvara Klimovna", que não teriam nenhum sentido para meus leitores anglo-americanos.

V.N., *Detalhes de um pôr do sol e outros contos*, 1976

UM GUIA DE BERLIM

Escrito em dezembro de 1925, em Berlim, *Putevoditel' po Berlinu* foi publicado no *Rul'* em 24 de dezembro de 1925 e incluído em *Vozvrashchenie Chorba*, Slovo, Berlim, 1930.

Apesar de sua aparência simples, este "Guia" é um dos meus textos mais enganosos. Sua tradução despertou em meu filho e em mim uma quantidade tremenda de saudáveis problemas. Duas ou três frases esparsas foram acrescentadas em função da clareza factual.

V.N., *Detalhes de um pôr do sol e outros contos*, 1976

UMA HISTÓRIA PARA CRIANÇAS

"Uma história para crianças" (*Skazka*) foi escrito em Berlim no fim de maio ou começo de junho de 1926, e publicado em partes no diário emigrado *Rul'* (Berlim), nos números de 27 e 29 de junho daquele ano. Foi reeditado em minha coletânea *Vozvrashchenie Chorba*, Slovo, Berlim, 1930.

Uma coisa bastante artificial, escrita com um pouco de pressa, com mais atenção para a trama traiçoeira do que para as imagens e o bom gosto, exigiu certa reforma aqui e ali na versão inglesa. O harém do jovem Erwin, porém, permaneceu intacto. Eu não tinha relido meu "*Skazka*" desde 1930 e, enquanto retrabalhava em sua tradução, fiquei assombrado de encontrar um Humbert um tanto decrépito, mas inconfundível, escoltando sua ninfeta na história que eu escrevi quase meio século atrás.

V.B., *Tiranos destruídos e outros contos*, 1975

TERROR

"*Uzhas*" foi escrito em Berlim, por volta de 1926, um dos anos mais felizes de minha vida. A *Sovremennya Zapiski*, revista emigrada de Paris, o publicou em 1927, e foi incluído na primeira de minhas três coletâneas de contos russos, *Vozvrashchenie Chorba*, Slovo, Berlim, 1930. Surgiu pelo menos doze anos antes do *La Nausée*, de Sartre, com o qual partilha certos aspectos de pensamento, mas nenhum dos defeitos fatais desse romance.

V.N., *Tiranos destruídos e outros contos*, 1975

NAVALHA

"Navalha" (*Britva*) foi publicado pela primeira vez no *Rul'*, em 16 de setembro de 1926. *Mashen'ka* (*Mary*), o primeiro romance de Nabokov, seria publicado cerca de um mês depois. Foi editado, numa tradução francesa de Laurence Doll, no volume introdutório da edição holandesa "Nabokov Library" (De Bezige Bij, 1991), e agora nas coletâneas atuais.

D.N.

O PASSAGEIRO

"*Passazhir*" foi escrito no começo de 1927, em Berlim, publicado no *Rul'*, Berlim, em 6 de março de 1927, e incluído na coletânea *Vozvrashchenie Chorba*, de V. Sirin, Slovo, Berlim, 1930. Uma tradução inglesa de Gleb Struve apareceu na *Lovat Dickson's Magazine*, editada por P. Gilchrist Thompson (com meu nome na capa como V. Nabokov [*sic*]-Sirin), vol. 2, nº 6, Londres, junho de 1934. Foi reeditada em *A Century of Russian Prose and Verse from Pushkin to Nabokov*, editada por O. R. e R. P. Hughes e G. Struve, com o original *en regard*, Nova York, Harcourt, Brace, 1967. Não consegui ver a versão de Struve nesse volume pela mesma razão que me fez desistir de "The Return of Tchorb" (ver introdução ao conto).

O "escritor" na história não é um autorretrato, mas a imagem generalizada de um autor mediano. O "crítico", porém, é um retrato simpático de um companheiro emigrado, Yuliy Ayhenvald, crítico literário muito conhecido (1872-1928). Os leitores da época reconheceram seus pequenos gestos precisos e delicados, e seu prazer em brincar com frases geminadas eufonicamente em seus comentários literários. No final da história, todo mundo parece ter se esquecido do fósforo queimado dentro da taça de vinho: coisa que eu não deixaria acontecer hoje.

V.N., *Detalhes de um pôr do sol e outros contos*, 1976

A CAMPAINHA

O leitor lamentará saber que a data exata da publicação deste conto ["A campainha" (*Zvonok*)] não foi determinada. Ele com certeza apareceu no *Rul'*, Berlim, provavelmente em 1927, e foi republicado na coletânea *Vozvrashchenie Chorba*, Slovo, Berlim, 1930.

V.N., *Detalhes de um pôr do sol e outros contos*, 1976

UMA QUESTÃO DE HONRA

"Uma questão de honra" apareceu sob o título de "*Podlets*" (O malandro), no diário emigrado *Rul'*, Berlim, por volta de 1927, e foi incluído em minha primeira coletânea *Vozvrashchenie Chorba*, Slovo, Berlim, 1930. A presente tradução foi publicada em *The New Yorker*, em 3 de setembro de 1966, e incluída em *Nabokov's Quartet*, Phaedra, Nova York, 1966.

A história narra, num insípido ambiente expatriado, uma variação tardia do tema romântico cujo declínio começou com a magnífica novela de Tchekov, *O duelo* (1891).

V.N., *Uma beleza russa e outros contos*, 1973

O CONTO DE NATAL

"O conto de Natal" (*Rozhdestvenskiy rasskaz*) apareceu no *Rul'* em 25 de dezembro de 1928 e agora nas coletâneas atuais. Em setembro de 1928, Nabokov havia publicado *Korol', dama, valet* (*Rei, Dama, Valete*).

O conto menciona diversos escritores: Neverov (pseudônimo de Aleksandr Skobelev, 1886-1923), de origem camponesa; o "realista social" Máximo Gorki (1868-1936); o "populista" Vladimir Korolenko (1853-1921); o "decadente" Leonid Andreyev (1871-1919); e o "neorrealista" Evgeniy Chirikov (1864-1923).

D.N.

O ELFO DA BATATA

Esta é a primeira tradução fidedigna de "*Kartofel'nyy el'f*", escrito em 1929, em Berlim, publicado lá no diário emigrado *Rul'* (15, 17, 18 e 19 de dezembro de 1929) e incluído em *Vozvrashchenie Chorba*, Slovo, Berlim, 1930, uma coletânea de meus contos. Uma versão para inglês muito diferente (de Serge Bertenson e Irene Kosinska), cheia de erros e omissões, apareceu na *Esquire*, dezembro de 1939, e foi reeditada numa antologia (*The Single Voice*, Collier, Londres, 1969).

Embora eu nunca tivesse tido a intenção de que o conto sugerisse um roteiro de cinema, ou despertasse a inspiração de um roteirista, sua estrutura e detalhes pictóricos recorrentes têm de fato uma tendência cinematográfica. A introdução deliberada resulta em certos ritmos convencionais, ou num pastiche desses ritmos. Não acredito, porém, que meu homenzinho possa comover até mesmo o mais lacrimoso fanático por interesses humanos, e isso redime a questão.

Outro aspecto que isola "O elfo da batata" no corpo de meus contos é seu cenário britânico. Não se pode eliminar o automatismo temático nesses casos, porém, por outro lado, este curioso exotismo (diverso do ambiente berlinense mais familiar de meus outros contos) lhe dá um brilho artificial que não é nada desagradável; mas, no final das contas, não é meu texto preferido, e se o incluo nesta coleção é apenas porque o ato de traduzi-lo adequadamente é uma preciosa vitória pessoal a que raramente um autor traído tem acesso.

V.N., *Uma beleza russa e outros contos*, 1973
Na realidade, o conto foi publicado pela primeira vez em *Russkoye Ekho*, em abril de 1924. Foi reeditado no *Rul'*, em 1929.

D.N.

O AURELIANO

"O aureliano" (1930) faz parte de *A dúzia de Nabokov*, 1958 (veja Apêndice).

UM SUJEITO GALANTE

"Um sujeito galante", "*Khvat*" em russo, foi publicado pela primeira vez no começo de 1930. Os dois principais jornais emigrados, *Rul'* (Berlim) e *Poslednie Novosti* (Paris), o rejeitaram como inadequado e brutal. Apareceu em *Segodnya* (Riga), em data a ser estabelecida, e em 1938 foi incluído em minha coleção de contos *Soglyadatay* (Russkiya Zapiski, Paris). A atual tradução apareceu na *Playboy* em dezembro de 1971.

V.N., *Uma beleza russa e outros contos*, 1973

UM DIA RUIM

"Um dia ruim" (intitulado em russo "*Obida*", cujo significado léxico é "ofensa", "mortificação" etc.) foi escrito em Berlim no verão de 1931. Apareceu no diário emigrado *Poslednie Novosti* (Paris, 12 de julho de 1931) e foi incluído em minha coletânea *Soglyadatay* (Paris, 1938) com uma dedicatória a Ivan Bunin. O menino da história, embora vivendo nos mesmíssimos ambientes que aqueles de minha infância, difere em muitas coisas do menino que me lembro de ter sido — que na verdade foi dividido em três rapazes, Peter, Vladimir e Vasiliy.

V.N., *Detalhes de um pôr do sol e outros contos*, 1976

A VISITA AO MUSEU

"A visita ao museu" (*Poseshchenie muzeya*) apareceu na revista emigrada *Sovremennyya Zapiski*, LXVIII, Paris, 1939, e em minha coleção *Vesna v Fialte*, Chechov Publishing House, Nova York, 1959. Esta tradução para inglês saiu na *Esquire* de março de 1963 e foi incluída em *Nabokov's Quartet*, Phaedra, Nova York, 1966.

Uma nota explicativa poderá ser bem-vinda por leitores não russos. Em certo ponto, o infeliz narrador nota a placa de uma loja e se dá conta de que não está na Rússia de seu passado, mas na Rússia dos soviéticos. O que entrega a placa da loja é a ausência da letra que costumava decorar o fim da palavra depois da consoante na velha Rússia, mas é omitida na ortografia reformada pelos soviéticos hoje.

V.N., *Uma beleza russa e outros contos*, 1973

UM HOMEM OCUPADO

O original russo ("*Zanyatoy chelovek*"), escrito em Berlim entre 17 e 26 de setembro de 1931, apareceu em 20 de outubro no diário emigrado *Poslednie Novosti*, Paris, e foi incluído na coletânea *Soglyadatay*, Russkiya Zapiski, Paris, 1938.

V.N., *Detalhes de um pôr do sol e outros contos*, 1976

TERRA INCÓGNITA

O original russo de "Terra incógnita" apareceu sob o mesmo título em *Poslednie Novosti*, Paris, em 22 de novembro de 1931, e foi reeditado em minha coletânea *Soglyadatay*, Paris, 1938. Esta tradução para o inglês foi publicada em *The New Yorker*, em 18 de maio de 1963.

V.N., *Uma beleza russa e outros contos*, 1973

O REENCONTRO

Escrito em Berlim em dezembro de 1931, publicado em janeiro de 1932, sob o título de "*Vstrecha*" (*Encontro*) no diário emigrado *Poslednie Novosti*, Paris, e incluído em *Soglyadatay*, Russkiya Zapiski, Paris, 1938.

V.N., *Detalhes de um pôr do sol e outros contos*, 1976

LÁBIOS NOS LÁBIOS

Mark Aldanov, que foi mais próximo do que eu do *Poslednie Novosti* (com o qual travei uma viva disputa ao longo dos anos 1930), me informou, em algum momento de 1931 ou 1932, que no último momento esta história, "Lábios nos lábios" (*Usta k ustam*), que finalmente havia sido aceita para publicação, não seria editada. "*Razbili nabor*" ("Quebraram os tipos"), meu amigo murmurou tristemente. Só foi publicado em 1956, pela Chekhov Publishing House, Nova York, em minha coletânea *Vesna v Fialte*, momento em que todo mundo que se podia desconfiar ser remotamente parecido com os personagens da história já estava morto em segurança e sem herdeiros. A *Esquire* publicou esta tradução em seu número de setembro de 1971.

V.N., *Uma beleza russa e outros contos*, 1973

ERVA ARMOLES

"*Lebeda*" foi publicado pela primeira vez no *Poslednie Novosti*, Paris, em 31 de janeiro de 1932; incluído em *Soglyadatay*, Russkiya Zapiski, 1938. Lebeda é a planta *Atriplex*. Seu nome inglês, *orache*, por uma milagrosa coincidência, traz em sua forma escrita a "*ili beda*", ou dor, sugerida pelo título russo. Através dos padrões rearranjados do conto, leitores de meu *Fala, memória* reconhecerão muitos detalhes da parte final do capítulo 9, *Speak, Memory*, Putnam's, Nova York, 1966. Em meio ao mosaico de ficção há algumas lembranças reais não representadas em *Fala, memória*, como as passagens sobre o professor "Berezovski" (Berezin, um geógrafo famoso na época), inclusive a briga com o valentão da escola. O local é São Petersburgo, a época, por volta de 1910.

V.N., *Detalhes de um pôr do sol e outros contos*, 1976

MÚSICA

"*Muzyka*", uma ninharia especialmente popular com tradutores, foi escrita no começo de 1932, em Berlim. Apareceu no diário emigrado de Paris *Poslednie Novosti* (27 de março de 1932) e na coletânea de meus contos *Soglyadatay*, publicada pela empresa Russkiya Zapiski, em Paris, 1938.

V.B., *Tiranos destruídos e outros contos*, 1975

PERFEIÇÃO

"*Sovershenstvo*" foi escrito em Berlim, em junho de 1932. Apareceu no diário parisiense *Poslednie Novosti* (3 de julho de 1932) e foi incluído em minha coletânea *Soglyadatay*, Paris, 1938. Embora eu tenha mesmo sido tutor de meninos em meus anos de expatriado, descarto qualquer outra semelhança entre mim e Ivanov.

V.N., *Tiranos destruídos e outros contos*, 1975

O PINÁCULO DO ALMIRANTADO

Embora vários detalhes do caso amoroso do narrador sejam idênticos de uma forma ou de outra aos detalhes encontrados em meus trabalhos autobiográficos, deve-se ter em mente com clareza que a "Katya" dessa história é uma moça inventada. O "*Admiralteyskaya igla*" foi escrito em maio de 1933, em Berlim, e publicado em partes no *Poslednie Novosti*, Paris, nos números de 4 e 5 de junho daquele ano. Foi incluído em *Vesna v Fialte*, Chekhov Publishing House, Nova York, 1956.

V.N., *Tiranos destruídos e outros contos*, 1975

O LEONARDO

"O Leonardo" (*Korolyok*) foi escrito em Berlim, nas margens cobertas de pinheiros do lago Grunewald, no verão de 1933. Publicado primeiramente no *Poslednie Novosti*, Paris, em 23 e 24 de julho de 1933. Incluído em *Vesna v Fialte*, Nova York, 1956.

Korolyok (literalmente: reizinho) é, ou acredita-se que seja, um termo russo em calão para "falsificador". Minha profunda gratidão ao professor Stephen Jan Parker por sugerir uma palavra da gíria *underground* americana correspondente que deliciosamente cintila com o pó de ouro do nome do Velho Mestre. A sombra grotesca e feroz de Hitler estava se abatendo sobre a Alemanha na época em que imaginei esses dois brutos e meu pobre Romantovski.

A tradução para o inglês apareceu em *Vogue*, abril de 1973.

V.N., *Uma beleza russa e outros contos*, 1973

EM MEMÓRIA DE L. I. SHIGAEV

Andrew Field, em sua bibliografia de minha obra, diz que não foi capaz de estabelecer a data exata de *"Pamyati L. I. Shigaeva"*, escrito no começo dos anos 1930, em Berlim, e provavelmente publicado no *Poslednie Novosti*. Tenho quase certeza de que escrevi esse conto no começo de 1934. Minha esposa e eu morávamos com sua prima, Anna Feigin, no encantador apartamento desta última num prédio de esquina (número 22) da Nestorstrasse, Berlim, Grunewald (onde *Convite ao cadafalso* e a maior parte de *O dom* foram escritos). Os diabinhos bastante atraentes da história pertencem a uma subespécie descrita aqui pela primeira vez.

V.N., *Tiranos destruídos e outros contos*, 1975.

O CÍRCULO

Por volta de meados de 1936, não muito antes de deixar Berlim para sempre e terminar *Dar* (*O dom*) na França, devo ter completado ao menos quatro quintos de seu último capítulo quando, em algum momento, um pequeno satélite se separou do corpo principal do romance e começou a girar em torno dele. Psicologicamente, a separação pode ter sido detonada ou pela menção ao bebê de Tanya na carta de seu irmão ou por sua lembrança do mestre-escola da aldeia em um sonho fatídico. Tecnicamente, o círculo que o presente corolário descreve (sua última frase existe implicitamente antes da primeira) pertence ao mesmo tipo de serpente mordendo o rabo da estrutura circular do quarto capítulo de *Dar* (ou, a propósito, de *Finnegans Wake*, que lhe é posterior). Não é preciso conhecer o romance para apreciar o corolário, que tem sua própria órbita e fogo colorido, mas pode ser de alguma ajuda prática ao leitor saber que a ação de *O dom* começa em 1º de abril de 1926 e termina em 29 de junho de 1929 (cobrindo três anos da vida de Fyodor Godunov-Cherdyntsev, um jovem emigrado de Berlim); que o casamento de sua irmã tem lugar em Paris no final de 1926; e que sua filha nasceu três anos depois, e tem apenas sete anos em junho de 1936, e não "por volta de dez" como Innokentiy, o filho do mestre-escola, tem permissão de supor (por trás das costas do autor) quando visita Paris em "O círculo". Pode-se acrescentar que o conto produzirá nos leitores que conheçam o romance um delicioso efeito de identificação indireta, de tonalidades cambiantes enriquecidas com um novo significado, devido a uma visão do mundo não através dos olhos de Fyodor, mas através dos olhos de um forasteiro menos próximo dele do que dos velhos idealistas radicais da velha Rússia (que, diga-se de passagem, viriam a abominar a tirania bolchevique tanto quanto os aristocratas liberais).

"*Krug*" foi publicado em 1936, em Paris, mas a data exata e o periódico (provavelmente o *Poslednie Novosti*) ainda não foram estabelecidos em retrospectiva bibliográfica. Foi reeditado vinte anos depois na coletânea de meus contos *Vesna v Fialte*, Chekhov Publishing House, Nova York, 1956.

V.N., *Uma beleza russa e outros contos*, 1973

UMA BELEZA RUSSA

"Uma beleza russa" (*Krasavitsa*) é uma miniatura divertida, com uma solução inesperada. O texto original apareceu no diário emigrado *Poslednie Novosti*, Paris, em 18 de agosto de 1934, e foi incluído em *Soglyadatay*, a coletânea de contos do autor publicada por Russkiya Zapiski, Paris, 1938. A tradução para o inglês apareceu na *Esquire*, em abril de 1973.

V.N., *Uma beleza russa e outros contos*, 1973

DAR A NOTÍCIA

"Dar a notícia" apareceu sob o título "*Opoveshchenie*" (Notificação) em um periódico emigrado por volta de 1935 e foi incluído em minha coletânea *Soglyadatay* (Russkiya Zapiski, Paris, 1938).

O ambiente e o tema, ambos correspondem àqueles de "Signos e símbolos", escrito dez anos depois em inglês (veja *The New Yorker*, 15 de maio de 1948, e *A dúzia de Nabokov*, Doubleday, 1958).

V.N., *Uma beleza russa e outros contos*, 1973

FUMAÇA ENTORPECENTE

"Fumaça entorpecente" (*Tyazhyolyy dym*) apareceu no diário *Poslednie Novosti*, Paris, em 3 de março de 1935, e foi reeditado em *Vesna v Fialte*, Nova York, 1956. Em duas ou três passagens, foram introduzidas frases breves para elucidar questões de hábito e local, não familiares hoje não só para leitores estrangeiros, como para netos pouco curiosos de russos que fugiram para a Europa Ocidental nos primeiros três ou quatro anos depois da Revolução Bolchevique; no mais, a tradução é acrobaticamente fiel — a começar pelo título, que numa transposição léxica grosseira, que não levasse em consideração associações familiares, seria "fumaça pesada".

O conto pertence àquela parte de minha ficção breve que se refere à vida emigrada em Berlim entre 1920 e o final dos anos trinta. Os caçadores de curiosidades biográficas devem ser alertados que meu maior prazer em escrever essas coisas era inventar impiedosamente uma variedade de exilados que em caráter, classe, traços exteriores etc. eram absolutamente diferentes de qualquer dos Nabokov. As únicas duas afinidades aqui entre autor e herói são que ambos escreveram versos em russo e que eu morei em uma ou outra época no mesmo tipo de apartamento lúgubre que ele. Só leitores muito pobres (ou talvez excepcionalmente bons) haverão de me censurar por não deixar que entrem em suas salas.

V.N., *Uma beleza russa e outros contos*, 1973

CONVOCAÇÃO

"*Nabor*" foi escrito no verão de 1935, em Berlim. Apareceu em 18 de agosto daquele ano no *Poslednie Novosti*, Paris, e foi incluído, vinte e um anos depois, em minha coletânea *Vesna v Fialte*, publicada pela Chekhov Publishing House, em Nova York.

V.N., *Tiranos destruídos e outros contos*, 1975

UMA PÁGINA DA VIDA

O título original desta história divertida é "*Sluchay in zhizni*". A primeira palavra significa "ocorrência" ou "caso", e as duas últimas, "da vida". A combinação tem uma nuance deliberadamente lugar-comum, de jornal, que se perde numa versão léxica. A fórmula adotada é mais fiel ao tom inglês, principalmente por se encaixar tão bem com o jargão de meu homem primitivo (veja sua divagação de botequim pouco antes da confusão).

Qual era sua intenção, meu senhor, ao escrever esse conto quarenta anos atrás, em Berlim? Bem, eu o escrevi a caneta (porque nunca aprendi a datilografar, e o longo reinado do lápis 3B, com borrachinha, começaria muito mais tarde — em carros estacionados e motéis); mas nunca tive nenhum "propósito" em mente ao escrever contos — para mim mesmo, minha mulher e meia dúzia de risonhos amigos queridos e hoje mortos. Foi publicado pela primeira vez em *Poslednie Novosti*, um diário emigrado de Paris, em 22 de setembro de 1935, e incluído três anos mais tarde em *Soglyadatay*, Russkiya Zapiski (Annales Russes, 51, rue de Turbigo, Paris, um endereço lendário.)

V.N., *Detalhes de um pôr do sol e outros contos*, 1976

PRIMAVERA EM FIALTA

"Primavera em Fialta" é de *A dúzia de Nabokov*, 1958 (veja Apêndice).

NUVEM, CASTELO, LAGO

"Nuvem, castelo, lago" é de *A dúzia de Nabokov*, 1958 (veja Apêndice).

TIRANOS DESTRUÍDOS

"*Istreblenie tiranov*" foi escrito em Mentone, na primavera ou no começo do verão de 1938. Apareceu na *Russkiya Zapiski*, Paris, em agosto de 1938, e em meu *Vesna v Fialte*, coletânea de contos, Chekhov Publishing House, Nova York, 1956. Hitler, Lenin e Stalin disputam meu trono de tirano neste conto; e tornarão a se encontrar em *Banda à sinistra*, 1947, com um quinto bandido. A destruição fica assim completa.

V.N., *Tiranos destruídos e outros contos*, 1975

LIK

"*Lik*" foi publicado na revista emigrada *Russkiya Zapiski*, Paris, fevereiro de 1939, e em minha terceira coletânea russa (*Vesna v Fialte*, Chekhov Publishing House, Nova York, 1956). "*Lik*" reflete os arredores de miragem da Riviera nos quais foi escrito, e tento criar a impressão de uma performance no palco tomando conta de um intérprete neurótico, embora não tanto do jeito que o ator encurralado espera quando sonha com tal experiência.

Esta tradução para o inglês apareceu pela primeira vez em *The New Yorker*, em 10 de outubro de 1964, e foi incluída em *Nabokov's Quartet*, Phaedra Publishers, Nova York, 1966.

V.N., *Tiranos destruídos e outros contos*, 1975.

MADEMOISELLE O

"Mademoiselle O" é de *A dúzia de Nabokov*, 1958 (veja Apêndice).

VASILIY SHISHKOV

Para aliviar a aridez da vida em Paris no final de 1939 (cerca de seis meses depois eu emigraria para a América), resolvi um dia pregar uma peça inocente no mais famoso crítico emigrado, George Adamovitch (que costumava condenar meu material tão regularmente como eu condenava os versos de seus discípulos), publicando em uma das duas revistas mais importantes um poema assinado com um novo pseudônimo, para ver o que ele diria sobre aquele autor recém-surgido na coluna literária para a qual ele escrevia no diário emigrado *Poslednie Novosti*. Aqui está o poema, traduzido para o inglês por mim em 1970 (*Poems and Problems*, McGraw-Hill, Nova York):

OS POETAS

*De quarto a corredor uma vela passa
e se extingue. Sua imagem gravada num olhar,
até que, entre os galhos azul-negros,
uma noite sem estrelas seu contorno encontra.*

*É hora, vamos embora: ainda jovens,
com uma lista de sonhos ainda não sonhados,*

com o último, mal visível resplendor da Rússia
nas rimas fosforescentes de nosso último verso.

E entanto conhecemos — não? — a inspiração,
viveríamos, parecia, e nossos livros cresceriam
mas as musas sem família por fim nos destruíram,
e agora é hora de irmos embora.

E isso não porque temamos ofender
com nossa liberdade gente boa; apenas, é hora
de partir — e ademais preferimos não
ver o que está oculto de outros olhos;

não ver todo mundano encantamento e tormento,
a janela que capta um raio de sol ao longe,
humildes sonâmbulos fardados de soldados,
o céu tão alto, as nuvens atentas;

a beleza, o ar de censura; as crianças novas
que brincam de esconde-esconde dentro e em torno
da latrina que gira no crepúsculo de verão;
a beleza do pôr do sol, seu ar de censura;

tudo que nos pesa, nos enlaça, nos machuca;
um luminoso rasga a margem oposta;
pela neblina corre seu rio de esmeralda;
todas as coisas que já não posso expressar.

Num momento passaremos o limiar do mundo
para uma região... chame-a como quiser:
deserto, morte, negação da linguagem,
ou talvez mais simples: o silêncio de amor;

o silêncio d'uma carroça distante, seus sulcos,
sob espuma de flores dissimulado;
meu país silencioso (o amor sem esperança);
a folha silente acende, a silente semente.
                               Assinado: Vasiliy Shishkov

O original russo apareceu em outubro ou novembro de 1939 no *Russkiya Zapiski*, se me lembro bem, e foi aclamado por Adamovitch em sua crítica naquele número com entusiasmo bastante excepcional. ("Finalmente, um grande poeta nasceu entre nós" etc. — cito de memória, mas acredito que um bibliógrafo está em vias de localizar esse texto.) Não resisti em dar continuidade à brincadeira e, pouco depois de a eulogia aparecer, publiquei no mesmo *Poslednie Novosti* (dezembro de 1939? Novamente a data me foge) meu texto em prosa "Vasiliy Shishkov" (incluído em *Vesna v Fialte*, Nova York, 1956), que podia ser visto, segundo o grau de acuidade do leitor emigrado, ou como um acontecimento real envolvendo uma pessoa real chamada Shishkov, ou como uma história irônica sobre o estranho caso de um poeta se dissolvendo em outro. De início, Adamovitch se recusou a acreditar em seus empenhados amigos e inimigos que chamaram sua atenção para o fato de eu ter inventado Shishkov; por fim, ele cedeu e explicou, em seu ensaio seguinte, que eu "era um parodista suficientemente habilidoso para imitar a genialidade". Desejo fervorosamente que todos os críticos sejam tão generosos como ele. Encontrei-o, brevemente, apenas duas vezes; mas muitos velhos literatos falaram muito, por ocasião de sua morte recente, de sua bondade e olhar penetrante. Ele realmente tinha apenas duas paixões na vida: a poesia russa e os marinheiros franceses.

V.N., *Tiranos destruídos e outros contos*, 1975

ULTIMA THULE e SOLUS REX

O inverno de 1939-40 foi minha última temporada escrevendo prosa em russo. Na primavera, parti para a América, onde passaria vinte anos ininterruptos escrevendo ficção apenas em inglês. Entre outras obras desses meses de despedida em Paris estava um romance que não completei antes da partida, e ao qual nunca voltei. A não ser por dois capítulos e algumas anotações, destruí a coisa inacabada. O capítulo 1, intitulado "Ultima Thule", apareceu em 1942 (*Novyy Zhurnal*, vol. 1, Nova York). Tinha sido antecedido pela publicação do capítulo 2, "Solus Rex", no começo de 1940 (*Sovremennyya Zapiski*, vol. 70, Paris). Esta tradução, feita em fevereiro de 1971 por meu filho com a minha colaboração, é escrupulosamente fiel ao texto original, inclusive restaurando uma cena que havia sido substituída por reticências no *Sovremennyya Zapiski*.

Talvez, se eu tivesse terminado meu livro, os leitores não ficassem com algumas perguntas suspensas: Falter era um charlatão? Era um vidente de verdade? Era um médium que a esposa morta do narrador podia estar usado para se comunicar com um contorno fora de foco de uma frase que seu marido podia ou não reconhecer? Seja como for, uma coisa é bem clara. No processo de desenvolver um país imaginário (que no início apenas o distraía de sua dor, mas depois se tornou uma obsessão artística exclusiva), o viúvo se envolve a tal ponto em Thule que ela começa a desenvolver sua própria realidade. Sineusov menciona no capítulo 1 que está se mudando da Riviera para seu antigo apartamento em Paris. Na verdade, ele se muda para um desolado palácio numa remota ilha do norte. Sua arte o ajuda a ressuscitar a esposa sob a forma da Rainha Belinda, um ato patético que não permite que ele triunfe sobre a morte nem mesmo no mundo da livre fantasia. No capítulo 3, ela tem de morrer de novo, atingida por uma bomba dirigida a seu marido, na ponte nova sobre o Egel, poucos minutos depois de voltar da Riviera. Isso é tudo o que consigo distinguir em meio à poeira e ao entulho de minhas velhas fantasias.

Uma palavra sobre K. Os tradutores têm certa dificuldade com essa designação porque a palavra russa para *king* [rei], *korol*, é abreviada como "Kr" no sentido usado aqui, sentido esse que só pode ser transmitido pelo "K" em inglês. Para colocar com clareza, meu "K" se refere a um enxadrista, não a um tcheco. Quanto ao título do fragmento, permitam que cite Blackburne, *Terms & Themes of Chess Problems* (Londres, 1907): "Se o Rei é o único homem Negro no tabuleiro, diz-se que o problema é do tipo '*Solus Rex*'."

O príncipe Adulf, cujo aspecto físico imaginei, por alguma razão, parecido com S. P. Diaghilev (1872-1929), continua sendo um dos meus personagens favoritos no museu particular de gente empalhada que todo escritor agradecido tem em algum lugar. Não me lembro dos detalhes da morte do pobre Adulf, a não ser que foi despachado, de alguma forma horrível, desastrada, por Sien e seus companheiros, exatamente cinco anos antes da inauguração da ponte Egel.

Pelo que sei, os freudianos não estão mais em circulação, então não preciso alertá-los para não tocar meus círculos com seus símbolos. O bom leitor, por outro lado, certamente distinguirá ecos de inglês adulterado deste meu último romance russo em *Banda à sinistra* (1947) e, principalmente, em *Fogo pálido* (1962); acho esses ecos um pouco incômodos, mas o que me faz realmente lamentar não tê-lo completado é que ele prometia ser radicalmente diferente, pela qualidade de sua coloração, pela amplitude de seu estilo, por algo indefinível em sua poderosa corrente subjacente, de todas as minhas outras obras em russo. Esta tradução de "Ultima Thule" apareceu em *The New Yorker,* em 7 de abril de 1973.

V.N., *Uma beleza russa e outros contos*, 1973

ASSISTENTE DE PRODUÇÃO

"Assistente de produção" é de *A dúzia de Nabokov*, 1958 (veja Apêndice).

"QUE EM ALEPPO UMA VEZ..."

"Que em Aleppo uma vez..." é de *A dúzia de Nabokov*, 1958 (veja Apêndice).

UM POETA ESQUECIDO

"Um poeta esquecido" é de *A dúzia de Nabokov*, 1958 (veja Apêndice).

TEMPO E VAZANTE

"Tempo e vazante" é de *A dúzia de Nabokov*, 1958 (veja Apêndice).

ITEM DE CONVERSAÇÃO, 1945

"Item de conversação, 1945" é de *A dúzia de Nabokov*, 1958 (veja Apêndice).

SIGNOS E SÍMBOLOS

"Signos e símbolos" é de *A dúzia de Nabokov*, 1958 (veja Apêndice).

PRIMEIRO AMOR

"Primeiro amor" é de *A dúzia de Nabokov*, 1958 (veja Apêndice).

CENAS DA VIDA DE UM DUPLO MONSTRO

"Cenas da vida de um duplo monstro" é de *A dúzia de Nabokov*, 1958 (veja Apêndice).

AS IRMÃS VANE

Escrito em Ithaca, Nova York, em fevereiro de 1951. Publicado pela primeira vez na *Hudson Review*, Nova York, inverno de 1959, e em *Encounter*, Londres, março de 1959. Reeditado na coletânea *Nabokov's Quartet*, Phaedra, Nova York, 1966.

    Nesta história, o narrador não tem conhecimento de que seu último parágrafo foi usado acrosticamente por duas moças mortas para garantir sua misteriosa participação na história. Esse truque particular pode ser tentado apenas uma vez a cada mil anos de ficção. Se deu certo é uma outra questão.

V.N., *Tiranos destruídos e outros contos*, 1975

LANCE

"Lance" é de *A dúzia de Nabokov*, 1958 (veja Apêndice).

CHUVA DE PÁSCOA

"Chuva de Páscoa" foi publicado na edição de abril de 1925 da revista emigrada russa *Russkoe Ekho*, cuja única cópia conhecida foi descoberta nos anos 1990. Foi traduzido para o inglês por Dmitri Nabokov e Peter Constantine.

A PALAVRA

"A palavra" foi publicado pela primeira vez na edição de 7 de janeiro de 1923 do *Rul'*; a tradução de Dmitri saiu na revista *The New Yorker* em 26 de dezembro de 2005.

NATASHA

"Natasha" foi publicado pela primeira vez na tradução italiana de Dmitri Nabokov em 22 de setembro de 2007, no *Io Donna*, suplemento do *Corriere della Sera*, e depois apareceu numa edição dos contos de Nabokov, *Una Belleza Russa e Altri Racconti*, publicada pela Adelphi; a tradução de Dmitri Nabokov para o inglês apareceu na revista *The New Yorker* de 9 de junho de 2008.

Apêndice

A seguir estão a nota bibliográfica de Nabokov para *A dúzia de Nabokov* (Doubleday & Company, Garden City, Nova York, 1958) e seus prefácios para as três coletâneas que publicou na McGraw-Hill, Nova York: *Uma beleza russa e outros contos* (1973), *Tiranos destruídos e outros contos* (1975) e *Detalhes de um pôr do sol e outros contos* (1976).

Nota bibliográfica a *A dúzia de Nabokov* (1958)

"O aureliano", "Nuvem, castelo, lago" e "Primavera em Fialta" foram escritos originalmente em russo. Foram publicados pela primeira vez (como *"Pilgram"*, *"Oblako, ozero, bashnya"* e *"Vesna v Fial'te"*) na revista emigrada russa *Sovremennyya Zapiski* (Paris, 1931, 1937, 1938) sob meu pseudônimo V. Sirin, e foram incorporados a minhas coletâneas de contos (*Soglyadatay*, Russkiya Kapisti editor, Paris, 1938, e *Vesna v Fial'te i drugie rasskazï*, Chekhov Publishing House, Nova York, 1956). As versões inglesas dessas três histórias foram preparadas por mim (único responsável pelas discrepâncias entre elas e os textos originais) em colaboração com Peter Pertzov. "O aureliano" e "Nuvem, castelo, lago" saíram na *Atlantic Monthly*, e "Primavera em Fialta" na *Harper's Bazaar*, e todos os três apareceram entre os textos de *Nine Stories*, lançado pela New Directions em "Direction", 1947.

"Mademoiselle O" foi escrito originalmente em francês e publicado pela primeira vez na revista *Mesures*, Paris, 1939. Foi traduzido para o inglês com a gentil ajuda da falecida senhorita Hilda Ward e saiu na *Atlantic Monthly* e em *Nine Stories*. Uma versão final, ligeiramente diferente, com maior fidelidade à verdade autobiográfica, apareceu como capítulo 5 de minhas memórias, *Evidência conclusiva*, Harper & Brothers, Nova York, 1951 (também publicado na Inglaterra como *Fala, memória*, por Victor Gollancz, 1952).

Os demais contos deste volume foram escritos em inglês. Desses, "Um poeta esquecido", "Assistente de produção", "Que em Aleppo uma vez..." e "Tempo e vazante" apareceram na *Atlantic Monthly* e em *Nine Stories*; "Item de conversação" (como "Conversa fiada"), "Signos e símbolos", "Primeiro amor" (como "Colette") e "Lance" saíram primeiro em *The New Yorker*; "Conversa fiada" foi reeditado em *Nine Stories*; "Colette", na antologia de *The New Yorker*, e (como capítulo 7) em *Evidência conclusiva*; e "Cenas da vida de um monstro duplo" apareceu em *The Reporter*.

Só "Mademoiselle O" e "Primeiro amor" são (exceto pela troca de nomes) fiéis em todos os detalhes à vida relembrada do autor. "Assistente de produção" é baseado em fatos reais. Quanto ao restante, não sou mais culpado de imitar a "vida real" do que a "vida real" é responsável por me plagiar.

V.N.

Prefácio a *Uma beleza russa e outros contos* (1973)

Os originais russos destas treze histórias anglicizadas para a presente coleção foram escritos na Europa Ocidental entre 1924 e 1940 e apareceram, um a um, em vários periódicos e edições de emigrados (sendo a última a coletânea *Vesna v Fialte*, Chekhov Publishing House, Nova York, 1956). A maior parte desses treze contos foi traduzida por Dmitri Nabokov em colaboração com o autor. Todos constam aqui em sua forma final em inglês, pela qual sou o único responsável. O professor Simon Karlinsky é o tradutor do primeiro conto.

V.N.

Prefácio a *Tiranos destruídos e outros contos* (1975)

Dos treze contos desta coletânea, os primeiros doze foram traduzidos do russo por Dmitri Nabokov em colaboração com o autor. São representativos de minha *tvorchestvo* (a digna palavra russa para "produção criativa") despreocupada de expatriado entre 1924 e 1939 em Berlim, Paris e Mentone.

Pequenas informações bibliográficas aparecem nos prefácios a eles, e pode-se encontrar mais informações em *Nabokov: a Bibliography*, de Andrew Fields, publicado pela McGraw-Hill.

A décima terceira história foi escrita em inglês em Ithaca, norte do estado de Nova York, no número 802 da East Seneca Street, uma triste casa de madeira branco-acinzentada, subjetivamente relacionada com a mais famosa no número 342 da Lawn Street, Ramsdale, Nova Inglaterra.

V.N., *31 de dezembro de 1974, Montreux, Suíça*

Prefácio a *Detalhes de um pôr do sol e outros contos*, 1976

Esta coletânea é a última leva de meus contos russos que merecem ser anglicizados. Cobrem um período de onze anos (1924-1935); todos eles apareceram em diários e revistas emigrados da época, em Berlim, Riga e Paris.

Pode ser útil, de alguma forma remota, fornecer aqui uma lista de todos os meus contos traduzidos, conforme publicados em quatro volumes independentes nos Estados Unidos, durante os últimos vinte anos.

A dúzia de Nabokov (Nova York, Doubleday, 1958) inclui os três contos seguintes, traduzidos por Peter Pertzov, em colaboração com o autor:

1. "Primavera em Fialta" (*Vesna v Fial'te*, 1936)
2. "O aureliano" (*Pil'gram*, 1930)
3. "Nuvem, castelo, lago" (*Oblako, ozero, bashnya*, 1937)

Uma beleza russa e outros contos (Nova York, McGraw-Hill, 1973) contém os treze contos seguintes, traduzidos por Dmitri Nabokov com a colaboração do autor, exceto pelo conto do título, traduzido por Simon Karlinsky, em colaboração com o autor:

4. "Uma beleza russa" (*Krasavitsa*, 1934)
5. "O leonardo" (*Korolyok*, 1933)
6. "Fumaça entorpecente" (*Tyazhyolyy dym*, 1935)
7. "Dar a notícia" (*Opoveshchenie*, 1935)
8. "Lábios nos lábios" (*Usta k ustam*, 1932)
9. "A visita ao museu" (*Poseshchenie muzeya*, 1931)
10. "Uma questão de honra" (*Podlets*, 1927)
11. "Terra incógnita" (mesmo título, 1931)
12. "Um sujeito ousado" (*Khvat*, 1930)
13. "Ultima Thule" (mesmo título, 1940)
14. "Solus Rex" (mesmo título, 1940)
15. "O elfo da batata" (*Kartofel'nyy el'f*, 1929)
16. "O círculo" (*Krug*, 1934)

Tiranos destruídos e outros contos (Nova York, McGraw-Hill, 1975) inclui doze histórias traduzidas por Dmitri Nabokov, em colaboração com o autor.

17. "Tiranos destruídos" (*Istrebleniev tiranov*, 1938)
18. "Uma história para crianças" (*Skazka*, 1926)
19. "Música" (*Muzyka*, 1932)
20. "Lik" (mesmo título, 1939)
21. "Convocação" (*Nabor*, 1935)
22. "Terror" (*Uzhas*, 1927)
23. "O pináculo do almirantado" (*Admiralteyskaya igla*, 1933)
24. "Questão de acaso" (*Sluchaynost'*, 1924)
25. "Em memória de L. I. Shigaev", (*Pamyati L. I. Shigaeva*, 1934)
26. "Bachmann" (mesmo título, 1939)
27. "Perfeição" (*Sovershenstvo*, 1932)
28. "Vasiliy Shishkov" (mesmo título, 1939)

Detalhes de um pôr do sol e outros contos (Nova York, McGraw-Hill, 1976) contém treze histórias traduzidas por Dmitri Nabokov, em colaboração com o autor:

29. "Detalhes de um pôr do sol" (*Katastrofa*, 1924)
30. "Um dia ruim" (*Obida*, 1931)
31. "Erva Armoles" (*Lebeda*, 1932)
32. "A volta de Chorb" (*Vozvrashchenie Chorba*, 1925)
33. "O passageiro" (*Passazhir*, 1927)
34. "Uma carta que nunca chegou à Rússia" (*Pis'mo v Rossiyu*, 1925)
35. "Um guia de Berlim" (*Putevoditel' po Berlinu*, 1925)
36. "A campainha" (*Zvonok,* 1927)
37. "O temporal" (*Groza*, 1924)
38. "O reencontro" (*Vstrecha*, 1932)
39. "Uma página da vida" (*Sluchay iz zhizni*, 1935)
40. "Natal" (*Rozhdestvo*, 1925)
41. "Um homem ocupado" (*Zanyatoy chelovek,* 1931)

V.N., Montreux, 1975

Este livro foi impresso
pela Lis Gráfica para a
Editora Objetiva em
agosto de 2013.